小津安二郎全集

［下］

井上和男編

新書館

小津安二郎は晩年、野田高梧とともに蓼科高原で脚本を執筆していた。
これは執筆のあいまに野田高梧が撮影した写真。（昭和30年代）

小津安二郎全集［下］目次

長屋紳士録 一九四七年 7
風の中の牝雞 一九四八年 27
晩春 一九四九年 49
宗方姉妹 一九五〇年 79
麦秋 一九五一年 109
お茶漬の味 一九五二年 149
東京物語 一九五三年 183
早春 一九五六年 221
東京暮色 一九五七年 267
彼岸花 一九五八年 305
お早よう 一九五九年 341
浮草 一九五九年 371
秋日和 一九六〇年 405

小早川家の秋　一九六一年　443
秋刀魚の味　一九六二年　473

［付録］小津安二郎が監督しなかった作品

瓦版かちかち山　一九二七年　507
ビルマ作戦　遙かなり父母の国　一九四二年　519
月は上りぬ　一九五五年　551
青春放課後　一九六三年　577
大根と人参　遺筆ノート　一九六三年　605

作品解題　609
小津安二郎年譜　631

小津安二郎全集［下］

長屋紳士録

脚本
小津安二郎
池田　忠雄

脚　本……小津安二郎
　　　　　池田　忠雄
監　督……小津安二郎
撮　影……厚田　雄春
録　音……妹尾芳三郎
美　術……浜田　辰雄
音　楽……斎藤　一郎
照　明……磯野　春雄

おたね……飯田　蝶子
幸　平……青木　放屁
父　親……小沢栄太郎
きく女……吉川　満子
為　吉……河村　黎吉
ゆき子……三村　秀子
田　代……笠　　智衆
喜　八……坂本　　武
と　め……高松　栄子
しげ子……長船フジヨ
平ちゃん……河賀　祐一
おかみさん（茅ケ崎）……谷　よしの
写真師……殿山　泰司

一九四七年（昭和二十二年）
松竹大船
脚本、ネガ、プリント現存
7巻、1973m（七二分）　白黒
五月二十日公開

1 （F・I）**錺屋《かざりや》の為吉が酒をのみながら喋っている。夜である。**

為吉「気が狂えば結構だ、俺は正気で言ってるんだ、だがな、月を見な、時々雲もかかるだろ、星ほどにもない人間だ、ふっと闇にもなろうじゃないか、さっきもさっき、今も今……優しいこと、嬉しいこと、可愛いい事を聞くにつけ、うしろから、だまし打ちにする様なこの身をくだかれるような思いがして、よくせきの事と諦めて……切れると承知してくんな、なあ死ぬより辛い事なんだ」

と実は為さん、婦系図は湯島の場の声色をやっているのだ。

戸のあく音がする。

為吉「お前にそんな拗《す》ねられては、俺は生きてる空はない」

と「只今……只今」と声がする。

2 **錺屋為吉の家**

為さん、声にふり向く。

同居人田代が帰って来たのである。田代は大道の占師である。

為さん澄して、

為吉「おう、お帰り」

田代「誰か来てたんか」

為吉「いいや」

田代「話しとったやないか」

為吉「いや、こっちのこったよ……今日は早かったね」

田代「うん……おいで」

と田代は戸口の蔭から子供を呼び込む。七八歳程の男の子だ。余りきれいでない。

為さん、けげんに、

為吉「何だい」

田代「この子供、拾うて来た」

為吉「どっからよ」

田代「九段からついて来てしもて」

為吉「え、宿なしかい」

田代「いや茅ケ崎から出て来て、九段で親にはぐれてしもたんだ、今晩泊めてやって貰えんかな」

為吉「よしなよ、つまんないもの」

田代「でも可哀そうでな」

為吉「そんなものお前さん拾う事ないよ、おっつけちまいなよ誰かに……（思いついて）かあやんがいいよ、かあやん」

田代「うん、泊めてやって貰えんかな……」

為吉「ああ、俺はいやだよ、俺は……俺は餓鬼は嫌えだよ」

田代「そうかな」

為吉「かあやんとこへ置いてきなよ、かあやんとこへ……」

田代「そうかな」

と甚だ残念そうだ。が「おい、おいで」と幸平少年を連れて出て行く。

3 **荒物屋おたねの家**

おたね、夜なべの縫仕事してる。店先から田代が幸平をつれて来る。

田代「今晩は」

たね「今晩は」

田代「おたねさん、子供いらんかな、子供」

たね「………」（呆れる）

田代「これ、拾うて来てしもうて……貰うて貰えんかな」

たね「どうしたのさ」

田代「うん、九段の鳥居のとこから、わしについて来てしもうてな、よそへ行かんのじゃよ……今晩一晩泊めてやって貰えんかな」

たね「そんなら、あんたんとこで泊めりゃいいじゃないか」

田代「それが為さんいかんて言うんじゃ」

たね「そんならあたしんとこだっていやだよ」

田代「まあ、そう言わんで……為さんもあんたに頼めて言うとるんじゃ……泊めてやってや……な、頼むけん」

たね「いやだよ、そんな」

田代「なあこげん頭下げるけん」

たね「いやだよ、あたしゃ子供嫌いなんだよ」

田代「そげん言わんで……なあ頼むけん……なあ……」

と子供を置き去りかける。おたねは慌てて、

たね「おい田代さん……お前さん、冗談じゃないよ」

が田代は「な、頼むけん」と行ってしまう。

おたね「チェッばかにしてるよ」と言いながら子供を見る。

子供もおたねを見る。

おたね「めッ！」と睨みつける。

子供しょんぼりする。そっと又見ると、

おたねは又も「めッ！」と睨みつける。

（F・O）

4

（F・I）**おたねの家**

翌朝のこと、家の裏に蒲団がほしてある。寝小便のあとが歴然。

5

室内

幸平少年がくさり切って立っている。恐る恐るおたねを見る。疳の立ったおたねが睨んでいる。おたねは持ってる渋団扇を「ほら」と渡し

たね「煽いでよく乾かすんだい」

命じられて幸平は渋々と蒲団のとこへ行き、煽ぎ出す。

おたね、もう一度睨んで去って行く。

6

お向いの錺屋の為吉の家

為さん目下修繕屋の態で、古いバケツや鍋が転がっている。

そのハンダ付けをやっている。

おたねが店先へ来ている。甚だ不機嫌に、

たね「困っちゃったよ、とんでもないもの押っ付けられちゃって……」

為吉「何だい」

たね「ゆうべの子だよ、とんでもない餓鬼だよ、あたしゃもう断るよ……もう御免だよ」

為吉「どうしたんだい」

たね「やられちゃったんだよ……寝小便」

為吉「ふーん」

たね「ふーんじゃないよ、大事な蒲団台なしさ……馬の様にたれやがって……ぐしょぐしょだよ」

為吉「そりゃ災難だったな」

とは言うが、口の先である。おたねは奥をのぞき込み、

たね「田代さんどうしたい」

為吉「ああ田公、今出かけたよ」

たね「仕様がないね、あんなもの拾って来て……あの餓鬼……あたしゃもう御免だよ、お前さん何とかしておくれ」

為吉「何とかって……」

たね「棄てようと置こうとお前さんの勝手だよ、あたしゃもう一晩面倒見てやったんだから……今度はお前さんの番だよ」

為吉「冗談じゃないよ」

たね「何が冗談さ、考えてもごらんよ、お前さんにも責任あるよ、田代さん拾って来たんだもの……お前さんとこへ置くのが当り前じゃないか」

為吉「俺はいやだよ、いやなこったい、そんな馬の様に寝小便する餓鬼……かあやんいやなら、どっかへそっと置いて来なよ」

たね「冗談じゃないよ……そんならお前さんどっかへ置いといで」

追撃急に、為さん苦しくなって、

為吉「仕様のねえもの拾って来やがったなあ、天眼鏡……（思いついて）おい、川喜さんへ頼もう……あそこへ頼んで置いて来ちゃおう……な……な……」

7 おたねの家

可哀そうに幸平は寝小便の蒲団を煽ぎ続ける。

8 川喜の家　店先

染物屋で、そこの主人喜八のとこへ、おたねと為吉が押しかけて来ている。

好人物の喜八は困っている。おたねをなだめる形で、

喜　八「そりゃまあ……俺んとこだって困るね……頼まれものはごたごたあるし……子供もいるし……ごらんの通りのお座敷で……」

たね「お座敷は立派なもんだよ、あんな額なんか掛けちゃってさ……いいじゃないか、子供なんか三人育てるのも四人育てるのも同じことだよ」

喜　八「そうはいかないよ、為さんどうだい、あんたんとこ」

為　吉「俺んち、駄目なんだよ、あすこ」

たね「何が駄目なのさ、一寸も駄目な事ないじゃないか」

喜　八「置いてやんなよ、あんたんとこへ……なんなら小僧にしたっていいじゃないか」

たね「そうだよ、置きなよ、当然だよ」

為　吉（げっそりする）「まずいじゃねえか……どうもしょうがねえもの拾って来ちゃったなあ、田公……こりゃ御苦労さんだけど、誰か茅ケ崎へ行って貰うんだね、茅ケ崎へ行きゃ今までいた家も分るだろうし……そこへ連れて行って置いて来るんだね、まあ」

喜　八「そりゃまあそれに越した事ないけど……行って分るかね」

為　吉「十間坂が分ってるんだもの、行きゃ分るよ……どうだいかあやん」

たね「いいね、だけどあたしゃ御免だよ」

為　吉「そう言うなよ」

たね「いや、あたしゃ断るよ」

為　吉「そりゃ誰か行かなきゃ仕様がねえよ」

たね「じゃ、お前さんお行きよ」

為　吉（それには返事せず）「どうだい川喜さん？」

喜　八「いいね」

為　吉（すかさず）「あんた行ってくれるかい」

喜　八「冗談じゃないよ」

為　吉「どうもとんでもないもの拾って来ちゃったなあ、田公……（考えついて）じゃどうだい、籤で行こう」

二人は返事しない。為さんしたり顔に、

為　吉「一番いいぜ……恨みっこなしだ、当ったら災難だ、諦めよう」

たね「うん」（とつられて頷く）

為　吉「なあ、川喜さん」

喜　八「いいだろう」

為　吉「じゃ籤こしらえるぜ」

と紙切れさいて、硯取寄せ何やら書く。

為　吉「×（バッテン）が書いてあるのが当りだぜ、この人が行くんだよ」

と籤を出す。

おたね、引いて開けて見て、

たね「あたしだよ」

と大くさりで籤を二人に見せる。

為　吉「かあやんか……御苦労さんだね」

たね「何の事はない、踏んだり蹴ったりだよ」

為　吉「恨みっこなしだぜ、籤だからね」

喜　八「まあ……かあやん、災難だよ」

たね「チェッ、あや悪いや」

と、おたねは去りかける。

為さん、おせいじに、

為　吉「まあいいじゃないか、かあやん……お茶でも」

たね「冗談じゃないよ」

と去る。

喜八、自分の籤をあけて見て変な顔して、

喜　八「あ、俺のも×（バッテン）だぜ」

為　吉（澄して）「そうなんだよ、俺のもバッテンなんだ……気の早い者は損をするんだよ」

喜　八「なる程ねえ」（と少々呆れる）

為　吉「然しこりゃかあやんには黙っていよう

な……頼むよ」
喜　八「そりゃ大丈夫だよ」
為　吉「恨むからね」

9　**茅ケ崎の道**

おたねが幸平少年を連れて歩く。
幸平「こっち」とまがって行く。おたね続く。

10　**又別の横丁を**

「こっち」と幸平まがって行く。
おたねはキョロキョロしながらついて行く。

11　**或る家の庭先**

幸平が石に腰かけている。

12　**家の前**

おたねが当家の女房と話している。
女　房「さあ、家でも深いおつき合いはないんですよ……なんでも八王子で焼け出された大工さんでね、此の先の運送屋さんから頼まれて、置いてあげたんだけど……そこの仕事中だけいいたんですよ、さあ、十日もいましたかしら」
たね「そうですか」(と困った顔)
女　房「なんだか一昨日だったかその前の日か、東京で仕事を見付けるって、あの子と一緒に出てったんですよ」
たね「じゃ又帰って来るんですね」
女　房「さあ、もう来ないでしょう……道具もすっかり持って行ったから」
たね「じゃ、その運送屋さんで訊きゃ分るでしょうか」
女　房「さあねえ」
と首をかしげる。

13　**海岸**

おたね、がっかり考え込みながら歩いて来る。
幸平がくっついて来る。おたね、砂に座る。少年も座る。おたねは握りめしを出し、少年にもやり、二人は食い始める。
たね「お前のお父つぁんも不人情な人だよ」
とぼそぼそ食う。
たね「はぐれたんじゃないよ……置いてかれちゃったんだよ」
幸　平「………」
たね「お前あの家へ置いて貰い……頼めば置いてくれるだろう、いたんだから」
幸　平「………」
たね(もう一つやって)「ほら、もうないよ……食べたらあの家へ行くんだよ」
と、おたねは立上り歩き出す。少年も立ち、ほうばりながらついて来る。おたね睨み返して、
たね「何だい……何だよ」
と仕方なく又座る。少年座る。おたね思いつき、
たね「お前ね、あの海へ行って貝拾って来ておくれ、おばちゃんお土産にするんだからね」
幸　平「………」
たね「行っといで……お前いい子だよ、早く行っといで」
幸平は海の方へ走って行く。見澄し、おたねはこそこそ這って逃げ出す。

14　**海岸の道**

おたねは逃げて来て、すたすた歩き出す。と背後から幸平が走って来る。おたね困って逃げるが、すぐ追いつかれる。
おたねは振り向いて「シッ！　シッ！」と追うが、くっついて来るので遂に石を拾いぶつける真似をする。だが幸平は逃げない。おたねは悲鳴にも似て、
たね「くいつくよ」
と、どなって睨みつけるが、幸平は突っ立ってこっちを見ている。

15　**錺屋為吉の家**(夜)

田代が硯を横に人相図の墨の薄れを描き入れている。
横で為さん眺めている。

為吉「随分人間の顔って急所があるもんだね……その辺面ちょう出来るとまずいんだろうね」
田代「まあ、ようはなか」
為吉「一体八卦って当るもんかね」
田代「そら当る、あんなによう当るものは他にはなか」
為吉（驚き煽られる）「へえ……だがお前さん此の間ゴム長はいてったら、カラカラのいいお天気になったじゃないか」
田代（澄して）「天気の事は知らんばい、あらラジオがよう当てる」
と言い、一方を見て「おお、お帰り」と言う。それで為吉も見ると、おたねが風呂敷包みを提げ、ふくれ面で帰って来る。
為吉「御苦労さん……大変だったねえ、うまくいったかね」
たね「………」（ふくれている）
と幸平少年が、芋の包みを背負って入って来る。
おたねは両人に恨みを述べるのである。
たね「えらい腐りだよ、いるもんかね親なんか……茅ケ崎くんだりまで無駄足さ……おまけに混んでさ、帰りは窓から入ったんだよ……汽車賃高くなったんだね、恨むよ田代さん」
田代「いやあ」
為吉「で、子供何《な》に背負ってんだい」
たね「芋だよ、停車場の近所に安い芋売ってたんでね……手ぶらで帰って来るのも勿体ないんで、背負わして来たんだよ」
為吉「可哀そうに、げんなりしてるじゃないか」
たね「なあにほんの二貫目だよ、誰か来なかったかい、留守に」
為吉「いや別に……うん、常会だぜ、川喜さんとこで今晩……」
たね「ああ、そうだったね」
為吉「もうぼちぼちだ……うん、今日は川喜さん大当りだい」
たね「何が」
為吉「あすこの平ちゃんね、チョロッと二千円当てちゃったよ、三角籤で」
たね「へえ」
為吉「新円で二千円だぜ」
たね「へえ……じゃ、何か出るね、今晩……」
為吉「まあ出たいところだね」
たね「じゃ芋置いて来よう……直ぐ行くね」
と去る。

16 おたねの家

おたね、店の硝子戸の錠あけて入る。そして芋を土間に置き、戸口に立っている幸平少年にじゃけんに、
たね「入って芋おろすんだよ」

幸平入って来て荷おろす。

たね「お前蒲団敷けるね、分ってるだろう」

幸平「………」（頷く）

たね「先に寝といで……寝小便したら承知しないよ」

と言い置いて、おたねは出て行く。

取残された少年は、くたびれて座ってげんなりし、あくびする。

17 染物屋　川喜の家

喜八を主人公に、おたね、田代、為吉、柏屋さん、それに近所の婆さんが集っている。話は前からの続きで、
為吉「そりゃまあ御苦労でも、川喜さんにもう半年やって貰うんだね」
喜八「いや、もうやめさして貰いたいね」
たね「そりゃやっとくれよ……いいじゃないか」
柏屋「ま、すけますよ、他の事は……矢張り組長はあんたでないと……」
為吉「まあ諦めなよ、皆さんがそう仰有って下さんだから……（一同に）ね、極《きま》りましたね、そうですね」
一同、頷く。
たね「そうですよ」
喜八（がっかりする）「おいおい……じゃま

　あ、やらして頂きましょうか」
柏　屋「お願いしますよ」
　すると台所で長女しげ子（女学生）を相手にごたごた支度していた女房とめが顔を出して、
とめ「ちょいと、もう出していい」
喜　八「ああいいよ」
　それで女房と娘は、皿や小鉢を運んで来る。そして「恐れ入ります」と近間の人に渡す。人々「や、これはこれは」「や、御馳走様……」等言いながら手から手へ、運んで置く。
　一升壜も出て来る。為吉いち早く見て、
為　吉「あれあれ凄いよ、こりゃ」
たね「無理しちゃったねえ」
喜　八「いやもうほんのお印しで……へへ……」
　と照れながら言う。為吉、向うの障子へ向って、
為　吉「おい平ちゃん……平ちゃんや……顔見せなよ」
　と言う。平ちゃん（幸平と同じ位い）は一寸顔見せてすぐ引っこめる。
為　吉（障子の方へ）「おい……お芽出度う……頂くよ」
　と言う。そして出された酒を「お有難う」と取上げる。
　おたねは喜八に、
たね「平ちゃん偉いね、よく当てたね」
喜　八「いやあ」
為　吉（すかさず）「ああいうものはね、矢張り日頃の心がけが大事なんだよ……欲も得もない、極く無邪気な者に当るんだよ」
たね「そうかね」
為　吉「そうだよ、なまじ二千円当てようなんて思ったら当りっこなしだ、だから子供がいいの」
たね「そうかね」
為　吉「ためしにあんた引いてごらん、きっと駄目」
たね「あたしが駄目なら、あんただって駄目だい」
為　吉（けろりと受けて）「だからあたしはしないの。（馬の手綱を引く手真似して）これはやりますよ、これは……相手が馬だから」
　喜八、一同に「じゃ一つ皆さん」と言うと、一同は口々に「や、お芽出度う、頂きます」等言いつつ飲み始める。
為　吉「おい、茶柱立ってるんじゃないかい（と減らず口をたたきつつ嗅いで見て）おい、こりゃ本物だよ、いい酒だよ」
たね「こりゃいいよ」
　一同頻りに食ったりのんだりする。と為吉、思い出して田代に、
為　吉「うん、おい田さん、あんた覗きうまいんだってね、覗き」
田　代「いやあ」
たね「覗きって……」
為　吉（覗く手真似して）「これだよ」
たね（呆れて）「へえ、見かけによらないね……あたしゃあんたは堅い人だと思ってた」
為　吉「なに言ってんだい、かあやん……ほら昔よく縁日にあっただろう」
たね「あーあれかい、覗きからくりかい……あたしゃあれ好きでね、トラホームメになったよ」
為　吉「トラホームだよ……田さんやっとくれよ」
田　代「いやあ……」
たね「やっとくれよ、頼むよ」
喜　八「そいつは是非ききたいね」
　為吉はもう丼のふちを叩いて、調子をとり始める。仕方なく田代は始める。
田　代「じゃ一ツ……」
〽三府の一つの東京で　浪に漂ふ武士が
果なき恋にさまよひし
父は陸軍中将で　片岡子爵の長女にて
桜の花の開きかけ　人も羨むきりよう
よし
その名ヱ片岡浪子嬢

〽ちよいと海軍少尉男爵の
川島武男の妻となる　新婚旅行をいた
されて伊香保の山に蕨狩
遊びつかれて諸共にわが家をさしてぞ
帰らるゝ
武男は軍籍ある故に
やがて行くべき時は来ぬ
逗子をさして急がるゝ
浜辺の浪はおだやかで
武男がボートに移るとき
浪子は白い　ハンカチを打振りながら
ねえあなた早く帰つて頂戴と
仰げば松にかゝりたる
片われ月の影さびし　実にまあ
あはれな不如帰

やり終ると、一同拍手して喜ぶ。

たね「うまいもんだねえ」

為吉「大したもんだね……お前さんやってたんじゃないかい」

田代「まさか」

喜八「いや、立派なもんだよ」

為吉「いや本当だよ、あんたこれよりよっぽどいいぜ。（と天眼鏡で見る形）惜しいね、道具の出ものないもんかね」

田代「いやあ」

たね「そう言や近頃縁日でもさっぱり見かけないね」

18

為吉の家

時計は九時をうつ。為吉と田代が帰って来る。外へ向って、

為吉「じゃごめん」

田代「じゃ、おやすみ」

と挨拶する。

19

おたねの家の前

おたね、二人の方へ、

たね「おやすみ……面白かったよ今晩……又きかしておくれよね、さよなら」

と言って戸を閉め、奥へ入る。

20

家の中

おたね入って来て火鉢の前に座り、ふと見る。幸平少年はまだ寝ないで蒲団の上にしょんぼり座り考え込んでいる。少々じゃけんに、

たね「なんだ、まだ寝ないのかい」

幸平「…………」

たね「寝なよ、さっさと」

少年動かない、おたねは「何だい」と眺めていたがやがて、

たね「何だいお前、寝小便こわくて寝られないんだね……そうだろう」

幸平「うん」

たね「こんだやったら、つまみ出すよ……よく覚えといで……いいかい、分ったかい」

幸平「…………」（頷く）

たね「じゃおやすみ……夜中に起してやるよ」

言われて幸平はやっと安心し「おばあちゃんおやすみ」と蒲団にもぐる。おたねはその様を眺めていたが煙管を取上げつめながら、

たね「お前のお父つぁんも不人情な人だよ……大工さんなら今時どこへ行ったって、いい働きがあるだろうにさ……何も子供の一人位い養うの何でもありゃしないやね……まして自分の子じゃないか、折角ここまで大きくなったものを今更おっぽり出す事はないじゃないか、おっ母さんは疾うに死んじゃったし、お父つぁんは生憎ぐうたらだし、お前も可哀そうな子だよ……どうするんだいこれから……え……（子供の方見る）何だいもう寝ちゃったのかい、他愛ないもんだね」

と、しみじみ言う。電燈も余り明るくない。　（F・O）

21

（F・I）附近の河岸

橋の上、子供達が釣りをしている。

22 **その近くのビルの階段**

遊んで貰えない幸平がしょんぼり座って眺めている。

23 **おたねの家**

芋が干してある。
その傍で、おたねが粉を挽いている。
やがて旧友の老妓きく女がやって来る。

きく「こんちは……」
たね「あ、あんた……いらっしゃい、ま、お掛けよ……どこへ」
きく「ちょいとお師匠さんとこまで、粉挽いてるの」
たね「うん……あんたんとこ今度配給何んだった」
きく「粉だったよ、真白なきれいな粉」
たね「ふーん」

と、そこへ喜八が「こんちは」と入って来て、きくを見「あ、いらっしゃい……いい塩梅で」

きく「こんちは……川喜さん此の間の湯通し出来て」
喜八「いやあ……」
きく「あさって?」
喜八「いやあ……」
たね「此の人のはね、同じ紺屋でも久造の方でね、来年三月なんだよ」
喜八「いやあ……そんな事はない、急いでやりますよ、もう三日四日……」
きく「いいわよ、丁寧にやって頂戴」
喜八「ええ、どうも……」

と頭をさげ、おたねに向い、

喜八「あの一時からね、ローソクとマッチ配給するよ」
たね「あ、そう」
喜八「やあ（ときく女に会釈したが、おたねに）粉、明日あるよ」
たね「そう、あ、ゆうべは御馳走様」
喜八「いや……ご免なさい」
きく「さようなら」

喜八は出て行く。お茶が入って「どう」とおたねはすすめると、きく女は懐中から紙に包んだ菓子を取り出し、

きく「ああ、いいものがあんの……今お師匠さんのとこで貰ってね」
たね（眺めて取って）「ふーん、大したもんだね、昔と一緒だね。（と折って喰い）高いんだろうね……うまい事もうまいね」

両人は茶菓を食う。きく女は思い出して、

きく「あの此の間鏡を世話して貰った人ね、ゴムのホースないかしら、長いの」
たね「あー向いの……」
きく「訊いてみてくれない」
たね「ああ、でもあいつ高いだろう」
きく「ほかに訊いてみないから分らないけど……でも此の間の鏡いい鏡台になったよ、廻り桑にしてね」
たね「そう」

と言いながら一方を見ると、一寸こわい顔になる。きく女もけげんにその方を見る。戸口の処へ幸平少年が帰って来て立っている。

きく「なあに?」
たね「困ってるんだよ」
きく「どこの子?」
たね「宿なしなんだよ、はぐれたんだか棄てられたんだか……あんたんとこ要らないかね」
きく「ゴムのホースならほしいけど……」
たね「誰かないかな、貰ってくれる人……うちへもう二晩泊めてやってるんだよ」
きく「ふーん、（そして菓子を取上げ）坊や、おいで」
たね「およしよそんな、勿体ない」
きく「いいじゃないか」
たね「そんな高いもの食わしたって分りゃしないよ」
きく「坊やおいで、おいで」

少年はやって来る。きく女「はい」と渡す。
幸平は右手に握っていたものを左手に持ちかえ、右手を差出す。おたね、いち早

く見て、
たね「何持ってんだい」
幸平「………」
たね「お出し、見せてごらん」
少年、仕方なく見せる。
きく「吸いがらだよ」
たね「何だこんなもの……拾ってどうするんだい、お前吸うのかい」
叱られて少年は口の中で、
幸平「お父つぁんだい」
たね「ポケットに何入れてるんだい、ふくらまして……出してごらん」
少年は出して見せる。今度は古釘である。
幸平「釘だよ」
たね（睨みつけて）「汚い子だね、お前は……あっち行っといで」
幸平、戸口の方へ行く。きく女、見送ってから、
きく「お父つぁん何だい」
たね「八王子で焼け出された大工だよ」
きく「それで釘拾ってるのね」
たね「うん……不人情な奴でも、親は親なのかねえ」
きく女はいじらしげに、少年の方を見ている。
続けておたねは嘆息して、
たね「変ったもんだよね……あたし達子供の時は親の顔さえ見りゃ、一銭くれ二銭くれだろ……鼻たらしちゃってさ、横撫でかなんかやっちゃって……のんびりしてたもんだよ」
きく「そうねえ」
たね「おきくちゃん、あんたまた特別だったよ……此の辺（袖先）ピカピカさしちゃって」
きく「おたねちゃん、あんたこれだったわね」
と手で鼻こすって着物になすりつける真似する。
たね「うん……今の子は昔ほど鼻ったらしもいないけど、のんびりしてないね」
きく「そうねえ……矢張り世智辛いのね」
たね「何だかいぢいぢしてるよ……吸がら拾ったり釘集めたり、こんな事、子供にさしといちゃいけないねえ、子供のするこっちゃないよ」
きく「そうねえ、子供はもっとのんびりしてなくっちゃ、いやだねえ……じゃあ（と立上り）じゃ、さよなら……頼みますよ」
たね「訊いとくわ」
と去りかけ、戸口の幸平に紙入れを出して「坊や、はい」と手の切れるような拾円札をやる。そして出て行く。
おたね、見送ってから少年に、
たね「何貰ったんだい」
幸平「十円」（と見せる）
たね「人様に物を頂いた時はお礼言わなきゃ駄目じゃないか、馬鹿だねえ」
と言ったが、ふと思いついて「坊やちょいとおいで」と言う。今度は優しく「ちょいとおいで」と言う。少年はやって来る。
たね「お前ね、その十円ね、三角くじ買ってごらん」
幸平「………」
たね「お前、当るよ」
幸平「………」
たね「お前ならきっと当るよ、お前わりと無邪気だろう……当るよ、やってごらん」
と頻りにすすめる。幸平も「うん」と頷く。
たね「売ってるとこ知ってるだろう」
幸平「うん」
たね「当てといで二千円」
幸平、出て行く。
たね「途中で勘定なんかするんじゃないよ」
と見送る。そして自分も出て行く。

24

錺屋為吉の家

為吉さん仕事をしている。
おたね、やって来る。

たね「精が出るね」

為吉「なあに、こんなもの寝巻きだよ、精が出るうちに入りゃしねいよ……なあ、まあ浪人が傘はってるようなもんだよ……昔の黒江町の神輿見てくれたかい、かあやん、俺がこしらえたんだぜ、ありゃァ……錺屋の為さんも腕が泣くよ」

たね「そいじゃ悪いかね」

為吉「何が」

たね「つまんない事頼んじゃ」

為吉「いやいや何だい」（と乗出す）

たね「ゴムのホースだよ、長いの」

為吉「ホースねえ……あいつはなかなかないねえ……あっても高いよ、お前さん買うのかい」

たね「ううん此の間の……」

為吉「ああ秋田中のおかみさんかい、そいじゃ高くってもいいや、めっけとこう（と引受けたが）あのね、自転車の夕イヤあるんだがね、パンクしないむくの奴……いい品なんだけどね」

と、すすめ出す。そこへ為さんの娘ゆき子が「今日は」と入って来る。

二十五六歳だろう、おたね見迎え「今日は」

為さん「やあ」と迎える。ゆき子はさっさと上り、火鉢の前に行きながら、

ゆき「お父つぁん、珍らしく家にいたわね」

為吉「そりゃいますよ……今日は何だい」

ゆき「ちょいとパーマに来たんだけど、混んでたもんだから……」

為吉「ふーん」

たね「ゆきちゃん、ここんとこ見えなかったけど、肥ったねあんた」

ゆき「そうですか」

為吉「大したもんだよ、今時肥るんだからね」

ゆき「お父つぁん、もうお昼済んで?」

為吉「何か御馳走買って来たのかい……頂くよ」

ゆき「ううん、まだならあたしも一緒に頂こうと思って」

為吉「冗談じゃないよ、めし時、見はからって手ぶらで食いべらしに来られちゃ堪りませんや、ねえかあやん、これだからね親は堪りませんや……肥るわけですよ」

おたね笑っている。ふと見ると我が家へ幸平が入って行くのが見える。

それで急いで「じゃご免」と帰って行く。

25

おたねの家

おたね入り来て、幸平に近づき四辺《あたり》見て、

たね「坊や、どうだったい……当ったかい、お見せ」（と手を出す）

幸平「当んない」

たね「当んなかった……何にもかい」

幸平「うん」

たね「煙草くれただろう」

幸平「ううん」

たね「煙草も呉れなかった、じゃ十円只取られたのかい」

幸平「うん」

たね（急にじゃけんになって）「ばかだよお前は……日頃の心がけが悪いんだい、折角の十円只とられて」

言われて少年はワーッと泣き出す。おたね少々慌てて四辺見て、

たね「おい、泣くんじゃない、男のくせに」

と、がま口を出し、汚いよれよれの十円をつまみ出して、

たね「返してやるよ、ほら……ばかだよ此の子は」

と渡して上る。そして甚だ口惜しげに、

たね「お前のおかげで損しちゃったい……只取られちゃったい十円」

と恨めしげに又粉を挽き始める。

26

（F・I）川喜の裏手の空地

喜八が女房と伸子《しんし》張《ば》りをしている。

そこへ為さんが他所から帰って来る。

為吉「川喜さん」

喜　八「やあお帰り」
為　吉「頼まれた曹達ね、二三日待ってくれよ……あるとこめっけたよ」
喜　八「そりゃどうも」
為　吉「あんたジャケット着ないかい、ここんとこトックリになってるの……いいのあるよ」
と言って向うを見て「何だい」と喜八に訊く。
喜　八「かあやん怒ってるんだよ、さっきから」
為　吉「ふーん」

27　おたねの家

おたね、幸平を座らせて厳しく叱ってる。
たね「どうだい……食べたんだろう」
幸　平「…………」
たね「食べたら食べたって言ったらどうだい」
幸　平「…………」
たね「ひどい目に逢わすよ、言わないと」
幸　平「…………」
たね「強情な餓鬼だね……（間）どうしても言わないのかい、食ったんだろう、お前」
そこへ為吉がやって来て「かあやん」と声をかけて、
為　吉「何だい、何怒ってるんだい」
たね「此の餓鬼ね、干しといた串柿食っちゃったんだよ」
為　吉「ふーん、まあそう怒らんでいいじゃねえか」
たね「何にもあたしゃ串柿の一つや二つで怒ってんじゃないんだよ、此の餓鬼があんまりしぶといからさ……（子供に）どうだい、食ったんだろう」
為　吉「かあやん、あんまりそうぽんぽん言いなさんなよ」
たね「いいじゃないか、ほっといておくれよ」
と睨む、今度は為吉を睨む。
為吉、くさりながら、
為　吉「まずい事になっちゃったな、実はなかあやん、俺なんだ」
たね「なんだ、お前さんかい」
為　吉「うん、俺が御馳走になったんだ」
たね「誰に」
為　吉「誰にって……この頃ばかに甘いものが食いたくってね……さっき来て、一寸見てね、たね……」
たね「そんなら何もあんな真中から千切らなくたっていいじゃないか」
為　吉「いや、どうせ御馳走になるんなら、うまそうなとこがいいと思って」
たね「堪りませんよ、よっぽどいい気だね……ふざけちゃいけないよ、あんた坊やに謝まんなよ可哀そうに」
為　吉「まずいじゃねえか……（少年に）坊や、かんべんしてくれ……酷え目にあったな……な、ご免よ、なあ……なあ……」
と、こそこそ逃げて行く。
おたね「何だい」と見送り、
たね「坊やご免よ、済まなかったね……もういいんだよ、坊やじゃない事分ったんだから……小母ちゃん悪かったね、ご免よ」
言われてほっとすると、幸平はせきかねて手放しでワッと泣き出す。
おたね、気持分って、優しく、
たね「もういいんだよ……泣くのおよし……な、かんにんしておくれ」
と立上り串柿二つとってやり「ほら」と渡して座る。
少年は泣きじゃくっている。
たね「もう泣くんじゃないよ、もうおよし、男の子はいつまでも泣くもんじゃないよ」
と火鉢で煙管を取上げる。が少々考え込む。
（F・O）

28　焼木に縄がかかって風にゆれている

鳥の声が不気味である。

29 **おたねの家の横**

側の処へ寝小便の蒲団と寝巻きが干してある。

30 **銹屋為吉の家の前**

為吉のとこへ、おたねが来ている。

為 吉「坊主どうしたんだい」

たね「又やりやがったんだよ、寝小便」

為 吉「そうかい、性こりもなく又やったのかい」

たね「うん」

為 吉「しぶとい餓鬼だね、あれだけ怒られて又やりやがったかい」

たね「うん」

為 吉「馬のようにかい」

たね「うん」

為 吉「で坊主、又裏で煽いでいるのかい」

たね「処が、いなくなっちゃったんだよ」

為 吉「又かあやん、ぽんぽん怒ったんだろう」

たね「怒るにもなにも、今朝からいないんだよ……朝起きて何だかもじもじしてると思ったら、朝めしも食わず、どこへ行っちゃったんだよ」

為 吉「ふーん」

たね「そしたらお前さん、蒲団がちゃんと畳んで板の間に置いてあるじゃないか」

為 吉「ふーん」

たね「どこへ行きやがったかね……もうお前さん二時過ぎだろう」

為 吉「うん……こりゃかあやん、ひょいとするともう帰っちゃ来ないぞ……たれ逃げだよ……寝小便のたれ逃げだよ」

たね「そうかね、どこへ行きやがったんだろう」

為 吉「どこってお前さん、あんなもの当てがあるもんかい……どこへなと行かあね……野良猫だよ」

たね「ばかな奴だよ、腹も減るだろうにさ」と口より腹の中で心配である。

為 吉（そうとは知らず）「なあに、あっちこっち拾って食ってかあね……これでかあやんもうさばさばだろ……もう来やしねえよ……厄払いだ」

たね「そうかね」と、おたねは帰って行く。

31 **おたねの家**

おたね入って来て座る。煙管へくせの手が……と、三時が鳴る。

彼女はどうも落付いていられない。四辺を見廻す、お膳がぽつんと白いふきんを冠って据わっている。

おたねはつと立上って、出て行く。

32 **家の外**

おたね出て来て、焼跡の中で見廻す。

33 **町角**

彼女は見廻しながら歩いて行く。

34 **橋**

彼女やって来て探す。

子供達が今日も橋から釣っている。

35 **町の風景**

いつしか町に夕闇がしのび寄る。

36 **おたねの家**

夜になっている。

友達のきく女が遊びに来ている。

きく「あんた又ガミガミやったんでしょう」

たね「今日は怒りゃしないよ」

きく「ううん、きのうよ」

たね「だから、きのうはちょいと怒ったよ、串柿で……（そしてきのうを思い出して）そしたら、とても強情でね、涙ぽろぽろこぼして言わないんだよ」

きく「だって本人食べないんだもの、言えないじゃないの」

たね「そうなんだよ、でもとてもしぶといんだよ、その面魂が……こちこちの握りめしみたいな顔してね……睨むんだよ、あたしを……あんまり強情なんでね、負けるもんかと思って、あたしも睨みをきかしちゃってね、やってやったんだよ」
きく「可哀そうに」
たね「そしたら犯人は向いの親爺だろう……少しやり過ぎちゃったんだよ」
きく「大体あんた、カーッとなると昔からそんなとこあるわよ……そのまたあんたの怒った顔怖いからねえ……特別だよ、子供には薬が効きすぎるよ、睨みきかしただけ余計よ」
たね「そうなんだ、やり過ぎちゃったんだい……あとから一寸謝まったけどね。それにあたしだってあの位いの時は寝小便したよ」
と大分弱気である。
きく「そうよ、あたしだって覚えがあるわよ、可哀そうな事しちゃったねえ」
たね「うん……でも、あんなの案外大きくなったらでかぶつになんのかも知れないね」
きく「うーん」
たね「偉い人って、大てい子供の時分は目から鼻に抜ける方じゃなくて、少し気のきかないぽうっとしたのが多いっていうじゃないか」
きく「そう言うわねえ」
たね「それに、不人情な親にさ、釘拾ったり吸がら集めたり、優しいとこもあったしね、ちょいとした大ものだったよ、あの子は」
と大分懐かし相である。
で、きく女はずばりと言う。
きく「惜しい事したわね、あの子……惜しいでしょう、あんた」
たね「…………」(見返す)
きく「あんたもう結構好きね、あの子……あんたもう、疾《と》うに好きになっちゃってるのよ、あの子」
たね「ふーん、そうかしら」
きく「そうよ、きまってるじゃないの」
たね「そうかね、ふーん」
きく「何がふーんよ」
たね「今迄別に気がつかなかったけど」
きく「そうなのよ、そんなもんなのよ」
たね「不思議なもんだね」
きく「そうよ、いつかしらもう人情移っちゃってるのよ」
と言い、おたねが考えるのを見て、そろそろ帰り支度して袱紗包みを取上げながら、
きく「親切な人が拾ってくれりゃいいけどねえ」
たね「うん」(と考え込む)
きく「おやかましう……又来るわね」
と、きく女は会釈して戸口へ出て行ったが、ひょいと戻って、
きく「もし坊やが帰って来たら、あんたどうする」
たね「…………」(見返す)
きく「あたしにおごる?」
おたねは無言できく女を見ている。
きく女、戸口の方へふり向く。
おたねもその方を見る。
占師田代が入って来て「今晩は」女二人会釈を返す。
と田代は言いにくそうに、
田代「ね、おたねさん……又一つ今晩面倒見てやってくれんかな」
たね「…………」
田代「あんまり怒らんでほしいんじゃ」
たね「…………」
田代「何んだか又今朝、粗相してしもて、あんたに怒られると思うて……」
たね(分ってほっとして)「いたのかい坊主」
田代「うん」
たね「どこにいたい」
田代「九段じゃよ、此の前拾って来た鳥居のとこで、キョロキョロしとった……あんたに怒られるし、行きどこはなし、急にお父つぁんが恋しうなったらしいんじゃよ」
たね「…………」

田　代「何んだか可哀そうになってしもて、又連れて来てしもたんじゃ……悪いけど頼むよ」

たね「………」

田　代「なあ、一つ泊めてやってくれんかな」

おたねは嬉しい心中を、わざと突っけんどんな調子で、
たね「いいよ」

田　代（ほっとして）「……じゃ、あんまり怒らんで……あんたに悪いと思うて外に立っとるんじゃよ……な、頼むけん」

と、とりなし、外の子を入れ「ほら」と おたねの方へ押しやる。

そして「頼みますばい」と田代はすたすた去って行く。

きく女も二人の様子を見て「あたしもう帰ろう」と子供の横を通って「さよなら」と出て行く。

おたねは子供と二人になると、じっと見つめ、子供もそっとおたねを見る。

おたねは目が合うと「めッ！」と睨む。

幸平は、げっそりうなだれる。

おたね、わざと荒く、
たね「さっさとおいで」

幸　平「………」（動かない）

たね「お前、おなか空いてんだろう」

と立上り、戸棚から大きなドンドン焼きを出して来て、土間に立っている幸平に「おいで」と言う。

幸平、上って来てチャブ台に座る。

たね「おあがり……おなか空いただろう……おあがり」

幸平、食い出す。

おたね、その様子を見ていたが、
たね「御飯なくて御免よ……坊やの御飯、食べちゃったんだよ……今晩御飯炊かなかったんだよ」

と言い、背中のごみなど払ってやる。

たね「坊や、おばちゃん好きかい」

と言い、のぞき込んで「うん？」と訊く。

幸平「うん」と頷く。おたね嬉しくなり、
たね「そうかい……坊やもう家に居てもいいよ」

幸　平「………」

たね「おばちゃんとこの子になっちゃうか」

幸　平「うん」

そして食いかけのドンドン焼きを変な顔して見ると、見事に焦げている。それをおたねは見て、優しく、
たね「そっちのお食べ……焦げたの残しておいていいよ」

幸平は言われた通りの方を食べる。

（F・O）

37
（F・I）晴れた日の動物園
キリンが歩いている。

38
その附近
おたねと、きく女が腰かけている。
きく女は、冷かし半分の気持で、
き　く「ちょいと、どんな気持」
たね「いい気持だね、こんな気持は始めてだよ……まあ、母性愛かね」
き　く「だけど、どう見たってお孫さんをお守りしてるお祖母さんだよ、あんたは」
たね「冗談じゃないよ、ぶつよ」
と老女達も明るい。

39
檻の前
てすりの丸太にぶら下って、幸平はくるりくるりと体を廻している。

40
おたねときく女はその方を見て
き　く「ちょいとお前さん、あの帽子、大き過ぎたよ……さっきから二三べん落したよ」
たね「なあにすぐ頭の方がでっかくなるよ、あれで学校へ行く頃は丁度いいんだよ」
と言って、子供の方へ「坊や」と呼ぶ。
幸平が走って来る。
おたねは帽子を取って、

たね「帽子、持ってやろうか」
幸平「うん……おばちゃん、狸もう見た？」
たね「いたじゃないか、さっき、兎の隣りに」
幸平「狸、何時ばける？」
たね「晩だよ」
幸平「晩までここにいるの？」
たね「ううん、もう直ぐ山下の写真屋さんへ行って写真うつすんだよ」

41　写真屋の写場

浅草土産を持って、おたねと幸平が並んでいる。
写真師がピントを合わしている。
一方の隅にきく女が腰かけて、笑いながら二人の方を見ている。
たね「おばさんも一緒にお入りよ」
きく「いやよ……三人で写すもんじゃないわよ」（と笑いながら言う）
たね「そんな事あるもんかね、ねえ写真屋さん」
写真師「ええ……どうぞお入りになって」
きく「いやよ、あたし写真嫌いなのよ」
たね「いいじゃないか、私と並んだって、あんた見劣りしやしないよ」
きく「するわよ」
たね「チェッ、遠慮して」
そしてレンズの方を見て澄し返り、又チラリときく女を見て、
たね「似合うかい」
きく（頷いたが）「ちょいと帽子大きいよ」
たね「そうかい」
と見る。「成程」スッポリと入って居る。
おたねはそれを適当に支えてその儘の姿勢で澄して、
たね「持ってようか……おかしくないかい」
きく「いいよ、それ」
たね「そうかい」
と澄している。
写真師「じゃ写します」と言うと、おたねは心配になり、
たね「坊や動いちゃいけないよ、口むすんで……鼻出てないね……いいかい」
と、うるさく世話をやく。
写真師「お母さま、お静かに」
たね「…………」（様子を作る）
写真師「お母さま、お口をおむすびになって……」
言われて、おたねはつい昔のくせの鼻をすすりその手を着物になすりつける。そして大一番の澄し方をする。
写真師「ハイ」とシャッターを切る。

42　逆さの影像

シャッターの音で、それが暗くなる。

43　おたねの家

夕方になって、おたねと幸平が今帰って来た処である。
幸平は疲れた足を投げ出し、撫でている。
おたねは幸平の帽子を脱がしてやり、
たね「坊や面白かったね……うまかったねえ天ぷら……脱がしてやろうか（とセーターもとってやる）いい小母さんだね、こんないいの買ってくれて……大事にするんだよ、これ着て学校へ行くんだものね」
幸平「うん」
たね「坊やくたびれただろう」
幸平「ううん」（首をふる）
たね「おばちゃんくたびれちゃったよ……坊や後生だからちょいと肩たたいておくれよ」
幸平「うん」
と少年は後ろへ廻ってたたき出す。
パッと夕方の電燈がつく。
おたねは笑顔で、
たね「坊やおねしょしなきゃ、いい子なんだがね……直らね、もうじきねえ」
幸平「うん」
と戸口の方で「御免下さい」と声がする。
たね「誰だい、坊や見といで」

少年行く。

44　上りはなの処へ幸平が来て見る

45　戸口

少年の父が立っている。

46　幸平、ふり向いて

「お父つぁんだい」と言う。

47　おたね、急いで立って行き見る

と、土間に父親が、そしてその横に幸平がへばりついて並んで立っている。
父親は、おたねを見ると、丁重にお叩頭《じぎ》する。
おたねもお叩頭する。

父　「あたしはこいつの父親で……」
たね「………」
父　「えらいこいつがお世話になりまして……どうも有難うございました」
たね「いいえ」
父　「こいつとは九日の日に東京へ出て来まして、九段の坂の上の処ではぐれまして……方々探したんですが分りませんで……もしかと思って今朝茅ケ崎の方へ行って見ましたら、お宅さんがわざわざおいで下すったそうで……」
たね「いいえ……そりゃまあ、あなたも心配で……でもようござんしたね」
父　「はい、お蔭様で……こいつとは二人きりなもんで……いや方々……焼け出された八王子の方へも行ってみましたんで……」
たね「そうですか、大変でしたね……坊や嬉しいだろう、お父つぁんめっかって」
父は、ぼんやり立っている子供の頭を押えて、
父　「こら、おばさんにお礼言わないか……おい……どうも仕様のない野郎でして……いやどうもいろいろ有難うございました」
たね「なんの……」
父　「おいこら、おばさんにお礼申上げて……おいとましよう……な」
幸平「うん」
父は芋の包みを差出して、
父　「これ、つまらないもんですが……茅ケ崎で買って参りまして」
たね「まあいいんですよ、そんなこと……」
父　「いやもう、ほんの少しばかり、芋で……どうも有難うございました」
おたねも礼を返し、立って帽子とセーターを持って来て、
たね「これ坊やに」
父　(恐縮し)「あの戴いて宜しいんですか」
たね「どうぞ」
父　「じゃ頂戴します、どうも何から何まで……」(と大変な喜び様である)
たね「いいえ、気をつけてお帰んなさい」
父　「はい」
たね「坊や、又お父つぁんと一緒に遊びにおいで……いいかい遊びに来るんだよ」
幸平、頷く。
父、そろそろ子供を連れて出る支度しながら、
父　「有難うございます……じゃご免下さい……さよなら」
たね「さよなら」
父と子は礼をのべつつ去って行く。
おたねも土間におり、戸口まで見送りに行く。

48　向うを、夕映えの方へ親と子が歩いて行く

49　おたね、見送り、家の中へ戻って来る

そして、しょんぼりと座り込む。と為吉と田代とが入って来る。

為吉「来たんだなあ、親……」
たね「………」
為吉「めっかってよかったなあ……これで今晩からかあやんもほっとだろう」
たね「………」
為吉「矢張りなにかい、はぐれたのかい」
たね「うん」

為　吉「そうかい、まあ、うまくけりがついてよかったよ」
この時、おたねは急に泣き出してしまう。両人驚いて見て、
為　吉「なんだい」
た　ね「………」
為　吉（少々呆れて）「なにも泣く事はないじゃないか、お前さん始めっからあの子あんまり好きじゃなかったじゃないか」
た　ね「………」（泣いている）
為吉にもおたねの気持が分って、
為　吉「矢張りいけねえかい」
た　ね「ね、あたしゃ悲しいんで泣いてるんじゃないんだよ……あの子がどんなに嬉しかろと思ってさ」
と目をふきつつ言う。そして述懐する。
た　ね「矢張りあの子はぐれたんだよ……さぞ不人情なお父つぁんだと思ってたら、どうしてとてもいいお父つぁんで……あの子を随分探してたんだよ、それが逢えてさ、仲よく親子が一緒にいい正月が出来るんだと思ったら、どんなに嬉しかろうと思って泣けちゃったんだよ……お父つぁんだっていい人だよ、ちゃんと挨拶の一通りは知ってさ……割りと品もあるし、優しかったよ、あんなら坊やも幸せだよ」
為　吉「そうかい、そりゃまあよかったな」
た　ね「何んてったって坊やも子供だよ、お父つぁんの顔見たら、折角集めた釘すっかり忘れて、置いてっちゃったよ」
為　吉「そうかい」
た　ね（しみじみと）「親子っていいもんだね……嬉しかったよ、あたし……こんな事ならもっとあたしも可愛がっといてやりゃよかったと思ってね」
為　吉「ふーん」
た　ね「いや、あたし達の気持だって、随分昔とは違っているよ……自分一人さえよきゃいいじゃ済まないよ……早い話が、電車に乗るんだって、人を押しのけたりさ……手前えだけ腹一杯食おうって根性だろう……いぢいぢしてのんびりしてないのは私達だったよ」
為　吉「うん、そう言われりゃ、たしかにそうだな」
と田代の方を見る。
田代も「うん」と同意する。
おたね、つくづくと、
た　ね「あの子と一緒にいたのはほんの一週間だったけど、考えさせられちゃったよ、いろんな事……欲言えばせめて一と月二た月一緒に暮したかったよ」
為吉も田代も、しんみりして聞く。
おたねは、一寸考えて「ねえ」と田代に、
た　ね「どうだろう田代さん……もうあたしゃ子供さずからないかね」
田　代「お前さんが……あんたが授かったらおかしかろが……後家さんじゃぞ、あんた」
た　ね「ううん、貰うとか拾うとかさ」
田　代「そんなら授からん事もなかろが」
た　ね「急に欲しくなっちゃったんだよ、子供」
田　代「うん子供はよかもんじゃけん」
た　ね（乗出して）「どうだろう、ちょいと見ておくれよ、どうかさ……」
と手のひらを出す。
田代、真面目な顔つきして、
田　代「あんた亥《いのしし》じゃったか」
た　ね「うん」
田　代「亥なら乾《いぬい》の方じゃよ」
た　ね「乾の方って、どっちさ」
田　代「まあ本郷か下谷の方じゃろか」
た　ね「下谷なら上野の方だろう」
為　吉「上野なら西郷さんだい」
田　代「まあ、その近所を探して見るんじゃよ」
た　ね「うん、西郷さんね……銅像ね……」
と半ばひとりごと言いつつ考える。

50

上野　西郷さんの銅像

その廻りに戦災の家のない子供達が大勢遊んでいる。

やがて子供達は幸せになるであろう。

——終り——

風の中の牝雞

脚本　斎藤良輔
小津安二郎

製作……………………久保 光三
脚本……………………斎藤 良輔
　　　　　　　　　　小津安二郎
監督……………………小津安二郎
撮影……………………厚田 雄春
録音……………………宇佐美 駿
美術……………………浜田 辰雄
音楽……………………伊藤 宣二
照明……………………磯野 春雄

雨宮修一……………………佐野 周二
　時子……………………田中 絹代
　浩……………………中川 秀人
井田秋子……………………村田知英子
佐竹和一郎……………………笠 智衆
野間織江……………………水上 令子
小野田房子……………………文谷千代子
酒井彦三……………………坂本 武
　つね……………………高松 栄子
　あや子……………………長船フジヨ
　正一……………………青木 放屁
医者……………………長尾敏之助
看護婦A……………………谷 よしの
　B……………………泉 啓子
女将……………………岡村 文子
古川……………………清水 一郎
男A……………………三井 弘次
　B……………………千代木国男
巡査……………………中川 健三

一九四八年（昭和二十三年）
松竹大船
脚本、ネガ、プリント現存
10巻、2296m（八三分） 白黒
九月二十日 国際劇場公開

1 東京都の江東地区あたり

瓦斯タンクの見える風景。

2 原っぱ

戸籍調べの巡査が来る。

3 焼残った一角

酒井彦三の家がある。
巡査、来る。

4 酒井の家

玄関――巡査、来て、

巡　査「ごめんなさい」
亭主の彦三が出て来る。
巡査、挙手の礼をして、
巡　査「や、酒井さんですな」
彦　三「はあ」
巡　査「皆さん、お変りありませんな」
彦　三「はあ」
巡査、帳面を見て、
巡　査「雨宮時子さんはお宅にいるんですね」
彦　三「はあ」
巡　査「間借りですね」
彦　三「はあ、二階を貸して居りますんで……」
巡　査「子供さんと二人ですな」
彦　三「はあ」
巡　査「生活は……」
彦　三「ミシンの下請けをやってます」
巡　査「ご主人はまだですか」
彦　三「はあ」
巡　査「まだですな、復員……」
彦　三「はあ」
巡　査「これは区役所の方へ問い合せてみましたかな」
彦　三「はあ、この間も出かけたようでしたけど」
巡　査「そうですか……長いですね。いや、お邪魔しました」
と、去りかけて、
巡　査「チフスの注射すみましたな」
彦　三「はあ」
巡　査「や、どうも」
と、帰って行く。

5 座敷

彦三、戻って来る。
女房のおつねが繕いものをしている。
おつね「誰……」
彦　三「うん、お巡りさんだよ……お時さんは……」
おつね「さっき子供と出かけたようよ」
彦　三「うん」
おつね「何だか、また包んで持ってったわ……大変ね、あの人も……」
彦　三「うん」
彦三、新聞を読んでいる。

6 二階の階段

7 二階の部屋

時子の間借りの部屋である。
誰もいない。
ミシン、箪笥、僅かな調度――貧しいけれど、清潔な部屋。
机の上に、夫雨宮修一の写真が飾ってある。

8 窓の外

子供の着物が乾してある。

9 街

時子が浩の手を引いて歩いて行く。
片手に風呂敷包みを持っている。

10 アパートの廊下（二階）

時子、友達の井田秋子を訪ねて来る。

11 秋子の部屋

時子、ノック。

「はい」と声がして、時子、扉を開ける。
時子「今日は……」
秋子「あ、いらっしゃい。浩ちゃん、今日は……」
時子「今日はしないの、小母ちゃんに……」
浩「今日は……」
時子、入り、坐る。
時子「ね、またこれ買って欲しいんだけど……」
秋子「何……」
時子、風呂敷包みを開けて着物を出し、
秋子、見て、
時子「また今月足りなくなっちゃった」
秋子「あ、これオリエントにいた時お揃いでこしらえたのね。あんた、これまだ持ってたの。あたし、もうとうに売っちゃった」
時子「これ着てみんなで鬼怒川温泉へ行ったことあるじゃないの」
秋子「あ、紅葉の時ね」
時子「うん、この着物好きなんだけど、もう着ることもないわ」
と、もう一枚の着物を出し、
時子「これ、この間の値段でいいから売っちゃってよ」
秋子「いい、あれで……」
時子「うん、仕様がないわ……いい加減もう貧乏に馴れたけど、何も彼もこう高くなっちゃやりきれないわね」
秋子「そうね。いつも二、三百円のお金持ってなきゃ、配給物だって取りに行けやしないわ」
時子「まアどうにかって、もうどうにもやっていけないわ……これで、もうあたし着物、お仕舞いよ」
秋子「あたしなんかもうとうにありゃしない。うちの人、安いんですもの、月給……」
時子「ね、いくら位になるかしら、これ……」
秋子「一寸聞いてみるわ」
と、着物を持って立つ。
時子「すまないわね……もう何がなくてもいいわ、この子さえ大きくなれば……」
時子、浩を見る。
秋子、着物を持って出て行く。

12 廊下

秋子、織江の部屋へ行く。

13 織江の部屋

秋子、ノックする。
中から「はい」と声がする。
秋子、「ごめんなさい」と入る。
織江は同年輩の自堕落な感じのする女である。
秋子「また一寸お願いがあるの」
織江「何……」
秋子「これ、売って貰えない……これ、この間の値段でいいんですって……」
織江「あ、時子さんの……」
秋子「ええ、高く売ってあげてよ」
織江「うん、うまく欲しい人がいてくれればいいけどね。でも、いまこんなもの売っちゃ損よ」
秋子「でも、困ってるのよ。いるのよ、お金……」
織江「時子さん、何もこんなことしなくたって楽に暮せるじゃないの」
秋子「どうして……」
織江「綺麗だし……その気になりゃいいのよ」
秋子「よしてよ。そんな人じゃないわ。時子さん、旦那さまがいるのよ」
織江「あてになるもんですか、まだ帰って来ないんだもの……馬鹿々々しいじゃないの、苦労するだけ……」
秋子、不愉快そうに睨む。
織江、一寸目を外して、
織江「これ、売ってくれって下の人に頼まれたんだけど、帯どめにどうかって……どう、こんなもの、買う人ないわね。勲七よ。桐の葉よ」

織江、勲章を弄ぶ。胸にあてて見て、

織　江「子供にでもやりゃ喜ぶけど……」

14　秋子の部屋

浩が時子の膝の上にいる。何となく元気がない。生あくびをする。

時　子「どうしたの、浩ちゃん……眠いの……朝早かったもんね」

時子、浩の頭を撫でる。
秋子が戻って来る。

時　子「どうだった」

秋　子「うん、頼んで来た……いやな奴よ、あいつ……」

時　子「何だって……」

秋　子「あんた綺麗だから、その気になりゃ楽に暮せるって……」

時子、笑って、

時　子「あたしにもそう言ったわ」

秋　子「何時……」

時　子「この間」

秋　子「いやな奴、馬鹿ね……どうしたの、浩ちゃん、元気ないわね」

時　子「うん、おねむちゃんらしいの……浩ちゃん、もう帰る、お暇する」

秋　子「まだいいじゃないの。今からお芋でもふかすわよ」

時　子「いいわよ。また今度ご馳走になるわ。さ、浩ちゃん、お暇しましょう。おんぶしてく？」

浩　「うん」

時　子「いらっしゃい、さ……」

と、浩を負ぶって、

時　子「旦那さまに宜しく」

秋　子「ええ」

時　子「じゃ、お願いするわ……小母ちゃんにさよならは……」

秋　子「いいわねえ、浩ちゃん、お母さんにおんぶして……大きな赤ちゃん」

時子、窓から外を見て、

時　子「いいお天気ね。もうすっかり春ね」

秋　子「去年行ったわね、今頃、放水路……また行かない」

時　子「行きたいわ。もうきっといいわ、青々して……ね、あんなとこの草、どうして分るのかしら、春になったの……」

秋　子「そうね」

15　屋根の上に雑草が芽を出している

16　原っぱ

鉄管の下に、雑草の芽生え。

17　時子の部屋

時子、浩を負って帰って来る。

時　子「浩ちゃん、只今……。浩ちゃん、お家よ。おんりするのよ。ほら、どっこいしょ」

と、浩を下して、

時　子「あれあれ、お母ちゃん、馬鹿ね。浩ちゃんのお靴持って来ちゃった。待ってらっしゃいね」

時子、子供の靴と買物袋を持って降りて行く。

18　階下

時子、子供の靴を玄関へ置いて、台所へ行く。
おつねが洗物している。

時　子「お塩、とって来ました」

おつね「あ、どうも」

時　子「これ、四人分ですって……八百グラムですって……おつり、五円二十銭……」

おつね「すみません」

時子、おつり、通帳などを出す。

時　子「何でも高くなって、もう値段を聞かないでうっかり買物出来ませんわ」

と、買物袋から林檎を出して、

時　子「これ、三つ八十円ですって……」

おつね「へえ」

時　子「余り高いんで、浩ちゃんの一つだけ買って来ましたわ」

おつね「まあ、昔なら十銭も出せばね」

時　子「ええ、もっといいのありましたわ」

と、二階へ上って行く。

19 二階

浩、元気なく寝転んでいる。

時　子「どうしたの、浩ちゃん……ねんねしたいの。おねむちゃん」

浩、動かない。

時子、傍へ寄って、

時　子「どうしたの。どうしたのよ。元気ないわね」

と、額に触ってみる。熱い。

時　子「あら……浩ちゃん、浩ちゃん」

と、抱き起して、

時　子「どうしたの、浩ちゃん……」

浩、ぐったりしている。

時子、驚いて抱き上げ、立つ。窓の方へ寄り、

時　子「浩ちゃん浩ちゃん、しっかりしてよ。浩ちゃん」

そして、急ぎ階下へ降りて行く。

20 階下

時子、来て、

時　子「小母さん、小母さん……」

おつね、来て、

おつね「どうしたの」

時　子「何だか急に浩ちゃんが……」

おつね「どうしたの」

おつね、一緒に玄関の方へ行きながら子供の頭を触って見て、

おつね「こりゃ直ぐお医者さんへ行ったら……」

時　子「ええ、何処がいいでしょう」

おつね、座敷の方へ、

時　子「何処がいいかしら……」

座敷の方から、彦三が出て来る。

おつね「ね、何処がいい」

彦　三「うん、森田さん、どうだい」

おつね「知ってる」

時　子「ええ」

おつね「学校裏の……」

彦　三「黒い塀の……ペンキ塗りの……」

時　子「ええ、分ってます」

おつね「気をつけて行ってらっしゃいよ」

彦　三「一緒に行ってあげようか」

時　子「いいえ、大丈夫です。じゃ、行って来ます」

彦　三「気をつけてな」

時子、出て行く。

彦　三「どうしたんだい」

おつね「何だか急に悪くなったんだって……」

彦三、落して行った浩の毛糸の靴下を拾い、

彦　三「元気だったじゃないか、今朝……」

おつね「うん、たったさっきまで元気よ。小母ちゃん、只今って、たったさっき帰って来たんだもの……」

21 原っぱ

時子、緊張した顔で子供を抱いて急ぎ行く。

22 病院の大時計

夜――

23 廊下

誰もいない。

スリッパが並んでいる。

24 病室

医者、看護婦、時子、おつねなどがいる。

医者、注射がすんで、看護婦が後を片付ける。

時子、心配して、

時　子「いかがでしょう」

医　者「まあ、容態を見てどんどん注射してみましょう」

時　子「はあ」

医　者「明日の朝まで、持ってくれればいいんですが……急性大腸カタルです。今晩が大事ですから、よく冷やしてあげて下さい」

時　子「はあ」

医　者「お大事に……」
医者、看護婦と去る。
おつね「どうも大変なことになって……よくなってくれればいいですね」
時　子「ええ……あの、小母さんもどうぞ……もう遅いですから……」
おつね「ええ、いいんですよ」
時　子「でも、どうぞ……朝がお早いんですから……」
おつね「ええ……」
時　子「どうぞもう……」
おつね「そうですか……じゃ……」
と、懐から紙包みを出して、
おつね「あの、これ……ほんの少しだけど、何かの足しにして下さい」
時　子「まあ」
おつね「ほんの少しよ。氷代にでも……」
時　子「そうですか。では、遠慮なく頂いて置きます。いろいろご心配かけまして……」
おつね「何の……大事にして下さいよ。また明日の朝早く来ますからね」
時　子「すみません」
おつね「じゃ、お大事にね」
時　子「有難うございます」
おつね、帰って行く。
時子、一人になると、浩の枕辺に寄り、みつめる。
時　子「浩ちゃん、悪かったわね。お母ちゃん、馬鹿なもんだから、あんたにアンコ玉なんか食べさせて……ごめんね。だってあんた、あんまり欲しがるんだもの……ね、浩ちゃん、しっかりしてよ。よくなってよ。あんたがよくなってくれなきゃ、お母ちゃん、困るのよ。いい？　あんたに若しものことがあったら、お母ちゃん、どうするの？　お母ちゃんを置いてっちゃ、いやよ。いい？　ね、よくなるのよ。しっかりするのよ。いいこと、頑張ってね、頼むわよ」

25　廊下

夜更けで、森閑としている。
時計が静かに時を刻んでいる。

26　薬局の前

ここだけ電気がついていて、明るい。
鼻唄が聞えて来る。

27　薬局

看護婦A、南京豆を食べながら雑誌を読んでいる。
看護婦B、小さな鏡に向って髪をクリップにまきながら流行歌を唄っている。
「うるさいわね」とAにいわれて、歌をやめる。
看護婦A、ポリポリと豆を食べている。

28　夜明け

29　廊下にうす明るい光

30　朝の風景

31　病室

医者が浩を診察している。
時子、心配そうに、
時　子「いかがでしょう」
医　者「いい塩梅でした。熱も下りましたし、この分ならもうご心配はないでしょう」
時　子「まあ、さよですか。どうも有難うございました」
医　者「いや、一時はどうかと思いましたが、よく頑張ってくれましたよ」
時　子「はあ」
医　者「いや、この分ならもう安心ですよ。もうどんどんよくなりますよ」
時　子「いろいろどうも有難うございました」
医　者「いや、じゃ、また……」
時　子「有難うございました」
医者、去る。
看護婦が居残って、

看護婦「あの、この病院、入院料十日分前納して頂くことになってますから……」
時　子「はあ」
看護婦「皆さんにそうして頂いてるんで……」
時　子「はあ……あの、後程……」
看護婦「よござんしたね、早くよくなって……」
時　子「はあ、お蔭さまで……」
看護婦「じゃ……」
　看護婦、去る。
　時子、見送って、子供の傍へ行き、
時　子「よかったわね、浩ちゃん……偉かったわ。あんたよく頑張ってくれたわね。先生もほめてらしったわよ、浩ちゃん強いって……これでお母ちゃん、もうすっかり安心しちゃった。よかったわね。あんたに若しものことがあったら、お母ちゃんも一緒に死んじゃおうと思ったのよ。よかったわね。よかった、よかった」
　と、喜ぶ。ふと淋しくなって、
時　子「浩ちゃん、どうしよう、ここのお払い……お母ちゃん、お金ないのよ。どうしよう。どうしたらいいか教えて……困っちゃったね……馬鹿ね、お母ちゃん、アンコ玉なんかあんたに食べさせて……」
　時子、侘しく考え込む。

32　瓦斯タンクの見える風景

33　時子の部屋

　時子、上って来る。簞笥の前に坐り、ぼんやり考え込む。
　彦三が上って来て、洗濯物を物干しに乾しながら、
彦　三「あんた、早く寝なさいよ」
時　子「はい」
彦　三「休みなさい」
時　子「はい」
彦　三「昨夜寝てないんだし、少し寝とかないと毒だよ」
時　子「ええ」
彦　三「もう子供は大丈夫だよ。おつねが見てるんだし、峠さえ越せば、もう心配ないよ」
時　子「ええ」
彦　三「よかったね」
時　子「ええ」
　彦三、降りて行く。
　時子、暫く凝っと考えている。鏡台の前へいざり寄る。髪をいじりながらまた考え込む。うつむく——ふと顔を上げる。鏡台に写った顔に涙が流れている。
　時子、凝っとみつめる。

34　ある家

　夜——
　八ツ手の植込みなどあるいかがわしい家である。
　ジャズの音が聞えている。

35　ある部屋

　卓袱台——その上にビール。
　寝具の一部が見えている。

36　廊下

　闇屋風の男（古川）が咥え楊子で来る。
　一部屋へ入る。

37　茶の間

　女将、織江、闇屋、与太者風の男が麻雀をやっている。古川、入って来る。
織　江「どうしたの」
女　将「もうすんだの」
古　川「ああ……小母ちゃん、酒一本くれよ。熱くしてな」
女　将「静ちゃん、お酒熱くしてね……」
　と、台所の方へいう。
織　江「どうだった、フーさん……」
古　川「…………」
織　江「具合……」
古　川「駄目だったい。いうことききかねえんだい」

女将「誰が……」
古川「俺の方がよ」
織江「嘘仰有い。そんな年じゃないじゃないの」
男「あ、自摸《ツモ》った。三暗刻の門前《メンゼン》の白板《パイパン》。四八《ヨンパー》、九六《クンロク》だい」
織江「誰、親……」
男「お前じゃねえか」
織江「ちぇッ、箱てんだ。千貸してよ」
男「ほら……」
と、四十放って寄す。
織江「静ちゃん、あたしにもお酒熱いの……」
と、牌をかき廻しながら、
織江「で、どうした、あの人……」
古川「今帰ったい」
織江「ふん」
古川「あれ、どうだい。また願えないのかい」
織江「駄目よ」
女将「フーさん、すぐリーチかけたがるからね」
織江「よっぽどあんた今日運がいいのよ……ポン……堅いのよ、あの人……仲々うんって言わなかったのよ」
男「ポン」

38 廊下

誰もいない。
麻雀の音——
ジャズの音が一段と高くなる。

39 原っぱ

翌日。
秋子が急ぎ足で来る。

40 酒井の家

秋子、来て、
秋子「今日は……」
と入り、
秋子「今日は、時子さん居ます……」
彦三、のぞいて、
彦三「あ、二階ですよ」
秋子「一寸お邪魔します」
彦三「どうぞ」
秋子「ごめんなさい」
秋子、あがる。

41 時子の部屋

時子、洗濯物を畳んでいる。
秋子、あがって来る。
秋子「今日は……」
時子「あ、いらっしゃい」
秋子「大変だったわね。浩ちゃん入院したんだってね」
時子「ええ」
秋子「今病院へ行ったの。そしたらあんたこっちだって言うから……」
時子「そう……困っちゃった。病気されちゃって……」
秋子「でもよかったわね。早く快くなって……」
時子「ええ……」
時子、秋子の視線を避けるようにして立ち、お茶の仕度をする。
秋子「あたし今朝織江さんに会ったの。聞いたわ、あんたのこと……あんた、昨日織江さんのとこへ行ったんですってね……」
時子、ぎくりとする。
秋子「ねえ、あんた、どうしてあたしに言ってくれなかったの。何故あたしに相談してくれないの。あんただって織江さんがどんな人だかよく知ってるじゃないの。あんな人に相談すりゃ碌なこと言わないに決ってるじゃないの。そんな取り返しのつかないことをして、あんた浩ちゃんが可哀相だと思わない？そんなことして……そんなお金で浩ちゃんが快くなったって、浩ちゃん喜ぶもんですか……馬鹿よ、あんた馬鹿だわ……」
時子、顔をあげて、

時子「そんなこと言わないで……そりゃあたしだってあんたに相談したかったわ。あんたより他に頼る人ないんですもの……」
秋子「じゃ何故言ってくれなかったの……」
時子「でも、あんただって苦しいの知ってるのよ。あんたに有り余ってるお金があれば、そりゃあたしだって喜んで貸して貰うわ。だけど頼めば矢張りあんただって無理してくれるんじゃないの？……あたしあんたに頼めなかったわ。あんたをみすみす困らせること分ってたんだもの……そりゃあたしのしたこといいとは思ってないわ。でも浩はどんなことしても快くなって貰いたかったの。ここまで育てて来て、今になってなくすなんて、そんなこと迚《とて》も出来なかったの……うちの人だって屹度浩の大きくなったのを楽しみに帰って来るのよ。手紙にも浩のことばかり書いてあるの。浩さえ快くなってくれれば、どうなってもかまわないと思ったの……ね、子供が病気になって咄嗟にお金が要る時、貯えのない女の身で、あんたなら一体どうする……ね、どうしてお金をこしらえる……ね、女に一体何が出来る……」
秋子「そりゃあたしだって何も出来ないかも知れないけど……あんたと一緒に泣いてあげること位しか出来ないかも知れないけど、でもそんな思い切ったことする前に一度は相談して欲しかったの……ね、あんた覚えてる……昔一緒に広小路のオリエントに居た時、あんたに言われて危いとこで、あたしあんたに救われたことあったわ。いいこと言ってくれたといまだに有難く思ってるのよ、それなのに……そのあんたがそんなことするなんて……」

時子、顔を覆っていたが、

時子「あたし馬鹿だったわ……どうかしてたのよ。何もかも売って了えばよかったの……簞笥も……ミシンも……鏡台も……でもあの人が帰って来た時のこと考えると、少しは家らしくして置きたかったの……」

秋子、時子を凝っと見ている。

時子「馬鹿だったわ、あたし……でも、もう遅いわ……」

と泣く。

42 病院の廊下

数日後。

43 病室

看護婦A、Bが掃除している。

B、鼻唄で流行歌を唄っている。

A、窓から外をみて、

A「一寸、雨宮さん帰るわよ」

Bも窓の傍へ行って見る。

A「雨宮さん……」

44 道

時子、浩を負ぶって帰って行く。看護婦の声にふりむきお辞儀をする。

45 病室

看護婦A、窓から、

A「お大事に……」

46 道

時子、お辞儀して帰って行く。

47 病室

看護婦A、B、時子を見送る。

B「あの人いくつかしら……」
A「二十八よ」
B「地味ね」
A「割と綺麗ね」
B「うん」
A「男好きのする顔よ……ほら、この前ここに居た高石さんに似てるじゃないの」
B「ああ、患者さんと仲良くなった……」

A「うん……一寸、来たわよ、またあの学生……」

B「仕様がないね。学生のくせにあんな病気になって……」

看護婦B、再び掃除にかかる。

B「南京豆売って学校へ行ってる人も居るのにさ」

A「すまして歩いてるわ。ガーゼ取換える時悲鳴あげるくせに……」

B「ひるから此処また入院よ」

A「子供……」

B「ううん、お婆さんだって……」

A「ふん」

48 時子の部屋から見た風景

電信柱が並んでいる。

49 時子の部屋

退院したばかりの浩が蒲団の上で玩具を弄んでいる。

時子、浩にセーターなど羽織らしながら、

時子「浩ちゃん、よかったわね、きいき癒って……今日はお蒲団の上で遊んでんのよ、いい、まだおんもへ行っちゃ駄目よ……」

と、立つ。

時子「浩ちゃんおとなにしてたら、お母ちゃんが今度いいとこへ連れてってあげるからね、いい……遊んでるのよ。お利口ちゃんだからね……」

時子、その辺を片付ける。

財布を机の抽斗に仕舞おうとして夫、修一の写真に気が付く。

何か心に応え、写真の前へにじり寄り、

時子「ね、あなた、何時お帰りになるの……あなたのお帰り何時までお待ちすればいいの……あなたに早く帰って来て頂かないと、あたしもうどうしていいか分らなくなりました……ね、慍《おこ》ってらっしゃる……あたしのこと……馬鹿ね、あたし……ほんとにあたし馬鹿でしたわ、御免なさい……でも浩はあんなに元気になったんです……」

浩、無心にあそんでいる。

時子、写真を凝《じ》っと見ている。

50 貸ボート屋

二十日程後。

51 荒川

52 草原

時子と秋子、坐って休んでいる。

傍で浩が遊んでいる。

二人、それを見ながら、

秋子「でもよかったわね。浩ちゃん元気になって」

時子「もう前より丈夫よ。よく食べるわ、この頃……」

秋子「あの位の時分、一番たのしいんじゃないかしら……」

時子「そうね」

秋子「あたしたち何してたかしら、あの時分……何考えてたんだろう……」

時子「あたしお巡りさんのお嫁さんになりたかったんだって……死んだおっ母さんよくそう言ってたわ」

秋子「そう……」

時子「ついこの間のような気がするけど……あたしもうすぐ三十よ……」

秋子「そうね……あたしたちお店やめてもう七年になるもの……」

時子「うん……あの頃よく話合ったわね……夢のようなこと……」

秋子「あんたよく言ってたじゃないの、どっか郊外へ家持つんだって……芝生があって……日当りがよくって……何だっけ……」

時子「犬もいるのよ」

秋子「あそうか……テリヤだっけ……」

時子「ううん、エヤデルよ」

秋子「そうそう……ある日のことよ、旦那さまあんたにとても素敵なコンパクト買って来たの……それはファックス・マクターだったの……」
時子「マックス・ファクターよ」
秋子「あ、そうか……それはあんたが一番欲しがってたもんだったの……」
時子「いいわよ、もう……浩ちゃん危いわよ……」
土堤で遊んでいる浩に注意して、時子ごろんと寝転ぶ。
空をみつめる――青い空。
時子「もう駄目ね……草臥《くたび》れちゃった……」
秋子「何いってんの。持つのよ。昔のような夢……浩ちゃんもうすぐよ、大きくなるの……」
時子「ええ、早く大きくなってくれればいいわ」

53 荒川の風景

晩春の風。

54 酒井の家（表）

時子、浩を負ぶって帰って来る。

55 酒井の家（玄関）

時子「只今」と入って来る。
台所で水仕事をしているおつねに、
時子「只今……」
おつね「あ、お帰んなさい……あんた、お帰りよ」
時子「誰……」
おつね「旦那さまお帰りよ」
時子「まあ……」
おつね「とても元気でね」
時子「まあ、そうですか」
おつね「よかったわね……早く行ってらっしゃい……」
時子「ええ」
一寸頭をさげ、時子、急いで二階へ上る。

56 時子の部屋

時子、上ってくる。
夫の修一が寝ている。傍にリュックサックがある。
時子、立ったまま稍々《やや》暫し、懐かしく見る。
背中の子供に、
時子「浩ちゃん、誰……」
浩「………」
時子「浩ちゃんのお父ちゃんよ……よかったわね、お父ちゃん帰って来て……」
時子、静かに弁当など入れた袋を置き、子供を降ろす。
時子、修一の傍へ行き、浩を膝に、坐る。
時子「お父ちゃんよ。浩ちゃん、忘れちゃった……」
浩、もじもじしている。
時子「お父ちゃんって呼んで御覧なさい……お父ちゃん……」
浩「お父ちゃん」
時子「もっと大きな声で……」
浩「お父ちゃん……お父ちゃん」
修一、目を覚す。「ああ」と起き上る。
時子、懐かしく、
時子「お帰りなさい」
修一「ああ……」
時子「御無事で……」
修一「おい、浩」
時子「お父ちゃんよ、お返事は……」
修一「大きくなったなあ……おい、おいで……」
時子「いらっしゃい、お父ちゃんとこ……」
修一「おい……忘れちゃったのか、お父ちゃん……」
時子「何時お帰りになって……」
修一「今朝東京へ着いたんだ」
時子「お腹すいてらっしゃる……」
修一「ああ」
時子「じゃ、すぐ仕度しますわ」
と立ちかけて、
時子「何あがる……何召上りたい……」
修一「何でもいいよ」
時子「そう……お肉にでもしましょうか

修一「……」
時子「ああいいね」
時子「じゃ一寸行って来ますわ……浩ちゃん、お父ちゃんと待ってる？　……それともお母ちゃんと一緒にお使いに行く……」
浩「行く」
時子「そう……お仕度出来るまでもう一度おやすみになったら」
修一「ああ、寝ようか」
と、横になって、
修一「昨夜寝てないんだ」
時子「まあ、そんなに汽車混みまして……」
修一「うん、立ち通しだよ」
時子「まあ」
時子、毛布を出して来て修一の上にかけてやる。
時子「これでお寒くないかしら……」
修一「ああ大丈夫だい」
時子「一寸行って来ます」
修一「ああ、序《ついで》に煙草頼むよ」
時子「何がよろしいの……」
修一「何でもいいよ……よく煙の出るの……」
時子「まあ……浩ちゃん、行きましょう」
と、買物袋を持って下へ行く。
修一、のびのびと寝て天井を見ている。

57 階下

時子がおつねと廊下で話している。
時子「じゃ一寸行って来ます」
おつね「あ、行ってらっしゃい……時子さん、これ配給のお酒だけど旦那さまにあげて下さいな」
時子「まあ……」
おつね「御無事でお帰りになったお祝いのおしるしですよ」
時子「そうですか……有難うございます……喜ぶでしょう、どうも……」
子供に、
時子「一寸待ってらっしゃい」
と、貰った酒の壜を持って二階へ行く。

58 二階

時子、来て、酒壜を置き、また降りて行く。

59 階下の座敷

夜——。
彦三、おつね、あや子（女学生）、正一（小学校三年生）の四人が一家団欒で晩食を食べている。
正一が茶碗をさし出す。
あや子「お茶？　……」
正一「馬鹿……」
あや子「お母さん四杯目よ」
正一「馬鹿、三杯目だい」
あや子「嘘よ」
おつね「いいじゃないの、よそってあげなさい」
あや子、正一の茶碗に飯をよそう。
彦三、食卓の佃煮を食べながら、
彦三「うまいな、これ……」
おつね「それさっき時子さんから貰ったの……お酒あげたでしょう」
彦三「うん、雨宮さん何年ぶりだい……」
おつね「足かけ四年ですって……」
彦三「まあ無事で帰って来られてよかったよ」
おつね「嬉しいでしょうね、二階……」

60 時子の部屋

寝巻の浩が頭に何か載せて歩き廻っている。
修一と時子、微笑でそれを見ている。
隣りの座敷には既に蒲団が敷いてある。
時子「お父ちゃん帰って来たんで、すっかりはしゃいじゃって……」
修一「うむ……」
時子「さあ、浩ちゃん、もうお休みなさい」
浩「いやだよ」
時子「まあ」
と、立って行き、逃げ廻る浩をつかまえ、

時子「さあ、もうお休みなさい。あんたもういつもより遅いのよ……もうお父ちゃんこれからずっとお家にいらっしゃるのよ。嬉しいでしょう……また明日遊びましょうね……お父ちゃんお休みは……」

浩「お父ちゃん、お休み」

修一「あ、お休み」

時子「お母ちゃん、お休みは……」

浩「お母ちゃん、お休み」

時子「さあ」と浩を抱いて行き、寝かしてやる。

蒲団を叩いて、また修一の傍へ戻って来る。

修一「もう一人で寝るのかい……」

時子「ええ、もうとうからよ」

修一「偉いな」

修一、ポケットから手帳を出し、間に挟んであった紙片を出してひろげる。出征の時持って行った浩の小さな手形である。

時子、のぞき込んで、

時子「ああ、まだ持ってらしったの……」

修一「うむ、向うじゃよくこれを見てたよ。帰ったらもうどんなに大きくなってるかと思って……もうこんなだぜ」

と、手でやってみる。

時子「そうね……あ、もう寝ちゃったわ」

と、浩の方を見る。

すやすや寝ている浩。

二人、凝っと見ながら、

修一「大きくなったなあ」

時子「ええ……」

修一「留守中病気しなかったかい……」

時子「麻疹《はしか》しました……」

修一「ああ、ありゃ誰でもやるんだ。小さい時やった方が軽くすむんだよ」

時子「そう」

修一「それだけかい」

時子「それから……」

と、一寸言い渋って、

時子「一度大腸カタルに……」

修一「いつ……」

時子「二十日程前に……」

修一「それじゃまだ最近じゃないか」

時子「ええ」

修一「入院でもしたのかい」

時子「ええ」

修一「それは大変だったな……困ったろう……」

時子「ええ」

修一「金なんかどうしたんだい……あったのかい、金」

時子「…………」

修一「借りたのかい、誰かに……」

時子、目を伏せる。

修一、訝って、

修一「どうしたんだい……」

時子「…………」

修一「どうして払ったんだい……」

時子「…………」

時子が口を噤んでいるので、修一は疑心暗鬼となって、強く、

修一「どうしたんだい。黙ってちゃ分らないじゃないか……」

時子「…………」

修一「どうしたんだい……」

時子「…………」

修一「何とか言ったらどうだい……言えないのか……言えないことなのか……」

時子、問い詰められて堪らなくなって泣き伏す。

修一、凝然と見守る。

61 原っぱ

翌日。

秋子が風呂敷包みを持って来る。

62 酒井の家（表）

秋子、来る。

玄関先で浩が遊んでいる。

秋子「浩ちゃん、今日は……お母ちゃんいる？ ……」

浩「いる」

秋　子「そう、一寸ごめんなさい」
と、中へ入り、
秋　子「ごめんなさい……お邪魔します」
と、台所のおつねに声をかける。
おつね「あ、どうぞ」
秋子、二階へあがる。

63　二階

秋子、あがって来る。
時子がぼんやり坐っている。
秋　子「今日は……」
時　子「あ、いらっしゃい」
秋　子「旦那さま、お帰りになったんだってね」
時　子「ええ」
秋　子「昨日電話もらった時、あたし居なかったのよ……アパートの小母さんから今朝聞いたの」
時　子「そう……」
秋　子「お目出度う、よかったわね」
時　子「ええ有難う」
秋　子「旦那さまは……」
時　子「一寸出かけたわ」
秋　子「そう」
と、風呂敷包みを開け缶詰を出しながら、
秋　子「元気だった……」
時　子「ええ、とても……」
秋　子「これつまらないもんだけど、上げてよ、旦那さまに……」
時　子「そう、有難う」
秋　子「嬉しかったでしょう」
時　子「ええ」
秋　子「もうこれで安心ね」
秋　子「…………」
秋　子「苦労したもんね、あんたも……」
時子、目を伏せる。
秋子、時子の元気のないのを見て、
秋　子「ねえ、浩ちゃんが病気したこと、旦那さまに黙ってた方がいいわよ」
時子、目をあげる。
秋　子「あの時のこと何もかも黙ってらっしゃいね」
時　子「…………」
秋　子「もう済んだことだし、言っちゃ駄目よ、旦那さまに……」
時子、悲しい笑顔で、
時　子「もういいの。言っちゃったのよ」
秋　子「言ったの……」
時　子「うん」
秋　子「何もかも……」
時　子「うん」
秋　子「馬鹿ね、あんた。何だってそんなこと言うのよ……もうみんな過ぎたことじゃないの……そんなこと今更旦那さまに言うなんて、旦那さまを苦しめるだけじゃないの……」
時　子「…………」
秋　子「それは正直に言うことはいいことよ。だけど言ったからって、あんたのしたことが消えるわけじゃないじゃないの……言っていいことと悪いことがあるわよ……そんなことで今更不幸になったら却ってつまらないじゃないの……どうしてそんなこと言っちゃったの……」
時子、顔をあげ、
時　子「あたしもそうは思ったのよ……でも言わないでいられなかったの。あの人はあたしを信じているのよ。あの人とあたしの間に、今まで一つだって隠しごとはなかったの。お互いに何もかも打明けたの……何もかも話合ったの……それなのに、あたしだけあの人に隠しごとを持つなんて……そんなこととても出来なかったの……」
時子は再び項垂《うなだ》れて了《しま》う。
秋子、暫く黙って時子を見ていたが、呟くように、
秋　子「そうね、あんたは隠しごとの出来ない人ね」
時　子「…………」
秋　子「だけど、旦那さまそんなことを聞いて、とても苦しむわ……どうしたらい

いのかしら、そんな時……」
時子、考え込んでいる。

64 **出版社**

木造建ての二階にある小さな出版社。
前のダンス・ホールからジャズが聞える。
修一が友人の佐竹和一郎を訪ねて来ている。
佐竹の机の前でぼんやり考え込んでいる修一。
佐竹が何か原稿をもって席へ戻って来る。

佐竹「や、待たせたな」
修一「いや」
佐竹、原稿に目を通しながら、
佐竹「で、何日から出て来るんだい？……」
修一「うむ」
佐竹「帰って早々で気の毒だけど、俺の方は成可く早く出て来て貰いたいんだ」
修一「うん……」
佐竹「椎名さんも辞められてな、俺も帰る早々引っ張り出されたんだ」
修一「あ、そうかい」
佐竹「東京もいろいろ変ったよ……前の三階の東亜水産がキャバレーになったよ」
修一「うむ」
佐竹「何もかも高いんで驚いたろう」
修一「うん、驚いた」
佐竹「金あるか……少し持ってくか」
修一「ああ借りてこうか」
佐竹「馬鹿に元気がないじゃないか」
修一「うん、寝不足なんだ」
佐竹「昨夜は久し振りで畳の上でぐっすり寝たんじゃないのか」
修一「いや……よく寝られなかった」
佐竹「どうして……どうしたんだい」
修一「うん、一寸不愉快なことがあって……」
佐竹「何だい、どうしたんだい……」
修一「うん……何れ話すよ、今は言いたくないんだ」
佐竹「うん……」
と、不審そうに修一を見ている。
そこへ給仕の声で、
給仕「佐竹さんお電話」
佐竹、立って行く。
修一、また考え込む。
佐竹「ああ、もしもし、あ、佐竹……ああ、ああ、そうだよ……ああ、ああ」
と、佐竹が電話をかける声。
ジャズが聞えている。

65 **時子の部屋**

夜——
時子、浩が寝ている枕元でぼんやり坐って考え込んでいる。
修一が帰って来る。
時子「あ、お帰りなさい」
卓袱台に晩食の仕度がしてある。
修一、無言、帽子を置いて坐る。
時子「あなた御飯は……」
修一「食いたくない」
やがて、
二人の間に重苦しい沈黙。
修一「おい」
時子「はい」
修一「ここへ来い……聞きたいことがあるんだ」
時子、かすかに頷き、立って来る。
修一の傍に坐る。
修一「その織江って女と何時から知り合いになったんだ」
時子「去年の暮からです」
修一「何してる女だ……何で知り合いになったんだ」
時子「よく着物を売って貰ってたんです」
修一「それでお前の行った家は何処だ……この近くか」
時子「いいえ」
修一「何処なんだ」
時子「月島でした」
修一「月島は何処だ……どの辺だ」

時子「終点で降りました」
修一「終点で降りてどっちへ行くんだ……」
時子「左へ行きました」
修一「広い通りか」
時子「狭い通りでした」
修一「その通りをどう行くんだ……どう行ったんだ」
時子「しばらく行って左へ曲りました」
修一「左……」
時子「ええ」
修一「角はなんだ」
時子「小学校がありました」
修一「それでどう行くんだ？　……どう行ったんだ、行ったんだから覚えてるだろう……どう行くんだ」
時子「その学校の裏でした」
修一「何て家だ……その家の名は何て言うんだ」
時子「門燈に桜井と書いてありました」
修一「それは夜か」
時子「ええ」
修一「何時頃だ」
時子「八時すぎでした」
修一「その時、男はもう居たのか」
時子「………」
修一「それとも後から来たのか」
時子「………」
修一「どっちなんだ」
時子「………」
修一「どんな男だ」
時子「………」
修一「おい、どんな男だ」
時子「………」
修一「おい、言わないのか」

と、時子を突く。

修一「おい……」

時子、蹌踉《よろ》めく。起き直りながら見ると、浩が起きて二人の方を見ている。
時子、涙の目に強いて笑顔を作り、

時子「浩ちゃん、どうしたの……寝呆けちゃ駄目じゃないの……お休みなさい、いい子だから……」

浩、頷くとまた寝る。
二人、子供の方を見ていたが、急に時子は堪《たま》らなくなって泣き伏す。
修一、時子の手を摑んで引寄せ、小声で強く、

修一「おい、言わないか……言わないのか、おい」

と、突き放す。
時子、蹌踉めき起き直ろうとする。
修一、凝っと見ていたが、

修一「馬鹿！」

と、傍にあった鑵を投げつける。
時子、思わず身を引く。
鑵、転って階段からからんからんと音をたてて落ちる。
夫婦は凝っと見合っていたが、修一、いきなり激情的にぐっと時子を抱き寄せる。
時子、修一の胸に崩れる。

66　階段

中途に鑵が落ちている。

67　下の座敷

家族の人たちが静かな寝息をたてている。

68　階段

静寂。

69　時子の部屋

時子、蒲団の上に項垂れて坐っている。乱れた髪。
修一は火鉢の前に坐ったまま動かない。自己嫌悪にさいなまれている。
――ふと立って出て行く。
時子、一寸見送るが、再び項垂れる。

70　表

修一、足早に行く後姿。

71

塀のある所

修一、来る。転っている土管の上に腰を降す。考え込む。

72

時子の部屋

時子、火鉢の前で考え込んでいる。

73

窓

しらじらと明るくなる——朝。

74

電信柱

上の方に陽が当る。

75

塀のある所

修一の姿は見えない。

76

道（相生橋の近く）

修一が歩いている。

77

町

修一、歩いて行く。角を曲ってまた歩く。

78

ある家

かつて時子が来た家である。

修一が入って行く。

修一「ごめん……ごめん」

女将が出て来る。

修一「聞いて来たんだけど、部屋あるかね」

女将「どちらさまで……」

不審顔である。

修一「織江さんから聞いて来たんだ」

女将、笑顔になって、

女将「ああ、どうぞ……」

修一あがる。

79

二階の座敷

女将、修一を案内して来る。

女将「どうぞ……」

と、座布団をすすめる。

修一「呼んで貰えるかい、誰か……」

女将「はい……あの、どんな……」

修一「誰でもいいよ」

女将「そうですか……一寸お待ち下さい」

修一「ね、小母さん」

と、女将を呼び止め、

修一「二十日程前に織江さんと一緒に来た女があるんだけど、二十八、九の……夜八時頃だ」

女将「はあ……」

修一「時々来るのかい、あの女……」

女将「いいえ、あの時一度ぎりでした」

修一「そうかい……」

女将、去る。

修一、ひとりになると部屋の中を見廻す。

児童の唱歌が聞えて来る。

修一、立って、窓辺に行き見る。

80

小学校の校庭

授業時間で人影がない。

唱歌が聞える。

81

二階の座敷

修一、校庭を見ている。

若い女、房子が入って来る。

房子「今日は……」

修一、窓から離れ、火鉢の前に女と対座する。——暫く無言。

やがて、

修一「いくつだい、君……」

房子「二十一」

修一「何て名前だい」

房子「房子」

修一「いつからやってるんだい、こんな商売……」

房子「…………」

修一「どうしてこんなことしてるんだい」

房子「みんなきくのね、そんなこと……だって仕様がないのよ」

修一「どうして」

房子「あたしがうちの面倒みてるのよ」

修一「おとっつあんは……」

房子「もう働けないわ」

修　一「おっかさんは……」
房　子「いないの」
修　一「兄弟は……」
房　子「弟が学校へ行ってるわ。兄さんも死んじゃった」
修　一「うん、……それは大変だな」
房子、微笑する。立って窓際へ行き、唱歌を聞きながら、
房　子「あたしこの小学校出たのよ……よくあすこで銀杏拾ったわ」
修　一「………」
房　子「兄さん、あっちの部屋へ行かない……」
修一、房子を見ていたが、幾らかの金を出して、
修　一「帰るよ」
房　子「帰るの……」
修一、帰って行く。
房子、見送っていたが、金を持って出て行く。

82　下の廊下

房子、降りて来る。
女将が顔を出し、
女　将「どうしたの」
房　子「帰っちゃったわ……これだけ置いて」
女　将「ふん……どうしたの」
房　子「何だか……」
房子と女将、不審そうに玄関の方を見ている。

83　近くの原っぱ

修一、来る。草の上に腰を降して考え込む。
房子がふらっとやって来る。修一を見て立ち止り、
房　子「兄さん……こんなところに居たの……」
修一、房子の方を見る。
房子、傍へ来て坐り、
房　子「何してんの……何故お金置いて帰っちゃったの……」
修　一「君はこんなとこへ何しに来たんだい」
房　子「お弁当食べに来たの」
房子、弁当を開く。ふかしパンである。
房　子「どう、食べない、一つ……食べてよ、お金だけ貰っちゃ悪いから……」
修　一「そうか」
修一、苦笑して一つ貰い、食べる。
房　子「あたしが拵えたんだからおいしくないわよ」
修　一「いやうまいよ」
房子も食べながら、
房　子「お天気がいいと、あたしいつもここへお弁当食べに来るのよ……それで夕方までここで遊んじゃうの」
修　一「ふん……商売はどうするんだい」
房　子「お客さんがあると、ここへ呼びに来てくれるの……だってあんな家で待ってるの何だか嫌でしょう」
修　一「二十一だって言ったな」
房　子「ええ」
修　一「君はどう思ってるんだい、商売……」
房　子「嫌よ」
修　一「嫌ならやめればいいじゃないか」
房　子「やめてどうするの」
修　一「どこかで真面目に働くんだ」
房　子「駄目よ。もうあたしなんか真面目に相手にしてくれるとこないわ」
修　一「そんなことないさ。君がその気になりゃいいんだ」
房　子「駄目よ。あたしがその気になっても、きっと男の人はみんなあたしを馬鹿にするわ……兄さんだってそうじゃないの」
修　一「何が……」
房　子「そんなら今日何故あんなとこへ来たの……矢張りあたしなんかを馬鹿にしてかかってるんじゃないの」
修　一「俺は違うよ」
房　子「嘘ばっかし……」
房子、つと立って、修一の傍を離れる。
修一見ているが、やがて立って、また房子の傍へ行き、

修一「おい……君はまだ若いんだし、これから幸せになれるんだぜ……ちっとも駄目なことはないんだぜ」

房子の目が涙でうるんでいる。

修一「二、三日経ったらここへまた来るよ。その時君の勤め口探して来てやる……」

と、言い捨てて修一は帰って行く。

房子見送っている。

84 **出版社**

夜——
キャバレーの灯が明滅している。
ジャズの音。
佐竹と修一が目刺を焼きながら、薬鑵で酒を燗して飲んでいる。
佐竹「で、いくつだい、その女……」
修一「二十一だ……どうだろう、使って貰えないか、ここで……」
佐竹「うん、何とかしてもいいよ」
修一「頼みたいんだ」
佐竹「だがおかしいじゃないか、その女は許せて、どうして奥さんのことは許せないんだ。奥さんのしたことだって、その時の身になってみれば無理もないじゃないか……それも、もう過ぎたことだ。そんなことにこだわらずに奥さんを許して上げろよ。奥さんが可哀相だよ」
修一「いや……そりゃ俺だって許してるんだよ……仕様がないと思ってるんだ。だが仲々気持が落ついてくれないんだ……何かくすぶってるんだよ。いらいらするんだ。油汗が出てくるんだよ。よく寝られないんだ。怒鳴ってみたくなるんだ……自分ながらどうにもならないんだ」
佐竹「そりゃお前の苦しいことはよく分るが、もう許してるんなら、努力して感情以上に注意を働かして、その気持を圧えつけてしまうんだな」
と、酒を飲む。
佐竹「早くそこから抜け出すことだよ……おい焼けたぞ」
目刺を食べながら、
佐竹「早く忘れるんだな」
修一「うん……昨日からここで聞くジャズが俺にはとても悲しいよ」
佐竹「悲しいものじゃないさ……少し煩《うるさ》いけど矢張り楽しいもんだよ。早く元気を出せよ。早くあれが楽しく聞けるようにならなきゃ駄目だぜ……どうだい」
と、酒をすすめる。
修一「いや、まだあるよ」
修一、沈鬱に考え込んでいる。
ジャズが聞えてくる。

85 **朝の情景**

86 **時子の部屋**

時子、憔悴した顔で考え込んでいる。

修一、疲労して帰って来る。

時子、強いて笑顔を作って、
時子「お帰りなさい」

修一、無言で坐る。

時子「心配してましたわ。昨夜もお帰りにならないもんだから……疲れてらっしゃるんじゃない、少しお休みになったらどう……」

修一「………」

時子「ね、何処へ行ってらしったの……昨夜も浩ちゃんが遅くまで待ってましたわ……お父ちゃんと遊ぶんだって……」

修一、なお無言。

時子、項垂れて、
時子「すみません……折角たのしみに帰っていらしったのに……あなたにこんな思いをさせて……」

修一、ふと立つ。

時子、傍へ寄って、
時子「あの、もう行かないで下さい。今日はどうぞ家に居て下さい」

修一、時子の手を払う。

修一「どけ」

時子、しがみつき、

時　子「いいえ、行かないで下さい。貴方は疲れてらっしゃるんです……今日はどうぞお休みになって下さい」

修　一「離せ」

時子、必死に、
時　子「いいえ、あなたに若しものことが……」

修一、時子を突く。

時子、蹌踉ける。階段から足を踏み外す。

「あっ」と階下に転落する。

修一、はっとする。

87　下の廊下

時子が倒れている。

88　階段

修一、中途まで走り降りて、
修　一「時子……時子……時子……」

89　下の廊下

時子、かすかに、
時　子「はい」

90　階段

修一、気遣わしく、
修　一「大丈夫か……何ともないか……」

91　下の廊下

時　子「はい」
と、痛さを堪えて起き上る。
おつねが買物から帰って来る。驚いて、
おつね「どうしたんです」
時　子「ええ、あたしそっかしいもんですから、今梯子段から落っこっちゃって……」
おつね「まあ、大丈夫……」
時　子「ええ」
おつね「危いわね、何ともなかった……」
時　子「ええ」
おつね「気を付けなさいよ」
時　子「ええ、すみません」
時子、足を引きずりながら上って行く。

92　時子の部屋

修一、頭を抱えて考え込んでいる。
時子が上って来る。
時　子「すみません……あなたにこんな思いさせるなんて、みんなあたしが馬鹿だったんです」
修　一「…………」
時　子「でもこれ以上あなたの苦しんでいらっしゃるのを見ているのはつらいんです。どうぞあなたの気のすむようにして下さい。ね、あたしは我慢します。どんなことでも我慢します。ね、ぶって下さい。憎んで下さい。存分にあなたの気のすむようにして下さい」
修一、時子の方を見る。涙が流れている。
時子、烈しく、
時　子「あなたは泣いちゃいや……あなたが泣いちゃいやです。ね、あなたはあたしを叱って下さい。ぶって下さい。このままではあたしも苦しいんです」
修一、静かに、
修　一「俺はお前を叱りやしないよ。お前が可哀相だと思ってるんだ。お前があの時そうするより他にしようがなかったこともよく分るんだ」
時子、涙を堪えている。
修一、時子の肩を摑んで、
修　一「おい、忘れよう。忘れてしまうんだ。ほんのあやまちだ。こんなことにこだわっていることが尚俺達を不幸にするんだ。忘れちゃうんだ……俺は忘れる。お前も忘れろ。もう二度と言うな。二度と考えるな。お互いにもっと大きな気持になるんだ。もっと深い愛情を持つんだ……いいなあ」
時　子「すみません」
時子は手で顔を覆う。
修　一「俺もどうかしてたよ。すまなかった。いろいろ心配かけて……もういいんだ。もう泣くな……おい」

時子、顔をあげる。

修　一「怪我はなかったか……おい、立ってみろ」

時子、蹌踉めきながら立つ。

修　一「大丈夫か、歩いてみろ」

時子、跛を引きながら歩く。

修一、凝っと見ていたが、走り寄ると、ぐっと時子を抱く。

時子、修一の胸に——泣き崩れて修一の膝を抱く。

修一、時子の髪を撫でながら、

修　一「この先長い人生だ。いろんなことがあるぞ。もっとどんなことがあるかも知れないが、どんなことにも動じない俺とお前になるんだ。どんなつらいことがあっても、笑って信じ合ってやって行くんだ……いいなあ。それでこそ本当の夫婦なんだ。本当の夫婦になれるんだ。浩ももうすぐ大きくなるんだ。お互いにしっかり抱き合ってやって行くんだ……いいなあ」

時　子「ええ」

修　一「分ったな」

時　子「ええ」

修一、時子の腕を摑んで引起すと固く抱きしめる。

93　玄関先

浩が無邪気に遊んでいる。

94　瓦斯タンクの見える風景

——終——

晩春

脚本
野田高梧
小津安二郎

製作……山本　武
原作……広津和郎
脚色……野田高梧
　　　　小津安二郎
監督……小津安二郎
撮影……厚田雄春
録音……佐々木秀孝
美術……浜田辰雄
照明……磯野春雄
音楽……伊藤宣二

曾宮周吉……笠　智衆
　紀子……原　節子
田口まさ……杉村春子
　勝義……青木放屁
服部昌一……宇佐美　淳
北川アヤ……月丘夢路
小野寺譲……三島雅夫
　きく……坪内美子
　美佐子……桂木洋子
三輪秋子……三宅邦子
林　清造……谷崎　純
　しげ……高橋豊子
「多喜川」の亭主……清水一郎

一九四九年（昭和二十四年）
松竹大船
脚本、ネガ、プリント現存
12巻、２９６４ｍ（一〇八分）　白黒
九月十九日　国際劇場公開

1

北鎌倉の駅

晩春の昼さがり――

空も澄んで明かるく、葉桜の影もようやく濃い。下り横須賀行の電車は、ここのホームを出はずれると、すぐ円覚寺の石段前にさしかかる。

2

円覚寺の参道

杉木立の間をその電車が通過する。

3

同　境内

今日は月例の茶会の日である。参会の女客がゆく。二人、三人――

4

庫裡《くり》の一室（控えの間）

客がポツポツ集まって来る。

曾宮紀子（二十七）が来て、すでに来合わせている叔母の田口まさ（四十九）と並んですわる。

紀　子「叔母さん、お早かったの？」

ま　さ「ううん、ほんの少し前――今日はお父さんは？」

紀　子「内でお仕事、昨日までの原稿がまだ出来なくて」

ま　さ「そう――（紀子の帯を軽く直してやりながら）ねえ、叔父さんの縞のズボン、ところどころ虫が食っちゃったんだけど、勝義のに直らないかしら？」

紀　子「でもブーちゃん、縞のズボン穿いたらおかしかない？」

ま　さ「なんだっていいのよ、膝から下切っちゃって、どう？」

紀　子「そりゃ直るでしょうけど」

ま　さ「やってみてよ（と風呂敷包みを出し）これ」

紀　子「アラ、持ってらしったの？」

ま　さ「ちょこちょこッとでいいの、どうせすぐ駄目にしちゃうんだから。（と渡して）お尻ンとこ二重にしといてね」

紀　子「ええ」

三輪秋子（三十八）が来る。身についた気品――

ま　さ（見迎えて会釈する）「お先に――」

秋子、会釈を返し、間に人をへだててすわる。

ま　さ「またご一緒かと思って、ちょっと新橋でお待ちしてみたんですけど……」

秋　子「ひと電車おくれまして……」（と、しとやかに礼を返す）

と内弟子が来て、

「お待たせ致しました、皆さまどうぞ――」

で、一同立ってゆく。

5

閑かな寺内

庭のつつじが陽に映えて、鶯の声も長閑《のどか》である。

6

茶室

しずかにお点前が始っている。秋子を正客に四、五人――

ほかの者は、まさも紀子も、つつましく次の間に控えて、お点前を見ている。

正客としての秋子の端麗な姿――

7

寺庭

日ざしも長閑に、鶯の声がつづいている。

8

鎌倉　曾宮家の庭

ここにも長閑な日があたって――

鶯の声……

9

室内

紀子の父の周吉（東大教授、五十六）が老眼鏡をかけて原稿を書き、助手の服部昌一（三十五）が、その清書を手伝って、洋書の人名辞典を引いている。

周　吉「ないかい？」

服　部「――（指でたどって）ああありまし

た。フリードリッヒ・リスト、やっぱりZはありませんね。LIST……」

周　吉「そうだろう? LISZTのリストは音楽家の方だよ」

服　部（辞典を読みながら呟く）「——一八一一年から一八八六年……」

裏口の鈴が鳴って——

声「電灯会社です、メートル拝見します」

周　吉（書きつづけながら）「ああどうぞ」

声「踏台貸して下さい」

周　吉「ああ」（と立ちかかる）

服　部「どこです」

周　吉「廊下の突き当りにあるんだがね、梯子段の下の。すまんね」

服　部「いいえ……」と立ってゆく。

で、周吉がひとり書きつづけていると、やがて戻ってきて——

服　部「先生、リストっていうのは殆んど独学だったんですね」

周　吉（書きつづけながら）「ああ、それでいて歴史派の経済学者としちゃたいしたもんだったんだ、官僚主義がたいへん嫌いな男でね」

服部もペンを取る。

声「三キロ超過です、ここへ置いときます」

服　部「ああご苦労さん……」

電灯屋の出てゆく鈴音。

周　吉「今までのとこ、何枚ぐらいになるかな」

服　部（数えて）「十三枚ですね」

周　吉「そうか、あと六、七枚だね」

10　家の表

紀子が帰って来る。這入る。

11　室内

紀子が這入って来る。

紀　子「ただ今——あ、服部さん、いらっしゃい」

服　部「や、お邪魔してます」

紀　子（その手元をのぞいて）「ああ、お清書? すみません、助かったわ」

服　部「いやア……」

周　吉「叔母さんは?」

紀　子「今日はおいそぎなんですって、まっすぐお帰りになったわ」

周　吉「お茶入れとくれよ」

紀　子「はい——、服部さん、ゆっくりしていいんでしょう?」

服　部「いや、今日はおいとまします」

紀　子「いいじゃないの、明日だったらあたしも一緒に東京へゆくわ」

周　吉「なんだい東京……?」

紀　子「病院……それからお父さんのカラーも買って来たいし……」

と別室へ去る。

周吉と服部、また書きつづけながら——

服　部（ふと思い出して）「あ、先生、いつかの麻雀、嶺上開花《リンシャンカイホー》、やっぱり自摸《ツモ》の点はつかないんだそうですよ」

周　吉「そうかい（と向き直って）じゃ八本十六本だね」

服　部「ですから、やっぱりトップは僕だったんですよ」

周　吉「ふウん——（呼ぶ）おい、紀子……」

セーターに着替えた紀子が出て来る。

周　吉「清《せい》さんいないかな?」

紀　子「何かご用?」

周　吉「ちょいと見といでよ、一圏《イーチャン》やろう」

紀　子「もうお書けになったの?」

周　吉「あと少しなんだ」

紀　子（笑って）「駄目よ」

と台所の方へ去る。

周　吉「おい!」

返事がない。

周　吉「おい! ——おいッ!」

で紀子が顔を出すと、

周　吉（癇癪声で）「お茶お茶ッ!」

紀子、笑って引込む。服部、微笑して清書をつづけ、周吉も再び机に向う。

12　**翌日　鎌倉駅のホーム**
上り東京行の電車が出たばかりで――駅員が水を撒いている。
時計――十時三十八分あたり。

13　**亀ケ谷トンネル附近**
上り電車が驀進してゆく。
そしてトンネルを出ると――

14　**三等車内**
混んだ中に周吉と紀子が立って揺られている。
周吉「お前、原稿持って来てくれたね?」
紀子「ええ、だいじょうぶ」

15　**驀進する電車**
流れ去る架線――流れ去る沿線風景――丘陵地帯を過ぎ、横浜地区を過ぎ、更に鶴見、川崎を過ぎて――

16　**車内**
周吉が腰かけ、紀子が立っている。
周吉「おい、代ってやろうか」
紀子「ううん、いいわ、だいじょうぶ」

17　**驀進する電車**
六郷の鉄橋を越え、品川を過ぎて、浜松町附近。

18　**車内**
紀子も周吉と並んで腰かけて、本を読んでいる。
紀子（本を閉じて）「お父さん、今日お帰り、いつもとおんなじ?」
周吉「ああ、教授会でもなけりゃね」
で、紀子は本を買物袋にしまう。
周吉「気をつけてな」
紀子「ええ」

19　**新橋駅のホーム**
電車が這入って来る。

20　**有楽町附近の高架線**（俯瞰）
電車の去来――都心的な雰囲気――

21　**銀座の舗道**
紀子が歩いて来る。
と、そこのショウ・ウィンドーを中老の紳士がのぞいている。周吉の親友小野田譲（京大教授・五十五）である。
紀子（通りすがりに気がついて）「小父さま――」
小野寺「あ、紀ちゃんか――」
紀子「いつ出てらしったの?」
小野寺「昨日の朝来たんだよ――肥ったね、紀ちゃん」
紀子「そうですか」
小野寺「どこ行くんだい」
紀子「買いもの」
小野寺「じゃ一緒に行こうか」
紀子「小父さま、ご用は?」
小野寺「イヤ、もういいんだ」
と一緒に歩き出して――ふと、そこに張られたポスターに目を止める。
小野寺「ああ、やってるんだね春陽会――行ってみないか」
紀子「あたし、ミシンの針買いたいんだけど……」
小野寺「どこだい、行こう行こう」

22　**春陽会のポスター**

23　**上野の美術館**
その入口の丸柱、等々、描写一、二――

24　**公園の街路灯**
それに灯がつく。

25　**小料理屋「多喜川」**
小野寺と紀子が鍋前に腰をおろしている。
箸と盃、つまみものなど。
小野寺「疲れたろう」
紀子（首を振って）「でも行ってよかったわ、あたし上野ひさしぶりよ」

小野寺「だけど、なんだね、ひどい奴がいるもんだねえ、西郷さんの頭にとまってる鳩を、空気銃で打ってる奴がいたじゃないか、あれじゃまるでウィリアム・ハトだ」

紀子、クスクス笑う。

お燗がつく。

亭　主「お待遠さま。（と出して）昨晩重野先生がおみえになりました」

小野寺「そう、重野まだいたの」

亭　主「なんですか、今朝の急行でお帰りになるとか……」

小野寺「そう——あ、これ曾宮の娘だよ」

亭　主「あ、そうですか——大へんお立派におなりになって……アノ、西片町のころお河童になすってらしたお嬢さんでしょう？」

小野寺「ああ、そうだよ」

亭　主「そうですか、こりゃどうも……（と会釈して）先生に毎度ごひいきになっております。（と挨拶しながら、そこへ這入って来た客を迎える）あ、いらっしゃい」

小野寺「紀ちゃん、どうだい一つ——」

紀　子「あたし頂かないの」

小野寺「じゃ何か貰おうか、先ご飯にするかい？」

紀　子「まだいいわ、お酌してあげましょう」

小野寺「そうかい（と紀子に徳利を渡しながら、亭主の方へ）何か貰おうか」

亭　主「はい、只今」

紀　子（お酌をしながら）「ねえ小父さま——」

小野寺「うむ？」

紀　子「小父さまねえ——」

小野寺「なんだい」

紀　子「奥さまお貰いになったんですってね？」

小野寺「ああ貰ったよ」

紀　子「美佐子さんお可哀そうだわ」

小野寺「どうして」

紀　子「だって……やっぱり変じゃないかしら」

小野寺「そうでもなさそうだよ、うまくいってるらしいよ」

紀　子「そうかしら——でも何だかいやねえ」

小野寺「何が？　今度の奥さんかい？」

紀　子「ううん、小父さまがよ」

小野寺「どうして」

紀　子「何だか——不潔よ」

小野寺「不潔？」

紀　子「きたならしいわ」

小野寺「きたならしい——（笑って）ひどいことになったな、きたならしいか……（とそこのお絞りを取って顔を拭き、突き出して）どうだい？」

紀　子「駄目駄目！」

小野寺「そうかい、駄目かい、そりゃ困ったな」

紀　子（笑いながら徳利を取って）「はい」（とさす）

小野寺（受けながら）「そうかい、不潔かい」

紀　子「そうよ！」

小野寺「そりゃ弱ったな……」

26　夜　鎌倉　曾宮の家

周吉がひとりで外字雑誌を読んでいる。

表戸のあく音——

紀子が這入って来る。

周　吉「誰？」

紀　子「ただ今——お客さまよ」

小野寺が這入って来る。

小野寺「やア——」

周　吉「よウ！」

小野寺「寄らないで帰ろうと思ったんだけど、銀座で紀ちゃんに逢ってね」

周　吉「今度は何だい」

小野寺「また文部省だよ」

紀　子「お父さん、（買物袋から手袋を出して）お土産——」

周　吉「ああ、これどこにあったい」

紀　子（小野寺と顔を見合わせて微笑しながら）「家中さがしてもない筈よ」

と折詰を出して置く。

周　吉「ああ、多喜川か——行ったのかい」

小野寺「今日は紀ちゃんをすっかりつき合わさしちゃったよ」
紀　子「小父さま、もっと召上りたいんでしょ？　お酒——」
小野寺「ああ、いいね」
周　吉「あるのかい？」
紀　子「ええ」
小野寺「熱くしてね」
紀　子「はい」
と行きかけるのへ、
周　吉「お前、どうだったい、血沈——？」
紀　子「十五に下ったわ」
周　吉「そうかい、そりゃよかった」
で、紀子が去ると——
小野寺「もうすっかり元気だな」
周　吉「うん」
小野寺「やっぱり戦争中海軍なんかで働かされたのがたたったんだね」
周　吉「その上、たまの休みには買出しで、芋の五、六貫目も背負って来たからな」
小野寺「ひどかったな——いたむわけですよ」
紀子がお盆に箸や盃、蓋物、小皿などをのせて運んで来る。
周　吉（折詰を開きながら）「京都の方、みんなお達者かい、奥さん……」
小野寺「ああ——どうも悪いもの貰っちゃったよ」
周　吉「何が？」
小野寺「いやア、紀ちゃんに大へん不潔扱いされちゃってね」
周　吉「誰が？」
小野寺「おれがだよ、きたならしいって言われちゃったよ、ねえ紀ちゃん——」
紀　子「そうよ」
と微笑を残して去っていく。二人とも明かるく哄笑する。
周　吉「美佐ちゃん、元気かい」
小野寺「ああ、あいつもね、どこで聞いて来たのか、結婚は人生の墓場なりなんて言やがってね、二十四まではお嫁にいかないって言やがるんだよ」
周　吉「ふウん」
小野寺「そう言われりゃ、成る程そんな気もするしね、まあ、仕様がないと思ってるんだよ——紀ちゃんどうなんだい」
周　吉「うーむ、あいつもそろそろなんとかしなきゃいけないんだがね……」
紀子がお銚子を持って来る。
周　吉（受け取って）「少しぬるいな」
紀　子「じゃ……」
周　吉「あとの熱くして——」
紀　子「はい」（と立ってゆく）
小野寺「ここ、海近いのかい」
周　吉「歩いて十四、五分かな」
小野寺「割に遠いんだね、こっちかい海」
周　吉「イヤこっちだ」
小野寺「ふウん——八幡様はこっちだね？」
周　吉「イヤこっちだ」
小野寺「東京はどっちだい」
周　吉「東京はこっちだよ」
小野寺「すると東はこっちだね」
周　吉「いやア、東はこっちだよ」
小野寺「ふウん、昔からかい」
周　吉「ああそうだよ」
小野寺「こりゃア頼朝公が幕府を開くわけですよ、要害堅固の地だよ」

27
渚に打ち寄せる波
七里ケ浜である。遠く江ノ島が見える。

28
海に沿うドライブ・ウェイ
微風を切って、爽やかに自転車を走らせてゆく紀子と服部——
服　部「大丈夫ですか、疲れませんか？」
紀　子「ううん、平気よ」

29
砂丘
乗り捨ててある二人の自転車。

30
その近く
砂の上に腰をおろしている二人——
紀　子（明かるく）「じゃ、あたしはどっちだとお思いになる？」
服　部「そうだな……あなたはヤキモチなんか

焼く人じゃないな」
紀子（微笑して）「ところがヤキモチヤキよ」
服部「そうかなア」
紀子「だって、あたしがお沢庵切ると、いつだってつながってるんですもの」
服部「そりゃアしかし庖丁と俎の相対的な関係で、沢庵とヤキモチの間には何ら有機的な関連はないんじゃないですか？」
紀子「それじゃお好き、つながったお沢庵――？」
服部「たまにはいいですよ、つながった沢庵も――」
紀子「そう？」（と微笑）

31　**東京　田口の家　茶の間**

周吉が来ている。まさが紋服をたたんでタトウに包みながら話している。

まさ「昔からみりゃ、近頃の若い人は随分変ったもんよ――ゆうべのお嫁さんなんか、相当お里もいいんだけど、出てくるご馳走はあらまし食べちゃうしお酒ものむのよ」
周吉「ふウむ」
まさ「真ッ紅な口して、おサシミぺろッと食べちゃうんですもの、驚いちゃったわ」
周吉「そりゃ食うさ、久しく無かったんだもの」
まさ「だって、あたしなんか胸が一ぱいで、お色直しの時おムスビ一つ食べられなかったもんよ」
周吉「今なら食べるよお前だって」
まさ「まさか――でも、なってみなきゃわからないけど……」
周吉「そりゃ食うよ」
まさ「そうかしら」
周吉「そりゃ食うよ」
まさ「そうねえ、でもおサシミまでは食べないわよ」
周吉「イヤ食うよ」
まさ「そうかしら」
周吉「そりゃ食うよ」
まさ「――でも、メソメソされるのも困るけど、ああシャアシャアと行かれちゃうんじゃ、親だって育て甲斐がないわねえ……」
周吉「そりゃまァご時世で仕様がないさ」
まさ「紀ちゃんどうなの？」
周吉「あれだってメソメソなんかしやしないよ」
まさ「いいえさ、お嫁の話よ――もう身体の方もすっかりいいんでしょう？」
周吉「ああ、そりゃいいんだがね……」
まさ「ほんとなら、もうとうに行ってなくちゃ……」
周吉「ウム……」
まさ「あの人なんかどうなの、ほら――」
周吉「誰だっけ」
まさ「兄さんの助手の……」
周吉「ああ、服部かい？」
まさ「どうなの、あの人なんか」
周吉「ウム、――いい男だがね、紀子がどう思ってるか……なんともなさそうだよ、大へんあたりまえに、アッサリつきあってるようだがね」
まさ「そうよ、そういうもんよ、今時の若い人達ですもの」
周吉「そうかね」
まさ「そりゃわからないわよ、そんなこと、おなかンなかで何を思ってるか」
周吉「そうかねえ」
まさ「一度聞いてごらんなさいよ」
周吉「誰に？」
まさ「紀ちゃんによ」
周吉「なんて？」
まさ「服部さんどう思うって」
周吉「なるほどね……じゃ聞いてみようか」
まさ「そうよ、そりゃわからないもんよ」
周吉「うむ」
まさ「案外そんなもんよ」
周吉「うーむ……」（と考える）

32　夕方　鎌倉　曾宮の家の表

周吉が帰ってくる。

33　玄関

周吉、這入って来る。

周　吉「ただ今――」

紀　子「お帰んなさい（と夕食の仕度中らしい様子で現われて）お早かったのね」

周　吉「うむ」

と紀子にカバンを渡す。

34　茶の間

お膳の仕度がしてある。

紀子が来る。つづいて周吉――

周　吉「叔母さんとこで奈良漬貰って来た、カバンにはいってる」

紀　子「そう（とカバンから出し、机の上の葉書を取って）二十八日ペン・クラブですって――」（と渡す）

周　吉（受取って）「ああ、カントリー・クラブでやるのか、今度は――」

紀　子「今度の土曜日よ」

周　吉「うん」

紀　子「うち、服部さんいらしったのよ」

周　吉（と見て）「いつ？」

紀　子「お昼ちょいと過ぎ――すぐご飯召上る？」

周　吉「ああ」

紀　子「散歩に行ったのよ、自転車で」

周　吉（明かるく）「服部とかい？」

紀　子「いい気持だったわ、七里ケ浜――」

と言い捨てて台所の方へ去る。

周吉、何か心たのしく、上衣とズボンをぬいで、台所の方へ出てゆく。

35　中廊下

周吉が来ると、出合い頭に紀子が台所から鍋を持って出て来る。

周　吉「服部、なんだって？」

紀　子「ううん、別に……」

と茶の間へ這入ってゆく。

で、周吉はそのまま突き当りの洗面所へゆく。

36　洗面所

そこで手を洗いながら――

周　吉「紀子、タオル――」

紀子がタオルを持って来て、

紀　子「はい」

と渡すと――

周　吉「自転車、二人で乗っていったのかい？」

紀　子「まさか――借りたのよ、清さんとこのを」

と台所へ去り、お櫃を持って茶の間へゆく。

37　茶の間

紀子、お櫃をそこへ置くと、脱ぎ捨てられた服を片づける。

周吉が戻って来る。

紀子が着物を着せかけてやる。

周　吉「シャボン、もうないぞ――帯……」

紀　子「はい」（と帯をとって渡す）

周吉、食卓の前にすわる。

周　吉「今日はよかったろう、七里ケ浜」

紀　子「ええ――（と向い合ってすわりながら）茅ケ崎の方まで行っちゃったのよ」

周　吉「そうかい」

で、紀子はご飯をつけ、周吉もおつゆをよそう。

紀　子（ご飯を渡しながら）「なんだか黒いもの……」

周　吉「うむ――（そして食事を始めながら）お前、服部さんどう思う？」

紀　子「どうって？」

周　吉「服部だよ」

紀　子「いい方じゃないの」

周　吉（黙々と食事をつづけながら）「ああいうのは、亭主としてどうなんだろう？」

紀　子「いいでしょう屹度」

周　吉「いいかい」

紀　子「やさしいし……」

周　吉「そうか……そうだね」
紀　子「あたし好きよ、ああいう方」
周　吉「ふウン――叔母さんがね、どうだろうっていうんだけど……」
紀　子「何が？」
周　吉「お前をさ、服部に」
紀子、途端に吹き出しそうになり、茶碗と箸を置いて、笑いを忍ぶ。
周　吉「なんだい？」
紀　子「お茶……お茶頂戴……」
周　吉（お茶をついでやりながら）「どうしたんだ」
紀　子「だって、服部さん、奥さんお貰いになるのよ、もうとうからきまってるのよ」
周　吉「――そうか……」
紀　子「とても可愛い綺麗な方――第一あたしより三ツ年下の……」
周　吉「そうか……」
紀　子「いずれお父さんにもお話あるわよ、その方よく知ってるのよ、あたし――」
周　吉「そうか……」
紀　子「お祝い何あげようと思ってるんだけど……」
周　吉「そうかい……結婚するのかい、服部……」
紀　子「ねえ、何がいい？」
周　吉「うーむ……きまってたのかい、お嫁さん……」
食事をつづける二人。

38

銀座の舗道

風景描写一、二――

39

喫茶店

明かるく向い合っている紀子と服部――
紀　子「ねえ、何がいいの？」
服　部「そうですね……」
紀　子「どんなもの？」
服　部「そりゃ先生から頂くんなら、何か記念になるものがいいな」
紀　子「せいぜい二、三千円までのものよ、高くて」
服　部「何がいいかな」
紀　子「ある？　そんなもの――」
服　部「ありますよ、考えますよ」
紀　子（ニッコリして）「お二人でね」
服　部「そうしましょう」
紀　子「まア……」
服　部「ね、紀子さん、巌本真理のヴァイオリン聴きに行きませんか」
紀　子「いつ？」
服　部「今日、切符があるんですがね」
紀　子「いいわね」
服部、切符を二枚出して、見せる。
紀　子（微笑して）「これ、あたしのために取って下すったの？」
服　部「そうですよ」
紀　子「ほんと？」
服　部（微笑して）「ほんとですよ」
紀　子「そうかしら――でもよすわ、恨まれるから」（と返す）
服　部「いいですよ、行きましょうよ」
紀　子「いやよ」
服　部「恨みませんよ」
紀　子「でもよしとくわ」
服　部（微笑して）「繋がってますね、お沢庵」
紀　子（明かるく）「そう、庖丁がよく切れないの」

40

劇場の廊下

開演中で、ヒッソリと静まり、ただ扉の前に女給仕が佇んでいるだけである。
場内から聞えるヴァイオリン・ソロ――

41

場内

服部がそのヴァイオリン・ソロに聴き入っている。
隣の椅子があいている。

42

黄昏の丸の内の舗道

（ヴァイオリン・ソロをここまでかぶせて――）なんとなく寂しそうに、紀子が一人で歩いている……。

43　夜　鎌倉　曾宮の家　茶の間

周吉がひとり夕刊を読んでいる。
表の戸があく。

女の声「こんばんは——」
周　吉「誰?」
女の声「小父さま?」
周　吉「アヤちゃんか」
女の声「ええ」
で、周吉が立ってゆくと——

44　玄関

紀子の同窓の北川アヤ（二十七）が訪ねて来ている。

周　吉「ああ、お上りよ」
ア　ヤ「ええ——紀ちゃんは?」
周　吉「もう帰ってくるよ、まァお上り」
ア　ヤ「ええ」

45　茶の間

周吉、来て、座蒲団を敷く。アヤが這入って来る。

ア　ヤ「こんばんは——」
周　吉「さ、こっちへおいでよ」
ア　ヤ「葉山の姉のとこへ行ったもんですから……」
周　吉「ああそう——アヤちゃん、近頃盛んなんだってね」
ア　ヤ「何がですの?」
周　吉「なかなかいそがしいんだっていうじゃないか」
ア　ヤ「そうでもありませんわ」
周　吉「ひっぱり凧なんだって?　タイピスト——」
ア　ヤ「タイピストっていうんじゃないのよ。ステノグラファーよ」
周　吉「ああそうか、そりゃ失礼——じゃ英語の速記もやるんだね?」
ア　ヤ「やるわよ」
周　吉「偉いんだね」
ア　ヤ「偉くもないけど……」
周　吉「イヤ偉いよ——もう小遣いには困らないね」
ア　ヤ「まアまアね」
周　吉「その後、あれかい、お父さんお母さん、なんともおっしゃらないかい?」
ア　ヤ「何を?」
周　吉「お嫁の話——」
ア　ヤ「ええ、ここんとこ暫く——いいあんばい」
周　吉（微笑して）「一度で懲々《こりごり》かい?」
ア　ヤ「何?　結婚?」
周　吉「うん」
ア　ヤ「そうでもないけど……」
周　吉「なんとか言ったね?」
ア　ヤ「誰?」
周　吉「ほら、前の——」
ア　ヤ「ああ、健?」
周　吉「ああ、健吉君か——逢わないかい、その後」
ア　ヤ「ええ、一度も」
周　吉「逢ったら、アヤちゃん、どうする?」
ア　ヤ「睨みつけてやるわ」
周　吉「そんなにイヤかい」
ア　ヤ「逃げ出しちゃうわ、とっても嫌い」
周　吉「そうかね」
表の戸があく。
紀　子「ただ今——」
ア　ヤ「お帰んなさい!」
と勢いよく立上ろうとするとシビレがきれている。
周　吉「どうしたい?」
ア　ヤ「シビレきれちゃって……」
紀子が這入って来る。
紀　子（明かるく）「ああ、来てたの、アヤ——（周吉に）ただ今」
周　吉「ああお帰り」
ア　ヤ「お父さまと懇談しちゃった」
紀　子「泊ってくんでしょ?」
ア　ヤ「うん」
紀　子「二階行かない?」
周　吉「お前、ご飯は?」
紀　子「いいの、お父さんおすみになったんでしょう?」
周　吉「うん、おれは食った」

紀　子「じゃ……」

と会釈して出てゆく。

46　階段

二人、上ってゆく。

47　二階

二人、来る。

アヤ「紀子、こないだのクラス会、どうして来なかったの」
紀　子「大勢来た？」
アヤ「十四、五人——椿姫も来たわ」
紀　子「ああ村瀬先生もいらしったの？　相変らず口角泡を飛ばしてた？」
アヤ「うん、ツバキだらけ。それが紅茶に這入るのよ、だから、まわりの人だァれも飲まないの。あたしは遠くにいたから飲んだけど——」
紀　子「あの人来た？　ほら——」
アヤ「誰？」
紀　子「学校出てすぐお嫁に行った——」
アヤ「ああ池上さん？　来たわ——ずるいのよ、あの人、椿姫がお子さんおいくたり？　って聞いたら、三人でございます、って澄まァしてるの、ほんとは四人いるのよ、一人サバよんでるの」
紀　子「もう四人？」
アヤ「うん、そうなのよ——それからスケソーダラね——」
紀　子「ああ、篠田さん？」
アヤ「うん、あの人放送局やめてお嫁に行くんだって」
紀　子「どこへ？」
アヤ「三河島第一班——」
紀　子「ほんと？」
アヤ「なんとなくそんな気がするじゃないの？」

で二人が面白そうに笑っていると、襖があいて周吉がパンと紅茶の仕度をして持って来る。

紀　子「あ、どうも……」
周　吉「パンに紅茶だ」
アヤ「小父さま、すみません」
周　吉「いや——これでいいのかな」
紀　子「あ、お砂糖がない……」
周　吉「ああそうか」（と戻りかける）
紀　子「お父さん、いいのよ、あたし取りに行きますわ」
周　吉「そうかい、じゃお父さん先に寝るよ。アヤちゃん、おやすみ」
アヤ「おやすみなさいませ」
紀　子「おやすみ……」
周　吉「おやすみ」

周吉、出ていく。

紀　子「食べる？　パン」
アヤ「もっとあとで——ちょいと、スプーンもないじゃないの？」
紀　子「そうなのよ——あの人来てた？　渡辺さん……」
アヤ「あ、クロちゃん来なかった。あの人今これなんだって、ラージーポンポン。七ケ月……」
紀　子「ふウん、あの人いつお嫁にいったの？」
アヤ「まだいかないのよ」
紀　子「まあいやだ」
アヤ「いやだって仕方がないわよ、すべては摂理よ、神様の……もうあんたと広川さんだけよ、お嫁に行かないの」
紀　子（平然と）「そお？」
アヤ「いつ行くのよ、あんた」
紀　子「行かないわよ」
アヤ「行っちゃいなさいよ早く」
紀　子「いやよ」
アヤ「行っちゃえ行っちゃえ」
紀　子「何言ってんのよ。あんた、そんなこと言う資格ないわよ」
アヤ「あるわよ。大ありよ」
紀　子「ないない、出戻り！」
アヤ「あるある！　まだワン・ダンだ！　これからよ、ヒット打つの」
紀　子「あんた、まだヒット打つつもり？」
アヤ「そうよ。第一回は選球の失敗だもの、今度はいい球打つわよ。行っちゃいなさい、あんたも早く!」

紀　子「……」(呆れ顔で笑っている)

ア　ヤ「何笑ってんのよ! 真面目な話よ」

紀　子「ねえちょいと、パン食べない?」

ア　ヤ「パン、あとあと」

紀　子「お腹すいちゃった……」

ア　ヤ「すいてもいいの!」

紀　子「じゃ、あたしも食べる」(と立つ)

ア　ヤ(慌てて)「あたしも食べるんだ、実は」

紀　子「仕度してくるわね」(と行く)

ア　ヤ「ジャムない?」

紀　子「ある」

ア　ヤ「持って来て、少し」

紀　子「どっさり、実は」

ア　ヤ「そう」

と、紀子出てゆく。

48　階下の部屋

暗い――。紀子がおりて来て電灯をひねり、足音をひそめて台所の方へ去る。

空っぽの部屋で時計が十二時を打つ。

49　東京　焼跡の空き地

子供たちが三角野球をやっている。

50　田口の家の子供部屋

まさの息子の勝義(愛称ブーちゃん、十二)が何か不機嫌な顔でグローヴに油を塗っている。

紀子が相手になっている。

紀　子「ブーちゃん……」

勝　義「……」(返事もしない)

紀　子「ブーちゃん、どうして野球しないの? 喧嘩でもしたの?」

勝　義「……」(まだムッツリしている)

紀　子「何おこってんのよ」

勝　義「乾かないんだよゥ、エナメル」

紀　子「何のエナメル」

勝　義「バットだよゥ」

見ると、エナメルを塗ったバットが机の上に立てかけて、乾かしてある。

紀　子「ああ、赤バットにしたのね」

勝　義(突慳貪《つっけんどん》に)「そうだよゥ」

紀　子「アラアラ、廊下エナメルだらけにして、おこられるわよ! お母さんに!」

勝　義「もうおこられちゃったい!」

紀　子「泣いたんだろ」

勝　義「泣きゃしないやい! あっち行け、ゴムノリ!」

紀　子「なんだいブー! 泣いたくせに!」

勝　義(いきなり、油のグローヴを突き出して)「くッつけちゃうぞ、あっち行けエ、ゴムノリ!」

紀子がハッと身を避けると、そこへ襖があいて、まさが顔を出す。

ま　さ「紀ちゃん――」

紀　子(ふり返って)「お客様お帰りになって?」

ま　さ「いまお帰りになるとこ。ちょいと来てよ」

51　玄関

三輪秋子が土間にたたずんでいる。

まさと紀子が来る。

ま　さ「アノ、これ曾宮の娘の紀子です。こちら三輪さん――」

紀　子「……」(しとやかにお辞儀する)

秋　子「三輪でございます、いつも北鎌倉で……」

紀　子「はあ……」(と会釈)

秋　子(改めてまさに)「どうも大へんお邪魔してしまって――」

ま　さ「いいえ、どういたしまして」

秋　子(紀子に)「では、いずれまた」

紀　子「はあ……」

秋　子「ごめん下さいませ」

ま　さ「失礼申し上げました」

で、秋子が帰っていくと――

ま　さ「紀ちゃん、ちょいと」と先に立って奥へ――

52　茶の間

まさと紀子が来る。

まさ「ちょいとそこへすわってよ」
紀子（すわりながら）「何、叔母さん――？」
まさ「ううん、ね、あんたもそろそろお嫁に行かなきゃならない時だし……」
紀子「ああ、そのこと？　いいのよ、叔母さん」
と立ちかかる。
まさ「よかないわよ、おすわんなさいよ」
紀子「――？」（再びすわる）
まさ「実はいい人があるんだけど、一度あんた会ってみない？」
紀子「………」
まさ「佐竹さんって、東大の理科出た人で、おうちは伊予の松山の旧家なの、いま丸ノ内の日東化成にお勤めでね、その方のお父さんも戦争前まではそこの重役してらしったの。年も三十四で、あんたとはちょうどいいし、会社でもとても評判のいい人なのよ。どお？」
紀子「………」
まさ「ほら、なんてったっけ、アメリカの……」
紀子「――？」
まさ「こないだ来た野球映画のさ、あの男……」
紀子「ゲーリー・クーパー？」
まさ「そうそう、クーパーか、あの男に似てるの、口元なんかそっくりよ」
紀子「……」（笑っている）
まさ（自分の額から上を手でさえぎって）「この辺から上違うけど」
紀子、クスクス笑う。
まさ「ねえ、一度会ってみない？　ほんとに立派ないい人よ」
紀子「………」
まさ「ねえ、どお？」
紀子「あたしまだお嫁に行きたくないの」
まさ「まだってあんた、どうしてさ」
紀子「どうしてって……あたしがお嫁に行くと困るのよ」
まさ「だれが？」
紀子「お父さんよ、あたしは馴れてるから平気だけど、あれで変に気むずかしいところもあるの。あたしがいなくなると、お父さん屹度困るわよ」
と立って縁側へ出る。
まさ「困るったって仕様がないわよ」
紀子（縁側の椅子に腰かけて）「だけどお父さんのこと、あたしが一番よく知ってるのよ」
まさ「でも、お父さんはお父さんのこととして、あんたはどうなのさ？」
紀子「あたしそれじゃいやなの」
まさ「そんなこと言ってたら、あんた一生お嫁に行けやしないよ」
紀子「それでいいの」
で、言葉が途絶える。
まさ「――ねえ紀ちゃん、さっきの三輪さんねえ……」
紀子「――？」
まさ「お父さんにどう？」
紀子「どうって？」
まさ「あんたがいなくなりゃ、お父さんも困るだろうし……」
紀子（じっと見返して）「――？」
まさ（つづけて）「どうせ誰かに来て貰うんなら、あの人なんかどうかしら――ちょいと、も一度ここへ来てすわってよ」
紀子、立ってゆく。
まさ「あの人も、いいお宅の奥様だったんだけど、旦那さま亡くして、子供さんもないし、気の毒な人なのよ。ねえ、どうかしら？　――しっかりした人だし、好みもいいし……」
紀子（真剣な顔で）「そのお話、お父さん知ってらっしゃるの」
まさ「こないだ、ちょっと話してみたんだけど……」
紀子「お父さん、なんておっしゃって？」
まさ「フンフンってパイプ磨いてたけど、別にいやでもなさそうだった」
紀子（急に不機嫌に）「だったらあたしにお聞きになることないわ」

まさ「でも、あんたの気持も聞いときたいしさ、どう?」
紀子（素ッ気なく）「いいんでしょ、お父さんさえよかったら」

53 **鎌倉　午後　線路ぎわの道**
紀子がボンヤリ考えながら帰って来る。
線路を上り電車が轟然と通過してゆく。

54 **家の表**
紀子、帰って来る。あけて這入る。

55 **家の中**
縁側で、湯上りの周吉が爪を切っている。
紀子が黙って部屋へ這入って来る。
周吉「あ、お帰り。どうだったい、叔母さんとこ?」
紀子（冷たく）「別に……」
周吉「お風呂沸かしてもらったよ、いまちょうどいいよ」
紀子、答えず、茶の間へ這入ってゆく。
周吉、その様子を見て、気にして立ってゆく。

56 **茶の間**
紀子が火鉢の前で考えている。
周吉「おい……」
紀子（振り向いて冷たく）「なに?」
周吉「なんだったい、叔母さんとこ?」
紀子「………」
周吉「どうしたんだい」
紀子「………」
周吉「どうかしたのか」
紀子、答えず、スーッと立って出て行きかける。
周吉「どこ行くんだい、おい」
紀子（冷たく）「買いもの……」
と出てゆく。
周吉、不審げに見送る。

57 **家の表**
紀子が買物籠を下げて出て来る。
力なく考えこみながら歩いて行く。

58 **明るい朝　鎌倉　竹藪の前の畑**
隣家の主人、林清造（四十七）が野良仕事をしている。
――鶯の声――

59 **曾宮の家**
縁側の近くで清造の女房しげ（四十四）が布巾を刺している。
表の戸があく。
男の声「ごめんなさい……ごめんなさい……」
しげ、立ってゆく。

60 **玄関**
しげが出て来ると、服部が立っている。
しげ「あれ、ま、今日はどなたさんもお留守でしたよ。皆さん朝からお出かけで」
服部「ああ、そうですか」
しげ「お能へ行くとかって、せえなすってね。出かけて行きなせいましたですよ」
服部「ああそうですか。じゃ、お帰りになったらこれを――」
と風呂敷包みから、結婚祝いのお返しの品物を出し、それに写真を添えて差し出す。
しげ「ああさいですか、かしこまりましたです」
服部「お礼に伺ったと言って下さい」
しげ「さいですか、お気の毒さんでしたよ」
服部「いいえ、じゃ――」
しげ「ごめんなせいまし」
服部、帰ってゆく。
しげ、品物を持って奥へ戻る。

61 **座敷**
しげ、来て、品物を机の上へ置き、ふと、それに添えられた写真を取って見る。
服部の新婚写真である。
と、庭先きへ清造が来る。

清造「ちっとべえ薪でも割っとくかな」
しげ「ああ——なアあんた、見てみなよ、これ」
と写真を出す。
清造、縁側に乗り出してのぞく。
清造「アレ、服部さんだな、これ」
しげ「この人、紀子さんの旦那さんになるかと思ってたによ」
清造「ほんとだ」
しげ「うめえこと写すもんだね、そっくりだね、嫁さん別嬪さんだしよ」
清造「うーむ」
と二人で見入っている。

62 能楽堂

観能中の周吉と紀子——大鼓小鼓の響き……。

周吉、謡本を見ながら、ふと向うを見て誰かに会釈する。

紀子、それで気がついて、その方を見ると——

向うの席に三輪秋子が来ている。

で、紀子も会釈する。

秋子もしとやかに黙礼を返す。

周吉はそのまままた謡本と舞台とに気を取られているが、紀子にしてみると、何か父と秋子との間のつながりが心にかかるので、またそれとなく秋子の方を見る。

舞台に見入っている端麗な秋子の姿。

父もそれッきり秋子の方を見ないし、秋子も再び父の方を見ようとはしないが、
しかし紀子だけは何か心が穏やかでない。

だんだん不愉快になってくる。

舞台では地謡が始まり、能がつづいている。

63 帰りの路（戦災を受けた閑かな邸町）

周吉と紀子が来る。

紀子の胸には先刻のこだわりが重く残っている。

周吉（淡々と）「——今日のお能はなかなかよかったよ……」

紀子「……」

周吉「多喜川でご飯でも食べて帰ろうか」

紀子「…………」

周吉「どうする?」

紀子（冷たくキッパリと）「あたしちょっと寄り道があるの」

周吉（気軽に）「どこだい?」

紀子（不機嫌に）「いいの」

周吉（初めてその不機嫌に気がついて）「帰りおそいのか?」

紀子（冷たく）「わからない」

言い捨てると、紀子はそこの路を斜めに向う側へ小走りに横切ってゆく。

周吉、さすがに険しく見送る。

64 向う側

そこまで来ると、紀子はまた考えながら歩く。

65 こっち側

遠く向うに紀子の姿を見ながら、周吉もコツコツ歩いてゆく。

66 洋館の一角

そこに夕陽があたって——

67 北川邸の応接室

紀子が窓から庭を眺めてボンヤリたたずんでいる、その後姿が寂しい。

庭の芝生に仔犬が一ぴき嬉々として独り戯れている。

紀子、やがて力なく椅子に戻って腰をおろす。

アヤが元気よく這入って来る。

アヤ「ごめんね、待たせて」

紀子「うん……」

アヤ「ちょいと手が放せなかったのよ。ショートケーキこさえてたの。バニラ少し入れすぎちゃった。でもおいしいわよ（と前掛を取りながら）——あっちの

部屋へ行かない？」

紀　子（曖昧に）「うん……」

アヤ「さ、行こう！　（と手を取って引き起し）ずいぶん冷たい手してんのね、あんた」

と先に立って部屋を出ながら、
アヤ「ふみイ！　（と女中を呼んで、ドア口で女中に）あ、今のお菓子ね、あっちの部屋へ持って来て——」

と前掛けを投げ渡し、紀子の背を押して去る。

ウェストミンスターの時計が綺麗な音で時を打つ……。

68
小ぢんまりした瀟洒な洋室
テーブルの上に紅茶の仕度がされ、ショートケーキが置いてある。
紀子とアヤが窓ぎわの椅子に着いている。
アヤ「どうしてそんな気になったのさ——？」
紀　子（考えている）「……」
アヤ「ねえ、どうして？」
紀　子（元気なく）「ただ、なんとなしに……」
アヤ、その様子を見て立ち、テーブルのショートケーキを持って来て、
アヤ「食べない？」
紀　子「ね、むずかしいもの？」
アヤ「何が？」
紀　子「ステノグラファーになるの」
アヤ「そりゃ大してむずかしいもんじゃないわよ、あたしだってやってるんだもの——ねえ、食べない？　おいしいわよ（とショートケーキを手渡して）——だけどあんた、今からそんなことしてどうするつもり？　——ねえ、どうするつもりなの？」
紀　子「だから、只なんとなしに……」
アヤ「なんとなしにやられちゃかなわないわよ！　（そしてショートケーキを食べながら）あたしだって健があんな奴でなかったら、今時分こんなことしてやしないわ。出戻りでしきいが高いから始めたのよ。あんたなんかさッさとお嫁に行きゃいいのよ！」
紀　子「そんなこと聞いてやしないわよ！」
アヤ「聞いてなくったって教えてあげるのよ！」
紀　子「教えてほしくないわ、そんなこと」
アヤ「いいから只なんとなしに行っちゃいなさい！」
で、紀子は一旦手にしていた菓子皿をそのまま手もつけずに腹立たしげにポンと置く。
アヤ「食べないの？」
紀　子「ほしくないの！」
アヤ「お上んなさいよ！」
紀　子「食べたくないの！」
アヤ「おいしんだったら！」
紀　子「沢山！」
アヤ「何さ、これッくらい！　あたしがこさえたんじゃないの、お上んなさいよ！」
紀　子「いやなの！」
アヤ「お上んなさいッたら！　無理にだって食べさせるわよ！」
紀　子「いやなのよ！」
アヤ「何さヒス！　いやならいいわよ！」
紀　子（言葉がグッと咽につかえる）「……」
アヤ「だからあんた、早くお嫁に行きゃいいのよ」
紀子、黙って立ち上り、ハンドバッグを手にとる。
アヤ「どこ行くのよ」
紀　子「帰る」
アヤ「帰る？　ほんとに帰るの？」
紀　子「……」（行く）
アヤ「あんた泊って行くんじゃなかったの？　泊ってらっしゃいよ」
と追って出ていく。あとに残されたショートケーキ。

69
夜　鎌倉　曾宮の家　茶の間
周吉がチャブ台で何か調べ物をしてい

る。

70 玄関

紀子が元気なく帰って来る。

71 茶の間

――紀子が来る。

周吉（調べ物をつづけながら）「お帰り！」
紀子（冷たく）「ただ今……」
周吉「どこ行ったんだい？」
紀子「アヤのとこ」
と答えてそのまま別室へ去ろうとする。
周吉「おい――叔母さんとこから手紙が来たんだがな」
紀子「――？」
周吉「土曜日にお前に来てくれって言ってるんだ、明後日……」
紀子、なんとも答えず、去る。
周吉、見送って、また調べ物にかかる。
と、紀子が出て来る。
周吉（調べ物をつづけながら）「あらましの話は、こないだ行った時聞いたんだろう？」
紀子「…………」
周吉「一度会ってごらん、その人もくるんだそうだ」（とそこにある速達を押しやる）
紀子「そのお話、お断わり出来ないの？」
周吉「まあ一度会ってごらん、いやならその上で断わったっていいじゃないか」
紀子、答えず、再び黙って去りかける。
周吉「紀子――」
紀子「――？」
周吉「ちょいとおすわり」
紀子、冷やかな顔で、戻ってすわる。
周吉「叔母さんからも聞いたろうが佐竹っていうんだがね、その男。――お父さんも会ってみたが、なかなか立派ないい男なんだ。あれならお前としても、まア不満はなかろうと思うんだが、とにかく明後日行って会ってごらんよ」
紀子「…………」
周吉「お前もいつまでもこのままでもいられまいし、いずれはお嫁に行ってもらわなきゃならないんだ。ちょうどいい時だと思うんだが……」
紀子「…………」
周吉「どうだろう。叔母さんも大へん心配してくれてるんだよ。なア――？」
紀子「でもあたし……」
周吉「うむ？」
紀子「このままお父さんと一緒にいたいの……」
周吉「そうもいかんさ」
紀子「…………」
周吉「そりゃお前がいてくれりゃ何かにつけてお父さんだって重宝なんだが……」
紀子「だったらあたしこのまま……」
周吉「いや、そりゃいかんよ。お父さんも今まであんまりお前を重宝に使いすぎて、つい手放しにくくなっちゃって……すまんことだと思ってるんだ」
紀子「…………」
周吉「もう行ってもらわないと、お父さんにしたって困るんだよ」
紀子「だけど、あたしが行っちゃったら、お父さんどうなさるの？」
周吉「お父さんはいいさ」
紀子「いいって？」
周吉「どうにかなるさ」
紀子「それじゃあたし行けないわ」
周吉「どうして？」
紀子「ワイシャツだってカラーだって、お父さん汚れたままで平気だし、朝だってきっとお髭お剃りにならないわ」
周吉（苦笑して）「髭くらい剃るさ」
紀子「だけど、あたしが片づけなきゃ、机の上だっていつまでたってもゴタゴタだし、それに、いつかご自分でお炊きになった時みたいに、おコゲのご飯毎日召上るのよ。お父さんのお困りになるの目に見えるわ」
周吉「うむ……。だが、もし例えばだ、そんなことでお前に心配をかけないとしたらどうだろう？　仮りに、誰かお父さんの世話をしてくれるものがあったら……」
紀　子「誰かって？」
周　吉「例えばだよ」
紀　子「じゃお父さん、小野寺の小父さまみたいに……」
周　吉（曖昧に）「うん……」
紀　子「奥さんお貰いになるの？」
周　吉「うん……」
紀　子（愈々《いよいよ》鋭く）「お貰いになるのね、奥さん」
周　吉「うん」
紀　子「じゃ今日の方ね？」
周　吉「うん」
紀　子「もうおきめになったのね？」
周　吉「うん」
紀　子「ほんとなのね？　……ほんとなのね？」
周　吉「うん」
紀　子「……」（堪えられなくなる）
そしてさッと立ち上ると、逃げるように出てゆく。

72　階段

紀子、駆けるように上ってゆく。

73　二階

紀子、駆け上っては来たものの、ここまでくると足が緩くなり、ドッカリと椅子にかけて、じっと考えこむ。と、やがて周吉が階段を上って来る気配がする。
紀　子（父が来た気配に）「こないでお父さん！」
そこのしきいぎわに立ってじっと見ている周吉……。
紀　子「下行ってて！　……下行ってて！」
周吉、静かに近づく。
周　吉「ま、とにかく明後日行っとくれね」
紀　子「………」
周　吉「みんながお前のこと心配してくれてるんだから……」
紀　子「………」
周　吉「いいね？　行ってくれるね？　——頼むよ……」
紀　子「………」
周吉、静かに出てゆきながら、ふと、階段の上の窓から夜空を見上げて——
周　吉「ああ、明日も好い天気だ……」
と呟《つぶ》やいておりてゆく。
紀子、その足音を聞いている間に、ぐッと胸が迫って来て、さッと両手で顔をおおい、声を忍ばせて泣き入る。

74　鎌倉　八幡宮の境内

拝殿のあたりを散歩姿の周吉とまさが来る。
ま　さ「紀ちゃん、なんて言ってるの？」
周　吉「別になんとも言わないんだよ」
ま　さ「なんとも言わないって、もうお見合いがすんで一週間にもなるのに……（と立ち止って）お返事しないわけにもいかないわよ」
周　吉「うむ……そうなんだがね、あんまりしつこく聞いて、こじれられても困るしね」
ま　さ「先方じゃ大へん気に入って乗り気なのよ、あの人なら紀ちゃんもいうことないと思うんだけど……」
周　吉「うむ……」
そしてふと見ると、向うで写真屋が、地方から見物に来たらしい若い男と女の写真を写している。
それを見て歩きながら、
ま　さ「紀ちゃんまたなんだって今日東京へ行ったの？　のんきすぎるわよ兄さんも……」
周　吉「………」
ま　さ「今日はどうしても返事を聞いてかなきゃ……。紀ちゃん何時ごろ帰るって？」
周　吉「さア……」

と、不意に、まさがチョコチョコと横へ切れて何か拾う。

まさ「兄さん、蟇口ひろっちゃった……」

そして戻って来て中をあけてみて、
まさ「こりゃ運がいいわよ、きっとこの話うまくいくわよ」(と蟇口をふところへ入れる)

周吉「お前、届けないのかい」

まさ「そりゃ届けるけどさ、だって縁起がいいじゃないの。(とふところを叩いて)行きましょう!」

と急にトコトコ先に立って石段を上ってゆく。

そのあとから周吉がゆっくり上ってゆく。まさは中途で振り返って手招きするが恰度そこをお巡りさんが通りかかったのを見ると、急にまたセカセカ上ってゆく。

75　東京　北川邸　洋室

紀子が来て、アヤと話している。
アヤ「ふうん、どんな人だった?」
紀子「………」
アヤ「どんなタイプよ」
紀子「………」
アヤ「肥ってンの?」
紀子「ううん」
アヤ「じゃ痩せッぽち?」
紀子「ううん」
アヤ「じゃどっちさ」
紀子「学生時分バスケットボールの選手だったんだって……」
アヤ「ふウん――好い男?」
紀子「……」(笑っている)
アヤ「どんな人よ」
紀子「叔母さんはゲーリー・クーパーに似てるって言うんだけど……」
アヤ「じゃ凄いじゃないの」
紀子「でも、あたしはうちにくる電気屋さんに似てると思うの」
アヤ「その電気屋さんクーパーに似てる?」
紀子「うん、とてもよく似てるわ」
アヤ「じゃその人とクーパーと似てるんじゃないの! 何さ!」
と邪慳に紀子の肩を突いて、一方のテーブルへゆき、そこで紅茶を入れながら
――
アヤ「――でも、あんたにしちゃ感心よ。よくやったわね、お見合。――いいじゃないの、なかなか――考えることないじゃないの、行っちゃいなさいよ」
と言いながら紅茶を運んで――
アヤ「今時そんな人って滅多にいやしないわよ。いうことないわよ」
紀子「――でも、いやねえ……」
アヤ「何がさ」
紀子「お見合なんて……」
アヤ「ぜいたく言ってるわ。あんたなんて、お見合でもしなかったらお嫁に行けやしないじゃないの!」
紀子「だって……」
アヤ「だってそうじゃないの! じゃあんた、好きな人が出来たら自分で出かけてって結婚申込める? そんな度胸ないじゃないの! 赤い顔してお尻モジモジさせるだけじゃないの!」
紀子「そりゃそうだけど……」
アヤ「見合でいいのよ、あんたなんか!――あたしは言えたけどさ、その代りみてごらんなさい、ちっともよかなかったじゃないの」
紀子「………」
アヤ「大体、男なんて駄目よ。ずるいわよ。結婚するまではうまいこと言っていいとこばっかり見せてるけど、結婚してしまうと、とてもいやなとこばかり出して見せるんだもの。恋愛結婚だってアテになりゃしないわよ」
紀子「そうかしら……」
アヤ「そうよ、おんなしことよ、行ってみるのよ。いやだったら出てくるのよ」
紀子「……」(笑う)
アヤ「平気よ。平気々々イ。とにかく行ってみるのよ。で、ニッコリ笑ってやンの

よ。すると旦那様きっと惚れてくるから、そしたらチョコッとお尻の下に敷いてやンのよ」

紀　子「まさか」

ア　ヤ「そうよ、そういうもンなのよ。冗談だと思ってンの、あんた」

紀　子「そうかしら……」（とニッコリする）

ア　ヤ「そう！　そういう顔すりゃいいのよ！」

紀　子「まア――」

ア　ヤ「試してごらんなさい、きっと巧くいくわよ」

76　夜　鎌倉　曾宮の家　茶の間

周吉とまさ――

ま　さ「紀ちゃんおそいわねえ……」

周　吉「うむ……」

ま　さ「あたし、またこようかしら」

周　吉「もう少し待ってごらんよ。今度の電車で帰るよ」

ま　さ「そうかしら……」

周　吉「いい返事してくれるといいけどね」

ま　さ「大丈夫よ。紀ちゃん気に入ってんのよ」

周　吉「そうかな」

ま　さ「てれてンのよ、大体今時の娘にしちゃ旧式なのよ、あのこ」

周　吉「そうかな、うむ」

ま　さ「あれで、紀ちゃん、つまンないこと気にしてんじゃないかしら」

周　吉「何？」

ま　さ「名前、佐竹さんの」

周　吉「佐竹熊太郎か」

ま　さ「ウム、熊太郎……」

周　吉「いいじゃないか熊太郎、強そうで……そりゃお前の方がよっぽど旧式だよ、そんなこと気にしてやしないよ」

ま　さ「だって、熊太郎なんて、なんとなくこの辺（と胸のあたりをさして）モジャモジャ毛が生えてるみたいじゃないの。若い人って案外そんなこと気にするもんよ。それに紀ちゃんが行くでしょう？　そしたら、あたし、なんて呼んだらいいの？　熊太郎さァんなんて、まるで山賊呼んでるみたいだし、熊さんて言や八さんみたいだし、だからって、熊ちゃんとも呼べないじゃないの？」

周　吉「うむ。でも、なんとかいって呼ばなきゃ仕様がないだろう」

ま　さ「そうなのよ、だからあたし、クーちゃんて言おうと思ってるんだけど……」

周　吉「クーちゃん？」

ま　さ「ウム、どう？」

表の戸があく。

ま　さ（急に緊張して声をひそめ）「あ、帰って来た！」

紀　子「ただいま……」

ま　さ「来たわよ！」（と囁いて居ずまいを正す）

紀子が這入って来る。

紀　子（冷たく）「ただいま――」

周　吉「お帰り」

ま　さ「お帰んなさい」

紀子、そのまま黙って二階へ去る。

ま　さ（見送り、固唾《かたず》をのんで）「どうなんだろう」

周　吉「うむ……」

ま　さ「あたし、聞いてくるわね」（と立つ）

周　吉「おい」

ま　さ「何？」

周　吉「うまく聞いてな」

ま　さ（のみこんで）「大丈夫よ」

77　階段

まさ、緊張して上ってゆく。

78　二階

紀子が外出着をぬいでいる。
まさが来る。

ま　さ「紀ちゃんお帰り……」

紀　子「ただいま」

ま　さ「あのウ、こないだの返事ねえ――」

紀子、みなまで聞かず、ぬいだ物を持っ

て一方へ——まさ、そのあとにつづく。

まさ「どうだろう？　……考えといてくれた？」

紀子答えず、椅子のところへ行って腰かけ、靴下をぬぐ。

まさはまたそのあとにつづいて、自分も椅子にかける。

まさ「ほんとにいいご縁だと思うんだけど……ねえ、どうなの？」

と不安そうに様子をうかがう。

紀子、それにも答えず、ぬいだ靴下を持ってまた立ってゆく。

まさもまたそれにつづいて立って行く。

まさ「ねえ、どう？　行ってくれる？　——ねえ、どうなの？」

紀子（気乗りもなく）「ええ……」

まさ（目を輝やかして）「行ってくれるの？」

紀子「ええ……」

まさ（パッと明かるく）「そう？　ほんとね？　行ってくれるのね？」

紀子（頷く）「……」

まさ「ありがとう！　あちらへそうお返事するわよ！　いいのね？　ああよかったよかった、これでほっとしたわ」

とセカセカ出てゆく。

79　階段

まさ、セカセカおりて来る。

80　茶の間

まさが来る。
周吉（見迎えて）「どうだった……？」
まさ「行ってくれるって！　思った通り」
周吉「そうかい、そりゃよかった！」
まさ「待っててよかったわ。（と帰り仕度をしながら）じゃ兄さん、あたしおいとまするわ。ああよかったよかった」
と玄関の方へ行く。周吉も立ってゆく。
まさ「さっそく先方へお返事しとくわ」
周吉「うん、ご苦労さんだったな」

81　玄関

まさ、コートを着ながら……
まさ「まだ間に合うわね、九時三十五分——」
周吉「ああ、少しいそいだ方がいいよ」
まさ「そう……これでもう、あたしすっかり安心しちゃった。今晩からよく寝られるわ。日取りのことやなんか、いずれまたあたし来ますからね。兄さんもついでにまた寄ってよ」
周吉「ああ、行くよ」
そういう間に土間におりて……。
まさ「やっぱり蟇口ひろったのよかったのよ」
周吉「ああ、あれ届けときね」
まさ「大丈夫よ、届けるわよ。じゃ閉めないで帰ります。さよなら」
周吉「ああ、ありがとう、気を付けてな」
まさ「ええ」
とセカセカ帰ってゆく。
周吉、土間へおりて鍵をかける。

82　茶の間

周吉、ほっとした気持で戻って来る。
と、見ると、紀子が来るので、
周吉「叔母さん、いま帰ったよ」
紀子（冷たく）「そう……」
周吉「大へん喜んでたよ」
紀子「……」（火鉢の前にすわる）
周吉「いいんだね、そう返事して……」
紀子「ええ……」（と何か元気がない）
周吉「だけど、お前、あきらめて行くんじゃないだろうね？」
紀子（冷たく）「ええ……」
周吉「いやいや行くんじゃないんだね？」
紀子（腹立たしげに）「そうじゃないわ」
周吉「そうかい、それならいいんだけど……」
紀子、つと立って出てゆく。
周吉、見送って——じっと考える。

83　晩春の京都

朝まだき東山の塔——

84　宿屋の洗面所

着いたばかりの周吉が歯を磨き、紀子が手を洗っている。

周　吉「ゆうべ汽車の中、お前よく寝られたかい？」
紀　子「ええ……」
周　吉「お父さんもよく寝たよ。目が覚めたらもう瀬田の鉄橋だった」
紀　子「あたしも名古屋から米原まで知らなかったわ」

85　二階の部屋

二人のカバン等が置いてある。
小野寺が来て待っている。二人が戻って来る。

周　吉「やあお待遠……さっぱりしたよ」
小野寺「疲れたろう紀ちゃん……？」
紀　子「いいえ、そんなでも……」（と鏡台の前にゆく）
小野寺「そうかい……（周吉に）しかし、よくやって来たね」
周　吉「うん、紀子がね、急にお嫁に行くことになって……」
小野寺「ふん」
周　吉「それでお別れに遊びに来たんだ――」
小野寺「そうかい、そりゃお目出度いな。そりゃよかった――（と紀子を見返って）お目出度う紀ちゃん、おい紀ちゃん、どんなお婿さんだい、小父さんとどうだい」
周　吉「そりゃ比べものにならんよ」
小野寺「どっちだい」
紀　子「そりゃ小父さまの方が素敵《すてき》よ」
小野寺「そうかい、ほんとかい――ご馳走するかな紀ちゃんに……（周吉に）どうだい、きょう昼――？」
周　吉「うん」
小野寺「行こうか、瓢亭……」
周　吉「いいな」
小野寺（紀子に）「美佐子も紀ちゃんに会いたがってるんだよ」
紀　子（明かるく）「そう？　あたしもお目にかかりたいわ」
小野寺「その代り、きたならしいのもくるんだよ」
紀　子「まア……」
小野寺「いいかい？」

紀子、困ったように笑って立ち上る。

86　その宿屋の二階から見た東山

87　清水寺

88　その舞台

周吉と小野寺の後妻きく（三十八）――少し離れて小野寺と紀子と美佐子（二十一）が欄干に倚って景色を眺めている。
きくは、しとやかでもあり、美しくもあり、見るからにいい奥さんである。

周　吉（きくに）「京都はいいですねえ、のんびりしてて……」
き　く「ええ……」
周　吉「東京にはこんなとこありませんよ、焼跡ばかりで……」
き　く「先生、時々おいでになりますの、京都――？」
周　吉「いやア、何年ぶりですかなア……終戦後初めてですよ」
き　く「まアそうですか」

その一方で――

小野寺「紀ちゃん、どうだい、きたならしいの……」
紀　子（ハッと見て）「いやよ小父さま――」（と澄ます）
小野寺（微笑して）「聞かしてくれよ感想――」
紀　子「……」（顔をそむけて澄ましている）
美佐子「なアにお父さま、きたならしいのって――」
小野寺「うむ？　不潔なんだよ、ねえ紀ちゃん」

紀子、困って、小野寺を軽く叩いてその場を逃れ、向うへ行って、そこでまた澄まして景色を眺める。そしてそっと振り返ると、こっちを見ていた小野寺がニコニコしながら手招きする。
紀子、首を振って、また澄まして景色を眺める。
——清水寺の舞台は長閑である。

89　夜　宿屋の洗面所

水栓からポトリポトリしずかに水が落ちている。

90　部屋

既に床が敷かれ、寝巻に着がえた周吉が床の上にあぐらをかいて、膝をなでている。紀子も寝仕度を整えて床の上にいる。

周　吉「……今日はずいぶん歩いたな——お前、疲れなかったか？」
紀　子（何か考えている様子）「いいえ……」
周　吉「この前高台寺に行った時は、萩が盛りでなかなか綺麗だった……。明日はお前どうするんだい？」
紀　子「十時ころ美佐子さんが来てくれって……」
周　吉「どこ行くの？　なんだったら、博物館へも行ってみるといい」
紀　子「ええ……」
周　吉「寝ようか」
紀　子「ええ……消しましょうか？」
周　吉「ああ」
で、紀子が立って電灯を消すと、暗くなった部屋の窓に竹の影が映る。
周吉、床に這入る。紀子も床に就く。
紀　子「——ねえ……」
周　吉「うむ？」
紀　子「あたし、知らないで、小野寺の小父さまに悪いこと言っちゃって……」
周　吉「何を——？」
紀　子「……小母さまって、とってもいい方だわ、小父さまともよくお似合いだし……きたならしいなんて、あたし言うンじゃなかった……」
周　吉「いいさ、そんなこと……」
紀　子「とんでもないこと言っちゃった……」
周　吉「本気にしてやしないよ」
紀　子「そうかしら……」
周　吉「いいよ、いいんだよ」
で、紀子はそのまま口を噤《つぐ》んで、じっと天井を見つめて考えつづける……。
紀　子「……ねえお父さん……お父さんのこと、あたし、とてもいやだったんだけど」
返事がない。
で、見ると、周吉はもう眠りに落ちている。
紀子はそのままじっと天井を見つめて考えつづける。
周吉の静かな鼾《いびき》が聞えてくる。

91　龍安寺　方丈の前庭

所謂、相阿弥作の「虎の子渡し」の石庭である。
そこの方丈の縁側に、周吉と小野寺が腰をかけて休んでいる。
小野寺「——しかし、よく紀ちゃんやる気になったね」
周　吉「うむ……」（と考えている）
小野寺「あの子ならきっといい奥さんになるよ」
周　吉「うむ……持つならやっぱり男の子だね、女の子はつまらんよ——せっかく育てると嫁にやるんだから……」
小野寺「うむ……」
周　吉「行かなきゃ行かないで心配だし……いざ行くとなると、やっぱり、なんだかつまらないよ……」
小野寺「そりゃ仕方がないさ、われわれだって育ったのを貰ったんだもの」
周　吉「そりゃまァそうだ——」
と笑うが、その笑いにはどこか寂しい影がある。
——石庭のたたずまい。

92　宿屋の庭

石灯籠に灯が這入って——

93

夜　部屋

紀子がカバンに荷物をつめ、周吉は紀子が買って来たらしい絵葉書などを見ている。

紀　子「お父さん、それ取って頂だい」

周　吉「うん？（とそばの何かを取って渡し）早いもんだね、来たと思うともう帰るんだね」

紀　子（頷いて）「でも、とても愉しかった、京都……」

周　吉「うむ、来てよかったよ――ぜいたくいえば切りがないが、奈良へも一日行きたかったね」

紀　子「ええ……」

周　吉（見ていた絵葉書を渡す）「オイ、これ」

紀子、受取ってカバンに入れる。

周　吉（手廻り品などをゴソゴソ片づけながら）「こんなことなら、今までにもっとお前と方々行っとくんだったよ、もうこれでお父さんとはおしまいだね」

紀　子「……」（荷物をつめていた手がふと止る）

周　吉「帰ると今度はいそがしくなるぞお前は――叔母さん待っているだろう……」

紀　子「……」（項垂《うなだ》れている）

周　吉「明日の急行もいいあんばいにすわれるといいがね」

紀　子「………」

周　吉「まァ、どこへもつれてってやれなかったけど、これからつれてって貰うさ。――佐竹君に可愛がって貰うんだよ――（そしてふと紀子の様子に気がつき）どうした？」

紀　子「………」

周　吉「どうしたんだい？」

紀　子「あたし……」

周　吉「うむ？」

紀　子「このままお父さんといたいの……」

周　吉「……？」

紀　子「どこへも行きたくないの。こうしてお父さんと一緒にいるだけでいいの、それだけであたし愉しいの。お嫁に行ったって、これ以上の愉しさはないと思うの――このままでいいの……」

周　吉「だけど、お前、そんなことといったって……」

紀　子「いいえ、いいの、お父さん奥さんお貰いになったっていいのよ。やっぱりあたしお父さんのそばにいたいの。お父さんが好きなの。お父さんとこうしていることが、あたしには一番しあわせなの……。ねえお父さん、お願い、このままにさせといて……。お嫁に行ったって、これ以上のしあわせがあるとは、あたし思えないの……」

周　吉「だけど、そりゃ違うよ。そんなもんじゃないさ」

紀　子「……？」

周　吉「――お父さんはもう五十六だ。お父さんの人生はもう終りに近いんだよ。だけどお前たちはこれからだ。これからようやく新しい人生が始まるんだよ。つまり佐竹君と、二人で創り上げて行くんだよ。お父さんには関係のないことなんだ。それが人間生活の歴史の順序というものなんだよ」

紀　子「………」

周　吉「そりゃ、結婚したって初めから幸せじゃないかもしれないさ。結婚していきなり幸せになれると思う考え方がむしろ間違ってるんだよ。幸せは待ってるもんじゃなくて、やっぱり自分たちで創り出すものなんだよ。結婚することが幸せなんじゃない。――新しい夫婦が、新しい一つの人生を創り上げてゆくことに幸せがあるんだよ。それでこそ初めて本当の夫婦になれるんだよ。――お前のお母さんだって初めから幸せじゃなかったんだ。長い間にいろんなことがあった。台所の隅っこで泣いているのを、お父さん幾度も見たことがある。でもお母さんよく辛抱してくれたんだよ――お互いに信頼するんだ。お互いに愛情を持つんだ。お前が今までお父さんに持っててくれたような温い心を、今度は佐竹君に持つんだよ――いいね?」
紀　子「………」
周　吉「そこにお前の本当に新しい幸せが生れてくるんだよ。――わかってくれるね?」
紀　子「……」(頷く)
周　吉「わかってくれたね?」
紀　子「ええ……我儘《わがまま》いってすみませんでした……」
周　吉「そうかい……わかってくれたかい……」
紀　子「ええ……ほんとに我儘いって……」
周　吉「イヤ、わかってくれてよかったよ。お父さんもお前にそんな気持でお嫁に行って貰いたくなかったんだ。まア行ってごらん。お前ならきっと幸せになれるよ。むずかしいもんじゃないさ……」
紀　子「……ええ……」
周　吉「きっと佐竹君といい夫婦になるよ。お父さん愉しみにしているからね」
紀　子「……」(頷く)
周　吉「そのうちには、今晩ここでこんな話をしたことがきっと笑い話になるさ」
紀　子(微笑を浮かべた顔に羞いを見せて)「すみません……いろいろご心配かけて……」
周　吉「イヤ――なるんだよ、幸せに……いいね?」
紀　子「ええ、きっとなって見せますわ」
周　吉「うん――なるよ、きっとなれるよ、お前ならきっとなれる、お父さん安心しているよ、なるんだよ幸せに」
紀　子「ええ……」
と明かるい微笑でそっと涙を拭く。

94　鎌倉　曾宮の家の表

今日は紀子の婚礼の日である。
自動車が二台――そのそばで、まさの息子の勝義が一人で遊んでいる。
近所のおかみさんなどが四、五人、物見高く家の前に集まっている。

95　座敷

周吉と服部が二人ともモーニングを着て、煙草など吸いながら話している。
服　部「ゆうべパラパラッと来たんで、どうかと思ってましたが……」
周　吉「ああ、いいあんばいだったよ、お天気になって、――降られちゃ大変だからね」
服　部「そうですねえ」
周　吉「君は新婚旅行どこ行ったっけ?」
服　部「湯河原でした」
周　吉「そう――紀子たちも湯河原へ行くんだが、あすこは駅からバスだけかい」
服　部「いいえ、ハイヤもあります」
周　吉「そう、ハイヤもあるの」
しげが来る。しげも今日はきちんと着更えている。
し　げ「先生――お二階で呼んでなせいますですよ」
周　吉「ああそう」
し　げ「お嬢さん、綺麗にお仕度出来なせいましてね――まァ一ぺん行って、見てあげなせいましよ」
周　吉「そうですか、じゃ――」
と立ってゆく。

96　階段の下

周吉がくると、まさがおりてくる。
ま　さ「兄さん、お仕度出来たわよ」
周　吉「そうか」
ま　さ「自動車もう来てるかしら――?」
周　吉「ああ、来てる」
で、まさは再び先に立って二階へ上って行く。周吉もつづく。

97　二階

花嫁姿の紀子が姿見の前で椅子に腰かけている。
美容師がその角隠しの形などを直し、助

手の女が一隅で道具を片づけている。
まさと周吉が来る。

周　吉（美容師に）「どうもご苦労さん――（と会釈して、鏡の中の紀子に）やア出来たな……」

と微笑みかけて、そこに腰をおろす。

美容師（まさに）「では私共はお先に……」

ま　さ「ああどうぞ……」

で、美容師は去りぎわに、そこの唐草模様の衣裳包みを手にして、

美容師「では、これお持ち致しますから……」

ま　さ「ああ、すみません」

そして美容師が助手と一緒に出てゆくと、そのあと、三人の間に短い沈黙がくる。
目を伏せている鏡の中の紀子――
それを見守っている周吉――
なんとなく涙ぐましくなってくるまさ――

ま　さ「紀ちゃん、持っているわね、お扇子……」

紀　子「ええ……」

ま　さ「……綺麗なお嫁さんになって……亡くなったお母さんに一目見せてあげたかった……」

とそっと涙を拭く。

周　吉「じゃ、そろそろ出かけようか」

ま　さ「ええ」

周　吉「途中ゆっくり行った方がいいからね」

ま　さ「兄さん、何か紀ちゃんに……」

周　吉「イヤ、もうなんにもいうことないんだ」

ま　さ「そう――じゃ紀ちゃん、行きましょう」

で、紀子が静かに立ち上ると、まさは片隅の手廻り品などを入れた小カバンを持つ。
と、紀子がそこにすわって、

紀　子「お父さん……」

――で一旦立ち上った周吉も、紀子の前に中腰にしゃがむ。

紀　子「……長い間……いろいろ……お世話になりました……」

周　吉「ウム……幸せに……いい奥さんになるんだよ……」

紀　子「ええ……」

周　吉「幸せにな……」

紀　子「……」（深く頷く）

周　吉「なるんだよ、いい奥さんに」

紀　子「ええ」

周　吉「さ……行こうか」

紀子、頷いて立つ。周吉、手を添えて、いたわりながら、並んで出てゆく。
まさ、見送り、改めて室内を一廻り見廻って、二人のあとから出てゆく。

98　家の前

近所の人たちが前よりも一層ふえて、紀子の花嫁姿を見ようと群がっている。

99　二階

誰もいなくなった部屋に、残されている姿見と椅子――

100　その晩　小料理屋「多喜川」

披露宴からの帰りの周吉とアヤが来ている。アヤの傍にはパラピン紙に包んだ花束が置いてある。

周　吉（手酌で一ぱい注ぎ、アヤに）「アヤちゃん、どう？」

ア　ヤ「ええ（と受けて）これで三杯目よ」

周　吉「うむ」

ア　ヤ「あたし五杯までだいじょうぶなの。いつか六杯のんだら引っくり返っちゃった」

周　吉「そうかい」（と微笑する）

亭　主（小鉢物を出して）「お待遠さま――先日小野寺先生とご一緒にお嬢さまいらっしゃいまして……」

周　吉「そうだってね」

亭　主「驚きましたよ。すっかり大きくおなりになって――」

周　吉「ああ……」

亭　主「今日はお嬢さまは――？」

周吉「いま東京駅で送って来たとこだ……嫁に行ったよ――」
亭主「左様ですか。そのお帰りで？　――そりゃお目出度う存じます」
周吉「ああ、ありがとう……」
亭主「――左様ですか……」
と次の料理に移る。
いつか他の客もいなくなり、周吉とアヤだけになっている。
アヤ（徳利をとって）「小父さま――（と酌をしてやりながら）紀ちゃん、もうどの辺かしら？」
周吉「うむ……大船あたりかな……」
アヤ「そうね……小父さまもこれから当分お寂しいわねえ」
周吉「ウム――そうでもないさ、じき馴れる、……（と徳利をとって）どう、アヤちゃん、四杯目」（とさす）
アヤ「ええ（と受けながら）――ねえ小父さま……」
周吉「うむ？」
アヤ「小父さま、奥さんお貰いになるの？」
周吉「どうして？」
アヤ「だって紀子気にしてたわ、一ばんそのこと気になってたらしいわ」
周吉「………」
アヤ「およしなさいよ、そんなものお貰いになるの！　駄目よ貰っちゃ！　いい？」
周吉（微笑して）「うむ……」
アヤ「ほんとよ！」
周吉「ああ、ほんとだよ――でも、ああでもいわなきゃ、紀子はお嫁に行ってくれなかったんだよ……」
アヤ、感激、じっと見て、いきなり周吉の首を引き寄せ、その額にチュッと接吻する。
周吉、あっけにとられている。額に口紅のあとがついている。
アヤ「小父さまいいところあるわ！　とても素敵！　感激しちゃった！」
周吉、ニコニコ笑っている。
アヤ「いいわよ、寂しくないわよ。寂しかったら、あたし時々行ってあげるわよ。ほんとよ」
周吉「ああ、ほんとに遊びに来ておくれね、アヤちゃん」
アヤ「ええ行くわ――ああいい気持――」
と頬をなで、そこに残っている杯を乾して、
アヤ「五杯目――」（と出す）
で、周吉が酌をしてやると、それを勢よくぐっと乾して、
アヤ「おしまい」（と盃を伏せる）
周吉「アヤちゃん、ほんとだよ、ほんとに来ておくれね……小父さん待ってるよ」
アヤ「ええ行く、きっと行くわ。あたし小父さまみたいに嘘つかないわ」
周吉「なに？」
アヤ「そんな上手な嘘つけないもの」
周吉「ハハハハ――（そして寂しく）仕様がないさ、小父さんだって一生一代の嘘だったんだ……」

101　鎌倉　その晩　曾宮の家の前

周吉がションボリひとり帰って来る。
這入る。

102　部屋

留守をしていたしげがその音で出迎えに立ってゆく。
しげ「ああお帰りなさいまし」
周吉「ああ、ただ今――」
そして、二人、這入って来る。
しげ「お嬢さん、ご無事にお立ちなせいましたですか」
周吉「ええ、お蔭さまで……」（と帽子をぬいでかける）
しげ「さいですか……ほんとにお目出度うございましたですよ」
周吉「どうもいろいろありがとう……」（とオーバーをぬいでかける）
しげ「いいえ――ではおやすみなせいまし」
周吉「イヤどうも……清さんによろしくね」

しげ「へえ……」
周吉「おやすみ」
で、しげが帰っていくと、周吉はひとり寂しくモーニングの上衣をぬいで鴨居の洋服掛けにかけ、ハタハタとその埃を払って、そのまま力なくそこの椅子へ行って腰をおろす。ふと机上の林檎を見て手にとり、むく。林檎の皮は長くつづかない。そのままじっと動かない周吉の姿。

103 夜の海

ゆったりと大きくうねって、ザ、ザ、ザーッと渚に崩れる波……。

——終——

宗方姉妹

脚本

野田高梧
小津安二郎

原　作……大佛　次郎
　——朝日新聞連載「宗方姉妹」より
製作主任……加島　誠哉
　製　作……児井　英生
　　　　　　肥後　博
　脚　本……野田　高梧
　　　　　　小津安二郎
監　督……小津安二郎
撮　影……小原　譲治
照　明……藤林　甲
録　音……神谷　正和
美　術……下河原友雄
音　楽……斎藤　一郎
編　集……後藤　敏男
助監督……内川清一郎

宗方忠親……笠　智衆
　節子……田中　絹代
　満里子……高峰　秀子
田代　宏……上原　謙
真下頼子……高杉　早苗
三村亮助……山村　聰
前島五郎七……堀　雄二
藤代美恵子……坪内　美子
内田　譲……斎藤　達雄
三銀の亭主……藤原　釜足
三銀の女中……堀越　節子
三銀の客……河村　黎吉
箱根の宿女中……一の宮あつ子
東京の宿女中……千石　規子

一九五〇年（昭和二十五年）
新東宝
脚本、ネガ、プリント現存
12巻、3080m（一一二分）　白黒
八月二十五日公開

1 **京都大学**
比叡山を望む校庭——

2 **同　医学部**
その教室の外観——

3 **同　廊下**
シーンと静まって……。

4 **同　内科講堂**（階段教室）
内田譲教授（五十九）の癌に就いての講義が続けられている。二十人ほどの助手。ノートをとる学生たち——
ボールドには Virchow とか、Reiz Theorie などという字が書かれている。

内田「——兎の耳を剃ってコールタールを塗る。毎日、一定の時刻にこれを繰返す。根気よくこれをつづけているうちに、ついに兎の耳に癌が出来た——

〝癌出来つ意気昂然と二歩三歩〟

これはその時つくられた先生の俳句なんだが……こうしてウィルヒョウ博士のライツ・テオリー、即ち刺激説は、山極《やまぎわ》勝三郎先生によって完全に証明された。たとえば胃癌の場合の食生活に於て、刺激物を摂《と》らせないようにするのもこのためである。——（砕けた態度になって）僕の友達で……こりゃァ学生時分のボートの仲間なんだが……これが胃癌でね。刺激物はいかん、酒はいかんと言ったら、タバコだけはよせって言うまいな、って言うんだね。

——（学生たちの間から笑声が起る）

——それに最近は酒も飲み出した——

（笑声）——これは普通考えると、とうに死んでなきゃならない筈の男なんだが——（笑声）——なかなか元気で、まだまだ当分死にそうもない。こういう奴にかかると、僕もまるっきり信用がない。どうも困った奴が友達にいる……」


学生たちの明るい笑声。

5 **廊下**
シーンと静まって……。

6 **教授室**
節子（三十四、宗方の姉娘、三村亮助の妻）が、つつましく椅子にかけて、ひとり、内田教授の戻りを待っている。

と、やがてドアがあいて、内田教授が這入ってくる。

内田「やァ……待たせたね、節ちゃん」
節子「ああ小父さま……しばらく……ご機嫌よろしい……」
内田「ああ、ご機嫌よう。——いつ来たの？」
節子「ゆうべ……」
内田「満里ちゃんも一緒かい？」
節子「ええ」
内田「そう。——ご主人お元気かい、三村君……」
節子「ええ……」
内田「そうかい。——見た？　手紙……」
節子「ええ。それで急に……」
内田「そう。イヤ、別にそういそぐこともなかったんだが……。でも、なかなか元気だろう？　お父さん……」
節子「ええ……」
内田「今も教室で話してたんだが、なかなか頑固な親父さんだよ。——まァ、頑固だから保《も》ってるとも言えるんだが……」
節子「そんなに悪いんでしょうか……？」
内田「ウーム……よかァないね」
節子「よくないって……？」
内田「悪いんだよ」
節子「——小父さま、おっしゃって頂戴……」
内田「——？」

節子「ね、おっしゃって、はっきり」
内田「――節ちゃん……がっかりしちゃいけないよ……いいかい」
節子（気を引締めて）「ええ」
内田「あと……永くて一年……せいぜい半年ぐらいじゃないかと思うんだ……」
節子「……？」（息をのむ）
内田「しかし勿論例外もあるんだが……」
節子（見入って）「そのこと、お父さん知ってるんでしょうか」
内田「いや、そりゃ知るまい。――なんなら満里ちゃんにも知らせない方がいい……」
節子「………」
内田（感慨をこめて）「――宗方はいい奴だよ……僕にもいい友達だ……。節ちゃんたちにもいいお父さんだ……。あんないい奴は滅多にいないよ……」
節子、グッと胸が迫って、ゴクリと涙をのむ。

7　或る寺の庫裡《くり》の一室

ここに仮寓している宗方忠親（六十）が机の前で雑誌を読んでいる。
妹娘の満里子（二十五）が洗った茶碗をお盆にのせて持ってくる。
満里子「お父さん、ここの井戸ずいぶん深いわね」
忠親「うん」
満里子「冷たい水……」
そう言いながら茶碗を隅の茶簞笥にしまう。忠親はそれに背を向けて雑誌を読みながら語り合う。
忠親「――大森じゃ毎朝何時ごろ起きるんだい……」
満里子「早いわよ、割に」
忠親「どうだかな」
満里子「けさは特別よ。――お姉さん出かけたのちっとも知らなかった」
忠親「――置いてかれちゃったんだよ、お前お転婆だから……」
満里子（ペロッと舌を出して）「起してくれりゃ起きたのよ。――黙っていくんだもの……」
「こんちは――」と廊下から田代宏（三十五）が明るく現れる。
忠親「やァ――！」
宏「また伺いました……」
忠親「イヤァ――さ、どうぞ」
満里子が座蒲団を出す。
宏（それに軽く会釈して、忠親に）「満里子さんですか……」
忠親「そうだよ――ねえ満里子、おぼえてるだろう、田代君だよ」
満里子「ええ」（とお辞儀）
宏「ずいぶん大きくなられましたねえ。（そして忠親に）大連でお目にかかったっきりですから……」
満里子「あたしまだ女学校の二年生ぐらい……」
忠親（宏に）「じゃ、君がフランスへいく前だね……？」
宏「ええ、あの年の秋いったんですから……」
忠親「そうだったかなァ……」
宏（満里子に）「いつ来られたんです？」
満里子「ゆうべ」
宏「おひとりで？」
満里子「いいえ、お姉さんと一緒」
宏「そうですか。――僕も時々東京へいくんだけど……（忠親に）これじゃ道でお目にかかっても、ちょっとわかりませんね」
忠親「ウム。どうもなりばっかり大きくて……どうしてなかなか勇敢だよ。ハッキリしたもんだよ。――今、舌出すよ」
満里子、ペロッと舌を出して立つ。
忠親（笑って）「おい！　どこいくんだい？」
満里子「今お茶いれます」（と出て行く）
宏、笑って見送る。
忠親「ああ、こないだ借りた本、なかなか面白かった……」

宏　「そうですか」
忠　親「満鉄にいた時分、面白いって評判でね。一度仲間から借りたことあるんだが……その時はそうも思わなかったけど、今読んでみるとなかなか面白いね」
宏　「そうですか」
満里子が鉄瓶を下げて戻ってくる。
忠　親「沸いてたか、お湯——」
満里子「ええ。——（窓外に目をやって）いいお天気……」
忠　親「ウーム……田代君にお願いして、どっかへつれてってもらい」
宏　「どうです。来ない、満里ちゃん、神戸——？」
満里子「宏さん、神戸にいらっしゃるの？」
宏　「ええ」
満里子「神戸で何してらっしゃるの？」
宏　「家具こしらえてるんですよ」
満里子「カグ——？」
宏　「ええ、椅子やテーブル……」
満里子「ああ、ファニチュア？」
忠　親（笑いながら）「これには英語で言わないとわからないらしいよ、英語が大分得意らしい。また出すよ、舌。……出さないかな、今度は。……出るんならもう出てもいい時分だが……感心に今度は出さないつもりらしいぞ。……出さないこともあるのかな……」
ペロッと舌を出す満里子——

8　薬師寺

その塔——

9　同　金堂の前

そこに腰をおろして、節子と満里子が弁当のサンドイッチをたべている。
満里子「お姉さん、お茶——」（と手を出す）
節　子「はい」（と魔法瓶を渡す）
満里子「ねえ、ここ薬師寺？」
節　子「そうよ」
満里子「さっきもいったじゃないの？　薬師寺——」
節　子「あれは新薬師寺よ」
満里子「あ、そうか」
節　子（サンドイッチを出して）「どう？　満里ちゃん——」
満里子、すぐ手を出してつまむ。
節　子「——いいわねえ……なんとなく落着くわ。——いつか……もう十四五年にもなるかしら……宏さんと来たことあるの、ここへ……その時もここでお弁当たべた……」
満里子（ふッと思い出して）「わかったわ、あたし」
節　子「なに？」
満里子「お姉さんお寺すきなわけ……宏さんのせい」
節　子「……そうかしら……」
満里子「あたしきらいだな、お寺——」
節　子「だって……あんた、さッき月光菩薩、感心して見てたじゃないの」
満里子「ああ、さっきのこれ？（と腰を捻ってその仏像の形を真似し）——だって、色が黒くって藤田さんの奥さんに似てるんだもの」
節　子「……」（笑っている）
満里子「仏さまなんて、みんなおんなじじゃないの。ただ、こうやってるか、（と右手の指で頬を抑え）こうやってるか（と今度は両手を下腹に構え）の違いだけじゃない」
節　子「あんたにかかっちゃかなわない（笑いながら弁当の始末をして）——ねえ、今から唐招提寺いってみない？」
満里子「またいくの？」
節　子「そうよ。ここまで来たんだもの。——すぐそこよ」
満里子「いやだなァ……。どうしてこう沢山お寺あるのかしら」
節　子（立上って）「さァ、いくのよ。——早く……」
節子、先きにたって、ゆく。
満里子は面白くなさそうである。

節子、振返って促し、ゆく。
満里子、しょうことなしにブラブラついてゆく。

10 神戸風景

元町あたり――

11 宏の店（田代家具店）**の前**

塗りたての椅子などが乾かしてある。

12 店の中

宏が事務机で仕事の残りを片づけながら、訪ねて来た満里子と話している。

宏「――そう、よく来たね満里ちゃん、知らせてくれりゃ迎いにいってあげたのに……」
満里子「ううん、だいじょうぶ。――タイガース好きだから阪神で来ちゃった」
宏「そう。――お待遠さま、あっちの部屋いこうか」
満里子「ええ」

13 二階（宏の部屋）

西洋骨董などを飾った渋い好みの洋室である。
そこへ来ると――

満里子「ああ、素敵ねえ。いいわねえ」（と室内を見て廻る）
宏「おかけよ」
満里子「ええ。――（マントルピースの上の人形を手に取って）これどこのお人形?」
宏「フランスだよ。ブルターニュいった時にオークションで買ったんだよ」
満里子「そう――（今度はそこの小仏像を見ながら）きのう薬師寺いったの」
宏（お茶の仕度にかかりながら）「そう」
満里子「宏さんも昔お姉さんといったことあるんですってね」
宏「ああ。――満里ちゃんも仏さま好きかい」
満里子「大ッきらい。――今日もお姉さん、お父さんと嵯峨の方のお寺見にいったのよ。だからあたしこっち来ちゃった」

お茶の仕度が出来る。

満里子「宏さん、奥さんは? お留守?」
宏「いないよ、奥さんなんか」
満里子「いないの、そう、ないの」
宏「ないよ」
満里子「フーン、ほんと?」
宏「うん。おあがりよ」（とお茶をすすめる）
満里子「ねえ、どうしてないの?」
宏「何が?」
満里子「奥さん――」
宏「どうしてって……ないんだよ」
満里子「じゃ、あれは?」
宏「何?」
満里子「愛人――」
宏「それもいないね」
満里子「昔ッから?」
宏「ああ」
満里子「嘘だァ、（そしてそこのタバコに手を出して）頂戴ね」
宏（ライターをつけてやりながら）「満里ちゃんタバコ吸うの?」
満里子「うん、時々ね。お姉さんには内緒。――（稍々《やや》調子を変えて）知ってんのよ、あたし」
宏「何を?」
満里子「宏さんの愛人――」
宏「――?」
満里子「見ちゃったのよ、お姉さんの日記――（と得意げに宏を見て立上る）わかってんのよあたし、いろんなこと」
宏（微笑を浮べて）「どんなこと――?」
満里子「一九三七年。――お姉さんは二十一、宏さんは大学生……」
宏「フーン、ずいぶん古い話だね」
満里子「雪の晩……覚えてる? ――帝劇を出た二人はお濠端を歩いていった。雪はしんしんと降りつづけて、音もなくお濠の水に消えていった……」
宏「（笑いながら聞いている）」

満里子「彼も黙っていた。……あんたよ……。彼女も黙っていた。……お姉さんよ……。二人とも若かった……。よく見ると手を握っていた」
宏　（笑って）「そんなことしなかったよ」
満里子「黙って！……手は握っていなかったかも知れないが、握りたい気持は充分あった。そしていつまでも歩いていたい二人であった……。素敵だなァ」
宏　「素敵だねえ」
満里子「やがて彼は言った。ねえ寒くない、節ちゃん……。彼女は答えた。いいえ……。そしてショールを掻き合せながら今度は彼女が言った。ねえ寒くない、宏さん……。ラーラ、ラ、ラ、ラ――……」
宏　「うますぎるなァ脚本……あるんじゃないかい、満里ちゃん、そんな経験――」
満里子「彼女には……あたしよ……残念ながらまだなかった。彼は……今度はあんたよ」
宏　「まだその先きがあるのかい」
満里子「あるある――それは或る生温い春の日の夕方だった……」
宏　「今度は別の日だね」
満里子「そう。由比ヶ浜の波は穏やかだった……」
宏　「鎌倉だね」
満里子「そう。……忍びよる夕闇のなかに、二人はヒタと寄り添って……」
ノックの音――
宏　「はい」
ドアがあいて、若夫人とも見える清楚な洋装の真下頼子（三十二）が現れる。
頼子「こんちは――」
宏　「あ、いらっしゃい」
頼子「あ、お客さまでしたの？」
宏　「ああ、満里子さん、宗方さんの――」
頼子「アア、節子さんとかおっしゃる方のお妹さん？」
宏　「ええ」
頼子「真下頼子です、初めまして――」
満里子「……」（黙礼を返す）
宏　「まァおかけなさい」
頼子（かけずに）「ちょいとそこまで来たもんだからお寄りしてみましたの」
宏　「何かご用――？」
頼子「いいえ別に……アノ、これ、十三日のが取れましたの」（とハンドバッグから切符を出して置く）
宏　「ああ、どうも……」
頼子「第一部のバッハがとてもいいんですって。お遅れになっちゃ駄目よ。では（と宏に会釈し、満里子に）ごきげんよう」
宏　「さよなら、送りませんよ」
頼子「どうぞ」

14　階下の店

頼子、そこへ来ると店員に――
頼子「ちょいと……お客さまお帰りんなったら、カトレアへお電話頂戴って――」
店員「はい」

15　二階

宏と満里子――
宏　「満里ちゃん、それからどうなるの、鎌倉――」
満里子「今の方だれ？」
宏　「パリからのお友達だよ」
満里子「どなたの奥さん？」
宏　「旦那さまは亡くなったんだけどね」
満里子「フーン、今お一人？　何してらっしゃるの？」
宏　「北浜の株屋さんだよ、大阪の」
満里子「フーン。――それはマロニエの花咲くパリの宵であった……」
宏　（笑って）「そんなんじゃないよ、お友達だよ」
満里子「彼はお友達を強調するのであった」
宏　「……」（笑っている）
満里子「でも、あたしきらいだなァ、ああいう人」

宏　「どうして?」
満里子「あんな気取った人」
宏　「そうでもないんだけど……」
満里子「でもきらい！　あんな内緒事みたいな匂いのする人！」

16　京都　東山あたりの料亭

夕暮れ時である。庭はまだ明るいが、部屋にはもう電燈がついている。
忠親と節子が膳に向っている。

節子「お父さん、お疲れにならなかった?」
忠親「いやァ、今日はいい気持だった。苔寺バカによかったよ。光線の具合か苔がとても綺麗だった……」
節子「椿の花が一つ苔の上に落ちてて……」
忠親「ああ。お前も気がついたかい、ありゃァよかった……。昔からの日本のものにもなかなかいいものがあるよ」
節子（頷いて）「……」
忠親「それを頭から悪いことのようにいう考え方は、すこし勇しすぎるようだ……」（と徳利をとって手酌で注ぐ）
節子「お父さん、いいんですの、そんなに召上って――」
忠親「もうあといくらもないんだよ」
節子「でも、もうおやめになったら?」
忠親「ウム……（と徳利を節子の方へ押しやりながら）満里子、どうしたのかな。おそいね」
節子「帰ったらすぐ来るように言っといたんですけど……」
忠親（微笑して）「勇しい奴だからね、あいつも。――何かとお前にも面倒かけてるだろう」
節子「エエ、でもその割に……」
忠親「そうかい。――でも、なんだねえ、三村がまだ何もしないで遊んでるのは、お前にはつらいことだね」
節子（目を伏せて）「……」
忠親「ないのかい、口――」
節子「ええ――探してはいるらしいんですけど……」
忠親「それで、お前のやってるバアの方はどうだい」
節子「まァどうにか……」
忠親「やれそうかい」
節子「ええ……」
忠親「やれりゃァ結構だけど、なんだったら大森の家《うち》売っちゃったっていいんだよ」
節子「だってそれじゃァお父さんお帰りになった時……」
忠親「いや、いいよ。お父さんずっと京都にいるよ」
節子「でも……」
忠親「もうあの家へ帰ることもあるまい……」
節子「――?」
忠親「お父さん、もう永くもなさそうだよ。――苔寺もこれでおしまいだと思って、今日は見て来たんだよ……」
節子「……」（胸をうたれる）
忠親（徳利に手を伸ばしながら）「――あの椿はよかった……」

節子、グッと胸迫る思い――

17　酒場「アカシヤ」

東京、西銀座のたそがれ時である。

18　その店内（地下室）

そこの板壁の浮彫の文字
"I drink upon occasion, Sometimes upon no occasion――Don Quixote"
バアテンの前島五郎七（二十七）がシェーカーを振っている。それをグラスに注ぎわけて――

前島（一方へ）「満里子さん――」

満里子、来て、それを客席へ運ぶ。
中年の客、A、B、C――

満里子「お待遠さま――」
A　「ありがとう」
B　「満里ちゃん、いつ帰って来たの?」
満里子「二三日前――」
A　「面白かったかい、京都――」

満里子（顔をしかめて）「ううん、——でも神戸素敵だった」

Ａ　「そうかい」

満里子、スタンドへ戻って盆を返すと、一隅へゆく。

そこの椅子で、節子が男物のセーターを編んでいる。満里子、ならんで腰かけ、読みかけの外国雑誌を見つづけながら——

満里子「これどう？　お姉さん——」（と雑誌の画を見せる）

節　子（軽く覗いて）「……」（編みつづける）

満里子「あの乳色のスーツ売っちゃって、これ拵えようかしら……」

節　子（編みつづけながら）「似合わないわよ、そんなファンシーなの。ドレイプが強すぎるわよ」

満里子（稍々不満で）「似合わなくもないさ」

節　子「似合うもんですか、あんたなんか——大きいお尻……」

満里子「（ペロッと舌を出し、また雑誌を見つづける）」

節　子（編みつづけながら）「今日、何で叱られたの？」

満里子「誰に？　お兄さん——？」

節　子「（頷く）」

満里子「癪にさわったから、タマの奴、放り出してやったのよ。あたしのオーバーの上に寝てるんだもの」

節　子「——？」

満里子「あたしだってハンドバッグ放り出されたんだもの。ちょいと兄さんの机の上に置いといたら……」

節　子「……」

満里子「おんなじことよ。——今度だって、京都どうだったぐらい聞いたっていいんだわ」

ふと人の気配で、節子が入口の方を見て立つ。

この店の協同経営者の藤代美恵子（三十四）が這入ってくる。

美恵子（客の方へ）「いらっしゃい。こんばんは。いらっしゃい——」（と会釈しながら、節子と顔を合せて）おそくなっちゃって……（そして前島に）ちょいとお冷一ぱい——」

節　子（何か気遣わしげに）「ねえ美恵子さん、なんだって？」

美恵子「兎に角あけてほしいって言うの」

節　子（暗く）「……」

美恵子（目で）「ちょいと——」

と一方の空席へ誘う。

そのあと——

前　島（満里子に）「こないだ、お留守中に三村さん来られましたよ」

満里子「兄さん？　ここへ？　——何しに？」

前　島「なんですか、スーッと這入って来られて、そこんとこに暫く立っておられて、黙って出ていかれました……」

満里子「何時ごろ？」

前　島「恰度閉めようと思ってた時で……土砂降りの雨の晩でしたよ——蒼い顔して……」

満里子「よしてよ、気持の悪い！」

19　墓地（大森あたり）

向うに三村の家の二階が見える。

20　干してある洗濯物

ポタリポタリ雫が落ち、ゴム手袋なども一緒に干してある。

21　日あたりの廊下（三村の家）

猫がペチャペチャ牛乳をなめている。

22　三村の家の二階

眼帯をかけた三村亮助（三十七）が机に向って本を読んでいる。

何か陰鬱な、暗い影がある。誰かが下から上って来たように感じても振返ろうとはしない。

亮　助「誰だ！」

満里子「満里子——」

そして彼女は隣室に取込んである洗濯物

を持って、ついでに、そこにいる猫を憎らしそうにポンと蹴る。
戻りかけて、亮助の部屋に新聞が散らかっているのを見ると——

満里子「お兄さん、あきました？　新聞——」

亮　助（後姿で）「……」

で、満里子が新聞をひろうと——

亮　助「まだ読んでないんだ……」

満里子、フンと言った顔で見返し、新聞を放り出してゆく。

23　階下（茶の間）

節子が洗濯物にアイロンをかけている。
満里子が洗濯物を持ってくる。

満里子「はい——」

と渡して、そこにある繕いかけの靴下を手にする。

満里子「いそいでるの？　その話——」

節　子「なに？」

満里子「お店……売られちゃうと困るんでしょ？」

節　子「うん……。だからもう少し待って下さるようにお願いしてるのよ」

満里子「その話、お兄さんにした？」

節　子「した」

満里子「なんだって？　お兄さん——」

節　子「誰だって困るわよ、そんな急なこと……（そして満里子の前のハンカチを）取って、それ」

満里子（取って渡しながら）「お前のいいようにしろでしょ？」

そこへ亮助が二階からおりて来て、新聞を投げ捨て、玄関の方へゆく。

節　子「お出かけ？」

亮　助「ああ」

節子と一緒に、満里子も見送りに立つ。

24　玄関

姉妹、見送りに出て来て——

節　子「お帰りは？」

亮　助「わからない」

節子が帽子を出すと——

亮　助「いらない」

そして素ッ気なく出てゆく。

節　子「いってらっしゃい」

満里子「いってらっしゃい」

節子が手にした帽子をそこに掛けて奥へゆくと、そのあと、それを満里子がポンと叩いてゆく。

25　茶の間

満里子、散っている新聞を拾って元の位置にすわり、アイロンをつづけている姉に——

満里子「けさ、お兄さん、あたしの牛乳、猫に呑ましちゃったのよ」

節　子「…………」

満里子「ココア飲もうと思ってたのに……」

節　子「いいじゃないの、あんただってよく飲むの忘れてるくせに」

満里子「……（靴下の繕いをつづけながら、不意に）ねえお姉さん、お兄さんいつからだと思う？」

節　子「なに？」

満里子「あんなになったの」

節　子「あんなって？」

満里子「へんに意地悪るじゃないの、このごろ」

節　子「……いらいらするわよ、お仕事がなけりゃ……」

満里子「そうじゃない、それだけじゃないわ」

節　子「じゃ何？」

満里子「ホラ、いつかお兄さん、とても酔っぱらっておそく帰って来た晩あったでしょ、去年、五月ごろ……」

節　子（アイロンの手をとめて、頷く）「——？」

満里子「あれからよ。そう思わない？」

節　子「…………」

満里子「お兄さん、お姉さんの昔の日記見たのよ」

節　子「？」

満里子「屹度そうよ。——あの前の日だったかしら、夕方、満里子二階の戸閉めにいったの。そしたらお兄さん、廊下の籐椅子で本読んでて、急にその本隠したの、黄いろい表紙の本……」
節　子「満里ちゃん！　知ってたの？　あたしの日記——」
満里子「うん、屹度あれがそうだったんじゃないかと思うの」
節　子「あんた、あたしの日記見たの？」
満里子「(ハッと気が付いて、ペロッと舌を出す)」
節　子「どうして見たの？　他人《ひと》の日記……」
満里子「………」
節　子「悪いと思わないの？」
満里子「だって……お姉さんあたし時分どんなだったかと思って……」
節子、不機嫌に洗濯物を持って立ち、片付けながら——
節　子(平静に戻って)「見られたっていいのよ、昔の日記なんか。見られて困るようなこと、今のあたし、なんにもしてないわ」
満里子「でもお兄さん見たらどう思うかしら？……宏さんのこと……」
節　子「どんなこと？」
満里子「二人で雪の晩お濠端歩いたり……。お姉さん、好きだったんじゃないの、宏さん——？」
節　子(瞬間チラリと寂しい色が浮ぶ)「……」
満里子「どうして宏さんと結婚なさらなかったの？」
節　子(笑顔になって)「……」
満里子「ねえ、なぜ？」
節　子「わからなかったの……あたしがほんとに宏さんを好きだと気がついた時には、三村との話がきまってたの」
満里子「きまってたって断ればよかったじゃないの」
節　子「だけど……その時は宏さんもうフランスへいってしまってたのよ」

26　大森駅附近のガード

轟然と通り過ぎてゆく電車——

27　呑み屋「三銀」

昼間の三時ごろ——店の隅っこで亭主が新聞を読んでいる。読み終って、傍の女中に「ホイ」と返す。
女　中「どお？」
亭　主「女なんて大体こんなもんだよ」
女　中「そんなことないよ」
亭　主「イヤそんなもんだよ。なんのかんのって、一応おこったような面《つら》したって、その実、肚《はら》ん中じゃキスしてくれるの待ってるんだよ」
女　中「待ってなんかいないよ」
亭　主「そりゃ待ってるよ。そんなもんだよ。ねえ、先生——」
呼びかけられたのは、只ひとりの客の亮助である。彼はこういうところへ来ても依然として陰鬱な後姿を見せて、膝に店の猫を抱いている。
亮　助「うん……。(そして焼酎のコップを見せて)キヨちゃん、これ……」
女　中「へい」
とお代りをとりに立つ。
亭　主「どうです先生、今度の奴、口あたり——？」
亮　助「うん……」
亭　主「わりといけるでしょう？」
亮　助「酔うのは前の方が早いね」
亭　主「そうですかねえ」
女中がお代りを持って来る。
女　中「へい」
亮　助「ウム……」(と受取る)
女　中「先生、猫すきだねえ」
亮　助「うん……」
女　中「あたい嫌い。勝手な時ばっかりニャアニャア人の顔色見てさ。犬の方がよっぽどいいよ、人情があって」
亮　助「——猫は不人情がとこがいいんだよ……」
女　中「変ってるねえ先生——」
亮　助「だからお前も好きなんだよ」
女　中「よしてよ！　あたい不人情じゃない

よ！」

亮　助「そうか……人情あるのか……」

女　中「あるって！」

亮　助「じゃ来い、キスしてやろう」

女　中「何言ってんの。冗談でしょ。あんな綺麗な奥さんあるくせにさ――ねえ（と亭主の同意を促して）言いつけるよッ！」

亭　主「（笑いながら）先生、お若い方お妹さんですか」

亮　助「うん」

亭　主「奥さんの――？」

亮　助「うん……」

亭　主「綺麗なご姉妹ですねえ」

女　中「勿体ないよ、先生なんかにゃ」

亮　助「そうか……勿体ないか……」

女　中「そうだよ！」

亮　助「……勿体ないか……ウム……」

　そしてほろ苦くコップを口に運ぶ。

28　夜　酒場の板壁の文字

“I drink upon occasion, Sometimes upon no occasion――Don Quixote”

29　酒場

休業で客はない。節子が客席の卓で計算に耽り、前島がこれも卓に倚って本を読んでいる。

節　子（計算をつづけながら）「前島さん、帰っていいわよ」

前　島「はあ」

節　子「もう美恵子さん、いらっしゃりそうもないわ」

前　島「そうですか。――奥さんは？」

節　子「あたし、もう少しいてみるけど……」

前　島（立上って）「じゃ、鍵、ここへ――」（とスタンドの上に鍵を置く）

節　子「ええ」

前　島（雑嚢を持って）「お先に……。おやすみなさい」

節　子「ご苦労さま、おやすみ」

　前島が帰ってゆくと、やがて節子も立上って、スタンドの鍵を取り、そこの電燈を消す。そして人の気配に、ふと入口の方を見返ると――宏が段をおりてくる。

節　子（明るく）「ああいらっしゃい」

宏「ああ……しばらくでした」

節　子「今日あたりいらっしゃるんじゃないかと思っておりました」

宏「――？」

節　子「満里子へのおハガキ拝見して……」

宏「そうですか。けさ着いたんです。――ご機嫌よう」

節　子「お変りもなくて……」

宏「ええ……。こないだ京都へいらしった時お目にかかれなくて……」

節　子「わたくしも……」

宏「小父さんもお元気で……。昨日お目にかかって来ました」

節　子「まア……。いつも宏さんよくおいで下さるって、父も喜んでおりました。――さア、どうぞ」（と椅子をすすめる）

宏「ええ。――しばらくですねえ……」

節　子「ほんとにしばらく……」（向い合って腰をおろす）

宏「変りませんね、節子さん……」

節　子「そうでしょうか」

宏「六七年になりますね」

節　子「ええ、いつか横浜でお目にかかったッきり……」

宏「アア、あれは僕がフランスから帰って来た時ですよ。――少しも変らないなァ節ちゃん……」

節　子「そうかしら……。宏さんこそちっともお変りにならない……（と宏の癖の手の組み方を真似して）昔のまんま」

宏「ああこれ……（とその手を解き）よく言われたなァ……（と笑いながら節子の指輪に目をやって）ああ、まだしてますね、その指輪――」

節　子「ええ……。あの時分は宏さんにお婆さん臭いって笑われましたけど、いつのまにか、あたしも亡くなった母の年ごろになりました……。（と感慨に浸りそうになって、気が付き）ああ、ごめんなさい、なんにも差上げないで――」

宏「イヤ……（そしてスタンドの方へ立ってゆく節子に）今日は満里ちゃんどうしたんです」

節子「今日お休みなんですの此処……」

宏「ああ、どうしてなんです？」

節子（それには答えず、振返って）「おビール召上る？」

宏「ええ」

節子（ビールの仕度をしながら）「お強くおなりになって？　お酒――」

宏「いやァ……」

節子「あの時分、宏さん少し召上るとすぐ真ッ赤だった……」

30　同夜　丸ノ内　仲通り

肩を並べて歩いてくる宏と節子――
街角で立ちどまって――

宏「久しぶりにお目にかかれて、今晩愉快でした。――兎に角、今の話、僕にまかせて下さい」

節子「でも、そんなことでご心配かけちゃ……」

宏「イヤ、いいんです。金のことだったら何とかなりますよ。――じゃ三村さんによろしく」

節子、会釈を返す。

宏「じゃお休みなさい」

宏、わかれて去ってゆく。
節子、見送って、静かに歩き出す。なんとなく心重く、ひとり思いに沈みながら……。

31　築地風景（宿屋の窓から）

向うに聖路加病院が見える。

32　庭に面した宿の一室

満里子がひとり、後手に組んで廊下に佇んでいる。振返ると、宏が這入ってくる。外出先から帰って来たのである。

満里子「お帰んなさい。――こないだはどうも……」

宏「ああいらっしゃい。――いつ来たの？」

満里子「三十分ほど前。――ゆうべお店へいらしったんですってね」

宏（上着などぬぎながら）「ああ、満里ちゃん留守だった」

満里子「うん、バレー見に行ってたの。――宏さん、いつまでいるの？　東京……」

宏「バイヤーが軽井沢へ出かけたんでね、あと二三日――」

満里子「そう。――満里子いま暇なの。遊べる？」

宏「ああ、遊ぼうか」

満里子「うん。でも満里子お金ないのよ。宏さんおごってくれる？」

宏「ああ」

満里子「凄いなァ！　凄い凄い！」

女中が洗濯したハンカチを持ってくる。

女中「お帰んなさいまし」

宏「ああ」

女中「けさほどお出ましになりますとすぐ、お電話がございまして……」

宏「どこから？」

女中「箱根から……」

宏「箱根？」

女中「はァ。――真下さまとおっしゃる方で、後程またおかけするからっておっしゃってました」

宏「そう」

で、女中が出てゆくと――

満里子「真下さまって、だれ？　頼子さんでしょ？」

宏「ああ」

満里子「頼子さん、どうして箱根へいらしったのかしら――」

と当てつけるように鼻をしかめて立ち、廊下の椅子へ行って、かける。

満里子「わかってんだ、満里子――」

宏「何？」

満里子「ランデヴー、頼子さんと、箱根で——」
宏「(笑って) そんなことしないよ」
満里子「ほんと？」
宏「ほんとさ」
満里子「ほんとかな」
宏「ほんとだよ」
満里子「わかってんだ、満里子——(と再び立って宏に近づきながら) 前から打合せてあったらしいぞ。どうも彼は少し臭いのである」
宏(笑って)「そんなことないよ」
満里子「だが彼女はそれを信じなかった」
宏(タバコを出して)「どう？」
満里子(一本とって)「彼は買収にかかるのであった……。(と啣《くわ》えかけ、気がついて返し) 彼女は危く買収されかけた。——でもタバコなんかでは駄目である」
宏(面白がって)「じゃ何だい」
満里子「何だいと聞かれても困るのである」
宏「困った娘さんだよ」
満里子「困ったのは彼である。隠しても駄目なのである」
宏「隠してやしないよ」
満里子「ほんと？」
宏「ほんとだよ」
満里子「ほんとかな」

電話のベルが鳴る。
満里子「電話よ！ あたし出る！」
宏「おい、満里ちゃん！」
満里子、素早く電話にかかる。
満里子「モシモシ、はあ……(送話機を蓋して) 頼子さんよ！(そしてまた電話に) はあ、アノ、田代さま先程一度お帰りんなって、またお出かけになりました。(と宏の方に舌を出してみせ) ——モシモシ、はあ——なんですか急にバイヤーと軽井沢の方にお出かけになりました」
宏「おい、満里ちゃん——」
満里子(あわてて送話機を蓋して、顔をしかめて見せ、また電話に向って)「はあ、左様でございます——いえ、別に何も伺っておりません——はあ——はあ——ではごめん下さいませ——(ガチャリと切って) 知ィらないと！」
宏「仕様がないなァ。何か用があったかもわからないんだよ」
満里子「あるわけない！ ありゃ此処へくる！——彼は困った、大へん困ったのである……(で、宏が苦笑してタバコを啣えると) タバコを吸ってもうまくはない……」
宏「もう満里ちゃんには抵抗出来ないよ」
満里子「彼はついに降服した。——少し可哀そうである」
宏「もう降参だよ」
満里子「降参したら許してやる。——そのかわり満里子の言うこと聞くのよ」
宏「うん」
満里子「一つ、箱根へいってはいけない」
宏(笑って聞いている)「……」
満里子「二つ、電話もかけてはいけない。三つ……」
宏「まだあるのかい」
満里子(頷いて)「今から満里子と遊びに行く。——少しお腹がすいたようだ。何かおいしいものをたべる。いい？」
宏「うん」
満里子「お勘定は宏さんが払う」
宏「ああ、いいよ」

33 箱根の宿

鏡台、衣桁——
鏡台の前に、浴衣に半纏を羽織った頼子……。
女中が来る。
女中「もうお一方、お夕食のお仕度どう致しましょうか」
頼子「ああ——いいの」
女中「はあ」(と立ちかかる)
頼子「アノ……晩の急行であたし帰りますから。——下り、何時だったかしら？」

女　中「はあ、見てまいります」
頼　子「どうぞ」
　女中、出て行く。
　頼子、わびしく立上って廊下へ出る。

34　夕陽に染まる箱根の山々――

35　夜　三村の家

　十一時頃である。薄暗い廊下に猫が寝そべっている。
　居間の火鉢の前で、節子がひとり岩波文庫を読んでいる。
　格子戸のあくベルの音――
節　子「だれ？　満里子ちゃん？」
満里子の声「あたし。――閉めていい？」
節　子「あけといて」
　ハミングしながら満里子が這入ってくる。
満里子「ただ今ァ。――お兄さんまだ？」
節　子「ええ」
満里子「おそいわねえ」
節　子「あんたこそおそいじゃないの。何時だと思ってるの？　……いい気になって……」
満里子「だって、たまのお休みじゃないの」
節　子「今日だけじゃないわよ。こないだうちからちょいちょいじゃないの」
満里子「だってこないだうちは宏さんと一緒だったんだもの。――早く帰って来たってちっとも面白くありゃしない」（と自分の部屋へ行きかかる）
節　子「満里子ちゃん！　あんたお酒のんでるのね？」
満里子「…………」
節　子「どこ行ってたの？」
満里子「映画見て来たの」
節　子「それでこんなにおそくなるの？」
満里子「帰りに前島さんに逢ったのよ、前島さんお友達と一緒で、面白いからくっついてっちゃったのよ」
節　子「あんた、そんなこと面白いの？」
満里子「面白い」
節　子「何が面白いのよ！」
満里子「だって、家《うち》にいりゃクサクサしちゃうんだもの、陰気くさくって……」
節　子「…………」
満里子「あたし、お兄さんの顔見たくないのよ！」
　言い捨てて自分の部屋へ行ってしまう満里子を、じっと見送って、節子はまた本に目を移す。
　と、やがてまた満里子が胃散か何かを飲みに出てくる。
節　子「満里子ちゃん……」
満里子「――？」
節　子「いろんなことで、あんたがクサクサするのわかるけど、でも、それが却っていけないんじゃないかしら……」
満里子「なに？」
節　子「それが却ってお兄さんをイライラさせるのよ」
満里子「じゃあたし、どうすりゃいいの？」
節　子「もっとおだやかにしてほしいの」
満里子「してるつもりよ。でもお兄さんがさせないのよ。――あたしが悪いんじゃないわ」
節　子「でも、おんなじ家にいりゃ……」
満里子「だから猶のことよ！　お兄さんがもっとみんなにやさしくすりゃいいのよ！」
節　子「だってお兄さん、お仕事もないんだし……」
満里子「だったらもっと一生懸命探せばいいのよ！　黙ってつッ立って椅子が来るの待ってるのよ、お兄さんは！　――そんなことであたしたちまで暗くされることないわ！」
節　子「満里子ちゃん――」
満里子「そうじゃないの！　あたしお姉さんにだって言いたいこと沢山あるのよ！　あんなお兄さんに我慢してることないわ！　――お姉さんの気持、お兄さんなんにもわかってやしないのよ。お姉さん、つまんないと思わない？」

節　子「……満里ちゃんにはまだわかんないのよ」
満里子「何が?」
節　子「そんなもんじゃないのよ、夫婦って。……いつもいい時ばっかりあるもんじゃないわ。……お互いに我慢しあってこそやってけんのよ。そういうもんなのよ」
満里子「それじゃ夫婦なんてつまんない!」
節　子「つまんなかないわ、それでよくなるのよ」
満里子「そりゃお姉さんの考え方よ、満里子いやだわ」
節　子「いやだったって仕様がないのよ」
満里子「きらい! そんな古い考え方――」
節　子「何が古いのよ!」
満里子「古いわよ! 古い古い、お姉さん古い!」
言い放って出てゆく満里子――

36　満里子の部屋

満里子、面白くない顔で這入ってくる。振返ると、節子が来て、立っている。
節　子「満里ちゃん……あたし、そんなに古い?」
満里子（見返したまま）「……」
節　子「ねえ、あんたの新しいってこと、どういうこと? ――どういうことなの?」
満里子「お姉さん、自分では古くないと思ってらっしゃるの?」
節　子「だからあんたに聞いてるのよ」
満里子「お姉さん京都行ったって、お庭見て歩いたり、お寺廻ったり……」
節　子「それが古いことなの? それがそんなにいけないこと? ――あたしは古くならないことが新しいことだと思うのよ。ほんとに新しいことは、いつまでたっても古くならないことだと思ってるのよ。そうじゃない?」
満里子「………」
節　子「あんたの新しいってことは、去年流行《はや》った長いスカートが今年は短かくなるってことじゃないの?」
満里子（不満そうな顔で）「……」
節　子「みんなが爪を紅くすれば、自分も紅く染めなきゃ気がすまないってことじゃないの?」
満里子「………」
節　子「明日古くなるもんだって、今日だけ新しく見えさえすりゃ、あんた、それが好き?」
満里子「………」
節　子「前島さん見てごらんなさい。戦争中、先きにたって特攻隊に飛込んだ人が、今じゃそんなことケロリと忘れて、ダンスや競輪に夢中になってるじゃないの? あれがあんたのいう新しいことなの?」
満里子「だって世の中がそうなんだもの」
節　子「それがいいことだと思ってんの?」
満里子「だって仕様がないわよ。いいことか悪いことか、そうしなきゃおくれちゃうんだもの。満里子、みんなにおくれたくないのよ!」
節　子「いいじゃないの、おくれたって」
満里子「いやなの! そこがお姉さんとあたしとは違うのよ! 育った世の中が違うんだもの! あたしはこういう風に育てられて来たの! 悪いとは思ってないの!（節子にじっと瞶《みつ》められて）あたし、行ってお父さんに相談して来る!」
節　子「行ってらっしゃい! お父さん何とおっしゃるか……」
対立する姉妹――

37　京都　忠親のいる寺

長閑な日射し――

38　庫裡の一室

縁に近く、忠親と満里子が端居して――
満里子「どっち? ねえお父さん……」
忠　親「ウーム……そりゃァ姉さんは姉さん、

お前はお前さ。どっちがいいとか悪いとかいうことじゃないよ。──まァ、お前はお前のいいようにやるさ」
満里子「やっていい？　満里子の思うように……」
忠　親「いいとも。──ただ、間に長い戦争があったからね。ま、だんだんに良くはなろうが……人がやるから自分もやるっていうんじゃつまらないね」
満里子「？」
忠　親「よく考えて、自分がいいと思ったらやるんだよ」
満里子（頷いて）「……」
忠　親「自分を大事にするんだね」
満里子「……」（考えている）

森閑たる中に鶯の声が聞えている。

忠　親「──姉さんどうだい、三村と……お前が見て……。うまくいってるらしいかい？」
満里子「わかる？　お父さん──」
忠　親「どうなんだい……？」
満里子「──お姉さん、どうして宏さんと結婚なさらなかったの？」
忠　親「……（思い深く）うまくいかないかい……。困ったことだね……。早く口でもあればいいんだよ……。（ふと庭先きに目をやって）満里子、見てごらん、また来たよ、鶯──」
満里子（見て）「──あ、ウンコした！」

その二人──鶯の声……。

39　神戸風景

山と街とを背景に、宏の家の二階の窓に日があたって──

40　宏の部屋

満里子が来ている。

満里子（なんとなくそこらを歩きながら）「満里子、神戸気に入っちゃったな、お金持になったら神戸に住んでやろうかな」
宏　（笑いながら）「どうして？」
満里子「スキヤキはうまいし、お酒はいいし……」
宏　「満里ちゃん、お酒の味わかんのかい？」
満里子「わかるって！」
宏　「そうかい」
満里子「お酒は灘に限るって！」
宏　「じゃ、さっきもっと呑みゃよかったね」
満里子「うん。──満里子一ぺんウンとお酒のんで酔っぱらって見たいんだ」
宏　「どうして？」
満里子「だって面白いじゃんか、家《うち》がグルグル廻ったり、電信柱ひっくら返ったり……。ある？　宏さん、そんな経験──」
宏　「イヤァ、まだないね」
満里子「そう。──面白いと思うんだ。小さい時木馬にのっても面白かったんだもの。（そして不意に）ねえ、男女が恋愛するでしょ？」
宏　「ああ」
満里子「でも、どっちからも好きだって言い出さなかったらどうなる？」
宏　「そりゃまァ駄目だね」
満里子「宏さんダラシがなかったのねえ、昔」
宏　「なんだい、僕のことかい。──そりゃ今だってダラシがないさ」
満里子「ねえ、その時、もしお姉さんの方から好きだって言ったら、宏さんどうした？　結婚した？」
宏　「さァ……。忘れたよ、昔のことだから」
満里子「そんなことない！　忘れるわけない！　宏さん屹度お姉さんから言い出すの待ってたんだ！　──そこが彼のいけないとこである。よく似てるのである、お姉さんと。──ねえ、どうして宏さん、先きに言い出さなかったの？　──ねえ、どうして？」
宏　「ウーム。──自信がなかったんだよ」
満里子「なんの自信？」

宏「節子さんを幸福にする……」
満里子「嘘だァ！　そんなことない！　絶対ない！　あんなにお姉さん好きだったくせに……。宏さんて、いつだって相手の方から言い出すの待ってる人よ」
宏「そんなことないよ」
満里子「そうよ！　そういう人だ！　――じゃもし頼子さんが今結婚申込んだら宏さんどうする？　結婚する？　しない？」
宏「……」（笑っている）
満里子「――彼にはプロポーズする元気もなければ、断わる元気もないのである。それでお肚ン中では、今でもやっぱりお姉さんが大好きなのである……。（言いながらふと不安な顔になって）――ね、宏さん、結婚しない？　満里子と……」
宏「――？」
満里子「結婚してよ満里子と！（と進み寄って）ね、結婚して頂戴！　ね、満里子宏さん大好き！　ね、してくれる？　満里子と。ね、結婚して頂載！」（と宏の肩を摑んでゆする）
宏「……」（避けるように立上る）
満里子（縋って）「ね、結婚して！　ね、なんとか言って！」
宏（満里子の手をはずそうとしながら）「どうしたんだい、満里ちゃん――」
満里子（放さず）「ね、結婚して！」
宏「どうしてそんなこと言うんだい」
満里子「満里子、頼子さんきらいなの！　大ッきらいなの、あの人！　ねえ、宏さんがお姉さんと一緒だったら満里子素敵だと思うの！　宏さんお姉さん好きなのはいいの！　でも頼子さん好きんなっちゃいや！　あんな人好きんなっちゃいいや！　満里子大ッきらい、あんな人！　ねえ、結婚して、満里子と！　ねえ！」
宏「そんなこと言っちゃいけないよ、満里ちゃん！　そりゃ満里ちゃんの本心じゃないよ！」
満里子「ううん、本心よ！　満里子本気よ！」
宏「だけど満里ちゃん、そんなこと言うと、満里ちゃん屹度あとで自分がいやんなるよ」
満里子「ならない！　ならない！」
宏「いや、言っちゃいけないよ、そんなこと。――満里ちゃんがそんなこと言っただけで、それを僕が聞いただけで、満里ちゃん屹度僕から離れてくよ。ね、考えてごらん満里ちゃん、よく考えてごらん。そりゃ満里ちゃんの本心じゃないんだ。ね、満里ちゃん……」
満里子（宏に把られた手を振りもぎって）「宏さん！　冗談だと思ってんのね！　嘘だと思ってんのね！　いいわよ！　そんならいいわよ！　満里子泣いちゃうから！」
と身を飜《ひるが》えして、そこのハンドバッグを把って飛出そうとする。
宏「おい満里ちゃん！　満里ちゃん！　満里ちゃん！」
それを撥ね返すようにドアが閉まる。
宏「満里ちゃん……」
閉まったドア――

41　真下邸

森閑とした玄関の広間――

42　同　応接間

女中がお茶を持ってくる。
女中「只今すぐいらっしゃいます……」
満里子が訪ねて来ている。女中が出てゆくと、頼子が這入ってくる。
頼子「あ、いらっしゃい。――しばらく……」
満里子（立って）「こんちは」
頼子「ごきげんよう。――いついらしったの？」
満里子「二三日前」
頼子「そう。よくお訪ね下さいましたわね。さァどうぞ。――いつもお綺麗でお可愛らしいこと！」

満里子「………」

頼　子「お姉さま、ご一緒？」

満里子「いいえ、あたしだけ」

頼　子「そう。――でも、ほんとによく……」

満里子「いま、宏さんに会って来たんです」

頼　子「そう」

満里子「あたし、結婚申込んだんです」

頼　子「どなたに？」

満里子「宏さんに」

頼　子「あなたが？」

満里子「ええ。――お姉さん、昔ッから宏さん好きなんです。だから、あたしがお姉さんの代りになろうと思って……」

頼　子「まァ……愉快な方！　お姉さま何とおっしゃるかしら……？」

満里子「喜んでくれるわ」

頼　子「そうかしら？　お喜びになるかしら？」

満里子「小母さま、そう思いません？」

頼　子「あたくしもそう思いたいのよ。だけど少し単純すぎないかしら……？」

満里子「ねえ、小母さまからも言って下さい」

頼　子「なァに？」

満里子「結婚のこと！　宏さんに！」

頼　子「それはお話してあげてもいいわ」

満里子「お願い！　約束して！」

頼　子「ええ、いいわよ」

満里子「ほんとよ！」

頼　子（頷いて）「――でも、あなた、宏さんのどんなとこがお好き？　たとえば、どんなとこがお気に召して？　……ねえ」

満里子「やさしいし……可愛がってくれるし……」

頼　子「それから？」

満里子「綺麗ずきで、清潔で、お金があって……」

頼　子「まァ素敵！　いいことだらけ……」

満里子「たった一つ、とってもいやなことがあるんです」

頼　子「まァ……どんなこと？」

満里子「とてもいやな奴がいるんです、お友達に……」

頼　子「まァ、どんな方？」

満里子「小母さまが一番よく知ってる人！」

頼　子「まァ。あたくしが？」

満里子「ええ、とってもいやな奴！　大ッきらい！」

とハンドバッグを持って颯《さつ》と帰りかけ、ドアをあけて、そこで振返って――

満里子（顔をしかめ）「大ッきらい！（とパタンとドアを閉める）」

43　玄関の広間

スリッパを蹴散らして出てゆく満里子。

44　大森　墓地から見た三村の家

何か白々した曇り日の午後である。

45　居間

節子が、もう酒場へ出かける時刻で、鏡台の前で顔を直している。

廊下にいる猫――

亮助が二階からおりてくる。例の通りの冷たい顔である。長火鉢の横の水差を手にしてみて――

亮　助「水――」

節　子「あ……」

と立っていって、水を汲んで来て「はい」と渡し、鏡台の前に戻る。

亮　助（何かの錠剤をのんで――）「満里子は……」

節　子「さッき出かけました」

亮　助（呑み残りの水を庭へ捨てて）「タマ……タマ……」（と猫を呼ぶ）

節　子（鏡台の前を片付けながら）「あたしお店へ出かけますけど……」

亮　助「おい、タマ……タマ……」

節　子「ご用ありません？」

亮　助「つけてくれたか、ボタン」

節　子「あ、忘れちゃって……」

と立って針箱を出し、そこにあるシャツのボタンをつける。

亮助、猫を抱いて、そこの机に腰かける。

亮助「どうした、店の方」
節子「え?」
亮助「もめてたの、どうなった」
節子「ああ、片付きました、どうにか」
亮助「出来たのか、金――」
節子「ええ」
亮助「借りたのか、誰かに」
節子「ええ、いいあんばいに……」
亮助「誰に――?」
節子「田代さんに……」
亮助「来たのか、田代君――」
節子「ええ、こないだ……」
亮助「いつ?」
節子「二十日ほど前」
亮助「………」
　節子、ボタンをつけ終って「はい」と渡す。
亮助「――どうして返すんだ、その金……」
節子「月々……」
亮助「月々?」
節子「ええ、少しずつでも……」
亮助「返せるのか」
節子「ええ、なんとか……」
亮助「どうしてそのことおれに言わなかったんだ、今まで……」
節子「――?」
亮助「言えなかったのか」
節子「いいえ」
亮助「なぜ言わないんだ」
節子「………」
亮助「借りた相手が田代だからか」
節子「いいえ、そんなことありません」
亮助「じゃ、なぜ言わないんだ。言えなかった理由がどこかにあるんだろう。(とチロリと見て) おれに知られちゃ困るのか。困ることでもあるのか」
節子「いいえ、そんなこと……」
亮助「じゃなぜ黙ってたんだ。なぜ今まで黙ってたんだ」
節子「――すみません……」
亮助「田代、ちょいちょい出てくるのか」
節子「ええ……」
亮助「そのたんびに、お前、会ってるのか」
節子「いいえ、こないだ初めて……」
亮助「嘘つけ! 初めて会って金が借りられるか!」
節子「でも……」
亮助「でも何だ。好い加減なこと言うな。
　――それとも、お前に金を貸さなきゃならない弱味が田代にあるのか」
節子「そんなことありません。そんなことじゃないんです。あたしが困ってるのを見て、田代さんがほんとに心配して下すったんです」
亮助「そんなこたわからない……」
節子「いいえ、宏さんそんな人じゃありません。そんな人じゃないんです。あたしがあんまり困ってたもんだから……」
亮助「いやに弁解するじゃないか」
節子「あなた! ――あなた、あたしと宏さん何かあると思ってらっしゃるんですか? 何か間違いでもあったと思ってらっしゃるんですか。あたしと宏さんのこと、そんな風に考えてらしったんですか?」
　亮助、立上って、黙って廊下へ出る。
節子「誤解です! 誤解してらっしゃるんです! あたし、そんな女じゃありません! あなたに申し開き出来ないようなこと、何ひとつしておりません! 節子信じて頂きたいんです!」
　その必死な抗弁には耳も貸さず、亮助は黙って二階へ行ってしまう。
　節子、じっと見送り、悲しく面を伏せる。――が、やがて、つと顔を上げ、立って二階へ上って行く。

46　二階

　節子、来て、見ると、亮助は後姿を見せて冷たく机に向っている。
　節子、何か取りつく島なく、そこに小さく坐る。
節子「……すみません――あたし……お店やめようと思います……」

亮　助（後向きのまま、冷たく）「そんなこと言ってやせん」
節　子「やめたって、もう少し切り詰めれば、どうにかやってけると思うんです。――それで駄目だったら、洋裁でも何でもして働きます」
亮　助「お前が働くことを恩に着せるな！」
節　子「いいえ、この家《うち》だって、もし困れば、お父さん、売ったっていいっておっしゃってました……」
亮　助（依然、冷たい後姿を見せたまま）「……」
節　子「お店のこと、ハッキリ田代さんにお断りします」
亮　助「したらいいだろう、お前のいいように……」
節子、じっと見て、グッと面を伏せる……。と、「タマタマ」と猫を呼ぶ亮助の声――。で、つと顔を上げると、亮助が廊下へ出て、下の庭の猫を呼んでいる。
亮　助（庭を見おろして）「おい、タマタマ……」
じっとそれを見ている節子の目に涙が溢れてくる。

47　庭先（座敷を通して）
遊んでいる猫――

48　築地風景（宿屋の窓から）
聖路加病院が見える。

49　宿屋の部屋
女中が顔を出して――
女　中「お客さまがお見えになりました」
宏　（調べ物から目を放して）「――誰？」
「こんちは！」と満里子が現れる。
宏　（明るく）「やァいらっしゃい。――どう、満里ちゃん……」
満里子、顔をしかめ、そして――
満里子「あたし、お使いに来たの」
宏　「そう。ま、こっちおいでよ」
満里子「びっくりした？　こないだ――。満里子、もう宏さんのこと、なんとも思ってないのよ」
宏　（笑って）「そう」
満里子「ちょいとシバイしちゃった。でも振られちゃった」
宏　「そんなことないさ」
満里子「けど、わかってよかった」
宏　「何が？」
満里子「宏さんよっぽど好きね、お姉さん――」
宏　「どうして……？」
満里子「満里子のシバイ、全然受付けないんだもん」
宏　「そりゃシバイだからさ」
満里子「でも、ちょいと本気なとこもあったんだ、へへへ、恥ずかしいな……。まァいいや。――ね、宏さん、お姉さんが会いたいんですって」
宏　「僕に？」
満里子「お姉さん困ってんの、お店のことで……」
宏　「どうして？」
満里子「やめるって言うのよ、お店」
宏　「なぜ？」
満里子「お兄さんいけないのよ、横から口出すから……。だから宏さん、会ってあげてよ、お姉さんに」
宏　「そりゃ会うのはいいけど……」
満里子「会ってね」
宏　「うん」
満里子「早い方がいいの。今日、どう？　お昼ッから――」
宏　「いいよ」
満里子「どこがいいかな」
宏　「どこだっていいよ」
満里子「日比谷公園、どう？　……音楽堂の前……三時……。いい？」
宏　「ああ」
満里子「素敵だなァ！　――彼と彼女が日比谷公園で会うのである。――ほんとよ」
宏　「うん」
満里子「彼は彼女に言うのである。節子さん、そりゃお店をやめることありませんよ、今まで通りおやんなさい。僕がついてますよ。大丈夫ですよ。——言うのよ、宏さん、いい？」

宏、笑って頷く。

満里子「ほんとよ、ほんとに言うのよ」

頷く宏——

満里子「二人はヒタと寄り添って……。ラーラ、ラ、ラ、ラー……」

とトセリーのセレナーデのメロディーを口吟《くちずさ》む。

と、それがそのまま伴奏に移って——

50　日比谷公園　音楽堂

午後の日射し——

51　同　公園内の一部

表通りのビルディングなどが見えて——

52　お濠端

柳並木の歩道を、肩を並べて歩いている節子と宏——

柳の梢をわたる微風も爽やかに……。

歩いてゆく二人——

53　夜　酒場「アカシヤ」の看板

54　その店内

スタンドの内と外とに向いあって、前島と満里子が、ビールにウイスキーをまぜて呑んでいる。二人とも酔っている。

満里子「おい、前島さん、呑もうよォ」

前島「呑んでるよ僕ァ……」

満里子「もっとさァ。……呑め呑め特攻隊……。もうおしまいじゃないか……」

前島「だけど惜しいなァ……閉めちゃうの、ここ……」

満里子「仕様がないよ……」

前島「でも、折角……なァ満里子さん……」

満里子「よしなよ。思いきり悪いぞ特攻隊！……呑め呑めポロペラ……」

前島「満里子さんもお呑みよ」（と注ぎかける）

満里子「ちょいと待った！　……少し廻ってきたよ、家《うち》……」

前島「いいからさ、少しあけなよ」

満里子「いいよ。……特攻隊にはわかんないよ、ハムレットの気持。……呑もか呑もまいか……ウイ……問題なんだ、これが……」

大分酔っている。

満里子「——ねえ、前島さん……」

前島「ええ？」

満里子「お前は古いぞ。……目の色変えてマージャンばっかりして……。教えてやろうか、いいこと——」

前島「何——？」

満里子「新しいってことはね……いいかい……いつまでたっても古くならないってことなんだ。……むずかしいよ、これ。……わかるかい？」

前島「わかるさァ……」

満里子「嘘つけェ。……わかるもんかい……。おれさまにもよくわからねんだ……ウイ」

前島「なァんだい、知っちゃあいねえのか……（そしてそこの布巾でスタンドを拭きながら）……おしまいか、明日で……」

満里子「まだ言ってやがら……未練がましい特攻隊やのう……」

前島「そうやのう……」

そして、ふと何かの気配に見返って——

満里子（ゾッとした顔で）「ああびっくりした！」

入口の段の下に、蒼白く酔った亮助が立っている。そして二人の凝視する中を、黙って進んで客席に腰をおろす。

満里子「何？　お兄さん……」

亮助「……なんでもない……。ちょいと寄ったんだ……」

満里子「お姉さん、いないわよ」

亮助「知ってる……。おれも何か貰おうか

……」
満里子「前島さん、帰っていいわよ。そのままでいいわ。——明日また来てね」
そう言って、満里子がウイスキーを亮助の席に持ってゆく間に——
前　島「じゃお先きに。……ごめんなさい……」
満里子「おやすみ……」
前島が帰ってゆくと、満里子は亮助と相対して腰をおろす。
亮助は自分で注いで呑んでいる。
満里子「お兄さん、ここ明日でおしまいよ」
亮　助「そうだってな」
満里子「どうしてやめなきゃいけないの、お姉さん、ここ——?」
亮　助「………」
満里子「お兄さん、やめろってったんじゃないの? ——なぜやめなきゃいけないの?」
亮　助「……知らないね……」
満里子「そう!」
チロリと見下して立上ると、スタンドへ戻って、そこの椅子に腰掛ける。
満里子「お兄さん、お姉さんの苦労、なんにも知らないのね……」
亮　助（冷たく）「何が……?」
満里子「いつもお姉さんばっかり苦労してるじゃないの! ……お兄さん何でも知らん顔してて……。そんな夫婦ってあるかしら……。勝手すぎるわよ、お兄さん!」
亮　助「……勝手かね」
満里子「勝手よ! 勝手じゃないの! お姉さん可哀そうだわ!」
亮　助「……だけど満里ちゃん……」（言いかけて口を噤む）
満里子「何よ!」
亮　助「……まァいいや……」
満里子「よかないわよ! お兄さんだって、お姉さんばっかり働かせてないで、自分でももっとどんどんお仕事探せばいいのよ!」
亮　助「……探したって、ないものはないんだ……」
満里子「ある! 絶対にある! もっとどんどん探せば!」
亮　助「………」
満里子「やる気になりゃ何だってある!」
亮　助「イヤァ……そりゃないもんだ……」
満里子「何がないの? 何だってあるわよ! 何だっていいのよ! そうすりゃお姉さんだって張合いあんのよ! 喜んで苦労すんのよ! 夫婦ってそういうもんだ!」
亮　助「ホウ……そうか……」
満里子「そうさァ! お兄さんたちの夫婦、やめちゃやいいんだ!」
亮　助「……そうか、おれたちが夫婦であっちゃいかんって言うのか」
満里子「いかんって言うんだ!」
亮　助（冷たく笑って）「……そうか……わかれろって言うのか……」
満里子「そうだ、言うんだ! なんにもしないでブラブラお酒のんでる間は!」
亮　助（コップを乾して）「……しかし……酒をのんでブラブラしてるのも、なかなか捨て難いもんなんだ……。こりゃ案外、夫婦であることより面白いかも知れないんだ……。いろんな面白いことがあるんだよ満里ちゃん、世の中には……」
そういうとコップを片手に、ゆっくりスタンドへ寄ってくる。
満里子、警戒気味に椅子から立つ。
亮　助「おしまいか……明日で……」（と、その壁の文字を見る）
"I drink upon occasion, Sometimes upon no occasion——Don Quixote"
亮助、いきなりそれにコップを叩きつける。
満里子、それを見ると、嚇《か》っとなって、これも飲み残りのウイスキーを乾すや否や、それを叩きつける。
亮助の空虚な高笑い——

満里子、つづけて、二つ三つ、と投げる。
壁の字にあたって砕け飛ぶコップ――

55 三村の家

日あたりの廊下で猫がペチャペチャ牛乳をなめている。

56 同 二階

節子が、洗面器に入れた洗濯物を持って上ってくる。
亮助は相変らず憂鬱な後姿を見せて机に向っている。

節子（軒先きの竿に洗濯物を通しながら）「……いいお天気……。ああ、お隣りの篠田さん、ゆうべ赤ちゃん生れたんですって……女の子。――なんかお祝いあげなきゃいけないわね。――ねえ、何がいいかしら……？」
亮助の答えはない。
節子、やがて乾し終って、下へおりてゆこうとする。
亮助（後向きのままで）「おい……」
節子「はい」（と戻る）
亮助「どう思ってるんだ、お前――」
節子「何が――？」
亮助「おれたちのこと……。（振返って）わかれた方がいいか」
節子「なんのこと？」
亮助「つまらんだろう、お前だって」
節子「なんのことなんですの？」
亮助「わかれた方がいいんじゃないか」
節子「……？」（茫然と見る）
亮助「どうだ……」
節子「どうしてそんなことおっしゃるの？ 不意に――」
亮助「不意？ ――そんな筈はないだろう。――おれはお前の気持を言ってやってるんだ」
節子「あたしの気持？」
亮助「そうだよ、お前の気持だ。おれはお前が喜ぶと思って言ってるんだ」
節子（瞶《みつ》めて）「――？」
亮助「喜ぶだろうと思って言ってるんだ」
節子「なぜですの？ ――どうしてですの？」
亮助「そりゃァお前自身に聞け。――そこまでおれに言わせるな」
節子（真剣な顔で）「一体そりゃどういうことなんです？」
亮助「お前が一番よく知ってることじゃないか」
節子「どういうことなんです！」
亮助「…………」
節子（詰め寄るような気魄で）「なんのことなんです！ あなたは一体あたしにどういうことをおっしゃりたいんです！ はっきりおっしゃって下さい！ ねえ、おっしゃって、はっきり……」
亮助「簡単なことだよ。――わかれた方がいいんじゃないかと聞いてるんだ」
節子（息を呑んで）「あなた、そんなこと考えてらしったの？ そんなこと思ってらしったの？ 今までそんな気持であたしを見ていらしったの？（涙が溢れてくる）――それじゃあんまりあたしが可哀そうじゃありませんか。あたしの身にもなって見て下さい。あたしそんなこと考えたことありません。一度だって考えたことありません。それじゃ今まであたしのしてきたことがなんにもならないじゃありませんか。――あなた一体、いつからそんなこと考えてらしったんです。いつからそう思ってらしったんです。……ねえ」
亮助「……とうからだ」
節子「とうから？ ……そんなこと、あたし、夢にも知らなかった……。ただ……ただ、あなたを信じて生きて来たんです……。あなたがあたしに冷たくなさるお気持も、あたしにはよくわかっていたんです……。でも、いつか屹度わかって頂ける時が来ると思ってました……。それなのに、今更いきなり、そんなこと……」

亮　助「――泣くこたないじゃないか。お前がそんな女だとは、おれには思えないよ」
節　子「じゃ、どんな女だと、あなた思ってらしったの？　おっしゃって下さい！　ね、はっきりおっしゃって下さい！」
亮助、いきなり立って来て、節子の頰を二つ三つ続けさまに殴る。
亮　助「貴様！　よくそんなことおれに言う！　よくそんなことを言えるな！　貴様のいやなとこはそこなんだ！　貴様、そこがいやなんだ！」
また殴る。そして、ふと人の気配に見返ると、満里子が襖の蔭から現れる。
亮助、さすがに気まずく、机上の蟇口を取ると、そのままおりていってしまう。
満里子（節子に近づき、覗きこむようにして）「お姉さん！　――お姉さん！　――どうしたの？　ぶたれたのね？　どうしてぶたれたの？　ねえ、どうしてぶたれたの？」
節　子「………」
満里子「ぶたれることない、お姉さん！（と涙ぐみ）お姉さんぶつなんて！」
そして咄嗟に床の間に置いてあるピッケルを把って亮助を追う。
節　子「満里ちゃん！　いいの！　いいのよ！」
節　子
満里子、振返って、節子を見る。
子「あたし、わかれる！　――もう三村とわかれる！」
満里子「お姉さん、わかれる？」
節　子「ええ！」
満里子「ほんと？」
節　子「ええ！」
満里子「いい！　わかれていい！　当然よ！　あたりまえよ、あんな奴と！　お姉さん勿体ない！　勿体ないわお姉さん！」
そういうと満里子は節子の膝に泣き崩れる。
節子、じっと一点を瞶めたまま……涙が頰を濡らす。

57　**黄昏の築地風景**

聖路加病院の窓々にも灯が明るく――

58　**宿屋の庭**

竹の植込みにも黄昏の色が迫って――

59　**部屋**

宏と節子がそれぞれの気持で考えている。
宏　「……しかし、永い間、ずいぶんあなたも苦労されて……」
節　子「ええ……。でも、なんにもならない苦労でしたわ……」
宏　「イヤ、そんなこたない。そんなこたありませんよ。――他人《ひと》にはわからなくても、あなた自身は大へんそのために立派になったんだ。節子さんが一層節子さんらしく、大へん立派になったと思うんですよ」
節　子「そうでしょうかしら……」
宏　「三村君には僕から話しましょう」
節　子「――？」
宏　「だから今日は、帰れたらお帰んなさい」
節　子「ええ……。（考えて、ハッキリと）帰ります」
宏　「大丈夫ですか」
節　子「ええ、大丈夫……」（とハンドバッグを持って立つ）
宏　「待ってます、明日《あした》……」（と立つ）
瞬間、顔を見合せ、思わず両方から進み寄って縋りあう。
宏　「いらっしゃい、僕んとこへ。――僕におまかせなさい……」
節　子「ええ……」
宏　「小父さんだって許して下さると思うんだ……。ね、節ちゃん、話そう、小父さんに……」
節　子（宏の腕の中で）「ええ……父もきっと許してくれますわ……おっしゃって、

あなたから……おっしゃって……」
宏、グッと節子を抱え込む。と、人の気配で、ハッと見る。
蒼白く酔った亮助がよろよろと這入ってくる。
亮　助「いやァ……しばらく、田代君……」
宏　（節子をかばうような形で）「いらっしゃい。……どうぞ……」
亮　助「じゃ、お邪魔しますよ……」（と餉台の前へ来て、どかりとすわる）
宏と節子もそれぞれすわる。
亮　助「いやァ、ずいぶん暫くお目にかからんなァ……。いつからですかなァ……」
宏　「大連でしたね。……夏、星ヶ浦で……」
亮　助「そうか……。あれっきりか……。あの浜はよかった……。ナターシャって言ったかなァ、白系露人の娘がいましたなァ……」
宏　「ああ、手風琴のうまい……」
亮　助「そう。……目の大きい……綺麗な子だった……」
そのまま暫く言葉が途絶えて――
宏　「三村さん、実は僕、あなたに……」
亮　助「いや、僕もあるんだ、君に」
宏　「なんでしょうか。――おっしゃって下さい、あなたから……」
亮　助（ゆっくりタバコを出しながら）「いやァ、永いこと探してた仕事がやっとめっかりましてなァ」
宏　「――そうですか……」
亮　助「ダムを造る仕事でね。――そこの技師なんですよ。――（節子に）お前も喜んでくれ、紀州の熊野川の奥なんだ」
節　子「……」（頷く）
亮　助（再び宏に）「こりゃァやり甲斐のある大きい仕事ですよ」
宏　「そうですか。――そりゃよござんした」
亮　助「まァ、これでどうやら一安心だ……。人間、仕事のない奴ァいけませんよ……。どうもひがみっぽくなる……。もう大丈夫だ。――いやァ、今晩愉快ですよ、実にいい気持なんだ……。ここでも祝盃あげようと思ってね。――どうです」
宏　「そりゃあげましょう。結構でした。――貰いましょう、酒――」（と呼鈴へ手を伸す）
亮　助（それを遮って）「ああ、僕が貰ってこよう。その方が早い（と立上って）僕が貰ってくる……」
そしてフラフラと出てゆくと、そのあと、やがて宏が呟くように――
宏　「――しかしよかった、三村さんに仕事があって……その方がいい……節子さんもこっちいらっしゃい」
節　子「……」（餉台に近く進む）
宏　「今晩話しましょう。――早い方がいい」
そこへ女中がビールを持ってくる。
女　中「お待遠さまでございました」
宏　「お客さまは？」
女　中「アノ、お帰りになりました」
宏　「帰った？」
女　中「はァ……。なんですか、只今……」
思わず顔を見合わせる宏と節子――と、雨の音――で、目を移すと……。

60　庭

軒にしぶいて沛然たる雨……。

61　同夜　呑み屋「三銀」

その灯入れ看板に降りしきる雨……。

62　同　店内

ねむそうな女中のキヨちゃん――亭主はもう床に就いたのか姿が見えない。したたかに酔った亮助が、ぐったりとなっている。ほかにもう一人、中年の客、これもかなり酔っている。
亮　助（ぼんやりと目を醒まして）「おい……おい……キヨちゃん、これ――」（と焼酎のコップを出す）

女　中（面倒くさそうに）「もういいよ先生。——もうずいぶん呑んだよ」
亮　助「いいから持ってこい……愉快なんだ、今日は」
女　中「いいよ、もう、呑まなくったって」
亮　助「……実に今日は愉快なんだ……」
女　中「何が愉快さ！　——先生、もうおそいんだよ。心配してるよ、綺麗な奥さん……」
亮助、またうつらうつら眠る。
女　中「仕様がないねえ……（と立って行って亮助の肩をゆする）先生……先生……」
亮　助（酔眼をあけて）「……なんだい？」
女　中「あんないい奥さんいるくせにさ。もう帰んなよ、ねえ先生」
亮　助「……女房なんてものァ衆愚の代表だ……」
女　中「先生——」（と肩を押す）
亮　助「まァ聞け。……それは一つの重宝な道具にしかすぎん……。たとえば呼鈴だ……。洗濯板だ……。なんだっておんなじだ……。わかったか！」
すると、うしろにいる中年の客が不意に亮助に呼びかける。
客　「先生！　賛成だね……」
女　中（その客に）「あんたもいいからもうお帰りよ！」
客　「いいじゃねえか（とようようと立上り）……まァいいやね……」（と寄ってくる）
女　中「よかないよ！」
客　「いいよ。……そうまァ邪慳にしなさんなよ……。（と亮助の横にすわって）ねえ先生、いいことおっしゃるよ。……あっしもね、去年の初め内儀《かみ》さん亡くしましてね……。もう一人でいようかと思ったんだけど、何かと不自由だからね、つい手近かなところで、またそいつの妹を貰ったんだよ。……ところがですよ……わかりませんよ、女なんて……全くだよ。——一昨日《おととい》の晩だよ、池袋へいったんだよ、おれがだよ。野暮用でね……。あすこに天ぷら屋があるでしょうが……ちょっと曲ったところにさ。……角はたしか郵便局だったよ……」
亮助、ふらりと立上って帰りかける。
客　「おい先生……おい、先生帰んのかい……おい先生……」
亮助、雨の中へ出て行く。
女　中（客に）「あんたもさっさとお帰りよ。なくなるよ、電車——」
客　「帰るよ、わかってますよ。……なァおい、あの人も何かい、やっぱり内儀《かみ》さんに逃げられたのかい？」
女　中「誰よ？」
客　「今の大将だよ。……ウイ……」
戸外の雨はまだまだやみそうもない。

63　同夜　三村の家　満里子の部屋

ガラス戸の向うに降る雨——

節子は机の前の椅子に腰かけ、満里子は柱に凭れてすわり、それぞれの思いに耽っている。

手荒く玄関をあける音——

満里子、立って行って覗く。

雨に濡れた亮助が玄関から上ってくる。

満里子「お帰んなさい……」

亮助、ギロリと見て、そのまま黙って二階へ上って行く。

64　二階

亮助、上って来て、襖際で蹌踉《よろ》めき、襖につかまるが、支えきれず、よろよろとして襖の向う側にのめりこみ、ドタリ！と音を立てて倒れる。

65　階下

姉妹、その物音にハッと二階を見上げる。
満里子「……なんだろう……？」
節　子（不安な顔）「満里ちゃん、見てらっしゃい……」

満里子、見にゆく。

66 二階

満里子、上って来て、襖の蔭からそっと覗く。
俯伏しに倒れている亮助――

満里子「……お兄さん……お兄さん……」

そしてじっと近寄って覗きこみ――

満里子「あーッ!」

と叫んで、慌しく駈けおりてゆく。
息絶えて倒れている亮助――

67 京都の寺

庫裡の前の日向で忠親が床屋に頭を刈らせている。

68 庫裡の一室

節子と満里子が静かに話合っている。

節子「……ねえ満里ちゃん……人間って、あんなに急に死ぬものかしら……」

満里子「そうねえ……。お父さん言ってらしった――もう死んでる筈のおれがまだ生きてて、これから働いて貰わなきゃならない三村が死ぬなんて――。ゆうべ寝てからお父さん涙溜めてらしった……。気が付いた? お姉さん……」

節子（頷いて）「……だけど満里ちゃん、あたし信じられないのよ……」

満里子「なに?」

節子「あんなに急にお仕事がめっかるなんて……」

満里子「………」

節子「あんなになかったお仕事が、あんなに急に……」

満里子「じゃお姉さん、どう思ってらっしゃるの?」

節子「………」

満里子「お医者さま、みんな、心臓麻痺だっておっしゃってたじゃないの」

節子「でも……」

満里子「そうよ、心臓麻痺よ。――あんなに毎晩お酒のんでて……屹度そうよ」

節子「………」

満里子「いいのよ。お姉さん余計なこと考えなくったっていいのよ。もうお姉さん、自分の思う通りにやっていいのよ。思った通りにやりゃいいのよ」

節子「………」

満里子「おっしゃってたじゃないの、お父さんだって」

節子「………」

満里子「思った通り、いけばいいのよ、宏さんとこ」

節子「………」

満里子「屹度待ってる! 宏さん……」

節子「………」

69 神戸 宏の家 二階

頼子が来て、宏と話している。

頼子「そう……心臓麻痺……?」

宏「ええ……」

頼子「前からお悪るかったの?」

宏「いいや、急だったんです」

頼子「そう。――お気の毒ねえ節子さん……。おさみしいわ、これから……」

静かに立上ってマントルピースの方へ歩みながら――

頼子「あたしにも覚えのあることよ。――でも、あたしはもう馴れっこになったけど……。（宏を見返って）屹度あなたを頼りにしてらっしゃる、節子さん……」

宏「……」（見返す）

頼子「わかるのよ、あたしには……。あたしもとても寂しかったんだもの……。（そして急にハンドバッグを把って）ご機嫌よう」（と帰る気配）

宏「どうしたんです」

頼子「あたし……なんとなく……こないだうちから、もうあなたにはお目にかかるまいと思ってましたの……」

宏「どうしてなんです?」

頼子「気まぐれなのね、あたし……。でも、その気まぐれが、案外あたしの本心だったかも知れないの……」（と帰りか

かる）

宏　（立上って）「頼子さん……」

頼子「さようなら……ご機嫌よう……」

と静かにドアを閉めて去る。

そのドア——

70　薬師寺

その塔——

71　同　境内

節子が宏と来る。

宏　（立止って）「ねえ節子さん、おぼえてますか、昔ここへ来た時のこと」

節子「ええ……」

宏「あれは法隆寺へいった帰りだった……」

節子（頷いて）「あすこであなたに写真とって頂いて……」

宏「ああ、あの時、あなた、菊の着物だった、紫の……」

節子「ええ」

宏「——もう十四五年になるんだなァ、あれから……」

節子「………」

そしてまた静かに歩いて、やがて腰をおろしながら——

宏「あの時、お弁当たべましたねえ、ここで」

節子「ええ」

宏「早いもんだなァ……」

節子「ほんとに……」

宏「でも此処は少しも変らないなァ……」

（間——）

節子「ねえ宏さん……」

宏「なんです」

節子「あたし、いろいろ考えましたの……昨日《きのう》も一昨日《おととい》も……」

宏「何をです」

節子「……あたしには、どうしても三村が普通に死んだとは思えませんの……」

宏「——？」

節子「なんだか、ただの死に方じゃなかったような気がして……」

宏「なぜです」

節子「なぜですか、あたし、三村の死に方に暗いものを感じるんです……。あれッきりわかれようと思ってた時に、あんな事になって……。三村はあたしに暗い影を残していったんです……。その暗い影がだんだんひろがって、あたしから離れないんです……。どっかで三村は見てるんです。その暗い目がいつもあたしに感じられるんです」

宏「………」

節子「こんな気持で……こんな暗い影を背負《しょ》って……あたし、とてもあなたのとこへはまいれません」

宏「しかし節子さん——」

節子「いいえ、あたし……」

宏「イヤ、そんなこたない！　いらっしゃい、僕んとこへ！　ずいぶん永い間、僕はあなたのことを考えてた！　そして諦めてもいたんだ！　それがやっと一緒になれる時が来て……」

節子「いいえ！　……ね、宏さん……こんな気持で、こんなあたしがいけば、あなたまで屹度暗くしてしまいます」

宏「いや、そんなこたない、節子さん！」

節子「いいえ、おっしゃらないで。——あたしの気持がすまないんです……。どうぞあたしの気のすむようにさせて下さい。お願いです。——いやなんです、あたし、こんな気持で……。すみません、わがまま言って……」

宏「………」

節子「……でもあたし……自分で不幸だとは思いませんわ。——あなたにお目にかかれて……永い間……ただそれだけで、あたし、とても幸せでした……。このまま……もうこれっきりお目にかかれなくても……」

宏「節子さん、僕は待ってます」

節子「………」

宏「あなたの気のすむまで……。いつまで

も……」

節　子「……あたしのようなものを……」

宏「僕は待ってます」

節　子「だけど……いつになったら……いつまで待って頂いたらいいのか……」

宏「待ってます僕は……いつまでだって……。屹度いつかは……」

節　子（こみあげる涙を隠すように、顔をそむけて立上り）「おわかれします……」

宏も立つ。

節　子「永い間……いろいろ……よくして頂いて……」

宏「節子さん――」

節子、堪えられず、身を飜《ひるが》えして宏の傍を離れ、やがてそのまま力なく項垂れて去ってゆく。

涙ぐましく見送る宏――

72　同　塔

静かな風が流れて――

73　京都の町

喫茶店の前の往来――

74　その喫茶店

満里子がいる。ふと見迎える。

節子が這入ってくる。

節　子（愁いを隠して）「待った？　満里ちゃん……」

満里子「ううん。――宏さんは？」

節　子「……」（席に着く）

満里子「どうしたの、宏さん――。一緒じゃないの？」

節　子「うん」

満里子「会ったの？　宏さんに――」

節　子「うん」

満里子「喜んだ？　宏さん――。なんだって？」

節　子「…………」

満里子「どうしたの？」

節　子「ねえ満里ちゃん……あたし、宏さんとおわかれして来たの」

満里子「まァ！　どうして？　どうしてなの？」

節　子（寂しい笑顔で）「あたしの気持がすまなかったの……。また満里ちゃんに古いって叱られるかも知れないけど……あたし、自分の気がすむようにしたかったの……」

満里子「だってお姉さん――」

節　子「ううん、いいのよ、これで……。このままで、あたしいいの。これが一番あたしの気持のすむことなの」

満里子「だけどお姉さん――」

節　子「ううん、いいの。あたし、自分に嘘つかないことが一番大事なことだと思ったの。――だから、いいのよ、これで。――悪い？」

満里子「悪かないけど……。お姉さんて昔からそんな人ね……」

節　子「違うのね、満里ちゃんとあたしと……（笑顔で）ね、歩かない、ブラブラ……」

満里子「うん」

節　子「御所抜けて帰りましょう」

満里子「うん」

75　御所

長い塀、白い道……姉妹、歩いてくる。

節　子（立止り）「ねえ満里ちゃん……京都の山ってどうしてこう紫に見えるのかしら」

満里子「ああ、ほんと。――お汁粉の色みたい……」

節　子「……綺麗な色……」

そして仲よく肩をならべて歩いてゆく姉妹……。

京都の空は今日も長閑《のど》かに晴れている。

――終――

麦秋

脚本 野田高梧
小津安二郎

製作……………………山本　武
脚本……………野田　高梧
　　　　　　　小津安二郎
監督……………小津安二郎
撮影……………厚田　雄春
美術……………浜田　辰雄
録音……………妹尾芳三郎
照明……………高下　逸男
編集……………浜村　義康
音楽……………伊藤　宣二

間宮周吉……………菅井　一郎
　志げ……………東山千栄子
　康一……………笠　智衆
　史子……………三宅　邦子
　紀子……………原　節子
　実……………村瀬　禅
　勇……………城沢　勇夫
　茂吉……………高堂　国典
田村アヤ……………淡島　千景
矢部謙吉……………二本柳　寛
　たみ……………杉村　春子
西脇宏三……………宮口　精二
安田高子……………井川　邦子
高梨マリ……………志賀真津子
佐竹宗太郎……………佐野　周二
田村のぶ……………高橋　豊子

一九五一年（昭和二十六年）
松竹大船
脚本、ネガ、プリント現存
13巻、3410m（一二四分）　白黒
十月三日公開

1　由比ケ浜

春の朝――
しずかな朝凪《な》ぎの海。渚で犬が遊んでいる。

2　北鎌倉の山（窓ごしに）

朝の光が鮮かに映えて――

3　間宮家の二階

廊下にローラーカナリヤの籠――目白の籠もかけてある。

そのスリ餌をこしらえている周吉、老齢六十八の植物学者である。

孫の実《みのる》（十二）が上って来る。

実「おじいちゃん、ご飯――」
周吉「ああ、お早よう」
実「おいでよ、早く」
周吉「ああいくよ」
実、おりてゆく。

4　台所

周吉の老妻志げ（六十）と長男康一の細君史子《ふみ》（三十五）が朝の仕事にいそがしい。

実が、そこの廊下を通りかかって、

実「言って来たよ」
と声をかける。
史子「あ、ちょいとこれ持ってって」
とお香物《こうこ》の丼を渡す。

5　部屋

康一（三十八）が服を着更え、その妹の紀子《のりこ》（二十八）がご飯をたべている。

実「おコウコ」（と渡す）

紀子「ありがとう」

実、すぐすわって茶碗を出す。

紀子（よそってやりながら）「勇《いさむ》ちゃんは？」

実、すわったまま子供部屋の方へ「イサムーッ！（と呼び）いただきまアす」

（とたべはじめる）

紀子（呼ぶ）「勇ちゃん――」

玄関脇の子供部屋から、実の弟の勇（六つ）が寝起の顔でモソモソと出て来て、食卓につく。

紀子「勇ちゃん、お顔洗った？」

勇「洗ったよ」（と茶碗を出す）

紀子「駄目々々！　ゆうべの卵、まだお口のまわりについてる」

勇、恨めしそうに立ってゆく。

6　台所の廊下

勇が通りかかると、

史子（台所から）「勇ちゃん、さッさとしなさい」

7　洗面所

勇、来て、タオルを水道で濡らすと口のまわりだけ拭いて、出てゆく。

8　部屋

勇、戻って来る。

紀子「もう洗って来たの？」
勇「洗ったよ、嘘だと思ったらタオル濡れてるよ」
紀子（笑って）「そう」
勇「いただきまアす」
とたべはじめる。が、その子の行動はすべての点でゆったりしている。
周吉が来る。
紀子「お先に……」
周吉「ああ――（と封筒を卓上に出して）これ、出しといてくれ」
紀子「はい」
周吉「（子供たちに）よく噛んでおあがり――（そして康一に）早いんだね、今朝は」
康一「ええ、ちょっと気になる患者があるもんですから」
周吉「そう」
史子がお味噌汁《みおつけ》を持って来て、

史　子「はい」
と周吉に渡して、すぐ康一のところへゆき、ハンケチなど取ってやる。
康　一（仕度を終って、周吉に）「じゃ、帰りに東京駅にお迎いに行きますから……」
周　吉「ああ、ご苦労だね」
康　一「行って来ます」
実　「行ってらっしゃい」
勇　「行ってらっしゃい」
史子、康一を送ってゆく。
紀　子「お兄さん、いそがないとあと七分よ」

9　玄関

康一、史子に見送られて——
康　一「お前もくるのか」
史　子「ええ」
康　一「どこで逢う？」
史　子「いいの、もう紀子さんと打合わせてあるの」
康　一「そうか」
史　子「行ってらっしゃい」
康　一「ああ」
と出てゆく。

10　部屋

紀子がお茶をのみながら、勇の面倒を見てやっている。勇、グズグズたべている。史子が戻って来る。
実　「ご馳走さまア」
と立ってゆく。
史　子「勇ちゃん、さっさとおあがんなさい」
と言いながら、ご飯をつける。
志げがお味噌汁を持って出て来て、食卓にすわる。
史子がご飯を渡す。
志　げ「ありがとう」
史　子「おじいちゃま、大和のおじいさまどんなものが好きなんでしょうか」
周　吉「ウーム、別にご馳走はいらんだろう。——好きなのはおカラなんだけどね」
勇　「ボクも好き」
史　子「いいから黙っておあがり」
紀　子（笑って）「グズねえ勇ちゃん——。ご馳走さま」
と立つ。
そして箸箱を茶簞笥にしまい、二階へ上ってゆく。

11　二階

老夫婦の部屋の隣が紀子の部屋である。

紀子、来ると、化粧を直し、出勤の仕度をして、書類鞄に岩波文庫などを入れて出てゆく。

12　下の部屋

周吉はもうお茶をのんでいるが、志げと史子と、勇もまだご飯をたべている。
紀子が来て、
紀　子「行ってまいります」
史　子「行ってらっしゃい」
両親も目で送る。
紀　子「じゃお姉さん、五時半——」
史　子「はい」
紀子、出てゆく。

13　玄関

紀子、子供部屋をのぞいて、実が汽車をいじっているのを見、
紀　子「早く行かないとおくれるわよ」
と声をかけて、靴をはく。
史子が封筒を持って出てくる。
史　子「忘れもの、お父さまの原稿——」
紀　子「ああ、どうも……（と受取り）——行ってまいります」（と出かけてゆく）
史　子「行ってらっしゃい」
と見送り、戻りかけて子供部屋をのぞき、
史　子「兄イちゃん、何してンの！」
と声をかけてゆく。

14　部屋

史子が戻ってくると、勇が食事を終って

子供部屋へ戻ってゆく。

と、子供部屋から実がランドセルを背負って出て来て、ついでに勇の頭をコツンと叩き、
実「行ってまいりまアす」

志げ「行ってらっしゃい」

周吉（朝刊を読みながら）「ああ、行っといで」

史子「忘れものないのね」

実（答えず、大きい声で）「行ってまいりまアす！」

ガラガラピシャリと乱暴に出てゆく。

15　驀進する電車の側面

戸塚、保土ケ谷の間あたり——

16　車内

康一とその友達の西脇宏三（四十）が並んで腰かけている。新聞を取り換えて読む。

17　北鎌倉駅のホーム

紀子が電車を待って、コツコツ歩いている。ふと見る。
矢部謙吉（三十四、ガッシリした感じの青年）がこれも電車を待って、本を読んでいる。
紀子（歩み寄って）「お早よう……」
謙吉（顔をあげて）「あ、お早よう。——お兄さんは？」
紀子「前の電車——。なんだか心配な患者さんが……」
謙吉「アア、そうなんです。僕アゆうべ帰ったら十一時だった。——（話題を変えて）面白いですね『チボー家の人々』——」
紀子「どこまでお読みンなって？」
謙吉「まだ四巻目の半分です」
紀子「そう」
上り電車が轟然と這入って来る。

18　北鎌倉の山（窓ごしに）

長閑な日があたって——ローラーカナリヤの声……。

19　間宮家の二階

周吉が、勇の爪を切ってやっている。
周吉「ホラ、よし。綺麗になっただろう？」
勇「うん」
周吉「ホラ、ご褒美やるぞ——（缶からビスケットを出しながら）おじいちゃん好きか」
勇「うん」
周吉（渡しながら）「大好きならもっとやるぞ」
勇「大好き」
周吉「そうか、ホラ……」（とあと二つ三つやる）
勇（貰うと立って、襖際で）「キライダヨーッ」（と去る）
周吉「こら！」
と笑って、今度は自分の爪を切りはじめる。

20　東京　丸ノ内　あるビルディングの外景

昼過ぎの明るい日があたって——

21　事務室

みごとな速度でタイプライターを打っている紀子——打ち終って綴じる。

専務の佐竹宗太郎（三十九）が書類を見ながら来る。

佐竹（その書類を紀子のデスクに投げて）「これ、決まったよ。日新製糸のオーダーだ」

紀子（受取って）「旭化工の方、どうなったんでしょう」

佐竹「ありゃ、まだペンディングだ」

と自席に着いて仕事にかかる。

紀子も書類を整理する。

佐竹（仕事をつづけながら）「……このごろ、コーヒー、どこがうまいんだい」

紀子（仕事をつづけながら）「さアー……ルナなんかどうなんでしょう、西銀座の

「……狭い店《うち》ですけど……」

佐竹「ルナか……あ、君、（と顔を上げて）さっきの、もう社長に渡したかい？」

紀子「ええ。――何か？」

佐竹「そうか、そんならいいんだ」

で、また二人とも仕事をつづける。と、コツコツとノックの音――

佐竹「はい」

ドアがあいて田村アヤ（二十八、築地の料亭『田むら』の娘、紀子の同窓生）が這入って来る。

アヤ「こんにちは」

佐竹（見迎えて）「よウ、来たな、借金取り――」

アヤ（笑って、紀子に）「こんにちは」

紀子（ニコニコして）「こんにちは」

アヤ「おいそがしい？　専務さん――」

佐竹「ああ、いそがしいね」

アヤ「結構ですわ、いそがしくて」

佐竹「ありがとう。――どうしたんだいこないだ、あれから……」

アヤ「大へん！　ヤーさんがまた例の長唄はじめちゃって……」

佐竹（笑って）「ついに泣かぬ弁慶もか……」

アヤ「そう、お蔭でお母さんの心臓、また悪くなったらしいわ」

佐竹「大丈夫だよ。死にゃしないよ、あの婆ア」

アヤ「まア……」

佐竹、ハッハッハハハと大きく笑って仕事をつづける。

アヤ（紀子に）「ねえ、聞いた？　チャア子結婚するんだって」

紀子「ううん、知らない。――誰と？」

アヤ「ホラ、知らないかな、津村さんて……」

紀子「津村さん？」

アヤ「うん、早稲田のバスケットの……」

紀子「知らない。――恋愛？」

アヤ「うん。チャア子、モヤモヤしてたのよ、長いこと……」

佐竹（自席から）「そねめそねめ！　売れ残りがふたり集まって……」

紀子とアヤ、顔を見合わせて笑う。

佐竹、立って来て、アヤに、

佐竹「はい――（と小切手を出して）不渡りでも知らないよ」

アヤ（受取って）「すみません」

佐竹「どう致しまして――（紀子に）出かけるよ」

紀子「どちらへ？」

佐竹「ホテル――。ロバートさんから電話があったら、二時までに伺うって……」

紀子「はい」

アヤ「専務さん、あたしもそこまで乗せてって」

佐竹「違うよ、方向が」

アヤ「いいの、ホテルから廻ってもらう（紀子に）ねえ、帰りに寄らない？」

紀子「今日は駄目」

アヤ「そう、じゃ、さようなら」

紀子「さよなら」

アヤ、佐竹を追って、いそいで出てゆく。

紀子、また仕事をつづける。

22　夕暮の空

広告燈が明滅して――

23　小料理「多喜川」の灯入れ看板

24　その店内

女中が天ぷらの大皿を運んで来て――

女中「お待遠さま……相済みません」

と土間から小座敷へ出す。

25　そこの小座敷

康一、史子、紀子――すでに二、三品の料理が並んでいる。

天ぷらを受取った史子が、それを卓上に置きながら――

史子「なんだろう、これ」

康一「ギャレッジ」

紀子「ああ、蝦蛄《しゃこ》――」
康一（史子にビールをさして）「どうだい」
史子「もう沢山」
で、紀子にさすと、黙って受けるので、
史子「ずいぶんのめるのね、紀子さん」
紀子「だっておいしいんだもの。お姉さん、どう、もう少し……」
康一「よせよせ、無駄だよ。無理にのむこたアない」
史子と紀子、顔を見合わせてクスリと笑う。
康一「なんだい?」
紀子「そういう人よ、お兄さんて」
康一「何が?」
紀子（史子に）「ねえエ」（と同意を求める）
史子「そうよ、いつも……」（と笑う）
康一「何がさ?」
紀子「そういったとこがあンのよ、お兄さんには。――自分ですすめといて、すぐ、よせよせなんて……」
康一「だって、もう沢山てものを無駄じゃないか」
紀子「でもそこがエティケットってものよ」
康一「どこが?」
紀子（取合わず）「お姉さん、天ぷらおいしい?」
史子「とてもおいしい」
紀子「そう」（とたべはじめる）
康一（ビールをのみながら）「お前たちはね、何かっていうと、すぐエティケットって、まるで男が女に親切にする法律か何かみたいに思ってるけど、そりゃそういうもんじゃないんだ。男にしろ、女にしろ、決して他人に迷惑をかけない――いかなる意味においてもだよ――それがエティケットっていうものの真義なんだよ」
紀子「わかっちゃいるのねお兄さん、感心に……」
史子「わかっていないかと思ってた……」
康一（苦笑して）「バカ……」
史子「紀子さん、ご飯にする?」
紀子「うん、頂くわ」
史子、ご飯をつける。
康一「――飯を食うのもいいが、とにかく、終戦後、女がエティケットを悪用して、益々図々しくなって来つつあることだけは確かだね」
紀子「そんなことない。これでやっと普通になって来たの。今まで男が図々しすぎたのよ」
史子（ニコニコして）「しっかりしっかり……」
康一（紀子に）「お前、そんなこと思ってるから、いつまでたってもお嫁にいけないんだ」
紀子「いけないんじゃない、いかないの。いこうと思ったら、いつだっていけます」
康一「うそつけ」
史子「でもお医者さんだけはおよしなさいね」
紀子「勿論よ」
康一「何を言う……困った奴等だ……」
紀子（時計を見て）「お兄さん、銀座歩くんだったら、もうそろそろご飯にしないと……」
康一「そうか（と自分も時計を見て）……九時四十五分だったね。まだ大丈夫だね」
史子（康一のご飯をよそいながら）「大和のおじいさま、この前はいつだったかしら……」
紀子「終戦の翌年よ。まだ入場券がなくて、東京駅でまごまごしちゃったじゃないの」
史子「そうそう、あたしまだモンペはいてた」
康一「なかなか、達者なお爺さんだよ」
とご飯をたべはじめる。
史子「やわらかいおいしいご飯……」

26 朝 北鎌倉 間宮家の庭

竿に干された洗濯物に朝の光が明るい。

27 同 二階

のんびりとキセルで煙草をふかしている茂吉老人（周吉の兄、七十三）。
一方、周吉が古画の軸を鴨居にかけている。

周吉（眺めて）「これ、大和の家の離れにかかってたの覚えてますよ」

茂吉老人は耳が遠い。

周吉「――もう一本、兄さん、山水のがありましたね、やっぱり大雅堂ので……」
茂吉「ウム？」（と振り向く）
周吉（少し大きい声で）「大雅堂の扇面の……」
茂吉（コクリコクリ頷いて）「……あれは売ってしもうた……」
周吉「そうですか。――これもなかなかいいなア……」
茂吉「……何もかも高うなりよって……えらい世の中じゃ……」

28 下の部屋

志げがお茶を焙《ほう》じている。

志げ「ご苦労ねえ、日曜なのに……」

康一が出勤の仕度をしている。

康一「いやア――。帰りに何か買ってきましょうか、おじいさんのご馳走……」
志げ「でも、固いもんだと召上れないから……」
康一「そうですね。……じゃ行ってきます」
志げ「ご苦労さま」

康一、出てゆく。「行ってらっしゃい」
「行ってらっしゃい」と送り出す声。
志げ、お茶を二つ持って立ってゆく。

29 台所

史子と紀子が顔をよせて何か計算している。
志げがお茶を持って来て、

志げ「紀ちゃん、これおじいさまに――」
紀子「はい」

志げ、渡して風呂場の方へ出てゆく。

紀子「じゃお姉さんそれでいいのね？」
史子「ええ」

紀子、お茶を持って出てゆく。

30 二階

紀子がお茶を持ってくる。

紀子（茂吉に）「おじいさま、お茶――」
茂吉「アア……紀子さん、いくつになンなさった？」
紀子「二十八です」
茂吉（聞えず）「アア？」
周吉「二十八になりましたよ」
茂吉「ああ、そうかい」
周吉「もうそろそろやらないと……」
茂吉（聞えたのかどうか）「ウーム……嫁にゆこじゃなし婿取ろじゃなし、鯛の浜焼食おじゃなし……ハハハハハ」

周吉、笑って紀子を見る。
紀子、苦笑して立ち、自分の机の上のハンドバッグを持っておりてゆく。

31 台所

史子が洗濯をしている。紀子が戻って来る。

紀子（百円札を幾枚か出して）「じゃお姉さん、五百七十円――」
史子（手を拭きながら）「おつりね？」
紀子「いいわよ」
史子「よかないわよ。あるのよ（とエプロンのポケットから十円札を出して、中の三枚を渡す）はい」
紀子「どうも……」
史子「でも、あんなご馳走、うちでこしらえりゃ三分の一で出来ちゃうわね」
紀子（笑って）「だけどあんなにおいしくない」
史子「だけどみんなでたべられる（と笑って）――あ、忘れてた。銀座でコーヒーのんだの、いくらだった？」
紀子「いいのよ。あれ、あたしのおごり」
史子「駄目よ。いくら？」
紀子「いいってば」

と出てゆく。

史　子「じゃご馳走さま」

32　部屋

紀子、来て、ハンドバッグをそこのミシンの上に置き、また台所へ戻りかける。
「叔母ちゃん――」と、実の声。
紀　子（見て）「なアに?」
実が子供部屋から顔を出して手招きしている。
紀　子「何よ?」と行く。

33　子供部屋の前

紀子、来て、
紀　子「なに?」
実　「大和のおじいちゃんツンボかい?」
紀　子「ツンボじゃないわよ」
実　「だって、さっき聞えなかったよ」
紀　子「聞えるわよ」と台所へ戻ってゆく。
二階から茂吉老人がおりてくる。

34　部屋

茂吉、座敷に来て、ぼんやり庭を眺めてたたずむ。
勇がチョコチョコと出てくるが、茂吉は気がつかない。
勇　（茂吉を見上げて）「バカ……」
茂吉、聞えない。
勇　（もう一度）「バカ……」
まだ聞えない。勇、廊下の方を振り返り、戻ってゆく。
廊下に実がいて、勇を唆《そその》かす。
実　「もっとデッカイ声で言えよ」
勇、またチョコチョコと茂吉のところへ戻って、
勇　（一層大きい声で）「バカ!」
茂吉、初めて気がついたらしく振り返る。勇、驚き、あわてて逃げてゆく。
茂　吉「ハハハハハハハ」と笑って、また庭を眺める。
鶯の声――

35　長谷大仏の境内

実と勇が石蹴りか何かして遊んでいる。
茂吉と紀子がそこの石に腰かけて休んでいる。
紀　子「おじいちゃま、お疲れにならない?」
茂　吉「……そうかい……紀子さん、幾つになったい?」
紀　子（笑って、耳のそばで）「二十八です」
茂　吉「ウーム……もう嫁さんに行かにゃいかんなア」
紀　子（いたずらっぽく）「おじいさま、いいとこありません?　大和に――」
茂吉、聞えないらしく、黙って景色を眺めている。
紀　子（笑って）「とてもお金持で、一生なんにもしないで遊んでられるようなとこ……おじいちゃまご存じありません?」
茂　吉（聞えず）「――ああ、いい天気だ」
紀子、笑いながら、ふと向うに誰かを認め、会釈して立ってゆく。
矢部謙吉の母親たみ（五十四）が孫の光子（三つ）をつれて、実たちのところに立っている。
紀　子「こんにちは」
た　み「こんにちは」
紀　子（蹲《しゃが》んで）「みッちゃん、いいわねえ、おばアちゃまと。――どこ行くの?」
た　み「あんまりお天気がいいもんですから……」
紀　子（頷いて、光子に）「お父ちゃま、お留守番?」
た　み「いいえ、お宅のお兄さまと……」
紀　子「ああ、学会ね、今日……」
た　み「なんですか、あれでお役に立つんでしょうか、さぞお兄さま、ご迷惑だろうと思ってねえ……」
紀　子「そりゃ謙吉さんの方がよっぽどご迷惑よ。――（そして再び光子に）綺麗なおべべねえ……」
た　み「ああ、大和からお客さま、おいでンな

ったそうで……」
紀　子「ええ、今そのお伴――」
た　み「そうですか」
その茂吉の両側に、いつのまにか実と勇が腰かけて、足をブランブランさせている。
実　「勇、またおじいちゃんにキャラメル食わしてみろよ」
勇、茂吉にキャラメルを出す。
茂吉、一つ取って口に入れる。
実　（見て）「あ、また紙食っちゃった！」
――長閑《のどか》な春の一日である。

36　**芝居の絵看板**

37　**歌舞伎座の玄関前**
「夜の部」の開演中である。

38　**その客席**
茂吉老人と周吉夫婦――茂吉は耳に手屏風をして一心に見ている。
舞台から聞える名調子……。

39　**ラジオ**
それが中継されている。

40　**築地の料亭「田むら」のアヤの部屋**
アヤと紀子がそれを聞いている。

ア　ヤ「おじいさん、びっくりしちゃってるわよ、きっと」
紀　子「でも、聞えるかな、ずいぶん耳遠いのよ」
ア　ヤ「大丈夫よ。だから前の方のいい席取ったんだもの」
と立って行ってラジオのスイッチを切る。
ア　ヤ「おそいわねえおタカ、いつまでお風呂這入ってンだろう」
紀　子「おタカ、なんだって飛び出して来ちゃったの？」
ア　ヤ「なんだか……あたしがちょいと丸ノ内まで行って帰って来たら、ここにすわって、目真ッ赤にしてンの。どうしたのって聞いたら、今晩泊めてね、って言うの。（と両手の人差指を戦わせて）やったらしいのよ」
紀　子「だって評判だったじゃないの、おタカんとこ円満だって」
ア　ヤ「円満すぎたんだよ、きっと」
障子があいて、その話題の安田高子（二十八）が湯上り姿で現われる。
高　子「アア、紀子来てたの？　――いいお湯だった……。いつ来たの？」
紀　子「さッき――」（と笑って見返している）
高　子「何よ。何見てンのよ」
ア　ヤ「円満すぎたのよ、ねえ」
高　子「何が？」
ア　ヤ「あんたンとこ」
高　子「円満なもんか！」
紀　子「なんで喧嘩したの？」
ア　ヤ「つまんないことなのよ！」
高　子「つまんなかないわよ！」
紀　子「どうしたの？」
高　子「犬がいるでしょ？」
紀　子「どこに？」
高　子「うちによ、チビ――」
ア　ヤ「その犬が旦那さまのパイプ噛っちゃったんだって」
高　子「だって置きッ放しにしとくんだもの、犬だって噛るわよ」
ア　ヤ「いいパイプなんだって、ロンドンかどっかの」
高　子「それがあたしの責任だってのよ。しゃくにさわったから毎日ニンジンばっかり食べさせてやった……」
紀　子「犬、ニンジンきらい？」
高　子「犬じゃないわよ、うちによ」
ア　ヤ「馬なら張り切っちゃうんだけどね」
高　子「バカア！　――それでとうとう、今朝ぶつかっちゃったの正面衝突――」
紀　子「なんだ、そんなこと？」
高　子「そういうけど、くやしかったわよ」
紀　子「そりゃがまんしなきゃ、そのくらいのこと」

アヤ「あんた、お嫁に行ったんでしょ?」
高子「そうよ」
アヤ「だったらそのくらいのこと、ねえエ」
（と紀子を見る）
紀子「そうよ、あたりまえよ、ねえエ」
アヤ「旦那さまなんて、みんなそんなもんよ。だから、あたしたちお嫁にいかないのよ、ねえエ」
紀子「そうよ。ねえエ」
高子「何言ってンの! 実績もないくせに!」
アヤ「実績?」
高子「お嫁に行かなきゃわかンないのよ!」
アヤ「行ってからわかったんじゃおそいのよ! ねえエ」
紀子「ねえエ」
高子「あたし帰ろッと!」
アヤ「そりゃ、帰ンなきゃ、ねえエ」
紀子「そうよ、あたりまえよ、ねえエ」
アヤ「ニンジンたべたんだもの、ねえエ」
高子「あたしいるッ!」
紀子「帰ンないの?」
高子「帰ンないわよ!」
アヤ「えらいえらい! 泊ってらっしゃいね」
高子「いやよ!」
アヤ「じゃ帰ンの?」
高子「いやよ!」
アヤ「どっちよ?」
そこへアヤの母親のぶ（五十二、『田むら』の女将）が来る。
のぶ「高子さん、お宅からお電話よ」
高子（急にすまして）「あ、そうですか、どうも……」
と、いそいそ出てゆく。
アヤと紀子、笑って見送る。
のぶ「ねえアヤちゃん、どうだろうねえ、あのこと――」
アヤ「なアに?」
のぶ「あのことさ、お願いしてみようか。ねえ、紀子さんに――」
アヤ「なんのこと?」
のぶ（左の胸を叩いて）「ここだよ、ここ」
アヤ「ああ、心臓」
のぶ「うむ」
アヤ「ねえ紀子、お兄さんに一度診ていただきたいって言うのよ。伺っていいかしら、病院――」
紀子「小母さま?」（とのぶを見返る）
のぶ「ええ、なんですか、ここんとこ、ちょいとご酒《しゅ》いただくでしょ、これッくらいの小ちゃなお猪口に二、三杯でもう……」
アヤ「のまなきゃいいのよ」
のぶ「そうはいきませんよ、お客さまの相手だもの。――もうドッキンドッキンして（と胸の上で手を動かし）こんななの。温灸がいいって聞いたもんだから、ホラ、横浜の先の、なんてッたッけ、ホラ……」
アヤ「わかったわよ、もう」
のぶ「あんたじゃありませんよ。紀子さんですよ」
アヤ「いいわよ。あたしから話しとく。ねえ紀子……」
紀子「ええ、そう言っとくわ」
のぶ「そうですか、すみませんねえ。お願いしますわ。――（と戻りかけて）そうそう、専務さんいらしってるわよお二階」
紀子「お一人で?」
のぶ「ええ。――たった今……」
と出てゆく。
紀子「ちょっと行って会ってこようかな」
アヤ「なアに?」
紀子「――（時計を見て）まだ大丈夫ね」
（と立つ）
高子が帰り仕度で這入ってくる。
高子「紀子、まだいる?」
紀子「帰ンの? あんた――」
高子（それには答えず、アヤに）「帰るわよ、あたし。――どうもいろいろ……」
アヤ「何言ってンの。ま、一ぺんおすわんなさいよ」

高子「そうしちゃいられないの。待ってンのよ。尾張町の角で……」
その間に、紀子は笑いながら出てゆく。
アヤ「誰が？　ニンジン？」
高子（上機嫌で）「そう。ごめんなさい」
アヤ（いささかむくれて）「帰んなさい！　サッさと！」
高子「チャア子の結婚式、あんた、行くわね？」
アヤ「行くもんか、そんなとこ！」

41　二階の廊下

紀子が来る。

42　そこの座敷

専務の佐竹が一人――
紀子、這入って来る。
紀子「ごめん下さい」
佐竹「おウ、来てたのか。――こっちおいで」
紀子「ええ。――お出かけになったあとヒル・エンタプライズからお電話がありました」
佐竹「ああ、どうしたい？」
紀子「おっしゃったように返事しときました」
佐竹「ありがとう、そうかい。――ま、一杯いこう」（と盃をさす）
紀子（受けて乾し）「どうも……」（と返す）
佐竹「お……（と受けて）ちょうどよかった、ちょいと話があるんだ。――ねえ君……」
紀子「なんですの？」
佐竹「どうだい、お嫁にいかないか？」
紀子「……？」（笑っている）
佐竹「いけよ、好い加減に……、いいのいるんだ」
紀子「………」（ニコニコしている）
佐竹「おれのちょいと先輩で、やっぱり商大出た奴でね、長いことカルカッタに行ってたんだ。真鍋って、なかなか出来る奴なんだよ。――童貞のほどは保証しないが、初婚なんだ。お写真があるんだ」
と鞄を取って、四、五枚の写真を出し選ぶ。
佐竹「よくわかンねえな――（と中から一枚）――こいつだよ（そしてまた一枚――）これもそうだ」（と出す）
ゴルフの写真で、クラブを構えてうつむき、二枚とも全然顔がわからない。
佐竹「ゴルフもおれよりうまいし、男前も……おれよりちょいといいかな」
紀子（笑いながら時計を見て）「あたし……」
佐竹「なんだい？」
紀子「ちょいと人を迎えに行かなきゃなりませんから……」
佐竹「なんだい、逃げるなよ」
紀子「いいえ、母たち歌舞伎へ来てるもんですから……」
佐竹「そうか。――じゃ、おれの自動車《くるま》使えよ」
紀子「じゃ、新橋まで……」
佐竹「ああ、いいよ」
紀子「では、ごめん下さい」（と立ちかかる）
佐竹「オイ、これ（とそこの写真を取って）持ってけよ。持ってって、よく相談してみろよ。いいからさ、持ってけよ」
紀子「じゃ、拝借して……（と受取り）ごめん下さい」
佐竹「ああ」

43　廊下

紀子、出て来て、階段をおりてゆく。

44　同夜　間宮家　台所

史子がガスの湯を土瓶についで、持ってゆく。

45　部屋

東京から帰って来たままの茂吉、周吉夫婦、紀子、それに康一も加わって、それぞれ歌舞伎座の筋書を見たり、夕刊を読んだり、お菓子をたべたりして、くつろいでいる。子供たちはもう寝たらしい。
史子がお茶を持って来る。

史子「お待遠さま……」
志げ「あ、どうも……」
史子（茂吉がぼんやりしているのを見て志げに）「大和のおじいさま、もうおねむいんじゃありません？」
志げ（茂吉に）「お兄さま、お疲れになったでしょう？」
茂吉「いやア……」
志げ「おやすみになりましたら？　――明日お早いんですし」
茂吉「――よかったねえ、今日の芝居《しばい》は……若いもんがなかなかようやりよる。どうしてどうして、えらいもんじゃ」
康一「そうですか。じゃ僕も一度見るかな」
志げ「よござんしたわ、お気に召して……」
周吉「うん」
茂吉「――寝ようか……」
周吉「寝ましょうか」
茂吉「――一度、大和へもこんかな」
周吉「ええ、行きますよ。これで紀子でも片づいたら……」
茂吉「ウム？　ウーム、来た方がええ。お志げさんもな。大和はええぞ。まほろばじゃ。――いつまでも若いもんの邪魔しとることない……」
周吉「そうですよ、この頃は康一がなにもかもやってくれるんで……」
志げ「伺いますわ、是非……」
茂吉「――ドラ、寝るか……。おやすみ」
康一「おやすみなさい」
史子「おやすみなさい」
紀子「おやすみなさい」
周吉「おやすみ」
志げ「おやすみ」
で、茂吉と周吉夫婦が立ってゆくと、史子と紀子もあとを片づけて、台所へ運んでゆく。

46
台所

史子と紀子――

紀子「ねえお姉さん、今日専務さんからお嫁にいかないかって言われちゃったの」
史子「そう。大和のおじいさまにもあンのよ、そんなお話」
紀子「あ、そう。急に売れッ子だな、凄いな」（と笑う）
史子「どうなの？　専務さんのお話って――」
紀子「よく聞かなかった、いそいでたから……。いい、このお湯いただいて――？」
史子「ええ、いいわ」
紀子、そこのヤカンを持って出てゆく。
史子も片づけ終って電灯をピチンと消す。

47
病院の窓外

青桐の並木の若芽が清々しい。

48
同　研究室

康一と謙吉、ほかに二、三人の医員がそれぞれ何か調べている。
看護婦が来る。

看護婦「間宮先生、ご面会です」
康一（顕微鏡をのぞいたままで）「だれ？」
看護婦「築地の田村さんておっしゃるご婦人の方で……」
康一「ああそう、隣へお通しして――」
看護婦、出てゆく。
康一（立上って、謙吉に）「あ、君、六号室の、反応出たかい？」
謙吉（首をかしげて）「出ませんが……」
康一「おかしいな」
と首をかしげながら出てゆく。

49
隣室

のぶが待っている。
康一が来る。

康一「あ、いらっしゃい。初めまして。間宮です」
のぶ「初めまして……。アヤ子の母でございます」

康　一「さ、どうぞ」

の　ぶ「はあ、ありがとうございます（と腰をおろしながら）――なんですか、いつもいつもアヤ子がもう、紀子さんに……」

康　一「いやア……なんですか、心臓がお悪いとか……」

の　ぶ「はあ……それでね、ぜひ一度先生に診ていただきたいと存じましてね」

康　一「いやア、僕でわかるかどうですか……」

の　ぶ「いいえ、そんな……。それでね、おいそがしいのにかえってご面倒かとも存じましたけどね……」

康　一「いや、そんなことありません」

の　ぶ「さようですか。――でも、先生、紀子さんもほんとにいいお話で、アヤ子とも、よかったよかったって、お噂してるんでございますよ」

康　一「なんでしょうか」

の　ぶ「アラ、先生、専務からのご縁談……」

康　一「ああそうですか」

の　ぶ「とてもいい方なんでございますよ、お立派な……。お若いのに松川商事の常務さんでね、とても評判のいい切れる方なんでございますよ」

康　一「そうですか」

の　ぶ「お国はたしか四国の善通寺で、なんですか、とても旧家だとかって……まだお邸がそのまま残ってるなんておっしゃってましたわ」

康　一「そうですか。――じゃ拝見しましょうか」

の　ぶ「はあ」

康　一「どうぞ……」（と立つ）

の　ぶ「さよですか、ほんとにおいそがしいとこ、申し訳ございませんですねえ……」

康　一「いやア」

と先に立って出てゆく。

50　廊下

康一「どうぞ」とのぶを案内して、向うの診察室へ這入ってゆく。

51　夕方　北鎌倉　間宮家の前

康一が帰って来る。

52　玄関

康一、這入って来る。

康　一「ただ今――」

史子が出迎える。

史　子「お帰んなさい。お早かったのね」

康　一「うむ」

53　部屋

康一と史子、来る。

さっそく、着更えにかかりながら――

康　一「紀子、まだかい？」

史　子「ええ、今日はお友達のご婚礼――」

康　一「だれ？」

史　子「チャア子さんて、あんた、ご存じないわ。――お風呂沸いてンのよ」

康　一「そうか。」

史　子「今お父さま這入ってらっしゃる」

康　一「そうか。――今日、来たよ、築地の……」

史　子「ああ、アヤ子さんのお母さん？」

康　一「うん、大へんな奴だよ」

史　子「よっぽどお悪いの？　心臓――」

康　一「いやア、耳鼻科へ廻してやった。鼻が悪いんだよ」

史　子「まア……」

と笑って、康一のぬいだワイシャツを丸めて持ってゆく。

54　風呂場の前

史子、来て、風呂場へ声をかける。

史　子「お父さま、いかがです？　お加減――」

周　吉「ああ、いい湯だよ、ちょうどいい」

史　子「そうですか」

とワイシャツを洗濯籠に入れ、洗面所の

棚の小さな薬瓶を持って戻ってゆく。

55 部屋

康一、着更え終っている。史子、来て、薬瓶を渡す。

康一、受取って、足の指に塗る。

康一「なアおい、紀子の話、専務からの……」

史子「――?」

康一「なかなかよさそうなんだよ」

史子「お聞きンなったの?」

康一「うん、築地の婆さんが、今日そう言ったんだが、どっかの会社の常務なんだそうだ」

史子「そうですか。――見たとこ、とても立派そうな方……」

康一「見たのか」

史子「ええ、写真で……」

康一「写真持ってるのか、紀子――?」

史子「ええ」

勇がブラッと出て来る。

史子「勇ちゃん、あッち行ってらっしゃい」

康一「どんな男だい?」

史子「ゴルフの写真で、顔はよく見えないんだけど……(と見ると、勇がまだ立っている)あッち行ってらっしゃい」

康一「そりゃよさそうじゃないか」

史子「あたしもそう思うの」

康一「もう一度だれかに聞いてみようか」

史子「ええ。きっといいんじゃないかと思うのよ。なんだかそんな気がするの。――(と見ると、まだ勇が立っているので)あッち行ってらっしゃい! 勇ちゃん!」

勇、おこられて、ブラリと出てゆく。

56 階段の下

勇、来て、二階へ上ってゆく。

57 二階

実が声を出して勘定しながら、志げの肩を叩いている。

勇が来て、黙ってそれを見て立つ。

実「……二、三、四、五、六、七、八、九、百! ――叩いたよ、二百、二十円……」

志げ「もう少しお負けしてくれなきゃ……」

実「勇、おばアちゃんの肩叩けよ、お負けの分――」

勇、黙って叩きはじめる。

志げ「こんだ勇ちゃん叩いてくれるの、ありがとう」

実「ねえおばアちゃん、二十円貰うだろう、三百円になっちゃうんだよ」

志げ「そう。――そんなにお金ためてどうするの?」

実「レール買うんだよ、汽車の」

志げ「持ってるじゃないの、あんなに」

実「うんと長くするんだよ。なア勇」

勇「うん」(と頷いて叩きつづける)

58 下の部屋

湯上りの周吉が縁側の竿に手拭をかけている。史子の姿はもう見えない。

周吉「ああ、いいお湯だった……いまちょうどいい……」

康一「ねえお父さん――」

周吉「ウム?」

康一「紀子に縁談があるんですがね」

周吉「ああ、そうかい」

康一「なかなかよさそうなんですよ」

周吉「そう。そりゃいいね。――もうやらないといけないよ」

康一「二十八ですからね」

周吉「そうだよ。いい話だといいね」

康一「いいんですよ。調べてみようと思うんですが……」

周吉「そりゃア調べとくれよ、ご苦労だけど……さっそくね」

59 卓の上

パラピン紙包の花束、三つ四つ――そこに明るい笑い声が聞えて……。

60　同夜　銀座の喫茶店

披露宴からの帰りの紀子、アヤ、高子、それに同じ仲間の高梨マリ（二十八）が明るく談笑している。ショートケーキに紅茶——

マリ（笑いながら）「——でも、そんなこと言っちゃ可哀そうよ」
アヤ「そうかしら」
高子「そりゃ誰だって澄ますわよ」
紀子「でも、チャア子のあんな澄ました顔、初めてよ。ねえ」（とアヤを見る）
アヤ「うん、いやに気取っちゃって、おチョボロしちゃってさ」
マリ（高子に）「あんた、どこだった？　新婚旅行——」
高子「修善寺……」
マリ「あたし熱海……。行ったら雨に降られちゃって、その晩から三日間、どっこへも出られないのよ。それで、何していいかわかンないでしょ。毎日雨降ってンだもの」
アヤ「ちょいとマリ、あんた何言おうと思ってンの？」
マリ「報告よ、ドキュメンタリー。——（つづけて高子に）だから、番頭さんにそう言ってコマ買って来て貰ったの」
高子「コマ？」
マリ「うん。あるじゃない。ホラ、国旗かなんか描いてある……あれ廻しッこしてたのよ」
アヤ（横から）「あ、そう」
マリ「とても、うち、強いのよ」
アヤ「あ、そう」
マリ「だもんだから……」
アヤ「あ、そう」
マリ、変な顔をして話を切る。
高子「駄目よ。未婚者のいる前で、毒よ」
アヤ「バカバカしい。あたしたち、コマなんか廻さないわよ。ねえエ」
紀子「赤ン坊じゃないんですもの、ねえエ」
高子「わかンないのよ、ねえエ、未婚者には、ねえエ」
マリ「そうよ。ねえエ」
高子「可哀そうなもんよ、ねえエ」
アヤ「お夕カ！　あんた言うことないよ！　何さ！」
マリ「どうしたの？」
アヤ「だらしがないのよ、こいつ」
高子「あたし帰ろッ！」
と立ち上って、みんなが本当かなと見ている前で、向うの席に腰かける。
高子「結婚してみなきゃ、人間のほんとの幸福なんてものはわかンないのよ！　未婚者にはとやかく言う権利なし！」
アヤ「おっしゃいますわね、ニンジン女史——」
高子「未婚者には権利なし！」
アヤ「——幸福なんて何さ！　単なる楽しい予想じゃないの！　競馬にいく前の晩みたいなもんよ。明日はこれとこれ買って、大穴が出たら何買おうなんてひとりでワクワクしてるようなもんよ」
高子「違う！　権利なアし！」
マリ「権利なアし！」
アヤ（マリに向き直って）「あんた何さ！」
紀子「しっかりしっかり！」
マリ「あたしも帰ろッ！」（と立ち上る）
アヤ「帰れ帰れ！　幸福なる種族！」
マリ、高子の席へ行って腰かける。
高子「ねえ、一ぺん鎌倉行かない？　紀子ンとこ——」
紀子「いらっしゃいよ！　いいわよ、これから……」
マリ「今度の次の日曜、どう？」
高子「そうね。——（アヤに）あんた、どう？」
アヤ「あたしはいつだっていいわよ、未婚者だもの、ねえエ」
高子「まだ言ってる！」
で、みんな、明るく笑う。

61　同夜　間宮家　茶の間

みんな寝静まって、座敷との境の襖もしまり、史子だけがひとり翻訳小説か何かを読みながら、紀子の帰りを待っている。
玄関があく。
紀子の声「ただ今――」
史　子「紀子さん？」
紀　子「もうしめていい？」
史　子「ええ」
紀子、花束やお菓子の小箱などを持って、来る。
紀　子「ただ今」
史　子「お帰ンなさい。どうだった？　チャア子さん――」
紀　子「とても可愛かった。立派なご披露……」
史　子「お洋服？」
紀　子「ううん、お振袖……。（土産のショートケーキを出して）お姉さん、たべない？　ほんの少し……」
史　子「まア、ショートケーキ、おいしそうねえ」
紀　子「帰りに銀座へ出たの。――（と茶箪笥から皿やフォークを出しながら）今度の第二日曜、みんなで鎌倉へ来るって言うのよ」
史　子「そう。じゃ何かご馳走考えなきゃ」
紀　子（皿とフォークを出して）「はい、どうぞ」
史　子「あなたは？」
紀　子「あたしいいの」
史　子「そう。じゃあたし頂こう」（と食べはじめる）
紀　子「面白いのよお姉さん、あたしたち。集まるでしょ、いつも二タ組に分れちゃうの、お嫁に行った組と行かない組と。――今日もアヤがひとりで大奮闘――」
史　子「どうして？」
紀　子「だって、あたしたちのこと未婚者、未婚者って軽べつするんだもの」
史　子「だったら、あなたも早くお嫁に行けばいい」
紀　子「お姉さんも向う組？」
史　子「そうよ」
紀　子「なアンだ。――じゃあたしも行っちゃおうかな」
史　子「行っちゃいなさいよ。――どうなの？　専務さんのお話――」
紀　子（いたずらっぽく）「いいんだって……とってもいいんだって専務さんおッしゃンのよ」
と笑って、花束を持って立ってゆく。
と、座敷の襖がスーッとあいて、寝巻姿の康一が顔を出す。
史　子（ハッと見て）「ああびッくりした。起きてらしッたの？」
康　一（あわてて制し、ヒソヒソ声で）「おい、専務の話、いやでもなさそうじゃないか」
史　子（これも声をひそめて）「そうなのよ大丈夫らしいわ」
康　一（ヒソヒソと）「紀子、乗気らしいね。ちょいと聞いて見ろよ」
とたんにハッとし、あわてて引ッこむ。
紀子、戻って来て、なんにも気にせず、開いている襖をしめる。
史　子（わざと、ショートケーキをたべてごまかす）「おいしいわ。ほんとうにおいしいわ、昔の味……」
紀　子「そう。じゃ今度沢山買ってくる」
史　子「どうぞ」
紀子、そこの湯飲みを持って出てゆく。
と、またスーッと襖があいて、康一が顔を出す。
史　子「――？」（と見る）
康　一（またヒソヒソと）「おい、紀子の奴ヘソ曲りだから、うまく聞くんだぞ」
史　子（これもヒソヒソと）「ええ、わかってる。まかせといて」
康　一（なおも小さく）「お父さんも大体賛成なんだってこと言ってみろよ。あんまりくどくなくな」
史　子（頷いて）「ええ、大丈夫」
とたんにまた、康一、ハッとして引ッこみ、ソーッと襖をしめる。

史子も取り澄ます。
向うの廊下へ紀子が来て、タオルをはたいて掛け、部屋へ戻って来る。

62　昼下り　間宮家の玄関前

謙吉の母のたみが、小さな風呂敷包みなど持って、やって来る。

63　玄関

たみ、這入って来る。
たみ「ごめん下さいまし……ごめん下さい」
志げの声「どなた?」
たみ（乗りだしてのぞき）「こんにちは。どうもご無沙汰いたしまして……」
志げ（台所から）「ああ、おばさん、さアどうぞ……」
たみ「そうですか、じゃちょいと……」と上って部屋へゆく。
つづいて志げも手を拭きながら、部屋へゆく。

64　部屋

たみと志げ――
たみ「どうもいつもご無沙汰ばっかりして……。今日、若奥さまは?」
志げ「あ、ちょいと買物……。さ、おあてンなってよ」
たみ「は――（蓋物を出して）なんですか、こんなものお口に合いますかどうですか、今日土浦から送ってまいりましたんですよ」
志げ「まア、なんでしょう、いつもいつも……」
たみ「いいえ、とんでもない。――今朝ね奥さま、妙な人がまいりましたんですよ、宅へ」
志げ「へえ、どなた?」
たみ「いいえね、わたしも初めてなんでございますよ。ちょいとこう頭わけてね、眼鏡かけて、このくらいの黒い鞄持ってね。――ですからわたくし、ははア税務署かなと思ったんでございますよ。ところが奥さま大違い……」
志げ「どなたでしたの」
たみ「ホラ、よくあるじゃございません興信所……」
志げ「へえ……」
たみ「お宅の紀子さんのこと聞きにまいったんでございますよ」
志げ「まア、そうですか」
たみ「ですからわたしね、ははアこりゃきっと紀子さんにご縁談があって、その下調べに来たんだなと思いましてね、先方はどなたさま?　ッて聞いてやりましたんですよ」
志げ（微笑して）「そう」
たみ「そしたら、へへへへなんてごまかしてるんで、わたくしゃくにさわっちゃって、あんな立派ないいお嬢さまって滅多にないわよッ!　ッておこりつけてやったんでございますよ」
志げ「まア……」
たみ「いやな奴でねえ、なんでもよく調べるんでございますよ、こちらの省二さんとうちの謙吉が同じ高等学校だなんてことまで……」
そこへ周吉が来る。
たみ「まア……こんにちは」
周吉「やア……いらっしゃい」
たみ「いつも謙吉がごやっかいになりまして……」
周吉「いやア……どうです、お元気ですか」
たみ「はあ、おかげさまで……」
志げがお茶をいれる。
周吉「謙吉君も立派になられて、あなたも楽しみだ」
たみ「いいえ、もう、なんですか、嫁が亡くなりましてから本ばっかり読んどりまして……」
周吉「一昨年《おととし》でしたかな?」
たみ（さすがにしんみりと）「はあ……早いもんで……」
周吉「ウーム」
たみ「お宅の省二さんも……」

周　吉（ふと寂しく）「いやア……あれはもう帰って来ませんわ……」
た　み「でも、このごろになってまたポツポツ南方から……」
周　吉「いやア……もう諦めてますよ」
志　げ（お茶を出す）「どうぞ」
た　み「はあ……」
周　吉「これ（志げ）は省二がまだどっかで生きてると思ってるようですがね……」
た　み「ご無理ございませんわ、ほんとにねえ奥さま……」
志　げ「…………」
周　吉「根気よく、毎日、まだラジオのたずね人の時間なんか聞いてますよ」
志　げ「……人間って不思議なもんですねえ……今あったことをすぐ忘れるくせに、省二が元気だった時分のことハッキリ覚えてるなんて……」
周　吉「いやア……もう帰ってこないよ……」
みんな、しんみり、寂しくなる。

65 **五月の空**

鯉のぼりの矢車がカラカラ廻っている。

66 **塀（鎌倉の小路）**

その鯉のぼりの影が流れて、塀に、『夜間診療　西脇医院　内科』と横書きした看板がかかっている。

67 **その診察室**

康一が主人の西脇宏三と碁を打っている。
康　一（打ちながら）「君アたしか、兵隊、善通寺だったね……？」
西　脇「うん、善通寺だ……」（と打つ）
康　一「……真鍋って男知らないかな？　松川商事の……」
西　脇「いやア、知らん。――なんだい……？」
康　一「ううん……知らなきゃいいんだ」
西　脇（ふと顔を上げて）「坂口は善通寺だぞ」
康　一「そうかい、坂口……」
西　脇「あいつに聞きゃわかるだろう、なかなか顔もひろいし……（盤面に見入って）――こりゃセキだな」
康　一「うん」
西　脇「この石はここか」
康　一「いや、ここだ」
で、西脇が目を探して打つと、今度は康一が考える。
表から子供の声がにぎやかに聞える。
西　脇「――ここんとこ、また、バカに子供が殖えたね……」
康　一「うん……」
西　脇「日曜は殊にうるさい」
康　一「うちなんか今日は大へんだよ、大ぜい集まって来て……。とてもいられたもんじゃない……」

68 **間宮家　台所**

史子と紀子が、サンドイッチを沢山こしらえている。
紀　子「お姉さん、もうこれいい？」
史　子「いいわ。持ってって」
紀子、サンドイッチの一と皿を持ってゆく。

69 **部屋**

茶の間から座敷へかけてレールを敷き、本をトンネルにしたりして、子供たちが六、七人、汽車を走らせている。
紀子が来て、
紀　子「まア！　たいへんねえ！　――はい、お弁当……（と駅売りの口まねで）お弁当ウ……サンドイッチイ……」
実　（汽車をとめて）「おい、食おう、サンドイッチ！　おいでよ、食べよう！」
そこへ史子がさらに次の皿を持ってくる。
史　子「はい」（と置く）
実　（仲間に）「おい、レール踏むなよ！」
みんな、サンドイッチに集まる。
実　（史子に）「ねえお母さん、レール買ってよ！」
史　子「あるじゃないの、そんなに」

実　「これ、みんなンだい。僕の八本しきゃないんだもん。買ってよ！　ねえ」

紀子（横から）「あんたのお小づかいで買やいいじゃないの」

実　「たりないよ！　もっと長アくするんだい、なア勇。買ってよね、お母さん」

史子「お父さんに伺ってみる」（と立ってゆく）

実　「頼んでよね、お父さんに。三十二ミリ・ゲージのだよ。忘れないでね、きっとだよ」

紀子「猾《ずる》ッこいの！」

実　「だまってろ！　――叔母ちゃんも買ってくれよ！」

紀子「いやよ！」

　玄関があく。紀子、立ってゆく。

70　玄関

　アヤである。紀子が出て来る。

アヤ「こんちは！」

紀子「あ、いらっしゃい！」

アヤ（上りながら）「マリ、こられないんだって。電話かかって来たのよ、出がけに」

紀子「あ、そう」

アヤ「おタカ、まだ？」

紀子「うん、まだ……」

71　廊下

　通りすがりに部屋を見て、

アヤ「まア！　凄いわねえ！」

　そして台所の史子に、

アヤ「お邪魔にあがりました」

史子「ようこそ……さアどうぞ……」

アヤ「はあ……」

　と二階へ上ってゆく。

72　二階

　卓にテーブルクロースをかけ、花、サンドイッチ、お菓子など、すでに客を迎える仕度がしてある。

　アヤと紀子、上ってくる。

アヤ「まア綺麗、これつまんないもんだけどお母さまに」

紀子「そう、どうもありがとう」

　アヤ、廊下へ出て外を眺め、

アヤ「いいわねえ、綺麗な空！　――うちなんかまるで空ないみたい……」

　そして部屋へ入りながら――

アヤ「お父さまは？」

紀子「お母さんと博物館。――マリ、なんだって？」

アヤ「旦那さま急に出張なんだって――とッても来たがってたけど……」

紀子「そう」

アヤ「不自由なもんねえ、あたしだったら来ちゃうんだけど……」

紀子「そうもいかないのよ、きっと」

アヤ「だって、こようと思えばこられるのよ、女中だっているんですもの」

紀子「でも、いろんなことがあるんじゃないかしら、お嫁にいくと……」

アヤ（笑って）「未婚者にはわからないけど……」

紀子「そう（と笑って頷き）――ね、食べない？」

アヤ「うん。（外に目を移して）いいわねえ、鎌倉……。あたしもこんなとこに住みたいなア……」

史子の声（階下から）「紀子さん、お電話――」

紀子「はい」

　と立ってゆく。

73　階段の下

　そこに電話がある。紀子が来ると、史子が台所から顔を出して、

史子「大磯からよ」

紀子「そう」

　と電話にかかる。

紀子「モシモシ、ああ、おタカ？　どうしたの？　……え？　……あ、そう。うん……うん……あ、そう……」

74

二階

アヤがまた廊下に出て空を眺めている。
紀子が戻って来る。

紀子「おタカからよ、電話。――大磯へ行ってるんだって」
アヤ「大磯？」
紀子「お父さんお悪いんだって……」
アヤ「うそだア！ ――一昨日《おととい》の新聞に出てたわよ、おタカのお父さんの車中談……」
紀子「そう？ ――なアんだ、自分で言い出しといて……どうしてこないんだろう……」

言いながら、二人、部屋へ這入ってすわる。

アヤ「振られちゃったのよ、あたしたち……」
紀子「………」
アヤ「ちょいとした小姑だもんねえ……」
紀子「ウーム。学校時分あんなに仲よかったのに、みんな、だんだん遠くなってっちゃうのねえ……」（と寂しい）
アヤ「……仕様がないのよ……そういうもんらしいわ……」（とこれも寂しい）
紀子「……いやアねえ……。（気を変えて）ねえ、あとで海行ってみない？」
アヤ「うん、行こうか」
紀子「ね、食べない」
アヤ「うん、食べよう」

しかし、二人とも、なんとなく気が滅入ってくる。

75

東京　国立博物館の庭

周吉と志げがそこの芝生に腰をおろし、膝にサンドイッチを開いて、休んでいる。

周吉「しかし、なんだねえ、うちも今が一番いい時かも知れないねえ……。これで紀子でも嫁にいけばまた寂しくなるし……」
志げ「そうですねえ……。専務さんのお話、どうなんでしょう？」
周吉「ウム……よきゃいいが……。もうやらなきゃいけないよ」
志げ「ええ……」
周吉「早いもんだ……。康一が嫁を貰う、孫が生れる、紀子が嫁に行く。――今が一番たのしい時かも知れないよ」
志げ「そうでしょうか……でもこれからだってまだ……」
周吉「いやア、慾を言やアきりがないよ。――ああ、今日はいい日曜だった……」
志げ「ちょいとあなた――」（と向うの空をさす）
周吉「ウム？」（と見る）

糸の切れたゴム風船が空へ上ってゆく。

周吉「どッかで、飛ばした子が、きっと泣いてるねえ……。康一にもあったじゃないか、こんなことが……」
志げ「ええ……」

見上げている老夫婦。
空高く上ってゆく風船……。

76

夜　病院の窓外

研究室の窓が明るい。

77

研究室

電話が鳴って、助手が出る。

助手「ああモシモシ、そうです。（そして一方へ）鎌倉お出になりました」

ほかに助手が一人。康一は本を読んでいる。

康一「ありがとう」

と立って電話に出る。

康一「ああモシモシ、史子か、おれだ。今晩帰らないがね。……うん、ちょいと気になる患者があるんだ。紀子帰って来たか。……そうか。専務の方の話なかなかいいんだよ。坂口に聞いたんだ。……ああ、帰ったら話する。……うん、それだけだ」

78

間宮家の電話

史子が出ている。

史　子「そう。……ええ、わかりました。じゃ、おやすみなさい」

と切って台所へ戻ってゆく。

79

台所

紀子がショートケーキを箱から出して切っている。

史子が来る。

紀　子「お兄さんお泊り?」

史　子「ええ。——（ショートケーキを見て）まア、立派ねえ、とてもおいしそう。——いくら？　これ」

紀　子（切りながら）「九百円——」

史　子（おどろいて）「九百円？　これ」

紀　子「そうよ」

史　子「これが？　……高いのねえ！　そんなに高いものなの」

紀　子「そうよ」

史　子（ガッカリしたようにそこの踏台に腰をおろして）「——あたしもう食べるのいやンなっちゃった……」

紀　子（笑って）「何言ってンの！　お皿出して——」

史　子（動かず）「——あたし、頼むんじゃなかった……」

紀　子（笑って）「お皿お皿——」

史　子「——ゆううつねえ。なんだってこんなもん頼んだんだろう、大失敗……」

と立って、戸棚から皿を出しながら、

史　子「紀子さん、半分出してね」

紀　子「あたし？　いやアよ」

史子、一度出した皿をまたしまいかける。

紀　子（見て）「ああ、出す出す」

史　子（笑って）「ほんとに出すのよ」

紀　子「ええ」

史　子「はい（と皿を渡して）——でも高いなア……」

紀　子「でもここのが一番おいしいのよ」

史　子「でも高い。いい毛糸が半ポンド買えるじゃない。——でもいいか、たまだから」

等々、その間にショートケーキを二タ切お皿にのせ、あとを片づけて、部屋へゆく。

と、玄関があいて、男の声で——

謙吉の声「こんばんは」

紀　子「どなた?」

謙吉の声「矢部です」

80

玄関

謙吉が立っている。

紀子が来る。

紀　子「いらっしゃい」

謙　吉「お兄さん今晩ひょいとすると……」

紀　子「ああ、今、電話あったの。お泊りですって」

謙　吉「ああそうですか」

紀　子「どうぞ——さ、お上りなさいよ」

81

部屋（茶の間）

史子がショートケーキの皿を前に置いてすわっている。紀子と謙吉が来る。

謙　吉「こんばんは」

史　子「どうもわざわざ……」

謙　吉「いやア、どう致しまして——。小父さん小母さんは？」

史　子「もうおやすみ」

紀　子（自分の分のショートケーキをすすめる）「どうぞ」

謙　吉「やア、いいとこへ来ちゃったな。いいんですか、これ頂いて」

紀　子「どうぞ」

と立ってゆく。

謙　吉「今日何かあったんですか」

史　子「なアに?」

謙　吉「こんなの、お宅じゃちょいちょい召し上るんですか」

史　子「そうちょいちょいでもないけど……」

謙　吉「ちょいちょい食いたいなアこんなの」

そこへ紀子が自分の分のショートケーキを持って戻って来ると——

謙 吉（紀子に）「高いんでしょうね、これ」
紀 子「ううん、安いの。ねえ」（と史子を見る）
史 子「うん、安い安い、平気平気――」
謙 吉「うまいなあ（と食べて）――紀子さんおめでたいお話あるんですってね」
紀 子「そう？」（ととぼける）
謙 吉「聞きましたよ、あるんだって」
紀 子「そう？ 素敵ねえ！ どこに？」
謙 吉「ねえ奥さん、あるんでしょう？」
史 子（曖昧に）「そうねえ……（と言葉をそらして）あんたにもあるんだってじゃないの？」
謙 吉「僕にですか？」
史 子「小母さん、そう言ってらしったわ」
謙 吉「いやア、そりゃおふくろ一人で考えてるんですよ」
紀 子「でもいいと思うな。お貰いなさいよ。ねえお姉さん」
史 子「そうよ、みッ子ちゃんにだってその方がいいわ。いいお話らしいじゃないの？」
謙 吉「いやア、おふくろが一人でヤキモキしてるんですよ。――（そして史子のショートケーキが減っていないのを見て）奥さん、召し上らないんですか、それ。召し上らなきゃ頂きますよ」
史 子（慌てて）「食べるのよ、あたし」
謙 吉「そうですか。そうだろうなア。――しかしうまいですねえ」
史 子（ふと聴き耳を立て、緊張し）「ちょいと隠してッ！」
で、みんながショートケーキを隠すと、実が半分眠ったままフラフラ出て来て、みんなの見ている前を、寝呆け顔で便所へゆく。

82　翌日の夕方　間宮家の前

康一が鞄のほかに細長い紙包みを小脇に抱えて帰って来る。

83　玄関

康一、這入って来る。

康 一「ただ今――」

史子が出て来る。

史 子「お帰んなさい」

子供部屋から実が出て来る。

実「お帰んなさい。――（紙包みを見て）あ、すごい！（と手に取り、嬉しそうに）お母さん、これ！ すごいなア」

と子供部屋へ駆け戻る。

84　子供部屋

レールや汽車を散らかした中に、勇がいる。

実が駆けこんで来る。

実「おい、勇！ レールだぞ。レール買って来たぞお父さん！ しめしめ、凄いなア、凄い凄い！」

と包みをほどきかかり、勇がそばへ来て手を出すのを払いのけて、
実「待ってろ！ あわてンな！ へへ、ありがてえな、しめしめ！」

と包みをあけると、レールではなくパンが出てくる。

実（一度にガッカリして）「なアんだ、チェッ！」

勇「パンだねえ……」

実（かんしゃくを起して）「やかましいやい！」

と邪慳《じゃけん》にパンを放り出す。

ころがるパン――

85　部屋

史子が手伝って、康一が着更えをしている。
康 一「お母さんは？」
史 子「お台所――」
康 一（呼ぶ）「お母さん……お母さん……」（史子に）おい、帯――」
志げが来る。
康 一「ああ、紀子の話ですがね、なかなかいいんですよ」
志 げ「そうだってね、ゆうべ電話で……」

康　一「坂口の話だと、善通寺でも指折りの名家で（史子に）そこの次男なんだそうだ」
史　子「そう」
康　一（再び志げに）「紳士録にも出てるんですが、なかなか遣り手な、しっかりした人らしいんですよ」
志　げ「あ、そう。結構なお話ね。——お年は？」
康　一「明治四十三年だから……いくつになるかな……四十二ですか」
志　げ「四十二……？」
康　一「満だと四十ですかね」
志　げ「四十ねえ……」（と浮かない顔になる）
史　子「そんなお年の方なの？」
康　一「しかし年は問題にならんと思うんだ」
志　げ「でも、一ト廻りの余も違うとねえ……」
史　子「そうですねえ……」
康　一（急に不愉快になって）「じゃ幾つならいいんだい。紀子だってもう若いとは言えませんよ。そんなこと言ってた日にゃ、いつまでたったってお嫁になんかやれやしない。立派な相手ならいいじゃありませんか。こっちだってそう、ぜいたくを言える身分じゃないんだ」
志　げ「……でも、なんだか可哀そうな気がして……」
康　一「可哀そう？　何がです？」
志　げ「…………」
康　一「何が可哀そうなんです？　——お母さんがそんなふうに考えてらっしゃるんじゃ、紀子の方がよっぽど可哀そうだ」
志　げ「……そうかしら……」
康　一「そうですよ。そうじゃありませんか。——お母さん、少し慾張りすぎてやしませんか？　今までだってそうだ」
史　子「だって、そりゃア……」
康　一「だって、なんだ！」
史　子「紀子さんどう思ってらっしゃるか……」
康　一「紀子の気持はわかってるじゃないか。お前、そう言ったじゃないか」
史　子「そりゃアあなたが……」
康　一「馬鹿ッ！　そんなこと言うか！　好い加減なこと言うなッ！」
それで史子も口を噤《つぐ》み、三人の間に気まずい沈黙が来る。
志　げ（溜息まじりに）「——慾張りかねえあたし……」
康一、腹立たしげにつと立ち上って出てゆく。

86　**洗面所**

康一、来て、癇癪半分、乱暴に水道をひねって、手を洗う。

87　**二階**

周吉が机上に参考書などひろげて、原稿を書いている。
志げが力なく来る。
周　吉（見て）「——どうしたい？」
志　げ「——叱られちゃって……」
周　吉（労《いた》わるように）「いいさ……みんなが本気で心配してるんだよ」
志　げ「…………」

88　**下の部屋**

康一が不機嫌な顔で机の前にすわっている。

実が子供部屋からパンを持って出て来る。

そしてわざと注意をひくようにパンを放り出す。

康一、つと見送る。

実「噓つき！」

康一、にらみつける。

実「噓つき！　なんだい、なんだい、レールじゃないじゃないか！　なんだい、こんなもん！」

とパンを蹴飛ばす。

康一「なんだ、こらッ!」
実「なんだい、こんなもん!」
とまた蹴飛ばす。
康一「こらッ! 何をするッ!」
といきなり立ち上って実を摑える。
実「なんだい! なんだい!」
康一「何をするかッ! 食べる物を足で蹴る奴があるかッ!」
と殴る。実、あばれて、
実「なんだい! なんだい!」
と振り切って、子供部屋へ駆けこんでゆく。

89 子供部屋

実、その場にドカンとすわる。
勇がポカンとして見ている。
実「勇……こい」
と勇を呼んで出てゆく。勇、ついてゆく。

90 玄関

子供たちが出ようとすると、向うから格子戸があいて、
「ただ今——」
と紀子が帰って来る。
紀子「どこへ行くの? ……叱られたの?」
実、答えず、不機嫌に紀子を押しのけて出てゆく。
勇もついてゆく。
紀子、格子戸をしめて上る。

91 部屋

紀子が来て、
紀子「ただ今。——お兄さん、また子供叱ったの?」
康一「………」(不機嫌に黙っている)
紀子「ご機嫌悪いのね。——お兄さん駄目よ、自分の感情だけでおこるから……。可哀そうよ」
康一(見返して)「何が?」
紀子「そんなことしたら、子供たちいじけちゃうわ」
康一「余計なこと言うな!」
紀子「余計なことじゃないわ。お兄さんいつだって……」
康一「人のことはいいんだ! お前、自分の心配しろ!」
紀子(笑って)「はいはい」
と出てゆく。

92 廊下

紀子、二階へ上りかけに台所へ声をかける。
紀子「ただ今——」
史子の声(台所から)「お帰んなさい」

93 部屋

康一が不機嫌にじっと机の前にすわっている。

94 夕暮れ時の海岸

物の影が長く砂の上に曳いて——
実と勇が海に向って蹲《かが》んでいる。
実の顔が涙と砂でよごれている。
実(海に向って)「バカヤローッ! ……バカヤローッ!」
と叫んで、握った砂を叩きつけ、立ち上って、
実「勇! こい!」
とドンドン向うへ歩いてゆく。勇がチョコチョコついてゆく。

95 夜 間宮家

子供たちの食事だけがお膳の上に残してある。

96 同 台所

志げと史子が心配そうに話している。
志げ「……どこへ行ったんだろうねえ……」
史子「……どこ行っちゃったんでしょう……もうお腹もすくでしょうに……」
志げ「そうよ、可哀そうに……」

97　そこの廊下

周吉が二階からおりて来て、台所を覗き、

周吉「まだ帰って来ないかい?」

志げ「ええ……。どこ行ったんでしょう……」

周吉「ウム……おそいねえ……」

98　部屋

周吉、来て、そこにすわるが、落ち着かず――

周吉「もう一度見てくるよ」

と台所の方へ声をかけて立ち上る。

史子「でもお父さま……」

周吉「いや、見てこよう」

と玄関へ出てゆく。史子が送って出る。

99　同時刻　矢部の家の前

紀子が来る。

100　同　玄関

紀子、這入って来て、

紀子「こんばんは――小母さん――」

101　同　部屋

たみが光子を寝かしつけている。

たみ（身を起して）「ああ、紀子さん?」

紀子「ええ」

102　玄関

たみが出て来る。

紀子「あ、小母さん、うちの子供たちお邪魔してません?」

たみ「いいえ」

紀子「来ませんでした?」

たみ「ええ。――どうかなすった?」

紀子「夕方出たッきり、まだ帰って来ないの」

たみ「まア……どこにいらしったんでしょう」

そこへ謙吉が二階からおりて来る。

謙吉「どうしたんです?」

たみ「ねえお前、一緒に探してあげたら?」

謙吉「そうですね、行きましょう」

紀子「すみません」

たみ「お前、その下駄、鼻緒ゆるいよ」

謙吉「大丈夫だ」

紀子「じゃア……」

と会釈して出かける。たみも下駄をつっかけて出て――

たみ「もうこんなに暗いんだからね、八幡前から長谷の方の通り、ズーッと探してごらんよ。ひょいとしたら駅の近所か、待合室なんかよく見てごらん。裏駅の方もね」

と二人を送り出す。

103　同夜　西脇医院の診察室

碁盤をはさんで康一が西脇と向い合っている。もう時間過ぎで、ほかの部屋の電灯は消してある。康一は何かゆううつそうで元気がない。

西脇「――お前だよ」

康一「おれか……」（と気がついたように、石を置く）

西脇（打ちながら）「――しかし、なんだってそんなにおこったんだ……」

康一（曖昧に）「ウーム……」

西脇「あんまりおこるなよ、子供は感じ易いからな」

康一「ウーム」（と考えている）

西脇「おこっちゃいかん」

康一「ウム、おこっちゃいかん」

西脇（打って）「むずかしいもんだ……」（と打つ）

康一「ウム、むずかしいもんだ……」

奥で電話のベルが鳴る。

104　中廊下

電話が鳴っている。西脇の妻君富子（三十六）が出て来て、聞く。

富子「あ、モシモシ……ああ、さようですか……ああ、間宮さんですか、ああどうも……はあ、いらしってます」

康一が来る。

康一「僕ですか」

富子「ええ、お宅から……」
康一「どうも……」
と受話器を受取る。富子は奥へ戻る。
康一「ああモシモシ、おれだ。……ああ……ああ……（明るく）そうか、帰って来たか……ああ……ああそりゃよかった……うむ……うむ……（と笑顔になって）そうか……うむ、じゃ、もう少ししたら帰る……ああ」
と受話器をかける。

105 **診察室**

康一、戻って来る。
康一（明るく）「おい、帰って来たそうだ」
西脇「そうか、よかったな」
康一「二人とも腹へらして、駅前のベンチにボンヤリ腰かけてたそうだ」
西脇「そうか、可哀そうに……」
康一「うん、困った奴等だよ。――（不意に）失敬するよ」
西脇「ああ、そりゃ帰ってやった方がいい」
康一（石を片づけながら）「――どうもだんだんおれに似てくるよ……悪いとこばかり似てくる……困ったもんだ……」
西脇「そんなもんだよ――（とこれも石を片づけながら、ふと思い出して）オオ、さっきの話」
康一「何？」
西脇「秋田行きの……早速聞いてみてくれないか、向うでも急いでるんだ」
康一「ああ、明日にでも聞いてみよう。――じゃ……」（と立ち上る）
西脇「そうか」
と送って出てゆく。

106 **翌日　夕方　矢部の家の前**

謙吉が帰って来る。何か気にかかることでもありそうな様子である。

107 **玄関**

謙吉、這入って来る。
謙吉「ただ今――」

108 **部屋**

光子がひとりで遊んでいる。謙吉、上って来て、
謙吉「みツ子、お利口だな」
たみが台所から出て来る。
たみ「早かったのね」
謙吉「うん……」
たみ「お腹すいてる？」
謙吉「うん……」
たみ「いいかい、焼飯《やきめし》なんだけど……」
謙吉「ああ」
で、たみが台所へ戻りかけると、
謙吉「ね、おッ母さん――」
たみ「なに？」（と振り返る）
謙吉「話があるんだ」
たみ「なんだい」
謙吉「ちょいとすわってくれよ」
たみ「なんだよ」（とすわる）
謙吉「秋田へ行こうと思うんだけど……」
たみ「秋田？」
謙吉「うん」
たみ「出張かい？」
謙吉「いや、県立病院の内科部長にならないかって話なんだ」
たみ「お前がかい？」
謙吉「そうだよ。――今日、間宮さんから話があったんだ。出してある論文も通りそうだし、長くて三、四年の辛抱だっていうんだけど……」
たみ「…………」（考えている）
謙吉「どうだろう？」
たみ（気が乗らないらしい）「お前はどうなの？」
謙吉「おれは行くつもりでいるけど……なんならおれだけ行ったっていいんだよ」
たみ「そうはいかないよ」
謙吉「じゃおッ母さんも行ってくれるかい？」
たみ「…………」
謙吉「どうなんだい」
たみ「……そうねえ……秋田ねえ……」

謙吉「いやかい？　金だって今迄よりずっと多いんだよ」

たみ「どっか東京でないもんかねえ、そんなお話……」

謙吉「ないよ。地方へ出るからあるんだよ。——ね、おッ母さん、おれにはいい話なんだよ」

たみ「そりゃわかってるけど……」

謙吉「それに、秋田へ行きゃア恙虫《つつがむし》もいるし、リケッチヤの研究も出来るんだ」

たみ「………」

謙吉「長くて三、四年でまた帰ってこられるんだ。初めッからそういう約束なんだよ」

たみ「………」

謙吉「断わればまたいつあるかわからない話なんだ。どうなんだ、おッ母さん」

たみ「………」

謙吉「おれは行くよ。いいね」

　と立ち上る。たみは項垂れている。

謙吉「気に入らないとむくれて物言わなくなる……おッ母さん、悪いくせだよ」

　と二階へ上ってゆく。

　たみ、悲しく鼻をすする。

　光子が無心に遊んでいる。

109　東京　ビルディングの外景

　午後——三時すぎの明るい日があたって……。

110　専務室

　専務の佐竹が、ひとり、事務を執っている。

　ノックの音でドアがあいて、アヤが顔を出す。

佐竹「よウ！」

アヤ（明るく）「こんにちは——」

佐竹「今日はなんだい？」

アヤ「ちょいとそこまで来たもんだから……」

佐竹「そう。ま、おかけなさい」

アヤ「紀子は？」

佐竹「ちょいと出てる」

アヤ「そう——（と腰をおろして）ああゆうべいらしったわ、真鍋さん……」

佐竹「ああ、ナベ。——何か言ってたかい？」

アヤ「別に……どうなの？　紀子……」

　と席を立って来る。

佐竹「何？」

アヤ「真鍋さんのお話——」

佐竹「ああ、まだハッキリしないんだ。一度聞いてみてくれないかな、君から」

アヤ「あたしから」

佐竹「うん。——しかし、どうなんだいあいつ、一体……」

アヤ「何が？」

佐竹「あるのかい、いろ気——」

アヤ「専務さんごらんになって、どう？」

佐竹「さア……あるような、ないようなおッかしな奴だよ。——昔からあんな奴かい？」

アヤ「そう」

佐竹「だれかに惚れたことないのかい？」

アヤ「さア、ないでしょ、あの人。——学校時分ヘップバーン好きで、ブロマイドこんなに集めてたけど……」

佐竹「なんだい、ヘップバーンて」

アヤ「アメリカの女優よ」

佐竹「じゃ女じゃないか」

アヤ「そうよ」

佐竹「変態か？」

アヤ「まさか！」

佐竹「いやア、そんなとこだよ。おかしな奴だよ。——少し教えてやれよ」

アヤ「なに？」

佐竹「いろんなこと」

アヤ「いろんなことって？」

佐竹（笑ってアヤの肩を叩き）「おとぼけでないよ」

アヤ「何さ！　バカにしてるわ！」（とツンとする）

佐竹「ハッハッハハハ」（と大きく笑う）

アヤ「失礼よ、専務さん！」

佐竹「どう致しまして、ハッハッハハハ」

と立って行ってドアをあけ、

佐竹「給仕！　お茶！　――（振り返って）おい、コーヒー取ろうか」

アヤ（切り口上で）「結構！　いらない！」

佐竹「ハッハッハハハ」

と笑いながら戻って来る。

アヤ「おそいわね、紀子――」

佐竹「帰ってこんかも知れんぞ、兄貴の病院へ寄るって言ってたから」

アヤ「なアんだ、意地悪る！　だったらさッきそう言ってくれりゃいいのに……」

佐竹、自席へ戻りながら――

佐竹「どうだい、すしでも食いに行かないか」

アヤ「そうね」

佐竹（机上を片づけながら）「すし、何好きだい」

アヤ「まあ、トロね」

佐竹「トロか……ハマどうだい？　ハマグリ」

アヤ「すきよ」

佐竹「海苔巻どうだい？　海苔巻」

アヤ「きらい」

佐竹「君も変態だよ、ハッハッハハハ」

とまた大きく笑う。

111　お茶ノ水附近の坂道

紀子が謙吉と一緒に歩いて来る。

向うに見えるニコライ堂――

112　ある喫茶店

窓から見えるニコライ堂――

紀子と謙吉がお茶をのんでいる。

謙吉「――昔、学生時分、よく省二君と来たんだよ、ここへ」

紀子「そう」

謙吉「ンで、いつもここにすわったんですよ」

紀子「そう」

謙吉「やっぱりあの額がかかってた……」

紀子「――？」（と見る）

ミレーの『落穂拾い』の古ぼけた額――

謙吉「早いもんだなア……」

紀子「そうねえ――よく喧嘩もしたけど、あたし省兄さんとても好きだった……」

謙吉「ああ、省二君の手紙があるんですよ。徐州戦の時、向うから来た軍事郵便で、中に麦の穂が這入ってたんですよ」

紀子「――？」

謙吉「その時分、僕アちょうど『麦と兵隊』を読んでて……」

紀子「その手紙頂けない？」

謙吉「ああ、上げますよ。上げようと思ってたんだ……」

紀子「頂だい！　――（ふと見て）あ、来たわ」

謙吉「――？」（と見る）

康一が来る。

康一「待ったかい？」

紀子「ううん、そうでもない」

康一「行こうか――（謙吉に）何食う？」

謙吉「僕アなんでも結構です」

紀子「おわかれなんだから、ウンとご馳走してお貰いなさいよ」

康一「ああ、するよ。でも、あんまり高いもん駄目だぞ」

紀子（笑って）「ケチ……」

謙吉「なんでも結構ですよ」

康一「高いもの必ずしもうまいとは限らんからね」

113　夜　矢部の家

光子が眠っている。

将校用の行李などが出してあって、たみが謙吉の靴下を繕っている。

玄関があいて、

紀子「こんばんは――」

たみ「どなた？」

紀子の声「あたし――」

たみ「ああ、紀子さん？」

と立ってゆく。

たみ「いらっしゃい。さアどうぞ……」

紀子「ごめんなさい」
　と上って来る。

たみ「みッちゃんおねんね？」

紀子「ええ」

たみ「お仕度ね？」

紀子「ええ、なんですか、ちっとも手につかなくて……」
　紀子、風呂敷包みをあけて、水引きのかかった餞別の金包みと品物を出す。

紀子「つまらないものですけれど、これ、うちから……」

たみ「まア、そうですか、ご丁寧に……（と頂いて）どうもすみません」

紀子「謙吉さんは？」

たみ「送別会で、まだ帰って来ないんですよ、明日発つっていうのに」

紀子「小母さん、いついらっしゃるの？」

たみ「ぼちぼち片づけて、片づき次第……」

紀子「そう。大へんねえ……」
　（と何か元気がない）

たみ（しんみりと）「――長い間いろいろお世話になりまして……」（と涙を拭く）

紀子「ううん。――小母さん、向う初めて？」

たみ「ええ……うちが鉄道にいたもんだから、宇都宮までは行ったことあるんですけど……」

紀子「そう。でもじきよ。またすぐ帰ってこられるわよ」

たみ「謙吉もそう言うんですけどね……」

紀子「そりゃそうよ」

たみ「そうでしょうか……あたしゃもうこのまま、謙吉に嫁でも貰って、一生ここにいたいと思ってたんですけど……」

紀子「………」

たみ「実はね。――紀子さんおこらないでね、謙吉にも内証にしといてよ」

紀子「なアに？」

たみ「いいえね、へへへ、虫のいいお話なんだけど、あんたのような方に、謙吉のお嫁さんになって頂けたらどんなにいいだろうなんて、そんなこと考えたりしてね」

紀子「そう」

たみ「ごめんなさい。こりゃあたしがお肚ン中だけで考えてた夢みたいな話……。おこっちゃ駄目よ」

紀子「ほんと？　小母さん――」

たみ「何が？」

紀子「ほんとにそう思ってらしった？　あたしのこと」

たみ「ごめんなさい。だから怒らないでって言ったのよ」

紀子「ねえ小母さん、あたしみたいな売れ残りでいい？」

たみ「え？」（と耳を疑うように見る）

紀子「あたしでよかったら……」

たみ（思わず）「ほんと？」（と声が大きくなる）

紀子「ええ」

たみ（乗り出して）「ほんとね？」

紀子「ええ」

たみ「ほんとよ！　ほんとにするわよ！」
　（と思わず紀子の膝をつかむ）

紀子「ええ」

たみ「ああ嬉しい！　ほんとね？（と涙ぐんで）ああ、よかった、よかった！……ありがとう……ありがとう……」

紀子「………」

たみ「ものは言ってみるもんねえ。もし言わなかったら、このまんまだったかも知れなかった……。やっぱりよかったよ、あたしおしゃべりで……。よかったよかった。あたしもうすっかり安心しちゃった。――紀子さん、パン食べない？　アンパン」

紀子「いいえ……。あたしもうおいとまするわ」

たみ「どうして？　もう少し待ってよ、もう帰って来るわよ謙吉――」

紀子「でも……あたしもう帰らないと……」
　と立ちかかる。たみも立つ。

たみ「ほんとね、今の話――」

紀　子「ええ」
と玄関へ出てゆく。
たみ「ほんとなのね？　いいのね？」
紀　子「ええ」

114　**玄関**
紀子、土間へおりて、
紀　子「さよなら」
たみ「そう。おやすみなさい。――ああよかったよかった……ありがとうありがとう……」
紀子、出てゆく。

115　**家の前の道**
紀子、帰ってゆく。
と、向うから、謙吉が酒に酔った足どりでブラリブラリ帰って来る。
紀　子「お帰んなさい」
謙　吉「ああ、昨日はどうも……」
紀　子「明日、何時、上野――？」
謙　吉「八時四十五分の青森行ですよ」
紀　子「そう。――じゃ、おやすみ……」
謙　吉「やア、おやすみなさい」
紀子、いそぎ足に帰ってゆく。
謙吉、またブラブラ歩き出す。

116　**玄関**
謙吉、帰って来る。
謙　吉「ただ今――」
たみが飛んで出てくる。
たみ「お前、そこで紀子さんに会ったろう？」
謙　吉「うん」
たみ「紀子さん、なんとか言ってた」
謙　吉「イヤ別に……」
上る。たみ、いそいそとついてゆく。

117　**部屋**
謙吉とたみが来る。
たみ「ねえお前、紀子さん来てくれるって！　ねえ、うちへ来てくれるってさ！」
謙吉、ドカリとそこへすわる。たみもすわって――
たみ「ねえお前、あたし言ってみたんだよ紀子さんに！　言ってみるもんだよ！　そしたら来てくれるってさ！」
謙　吉「どこへ――」
たみ「うちへだよ！」
謙　吉「何しに――」
たみ「何しにじゃないよ！　お前ンとこへだよ！　お嫁さんにだよ！」
謙　吉「嫁に？」
たみ「そうだよ、嬉しいじゃないか！　よかったねえ……」
謙　吉「…………」（ぼんやりしている）
たみ「あたしゃもう嬉しくって、嬉しくって……（と涙を浮かべて）ねえ、嬉しいだろう？　あたしゃ、お前がどんなに嬉しいだろうと思ってさ……」（と泣く）
謙　吉「泣かなくたっていいよ」
たみ「だってお前、そうはいかないよ……（と泣きながら）お前だって、嬉しかったら喜んだらいいじゃないか……。嬉しいんだろう？　ねえ、嬉しいんだろう？」
謙　吉（ボソリと）「嬉しいさ」
たみ「じゃ、もっと喜んだらいいじゃないか、お喜びよ。――変な子だよ、お前は……」
と鼻を啜り上げる。

118　**同夜　間宮家の二階**
周吉と志げが寝巻に着更えて床の上にすわっている。
周　吉「紀子、まだかな」
志　げ「さっき帰ったようでしたけど……」
周　吉「フーム……」
史子がいそぎ足に上って来る。
史　子「ちょいと、お父さま――」
周　吉「なんだい？」
史　子「お母さまも――」
志　げ「なアに？」
史　子「ちょいと下へいらしって……」

とおりてゆく。
周吉と志げ、顔を見合わせて、立ってゆく。

119 **下の部屋**

康一と、少し離れて紀子がすわっている。史子もそこにすわる。
周吉と志げが来る。

周　吉「なんだい……」
康　一「まアどうぞ……」
で周吉と志げもそこにすわる。
康　一「紀子が矢部と結婚するって言うんです」
周　吉「謙吉君と？」
康　一「ええ、いま矢部さんの小母さんと会って決めて来たって言うんです」
志　げ「……だって、謙吉さん、明日お発ちンなるンじゃないの？」
康　一「ええ」
紀　子「だからあたしお話して来たの」
志　げ「……だって、そんな大事なお話、あんた、よく考えたの？」
康　一「矢部には子供もあるんだぞ」
紀　子（頷いて）「…………」
康　一「お前の結婚についちゃ、うちじゅう、みんなが心配してるんだ。みんなの心配がお前にわからんことはないだろう。どうしてお父さんお母さんだけにでも相談しなかったんだ。お前、よく考えたのか？　――軽率じゃないか」
紀　子「…………」
康　一「お父さん、お母さん、なんとおっしゃるか知らんけど、おれは不賛成だね」
紀　子「だけどあたし、小母さんから言われた時、すーッと素直にその気持になれたの。なんだか急に幸福になれるような気がしたの。――だからいいんだと思ったの」
志　げ「……だけどあんた、先イ行って後悔しないかい……？」
紀　子「しないと思います」
康　一「きっとしないな？　あとで、しまったと思うようなことないんだな？」
紀　子「ありません」
康　一「ないな？」
紀　子「…………」
康　一「きっとないんだな？」
紀　子「ありません」
で、そのままみんなが口を噤《つぐ》んでしまう。白けた空気――
志　げ「お父さん、お寒くありません？」
周　吉「ウム……」
志　げ「おやすみになったら――？」
周　吉「ウム……」
志　げ「おやすみになったら――？」
周　吉「ウム……寝ようか……」
周吉、志げ、力なく立って出てゆく。

120 **二階**

周吉、志げ、上って来る。力なく床の上にすわる。
志　げ「――のんきな子……ひとりで決めちゃって……」
周　吉「ウム……」
志　げ「――自分ひとりで大きくなったような気になって……」
周　吉「ウム……」
紀子が上って来る。
周吉も志げもハタと口を噤む。
紀子、自分の部屋へ這入り、鏡台に向って黙って、口紅を落す。

121 **下の部屋**

康一と史子がまだそのまますわっている。
史　子「――ねえ、どうなんでしょう？　……いいんでしょうか……？」
康　一（不機嫌に）「いいんだろう。本人がそう言ってるんだ」
史　子「でも、今のうちだったらまだ……」
康　一「今だったらどうにかなるって言うのか！　本人がその気なら仕様がないじゃないか！」
史　子「…………」

康　一「そんな奴だよ、あいつは！」
史　子「………」

122 **翌日　昼近くの丸ノ内のビル内**

たみがセカセカと歩いて来る。
車道を突ッ切って、向う側のビルへ這入ってゆく。

123 **会社　専務室**

ノックの音――女給仕が這入って来る。
今日は紀子ひとりで、佐竹の姿は見えない。紙片を紀子に出して、
女給仕「ご面会です。応接室にお通ししました」
紀　子「そう」
と立つ。

124 **応接室**

たみが待っている。
紀子が来る。
た　み「ああ、先ほどはどうも……」
紀　子「いいあんばいに腰かけられてよかったわね」
た　み「ほんと！　あれで秋田まで立って行くんじゃ大へんですものね。運がいいのよ、あの子！」
紀　子「何かご用？　小母さん」
た　み「いいえね、さっきあんまり混んでたもんだから、上野の停車場……」
紀　子「なアに」
た　み「まわりに人がウヨウヨいるでしょう？まさかねえ、そんなところで聞けもしないし、今もデパート歩きながら考えたのよ」
紀　子「なんのお話？」
た　み「ゆうべのこと……。だってあんまりうますぎちゃって、なんだか夢みたいで……。ねえ、お父さまお母さま、もうご承知かしら？」
紀　子「ええ」
た　み「お兄さまも」
紀　子「大丈夫――」
た　み「そう。ほんとね？」
紀　子（頷く）「………」
た　み「そう。ああ、よかったよかった」
紀　子「でも、謙吉さん、なんと思ってらっしゃるか……」
た　み「だれ？　謙吉？」
紀　子（頷く）「………」
た　み「もう大へん！　あの子だってゆうべよく寝てやしませんよ。夜中にまた一緒にご飯たべちゃったの」
紀　子（微笑して）「そう」
た　み「おかげさまで、あたし長生きするわ。もうスッカリ安心しちゃった！　――（突如）じゃ、あたし帰ります。よかったよかった」
と帰りかける。
紀　子「あ、小母さん、お帰りこッちよ」
た　み「ああこッちか……あ、よかったよかった」
と出てゆく。紀子、送ってゆく。

125 **鎌倉　間宮家　二階**

周吉がカナリヤに餌をやっている。

126 **下の部屋**

志げと史子が夏布団の綿を入れている。
志　げ「――史さん、ちょいとそこ引っ張って……。（そして愚痴《ぐち》ッぽく）いいのかねえ、あんなふうにひとりで決めちゃって……」
史　子「そうですねえ……何もお子さんのあるところでなくったって……」
志　げ「そうですよ。本人はよくったってあたしたちがついてて、なんだか可哀そうな気がしちゃって……」
史　子「………」
志　げ「――あたしもねえ、あの子が女学校出た時分から、いいお嬢さんだって言われるたんびに、どんなところへお嫁に行くんだろうと思ってたんだけど……」
史　子（針を受取って糸を通す）「………」

志　げ「田園調布の篠田さんねえ」
史　子「ええ」（と針を渡す）
志　げ「あすこへ伺うたんびに、紀子もあんな芝生のあるハイカラな家の奥さんになるんじゃないかなんて思ってたんだけど……」
史　子「そうですねえ……」
志　げ「――これだったら、専務さんからのお話の方がまだよかったんじゃないかしらねえ……」
史　子「そうですねえ……」
志　げ「見当もつきませんよ。このごろの若い人は……」
周吉、おりてくる。
志　げ「お出かけ？」
周　吉「ウム、カナリヤのエサ買ってくる」
史子、立ちかかる。
志　げ「いいわ、史さん」
とおさえて、自分だけ送ってゆく。

127

玄関

周吉、志げに見送られて――
周　吉「何かないかい、ほかに買物――？」
志　げ「別に……。行ってらっしゃい」
周　吉「ウム」
と出てゆく。
志げ、見送り、部屋へ戻ってゆく。

128

道（踏切の近く）

周吉、トボトボ歩いて来る。
向うの踏切がおりる。
周吉、そこの捨て石に腰をおろして待つ。
なんとなく嘆息がもれる。
電車が轟然と通り過ぎる。
周吉、それには無関心に空を仰ぐ。
明るい空にフワリと白い雲が浮いている。

129

東京　築地「田むら」の廊下

女中がお銚子を運んでゆく。

130

アヤの部屋

アヤと紀子が話している。
ア　ヤ「それで、もう、あんた、その話、決めちゃったの」
紀　子「うん」
ア　ヤ「ずいぶん急だったのね、いつ行くの」
紀　子「もう一度秋田から出てくるのよ。それからのことよ」
ア　ヤ「よく思い切ったわね。あんたなんて人、とても東京離れられないんじゃないかと思ってた」
紀　子「どうして？」
ア　ヤ「だって、あんたって人、庭に白い草花か何か植えちゃって、ショパンか何かかけちゃって、タイルの台所に電気冷蔵庫か何か置いちゃって、こうあけるとコカコーラか何か並んじゃって……そんな奥さんになるんじゃないかと思ってたのよ」
紀　子（笑って）「そう」
ア　ヤ「あたしが遊びに行くでしょ？　そしたら、ホラ、だんだらの日除けのあるポーチか何かでさ、あんた、真ッ白なセーターか何か着ちゃってさ、スコッチ・テリヤか何かと遊んでて、垣根越しに、Hello! How do you do？　なんて言っちゃって……」
紀　子「まさかア！」
ア　ヤ「ううん、あたし、そんなふうに決めちゃってたのよ。秋田ってオバコでしょ」
紀　子「うん」
ア　ヤ「モンペ穿くのよ、あんた」
紀　子「穿くわよ」
ア　ヤ「まンずまンずおはやなんし、となりのあねさん、このごろ毎日いいお天気ばかりつづいてほんとにええあんべアだんすな――そんなこと言える？」
紀　子「それぐれしゃべれねえでなんとすけなまンず」
ア　ヤ「あーや、おらたまげた、東京がらここさ来たばかりで言葉もちゃんとおべエてるし、まンずあねさん、みかけによらねえンすごと」

紀子「ンだたって、おら秋田さ嫁ンなって行くなだもの、そんこばししゃべれねえでなんとすけなおめエ」

アヤ「よく知ってるわねえ、あんた！」

紀子「だって学校ン時、佐々木さん、そうだったじゃないの？」

アヤ「ああそうか——（話題を替えて）ねえ、ホラ、いつかお宅の省二さんまだスマトラへ行く前、みんなで城ケ島へ行った事あったでしょ。——あの時の人？」

紀子「一緒だったかしら、あの時……」

アヤ「あの時分から好きだったの？」

紀子「ううん、あの時分は好きでも嫌いでもなかったわ」

アヤ「じゃ、いつから？」

紀子「いつからって……だんだんよ」

アヤ「そう。——ちっとも知らなかった」

紀子「そうよ、あたしだって、結婚するなんて思わなかったんだもの」

アヤ「じゃ、どうしてそんな気になったの？」

紀子「偶然よ」

アヤ「偶然？」

紀子「とも言えないんだけど……なんてったらいいのかな……洋裁なんかしてて、ハサミどこかへ置いちゃって、方々探して、なくて、目の前にあるじゃないの」

アヤ「うん、うちのお母さんなんかしょっちゅうよ。眼鏡かけて、眼鏡探してンの」

紀子「つまりあれね」

アヤ「何が？」

紀子「あんまり近すぎて、あの人に気がつかなかったのよ」

アヤ「じゃ、やっぱり好きだったんじゃないの！」

紀子「ううん、好きとか嫌いとかじゃないのよ。昔ッから一番よく知ってるしこの人なら信頼出来ると思ったのよ」

アヤ「それじゃやっぱり好きだったんじゃないの！」

紀子「ううん、違う！　この人なら心から安心出来るって気持——あんた、わからない？」

アヤ「何言ってンの！　それが好きだっていうことなのよ！」

紀子「そうじゃない！」

アヤ「そうよ！　好きなのよ！　惚れちゃったのよ、あんた！　本惚れよ！」

紀子「……そうかしら……」

アヤ「そうさ！　——ぶつよ！　ブン殴りますよ！」

紀子（笑って）「いやよ！　あんたじゃ痛い！」

アヤ「よし！」

と殴りにかかる。紀子、笑って逃げる。
のぶが這入って来る。

アヤ「ちょいとお母さん、つかまえてよ！」

のぶ「何さ？　——ねえアヤちゃん、あれどこだっけ？」

アヤ「なあに？」

のぶ「ホラ、こないだの、あれよ。こんなの、あったじゃないの、黄いろいの。——あたし、たしかにどッかへ置いといたんだけど……」

女中が顔を出して、

女中「おかみさん、ちょいと……」

のぶ「あいよ、はいはい」

とソワソワ出てゆく。

紀子「何探しにいらしったの？」

アヤ「わかンない。いつもああなのよ。またくるわよ。——ねえ、どういうのかしら、ああいうの。あれじゃ、心配で、あたしなかなかお嫁にも行けやしない……」

紀子「でも、あんたなんかお婿さん貰う人よ」

アヤ「いやアよ。今時お婿さんにくるような人にろくな人いやしない」

のぶがまたソワソワ這入って来る。

そしてなんとなく見廻して、そのまま出て行ってしまう。
アヤ「ホラね、いつもならもう一ぺんぐらい来るのよ」
紀子（笑って）「そう」
アヤ「でも、よかったわね、あんた。そんなに気に入った人があって」
紀子「――でも大へんだと思うわ、これから……。いろいろなことが不自由だろうし、月々の心配だって容易なことじゃないし……。お鍋の底ガリガリこすって、真ッ黒になって働くのよ」
アヤ「それで、専務さんの話どうしたの？」
紀子「断わったの、今朝――」
アヤ「なんてってた？　専務さん……」
紀子「大へん古風なアプレ・ゲールだって笑ってたわ」
アヤ「うまいこと言うわね。――いま来てるのよ、二階に」
紀子「そう」
アヤ「その人も一緒よ、真鍋さん。――ちょいと見てみない？　隣の部屋からのぞけンのよ。どお？」
紀子「いやよ」
アヤ「いいじゃないの、面白いじゃないの。ちょいといい男よ」（と立ちかかる）
紀子「やめとく」
アヤ「いいわよ。さ、行こう！　大丈夫よ！」
紀子「もう沢山！　もういいのよ。そう何人もお婿さんいらないの」
アヤ「いいッてば！　さ、行こう行こう！　あまったらあたしが貰ってやる！」
と紀子を押し出すようにして、ふたり出てゆく。

131　**廊下**（階段下）
アヤと紀子、来て、いたずらっぽく忍び足で二階へ上って行く。

132　**二階廊下**
アヤと紀子、足音を忍ばせて……。

133　**夜　鎌倉　間宮家　部屋**
もう十時近い。――老夫婦と康一がそれぞれの思いに浸って、ボンヤリ考えている。
志げ（嘆息して）「……いいのかねえ、決めちゃって……」
康一「……困った奴ですよ」
周吉「ウーム……どんなもんか」
志げ「なんだか可哀そうな気がして……」
康一「とにかく、もう一度あいつの気持よく聞いてみるんですね」
周吉「まアそうだねえ」
康一「あいつだって、決めちゃったものの、また考えてるかも知れませんよ」
周吉「ウーム……」
玄関があいて、
「ただ今――」
と言う紀子の声。――周吉と志げ、つと立って、黙って出て行く。
康一も立って机の前へゆく。史子だけがそこに残る。
紀子が這入って来る。
紀子「ただ今――おそくなっちゃって……」
史子「お帰んなさい」
紀子「アヤんとこへ寄って来たの」
史子「そう。ご飯は？」
紀子「少しお茶漬け食べようかしら」
史子「そう」（と立ちかかる）
紀子「お姉さん、いいの。あたしします」
史子「アノ、蠅張《はいちょう》に這入ってます、コロッケ……」
紀子「そう、すみません」
と、出て行く。
康一、振り向きもせず、黙って机に向っている。
史子もそのまま火鉢に向って灰文字など書いている。

134　**台所**
そういう、なんとなく冷たい空気の中で、紀子は淡々としてお茶漬けを食べる。

135 海岸

砂の上に足跡がズーッとつづいて——紀子と史子が歩いてゆく。
そして砂丘に腰をおろすと——

紀子「ねえ……あの人に子供があること心配してらッしゃるんじゃない？」
史子「それもあるわ」
紀子「でもいいの。それはいいの」
史子「でも、お母さまなんか、とてもあなたが可哀そうだって、ゆうべもご飯のあと、台所で涙ふいてらしった……」
紀子（さすがに胸を打たれる。が——）「……あたし、子供大好きだし……」
史子「だけどお父さまお母さま、そうお思いにならないわ。みツ子ちゃんだってだんだん大きくなるでしょうし、あなたに赤ちゃんでも出来れば……」
紀子「大丈夫——そのことも、あたし、よく考えたの。きっとうまくやってけるわ。どこにだってよくあることだしあたしに出来ないことないと思うの」
史子「でも……」
紀子「大丈夫。大丈夫よお姉さん——（微笑を浮かべて）自信があるの、あたし」
史子「そう。——そんならいいけど……」
紀子「それに、あたしのんきなのかしら、お金のないことだって、人が言うほど苦労にならないと思うの。平気なのよ」
史子「じゃ、いいのね？」
紀子「ええ」
史子「だったら、あたし、もうなんにも心配しない」
紀子（微笑を浮べて）「ほんとはねお姉さん、あたし、四十になってまだ一人でブラブラしているような男の人って、あんまり信用出来ないの。子供ぐらいある人の方がかえって信用出来ると思うのよ」
史子「……えらいわ、紀子さん——」
紀子「どうして？」
史子「あたしなんか、なんにも考えないでお嫁に来ちゃった……」
紀子「でも……あたしが行っちゃったら、うちの方どうなるのかしら……？」と立ち上る。紀子も立って、一緒に渚の方へ歩きながら——
史子「そんなこと気にしなくていいのよ。お父さまお母さま、あなたの幸せだけを考えていらっしゃるのよ。そんなこと心配しなくっていいのよ」
紀子「だけど……お姉さん大へんだと思うわ、いろんなこと……」
史子「ううん、平気よ。——競争よ、これから、あんたと」
紀子「なアに？」
史子「やりくり競争！——敗けないわよ、あたし」
紀子「あたしも敗けない」
史子「もう食べちゃ駄目よ、ショートケーキ」
紀子「あたりまえよ、あんな高いもの！……でも貰ったら食べる」
と笑って、駆けてゆく。
そして渚でサンダルをぬいで跣足《はだし》になる。
紀子「お姉さん！ いらっしゃい！ いい気持よ」
史子も駆けて行って、下駄をぬいで跣足になる。
そして明るく笑いながら、渚づたいに、二人、歩いてゆく。

136 東京 会社 事務室

紀子がおわかれに来ている。
佐竹「そうかい、よく来てくれたな——おめでとう」
と席を立って来る。
紀子「どうも長い間、いろいろお世話になりまして……」
佐竹「いやア、こッちこそどうも……。どうだい、アヤでも呼んで、どッか飯でも食おうか」

紀　子「ええ……折角ですけど、あたし……」
佐　竹「そうかい。――じゃ、まあアせいぜい大事にしてやれよ、旦那さま……」
紀　子（笑って頷く）「………」
佐　竹「ナベの奴、ガッカリするかも知れんけど、まアいいや、ハッハッハ。――しかし、もしおれだったらどうだい。もっと若くて独り者だったら……」
紀　子（笑っている）「………」
佐　竹「駄目か、やっぱり、ハッハッハハハ」
と笑って、窓際へ行き、外を眺めて、
佐　竹「おい、よく見とけよ」
紀　子「――？」
佐　竹「東京もなかなかいいぞ……」
と後姿で腰を叩く。

137 **鎌倉　間宮家　部屋**

両親を中心に、康一夫婦、紀子、子供たちが並んで――写真屋が三脚を立てて、今それを写そうとしている。
写真屋「どうぞこちらをご覧下さいまして」
史　子「勇ちゃん、動いちゃだめよ」
写真屋「はい、まいります。――お母さま、もう少しこちら……。はい、まいります」
とシャッターを切る。
康　一「やア……」
志　げ「どうも……」
でみんながくつろいで、散りかかると
――
紀　子「写真屋さん、もう一枚お願いしたいの」
と、両親の方へ、
紀　子「お父さまとお母さまだけ……」
康　一「ああ、そりゃいい」
周　吉「そうかい。（と志げを顧みて）じゃ――」
志　げ「そうですか……」
と寄り添って、老夫婦並ぶ。
写真屋カブリをかぶって、のぞく。
みんな、ニコニコして見ている。
紀　子「素敵よ、お父さまお母さま」
周　吉「冷やかしちゃいけないよ」
志　げ「何年ぶりかしら……」
周　吉「ウーム……」

138 **海辺の波　夜**

ザザーッと静かに寄せて……。

139 **夜　間宮家　部屋**

おわかれのスキヤキの宴である。それももう終って、みんな箸を置いているのに、実だけがまだ食べている。
実（ようやく食べ終って）「ご馳走さまア！」
と箸を放り出す。
周　吉（笑って）「ずいぶん食べたねえ……」
勇が不意に立って、トコトコ出てゆく。
史　子「勇ちゃん、どこ行くの？」
勇「ウンコ――」
これもずいぶん食べたらしい。みんなが明るく笑う。史子が立ってついてゆく。
実「ご馳走さまア！」
と史子と一緒に出て行く。
それで静かになると――
康　一「こんなことなら、矢部を秋田へやるんじゃなかったよ」
紀　子「でも、そりゃいいのよお兄さん。――遠くへ行くんで、あたしの気持も決まったの……」
周　吉「いやア、三、四年なんて、すぐだよ」
康　一「そうですねえ……早いからなア……」
周　吉「この家へ来てからだって、もう足かけ十六年になるものねえ……」
志　げ「そうですねえ……紀ちゃんが小学校出た年の春でしたからねえ……」
周　吉「そうだよ、実よりちょいと大きいくらいだったからねえ」
康　一「こんなとこへちょこんとリボンなんかくっつけて、よく雨ふりお月さまなんか歌っていましたよ」
志　げ「可愛かったわねえ」
史子が戻って来て、そこにすわる。
周　吉「いやア……みんな大きくなってくよ。

――康一はどうするんだい？」

康　一「やっぱりここで開業しようと思うんです」

志　げ「じゃ、今のお勤めの方は？」

康　一「いや、あれはあれで、夜だけでも……」

志　げ「そう……」

周　吉「いやア、わかれわかれになるけどまたいつか一緒になるさ。……いつまでもみんなでこうしていられりゃいいんだけど……そうもいかんしねえ……」

康　一「お父さんもお母さんも、また時々は大和から出て来て下さいよ」

周　吉「ウム……」

紀　子「すみません、あたしのために……」

周　吉「いやア、お前のせいじゃないよ。いつかはこうなるんだよ」

志　げ「紀ちゃん、身体を大事にね、秋田は寒いんだっていうから……」

紀　子「ええ……」

周　吉「ああ、ほんとに気をつけておくれよ……大事にな……そうすりゃ、またみんな会えるさ」

紀子、頷いて、顔を上げる。涙が溢れている。

堪えられなくなって、つと立って遁れるように出てゆく。

140 **二階**

紀子、来て、ひとり声を忍んで泣く。

141 **大和の麦秋**

サヤサヤと風にそよぐ麦の穂波……。

142 **そこの旧家**

長押《なげし》にかけてある提灯の箱、槍――

ガランとした広い部屋の向うで、茂吉老人がひとり、肩を丸くして、のんびり煙草を吸っている。囲炉裏端で、周吉と志げが静かにお茶をのんでいる。

周　吉（ふと外を見て、志げに）「おい、ちょいと見てごらん、お嫁さんが行くよ」

で見ると――

143 **麦畑の中の道**（遠く）

五人ばかりの付人に付添われた花嫁が通って行く。

144 **囲炉裏端**

じっと眺めている周吉と志げ。

志　げ「――どんなところへ片づくんでしょうねえ……」

周　吉「ウーム……」

志　げ「――紀子、どうしてるでしょう……」

周　吉「ウーム……みんな、はなればなれになっちゃったけど……しかしまア、あたしたちはいい方だよ……」

志　げ「……いろんなことがあって……長い間……」

周　吉「ウム……慾を言やア切りがないが……」

志　げ「ええ……でも、ほんとうにしあわせでした……」

周　吉「ウーム……」

145 **麦畑**

よく熟れた麦の穂末を、サヤサヤと渡る六月の微風――

大和は今、豊穣な麦の秋である。

――終――

お茶漬の味

脚本　野田　高梧
　　　小津安二郎

製　作……………………山本　武
（製作意図――夫婦の愛情のあり方について描きたい）
脚　本……………………野田　高梧
　　　　　　　　　　　　小津安二郎
監　督……………………小津安二郎
撮　影……………………厚田　雄春
美　術……………………浜田　辰雄
音　楽……………………斎藤　一郎
照　明……………………高下　逸男
録　音……………………妹尾芳三郎
編　集……………………浜村　義康

佐竹茂吉（42）……………佐分利　信
　妙子（32）……………木暮実千代
山内直亮（67）……………柳　永二郎
　千鶴（42）……………三宅　邦子
　節子（21）……………津島　恵子
　幸二（6）……………設楽　幸嗣
岡田　登（26）……………鶴田　浩二
雨宮アヤ（31）……………淡島　千景
　東一郎（45）……………十朱　久雄
黒田高子（31）……………上原　葉子
女中ふみ（21）……………小園　蓉子
　よね（32）……………山本　多美
平山定郎（42）……………笠　智衆
　しげ（30）……………望月　優子
大川社長（65）……………石川　欣一
西銀座の女……………………志賀直津子
ほかに、見合いの相手、女店員、女給

一九五二年（昭和二十七年）
松竹大船
脚本、ネガ、プリント現存
12巻、3156m（一一五分）白黒
十月一日公開

1 **三宅坂**

高級なハイヤが一台、五月の午後の微風を切って――

2 **車内**

見るからにお金持の奥様といった様子の佐竹妙子と姪の節子――節子は女学生あがりの明るいお嬢さんである。

3 **窓外**

流れ去るお濠端風景――

4 **車内**

妙子と節子――

妙　子「だれ出てンの？　その映画」

節　子「ジャン・マレー。――とても素敵なんですって。叔母さまもどお？」

妙　子「今日はいや」

節　子「いらっしゃいよ。いいわよ。ねえ」

妙　子「いいからひとりで行ってらっしゃい」

節　子「……（ふと窓外に目を移して）あ、ノンちゃん！」

妙子も釣られて見返る

5 **お濠端の歩道**

ノンビリ歩いている背広姿の青年岡田登（愛称ノンちゃん）――その姿が遠ざかる。

6 **車内**

見返っていた顔を戻して――

節　子「どこ行くのかしら、ノンちゃん。ノンビリ歩いてるわ」

妙　子「あの人、いつもああよ。ノンちゃん雲に乗る。――（運転手に）あ、西銀座、ＰＸの手前、右ィ曲って頂戴。――（節子に）あんたも寄らない？　アヤんとこ。お寄んなさいよ」

節　子「うん」

7 **街**（走る車内から）

向うにＰＸの時計台が見える。

8 **ＰＸの時計台**

それが窓越しに見えて――

9 **アヤの店、二階の仕事場**

妙子と同じ年恰好のマダム雨宮アヤがメージャーを首にかけて、てきぱきと仕事を片付けている。

ノック――

ア　ヤ「はい」

若い女店員Ａが来る。

店　員「アノ、これ、花の屋から」（と伝票を出す）

ア　ヤ「あ、払っといて」

店　員「それから、アノ、佐竹様の奥さまいらしってます」

ア　ヤ「そう」

店　員「大磯のお嬢さまもご一緒に……」

ア　ヤ「あ、そう」

10 **階下の店**

贅沢な婦人用品、それに服地などもある店である。

妙子が節子と、香水などを見ている。

妙　子（店員Ｂに）「これ頂戴。――包んどいて」

店員Ｂ「はい」

そして妙子と節子は店員Ａと入れちがいに二階へ上ってゆく。

11 **二階の仕事場**

二人、這入ってくる。

妙　子「ご機嫌よう」

ア　ヤ「あ、ご機嫌よう。どお？　節ちゃん」

節　子「こんにちは」

ア　ヤ（妙子に）「こないだ、あれからどうした？」

妙　子「いつ？」

アヤ「新橋クラブでご飯たべた日」

妙子「ああ、あの日、あれからね、節ちゃんと尾張町の方へブラブラ歩いてッたの。歌舞伎の前まで行ったら、丁度中幕なのよ。立見しちゃった」

アヤ「そう。（節子に）面白かった？」

節子（頷いて）「立見って、あたし初めて。ずいぶん階段のぼってくのね。なんだか、上の方から井戸ン中のぞくみたい。海老蔵がこれっぽっち。――でも面白かった」

アヤ「そう。よかったわね。――（妙子に）ああ、行った？　あすこ」

妙子「どこ？」

アヤ「ほら、アノ、パチン！　ガチャガチャン！」

節子「ああ、パチンコ？」

アヤ「やった？」

節子「しなかった」

アヤ「一度してごらんなさい、とッても面白いから」

妙子（たしなめ顔で、節子に）「駄目よ、あんなもの！」

節子「だって面白そうじゃない？（アヤに）ねえ、つれてって！」

妙子「駄目々々、あんなこと！　しちゃ駄目よ！」

アヤ（笑って）「こわい叔母さま――」

妙子「この子ぐらいの時、何したって面白いのよ」

アヤ「そう、一番いい時ね、今」

節子「何が？」

アヤ「お嫁にいってごらんなさい、大へんだから」

節子「どうして？」

アヤ「旦那さまってこわいわよ、朝から晩までガミガミ言って。のんびりパチンコなんかとても出来ないから」

妙子（冷かし顔で）「ほんと？」

アヤ「ほんとよ、とッても煩《うるさ》いわよ。――そうでもないか。節ちゃん、コーヒーどお？」

節子「ううん、沢山。――（妙子に）ね、叔母さま、あたしもう出かけないと……」

妙子「そう。行ってらっしゃい」

アヤ「どッか行くの？」

節子「ええ、ちょいと……」

アヤ「どこ？」

妙子「ピカデリーよ」

アヤ「ああ、ジャン・マレー？　――節ちゃん、ああいう男の人すき？　どこがすき？　どんなとこがいいの？　顔を上と下とに分けて、上？　下？」

節子「行こうッ！　さよならッ！」

アヤ「帰りにまたお寄んなさいね、いいものご馳走するから」

節子「ええ」

で、節子が出ていったあと、なんとなく「クール」など吸いながら――

妙子「いいお天気ねえ」

アヤ「うん。――どッか行きたいわねえ」

妙子「どこ？」

アヤ「どッか……温泉――」

妙子「ああ、泊りがけ？」

アヤ「いいわよ今時分、若葉が綺麗で。――行っちゃおか！」

妙子「今から？」

アヤ「どお？　だめ？」

妙子「駄目ってことないけど……」

アヤ「旦那さま？」

妙子「ウム、何かない？」

アヤ「何かって？」

妙子「何か理由――」

アヤ（ちょっと考えて）「どお？　先生の謝恩会――」

妙子「それこの前ン時使っちゃった」

アヤ（また考えて）「ねえ、節ちゃん病気にしちゃおか」

妙子「どうするの？」

アヤ「節ちゃんが先生の謝恩会で温泉行ってたの、そしたら可哀そうに病気ンなっちゃったの」

妙子「駄目よそんなの、すぐバレちゃう」

アヤ「大丈夫よ、節ちゃん帰りにまたここィ寄るんだもの。あたし話しとく」
妙子「じゃ、その間節子足どめ?」
アヤ「そうよ、温泉行ったつもりにして、ひと晩ここィ泊めちゃうのよ」
妙子「そうか。――頭いいわねえ、あんた」
アヤ「どういたしまして、それほどでもございません」
妙子「じゃ、ちょいと旦那さまに断わっとこう」
と、そこの卓上電話のダイアルを廻しながら――
妙子「どこ? 温泉。――箱根?」
アヤ「修善寺どうかしら?」
妙子「いいわねえ修善寺――(相手が出たらしく)あ、モシモシ、東亜物産ですか。機械部の佐竹おりますでしょうか。すみません。――(アヤに)今からなら汽車何時?」
アヤ(時間表を見ながら)「車よんで、あんたンとこィ廻っても、四時十五分に間に合うわよ」
妙子(電話に)「あ、モシモシ、はい……はい……あ、そうですか……え? いいえ、よろしいの。……あ、そう、どうも……」
と受話器をかける。
アヤ「なんだって?」
妙子「いないのよ。ちょいと前、お客さまと出かけたんだって」
アヤ「そう」
妙子「どこ行ったんだろう……」

12　東亜物産の事務室

妙子の夫の機械部長佐竹茂吉の席があいている。
執務中の社員たち――

13　そこの窓から

市街風景――

14　酒場の看板 "Echo"

15　その店内

岡田登がスタンドの高椅子に腰かけてビールをのんでいる。
茂吉が来る。「いらっしゃい」と迎える女給に「やア」と会釈しながら岡田と並んで腰をおろす。
茂吉「待ったかい?」
岡田「いやア、三十分ぐらい。――済んだんですか、仕事」
茂吉「ああ。――(バアテンに)おれもビール貰おうか」
バアテン「はい」
茂吉(岡田に)「試験、どんなの出たんだい?」
岡田「ダレスの財政理論――」
茂吉「ああ、出そうだな。出来たかい?」
岡田「まアまアね。――CPSって知ってますか」
茂吉「Consumer price survey だろう、消費者価格調査のことじゃないか」
岡田「へェ、知ってンだなァ」
茂吉「出来なかったのか?」
岡田「ええ」
茂吉「大丈夫かい?」
岡田「多分いいと思うんだけどな」
茂吉「じゃ、乾杯しよう」
で、岡田もコップを上げるが――
岡田(なんとなく自信がないらしく)「大丈夫だろうなァ……」
茂吉「おれに聞いたってわからないよ」
岡田「大丈夫だ! ね、大丈夫でしょう?」
茂吉「知らないね、うちの会社じゃないんだから」
岡田「つめてェなァ」
茂吉(微笑)「ま、這入れたら、すぐ田舎の方へ知らせてやるんだな」
岡田「ええ」
茂吉「いくつになられたい? お母さん――」
岡田「六十三ですよ」
茂吉「もうそんなかい、早いもんだなァ……。中学時分、よく君の兄貴ンとこィ遊びに行ったもんだけど……」

岡　田「おふくろ、兄貴が戦死してから、急に年とりましたよ」

茂　吉「そうかい……。(気を変えて) ああ、いい背広買ったじゃないか」

岡　田「放出ですよ、中古――」

茂　吉「いないかい、南京虫」

岡　田「いませんよ、そんなもの」

茂　吉「南京虫って、英語でなんていうか知ってるかい？」

岡　田「エート……ピーナッツ……」

茂　吉「そりゃ南京豆だ」

岡　田「あ、そうか。あ、そうだ」

茂　吉 (笑って)「これでもう君の保証人はしなくてすみそうだな」

岡　田「いやァ、大丈夫ですよ。這入れますよ。絶対だ。――ああ、愉快だなァ」

茂　吉「今が一番いい時だよ」

岡　田「そうですねえ。時は五月、我等は若い！」

そして「アルト・ハイデルベルヒ」の学生の歌（原語）を歌い出す。

茂吉も誘われて、それとなく拍子をとり、やがて低く合唱し、歌い終って、コップを合せる。

16　佐竹邸　廊下

八時を打つ時計の音――

女中のふみが、錠剤の小瓶と水のコップをお盆にのせて持ってゆく。

ふみは素朴な可愛らしい娘である。

17　妙子の部屋（洋室）

ふだん着に着更えた妙子が、くつろいで、爪など磨いている。

ノック――

妙　子「はい」

ふみ、来て、お盆をおいて出てゆくが、すぐまた顔を出して、

ふ　み「アノ、旦那さまお帰りになりました」

妙　子「あ、そう」

と明るく立ってゆく。

18　廊下

妙子、玄関へ――

19　玄関

妙子、茂吉を迎えて、

妙　子「あ、お帰んなさい」

茂　吉「只今――」

妙　子（いそいそと）「おそかったのね。お客さまだったの？」

茂　吉「ああ」

妙　子「お電話したのよ」

茂　吉「そう」

話しながら、一緒に二階へ上ってゆく。

20　二階　茂吉の部屋

そこへ来ると――

茂　吉「電話、なんだい？」

妙　子「ううん」

と曖昧に答えて、いそいそと着更えの世話をしながら――

妙　子「あなた、お腹は？」

茂　吉「すませて来た」

妙　子「おいしいのよ、クラム・チャウダー。――ねえ、何あがって来たの？」

茂　吉「いやァ……。客が来て、出ようと思ったら、丁度ノンちゃんがやって来てね」

妙　子「そう。――あなた、お風呂は？」

茂　吉「うん」

妙　子「すぐお這入りンなる？　待ってたのよ、あたし」

茂　吉「なんだ、先ィ這入りゃいいのに」

妙　子「ううん。――ねえェ……あのねえェ」

茂　吉「ウム？」

妙　子「あたしねえェ……」

言いながら、なんとなく甘ッたるく、茂吉の肩にさわる。

茂　吉「――？　なんだい？」

妙　子（ちょいと茂吉の肩の埃を払って）「今日ねえェ……アヤのお店へ行ったの」

茂　吉「ふウん……」

妙　子「そしたらねえェ……。あなた、ごぞん

じ?」

茂　吉「何を?」

妙　子「節子ねえ、修善寺ィ行ってンですって」

茂　吉「いいや、知らない」

妙　子「そうでしょ? あたしも知らなかった」

茂　吉「あ、電話、どッからもかかって来なかったかい?」

妙　子「ううん、どッからも。——それでねえ、節子ねえェ、学校の先生の謝恩会だったんですって。そしたら急にお腹いたくなっちゃったの」

茂　吉「だれが?」

妙　子「節子よ」

茂　吉「節ちゃんが?」

妙　子「うん、とても苦しがってるんですって。とッても痛いらしいのよ」

茂　吉「どこが?」

妙　子「お腹よ」

茂　吉「盲腸じゃないかな」

妙　子「ああ、盲腸——。大へんだわ。大丈夫かしら」

茂　吉「盲腸は大丈夫だよ、手当さえ早けりゃ」

妙　子「でも心配だわ。いいかしら、ほっといて。きっと心細がってるわ、ひとりで」

茂　吉「うん」

妙　子「あの子、あたしを好きだし、会いたがってるわ、可哀そうに……」

茂　吉「ああ。そりゃ行っておやりよ」

妙　子「そお? ——いいかしら、うちのこと」

茂　吉「いいよ。時間、まだ間に合うだろう?」

妙　子「いいのいいの、そりゃ明日でいいのよ。じゃ行ってやるわ、明日。——よろこぶわ、きっと」

茂　吉「うん」

そこへ、ふみが来る。

ふ　み「アノ、大磯のお嬢さまいらっしゃいました」

ハッと息を呑むひまもなく、節子が現われる。

節　子「こんばんは」

妙　子(覚悟をきめて、わざと大袈裟に)「アーラ、節ちゃん! どうしたの?」

節　子「泊めてね、おそくなっちゃったの。(茂吉に)こんちは」

茂　吉(アッケにとられながら)「こんちは」

妙　子「どうしたの、あんた! ——よかったわねえ! いま、とッても心配してたのよ。修善寺ィ行ってたんじゃなかったの?」

節　子「だァれ?」

妙　子「あんた、もういいの? お腹」

節　子「お腹?」

妙　子「もう癒ったの? もう痛くないの? ずいぶん痛かったんでしょ? ずいぶん心配しちゃった!」

節　子「だれのこと? 叔母さま」

妙　子「あんたよ! あんたのことよ! おかしいわねえ、じゃ誰かしら——」

と節子をちょいと引ッぱって立つ。

節　子(つづいて立ちながら)「何言ってンの? さっき会ったばかりじゃないの」

と、一緒に出てゆく。

21　階下

妙子、おりて来て、節子を待ち、いきなりパン! と叩いて、

妙　子「バカね、あんた!」

節　子「なァに?」

妙　子「バカよ、あんた! いま時分来て!」

節　子「何よ?」

妙　子「あんた、アヤんとこ寄らなかったのね! 約束しといて何さ!」

と、また叩いて、ツンツンして去る。

節子、アッケにとられる。

22

電話のある廊下

妙子、来て、電話のダイアルを廻す。
節子が来ると、

妙　子（睨んで）「バカねえ！　――（電話の相手が出たらしく）あ、モシモシ、あぁ、アヤ？　節子、来ちゃったのよ、今、うちへ。――うん、そうなの。……うん、困っちゃった！　――え？……そう……うん……うん……。じゃ、誰にする？　病気。――え？……え？」

節　子「どなたがお悪いの？　叔母さま」

妙　子（睨んで）「あッち行ってらっしゃい！　煩いわねえ！　――（そして電話に）ううん、あんたじゃないの。こっちのこと。――え？　だれ？　――あ、そう、高子？　いいわねえ、高子。あれなら大丈夫よ。モシモシ、ああお話中、お話中……」

23

東海道線

爽やかに驀進してゆく湘南電車――

24

二等車の中

妙子とアヤと、もう一人、同年配の黒田高子――節子は隣の席に一人で掛けている。

妙　子「いいお天気……」

高　子「とてもいい気持……」

ポータブルのラヂオにスイッチを入れると、軽快なダンス曲が聞える。
高子が足で拍子をとる。

ア　ヤ「一寸あんた、安静にしてなきゃ駄目！　盲腸なんだから――」

高　子「あ、そうか。そうそう」

妙　子「食べちゃ駄目！　――（と高子のお菓子を取って）はい、節ちゃん――」

と渡す。節子、受取って、微笑、ひとり食べる。

25

夜の修善寺

26

旅館の一室

欄干にタオルがかかり、ハンドバッグが置き捨てられ、あでやかな笑い声が聞えて、みんな丹前姿にくつろいでいる。
チャブ台にお銚子が二本――

高　子「これ、とてもおいしい」

ア　ヤ「うん、おいしいわ」

妙　子（お銚子をとって）「どお？」

高　子「うん」（と受ける）

ア　ヤ「でも、あんまり呑んじゃ駄目よ、あんた盲腸なんだから――」

高　子「よしてよ、盲腸々々って――。なんだか、ほんとにさッきからこの辺、変になって来た」

ア　ヤ「ほんと？」

高　子「なんだかチクチク……」

ア　ヤ「しめしめ！（妙子に）よかったわねえ。そう来なくちゃ……」

妙　子「そうよ、それで筋書どおりよ。安心しちゃった。――（またお銚子をとって）どお？　もすこし痛くならない？」

高　子「うん。（と受けて）ああ痛い痛い（と呑み）――で、旦那さま、全然シバイってわかンなかった？」

妙　子「うん、ちょいとあぶなかったけど……。でも、わかるくらいなら却って有難いくらい。――こんな時は重宝よ、もッそりしてンのも。――ふだんはいやだけど」

高　子「便利に出来てンのね」

ア　ヤ「すこゥし感が鈍いのかな、言っちゃ悪いけど」

妙　子「そうなの。鈍感なのよ。鈍感さんよ」

高　子「鈍感さん？」

ア　ヤ「うまいこと言うわねえ」

高　子（お銚子をとって）「どお？　節ちゃん――（と酌をしてやりながら）叔父さまに言い付けちゃ駄目よ」

ア　ヤ「ほんとよ」

節　子「ええ、大丈夫。――でも、よかった、小母さまに代りに盲腸ンなって頂いて」
高子「そうよ、その代り今度ン時あんたよ」
一隅の電話のベルが鳴る。
アヤが出る。
アヤ「はいはい。あ、そう。ちょいとお待ち下さい。――（妙子に）東京出たわよ」
妙子、「あ、そう」と代って出る。
妙子「あ、モシモシ、だれ？　――ああ、ふみ？　旦那さまいらっしゃる？　――ちょいとお呼びして」
で、みんなの方を見返って、
妙子「いるわよ、鈍感さん。――（電話へ）あ、モシモシ、あなた？　あたし。――あのね、五時ころ着きましたの、修善寺。――高子さんやっぱり盲腸でした。――ええ、さッきまで大へん痛がってましたけど、やっと落着いて、今、スヤスヤ寝てますの……。ええ、手術はしなくてもすみそうなの。――ええ……ええ……多分明日は帰れますわ、おそくなるかもしれないけど……。ええ、じゃおやすみなさい。さよなら」
と切って、ちょッと舌を出し、
妙子「お酒貰おうか」
高子「うん」
妙子「あ、モシモシ、お酒。――アラ、あなた、まだ出てらしったの？　――おやすみなさい。ご機嫌よう」
と切り、またかけて、
妙子「モシモシ、東京すみました、ええ。アノ、お酒頂戴、熱くしてね」
そして席へ戻る。
アヤ「なかなかうまいわねえ」
高子「馴れたもんねえ」
妙子「フフン。――節ちゃん、言っちゃ駄目よ、黙ってらっしゃい。――（お銚子をとって）どお？　いま来るわよ、熱いの」
アヤ「ね、なんかやらない？」
高子「何？」
で、アヤがその昔の少女歌劇の歌を歌い出す。
妙子「ああ、よく見に行ったわねえ、お昼から学校サボって。よく行ったじゃないの」
高子「うん」
と高子も歌い出し、妙子も歌い、合唱になる。好い気持である。
が、ふと気が付くと、節子がグッタリ項《うな》垂《だ》れている。
高子「どうしたの？　節ちゃん――」
妙子「どうかしたの？　節子――」
節子「……なんだか気持わるくなっちゃった……」
と、フラフラ立上り、ヨロヨロして襖に頭を支える。
アヤ「大丈夫？　節ちゃん――」
節子、そのままヒョロヒョロと出てゆく。
三人、顔を見合わせ、立ってゆく。

27　同夜　佐竹邸　茂吉の部屋

茂吉がひとり、調べ物をしている。
ふみが来る。
ふみ「アノ、旦那さま、お床おのべいたしましょうか」
茂吉「ああ。――お前たち、もう寝ていいぞ。奥さん明日帰るそうだ」
ふみ「はい」
茂吉、調べ物をつづけ、ふみは隣室に蒲団を敷きはじめる。
茂吉（仕事をつづけながら）「ふみ、兄さん予備隊の試験どうしたい？」
ふみ（蒲団を敷きながら）「は、おかげさまで通りましたそうで……」
茂吉「そうかい。そりゃよかった。どこへ這入るんだい？」
ふみ「仙台だそうでございます」
茂吉「じゃ、お父さんお母さん困るだろう、兄さん行っちゃったら」
ふみ「はあ……でも上の兄がおりますから……」

茂　吉「その兄さん、何してるんだい？」
ふ　み「小学校の先生しております」
茂　吉「そうか。じゃ、お父さんお母さん安心だな。――いいこッたよ、みんな元気で、何よりだ」
ふ　み「おかげさまで……。アノ、お紅茶でもおいれいたしましょうか」
茂　吉「いらんいらん。もう寝てくれ」
ふ　み「はあ。ではおやすみなさいませ」
茂　吉「ああ、おやすみ」
ふみ、出てゆく。茂吉、調べ物をつづける。

28　**温泉　浴槽**

朝の陽がキラキラ光っている。
誰も這入っていない。

29　**欄干にタオルがかかって――**

30　**縁側**

節子がボンヤリ、目の下の池を見ている。

31　**池**

鯉の群――

32　**部屋**

女たち三人、朝食後の新聞を読んでいる。

アヤ「見たかったなァ、このゲーム。ホームラン、四本も出てる」
高　子「うん。やっぱり打つわねえ、小鶴……。あたし好きさ、さよならホームラン」
妙　子（ふと目を移して）「どうしたの？　節ちゃん――」
節　子「……まだすこし頭がいたい……」
妙　子「いい気ンなってお酒なんか呑むからよ」
高　子「だって、呑ませといて、無理よねえ」
妙　子「もう呑んじゃ駄目よ、お酒なんか」
アヤ「何言ってンの、勝手な叔母さま――」と、立って節子の傍へゆき、ふと池を見おろして、
アヤ「あ、いるいる！　沢山いるわねえ！」

33　**池**

緋鯉真鯉が大小ウヨウヨいる。

34　**部屋**

アヤ、鯉に見入って――
アヤ「あ！　あれあれ！　――（室内へ）ちょいといらっしゃい！」
高　子「何？」
アヤ「ちょいとちょいと！」
高子と妙子、立ってゆく。

妙　子「何よ？」
アヤ（指さして）「ホラ、あれあれ！」
妙　子「何？」
アヤ「これこれ！　この黒いの！　似てない？　誰かさんに……。あれあれ！　あの、大きくてノソノソしてンの」
高　子「アラ、悪いわ、そんなこと言っちゃ」
アヤ「でも、ちょいと感じじゃない？」
高　子（妙子に）「似てないわよ、ねえェ」
妙　子「駄目よ、あとからお世辞言ったって。――これでしょ？　これこれ、似てるわよ！」
節　子「だァれ？　叔父さま？」
アヤ「はッきり言うんじゃないの！」
妙　子（鯉に向って）「お早う、鈍感さん――」そして室内の卓の上のアラレを取って戻り、鯉に投げてやる。
妙　子「召上れ、鈍感さん……。鈍感さん、召上れ……」
高　子「アラ！　ほかのが食べちゃった！」
妙　子（また投げる）「召上れ！　――召上れ！」
アヤ「あ、また取られちゃった！」
妙　子「鈍感ねえ！　知らない！」
節　子「叔父さま一つも食べられないじゃないの。可哀そうだわ」
妙　子（鯉に向って）「あなた！　会社でお腹おすきンなっても存じませんことよ！」

アヤ（これも鯉に）「アラ、あなた、お鞄どうなすったの？　お持ちになりませんの？」
高子「持たせた方がいいわよ。節ちゃん、旦那さまのお鞄取ってらっしゃい」
節子「ふみやァ、叔父さまのお鞄――」
アヤ「あらあら、また頭バサバサにして……」
高子「今日帰りに床屋ィ行ってらっしゃい」
妙子（嘆息）「いやだいやだ！」（とゲンナリする）
アヤ「こんな時、あたし、いいわねえ、鯉に頭の禿げたのいないもの」
高子「ね、これこれ！　この水色の……痩せてて長いの……似てない？　うちの旦那さま」
アヤ「ああ、ちょいと感じねえ」
高子「ボン・ジュール・モン・プチィ・シエル（と投げキッスを送って）あなた、そんなとこで泳いでらしって、お風邪めしちゃいやァよ」
妙子「今どこにいるの？　旦那さま――」
高子「またパリーに帰って来たの。こないだまでリヨンに行ってたんだけど」
妙子「うちの旦那さまも、どッか行っちゃわないかなァ……遠いとこ」
高子「遠いって、どこ？」
妙子「どこだっていいわよ、あたしの見えないとこ」
アヤ「始まった、始まった！　妙子のヒス……気まぐれねえ……」
と室内へ戻ってゆく。高子もつづく。
妙子と節子は縁側へ残る。
アヤ「いいお天気ねえ……」
高子「今晩も泊っちゃおか」
アヤ「あたしは平気よ、火曜日までに帰りゃ」
高子「火曜日なァに？」
アヤ「野球見るの、後楽園。――妙子どお？　あんた――」
妙子、答えず、黙って外を眺めている。

35　外景

向うの山の上を白い雲が流れている。

36　後楽園スタディアム

プロ野球の試合最中である。

37　外野のスタンドに飜える団旗――

38　内野のスタンド

アヤと妙子と高子の三人――
アナウンス「次のバッター×番○○、只今までの打率×割×分×厘――二塁打×本、三累打×本……」
拍手が起る。

39　グラウンド

打者が立つ。

40　スタンド

高子、グラウンドを見ていたオペラグラスを移して、なんとなくスタンドを見廻し、
高子「ちょいと！（とアヤに）来てるわよ、お宅の旦那さま」
で、アヤも妙子も一斉にスタンドの上方を見返る。
アヤ「アラ、ほんとだ！」

41　スタンドの上方

アヤの夫雨宮東一郎が立っている。

42　スタンド

アヤ、変な顔――
アヤ「今日、野球へ来るなんて言ってなかったけど……」
妙子「ひとり？」
アヤ「らしいけど……。おかしいな」
高子「なに？」
アヤ「そんなに野球すきでもないんだけど……」

43　スタンドの上方

雨宮、タバコを出す。ライターを探す。

アヤ「あ、タバコ出した……マッチ探してるわ……」
　雨宮、席を二三段またいで、一人の女に近づく。女が振向いて親しく迎える。
アヤ「あ、いたいた！」

44 **スタンド**
　三人――
妙子「どこの人？」
高子「新橋？」
アヤ「じゃないらしいわ」
高子「赤坂？」
アヤ「ううん、西銀座らしいわ」
妙子「西銀座って？」
アヤ「うちの旦那さま、よく行くバアがあンのよ。――それらしいわ」

45 **スタンドの上方**
　雨宮、女と並んで、ステッキに顎をのせている。

46 **スタンド**
　三人――
高子「綺麗な人じゃないの？　――あんた、顔色わるいわよ」
アヤ「嘘おッしゃい！」
妙子「アラ、角が生えた！」
アヤ「とんでもない！」

47 **スタンドの上方**
　雨宮、女からチューインガムを受取って口に入れる。

48 **スタンド**
　三人――
高子「ずいぶん仲いいわねえ」
妙子「あんた、おこらないの？」
アヤ「おこらないわよ」
高子「えらいわねえ……」
アヤ「いいとこ見付けちゃった！　何か買わしちゃおう！」
高子「こないだの結城買わしちゃいなさいよ」

49 **スタンドの上方**
　雨宮と女――

50 **スタンド**
　三人――
妙子「旦那さま、なんにも知らないで見てるけど、高い野球についてンのねえ」
アヤ「そりゃ仕様がないわよ」
高子「悪いこと出来ないわねえ、可哀そうに……」

51 **スタンドの上方**
　雨宮と女――

52 **グラウンド**
　チェーンヂになる。
アナウンス「お呼び出しを申上げます。目白の佐竹妙子さま、佐竹妙子さま、至急お宅へお帰り下さい」

53 **スタンド**
　三人、顔を見合わせて――
妙子「なんだろ？」
アヤ「なァに？」
妙子「なんでしょ？」
アナウンス「次のバッター、×番〇〇、只今までの打率×割×分×厘、――二塁打×本、三塁打×本、本塁打×本……」

54 **球場風景**

55 **自動車から見た街の風景**

56 **佐竹邸　廊下**
　ふみが玄関の方へいそいでゆく。

57 **玄関**
　帰って来た妙子をふみが迎える。
ふみ「お帰りなさいませ」
　下働きのよねも出迎える。
よね「お帰りなさいませ」
妙子「何、急な用って？」

ふ　み「アノ……大磯のお嬢さまお見えになってらっしゃいます」
妙　子（不機嫌に）「それで電話かけたの?」
ふ　み「はあ、お嬢さまがおかけンなりました」
妙子、奥へゆく。

58　妙子の部屋

節子が待っている。妙子が来る。
節　子「あ、お帰り——。こんちは」
妙　子「なァに?　節ちゃん——」
節　子「うん、ちょいと……」
妙　子「何よ?　——汗かいちゃった。大きな声で呼ぶんだもの……（とドアをあけて）ふみや、なんか冷たいもの頂戴——」
節　子「こないだはどうも……」
妙　子「何?」
節　子「修善寺……」
妙　子「なんなの?　急な用って——」
節　子「叔母さま、聞いてらっしゃる?」
妙　子「何?」
節　子「お母さま、お見合いしろっておっしゃンのよ」
妙　子「なんだ、そのこと?　すりゃいいでしょ」
節　子「いや!　いやなの、あたし。いやよ、お見合いなんか!」
妙　子「何言ってンの!　すンのよ!　しなきゃ駄目!」
節　子「じゃ、叔母さまも賛成?」
妙　子「そうよ!」
節　子「いや!　バカにしてるわ!　いやなこった!」
妙　子「だって、もうあんた、いつまでもブラブラしてられないわよ。いくつだと思ってンの?」
節　子「満で二十一、数え年で二十三」
スッと立って別の椅子にすわる。
節　子「まだ当分結婚しないの!　お見合いなんて絶対いや!」
妙　子「何言ってンの!」
節　子「そうじゃないの?　叔母さまご自身どお?」
妙　子「何よ?」
節　子「幸福だと思ってらっしゃる?」
妙　子「あたし幸福よ」
節　子「嘘だァ!　幸福じゃない!　見りゃわかる!　——あたし聞いたの、お母さまに。叔母さま見合い結婚だって」
妙　子「だからどうしたって言うのよ?」
節　子「だから叔母さまと叔父さま合わないのよ」
妙　子「何が?」
節　子「いろんなこと」
妙　子「合ってます!」
節　子「合ってません!　じゃなぜ叔父さまに嘘なんかついて、修善寺ィいらしったの?」
妙　子「行きたかったからよ!　あんただってついて来たじゃないの!」
節　子「そんなら、なぜ本当のことそう言っていらっしゃンないの?」
妙　子「わかンないのよ!　あんたまだ子供だから——」
節　子「だったら大人なんて大きらい!　真ッ黒なノソノソした大きい鯉、叔父さまだなんて!　叔父さまお気の毒だわ!」
妙　子「余計なことよ!　もう連れてかないから!」
節　子「いいの!　あたし結婚したって旦那さまの悪口なんか絶対言わない!　そんな人と結婚しないの!　あたし、自分で探します!　お見合いなんて大きらい!」
ノック——
ふみがオレンヂ・ジュースを持ってくる。置いて出てゆく。
妙　子「困った人ねえ……」
が、節子はそッぽを向いている。
妙　子「そのうちわかるわよ」
節　子「わかりたいとは思いません。あたし、人の前で、旦那さまのこと鈍感さんなんて、決して言いませんから——」

59　**東亜物産の事務室**

茂吉が仕事をしている。
女給仕が来る。

給　仕「アノ、社長がお呼びです」
茂　吉「僕かい？」
給　仕「はあ」
茂吉、席を立ち、社長室へ行って、ドアをノックし、返事を待って這入る。

60　**社長室**

茂吉が這入ってくると、そこに訪ねて来ている妙子の父の山内直亮と顔が合う。
直亮は品のいい老紳士である。

茂　吉「ああ、いらっしゃい。ご無沙汰してます」
直　亮「ああ」
茂　吉（社長に）「何か——？」
社　長「うん、お父さん来られたんでね——まア掛けたまえ」
茂　吉「はあ」（と立ったまま）
直　亮「ちょいと大川君（社長）に用があったんでね。——なかなかいそがしいそうじゃないか」
茂　吉「いやァ」
直　亮「どうなんだい、景気——」
茂　吉「はあ、この秋ぐらいまで、現在の横這い状態がつづくんじゃないかと思います」
直　亮「フム、そうかね」
ノック——。女給仕が来る。
給　仕「佐竹さん、ご面会です」
茂　吉「僕？」
給　仕「はあ」
茂　吉「じゃ、ちょいと——ごめん下さい」
直　亮「ああ。——あ、君、妙子にね、一度大磯へ来るように、そう言ってくれないか」
茂　吉「はァ。——（社長に）失礼します」
社　長「やあ」
茂吉、出てゆく。
社　長「そのうち、佐竹君にも一度外国へ行って貰おうと思ってるんですがね」
直　亮「そう」

61　**応接室**

岡田が待っている。
茂吉が来る。

茂　吉「よウ」
岡　田「こんちは」
茂　吉「どうしたい」
岡　田「這入れましたよ」
茂　吉「そうか。おめでとう。よかったな」
岡　田「また保証人お願いします」
茂　吉「ああいいよ」
岡　田「今日、いそがしいんですか」
茂　吉「なんだい？」
岡　田「就職祝いですよ」
茂　吉「おれがするのかい？」
岡　田「いやァ、僕がおごるんですよ」
茂　吉「こわいな」
岡　田「今日は僕にまかせて下さい」
茂　吉「なんだい？」
岡　田「うちの近所にとてもうまいトンカツ屋があるんですよ。こんなに大きいんです。それで安いんだ」
茂　吉「じゃ、五時ころもう一ぺん来ないか」
岡　田「そうですか。じゃそのころ表で待ってます」
茂　吉「ああ」

62　**夜　とんかつ屋の看板**

63　**夜の場末町**（とんかつ屋のガラス戸を通して）

筋向いにパチンコ屋が見える。

64　**パチンコ屋**

あっちこっちで、パチン！　チリン。ジャラジャラ！　等々——
茂吉と岡田がやっている。

岡　田「ねえ、なかなかうまいでしょう？　あすこのトンカツ——」
茂　吉「うん、うまかった。満腹しちゃった」
岡　田「あすこの天津丼ってのもなかなかうま

いんですよ」
茂吉「そうかい」
岡田「食いますか」
茂吉「イヤ、もう沢山だ」
　向うで「おーい、七番出ないよ」などと怒鳴っている客などがある。
岡田「じゃ、僕んとこへ来ませんか」（途端にジャラジャラと出る）
茂吉「よく出るね」
岡田「強くはじいちゃ駄目なんですよ。――ねえ、来ませんか、僕んとこ」
茂吉「まア今日はやめとこう」
岡田「奥さんそんなにこわいんですか」
茂吉「こわかァないがね……。（途端に玉が這入る）あ、君、這入ったよ」
岡田「そうですか」
茂吉（しかし玉が出ない）「出ないね」
岡田「出ませんか。――（と寄って来て叩き）おーい、十六番出ないぞォ！」（とまた叩く）
　と、パチンコ屋の主人の平山が器械の上から顔を出す。
平山「叩かんで下さいよ！」
岡田「出ないもン仕様がないじゃないか！」
平山「叩いたって出んですよ！　どの穴ですか？」
茂吉（傍から）「ここだよ」
平山（ふと茂吉に目を移して、ハッと明るく）「やァ！　班長さん！」
茂吉（見て）「おお、君か！」
平山（ジャラジャラと玉を出して）「どうも……班長さんでしたか！　……や、どうも……」
茂吉「やア、しばらくだったねえ」
平山「さ、どうぞ……。どうぞ奥へ……」
茂吉「いやァ……」
平山「どうぞどうぞ」
　とパチンコ機の向うを奥へ行く。
岡田「誰です？」
茂吉「兵隊ン時、おんなじ小隊にいた戦友だよ」
岡田「そうですか」
　平山が下駄を突ッかけて出てくる。
平山「さ、どうぞ、お這入んなさい」
茂吉「やア」
平山（岡田に）「あんたもどうぞ、さア……」
　と奥へ案内する。

65　奥の座敷

　平山、二人を案内してくる。
平山「さ、お上り下さい、どうぞ」
茂吉「やア。――どうもしばらくだったねえ」
平山「いやァ、全くです。班長さん少しも変られんですなァ」
茂吉「君だって変らないよ。元気で結構だ」
平山「いやァ、いかんです。年とりました」
　平山の女房のしげが酒（焼酎）の仕度をして持ってくる。
しげ「ちょいと、あなた……」
平山「うむ？　――ああ、いいいい、それでいい。――（そして紹介する）家内です。（しげに）いろいろお世話になったんだ」
しげ「まア、どうもいろいろ」
茂吉「いや、こっちこそ」
　しげ、平山に何かコソコソ耳打ちする。
　平山「ウム、ウム」と頷く。
　その様子がいかにも仲よく見える。
　しげ、出てゆく。
平山（酌をしながら）「ああ、こないだ、渋谷の駅で、ヒョッコリ高橋に会いましたよ」
茂吉「そう、僕もこないだ藤田に会ったよ、銀座でね」
平山「ほウ、藤田も東京へ出て来とるですか」
茂吉「うん、三河島の方で自動車の修理やってるそうだよ」
平山「そうですか。――さ、どうぞ一つ」
茂吉「じゃ――（と乾して）今晩君に会うとは思わなかったよ」
平山「全くです。わしも一年半ほど前からこの商売始めましてなァ。――（岡田に）イヤ、さッきあんたが叩いてくれたんで班長さんに会えたんですわ」
岡田「イヤ、どうもすみません」
平山「いやいや、ええんです。――よかった！　ほんと、よかった！」
茂吉「どうなの？　景気――。なかなか盛んじゃないか」
平山「いやァ、まアまアです。――しかし、わしはですな、早晩、いかんことになると思っとるです。いいもんじゃないです、これは」
茂吉「しかし、なかなか面白いよ、やってみると」
平山「そうですか。時たまやられるですか」
茂吉「いやァ、今日初めてなんだけど」
平山（岡田に）「あんた、どうです」
岡田「僕ァ時々やります」
平山「いかんなァ……。いや、いかんです。こんなものが流行るのはいい傾向じゃないです。後悔しました。（岡田に）さ、やって下さい」（酒をすすめる）
岡田「はあ」（と受ける）
茂吉「しかし、これはまだまだ流行るねえ、たしかに面白いよ」
平山「そうですか。こんなものが面白くちゃいかんのですがなァ……。こんなものが流行っとる間は、世の中は良ゥならんです。つまらんです」

66 店

カーテンがしまって、店にはもう一人の客もいない――そこへ平山の歌声が聞えている。
茂吉「そうかなァ」
平山「いかんです。――（杯を乾して）しかし、あの時分は楽しかったですなァ、シンガポール……」
茂吉「ああ。――だが、もう戦争はごめんだね、いやだね」
平山「ああ同感！　わしもいやです。真ッ平ですわ。――でも、どうなっとりますかなァ、今、ノース・ブリッジ」
茂吉「ああ、どうなってるかねえ」
平山「よかったですなァ、椰子の林……」
茂吉「ああ、空が綺麗でね。夜になると星がよく見えて……」
平山「そうです！　そうです！　あの星、南十字星！　よかった！　ほんと、よかった！」
と感激し、目を閉じて歌い出す。

一番のりをやるんだと
力んで死んだ戦友の
遺骨を抱いて今入る
シンガポールの街の朝
負けずぎらひの戦友の
遺品《かたみ》の国旗《はた》をとりだして
雨によごれた寄書を
山の頂上に立ててやる

67 大磯の海岸

波の去来――

68 山内邸　庭園

日除けの経木帽をかぶった直亮が書生と一緒に芝刈りをしている。白足袋を穿いている。
孫の幸二（六つ）が縁側から呼ぶ。
幸二「おじいちゃまァ！　東京の叔母ちゃまおいでンなったァ……」
直亮「そうかい」
幸二「おいでよォ！　いらっしゃァい！」
直亮「ああ、すぐ行くよ」
幸二、手招きして奥へ戻ってゆく。

69 室内

訪ねて来た妙子が嫂の千鶴と話している。
妙子「――で、先方、どんな方ですの？」
千鶴「お父さまスウェーデンにいらしった時分の書記官の息子さん――」
妙子「そう」
幸二が来る
幸二「言って来たよ」
千鶴「ありがとう」

幸二はそのまま縁側で絵本を見る。

妙　子「お姉さまお会いンなったの？　その方――」

千　鶴「ううん、まだ。――でも、うちは会ったことあるらしいの。後輩なんですって、慶応の」

妙　子「そう」

直亮が来る。

直　亮「やァおいで」

妙　子「ご機嫌よう」

千　鶴「今お願いしてますの、節子のこと」

直　亮「ああ、行ってやっておくれよ。東劇だろう？」

千　鶴「いいえ、歌舞伎ですの」

直　亮「ああそう。――（妙子に）あ、送っといたよ、いつもの」

妙　子「どうも……」

直　亮「あんまり無駄づかいしないんだね、茂吉君も大へんだ」

妙　子（稍々《やや》開き直って）「わたくし、そう無駄づかいしてませんのよ」

直　亮「そう、そんなら結構だ、ハハハハ」

妙　子「まア……」

直亮、笑って出てゆく。幸二もついてゆく。

千　鶴「それで妙子さん、今度の日曜ご都合どお？」

妙　子「いいわ、わたくし。――でもお姉さま、節ちゃんもう承知してるんですの？　お見合い――」

千　鶴「ええ、ゆうべ、やっとね」

妙　子「お兄さまおっしゃったの？」

千　鶴「ええ。――初めのうち、なんだかんだ言ってたけど、とうとうおこられちゃって……」

妙　子「そう、でもよく承知しましたわね」

千　鶴「ええ、しぶしぶ……」

妙　子（微笑して）「じゃ、わたくしン時とおんなじね、もっともわたくしン時はお父さまだったけど……」

千　鶴「あなた、泣いてたわね、あの時……」

妙　子「そうだったかしら……。節ちゃんどうでしたの？」

千　鶴「ぷいと立ってお部屋へ這入ったっきり。それでもう、今朝早ァく、どっかへ出てっちゃって……。困った子よ」

妙　子「大へんな違いねえ、わたくしたちの時分と……」

千　鶴「そうよ。――いろんな飜訳物なんか読んでンのよ。こないだ、あたし、ちょいと読んでみてビックリしちゃった。大へんねえ、このごろの本……」

妙子、同感して頷く。

70　歌舞伎座の絵看板

71　客席（桟敷）

開演中である。

見合いの相手の青年が介添えの夫人などと見物している。

隣席には妙子が一人だけ――妙子、なんとなく落着かず、軽く会釈して立ってゆく。

72　廊下

妙子、出てくる。見ると、向うに千鶴が誰かを探す様子で立っている。

近づいて――

妙　子「お姉さま――」

千　鶴「――？」

妙　子「節ちゃんいました？」

千　鶴「いない……」

妙　子「お手洗いかしら――？」

千　鶴「にもいないの」

妙　子「どこ行ったんでしょ？」

千　鶴「さァ……」

妙　子「食堂じゃないかしら――？」

千　鶴「あ、そうね」

妙　子「行ってみましょう」

で、二人、いそぎ足に階段を上ってゆく。

73　佐竹邸　茂吉の部屋

茂吉が岡田の保証人証書に署名してい

る。判を捺して――

茂　吉「はい」
　と、そこにいる岡田に渡す。
岡　田「すみません。ご迷惑かけません」
茂　吉（笑って）「かけられちゃかなわないよ」
岡　田「大丈夫ですよ。――ねえ、出かけませんか」
茂　吉「ウム」
岡　田「お天気はいいし、いい気持ですよ。行きましょう」
茂　吉「君ァもう何度も行ってンのかい？」
岡　田「ええ。とっても面白いんだ。自分の買った奴がドンケツ走ってンだ。それが最終回でグーッと抜いてくる時なんか、たまンないな」
茂　吉「昔の自転車競走と違うのかい？」
岡　田「あれですよ。あれのもっと爽快な、スリルのある奴なんだ。ねえ、行きましょう」
茂　吉「じゃ、行ってみるか……」（と立つ）
岡　田「ええ、行きましょう。面白いんだ。絶対なんだ。パチンコなんか問題になりませんよ」
茂　吉（着更えを始めながら）「ウーム……しかしパチンコも、ちょいと病み付きになるね」
岡　田「そうですか」
茂　吉「つまり……なんだな……大勢のなかにいながら安直に無我の境に這入れる。簡単に自分ひとりッきりになれる。そこにあるものは自分と玉だけだ。世の中の一さいの煩わしさから離れてパチンとやる。玉が自分だ。自分が玉だ。純粋な孤独だよ。そこに魅力があるんだな。幸福な孤独感だ」
岡　田「そうですか。じゃ、競輪ならもっと凄いや。パチンコの玉が自転車に乗ッかってるんですからね。まわりの奴見てるだけでも面白いですよ。人生の縮図だな」
　茂吉、着更え終って「ああ、ふみィ」と呼びながら、岡田を残して階下へおりてゆく。

74
階下
　茂吉、おりて来て「ふみィ」と呼びながら、ふとそこの室内を見て、
茂　吉「オオ、いつ来たの？」

75
その部屋
　節子がニコニコ笑っている。
節　子「たった今――」
　で、茂吉がその部屋へ這入ると同時に、ふみが来る。
ふ　み「アノ、何か――？」
茂　吉「ああ、出かけるよ」
ふ　み「はい」
　と去る。
茂　吉「節ちゃん、今日お見合いじゃないか、歌舞伎行かなかったのか」
節　子「行ったの。でも、すぐお手洗い行くような顔してスーッと出て来ちゃった」
茂　吉「お母さんにも叔母さんにも黙ってか」
節　子「そう」
茂　吉「そりゃいかんじゃないか。向うじゃ探してるよ」
節　子「いいの」
茂　吉「よかないよ。そりゃいかんよ」
節　子「だっていやなんだもの、そんなの。お見合いなんて野蛮よ」
茂　吉「野蛮ッたって仕様がないよ。そりゃいかん。行っといでよ」
節　子「いやッ」
茂　吉「みんな探してるよ」
節　子「いやッ」
茂　吉「行こう！」（と手を把る）
節　子「いやッ！」（と振りはらう）
茂　吉「駄目だよ、行かなくちゃ。さ、行くんだ」
節　子「いやッ！」
　岡田が来る。
節　子「あ、こんちは。――（茂吉に）出かけましょうか」
茂　吉「うん。――（節子に）さ、行こう。送

ってくよ」
岡　田「どこ行くんです?」
茂　吉「歌舞伎座だ」
岡　田「凄いな」
茂　吉（節子に）「行こう!　おいで!　さ、行くんだ」
と、出て行く。岡田も出る。
節子、仕方なく、ついて出てゆく。

76　**競輪場**
レースの合間である。
情景――

77　**スタンド**
茂吉と岡田がタバコをふかしながら雑談している。
岡　田「節子さんのお婿さんて、どんな人です?」
茂　吉「いやァ、知らん。まだ会ったことないんだ」
岡　田「見合いって恥かしいでしょうね?」
茂　吉「ウム、でも、このごろの若い者はそう恥かしがらんだろう」
岡　田「あなた、どうでした?」
茂　吉「ウム、少し恥かしかった」
岡　田「そうですか。僕もきっと恥かしいな」
のんきに語り合っていると――
「叔父さま!」
と呼ばれ、二人、一緒に振り返る。
節子がニコニコしてスタンドをおりてくる。
節　子「ずいぶん探しちゃった!」
茂　吉（呆れて）「どうしたんだい?」
節　子「フフフ、また来ちゃった」
茂　吉「駄目じゃないか、来ちゃっちゃ!　知らないぞ!」
節　子「いいのよ。――あ、スタート!」
で、茂吉も岡田も思わずバンクに目を移す。

78　**バンク**
一勢にスタートする競輪――

79　**スタンド**
三人――
節　子「いいなァ!　どれ?　どれ買ったの?」
岡　田「×番ですよ」
節　子「駄目ねえ、×番――」

80　**バンク**
走る銀輪――

81　**スタンド**
見守っている三人――
節　子「あ、抜いた抜いた!　凄い凄い!　あ、出た出た!」

82　**バンク**
一車がグングン抜いてトップに出る。

83　**スタンド**
観衆がワーッと昂奮してくる。

84　**とんかつ屋の看板**
夜――

85　**パチンコ屋**
パチンコをやっている三人――
わけても節子は夢中である。
茂　吉「おい、節ちゃん、もうお帰りよ」
節　子「いいのよ、まだ大丈夫――。（パチン!　ジャラジャラと出る）どお?　叔父さま――?」
茂　吉「ウム、――もうおよし、もうお帰り」
節　子「まだまだ!　――やっと上手ンなったとこじゃないの!」
と、なかなかやめそうもない。茂吉、当惑する。
平山が上から顔を出す。
平　山「どうですか、這入りますか」
茂　吉「ああ、まアまア……」
平　山「十二番やってみて下さい、あれ調子いいです」

茂　吉「やア……」
途端に岡田がすぐその十二番へ行ってパチン！　とやる。ジャラジャラと出る。
茂　吉「おい節ちゃん、ほんとにもうお帰り」
節　子「まだいいったら！」
茂　吉「知らないよ。叔父さんもう帰るよ」
節　子「どうぞ」
茂　吉「仕様がないなァ。ほんとに帰るよ叔父さん、いいかい？」
節　子「どうぞ」
茂　吉（困って、岡田に）「君、僕ァもう帰るがね……」
岡　田「そうですか」（とこれも熱心である）
茂　吉「すまんけど、節子駅まで送ってやってくンないか」
岡　田「ええ、送ります」
茂　吉「じゃ――」（と玉を渡す）
岡　田（貰って）「じゃ、さよなら」
平山がまた顔を出す。
平　山「もうお帰りですか」
茂　吉「ああ、明日早いんでね。――さよなら」
平　山「や、どうも……」
茂　吉「節ちゃん、ほんとにもう好い加減にお帰りよ」
節　子「うん、さよなら」
茂吉、帰りかけるが、戻って――
茂　吉「今日は君が勝手について来たんだから、叔父さんと一緒だったなんて言っちゃ困るよ」
節　子「うん、わかってる」
で、茂吉、困った顔で、帰ってゆく。
岡田と節子、それに構わず夢中でつづけている。
一方、ひとりでブツブツ言いながらやっている客などがある。等々。

86

ラーメン屋

もちろん場末のわびしい店である。
岡田と節子がラーメンの丼を前にして、フーフー吹いている。
節　子（口をつけて）「おお熱い……」
岡　田「こりゃァ熱いのがうまいんですよ」
と胡椒をかける。節子、それを見倣って自分も胡椒をかける。
岡　田「――でも節子さん、どうしてお見合い逃げちゃったんです」
節　子「だって、いやなんだもの、そんなこと。封建的よ」
岡　田「でもいいじゃないですか、見るだけなら。面白いじゃないですか」
節　子「見るだけだっていや」
岡　田「そうかなァ。でも、とってもいい男かもわからんじゃないですか」
節　子「それでもいや」
岡　田「そうかなァ。しかし見合い結婚だからって、必ずしも悪いとは思えないがなァ」
節　子「どうして？」
岡　田「だって問題は人間じゃないですか。相手次第ですよ」
節　子「だって、なんにも愛情感じてないのよ」
岡　田「愛情はあとからだって湧きますよ。僕ならまず見るな。で、よかったらすぐ惚れちゃうな」
節　子「フフン、簡単ねえ」
岡　田「いいじゃないですか簡単。僕ァ簡単主義だな」
節　子「いやよ、そんなの。犬や鶏みたい」
岡　田「しかしね節子さん、あなたね、ひとりで複雑がってますけどね、大きな神様の目から見ると、どっちだっておんなじなんですよ」
とラーメンを啜る。
節　子「………？」
とこれもおなじようにラーメンを啜る。
岡　田「どうです、うまいでしょう？」
節　子「うん、おいしい」
岡　田「ラーメンはおつゆがうまいんですよ」
と、おつゆを吸う。節子も見倣って吸う。
岡　田「こういうものはうまいだけじゃいけないんだ。安くなくっちゃ」

節子「そお?」
岡田「世の中には安くてうまいものが沢山あるんですよ。ガードの向うの焼鳥屋、ここもうまいんだ。今度行きましょう」
節子「うん、つれてって」
岡田「でも奥さんにおこられるかな」
節子「平気よ、叔母さまなんか」
岡田「お代り食いますか」
節子「もう沢山――」
岡田「そうですか。――(と食いながら、奥へ)おい、ラーメンもう一つ。おつゆ沢山!」
「へーい」と主人の声。
節子、呆れて見ている。

87 同夜 佐竹邸 茶の間

茂吉と妙子、二人とももうふだん着に着更えている。
妙子「節子、うちィ来たんですってね」
茂吉「ああ」
妙子「いつごろ?」
茂吉「君が出かけて一時間ぐらいかな。だから僕ァすぐ歌舞伎まで送ってったんだよ」
妙子「来ないの。ずいぶん探したのよ」
茂吉「そう」
妙子「一体、どう思ってンでしょ、あの子」
茂吉「ウム……」
妙子「かりにもお見合いでしょ? あちらの方にも悪いわよ。失礼よ。のんきすぎるわよ。ね、そうでしょ? 無茶よ」
茂吉「ウム、そりゃ悪い」
妙子「そうよ。大体、大磯のお兄さまお姉さま甘いのよ。だからあの子、いい気ンなってンのよ。うんと言ってやンなきゃ。甘やかしちゃ駄目。――ね、あなたも言ってやって頂戴。いいこと?」
茂吉「ウム、そうだね」
妙子「ほんとよ、ほんとに言ってやって頂戴」
茂吉「ああ、言うよ」
妙子「今日みたいに困ったことありゃしない。汗かいちゃった」
茂吉「困った子だよ」(と立つ)
妙子「ほんとよ」
茂吉、出てゆく。

88 二階

茂吉、来て、のうのうと伸びをし、机の前にすわって、仕事にかかろうとする。と――節子の声で、低く、
「叔父さま――」
ハッと見ると、いつ来たのか、節子が襖の蔭から覗いて、笑っている。
茂吉「おい、なんだい……。いつ来たんだい、帰らなかったのか?」
節子(頷いて)「――だって今日帰りゃお母さま屹度おこるわよ」
茂吉「そりゃ叔母さんだっておこってるぞ」
節子「でも叔母さまの方がまだいいの。お母さま、いつまでもとッても煩《うる》さいんだもの。――叔母さまもうおやすみンなった?」
茂吉「まだ起きてるだろう」
節子「フフ、あたしの来たこと内緒よ」
言いながらふと見ると、妙子がスッと這入ってくる。
妙子(鋭く)「節ちゃん!」
節子「あ、叔母さま! ――こんばんは」
妙子「あんた、何、今日!」
節子「ごめんなさい」
妙子「もう口きかない、あんたなんかと! (茂吉に)あなた、叱ってやって頂戴、節子!」
茂吉「ウム……」
妙子「うんと叱って頂戴」
茂吉「ウム……。そりゃ節ちゃんいかんよ。かりにもお見合いじゃないか。行かないって法はないよ。第一、向うの人にだって失礼じゃないか。無茶だよ。のんきすぎるよ」
妙子「そうよ!」
茂吉「大体、いけないよ、君は。もっと考え

なくちゃ。もっと考えていいよ。今が
一番大事な時なんだよ。もう君、子供
じゃないんだぜ」

妙　子「そう！　よく聞いときなさい！」

と言い捨てて、立ってゆく。

茂　吉（それを見送りながら）「いいかい、君
……。みんな君のこと心配してるんだ
よ。……それに君だけがそんな勝手な
こと……」

と、次第に言葉がぼやける。

節　子「なァに、叔父さま、ひどいわ」

茂　吉「ウム……だから叔父さん、知らないっ
て言ったんだよ」

節　子「ナニ、叔父さま、一人でいい子ンなっ
て……」

茂　吉「ウム、ま、いいさ」

節　子「ねえ――（とハンドバッグから「光」
を幾つか出して）あれから、こんなに
取っちゃった。ノンちゃんにも半分あ
げたの」

茂　吉（稍々あきれて）「――？」

節　子（パチンコの玉を出して）「まだこんな
に残ってンの。また行くの。あれ強く
はじいちゃ駄目なのよ。（と手で恰好
をしながら）こうね、こうやるでし
ょ、ゆっくりピンと放すでしょ、クー
ッと……」

途端に何かの気配で、二人がふと見る

と、入口に妙子が立って、冷たく睨んで
いる。

二人、さすがに息を呑む。

妙子、近く来て、すわる。

妙　子「あなた！」

茂　吉「ウム？」

妙　子「あなた、今日、節子と一緒だったんで
すね！　なぜ嘘おつきンなるの？　な
ぜ？」

茂　吉「いやァ、別に……」

妙　子「別に、なんですの？」

茂　吉「いやァ、別に嘘はつかない」

妙　子「じゃ、なんですの？」

茂　吉「ただ……言わなかっただけだ」

妙　子「おんなじじゃありませんか！　あなた
だってご承知でしょ？　今日がお見合
いのこと」

茂　吉「ウム、だから歌舞伎まで送ってったん
だよ」

妙　子「だって来ないじゃありませんか！」

節　子「ほんとよ叔母さま、あたし送って頂い
たの」

妙　子「じゃ、どうして来なかったの？　どこ
行っちゃったの？」

茂　吉「まア、いいじゃないか」

妙　子「よかありません！　何がいいんで
す？」

茂　吉「だって、節ちゃんがいやだってもの、
仕様がないじゃないか」

妙　子「何が仕様がないんです！」

茂　吉「だって仕様がないよ」

妙　子「何がです！　何が仕様がないんで
す！」

茂　吉「ウム……。いやだってものを無理に結
婚させたって、君と僕みたいな夫婦が
もう一組出来るだけじゃないか」

妙　子「……そうですか――（と冷たく頷い
て）わかりました。――よくわかりま
した」

と立上り、出てゆく。

節子と茂吉、息をつめて見送る。

節　子（心配そうに）「――いいの？　叔父さ
ま……」

茂　吉「ウム……仕様がないさ」

節　子「――？」

茂　吉「……まア、仕様がないよ……」

89　ＰＸの時計台

窓越しに――

90　アヤの仕事場

妙子が訪ねて来ている。

アヤ「フーン、それいつのこと？」

妙　子「もう十日ほど前……」

アヤ「じゃ、それからズーッと口きかない
の？」

妙　子「うん」
アヤ「で、旦那さま、どうしてンの？」
妙　子「時々、何か言いたそうなのよ。一昨日の晩も、あたし早ァく寝ちゃったら、おそゥく酔っぱらって帰って来て、部屋のドア叩くの。あたし、寝たふりしててやったら、ねえ君、ねえ君って、いつまでも言ってンのよ」
アヤ「フーン……。あんた、よく我慢してるわねえ。あたしなんか駄目。二日ともたない」
妙　子「我慢じゃないわ。口ききたくないのよ」
アヤ「そりゃ、あんた、勝手すぎるわよ。あんただって嘘ついてンだもの。――嘘つかないご夫婦なんて世の中にあるかしら？　みんな少しはどッかで嘘ついてンのよ」
妙　子「そうかしら……。でもそんな人ばかりじゃないと思うわ。お互いに嘘つかないいいご夫婦だってあるわよ」
アヤ「ないない、そんなの。もしありゃ、そりゃもうお互いにスッカリ諦めちゃってンのよ。嘘つくのも面倒くさくなってンのよ。そんなのから見りゃ、あんたンとこなんかいい方よ」
妙　子「いいもんですか！　とんでもない……」
アヤ「あんた、大体、贅沢なのよ。好みが強すぎンのよ」
妙　子「なぜ？」
アヤ「むかし、学校時分、あんた、髪の結い方が気に入らないって休んじゃったり、おこられてもおこられても長いスカートはいて来たじゃないの？」
妙　子「そんな昔のこと……」
アヤ「ううん、今だってある。おんなじよ。あんた、何から何まで自分の思うとおりにならなきゃ気に入らないのよ。スカートだって旦那さまだっておんなじなのよ。勝手なのよ」
　ノックの音――
アヤ「はい」
　雨宮が来る。
雨　宮（妙子に）「ああいらっしゃい」
妙　子「こんにちは」
雨　宮「いかがです。ご主人お元気ですか？」
妙　子「はあ」
雨　宮（アヤに）「ねえ、ちょいと、君――」
アヤ「なァに？」
雨　宮「ちょいと五枚ばかり……」
アヤ「なァに？」
雨　宮「ちょいと出して――。（妙子に）いつもご円満で結構ですな」
　アヤ、千円札を五枚出して渡す。
アヤ「はい」
雨　宮「や――（と受取って）じゃ失礼」
　と出てゆく。
アヤ「あ、ちょいと……」
　とつづいて出る。

91　ドアの外

　アヤと雨宮――
アヤ「ちょいと今の――」（と手を出す）
雨　宮「なに？　これ？」（と札を見せる）
アヤ（スッと奪って）「お帰んなさい、うちへ、おとなしく……」
　と軽くポンと肩を突いて戻ってゆく。
　雨宮、アッケにとられる。

92　仕事部屋

　アヤが戻ってくると――
妙　子「いいわねえ、お宅の旦那さま――」
アヤ「ううん、あれだって苦労あるわよ」
妙　子「そうかしら……」
アヤ「あんたンとこだって、いいのよ。あんたが我儘なのよ」
妙　子「そうじゃない」
アヤ「そうよ。あんた、なんだかんだ言ってるけど、言うだけやっぱり、どっか旦那さま好きなのよ」
妙　子「好きじゃない！」
アヤ「好きなのよゥ！　そうじゃなかったら、とうに別れてるって！」

妙子「わかンないのよ、あんたには」
アヤ「なにが?」
妙子「あたしの気持――」
アヤ「わかるって!」
妙子「わかるもんか! ――帰ろッ!」(と立つ)
アヤ「帰る?」
妙子「さよなら!」
と出て行く。
アヤ(追って)「まだいいじゃないの? ねえ……」
と誘うが、あきらめて、椅子に戻る。
そして、さすがに気になるらしく、ちょっと考える。

93 同夕 佐竹邸 妙子の部屋

まだ着物も着更えないで、妙子がひとり考えこんでいる。
ノック――妙子の返事でふみが来る。
妙子「なァに?」
ふみ「旦那さま、お食事お待ちになってらっしゃいます」
妙子(冷たく)「いま行く」
ふみ「はあ」と出てゆく。

94 一室

茂吉が食卓について新聞を見ている。
ふみが来る。
ふみ「奥さま、只今いらっしゃいます」
茂吉「ああ、めしよそってくれ。腹へった」
ふみ、気になるが、よそう。
妙子が冷たい顔で来る。
茂吉「やァ、お帰り……。お先ィ」
妙子、黙ってすわり、茂吉の食べるのを黙って見ている。
茂吉(気が付いて)「君、食べないの?」
妙子、答えず、箸箱をとって箸を出すが、またそのまま茂吉の様子を見ている。
茂吉、ガツガツ食い、味噌汁をかけ、うまそうに食う。
妙子(いらいらして)「あなた!」
茂吉「う? なに?」
妙子「そんなご飯の食べ方、よして頂戴!」
茂吉「ウム? ――(と見て、気が付き)うっかりしてた……」
妙子「あなた、いつもそうやって召上ってらっしゃるの?」
茂吉「……………」
妙子「ふみや、そお? いつも旦那さま、犬にやるご飯みたいに、こんなにして召上るの?」
ふみ「…………」(困る)
茂吉(笑い顔で、ふみに)「はいって言えよ。――(妙子に)実は君のいない時は時々やるんだ」
妙子「わたくし、いやだって申上げたでしょう?」
茂吉「うん、きいた。うっかりしてた」
妙子「やめて頂きたいの!」
茂吉「やめるよ。――うっかりかけちゃった」
と残りをザクザク食う。
妙子、箸を投げるように置き、さッと立って出て行ってしまう。
茂吉、憮然、またお代りしてボソボソ食う。
ふみは心配そうである。
茂吉(微笑)「奥さんに叱られちゃった……。お前の田舎は、めしに汁かけて食わないか?」
ふみ「いただきます」
茂吉「埼玉だろう?」
ふみ「はい」
茂吉「長野もやるんだ。――東京じゃ、こうやって食わんのかなァ。うまいんだがなァ。――お前はうちではやってないのか?」
ふみ「いただいておりません」
茂吉「なぜ?」
ふみ「奥さまがおきらいですから」
茂吉「そうか……フム……」

95　妙子の部屋

妙子、不機嫌に、タバコを吸いながら本を読んでいるが、勿論、頭に這入る筈はない。

ノック——

妙　子「だれ？」

茂　吉「僕だ」

茂吉が這入ってくる。

妙子、見向きもしない。

茂　吉「君はご飯たべないのかい？」

妙　子「結構です」

茂吉、そこに腰をおろす。

妙子、パタリと本を伏せて出て行く。

茂吉、見送り、やがて、ゆったりと後から出てゆく。

96　廊下

茂吉が来る。ふみに逢う。

茂　吉「奥さんは？」

ふ　み「只今、お風呂召していらっしゃいます」

茂　吉「そう。お上りンなったら、二階へいらっしゃるようにそう言ってくれ」

ふ　み「はい」

茂吉、去る。ふみも去る。

97　二階　茂吉の部屋

茂吉——

ややあって妙子が来る。

妙　子（挑戦的である）「何かご用？」

茂　吉「まアおすわり」

妙　子（立ったまま）「いいの。——おっしゃって」

茂　吉「いやにご機嫌わるいんだな」

妙　子「いいえ、そうでもありません」

茂　吉「ま、すわりたまえ」

妙　子「いいえ、いいんです」

茂　吉（温顔で）「さっきはすまなかった。君がそんなにきらいだとは思ってなかったんだ。ありゃもうよすよ」

妙　子「いいえ構いません、やって頂いても」

茂　吉「いや、もうやらない。子供の時から田舎でああやって育ったもんだから、知らないでやってたよ。別に悪いとは思わなかったんだ」

妙　子「悪いとは申上げておりません」

茂　吉「いや、もうやめるよ。——しかし、どうして、ことごとにそうなんだな？」

妙　子「何がですの？」

茂　吉「いや、たとえばタバコだけど、君は僕が朝日吸うのをいやがるけど、僕はこれが好きなんだ。安いばかりでなく、これが僕にはうまいんだ」

妙　子「……………」

茂　吉「汽車だってそうだ。君は僕が三等に乗るのをいやがるけど、僕は三等が好きなんだ。気がおけなくて楽なんだよ。昔からのんでる朝日がいいのとおんなじなんだ。この箱に、もう親しみがあるんだよ。——これは結局僕の育ちの問題になるんだけど……」

妙　子「相済みません。わたくし、そんな風に育っておりませんの」

茂　吉「いや、僕のことだよ。君は今のままで構わないんだ。君が朝日吸っちゃおかしいよ。——誰だってそれぞれ身についたものがあるんだ。僕の場合、なんて言ったらいいかな、インティメートな、もっと、プリミティブな、遠慮や体裁のない気易い感じが好きなんだよ」

妙　子「……そうですか……」

茂　吉「そりゃ僕だって急ぎの時にゃ飛行機にだって乗るよ。一等が早く着くんなら一等にだって乗るよ」

妙　子「もう沢山」

茂　吉「じゃ、もうよす。しかし、おこられるかも知らんけど、気易い感じがいいんだがなァ……」

妙　子「わたくしもそうなんですの。気易いようにさして頂きますわ。汽車だって、今までどおりにさせて頂きます。わたくしにはその方が気易いんですの」

言い捨てて、ぷいと行きかかる。

茂　吉「ねえ君、それから、ちょいと話があるんだ」
妙　子「もう結構」
茂　吉「イヤ、実はね――」
言いかけるのも聞かずに出て行ってしまう。
茂吉、弱ったもんだと言った風に、やがて机に向う。

98　**東海道線**
流れ去るレール……。

99　**展望車内**
そこの椅子にかけている妙子――何か心にかかることがあるらしく、晴々しない。

スピーカーからアナウンスが流れる。

「次の停車駅は浜松、浜松でございます。到着時間は十二時二十分、ホームは左側でございます。尚この列車の名古屋着は十四時四分。京都、十六時二十二分。大阪着は十七時となっております」

妙子、じっと考えている。

折柄、列車は鉄橋にかかり、大きな響きと共に橋梁が激しく流れ去ってゆく。

100　**東亜物産　事務室**
茂吉が執務している。
事務員が書類を持って来て、
事務員「部長、社長がお呼びです」
茂　吉「そう」
と書類に捺印して渡し、立ってゆく。
ノック――

101　**社長室**
秘書と何か打合せている社長がノックに答える。
社　長「はい」
茂吉が来る。
社　長（見迎えて）「ああ。――ねえ君、ウルガイ行、明後日の飛行機がとれたって言うんだがね」
茂　吉「ああ、そうですか」
社　長「君の都合、どお？　大へん急だけど……」
茂　吉「イヤ、構いません」
社　長「そう。じゃご苦労だけど、それで行って貰おうか」
茂　吉「はあ」
秘　書「書類は総務の方でお預かりしてますから……」
茂　吉「あ、そう」
社　長「兎に角急で、大へん気の毒だけど……」
茂　吉「イヤ――じゃ、そうします」
と一礼して去りかける。
社　長「あ、君、いろいろ仕度もあるだろう、今日はもういいよ」
茂　吉「はあ」
社　長「明日の昼でも、どうだい、一緒に飯食おうか」
茂　吉「はあ」
社　長「じゃ、いずれその時――」
茂　吉「はあ。――ごめん下さい」
と出てゆく。

102　**佐竹邸　廊下**
ふみが玄関へ出てゆく。

103　**玄関**
ふみ、茂吉を出迎える。
ふ　み「お帰りあそばせ」
茂　吉「ああ」
と奥へゆく。ふみ、ついてゆく。

104　**茶の間**
茂吉、来て、ふみに、
茂　吉「おい、奥さんは？」
ふ　み「今朝ほど、旦那さまお出かけになりますとすぐ――」
茂　吉「出かけたのか」
ふ　み「はい」

そして、そこの置手紙を持って来て渡す。

ふ　み「アノ、旦那さまお帰りになりましたら、これをお渡しするように……」

茂　吉「ウム?」

と受取り、封を切って黙読する。

茂　吉「……(呟くように口に出して読む)当分、気の済むようにさせて頂きます……フーム……(ふみに)いつ帰るとも言ってなかったか」

ふ　み「はあ、なんですか四五日……」

茂　吉「フーム……」

と考え、何か思いついたように出てゆく。

105　**廊下の電話**

茂吉、来て、電話をかける。

茂　吉「――アア、電報局ですか。電報願います。こちら、落合長崎の×××番……そうです……(と妙子の置手紙を見ながら)じゃ、宛名――神戸市、須磨区……須磨明石の須磨です……離宮道、三十二、村山秀子方、佐竹妙子……そうです。……本文――ヨウアル、用事の用です、ヨウアル、スグカエレ、段落、モキチ。――アア、それだけです。ウナで願います。ああそうです」

と切り、そのまま二階へ行きかけて、

茂　吉「ふみィ」

と呼ぶ。ふみ、来る。

茂　吉「ああ、急に外国行くことンなった。こんなトランクあったな?」

ふ　み「はあ。――アノ、奥さまは?」

茂　吉「ああ、いま電報打った。――あれ出しといてくれ」

ふ　み「はい」

茂吉、二階へ上ってゆく。ふみ、気になるらしく見送る。

106　**二階　茂吉の部屋**

茂吉、来て、鞄を机の上に投げ出し、そこにドスリとすわって、何か寂しく考える。ゆっくり靴下をぬぐ……。

107　**飛行場の吹流し**

それが風に靡いて――

108　**待合室の電気時計**

それが刻々と時をきざんで――

109　**羽田空港**

渡米旅客機の出発直前である。プロペラが激しく回転している。

高子、アヤ、節子、節子の父親、岡田、平山、その他、会社の連中などが見送りに来ている。

女たち、妙子の来ないのを気にして

高　子「どうしたんでしょ?」

ア　ヤ「どうしたんだろ?　……とうとう間に合わない……」

飛行機、滑走、離陸――

一同、手を振って見送る。

飛び去ってゆく飛行機――

見送っている一同……。

110　**吹流し**

それが風に靡き――

111　**待合室の電気時計**

それが時をきざんで――

112　**佐竹邸　茶の間**

アヤと節子が来ている。

ア　ヤ(時計を見て)「どお?　もう少し待ってみる?」

節　子「そうねえ……。小母さま、どうぞ。あたし、もう少しいてみます」

ア　ヤ「でも、もう帰って来なきゃ……。お宅からも打ったの?　電報――」

節　子「ええ、昨日……」

ア　ヤ「じゃ充分間に合った筈ね」

節　子「ええ」

ア　ヤ「のんきねえ、何してンだろ……」

玄関のベルが聞える。
二人、ハッと顔を見合わせる。

節子「あ、帰って来た!」
と立ち、アヤもつづいて、いそいで玄関へ出てゆく。

113 **玄関**

ふみが妙子を出迎え、そこへアヤと節子も出てくる。

ふみ「お帰りあそばせ」

アヤ「お帰んなさい! おそかったわねえ、あんた!」

妙子(冷たく)「ただいま……」

節子「何してらしったの? 叔母さま……」
妙子、答えず、部屋へゆく。アヤと節子、ついてゆく。

114 **茶の間**

妙子、つづいてアヤと節子が来る。

アヤ「おそかったわ、あんた!」

節子「叔父さま、もうお発ちンなったわよ!」

アヤ「何してたの?」

節子「叔父さま、とても寂しそうだった……」

アヤ(咎めるように)「あんた、昨日、電報見たんでしょ?」

妙子「ええ」

アヤ「なんだって須磨なんか出かけたの?」

妙子(反抗的に)「だって仕方がないじゃないの、行きたかったんだもの」

アヤ「だったら、電報みたらすぐ帰ってくりゃいいのよ!」

妙子「だっていなかったんだもの。秀子と神戸行ってたんだもの」

節子「みんな、とても心配してたのよ、叔母さまいらっしゃンないから」

妙子「無理よ、知らないんだもの」
とハンドバッグを持って去る。アヤと節子、ついて出る。

115 **妙子の部屋**

妙子、つづいてアヤと節子が来る。

アヤ「あんた、知らないって言うけど、旦那さま電報お打ちンなったの一昨日よ。その電報も見なかったの?」

妙子「見たわ」

アヤ「じゃ、どうして帰って来なかったの?」

妙子「だって、ヨウアルだけじゃ何の用かわかンないじゃないの! そんな電報よこす方がよっぽど間違ってるわ!」

アヤ「だって電報じゃないの! 見たらすぐ帰ってくりゃいいのよ! それだったら充分間に合ったのよ!」

妙子「もういいわよ、すんだこと!」

アヤ「そう! あんたがよけりゃいいのよ!」

妙子「いいの!」

アヤ「そう、いいのね? ――じゃ節ちゃん、あたし帰ります」

節子「そう。じゃ、あたしも……」

アヤ「さよなら」

節子「さよなら」

妙子「さよなら」
で、アヤと節子が出てゆくと、妙子、ひとり残り、考える。指輪を抜いて箱に入れる。そして出てゆく。

116 **茶の間**

妙子、来る。

妙子「ふみ……」(と呼ぶ)
ふみ、来る。

妙子「旦那さま、何かおっしゃってなかった?」

ふみ「アノ、別に……」
妙子、出てゆく。

117 **階段下**

妙子、二階へ上ってゆく。

118 **二階**

妙子、来て、なんとなく室内を見廻す。
茂吉の服が掛けたままになっている。

なんとなく触ってみる。
そして机の前にすわる。
机上に朝日の箱がある——それを手に取ってみる。それを置くと、そのまま考えこむ。

119 **同夜　茶の間**

誰もいない……。時計が十一時を打つ。

120 **廊下**

誰もいない……。

121 **妙子の部屋**

妙子がベッドに就いている。しかし、眠られないらしく、マヂマヂと目をあいている。
玄関のベルが鳴る。
妙子、ふと聞き耳をたて、起きて、寝巻の上に羽織を引っかけて出てゆく。

122 **茶の間**

妙子、来て、玄関の方へ——

妙　子「だれ？」

123 **玄関**

ふみがそれに答える。

ふ　み「旦那さまお帰りになりました」

茂吉が鞄をさげて上ってくる。

茂　吉（ふみに）「もういい、寝てくれ」

ふ　み「はあ……」

茂吉、茶の間の方へ——。妙子が出迎える。

妙　子「お帰んなさい」

茂　吉「ああ。飛行機が故障でね」

妙　子「そう。ウルガイいらっしゃるんですって？」

茂　吉「ああ、モンテヴィデオだ」

124 **茶の間**

妙子と茂吉、来る。妙子、電燈をつける。

妙　子「故障って、飛行機どうかしたの？」

茂　吉「二時間ぐらい飛んだら、エンヂンの調子が悪くて引返したんだよ」

妙　子「そう」

茂　吉「出発、明日の朝ンなった。——バカに疲れた……」

と鞄を持って二階へ行く。妙子もすぐつづく。

125 **二階**

茂吉が来て奥の間の電燈をつけると、妙子がつづいて来て、次の間の電燈をつける。

妙　子「明日、何時？」

茂　吉「九時だよ。——君、いつ帰って来たの？」

妙　子「あなたお発ちンなって、二時間ぐらいしてからかしら……」

茂　吉「そう。——須磨、どうだった？　おもしろかったかい？」

妙　子「あたし、もうしない、あんなこと」

茂　吉「何？」

妙　子「あなたに黙って遠くへ行くようなこと……」

茂　吉「してもいいさ、君らしいよ」

妙　子「ううん、もうしない。——初めの電報はすぐ見たのよ。だけど、あれだけじゃ何の用だかわかンないんですもの」

茂　吉「そうか、そりゃいけなかったな」

妙　子「でも、ずいぶん急だったのね？——前からわかってなかったの？」

茂　吉「イヤ、話はあったんだよ。君にそう言おうと思ったんだけど、こないだうち、君、バカにご機嫌わるかったから……」

妙　子「だけど言って下さりゃよかったのに……」

茂　吉「ウーム、でもこんなに急だと思わなかったから……」

妙　子「今朝、お早かったの？」

茂　吉「ああ……」（と肩を揉み、アクビをする）

妙　子「ねむい？」

茂吉「いやァ……腹へった」
妙子「そう、何かあがる?」
茂吉「ああ」
妙子「あたしも頂く」
茂吉「下ィ行こう」
妙子「ええ」

126 **階段下**

二人、おりてくる。

127 **茶の間**

二人来る。
茂吉「君、寒くないかい?」
妙子「ううん、大丈夫。――ふみや起すの可哀そうね」
茂吉「うん。わかるかい? いろんなものあるとこ――」
妙子「なァに?」
茂吉「茶碗や箸……」
妙子「行きゃわかるわよ。行ってみましょう」
と先きに立つ。茂吉、ついてゆく。
部屋を通りぬけて――

128 **台所**

二人、足音を忍ばせて来て、電燈をつけ、音をたてないように、方々探す。

妙子、戸棚にパンを発見する。

妙子(それを手にとり、声をひそめて)「パン、どお?」

茂吉(首をふり、茶漬を食う手真似をして)「これだよ、お茶漬――」

妙子「お茶漬?」

茂吉「ウム」(と探す)

妙子(電気冷蔵庫からハムを出して)「これどお?」

茂吉(首をふり、おはちを見つけて)「あったあった、飯あった。――(中を見せて)足りるかい?」

妙子(頷いて)「大丈夫。――あと、お香のもの……」

と、更に二人で方々探す。と、向うから大きな寝言が聞え、ギョッとする。

妙子「ああおどろいた、大きい寝言……」

茂吉「――?」

妙子「よねやよ」

そしてまた探す。

茂吉「あったあった、タクアン」

妙子「それ、ふみたちンじゃない?」

茂吉(一きれ食う)「…………」

妙子「ぬかみそどこかしら? ――ああ、あったわ」(と腕をまくる)

茂吉「僕やってやろう」

妙子「いいわよ(と手を突っこんで)あったあった!」(と何かを抓み出す)

茂吉「なんだい?」

妙子「なんだろう?」

と流しへ行って洗う。胡瓜である。切る。

茂吉「手、あぶないよ」

妙子「大丈夫。――ちょいとお丼……」

茂吉、頷き、丼を探して渡し、つづいて運び盆の上に、茶碗や箸やいろいろのものをのせる。

そして茂吉は盆、妙子はおはちを持ち、
妙子「あ、おどびん……」

茂吉「あ、醤油……」

等々、すっかり揃えて、
妙子「忘れものないかしら……」

と、海苔の缶ものせて戻ってゆくが、途中、海苔の缶を落し、びっくりして様子を覗《うかが》う。

誰も起きて来ない。ホッとする。

129 **茶の間**

二人、戻って来て、茂吉は卓にならべ、妙子がお茶を入れる。

茂吉、飯をよそい、妙子のもよそってやる。

妙子「ありがと」

茂吉、お茶漬にして、うまそうに食う。

茂吉「うまい……」

妙子「そお? あたしもやろう」

と、お茶をかけてサラサラ食べる。ふと

手の匂いをかいで、
妙子「ぬかみそくさい」
茂吉「どら……」
と妙子の手をとって嗅ぐ。
茂吉「君の手もおどろいてるだろう」
そしてまたサラサラと食べる。
妙子「おいしいわ」
茂吉「うまいね」
と――妙子、ふっと胸に迫るものがあり、顔を伏せる。
茂吉（と見て）「どうしたの？」
妙子、目をあげる。涙がたまっている。その目で微笑する。
茂吉「どうしたんだい？」
妙子「……悪かったわ……」
茂吉「何が？」
妙子「今まで、あたし……」
茂吉「どうして？」
妙子「わかンなかったの……ごめんなさい……（と茶碗を置き、涙を拭いて）――あなた、おっしゃったわね、インティメートな、プリミティブな、遠慮や体裁のない、もっと楽な気易さ……わかったの、やっと今……」
茂吉（胸せまるのを笑って）「いいじゃないか、もうそんなこと」
妙子「いいえ、よかないわ、大事なこと……。バカねえ、あたし……」（と涙を拭く）
茂吉「いいんだよ。もういいよ。わかってくれりゃ有難いんだ……。（とお茶漬を掻きこみ）――お茶漬だよ。お茶漬の味なんだ」
妙子「――？」
茂吉「夫婦はこのお茶漬の味なんだ」
妙子「そうねえ……知らなかった、今まで」
茂吉「いやァ、いいさ。――でも、ほんとによかったよ、今晩帰って来られて……」
妙子「あたしもほんとによかった……帰って来て下すって……」
と、しんみり顔を伏せる。
茂吉、それを見て、またお茶漬を掻きこみ、お代りをよそう。

130 **佐竹邸　庭**

陽あたりいい場所に、綱を張って、虫干しの毛布などが干してある。

131 **縁側**

ここにも虫干しのものが並べてある。

132 **茶の間**

妙子、アヤ、高子、節子の四人が雑談している。
高子「で、旦那さま、翌《あく》る朝発ったの？」
妙子「ええ」
アヤ「節ちゃん、お見送りした？」
節子「ううん」
妙子「あたし一人よ。あたし一人で送ったのよ」
アヤ「そう。どうだった？」
妙子「案外平気だった」
高子「ほんと？　えらいわね、あんた。――あたし駄目だった」
妙子「ただ、こんなことあったの……帰って来た晩、おそぅく一緒にお茶漬たべたの」
高子「フーン、旦那さまと？」
妙子「うん。――たべてから、あたし泣いちゃったの」
アヤ「へえェ、珍らしいわね、あんた泣くなんて。――ワアワア？　シクシク？」
妙子「初めシクシク、あとからワアワアワア……。あやまっちゃったの、いろんなこと。そしたら、もうなんにも言うなっていうのよ。でもあたし言いたかったの。そしたら、わかってるって、いきなり口ふさがれちゃったの」
アヤ「へえェ」
妙子「ひょいと見たら、あの人、目に涙一ぱいためてンの……いや、泣いちゃいや、男のくせにって言ったら、わからないのかおれの気持、うれしいんだ、お前と一緒になって今日が初めて……今日ほどうれしいことはなかったんだって言うの。そう、あたしもバカだったわ、ごめんなさい、今日初めてわかるなんて……って、ワアワア泣いてあやまっちゃったの」

両　人「フーン」

妙　子「そしたら、胸がスーッとして身体が軽ゥくなっちゃった」

アヤ「節ちゃん、大丈夫？」

節　子「なァに？」

アヤ（高子に）「どお？　そろそろ――」

高　子「そうね、そろそろ――」

妙　子「いいわよ、まだ。――でも、男って複雑ね、女なんて家にいる旦那さましか知らないんだもの。家にいる旦那さまなんて、甲羅干してる亀の子みたいなもんよ。あれで外へ出りゃ、結構、兎と駈けっこしたり、浦島太郎のせたりすンのよ。大概の女は旦那さまのほんの一部しか見てないのよ」

高　子「そうねえ」

アヤ「甲羅干してりゃ鈍感だなんて言ったりして……」

妙　子「知ってンのよ、何だって。おどろいちゃった。――いつかの修善寺、ちゃんと知ってンの」

アヤ「なんだって？」

妙　子「嘘つくんなら、もっとうまくやれって。うまい嘘より下手な本当の方がいい、あとで心配がないだけだってよっぽどいいじゃないかって……」

アヤ「あぶないあぶない、あたしもう帰ろう」

高　子「どうしたの？」

アヤ「ちょいと嘘ついて出て来ちゃったの。――さよなら」

高　子「あたしも帰ろ――節ちゃんは？」

妙　子「節子まだいいわよ」

節　子「ううん、あたしも帰る。――ノンちゃん待ってンのよ、おごってくれるんだって」

妙　子「いいからおすわんなさい。少しッくらい待たせたっていいわよ」

で、節子が渋々すわると

高　子「じゃ、さよなら」

アヤ「さよなら」

と帰ってゆく。

そのあと――

妙　子「ねえ節ちゃん、わかる？」

節　子「なァに？」

妙　子「よく考えンのよ。よく考えてお婿さん決めンのよ。あんたの一生の問題。――ネクタイの好みがいいとか、洋服の着こなしがどうとか、そんなことどうだっていいの。――なんてったらいいかな……男の人の頼もしさっていうのかしら、それが一番大事なの。――あたしもわかンなかった……。でも今じゃ、いやだったことが何から何まで好きンなっちゃったの。あんないい旦那さま滅多にないと思ってンの」

節子、フフンと笑う。

妙　子「なァに笑ったりなんかして！　生意気よ！　よくお聞きなさい！」

節　子「はい」

妙　子「ああ、叔父さま今頃、ウルガイで何してらっしゃるかなァ……。これでおしまい」

節　子「イヤーン、ひどいわ、叔母さま！――あたし帰ろッ！　さよならッ！」

妙　子「まだいいじゃないの？」

節　子「もう沢山」

と帰ってゆく。

妙子、微笑して見送り、そのまま、うっとりと考える。

133　道

節子が岡田と一緒に歩いてくる。

岡　田「そうですか、そりゃ愉快だな。奥さんそんなに佐竹さんに惚れちゃったんですか」

節　子「ええ、大へん――」

岡　田「そらそうですよ。ネクタイの好みがい

いとか、洋服が上等だとか、そんなことじゃないんだ。——僕のなんか、これ放出ですよ」（と立止って、服を見せる）

節子「そう、だからどうなの？」

岡田「いやァ、洋服なんかこれでいいんだ。男は結局頼もしさですよ」

節子「じゃあんた、頼もしいの？」

岡田「ウム」（と頷く）

節子「そうかしら——？」

岡田「疑うとこないですよ。絶対ですよ。あなたまだ僕の甲羅干してるとこしきゃ見てないんだ。あなたの知ってるのは僕のほんの一部ですよ」

節子「きらい！　そんな図々しいの！」

岡田「きらいだッて駄目なんだ。そうなるんだ。あとで後悔するんだ。わかってンだ」

節子、屹と見返し、サッと戻ってゆく。

岡田（ハッと見て）「節子さん！　——節子さァん！——」

節子、駈け出す。
岡田、慌てて追っかけてゆき、やっと追いついてペコペコお辞儀をする。
——その若い二人の上に、風薫る六月の空が明るく蒼い……。

——終——

東京物語

脚本

野田高梧
小津安二郎

製　作……………………………山本　武
脚　本……………………………野田　高梧
　　　　　　　　　　　　　　　小津安二郎
監　督……………………………小津安二郎
撮　影……………………………厚田　雄春
美　術……………………………浜田　辰雄
音　楽……………………………斎藤　高順
照　明……………………………高下　逸男
録　音……………………………妹尾芳三郎
編　集……………………………浜村　義康

平山周吉……………………………笠　智衆
　とみ……………………………東山千栄子
平山幸一……………………………山村　聰
　文子……………………………三宅　邦子
　実……………………………村瀬　禅
　勇……………………………毛利　充宏
金子志げ……………………………杉村　春子
　庫造……………………………中村　伸郎
平山紀子……………………………原　節子
平山敬三……………………………大坂　志郎
平山京子……………………………香川　京子
服部修……………………………十朱　久雄
　よね……………………………長岡　輝子
沼田三平……………………………東野英治郎
おでん屋の女主人　加代……桜　むつ子
アパートの女……………………………三谷　幸子
敬三の先輩……………………………安部　徹
美容院の助手　キヨ……………阿南　純子
隣家の細君……………………………高橋　豊子

一九五三年（昭和二十八年）
松竹大船
脚本、ネガ、プリント現存
14巻、３７０２m（一三五分）白黒
十一月三日公開

1

尾道

七月初旬の朝。

海岸通りに賑やかな朝市が立っている——尾道の市街はその海岸通りから山手の方へひろがっている。

2

山手の町

路地の向うの表通りを子供たちが小学校へ通ってゆく。

3

平山家

部屋では今、主人の周吉（70）と老妻のとみ（67）が旅行の仕度の最中で、とみはいそいそとして荷物を詰め、周吉は汽車の時間表を調べている。

周　吉「これじゃと大阪六時じゃなあ」

と　み「そうですか。じゃ敬三も恰度ひけたころですなあ」

周　吉「ああ、ホームへ出とるじゃろう。電報打っといたけ」

末娘の京子（23　小学校の先生）が台所の方から出てくる。

京　子（包みを出して）「はい、お母さん。これお弁当——」

と　み「アア、おおけに」

京　子（自分も弁当をカバンに入れて）「じゃ、行ってまいります」

周　吉「ああ、お前、学校が忙しけりゃ、わざわざ来てくれんでもええよ」

京　子「いいえ、ええンです。五時間目はどうせ体操ですから」

周　吉「そうか」

京　子「じゃ駅で……」

周　吉「ああ」

京　子「お母さん、魔法罎にお茶ゃ入れときましたから」

と　み「あそう。ありがとう」

京　子「じゃ、行ってまいります」

周　吉「アア、行っておいで」

と　み「行って来なしゃあ」

京子、その声に送られて出てゆく。

4

玄関

京子、出かけて行く。

5

路地

京子が表通りへ出てゆくと、通りかかった小学生がお辞儀するのが見える。

6

平山家

周吉ととみ、仕度をつづけながら——

と　み「空気枕、そっちへ這いりやんしたか」

周　吉「空気枕、お前に頼んだじゃないか」

と　み「ありやんしぇんよ、こっちにゃ」

周　吉「そっちによう、渡したじゃないか」

と　み「そうですか」

と、自分の荷物を探す。

と、窓の外を隣の細君（48）が通りかかる。

細　君「お早うござんす」

と　み「ああ、お早う」

細　君「今日お発ちですか」

と　み「え、昼過ぎの汽車で」

細　君「そうですか」

周　吉「まァ今の中に子供たちにも会《おう》っとこうと思いましてなあ……」

細　君「お楽しみですなあ、東京じゃ皆さんお待兼ねでしょうで」

周　吉「いやァ、暫らく留守にしますんで、よろしくどうぞ」

細　君「えっえっ、ごゆっくりと——立派な息子さんや娘さんがいなさって結構ですなァ。ほんとにお幸せでさあ」

周　吉「いやァ、どんなもんですか」

細　君「ええ塩梅に天気も良うて……」

と　み「ほんとにお蔭さまで」

細　君「まァ、お気をつけて行っておいでなしゃあ」

と　み「ありがとう」

で、隣の奥さんが通りすぎて行くと——

と　み「空気枕、ありやンしぇんよ、こっちにゃ」
周　吉「ないこたないわ。よう探してみい――
（と言いながら自分の荷物の中に発見して）ああ、あったあった」
と　み「ありやんしたか」
周　吉「ああ、あった」
そしてまた二人で仕度をつづける。

7　**東京**
町工場などの見える江東風景――

8　**空き地**
そこの片隅に立っている「内科　小児科　平山医院」の看板。

9　**平山医院の診察室**
見たところあまり豊かそうにも思われない。

10　**二階への階段**

11　**二階**
子供の勉強机などが縁側の片隅に運び出され、細君の文子（39）が雑巾がけをしている。

やがてバケツを持っておりてゆく。

12　**階下**
文子、おりてくる。

13　**台所**
文子、バケツを置き、下駄を突ッかけて、風呂の焚口を見、すぐまた上ってくる。

14　**部屋**
文子が来ると次男の勇（6）が、一人で何かして遊んでいる。
文　子「いい子ね、勇ちゃん――」
そして、縁側に乾してあるガーゼや繃帯などを取って出てゆく。

15　**診察室**
文子が来て、片付けていると、玄関で子供の声――
「只今ァ」
長男の実（14　中学生）が帰って来たのである。
文　子「お帰り」
実が顔を出す。
実　「只今ァ――お祖父さんお祖母さん、まだ？」
文　子「もうすぐいらっしゃるわよ」
実、奥へ這入ってゆく。

16　**二階**
実、上って来ると、自分の部屋が片付けられているのでアッケにとられ、廊下の机の上にカバンを投出して、腹立たしく呼ぶ。
実　「お母さん！　お母さん！」
文子が座蒲団を二枚持って上って来る。
文　子「何？」
実　「何だい！　僕の机廊下に出しちゃって！」
文　子「だってお祖父さんお祖母さんいらっしゃるんじゃないの」
実　「でも僕の机出さなくたっていいじゃないか！」
文　子「出さなきゃここおやすみになれないじゃないの」
実　「じゃ僕どこで勉強するんだい！」
文　子「どこだって出来るじゃないの！」
といい捨てておりてゆく。
実、膨れた顔でついてゆく。

17　**階下　台所**
文子のあとから実がついて来る。
実　「ねえ、どこで勉強すンのさア！」
文子、答えず、奥へ行く。と、また実がついてゆく。

18 部屋

実、しつこく文子のあとについてきて、

実「ねえ！　どこですンのさア！」

文子「うるさいわねえ！　いつも勉強なんかしないくせに！」

実「してらい！　してますよウだ！」

文子「嘘おっしゃい！　こんな時ばっかり！」

実「じゃ、しなくていいんだね。勉強しなくていいんだね。ああラクチンだ。アラのんきだね」

文子「何、実ッ！」

表で自動車のラッパが聞える。

文子「ちょいと、いらしったわよ！」

と出てゆく。

実も出てゆくが、診察室へ這入ってしまう。

19 玄関

タクシーをおりて幸一（47　周吉の長男　文子の夫）が荷物を持ち、周吉夫婦と志げ（44　周吉の長女、幸一の妹）が這入ってくる。

文子（幸一に）「お帰んなさい」

幸一「ああ――さ、お父さん、お母さん、どうぞ」

文子「いらっしゃいまし」

周吉「やァ」

幸一「さァどうぞ」

文子、先きに奥へ這入ってゆく。

20 座敷

文子がいそいで座蒲団をならべるのを、勇がボンヤリ立ってみている。

幸一を先きに周吉ととみと志げが来る。

幸一「どうぞ――お母さん、疲れたでしょう。汽車ンなか寝られましたか」

とみ「へえ、ええあんばいに――（勇を見て）こけへおいで……」

勇、テレて逃げて診察室の方へ行ってしまう。

一同、微笑ましく見る。

文子（改まって）「いらっしゃいまし」

周吉「や――」

文子「いつも御無沙汰申上げておりまして」

周吉「いやァ、今度はまたお世話になります」

文子「お母さま、ほんとにお久しぶりで」

とみ「ほんとに」

文子「よくいらっしゃいました。京子さんお元気ですか」

とみ「へぇ、ありがとう」

文子「お一人でお留守番で……」

とみ「へぇ」

文子、会釈してお茶を淹《い》れに立つ。

志げ（それを見て）「あ、ちょいと文子さん――」

と、つづいて、風呂敷包を持って立ってゆく。

21 台所

文子につづいて志げが来る。

志げ「ちょいと変なもの持ってきちゃったのよ。うちの近所のお煎餅なの。わりとおいしいのよ、これ佃煮――」

文子「まァすみません」

志げ「お母さんお煎餅好きなの。ちょいとお菓子鉢ある？」

文子「ええ」

志げ「あ、お盆でもいいわ」

文子（戸棚から菓子鉢を出して）「こんなんですけど……」

志げ「ああ、結構結構」

と煎餅を袋から出して入れる。

文子（お茶の仕度をしながら）「紀子さん、東京駅いらっしゃらなかったんですか」

志げ「ええ、来てないの。電話で知らせといたんだけど」

文子「どうなすったんでしょう」

志げ（それには答えず）「じゃこれお願い」

と煎餅の鉢を文子の方へ出して、戻ってゆく。

22 廊下

志げ、通りかかって、診察室にいる子供たちに声をかける。

志　げ「実ちゃん、勇ちゃん、何してンの？　いらっしゃい」

そして子供たちを連れてゆく。

23 座敷

志げが子供たちを連れてくる。

幸一と老夫婦は縁側に立って庭を見ている。

志　げ「はい、お祖父さん、お祖母さん――」

三人は振返って――

周　吉「ああ、大きうなったのう」

そして部屋へ戻ってくる。

幸　一「実ももう中学生です」

周　吉「そうか」

実の頭を撫でる。

と　み「勇ちゃんなんぼ？」

幸　一「おい、いくつだ？」

志　げ「いくつ？」

勇、またテレて逃げ出してゆく。で、みんなが笑うと、実も笑って駈け去ってゆく。

文子が茶菓を持ってくる。

文　子（幸一に）「アノ、およろしかったらお風呂――」

幸　一「ああ――お父さん、風呂どうです」

周　吉「そう」

志　げ「お母さんもお着更えになったら？」

文　子「あ、お浴衣――」

と　み「ええンよ文さん、持って来たけ……」

周　吉「じゃ、頂こうか」

幸　一「どうぞ――あ、持ってきましょう」

と荷物を持って二階へ案内する。

志げと文子は台所へ立ってゆく。

24 二階

幸一が老夫婦を案内してくる。

幸　一「大阪で、敬三、駅へ来てましたか」

周　吉「ああ、電報打っといたけのう。ホームへ来とったよ」

幸　一（とみに）「元気でしたか」

と　み（頷いて）「ああお土産預って来とるよ」

と荷物をあけかかる。

幸　一「いいですよお母さん、あとで――お父さん、手拭なんかお持ちですか」

周　吉「ああ、あるある」

幸　一「じゃ、どうぞ」

と会釈しておりてゆく。

25 台所

志げと文子――

志　げ（話のつづきで）「そうねえ……」

そこへ幸一が通りかかる。

志　げ「ねえ兄さん――」

幸　一「なんだい」

志　げ「晩のご馳走、お肉でいいわね。スキヤキ」

幸　一「ああ、いいだろう」

文　子「ほかにおサシミか何か――」

幸　一「ウム、いらんだろう。（志げに）どうだい？」

志　げ「沢山よ、お肉だけで」

玄関のあく音につづいて、女の声――

「ごめん下さい」

志　げ「あ、紀子さんよ――どうぞ」

で、文子が出てゆく。

26 玄関

紀子（28　戦死した次男昌二の未亡人）が靴をぬいでいる。

文子が出て来て明るく迎える。

文　子「いらっしゃい」

紀　子「おくれちゃって……」

文　子「いらしったの？　東京駅――」

紀　子「ええ、間に合わなくて……。皆さんお帰りンなったあと」

文　子「そう」

紀　子（紙包みの菓子を渡して）「これ、お姉さま、どうぞ」

文　子「そう、ありがとう」

と先きに立って奥へ行く。

そこへ志げと幸一も顔を出す。

幸　一「ああおいで」
志　げ「いらっしゃい」
紀　子「どうもおそくなりまして……」
幸　一「お父さんお母さん二階だ」
紀　子「そうですか、じゃちょいとご挨拶して……」
　で、紀子は文子と台所の方へ。幸一と志げは座敷へ戻る。

27　階段下の廊下

　文子は台所へ、そして紀子は二階へ上ってゆく。

28　二階

　老夫婦が浴衣に着更えて、荷物の中から洗面具などを出している。
　紀子が来る。
周　吉「やァ——」
紀　子「いらっしゃいまし」
と　み「まァ、しばらくでしたの紀さん」
紀　子「ご機嫌よろしゅう」
周　吉「忙しかったんじゃなかったんか」
紀　子「いいえ、なんですか、ゴタゴタしてまして、気が付いたらもう時間が一ぱいで……」
と　み「そう、わざわざ今日来てくれんでも……暫らくおるんじゃもん……」
周　吉「やっぱり前の会社にお勤めか?」
紀　子「はあ」
と　み「あんたも一人で大変じゃのう」
紀　子「いいえ……」
　階下から、志げの声で——
　「お父さん、お風呂——」
周　吉「ああ、いまいく——じゃ……」
　と立ってゆく。
紀　子（とみが帯をたたむのを見て）「お母さま、致しましょう」
と　み「ううん、ええのええの——でも、なんやら夢みたようなで……東京いうたらずいぶん遠《とい》いとこじゃ思っとったけど、昨日《きのう》尾道発って、もう今日こうしてみんなに会えるんじゃもんのう……」
　紀子、ニッコリして頷く。
と　み「やっぱり長生きゃするもんじゃのう」
紀　子「でもお父さまお母さま、ちっともお変りになりませんわ」
と　み「変りやんしたよ。すっかりもう年うってしもうてのう……」
　志げが、「お母さん——」と呼びながら上ってくる。
志　げ（二人を見て）「何のお話?　——さ、下へ行きましょう」
と　み「へえ」
　と立つ。紀子も立ち上る。
志　げ「アラお母さん、また少し大きくなったんじゃないかしら」
と　み（笑って）「なんぼなんでも、もう育ちゃンしえんで……」
志　げ「ううん、ほんとよ。ふとったのかしら——（紀子に）あたしたち子供の時分、ずいぶん大きなお母さんだと思って、学校なんかへ来ると恥かしくってね」
紀　子「まァ……」
志　げ「いつか学芸会の時、椅子こわしちゃったのよ」
と　み「嘘よ、ありゃ椅子がめげとったんじゃン、こわれとった」
志　げ「お母さんまだそう思ってンの?」
と　み「そうですあ」
志　げ「まァ、いいわよ。さァ行きましょう」
　で三人笑いながらおりて行く。
　縁側の隅に出された実の机——

29　同夜　診察室

　実が勉強している。

30　同　台所

　紀子が文子に手伝って食後の後片けをしている。
紀　子「お姉さま、これ蠅帳《はいちょう》へ入れときます」
文　子「どうも……」
紀　子「これは?」
文　子「ああ、それ、出しといてよ」

等々——

31 部屋

くつろいでいる周吉ととみと幸一と志げ——勇はとみの膝を枕にして眠っている。

志げ「お母さん、お孝ちゃんどうしてます?」
とみ「ああ、お孝さんのう。あの人も不幸な人でのう。旦那さんに死にわかれて、去年の春じゃだったかのう。子供をつれて倉敷の方へ片付いたんじゃけどなんやらそこもええぐあいにいっとらんらしいんよ」
志げ「そう」
幸一「あのホラ、なんていいましたっけね。よくお父さんと釣に行った市役所の人……」
周吉「ああ、三橋さん——亡くなったよ（とみに）もう大分ンになるな」
とみ「そうですなあ」
周吉「ああ、お前おぼえとらんか、服部さん——」
幸一「ああ、兵事係やってた……」
志げ「おぼえてるわ、あたし」
周吉「うむ、あの人、東京へ来とられるんじゃ」
幸一「そうですか」
周吉「おるうちに一ぺん訪ねてみよう思うとるんじゃが……」
幸一「どこです」
周吉「台東区の……どこじゃったか、手帳に書いてあるんじゃが……」
幸一「そうですか」

紀子が来る。

志げ「片付いたの?」
紀子「ええ」
志げ「ご苦労さん」
とみ（そこの岩おこしの缶をすすめて）「紀さん、どおな一つ、敬三のお土産——」
紀子「はあ、どうも……」

文子が来る。

とみ「ご苦労さん」
文子「いいえ——（勇が眠っているのを見て）あ、お祖母ちゃま、相済みません」
とみ「ええよ、このままそッとしといた方がええよ。よう寝とるけ……」
志げ（幸一に）「じゃお父さんお母さん、明日はお出かけね?」
幸一「ああ、日曜だからね。どこかご案内するよ」
志げ「そう——じゃ紀子さん、どお、そろそろ……」
紀子「ええ、じゃご一緒に……」
志げ（両親に）「どうも……」（と会釈する）
周吉「そうか」
とみ「ありがと、わざわざ」
志げ「じゃ兄さん、ご馳走さま」
幸一「や——」
紀子「どうもおそくまで……」
志げ「じゃお父さん、いずれまた——」

で、志げと紀子が立つと、文子が送って出ようとする。

志げ「あ、文子さん、いいのいいの」

そして三人、玄関の方へ出てゆく。

32 玄関

文子、二人を送って出てくる。

志げ「どうもおそくまで——」
文子「いいえ」
紀子「ご馳走さまでした」
文子「どうもわざわざ」

33 座敷

とみ、勇をそっと膝からおろして寝かす。

幸一「お父さん、お疲れでしょう」
周吉「いやァ……」
幸一「お母さん、どうです、おやすみになったら」
とみ「ええ」
周吉「じゃ、ねさしてもらおーか」

とみ「へえ」
周吉「じゃ、おやすみ」
　と立ち上る。
　そこへ文子が来る。
幸一「おやすみなさい」
文子「只今お水を……」
とみ「おやすみ」
　と出てゆく。

34 階段

　周吉ととみ、二階へ上ってゆく。

35 二階

　二人来て、床の上にすわる。
とみ「疲れなさったでしょう」
周吉「いんやァ……」(言い方を大きくする)
とみ「でもみんな元気で……」
周吉「ウーム……、とうとう来たのう……」
とみ「へえ——ここあ東京のどの辺りでしゃあ」
周吉「端の方よ……」
とみ「そうでしょうなあ。だいぶん自動車で遠《とい》いかったですけの……」
周吉「アア……」
とみ「もっと賑やかなとこか思うとった……」
周吉「ここか?」
とみ「ええ」
周吉「幸一ももっと賑やかなとこへ出たやいうとったけど、そうもいかんのじゃろううんのう」
　とみもなんとなくしんみり考える。

36 翌朝　東京の場末

　戦災を受けて復興した町である。

37 「ウララ美容院」の看板

38 その店内

　助手のキヨが鏡を拭いている。

39 奥の部屋

　志げが亭主の庫造(49)と朝飯を食べている。
庫造「お父さんお母さん、いつまでいるんだい、東京——」
志げ「四、五日いるでしょ——ちょいと、それ取って」
庫造(七味唐がらしを取って渡しながら)「おれ、挨拶に行かなくていいかね」
志げ「いいわよ、どっちみち、うちへも来るわよ」
庫造「そしたら金車亭へでも案内するかな」
志げ「いいことよ、余計な心配しなくたって」
庫造「うまいね、この豆——」
志げ「………」
庫造「今日どうするんだい、お父さんお母さん」
志げ「およしなさいよ、そんなに豆ばっかり——(と丼をどけながら) 兄さんがどっかへ連れてくでしょう」
庫造「そうかい、じゃいいな」
志げ(店の方へ)「キヨちゃん! あんたもご飯——」
　「はい」とキヨの返事が聞える。

40 幸一の家

　幸一が服を着更え、文子が勇にズボンを穿かせている。
文子「今日はお利口にしてなきゃだめよ。お祖父ちゃまお祖母ちゃまご一緒だから——いいわね、わかった?」
勇「わかった」
　実が来る。
実「おそいなァ、まだ?」
文子「もうすぐよ」
幸一「お祖父さんお祖母さん見といで」
実「はい」
幸一「よろしかったらそろそろ出かけましょうかって」
実「うん」
　と張切って出てゆく。

41 二階

周吉ととみももう仕度が出来ている。
実が来て——
実「もういいですか」
周吉「ああ」
とみ「お待遠さん」
実「じゃ行きましょうって」
とすぐおりて行く。

42 階下の部屋

実、来て、
実「言って来たよ」
文子「そう」
実、張切って、西部劇のメロディーをハミングしながら診察室の方へ行く。
文子（勇の仕度が出来て）「はい」と背中を叩くと、勇も診察室の方へ駈けてゆく。
文子（後を片付けながら）「お昼、何上るの？」
幸一「さァ、デパートの食堂へでも行くか。子供たちにもいいだろう」
文子「そうね、勇、お子様ランチがとても好きなの」
幸一「そうかい」
玄関があいて男の声で——
「ごめん下さい」
幸一「はい」
と出てゆく。

43 玄関

シャツを着た男が立っている。
幸一が出てくる。
幸一「や、いかがです」
男「はァ、どうも……」
幸一「まだ食慾出ませんか」
男「はァ、なんですか冷めたいものばかり飲みたがるんですが、やっても飲みませんし……」
幸一「熱も下りませんか」
男「はァ、さっき計りましたらやっぱり九度八分で……」
幸一「そうですか……、イヤ、伺いましょう」
男「さよですか、どうもお休みのとこを」
幸一「いや」
男「お願い致します」
と帰ってゆく。

44 部屋

幸一が戻ってくると——
文子「どなた？」
幸一「中島さんだよ、注射器、消毒してあったね？」
文子「ええ」
そこへ周吉ととみが這入ってくる。
幸一「ああ、お父さん。ちょいと心配な子供があって、急に出かけなきゃならないんですがね」
周吉「そう」
幸一「どうも折角……」
周吉「いやァ、構わんよ」
幸一「ひょっとすると、すぐ帰れないかも知れないんですが……」
周吉「ああえよ」
幸一「じゃ、ちょいといって来ます。じゃお母さん——」
とみ「ご苦労さん」
幸一が出てゆくのを文子が送ってゆく。

45 診察室

子供たちがいるところへ文子が往診鞄をとりにくる。
実「まだ？ お母さん——」
文子（曖昧に）「ええ」
と鞄を持って出てゆく。

46 玄関

幸一が靴を穿いている。
文子が来る。
幸一「おそくなるかも知れないな」
文子「そう、どうしましょう。お父さんお母さん、あたしお供しましょうか」
幸一「いいよ、お前行ったらうちが困るじゃないか。今度の日曜にでも行くさ」
文子「そう、じゃ行ってらっしゃい」
幸一、出かけてゆく。
実と勇が出てくる。
実「お父さんどこへ行ったの？」
文子「往診よ」
と何気なく答えて奥へ行く。
実、とたんに膨れる。

47 部屋

文子が戻ってくる。
文子「どうも折角のとこを生憎く……」
周吉「いやァ、ええよ。忙しいなあ結構じゃ」
とみ「ほんまにご苦労さんじゃなあ」
実が来る。勇がついてくる。
実（膨れた顔で）「お母さん！　行かないの？」
文子「ええ」
実「つまンねえの！　フン！」
文子「だって仕様がないじゃないの、患者さんがあるんだもの」
実「つまンねえやい！」
とみ（笑って）「また今度な」（短く）
実「やだい！」
文子「何、実ッ！　あッち行ってらっしゃい！」
実「何だい、嘘つき！」
文子（鋭く）「あっち行ってらっしゃい！」
実、ドンドンドンと足音荒く出てゆく。
とみ（勇を招く）「おいで……」
勇「やだよウ」
と駈け去ってゆく。
周吉ととみ笑う。
文子「ほんとに仕様がありません」
周吉「いやァ、男の子は元気な方がええよ……」
途端に診察室の方でドンと大きな音がする。
実が寝台の枕を抛り投げたのである。
文子、ハッとして立ってゆく。

48 診察室

実と勇、寝台に腰かけ、実が不機嫌にドカンドカン寝台に腰を落している。
文子が来る。
文子（鋭く）「好い加減にしないとひどいわよ！　何、大きななりして！」
実「つまンねえやい！」
文子「今度行きゃいいじゃないの！」
実「今度今度って、行ったことないじゃないか！　いつだって行きゃしないじゃないか！」
文子「だって急にご用が出来たんだから仕様がないじゃないの！」
実「仕様がなかねえやい！」
文子「バカねえ、いつまでグズグズ言ってンの！」
と睨んで、戻って行こうとすると――
実（大きな声で）「ワーワーワーッ！」
勇（真似して）「ワーッ！」
文子、屹と振返って引返す。
実（わざと再び）「ワーッ！」
文子「何！　ひどいわよ！　お父さん帰ってらしったら、そう言うわよ！」
実「言ったっていいやい！」
文子「おぼえてらっしゃい！　叱られたって知らないから！」
実「ヘッチャラだい！　怖かねえやい！」
そこへとみが顔を出す。
とみ（おだやかに）「どうしたん？」
文子（微笑して）「エエ、なんですか……」
とみ「勇ちゃん、おいで。お祖母ちゃんとおもてへ行きましょう。実さんも行かん」
実「………」
文子「実――」
とみ「さ、勇ちゃん――」
文子「いいことねえ勇、お祖母ちゃまと……」
と勇を促がす。
とみ「さ、行きましょ。実さん、行かんの？　行きますよ」
実「………」

文子（とみに）「どうもお世話さまで……」

とみ、勇をつれて出てゆく。

文子「実、あんたも行ってらっしゃい。行かないの？」

実「行かないやい！」

文子「じゃ勝手におし！」

と言い捨てて奥へ行く。

実、またドカンと寝台に腰をおとし、廻転椅子に移って、それに腰かけ、不機嫌にグルッと廻す。

49 二階

周吉が服を脱いで浴衣に着更えている。
文子がお茶を持ってくる。
文子「どうも……」
周吉「や、ありがとう、どうした、実は――」
文子「はあ……仕様がない子で……」
周吉「幸一もそうじゃった、強情ばりでのう。言い出したらなかなか聞かない子じゃった」
文子「でも折角お父さまお出かけのとこ……」
周吉「いやァ、わしらはええよ」
文子「今度の日曜にでもまた……」
周吉「アア、ありがとう。ま、二、三日ご厄介になって志げのとこへも行ってやろう思うとるけ――（ふと見て）アア、あんなとこで遊んどるよ」

50 向うの空き地（見た目で）

勇が、何かして遊んでいるのを、とみが傍に蹲《しゃが》んで見守っている。

51 空き地

とみと、勇――
とみ「勇ちゃん、あんた、大きうなったら何になるん？」
勇、答えず、遊んでいる。
とみ「あんたもお父さんみたいにお医者さんか？　――あんたがのうお医者さんになるこらあ、お祖母ちゃんおるかのう……」

52 二階

周吉、ひとり退屈そうにボンヤリしている。

53 ウララ美容院

客はドライヤーをかぶっている女が一人だけで――

志げとキヨが何かして働いている。

庫造が外から帰ってくる。

キヨ「お帰んなさい」

庫造（客に）「あ、いらっしゃい」

と会釈して奥へ行く。

志げ「さっき電話かかって来たわよ」

54 奥の部屋

庫造「どこから――？」
志げ「巣鴨の榎本さん――。あの話、どうなりましたって」
庫造「ああ、いいんだ、すんだんだ。――お父さんお母さんどうしている？」
志げ「二階よ」
庫造「浅草まで行ったんで、菓子買って来たんだ」
と鞄から紙包みを出す。
志げ、這入ってくる。
志げ「何？」
庫造（包みをあけて）「うまいんだよ、ここのうちの。白餡なんだ」
と一つ取って食べる。
志げ「高いんでしょ？　こんなんじゃなくていいのよ」
と言いながら自分も一つ食べる。
庫造「うまいだろう」
志げ「おいしいこたおいしいけどさ。こんなの勿体ないわよ、お煎餅で沢山」
庫造「だって昨日もおヤツお煎餅だぜ」
志げ「いいのよ、お煎餅すきなんだもの。――ねえ、あんた明日、お父さんお母さん何処かへつれてってやってくれない？」

庫　造「明日か……、明日はちょいとまずいな、集金があるんだよ」
志　げ「そう。――ほんとなら兄さんがつれてってくれりゃいいんだけど……」
庫　造「じゃ今晩、金車亭へでもお伴するか」
志　げ「何やってンの？」
庫　造「昨夜から浪花節だよ」
志　げ「そう、じゃ、そうしてやってよ。東京へ来て、まだ何処へも行ってないんだもん」
庫　造「そうだよ、一日二階に居ちゃ気の毒だよ」
志　げ「そうよ、でも仕様がないわよ、つれてく人いないんだもの」
と立って店へ出てゆく。
庫造、ポケットから手帳などを出し、シャボンと手拭いを持って二階へ上ってゆく。

55　**二階**

とみがひとりでほどきものをしている。
庫造が上ってくる。
庫　造「やァ、お仕事ですか」
と　み「ああ、お帰んなしゃあ」
庫　造「えらいもの頼まれましたな」
と　み「いえェ……」
庫　造「お父さんは？」
と　み「物干――」
庫　造（とみに）「風呂、行きましょう。（そして窓から物干へ）お父さん！　お父さん！」

56　**物干**

周吉がボンヤリ腰かけている。
周　吉（庫造の声に振返って）「やァ」
庫造の声「風呂、行きましょう！」
周　吉「ああ……」
と立ってゆく。

57　**二階**

とみがほどき物を片付けている。
周吉が来る。
周　吉「や、お帰り」
庫　造「アア、行きましょう。――またお母さん、帰りにアヅキ・アイスでも食べますか」
と　み「へぇ、ご馳走《つそう》さん」
庫　造「さ、行きましょう」
で、三人、おりてゆく。

58　**階下　店**

キヨが客の髪にクリップをつけているのを、志げが傍に立って見ている。
そこへ三人が来て――
庫　造「ちょいと風呂行ってくる」
志　げ「そう、行ってらっしゃい」
と　み「行って来ます」
志　げ「あ、お母さん。そこのあたしの汚い下駄はいてくといいわ」
と　み「そう、じゃ、ちょっと……」
志　げ「行ってらっしゃい」
で、三人が出てゆくと――
志げ、ふと何か考えついて、電話をかける。
志　げ「モシモシ、米山商事ですか。――平山紀子お願いします。はい、どうも……あ、紀子さん？　あたし……いいえ、こっちこそ……。あのね。お願いがあるんだけど。明日どおあんた、ひまないかしら？　いえね、お父さんお母さん、まだ東京どッこも見てないのよ……そうなの、だからあんた、明日でも都合ついたら、どこか案内してやってほしいの、悪いけど……そう、ほんとはあたしが行けると一ばんいいんだけど、ここんとこちょっとお店あけられないのよ……うん、そうなの、悪いわねえ……。え？　あ、そう……うん……うん……」

59　**米山商事の事務所**

事務員が七、八人いるだけの小さなゴタゴタした会社である――
紀子が電話に出ている。

紀　子「じゃ、すみません、ちょいとお待ちンなって——」
と受話器を置いて上役のところへ行く。
紀　子「まことに勝手ですけど……」
上　役（仕事をつづけながら）「なんだい」
紀　子「明日一日おひま頂けないでしょうか」
上　役「いいよ」
紀　子「すみません」
上　役「旭アルミの方いいかね？」
紀　子「はあ、今日中にやっときます」
と会釈して電話へ戻ってゆく。
紀　子「モシモシ、あ、お待たせして……じゃ明日、九時ころお迎いに上ります。え？　いいえ、いいんです。じゃ、明日——」

60 **進行中の遊覧バス**
周吉夫婦が紀子と一緒に乗っている。

バス・ガールの説明——

「——皆様ようこそ東京をお訪ね下さいました。ご上京を機会に皆様とご一緒に、大東京の歴史を繙《ひもと》いてみることに致しましょう」

61 **流れ去る丸ノ内風景**

62 **窓から見た宮城**
「——千代田城と呼ばれておりました皇居は、今から約五百年ほど前に、太田道灌が築城致しましたもので、美しい松の緑をお濠に映した風雅と静寂な姿は、大東京の雑踏の中にありながら、洵《まこと》に床しい限りでございます」

63 **銀座**
走ってゆくその遊覧バス——

64 **デパートの横丁**
そのバスが停っている。

65 **デパートの屋上**
周吉夫婦と紀子が街を眺めている。
紀　子「お兄さまのお宅はこっちの方です」
周　吉「そうか」
と　み「志げのとこは？」
紀　子「お姉さまのお家は、さァ、この辺でしょうか」
と　み「あんたんとこは？」
紀　子「あたくしのとこは（と反対の方を振返って）こちらですわ、この見当になりますかしら」
と　み「そう」
紀　子「とても汚いとこですけど、およろしかったらお帰りに寄って頂いて……」
周　吉「ああ」
案内のバス・ガールが向うでみんなを呼ぶ。
「皆さま、そろそろまいります。お集り願います」
みんながその方へ集まってゆく。

66 **その屋上から見た市街**

67 **同日　紀子のアパートの外景——**
古びたアパートである。

もう夕方で、西日があたっている。

68 **二階の或る一室**
母衣《ほろ》蚊帳に赤ン坊が寝ていて、傍で若い細君が洗濯物をたたんでいる。
ノックの音——
細　君「どなた？」
ドアがあいて紀子が這入ってくる。
細　君「ああ、早いのね、今日——」
紀　子「ミコちゃんおねんね？」
細　君「やっと今、寝たとこ」
紀　子「ちょっとお願い、お酒ないかしら？」
細　君「お酒？」
紀　子（頷いて）「お父さんお母さん来たの」
細　君「そう、少しぐらいならあるかも知れない」
と立って一升瓶を持ってくる。二合ほど残っている。
細　君「これだけしかないわ、たりる？」

紀子「ええ、じゃちょいと貸してね、すみません」
　と出てゆく。

69 廊下

　紀子、隣の自室へ這入ってゆく。

70 紀子の部屋

　周吉夫婦が棚の上の昌二（戦死した次男紀子の亡夫）の写真を見ている。
　紀子が這入ってくる。

周吉「ああ、この昌二の写真、どこで撮ったんじゃろう」
紀子「鎌倉です。お友達が撮って下すって……」
とみ「いつごろ？」
紀子「戦争にいく前の年です」
とみ「そう――（そして周吉に）まばいそうな顔をして……」
周吉「ウーム……これも首うまげとるなあ」
とみ「あの子の癖でしたなあ」
周吉「ウーム」
　その写真――

71 廊下

　紀子が出てきて、また隣室へ行き、ドアをノックしてあける。

72 隣室

　細君が見迎える。

細君「なアに？」
紀子（微笑して）「徳利とお猪口――」
細君「ああそうか――」
　と立って戸棚から徳利と盃を出し、ついでに小丼を出して、
細君「これ持ってく？　ピーマンの煮たの。おいしいのよ」
紀子「ありがとう。頂いてくわ」
細君（それと徳利と猪口を渡しながら）「洗ってあるわ」
紀子「すみません、たびたび」
　と出てゆく。

73 紀子の部屋

　周吉ととみ――
　紀子が戻ってくる。

とみ「紀さん、もうほんとに構わんで下さいよ」
紀子「いいえ、なんにもお構い出来ません」
とみ「ほんとに今日はお蔭さんで……」
　と言いながら仕度にかかる。
紀子「いいえ……お父さまお母さま、却ってお疲れになったでしょう」
周吉「いやァ、思いがけのうあっちこっちィ見せともらうて……」
　紀子、布巾を持って来て、両親の前のチャブ台を拭き、皿小鉢や箸などを並べる。
とみ「すみませなんだなあ、お勤め休ましてしもうて」
紀子「いいえ……」
周吉「忙しいんじゃなかったんか」
紀子「いいえ、よろしいんです。小さい会社ですから、忙しい時は日曜も出ますけど、いま恰度ひまな時ですから……」
周吉「そうか、そんならええけど……」
　紀子、立って徳利を持ってくる。
紀子（盃を周吉に出して）「どうぞ」
周吉「ああ、そうか」（と受ける）
紀子「なんにも召上るものがなくて……」
周吉「いやァ……（と盃を乾して、とみに）やっぱりうまいなあ」
紀子「お父さま、お酒お好きなんですの？」
とみ「へえ、昔しゃよう飲みなさったんよ。うちにお酒が切れたら、とっても機嫌が悪うなって、おそうなってから、また出て行ったりしてなあ」
周吉「ウーム」（と苦笑する）
とみ「男の子が生れるたんびに、この子が大きうなってお酒のみにならなきゃいいと思って……」
周吉「昌二はどうじゃった」
紀子「いただきましたわ」
とみ（意外そうに）「そお？」

紀　子「会社の帰りなんかに何処かで飲んで、おそくなって電車がなくなると、よくここへお友達つれて来たりして……」
周　吉「そうか」
と　み「じゃ、あんたも困った組じゃのう」
紀　子（微笑して）「ええ、でも今から思うと懐しい気がしますわ」
と　み「ほんまにのう、わたしら離れとったせいか、まだどっかに昌二がおるような気がするんよ。それで時々お父さんにおこられるんじゃあけーど……」
周　吉「いやァ、もうとうに死んどるよ。八年にもなるんじゃもの」
紀　子「…………」
と　み「そりゃそうですけーどなあ……」
周　吉（紀子に）「――あれもなかなか腕白なヤンチャな奴じゃったからあんたにもいろいろ厄介かけたろう……」
紀　子「いいえェ……」
と　み「ほんまになあ、あんたにも苦労かけて……」
紀　子「…………」
ノックの音――
紀　子「はい」
と立って行ってドアをあける。
丼物を持った出前の男が立っている。
出　前「お待遠さま」
紀　子「ありがとう」
出前の男、渡して去る。
紀子、それをチャブ台へ運ぶ。
紀　子「おいしくないでしょうけど、どうぞお母さま――」
と　み「おおけに」
紀　子「どうぞ召上って――」
と　み「そう、じゃ頂きます」
とみ、チャブ台に向ってすわり直し、丼の蓋をとる。
紀子、周吉の前にも丼を出す。

74　同夜　ウララ美容院

ガランとした店の隅の腰掛けで、訪ねて来た幸一と志げが団扇を使いながら話している。
幸　一「おそいねえ」
志　げ「もう帰ってくるわよ――お父さんお母さんいつまで東京にいるのかしら」
幸　一「ウーム……なんとも云ってないのかい？」
志　げ「ウン、別に……。ねえ兄さん、あたし、考えたんだけど、ちょいと三千円ばかり出してくれない？」
幸　一「なんだい」
志　げ「ううん、あたしも出すのよ。二千円でいいかな。やっぱし三千円はいるわね」
幸　一「どうするんだい」
志　げ「ううん、お父さんお母さん、二、三日熱海へやって上げたらどうかと思うのよ」
幸　一「ウーム」
志　げ「兄さんだって忙しいし、あたしもここんとこ講習会や何かで手があかないのよ。そうかって、そうそうは紀子さんにも頼めないし……どお？」
幸　一「ウーム、そりゃいいかも知れないね」
志　げ「熱海でいい宿屋知ってンの。見晴らしがよくて、とっても安いの」
幸　一「そりゃいいじゃないか。行ってもらうか、そこへ」
志　げ「喜ぶわよ、お父さんお母さん」
幸　一「そりゃいい。おれもちょいと困ってたんだ。そりゃいいよ、どッかへつれてくッたって、二、三千円はかかるからね」
志　げ「そうよ、この方が安上りよ。それに温泉にも這入れてさ――（ふと人の気配に振返って呼びかける）ねえ――」
奥の部屋で庫造が振返って、
庫　造「なんだい」
と出てくる。
志　げ「ねえ、今も兄さんと話してたんだけど、お父さんお母さん熱海へやってあげようと思うの」
庫　造「そうかい、そりゃいいじゃないか――

(幸一に) あたしも気になってたんで
すよ。どうもひまがなくて、どッこも
ご案内出来ないし……」
志　げ「だからさ、どお?」
庫　造「賛成だね、(幸一に) そりゃいいです
よ」
幸　一 (頷いて)「じゃ、そうするか」
志　げ (頷いて庫造に)「うちにいて貰ったっ
て、なんにもして上げられないしね
え」
庫　造「そう、そうだよ。(幸一に) 熱海はい
いですよ。(と自分もそこの椅子に腰
をおろして幸一に) この暑いのに東京
見て歩くよりゃ、温泉へでも入って、
ゆっくり昼寝でもして貰う方が、お年
寄にはよっぽどいいですよ、ねえ」
(と志げを見る)
志　げ「そうよねえ――(呟くように) でもお
そいわねえ」
幸　一「紀子のアパートへでも寄ったんじゃな
いかな」
志　げ「ああ、そうねえ」
と団扇で足下の蚊をパタパタと追う。

75 **熱海の街**
街を囲む山――
海岸の防波堤――

76 **海に近い宿屋の一室** (二階)
宿の浴衣に着更えた周吉ととみが、お茶
を飲みながら――
と　み「思いがけのう温泉へもはいらしてもら
って……」
周　吉「ああ……思わん散財をかけた……」
と　み「ええ、気持ですなあ」
周　吉「ウム、明日は一つ早う起きて、この辺
をずっと歩いてみうか」
と　み「そうですなあ。なんでもこの先の方に
ええ景色のとこがあるそうですよ、女
中さんがそういうとりました」
周　吉「そうか――(海の方を見て) 静かな海
じゃのう」
と　み「へえ」

77 **その静かな海――**

78 **同夜　宿屋の廊下** (階段下)
大時計がもう十一時半ころをさしてい
る。
女中が寿司の大皿を持って、階段を上っ
てゆく。

79 **二階の廊下**
女中が寿司を一室へ運んでゆく。

80 **その部屋**
二つの部屋をあけ放して、二タ組の客
が、敷いた蒲団をまくり上げて、マージ
ャンを囲んでいる。
女も加えて、総勢十一、二人。どこかの
会社の団体であろう。
蒲団の上に寝そべっている者などもあ
る。
遠く艶歌師の流行歌が聞えている。
女　中「お待遠さま――」
と寿司を置いて出てゆく。
男　A「おい、来たぞ寿司――おい、ポン!」
男　B「あ、持ってたか」
男　C「痛てえとこポンしやがったな」
男　D「いやァ、痛くない痛くない、いいポン
だ (と、ツーモして、そのパイを捨て
ながら) バッカヤロウ!」
男　C「ほーらい、通るか」(と捨てる)
男　B (ツモって、捨て)「リーチ!」
男　A「リーチ?　これお前捨てたんだな?」
男　B「捨てたよ」
男　D「バッカヤロウー」(とツモる)

81 **廊下**
マージャンの音――艶歌師の流行歌が近
づく。
糸川べりへでも出かけたらしい男が二
人、帰ってきて、その部屋へ這入ってゆ

く。

82
老夫婦の部屋
周吉もとみも床に就いている。
マージャンや艶歌師の騒音が聞えて、二人とも眠られないらしい。
とみ「ひどう賑やかですのう」
周吉「ウーム」
とみ「もう何時ごろでしょうかのう」
周吉「ウーム……」

83
廊下
マージャンの騒音に加えて、艶歌師の流行歌が一層近づく。

84
宿の前の往来
勢いこんで歌いまくる艶歌師の一団——

85
老夫婦の部屋
周吉、我慢していたが、いよいよ寝苦しくなって「ウーム」と起き返り、溜息をする。
とみも起き返って、ガッカリしたように溜息をする。
艶歌師の歌は益々うるさい。

86
朝（——熱海——）
街を囲む山々が明るく映えて——

87
宿の二階
廊下の片隅に昨夜の名残の皿小鉢やビールの空瓶が纏められて——
女中が流行歌の鼻唄で部屋の掃除をしている。

88
防波堤
宿の浴衣を着た周吉ととみが朝風に吹かれながら休んでいる。
とみ（周吉がだるそうに頸を叩いているのを見て）「どうかしなさった？」
周吉「ウーム」
とみ「ゆうべよう寝られなんだせいでしょう」
周吉「ウム——お前はよう寝とったよ」
とみ「嘘いいなしゃ。わたしも寝られんで……」
周吉「嘘をいえ。鼾ィかいとったよ」
とみ「そうですか」
周吉「——いやァ、こんなとこあ若キャ者の来るところじゃ」
とみ「そうですなあ」

89
宿の二階
女中が二人、廊下や部屋を掃除しながら——
女中A「ねえ、ゆうべの新婚どお？　ガラ悪かったねえ」
女中B「あれほんとに新婚かしら。あんなのないよ。今朝なんか旦那さんとうに起きてンのに、いつまでも床ン中でタバコ吸っててさ」
女中A「男の方も甘いよ。あたし、聞いててやったら、もう君はスッカリ僕のもんだよ、耳も目もその口も、みんな僕のもんだよ、なんて言ってンだよ」
女中B「だれのもんだかわかりゃしないよ、あんなの」

90
防波堤
周吉ととみ——
とみ「京子あどうしとるでしょうなあ」
周吉「ウーム……そろそろ帰ろうか」
とみ（微笑して）「お父さん、もう帰りたいんじゃないんですか？」
周吉「いやァ、お前じゃよ。お前が帰りたいんじゃろ（と笑って）——東京も見たし、熱海も見たし、もう帰るか」
とみ「そうですなあ。帰りますけい」
周吉「ウム」
と立ち上る。
とみもつづいて立つが、目眩いでもしたらしくヨロヨロする。
周吉「どうした？」
とみ「なんやら、ふらッとして、イイエ、もうええんです」

周　吉「よう寝られなんだからじゃろう――行こう」
で、両人、宿の方へ戻ってゆく。

91　宿の二階

掃除のすんだ部屋のチャブ台の上に、お茶と梅干が出してある。

92　ウララ美容院

同じ日の昼下り――
助手のキヨが器具の手入れをし、志げが奥さん風の女の髪をセットしている。ほかにドライヤーをかぶって雑誌を読んでいる女がいる。
志　げ（セットしながら）「一度奥さま、アップにしてごらんなさいましよ。屹度よくお似合いになるわ」
女　「そうかしら」
志　げ「とてもネープラインがお綺麗ですもの。レフト・サイドをグッと詰めて、ライト・サイドにふんわりウェーブでアクセントつけて……」
女　「じゃ、今度一度そうやってみようかしら……」
志　げ「ええ、その方がズッと個性的ですわ」
もう一人の女（助手に）「ちょいとキヨちゃん、ほかの雑誌貸して――マッチも……」
キ　ヨ「はい」
と別の雑誌を渡し、マッチを擦ってやる。
志　げ（その女に）「今日はお出かけお早いんですか」
女　「ううん、今日は遅番よ」
そこへ老夫婦が帰ってくる。
キ　ヨ「あ、お帰んなさいまし」
周　吉「や、只今」
志　げ「アラ、もう帰ってらしったの？」
周　吉「ああ」
と　み「只今」
志　げ「もっとゆっくりしてらっしゃりゃいいのに……どうなすったの？」
周　吉「ああ、いやいや」
と　み「只今……」
と奥へ通ってゆく。
客の女「どなた？」
志　げ「ええ、ちょいと知合いの者――田舎から出て来まして……」
女　「そう」
志　げ「ちょいとキヨちゃん、あんた、ここピンカールして――」

93　二階

周吉ととみ、ほッとしてくつろいでいる。
と、志げが上ってくる。
志　げ「どうなすったの？　ずいぶん早かったのねえ」
周　吉「ウーム」
志　げ「熱海どうでしたの？」
周　吉「ウム、よかったよ。ええお湯じゃった」
と　み「見晴らしのええ宿屋で、とてもよかったよ」
志　げ「そうでしょ。あすこいいのよ、まだ建ったばっかりだし……混んでませんでした？」
周　吉「ウム、少し混んどった」
志　げ「ご馳走、どんなもの出ました？」
と　み「おサシミに茶碗むしに……」
志　げ「おサシミおいしかったでしょ？　あすこ海が近いから……」
と　み「大けな玉子焼も出てのう」
志　げ「なんだって帰ってらしったの？　もっとゆっくりしてらっしゃりゃいいのに」
……二、三日ノンビリして頂こうと思ってたのよ」
周　吉「ウーム、でも、もうそろそろ帰ろうか思うてのう」
志　げ「まだいいじゃありませんか、たまに出てらしったのに」
周　吉「いやァ、でももう帰らんと……」
と　み「京子も寂しがっとるじゃろうし」
志　げ「大丈夫よお母さん、京子だってもう子供じゃないんだし……今度のお休み、歌舞伎へでもお伴しようと思ってたのよ」

周吉「そう——でも、そうそう散財かけちゃ悪いけーのう」

志げ「ウウン、ゆっくりしてらっしゃりゃいいのよ。今晩はちょいと七時から家で寄合いがあるけど……いえね、講習会なのよ」

とみ「そう、大勢さんおよんなさるんか」

志げ「ええ、生憎くうちが番だもんだから」

周吉「そうか、そりゃいけなんだなあ」

志げ「だからゆっくりして来てほしかったのよ。あたしもそう言っときゃよかったんだけど……」

とキヨが顔を出す。

キヨ「先生、ピンカール出来ましたけど……」

志げ「ああそう（両親に）じゃ、ちょいと……」

キヨのあとからおりてゆく。

周吉（ガッカリしたように）「どうする?」

とみ「どうします?」

周吉「また幸一のとこへ行って迷惑かけてもなァ……」

とみ「そうですなあ——紀子のとこへでも泊めて貰いますか」

周吉「いやァ、あすこも二人じゃ無理じゃ。お前だけ行って泊めて貰い……」

とみ「じゃお父さんは?」

周吉「服部さんを訪ねてみよう思うんじゃ。なんならそこへ泊めて貰うよ——兎に角、ま、出かきうか」

とみ「へえ」

そして荷物の中から洗面具などを出す。

周吉（微笑して）「——とうとう宿無しんなってしもうた……」

とみも笑って頷く。

94 上野公園の一隅

そこのベンチに周吉ととみが腰をおろして、ボソボソ南京豆か何かを噛っている。

周吉（時計を出してみて）「もうそろそろ紀子も帰る時間かのう」

とみ「そうですか」

周吉「まだチョット早いかなあ」

とみ「でもお父さん。服部さんお訪ねになるんなら、あんまりおそくなっちゃ……」

周吉「そうじゃなあ。ぶらぶら行ってみようか」

で、ゆっくり立上って歩き出し、街の方を眺めながら、

周吉「なァおい、広いもんじゃなあ東京」

とみ「そうですなあ。ウッカリこんなとこではぐれでもしたら、一生涯探しても会わりゃしやせんよ」

周吉「ウーム」

とみ「あ!」

と手提袋をベンチに忘れたことに気が付き、いそいで取って戻る。

周吉「ソレ見い、すぐそれじゃ」

そして再び肩を並べて歩み去ってゆく。

95 夕方 代書屋（服部の家）の表

もう表のガラス戸がしまって、カーテンが引いてある。

96 奥の部屋

訪ねて来た周吉が旧友の服部修（68）、その老妻よね（60）と懐しげに語り合っている。

服部「フーム、もうそんなになりますかなァ」

周吉「あれからもうかれこれ十七、八年ですわ」

服部「そうですか——やどうも毎年毎年年賀状を頂いて」

周吉「いやいや、わたしの方こそ」

よね「尾道もだいぶ変りましたでしょうなァ」

周吉「いやァ、ええあんばいにあそこは戦災を逃れましてなァ、アノ、お宅がおられた西御所の辺も昔のままでさあ」

よね「そうですか、ええとこでしたなァ。千光寺ィに登ると、眺めがようてねぇ」
服部「アア、花時がすむと、うまい鯛が安うなって……東京へ来てからは鯛もサッパリ食えましぇんわ」
よね「ほんとうになァ――（ふと気が付き）なァ、あんた」
服部「ウム？」
よねが何か囁く。
服部「ウム、あとでええ」
そこへ二階からセビロの青年（下宿人）がおりてくる。
青年「小母さん、伊坂が来たら、そこのパチンコ屋にいるって、そう言って下さい」
よね（頷いて）「行ってらっしゃい」
青年「お願いします」
と出てゆく。よねも台所へ立ってゆく。
服部「いやァ、二階を貸しとるんですが、よう遊ぶ男でなァ」
周吉「ホウ」
服部「法科の学生ですがナ。法律のことはなんも知らんですなァ」
周吉（微笑して）「そうですか」
服部「パチンコやマージャンじゃいうて国の親御さんもなかなか大へんでさあ」
と二人、声を合せて笑う。
よね（台所から）「なァ、あんた――」
服部「うむ？　ウム――（そして周吉に）どうですか、久しぶりに、どこぞで一ぱい」
周吉「ああ」
よね「うちじゃ何のお仕度も出来ましぇんのでねえ」
周吉「イヤイヤ、突然伺うて……」
服部「あんた覚えとられるかなァ、あの時分の警察署長の……」
周吉「ああ、沼田さん――」
服部「そうそう、おられるんでさあ、この近くに」
周吉「ホウ、そうですか。今どうしとられますか」
服部「息子さんが何とか印刷の部長じゃとかでねえ。今じゃ楽隠居でさあ」
周吉「そうですか、そりゃ結構じゃ……」
服部「誘うてみましょうか」
周吉「ああ、そりゃ是非――こりゃ思いがけない……そうですか……」

97　街のネオンの広告塔

上野広小路あたりである。

98　それの見える小料理屋の二階

周吉が先輩の沼田三平（71）と服部と三人で鍋物を囲んで歓談している。
沼田（徳利をさして）「まあまあどうぞ」
周吉「いやァ、もう充分いただいて……」
服部「いやァ、まだまだ、ええじゃないですか、久しぶりじゃ」
周吉「いやァ、ここんとこズッとやめとりますんでなあ」
服部「しかし、あんたあ強かったなァ。ホラ、知事さんが尾道へ来たとき……」
沼田「ああ、竹村屋でか、アハ……」
服部（沼田に）「あの時アあんたも酔うとったぞ。ホラ、どういうたかな、色の白いポチャッとした妓――」
沼田「梅ちゃんか」
服部「ありゃァ、あんた好きじゃったんじゃろ」
沼田「ハハハハ、それが君、知事さんと鞘当でなァ、えらいこっちゃ」
服部（周吉に）「あんたもちょっと好きじゃったんじゃろ」
周吉「いやァ、どうもお恥かしいこッて……（と苦笑して）どうも昔から呑むといかんですわい」
沼田「イヤイヤ、そんなことあない。ちーたあ呑んだ方がええ。さ、あけなさい」
周吉「いやァ」（と、乾して受ける）
服部「しかし、あんたんとこはええわ。子供さんがみんなしっかりしとるけ！」
周吉「いやァ、どんなもんかのう……」
服部「うちなんかせめてどっちぞ生きとって

くれたらとよう婆さんとも話すんじゃが……」

沼田「二人ともたあ痛かったなァ――（周吉に）あんたンとこは一人か」

周吉「うむ、次男をなあ」

服部「いやァ、もう戦争はこりごりじゃ」

沼田「ウーム、全くなァ――しかし子供いうもんも、おらにゃおらんで寂しいし、おりゃァおるで、だんだん親を邪魔にしよる。二つええこたァないもんじゃ（と侘びしげに盃を乾して）ま、いこう」（と服部にさす）

服部「うん」

と、受けるが、一瞬みんなしんみりする。

服部「いかん、こりゃ話が湿っぽうなって来た」

沼田「ハハハハ、元気ゥ出すか」

服部「ウム、やろやろ。（と周吉に酌をしながら）うちがもうちょっと広けりゃ今夜は泊ってもろうて夜明しでやるんじゃが……」

と立上って廊下へ出て、手を叩き、

服部「おい、姐さん、お酒――（とまた手を叩いて）ちょいと姐さん酒持ってこい」

と言いながら下へおりてゆく。

沼田「――しかしあんた、よう出てきたなァ」

周吉「いやァ、あんたに東京でお目にかかれるたァ思わなんだ……」

99　明滅する広告塔

100　同夜　場末の町通り

もう大分更けている。

101　そこのおでん屋「お加代」

沼田、服部、周吉の三人が、いずれもかなりのご機嫌で鍋前に陣取っているが、服部はもう酒づかれで、ウトウトしている。

女主人のお加代は、ちょいと小粋な中年増である。

加代（徳利を沼田の前に出して）「はい、熱いの」

沼田「おお、ま、一杯ついでくれイや」

加代（お酌しながら）「ずい分ご酩酊ね今日」

沼田「なァ平山君、どうかのうこの女、どっか似とるじゃろうが」

加代「また始まった」

沼田「なァ、似とらんですか」

周吉「ホウ、誰に？」

服部（ふっと顔を上げて）「はあァ、似とる似とる」

沼田「誰に？」

服部「梅ちゃんやろ？」

沼田「ちがうちがう、梅ちゃんはもっとよゥ肥えとった。うちの家内じゃ」

周吉「ホウ、そう言や似とるなァ」

沼田「似とるじゃろ、この辺がなァ……」

加代「もう好い加減に帰ったらどお？　ずいぶん呑んだわよ、あんた今日」

沼田「邪慳なとこもよう似とる」

加代「くどいのよ、あんた」

沼田「家内もようそう言ようた。アハ……。――おい、ちょいと来てお酌してくれえ、おい」

しかし加代はもう相手にしない。

周吉（徳利をとって）「服部さん、どうじゃ」

と、差すが、服部はもう他愛なく、

服部「もういけん」

と、首を振るだけで、グッタリしている。

沼田（ひとり感慨にひたって、周吉に）「しかし、ま、あんたが一ばん幸せじゃ」

周吉「どうしてえ」

沼田「東京へ来りゃ、ええ息子さんや、娘さんがおるし……」

周吉「そりゃァ、あんたんとこでもそうじゃ」

沼田「イヤァ、うちの奴はいけん。嫁の機嫌ばッかりとって、このわしを邪魔にする。仕様もない奴じゃ」

周　吉「でもあんた、印刷会社の部長さんじゃったら――」

沼　田「なァんの、部長さんなもんか！　まだ係長じゃ。あんまり体裁が悪りいんで、わしゃ人様に部長じゃ部長じゃ言うとるんじゃけえど、出来損《できそこな》いでさあ」

周　吉「いやァ、そんなこたぁない」

沼　田「遅う生れた一人子で、甘やかしたのが失敗じゃった……それからみると、あんたンとこは大成功じゃ。ほんまの博士じゃもんなァ」

周　吉「いやァ、今時、医者の博士はザラじゃァ」

沼　田「いやァ、親の思うほど子供はやってくれましぇんなァ。第一、覇気がない。大鵬の志というものを知らん。それでわしゃァ、こないだも伜に言うた。そしたら伜の奴、東京は人が多ゆうて上がつかえとるなどと言やがる――あんた、どう思う。意気地《いくぢ》のない話じゃろうが敢闘精神いうもんがなんにもない。わしゃァ、そんなつもりで育てたんじゃない……」

周　吉「そりゃ沼田さん、ちょっとあんた……」

沼　田「ウム？　じゃあんた、そう思わんのかのう。あんたは満足しとるんか」

周　吉「いやァ、決して満足ァしとらんが……」

沼　田「そうじゃろ、あんたですら満足しとらんのじゃ……わしァ、悲しうなってきた……」（と目をこする）

服　部（ふと顔を上げて）「ア、もういけん、もう呑めん」（そしてまたグッタリしてしまう）

周　吉「――しかしなァ沼田さん、わしも今度出て来るまであ、もうちいっと伜がどうにかなっとると思うとりました。ところがあんた、場末のこうまい町医者ですぁ。あんたの言うことぁようわかる。あんたの言うようにわしも不満じゃ。じゃがのう沼田さん。こりゃァ世の中の親ちうもんの慾じゃ。慾張ったら切りがない。こりゃァ諦めにゃならんと、そうわしゃおもうたんじゃ」

沼　田「おもうたか」

周　吉「おもた」

沼　田「そうか、あんたもなァ……」

周　吉「あれもあんな奴じゃなかったんじゃが……仕様がないわい。やっぱり沼田さん、東京はのう人間が多すぎるんじゃ」

沼　田「そうかのう」

周　吉「まァ、ええとおもわにゃいかんじゃろう」

沼　田「そうじゃのう、今時の若いもんの中にゃ、平気で親を殺す奴もおるんじゃから、それに比べりゃナンボウかマシな方か、ハハハハ」

加　代「ちょいと！　もう十二時よ！」

沼　田「十二時が何じゃ」

加　代「いい加減に帰ってよ、もう」

沼　田「ハハハハ、お前《めえ》はそんなとこがよう似とる。ほいじゃけわしゃ好きなんよ」

加　代（ツンとして服部に目をやり）「どうすンのよ、この人」

沼　田「ああ、ほっとけほっとけ！　今晩は徹底的に呑むんじゃ。ねえ、君、愉快じゃのう」

周　吉「ウーイ、ああ、愉快愉快――」

そういう中で、服部だけがグッスリ寝こんでいる。

102 **同夜　紀子のアパートの廊下**

どこかの部屋で時計が十二時を打っている。

103 **紀子の部屋**

もう床が敷いてあり、とみがその上にすわって、紀子に肩を揉んでもらっている。

と　み「アア、おおけにもう沢山……」

紀　子「イエ……」（と叩きつづける）

とみ「ああ今日の一日《いちんち》ちゃ長かった……熱海からもどって、志げのとこへ行って、上野公園へ行って……」
紀子「お疲れになったでしょう」
とみ「なんの――あんたにも迷惑かけてのう……すまんと思うとります……」
紀子「いいえ――でもほんとによく来て頂いて……もう来て頂けないかと思ってましたわ」
とみ「方々で厄介になって……（まだ紀子が肩を揉んでいるので）もうほんとに沢山」
紀子「そうですか」
とみ「どうもありがとう」
紀子、立って水薬罐と湯呑をとみの枕元へ持ってくる。
とみ「あんた、明日《あした》お勤めが早いのに、こないにおそうまで……」
紀子「いいえ、お母さまこそ……おやすみになりましたら？」
とみ「そう、じゃ休まして頂こうか……」
紀子「どうぞ」
紀子、とみを労わって蒲団などかけてやる。
とみ「思いがけのう昌二の蒲団に寝かしてもろうて……」
紀子、窓をしめに立ってゆく。
とみ、紀子が戻るのを待って……
とみ「なあ、紀さん――」
紀子「は？」
とみ「気を悪うされると困るんじゃけーど……」
紀子「なんでしょうか？」
とみ「昌二のう、死んでからもう八年になるのに、あんたがまだああして写真なんか飾っとるのを見ると、わたしゃなんやらあんたが気の毒で……」
紀子（笑顔で）「どうしてなんですの？」
とみ「でも、あんたまだ若いんじゃし……」
紀子（笑って）「もう若かありませんわ……」
とみ「いいえ、ほんとうよ。あたしゃ、あんたにすまん思うて……時々お父さんとも話すんじゃけーど、ええ人があったら、あんた、いつでも気兼ねなしにお嫁に行ってつかわさいよ（下さいよ）」
紀子「…………」（笑っている）
とみ「ほんとうよ、そうして貰わんと、わたしらもほんとにつらいんじゃけ」
紀子（笑って）「じゃ、いいとこがありましたら……」
とみ「あるよ、ありますとも。あんたなら屹度ありますさあ」
紀子「そうでしょうか」
とみ「……あんたにゃ今まで苦労のさせ通しで、このままじゃ、わたしすまんすまん思うて……」
紀子「いいの、お母さま、あたし勝手にこうしてますの」
とみ「でもあんた、それじゃァあんまりのう」
紀子「いいえ、いいんですの。あたし、この方が気楽なんですの」
とみ「でもなあ、今はそうでも、だんだん年でもとってくると、やっぱり一人じゃ淋しいけーのう」
紀子「いいんです、あたし年取らないことにきめてますから」
とみ（感動して涙ぐみ）「――ええ人じゃのう……あんたァ……」
紀子（淡々と）「じゃ、おやすみなさい」
と、立って電燈を消し、蒲団に這入るが、やがてその紀子の眼にジンワリと涙がにじんでくる。

104 **ウララ美容院の店**

電燈が消され、椅子や道具に白布がかけてある。

105 **奥の部屋**

志げと庫造が床をならべて眠っている。
戸を叩く音。
男の声「今晩は……今晩は……」
両人、眼をさます。
戸を叩く音――

声「モシモシ……モシモシ……金子さん……」
志げ「はい、どなた？ ――誰だろう」
庫造「ウム」
志げ、寝巻の前を合せながら出てゆく。

106
店

志げ、店の電燈をつけて――

志げ「どなた？」

声「そこの交番の高橋ですが……」

志げ「ああ、どうも……」

と、戸をあける。巡査が立っている。

巡査「や、どうもおそく……お宅の知合いの方をおつれしたんですが……」

志げ「――？」

巡査「大へん、酔っておられて……」

周吉がフラフラと現われる。

志げ「なんだ、お父さん？ ――（巡査に）どうもすみません」

と、つづいて沼田がフラフラと現われる。

巡査「じゃ、ごめんなさい」

と、敬礼して去りかけると、沼田がそれに対して無言で敬礼を返す。

周吉も沼田も殆んど泥酔に近い。

志げ（沼田を見て）「どなた？ お父さん――」

周吉「イヤァ……」

そして、志げが表をしめている間に、二人は土足のまま上って、パーマネントの椅子にドカリと腰をおろす。

志げ（戻って来て）「お父さん！ どうしたのよ！ お父さん！」

周吉「ウーム……」

庫造も寝巻のままで奥から出てくる。

庫造「どうしたんだい？」

志げ「変な人つれて来ちゃったの」

庫造「だれだい」

志げ「わかんない」

沼田（廻らないロレツで）「ああ……愉快愉快……ウーム……」

志げ（稍々邪慳に）「どうしたのよ、お父さん！ お父さん！ どうしたのよ！」

周吉（他愛なく）「やァ……全くじゃ……仕様がないわい……ウーム……愉快じゃ」

志げ「仕様がないわねぇ……（と眉をひそめて）折角やめてたのに、また呑んじゃって……（と沼田を見て、邪慳に揺り起す）モシモシ、モシモシ、あなた――」

沼田「アア、愉快、愉快愉快……」

志げ（再び周吉の肩をゆすって）「お父さん！ お父さん！ ……仕様がないわねえ！」

と、ガッカリそこに腰をおろす。

庫造「どうしたってンだい。どこで呑んで来たんだい」

志げ「どこだか!! （と吐き出すように呟いて）――だらしがないわねえ……お父さんは昔はよく呑んだのよ、宴会だって言うと、いつもグデングデンになって来て、なんだかんだってお母さんを困らせたもんよ。いやでねえ、あたしたち……それがやっと、京子が生れる時分から、まるで人が変ったみたいにスッカリやめちゃって、いい塩梅だと思ってたのに……」

沼田（いきなり頓狂に）「ああ、そりゃいけん、ああ、いけんいけん、アア……」

言ったかと思うと、もうグウグウ眠っている。

庫造（さすがに眉をしかめて）「おい、どうする？」

志げ（ウンザリして）「――今日はもう帰って来ないと思ってたのに、変な人連れて来ちゃって……いやんなっちゃうなァ……」

と奥へ行く。

107
奥の座敷

志げ、ゲッソリしてドカリと蒲団の上にすわる。

庫造が来る。

庫　造「おい、あのままにもしとけないよ」

志　げ「――仕様がないわねぇ……」

庫　造「キヨちゃん下へ来て貰って、二階に寝て貰おうか」

志　げ「あんなに酔っぱらってて、二階なんか行けるもんですか」

庫　造「どうする？」

志　げ「いやんなっちゃうなァ……（と立上って）あんた、それ（毛布）持って二階行って寝てよ、ここに寝かしちゃうから」

庫　造「そうか」

と毛布を持って立つ。志げ、自分の毛布も渡す。

庫造、それを持って出てゆく。

志げ、あとのシーツを直したり、座蒲団を折って枕にしたりしながら、ひとりで愚痴ッぽく呟く。

志　げ「――厄介だねえ。帰るんなら帰るってそう言ってきゃいいのに……こんなにおそく酔っぱらって帰って来て……だからお酒呑みは嫌いさ……変な人までつれて来ちゃって……馬鹿にしてる……」

108　店では――

周吉と沼田が、だらしなく椅子にかけたまま、大イビキで熟睡している。

109　朝　紀子のアパートの外景

110　廊下

紀子が洗った食器を持って自室へ戻ってゆく。

111　室内

とみが帰り仕度をして、足袋を穿いている。

紀子が這入ってくると――

と　み「ほんまにご厄介になって……」

紀　子「いいえ、こんな汚いとこで……」

と　み「あんた、お勤めおくれやせんな？　まだええの？」

紀　子「ええ、まだ大丈夫です――（と棚の上の紙包みを持って来て）ねえお母さま……」

と　み「なんな」

紀　子「アノ、お恥かしいんですけど、これ――」

と　み「なに？」

紀　子（笑って）「お母さまのお小遣い」

と　み「何をあんた」

紀　子「いいえ、ほんとに少ないんですけど……」

と　み「駄目でさあんた、こんなこと――」

紀　子「でも、気持だけなんですから……」

と　み「いけんいけん」

紀　子「でもお母さま――」（と無理に手を取って渡す）

と　み「駄目よ、こんなことしちゃ」

紀　子（無理に押付けて）「どうぞ」

と　み「ううん、わたしの方こそあんたに上げにゃいけんのに……」

紀　子「いいえ、そんなこと……。ねえ、どうぞお母さま」

と　み「そお？　すんませんなあ。じゃ頂きます」

紀　子（笑い顔で）「どうぞ」

と　み「あんたもいろいろ入り用が多いんじゃろうに、こんなことまでしてもろうて、ほんとになんというたらええか。（紀子の手を取って）ありがとうよ紀子さん……ありがとう……」

紀　子（明るく）「さ、お母さま、そろそろ」

と　み「そう」（と、ひそかに涙を拭く）

紀　子「まだどうぞお母さま、東京へいらしったら……」

と　み「へえ……でも、もう来られるかどうか……ひまもないじゃろうけど、あんたも一度尾道へも来てよ」

紀　子「伺いたいですわ、もう少し近ければ」

と　み「そうなあ、何しろ遠《とい》いけいのう……」

紀子、立上って窓をしめる。

とみも立って、ふと昌二の写真の前に佇み、じっと見入る。
紀子、そこにとみの歯ブラシとハミガキがあるのに気付き——

紀　子「あ、お母さま、お忘れもの」
と取って渡す。

と　み「ああ、また……よう忘れるんよ、このごろァ」
と笑って、それを手提袋にしまう。

112
夜　東京駅　十番ホーム下の待合所

遠距離列車に乗る客が行列を作って改札を待っている。中に周吉ととみ、それを見送りに来た幸一、志げ、紀子が一団になっている。

幸　一「これだと名古屋か岐阜あたりで夜が明けますかねえ」
周　吉「そう」
志　げ「尾道、何時に着くの?」
幸　一「明日の一時三十五分だ」
と　み「アノ、京子に電報打っといてくれたかしらン」
幸　一「ああ、打ちました。きっと敬三も大阪でホームに出てますよ」
と　み「そう」
紀　子「お母さま、汽車の中でよくおやすみになれるといいけど……」
周　吉「いやァ、この人ぁどこでもよう寝おるよ」
と　み「寝られえでも明日のお昼過ぎにゃ着くんじゃから」
志　げ「お父さん、あんまりお酒召上っちゃ駄目よ」
周　吉「いやァ、ゆうべは久しぶりに友達に会うたもんじゃけ——」
志　げ「もう癒りました? 頭痛——」
周　吉「ああ、もう」
幸　一「あんまり呑まんことですね」
と　み「もう今度で懲りたでしょうよ」
周　吉「いやァ……どうもいろいろ厄介《やっきゃあ》かけて、お蔭で愉しかったよ」
と　み「みんな忙しいのに、ほんまにお世話になって……でも、みんなにも会えたし、これでもう、もしものことがあっても、わざわざ来て貰わあでも……ええけ……」
志　げ（笑って）「何お母さん、そんな心細いこと、まるで一生のお別れみたいに……」
と　み「ううん、ほんまよ。ずいぶん遠いんじゃものオ」

改札開始のアナウンス——
客がザワザワと立上る。
みんなも、荷物など手分けして持って立つ。

志　げ「ずいぶんこむわねえ」
幸　一「うん、でもこの辺なら充分すわれるよ」

ゆるゆると進む乗客の列——
改札口の上の時計——
アナウンスがつづく。

113
大阪風景（朝）

大阪城——
立並ぶ工場地帯の煙突など——

114
大阪城の見える駅の構内

敬三（27　周吉の三男）が急ぎ足に線路を横切ってくる。

115
構内事務所

四、五人の駅員が事務を執っている。
敬三が来る。
「お早よう」
「お早よう」

敬　三（先輩に）「や、どうも昨日はすんません」
先　輩「おお、お父ッさんおッ母さん来たんやて?」
敬　三「ええ、えらいこッてすわ。寄る筈やなかったやけど、汽車ン中でおふくろ、なんや具合悪うなってしもて……」
先　輩「どしたんや?」
敬　三「なんやしらん、この辺むかーッとして、気持悪い言いよるんですわ」
先　輩「心臓かいな？」
敬　三「いやァ、酔うたんやろ。長いこと汽車に乗ったことありまへんでなァ」
と、仕事にかかりながら——
敬　三「昨日はえらいこってすわ。貸蒲団屋から蒲団借りたり、お医者さん二度も呼びに行ったり、えらい腐りや」
先　輩「ふうん、で、どうなんや？」
敬　三「もうよろしいんや。今朝はもうケロッとしてますわ」
先　輩「幾つや、おッ母さん」
敬　三「さァ、幾つやったかいな。もう六十の余は過ぎてますわ、七つやったかいな、八つやったかな」
先　輩「年やなァ、大事にせなあかんぜ。孝行をしたい時分に親はなしや」
敬　三「さよですなァ、さればとて墓に蒲団も着せられずや、ハハハハ」
と、仕事をつづけている。

116　敬三の下宿

場末の粗末な長屋の二階で、窓の向うには林立する煙突などが見えている。
とみが病床に起き上って、粉薬をのんでいる。

周　吉「——あんまり汽車が混んどったから、酔うたんじゃろう」
と　み「そうでしょうか」
周　吉「もうええかァ」
と　み「へえ、もうすっかり、これならもう今晩でもいなれまさあ」
周　吉「ウム、まァもう一ト晩厄介《やっきゃあ》になって、明日のすいた汽車で帰ろうよ」
と　み「京子が心配しとるでしょうなあ」
周　吉「ウーム」
と　み「——でも、思いがけのう大阪へもおりて、敬三にも会えたし、わずか十日ほどの間に子供らみんなに会えて……」
周　吉「ウーム」
と　み「孫らも大きうなっとって……」
周　吉「ウム——よう昔から、子供より孫の方が可愛いいうけど、お前《めあ》、どうじゃった？」
と　み「お父さんは？」
周　吉「やっぱり子供の方がえぇのう」
と　み「そうですなあ」
周　吉「でも、子供も大きうなると、変るもんじゃのう。志げも子供の時分はもっと優しい子じゃったじゃにゃあか」
と　み「そうでしたなあ」
周　吉「女《おなご》の子《かー》は嫁にやったらおしまいじゃ」
と　み「幸一も変りやんしたよ。あの子ももっと優しい子でしたがのう」
周　吉「なかなか親の思うようにはいかないもんじゃ……（と二人一緒に寂しく笑って）——欲言や切りゃにゃが、まァええ方じゃよ」
と　み「ええ方ですとも、よっぽどええ方でさあ。わたしらは幸せでさあ」
周　吉「そうじゃのう。まァ幸せな方じゃのう」
と　み「そうでさあ、幸せな方でさあ」

117　東京　朝　幸一の家

裏庭で、勇が砂遊びをしている。

118　診察室——待合室

文子が待合室を掃除している。
幸一が診察室で手紙を読んでいる。

幸　一「お父さんお母さん、帰りに大阪でおりたんだよ」
文　子「そうですか」
幸　一「お母さん、なんだか汽車ン中で具合悪くなったらしい。十日の昼過ぎに尾道へ帰ったそうだ」
文子が診察室へ来る。
文　子「もうよろしいんでしょうか」
幸　一「いいんだろう。いろいろ礼が書いてある」
文　子「きっとお母さんお疲れになったのよ」
幸　一「ウーム、たまの旅行で長かったからな」
文　子「満足なすったかしら」

幸　一「そりゃ満足してるよ、方々見物もしたし、熱海へも行ったし……」
文　子「そうねえ」
幸　一「当分東京の話で持切りだろう」
と立って奥へ行こうとすると、電話のベルが鳴る。

119　廊下

幸一、来て電話に出る。
幸　一「あ、モシモシ、ああ、おれだ。え？　電報？　いいや、来ない。どこから？」

120　ウララ美容院

志げがかけている。
志　げ「尾道からよ、京子からなんだけど。おかしいのよ、お母さん危篤だっていうのよ。え？　ええ、そうなの」

121　幸一の家の電話

幸　一「おかしいねえ、たった今、お父さんから礼の手紙が来たばッかりなんだが……お母さん、汽車ン中で、ちょいと具合悪くなって、大阪でおりたそうだけど、十日には尾道へ帰ったって云って来てるんだけどねえ……うん……うん……そうなんだよ」

いつのまにか文子もそこへ来て心配そうに聞いている。

電報配達の声（玄関で）「平山さん、電報です」

文子、いそいで出てゆく。

幸　一（それを聞いて電話に）「あ、ちょいと待ってくれ」

122　玄関

文子、診察室からハンコを持って出て、電報を受けとる。

文　子「どうも……」

と、すぐ戻ってゆく。

123　廊下

文子が電報を持ってくる。
文　子「尾道からよ」
幸　一「読んでみろ」
文　子「ハハキトク　キョウコ……」
幸　一（電話に）「モシモシ、モシモシ、あ、うちへも今来たよ、電報――」

124　ウララ美容院

志　げ「そう、やっぱり……ふむ……ふむ……あ、そう……兎に角一度そちらへ伺うわ……ええ……ええ……じゃ後程……」

125　廊下

幸　一「ああ、じゃ待ってる」
と電話を切る。
文　子「急にどうなすったんでしょう？」
幸　一「ウーム……」
文　子「よっぽどお悪いのかしら――？」
幸一、そのまま奥へ行きかける。
文　子「紀子さんに知らせなくていいかしら？」
幸　一「ああ、かけといてくれ」
と去る。
文子、電話のダイヤルを廻す。

126　紀子の会社

若い事務員がそれを受ける。

事務員（ぞんざいに）「ハイハイ、米山商事です。ハイ、少々お待ち下さい」

そして紀子に、
事務員「平山さん、電話――」

紀　子「あたし――？」

と、立ってゆく。

紀　子「モシモシ、あ、お姉さま？　――ええ……えッ？　お母さまが？　……ええ……ええ……そうですか……ええ……ええ……どうも……」

と切って机に戻り、ボンヤリ考えこむが、やがてまた立上って外の非常梯子の方へ出てゆく。

127
非常梯子の上
紀子、そこへ出てきて、じっと考えこむ。

128
幸一の家　診察室
志げが幸一と話している。
志　げ「どうしたっていうんでしょ。お父さんが悪いっていうんならわかるけど……」
幸　一「ウーム」
志　げ「お母さんあんなに元気だったのにねえ。よっぽど悪いのかしら……」
幸　一「ウム、よかないんだろうね、危篤っていうんだから」
志　げ「やっぱり行かなきゃいけないかしら――？」
幸　一「ウム」
志　げ「東京駅で妙なことというと思ってたのよ。もしものことがあっても来てくれなくっていいなんて……いやなこと言うと思ったら、やっぱり虫が知らせたのね」
幸　一「ウーム、しかし行かなきゃいかんだろう」
志　げ「そうねえ、危篤っていうんだから――行くんなら早い方がいいわね、こないだの汽車どうかしら」
幸　一「しかし、あとのことも頼んでかなきゃならんからな」
志　げ「あたしもそうなのよ――いそがしいんだけどなァ、ここんとこ……」
玄関に客が来る。頭に繃帯した子供をつれた老婆である。
幸　一（見て）「さァどうぞ」
で、志げは奥へ這入る。
老婆、子供をつれて上る。
文子が出てくる。
幸　一（文子に）「おい、ちょっと繃帯取って――」
と命じて、奥へ這入る。

129
奥の部屋
志げと幸一――
幸　一「兎に角今晩の夜行でたつことにするか」
志　げ「そうねえ、どうせ行くんなら……じゃ、そういうことにして――帰ります」
幸　一「ああ」
と幸一が診察室へ戻りかけると――
志　げ「ちょいと兄さん――」
幸　一「なんだい」
志　げ「喪服どうなさる？　持ってく？」
幸　一「ウーム……持ってった方がいいかもわからんな」
志　げ「そうね、持ってきましょうよ。持ってって役に立たなきゃ、こんな結構なことないんだもん」
幸　一「そりゃそうだ」
志　げ「じゃ、東京駅、こないだンとこで――あたし早目に行ってます」
幸　一「ああ」
で、志げは帰ってゆき、幸一は診察室へ戻る。
誰もいない部屋――

130
尾道
平山家の路地――

131
平山家　縁側
そこの竿に氷嚢などが乾してある。

132
座敷
昏々と眠っているとみの枕元で、周吉と京子が見守っている。柱時計が一時を打つ。
京　子（時計を見上げて）「それーえじゃお父さん、行って来ます」
周　吉「ああ、行って来ておくれ、ご苦労じゃのう」
京子、立ってゆく。

133
京子の部屋
京子、来て、前掛をとり、ちょっと身づ

くろいして出てゆく。

134
玄関
京子、静かに出てゆく。

135
路地
京子、出かけてゆく。

136
座敷
周吉、とみの寝顔を見守っている。軽い嘆息が洩れる。
とみが微かに動く。

周吉「オオ、どうした？ ……ウム？ ……暑いか？」
しかし、とみは昏々と眠りつづけている。

周吉「東京から、子供らがみんな来てくれるそうじゃ……京子がいま迎いに行ったって——もうすぐ来る、もうすぐじゃ……」
昏々と眠りつづけているとみ——

周吉（煽いでやりながら）「癒るよ……癒る……癒る……癒るよ……」
しかし、それは周吉が自分で自分に言い聞かせる言葉である。

137
庭先
草花が七月の微風に揺れている。

138
夜 平山家 台所
暗い電燈の下で、京子が氷を割っている。

139
座敷
医者が立合って幸一がとみを診察している。とみは依然として昏睡をつづけている。
周吉、志げ、紀子たちが心配そうに見守っている。
京子が氷嚢を持って来て、みんなと一緒に心配そうに見守る。

医者「アーデルラッスして、ブルートドルックは下ったんですが、どうもコーマが取れませんので……」

幸一「ああそうですか。（と懐中電燈で瞳孔を調べて）レアクチオンが弱いですね」

医者「はあ」
やがて診察を終って——

幸一（医者に）「や、どうも……」

医者「では、また後程……」

周吉「たびたびどうも」

医者「お大事に」
と立つ。紀子が送ってゆく。
京子がとみの氷嚢を取替える。
遠くで汽車の汽笛が聞える。

志げ（呟くように）「敬三、どうしたんだろう。おそいわねえ——（京子に）電報、返事来たの？」

京子「ううん、なんとも……」

志げ「大阪だから一番早いわけなのに……」
紀子が戻ってくる。

幸一（それを機に）「お父さん、ちょいと——（と立ちかかり、志げに）お前も……」
と次の間へ出てゆく。

140
次の間
幸一、来て、周吉と志げを待つ。
二人、来る。

幸一（立ったまま）「ねえお父さん、お母さんどうも具合が悪いんですがね……」

周吉「そうか」
で、幸一を先きに周吉も志げもそこにすわる。

志げ「悪いってどうなの？」

幸一「イヤ、よくないんだよ——（周吉に）こう長く目が醒めないってのは、どうもよくないんですがねえ」

周吉「そうか……こないだうち、東京へ行ったりして、疲れたんがいけなんだんかのう——？」

志げ「そんなことないでしょ。だって東京じゃお母さん、あんなに元気だったんだもの、ねえ」（と幸一を見る）

幸　一「ウム……イヤ、それもあるかも知れん」
周　吉「で、どうなんじゃ?」
幸　一「――明日の朝までもてばいいと思うんですが……」
志　げ（ハッと胸を衝かれて）「明日の朝?」
幸　一「うむ――明け方までもてばいいと思うんだ」
周　吉（力なく）「そうか……いけんのか……」
　志げの目に急に涙が溢れてくる。
幸　一「お母さん六十八でしたねえ」
周　吉「ああ……（呟くように）そうか、いけんのか……」
幸　一「――僕はそう思います」
周　吉（呟くように）「そうか……おしまいかのう……」
幸　一「では……」
　と立って座敷へ戻ってゆく。

141 座敷

　紀子と京子が心配そうに幸一を見迎えるが、幸一、黙ってとみの枕元にすわる。

142 次の間

　周吉と志げ――
周　吉（力なく溜息まじりに）「――敬三も間に合わんか……」
　志げ、また悲しさがこみあげてくる。
　周吉、静かに立って座敷へ戻る。

143 座敷

　周吉、静かに来てとみの枕元にすわり、じいっと沈痛に寝顔に見入り、目をしばたたく。

144 夜明け

　ほのぼのと尾道の夜があける――東の空が明るく輝いて、間もなく陽の昇る時刻である。
　人影のない駅のホーム――
　人通りのない往来――
　海岸の石垣を洗う静かな波――

145 平山家

　とみの顔に白布がかけてある。
　志げ、幸一、紀子、京子が、いずれも悲しげに項垂《うなだ》れている。
　時々、思い出したように京子が涙を拭いている。
志　げ（しんみりと）「――人間なんてあッけないもんねえ……」
　誰も答えない。
志　げ（涙を拭いて）「――あんなに元気だったのに……」
　京子も紀子もそっと涙をふく。
志　げ「――東京へ出て来たのも、虫が知らせたのよ」
幸　一「ウム……そうだなァ……」
志　げ「でも、出て来てくれてよかったわ。元気な顔も見られたし、いろいろ話も出来たし……（急に気が付いたらしく）紀子さん、あんた喪服持って来た?」
紀　子「いいえ、アノウ……」
志　げ「そう、持ってくりゃよかったのにね。京子、あんた、あるの?」
京　子「ううん、ない」
志　げ「じゃ借りなきゃ駄目ね、どっかで」
京　子「………」
志　げ「借りときなさい、紀子さんのも一緒に」
　京子も紀子も答えない。
志　げ「――でも大往生よ。お母さんちっとも苦しまないで死んじゃったんだもの……（と云いながら、ふと表戸のあく気配を感じて）敬三じゃないかしら?」
　京子、つと立って出てゆく。

146 玄関

　敬三が靴をぬぎかけている。
　京子が出てくる。
敬　三「どうや?」
　京子、胸が迫り、黙って顔を伏せる。
敬　三「そうか……間に合わなんだか……そう

やと思うたんや……」
と力なく靴をぬぐ。

147
茶の間――座敷

敬三、京子と一緒に「こんちは」と這入ってくる。
一同「ああ」と迎える。

敬　三（幸一に）「生憎くと松阪の方に出張しとりましてな。おくれましてどうもすんません。（志げに）電報貰うた時おらんのや、姉ちゃん」
志　げ「そう」
敬　三「ほんまにえらいことやったなァ、いつやったんや」
志　げ「――今朝、三時十五分……」
敬　三「そうか……八時四十分の鹿児島行やったら間に合うたんやなァ……」
幸　一「敬三、お母さん――おだやかな顔だよ」
敬三、立って亡母の枕頭に進み、白布を取って死顔にじっと見入る。涙が溢れてくる。
一同、見守り、涙を拭く。
幸　一（ふと気がついて）「アア、お父さんは？」
志　げ「アア、どこかしら――？」
紀子、立って、庭先の方などを覗きながら、玄関へ出てゆく。

148
表

紀子、出てきて、あちこち見廻し、探しに行く。

149
街と海を見下す崖上の空地

そこに周吉がポツンと佇んでいる。
紀子が来る。
紀　子「お父さま――」
周　吉（振返って）「ああ……」
紀　子「敬三さんいらっしゃいました」
周　吉「アア、そうか……（感慨深く）ああ、綺麗な夜明けじゃった」
紀　子「………」（ふッと胸がつまり、目を落す）
周　吉「――今日も暑うなるぞ……」
そして静かに引返してゆく。紀子もしんみり項垂れてつづく。

150
お寺の境内

暑い日射しに人影もなく、木魚が聞えている。

151
本堂

とみの葬儀である。
周吉、幸一、志げ、紀子、敬三、京子――
向い合って会葬者――その中には、隣家の細君や京子の学校の総代の小学生の姿などもある。
読経、木魚……。
と、どうしたのか敬三が、つと立って出てゆく。
志げ、紀子などが不審そうに見返る。

152
庫裡

敬三、来て、ボンヤリそこに佇み、腰をおろして力なく外景に目を向ける。

153
墓地（見た目で）

その向うに遠く海が光っている。

154
庫裡

ボンヤリ考えている敬三――
やがて紀子が来る。
紀　子「どうなすったの？」
敬　三（背を向けたまま）「――どうも木魚の音、いかんですわ」
紀　子「どうして？」
敬　三「なんや知らん、お母さんが、ポコポコ小《ち》ッそうなっていきよる……」（と涙をこする）
紀　子（痛ましげに見て）「………」
敬　三「――僕、孝行せなんだでなァ……」
紀　子「……（目を伏せる）アノ、もうお焼香ですけど……」
敬　三「いま死なれたらかなわんね――されば

とて墓に蒲団も着せられずや……」
　と立上って、戻ってゆく。
　紀子、そっと涙を拭き、あとにつづく。

155 **そこの墓地**

　遠く海が光り、読経の声が聞えている。

156 **海岸**

　波がタプタプと岸を洗っている。

157 **海岸通りの古い料理屋の二階**

　葬式帰りの周吉、幸一、志げ、紀子、敬三、京子の六人がチャブ台を囲んでいる。

幸一（周吉に酌をしながら）「ねえお父さん、昔この部屋から、花火を見たことがありましたねえ」
周吉「ああ、そうじゃったかのう」
志げ「そうそう、住吉祭の晩ね。敬三、覚えてる?」
敬三「ううん、知らん」
幸一「お前、明るいうちはバカに騒いでたけど、花火が綺麗な時分にはすっかりねむくなっちゃって――」
志げ「そう、お母さんの膝、枕にしてグウグウ寝ちゃって……」
敬三「さっぱり覚えとらんね」
幸一「あの時分はお父さん、何してらしったんです?」
周吉「さァ……市の教育課長じゃったかなあ」
幸一「そうですか、ずいぶん昔だなァ……」
志げ「ホラ、春休みにみんなで大三島へ行った時――」
敬三「ああ、そら僕も覚えとるわ。お母さん船に酔うてしもて……」
周吉「ああ、そんなことがあったかのう……」
幸一「あの時分は、お母さんも元気で……（周吉に）いくつぐらいだったですかねえ、四十……」
周吉「そう、四十二、三じゃったかのう……」
志げ「お父さんもほんとに身体大事にして頂かないと……」
周吉「ウーム」
志げ「もっともっと長生きして頂かなきゃ……」
周吉「ああ、ありがとう」
　とゆっくり立上って、出てゆく。
　一同、暫らく無言――
志げ「――でも、なんだわねえ。そう言っちゃ悪いけど、どっちかって言えば、お父さん先きの方がよかったわねえ」
幸一「ウーム」
志げ「これで京子でもお嫁に行ったら、お父さん一人じゃ厄介よ」
幸一「まアねえ」
志げ「お母さんだったら東京へ来てもらったって、どうにだってなるけど――ねえ、京子、お母さんの夏帯あったわね、ネヅミのさ、露芝の……」
京子「ええ」
志げ「あれあたし、形見にほしいの、いい? 兄さん――」
幸一「ああ、いいだろう」
志げ「それからね、こまかい絣の上布、あれまだある?」
京子「あります」
志げ「あれもほしいの」
　そこへ周吉が戻ってくる。
周吉「あア、まァお蔭さんで、これですっかりすんだ。みんな忙しいのに遠《とい》とこをわざわざ来てくれて、すまなんだ。ありがとう」
　と頭を下げる。
　みんなも一瞬、改まった気持で会釈を返す。
周吉「幸一にも診て貰えたし、お母さんも満足じゃ……」
幸一「いやァ、どうもお役に立ちませんで……」
周吉「――ただのう、こんなことがあったんじゃよ。こないだ東京へ行った時、熱海でお母さん、ちょっとフラフラっとしてのう……」

幸一「はあ——?」

周吉「イヤ、大したことアなかったんじゃが……」

志げ「そう、じゃなぜお父さん、それおっしゃらなかったの? 兄さんにだけでもおっしゃっときゃよかったのに」

周吉「そうじゃったなあ……」

幸一「しかしそれが原因じゃないよ。お母さんふとってもおられたし、やっぱり急に来たんだよ」

志げ「そう、でも、なんだかほんとに夢みたい……(ふっと気を変えて)兄さん、あんた、いつ帰る?」

幸一「ウム、そうゆっくりもしてられないんだが……」

志げ「あたしもそうなのよ、どお、今晩の急行——」

幸一「ああ——敬三はどうするんだ」

敬三「僕はまだよろしいんや」

幸一「そうか。(志げに)じゃ、今晩帰るか」

志げ「ええ——紀子さんまだいいんでしょ。もう少しお父さんのとこにいてあげてよ」

紀子「ええ」

周吉「いやァ、忙しいのに、もうええよ」

敬三「僕も一緒に帰ろうかな。出張の報告もまだしとらんし、野球の試合もあんのや——帰りますわ」

周吉「そうか、いそがしいのに来てくれて……」

志げ「でもお父さん、これからお寂しいわね」

周吉「いやァ、じきに馴れるよ」

志げ「ちょいと京子、あたしにご飯……」

京子、無言でご飯をよそう。

志げ「ねえ敬三、帰り、駅へ廻って晩の切符買っといてよ」

敬三(頷いて)「僕にも飯——」

志げ(京子から茶碗を受取りながら)「——すいてりゃいいけどねえ……」

海の反射が襖と天井にキラキラして——

158 **海岸**

岸の石垣を波がタプタプ洗っている。

159 **路地**

向うに海が見えて——

160 **平山家　庭の隅の畑**

周吉が野菜の手入れをしている。

161 **台所**

紀子が弁当箱に弁当をつめている。

162 **部屋**

京子が登校の身仕度をしている。

紀子が来る。

紀子「はい、お弁当——」

京子「どうもすみましぇん」

紀子(ブラウスのシワなど直してやりながら)「——長いことお邪魔しちゃって……夏休みに京子さん、東京へいらっしゃいよ」

京子「お姉さん、どうしても今日お帰りンなるん?」

紀子「ええ、もう帰らないと」

京子「そう、あたしお見送り出来ないけど……」

紀子「ううん、いいのよ。ほんとにいらっしゃいよね、夏休み」

京子(頷いて)「でもよかった、今日までお姉さんにいていただいて——(と弁当を包みながら)兄さんも姉さんも、もう少しおってくれてもよかったと思うわ」

紀子「でもみなさんお忙しいのよ」

京子「でもずいぶん勝手よ。言いたいことだけ言うてサッサと帰ってしまうんですもの」

紀子「そりゃ仕様がないのよ、お仕事があるんだから」

京子「だったらお姉さんでもあるじゃありま

せんか、自分勝手なんよ」

紀　子「でもねえ京子さん――」

京　子「ううん、お母さんが亡くなるとすぐお形見ほしいなんて、あたしお母さんの気持考えたら、とても悲しうなったわ。他人同士でももっと温いわ。親子ってそんなもんじゃないと思う」

紀　子「だけどねえ京子さん、あたしもあなたぐらいの時には、そう思ってたのよ。でも子供って、大きくなると、だんだん親から離れていくもんじゃないかしら。お姉さまぐらいになると、もうお父さまやお母さまとは別の、お姉さまだけの生活ってものがあるのよ。お姉さまだって決して悪気であんなことなすったんじゃないと思うの。誰だってみんな自分の生活が一番大事になってくるのよ」

京　子「そうかしら、でもあたし、そんな風になりたくない。それじゃ、親子なんてずいぶんつまらない」

紀　子「そうねえ。でも、みんなそうなってくんじゃないかしら。だんだんそうなるのよ」

京　子「じゃお姉さんも？」

紀　子「ええ、なりたかないけど、やっぱりそうなってくわよ」

京　子「いやァねえ、世の中って……」

紀　子「そう、いやなことばっかり……」

京　子（気を変えて）「じゃお姉さん、あたし……」

紀　子「そう、いってらっしゃい」

京子、縁側へ出て庭の方へ、

京　子「お父さん、行ってまいります」

と声をかけて玄関へ出てゆく。

紀子、送って出る。

163　玄関

二人、来て――

京　子「じゃお姉さん、お大事に」

紀　子「ええ、ありがとう。あなたもね」

京　子「うん」

紀　子「きっといらっしゃいね、夏休み」

京　子「うん、じゃ、さよなら」

紀　子「さよなら」

京　子「行ってまいります」

とニッコリして出てゆく。

164　部屋

紀子、戻って来て、その辺を片付ける。

周吉が手を拭きながら這入ってくる。

周　吉「京子出かけたか」

紀　子「ええ――お父さま、あたくし今日お昼からの汽車で……」

周　吉「そう、帰るか。長いこと済まなんだなあ」

紀　子「いいえ、お役に立ちませんで」

周　吉「いやァ、おってもろうて助かったよ（とすわって）――お母さんも喜んどったよ、東京であんたのとこへ泊めて貰ろうていろいろ親切にしてもろうて……」

紀　子「いいえ、なんにもお構い出来ませんで……」

周　吉「いやァ、お母さんいうとったよ、あの晩が一ばん嬉しかったいうて――わたしからもお礼を言うよ、ありがとう」

紀　子「いいえ」

周　吉「お母さんも心配しとってたけど、あんたのこれからのことなんじゃがなあ」

紀　子「――？」

周　吉「やっぱりこのままじゃいけんよ。なんにも気兼ねはないけ、ええとこがあったら、いつでもお嫁にいっておくれ。もう昌二のこたあ忘れて貰うてええんじゃ。いつまでもあんたにそのままでおられると、却ってこっちが心苦しうなる――困るんじゃ」

紀　子「いいえ、そんなことありません」

周　吉「いや、そうじゃよ。あんたみたいなええ人ァないいうて、お母さんもほめとったよ」

紀　子「お母さま、あたくしを買いかぶってらしったんですわ」
周　吉「買いかぶっとりゃせんよ」
紀　子「いいえ、あたくし、そんなおっしゃるほどのいい人間じゃありません。お父さまにまでそんな風に思って頂いてたら、あたくしの方こそ却って心苦しくって……」
周　吉「いやァ、そんなこたあない」
紀　子「いいえ、そうなんです。あたくし猾いんです。お父さまやお母さまが思ってらっしゃるほど、そういつもいつも昌二さんのことばっかり考えてるわけじゃありません」
周　吉「いやァ、忘れてくれてええんじゃよ」
紀　子「でもこのごろ、思い出さない日さえあるんです。忘れてる日が多いんです。あたくし、いつまでもこのままじゃいられないような気もするんです。このままこうして一人でいたら、一体どうなるんだろうなんて、ふっと夜中に考えたりすることがあるんです。一日一日が何事もなく過ぎてゆくのがとても寂しいんです。どこか心の隅で何かを待ってるんです――猾いんです」
周　吉「いやァ、猾うはない」
紀　子「いいえ、猾いんです。そういうことお母さまには申上げられなかったんです」
周　吉「――ええんじゃよ。それで――やっぱりあんたはええ人じゃよ、正直で……」
紀　子「とんでもない」
周　吉「いやァ……」
と立上って仏壇の抽出しから女持ちの時計を出して、持ってくる。
周　吉「これァお母さんの時計じゃけえどなあ――今じゃこんなもの流行るまいが、お母さんが恰度あんたぐらいの時から持っとったんじゃ。形見に貰うてやっておくれ」
紀　子「でも、そんな……」
周　吉「ええんじゃよ、貰うといておくれ。（と渡して）あんたに使《つこう》て貰やあ、お母さんも屹度よろこぶ」
紀　子（悲しく顔を伏せて）「……すみません……」
周　吉「いやァ……お父さん、ほんとにあんたが気兼ねのう先々幸せになってくれることを祈っとるよ――ほんとじゃよ」
紀子、胸迫って顔を蔽う。
周　吉「――妙なもんじゃ……自分が育てた子供より、言わば他人のあんたの方が、よっぽどわしらにようしてくれた……いやァ、ありがとう」
と憮然として頭を下げる。
紀子、涙を呑む。

165 **小学校の校舎**
唱歌が聞えている。

166 **海を見晴らす丘**
校外授業の写生の時間である。
子供たちがあちこちに散って画を描いている。
京子がそれを見廻りながら、ふと腕時計を見て、一方へ駈けて行って見おろす。

167 **眼下の線路**
向うから上り列車が驀進してくる。

168 **丘**
京子、懐しげに見ている。

169 **驀進する列車**

170 **車内**
紀子、懐しげに窓外に目をやっている。

171 **窓から見える尾道の山々――**

172 **車内**
紀子、やがて亡母の形見の時計を耳にあて、懐しく思いに耽ける。
汽笛が谺《こだま》する。

173 **平山家**

周吉が縁先にポツンとひとり坐って、遥かな海を眺めている。

隣の細君が今日もまた窓越しに声をかける。

細　君「皆さんお帰りになって、お寂しうなりましたなァ」

周　吉「いやァ……」

細　君「ほんとに急なこってしたなァ……」

周　吉「いやァ……気のきかん奴でしたが、こんなことなら、生きとるうちにもっと優しうしといてやりゃよかったと思いますよ……」

細　君「…………」

周　吉「――一人になると急に日が永うなりますわい……」

細　君「全くなァ……お寂しいこってすなァ……」（と去ってゆく）

周　吉「いやァ……」

周吉、ひとり海を眺めて、思わず深い嘆息を洩らす。

174 **海**

遠く島々通いのポンポン蒸汽が行く。

175 **縁先**

それをボンヤリ眺めている周吉――

176 **海**

ポンポン蒸汽の音が夢のように遠くなってゆく。

瀬戸内海の七月の午後である。

――終――

早春

脚本　野田高梧
小津安二郎

製作……山内　静夫
脚本……野田　高梧
　　　　小津安二郎
監督……小津安二郎
撮影……厚田　雄春
美術……浜田　辰雄
録音……妹尾芳三郎
照明……加藤　政雄
音楽……斎藤　高順

杉山正二……池部　良
昌子……淡島　千景
金子千代……岸　恵子
青木大造……高橋　貞二
テルミ……藤乃　高子
小野寺喜一……笠　智衆
河合　豊……山村　聰
雪子……三宅　邦子
田村精一郎……宮口　精二
たま子……杉村　春子
北川しげ……浦辺　粂子
幸一……田浦　正巳
服部東吉……東野英治郎
平　山……三井　弘次
坂　本……加東　大介
富永　栄……中北千枝子
荒川総務部長……中村　伸郎
三浦勇三……増田　順二
母　さと……長岡　輝子
菅井のツーさん……菅原　通済

一九五六年（昭和三十一年）
松竹大船
脚本、ネガ、プリント現存
16巻、３９５６ｍ（一四四分）　白黒
一月二十九日公開

1　早朝　六郷の土手

白々と消え残っている広告燈のネオン
——

2　同　線路

上り電車が通る。

3〜4　（欠番）

5　杉山の家

ガラス戸のカーテンに朝の光が射して
——

杉山正二（呼名スギ　33）と細君の昌子（30）が床を並べて寝ている。枕元の目覚時計が鳴る。
杉山、うるさそうに蒲団の中にもぐる。
昌子、眠ったまま無意識に時計をとめる。
昌子、漸く目を覚まし、やがてモソモソと起き出す。

6　露地

杉山の家の勝手口があき、寝巻姿の昌子が出て来て茶殻をゴミ箱へ捨てに行く。
お向いの田村さんの細君たま子（45）が勝手口の表廻りを掃いている。

たま子「お早う」
昌　子「お早うございます」
たま子「ゴミや来なくて困るわね」
昌　子「ほんとにねえ」
たま子「区役所、何してンだろう」

昌子が茶殻を捨てて戻ってゆくと、たま子も掃き集めたゴミをゴミ箱に捨てて自宅の勝手口へ——

7　田村の家

寝巻姿の精一郎（52）が、台所の流し元で歯を磨いている。
たま子が這入って来て、垂れ下っている精一郎の帯を挟んでやりながら、

たま子「ちょっと——」
　と横から乗り出して手を洗う。
たま子「あんた、今日、帰り忘れないでよ」
精一郎「何？」
たま子「ゆうべそう言ったじゃありませんか、仕様がないわねえ」
　と手を拭いて奥へゆく。
精一郎「なんだっけ？」
たま子「ハバカリの電球よ、五燭の」
精一郎「二つぐらい買ってくるか」
たま子「一つで沢山よ。（と食膳の上など整えながら）あと、流し、よく水流しといてよ」
精一郎「うん」
　ペッと唾を吐いてガラガラ含嗽《うがい》をする。

8　杉山の家

杉山がまだ蒲団をかぶって寝ている。着更えをすました昌子が這入ってくる。

昌　子「ちょいと、いいの？　もう時間ギリギリよ」
　反応がない。昌子、自分の蒲団を押入れにしまい乍ら、
昌　子「ねえ、知らないわよ、おくれても」
　杉山、しぶしぶ起きて目覚まし時計を見る。
杉　山「なんだい、まだ五分あるじゃないか」
昌　子「今朝、髭剃るんでしょ？」
杉　山「剃らないよ」
昌　子「のびてるわよ」
　と台所へ戻って行く。杉山、タバコに火をつける。
昌　子「今朝、パンよ」
杉　山「パンか——」
昌　子「だって、あんたゆうべ帰ってからお茶漬たべたじゃないの」
　杉山、黙って背中を掻く。
昌　子「麻雀なんかよしゃいいのよ」
　杉山、懶《ものう》く立上り、ガラス戸をあけて、なんとなく庭を眺め、フーッとタバコの

煙を吐く。

9　街

勤め人や学生たちの出かける時刻になっている。
三々五々――

10　別の街

その人数がふえて――

11　駅近くの街

更に多くなって――

12　蒲田駅西口

その群れが、更に目蒲線や池上線から降りた連中を加えてドヤドヤと国電ホームの方へ流れてゆく。

13　同　国電ホーム

所謂ラッシュアワーの大混雑である。
駅アナウンス「今度二番線に参ります電車は八時十八分蒲田始発大宮行きでございます」
その中の一群。各自、勤め先は違っているがいつも同じ時刻に同じ箱に乗り合わせる事で友達になった連中である。
杉山、青木（綽名ノンちゃん）、藤井（ノッポ）、田辺（雷魚）、それに女では木村イチ子（ピン子）などが賑やかに談笑している。
そこへ更に金子千代（キンギョ）や野村等が来て加わる。
千　代「お早ようございます」
杉山達混声「お早よう」
青　木（野村に）「あッおい、おれ、ゆうべお前に十本よけいやっちゃったぞ」
野　村「そんな事あるかい（杉山に）あ、ゆうべの話、みんなにそう言うたか」
藤　井「ああ、聞いた聞いた」
ピン子「いいじゃないの、面白いわ」
田　辺「今日、昼、集まって、こまかいこと相談しようか」
千　代「何よ、何の話」
杉　山「いい話なんだ、面白いんだ」
青　木「面白れえ面白れえ。お前、つれてかないよ」
千　代「何よ、どこへ行くの、ねえ、ノンちゃん」
青　木「いいとこなんだ、面白れえんだ」
杉　山「あっ来たぞ」
空電車が入って来る。

14　東京駅

情景――

15　丸ビル

情景――

16　「東和耐火煉瓦」のオフィス（丸ビル七階）

若い社員の林と稍々《やや》年上の安藤が窓から広場を見おろし乍ら、
林「まるでサラリーマンの氾濫ですね」
安　藤「ウーム」
林「大変だなア」
△　情景
安　藤「俺達だって、たった今、あすこ歩いて来たんだぜ」
林「たまに一電車早く来るのもいいですね、客観的になれて」
安　藤「アア。――毎朝東京駅で降りるサラリーマンの数は三十四万だっていうからね、仙台あたりの人口とおんなじだよ」
林「そうですか……（ちょいと憂鬱に）三十四万分の一か……」
総員十五六名の男女の社員達が、次々に出動して来る。
社　員「お早う」
社員A・B「あ、お早うございます」
等々――
岡崎（安藤と同年輩）が執務の仕度を始めていると、その隣席へ同僚の川口が出勤して来る。

川口（ズボンのポケットから百円札を一枚つかみ出し）「おい、昨日《きのう》有難う」
岡崎「ああ（と受取り）どうだったい、あれから」
川口「てんで出やがらねえのさ、味の素のこんな奴（と指でその瓶の小ささを示し）一つだよ。お前、早く諦めてよかったよ」
岡崎「そうか……（振り向いて）や、お早う」
杉山（通りがかりに）「お早うス」
そして自席に着くと、隣りは同僚の高木である。
高木「お早う」
杉山「あ、お早う。ゆうべ行ってやったかい、三浦ンとこ」
高木「イヤア、寄れなかったんだ、ちょいと用が出来ちゃってな」
杉山「よっぽどいけないのかな」
高木「ウム、よくないらしいんだよ」
杉山「そうか……」
と、稍々暗い顔で、カバンをあけて書類などを取り出す。
タイプライターの音が聞えて――
タイピスト達がタイプを打ちはじめる。

16A そこのドア

（インサート）
「東和耐火煉瓦」の文字。
タイプの音が聞えて――

17 室内の電気時計

九時を過ぎている。

18 （欠番）

19 そこの廊下

出勤時の混雑も今は静かになっている。

20 お濠端に並ぶビルディング

21〜23 （欠番）

24 同 石垣の上

電車仲間の杉山、青木、田辺、長谷川、野村、辻、それに田中則子、金子千代等集まって各自勝手な組になり、ノンキに落合っている。
田辺「おい、これにしようや」
杉山「連絡いいのかい」
田辺「あ、いけねえや」
千代「だからさ、兎に角、蒲田駅八時集合でいいじゃないの」
青木「八時じゃ、早いよ」
千代「贅沢言うんじゃないの。それで行きあたりバッタリ行っちゃいましょうよ、どうにかなるわよ」
田辺「ウム、じゃ、そうするか」
野村「会費なんぼや」
杉山「この前、相模湖行った時、幾らだっけ」
田辺「たしか四百円だ、ちょっと余ったけどな」
杉山「じゃ、いいね」
野村「うん」
杉山（みんなに）「いいね、四百円」
青木「いいよ」
他の連中も口々に賛成。
長谷川「そこで何処行くんだい」
則子「江の島へ行ってから歩くのよ、ハイキングよ」
長谷川「ハイキングは知ってるよ」
辻「なア、おれ今度の日曜、かみさんと約束あるんだけどな」
杉山「何処行くんだ」
辻「デパート行くんだ」
千代「何言ってんの、誘惑してやるぞ」
青木「おお、してやれ、してやれ」
田辺「じゃ、決ったな、蒲田駅八時集合、奥さんのある人は連れて来ても宜しい、ノッポにはお前、連絡してくれるな」
野村「よッしゃ」
千代「ピン子とチャア子、あたしが連絡する」

青　木「天気だといいなあ」
千　代「大丈夫よ、ここんとこ日曜ズッとお天気だもん」
一同立上り、ノビをしたり尻の塵を払い等する。
野　村「あーあ、これから又仕事か、あーあ」

25　**丸ビルの一角**

午後の日射し——

26　**(欠番)**

27　**「東和耐火煉瓦」のオフィス**

執務中の杉山その他——
書類を持った川口が別室から戻って来る。
川　口「杉山、小野寺さん来てるぞ」
杉　山「そうか」
川　口「総務部長ンとこだ」
と、自席に着く。
杉山、ペンを置き、書類を持って立つ。

28　**廊下**

杉山、出て来る。

29　**別室**

荒川総務部長(52)の席で、大津営業所長の小野寺喜一(45)が対談している。

部　長(書類を見乍ら)「此の近江製紙の二百トン、こいつァすぐ間に合うと思うんだ。——此の四日市の方は一度工場の方に連絡してみないと……」
小野寺「そうですか……(ふと見返って懐しげに)よう、どうしたい?」
杉山が書類を誰かに渡して、そこへ来たからである。
杉　山「御無沙汰してます。いつ来られたんです」
小野寺「ゆうべの夜行でね」
杉　山「そうですか」
小野寺(部長に)「じゃ、それお願いします」
部　長「ああ」
小野寺(杉山に)「あっちィ行こうか」
杉　山「ええ」
小野寺、部長に会釈して立つ。

30　**衝立で仕切った応接所**

小野寺と杉山、そこへ来てソファに腰をおろしながら——
小野寺「どお? やってるかい?」
杉　山「ええ、まァ、なんとか……。なんで出て来られたんですか」
小野寺「ああ、ちょいと大きい注文取ったんでね。でも常務が出かけてて今日仕事にならないんだよ」
杉　山「そうですか」

小野寺「すぐ帰るつもりだったんだけどね……ハハハハ、そうかい。(笑)今日、君、ひまかい?」
杉　山「なんです?」
小野寺「よかったら、河合ンとこ行ってみないか」
杉　山「そうですね、お伴しましょうか」
小野寺「なんとか言ったね、あいつの店……?」
杉　山「ブルー・マウンテンですか」
小野寺「ああそうか……あいつも変り者《もん》だよ」
杉　山「僕もここんとこズッと御無沙汰してるんですけど……」
小野寺「たまには行ってやれよ、喜ぶよ」
杉　山「ええ、あ、大森さん今度大阪の営業所長になられるそうですね」
小野寺「そうだってね、今聞いたよ。また大分移動があるんじゃないのかい」
杉　山「そうらしいですね、貴方もまたこっちへお帰りンなるんじゃないですか」
小野寺「いやァ、まだまだ帰れないよ。まだ当分島流しさ」
杉　山「じゃ、また後程……」
小野寺「ああ。じゃ後で……」
と立つ。

31　**池袋**

夕空に浮ぶネオンの看板——

32 （欠番）

33 「Blue-Mountain」の看板

インサート
（看板）

Blue
Mountain

34 その店内

主人の河合豊がスタンドを隔てて小野寺と杉山にサントリー等を注いでやっている。ほかに停年に近いサラリーマンの客がコーヒーを呑んでいる。

河合「そうか、あいつが大阪営業所長か、栄転だな」
小野寺「うむ」
河合「荒川は」
小野寺「あいつは動かないよ、うまいからね」
河合「そうだな、組合の委員長してやがって重役になる様な奴だからな」
小野寺「さっきも会ったがね、まるで生え抜きの重役みたいなツラしてるんだ、おかしな奴だよ」
河合「(笑) あいつ、君達にはどう」
杉山「僕は小野寺さんの乾分だと思われてますから、ちょいと風当りが強いです」
河合「ハハハ、そんな奴だよ、ハハハ」

客の服部がコーヒー代をおいて立つ。

服部「どうもご馳走さま」
河合「やァ、毎度どうも」

と服部が出て行くと、

河合「三浦どうしてます」
杉山「どうもよくないらしいです」
河合「そう、もうかれこれ三ケ月だね」
杉山「ええ」
小野寺「三浦君、どうしたのかい」
杉山「胸やられましてね、ズーと休んでるんです」
小野寺「そうか、そりゃいかんなァ」
河合「荒川の奴、又グズグズ言ってるんだろうね」
小野寺「あれァ君の乾分だったからな、あれも風当り強いだろう」
河合「そんなこたあるまい。もう五六年も前の話だ」
杉山「いや、そうでもないらしいです。未だ響いてる様ですよ」
河合「ハハハハ、そうかい、しっつこいもんだね」

奥から河合の細君雪子が出て来る。

雪子「どうぞ」
河合「ああ（小野寺に）奥いこうか、なんにもないけど」
小野寺「そうか」
雪子「ほんとになんにもございませんけど」
小野寺「いや、すいません」
河合「じゃ行こうか」
杉山「ハァ」
雪子「さあどうぞ」

と先に奥へ這入る。

35 奥の部屋

小さな餉台に仕度がしてある。
三人来る。

河合「どう」
雪子「どうぞ」
小野寺「やあ」
杉山「すいません」
小野寺「どうも、却ってお手数かけちゃって」
雪子「いいえ」（とビールの栓抜く）
小野寺「やァどうも」（とビール受ける）
雪子「大津の方、皆さんお元気で」
小野寺「ええ、まあなんとかやってます、一度おいで下さい。遊覧船で廻ると琵琶湖も仲々いいとこです。（河合に）こないだ子供達連れてね、初めて廻ってみたんだが」
河合「そう、僕も昔よく瀬田川でボート漕いだよ。石山に合宿があってね」
杉山「河合さん、ボートやっておられたんですか」
河合「ええ、五番漕いでたんですがね、もう駄目だ」

とビールを注いでやる。雪子立って出て

ゆく。

河　合（小野寺に）「あけないか、どうぞ」

小野寺「ああ（と受けて）どうだい、店の方」

河　合「まああだ。うちは昼間の客が多いんだよ。まあ誰にも縛られないだけ、暢気さ」

小野寺「そりゃいいね。羨しいな」

河　合（ビール呑み乍ら）「毎朝、決った時間に出かけなくていいだけ助かるよ。電車で揉みくちゃにされるのはかなわないからな」

杉　山「混みますねえ、僕の方なんか殺人的ですよ」

小野寺「仕様がないさ、それもサラリーマンの宿命の一つさ」

河　合「いやなら早く重役にでもなって会社の車で通うんだな」

みんな笑う。

小野寺「でも、お前はよかったよ、早く見切りつけて」

河　合「そうでもないさ」

小野寺「いやァ、おれもこの頃こんな生活がバカにいやになる事があるんだけど、いざとなると仲々フンギリがつかないもんだ、子供も段々大きくなるしね。君なんかも今のうちだぜ、やめるんなら」

杉　山「いやだなァ、僕はやめませんよ」

小野寺「そうかい」

河　合「そうだよ。未だ未だ夢はあるしね。今が華だよ」

小野寺「いやあ、誰にも縛られない生活はいいよ」

河　合「そりゃ、何やってみたっておんなじさ、俺だってサラリーマンさ。人生からサラリー貰ってる様なもんだよ。どうだい、今晩泊ってけよ」

小野寺「いや、今日は杉山さんとこへ厄介になるんだ」

杉　山「さっき、電話かけといたんです」

河　合「そう、いやァどっちにしたって、今の世の中そう面白いこたあないよ」

小野寺「うーむ」

河　合「誰にだって不満はあるさ」

小野寺「そう思って、ノンビリ暮すか」

河　合「そうだよ。それより手はないよ」

小野寺「うーむ。まあ、そんなとこかなァ」

と苦笑し乍らビールを呑む。

36　同夜　杉山の家　二階

もう客用の寝蒲団が敷いてあり、鴨居に小野寺の服がかけてある。昌子が水の薬缶を持って来て枕元におき、手拭を枕蔽いにする。

37　階下

浴衣に着更えた小野寺が夕刊を読んでいる。

向い合って杉山――

そこへ昌子がおりてくる。

昌　子「お疲れでございましょう。――お仕度出来ましたから」

小野寺「やァ、ありがとう。お世話になりますな」

杉　山「水持ってってあるか」

昌　子「はい――（小野寺に）明日お早いんでしょうか」

小野寺（杉山に）「君、いつも何時でいくの？」

杉　山「八時二十八分の蒲田発ですが……」

小野寺「じゃ僕もそれで行こう」

杉　山「もっとゆっくりされたらどうです。とても混みますよ」

昌　子「もしおいそぎでなければ――」

杉　山「それにそんな時間じゃ、常務なんか出て来てやしませんよ」

小野寺「イヤァ、来てなきゃ、久しぶりに、あの界隈ぶらぶらしてみるよ――（と腰をあげて）じゃお先きに」

杉　山「おやすみなさい」

小野寺「やァ、奥さん、適当な時間に起して下さいよ」

昌　子「はい、――おやすみなさい」

小野寺「おやすみ」

で、小野寺が二階へ上ってゆくと——
昌　子「小野寺さん、少しお老けンなったわね?」
杉　山「ウム、この辺（鬢のあたり）白髪がふえたな」
昌　子「そうねえ、あッ、ちょいとそれ」
と片付物を持って台所へ立つ。
杉　山「ア、おい、今度の日曜、電車の仲間でまたハイキングだ。お前も行かないか」
昌　子「どこ?」
杉　山「江の島行って、それから歩くんだ」
昌　子「どうしようかな」
杉　山「行けよ、ピン子もデブも行くんだぜ、キンギョも行くんだ」
台所で昌子は明日の朝の米を計っている。
昌　子「ねえ、どうしてあの人、キンギョっていうの?　とても綺麗な人じゃない」
杉　山「あいつ、目玉デカいしさ、それにちょいとズベ公だろう?　煮ても焼いても食えないっていうんだよ」
昌　子「可哀そうだわ。——ねえ、あんた、もう少し待っててね」
杉　山「なんだい?」
昌　子「お米といちゃうから——明日の朝、おいしいご飯たくの」
杉　山「早くしろよ——小野寺さん、蒲団いいかあれで」
昌　子「大丈夫よ」
昌子、米をとぎ始める。

38 遊歩道路

電車仲間のハイキングである。幾つかの組に分れて三々五々。先頭の一団、それからおくれて青木、野村、キンギョの組、更におくれて杉山と山口、更に又遥かにおくれて誰か分らない二人。
青　木「おーい、少し休めよう」
前の一団、
チャア子「さっき休んだばっかりじゃないのう」
と歩きつづけてゆく。
青　木「おーい、めし何処で食うんだい、おーい」
前の一団、それを問題にせず、
田　辺「うるせえなァ、あいつ」
ピン子「さっき休んだとこで、ノンちゃん、アンパン五つも食べたのよ」
青木（声）「おーい、未だかあ」
田　辺「ほっとけほっとけ」
青木（声）「オーイ」
青木の組では、
千　代「早くいらっしゃいよう」
と立止って待つ。青木と野村はそのまま歩いてゆく。
千　代（おくれている遠くの二人を見て）「あの人達、どうしてあんなにおくれちゃったの」
杉　山「うん、ああ、あいつ等、さっきんとこで、もう弁当食っちゃがったんだ」
千　代「まァ」
と一緒に笑う。キャメラを持った山口は一足先きに、前の方へ急ぐ。
千　代「どうして奥さん連れて来なかったの」
杉　山「今日、家ィ行ったんだ」
千　代「お里」
杉　山「うん」
千　代「つれてくりゃよかったのに」
杉　山「フン」
青木達の組では、
青　木（野村に）「おい、ハイキングってあまり面白くねえな」
野　村「ええやないか、ええ気持やないか」
青　木「つまんねえや、おれ、もう来ないよ、もう絶対に来ないよ」
野　村「お前、この前もそう言ってたぞ」
青木、むっつりして歩きつづける。
杉山と千代の組では、
千　代（汗を拭き乍らふと振返って）「あッ、トラック来た。止めて二人で乗っちゃおうか」
杉　山「止まるかな」
千代、道の真ン中へ出てハンカチ振る。

トラック来て止まる。

千　代「すみません、お願いします、早く」

杉　山「どうもすいません」

千代、運転手に頼んで、杉山と二人で乗る。

そのトラックが青木達の組を追い抜く。

青　木「ア、おいおいおい」

トラックの上では杉山と千代ニコニコして手振る。

そのトラックが更に又前の一団追いぬく。

一同の声（混声）｛「おーいおーい」「おい、待て」「おいスギ」「そのトラックストップや」……（等々つづく）

千　代「先き行って待ってるわよう」

見る見る遠ざかってゆくトラック。

千　代「はい」

とガムを杉山に与える。

杉　山「ああ」

と二人ガムを噛み乍ら……。

一　同「オーイオーイ、ずるいぞッ、オイ、オイ」

疲れた足の一団……。

39　夕方、五反田界隈

情景——

40　街

そこにある小さなおでんや「喜多川」

——

41　その店内

まだ客はなく、昌子の母しげ（56）が仕込みをしている。

し　げ「——今日はお天気よかったから、お前もつれてってもらやよかったんだよ。アベックでさ」

——そこの小部屋でエプロンの繕いをしている昌子。

昌　子「そんな事でお金つかったってつまんないわ。くたぶれるだけよ——で、三ノ輪の伯父さん、何とか言ってた？」

し　げ「別に何とも言ってなかったけどさ。でも悪いよ」

昌　子「あたしだって溜めたかないわよ」

し　げ「でもさ、あんな安い家賃ってないよ」

昌　子（素ッ気なく）「わかってるわよ」

し　げ「だったらキチンキチンお払いよ」

昌　子「亭主に働きがないから駄目なのよ」

し　げ「あんなこと言ってるよ、好きで一緒になっといてさ。もう立て替えないよ。——お前、帰りにおでん持ってかないかい、よく煮えてるよ」

昌　子「いいわよ」

し　げ「でも、杉山さん、昔うちぃくると、よくコンニャク食べてたじゃないか。コンニャク好きなんだろ？」

昌　子「あの時分、学生で、お金がなかったからよ。今だってないけどさ。——おッ母さん、出来たわよ」

と、エプロンを見せる。

し　げ「そうかい、ありがとう」

と、上り框へ来てタバコを取る。飼猫のミイコがいる。

昌　子「ミイコミイコ、おッ母さん、ミイコお腹大きいんじゃないの？」

し　げ「そうらしいんだよ。——お前ンとこどうなのさ？　あれッきりかい？」

昌　子「何？」

し　げ「あかんぼだよ、出来ないのかい？」

昌　子「いらないわよ、もう」

し　げ「あった方がいいよ、寂しくないかい？」

昌　子「もう馴れたわよ」

し　げ「あの子が生きてりゃ、来年もう小学校だったのにねえ」

昌　子「よしてよ、もういいわよ。幸一どうしたの？」

し　げ「ここンとこ日曜はズーッとアルバイトなの」

昌　子「感心ねえ」

し　げ「此の頃は大学出たって仲々、口がないんだってねえ。それにあの子ちょいと生意気だろう。心配なんだよ。大学出てブラブラされてちゃかなわないからね。今のうちから杉山さんによく頼んどいておくれよ」

昌子「おッ母さんも苦労多いわねえ」

しげ「そうだよ、苦労のカタマリだよ。杉山さん、月給上ったかい？」

昌子「そうちょいちょい上るもんですか。千円上るの大変なのよお母さん」

しげ「そうかい」

昌子「そうよ」

しげ「じゃ、あたしの電気座蒲団もまだまだだわねえ」

昌子「もういらないじゃない、こんなに暑くなったんだもの——じゃおッ母さん、あたしそろそろ帰る」

しげ「そうかい、コンニャクほんとに持ってかないかい？」

昌子「貰ってこうかしら。少しでいいわ」

しげ、鍋の方へ行く。

昌子「おッ母さん、カラシ忘れないでね」

しげ「あいよ（とおでんを器にとり乍ら）——バクダンも入れとくよ。今日のうまいんだよ、よくしみてて……」

と、おでんを取る。

42　丸ノ内　オフィス街

自家用車やタキシーがズラリと並んで——

43　或るオフィスの窓

情景——

44　そのオフィスの中

忙しく指を動かしている十四五人のタイピスト。

その中の千代——時々、何か思い出し笑いをしている。

隣席のA（ジロリと見て）「何さっきから一人でニヤニヤしてンのよ」

千代「何？」

A「変に嬉しそうじゃない？」

千代「そお？　そう見える？　どうしたのかしら？」

A「何言ってンの……ねえ、お昼、東興園行かない？　シューマイ・ライス」

千代「今日ちょっと都合悪いの、フフフン」

A「何よ」

千代「ううん、別に……」

A「何よ、変ねえ……」

千代、一人でニヤニヤし乍ら打っている。

A「何、いいことあンのよ」

千代、答えず、澄まして打ち続ける。それをチラチラ横目で見乍らAも打ち続ける。

45　有楽町附近

昼時である。

46　支那料理屋

女中「お待ち遠様」

店員「有難うございました。毎度どうも」

千代と杉山、支那まんじゅう食べながら、

千代「今朝ねえ、一電車おくれたら、カンテンと一緒だったのよ、いやな奴」

杉山「どうして」

千代「だってさ、こないだのハイキングの事、妬いてんのよ、二人で一緒にトラックに乗ったこと」

杉山「いいじゃないか、妬かしとけよ」

千代「だって、つまんないじゃない、何んでもないんだもん」

杉山「なんでもあったら大変だよ」

千代「そうね」

杉山「そうだよ」

千代「なのに、どうして妬くのかしら、ねえ、今度、どっか行かない」

杉山「うん、行こうか。君、兄さんとこにいんのかい」

千代「ううん、姉さんとこ。姉さんとっても兄さんと仲いいのよ」

杉山「いいじゃないか、妬くなよ。君、おそく帰っても、うちで文句言わないかい」

千　代「そりゃ言うわよ。でも、平気、自由なんだもん。あんたんとこ、どう、遅く帰って、奥さん、文句言わない」

杉　山「言うよ、たまには」

千　代「フン。怖い、奥さん」

杉　山「あ、怖いよ」

千　代「フフ、怖い方がいいのよ、奥さんは」

47　その夕方　杉山の家の附近

昌子、ゴミ箱にゴミを捨てて家の中へ

——

48　杉山の家

台所で昌子が紅茶を淹れている。茶の間で昌子の同窓の富永栄（30）が洗濯物にアイロンをかけてやっている。

栄「このアイロン、具合わるいわね、グラグラして」

昌　子「もうネジヤマ馬鹿になってンのよ。直んないのよ」

栄「アイロンぐらい買いなさいよ」

昌　子「買えりゃ買うわよ。でも結構それで間に合うんだもの」

と紅茶を持って来る。

栄「間に合うってことは、つまンないことね」

昌　子「はい（と紅茶を出して）——あんた、これからまた社へ帰るの？」

栄「ううん、今日はもうじかに家《うち》ィ帰る。もう原稿貰って来ちゃったから。——やぶけてるわよ、枕カバー」

昌　子「アア、いいのよ——飲まない？」

栄「うん」

栄、アイロンのスイッチを切って、紅茶をとる。

昌　子「あんた、いいわねえ、のんきで。羨ましいわ」

栄「何が？」

昌　子「ひとりッてのは気楽よ」

栄「何言ってンの！　亭主に死なれてごらんなさい。あんただってワーワー泣いちゃうから」

昌　子「そうかしら？　やっぱり泣くかな」

栄「泣く泣く。大泣きよ。あの時分、あんた、杉山さんと一緒になれなかったら死んじゃうみたいなこと言ってたじゃないの」

昌　子「そうね、そんなことも言ってたわね。ずいぶん昔の話——足りなきゃ、お砂糖あるわよ」

栄「もう沢山、充分甘い、フフフフ……」

昌　子「あんた、もう一生結婚しないつもり？」

栄「そうよ。但し、よっぽど好きな人でも出来りゃ別よ」

昌　子「篠田さんもまだね」

栄「そう。あの人は純粋に一人、初めっから結婚しないんだもの。あの人、学校出てからズーッとお勤めでしょ。男の人の間で揉まれてるうちに目が肥えちゃったのよ屹度」

昌　子「じゃ、探してンのかしら？」

栄「かもわかンない。でも、うちの社の人なんかそう言ってるわ、女も年とると、慌てて、案外屑みたいな男つかじゃうもんだって」

昌　子「あんたも気を付けた方がいいわよ」

栄「そうね。人ごとじゃないわよねえ」

昌　子「そうよ」（笑う）

玄関のあく音——

昌　子「どなた？」

杉山の声「おれだよ」

昌　子「お帰んなさい」

栄「早いじゃないの」

昌　子「早いこともあンのよ。たまには」

杉山這入ってくる。

栄「こんちは——お邪魔してます」

杉　山「や、いらっしゃい」

と二階へ上ってゆく。昌子も一緒についてゆく。

49　二階

杉山、むっつりした顔で、上着をぬぎ、

ネクタイをとる。
昌　子「栄さんね、鵜の木まで原稿とりに来たんですって」
杉　山「フウン、腹へった、めし、未だか」
昌　子「まだ」
杉　山「なんだ、未だか」
昌　子「あの人も来てるし、お肉でも買う」
杉　山「これから買いに行くのか」
昌　子「そうよ」
杉　山「いらねえや」
と、そのまま不機嫌におりてゆく。

50　階下

杉山、おりてくる。
杉　山（栄に）「どうぞごゆっくり――」
栄　「はあ……」
杉山、庭へ――そして外へ出る。
昌子、おりてくる。
栄　「どこ行ったの？」
昌　子「知らない――おこってンのよ」
栄　「どして？」
昌　子「お腹すいちゃったって。――女房なんてご飯たく道具だと思ってンのよ」
栄　「そりゃ無理ないわよ。あたしだってそうよ。お腹すかしてお勤めから帰って、これからまたご飯たくのかと思うとウンザリしちゃう」
昌　子「どうする、そんな時――？」
栄　「だから晩は大概パン――アア、なんだかお腹すいて来ちゃった」
昌　子「そうね。スキヤキでも食べない？」
栄　「そうね。お肉、あたしが買う」
昌　子「じゃ、あたしご飯たく」
栄　「百匁でいいわね」
昌　子「充分よ。うち、いつも五十匁――」
栄　「風呂敷貸して」
昌　子「買物篭あるわよ」
栄　「そう」
昌子、台所へ行って、栄に買物篭を渡す。
昌　子「はい」
栄　「じゃ、行ってくるわ」
昌　子「西口迄行かなきゃ駄目よ」
栄　「そう」
栄、出てゆく。
昌子、釜に米を計る。

51　黄昏時　蒲田　或るアパート

窓々の灯――

52　同　廊下

一室から支那ソバ屋の出前が、出て来て、
出　前「毎度、どうも」
とドアーを閉めて帰ってゆく。

53　室内（田辺の部屋）

杉山がラーメンを食いながら、田辺、長谷川、青木とマージャンを囲んでいる。
ほかに山口が傍で見ている。
青　木「うまそうだなァ」
田　辺「ポン」
青　木「ポン」
長谷川「今日おれンとこの課長、いやなこと言やがンのよ」
田　辺「なんだって」
長谷川「きのうの夕刊に出てたろ、大森でトラックが子供轢いたって」
杉　山「ああ、出てたな」
長谷川「あれに保険金よけい払ったっておこってやがんの。可哀想だよなァ、子供……」
青　木「お前、いま何捨てた」
長谷川「これだよ、リャンピン」
青　木「それか……（と自分のパイを捨てながら）雷魚は、会社の製品なんでも二割引で買えるのか」
田　辺「ああ、買えるよ、なんだい」
青　木「うん、かみさん電気洗濯機ほしがってンだ」
杉　山「買うのかい」
青　木「イヤ、聞いただけだよ」
杉　山「そうだろうな。（青木、ソバを食べようとする）おいおいよせよ」

と、ノックの音——
田　辺「はい」
千代が這入って来る。一同、知らん顔で続けている。
千　代「今晩は、今、スカさんとこ寄ったのよ」
山　口「なんだい」
千　代「ううん、そしたら、もうこっちだって言うから……」
山　口「フウン」
杉　山「はい、ポン」
千　代（ふと見て）「あら、此のパイプ誰の？」
青　木「おれンだよ」
千　代「女持ちじゃない？」
青　木「そうだよ、かみさんの借りて来たんだよ」
千　代「まア、いやらしい」
青　木「いいんだよ。此れで吸うと着くんだよ。うめえンだよ。ポン！　見ろ、南々じゃねえか」
千　代「いやなの」
田　辺（青木の振ったパイで）「はい、それ……二百四十」
青　木「バッカヤロー、安上りしやがって」
千　代「駄目じゃない、そのパイプ」
と、肩を叩いて杉山の傍へ行く。
青　木「二百四十か……」
長谷川「なんだかんだってスギんとこィ行っちゃがった」
千　代「何」
青　木「うんキンギョ、お前こないだのハイキングから、チイッとスギとくせえぞ」
千　代「何がよ」
一同、ガチャガチャとパイを掻き廻して積む。
青木が親。
青　木「おい、ドラなんだい」
田　辺「八万だよ」
青　木「八万か」
千　代（杉山のパイを見て）「凄いじゃないの！」
杉　山「ウム」
青　木「おれも凄い！　凄い凄い！」
千　代（それを覗いて）「インチキねえ、ノンちゃん」
青　木「黙ってろい、これが凄くなるんだ」
と、パイプに鼻の脂をつける。そして最初のパイを振って唄になる。
青木一同〽湯島通れば想い出す
お蔦主税の心意気
知るや白梅……
長谷川「ポン！」
田　辺「バッカヤロー！」
〽……玉垣に
残る二人の影法師……
いつともなく杉山も合唱している。

54　日比谷附近　モータープール

明るい日射し。
自動車が並びガソリン・スタンド等がある。
野村が来る。
野村の声「おーい、ノン公——」
事務所で働いている青木、出て来る。
青　木「どこ行くんだい」
と近づく。
野　村「農林省いくんや。お前、何しとンね？」
青　木「勤めはつらいよ」
野　村「今朝おもしろかったぞ」
青　木「なんだい」
野　村「キンギョの奴、電車ン中でドア・エンジンにスカート挟まれよんのや。ンで、ノッポの野郎こんなのぐっとひねりよったら、電車ググーッと止まりよンね」
青　木「そうか。尻《けつ》挟まれればよかったのにな」
野　村「ほんまやな。ハイキングん時の罰や。ええ気持や、覿面《てきめん》や。——行ってくるわ」
青　木「ああ」
野　村「バイバイ」
で、野村がわかれてゆくと、青木も車の方へ戻ってゆく。

55

丸ビル界隈

昼前の時間で、サラリーマンの姿は殆んど見えず、人通りも割に少ない。

56

（欠番）

57

「東和耐火煉瓦」のオフィス

執務中の高木と杉山、仕事の間に――

高木「二三日前に俺が寄った時は、思ったより元気にしてたけどな」

杉山「でも国からお袋さん来る様じゃ、あんまりよくねえんだな」

高木「ウム、入院すりゃいいんだろうけど、あいつ、とても病院入るの厭がってンだ」

――

そして仕事をつづけていると、向うで

社員「ああ杉山さん、電話……」

杉山、頷き、立ってゆく。

杉山（通りすがりにそこの席の木村に）「おい、今日三浦ンとこ見舞いに行くんだってな」

木村「ああ」

杉山「俺も一緒に行くよ」

木村「そうか」

杉山、そのまま電話の方へ行く。

そして電話器にかかると、

杉山「はい、モシモシ、杉山ですが……エッ、アア君か……え？　ああ……ウム……そうだな……ウム……ウム……じゃ……」

と、電話を切り、自席の方へ戻る。

そして通りすがりに、

杉山（木村に）「おい、おれ、三浦ンとこ行けなくなっちゃった」

木村「そうか」

そして自席へ戻ると――

杉山（高木に）「うちから電話でな、急に用が出来ちゃったんだ。三浦によろしく言っといてくンないか」

高木「いいよ」

杉山「いずれ行くけど」

高木「ああ」

で、また二人とも仕事をつづける。

廊下に社員が通りすぎる。

58

夕暮れ時

烏森神社附近の露地――

59

「お好み焼」の看板

60

その店内

二三組の客がいる。

小女がビール二本とコップを二つ持って来て、傍の小部屋の瓦燈口《かとうぐち》をあける。

客「あら」（笑）

小女「お待ち遠様」

客「有難う」

小女「お待ち遠様」

客「ああ……」（等捨てゼリフ）

61

その小部屋の中

杉山と千代が二人きりで、お好み焼きを焼いている。

そこへ小女がフキンを持って来て、

小女「お待ち遠様……」

千代「ありがとう、ちょっとほうって……」

小女「はい」

で、小女が出てゆくと、千代、ビールを抜いて注ぎながら――

千代「で、あんた、どうしたの？」

杉山「うちから電話で急用だって言ったんだ」

千代「わるい人……ウフ。（ビールを一口飲んで）ああおいしい、飲まないの？」

杉山「飲むよ」

と、グーッと一息に乾す。

千代（また注いでやりながら）「此の家《うち》、いいでしょ？　割に静かで……」

杉山「ああ……」

千代「今頃あんたンとこの奥さん何してんだろう……？」

杉山、答えず、ビールをチビチビ甜めている。

千代「晩の支度して待ってるわよ」
杉山「………」
千代「それとも、お風呂から帰ってお化粧してるかな？　ウフフン」
杉山「………」
千代「どうして黙ってンの？」
杉山「それ、もう焼けてるぞ」
千代（独り言のように）「奥さんなんてつまンない……」
杉山「どうして？」
千代「……ねえ、知ってる？　〽空には今日もアドバルンっていう唄」
杉山「知ってるよ」
千代「待ってたって帰って来ないわけよ。お好み焼屋でビール飲んでンだもの」
杉山「ウム……」
千代「あんた、こんな事、家ィ帰って一々奥さんにそう言うの？」
杉山「言ったり言わなかったりさ」
千代「今日のこと言う？」
杉山「さァ、どうだかな」
千代「言ったっていいわよ。あたし平気。でも、あんたが黙ってて、あたしが黙ってて、どうしてわかる？　わかりッこないじゃない？　フン」
杉山「………」
千代（艶めかしく）「ねえ」
杉山「ウム？」

千代、すり寄って、下から見上げる様な形で、杉山の肩に手をかける。杉山、その誘惑に克てず、接吻する。

長い接吻――。と、呼ぶベルをふんでしまう。足音がするので、二人、ハッと離れる。

小女が顔を出す。

小女「お呼びですか」

千代（澄まして）「ううん、呼ばない」

少女去る。

千代「失礼しちゃうわね……駄目よ。あんた、呼鈴踏んじゃったのよ。……あ、紅ついてる、はい……」

と、ハンケチを渡す。杉山、受取らず、自分のハンケチを出して口を拭く。

千代（ビールを取って）「どお？」

杉山「ああ」

と、コップをとる。

千代「あたしも飲もう」

と自分のコップにも注ぎ、一口飲んで「フフフン」と独り笑いを洩らしながら、またお好み焼きを焼き始める。と、自然に「ああそれなのに」のハミングが口に浮ぶ。

杉山も煙草をくわえてお好み焼きを焼いている。

62　朝　海苔、粗朶《そだ》などの並ぶ遠浅の海
鈴ケ森あたり――

63　（欠番）

64　同　一室
壁に海の反射がギラギラ映り、そこに杉山の洋服が掛っている。寸法の合わない宿のユカタを着た杉山が、何か白けた様子でボンヤリ煙草を吸っている。千代は窓に凭れてボンヤリ海を眺めている。
千代（呟くように）「――ゆうべは灯《あかり》がチラチラしてて、いいとこだと思ったら……穢《きたな》い海。――ア、いやだ、あんなもの浮いてる」
杉山「………」
千代「どうしたの？　何考えてんの？」
杉山（チャブ台の上の腕時計をとり）「仕度しようか、そろそろ時間だ」
千代「今日、ほんとに休めないの？」
杉山「うむ」
千代「電話かけりゃいいじゃない」
杉山「そうはいかないよ」
と立って仕度にかかる。千代は片隅の小さな鏡台の前に坐る。
千代「ねえエ――」
杉山（仕度をつづけ乍ら）「なんだい？」
千代（髪を梳かしはじめて）「後悔してる？」

杉山、答えず、仕度をつづける。

千　代（鏡台に向った儘）「あたし、わかンなくなってきちゃった……」

杉　山（見向かず）「何が――？」

千　代「自分の気持――あたし、あんたの奥さんのことなんか今までそう気にしちゃいなかったのよ。あんたに奥さんがあったって平気だと思ってたの――。でも変、ほんとに変だわ」

杉　山（振返って）「何が？」

千　代（微笑を浮べて見返り）「奥さん憎らしくなって来ちゃった――ふふふ妬いてンのかな」

杉　山（答えず、靴下を穿きながら）「おい、早くしろよ」

千　代（再び鏡台に向って）「あたし、とってもあんた好きンなって来ちゃった。――どうしよう？」

杉　山「おい、先きィ行くぞ」

千　代「待ってよ、もうすぐよ」

杉　山「もう時間一杯だ。じゃ行くよ」

千　代「ねえ！（と追って立ち、杉山の胸につかまって）今度いつ？」

杉　山「わかんない」

と、素ッ気なく言い捨てて出て行く。

千　代「ナンダ、意地悪る！」

△廊下、出てゆく杉山。

そう言うと身を返して鏡台の前に戻り、

千　代「フフフン」

と独り笑いを浮べて口紅を塗る。

と、軽快なハミングが口に浮ぶ。

65　その夕方　杉山の家の庭先

ガラス戸越しに、塀の向うに街燈が灯っている。

66　同　茶の間

誰もいない。

67　同　台所

昌子が母のしげと夕餉《ゆうげ》の仕度をしている。

昌　子「そんなとこへ、おッ母さん、ちょいちょい行くの？」

し　げ「ちょいちょいなんて行きやしないよ。うちィ来るお客さんがね、ホラ、知ってるだろう？　菅井のツーさんだよ。あの人がね、たしかな筋から聞きこみがあって、八レースの四四絶対だってもんだから。――お前、お醤油いれたかい？」

昌　子「まだ」

し　げ「チョボチョボッとでいいんだよ。――あ、それじゃ多いよ」

昌　子「で、おッ母さん、儲かったの？」

し　げ「儲かるもんかね、やっぱり本命が来ちゃったよ」

昌　子「ほんと？　匿《かく》してンじゃない？　あたしにタカられると思って」

し　げ「そんなこと匿しませんよ。当りゃ奢るよ――（茶の間の方へゆく）杉山さん、時々家《うち》ィ帰んないことあンのかい？」

昌　子「時々でもないけど……」

し　げ「じゃ気にすることないやね」

68　茶の間

しげ、来て、煙草をつける。

昌子の声「おッ母さん、このお鍋もうおろしていい？」

し　げ「ああ、サーッと煮立ったら、もういいよ」

と、うまそうに煙草の煙を吐く。

昌子が来る。

昌　子「よく、ちょくちょくマージャンなんかでおそくなることあンのよ。――でも、帰って来なかったの、ゆうべが始めて」

し　げ「うちのお父ッあんなんかしょッちゅうだったよ。――でも、どうしたんだろう」

昌　子「どうしたんだか……おッ母さん、今日、お店どうしたの？」

し　げ「休業だよ」

昌　子「のんきねえ」
し　げ「のんきなもんかね、たまには骨休みしなきゃ」
玄関のあく音——
杉山の声「只今——」
し　げ「ホラ、旦那さまお帰りだよ」
昌子、渋々立つ。

69　玄関

杉山が靴をぬいでいる。
昌子が出てくる。
昌　子「お帰り」
杉　山「ああ、くたぶれちゃったィ！　えらい目に会っちゃった。ゆうべ——」
と、奥へ行く。

70　茶の間

杉山来る。
昌子もついてくる。
し　げ「お帰ンなさい。お邪魔してます」
杉　山「や、いらっしゃい」
し　げ「ちょいとね、川崎まで来たもんだから——」
杉　山「そうですか。幸ちゃんどうしてます？　勉強してますか」
し　げ「何してんですか……今日はあの子のお勤めのことでお願いもあってね」
杉　山（笑って）「気が早いや。卒業再来年《さらいねん》じゃありませんか。まだまだいいですよ」
と、二階へ上ってゆく。
昌子がついてゆく。

71　二階

杉山と昌子が上ってくる。
杉　山「ひでえ目にあっちゃったよ」
昌　子「どうしたの」
杉　山「三浦んとこ見舞いに行ったんだ。そしたら、よくねえんだ。いやんなっちゃったよ」
昌　子「どうして」
杉　山「国からおっ母さん来てたな、泣かれちゃってさ、帰って来られねェんだ」
昌　子「で、あんた、三浦さんとこに泊ったの」
杉　山「病人のとこ泊れるかい、木村んとこだよ、木村も一緒に行ったんだ」
昌　子「で、またマージャン」
杉　山「冗談言うない、マージャンなんかやってられるかい」
昌　子「ほんと」
杉　山「病人の事で一杯だよ、風呂行ってくる。（と出て行きかけ振り返る）おい」
昌　子「何」
と近づくのを杉山、つとその肩を抱いて接吻する。
昌　子「何よ、お腹どうなの」
杉　山「帰ったらすぐ食う」
と階下へおりてゆく。

72　階下

杉山、おりてくる。

73　台所

しげが煮物を見ている。杉山が来てタオルとシャボン箱をとる。
杉　山「ちょいと風呂ィ行ってきます」
し　げ「アア、下駄は？」
杉　山「はァわかってます。おッ母さん、ゆっくりしてらっしゃいね」
と出てゆく。
し　げ「行ってらっしゃい」

74　茶の間

昌子が二階からおりて来る。しげ、手を拭きながら台所から出てくる。
し　げ「どこへ泊ったんだって？」
昌　子「病気の友達お見舞いに行ったんだって」
し　げ「それごらんな。そんなもんだよ、お前、気ィ廻しすぎるよ」
昌　子「そうかしら……」
し　げ「そうだよ。——さァ、ご飯だよ。ごはん、ごはん——」

で、昌子は台所へ行き、しげはチャブ台を拭く。

75　丸の内　有楽町附近の或る横町

昼休みに近い時間――
そこにダンダラの日除けをしたミルク・スタンドがある。
野村が来る。

インサート　スカル座

76　そのミルク・スタンド

野村、来て――

野　村「おい、ホット・ドッグ……」
そしてふと見ると、チャア子（本田久子）が、これもホット・ドッグを噛りながら雑誌を見ている。傍にミルクが置いてある。

野　村「こいつ、こんなとこでサボッとおる」
チャア子「今日は土曜日よ。人聞きの悪いこと言わないでよ」
野　村「お前、今朝おくれたやろ？」
チャア子「ううん、一電車先きに乗ったのよ。あんた、キンギョと一緒だった？」
野　村「ああ」
チャア子「ホラね、そうだと思ったんだ。あたしスギと一緒だった」
野　村「なんやね？」
チャア子「おかしい事あるんだ。臭いんだ」
野　村「何がや」
チャア子「ねえエ……（とすり寄って）あんた、気が付かない？」
野　村「何？」
チャア子「スギとキンギョ……」
野　村「どうしたんや？」
チャア子「おかしいんだ……此の頃、あの二人、絶対おんなじ電車に乗らないの」
野　村「そうかな？」
チャア子「そうよ、全然よ。きのうなんか、スギ先きィ来てたのよ。そこへキンギョが来たら、わざと新聞買いに行って、一電車おくれちゃうんだもん。会ったって変にヨソヨソしいわよ」
野　村「つまらんこと見てンやな、仕様もない」
チャア子「だってさ、なんでもないんなら、平気で口ききゃいいじゃないの、あたしとあんたみたいに」
野　村「阿呆らし。お前みたいなもんと、なんでもあったらコトや」
チャア子「フン、失礼しちゃうわね、じゃ、もう言わない」
野　村「まだなんぞあンのか」
チャア子「あるわよ」
野　村「なんや」
チャア子「言わない……おじさん、あたしミルクもう一つ」
野　村「おれアイスウォーター……おい、言うてみい、言うてみいな、おい言わんかいな」
そして、二人ともホット・ドッグを噛る。

77　千代のオフィス

土曜の退社時間過ぎで、殆んど人影もなく、ガランとしている。

タイピスト達「さよなら、さよなら」

78　そのオフィスの洗面所

千代と、同僚のAとBが、手を洗ったり、化粧を直したりしている。

千　代（手を拭いて）「シャボンもういい？」
A　「ありがとう」
千　代「お先きィ」
A・B「さよなら」
で、千代が出て行くと、すぐその蔭口になる。

B　「あの人、変ねえ、此の頃」
A　「どんな人だった？　一緒に歩いてたって……」
B　「ちょいと好い男。ジェラール・フィリップみたい」

A「趣味ねえ……その人、奥さんあるらしいのよ」

B「そお？」

そこへ千代が戻って来て、

千代「忘れちゃった、さよなら」

と、鏡の前の腕時計を取って、出て行く。

A「さよなら」

B「さよなら……あの人、前にも機械部の磯崎さんと噂あったじゃない？」

A「そんな事しょっちゅう。ここんとこちょいとおさまったのよ」

B、手を拭きながら窓へ行って空を見上げる。

B「そう……いいお天気……」

Aも来て眺める。

A「……綺麗な空……一週間って長いわねえ」

79　空

向うのビルの上を鳩が舞っている。

80　杉山の家の庭

洗濯物が乾してある。

81　杉山の家

茶の間で、昌子がベンジンで洋服の襟など拭いている。

裏口から隣の田村の細君たま子が蓋物を持ってくる。

たま子「奥さん――」

昌子「ア、いらっしゃい、どうぞ」

たま子、ノコノコ上ってくる。

たま子「申訳ないの、すっかり忘れてて、これ――」

と、坐って、蓋物を出し、

たま子「ありがとうございました……」

昌子「いいえ」

たま子「とてもおいしかったわ。お母さんお上手ねえ」

昌子「いいえ。なんですか……」

たま子（昌子が蓋物をどけようとするのを見て）「ちょいと、この中へカリントウ入れて来たの、ほんの少し」

昌子「まァ、ご馳走さま」

たま子「さっき駅向うで買って来たの。わりかたおいしいのよ」

昌子「お茶いれましょうか」

たま子「いいのいいの――今日、旦那さまお早いの？」

昌子「おそいんですって」

たま子「ここんとこ二三日お早かったわね」

昌子「ええ、珍らしく。――でもアテになりませんわ」

たま子「ほんとねえ。うちなんかも若い時分、なんだかんだってちょいちょいおそくなってね、どうしてかと思ったら、それがねえ奥さん、あったのよ」

昌子「何がですの？」

たま子（小指を出して）「これ――。駅向うの川っぷちにカフェーがあるでしょ。あたし、あそこだとばかり思ってたら、その隣りの玉突き屋のゲーム取りだったの。それを火の見の傍のアパートに住まわしてたのよ。その時分、うち、矢口に住んでたでしょ。いきなり行ってドアあけたら、うちッたら女のユカタ着てカツブシかいてんのよ……」

昌子「まア」

たま子「そこへ女が帰って来たの、お風呂からよ。この辺ベットリお白粉塗って、お豆腐買って――。いやな女、一ぱい金歯入れて……」

昌子「それで奥さん、どうなすったの？」

たま子「どうもこうもないわよ、その辺お豆腐だらけ――」

昌子「まァ」

たま子「油断出来ないわよ、奥さん。今じゃ会社でも固い一方だって言われてるけど、それがそんなだったんだもんねえ」

昌子（ふと台所の方を見て）「あ、お帰りよ」

で、たま子が振返ると――

82 **田村の家**（見た目で遠く）

亭主の精一郎が帰って来たのが見える。

83 **杉山の家**

たま子と昌子――

たま子「うちの人もたまにゃおそく帰って来てくれりゃ助かるんだけど、早きゃ早いでまた厄介なもんねえ」

精一郎（向うの家の台所口から）「たま子――帰ったよ」

たま子「はいはい、今帰りますよ――（昌子に）どうも。ごめん下さい。（と立ちかかって）お宅の旦那様、今日、どちら？」

昌　子「なんですか、兵隊時分の仲間の会ですって」

たま子（軽く昌子の肩を叩いて）「ちょいと心配ね、フフフフフ」

と帰ってゆく。昌子、ひとり佗しく残る。

84 **田村の家**

精一郎、ユカタに着更えている。たま子が帰ってくる。

たま子「お帰んなさい、お腹すいてる？」

精一郎「うん――鮭の粕漬二切レ買って来たよ」

たま子「アアそう。うちお豆腐買ってあンの、ちょいとおカカかいて」

精一郎「あいよ」

で、精一郎はたま子から鰹節箱を受取って鰹節をかきはじめる。

85 **ネオンサイン**

仁丹 のネオンサイン点滅

〽ツツレロ〳〵
ツーレロ
ツレラレトレ
ツレトレシャン
ツレラレトレ
シャンランラン

85A **夜　小料理屋の二階**

廊下の突き当りの座敷から賑やかな合唱が聞えている。

86 **座敷**

〽君と僕とは　卵の中よ　僕は…………
……白味で、君を抱く〳〵オラ
ツーツーレロレロ、ツーレーロ
ツレラレトレ、ツレトレシャン
ツレラレトレ、シャンランラン

曽ての兵隊仲間、杉山、平山、坂本など三十四五歳から四十歳がらみの男達が皿小鉢を叩いたり手を叩いたりして合唱している。もう大分酔っぱらってグッタリしている者もある。

A「おい、おい、呑めよ、おい」

と、グッタリしている者を起す。

平　山「おい、一杯いこう」

坂　本「ああ」

等々、あちこちで盃の応酬が始まる。

坂　本「おい、長県にゃ随分とチャン・チュウあったよなア。犬おッ殺してお前、スキヤキでよく呑んだじゃねえか」

平　山「うん、うまかったよなア。おれ、帰ってから、あんなうめえもの未だに食ったことねえよ」

B「そらお前、そう思うんだィ。いま食ってみろ、ケバ臭くて食えたもんじゃねえッてば」

平　山「そうかも知ンねえ」

C「西島の野郎よ、犬つかまえンのうまくてよ、犬見たら大抵逃がさなかったじゃねえかよ」

D「ほんとだ」

坂　本「でもよ、あんな臆病な野郎もなかったよな、弾丸《たま》飛んでくるとよ、鉄砲おッぽり出して、南無妙法蓮華経、南無妙法蓮華経って、お題目となえてたじゃないか」

A「そうそう、あいつ、暇みちゃ、よく、かアちゃんとこィ手紙書いてたよな」

D「ほんとだ」

平　山「あいつが戦死してよ、遺品調べたらよ、千人針の腹巻ン中から、おもしれえ絵が出て来たじゃねえか、だッこしてる……」

坂本「ああ。——ところがよ、帰って来て、俺がお線香あげに行ってやったらよ、あいつのかアちゃん、あの野郎のこと、忠勇無双のわが兵だと思ってやがんのよ。ありがてえよなかみさんてものは」

D「全くだ」

B「おれ、こないだ、そのかアちゃんに会ったぜ」

杉山「どこで？」

B「上野の松坂屋の角で」

杉山「どうしてたい？」

B「御徒町の煮豆屋に後妻に行ったとかってね、唇紅く塗ってよ、幸せそうな顔してやがンのよ」

平山「まじいじゃねえか」

坂本「あいつも浮ばれねえよなァ」

D「ほんとだ」

坂本「おれたち死なねえで帰って来てよかったよなァ」

一同「………」

で、一座、稍々しんみりする。

平山「おい、しんみりしちゃったじゃねえか、元気出せ、元気」

(で唄い出す)

〽あとのつくほど抓《つね》ってみたが……

一同、合唱する。

〽色が黒いのでわからない
わからない、オラ
ツーツーレロレロ、ツーレーロ
ツレラレトレ、ツレトレシャン
ツレラレトレ、シャンランラン

87 杉山の家　茶の間

蒲団が敷いてある。寝巻に着更えた昌子が杉山の帰りを待って、蒲団の上で雑誌を読んでいる。

一時が鳴る。玄関の戸を叩く音——

杉山の声「おい！——」

坂本の声「今晩は！」

杉山の声「おい！——」

平山の声「お帰りですよ！」

でみんなの高笑いが聞えてくる。

昌子、不機嫌な顔で立ってゆく。

88 玄関

昌子、玄関のタコネジをあける。

杉山「おい、這入れよ」

で、杉山、坂本、平山の三人がドヤドヤと這入って来る。

坂本と平山もかなり酔っている。

坂本「今晩は」

平山「今晩は」

杉山「上れよ」

坂本「おおきに」

89 茶の間

昌子、来て、蒲団を手荒くまくり上げる。

三人、這入ってくる。

杉山「おい」

平山「奥さんですか、すんませんねえ」

坂本「どうも夜分伺いまして……」

昌子「いいえ、ようこそ……」

杉山「おお、二階行こう。来いよ」

平山「ああ」

坂本「お邪魔します」

杉山「階段あぶないぞ」

坂本「大丈夫だい。大丈夫、大丈夫」

と上ってゆく。杉山、台所へゆき水を飲む。

昌子「本当だったのね」

杉山「何が」

昌子「兵隊の会」

杉山「嘘だと思ったのか」

と上ってゆく。

90 二階

平山「ウン」

平山と坂本、グッタリ胡坐をかいている。

杉山が上ってくる。

坂 本「おい、いいかみさんだな」
杉 山「いやァ」
坂 本「なァ、おい」
　と平山見る。
平 山「ウム、もうちいっと呑みてえな」
坂 本「うむ、どうだい」
平 山「もう、ちっと呑みてえよ」
杉 山「ウム、あるかな」
　と降りてゆく。
平 山「あるよ」
坂 本「頼むよ」

91　階下

昌子、自分の蒲団だけをもとのように敷いている。杉山、おりてくる。

杉 山「おい、酒ないか」
昌 子（切口上で）「ありません」
杉 山「ビールは?」
昌 子（つッけんどんに）「ないわよ、もういいじゃないの!　何さ、あんな酔っぱらいつれて来て!」
杉 山「つれて来たんじゃない、ついて来たんだィ——そうか、ないのか……」
　と再び二階へ戻ってゆく。
昌 子「バカにしてるわ」

92　二階

杉山が上って来ると平山も坂本もぐったりしている。

杉 山「ないんだってさ」
平 山「何が」
杉 山「酒だよ」
平 山「ああ、酒か、もういいか」
坂 本「おれ、行って買ってくらあ」
平 山「うん」
杉 山「行ったって、もう起きてやしないよ」
坂 本「大丈夫、大丈夫」
　とよろよろ立っておりてゆく。

93　階下

昌子、蒲団の上でまた雑誌を読んでいる。
坂本、おりて来て、台所の醤油びんを持ち上げてみる。

坂 本「ちょっと失礼します」
　と枕元を通って玄関の方へ行きかける。
昌 子「どこ、いらっしゃるの」
坂 本「酒屋、こっちでしょうか」
　と一方を指す。
昌 子「もう寝てますわ、こんな時間ですもの」
坂 本「そうですか、何時でしょうか」
昌 子「もう一時過ぎてますわ」
坂 本「そうですか、じゃもう酒屋寝てますね」
昌 子「ええ」
坂 本「そうか……寝たか……（と坐って）ねえ奥さん、川口の方へいらしったらね、是非あッしンとこへ寄って下さいよ。小ッぽけな鋳物工場ですがね、鍋つくってるンでさァ、支那鍋——。金太郎印、御存じねえですか」
昌 子「はあ」
坂 本「そうですか……」
　そこへ平山がおりてくる。
平 山「おい、何してンだよ」
坂 本「イヤァ、奥さんにうちの鍋差上げてえと思ってね」
平 山「またあんなこと言ってやがら。さッきのうちでもね奥さん、この野郎、姐ちゃん摑えて、鍋やる、鍋やるって言ってやがんでさァ」
坂 本「いいじゃねえか……宣伝じゃねえか」
平 山「何言ってやンでえ——。やる、やるって言ってやがって、ねえ奥さん、この野郎、まだ僕には一つもよこさない——。不愉快である」
　杉山がおりてくる。
杉 山「おい、二階上れよ」
平 山「あ?」
杉 山「もう寝ろよ。床敷いてあるぞ」
平 山「うん（坂本に）おい、金太郎印——」

坂本「アア――、どうも奥さん、失礼致しました」
平山「おやすみ」
昌子「おやすみなさい」
坂本「ああ好い気持だ」
と平山と一緒に二階へ上ってゆく。
杉山「危いぞ」
坂本「大丈夫、大丈夫……」
杉山がつづいて上ろうとすると――
昌子（不機嫌に）「ねえ、明日どうすンの？」
杉山「なんだい」
昌子「坊やの命日よ」
杉山「ああそうか……」
昌子「行かないの？　お墓詣り……」
杉山「行くさ。きまってッじゃないか」
と二階へ上ってゆく。

94 二階

平山と坂本、ふとんの上に斜《はす》かいにのびている。
杉山上ってくる。
杉山「おい、もう着替えて寝ろよ」
平山「あん」
杉山「寝るんだよ」
平山「あ、そうか。（と、起き上って坂本に）起きろい」
坂本、起きる。
杉山「ふとん、それでいいな」
坂本「大丈夫大丈夫」
杉山「じゃ、おやすみ」
平山「なんだ、お前、行っちゃうのか」
杉山「うん」
坂本「どこゆくんだい」
杉山「おれ、下で寝るんだ」
平山「いいじゃねえか、ここで一緒に寝ようや」
坂本「一晩位、我慢しなよ、久し振りじゃねえか、いいってばよ」
杉山「もう、蒲団ないんだい、三人は無理だよ」
平山「贅沢言うない、向うじゃ馬小屋の馬糞の上で寝たじゃねえか、狭めえとこでよ」
坂本「そうだ、ホコホコして、暖かかったなァ」
平山「おい、来なよ、懐しいじゃねえか」
杉山「じゃ、一緒に寝るか。おい、お前達も着替えろよ」
平山「おれ、もうこのまま寝ちゃうんだい」
坂本「おれもだい」
平山「いいもんだよ、戦友はなァ」
坂本「いいもんだ、全くいいもんだ、嬉しいじゃねえか」
平山「うん」
その間に杉山もズボンをぬぎランニングシャツと、パンツになる。
杉山「おい、消燈だぞ」
平山「あ、消燈」
坂本「消燈、消燈（で、途端に）タタタタ、タタタタ――タタタタ、タタタタ――」
と、消燈ラッパの口真似をする。平山も、それに合わせる。

95 階下

「タタ……タタタタタ……」

消燈ラッパの口真似が聞えている。

蒲団が二つ並べて敷かれ、昌子がそこに坐って、不機嫌に考えこんでいる。

やがてラッパの口真似が終ると、昌子は諦めたように懶《ものう》く立上り、電燈を消して床に就く。

96 （欠番）

97 翌朝　同　杉山の家庭

朝日が明るく射している。
△露地
女「お早うございます」
男「お早よう」

98 茶の間

外出着に着替えた昌子が鏡の前で帯を結んでいる。

99

二階

杉山と平山と坂本の三人。

さすがに酔いが醒めて平山も坂本も昨夜よりは、よほどまともになっている。

坂　本「ちいっと、頭痛えな」

杉　山「フフン、そうだろう、ずい分呑んでたもの」

坂　本「どう言う訳で此処来ちゃったんだい」

平　山「宴会終ってよ、鶯谷の駅迄歩いてよ、お前、向うに乗りゃいいのに別れたくねえって、こっち来ちゃったんだい」

坂　本「お前はどうしたんだい」

平　山「あんな事言ってやがら。おれぁ鶴見迄行くのによ、お前が無理に蒲田でおろしちゃったんじゃねえか」

坂　本「そうか、覚えてねえな」

杉　山「それから、駅前の屋台に這入ったじゃないか」

平　山「あっ、そうだ。(坂本に)焼鳥食ったじゃねえか」

坂　本「そうか、食ったかな」

平　山「食ったよ、確かに食った、なあ」

杉　山「そして二人でおれを送ってくれたんだよ、いいんだいいんだってね」

坂　本「ンで泊っちゃったのか」

杉　山「そうだよ」

坂　本「悪かったなあ」

平　山「すまなかったなあ」

杉　山「(笑)でも、面白かったよ」

そこへ階下から、

昌子の声「あなた」

杉　山「なんだい」

昌子の声「ちょっと」

杉山立ってゆく。

100

階下

杉山がおりて来ると――きちんと身仕舞をした、昌子が待っている。

杉　山「なんだい」

昌　子(冷く)「あたし先きィ出かけます」

杉　山「もう行くのか」

昌　子「ええ」

杉　山「どこで会う?」

昌　子「だって時間わかんないでしょ?」

と、冷く言いすてて出てゆく。

杉山、二階へ戻る。

101

二階

杉山が上って来ると、

平　山「なんだい」

杉　山「うん、イヤ、いいんだい」

平　山「でもよ、お前はいいよなあ」

杉　山「何が」

平　山「今もこいつと話したんだけどよ、サラリーマンでさ」

杉　山「どうして」

平　山「俺達と違って会社は大きいし綺麗事でよ」

坂　本「決った時間働いてりゃ、毎月キチンキチン金は這入るしさ。盆暮れにゃボーナスも出るしよ」

平　山「だんだん月給上ってよ、しまいにはお前、重役さんじゃねえか」

坂　本「人間、やっぱり学問がねえといけねえな」

杉　山「そんな事はないよ。そりゃ君達の方がよっぽどいいよ」

坂　本「どうしてね」

杉　山「俺なんかと違って腕に職があるしさ、何処行ったってその腕が物を言うよ」

平　山「腕ってったってお前、たかがラジオの組立てじゃねえか、ちっとはテレビの方もやるけどよ」

杉　山「立派なもんだよ。お前は鍋の方が専門だし、そこへいきゃおれなんかこれって言う技術はなにもないんだ。クビになりゃ、さしあたり明日から食いっぱぐれだよ」

平　山「そんなこたあねえよ」

杉　山「そうだよ、大体サラリーマンなんてものは、昔、一銭五厘で集まった兵隊とおんなじ様なもんだよ、人は在り余ってるしさ、重役になれるのは千人に一人あるかなしだよ」

平山「フーム、そんなもんかなあ」
坂本「でも、お前、頭いいから、きっと重役迄いくよ」
杉山「いけるもんかい、もし、クビんなったら、お前んとこの鍋のセールスマンにでもして貰うよ、頼むぜ」
坂本（笑って）「そりゃいいな」
平山「だけどよ、金太郎印じゃ、ちいっと勿体ねえな」
で三人明るく笑う。

102 **蒲田の道**
昌子が歩いてくる。

103 **青木の家（小さな町営住宅）の裏道**
昌子が来る。
狭い庭で青木が手造りの犬小屋にペンキを塗っている。
薄汚い小犬がいる。
昌子（通りすがりに）「こんちわ――」
青木「ああ、お出かけですか」
昌子「ええ、ちょいと――」
青木「いってらっしゃい」
昌子が通りすぎてゆくと、青木もやがて塗り終って、部屋へ上ってゆく。

104 **部屋**
細君のテルミ（25）が鏡台に向って化粧している。
テルミ「杉山さんの奥さん？」
青木、縁側の鴨居の釘に掛けてあるタオルを取って手を拭きながら、
青木「ああ……ナンダイ、今日から早番か……」
テルミ「そうよ……ちょいとここんとこ（襟の後のチャック）かけて」
青木、テルミの後に廻ってかけてやる。
テルミ「ペンキ大丈夫？」
青木「大丈夫だイ」
と、煙草を啣《くわ》えて火を点ける。
テルミ「ねえ、ちょっとおかしいのよ」
青木「なんだい？」
テルミ「ここんとこ白粉《おしろい》のノリが悪いの」
青木「……」（答えずノンビリ煙草を吸っている）
テルミ「出来たのかも知れない」
青木「……？」
テルミ「ねえ、妊娠かもわかんないわよ」
青木「誰？」
テルミ「あたしよ」
青木「よせやい、そんなわけねえじゃねえか」
テルミ「だって無いんだもの。もうあってもいい頃なのに」
青木「何が？　……あ、そうか。いつからだい」
テルミ「先月からよ」
青木「おどかすなイ。子供なんか出来たら食えやしないよ」
テルミ「そんなこと言ったって仕様がないわよ。あんた拵えたんだもの」
青木「気のせいじゃねえのか？　そんな筈ねえもの」
テルミ「だって仕様がないわよ。出来ちゃったんだもの」
青木「そんなわけ、ねえんだけどなァ……」
テルミ「ないったって仕様がないじゃないの」
青木「うん、そうかなァ……一ぺん医者行って診て貰えよ」
テルミ「うん……お金ある？」
青木「お前ンとこ無いのか」
テルミ「ない。これ（洋服）買っちゃったもの」
青木「じゃ今度の月給日まで待てよ」
テルミ「そんなことしてたらだんだん大きくなっちゃうわよ。知らないわよ」
青木「弱っちゃったなァ……そんな筈ねえんだけどなァ……」
と、縁先きへ出て、犬を呼ぶと、薄汚い犬が尻ッ尾を振ってみつめている。

105 **「喜多川」の附近の街**
夕方と言ってもまだ四時頃である。

106
「喜多川」の店

客（菅井のツーさん）が、一人、しげを相手に喋っている。
枝豆とビールが二本ぐらい。

客「こないだ、おばさん、川崎すまなかったねえ、とんだ散財かけちゃって」
しげ「いいんですよ。あたしもね、お肚ン中じゃテッキリ米山の頭だと思ってたの」
客「そうだよ、あの日は初めッから荒れてたもんねえ」
しげ「そうですよ」

そこへ昌子が二階から降りて来る。

昌子「はい、おッ母さん、此れ……」
客（見て）「よう、昌子ちゃん、来てたのかい」
昌子「しばらく」
客「大きくなったねえ。どお、旦那さんとうまく行ってるかい」
昌子（ニヤニヤして）「……」
客「ちょいと来て、お酌しておくれよ」

昌子、来て、

昌子「はい」

と、ビールを注いでやる。

客「綺麗ンなったねえ。いい年増だ」
昌子「ツーさん、いつまでもお若いわ」
客「そうかい、ありがとう。――褒めてもらったところで帰るかな（と、ビールを乾して）――じゃおばさん、頼むよ」
しげ「はいはい。毎度どうも……」
客「ああ、いい気持だ……（と帰りかけて）あ！ カバンカバン――」
しげ「はいはい」
客（受取って）「あばよ」
昌子「さよなら」

客、帰ってゆく。

しげ（あとを片付けながら）「お前、まだいいのかい、帰らなくて」
昌子「いいのよ」
しげ「もう兵隊のお客さんも帰ってるよ」
昌子「どうだか……二人とも柄の悪い奴なのよ。あんな友達がいるのかと思ったら厭ンなっちゃった。つまんないこと面白そうに、アッハァアッハァ笑ってんの。馬鹿みたい」
しげ「でもさ、鉄砲玉くぐった仲だもの、お互に懐しいんだろう?」
昌子「懐しいなんて、あんなもんじゃないわよ。あんなのが兵隊だから日本敗けたのよ。子供の命日さえ忘れてンだもん」
しげ「そりゃ仕様がないよ。あたしだってお父ッあんの命日忘れてることあるよ」
昌子「こないだだってそうよ。泊って来た晩あるでしょ、おッ母さん来た日――友達のお見舞いに行ったなんて、ハンケチに紅ついてンのよ。どこィ泊って来たかわかりゃしない。怪しいもんよ」

短い間――

しげ「だけどさ、そう一々こまかいことまで気にする様じゃ、お前さん、まだまだ旦那さんに惚れてるよ」
昌子「惚れてなんかいないわよ」
しげ「惚れてますよ。わかってますよ――今日もおでん持ってくかい」
昌子「持ってかないわよ」
しげ「オヤオヤ、ずいぶんおヘソ曲げちゃったんだねえ」
昌子「………」

107
有楽町附近の横丁

そこのミルク・スタンドのダンダラの日除けに昼の陽が明るくあたって――

108
そのミルク・スタンド

昼休みの時間で、電車仲間の田辺、野村、長谷川、辻、青木の五人が飲み食いしながら雑談に花を咲かせている。
青木だけは稍々憂鬱そうである。

田辺「やっぱり女の奴は目が早いな。おれァもうとうから臭いと思ってたんだ」
野村「そうか、おれァ、チャア子に言われて初めて気がついたんや」

長谷川「そう言や、おれ、こないだ二人で放送局の前歩いてるとこ見たよ」
野　村「こないだって、いつや」
長谷川「公会堂でリサイタルのあった晩だ」
野　村「おだやかやないな」
辻　「臭いのはとうからだよ。一ぺんやってやるか」
野　村「何をや？」
辻　「査問会……吊し上げだよ」
田　辺「やるか」
野　村「やったろやったろ。いつやったろう」
辻　「今晩どうだい？」
田　辺「いいね。おれンとこでどうだい。恰度名古屋からウドンが来たんだ。ウドンの会……おい、ノン公（青木に）お前も来るな？」
青　木「おれァ人ごとじゃねえんだよ。心配事あるんだ」
田　辺「なんだ？」
青　木「お前達にゃわからねえ事なんだ。頭、痛えんだ」
辻　「そう言や、さっきから元気ねえな」
青　木「そうなんだ。元気ねえんだ」
野　村「どうしたんや」
青　木「人生は憂鬱だよ」
野　村「何言うてけつかる」
辻　「じゃ、スギとキンギョんとこ連絡しとかなきゃいけねえな」
野　村「あ、よしゃ、おれかけたるわ」
と、卓上の公衆電話をかける。
田　辺「おい、ついでにキンギョんとこにもかけろや」
野　村「よしゃ……あッ、モシモシ東和耐火煉瓦ですか、庶務の杉山さんお願いします」
田　辺「おい、親爺、アイスウォーター」
親　爺「へえ」
野　村「あ、俺にも」
親　爺「へえ」
野　村「ああ……おウ、スギか、おれや、野村……」

109

「東和耐火煉瓦」のオフィス

杉山が電話に出ている。

昼休みの時間で、室内には大分空席がある。

杉　山「アア……え？　ウドンの会？　……どこで？　……アア雷魚ンとこか……アア、行けたら行くよ……え？　アア、行く、行く、アア」

と、電話を切り、自席へ戻ってゆく。

そして自席で食いかけの箱弁を食う。

女事務員が入って来る。

女事務員「杉山さん、総務部長がお呼び――」

杉　山「すぐかい？」

女事務員「ええ」

杉　山「はい」

と、杉山、弁当を片付けて立つ。

110

別室

杉山が来る。
杉　山「何か――？」
荒　川「よう、飯《めし》すんだ？」
杉　山「はあ、すみました」
荒　川「そう」
と、自席から立ってそこのソファに腰をおろし、杉山にもすすめる。
荒　川「一寸……まァかけたまえ」
杉　山「はあ」
荒　川（タバコを出して）「どお」
杉　山「頂きます」
と、一本貰い、荒川と並んで腰をおろす。
荒　川「暑くなったねえ」
杉　山「はあ」
荒　川「イヤ、ほかでもないんだけどね、どうだろう、君に三石《みついし》に行ってもらいたいと思うんだけど……」
杉　山「転勤ですか」
荒　川「そうなんだがね――。まァ、遠くて気の毒だけど、ああいう生産の現場を見てくるのも、君の将来のためにいいと思うんだ」
杉　山「はあ……」

荒川「長くて二三年だろうけど、どうかね、一度考えてみてくんないか」
杉山「はあ、考えさせて頂きます」
荒川「アア、どうぞ——。こんな話、どッかでゆっくり飯でも食いながらすりゃよかったんだけど会社も急いでるもんだからね」
杉山「はあ」
荒川「なるべく早く返事を聞かせてくンないか」
杉山「はあ……じゃ……」
荒川「あ、どうぞ——」
杉山、一礼して、立って出てゆく。
△廊下
戻って来る杉山。
△事務室
戻って来て、杉山、椅子に坐り考え込む。

111 田辺のアパートの廊下　夕暮れ時

一室から田辺が茶碗を四つ五つ持って出て来る。
田辺（室内へ）「どうもすみません。じゃ、ちょっと拝借します」
と、自室へ戻ろうとすると、その部屋の細君がドアから顔を出して、
細君「田辺さん、お箸は？」
田辺「箸はあるんです。どうも……」
と、自室へ這入る。

112 田辺の部屋

野村、辻、藤井、長谷川、佐藤達が七輪に大鍋をかけてウドンの煮込みを拵えている。
田辺「おい、借りて来たぞ」
野村（毒見して）「おゥい、うまいぞ」
田辺「そうか——（茶碗を渡しながら）おい、つけろよ」
佐藤「よし、おれ、よそってやる」
辻「——そうか、雷魚、名古屋か」
田辺「うん」
辻「名古屋、どこだい」
田辺「中村だよ」
長谷川「豊臣秀吉の生れたとこか」
田辺「そうだよ」
辻「いろんな奴の生れるとこだな、ピンからキリまで」
田辺「お前、どこだい」
辻「おれァ土佐だ。坂本龍馬の生れたとこだ」
田辺「そうか、土佐か。龍馬も生れりゃ、頓馬も生れるな」
辻「何言ってやンだい」
野村「お前、黙っとりゃよかったんや。つまらんこと言うなァとおれ思うとったんや」
辻「何言ってやンだい」
ノックの音——
田辺「おう」
青木が入って来る。
野村「おう、おそかったやないか」
青木「ああ、ちょっと風呂行って来たんだ。ウドンまだあるな。おう、肉這入ってんじゃねえか」
藤井「うちの会社の缶詰だよ」
野村「おい、スギ来んのやで」
青木「どうして？」
野村「どこかへ出かけたんやて」
青木「ふうん、そうか。うまそうだな」
青木、受取り袂から味の素の瓶を出してウドンにふりかけ、また袂にしまう。
野村「おい、なんや」
青木「今パチンコで取って来たんだ」
辻「冷めてえな、出せよ」
青木「何？　これか？」
と、出す。
その瓶が次々に渡ってゆく。
その間に——
辻「お前、好きだなァ、パチンコ——」
青木「好きでもねえけどよ。あんなことでもしてなきゃ、やりきれねえよ」
田辺「そうだよ。一日縛られてンだもんなァ……格子なき牢獄だイ」
野村「朝も早よから電車に揉まれてさ」

長谷川「会社ィ行きゃ厭な課長がいやがるしさ」
藤　井「サラリーはなかなか上らねえしなァ」
佐　藤「ボーナスはなかなか出しやがらねえしさ」
辻　「仕様がねえからウドンでも食うか」
田　辺「黙々となあ」
野　村「そうやそうや」

で、みんな口を噤んでウドンを啜る。
ノックの音――

野　村（囁く）「おい、来よったぞ」
田　辺（ドアの方へ）「おい」

千代が這入って来る。

千　代「おそくなっちゃった」

みんな黙ってウドンを啜っている。

千　代「おいしそうね。頂戴よ、あたしにも」
佐　藤「おう」

と、ウドンを茶碗によそう。

辻　「キンギョ、お前、スギと一緒じゃなかったのか」
千　代「あたし？　ううん」
野　村「スギ、どうした？」
千　代「さァ、知らない」
佐　藤「ホラ、うまいぞ」（と、渡す）
千　代「ありがとう」
田　辺「ホラ、箸だ。――洋服汚すなよな」
千　代「大丈夫よ」
田　辺「買ってくれる人もあるだろうけどさ」
千　代「ないわよ、そんな人。――失礼ね」
辻　「ないのか。そうか。そりゃ失礼しちゃったな」
千　代「変なこと言わないでよ。――ああ、おいしい」
野　村「スギなんかどうや、買うてくれへんか」
千　代「何？」
野　村「洋服やがな」
千　代「どうしてスギが買ってくれるの？　あたしに――」
野　村「ちょっとそんな気ィがしたんや。此の頃、大分仲ええさかいなあ」
辻　「そうだってな、おれも聞いてるな」
千　代「何をよ？」
辻　「お前とスギの噂だよ」
千　代「よしてよ、馬鹿にしてるわ！」
田　辺「お前、心あたりないのかい、そんな噂の出る原因」
千　代「ないわよ！」
藤　井「ないことないでしょう？」
千　代「何よ、ノッポ！」

藤井、黙ってウドンを啜る。

千　代「あんたたち一体、あたしに何がいいたいの？　何の為にあたしを此処に呼んだの？」
辻　「ウドン食わしてやりてえと思ってさ」
千　代「馬鹿にしないでよ！　言いたいことがあったらハッキリ言ってよ！」
佐　藤「言われると困るんじゃねえのか？」
千　代「何よ、何が困るのよ！」
田　辺「なァおいキンギョ、スギには奥さんあるんだぞ」
千　代「あればどうなのよ！」
田　辺「まァ聞けよ。そりゃァ奥さんのある男を好きンなることもあるだろうさ。まァ、そういう気持はおれにもわかるよ。わかるけどさ、そりゃいいことかな？」
千　代（遮るように）「じゃ、あんたたち――」
田　辺「まァ黙って聞け。そういう奥さんのある男と仲良くなってだよ、お前その奥さんに悪いと思わないのかい。たとえばお前がその奥さんの立場になったとしてだ。ここにほかのキンギョが現われた場合だ。お前、果してどんな気持がすると思う？　我身を抓って人の痛さを知れだ。おそらく好い気持はしねえと思うんだ。そこだよ、大事なとこは。つまり反省だな。セルフ・エキザミネーションだ。それが少しお前に足りなかないのかい？　それがなきゃ、人間、犬猫とおんなじだぜ」
千　代「あんた、なんの証拠があって、あたしにそんなこと言うの？　あたしとスギが、どうしたって言うのよ！　ハッキり言って頂戴！」
田辺「そんなことお前自身、胸に手あててよく考えてみろよ」
千代「何を考えんの？」
田辺「やましくねえのか」
千代「ないわよ！」
藤井「でもな、火のないところに煙は立たねえって言うからな」
千代「それがどうしたって言うのよ！」
辻「お前、こないだの晩も、日比谷ンとこ、スギと歩いてたやないか」
千代「歩いてたわよ。それがどうしていけないの？」
辻「いけなかないけどさ、おかしいじゃねえか」
千代「何がおかしいのよ！　あんたの方がよっぽどおかしいじゃない！」
辻「何がだい」
千代「あたしとスギだとわかってて、どうして、あんた声かけてくれなかったの？　なぜ知らん顔してたのよ！」
辻「見たのは俺じゃない。こいつ（長谷川）だよ」
千代（長谷川に）「あんた、どうして黙ってたの？」
野村「そんな時邪魔したら悪いもんなあ」
千代「何が邪魔よ！　あんたたち、勝手にそんな風に思いこんでンじゃない！　勝手に色眼鏡で人見てるンじゃない！小姑の腐ったみたいに、何さ！あたし、誰とだって歩くわよ！　あんただって、あんたとだって。だからって、そんなこと一々変な目で見ないでよ！　迷惑よ！　とっても迷惑だわ！　あんたたち何よ、男のくせに！　卑怯よ！」
と、涙を浮べて言い放ち、ツと立ち上って出て行ってしまう。
一同、無言——
青木（やがて）「おれァさっきから黙って聞いてたけど、お前たち、ずいぶん意地悪いなあ」
田辺「イヤア、一ぺん言ってやった方がいいんだよ、人道上な、ヒューマニズムだよ」
辻「おれたちァな、倫理的に清潔でなきゃいけねえよ」
青木「でも、そうは聞えなかったぞ。言ってることは偉そうだったけど」
野村「でも、ほんとかな？」
辻「何？」
野村「スギとキンギョ——」
田辺「そらお前、確かだよ」
佐藤「でも、あいつもよく頑張るよ」
辻「トッポイ野郎だよ」
佐藤「貫禄充分だな」
田辺「全く煮ても焼いても食えねえ奴だよ」
野村「あの二人、どっちが先きにモーションかけよったやろう」
田辺「そりゃお前、キンギョだい」
辻「いや、おらスギだと思うんだ」
野村「けどな、もし本当やったら、スギの野郎、ちょいとうまいことしよったよな」
長谷川「ウム、ちょいと羨ましいよなあ」
青木「お前たちのヒューマニズムも、あんまりアテになんねえよ」
藤井「でも、うめえことしやがったよな、スギ——」
青木「ヒューマニズムってものはな、そんな時羨ましがっちゃいけねえもんなんだ。そういう風に出来てるんだ——窮屈なもんなんだ」
野村「ほんまやで」
一同しんみり。

113
同夜　三浦の下宿　狭い二階
階段の上の狭い廊下に置かれた洗面器で、杉山が手拭を絞っている。
やがて、それを持って部屋へゆく。

114
部屋
病床の三浦——杉山が来て、三浦の胸の汗などを拭いてやる。

三浦「ありがとう——ずいぶん痩せちゃったろう？　毎日寝てるの、もう倦き倦きしちゃったよ」

杉山「そうだろうねえ」

三浦「もう百日越しちゃったよ。ここから見える空も、寝ついた時分にゃ水浅葱《あさぎ》で、鯉のぼりの矢車がカランカラン鳴ってたけど、もう入道雲が出るようになっちゃった……。アアこないだ木村来てくれたよ。君も一緒に来てくれるとこだったって？」

杉山「アア、あの日、急に用が出来ちゃって……すまなかったよ」

三浦「いやァ、暫く会わないとバカに仲間が恋しくってね」

杉山「そうだろうねえ」

三浦「みんな丈夫で羨ましいよ——。寝てるとバカなこと考えるもんでね、朝、目覚ますと、アア今時分ラッシュアワーで、混んだ電車に乗ってるな、今時分は会社のエレヴェーターだ、グーッと上って七階で止る。オフィスのドアを這入ると、窓の向うに東京駅が見える。来てるのは横井君と塩川さんだけだ。——塩川さん、相変らず早いかい？」

杉山「ああ、早いよ、あの人もこの十月で停年だそうだ」

三浦「そうかい……。それまでに、おれも出られるようになるからなァ……。時々、無闇に会社が恋しくなるんだよ——おれが丸ビルを見たのは、修学旅行で初めて東京へ出て来た時だった……。もう夕方で、どの窓にも灯がついていて、秋田県の田舎の中学生の目には、まるで外国のようだったよ。驚いたねえ……。それ以来、丸ビルはおれの憧れだった。東京の大学へ来てからも、あの辺を通るたんびに……」

杉山「おい、あんまり話しちゃいけないんじゃないかい」

三浦「イヤ、いいんだ。今日はバカに気持がいいんだ」

杉山「あとで疲れるといけないよ」

三浦「——入社試験を受けて、採用通知が来て……嬉しかったなあ——早速、神田へ背広買いに行ったよ……あの日のことはようく覚えてるんだ……」

杉山（ふと気配に振り返って）「あ、お帰んなさい」

三浦の母さと（63）が、果物の紙袋を持って風呂から帰ってくる。

さと「まンずおそくなりまして……」

杉山「いいえ」

さと「とってもいいお風呂でござんした」と紙袋（果物）を盆にのせて出しながら——「うまぐもねえがも知ンねえすども、まンずお一つ……」

杉山「いえ、もうどうぞ……。三浦君もこんなに元気になられて……」

さと「はあ、ほんとにお蔭さまで……これも、これがら良くなったら静がなどころさ、家でも借りて暮したいッて言ってるんだもの、そうなれば、わたしにも東京さ出て来いッて言ってあんす」

杉山「そうですか。そりゃお楽しみですね」

さと「それだばはァ、まず、第一《だいいじ》に嫁さん貰ってもらわねばなンす……クニの方にも少しばかり心当りあるんども……」

三浦「やかましいなァ、おッ母さん。少し黙っててくれ」

さと、ふッと気まずく口を噤む。

杉山（時計を見て）「じゃ、そろそろ失敬するよ」

三浦「いいじゃないか、もう少しいてくれないか。今日は本当に気持がいいんだよ」

杉山「そうか、そりゃいいね」と団扇をとって三浦を煽いでやる。

115

同夜　杉山の家

白布をかけた食膳の前で、昌子が一人、杉山の帰りを待っている。

家々にちょうちんが下っている。
九時半頃である。玄関があく。
杉山の声「只今——」
昌子、立ってゆく。
昌　子「お帰ンなさい」
杉山、上ってくる。
杉　山「あんまり腹がへったんで、ラーメン食って来た」
昌　子「そう。どこ行ったの？」
杉　山「三浦ンとこ見舞いに行って来たんだ」
昌　子「ちょいちょい行くわね？」
杉　山「どこへ？」
昌　子「三浦さんとこよ」
杉　山「行ったっていいじゃないか」
昌　子「そりゃいいけどさ、よく泊って来なかったわね」
杉　山「……？」
杉山、台所へゆく。
昌　子（淡々と）「さっきキンギョさん来たわよ」
杉　山「なんだって？」
昌　子「なんだか……会いたそうだったわよ。あんたに……。泣いたあとみたいな顔してた……」
杉　山「フーム」
そして台所で、タオルをとって、洗面器を流しに出しながら——
杉　山「おい、今日、会社で転勤の話があったんだがね」
昌　子「何？」
杉　山「三石ィ行かないかって言われたんだ」
昌　子「どこ？　三石って……」
杉　山「姫路の先きだよ。岡山県だ」
昌　子「そう」
杉　山「まァ、一応考えさせてくれって言ってきたんだがね」
昌　子「そう。で、どうするつもり？」
杉　山「どうしようかと思ってンだ」
昌　子「行きゃいいじゃないの」
杉　山「——？」
昌　子「あたし行くわよ、平気よ」
杉　山「大変な山ン中だぜ」
昌　子「いいじゃないの、東京でクサクサしてるよかよっぽどいいわ——あんた、どうなの？」
杉　山「何が？」
昌　子「行きたくないの？」
杉　山（曖昧に）「ウーム」
昌　子「どうして？　東京の方が面白い？」
杉　山「そんなこともないけど……」
昌　子「いいことあンじゃない？　こっちの方が——」
杉　山（稍々不快げに）「何言ってンだい」
昌　子「ウウン、ただ聞いてるだけよ」
杉　山「変じゃないか」
昌　子「何が。ちっとも変じゃないじゃないの」
杉　山「いいよ。お前の言いたいこたァわかってンだ」
昌　子「そう。どんなこと？」
杉　山「バカ！　つまンねえこと言うなァ」
玄関のあく音——
千代の声「こんばんは——」
千代の声「ごめん下さい」
杉山と昌子、思わず顔を見合せる。
昌　子「キンギョさんよ」
と目で知らせ、自分は立とうとしない。
千代の声「こんばんは」
杉山、やむなく立ってゆく。

116　玄関

千代が立っている。杉山が出てくる。
杉　山「なんだい、何か用かい」
千　代「ええ——ちょっと出られない？」
杉　山「急な用か」
千　代「ええ」
杉　山「なんだい？　こんなにおそく——」
昌子が出てくる。
千　代「先程はどうも……」
昌　子「いいえ——（そして杉山に）あんた、行ってらっしゃいよ」
杉　山（千代に）「明日じゃいけないのかい」
昌　子「悪いわ、そんなこと、何度も来て頂いて」

杉　山「仕様がねえな」
　と下駄を履く。
千　代（昌子に）「どうもすみません」
昌　子「いいえ」
杉　山「ちょっと行ってくる」
　と千代と一緒に出てゆく。
　昌子、茶の間へ戻る。

117　茶の間
　昌子、そこへ来て、何かじっと考えこむ。

118　同夜　六郷の土堤
　杉山と千代が来る。遠くお祭の稽古囃子が聞えている。
千　代（稍々昂奮している）「……だからあたし、どこまでも頑張ったの。だけどあの人達とってもしつッこく、いろんなこと言うの……悲しくなっちゃった……あんたにだって何言うかわかンない……」
杉　山「………」
千　代「雷魚ッたら、奥さんの身になって考えてみろッて言うの、奥さんに悪いと思わないかって、そう言うの……ねえ、あたし、一体どうしたらいいの？　ねえ、どうしたらいいのよ」
　と涙を浮べて杉山の胸に縋る。
杉　山「まァ落着けよ。君は今晩昂奮してるんだ」
千　代「だって……だって……どうすりゃいいんだか、わかンなくなっちゃった……」
杉　山「もうおそいんだし、もう帰っておやすみよ」
千　代「いや！　いやッ！　帰ったって寝られやしない、ねえ……」
杉　山「もうおやすみ。明日また早いんだ……さァ、帰ろう」
千　代「いやッ！」
杉　山「帰るんだよ」
　と、先きに立って歩き出す。
千　代「ねえ、待って。もう少し一緒に歩いてよ。お願い、ねえ……」
杉　山「帰るんだよ」
　杉山、構わず歩いてゆく。千代、追い縋る様に従いてゆく。

119　杉山の家　茶の間
　電燈が消えている。昌子が自分の床だけ敷いて、床に就いている。しかし昌子は眠っていない。マジマジと何か考えている。

　やがて玄関があく。昌子は寝たふりをする。

　杉山が這入ってくる。

杉　山「おい、寝ちゃったのか」

昌　子「………」

　杉山、電燈をつける。

昌　子「まぶしいわね、消してよ」

　杉山、ジロリと見て、電燈をつけたまま、台所へゆく。

120　台所
　杉山、棚のコップをとって、水を含む。

昌　子「なんの用だったの？」

　振返ると、昌子が床の上に起き直っている。

杉　山「イヤ、なんでもないんだい」

　と、コップを置いて茶の間へ戻る。

121　茶の間
　杉山が戻ってくると——
昌　子「なんでもないにしちゃ、長かったわね」
杉　山「おかしな奴だよ、あいつは」
昌　子「何が？」
杉　山「おいどうしたんだい、おれの床敷けよ」
　と、そこにあるカバンと、鴨居にかけてある上着を持って二階へ上ってゆく。

122　二階
　杉山、上って来て電燈をつけ、窓をあけ

て風を入れ、ワイシャツを脱ごうとするとその胸に紅がついているのに気がつく——脱いで丸めて机の下に入れる。ホッと一息入れていると昌子が上ってくる。

杉　山「床敷けたのか、じゃ、寝るか。暑いなあ」

と立上る。

昌　子「待ってよ。ちょいと話があんの」

杉　山「なんだい」

昌　子「坐ってよ」

杉　山「なんだい」

昌　子「あんた、この頃、色んな事あたしにかくすわね」

杉　山「何を」

昌　子「あたし、ボンヤリしてる様でも、ちゃんとわかってんのよ」

杉　山「だから、何をだい」

昌　子「あんた、あの人とどう言う関係なの」

杉　山「あの人って」

昌　子「キンギョさんよ」

杉　山「毎日電車で通う仲間じゃないか」

昌　子「それだけ」

杉　山「それだけさ」

昌　子「じゃ、こんなにおそくなんの話があんの、何の話で来たの。なんでもない話なら、明日の朝、電車ん中でだって出来るじゃないの」

杉　山「そんな事、俺知るもんか、キンギョに聞けよ」

昌　子「胡魔化さないでよ。どうしたの、今着てたワイシャツ。(机の下に発見して) アア、それ、ちょいと、とってよ。(と手にとり紅の所出して) どうして、こんなとこに紅ついてんの、なんでもない話だったら、どうしてこんなとこに紅つくの、こないだ、泊ってきた晩だってそうじゃないの、ハンケチに紅ついてたわ、これとおんなじ紅、一体どういう事なの、ちゃんと判ってんのよ。(と、ワイシャツ放り出し) あたしが邪魔だったら、いつだってどいてあげるわよ」

杉　山「何言うんだい、そんな事じゃないじゃないか」

昌　子「馬鹿にしないでよ、あたし、嫌いなの、そんなの厭なの。あんた、ずい分昔と変ったわね、坊やの事なんかすっかり忘れてる」

昌子じっと見て、何かグッと胸に迫ってくるものがあり、それをかくすようにつと立上って出てゆく。

123

茶の間

昌子、おりて来て、両手で顔を蔽って涙を呑み、やがて電燈を消して、床の上にすわり、じっと考える。(勿論、杉山の床はまだ敷いてない)

124

二階

杉山、テスリへ坐り、じっとみつめたまま考えている……。

遠く聞えるお祭の稽古囃子。

125

茶の間

床の上にすわって考えつづけている昌子——

126

翌朝　蒲田の街

出勤の時間で、勤め人や学生たちが行く。

127

同　杉山の家の露地

出勤してゆく人々。

128

同　杉山の家の二階

杉山が床の中で眠っている。

ふと目を覚まして、枕元の腕時計を取って見、いそいで起きて下へおりてゆく。

129

茶の間

杉山おりて来て、昌子を呼ぶ。

杉　山「おい！　……おい！」

昌子の姿は見えない。

杉山、ちょっと不審そうな顔で、いそい

で台所へ行く。

130　台所

杉山、タオルを取り、戸をあけて、

杉　山「おい！」

隣の細君たま子が顔を出す。

たま子「お早ようございます」

杉　山「ああ……」

たま子「奥さんね、急な御用で五反田のお宅へ行ってくるって、早ァくお出かけンなりましたよ」

杉　山「そうですか」

たま子「鍵おあずかりしてますのよ」

と下駄を突っかけて、鍵を渡しにくる。

たま子「はい、これ」

杉　山「や、どうも……」

たま子「今日も又暑くなりそうですわね」

杉　山「はあ……」

たま子「じゃ、ごめん下さい」

杉　山「どうも……」

たま子、帰ってゆく。杉山暗く考え、気が付いていそいで茶の間へ行く。

131　茶の間

杉山、目を移すと餉台の上に朝食の支度がしてある。又、急いで台所へ戻ってゆく。

132　台所

杉山、いそいで歯を磨き、洗面器に水道の水を出す。

133　丸ビルの外景

タイプライターの音が聞えて——

134　「東和耐火煉瓦」のオフィス

執務時間中である。

タイプライターの音が忙しい。

135　廊下

遅刻した杉山がいそぎ足に来る。

136　オフィス

杉山、這入って来て、先ず課長の席へゆく。

杉　山「ちょっとおくれまして」

課　長「いやァ」

杉山、自席に。

高　木「おい、三浦死んだぞ」

杉　山「何時」

高　木「今朝、暁け方」

杉　山「おかしいなあ、昨夜元気だったぜ、おれ、見舞いに行ったんだ」

高　木「睡眠剤呑んでたんで、啖が切れなかったんだそうだ」

杉　山「そうか、夜、よく寝られなくて困るって言ってたよ。そう死んだかい」

そう言い乍ら仕度してやがて仕事にかかる。

岡崎来て、

岡　崎「おい、ちょいと」

と、腮《あご》で呼んで去って行く。杉山、立って従いてゆく。木村も黙って立上って、三人一緒に部屋を出てゆく。

137　衝立で仕切った応接所

三人、坐り、

岡　崎「おれァ今朝聞いたんだけど総務部長から転勤の話があったんだって」

杉　山「ああ」

岡　崎「どうするんだい」

杉　山「いやァ」

岡　崎「気が進まなきゃ断れよ」

杉　山「うん」

岡　崎「行く事ないよ」

木　村「そんな事会社が一方的に決めるべき事じゃないよ、当然組合に相談があって然るべき事なんだ。各自家庭の事情もあるしな」

杉　山「ウム、未だ返事してないんだ」

岡　崎「そりゃよく考えて返事した方がいいよ」

杉　山「ウム」

木　村「三浦、可哀想な事しちゃったなあ」

杉　山「ウム、いい奴だったよなあ」
岡　崎「三十二か三で死んじゃっちゃつまんないよなあ。まァ、その話よく考えろよ」
杉　山「うん、ありがとう」
と戻ってゆく。

138 **同夜　三浦の下宿先（酒屋）の階下**

土間に花輪（組合からの）が置いてある。

139 **（欠番）**

140 **同　二階**

正面に棺が飾られ、三浦の老母、義兄、坊主などが控えている。杉山が礼拝している。
杉　山（礼拝を終って、老母等に）「どうも……」
老　母「よく来て下さいました……（そして義兄を紹介する）あの、これ勇三の姉の亭主でござんす」
杉　山「どうもこのたびは――」
義　兄「………」
老　母（義兄に）「あの、杉山さんはなァ、勇三とおんなじ時《じき》に会社さ這入った方でござんす」
義　兄「そうかね」
杉　山「お母さん、さぞかしお力落しで……」
老　母「はあ、今んとこはなんとか気が張ってやんすとも……だとも、勇三も、ゆうべは心からあなたとお話出来て……」
杉　山「はァ、ほんとに急なことで……」
老　母「はあ……あれの兄もマニラで戦死してしまいやんした。これで男の子は一人もいなくなってしまいやしたもの……もう誰もわたしに文句言ってくれる人はありません……」
と、悲しく目を抑える。そこへ弔問客が一人、上ってくる様子。
杉　山（それを機に）「じゃ、また、後程……」
老　母「ありがとうござんした」
杉山、立って下へおりてゆく。

141 **階下**

杉山がおりて来て、受付をやっている若い同僚に、
杉　山「ご苦労さん」
岡　崎「いや……」

142 **座敷**

杉山来て、そこにいる河合に、
杉　山「こんばんは」
河　合「いやァ――三浦も気の毒なことしたね」
杉　山「ゆうべ会ったばかりなんです。こんなことになるとは思いませんでした」
河　合「ウム――しかしまァ、あいつも会社員生活の厭な面を知らないで死んでったんだから幸せだったかも知れないよ」
杉　山「ええ……」
河　合「あいつみたいに無邪気に丸ビルの会社に勤めるの喜んでた奴もなかったからね」
杉　山「そうでしたねえ」
河　合「まあ、そのうちには倦きたろうがね」
杉　山「いやァ、あいつは倦きませんよ」
河　合「そうかねえ……そうかも知れないね。それだけに可哀そうなような気もするんだが……」
杉　山「………」
河　合「しかし、独り身のうちでよかったよ。女房でも持って子供でも出来ると、そうそうサラリーマンを有難がってばかりもいられないからね。子供がふえる程にはサラリーはふえないしね」
杉　山「はあ……」
河　合「イヤ、三浦は幸せだったかも知れないよ。まア、お互に生きてはいるが、そう仕合せだとも思えないからね」
杉　山「はあ……」
河　合「うん」
で、言葉が途絶えると、さっきから聞えていた木魚の音だけが侘びしく残る。

143 夕方 或るアパートの外景
鷺ノ宮あたり――

144 同 廊下
共同の流しで、昌子がジャガ芋を笊に入れて洗っている。
洗い終って、部屋へ戻って行く。

145 同 一室（富永栄の部屋）
昌子入って来て、炊事場に笊を置き、拭巾をゆすいで窓に乾す。そこへ栄が勤めから帰ってくる。

栄「只今」
昌 子「お帰り」
と炊事場へ戻る。
栄「まだいたわね」
昌 子「そう邪魔にしないでよ」
栄「ううん、いてもらった方があたしは便利でいいのよ――（紙包を出して）はい、ハンバーグ、それから佃煮――。うち何？」
昌 子「サツマ汁――ビールも冷えてる」
栄「そう」
と、ブラウスを脱ぎ、浴衣を引っかけてスカートを脱ぎながら、
栄「今日暑かったわよ。うちの社、三階だけど、近所のビルが高いでしょ、ちっとも風這入ンないの。息がつまりそう」
昌 子「ここ割に風あったわよ。蒲田より涼しいんじゃないかしら」
栄「ちょっと、あんた、思い出してンじゃない？」
昌 子「何？」
栄「旦那さまのこと」
昌 子「どうして？」
栄「さだめし蒲田は暑かろうって」
昌 子「何言ってンの！ ……新聞屋、お金とりに来たわよ……」
栄「そう」
昌 子「はい」
栄、昌子より、ビールを受けとってチャブ台の前に坐る。
コップ一つ、抜いて注いでひとりで呑む。
栄「お宅の旦那、転勤どうしたろう？」
昌 子「どうしたか……」
と、自分もコップを持って来てひとりで注ぐ。
栄「もし行っちゃったらどうする？」
昌 子「サバサバするわ」
栄「嘘！」
昌 子「ううん、ほんと――でも行きッこないわよ、あの人、いま東京離れられない気持よ」
栄「そうね、やっと煩《うる》さい奥さん胡魔化して好い人出来たんだもんね」
昌 子（殊更平気に）「そう――（とビールを呑み）面白いから、あたし、わざとからかってやったのよ、行こう行こうって――」
栄「わかるわかる。わりに心理複雑ね」
昌 子「そう」
栄「ほんとはどんな気持？」
昌 子「そりゃ面白くないわよ」
栄「あたしもそうだった、昔よ」
昌 子「ア、そうそう、あったわね、あんたンとこでも」
栄「ウン、だから御亭主の帰りがちょいちょいおそくなるようンなったら、もう警戒警報よ――歴史は夜作られる」
昌 子「ほんと、油断出来ないわよね」
と立って炊事場へ戻る。栄もビールを呑み乾して、
栄（冗談半分に）「あんた、もう帰ンのよしなさい」
昌 子「うん、帰ンない」
栄「えらいえらい」
昌 子「ほんとは今日ここへ電話かかって来たのよ」
栄「よくわかったわね？ ここ」
昌 子「五反田の家《うち》ィでも行って聞いたんでしょ」
栄「なんてってた？ 旦那様」

昌　子「出たらあの人の声なんで、すぐ切っちゃった」
栄　「ほんとかな」
昌　子「ほんとよ」
栄　「えらい、えらい、うんと懲らしめてやンなきゃ駄目よ。初め甘くすると屹度つけ上ってくる。あたしなんかそれで大失敗——だからあんたが知ってる事件、あれ二度目よ」
昌　子「二度目？　そう」
栄　「死んじゃったから三度目はなかったけど、何でも初めが肝腎よ、だから、あんたも迂潤に帰っちゃ駄目よ——と経験者は語った」

146　杉山の家　階下
土曜日の昼すぎ——
鮹台は出しッ放し、朝刊や夕刊は読みッ放し、その上箪笥の抽斗も開け放しで、しかもそのちらかっている中に行李などが出してある。

147　同　二階
ここも取散らかされている中で、杉山が蔵書の中から、二三冊を選び、これを持って階下へおりてゆく。

148　階下
杉山おりて来て、その本を行李の荷物の中に詰める。なんとなく元気がない。玄関のあく音——
青木の声「おい、スギ、いるかい？」
杉　山「ア、ノン公かい、上れよ」
青木が入ってくる。
青　木「なんだい、もう荷物こさえてんのかい」
杉　山「ああ」
青　木「いつ行くんだい」
杉　山「明後日、月曜日の晩発とうと思ってんだ」
青　木「奥さんどうしたんだい」
杉　山「ちょいと里ィ行ってンだ」
青　木「おれ、今朝雷魚に聞いたんだけど……」
杉　山「ああ、あいつゆうべ来たよ」
青　木「どうしてそんなことになったんだい」
杉　山「イヤァ、このへんで一ぺん東京離れて、山ン中でゆっくり考えてみたくなったんだ」
青　木「イヤ、そうじゃない、奥さんだよ」
杉　山「アア、ちょいと喧嘩したんだィ」
青　木「そりゃいけねえじゃねえか、おれ迎いに行って来てやろか」
杉　山「いいよ」
青　木「喧嘩しちゃいけねえな」
杉　山「お前だってするじゃねえか」
青　木「ウム、おれもするけどさ——手伝ってやろか」
と散らかっている雑誌や何かを集める。
杉　山「うん……（見て）アア、それもういらないんだ」
青　木「これみんないらないのか？」
杉　山「ああ」
青　木「じゃ、ゆわいとくか」
杉　山「アア」
青木、そういう本を集めて隣室へ持って行ってそこに落ちている紐で縛る。
青　木「なァおいスギ、おれの友達のかみさんでな、腹でかくなったやつがいるんだよ。月給は安いしな、子供が出来ちゃ困るって言ってンだ。可哀そうだよなァ」
杉　山（気のない返事で）「ウーム」
青　木「そういう時、どうすりゃいいのかな」
杉　山「ウーム」
青　木「お前ン時、どうだった？」
杉　山「何が？」
青　木「赤ン坊だよ。奥さん腹デッカクなった時、どんな気持した？」
杉　山「そうだな、別段うれしくもなかったな」
青　木「そうか、やっぱりなァ」
杉　山「なんだい」

青木「やア、実はおれンとこなんだよ、かみさんコレなんだ」
杉山「そうか、そりゃおめでたいじゃないか」
青木「おめでたくもねえよ。どうしようかと思ってんだ」
杉山「そりゃ出来ちゃったもんなら、考えるとこないよ」
青木「でも食わせられなかったらどうすンだい」
杉山「イヤア、おれもそう思ったけど、赤ン坊の一人ぐらいどうにかなるもんだよ」
青木「そうかなあ」
杉山「おれも子供なんかいらないと思ってたんだ。でも生れてみたらだんだん可愛くなって来て、可愛い盛りに、疫痢であッと言う間に死なれちゃったんだ。そりゃお前、泣いても泣ききれねえもんだぞ……」
青木「そうか……そういうもんかな」
杉山「あと寂しいと思っても、もうそれッきり出来ないしな——。まア、出来たもんなら生ませるんだなァ」
青木「ウーム。でも、どんな奴生れるかわかんねえからなァ」
杉山「そりゃ誰にだってわかりゃしないよ。でも、そン中から太閤さんが生れたり、マルクスが出たりするんだ。第一、そんなこと生れない先きに、頭ン中でいくら考えたってわかりっこないよ。生れて見て、育ててみて、初めて可愛くなって来て、いいもんだなァと思うんだよ」
青木「そうかな。じゃ、生ましちゃおうかな」
杉山「ああ、そうしろよ」
青木「——でも、大丈夫かなァ」
杉山「何が？」
青木「イヤア、こないだ、おれ、六郷の土堤へつれてって高いとッから飛ばしちゃったんだよ。そしたら三べん目に、ドッテンと尻餅つきやがったんだ」
杉山「(思わず苦笑する)」
青木「大丈夫だィ、な、大丈夫だよな？」
杉山「そんなことおれ責任持たないよ。おれン時は大丈夫だったけど」
青木「じゃ、おれの方も大丈夫だ。それで駄目ンなるようなガキだったら仕様がねえよな、いらねえや」
と、纏めた本を抱えて戻ってゆく。
玄関のあく音——
千代の声「こんちは——」
二人、顔見合せて、
青木「キンギョじゃねえか？　——（そして玄関へ）キンギョか、上れよ」
千代が入ってくる。
千代「こんちは——ノンちゃん来てたの？」
青木「ああ、おれ、もう帰るんだ」
千代「まだいいじゃないの」
青木「そうはいかねえんだ。心配事あるんだ」
千代「なアに？」
青木「人には言えねえんだ——。じゃ、スギ、おれ帰るよ、(杉山「うん」) あ、それからな、雷魚がな、送別会するって言ってたぜ」
杉山「もういいよ、そんなこと」
青木「キンギョ、お前も出ろよな」
千代「うん」
青木「さよなら」
杉山「さよなら」
千代「さよなら」
で青木が帰ってゆくのを千代は玄関の境まで見送って戻ってくる。
千代「あんた、転勤するんだって？」
杉山「——？」
千代「なぜあたしに黙ってるの？」
杉山「…………」
千代(杉山に近く坐って)「なぜ言ってくれないの？　黙って行っちゃうつもりだったの？」
杉山「イヤ、言おうと思ってたんだ」
千代「嘘ッ！　あんた、あたしから逃げだす

　つもりだったのね、わかってるわ！」
杉山「イヤ、そうじゃない。行く前に一度逢いたいと思ってたんだ」
千代「嘘、嘘ッ！」
杉山「イヤ、そりゃほんとなんだ。逢って謝りたいと思ってたんだ」
千代「何を謝るの？　何をあんたがあたしに謝るの？　ちっとも謝ることなんかないじゃないの！　間違いなら間違いだっていいわよ！　なぜ黙ってんの！　なぜ黙って逃げんのよ！」
杉山「イヤ、逃げやしないよ」
千代「逃げてるじゃないの！　こないだッから逃げてるじゃないの！（と涙ぐんで）あんたがあたしから離れて遠くに行く気持ちゃんとわかってんのよ！　あたしが厭なら厭だっていいのよ。無理に好きンなってくれなんて言ってやしないわよ！　どうしてそんなことがハッキリ言えないの？」
杉山「だからおれァ君を……」
　いきなり千代の平手が杉山の頬に飛ぶ。
千代「胡麻化したって駄目よッ！」
杉山「……？」
千代（再び平手打ちを食わせ、睨みつけて）
　「何さッ！」
　と罵って、サッと出て行ってしまう。
杉山「………」
　玄関を出てゆく音――
　杉山、打たれた頰に手をあてて、じっと考え込む。

149　同夜「喜多川」の店

　情景――
　客が一人、もう楊子をつかっている。
　アッパッパ姿のしげが上り框に腰をおろして団扇を動かしている。
客（勘定を置いて）「おばさん、ここィ置いたよ」
しげ「はいはい、ありがとう。毎度どうも」
客「御馳走さん」
　と帰ってゆく。
　しげ、立って来て、あとを片付ける。杉山が這入って来る。
しげ「オヤ、いらっしゃい」
杉山「今晩わ」
しげ「昌子、どうしました？　帰りましたか？」
杉山「イエ、まだ……」
しげ「そうですか。まだ帰ンないの？」
杉山「ええ――兎に角、明後日《あさって》の晩発つことにしました。あと、そのままにしていきますけど……」
しげ「ええ、ええ、そりゃいいけど……どうしたんだろうねえ、昌子。（そして二階へ向って）幸一、幸一、あのね、お前ちょいと目白のアパートへ行ってね……」
杉山「イヤ、お母さん、いいです。これから行ってみますから」
しげ「そお？　そりゃその方がいいわねえ」
杉山「ええ、じゃ――」
しげ「行ってらっしゃい」
　杉山が出てゆくと、幸一（21）が二階から降りて来る。
幸一「なんだい、おッ母さん」
しげ「あ、姉ちゃんね、まだ蒲田へ帰ってないんだってさ」
幸一「フーン」
しげ「いま杉山さん来てね。迎いに行ったよ」
幸一「だらしがねえの。のこのこ迎いになんか行くから、姉ちゃんなおつけ上っちゃうんだよ」
しげ「そうかって、ほっとくわけにもいかないやね。杉山さん明後日行っちゃうんだってさ」
幸一「なんでまた喧嘩なんかしたんだい」
しげ「いろいろあるんだろ。杉山さん男が好いからね」
幸一「ヤキモチ喧嘩かい」
しげ「まア、そんなとこさ――うちのお父ッあんなんか、もっと癖わるかったよ。あたしがお嫁に来た晩、お友達と一緒に吉原行っちゃったんだもの」
幸　一「そいでおッ母さん、どうしたんだい」
し　げ「どうもしやしないよ、そんなもんだと思ってたんだもの……仕様がないやね、女は三界に家なしだから」
幸　一「チエッ、古いなァおッ母さん、やんなっちゃうなァ」
し　げ「古くたってね、人間に変りはないよ。おんなじだよ」
そこへ昌子が這入って来る。
し　げ「おや、お前、いまそこで杉山さんに逢わなかったかい？」
昌　子「——？」
し　げ「アパート行くって出てったんだよ」
昌　子（冷く）「そう」
と、そのまま二階へ上ってゆく。
しげ、幸一と顔を見合せ、やがて昌子のあとから二階へ上ってゆく。
幸　一「おッ母さん、腰巻さがってるよ」
し　げ「わかってますよ。変なこと気にして、いやな子だねえ」

150

二階

しげが上ってくると、昌子が風呂敷包みをほどいている。
し　げ「どうしたのさ」
昌　子「浴衣とりに来たのよ」
し　げ「そうじゃないよ。どうするつもりなのさ。杉山さん明後日発っちゃうんだってよ」
昌子、答えず、風呂敷包みから浴衣を出す。
し　げ「好い加減にもう蒲田へお帰り」
昌　子「…………」
し　げ「ヤキモチも大概にして置きよ」
昌　子「ヤキモチじゃないわよ」
し　げ「じゃ何さ。杉山さん一人で気の毒じゃないか」
昌　子「いいじゃないの」
し　げ「よかないよ。お帰りよ」
昌　子「帰ンないわよ」
し　げ「行っちゃうんだよ、杉山さん」
昌　子「いいわよ、ほっといてよ」
し　げ「だけどさ、夫婦ってそんなもんじゃないよ。杉山さんだって、重々わるいと思ってんだもの。折れるべき時に折れないとね、取り返しのつかないことになりますよ」
幸一の声（階下から）「おッ母さん、お客さんだよ」
し　げ「あいよ——（昌子に）いいのかい、おッ母さんほんとに知らないよ」
と降りてゆく。昌子、力なく立ち、そこの団扇を取って、出窓に腰かけ、じっと考える。動いている団扇が次第に止まる。

151

同夜　ブルー・マウンテンの店

杉山がスタンドに凭《よ》りかかって侘びしく考え込んでいる。
馴染み客の服部東吉がいる。
服部の前にはウイスキーグラスが出ている。
スタンドの中にいるのは河合の細君雪子である。
服　部「奥さん、これ、もう一つ」
雪　子「宜しいんですか。そんなに上って」
服　部「イヤア、いい気持だ。まア、もう一つ下さい」
雪子、サントリーを注いでいる。
河合、表から帰ってくる。
河　合「いらっしゃい」
服　部「やア」
杉　山「今晩わ」
河　合「よウ、いらっしゃい」
雪　子「杉山さん、明後日、お発ちになるんですって」
河　合「そう、よく行く気になったねえ、ひどいとこだよ、山ン中で」
杉　山「そうですってね」
河合、スタンドの中へ這入ると雪子は奥へ、引っ込む。
杉　山「行くと当分お目にかかれないんで」
河　合「そう、そりゃどうもわざわざ」
杉　山「途中、小野寺さんにもお目にかかって行こうと思うんですが」
河合「アア、そりゃ宜しく言って下さい。そう、愈々《いよいよ》行くの」
杉山「はア」
河合「三浦は死ぬし、君は遠くへ行っちゃうし、寂しくなるな」
服部「あんた、どっかへご転任ですか」
杉山「ええ」
河合「この人はわたしのいた会社の後輩なんですがね」
服部「そうですか、栄転ですか」
杉山「いいえ」
服部「そりゃ結構だな。（と手帳の間から名刺出し）わたしゃ、こう言う会社にいるんですが」
杉山「やア、どうも」
服部「いやァ、ご存知ないだろう、小ッぽけな会社だから」
河合「然し、服部さんはなかなか勤勉だな」
服部「いやァ、勤勉かどうか、わたしも来年でいよいよ停年でさあ」
河合「そうですか、何年位お勤めだったんです」
服部「恰度三十一年になりますわ、くたびれましたよ」
河合「じゃ、退職金も相当ありますな」
服部「イヤ、それがね、わたしは、昔っから、停年になったら、どっか小学校の近所で文房具屋でもやって、子供相手にのんびり暮らしたいと思ってたんだが、仲々そんなにはよこしませんや、税金も引かれますしなあ、まア、我々サラリーマンの行末は、退職金を前にして寂しがるのが関の山でさあ、三十一年勤めて、考えて見りゃ儚ないもんだ」
河合「そう言や、もう大分前の話だけど、町内の商興会の連中と箱根へ出かけたんですがね、大磯でバスが故障しちゃって、恰度それが池田さんのお邸の前だったんで、ちょいと覗いてみたんですが」
服部「池田さんて言うと、あの大蔵大臣をされた」
河合「ええ、商工大臣もされましたな、池田成彬、あの方のお邸なんですがね、亡くなられて未だ幾年にもならないのに、芝生は掘り返されて畑になってるし、梅の枝は伸び放題に伸びてるし、草がボウボウ生えてて、ただサンルームのブーゲンヴィレアの花だけが徒らに紅く咲き乱れててねえ」
服部「ほう、そりゃどんな花ですか」
河合「イカダカヅラって言う熱帯植物なんですがね、なんだか侘びしかったなあ。池田成彬先生と言や、三井財閥の大番頭で、文字通り清廉潔白な、言わば日本一のサラリーマンだった人だ、その先生にして、既にそうなんだろう」
服部「いやァ、全くねえ」
河合「よしんば、間に戦争があったにしてもですよ」
服部「左様」
河合「全く、あんたの仰言る様に儚ないもんだ」
服部「イヤあ、わたしもね、伜だけは絶対にサラリーマンにしたくないと思ってたんだが、どこがいいのか、背広を着てカバンを下げて、毎日会社へ通ってますわ。蛙の子はやっぱり蛙ですわ」
と、水洟を啜ってウイスキーを甜める。
じっと聞き入っている杉山。
河合「やア、失敬失敬、（グラス出して）どう一つ」
杉山「はア」
河合、ウイスキーを注いでやり、自分の分も注ぐ。
河合「まア、おわかれだ。元気で行って来給え」
杉山「はあ」
服部「ご健康を祈りますよ」
杉山「はア、ありがとうございます」
河合「じゃ」
で、三人、グラスを上げて呑むが、杉山

だけは、何か心に暗いものが痞《つか》えている
らしい様子である。

152 翌日の夕方　田辺のアパート　廊下

「蛍の光」の合唱が聞えて——

153 室内

電車仲間の送別会である。
ビールに丼物にいなりずしなど、杉山を中心にして一同が合唱している。
歌が終ると——

ピン子「スギ、元気でね」
杉　山「ああ」
辻　「身体だけは大事にしろよな」
杉　山「うん、ありがとう」
辻　「時々東京へ出て来るんだろう?」
杉　山「いやア、どうかな。出て来られないかも知れないよ」
青　木（杉山の前の丼を指さして）「おい、スギ、お前……それ食わないのか」
杉　山「イヤ、食うよ」
青　木「そうか」
チャア子「ノンちゃん、あたしの半分あげる」
青　木「おお、くれ（と受取って）……これでスギがいなくなると、寂しくなるよなァ」
田　辺「うん、おい、ほんとに元気でな」
杉　山「ああ」
ピン子「ねえ、もう一度みんなで歌わない?蛍の光……」
野　村「やるか」
チャア子「やりましょうよ」
一　同（口々に）「やろうやろう」
そこへノックして千代が入ってくる。
田　辺「おう」
千　代「ご免なさい。おくれちゃった」
田　辺「よく来たな。こっちィ来いよ」
千　代「そこ?」
田　辺「うん」
千代、坐って、
千　代（杉山に）「いよいよ行くのね、スギ。握手……」
と手を出す。
杉山も手を出して握手する。
千　代「元気でね」
杉　山「ああ、ありがとう」
で、一同「蛍の光」を合唱する。
〽蛍の光　窓の雪
ふみよむつきひ　かさねつつ
いつしかとしも　すぎのとを
あけてぞ　今朝は別れゆく

154 瀬田川

その水の流れ——

155 同　岸辺

小野寺と杉山が腰を下ろしている。
小野寺「フーム、そりゃ一体いつの話なんだい?」
杉　山「もう十日ぐらい前なんです」
小野寺「じゃ、それッきり奥さんに会ってないのかい」
杉　山「ええ、行っても留守だったり、会えなかったり……」
小野寺「なんだい、原因は?」
杉　山「ちょいと僕が間違い起したんです」
小野寺「女かい?」
杉　山「ええ」
小野寺（微笑して）「イヤア、奥さんは大事にしてやれよ。俺も此の頃は、なかなか、かみさんには親切なんだ」
杉　山「………」
小野寺「やっぱり女房が一番アテになるんじゃないのかい?　イザとなると会社なんて冷めたいもんだしな。俺なんか、そろそろ先きが見えて来たせいか、此の頃は殊にそう思うんだけど……」
杉　山「………」
で、小野寺が目を上げると——水上を京大短艇部のボートがオールを揃えて滑ってゆく。
小野寺「あの時分が一番いい時だなァ……」
杉　山「そうですねえ……昔、河合さんもここで……」
小野寺「そう。あいつにもあったんだねえ、あんな時代が……」
　滑ってゆくボート。
小野寺「あの時分が人生の春だねえ」
杉　山「そうですねえ……」
声　「お父さん……」
　小野寺、ふと目を移して、
小野寺「おお、支度が出来たらしい。そろそろ行こうか」
杉　山「ええ」
小野寺（立ち上って）「まあ、間違いは仕方がないとして成るべく早く奥さんに来て貰うんだな」
杉　山「………」
小野寺「いろんなことがあって、だんだんほんとうの夫婦になるんだよ。ま、仲人にあんまり心配させるなよ」
杉　山「イヤア……すみません」
　で、二人、歩いてゆく。
　見ると、遠くで、子供達が手を振っている。
　二人もそれに応えて手を振りながら行く。

156 **三石**（岡山県和気郡の山間）
　そこに耐火煉瓦の工場がある。

157 **その工場風景**
　向うに事務所が見える。

158 **その事務所**
　杉山、執務している。
同　僚「暑いですなあ」
杉　山「ええ」
同　僚「東京と比べてどうですか」
杉　山「イヤア、東京も暑いですよ」
同　僚「ここはグルリ、山ですからな、ちょっとも風が来んのんですわ」
　杉山、笑って頷き、執務をつづける。
同　僚「東京から来られると退屈でしょう、コーマイ町じゃし」
　その言葉を消す様に不意に汽車の汽笛が大きく響く。

159 **工場近くの下り線**
　山陽本線の貨物列車が轟然と通り過ぎる。

160 **工場**
　煙突から濛々と煙が立昇っている。

161 **夕方　坂道**
　杉山が帰って来る。

162 **下宿**
　杉山、帰って来て——
杉　山「只今ア」
　返事がない。
　そのまま二階へ上ってゆく。

163 **二階**
　上って来てふと見ると壁に昌子の洋服が懸り、机上にハンドバッグがおかれ、一隅にカバン等がおいてある。
　昌子がタオルで手を拭き乍ら上ってくる。
昌　子「こんちは」
杉　山「オ、何時来たんだい」
昌　子「お昼、ちょいと前」
杉　山「汽車、混まなかったかい」
昌　子「割に混んでた。でも、東京駅、早く行ったんで腰かけられた」
　二人坐る。
杉　山「手紙見たかい」
昌　子「見た、小野寺さんからも貰ったわ」
杉　山「なんて」
昌　子「すぐ三石ィ行けって。間違いは、お互いに努力して、小さいうちに片付けろって、つまんないことにこだわって、これ以上不幸になるなって」
杉　山「狭い町だぜ」
昌　子「さっき買物に出て、見て来たわ」

杉　山「ここで二三年も暮らすとなると大変だよ」
昌　子「そうねえ、でも、いいわよ、お互いに気が変って」
杉　山「すまなかった。ほんとにすまないと思ってるんだ」
昌　子「いいのよ。あたしもいけなかったの。もうなんにも言わなくていいの」
杉　山「イヤ、悪かったよ。どうかしてたんだ」
昌　子「もう、言わないで」
と立って窓際にタオルをかけに行き、その後姿のままそこに佇む。
昌　子「下の小母さんに聞いたら、あんた、会社から帰ると、夜もずっと家で本読んでるんですってね。大変な違いねえ」
杉　山「イヤア、ほかにする事がないからさ」
昌　子「でも、あたし、それ聞いて嬉しかった（と杉山の傍に戻って）やっぱり来てよかったわ」
杉　山「ウーム。俺もこのままじゃ仕様がないと思ってたんだ。もう一ぺん、初めっからやり直しだよ」
昌　子「そう、あたしも」
杉　山「やるよ、今度こそ」
昌　子「そう、しっかりね。（ふと窓外に目を移して）あ、行くわ、汽車」
杉　山「うん」
そして一緒に立って窓の方へ。

164　**（見た目で）**
上りの急行列車が驀進してゆく。

165　**窓際**
二人じっと見送って、
杉　山「あれに乗ると、明日の朝、東京へ着くんだなあ」
昌　子「そうねえ、二三年なんてすぐよ、すぐ経っちゃうわよ」
杉　山「ウーム」
でそれぞれの感懐を胸に秘めてじっと目送する二人。

166　**夕暮れ時の町と山とを背景に**
驀進してゆく上り急行列車――

166A　**工場**
煙突から濛々と煙が立昇っている。

――終――

東京暮色

脚本　野田　高梧
　　　小津安二郎

企画……………山内　静夫
脚本……野田　高梧
小津安二郎
監督……小津安二郎
撮影……厚田　雄春
美術……浜田　辰雄
録音……妹尾芳三郎
照明……青松　明
音楽……斎藤　高順
編集……浜村　義康

杉山周吉……………笠　智衆
明子……………有馬　稲子
沼田康雄……………信　欣三
孝子……………原　節子
相島　栄……………中村　伸郎
喜久子……………山田五十鈴
川口　登……………高橋　貞二
木村憲二……………田浦　正巳
竹内重子……………杉村　春子
関口　積……………山村　聰
下村義平……………藤原　釜足
刑事　和田……………宮口　精二
富田三郎……………須賀不二夫
「小松」の女主人……………浦辺　粂子
女医　笠原……………三好　栄子
「小松」の客……………田中　春男
前川泰子……………山本　和子
家政婦　富沢……………長岡　輝子
バアの女給……………桜　むつ子
バアの客……………増田　順二
警官……………山田　好二
菅井の旦那……………菅原　通済

一九五七年（昭和三十二年）
松竹大船
脚本、ネガ、プリント現存
15巻、3841m（一四〇分）白黒
四月三十日公開

1

暮色の東京

池袋あたり。

ビルの上に暮れのこる冬空——

その宵闇の中に街のネオンが明るく輝いて——

高架線を貨車が通過してゆく。

2

食いもの横丁

小料理屋の「小松」がそこにある。

杉山周吉がやって来て中に入る。

3

「小松」の中

客が一人、鍋前でチビリチビリ盃を舐めている。そこへ、杉山周吉（或る銀行の監査役 57）が這入ってくる。女主人のお常（55）が見迎える。

お常「まァおめずらしい……いらっしゃい」

周吉「やァ、しばらくだね」

お常「お寒くなりましたねえ」

周吉「ああ、冷えるねえ」

お常「こんちはこちらの方へ?」

周吉「ああ、時々ね」

お常「今度の支店長さんも、ちょいちょい皆さんといらして下さいます」

周吉「そうかい、岡部君も好きだからね」

お常「ア、丁度よかった。今日、国からコノワタが届きましたんですよ」

周吉「そう、そりゃいいとこへ来たな。じゃ、少し熱くしてもらうかな」

お常「はいはい」

客「おばはん、おれにもおくれエな」

お常「なんです?」

客「コノワタやがな……それからこれ（酒）や、熱うしてね」

お常「はいはい（徳利に酒注ぎ乍らそしてまた周吉に）でも折角お馴染になると、どなたも、もうすぐ本店の方へお代りンなっちゃうんで……」

周吉「アア、ねえ」

お常「でもご出世なんだから仕様がありませんけどねえ」

周吉「明美ちゃんは? ……今日は?」

お常「スキーに出かけちゃったんですよ、お友達と……清水トンネルくぐってった向うの何とかってとこ……雪が三百五十キロも積ってるんですって」

周吉「そうは積るまい。三百五十キロってぃやァ名古屋辺りまで行っちゃうもの。そりゃセンチだろう」

お常「アラそうですか、いやだねえ……お宅のお嬢様、今年は?」

周吉「まだ出かけないけどね、いずれ行くだろう」

お常「旦那、牡蠣いかがですか? 一緒に来たんですけど、的矢《まとや》のが」

周吉「アアいいね」

お常「どうして召上ります」

周吉「あとで雑炊にでもしてもらうか」

お常「はいはい」

客「おばはん、おれにもおくれエな、牡蠣……おれは酢がええわ。あとで雑炊ももらいますけどな」

お常「はいはい」

周吉「おれももらうか、酢牡蠣」

お常「召上りますか」

周吉「アア」

周吉と客、なんとなく顔を見合せて微笑する。

客（周吉に）「えろう冷えて来ましたなァ」

周吉「そうですねえ」

客（コノワタをツルリと吸って）「なるほどどこらええわ。ええ香りや。おばはん、国、志摩の方か」

お常「ええ、安乗《あのり》なんです」

客「そうか、そら懐しな……いえなァ、うちの妹のツレアイがな、波切《なきり》の人なんや……旦那、向うの方ごぞんじだっか」

周吉「いやァ、よくは知りませんが、一度賢島《かしこじま》まで行ったことがあります」

客「賢島もええとこや、何ぞ真珠の方の御関係で？」
周 吉「イヤ、あたしは銀行屋ですがね……なかなかいいとこだ、海が青くて」
客「そやそや、深うてねえ。わたくしは蒸汽であのへんグルーッと廻って見たんですわ。真珠ちうものは、どうだかちうと、あんなとこやないと、自然的に育たんもんやそうですなア。もう故人になってしもうたけど、御木本《みきもと》ッつあんもええとこへ目エ付けたもんや。ねえ？」
周 吉「そうですなァ」
お 常「ねえ旦那、こないだの晩、もう十二時ちょっと廻った時分だったかしら、沼田先生いらっしゃいましたよ」
周 吉「そう、一人でかい？」
お 常「いいえ……学生さん二人おつれンなって……いらしった時から、もうずいぶんお酔いンなってましてね」
周 吉（稍々《やや》暗く）「そうかい」
お 常「なんでも、その人達がお宅までお送りする途中だったらしいんですよ」
周 吉「そりゃァ迷惑だったね」
お 常「とんでもない、そんなこた、ありませんけど」
周 吉「ちょいちょい来んのかい、沼田」
お 常「いいえ、ここんとこ暫らく……」
周 吉「そう」
お 常「あのお帽子をお忘れンなって……」
壁にかけてある黒ソフト。
周 吉「……じゃ、いずれ取りにくるだろう」
客（徳利を出して）「旦那、ひとつ行きまひょか」
周 吉「やァ、どうもこら……」
と受けて呑むが、どこか浮かぬ顔である。
壁の黒いソフト——

4　同夜　雑司ケ谷の小路

周吉が帰ってくる。
国電の響。

5　杉山家　玄関

玄関の表。
戸をあけて入る周吉。
周吉が這入ってくる。
周 吉「ただいま」
と靴をぬいで上る。
孝 子「お帰んなさい」
見返ると長女の沼田孝子（32）である。
周 吉「アア、来てたのかい」
孝 子「ええ、お寒かったでしょう」
周 吉「ウム」

6　茶の間

周吉とつづいて孝子。
周 吉「富沢さんは」
孝 子「夕方帰って貰いました」
そこの炬燵に孝子の娘道子（二つ）が寝かされている。
周 吉「アアよく寝てるな、お前、何時頃来たの」
孝 子「お昼すぎ、お父さん、ご飯は」
周 吉「食って来た」
孝 子「そう」
と周吉、着更えを始め、孝子が手伝う。
孝 子「はい」
と帯を渡す。
周 吉「ウン（と受取り）足袋なかったかな」
孝 子（一寸探して）「どこかしら」
周 吉「ないかい、じゃ富沢さん洗ってくれたんだな。そこの一番下の抽斗《ひきだ》しにないかな」
孝 子（簞笥をあけ）「ありました」
周 吉「うん」
周吉、坐り——靴下をぬぎ足袋をはく、
孝子あとを片付ける。
周 吉「沼田、元気かい」
孝 子（片付け乍ら）「ええ」
孝子の返事は沼田の話になると急に冷たい感じになる。
周 吉「こないだ、何だっけ、雑誌に書いてた

『自由への抵抗』っての読んだよ」
孝　子「そうですか」
周　吉「仲々面白かった」
孝　子「…………」
周　吉「ちょいちょい頼まれるのかい、原稿」
孝　子「…………」
周　吉「この頃、いい様じゃないか」
孝　子「何が」
周　吉「お前んとこさ」
孝　子（話をそらして）「お茶あがる、いれましょうか」
周　吉「ウム、ま、こっちい来ておあたりよ」
孝子、火鉢の前に坐りお茶の用意。
周　吉「お前、おそくなっていいのかい」
孝　子「ええ、いいんです」
周　吉「こないだ、沼田おそかったろう」
孝　子「何時？」
周　吉「酔っぱらって帰ったろう」
孝　子「何時かしら、ちょいちょいそんな事あるから」
周　吉「そんなに呑むのかい」
孝　子「ええ、この頃ねえ」
周　吉「フーム」
と鉄瓶の湯を土瓶にさす。
孝　子「何か面白くないことがあるんでしょう、屹度」
周　吉「何が」
二階から孝子の妹の明子（21）がおりてくる。
明　子「お帰んなさい」
周　吉「ナンダ、明子いたのか」
明　子「ええ、お姉さん、お床敷いてあるわよ」
孝　子「アア、有難う」
明子、二階へ上ってゆきかける。
孝　子「明ちゃんお茶飲まない」
明　子「いらない」
周　吉（孝子に）「お前、帰らないのかい」
孝　子「ええ」
周　吉「どうして……（孝子、茶わんを炬燵の上におく）又何かあったのかい、どうしたんだい」
孝子、答えず道子を軽く叩いてやる。
周　吉「又沼田とどうかしたのかい」
周　吉（間をおいて）「困ったもんだね」
孝　子（テレた様な微笑で）「…………」
話が途絶える。
孝　子「お父さん、お床敷きましょうか」
周　吉「ウム」
孝　子「仕様がないのよ」
周　吉（見て）「おい、ちょいとおいで、お坐りよ」
孝子、力なく戻ってきて坐る。
周　吉「どうしたんだい、一体」
孝　子「いいの、すこし放っといて」
周　吉「然し」
孝　子「いいのよ、そんな人なのよ」
周　吉「そんな人って」
孝　子「病気なのよ、時々そんな風になんのよ、一人でイライラして、折角この子がおとなしくしてんのに、わけもなくいじめたりして」
周　吉「フーム」
そのまま二人とも暫らく口を噤んで――
孝　子「お友達の評判がちょいとよかったり、学校で何かちょいと面白くない事でもあると」
周　吉「でも、そりゃァ何もお前が」
孝　子「そうなのよ、だからノイローゼなのよ」
周　吉「フーム」
周　吉（考えこみ）「一度、お父さん、会ってみよう」
孝　子（ふと顔を上げて）「お会いんなったって仕様がないわよ、不愉快になるだけ、そんな人よ」
周　吉「ウーム」
で又言葉が途絶える。

7　日本橋あたりのビル街

明るい午後の陽ざし。

8　銀行（本店）の前

[……銀行] の文字。大きな柱の表玄関

——

9　その店内

忙しく働いている行員達。

10　二階の廊下

重役室から周吉と一人の重役が出て来る。

重役「……面倒な問題だけど、まァ、一つお骨折り願います」
周吉「はあ」
重役「じゃ」
周吉「やァ」

そこへ溜りの女給仕が来て、

女給仕「お客様、お待ちんなってます」
周吉「そう」

周吉、監査室の方へ。

11　監査室

周吉が這入ってくると、そこに妹の竹内重子（化粧品会社の女社長　46）が待っている。

重子「こんちは」
周吉「やァ、おいで、なんだい」
重子「ううん、ちょいと貸付の平木さんとこ迄来たもんだから」
周吉「ふうん」
重子「兄さん、もうお昼すんだ？」
周吉「いや、未だだ」
重子「あのねえ」

ノック音。

周吉「はい」

女給仕が這入ってくる。

女給仕「東和印刷の専務さんの告別式は、明後日の一時からだそうです」
周吉「一時……（と手帳につけ乍ら）青松寺だったね」

周吉、手帳を出してメモする。

女給仕「はい……」と出てゆく。
重子「あのねえ、ここ出て、つい其処曲ったとこ、兄さん、行った事ある」
周吉「何処」
重子「おいしいのよ、きれいな家で」
周吉「なんだい」
重子「うなぎ屋よ、行ってみない」
周吉「お前、用すんだのか」
重子「ええ。ねえ、行きましょうよ、そこよ、おごるわよ」
周吉「ウーム、じゃ行くか」

手帳をしまいベルを押し、そこの手紙等を見る。
ノック。

周吉「はい……（女給仕が来る）小林さん、ちょいと出かけるがね、二時頃迄に帰ってくるから、電話でもあったら聞いといて下さい」
女給仕「はい」
重子（その女給仕に）「ちょいと、二階のトイレ、何処」
女給仕「廊下、右へ曲って突当りでございます」
重子「そう」

と急いで出てゆく。

12　廊下

小走りにチョコチョコとトイレへ急ぐ重子。
女給仕も出てゆく。

13　ビルの見える横丁

うなぎ屋の看板。

[う]

14　うなぎ屋

客が一人出てゆく。
土間にテーブル。狭い小部屋に重子と周吉——小女が注文を聞いている。

重子「じゃ、中串と肝吸……兄さん、お酒どお？」

周吉「昼間は呑まないんだ」
重子「いいじゃないの。（小女に）お銚子一本」
小女「はい」
重子「それからキモヤキ……一人前でいいわ」
小女「はい」
重子「ちょいと電話貸してね」
小女「どうぞ」
小女、奥に去り、重子も立ってゆく。

15 そこの電話

重子、来て、店の者に、
重子「あ、こんちは」
と声をかけ、ダイアルを廻す。
重子「あ、モシモシ……忠さん？　ウン今、呉服橋にいるの。何時ものうなぎ屋、そう、一寸常務さん出して……ア、篠田さん、あたし、うん、銀行の方うまくいきました。だからね、さッきの話、あの通りにしといてよ。ええ……ええ、そう、お願いします。どうぞ、有難う」
と電話を切って戻りかけ、ふと何か思い出して立止り、独り言、
重子「あ、そうか、いいやいいや」
と小部屋へ戻ってゆく。

16 小部屋

重子、戻ってくると——
重子「アア、いやだいやだ。（と坐り、笑う）厄介なもんねえ、商売って」
周吉「大分景気よさそうじゃないか」
重子「フフ、でもないけど、自分の会社となるとねえ……（ふと改まって）ねえ兄さん、お父さんの十三回忌どうします？」
周吉「ウム、どうするかな」
重子「わざわざいく事ないわね。あたしからお寺に何か送っときましょうか」
周吉「アア、そうしといてもらおうか」
重子「じゃ送っとくわ。千円もやっときゃいいわね」
周吉「ああ、沢山だろう」
重子「アア、明ちゃんどうしてます？」
周吉「どうって……」
重子「いいえね、こないだね、うちィ来てね、お金貸してくれっていうんですよ」
周吉「いつ？」
重子「四、五日前……そうそう、あたしがウテナさんに出かけようとしてた時だから、そう、丁度火曜日よ」
周吉「なんだって？」
重子「ううん、わけ言わないのよ、黙って貸してくれって言うの。五千円よ」
周吉「で、お前、貸したのかい」
重子「そんなわけのわからないお金貸せやしないわよ」
周吉「…………」
重子「だからねえ兄さん、あの子も早くどッかしッかりしたとこへ片付けた方がいいわよ」
周吉「ウーム」
小女がお銚子と盃を運んでくる。
小女「お待遠さま、相済いません」
重子「お新香頂戴ね」
小女「はい」
と去る。
重子「どお？」
と周吉に酌をする。
周吉「ウム」
と受ける。
重子「兎に角わけ言わないってのおかしいじゃないの。どういうんでしょう」
周吉「ウーム」（と飲む）
重子「あの子にしちゃ大金よ。何に使うんだか、おかしいわよ。変よ」
周吉「……で、明子、どうしたんだい」
重子「じゃいいわッて帰っていっちゃった」
周吉「……うちじゃ何とも言わなかったがね」
重子「でしょう？　だからこのごろの若い子ッて何考えてんだか、わかりゃしない

……ねえ、早くお嫁にやった方がいいことよ」
周吉「ウム……そうだねえ」
重子「兄さんさえその気なら、あたし早速探します。あるわよ、あの子綺麗なんだもの」
周吉「ウーム」
重子「兄さん、もう一つどお？」
と酌をする。
周吉「ウム」
と受ける。時報が鳴る。

17　駅の時計
一時——

18　私鉄の駅
——情景——

19　町
木造の粗末なアパート。

そのアパート「相生荘」。

20　相生荘の二階　廊下
明子が来る。

一室のドアをノックする。

返事がないので、ノッブを動かしてみる。動かない。で、向いの一室へ行って、そこのドアをノックする。

21　その室内（富田の部屋）
富田三郎（バアテンダア　33）、川口登（バンドマン　27）、松下昌太郎（学生　24）が花をひいているが、ノックの音に慌てて花札をかくす。
再びノックの音。
富田「オオ、誰だい」
ドアがあいて明子が顔を出す。
富田「ナァンダ、お前か」
登「つまンねえとこへ来やがって、見ろこれ（と摑んでいた花札を見せて）いい手ついてたんだぞ。ツカミじゃねえか」
明子「ごめんなさい、邪魔しちゃって」
松下「イヤイヤ、いいとこ来たよ、助かったよ」
登「てやんでえ」
富田「ま、いいや。上んなよ」
上ってくる。
明子「ねえ、憲ちゃんどこ行ったか知らない？」
富田「いねえか、じゃ学校かな」
登「こんないいお日和に、あいつが学校なんかいくもんかい」
松下「降りゃ降るでまた行かねえしなァ」
登「お前《めえ》たち、いいご身分だよな……気の毒なのァ、国のお父ッちゃんだ」
そんな話の間に花札を集めながら——
富田（明子に鍵を投げ渡して）「おい、掛けとけ」
明子、掛けにゆく。花札がくばられて、また始まる。
登「……いい手だな、俺が親か、こりゃァいいや……おりたッと」
富田「なんでえ、サシか」
松下「よし！　一丁いこう！」
その間に明子は登のそばに坐る。
明子「ねえノンちゃん、どこ行ったか心あたりない？」
登「誰、憲坊か」
で、明子が、
明子「うん」
と頷くと——
登「なァ明べエ、お前、あんまり憲坊可愛がンなよ」
明子「何よ」
登「痩せたぞ、あいつ……お前、あいつのどこに惚れたんだい、え？　よゥ」
明子「知らない」
登「知らねえこたァねえだろう。おい、どこだい、どこがいいんだい、よゥ？」
明子「しつこいわねえ」
登「ほんとはおれ知ってンだ。わかってンだ」
松下（勝負をつづけながら）「オイ、明べエ、お前のことよく知ってるおばさんいるぞ」
明　子「だァれ?」
松　下（場に目を移し）「あ、いけねえ、そうか」
明　子「だれよ?」
登「麻雀屋のおばさんだよ」
明　子「どこの?」
登「五反田のさ」
明　子「なんて人?」
登（松下に）「おい、なんてンだ、あれ」
松　下「何?」
登「麻雀屋のさ」
松　下「寿荘じゃないか」
明　子「寿荘なんて行ったことないわ」
登「でも、いろんなこと聞いてたぞ、お前のこと」
明　子「知らない。誰かの間違いじゃない?」
登「けど、よく知ってたぞ」
明　子「知らない」（と立上る）
富　田（パチッと叩いて）「ヘイ、おわり」

で、松下が負ける。

富　田（勘定して）「こら頂きだな」

で、今度は登も加わって撒き直しになる。

明　子（立上って）「じゃ帰るわ」
富　田「お——、お気の毒だったなァ」
明　子「ここ（ドアの鍵）かけといて」
登「おい、タバコおいてけよ」
明　子（オーバーのポケットから洋モクを出して投げ）「さよなら」

と出てゆく。

22　廊下

明子、帰りかけて、ふとまた向いの室のドアを叩いている。
しかし、返事がなく、あかないので、そのまま憂鬱そうに帰ってゆく。

——情景——

相生荘

23　同日　沼田家

乱雑に置かれてある机——訪れた周吉がひとりタバコを吸っている。孝子の夫、沼田康雄（大学の講師、評論家　41）がウィスキー・グラスを盆にのせて持って来る。

沼　田「どうも、生憎くとなんにもなくって……（と机の横からサントリーの瓶を取り出して）どうぞ」
周　吉「やァ……」
沼　田（更に机の上の缶を取って）「これ、いかがです……お父さんには固いかな」
周　吉「イヤ……」
沼　田「おいそがしいんですか、お仕事の方……」
周　吉「イヤァ、まァまァだがね」
沼　田「僕の方もね、翻訳でもやってりゃラクなんですが、こいつが誰も彼も材料あさってましてね……（と、脇の本を取って）これなんか四、五日前に丸善へ来たばっかりなんですがね、今日学校へ行ってみたら、もうやってる奴がいるんですよ。かないませんや、フフン」

このフフンと皮肉に笑うのが沼田の癖である。

周　吉「実は孝子のことなんだがね」
沼　田「ああ、そうですか。や、どうも、道子元気にしてますか。おうるさいでしょう」
周　吉「イヤ、そうも思わんけど……」
沼　田「よくねえ、昔から孫の方が可愛いなんて言いますけど、そんなもんですかねえ、お父さん、どうです? 僕ァそんなもんじゃないと思うんだけどな」
周　吉「イヤ……」
沼　田「そりゃァね、そういうことも考えられますよ。だけど、そんな愛情は本物じゃないと思うんだ。大体、愛情なんてものが、なんてンです、隔世的に移行するなんてことは、僕には考えられませんね。そんなことがあったら寧ろ悲劇ですよ。尤も親子の愛情なんてものも、考えてみりゃァ一番プリミティブな動物本能でしょうね」
周吉「孝子の話だけどね」
沼田「アア、そうでしたね」
周吉「どうなの、君」
沼田「孝子、お父さんに何か言いましたか」
周吉「別にハッキリしたことは言わないけど……」
沼田「一昨日の晩だったかな、ちょっとしたことで、あいつ、一度よく考えてみたいなんて言ったんですがね、昨日僕が起きたらいないんですよ。徹夜したんで、起きたのがおそかったけど、フフン……どうです、お父さん」
とまたウィスキーをすすめる。
周吉「イヤ、僕はやらん」
沼田（ウィスキーを舐めながら）「しかし日本のウィスキーもよくなりましたねえ（と舌鼓を打ちながら、ふと戸外を見て）アア、降って来たよ、お父さん……今日はいいと思ったのになァ」

24 **庭先**

ガラス戸越しにチラチラ降っている雪。

25 **杉山家　台所**

夕餉の仕度で孝子が何か野菜を刻んでいる。表戸のあく音。

周吉「只今」
孝子、出てゆく。

26 **玄関**

帰って来た周吉の帽子とオーバーに雪が積っている。
孝子が出てくる。
孝子「お帰んなさい、お困りになったでしょう」
周吉「アア、積るかも知れないね、こんな天気になるとは思わなかった」
と上る。
孝子「随分、お濡れんなって」
周吉「ウム」
周吉、茶の間に入ってゆく。

27 **茶の間**

周吉「沼田に会って来たよ」
孝子「そう」
周吉「道子は」
孝子「今寝かせました、今日お昼寝しなかったもんですから」
周吉「そう、冷えるね」
周吉、炬燵に入る。
周吉「ねえ、沼田ねえ」
孝子「あ、ちょいと」
と立ってゆく。
周吉、不審げに見送り、

周吉「おい……おい」
と呼ぶ。

28 **台所**

孝子、台所へ這入ってゆく。

29 **茶の間**

周吉、一人煙草を出して――

30 **台所**

孝子、煮物などを見て、又茶の間へ戻ってくる。

31 **茶の間**

孝子が来る。
孝子「お父さん、気持悪くなさらなかった」
周吉「何」
孝子「あの人にお会いんなって」
周吉「そんなこたないさ」
孝子「でも」
周吉「けど、あの男も変ったねえ、昔はあんなじゃなかったよ、もっと明るい男だった。今もお父さん電車ン中で考えてたんだが、なんだかお前にすまない様な気がしてね」
孝子「何が、そんな事ないわ」
周吉「いやァ、こんなんだったら、佐藤なんかの方がよかったかも知れないよ」

孝　子（見返して）「…………」
周　吉「お前も嫌いじゃなかったらしいし……」
孝　子（笑って）「いいのよ、お父さん、もういいの」
周　吉「だけど、お前に無理にすすめて」
孝　子（ハグラかして）「あたし、ちょっとお風呂見て来ます」（と立上って出てゆく）
周吉、見送り、そこにある道子の玩具を取って振る。
周吉、玄関のあく音に振り向く。
明子、帰ってくる。
明　子「只今」
やがて明子が這入ってきて、
明　子「只今」
と二階へ行きかける。
周　吉「おい」
明　子「何」
周　吉「ちょいとおいで」
明　子「なァに」
周　吉「お前、叔母さんとこへ金借りに行ったってね」
明　子「ええ」
周　吉「どうしてお父さんに言わなかったんだい」
明　子「………」
周　吉「そんな金、何に要るんだい」
明　子「もういいの、もうすんじゃったから」
と行きかける。
周　吉「おい……おいで」
明子、這入ってくる。
周　吉「何に要る金なんだ」
明　子「お友達が困ってたからよ」
周　吉「それにしてもお父さんに言やいいじゃないか」
明　子「だって、不意なんですもの」
周　吉「何が不意なんだ」
明　子「だって仕様がないじゃないの、お父さんいらっしゃらないし行く先判らないし、もういいの」
と二階へ上ってゆく。
周吉、暗い顔で考えている。
孝子、来る。
孝　子「お父さん、お風呂どうぞ、蓋とってあります」
周　吉「アア」
孝　子「明ちゃん、どうかしたんですの」
周　吉「イヤァ、困った奴だよ」
と立上って出てゆく。

32　廊下——浴室

周吉、上衣を脱ぎながら浴室に入り、ネクタイを外し浴室の戸を閉める。

33　二、三日後　五反田の盛り場
——情景——
ガードの下に「寿　荘　スグソコ」の看板
夕暮近いその横丁。

34　そこにある麻雀屋（寿荘）
インサート（看板）

寿荘

35　その寿荘
松下と明子と仲間の女の前川泰子（呼び名ヤッ子　25）とお店の旦那風の菅井（58）が卓を囲んでいる。他に客二組程。
菅　井（考え乍ら）「こいつはションパイ、これもションパイと、いいだろう」で振ると、
ヤッ子「ハイ、それ、メン、タン、ピン、クンロク、これ貰うわよ」
と「積み」のチューマをとる。
明　子「ヤッ子、ついてるわねえ」
松　下「未だ子供の時間だい」
菅　井（ガッカリして）「取られ通しだ、どうも今日はいけないな」
とチューマを払い、牌を掻き廻す。
向うの卓の男「よう、お父さん、ラーメン頼んでくれよ」

店主の相島栄（54）が、小部屋の上り框で新聞を読んでいる。

相　島「はい、お一つですね、他の方はいりませんか」

返事がないので立上って階段をおりかけて、

相　島「あ、いらっしゃい」

と見迎える。

川　口「よう」

と楽器のケースを下げた川口登が上ってくる。相島はそのままおりてゆく。

登、来て、菅井の後に立ってのぞく。

登「凄いな、ついてますね」

菅　井「駄目なんだ、さっきから払い通しですよ」

登（松下に）「風、なんだい」

松　下「南の二局だ」

登「フーン……（菅井が振りかけるのを見て）アッ、ああ」

菅井、手を止めて登を見返る。

ヤッ子「ノンちゃん、余計なこと言わないの、教えっこなし」

登「だれ、勝ってんだい」

明　子「ヤッ子ちゃんよ、ヒヨコタイムよ」

登「あ、こっちこっち」

ヤッ子「ノンちゃん」

菅井の店の小店員が上ってくる。

小店員（菅井に）「旦那、兼松さん見えましたけど」

菅　井「……（勝負に気をとられて）……」

小店員「ねえ、旦那」

菅　井「判ってるよ、（松下に）今、なんでしたっけ」

松　下「リャンピンです」

菅　井「リャンピンか」

小店員「旦那、兼松さん急いでますけど」

菅　井「……（勝負に夢中）……」

勝負が進む。

小店員（暫らく待って）「帰ります」

と、帰ってゆく。

ヤッ子「ポン」

菅　井（振ったパイを見て）「ああ、それ出ちゃったか。（登に）これでしょうね」

登「やァ、こっちじゃないですか」

菅　井「成る程ね、ハイ、これ」

明　子「教えっこなし」

相島の細君喜久子（52）が階段を上ってくる。

喜久子（お客に）「いらっしゃい」

菅　井「アア、お帰り」

登「ねえ、小母さん、小母さんの聞いてたのこの子（明子）だよ」

明子、顔を上げる。

喜久子（会釈して）「いらっしゃい」

松　下（催促）「おい、お前だよ」

明子、麻雀をつづける。

喜久子、上り框に腰を下し、じっと明子を見る。明子達の勝負がつづく。

ヤッ子「リーチ」

明　子「又、早いわねえ」

菅井が振る。

ヤッ子「ハイ、それ、一寸大きいわよ、ドラ一の三色、ピンフ」

松　下「でっけえな、五ならびじゃないか」

菅　井（ガッカリして）「これじゃァとっても帰れないなあ」

とガッカリした顔でチューマを払う。

登「平気平気。（明子に）おい、ちょっと代れよ」

明　子「少し沈んでるわよ」

と傍の椅子にかける。

登「大丈夫だい、ヘッチャラだよ、（と明子と椅子を代り乍ら）おい、会えたのかい憲坊に」

明　子「ううん、来ないのよ」

喜久子「明子さん、こちらへいらっしゃいません、ねえ、いらっしゃいよ」

明　子「小母さん、どうしてあたしの事ご存知なの」

喜久子「あなた、牛込の東五軒町にいらした事あるでしょう?」

明　子「ええ、小さい時、覚えてないけど」

喜久子「その時分ご近所にいたんです」

明　子「そう」

喜久子「ねえ、皆さん、お元気」
明　子「ええ」
喜久子「お姉さんいらしったわね」
明　子「ええ」
喜久子「お子さんは？」
明　子「女の子一人」
喜久子「そうですか、おいくつ」
明　子「二つ」
喜久子「そう、じゃお可愛いわね、お兄さんも
　お元気」
明　子「死にました」
喜久子「まあどうして」
明　子「山で、谷川岳で」
喜久子「いつです」
明　子「二十六年の夏」
喜久子「そうですか」
　相島が階段を上ってくる。
相　島（客の方へ）「熱田さん、ラーメンすぐ
　来ます」
向うの卓の男「おー」
別の客「小父さん、すまないけどね、おれにド
　ライカレー、そう言ってくんないか、
　ポンチ軒のな」
相　島「ハイ……（喜久子に）おい、相馬君ま
　だ来ないかい」
喜久子「ええ、まだ」
ヤッ子「ポン」
　相島、再びおりてゆく。

喜久子（明るく）「ねえ、お茶いれましょう、
　お上んなさいな……ねえお上んなさい
　よ」
　と小部屋に上る。

36
小部屋
　喜久子、長火鉢の前でお茶をいれる。明
　子、上り框に坐る。
喜久子「今、お住い、どちら」
明　子「雑司ケ谷の奥」
喜久子「そう。（お茶出して）で、あなた、ど
　こかへお勤め」
明　子「ううん、英文速記習ってんの」
喜久子「そう、あんた、こんなとこへちょいち
　ょいいらっしゃるの」
明　子「ううん、時々」
喜久子「そう、その方がいいわね」
　麻雀を掻き廻す音がして、
登の声「おいすんだぞ――」
　明子、登の方へ――

37
店
　明子、来る。
明　子「誰勝ったの」
登　「そんな事聞くなよ。（と菅井を見て）
　悪いですよねえ」
菅　井「又月謝おさめちゃった、これじゃ、と
　っても帰れないよ」
　と、愚痴り乍らパイを積む。
ヤッ子（明子に）「おそいわねえ、憲ちゃん」
明　子「ウム」

38
小部屋
　じっと思いに沈んでいる喜久子――

39
同夜　雑司ケ谷の小路
　夜更けの道を明子が帰ってくる。

40
杉山家　玄関
　格子戸をあけて、
明　子（小さく）「只今」

41
茶の間
　お膳の前で孝子が靴下の繕い物をしてい
　る。
孝　子「お帰り、もう締めといて」
　やがて明子が這入ってくる。
明　子「只今」
孝　子「お帰りあんた、ご飯は？」
明　子「食べて来た」
　と座敷の襖をあけふと見て又閉める。
明　子「お姉さん、まだ寝ないの」
孝　子「あんた待ってたのよ、もう寝る」
　明子、二階へ上ってゆく。
　孝子、炬燵の火を埋める等して、お鉢等
　をかかえて電燈を消し出てゆく。

42 台所

孝子、来て電燈のスイッチを切り二階へ。

43 二階

明子がオーバーを脱いだままの姿で鏡台の前で髪をとかしている。孝子が這入ってくる。道子が寝ている。

孝子「お父さん心配してらっしゃるわよ」
明子「何を？」
孝子「あんた、帰りがよくおそくなるっていうじゃないの……どうしてそんなおそくなるの？」
明子「むずかしいのよ、速記……だから時々お友達ンとこへ寄って練習すンのよ。お父さんにもそう言ってあンのに」
孝子「……でも成るべく早く帰ってらっしゃいよ。心配するから」
と道子の世話をする。
明子（鏡台に向ったまま）「ねえお姉さん、今日妙な小母さんに会ったわよ。うちのことよく知ってる……」
孝子「だァれ？」
明子「むかァしね、うちが東五軒町にいた時分、近所にいた人だって……」
孝子「どんな人」
明子「『寿荘』っていう麻雀屋の小母さんなの」
孝子「あんた、そんなとこ行くの？」
明子「ううん、誘われちゃったのよ。その人ね、お姉さんのこと、よく知ってンのよ」
孝子「誰かしら……」
明子「お兄さんのことも知ってたわ」
孝子（緊張して）「どんな人だった？」
明子「どんな人って……」
孝子「いくつぐらい？」
明子「若く見えたけど、いくつくらいかなァ……綺麗な人よ」
孝子「そう……その人、ひとりで麻雀屋してンの？」
明子「ううん、小父さんもいた」
孝子「その人、背の高い人じゃなかった？」
明子「高くもないけど、ちょいと滑稽なヒョコヒョコした人」
孝子「そう」
と緊張が弛んで本を読む……。明子もまた髪などとかしつづける。
明子「……あたしねえお姉さん、なんとなしにお母さんじゃないかって気がしたのよ」
孝子「どうして？」
明子「ううん、ただなんとなく……」
孝子「お母さんじゃないわよ。どっかの人よ。そんなわけないもの」
明子「そうねえ……あたしが三つだったんだもの……」
孝子「そうよ」
明子、また髪をとかす。

44 晴れた日　私鉄の踏切
——情景——

45 線路沿いの道

中華そば屋「珍々軒」がある。
明子が来る。

46 「珍々軒」の中

主人の下村義平（45）が板裏草履の鼻緒をすげている。
表があいて明子が来る。

義平「あ、いらっしゃい……お一人？」
明子「小父さん、憲ちゃん来なかった？」
義平「アア木村さん？　そう言えばここんとこ見えないねえ」
明子「そう、来ない？」
義平「来ないね……（奥へ）おい、木村さんとこへ出前持ってったのはいつだっけ、相生荘のよ」
細君の声「一昨日の晩よ」
明子「そう……（と考えて）じゃ、また来るわ」
と出てゆく。細君が奥から顔を出す。
細君「だあれ？」

義　平「ホラ、よく来るじゃねえか、木村さんとよ。アプレのよ、あの子だよ」
細　君「あんた、煉炭おこってるよ」
と引込む。
義　平「あいよ……おい、下の口しめといてくれ……（そして呟く）しめといて下さいよ」
表。
明子、帰ってゆく。

47　同日　銀座　教文館ビル

48　その近くの路地

そこのバア「ガーベラ」
一人の女給、這入ってゆく。
インサート

Gerbera

49　「ガーベラ」の中

まだ開店前――入口があいて女給、出勤してくる。
バーテン富田が白い上着を着てコップ等拭いている。
女　給「お早よう」
富　田「おう、早えな」
女　給「今日から早番よ」
と奥へ這入ってゆく。
女給Ｂ「お早よう」
女給Ｃ「お早よう」
富田、棚の酒瓶などを整頓する。また入口があいて、明子が這入ってくる。
明　子「こんちは……」
富　田（振返って）「よォ……なんだい」
明　子「ねえ、どこ行ったか知らない？」
富　田「ナンダ、まだ会えねえのか」
明　子「うん」
富　田「今朝いたぜ」
明　子「そう……さっき行ってみたの……」
富　田「いやに追っ駈けてッじゃねえか。どうしたんだい？」
明　子「ううん、ちょいと用があンの」
富　田「ほどほどにしときなよ。おテントさま黄色く見えるぞ」
明　子「なァに？」
富　田「いやァ、こッちのこッたィ」
明　子「お水一杯頂戴よ」
富　田「お水か……」
富田、水をコップに注いで出してやる。
明子、一息に呑む。
明　子（コップおいて）「さよなら……」
富　田「ナンダ、帰ンのか、あッけねえな」
明子が帰りかけると、ドアがあいて、制服制帽の学生木村憲二(20)が這入ってくる。明子も憲二もハッと見合って棒立ちになる。
富　田「おォ、明べエ、よかったなァ」
明　子（憲二に）「ちょいと話があンの」
憲　二（女性的な語調で）「なァに？」
明　子「一緒に来てよ」
憲　二「僕、用があンだけどなァ」
明　子「すぐよ」
富　田「おい、憲坊、行ってやれよ」
明　子「ねえ」
と促し、憲二を押し出すようにして出てゆく。
富田が見送ってニヤニヤする。奥から女給が出てくる。
女　給「ちょっと富さん、あんたゆうべどこへ行ったのよ、マダムと……」
富　田「どッこも行っきゃしねえよ」
女　給「見たのよ、あたし……数寄屋橋ンとこで車に乗るとこ」
富　田「そうか。おれも見たよ。お前がコンさんと車に乗るとこ」
女　給「嘘おッしゃい。あの人にそんな度胸ないわよ」
表の看板。

Gerbera

50　夕暮れ時　浜離宮

その情景――

51

そこの堤

明子と憲二が二人とも考え込んでいる。

憲　二（弱り切った感じ）「困っちゃったなあ。そんな事あんのかなァ」

明　子（真顔で）「何がよ」

憲　二「でもさあ、君、ほんと?」

明　子「あんた、あたしが嘘をついてると思ってんの」

憲　二「…………」

明　子「そんなことを嘘つけると思う」

憲　二「そうは思わないけどさ、困っちゃったなあ」

明　子「困ってるのはあたしよ、あたしの方がよっぽど困ってるわ、あんた、もっと真剣に考えてよ、のんきな顔してないで」

憲　二「のんきじゃないよ、僕、その話聞いてから、ずい分考えたんだぜ」

明　子「だって、あれからあんた、いやに逃げてんじゃないの」

憲　二「僕、逃げてやしないよ」

明　子「逃げてるわよ、逃げてんじゃないの」

憲　二「…………」

明　子「ねえ、どうすんの」

憲　二「でも、ほんとに僕の子かなあ」

明子、顔色が変る。

明　子（睨みつけて）「あんたの子でなきゃ誰の子よ、ねえ、誰の子だと思ってんの、そんな事迄、あんた疑ってんの」

憲　二「疑ってやしないけどさ」

明　子「じゃ、どうすりゃいいのよ、どうする積りなのよ、あたし、一体どうしたらいいのよ」

と涙を抑える。憲二、困って手持ち無沙汰になる。

憲　二「ねえ……ねえ……泣くのはおよしよねえ……もっと二人でよく考えようよ」

明　子（顔蔽って泣く）「…………」

憲　二「困ったなあ……（腕時計見ながら）……もう時間なんだけどなあ、じゃアね、僕、六時半迄に大塚先生んとこへ行かなきゃなんないんで、君、エトアールへ行って待っててよ、ねえ」

明　子「…………」

憲　二「九時半頃までには屹度行くからさ、そうしてよね、いい……じゃ、僕、帰るよ、ほんとに待っててね」

と去ってゆく。

明子、動かずじっと暗く項垂れている。

52

そこの路地

インサート

ETOILE

エトアール

深夜喫茶「エトアール」の看板。

53

その「エトアール」

仄暗い照明の中で終電に乗りおくれた中老のサラリーマンが紅茶を飲んでいる。

別の席に熟睡している雑誌記者、イビキをかいている。

一人で煙草をふかしている女。

別の席に若い男と女――

男「でどうしたんだい、よう、なんとか言えよ、よう……」

そこへ入口から男が這入って来る。

その男（見廻して）「おい」

向うの席でひとり煙草を吸っていた女がそれに応じて立ってゆき金をおいて一緒に出てゆく。

一隅の席でじっと考え込む明子。

別の席の若い男と女――

男「で、お前、なんと言ったんだい」

女「なんとも言わない」

男「嘘つけ」

前からいる男と女……その男がふっと入口の方を見て女に合図する。女もふっと見て一緒に立つ……入口に一人の男（和田　42）が立っている。男と女、金をおいていそいで出てゆく。

和田、それを見送りゆっくり室内を見廻して、眠っている男の手袋など拾ってやり乍ら明子に近づく。
明子、じっと考えているが人の気配に顔を上げる。
和田、ゆっくり明子の前に腰をおろす。

和田「大分おそいですね」

明子、疑い深く見て顔をそらす。

和田「何してんの、こんなとこで」
明子「………」
和田「何考えてんの、何か心配事でもあるの」
明子「………」
和田「誰かを待ってんですか」
明子「いいじゃないの、誰待ってたって」
和田「そりゃいいですがね、あんた、随分長くここにいるね、家どこ……?」
明子「どこだっていいじゃないの」（と立ち上り行こうとするその前に立ち塞がる和田。明子、又坐る）
和田「家、どこ」
明子「どこだっていいわよ」
和田「よかないね、どこ……」
明子「あんた、誰よ」

和田、黙って内ポケットから警察手帳を出して見せる、明子、息を呑んでみつめる。

和田「時々この辺で見かけるね」
明子「………」
和田「家、どこです」
明子「………」

隣席でイビキをかいて熟睡している雑誌記者らしい男……。

54　同深夜　警察署内

既に一時半頃で制服私服の係官が四、五人あちこちの机でそれぞれ執務しているだけで署内はガランとして寒々しい。
和田もその一人で机に向かって何か書き物をしている。一方では制服の警官が何か書き物をし乍ら中年の男を調べている。

警官「おい、早く言え」
中老人「………」
警官「お前、ちょいちょいやってるんだろう」
中老人（キョトンとした顔を上げて）「いいえ」
警官「いい年して、女の腰巻なんか盗んで何にするんだお前、おかみさんあんのか」
中老人「いいえ」

和田の席では——

和田（書き物を措いて一方へ）「おい君、寒いだろう。こっちィ来ておあたり」

隅のベンチで明子が小さく項垂れている。

明子（顔も上げず）「………」

和田、書き物をつづける。
入口から孝子が這入ってくる。
そして受付の近くの警官に、

孝子「あの、杉山明子の姉でございますけれども」
警官「あ、ご苦労さん。（振返って）和田さん、来ましたよ」
和田（ふと見て）「ア、どうぞ、そちらから」
孝子「はァ」

孝子、そこの小さなドアから室内に這入ってくる。

和田「やァ、どうもお呼び立てして、お姉さんですね」
孝子「はァ」
和田（書類見て）「孝子さんですね。まァおかけなさい」

孝子、会釈して腰を下す。

孝子「ちょいと父に都合がございまして」
和田「そうですか、驚かれたでしょう」
孝子「はァ」
和田「いや別に犯罪に関係がある訳じゃないんですが、近頃の若い者は、えてしてつまらん事から間違いを起し易いもんですからね、お宅でも充分注意して頂かんと」
孝子「はァ」
和田「どんな事情にしろ、若い娘が深夜ひとりで喫茶店にいるなんて感心しませんからなあ」

孝　子「申し訳ございません」
和　田（一方へ）「君」
それで孝子がふと見ると向うに明子の姿が見える。
明子、動かない。
和　田「君、おい、こっちィおいで」
和　田「仲々強情ですな」
孝子、和田に会釈して明子の傍へゆく。
和田、じっと見ている。
孝　子「どうしたの、明ちゃん」
孝子、じっと見詰めていたが傍に坐る。
それを見ていた和田、又書類を書き始める。

55　**その夜半　雑司ケ谷の小路**

孝子と明子が足重く帰ってくる。明子がふッと立止る。
孝　子（振返って）「どうしたの？」
明　子（顔を伏せて）「…………」
孝　子「どうしたのよ」
明　子「……帰りたくない……」
孝　子「大丈夫よ、お父さんご存じないんだから……ねえ、いらっしゃいよ」
明子、力なくつづく。

56　**玄関**

玄関の表
孝子、玄関戸をあけ明子を促し這入る。
孝子、格子戸をしめ鍵をかける。
その間に明子は部屋に上りそのまますぐ二階へ上ろうとする。
と――
周吉の声「おい」
明子、ハッと立止る。
周吉の声「おい」
明子、そこへ上ってきた孝子と顔を見合せ、固唾をのむ。

57　**茶の間**

寝間着の上に丹前を羽織った周吉が炬燵にあたってじっと玄関の方を見ている。
襖が静かにあいて孝子が顔を出す。
孝　子「お父さん、起きてらしったの」
周　吉「アア、こっちィおいで、明子お前も」
孝子、明子を気遣う様にして這入ってくる。
孝　子「ねえ、お父さん、もうおそいんですから」
周　吉（不機嫌な顔で孝子に）「いいからお入り……おいで明子」
孝子と明子、座敷に入り坐る。
周　吉「お前どこ行ったんだ」
孝　子「…………」
周　吉「お前が出掛けると間もなく、電話があった、沼田かと思ったら警察からだった、何故言わなかったんだ」
孝　子「…………」
周　吉「なぜ隠してたんだ」
孝　子「…………」
周　吉「明子、どうして警察なんかへ呼ばれたんだ」
明　子「…………」
周　吉「お坐り」
明子、上目づかいに周吉を見てその場に坐る。
孝　子「ねえ、お父さん、もうおそいですから明日にして」
周　吉「明子、どうしたんだ……どうしてそんな所へ呼ばれたんだ……何をしたんだ、おい、なぜ黙ってるんだ、一体、なんで呼ばれたんだ」
明　子「…………」
周　吉「うちには警察なんかに呼ばれる者はいない筈だ」
孝　子（とりなす様に）「ねえ、お父さん、そんな明ちゃんねえ」
周　吉「お前は黙っておいで、明子、どうしたって言うんだ」
明　子「…………」
孝　子「ねえ、そんなに大した事じゃないんです、明ちゃん喫茶店でお友達を待ってただけなんです」
周　吉（孝子に）「そんなにおそく、なんで友達を待つ必要があるんだ、（そして、明子に）明子、何の用で待ってたんだ」
明　子「………」
周　吉「言えないのか、そんな奴は、お父さんの子じゃないぞ」
孝　子「お父さん、そんな、ねえ、お父さん、ほんとうにもうおそいんですから、もうおやすみんなって、明日にして……さ、明ちゃん、あんたも早く二階へ行って、さァ」
周　吉「おい」
孝　子「お父さんいいのよ」
明子、静かに二階へゆく。それを見送っている二人。
周　吉「困った奴だ。（呟く様に）どうしてあんな風になったか困ったもんだ」
孝　子（呟く様に）「明ちゃんも寂しいのよ、屹度、ねえ、お父さん、もっとやさしくしてあげて、明ちゃん、小さい時からお母さん知らないで育ったんだから、だから寂しいのよ」
周　吉「だけどお父さん、あの子に寂しい思いはさせなかった積りだがね」
孝　子「でも、お母さんがいないって事は」
二人とも口を噤《つぐ》む。
周　吉（しみじみした感じで）「お父さん、随分あの子は可愛がって育てて来た積りだがね、いや、時々お前がひがむんじゃないかと思った位だった、それがこんな結果になるんなら、お父さん、間違ってたかも知れないよ、いやァ、子供を育てるってのは、むずかしいもんだ」
孝　子（なんとなく物悲しくなって）「ねえお父さん、もうおやすみになって」
周　吉（力なく）「アー（と立上り）お前んとこ、沼田から何か便りでもあったかい」
孝　子（ふと目を伏せて）「いいえ」
周　吉「そう……おやすみ」
孝　子「おやすみなさい」
周吉、奥座敷へ這入り襖をしめる。
孝子、じっと考え込みコートを脱ぐ。

58　二階

明子がオーバーを着たまま、床の上にすわって暗く考え込んでいる。やがて孝子が上ってくる。
孝　子「まだ起きてたの？……」
明　子「ねえ」
孝　子「もうおやすみなさいよ」
明　子「ねえお姉さん……」
孝　子「……？」
明　子「あたし余計な子ねえ……」
孝　子（じっと見て）「……どうしてそんなこと言うの？」
明　子「……お母さんがあんなんだったんだもの……」
孝子、ハッとしたように見る。
明　子「……あたし、生れて来ない方がよかった……」
孝子、じっと見つめている。

59　暗い廊下

奥の座敷のあたりだけがスタンドの光で明るい。

60　下の部屋

周吉、眠られずまじまじと煙草をふかし考え込む。

61　朝　欅並木の梢

明るい陽が当っている。

62　雑司ケ谷　杉山家前

国産の自家用車が停車し、竹内重子がおり運転手に、
重　子「一寸、これ」
と襟巻を渡し入ってゆく。

63　杉山家　玄関の前

重子が這入ってゆく。

64　杉山家　玄関

重子が這入ってくる。

重子「こんちは、兄さん未だいる」

と言い乍らズカズカ上る。

孝子が出てくる。

孝子「まあ、叔母さん、いらっしゃい」

重子「来てたの、こんちは、お父さんは」

孝子「います」

重子「そりゃよかった」

と座敷へ。

65　座敷　茶の間

縁側で周吉が道子を遊ばせている。

重子と孝子が来る。

重子「こんちは、急いで来たのよ、お出かけかと思って」

周吉「アア、今日は昼からでいいんだよ、なんだい」

孝子（茶の間に座布団敷いて）「どうぞ、叔母さん」

重子「もう、放っといて頂戴」

と来て坐る。

孝子、台所の方へ出てゆく。

周吉、立ってくる。

重子「道子ちゃん、おトナねえ、いいお子ちゃんねえ、何これ（笑）。兄さん、こないだの話ね」

周吉「なんだっけ」

重子（呼ぶ）「孝子さん、孝子さん、ちょっと来てよ。（周吉に）兄さん一寸来てよ」

周吉「ウム、なんだい」

重子「今日は明ちゃんは」

周吉「学校へ出かけたよ」

重子「そう、恰度よかった」

孝子、お茶を持ってくる。

重子「沼田さんお元気」

孝子（目を伏せて）「ええ」

重子「そう、そりゃいいわね、ねえ兄さんこないだのねえ。（とハンドバッグをあけふと小箱を出し孝子に）あ、ねえ、これ、ちょっと使ってみてよ、クリーム、うちの新製品、今度売出すの」

孝子「どうも」

重子（今度は写真を放り出し）「ねえ兄さん、これ、どうかしら」

周吉「なんだい」

重子「明ちゃんのよ。（と渡して）どっちでもいいの……アアそうね、顔の長い方、ホラ、二、三年前に脳溢血で死んだ人があったじゃないの、民主党の代議士で、有名な、その人の次男よ」

周吉（その写真を孝子に渡し乍ら）「随分長い顔だね」

孝子（見て思わずクスッと苦笑）「ほんと」

重子「アアあたしはその人の方がいいと思うの、うちの取引先きのね、堀留の大きな問屋さんでね、その人も次男なのよ。立教出て、お店の手伝いしてて時たまうちへも来るんだけど、いい男よ（と鼻の両側を手で示し）この辺錦之助に似てて」

周吉「どうだい」

孝子、受取って見る。

重子（突然重大な事を思い出した様に）「あ、兄さん、それからね、全く不思議、あたし、ひょっくり会っちゃったのよ」

周吉（無感動に）「誰に」

重子「おとついね、あたしね、大丸行ってね、エスカレーターで二階へ行ったのよ。ひょいと見たら、とても似てんのよ、後姿が。おかしいなと思ったらやっぱりそうだった」

周吉「誰だい」

重子「喜久子さんよ」

孝子（ハッとして）「お母さん」

重子「ええ。（と周吉に）一昨年《おととし》の暮、引揚げて来たんですって」

孝子（思わず）「じゃ、やっぱり」

重子「知ってたの、あんた」

孝子「いいえ」

重子（周吉に）「でね、喜久子さん、男の人と一緒でいそいでた様だけど、かまやしない、無理に一緒に食堂へ行って、色々聞いてみたのよ。苦労したらしいわよ」
周　吉「………」
孝子、音もなく立上ろうとすると、
重　子「孝子さん、あんたも聞いといてよ」
孝　子「………」（と又坐る）
重　子「山崎さんね、アムールに抑留されてる間に亡くなったんですって、その事喜久子さん、どこだっけ、腰越じゃない、ブラゴエ……そう、ブラゴエチェンスクよ、そこで風の便りに聞いて、それからナホトカへ連れて来られたんですって。今ね、五反田で麻雀屋してるらしいのよ。一人って聞いたら、なんだか言い渋ってたけど、どうも一緒にいたのが新しいご亭主らしいの、ナホトカで知り合った人だって言ってたけど」
孝　子「叔母さん」
重　子「なァに」
孝　子「その人、どんな人でしたの」
重　子「モジャモジャ顔のね、気の軽そうな人。（で又周吉に）おかしなもんね、エスカレーターが一つ違えば、もう会えなかったんだもんねえ、不思議なもんよ」
孝子、つと立って台所の方へ去る。
重　子（ふと気がついて写真を手にとり）「ねえ、兄さん、これどうする。どうかしらねえ」

66　台所

孝子、することもなくじっと考えている。

67　麻雀屋「寿荘」の看板

ガード。
電柱の寿荘の看板。
それを見上げる孝子、路地に入ってゆく。
寿荘のある店のガラス戸あけ、中に入り二階へ上ってゆく。

68　その店

三組ぐらいの客。
孝子が上ってくる。
喜久子が小部屋の上り框に腰かけて編物をしている。
喜久子（見迎えて）「いらっしゃい」
と編物をつづける。
孝子、客の方を見廻し明子がいない事を確めて喜久子に近づく。
孝　子（落着いた声で）「お母さんですか」
喜久子、ハッと顔を上げる。
孝　子「孝子です」
喜久子（息を呑んで）「まあ、孝ちゃん」
じっと見合う二人、喜久子、急にいそいそと、
喜久子「さあさあどうぞ、さ、上って頂戴よ」
と小部屋に上り、その辺を片付け、座蒲団を出す。孝子、その喜久子を見乍ら黙って立っている。
喜久子「さあ、どうぞ」
孝子、黙って上り、端近かに坐る。
喜久子、いそいそとお茶の仕度などする。
喜久子「さあ、こっちい、いらっしゃいよ、ねえ」
孝　子「いいんです」
喜久子「ねえ、どうしたの、さ、いらっしゃいよ、ねえ」
孝子、項垂《うなだ》れたまま座敷に上り坐る。
喜久子「ほんとによく訪ねて来てくれたわね、あんたもお母さんになったんだってね、女の子だって」
孝　子「ええ」
喜久子「可愛いでしょう、ご主人、どんな方、何してらっしゃんの。（お茶を出して）さ、どうぞ」
孝　子「お母さん私、お願いがあって来たんです」
喜久子「なァに、なんでも言って頂戴」
孝　子「明ちゃんにお母さんだって事、仰有って頂きたくないんです」

喜久子（意外そうに）「………？」
孝　子「明ちゃん、お母さんのこと、なんにも覚えてないんです。写真も焼けちゃったし、顔も覚えてないんです。今更お母さんだと仰有って頂きたくないんです」
喜久子「どうして、なぜいけないの」
孝　子「お父さんが可哀そうです、そうお思いになりません」
喜久子「……（項垂れる）……」
孝　子（その喜久子をじっと見て）「じゃ、どうぞお願いします、帰ります」
孝子、立上り見返りもせず去る。

69　店

孝子、そこを横切って階段をおりてゆく。
すれ違いに相島が上ってくる。
相島、振返って見送り、客に、
相　島「あ、いらっしゃい」
と挨拶し乍ら小部屋の方へ。

70　小部屋

喜久子、じっと考え込んでいる。
相島、来る。
相　島「誰だい、今帰ってった人」
喜久子（顔上げて）「お帰り」
相　島「綺麗な人じゃないか、誰だい」
喜久子「こないだ松下さんと一緒に来た娘さんの姉さんよ。探しにきたのよ」
相　島「フーン、美人だな。（と座敷に上りオーバー等とり乍ら）ねえ、相馬君の話ね、わりに急いでんだよ、親身に心配してくれてるしね、おら、行きたいと思うんだ、室蘭ってったって、なァに、桂木斯《ジャムス》にくらべりゃ知れたもんだよ、満洲の冬は寒かったからなァ。（喜久子の前に坐り）ねえ、どうだい、いやかい」
喜久子「………」
相　島「仕事もわりにいいんだぜ、販売部の方だけどね」
喜久子「あんた、よかったら行きゃいい」
相　島「お前、行きたくないのか、おれ一人じゃいやだよ、この寒いのに室蘭くんだりで一人じゃ寝られないよ、ねえ、行っとくれよ、一緒によう」
喜久子「………」
店内。
麻雀をしている一組。

71　或る場末の町角

買物にでも行くらしいおかみさんが通る。
その角に「笠原産科婦人科医院」の棒杭が立っている。

72　笠原医院の玄関

「笠原医院」と書かれた入口のドアー。
そこのベンチに女の患者が三人、順番を待って腰かけている。

73　診療室

診療を終った女の患者がスカートのチャックをしめている。女医の笠原（58）、カルテに何か書きこんで——
笠　原「安静にして、無理しないようにね。また出血するといけませんからね」
女「はァ、おいくらでしょうか」
笠　原「今日は二百円」
女（蟇口から金を出してはらい）「ありがとうございました」
笠　原「お大事に……」
と女を送り出しながら一緒に玄関の方へ。
看護婦が奥の方で何かしている。

74　玄関

笠原、ドアから顔を出して、
笠　原「はい、お次は……？」
待っていた女たちの中の一人、明子が立上る。
笠原、手招きする。

75

診療室

明子が来る。

笠　原「どうぞ……こないだの方ね？　なんておッしゃったっけ……」
明　子「杉山です」
笠　原（カルテを調べて）「杉山さんね……どうなさった？」
明　子「………」
笠　原「どういうことになったの？」
明　子「あの……やっぱり……」
笠　原「ア、そう。その方がいいわよ。あんた、身体、弱そうだから。（体温計を渡し）はい」

脈を見る。

笠　原「あなた、お店どこ？　新宿？　渋谷？うちへもね、あなた方みたいな人ちょいちょい見えるんですよ。たまには立派なお宅のお嬢さんもコッソリ見えたりするけど、ちゃんとした理由がなきゃ、一さいお断り……」
明　子「アノ……」
笠　原「なァに？」
明　子「入院しなきゃいけないんでしょうか」
笠　原「ううん、麻酔が解けるまで二、三時間安静にしてりゃいいんです。あとはうちで静かにしててもらえばね……はい、ちょっと体温計……（と受取って）熱もないわね……今日しますか」
明　子「ええ…お願いします」
笠　原「そう……きまりは三千円なんだけど、お持ち？」
明　子「ええ」
笠　原「そう……よくね、すんだあとでね、お金がたりないなんて、それっきり来ない人たくさんあるの。大丈夫ね、あんた」
明　子「ええ」

とハンドバッグをあけかける。

笠　原「いいのいいの、あとでいいのよ。ありゃいいの、じゃこちらへ（と立上って）どうぞ」

とカーテンの中へ案内する。明子、オーバーを脱ぎ、足重くつづく。

笠原、カーテンをしめる。

76

杉山家　縁側

障子に夕方近い薄日があたって、道子が一人遊んでいる。

77

茶の間

孝子が傍で縫い物している。

孝　子「道子ちゃん、お利口ちゃんね」

玄関あく音。

孝　子「どなた……（立上り玄関の方へ）あ、あんた」
明　子（力のない声で）「只今」

と入ってくる。

孝　子「お帰り」

明子の元気のない様子に……。

孝　子（見返して）「どうかしたの、顔色悪いじゃないの」
明　子「少し頭が痛いの」
孝　子「風邪ひいたんじゃないの？」
明　子「うん」

と二階へ行きかけ、フラフラとして坐り込む。

孝　子（見て）「どうしたの、変ねえ、お床敷いて上げましょうか、ちょいと待って」

と二階へ行く。

明子、廊下で遊んでいる道子を見つめる。

道子が明子の方へヨチヨチ歩いてくる。

明　子（堪《たま》らなくなって）「嫌《いや》」

と顔を蔽う。

78

二階

孝子が床を敷いている。と、明子がオーバーを抱えて力なく上ってくる。

孝　子「大丈夫」
明　子「ええ」
孝　子「さあ、お着替えなさいよ」

孝子、ネグリージェを持ってきて渡す。

明　子「いいのよお姉さん……大したことない

の。心配しないで……」
孝　子「でも……」
明　子「少しじっとしてりゃ癒るわよ」
と洋服を脱ぎ、ネグリージェを纏って床の上に来て坐り、ストッキングをとり寝る。
孝子、その辺を片付け又床の方へ戻ってふとんなど直してやる。
孝　子「なんかお薬飲む」
明　子「ううん、いらない」
と横になり目を閉じる。
孝　子（蒲団を直してやり明子の額に手をやり）「熱はないわね」
明　子（目を閉じたまま）「………」
孝　子「寒気する？」
明　子「ううん」
孝　子「――今朝ねえ、あんた出かけるとすぐ重子叔母さん来たのよ」
明　子（目をあいて）「――？」
孝　子「いつものようにセカセカして、そんなに早くなんの用かと思ったら、あんたの縁談なの、男の人の写真二枚持って。――それがおかしいのよ。一人はとっても長い顔でね、もう一人の方は、叔母さん大分気に入ってるらしいんだけど……」
明　子（遮るように）「あたし、お嫁になんかいきたくない」
孝　子「――？」
明　子（呟くように）「いけやしない……」
孝　子「どうして？」
明　子「――いきたくないの……」
孝　子「――そうねえ……（と稍々自嘲するように微苦笑を浮べて）あたしみたいになっても困るけど……でもねえ明ちゃん、幸せなご夫婦だって沢山あるわ、あたしンとこなんか例外よ。あんたまだ若いんだし、これからだもの、まだまだどんな幸せがくるかわかンないわ。あたしなんか見てそんな気ンなっちゃいけないわ。あんたこれからよ。これから世の中へ出て行くんだもの、どんな幸せだって……」
明　子「お姉さん――」
孝　子「なに？」
明　子「少し静かに寝かしといて――」
孝　子「そう、眠い？　じゃ少し寝た方がいいわ。寒くないわね？　用があったら呼んで――（と立って）じゃ、電気つけないどくわね」
と階下へおりてゆく。
明子、次第に涙が溢れ、嗚咽して――

79　二、三日後　銀行（本店）

銀行内部
――情景――

80　二階の廊下

出勤して来た周吉が監査役室に這入る。

81　監査役室

周吉、帽子やオーバーをかける。
ノックの音。
周　吉「はい」
女給仕Bがお茶を持ってくる。
周　吉「頭取来ておられるかな」
給仕B「はい、ただ今、但馬造船の専務さんがお見えんなっております」
周　吉「そう、じゃ話が長くなるな、じゃァね、いつもんとこへ行ってるから（パチンコを弾く形をして）、すんだら知らせてよ」
給仕B「はい」
と出てゆく。

82　廊下

女給仕B、出て来て溜りへ戻る。

83　溜り

給仕B「フフン、好きねえ、杉山監査役」
給仕A「何？」
給仕B「パチンコ」
給仕A「でも一番上しか狙わないんですって、こないだもそう言っていらしたわ、ずい分性格的じゃない？」

給仕B「そうね、あの人だけよ、監査役さんで一々日報見るの」

84　パチンコ屋

周吉がやっている。
店内はまだ客がすくない。

店　員「はい、只今――」
周　吉「君、君、玉が出んのだがね、七十番」

ジャラジャラと玉が出る。周吉、つづけて弾く。周吉の友人関口積（重役級の紳士　56）が来る。

関　口（周吉に……）「おい、妙なとこにいるんだね」
周　吉「オオ、君か」
関　口「いま銀行へ寄ったんだがね、ここだっていうから――」
周　吉（また弾いて）「なんだい？　――（店員の方へ）おい、また出ないよ」
店　員「はい」
関　口「実はね、長谷部が帰って来たの知ってるだろう？」
周　吉「アア、新聞で見た」
関　口「奴、こんど向うで大分苦労したらしいんだ、だから先生の慰労もかねて、久しぶりにクラス会をやろうって話なんだ。どうだい、出るかい？」
周　吉「アア、出てもいいな」
関　口「出るんならね、おれ四、五日大阪へ行かなきゃならないんだ。みんなへの通知やなんか、引受けてくれないかな」
周　吉「なァんだ」
関　口「イヤ、頼むよ、いそがしいんだ」
周　吉「そうか、仕様がないな――おい、やらないか、玉あるよ」

と自分の玉を渡す。で、関口も弾く。這入らない。

関　口「むずかしいもんだな」
周　吉「ゴルフのようにはいかないさ。指先の呼吸ひとつだからな」
関　口「なるほどね」
周　吉「クラス会、やるとすりゃ場所どこだい？」
関　口「どこだっていいだろう。あんまり高くないとこがいいな、大勢だからな」
周　吉「そうだな」
関　口「ウン――二、三日前ね、君ンとこの明ちゃんがうちへ来てね。金貸してくれッていうんだそうだ――明ちゃんから聞いたかい？」
周　吉「ウム、イヤ……」
関　口「家内だけだったんでね、わけも聞かないで貸しちゃったらしいんだが、何に要る金だったのかな」
周　吉「アア、忘れてた、返すよ」
関　口「そりゃいいんだがね」
周　吉「イヤ、急に要る金でね、友達に困ってんのがいたらしいんだ。五千円だったかね？」
関　口「ああ――いいよいいよ、クラス会まで預けとくよ」
周　吉「――恰度おれが出たあとだったんでね……ま、奥さんに悪しからずな」

と、ひとり何か考えながら関口と共にパチンコを弾く。

85　同日　午後　寿荘

相島がダルマストーブの傍で週刊雑誌か何かを読んでいる。
その向うの午後の陽差しの窓際で卓を囲んでいる客。
一方、今日も又松下、富田、登、ヤッ子の四人が卓を囲んでいる。
菅井の店の小店員が上ってくる。

小店員「うちの旦那来てませんか」
相　島「今日は一度も見えないね」
小店員「どこ行っちゃったのかなあ」
富　田「おい、いねえか、旦那」
小店員「ええ」

小店員、帰っていく。

富　田（相島の方へ）「この旦那も好きだよなあ」
相　島「おとといの晩二時迄ですよ、珍しくついてましてね」
富　田「そら珍しいや、そんな事もあんのかな」

登　「結構なお道楽だよ」

松下「慈善家だよ、いつもネギ背負って来てくれるんだからな」

ヤッ子「ほんと」

登　「おれのこれだって（シャツ引っぱって）あの、旦那から買って貰った様なもんさ。全くいい旦那だよな、あの人、日赤の特別会員じゃねえか。アッ、自摸《つも》った、イチニッパー、オール」

富田「イチニッパー、オール」

勘定と配牌。

明子、上ってくる。

明子「今日は」

富田「おう」

明子（仲間に）「憲ちゃん、一緒じゃなかったの」

松下「一緒に出たけど、彼奴、新宿行ったよ」

明子「何時《いっ》頃」

富田「そう、追っかけ廻すなよ、こないだ、会ったばかりじゃねえか」

登　「おい、明ベエ、顔色悪いぞ、おい、どうかしたのか」

ヤッ子「ノンちゃん、早く」

登　「あいよ」

と初牌を切り、みんなつづく。

明子、傍の椅子に坐る。

相島「あ、いらっしゃい、あんたの姉さん、綺麗な人だねえ」

明子（意外な顔で）「姉さんて、あたしの」

相島「ああ」

明子「どうして小父さん、姉さん知ってんの」

相島「こないだ見えたんでね」

明子「ここへ」

相島「あー、あんたを探しにね」

明子「いつ」

相島「そうだな、いつだっけな、四、五日前ですかね」

明子「そう」

そして不意に何事かを思いついたらしく、身を翻して帰りかける。

登　「おい、帰んのか」

明子「さよなら」

明子、下りてゆくと、

富田「なんだ、あいつ、そわそわしてやがんなあ」

ヤッ子「どうして憲ちゃん、あんなに逃げるんだろう」

登　「それには深い仔細がありましてねえ、重大な事ですわ」

ヤッ子「どうしたの……？」

登　「責任はすべて富田さんにあり、（以下所謂『小西節』で）実に悪い人ですなあ」

富田「冗談言うない、俺、知らねえよ、二人が勝手に出来ちゃったんじゃねえか」

松下「じゃなかったらしいな」

富田「なんだオイ、変な事言うない」

登　「とぼけていますが、うまいもんですねえ」

富田「なんだい」

登　「さる短期大学に、憎い程純情無垢な男女の学生がありましてねえ、若さといい、姿といい、揃いも揃って、なんとも言いようのない、美しい友達だったんですがね、その青年のアパートに一人の悪漢がいましてねえ、その青年をおだてて、ともあれ、この二人をですねえ、実にこのなんと申しましょうか、テもなくくっつけてしまったんですねえ」

ヤッ子「ほんと、富田さん」

富田、苦笑。相島、興味をもって聞く。

登　「そうですそうです、その通りです、大したもんです、驚きましたねえ」

富田「おい、好い加減にしろよ」

登　「ところがですね、ポン、その娘ともあろうものが、大学を出て英文速記に通うころから、まァ、朱に交われば赤くなるとでも申しましょうか、だんだん堕落しましてねえ、悪漢の仲間になりまして、今や、ラッキーセブンで、よくある事でしょう、女が男を追っかけてるんですが、こらもう楽しみになって来ましたねえ、英語で言う所のラージポンポンとでも言うんでしょうか、今回ポンポンが大きくなって来たんじゃないでしょうかねえ」
ヤッ子「ほんと、ノンちゃん」
相　島「ほんとですか」
登　「よくは知りませんが、ともあれ、こらもう面白い現象じゃないでしょうかねえ」
相　島「そうですか、あの娘さんが、驚きましたねえ」
登　「そうですそうです、実に驚きましたなア、まれに見る驚きですねえ」
松　下「オイ、今のなんだい」
ヤッ子「カバンよ、西《シャア》よ」
松　下「オタ風か」
登　「ポン」
富　田「驚きですねえ」
勝負続く——

86　同日夕刻　雑司ケ谷の小路

冷たい顔の明子が稍々急ぎ足に帰ってくる。

87　杉山家　玄関

明子、這入ってくるが「只今」も言わない。
孝子の声「どなた」
明子、答えず玄関に上り茶の間に入る。
孝　子「アア、あんただったの」
明　子（冷たく）「聞きたい事があんの、お姉さん、二階へ来てよ」
孝　子「なァに、改まって」
明子、答えず二階へ上ってゆく。そこの炬燵で道子がスヤスヤ眠っている。
孝子、明子につづいて二階へ上ってゆく。

88　二階

孝子、廊下より二階へ上ってゆく。
明子、オーバーを脱いでいる。孝子、入ってくる。
孝　子「なァに？」
明　子「お姉さん、なんだって五反田の麻雀屋へいらしったの？」
孝子、思わず息をのみ、顔を伏せる。
明　子「何の用があったの？　……何の用でいらしったの？　ねえ、何の用で行ったのよ」
孝　子「だって……」
明　子「なぜあたしに黙って行ったのよ」
孝　子「でもあんたに言えば……」
明　子「じゃ、どうしてあの家がわかったの、誰にお聞きンなったのよ」
孝　子「だって重子叔母さんが……」
明　子（意外そうに）「どうしてあの叔母さんがご存知なの？　ねえ、どうして知ってンのよ」
孝子、答えに惑い、顔をそむけてその場に坐る。
明　子「ねえ、ハッキリ言って頂戴。ねえ、ハッキリ言って！」
孝　子「叔母さんがお会いになったのよ」
明　子「誰に？」
孝　子「お母さんよ」
明　子（息を呑んで）「——そう……やっぱりあの人お母さんだったのね。なぜお姉さん早く言ってくれなかったの？　なぜ違うなんて言ったの？」
孝　子「——まさかお母さんが東京へ帰って来てるとは思わなかったのよ。帰って来たって東京へは来ないと思ったのよ」
明　子「なぜ来られないの？　……ねえ、どうしてなの？　……ねえお姉さん、誤魔化さないで本当のこと言って頂戴。お母さんどうしてお父さんとわかれたの？　ねえ、どうしてなの？」
孝　子「——（静かに語り出す）その時分、お父さん京城の支店へ行ってらしったの……うちが東五軒町にいた時分……お父さんの留守中、山崎って言う下役の人が、よくうちィ来て、いろいろ世話をしてくれたのよ。背の高い面白い人で、あたしもあんたもとてもその人を好きだったの――あたしも子供でよくわかンなかったけど、そんなこともいけなかったのかも知れないわ」

明　子「じゃお母さん、その人と……」

孝　子（小さく頷いて）「でも明ちゃん、そんなことお父さんの前で言っちゃ駄目よ。あたし、今でもよウく覚えてる――お父さんが京城から帰ってらしって間もなく、あたしたち、動物園へつれてってもらったことがあんの。好いお天気の日でね。あんた、とても喜んじゃって、ヨチヨチヨチヨチあっちィ行ったりこっちィ行ったりして、夕方帰る時になったら、電車ン中で寝ちゃって、お父さんにおんぶして来たのよ。そしたら、うちの表戸がしまってて、それっきり、お母さんいなくなっちゃったの――でも明ちゃん、ほんとにこんなことお父さんの前で言っちゃ駄目よ。お父さんそのこと、今日まで忘れようと努めていらしったんだから……」

明　子（改まった顔で不意に）「ねえお姉さん――」

孝　子「何？」

明　子「あたしお父さんの子じゃないんじゃない？」

孝　子「何言うの、あんた――どうしてそんなこと言うの」

明　子「きっとそう――あたしお母さんだけに似てるんだもの。何ひとつお父さんに似てるとこ、ないんだもの、お母さんのきたない血だけがあたしの身体に流れてるんだもの」

孝　子「そんなことない！　何いうの！　どうしてそんなこと考えるの？」

明　子「屹度そう！　あたしお父さんの子じゃない！」

孝　子「明ちゃん！」

階下で玄関のあく音――

二人、聞き耳をたてる。

周吉の声「ただ今――」

孝　子「お父さんよ」

明　子「あたしお父さんに聞いてくる！」

孝　子「明ちゃん！」

明　子「お姉さんにはわからないのよ！」（と立上り行こうとする）

孝　子「明ちゃん！」（と止める）

明子、孝子の止めるのを振切って階下へ駈けおりてゆく。

89　玄関

周吉が帽子をかけている。

明子が勢い込んでおりてくる。つづいて孝子、

明　子「お父さん」

周　吉（振返って）「なんだい」

明　子「ねえ、お父さん、あたし一体」

孝　子「明ちゃん」

明子、真正面から周吉と向い合う。

周　吉「なんだい？」

明子、言えなくなり逃げる様に二階へ駈け戻ってゆく。

周　吉（それを見送って孝子に）「どうしたんだい」

孝　子「………」

90　二階

明子、手荒くオーバーやマフラー、ハンドバッグ等抱え階下へ駈けおりてゆく。

91　玄関

明子、おりてきて、靴を突っかける様にして飛び出してゆく。

92　その夜　五反田「寿荘」の横丁

寿荘　看板

レコードと騒音と人通り。

93

「寿荘」

菅井の旦那が夕刊読んでいる。

菅　井「売春防止法実施、成程ねえ」

あちこちの卓で客が勝負に熱中している。

階段を明子が上ってくる。

明子、会釈もせずに上り框の相島の前へ行く。相島、手帳に鉛筆で何か書き込んでいる。

明　子「小母さんは?」

相　島「あァ、いらっしゃい、おい、喜久子」

喜久子、小部屋の奥から出てくる。

喜久子（明るく）「まあ、いらっしゃい、おひとり」

明　子「ねえ小母さん、小母さんにお聞きしたい事があるの」

喜久子「なんでしょう」

明　子「あたしと一緒にいらしって」

と先に立ってゆく。

喜久子、つづいて出る。

菅　井「やァ、お出かけ」

喜久子「ええ、ちょいと」

と明子につづいて下りてゆく。

94

「寿荘」の表

明子、待っている。喜久子、出てくる。

喜久子「なァに、なんですの」

明　子「あたし、小母さんと二人っきりでお話したいの」

喜久子「アア、そう、じゃ、何処がいいかしら、じゃ、こっちいらっしって」

と先に立ってゆく。

95

おでん屋「お多福」の前

喜久子が明子を案内してゆく。

96

「お多福」の店内

三、四人の客——。喜久子が顔を出す。

おやじ「えー、いらっしゃい」

喜久子「おじさん、ちょいと、部屋貸してよ」

おやじ「どうぞどうぞ——散らかってますよ」

喜久子、振返って目顔で明子を招き、一緒に裏の方へ通る。

97

奥の住居（汚い部屋）

おやじが駈け上ってきて、その辺を片付ける。

喜久子と明子、それを見て待つ。

喜久子「いいのよ、おじさん、そのままで——」

おやじ「なんせ、手がないもんだからね——（敷ぶとん等別の座敷に移し）じゃ、まァどうぞ。——用があったら呼んで下さい」

と去る。

喜久子、上り、座ぶとんを出す。その下に花札、慌てて座ぶとんの下にかくす。

喜久子「どうぞ……きたないとこだけど……」

明子、座敷に上り坐る。

明　子「なんですの、お話って——」

喜久子「小母さん、あたし一体誰の子なんです?」

喜久子（思わず息を呑んで）「誰の子って——」

明　子「小母さん、あたしのお母さんね」

喜久子「——そんなこと誰が言った? 誰があんたにそんなこと言ったの?」

明　子「お姉さんよ」

喜久子（意外そうに）「まァ、孝ちゃんが?」

明　子「ねえお母さん、あたし一体誰の子なの? ねえ、誰の子なのよ」

喜久子（ガックリして）「——ごめんなさい、明ちゃん——お母さん、あんたや孝ちゃんのこと、忘れてたわけじゃないのよ。どこにいたって、いつもあんたたちのことが気になってたのよ。一雄ちゃんのことだって、こないだ聞くまでは、生きてるもんだとばっかり思って……」

明　子（遮るように）「そんなこと——」

喜久子「いいえ、ほんとよ。いつもほんとに気にしてたのよ。今更お母さんが悪かったなんて言ったって許しちゃくれないだろうけど……」

明　子（遮って）「そんなことどうだっていい

のよ。あたしがお母さんに聞きたいのはそんなことじゃない！　ねえお母さん、あたし一体誰の子よ？」

喜久子「誰の子って、あんたあたしの子じゃないの？」

明　子「嘘ッ！　あたしはほんとにお父さんの子なの？」

喜久子「――お父さんの子でなきゃ誰の子だと思ってンの？　あんた、そんなことまであたしを疑うの？　そんなにお母さんが信じられないの？　……あなたがお父さんの子だってこと、誰の前でだって、それだけはお母さん立派に言えるのよ。ねえ、明ちゃん、そのことだけはお母さんを疑わないで、ねえ、それだけは信じて、ねえ、ねえ」

明子、涙が溢れ、堪えられなくなって泣き入る。

喜久子「わかってくれる？　ねえ、わかってくれるわね？　ありがとう……」

明子、泣きつづける。

喜久子（いたわってやりながら）「――ねえ明ちゃん、うちィくるお客さんがそう言ってたそうだけど、あんた、どこか身体がわるいんじゃない？」

明　子「…………」

喜久子「ねえ、赤ちゃんが出来たらしいとかって……」

明　子（つと顔を上げて見返す）「――？」

喜久子「そうなの？　ほんと？」

明　子（睨み返して）「あたし子供なんか生みません！　一生子供なんか生まない！」

喜久子「どうして？」

明　子「もし生んだって、お母さんみたいに捨てて出るような無責任なことはしません！　思いッきり可愛がってやります！　思いっきり可愛がってやる！」

と言い放って立上る。

喜久子（思わず止める）「明ちゃん！」

明　子「お母さん嫌いッ！」

と頭から浴びせて、そのまま飛び出してゆく。

喜久子、追うにも追えず、その場に崩折れて、じっと考えこむ。

98　同夜　西銀座「ガーベラ」の路地

――賑やかな表――

Gerbera

99　「ガーベラ」の中

タバコの煙が立ちこめた仄暗い照明の中で、ゴルフ帰りらしい三、四人の客が卓を挟んで雑談している。

客　A（ゴルフのスコアを見ながら）「これがいけなかったんだよ、どうも六番鬼門だな」

客　B「どら、アア、ドッグレッグのとこか」

客　C「あすこはおれもいけないんだ。今日はおれ幾つ叩いてる？」

とスコアをのぞきこむ。

客　A「お前、幾つだ」

客　B「四つだ」

客　C「駄目だな」

スタンドではベレー帽の酔客がバアテンの富田を相手にねばっている。

ベレー帽「おい、どこ行ったんだよ。おい」

富　田「知りませんよ」

ベレー帽「隠すなよ。おい、教えろッたらよ」

富　田「ほんとに知らないんですよ」

ベレー帽「嘘つけ、お前《めえ》、怪しいぞ」

富田、笑ってスタンドを拭きながら、隅の方へ行く。

ベレー帽「おい、逃げンなよ」

その片隅に、酔った明子がウィスキーグラスを前にして、グッタリ顔を伏せている。そこへ富田が近づく。

富　田（声を低くして）「おい、いつまでクヨクヨしてンだい。もう諦めなよ。あんな奴――もっとガッチリしたンでもめッけろよ。沢山いるじゃねえか、あんな奴のどこがいいんだい、え！」

明　子（顔を上げる、涙が浮んでいる）「もういいの――帰るわ」
とシワだらけの紙幣を置いて去る。
ベレー帽（見送って）「おい、今の子どこの子だい、綺麗な子じゃないか」
富田「あれですか、ズベ公ですよ」
ベレー帽「ズベ公、いいじゃないか、賛成だね。女ッてものはな、少しズベ公の方がいいんだよ」
富田「そうですか」
ベレー帽「とぼけンない。（とグラスを上げて）おい、これくれよ」
とグラスを出す。
富田「へい」
と酒棚へとりにゆく。

100 **同夜　中華ソバ「珍々軒」の前の道**
――踏切情景――

向うに踏切が見えて寒々とした夜更けである。

明子、やってくる。

101 **「珍々軒」の中**
義平がポツンと一人、股火鉢で夕刊を読んでいる。

表のガラス障子があいて明子が這入ってくる。

まだ酔いが残っている。

義平「ああ、いらっしゃい」

明子「お酒頂戴――」

義平「へい。――冷えて来ましたねえ。これで降りゃ雪だね」

などと言いながら調理場へ這入ってゆく。明子、酔いを抑えて、じっと考えこんでいる。

102 **調理場**
義平、店の方をのぞいて、
義平「ああ、木村さんアパート代るんだってね？　いいとこあッたかね？　昨夜もうちィ来て、明日ァ蒲田の方探すんだなんて言ってたッけが、どうでした、ありましたか」

103 **店**
明子、答えず、じいっと暗く考えこんでいる。

義平が酒（コップ）とツマミモノを持ってくる。

義平「ヘイ、お待ち遠ゥ――」

と出して、火鉢の前へ腰をおろす。

義平「なにしろ近頃はアパートばやりで、どこも満員だってェから大へんだねえ、新しく建つ奴ァ高けェしね、骨が折れらァ」

明子、コップを乾す。

明子「小父さん、おかわり――」

義平「いいのかい、あんた。――もう大分這入ってンでしょう？」

明子「いいのよ」

義平「よきゃいいけどね」

とまた調理場へ這入ってゆく。明子、考えつづけている。表があいて憲二が入ってくる。明子を見てハッと立ちすくむ。

明子も憲二を見て途端に表情が凍りつく。

憲二（殊更に軟かく）「ナンダ、君、こんなとこにいたの？」

と明子の前に腰をおろす。

憲二「僕、ずいぶん君探してたんだぜ。ちッとも会えないんだもの……」

明子（凝視したまま）「………」

憲二「誰にも相談出来ないことだしさ。君が心配してると思うと、僕、夜も寝られなくってさ。ほんとよ、痩せたでしょう？」

明子、いきなり憲二の頬に平手打ちを喰わせる。

憲二「何すンのさ！　乱暴すンのおよしよ！」

明子尚も一つ引ッぱたいてよろめくように出てゆく。

義平が出てくる。

義平「おどろいたねえ、どうしたんです？　少しこぼしちゃったよ」

とコップを置く。

義　平（あけ放されたガラス戸をしめて）「全く近頃の娘さんは気が強いねえ。木村さんよっぽどしっかりしねえと、やられちゃうねえ」

途端に物々しい電車の警笛が連続して聞える。

義　平「あれッ、なんかあったのかな、ちょいと行って見て来ますからね！」

と、いそいで出てゆき、表で――

義平の声「おーい、どうしたんです？」

足音が駈け過ぎてゆく。

――じっと考えこんでいる憲二……。

104 **表**

踏切の方に人だかりが見える。

105 **同夜半　町の病院**

町はもう寝しずまっていて、その医院の二階だけが明るい。

106 **廊下**

107 **その部屋**（和室）

義平が付添って、明子が寝かされている。看護婦が体温計を見ている。

義　平「まだ大分高いかね？」

看護婦「さッきとおんなじよ。――小父さんもとんだ関わりあいにあったわね」

義　平「仕様がねえや、うちィ来るお客さんだもの」

看護婦、出てゆく。

義平、明子をじっと見守っている。

義　平「なァ、薄情なもんだよ。付いても来ねえんだから……」

ノック――

義　平「へい」

看護婦に案内されて周吉と孝子が来る。

看護婦「どうぞ」

周　吉「はァ」

周吉と孝子、明子の枕辺に進む。

周　吉「やあ……（じっと見て）どうした、明子――」

孝子もじっと見入っている。

周　吉（義平に）「どうもいろいろ……」

義　平「いやァ、どうもあぶねえこって、おどろいちゃいましたよ。いきなり電車がピッピーッていうんでね、驚いて飛び出してってみたらこの人なんでさア。うちから出てったばかりでね。なんしろあすこの踏切ときたらもとはよく事故があってね、新聞にも『魔の踏切』なんて出たことがあるんですがね。近頃はトントそんなことはねンで好いアンベエだと思ってたら、ア、仕様のねえもんだい――丁度その時踏切番の親爺がションベン出しててね、電車は来るわ、ションベンは出るわで、親爺あわてて踏切をおろしたってンですがね、もう追ッつかねぇや。あとの祭だ。そン時ァもうこの人は跳ねられてたんでさァ。親爺、すっかりオロオロしちまって、――可哀そうに今ァ警察へ持ってかれてますがね。そうだ、さッきまでお巡りさんもここにいましてね、ちょいと署の方へ行ってくるから、あんた方が見えたら待っててくれって、そう言ってましたよ。――なんしろ、ま、えれえこって、なんともねえ……」

周　吉「イヤ、どうもいろいろ御親切に……」

義　平「ナーニ――。じゃ、あッしゃァこれで……」

周　吉「そうですか、おいそがしいところ夜分おそくまで……」

義　平「イエ、ナーニ……」

孝　子「お父さん、お名前を……」

周　吉「ああ……」

義　平「あ、あッしゃァすぐそこのチャンソバ屋でね、下村ヨシヒラっていうんですがね、みんながギヘイギヘイって言いますが、ほんとはヨシヒラってンでさァ」

周　吉「そうですか。ご親切に……いずれ改めまして……」
義平「イエイエ、そんなご心配はもうどうぞ……では、これでごめん下さい。――（孝子に）ごめん下さい」
孝子「ありがとうございました」
義平、会釈して出てゆき階段をおりてゆく。

108 **階下**（玄関）
義平がおりてくる。窓口の向うの薬局で看護婦が退屈そうにアクビを噛んでいる。

義平（その看護婦に）「おそくまでご苦労さん。――じゃ、あッしゃァ帰るがね。おやすみ。――（と帰りかけて戻り）いま二階でね、うちのこと聞かれたんだがね、つい珍々軒っていうのを忘れたからね、よく教えといてくれよ、珍々軒――。頼むよ」

109 **二階の部屋**
心配そうに明子を見守っている周吉と孝子。
明子が微かに動いて目をあける。
周吉「おい、明子」
孝子「明ちゃん」
明子、二人をじっと見る。
周吉「どうした、ウム」
孝子「どうしたの、明ちゃん」
明子「アア、死にたくないの、あたし死にたくないの、アア」
周吉「死にやせん、大丈夫、死にやせん」
孝子「明ちゃん、しっかりして」
明子「ウーお姉さん、アー、あたし死にたくない」
孝子「大丈夫よ、死にやしない、大丈夫よ」
明子「ウー、お父さん」
周吉「なんだ、ウム、なんだ」
明子「あたし、出直したい。はじめっから、もう一度はじめっからやり直したい、アア」
周吉「明子、明子」
明子「死にたくない」
周吉「何を言う、死にやせん、大丈夫、大丈夫だ」

110 **階下**
そこの時計がカチカチと時を刻んで――

111 **薬局**
眠そうにアクビをする看護婦。

112 **時計**
静かに時を刻んでいる。

113 **五反田「寿荘」の横丁**
寿荘スグソコ
向うの大通りにタクシーがとまる。
喪服姿の孝子がおりる。
運転手に何か言い残して寿荘の方へ。
寿荘の前。
孝子、ガラス戸をあけて入る。

114 **「寿荘」**
入った孝子、二階へ上ってゆく。
三組程のお客、喜久子が本を見ている。
孝子、来る。
喜久子、怪訝な顔で見迎える。
孝子（冷たく）「お母さん」
喜久子「まァ、いらっしゃい」
孝子「明ちゃん死にました」
喜久子（ハッとする）「まァ、いつ、なんで、なんで死んだの、明ちゃん」
孝子「お母さんのせいです」
孝子、身を飜して帰ってゆく。
喜久子（茫然、ハッと我に返って）「孝ちゃん、孝ちゃん」
と呼んで追い、その場に立ちつくす。
マージャンの客（呟く様に）「孝ちゃん、孝ちゃんか、ハイ、ポン」
喜久子、じっと悲痛に考えこみ足重く、階段をおりてゆく。

115 **そこの家**

喜久子、出て来て、おでん屋「お多福」の方へ――

116 **「お多福」の中**

客はなく、おやじがおでんの仕込みをしている。喜久子が這入ってくる。

おやじ「アア、いらっしゃい」

喜久子、黙って鍋前に腰をおろす。

喜久子「一本つけてよ」

おやじ「ヘイ」

燗がつく間、喜久子はひとりじいっと暗く考えこんでいる。

おやじ（燗の支度をしながら）「――パロマの旦那、奥さんとこィ行きましたかね、消火栓の話でさ。あすこの横丁のちょいと凹《へこ》んだとこね、あすこへ付けようって言うンだけど、勝手すぎらァ、虫がよすぎるよね。若菜さんなんか、それじゃ銭出せねえッて言ってるんですよ。――（と徳利を出して）へい、お待遠う。――ちッとぬるかったかな」

おやじ奥へ引っ込む。

喜久子、黙って盃に注ぐ。呑む。

表があいて相島が這入ってくる。

相島（喜久子に）「おい、どうしたんだい、店、ほっぽらかして、（並んで腰おろす）おい」

喜久子「…………」

相島「どうしたんだよ」

喜久子「――ねえ、相馬さんの話、どうなった?」

相島「どうッて、あのままだよ」

喜久子「あたし、もう東京いやンなっちゃった」

相島「どうして?」

喜久子（黙って盃を乾す）「…………」

相島「そりゃァお前が行ってくれりゃ、こんな結構な話はないけどさ、行ってくれるかい?」

喜久子「ええ……」

相島「そうか、そいつァ有難てえな……」

喜久子、黙って盃を出す。

相島「おッ（と盃を受けて）――じゃ早速相馬君に頼んでくらァ。――おれも麻雀屋の親爺で、ラーメンやカレーライスの使いッぱしりしてるようじゃ仕様がねえからな、あ、まぁ一杯いこう」

と盃を返す。喜久子、黙って受ける。

相島「ナーニ、寒いったって知れたもんだよ。どこ行ったたってお前、二人づれなら温《あったか》いやね。（喜久子盃をかえす）うん、そうか、行ってくれるかい……そいつは有難てえなあ……」

喜久子、顔をそむけ、ひそかに顔を拭く。

117 **数日後　雑司ケ谷**

冬空の欅の梢。

118 **そこの小路**

喜久子が花束を持って杉山家を探し乍ら来る。

杉山家を探しあてて這入ってゆく。

119 **杉山家　玄関**

喜久子が這入ってくる。

喜久子「ごめん下さい」

喜久子、ふと見ると足元に落ちてた道子の玩具を拾う。

喜久子「ごめん下さい」

喜久子、思わず明るくなる。

孝子「はい」

孝子、台所の方から出てくる。

二人黙って顔を見合せ、孝子、静かにそこに坐る。

喜久子「さっきは、どうも電話で……」

孝子「…………」

喜久子「あたし、今晩、九時半の汽車で北海道へ発つの、これ（花）明ちゃんにお供えしたいと思って」

孝子「…………」

喜久子「いけないかしら」

孝子「…………」

喜久子「じゃ、これ」

と花を渡す。孝子、黙って受け取る。
喜久子「もうこれで会えないかも判らないけど、いつ迄も元気でね」
孝　子「………」
喜久子「じゃ、帰るわ、じゃ、さよなら」
孝　子「………」
喜久子、名残り惜しげに出てゆく。
孝子、じっと見ている。

120　表
喜久子、力なく帰ってゆく。

121　玄関
それ迄じっと動かなかった孝子が一時に堰を切った様に泣き入る。

122　同夜　上野駅の発車告示器
二十一時三十分発　青森行

123　同ホーム
12 番線のインサート
列車が着いている。

駅員のアナウンス等が聞えて――

124　三等車内
相島が網棚に荷物をのせている。

そして喜久子と並んで腰をおろす。

相　島「早く来てよかったよ、いい席取れて、ここなら便所にも近いしな」

喜久子、気もなく頷き立って窓をあけ、改札口の方を見守る。

125　ホーム
車窓からしきりに改札口の方を見ている喜久子。

前方の機関車の近くの客車の前で学生の一団が校歌を合唱している。

126　車内
相　島「来やしないよ、おい、もう諦めなよ」とポケットウィスキーを注いで飲む。
改札口の方を見守っている、喜久子。

127　窓外
校歌がつづいている。

喜久子、未だ見守っている。

128　車内
喜久子、諦めたように顔ひく。

相　島「来るわけないよ、おいどうだい一杯」

喜久子、それを受け乍ら又のぞく。

相　島「おい、ホラ、こぼれるよ」

喜久子、ひと息に飲み乾して返し、又窓外をのぞく。

相　島「諦めなよ、寒いじゃないか、来るわけないったら、ホラ」

とウィスキーを渡して立ち、窓をしめる。

雨が降って来た様である。

129　窓外
未だ校歌が聞えている。

130　車内
相島、ウィスキーを注ぐ。

相　島「おい、どうだい、もう一杯」

喜久子「沢山」

相　島「これでこのまんま、明日の昼過ぎ迄乗ってんだからね、けつが痛くなるぜ、ああ、毛布一枚持ってくりゃよかったなァ」

喜久子（気がなく）「そうねえ」

と窓ガラスを拭いて又ガラス越しにホームをのぞく。

ホーム番号
12

131　同夜　杉山家　台所
孝子が椅子に坐りじっと考えこんでいる。

やがて静かに立上って奥へ行く。

132
茶の間

周吉がボンヤリ炬燵にあたって新聞見ている。
傍に道子が寝かされている。
孝子、入って来て黙ってそこの絵本等片付ける。

周吉「お前、行ってやらないのかい」
で孝子と周吉の目が合う。
周吉「未だ間に合うだろう、時間」
孝子、答えずに目を落す。
周吉「お父さんに気兼ねはしなくていい」
そう言い乍らその夕刊を取って老眼鏡をかけ紙面に目を移す。
孝子「ねえ、お父さん」
周吉「ウム？」
孝子（目を伏せてしんみりと）「あたし帰ろうと思うんです」
周吉「何処へ」
孝子「この子に明ちゃんみたいな思いをさせたくないと思うんです。やっぱり、子供には両親の愛情が必要なんだと思います。どんなにお父さんに可愛がって頂いても、明ちゃん、やっぱり寂しかったんです……お母さんが欲しかったんです」
周吉「ウーム、そうかも知れないね、お父さんも随分気をつけてた積りだけど、やっぱり母親とはどっか違うんだね、母親になら言えることでも、お父さんには言いにくい事があったかも知れない」
孝子「………」
周吉「で、お前、向うへ帰って沼田とうまくやってけるかい」
孝子「やってきたいと思います。やってけなくっても、やってかなきゃならないと思います。道子も段々大きくなりますし」
周吉「そうか、じゃ帰るか」
孝子「ええ今度こそ一生懸命にお父さんにご心配かけない様にやってみます」
周吉「そうかい」
孝子（微かに笑って）「あたしにも我儘なとこがあったんです」
周吉（微笑して）「そりゃ誰にだってあるさ、やァ、まァやってごらん、やって出来ないこたァあるまい」
孝子「ええ、やってみます。でもお父さん、あたしがあっちィ行ったら、後どうなさるの」
周吉「そんなこたァいいさ」
孝子「明ちゃんもいなくなったし」
周吉「イヤァ、どうにかなるよ、又、富沢さんにでも来て貰うさ」
孝子「………」
周吉「そうか」
と立上って座敷へ這入ってゆく。

133
座敷

周吉が来て、電燈をひねり、床の間の仏前に坐る。
周吉、お経を口ずさむ。

134
茶の間

孝子、じっと考えている。

135
二、三日後　雑司ケ谷の並木

冬空に立つその梢に朝の陽が弱々しい。

136
杉山家　廊下

誰もいない――

137
茶の間

出勤の仕度で周吉がネクタイを締めチョッキ着ている。
台所の方から派出婦の富沢さんがアイロンをかけたハンカチを持ってくる。

富沢「旦那さま、今晩お帰りは？」
周吉「アノ、成る可く早く帰って来ます」
富沢「じゃ、晩のお仕度は」
周吉「そうねえメシだけ炊いといて下さい、間に合わないかも知れないけど」
富沢「………」
周吉「時間になったら帰って下さい、鍵はあたしも持ってるから」

富沢「………」

と玄関へ出てゆくが又すぐ戻って来て、

富沢「アノ、靴はどちらので？」

周吉「黒いのにして下さい」

富沢、頷いて引っ込む。

で一人で仕度をし乍らふと見ると洋服箪笥の上に道子の玩具が置き忘れてある。

周吉それを取って振り鳴らす。

周吉、それを机の上におき、鞄、ハンカチを持って玄関の方へ。

138　廊下

誰もいない——

139　欅の梢

薄曇りの冬空から弱い陽が射して——

140　そこの小路

今日も又心わびしい周吉の出勤である。

ゆっくり向うへ歩いてゆく。

——終——

彼岸花

脚本
野田高梧
小津安二郎

製作……山内 静夫
原作……里見 弴
脚本……野田 高梧
　　　　小津安二郎
監督……小津安二郎
撮影……厚田 雄春
美術……浜田 辰雄
音楽……斎藤 高順
録音……妹尾芳三郎
照明……青松 明
編集……浜村 義康

平山 渉(55)……佐分利 信
清子(48)……田中 絹代
節子(23)……有馬 稲子
久子(17)……桑野みゆき
谷口正彦(32)……佐田 啓二
佐々木初(52)……浪花千栄子
幸《ゆき》子(26)……山本富士子
三上周吉(56)……笠 智衆
文子(24)……久我 美子
河合利彦(55)……中村 伸郎
堀江平之助(56)……北 龍二
近藤庄太郎(28)……高橋 貞二
曽我良造(52)……十朱 久雄
長沼一郎(28)……渡辺 文雄
女給 アケミ……桜 むつ子
若松の女将……高橋 とよ
派出婦 富沢……長岡 輝子
同窓生 菅井……菅原 通済
同窓生 中西……江川宇礼雄

一九五八年（昭和三十三年）
松竹大船
脚本、ネガ、プリント現存
12巻、3225m（一一八分）カラー
九月七日公開

1　東京駅

午後三時ころのホーム。

2　その十二番線

湘南電車が発車した直後で、発車時刻表の数字がパラパラと変る。

新婚旅行を見送りに来た人たちが挨拶をかわして帰ってゆく。

「どうも今日はお忙しいところを有難うございました」

「イヤァ、いいあんばいにお天気もよくて……どうもお目出とうございました」

等々、いずれも礼装で、花束や引出物を持っている。そんなのが三組くらい。

そのホームのはずれの方で、駅員が二人、掃除などしながら、

A「今日は日がいいのかな？」

B「何？」

A「大安かな。新婚ずいぶん行くじゃねえか」

B「でも綺麗な嫁さんッていねえもんだな」

A「お前、さっきの見たかい、十五分の熱海行の」

B「アア、ポッチャリした、ありゃよかった。今日のじゃあれが一番だな」

A「ウム、なァ——。これでこの天気崩れるのかな、警報出てンだぜ」

B「良いことのあとにァ悪いことあらァな」

A「ウーム」

B（ふと見て）「オイ、また来たぜ」

A「アア、ありゃよかァねえ。ちっと痩せすぎてらァ」

3　ホームの柱に掛けてある「強風警報」

4　ステーション・ホテルの窓から見たホーム

5　ステーション・ホテルの廊下

「高砂」の謡が聞え、「三島家　河合家御席」の立札が出ている。

6　披露宴の会場

新郎新婦を正面中央にしたメイン・テーブル。

やがて謡が終って拍手——

メイン・テーブルの端に新婦の両親河合利彦（55）夫婦、その近くの席に、河合の中学時代からの同窓平山渉（55）と細君の清子（48）、ほかにこれも同窓の堀江平之助（56）などがいる。

清子（平山に）「三上さんお見えになってないわね？」

平山「ウム。——（河合に）どうしたのかな、三上」

河合「通知は出したんだがね、欠席なんだ」

平山「どうしたのかね」

司会者「エエ、次はご新婦のお父さまのご親友であられます大和商事の常務取締役、平山渉様にお願いいたします」

平山（清子に）「おれかい？」

と囁いて立つ。拍手——

新郎新婦も立つ。

平山「どうぞどうぞ、おかけンなって——」

で、新郎新婦が腰をおろすと——

平山「伴子ちゃん、お目出とう。——（稍々《やや》改まって）エエ、只今までに、もういろいろ結構なお話が出つくしまして、今更何も申上げることはございませんのですが……エエ、承りますところ、新郎新婦はかねてから熱烈な相思相愛の仲で、私なども時折新婦伴子ちゃんから、その報告、と申しましょうか、或いはおノロケといいますか、その都度ホット・ニュースを聞かされて、エエ、年甲斐もなく、エエ、私自身の空しく過ぎ去りました青春の日を思い浮べて、うたた感慨に堪えなかったのであります。かえりみますと、私の結婚

などと申しますものは、まことに無味乾燥な、至極殺風景なものでありまして、……エエ、ここに家内も居りますが……エエ、恋愛などという、そういう美しいものには全然縁がございませんで、ひたすら親達の取決めに従いましたような次第で、その点、本日の新郎新婦はまことにお幸せな恵まれた方々で、大いに羨望の念を禁じ得ないものがあるのであります。エエ、どうか、今後とも幾久しく、一層努力されて……イヤ、ご努力には及びますまいが、益々仲睦まじく、逐次ホット・ニュースを発表されて、末永く、われわれの模範となり、羨望の的となられることを偏に切望してやみません。どうも失礼いたしました。お目出とうございます」

と着席する。

拍手――

河合「どうもありがとう」

平山「ヤァ、失敬――」

と、コップを乾す。

7　廊下

結婚行進曲が微かに聞こえて――

8　同夜　西銀座の小路

そこにうまいもの屋の「若松」がある。

9　その「若松」の小座敷

餉台を囲んで、河合、平山、堀江の三人がモーニング姿でくつろいでいる。

堀江「エート、ありゃァいつだっけな、十……七年か八年か、山口へ行った帰りにね、呉へ寄ったんだ」

平山「へえェ、その時分、三上まだ呉にいたのかい」

堀江「いたよ。そのあとが艦長だ。水交社でひと晩ご馳走になってね。ずいぶんあったなァいろんな酒が……」

河合「その時分があいつの全盛だな」

堀江「イヤ、まだ一二年はつづいたさ。(徳利を把って平山に) オイ、どうだい」

平山「アア (と受けて) 三上ンとこの娘もそろそろ嫁にいく年頃じゃないのかい」

河合「アア、ありゃァおれンとこのより、たしか一つ下だ」

堀江「今日のお嬢さんか」

河合「イヤイヤ、上のだ」

平山「そうだろうな」

堀江 (平山に)「お前ンとこのもそろそろだろう?」

平山「アア、まアね」

河合「そういや、仲間、女の子が多いね」

平山 (堀江に)「お前ンとこは男だったね」

堀江「アア、二人だ。――ありゃどういうんだい、男の方が強いと女の児が生れるッていうし、女が強いと男だっていうね。ほんとかね」

河合「昔っから一姫二太郎っていうね。ありゃァつまり何かな、新婚当時は男の方が盛んだってわけかね」

堀江「そうだね」

平山 (堀江に)「すると、お前ンとこはおかしいじゃないか」

堀江「何が?」

平山「二人とも男ッてのはどういうんだい」

堀江「そりゃ女房に聞いてもらいたいね、おれァこれで案外見かけ倒しなんだ」

河合「嘘つけェ」

で、三人が笑うと、そこへ女将が挨拶にやってくる。

女将「アア、いらっしゃいまし、ようこそ、ようこそ。――(堀江に) 先生、ずいぶんお久しぶりね」

堀江「やァこんちは」

女将「河合さん、おめでとうございました。いいあんばいにお天気もよくて……」

河合「アア、夕方から風が出るなんて言ってたけど、助かったよ」

女将「でもお寂しくなりますわね、お嬢さまお片付きンなると……」

河　合「イヤァ、馴れてるよ、二度目だからね」
平　山「アア、おかみさんは何人いるんだい」
女　将「何がです？　亭主ですか？」
平　山「亭主は兎に角、子供だよ」
女　将「アア、子供――三人」
河　合「みんな男の子だろう」
女　将「ええ、そう、よくご存じ」
平　山「そりゃわかるんだ。そうだろうね」
河　合「ま、そうだな」
堀　江「それでなくちゃおかしいやね」
　三人、笑う。
女　将「なんです、先生」
河　合「イヤァ、いい体格だっていうんだよ。オイ、お酒――」
女　将「はいはい。――なんだか厭ですねえ」
　と去る。三人の笑い声――

10　同夜　平山家　茶の間

　誰もいない。卓上に披露宴の花が活けてある。柱時計の音――

11　次の間

　清子が紋服を箪笥にしまっている。
　玄関の戸のベルが鳴る。
　次女の久子（17）が廊下を通って出てゆくのが見える。
　清子も出てゆく。

久　子「お帰ンなさい」
清　子「お帰り……」
平　山「アア」

12　茶の間

　三人、這入ってくる。久子は台所の方へ去る。
清　子「あれからどちらでしたの？」
平　山「若松に寄って来た」
清　子「河合さん、まッすぐ帰ってお上げンなりゃいいのに、お寂しいわ奥さん」
平　山「節子、どうしてる？」
清　子「まだ――」
平　山「帰らないのか」
清　子「ええ」
平　山「おそいね」
　とモーニングを脱ぐ。清子、ハンガーを持って来て掛ける。
清　子「立派なご披露でしたわね。伴子ちゃんとても可愛いかった、嬉しそうで。――やっぱり洋装よりお振袖ねえ……」
平　山「ウム。――節子の話ね、話してみたかい？」
清　子「ええ」
平　山「なんてッてる？」
清　子「黙ってニヤニヤして……なんとも言いませんけど……」

平　山「でも、もうそろそろ考えとかなきゃねえ」
清　子「そうねえ……でもまだ……」
平　山「まだッてこたないさ。なかなかいい奴らしいんだよ。決めとくだけだっていいじゃないか」
清　子（淡々と）「そうね」
　久子がお茶を持ってくる。
平　山「家柄もなかなかいいらしいんだよ。高梨さんの話だとね、お祖父さんて人が、横浜の商工会議所の会頭なんかやってた人だってさ」
清　子「そうですか」
平　山「偉らかったらしいんだよ」
久　子「お姉さんの縁談？」
平　山「アア」
久　子「いいのかしら、決めちゃって」
平　山「何が？」
久　子「だってさ、お姉さんにはお姉さんの考え方あるわよ。あたしにだってあるもん」
平　山「何があるんだい」
久　子「でもさ、知らない人とお見合いなんて、あたしだったら厭だなァ」
平　山「厭かい？」
久　子「厭よ」
平　山「そりゃ困ったな」
久　子「困ンなくったっていいの。めッけるわよ、あたし自分で」
平　山「そうか、そりゃいい」
清　子「いいのめッけてよ、久《チャア》ちゃん」
久　子「めッけるッて。ボーイ・フレンド一ぱ
　いいるんだもん」
清　子「おやおや」
　玄関のベルが鳴る。
久　子「お姉さん？」
節子の声「只今――。もう締めていい？」
久　子「いいわ。――（清子に）いいわね？」
清　子「ええ」
　節子（23）が這入ってくる。
節　子「只今――」
平　山「アア」
清　子「おそかったわね」
節　子「ちょいとお友達と……」
久　子「お姉さん、デート？」
節　子「何言ってンの！　――お母さま、伴子
　ちゃんどうだった？」
清　子「とっても綺麗だった」
節　子「そう。――（と卓上の花に顔を寄せ
　て）いい匂い……」
　そして去る。
久　子（見送って）「お姉さんだってあるかも
　わかンないわよ」
平　山「何？」
久　子「ボーイ・フレンド」
平　山「そうかい、あるかな」
久　子「ううん、知らないけど……。ありそう
　じゃない？」
平　山「そうかな。ありゃ心配しないけどね」
久　子「あっても心配、なくても心配……。お
　やすみ」
　と出てゆく。
平　山「アア、おやすみ」
清　子「あなた、明日またモーニングですか」
平　山「なんだッけ？」
清　子「どことかの会社の方の告別式……」
平　山「アア、ありゃいいだろう、背広で。
　――ネクタイだけ黒きゃ」
清　子「そうね、モーニングだってまごつくわ
　よ。今日お目出度で明日はお葬式《とむらい》じ
　ゃ」
　と立ってゆく。

13　丸ノ内のビルの一角

　午さがり――

14　大和商事の窓

15　その室内

　執務中の社員たち――

16　廊下

　三上周吉（56）が女給仕に案内されてく
　る。
　女給仕、常務室のドアをノックする。
　「ハイ」
　という返事でドアをあける。
女給仕「三上様ご案内いたしました」

17　常務室

　平山が見迎える。デスクは二つあるが、
　今は平山だけである。
平　山「よゥ！」
三　上「やァ、ちょいと近所まで来たんでね。
　――忙しいんじゃなかった？」
平　山「イヤァ、いいんだ」
　と立上って来客用の卓へくる。
平　山「昨日どうしたんだい、河合ンとこの結
　婚式――」
三　上「ウム、失礼しちゃった」
平　山「何かあったのかい」
三　上「イヤァ、別に……（微苦笑で）どうも
　ね……」
平　山「どうしたんだい」
三　上「――ちょいと出たくなかったんだ」
平　山「どうして？　どうかしたのかい」
三　上「イヤァ――あまり幸せな結婚式ァ見た
　くなかったんだ……」
平　山「なぜ？」
三　上「うちの娘のこと考えるとね」
平　山「アア、昨日もその話出たんだけどね、
　お嬢さんどうかしたの？」

三上「誰か何か言っとったかね？」
平山「イヤ、どこのもみんな嫁にやるような年頃になっちゃったってね」
三上「――いないんだよ、うちに」
平山「どうして？」
三上「………」
平山「いつから？」
三上「かれこれ二タ月になるかな」
平山「フム」
三上「男が出来てね、同棲しとるんだ」
平山「そう……そりゃ知らなかった……」
三上「困った奴だよ……おれにもいくらか責任はあるんだが……」
平山「そうかい。――で、どうしてンだい今」
三上「杉並辺のアパートにいるらしいんだがね――銀座のバアで働いとるッて話なんだ。知っとるかい、ルナってバア。――君ァよくそんなとこ出かけるんだろう？」
平山「ルナ……さァ、そいつァ知らないな」
三上「おれが行ってみるわけにもいかんし……どんなことしとるか……どうだろう……ついでがあったら一度寄ってみてくれんかな」
平山「アア、そりゃいいがね、しかし、一体どうしたッてンだい」
三上「ウーム……」

ノックの音――
平山「はい」
女給仕が顔を出す。
女給仕「京都の佐々木様って方がお見えでございますが……」
平山「佐々木？」
女給仕「はァ」
平山（三上に）「ちょいと失敬――」
と立って入口へ行き、見ると――

18
廊下
向うの応接室の前に京都の旅館の女将佐々木初（52）がいて会釈する。

19
常務室
平山、「やァ」と応じて室内に戻ると、
三上「じゃァ、失敬する。お客さんだろう？」
平山「イヤ、構わないんだ。いいんだよ」
三上「またくるよ。どうも失敬した」
平山「そうかい。じゃいずれ」
三上「アア、また来る」
平山、送って出る。

20
廊下
二人、応接室の前まで来て、
平山「じゃ、失敬――」
三上「ヤ、どうも……」
と去る。
平山、ちょっと見送って応接室へ這入る。

21
応接室
初が椅子から立上って
初「まァまァえらい長いことご無沙汰しまして……」
平山「しばらくだね。まァおかけ」
初「へえ、おおきに」
平山「いつ出て来たんだい」
初「きンののハトで来ましたんやわ。幸《ゆき》子も一緒どすのや」
平山「そう」
初「ほんまにえらいご無沙汰で、おうちのみなさんどなたもお変りおへんどすか。久子《チャア》さんも」
平山「アア。――こないだは筍ありがとう」
初「アア、あの筍、ええことおへんどしたやろ、おはずかしいことで。お松ともそう言うてましたんや、えらいものお送りしてしもたいうてね。いつものと違いますのや。すまんことどすけど、うちのお客さん、ええ方と悪い方と二タ通りに分けてましてなァ、お宅さんにはええ方の分お送りせんならんのに、あとから八百屋の書付見ましたら、どう間違うたのか、悪い方のが行ってましてな、お松とも、こらあかんやないか、えらいスカタンやったなァいうて、もう一ぺんお送りさしてもらおとおもたら、もうそのころ筍おへんのや。竹になってしもてますのや」

平山「竹はいらないね」

初「ほんまになァ、竹やったら仕様がおへんわなァ」

平山「なんで出て来たんだい」

初「うちどすか?」

平山「そうだよ」

初「幸子のことどすのや」

平山「幸ちゃんどうかしたのかい」

初「へえ、まア聞いとおくれやす。幸子がなァ、どういうのどッしゃろ。なんやかや理屈ばっかりいうて、わたしのいうこと、ちょっとも聞かしまへんのや」

平山「なんの話?」

初「縁談どすがな」

平山「そう。そりゃお目出たいじゃないか」

初「それがなア、まだお目出たいとこまでいきまへんのや。――ご存じどっしゃろ、うちへ見える築地の病院の先生――」

平山「知らないね」

初「よう泊ってはりますがな、学会で京都へ来やはるたんびに」

平山「そうかね。そりゃいい方の筍だね」

初「そうどすのや。うちでおあいやしたことおへんかいな」

平山「その人かい、お婿さん」

初「ちがうちがう。まァあわてンと聞いとくれやすな。その先生はもう六十越えたお爺さんどすのや。そんなお方に幸子やれますかいな、可哀そうに」

平山「じゃ相手は誰なんだい」

初「その先生のお弟子さんどすがな。けど、もうとうから博士どっせ」

平山「そりゃ偉いね」

初「偉いこともおへんやろけど、お若いのに親切なお人でなァ、こないだ、うちィお泊りやした時、診てもらいましてなァ」

平山「幸ちゃんがかい」

初「ちがうちがう。わたしどすがな。ホレ、昔から持病がありまッしゃろ」

平山「なんだっけ、君の持病って」

初「アノ、おいそがしいのと違いますか」

平山「ウム、あんまり暇でもないんだがね」

初「そうどすか。すみまへんなア。ホレ、うち昔からこの辺……(と胸をおさえて)心臓どすかいな……なんや知らん、時々キューッとして、息がでけんようになってしもて、ファーッこれでもうお陀仏かいなァと思うことおすのや。そンでその先生に診てもらいましたらな、一ぺん人間ドックへ這入ってみたらどうや言やはりますのや。けどなァ、そんな怪ッ体なもん這入ったら、何されるかわからしまへんしな。うち歯医者はんへ行ったかて、あのピカピカしたガリガリするものおすやろ、あれがスーッとこの辺まで来たらもうあきまへんのや。フーッとなってしもて、なんにもせんと葡萄酒頂いて帰って来ますのや。それが気色の悪い、人間ドックみたいもんに這入ったら、どないなことになるやら……」

平山(手で制して)「オイ待った」

初「へ? なんどす?」

平山「ちょいとトイレ行ってくる」

初「へえ、どうぞ――。ア、うちも行っとこかしらん」

平山「君ァまァいいよ」

初「そうどすなァ」

と浮かした腰をおろす。

22 廊下

平山が出てくると、書類を持った女事務員が通りかかる。

平山「アア、ちょいと応接間、紅茶でも出しといて」

女事務員「はい」

平山、そのまま自室へ這入ってゆく。

23　常務室

平山、うんざりして机の前に腰をおろし、書類を見て、判を押しなどする。

24　麻布　有栖川公園附近の屋敷町

ハイヤが一台、来て、停まる。運転手がドアをあける。
幸子(26)がおりる。

幸　子「いいえ、帰って下さい」
そしてこの平山家へ這入ってゆく。

25　平山家　玄関

幸子が這入ってくる。

幸　子「ごめん下さい」
「はい」と返事が聞えて、派出婦の富沢が出てくる。

富　沢「いらっしゃいませ」
幸　子「京都の佐々木でございますが……」
富　沢「はァ、少々……」
と奥へ去る。
やがて平山が出てくる。

平　山「よゥ、よく来たね」
幸　子「こんにちは――」
平　山「さアお上り」
幸　子「へえ、おおきに。――アノ、奥さんやみなさんは?」

平　山「日曜だってンでね、みんなで買物に出かけたよ」
幸　子「そうどすか……」
平山、応接間の方へ行きかけて、
平　山「向うの方がいいか、落着いて」
幸　子「へえ」
平　山「あんまり上等なお客さんでもないからね」
幸　子「ほんま。筍、悪い方どすわ」
平　山「そうだ、そうだ」
と笑いながら茶の間の方へ案内する。

26　茶の間

二人、くる。平山、自分の座布団にすわって、片隅の座布団を指さして、

平　山「アア、それ……」
幸　子「どうも……」
平　山「富沢さん、お茶下さい。なんかお菓子なかったかね」
「はい」と向うで返事が聞える。
平　山「どうしたい、人間ドック、お母ちゃん這入ったかい」
幸　子「はァ、ようようのことで……。どうもいろいろ……」
平　山「大へんだったろう?」
幸　子「へえ、もう前の日から大騒動で、どうしよう、どうしよう、もうやめとこか、このまま京都へ帰ってしまおか言いましてな。あたしの言うこと、なんにも聞かしまへんの」
平　山「そんなのがよく這入ったね」
幸　子「へえ、あんまり言うこと聞きまへんので、お母ちゃん、よく聞きなさい、うちはお母ちゃんの身体のこと心配して言うてンのに、そんな聞きわけのないことやったら、親子の縁もこれきりやって言うてやりましたらな、シューンとして這入りましたンや」
平　山「ひどいもんだね」
幸　子「そやけど、それくらいきついこと言わな、言うこと聞かしまへんのや」
平　山(笑って)「しかし、京都にだっていい病院あるじゃないか」
幸　子「それどすのや。そこがお母ちゃんの浅墓なトリックどすのや」
平　山「トリック?」
幸　子「へえ」
富沢がお茶とお菓子を持ってくる。
富　沢「どうぞ」
幸　子「へえ、おおきに」
幸子、つと立って縁側へ出る。富沢、去る。
幸　子「違いまンなァ京都とは。空の色まで……」
平　山「なんだい、トリックって」
幸　子「お母ちゃんお話しましたやろ、うちの

縁談――」

平山「アア、病院の若い先生との?」

幸子「へえ、お母ちゃんのほんとの肚はな、自分が入院して、うちに毎日見舞いにこさせて、その先生とうちとを無理矢理仲ようさせようって魂胆どすのや。そんなこと見通しどすわ」

平山「で、君ァその先生、どう思ってンだい」

幸子「なァんとも思ってしまへん」

と言いながら戻ってくる。

平山「じゃお母ちゃん可哀そうじゃないか、そんなとこ入れられちゃって」

幸子「そやけど身体だけはようなりますやろ」

平山「そりゃマァそうだけど。――で、君ァどうするんだい」

幸子「うちは明日買物して夜行で帰ります」

平山「お母ちゃん置いてかい」

幸子「へえ」

平山「ひどいね」

幸子「けど、このへんで一ぺん懲らしめとかんと、セングリセングリ妙なお婿さんの候補者ばっかり探して来て、あの人どうや、この人どうやって煩《うる》そうてかないまへんのや」

平山「そうか……」

幸子「お母ちゃんの悪い趣味どすわ。それにお松だけでは京都の方も心配どすし……」

平山「で、あれかい、君には誰か好きな人ないのかい」

幸子「そんなもんあらしまへん」

平山「なきゃァ何も無理に結婚なんかすることないやね」

幸子「そうどすなァ」

平山「そうだよ。結婚は黄金《きん》だと思ったら真鍮だったって話もあるじゃないか」

幸子「そうどすか、真鍮どすか」

平山「そうだよ。よせよせ、つまンないよ、結婚なんて。――年頃の娘がみんなお嫁に行っちゃっちゃ、世の中さびしくなるよ。たまにァ例外だってあっていいじゃないか」

幸子「節子さんにはそんなお話ありまへんの?」

平山「ないこともないけどね、ま、君みたいな綺麗な人が変な奴ンとこへいくことないよ。勿体ないよ」

幸子(気を変えて)「みなさん、何時ごろお帰りどすの?」

平山「さア、なんとも言ってなかったけどね。――なんだったら明日、節子、会社の帰りに君ンとこへ寄らせるよ」

幸子「へえ、是非。――お目にかかりたいわ、節子さん……。(ふと庭の方に目を移して) ええお天気……」

平山「アア……」

27 築地 聖ロカ病院の遠景

いいお天気である。

28 その廊下

運ばれてゆく病人など――

29 室内

初がベッドに起き返ってバリウムを呑んでいる。

初(ひと口のんで顔をしかめ)「味ないもんどすなァ。これ、なんのお薬どす?」

看護婦「バリウムです」

初「へえェ、なんに利くんやろ。――これ、みんな飲まなあきまへんのか」

看護婦「はい」

初「つらいなァ。――うちの子まだ来まへんか」

看護婦「お嬢さんですか」

初「へえ」

看護婦「まだいらっしゃいません」

初「何してンのやろ。おそいなァ……。きンのう朝のうち、ちょっと顔見せただけや」

と顔をしかめてバリウムを呑む。

30 築地の宿から見た聖ロカ病院

夕方——

31 築地の宿屋

幸子と会社帰りの節子が庭に面した廊下で話している。

幸子（指さして）「お母ちゃんあの辺に這入ってますのよ」

節子「そう。——で、幸子さんその先生にお会いンなったの？」

幸子「へえ、ちょっと……」

と二人、室内に戻りながら——

節子「どんな方？」

幸子「どうもこうもあらしまへん。お母ちゃんひとりでそう思うてますの。ほんまにしんどいどすわ。節子さんはどうどすの？」

節子「なァに？」

幸子「小父さまからお聞きしましたんどっせ、ご縁談あるって」

節子「アア、なんでもないのよ。うちもお父さま一人で決めてるだけ」

幸子「そうどすか。かないまへんなァ。ええ加減にしといてもらわな」

節子「小母さん、そんなに煩さいの？」

幸子「へえ、もう二タ言目にはそれどすのや。こないだもお母ちゃんと一緒に河原町歩いてましたらな、向うからタキシード着て白い絹の襟巻した人、来やはりましたンどすがな。そしたらお母ちゃん、あんなスマートな人どうやって言いますのや。すれちごて、振返ってみたら、その人、背中にキャバレーの広告つけてはりますやないか。客引きどすのや」

節子、ニコニコして聞いている。

幸子「そこいくと、節子さん羨ましおすわ。うちのお母ちゃんと違うて、小父さまも小母さまも理解あるし、ようわかってやはって……」

節子「でも、どうだか、その場ンなってみなきゃ」

幸子「そんなことおへん。雲泥の相違どす。うちのお母ちゃんいうたら無茶苦茶どすわ。なんの話しても、何言いたいのやら堂々廻りばッかりして、話の中心がわかりしまへんわ」

節子「でも、小母さんのお話おもしろいわ」

幸子「おもしろすぎますわ。うちの身にもなって下さい。——ねえ、節子さん、同盟結びましょ」

節子「なに、同盟って——？」

幸子「ううん、うちな、お母ちゃん無理言うたら助けてほしいんどすわ。そのかわり、うちも助けます」

節子（笑って）「ええ、いいわ」

幸子「お願い。頼みまっせ。——指切り」

節子も手を出して指切りをする。

幸子「ギリギリギッチョン、ボ」

節子「何、それ」

幸子「銀のカンザシ十三本。破れたイカキに血ィ三杯、蔵三つ家三つ——。そう言いますのや」

節子「そう。じゃ——」

と再び指切り。

両人「ギリギリギッチョン、ボー」

幸子「おおきに」

32 有栖川公園附近の屋敷町

ハイヤが来る。平山家の前で停まる。

運転手がおりてドアをあける。

初がおりる。

運転手「お待ちしますか」

初「もう帰ってよろし……」

33 玄関

初が這入ってくる。

初「ごめんやす」

「はい」と返事が聞えて、やがて清子が出てくる。

初「まァまァ奥さん、えらい長いこと……」

清子「いらっしゃい、ようこそ。さ、どうぞ、さァさァ」

初「はァ。お邪魔さしてもろてもよろしおすか。お忙しいのと違いますか」
清子「いいの、いいの。さ、お上ンなさいよ」
初「へえ、おおきに。すんまへん」

34 茶の間

清子、初を案内してくる。
清子（片隅の座布団をとって）「さァどうぞ」
初「へえ、おおきに」
清子、そのまま縁側伝いに出てゆく。
富沢がお茶を持ってくる。
富沢「いらっしゃいませ」
初「へえ、こんにちは。お邪魔さしてもろてます」
富沢、会釈してお茶を出して去りかける。
初（手土産を出して）「アノ、これつまらんもんどすけど、どうぞ……」
富沢「有難うございます。頂きます」
初「あんたやおへんで。お内へどっせ」
富沢「はア、わかっとります」
と、手土産を持って出てゆく。
初がお茶を飲んでいると、清子が戻ってくる。
清子「どうも……」
初「なんぞご用おありンなるのと違いますか」
清子「ううん、あんたのお話、きっとまた長くなると思って、ちょいとお手洗行っといたの」
初「そうどすか、ハハハハ（と笑って、ふと真顔になり、ちょいと腰を浮かすが）ま、やめとこ。——アノ、久子《チャアコ》さん、学校どすか」
清子「ええ、節子は会社——」
初「お二人ともええお子さんで、よろしおすなァ。幸子はうち放っといて、さっさと京都へ帰ってしもたんどっせ」
清子「そうですってね。——あなた、人間ドックどうしたの？」
初「へえ、それどすがな。——ま、奥さん、聞いておくれやす。えらいことどすわ。手と足とに電線つないで、電気通したり、なんや知らん、青いインキみたいなもん、ここ（腕）へ注射して……それがなァ奥さん、そのインキ注射しますとなァ、おしッこ青うなりますのどッせ。こわい、こわい」
清子「そう」
初「それだけやおへんの。こんなコップに、白いドロドロした壁土みたいなもん飲まされますンどっせ。味ない、味ない。それでほんまはあと三日いんなりまへんのどすけど、出してもろて来ました」
清子「じゃ、途中で出て来ちゃったの？」
初「へえ、なんにも無理して、身体の悪いとこあッちこッち探してもらわんかてよろしいわ。——辛抱でけまへんわ、あんなとこ」
清子「で、心臓の方はもういいの？」
初「それがなァ奥さん、先生は——偉い方の先生どッせ。——これ、どッこも悪いことない、ノイローゼや言わはるのどッせ。でも、うち、ほんまにこの辺キューッとなって苦しおすのやッて言いましたら、それがノイローゼや、気のせいやッて、聞いてくれはらしまへんの。そんな話ってありますやろか」
清子「そう。でもよかったじゃない、なんともなくて」
初「阿呆らしい。なんのために東京へ出て来たンやわからしまへん」
清子「でもいいわよ。一度診といて頂けば」
初「そらそうどす」
清子「それで、問題の若い先生はどうなったの？」
初「それが奥さん、その人どすのや」
清子「何が？」
初「インキ注射する人——。うち、なんべんもかんにんしてくれッてお頼みしましたンどッせ。けど肝臓の検査やたら言うて、厭や厭や言うてンのに、ここ無理にめくって針立ててなァ。——そんな無慈悲な人……それで一ぺんに嫌いになってしまいましたンや」

清子「そう、折角のお婿さん……」

初「へえ、また違ごたン探しますわ。どうぞ奥さんも気にかけといとおくれやすや」

清子「ええ、いいのがあったらね」

初「——苦労しますなァ。うち、一人で気ィ揉んでますのに、幸子はお母ちゃん煩さいなァ、放ッといてッて、ほんまに親の心子知らずどすわ」

清子「うちだってそうよ。どこもおんなじよ」

初「そうどすか。けど幸子は節子さんより三つも上やし、もう決めなあきまへんわ」

清子「あるわよ。幸子さんしっかりしてるし、綺麗だし……」

初「そうどッしゃろか」

清子「そうよ」

初「そうどすなァ。そりゃまァ、あの人どうやろなァと思う人、ないこともおへんのどす」

清子「どんな人、その人——？」

初「へえ、やっぱりお医者はんに関係はありますのやけど、お医者はんではござりまへんの」

清子「何してる人？」

初「へえ、お薬屋はんどすの。大阪の道修町のなァ……そこのご次男どすのや。四やったかいな、五やったかいな、ちいッと年は老けてますんやけど、阪大出て……アア、あの人ええかわからんな」

清子「ずいぶんあるじゃない、お婿さん」

初「へえ……。アア、あの人ええわ。なァ奥さん、聞いとくれやす。その人なア——ア、ちょっと待って——ちょっとお手洗行って来ますわ」

清子「どうぞ」

初「アノ、奥さん、おいそがしいのと違いますか」

と清子の返事も聞かずに縁側伝いに出てゆく。

35　廁のある廊下

初、来て、ふと見ると、向うの壁に箒が逆さまに立てかけてある。

初、それを取って壁の釘にかけ、廁へ這入ってゆく。

36　箱根　芦の湖畔

湖上遥かに富士山が望まれる。

37　街道の杉並木

湖畔のベンチに平山と清子の姿が見える。

38　湖畔

清子がベンチから立って、遠くへ手を振る。

それに答えて湖上のボートからも節子と久子が手を振る。

清子「あんまり遠くィ行くとあぶないわよォ！」

「大丈夫よォ！」という久子の声が返ってくる。

清子（ベンチに戻りながら、嬉しそうに）「いいお天気でよかったわ。何年ぶりかしら、こんなこと」

平山「ウーム、いいお天気だねえ。——（腕時計を見て）ちょいと一廻りしてこようかな」

清子「なんです？　ゴルフですか？」

平山「ウム」

清子「今日はおよしンなったら？　みんなでこんなとこ来られるの、今日でおしまいかもわかりませんわ、これで節子でも行っちゃうと……」

平山「そうか……そうだねえ……。でも、あの子が行くまでには、まだどこかへ行けるさ」

清　子「けど、あなたおいそがしいし……」
平　山「ウーム……。しかし、黙ってニヤニヤしてるッてのはどういうんだろう」
清　子「誰？　節子ですか」
平　山「ウム」
清　子「そりゃァあたしだってそうだったから……」
平　山「お前ン時とは時代が違うよ。いいのかねえ、話進めて」
清　子「ええ、いいんでしょう。大丈夫よ」
平　山「ウーム。——（と空を仰いで）アア、いい気持だ」
清　子「——あたしねえ……」
平　山「なんだい」
清　子「時々そう思うんだけど、戦争中、敵の飛行機が来ると、よくみんなで、いそいで防空壕へ駈けこんだわね。節子はまだ小学校へ這入ったばっかりだし、久子はやっと歩けるくらいで、親子四人、真ッ暗な中で死ねばこのまま一緒だと思ったことあったじゃないの」
平　山「ウーム、そうだったねえ」
清　子「戦争は厭だったけど、時々あの時のことがふッと懐しくなることあるの。あなた、ない？」
平　山「ないね。おれァあの時分が一ばん厭だった。物はないし、つまらん奴が威張ってるしねえ」
清　子「でも、あたしはよかった……。あんなに親子四人が一つになったことなかったもの……」
平　山「ナンダ……。このごろ、おれの帰りがチョイチョイおそくなるからか？」
清　子「でもないけど、四人そろって晩ご飯たべること滅多にないじゃない」
平　山「そりゃァおれの仕事がだんだん忙しくなって来たからさ。その代り暮らしもいくらかラクになって来たじゃないか」
清　子「でもやっぱり……」
平　山「やっぱり、なんだい」
清　子「ううん、もういいの」

と立って行って、湖上のボートに向って手を振る。平山も立って行って、清子と並んで手を振る。

遠くのボートからも節子と久子が手を振る。

明るく手を振っている清子と平山——

39　晴れた空

杉木立の上の空がカラリと晴れて——

40　大和商事の常務室

平山がもう一人の常務曽我良造（52）と事務を執りながら話し合っている。

曽　我「僕はもう昨日は散々でね、七番のバンカー、どうしても上らないんだ」
平　山「アア、あすこは落ッこッたら大変だ。僕ァ家族デーでね、箱根へ行って来ましたよ」
曽　我「その方が無難でよかったな。どうでした、箱根——？」
平　山「イヤァ、サーヴィス大いに努めましたよ」
曽　我「そう、たまにはいいよ」
平　山「イヤァ……」

そして曽我が出て行きかけると、入れちがいに女給仕がくる。

曽　我「何？」
女給仕「いえ、アノ……」

曽我が出て行くと、女給仕は平山のところへ進む。

女給仕（名刺を出して）「この方がご面会ですが……」
平　山「ア、そう。——ここでいい。ここへ通して」
女給仕「はい」

と出てゆく。

と、やがてノックが聞える。

平　山「はい」

谷口正彦（32）が這入ってくる。

平　山「アア、どうぞ」
谷　口「初めまして、谷口です」
平　山「ヤァ、平山です。——（ともう一度名刺を手に取って）日東化成っていうと、うちの娘もご厄介になってるんだが……」
谷口「はァ……」
平山「何か……？　ご用件は？」
谷口「はァ……実はお嬢さんを頂きたいと思いまして……」
平山「――？　というと？」
谷口「結婚を許して頂きたいと思いまして……」
平山「君が？」
谷口「はァ」
平山「節子は知ってるんですか」
谷口「はァ、ご存じです。――こんなことは、一応、然るべき方を間に立ててお願いすべきなんですが、時間がありませんので……」
平山「時間――？」
谷口「――実は急に転勤することになりましたんで、その前にお許しだけ得ておきたいと思いまして……」
平山「そう君、藪から棒にそんなこと言われたって……」
谷口「はァ、申訳ありません」
平山「僕の方だって急に返事は出来ないね」
谷口「………」
平山「一応、娘にも聞いてみなきゃ……」
谷口「はァ……」
平山「今日はまァ帰ってくれたまえ」
谷口「はァ、お願い致します」
と帰りかける。
ノックして社員の近藤庄太郎（28）が書類を持って這入ってくる。
近藤（谷口を見て明るく）「やァ、こんちは」
谷口「やァ」
と会釈を返して出てゆく。
近藤（ちょっと見送り、平山の前に進んで）「ヒル・エンタプライズの見積書がまいりました」
平山「アア、おいてって――」
近藤「はァ」
と書類をおいて出てゆく。
そのままじっと考えつづける平山――

41　**同夕　平山家の廊下**
時を刻む柱時計の音――

42　**茶の間**
七時半ころ――
平山と清子がじいっと考えこんでいる。
平山（ポツリと）「お前、全然知らなかったのか」
清子「ええ、全然……。そんなこと、聞いたこともないわ」
平山「――困ったもんだ……」
そのまままた言葉が途絶える。
玄関のベルの音――
両人、ふと顔を上げるが、また目を伏せる。
節子が顔を出す。
節子「只今――」
と声をかけて去りかける。
平山「おい」
節子「なァに？」
平山「ちょいとおいで」
節子、くる。
平山「おすわり」
節子「なんなの？」
平山「お前、谷口って男知ってるね」
節子（ちょっと動揺するが）「――ええ……」
平山「今日、来たんだがね、会社へ」
節子（意外そうに）「――？」
平山「お前も知ってるのか」
節子「いいえ……」
平山「お前と結婚したいっていうんだ」
節子「………」
平山「どういう知り合いなんだ」
節子「――会社で……」
平山「いつから知ってるんだ」
節子「………」
平山「お前もそのつもりでいるのか」
節子「………」
平山「どうなんだ」
節子「ええ、そう思ってます」

平山「じゃ、なぜ今まで黙ってたんだ」
節子「………」
平山「なぜお父さんお母さんに相談しないんだ」
節子「………」
平山「お前の縁談のことで心配してるのはわかってる筈じゃないか」
節子「………」
平山「そうだろう。――お父さんは不賛成だね」
節子（つと顔を上げて）「あたし――」
平山「なんだい」
節子「自分で自分の幸せを探しちゃいけないんでしょうか」
平山「ウム？」
清子（ハラハラして）「節ちゃん……」
節子「あたし、自分の幸せは自分で探します」
と言い捨てて出てゆく。
清子、それを追ってすぐ立ってゆく。

43　玄関

節子、来て靴を突ッかける。
清子が追ってくる。
清子「どこいくの、節ちゃん」
節子「ちょいと行って来ます」
と振返りもせずに出てゆく。
清子が見送る後姿の向うで戸がしまる。

44　同夜　目黒あたりのアパート

その外景――

45　その二階の廊下

赤ン坊の泣き声などが聞えている。
節子がくる。
一室のドアをノックしてあける。

46　谷口の部屋

谷口が着更えをしている。
谷口「やァ――」
節子「………」
谷口「どうしたの？　まァお上りよ」
節子、黙って上る。
節子「あなた、なぜあたしに黙ってお父さんとこ行ったの？」
谷口「アア……」
節子「なぜあたしにそう言ってくれなかったの？」
谷口「言わない方がいいと思ったんだよ」
節子「なぜ？」
谷口「君に余計な心配させたくなかったんだ」
節子「なんの心配？　あたし前からそう言ってたじゃないの。お母さんに話して、お母さんから折をみてお父さんにそう言っていただくって」
谷口「そうなんだ。それも考えたんだ。だけど、結果はおんなじだよ」
節子「どうして？」
谷口「お母さんを通そうが、僕からじかに言おうが、いいものならいいし、悪いものは悪いんだ。だったら直接僕が言う方が結論が早く出ると思ったんだよ。僕が広島へ転勤するって話、君も聞いたろう？」
節子「ええ、聞いたわ」
谷口「それで急に君のお父さんに会いに行ったんだよ」
節子「じゃ、もしお父さんがいけないって言ったら？」
谷口「僕はもう決まってる。君はどうする？」
節子「そんなこと……（と涙ぐんで）あたし、わかれない」
谷口「そう。それ聞いて、僕も安心した。そうなんだ。いいじゃないか、それで」
節子、急に顔を蔽って泣く。
谷口「いいんだ、それでいいんだよ。――さ、もうおそいからお帰りよ。送ってこう。さ、送ってくよ」
節子、うなずき、涙を拭きながら立つ。
谷口、そこに掛けてある服のポケットから蟇口や鍵を出し、節子の肩を抱くようにして出てゆく。

47　**夜の道**

歩いてゆく二人——

48　**同夜　平山家　廊下**

時を刻む柱時計の音——

49　**同　茶の間**

清子がひとり、じっと考えこんでいる。久子が通りがかりに中廊下から声をかける。

久子「おやすみ——」

清子「アア、おやすみ——」

と応えてまた考えつづける。

と、玄関のベルの音——

清子、いそいで立つ。

50　**玄関**

谷口に送られて、節子が這入ってくる。

谷口（玄関の外で）「じゃ——」

節子「ありがとう」

で、谷口が帰ろうとすると清子が出てくる。

谷口（会釈して）「お送りして来ました」

清子「どうも……」

谷口「失礼します」

と去る。節子、ちょっと見送り、戸をしめ、ネヂをかける。

清子、茶の間へ戻ってゆく。

51　**茶の間**

清子がくると、向うに寝巻姿の平山が立っている。

平山「帰って来たのか」

清子「ええ」

平山（呼ぶ）「節子ッ！」

節子、這入ってくる。

節子（冷たく）「なァに」

清子「おすわンなさいよ」

平山「どこ行って来たんだ」

節子「………」

平山「お前、どう思ってるんだ。自分で軽率だと思わないか」

節子「………」

平山「お父さんお母さんに相談しないで、そんなこと勝手に決めていいと思ってるのか。お前のやってること、間違ってると思わないか。——どうなんだ。黙ってちゃわからないじゃないか」

清子「そう、あなた、ガミガミ……」

平山「お前に言ってるんじゃない。——どうなんだ、節子。お父さん、お前の将来を考えて、不幸な結婚はさせたくないんだ。お前がミスミス不幸になるのを黙って見ちゃいられないんだ。お前、谷口って男、よく知ってるのか」

節子「知ってます」

平山「結婚の相手としていいと思ってるのか」

節子「思ってます。あの人、お父さんのお望みンなるような、そんな立派な家柄じゃないかも知れません。でもそのためにあたし、不幸になるとは思いません」

平山「お父さんにはそう思えないね」

節子「そりゃお父さまの考え方です」

清子（見かねて）「節ちゃん——」

節子（平山に）「あたしは違います。あたしにはあたしの考えがあります」

平山「どんな考えだ、言ってみろ」

節子「言ったってわかって頂けないと思います」

平山「何ッ」

清子「節ちゃん！」

節子「お母さま！（と清子に向って）お父さまやお母さまは初めッからお幸せだったのよ。あたしたち、お父さまの思ってらっしゃるような、そんないい生活は出来ないかも知れないけど、出来なくてもいいの。それが不幸だとは思いません。あたしたちのことは、あたしたちで責任を持ちます。お父さまお母さまにご迷惑はかけません」

清子「でもねえ、節ちゃん——」

節子「いいの！　もういいの！」

と顔を蔽って泣き入る。

清子「だけどねえ節ちゃん、あんたそういうけど、まだ若いんだし、これからなんだし、長い間にはいろんなことがあるものよ。いくらお互いに好きだからって、そりゃァ今はいいだろうけど、先々どんなことが起るかわからないしね、そんな時のこともよく考えなきゃ駄目よ。あんたはあたしたちが初めッから幸せだったように言うけど、お父さんだってお母さんだって、そう幸せな時ばかりじゃなかったのよ。ずいぶん苦しい時だってあったのよ。だからお父さん、それを心配してらっしゃるのよ。よく考えてよ。ね、わかるわね。ね」
節子「………」
平山「もういい。放ッとけ。兎に角おれは不賛成だ。若い女が外へ出るとロクなことない。二三日うちにいて、よく考えてみろ」
節子「会社があります」
平山「よせよせ、会社なんか。行くこたない」
清子「さ、あんた、今日はもうおやすみ。ね」
節子、力なく立上って、出てゆく。
平山「困った奴だ……」
清子「でもねえ」
平山「――?」
清子「ちょいと好さそうな人よ、谷口って人――」
平山「お前、いつ会ったんだ」
清子「さッき、節子を送って来てくれて……」
平山「そんな、ちょいと見たくらいでわかるか！　無責任なこと言うな！　兎に角おれは不賛成だ！」
吐き出すように言うと、不愉快そうに寝室へ戻ってゆく。
清子、それを見送って、またじっと考えつづける。

52　大和商事の常務室

平山がデスクに向ったまま、じっと考えている。

53　廊下

近藤がくる。服装を正して常務室のドアをノックする。
そして這入ってくる。

54　常務室

平山、見迎える。
近藤「お呼びですか」
平山「アア、まァこッちィ来たまえ」
近藤「はァ」
と平山の傍へ進んで、黙礼する。
平山「君ねえ……」
近藤「は？」
平山「いそがしいんじゃなかったの？」
近藤「いいえ」
平山「暇かい」
近藤「は……いいえ」
平山「暇なわけもないだろうけど、ちょいと聞きたいことがあってね」
近藤「はァ、なんでしょうか」
平山「昨日ここへ来た谷口って男ね、君、よく知ってンの？」
近藤「はァ、先輩です、学校の」
平山「そう」
近藤「あの人はわたしより二年上で、バスケットの選手してたんです」
平山「そう。それで？」
近藤「は？」
平山「それだけかい」
近藤「一夏一緒にアルバイトに行ったことあるんです」
平山「アルバイト、どこへ？」
近藤「箱崎の倉庫です。オートバイに乗れるもんですから」
平山「そう」
ノックの音――
平山「はい」
女給仕が顔を出す。

女給仕「三上様おいでになりましたが……」
平　山「そう。ここへ」
女給仕「はい」
平　山（近藤に）「じゃ、君、またあとで——」
近　藤「はァ」
平　山「御苦労さん」
近　藤「失礼します」
と一礼して出てゆく。入れちがいに三上が這入ってくる。
三　上「やァ、どうもたびたび……」
平　山「イヤァ……」
と立って、客用の卓へ進み出る。
三　上「どうも勝手な時ばっかり来てすまんが、どうだろう、行ってみてくれたかい、ルナ」
平　山「アア、ここんとこ、ちょいとゴタゴタしててまだ行かないんだけど……」
三　上「そう。——イヤ、別にいそぎもせんのだが、なんとなく気になるもんでね」
平　山「ウム、早速今晩でも行ってみるよ」
三　上「そうかい、すまんねえ」
平　山「イヤ、お互い、子供には手を焼くねえ」
三　上「ま、親馬鹿っていうのかな、仕様がないもんだよ」
平　山「ウーム」
三　上「馬鹿な話だ」
平　山「ウーム」
そのまま口を噤んで、二人とも、それぞれの感懐に沈む。

55　同夜　バア・ルナ

その看板——

56　同　店内

そう立派な店ではない。女給二人（Aとアケミ）に客が二三人——
平山が近藤をつれて這入ってくる。
女給A「いらっしゃい。——しばらくねえコンちゃん」
近藤、困って、ひそかに目付きと手付きで制止する。
女給A「どうしたの?」
近藤、また困って手付きで止める。
平　山（スタンドへ行き、近藤に）「君、ここでいいね」
近　藤「はァ……」
両人、スタンドに腰をおろす。
バアテン「いらっしゃい。何差上げます」
平　山「ハイボールでももらおうか」
バアテン「はい、近藤さん何にします?」
近藤、また秘かに手を振る。
平　山（近藤に）「おんなじでいいだろう?」
近　藤「はァ」
平　山（バアテンに）「二つだ。——（そして近藤に）君、知ってたの?——ここだよ、ルナ」
近　藤「はァ、イエ……」
平　山「おなじみらしいじゃないか」
近　藤「はァ」
平　山「じゃ早くそう言やいいのに、君も一緒になってずいぶん探したじゃないか」
近　藤「はァ、すみません。——アノ、ここじゃないと思ったんです」
平　山「じゃ、どこ? そんなに君、おんなじ名前のバア、この辺にいくつもないよ」
近　藤「はァ、そうです。すみません」
平　山（女給アケミに）「ねえ君、ここに文子って人いる? 三上っていうんだけどね」
アケミ「アア、かおるさん? ちょいと出てますけど、すぐ帰って来ます」
とハイボールを二つ持ってくる。
「お待遠さま——」
平　山「やァ」
アケミ「はい、コンちゃん（と近藤にも出して）おとなしいのね、どうしたの?」
と向うへ行く。
平　山「まァやり給え」
近　藤「はァ、頂きます」
平　山「谷口って男ね、どんな男?」
近　藤「わたしより二年上で、バスケットの選手で……」

平　山「そりゃ、さっき聞いたね」
近　藤「はァ。――ホワードやってまして、ポストへ切込んでってやるワンハンド・ショットなんか、とっても巧かったんです」
平　山「イヤ、人間だよ」
近　藤「は？」
平　山「性質――」
近　藤「いい人です」
平　山「いい人っていうと？」
近　藤「アノ、よくわかりませんけど、感じがいいんです」
平　山「一緒にアルバイトに行ってて、どうだったの？」
近　藤「はァ、あの人は事務の方で、わたしは配達の方だったんです」
平　山「じゃ君、そうよくも知らないんだね」
近　藤「はァ、そうです」
平　山「じゃ君、初めッからそう言いたまえよ」
近　藤「はァ、すみません」
ドアがあいて女給の文子（三上の娘、24）が帰ってくる。
アケミ（平山に）「ア、かおるさん帰って来ましたわ」
文　子「なに？」
平　山（立って近づき文子に）「文子さんかい」
文　子（不審そうに）「ええ」
平　山（そこの席に腰をおろしながら）「おぼえてないかい？　平山だよ、君のお父さんの友達の――」
文　子「アア――」
平　山「まァおかけよ」
文子、そこの椅子に腰をおろす。
平　山「途中で逢ってもわからないね。ずいぶん暫らくだ……」
文　子「ほんと……」
平　山「元気かい」
文　子「ええ。――あたしがここにいること、父にお聞きになりましたの？」
平　山「アア。――どうしてるかと思ってね」
文　子「アノ……あたしのことでしたら放ッといて頂きたいんですけど……」
平　山「イヤ、そんなことじゃないんだよ。どうだろう、どッかでゆっくり話したいんだけどね」
文　子「どんなお話でしょう？」
平　山「イヤ、気にしなくていいんだ。どッかないかね？」
文　子「今すぐって訳にはいきませんけど……」
平　山「そりゃいいんだ。ここがすんでからでいいんだよ。どうだろう」
文　子「………」
スタンドでは――
アケミ「コンちゃん、バカに元気ないわね」
近藤、小さく手招きする。
近　藤（アケミが近づくと声をひそめて）「あんまりコンちゃんコンちゃんていうなよ。（ひそかに平山の方を指さして）重役だよ、重役――」
アケミ（声をひそめて）「そお、じゃ心配なく呑めるわね」
近　藤（小さく）「そうもいかねえよ」
アケミ（小さく）「どお、おかわり」
近　藤（小さく）「まァ今日はやめとくよ。向うィ行けよ。行けったらよ」
アケミ（そこを離れて、ふだんの声で）「フン、だらしがないの！」
近　藤（見返して相変らず小さな声で）「何言ってやンでえ、バカヤロウ、おぼえてやがれ」
そしてまた一人神妙に肩をすぼめて控えている。

57　同夜おそく　有楽町駅前の食いもの屋

釜めし、おでん、支那ソバなども出来るというような店で、店内は鍋前などかなり混んでいる。

その一隅の差し向いの席で、平山と文子が話している。文子は食事をすませ、平山はビールを飲んでいる。

文子がお酌をしてやる。

平　山「や、ありがとう。――そう。じゃ、いつも帰りは今時分になるんだね、その人も……」
文子「ええ。――もうじきここへ来ると思います。いつも一緒に帰ることにしてますから……」
平山「その人、キャバレーのバンドにいるって言ったね？」
文子「ええ、ピアノ弾いてるんです。専門は音楽理論なんですけど……」
平山「そう。――で、君ねえ、お父さんのことどう思ってるの？」
文子「父ですか。――気の毒だとは思ってます。でも頑固なんです」
平山「頑固って？」
文子「理解がないんです。なさすぎるんです」
平山「なさすぎるって……」
文子「ちっともわかろうとしてくれないんです。自分の考えだけが正しいと思ってるんです」
平山「そうかねえ。そうだろうか」
文子「そうなんです。父はなんでも自分の思い通りにならなきゃ気に入らないんです」
平山「そうでもないだろうけどね」
文子「いいえ、そうなんです」
平山「でもそりゃお父さんが君のことを心配するからじゃないのかい」
文子「心配なんかしてもらわなくていいんです」
平山「そうもいくまいよ。――で、君はどうなの、幸せかい」
文子「あたし自身ですか」
平山「ああ」
文子「幸せです。ちっとも不幸だと思ってません」
平山「そう」
文子（ふと入口を見て）「あ、来ましたわ」と立ってゆく。

そして、そこへ這入って来た長沼一郎(28)と何か立話をする。服装も整い、一応キチンとした青年である。

平山、それを見て、ひそかに紙幣を包む。

文子と長沼がくる。

文子（平山に）「アノ……」
長沼（一礼して）「初めまして。長沼です」
平山「や、どうも……」
文子「アノ、おそくなりますから、これで……」
平山「そう。どうもおそくまで……」
文子「じゃ――」
長沼「失礼します」
平山「ねえ君、ちょいと――」
文子「は？」
平山（紙包みを出して）「失敬だけど、これ、ほんのお小遣い……」
文子「ア、いいんです。そんなことして頂かなくて……」
平山「イヤ、遠慮するほどのもんじゃないよ」
文子「いいえ、いいんです。失礼します」と受取らず、長沼と一緒に帰ってゆく。

平山、見送り、卓上のビールを把《と》ってコップに注ぐ。ビールは殆んど残っていない。

58 同夜 平山家 廊下

柱時計の音――

59 玄関

戸があいて平山が帰ってくる。そしてネヂをかける。

清子が出てくる。

清子「お帰ンなさい」
平山「アア」
と靴をぬいで上る。

60 茶の間

二人、這入ってくる。

平山、上着を脱ぎ、アグラをかく。

清子「今日、どちら？」
平山「三上の娘に会って来た」

清子「アア、文子さん、どうでしたの？」
平山「まァどうにかやってるらしいがね、困ったもんだ……。節子、今日、会社行かなかったろうね」
清子「ええ。――でも、どうしたもんでしょうね」
平山「ま、放っとくんだね、当分……。そのうちには反省するだろう」
とネクタイをほどく。
清子「アア、まだ起きてたの？」
と、節子が寝巻姿で這入ってくる。
節子「ええ、寝られないから」
と茶箪笥の上の薬を持って戻りかける。
平山「オイ、節子――」
節子（立ったまま）「――？」
平山「お前――」
節子「何？」
平山「まさか、あの男と関係はないんだろうな」
節子、微かに冷笑を浮べて出て行こうとする。
平山「おい！」
節子（冷く）「お父さん、もう少しあたしを信用してよ。あの人だってそんな人じゃありません」
そういうと、クルリと背を向けて出てゆく。
平山、見送り、立上って隣室へゆき、ワイシャツを脱ぐ。
清子も行って手伝う。
平山「兎に角、あいつにもよく考えさせるんだ。――会社なんかいつまで休んだっていいからね」
清子、黙って服を片付ける。
平山「やめさせたっていいんだ」
清子、黙々と片付けつづける。
平山「お前も気をつけて、あいつを外へ出さないようにしろ。兎に角おれはそんなふしだらな真似は絶対に許さんからね。勿論結婚もだ。わかったね。――おい、寝巻……」
清子、黙って寝巻をとりにゆく。
平山、ひとりイライラとその辺を歩き、立止って考え、また歩き廻る。

61 銀座界隈

夕暮れの空にネオンが輝やきはじめている。

62 バア・ルナのある露地

会社帰りの近藤がくる。
そしてルナへ這入る。

63 その店内

まずバアテンが見迎える。
バアテン「ア、いらっしゃい」
まだ客はなく女給もアケミと文子の二人だけ。
二人「いらっしゃい」
近藤「よウ」
と応じてスタンドに腰をおろす。
アケミ「コンちゃん、おとなしかっわね、こないだ」
近藤「バカヤロウ、人の気も知らねえで」
アケミ「汗かいてたじゃないの」
近藤「ここのうちが暑いんだィ。冷房入れろ、冷房」
バアテン「近藤さん、何上げます」
近藤「ハイボール――水割り」
バアテン「こないだのにしますか」
近藤「あんな高いの駄目だィ。いつもの、普通の、国産の、安いの。（アケミに）なァ」
アケミ「そう。重役さんと来たら、高い方飲みなさいね」
近藤「バカ言え、もう二度と来るかい。真ッ平だィ。――（振返って）オイ、かおるさん、君の親父さん三上ってンだろう？　どうしてうちの常務知ってンだい」
文子「中学からのお友達なの」
近藤「何してンだい」
文子「いま印刷会社――」
近藤「そうか、昨日、常務ンとこへ来てた

ぜ」
文　子「そお、何か言ってた?」
近　藤「懇談してたようだけどな、おれァ判コ貰ってすぐ出て来ちゃった」
バアテン（ハイボールを出して）「へい、お待遠――」
近　藤「オオ。――（と飲んで）アアうめえ、うめえなァ。うめえうめえ。安くても自分のゼニで飲む方がうめえや。オ、南京豆来てねえぞ。南京豆――」
アケミ「コンちゃん、今日は元気ねえ」
近　藤「あたりめえだい。こないだは例外だい。オオ、南京豆どうした、ケチケチすンなィ」
アケミ「そんなに威張ってると今に重役さん来るわよ」
近　藤「おどかすなィ、もう来るわけねえじゃねえか、用もねえのにこんなキタねえとこ。――南京豆、南京豆――」
ドアがあいて平山が這入ってくる。が、近藤は後向きで気が付かない。
アケミ「いらっしゃい」
文　子「いらっしゃい、こないだは――」
アケミ、南京豆を出しながら近藤を突っついて知らせる。
近藤、平山を見て、おどろいて立上る。
近　藤「いらっしゃい」
平　山「やァ、君、来てたの」
近　藤「はァ」
平　山「大分おなじみらしいね」
近　藤「はァ、いいえ……」
平　山（文子に）「昨日お父さん来られてね、アパートも此処も番地がわからないからって、今日これ頼まれたんだがね」
とポケットから手紙を出して渡す。
文子、黙って受取る。
平　山「お父さん会いたがってたよ。どう?」
文　子「会っても仕様がないと思います」
平　山「そう。――ま、よく考えときたまえ。さよなら」
文子、黙礼する。
平　山（ほかの者の方へ）「じゃ――」
と帰ってゆく。
近藤、まだ立っている。
アケミ「もう腰かけていいのよ、コンちゃん」
近　藤（腰をおろして）「アアおどろいた……。つまンねえこと言い当てやがって……（とハイボールを一口のんで）見ろ、うめえ酒、まずくなっちゃったィ」
と南京豆を摑んで一つ一つ口へ放りこむ。

64 **丸ビル界隈**
明るい空――

65 **大和商事のビル**
その窓々に明るい陽があたっている。

66 **事務所**
執務中の社員たち――
近藤、事務を執りながら、タバコをくわえ、ライターをつけるが、なかなかつかない。
近　藤（隣の男Aに）「おい、マッチ貸してくれ」
男A、マッチを放ってよこす。
近　藤（そのレッテルを見て）「お前、ルナに行ったのか」
A「アア、ゆうべ――」
近　藤「よせよせあそこ。（とマッチを擦って）このごろ時々常務が行くんだぞ」
A「コンちゃん、会ったのか」
近　藤「アア。（マッチが燃えて指先に火が近づく）あちッ!」

67 **廊下**
タイプライターの音などが聞えて――

68 **常務室**
平山がひとり書類を見ている。
電話が鳴る。平山、受話器をとる。
平　山「アア、モシモシ、ああ。佐々木? つないで――。アア、ナンダ、幸ちゃんか。よく出てくるね。いつ来たんだい。――え？　相談？　おれにかい。なんだい。――ウム――ウム――じゃ帰りに寄るよ。いつもの家《うち》だね。――アア――アア――わかった。じゃ――」

と受話器をおき、また書類に目を通す。

69　築地　宿屋から見た聖ロカ病院

夕方――

70　築地の宿屋

そこの縁側の椅子に幸子がボンヤリ腰かけている。

女中が顔を出して、

女中「お客様お見えになりました」

幸子、室内に戻る。

平山が這入ってくる。

平山「やァ」

幸子（力なく）「どうも、えらいすんまへん」

平山「なんだい、急に――」

幸子（元気なく）「へえ……」

平山「お母ちゃんどうしてる？」

幸子「へえ……それどすのや」

と全く元気がない。

平山「どうかしたのかい」

幸子「へえ……（と俯向いて）もうかないまへんわ」

平山「どうしたんだい、一体――」

幸子（項垂れたまま）「…………」

平山「喧嘩でもしたのかい」

幸子「………」

平山「何したんだい。言ってごらんよ」

幸子「あんまりどすわ、お母ちゃん。――そンで、うち、出て来ましたン……」

平山「出て来たって……どうしたのさ」

幸子「飛び出して来ました……」

平山「お母ちゃんに黙ってかい」

幸子「へえ」

平山「そりゃいけないね」

女中がおしぼりとお茶を持って来て、おいてゆく。

平山「一体どうしたッてンだい。なんで喧嘩したんだい」

幸子「へえ……お母ちゃん、うちの言うことなんにも聞いてくれしまへんの……」

平山「どんなことなんだい」

幸子「へえ……（決心したらしく）うち、もう何もかもお話してしまいます」

平山「アア、言ってごらん」

幸子「実は、うち、好きな人が出来ましたン」

平山「ア、そう、それで？」

幸子「それがお母ちゃんの気に入りまへんの……」

平山「どうして？」

幸子「うちのお母ちゃん、なんでも自分の思うとおりにならな気に入りまへんの。そやかて、今度ばっかりは、うち、はいはいも言うてられまへん。その人とも、もう約束したことやし……」

平山「どんな人だい、それ」

幸子「前からのつきあいどすのやけど、お母ちゃんは大阪の薬屋さんの方がええッて、もうひとりで決めてますのや。――あの人ええ。あれや。古うからの問屋はんやし、お金もたんと持ってはる。あれや、もうあれに決めた。もうウダウダ言わんとおき。何事もお母ちゃんにまかしとき。伏見のお稲荷さんのおミクジ通りや、西の方《かた》に良縁ありや……」

で、平山が笑うと――

幸子「笑わんと聞いとくれやす。――お松、あしたの朝アブラゲ仰山買うといてや。幸子、お前それ持ってお礼まいりに伏見のお稲荷さんへいっといで。――こんなこと言いますのや」

平山「それで君、行ったのかい」

幸子「行けますかいな、阿呆らしい」

平山「で、どうしたんだい」

幸子「お母ちゃん大おこりどすわ。お前、一体どういう気ィや。こんなええ良縁どう思てんねえ。またとあらへんで。罰あたるで。お稲荷さんおこらはったらどないするッちゆて、えらいきつうおこりましてな、それで、うち出て来ましたんや」
平　山「じゃ、アブラゲ沢山あまっちゃったね」
幸　子「へえ、今頃お松と食べてますやろ。うちに泊ってはるお客さんも食べさせられてはりますわ」
平　山（笑って）「そうかい。ひどいもんだね」
幸　子「ねえ小父さま、そんな、お母ちゃんの言うこと聞かんかてよろしおすやろ?」
平　山「そりゃいいよ」
幸　子「聞けまへんわなア」
平　山「そうだよ」
幸　子「一生に一度のことどすもんなア」
平　山「そうだとも」
幸　子「そやったら、うち、やっぱりその人と結婚しますわ」
平　山「でもその人、しっかりした人かい?」
幸　子「へえ」
平　山「じゃ、いいじゃないか。君さえ責任持てるんなら」
幸　子「そら持てます」
平　山「じゃ、いいさ。お母ちゃんなんかの言うこと聞くこたないよ」
幸　子「そうどすか。アア、それお聞きして安心した」
平　山「君も案外つまらんことで迷うんだね」
幸　子「うち、迷うてえしまへん。――（そして急に元気に）さ、電話かけてこう」
と立つ。
平　山「なんだい、どこ?」
幸　子「お宅にどすがな。節子さんとこや」
平　山「どうして?」
幸　子「小父さま――」
平　山「ウム?」
幸　子「今の話、みんな嘘どすのや。トリックどすのや」
平　山「トリック?」
幸　子「へえ、お芝居どすのや」
と出てゆくが、すぐまた顔を出して、
幸　子「節子さんの結婚、小父さまOKやって知らせてあげますのや」
平　山「オイ、オイ、お待ちよ！　オイ！」
と慌てて立つ。

71　廊下

平山が出てくると、幸子はもう廊下の向うの角を曲りながら軽く手を振って消える。

72　部屋

平山、渋い顔で戻ってくるが、落着かず、あちこちと歩き廻る。

73　同夜　平山家　廊下

ラジオの長唄「道成寺」の鞠唄のくだりが聞えている。

74　茶の間

清子が指で拍子をとりながら、明るい顔で聞いている。
やがて玄関のベルが鳴るが気が付かず、
ふと、何かの気配で立上って、玄関へ行こうとすると、平山が這入ってくる。
清　子「アア、お帰ンなさい。ちッとも気がつかなかった……」
平山、機嫌わるく、プツリとラジオのスイッチを切る。
清　子（嬉しそうに）「でもよかった。ほんとによかったわ。あたしね、もし節子《うち》が三上さんのお嬢さんみたいに、家を飛び出すようなことになったら、どうしようかと思ってたのよ。やっぱりいいお父さまだわ。どうもありがとう」
平　山（上着を脱ぎながら不機嫌に）「何が?」
清　子「節子もとても喜んでましたわ、もう許してやらないとねえ……」
平　山「何を?」
清　子「谷口さんとの結婚よ」
平　山「おれはまだ許したなんて言ってやせん」

清子「でも、さっき幸子さんから電話で……」
平山「それァ幸子が勝手にかけたんだ」
清子「でも……」
平山「おれは仕様がないと思っただけだ」
清子「そう……」
平山「…………」
清子（微笑を浮べて）「でも、仕様がないと思って下さりゃ、それでいいのよ」
平山「何が――何がいいんだ」
清子「節子のことよ」
平山「あいつのことは知らん。おれは責任持たないぞ」
清子「いいの。責任はあの子たちが持ちます。そう言ってたじゃありませんか」
平山「そんなことアテになるか」
清子「でも……」
平山「でも、なんだ。お前、あの男のことよく知ってるのか。いつからあいつらの味方になったんだ」
清子「味方だなんて……」
平山「味方じゃないか。お前、一度見た位であの男の良し悪しがわかるのか」
清子「一度じゃありません。谷口さんあのあとでも家へ来たんです」
平山「何――。なぜそれ黙ってたんだ」
清子「お父さんご機嫌悪るかったし、節子会わせるなっておっしゃってたから……」
平山「一度や二度で人間がわかるか。――高梨さんの話はどうするんだ」
清子「そりゃァお父さんお断りして下さらなきゃ」
平山「いやだよ。おれァいやだ。お前が賛成ならお前が行って断りゃいいだろう。おれには責任ないからね」
清子「じゃ、あたしお断りして来ます」
平山「アア、行ってこい、行ってこい。おれァこのことには一切関係ないからね。おれァ不愉快なんだから、勿論結婚式にも出ないよ」
清子「そりゃァお父さん、それだけは出て頂かないと」
平山「いやだ。出ない」
清子「そう。じゃ、あたしも出ません」
平山「お前、出たっていいだろう。喜んでるんだから」
清子「いいえ、出ません」
平山「じゃ勝手にしろ」
清子「あの子たち、二人でどうにかするでしょ」
平山「どうにかって、どうするんだ」
清子「そんなこと、あたし知りません」
平山「そりゃお前、賛成しといて無責任じゃないか。大体お前の言うことは、いつだって無責任で、その場かぎりだ。先々どうなろうと、その場さえよけりゃ、それでいいのか。そんなもんじゃないぞ」
清子「だったらお父さんだって……」
平山「何が。――オイ、なんだ」
清子「ううん、もういいの」
と平山の上着を持って立つ。
平山「オイ、言ってみろ」
清子「もういいのよ」
平山「言いたいことがあったら言ったらいいじゃないか」
清子（正面切ってすわり）「お父さんて方はね、なんでもご自分の思うようにならないと、お気に入らないのよ」
平山「何がだ」
清子「そうじゃありませんか。いつだってそうよ。今度の節子のことだって、おっしゃること矛盾だらけじゃないの」
平山「矛盾？」
清子「そうよ。節子にボーイ・フレンドでもありゃ心配しないって、いつかも久子にそうおっしゃったじゃないの。それがほんとになったら、今度は不賛成だなんて、ご自分でおかしいとお思いにならない？」
平山「思わないね。それァ親としての愛情なんだ。それをお前、矛盾だっていうのか」

清子「そうよ。矛盾よ。もし愛情だったらおれには責任がないなんておっしゃれない筈よ。矛盾してるじゃありませんか」
平山「そんな矛盾なら誰にだってある。ないのは神様だけだ。人生は矛盾だらけなんだ。誰だってそうなんだ。だから矛盾の総和が人生だって言った学者だってある。お前だってそうじゃないか。矛盾だらけじゃないか」
途端に玄関のあくベルの音——
久子の声「只今——」
平山と清子、黙って見迎える。

75 玄関からの廊下

外から帰って来た久子が茶の間の方へくる。

76 茶の間

久子がくる。
久子（元気よく）「只今——」
清子「お姉さんは？」
平山「節子どッかへ行ったのか」
清子「ええ」
平山「どこ行ったんだ」
清子「谷口さんが明日広島へ発つんでお手伝いに——」
平山「どうしてそんなことがわかったんだ」
清子「あなたがお許しンなったと思って、節子が電話したんです」
平山「どうして出したんだ。出しちゃいかんと言っといたじゃないか」
清子「だから久子付けてやったんです」
久子「でもあたし先きィ帰って来ちゃった」
清子「どうして？」
久子「だってさ、とても仲よくて見ちゃいられないの。でもイチャイチャしてるんじゃないのよ。さらッとしてて、することがすべて愛情に溢れてンの。谷口さんて、とッてもいい人、いいお兄さんだわ。お父さま、あれだったら心配ない。大丈夫よ。安心していいわよ。——（と去りかけて）明日の「あさかぜ」だって。十八時三十分。あたしお姉さんと一緒に送ってくの」
と出てゆく。
平山、むッつりして立上り、奥の部屋へ去る。
清子、ニヤリとしてラジオをつける。
長唄「道成寺」のつづき「山づくし」あたりの曲が聞える。
清子、そこにある平山の上着をとって埃を払う。
平山、奥の部屋から半身を出して怒鳴る。
平山「オイ、うるさい！ ラジオ消せッ！」
そして、ピシャリと襖をしめる。
清子、ニヤニヤしてラジオのスイッチを切る。

77 晴れた日のゴルフ場

その情景——

78 クラブ・ハウスの附近

平山が戻ってくる。

79 クラブ・ハウス

平山がくる。
一隅の席に河合がゴルフの仕度をして休んでいる。
河合「よォ」
平山「やア」
と手を上げて近づく。
平山「いつ来たんだィ」
河合「さッきだ。君が廻ってるってンでね、待ってたんだ。昨日から来てるんだって？ どう、あたるかい」
平山「イヤァ、駄目だ……」
河合「そう。ゆうべ奥さん来られてね、お嬢さんいよいよ決まったんだってね。お目出とう」
平山「行ったのかい、君ンとこへ」
河合「アア。実は仲人頼まれてね」
平山「誰の？」

河合「誰のじゃないよ。君ンとこのだよ」
平山（面白くない顔で）「そうか……」
河合「大分気に入らないんだって?」
平山「アア……まァね」
河合「式にも披露にも出ないって言ってるそうじゃないか」
平山「アア……」
河合「気が向かなきゃ出ることないよ。おれが巧くやっとくよ。折角育てた娘を嫁にやるなんて、イヤァ、いやなもんだよ」
平山「おれはそれとは違うんだ」
河合「アア、それも聞いたがね。ま、こんなこたァ早い方がいいからね、どんどん進めるよ、いいね。適当にやっとくよ」
平山「けどおれァ出ないよ」
河合「アア、出るな、出るな。無理に出る必要ないよ」
平山「………」
河合「じゃ、それでいいね」
平山（力なく）「アア……」
河合「じゃ、この話決まったね。それからね、また久しぶりにクラス会やろうッてンだがね。どうだい?」
平山（ボンヤリしていたので）「——何?」
河合「クラス会だよ、中学の——」
平山「アア……」
河合「今度は関西の連中も合同でね、蒲郡あたりでやろうッてンだが、どうだい」
平山「アア……」
河合「出ないか。まだ先きの話なんだがね」
平山「アア、出ようか」
河合「出ろよ。久しぶりだ。——じゃおれ、一廻りしてくるよ。どう、もう一度……」
平山「イヤァ、一休みだ。疲れたよ」
河合「そうか。じゃ——」
平山「アア」

平山、ひとり椅子に残るが、何か気が滅入る。

平山（一方へ）「オイ、ビール……」

そしてそのままたじっと考えている。

80 夜 街燈

有栖川公園附近の静かな屋敷町——

81 平山家

その廊下——

82 電話口

富沢が電話をかけている。

富沢「モシモシ、モシモシ、双葉美容院ですか。——こちら、さッきお電話した平山ですけどね、平山。——ええ、そう、——明日ね、さッきお願いした時間より、一時間ほど早く来て下さい。——え、そう。お式は二時からですからね。そう、きっかり二時——わかりましたね。そう、じゃお願いします。間違いなくね」

と切り、茶の間の方へ戻ってゆく。

83 茶の間

富沢、来て、敷居際で、

富沢「美容院お電話いたしました。まいりますそうです」

84 次の間

白布をかけた卓に向って、清子、節子、久子の三人が食後の果物などをたべている。卓上に花。

清子「そう、ありがとう。ア、富沢さんもお赤飯あがってね」
富沢「はい、頂きます」

と去る。

久子（やがて）「お父さまおそいわね。どうしたんだろう……」
清子「ご用がおありンなるのよ」
久子「だってさ、あたし今朝そう言っといたのよ、今日は早く帰ってらっしゃいって。——お姉さん明日いっちゃうのにさ。変よ、このごろお父さま……」
節子（寂しく）「いいのよ、久ちゃん《チャア》——」

久　子「でもさ、今日ぐらい早く帰って来て、みんなと一緒にご飯たべたっていいじゃない」
清　子「でもねえ、あれでお父さん、いろいろ心配してて下さるのよ。隠してらっしゃるけど、谷口さんのことだって、ちゃんと興信所で調べてらっしゃるのよ。お母さん、見たんだもの」
節　子「——？」
久　子「お姉さん、それ食べないの？　頂戴——」
節子、自分の分のケーキを久子にやる。
清　子「ま、なんにもしてあげられなかったけど、向うへ行ってから不自由なものがあったら、そう言ってよ。おいおいに送ってあげるわ」
節　子「いいのよお母さま、もう沢山よ。この上送って頂いたって這入りきれやしないわ。向うの社宅、とても小さいんだっていうから……」
久　子「でもいいじゃない、狭いながらも楽しいわが家……（節子に）ねえ」
節子、黙って微笑を返す。
清　子「じゃ節ちゃん、あんた、まだいろいろあるだろうから、もう二階行っていいわよ」
節　子「ええ……」
頷くが、なんとなく立ちかねている。
清　子「——いつかの箱根がおしまいだったわねえ……。まだまだみんなで何処かへ行けると思ってたけど……」
久　子「行こうと思や行けないことなかったのよ。お父さま意地悪るだからよ」
清　子（たしなめるように）「久ちゃん《チャア》——」
久　子「でもいいわよねえお姉さん、谷口さんに連れてってもらえば。（清子に）広島からだったら安芸の宮島近いんでしょ？」
清　子「さァねえ……」
久　子「あたしも行きたいなァ」
節　子「来りゃいいわ、夏休みに」
久　子「ほんと？　ほんとに行くわよ」
節子、微笑して頷く。
清　子「さァさ、節ちゃん、いらっしゃい」
節　子「じゃ——」
と立って出てゆく。
二人、それを見送って、
久　子（急に真面目な顔で）「ねえお母さま、お姉さんね、ゆうべ泣いていたわよ」
清　子「——？」
久　子「あたしね、夜中に目が覚めたの。そしたらお姉さん泣いてるの。どうしたのッてったら、向う向いてスタンド消しちゃったの」
清　子「そう……」
久　子「お父さまがいけないのよ。あんないい人駄目だなんて。——谷口さんみたいないい人、そんなにないわよ。ねえ」
清　子（微笑して）「…………」
久　子「封建的のカタマリよ、お父さま——」
玄関のベルの音——
清子だけ立ってゆく。

85　廊下

清子が平山を出迎える。
清　子「お帰んなさい」
平　山「アア」
清子、鞄を受取る。

86　茶の間

平山と清子がくる。

久　子「お帰り——。ご飯たべちゃったわよ」

平山、黙って次の間を通りぬけ奥の部屋へ這入る。清子、ついてゆく。

87　奥の部屋

二人、来て、平山、ポケットから紙包みを取り出して、机の上に放り出し、ネクタイをほどく。

清子、それを取って開いてみる。

黒い絹靴下と白い手袋である。

清子、思わず平山を見る。

清　子「何、これ——？」

平山、答えず、ポケットのものを机の上

に出す。

清子「明日、お父さん、出てやって下さるの？」

平山（機嫌悪るく）「出ないわけにもいかんだろう。みなさん来てくれるんだから……」

清子（ホッとした顔で）「そう」

と急ぎ足に出てゆく。

88 次の間と茶の間

清子、そこを通りぬけて――

89 廊下

清子、来て、二階への階段を上ってゆく。

90 二階

清子がくると、古手紙の整理などしていた節子が、ふっと見迎える。

清子「節ちゃん、お父さま明日出て下さるって――」

節子「――？」

清子「あんたの結婚式、お父さま出て下さるのよ」

節子の目に涙が滲んでくる。

清子「よかったわね。ほんとによかった……。きっと出て下さるとは思ってたんだけど……」

節子、不意に顔を蔽って泣き入る。

清子「よかったわねえ……。これでお母さんもホッとしたわ……。ね、泣かないでいいのよ。あんた、明日いそがしいんだから早く片付けておやすみなさいね。――よかったよかった」

と立って出て行こうとする。

節子「お母さま――」

清子「何？」

節子「――すみませんでした……。いろいろ我儘言って……ご心配かけて……」

清子「いいのよ。あんたさえ幸せになってくれれば……。それでいいのよ……じゃ早く片付けてね」

と出てゆく。

節子、見送り、再び顔を蔽って泣き入る。

91 茶の間

清子がくる。

清子「久ちゃん、お姉さん手伝って上げなさい」

久子「うん」

と立つ。清子、奥の部屋へゆく。

92 奥の部屋

平山が着物に着更えて帯をしめている。

清子がくる。

清子「節子、とても喜んでました」

と平山の脱ぎ捨てたものを片付けながら、

清子「やっぱりお父さんに出て頂かないと……」

平山、黙って出てゆく。

93 次の間

平山、来て、白い布をかけた卓に向ってすわる。

つづいて清子がくる。

清子「お父さん、お赤飯あがる？」

平山「――？　お前はのんきでいいよ」

清子「何が？」

平山「おれァあいつに叛《そむ》かれるとは思わなかった……」

清子「叛くなんて……」

平山「イヤァ、なんとなく割切れないね。釈然としないよ」

清子「………」

平山「一生の大事を決めるのに、親の知らない間に相手があったってのは、どう考えたって不愉快だね。――こっちだって心配してたんだからね……」

清子「………」

平山「………」

94　夜　蒲郡
寄せ返す波——
竹島の桟橋——

95　同　旅館の庭
植込みの向うに海——

96　同　庭から見た座敷
同窓会の連中が十二人——マージャンお仕度出来ました」がくる。

女中「あちらのお部屋、マージャンお仕度出来ました」
A「アアそうかい。——じゃ、やろうか」
B「やろうやろう」
A（女中に）「オイ、あッちの部屋へビールくれ」
C「じゃ、ちょいとやってくらア、イーチャーン——」
と四人立ってゆく。

97　同　室内
あとに平山、三上、河合、堀江、菅井、林、中西の七人が白布をかけた長い卓を挟んでバラバラに残り、卓上にはまだ酒肴が乱れている。

河合「——イヤァ、細君に頼まれて、仲人はおれがしたんだけどね、平山どうも気に入らないらしいんだ、お婿さん——」
菅井（平山に）「どうして？」
平山「イヤァ……」
中西「なかなかこっちの思うようないい婿なんてないもんだよ。ま、なんてたって、折角育てた奴をやるんだもんなァ」
三上「菅井ンとこは子供幾人だい」
菅井、黙って手を振る。
平山「ないのか」
菅井、また手を振る。
林「多いんだよ、菅井ンとこ。——六人だろう？」
菅井、また手を振る。
堀江「七人か」
菅井、うなずく。
河合「みんな女だろう」
菅井、うなずく。
河合と堀江と平山が笑う。
堀江「そうだろうな」
河合「そりゃそうだろう」
菅井「何が？」
平山「イヤ、いいんだよ。こっちのこった」
中西「しかし、なんだねえ、子供って奴も、子供だ子供だと思ってるうちに、いつのまにか大人になってくもんだねえ」
三上「全くだねえ……」
堀江「尤もそれでなきゃ困るがね。——オオ、三上、あれやってくれ、久しぶりに」
三上「何」
堀江「ホラ、あれだよ、呉でやった正行《まさつら》の……」
三上「アア、ありゃいかん」
平山「なんだい」
堀江「詩吟だよ」
菅井「アア、そいつァ聞きたいな」
河合「オイ、やれよ」
一同（口々に）「やれやれ、オイ、やれよ」
三上「じゃ、やるか。……だが、ちっと時代がずれとるぞ」
と軽く咳払いして正座し、
「楠正行如意輪堂の壁板に辞世を書するの図に題す」
と前置きして朗吟する。
乃夫之訓銘二于骨一
先皇之詔耳猶熱
十年蘊結熱血腸
今日直向二賊鋒一裂
想辞二至尊一重来茲
再拝俯伏血涙垂
同志百四十三人
志表三十一字詞
かへらじとかねて思へば梓弓
なきかずにいる名をぞとどむる
以鏃代筆和涙揮

鉎迸二板面一光陸離
北望二四条一賊氛黒
賊将誰何高師直

三　上（そこまで吟じてアグラをかき）「ま、この辺でやめとこう」
堀　江「まだあるんだろう？」
菅　井「あるんならやれよ」
平　山「オイ、やれよ」
三　上「まァいい。あんまりやるとボロが出る」
堀　江「オイ、やれ」
林　「アア、やっぱりいいもんだなァ」
中　西「アア、いいなァ」
河　合「ウーム……（と低く歌い出す）青葉茂れる桜井の――か」
菅　井（つづけて歌う）「里のわたりの夕まぐれ……」
一　同（合唱）「木《こ》の下蔭に駒とめて、世のゆく末をつくづくと、忍ぶ鎧の袖の上《え》に、散るは涙かはた露か……」

98　**朝**

寄せ返す波――

99　**竹島の桟橋**

そこの欄干に凭れて平山と三上が話している。

平　山「――それで……会ったのかい、文子さんに」
三　上「アア……。それからチョイチョイ家へも来るんだけどね。――まァ、どうにかやってりゃそれでいいよ……」
平　山（眼を海に移して）「………」
三　上「むずかしいもんだよねえ、子供を育てるってことは――」
平　山「ウーム」
三　上「ま、結局子供には負けるよ……。思うようにはいかんもんだ……」
平　山「ウーム……そうだねえ……」
三　上「イヤ、お互いに年だよねえ、クラス会で子供の話するようになったんだから……」
平　山「アア……ねえ……」
三　上「未醒池塘春草夢か……」
と、両人そのまま海を眺めている。

100　**京都**

東寺の塔。遠く東山が見える。

101　**東山**

その緩やかな稜線――

102　**祇園に近い小路**

幸子がお茶の稽古から帰って来る。

103　**旅館「佐々木」の裏口**

幸子が帰ってくる。
洗い物をしている女中のお松が見迎える。

幸　子「ただ今――」
お　松「お帰りやす。アア、東京の平山はんお見えンなってはりまッせ」
幸　子「そう。どこ？」
お　松「奥の部屋どす」
幸子、うなずいて、奥へ行く。

104　**廊下**

幸子、そこを通って――

105　**奥の座敷**

幸子が這入ってくる。
平山と初が振向く。

幸　子「こんにちは――」
初　「ア、お帰り――」
幸　子「おいでやす」
平　山「や、こないだ節子の結婚式、わざわざ出て来てくれてありがとう」
幸　子「いいえどう致しまして。どうもお目出とうございました。――小父さま、なんのご用でお見えになりましたの？」
平　山「アア、蒲郡で中学のクラス会があってね、ついでに大阪まで来たもんだから……」

幸子「そうどすか。もうご用おすみになりましたン?」

平山「アア」

初「なァ幸子、今もお話してたんやけどな、なんやったいな、お二人にえらいお気に入ってもろたもん……」

幸子「なんどす?」

初「ホレ、おいしいおいしい言うてはったもん……」

幸子「アア、菜ノ花漬どすか」

初「アア、そやそや。えらいお気に入りましてなァ。――ねえ君、これうまいねえ……そうですねえ……君、これ好きか……うち、好きです……ほんまに仲のええこと、なァ幸子。……ソンでやっぱりこのお座敷に泊って頂いたんどすわ」

平山「そう。そりゃいろいろ世話になって……」

初「いいえ、ちょっともお構いもでけしまへなんだけど……」

幸子「たった一晩お泊りやしただけで……」

初「もっとゆっくりして頂こうとおもてお止めしたンどすけどなァ、僕勤めの都合がありますからって、次の日、遊覧バスでグルッと名所廻らはって、その晩、お発ちやしたンどっせ」

平山「そう」

初「あッさりしたええお方どすなァ。幸子にもあんなええお婿さん授けてほしいどすわ。なァ幸子――」

幸子「ほんまや。あんなお方やったら、うち、いつでもいきますわ」

初「あんなええお方、どこがお気に入りまへんの?」

平山「イヤァ、別にどこが気に入らないってわけじゃないんだけどね……」

お松がくる。

お松「おかみさん、ちょっと――」

初「なんや?　うちか?」

と平山に会釈して、お松につづいて出てゆく。

幸子「小父さま、せんだってはすまんことで……」

平山「何?」

幸子「悪う思わんといとくれやっしゃ。堪忍どっせ」

平山「アア、トリックかい」

幸子「へえ。一世一代の大芝居や。どうどす。うち、名優どっしゃろ」

平山「アア、巧かったよ。まんまと一杯くっちゃったィ」

と立上って縁側へ出る。

平山「しかし、あの芝居、みんな出鱈目かい」

幸子「へ、何どす?」

平山、そこの椅子に腰をおろす。

平山「君に好きな人が出来たってことも嘘なのかい」

幸子「へえ――。ほんまやったらうれしいのやけど、なかなか出来まへんわ」

平山「どうして?」

幸子「そんな暇あらしまへん」

平山「さッきもお母ちゃん、そう言ってたけどね、君の結婚、本気で心配してるんだよ」

幸子「そら誰の前でもそう言いますんや。口癖どすわ」

平山「そんなこたないさ」

幸子「いいえ、そうどす。お母ちゃん、口先きだけそんなこというて楽しんでますけど、ほんまは、うちを手放しとうないのんどす」

平山「まさかそうでもあるまい」

幸子「そうどすのや。お母ちゃん一人で勝手に候補者探して来たり、その話こわしたり、子供が積木してるのと同じこつどすわ。結構楽しんでます」

平山「そうかねえ……そうだろうか」

幸子「そうどす。かないまへんわ」

平山「だけど、もう君も本気で考えないといけないね」

幸子「そやけど、あんなお母ちゃん一人残して、うち、嫁《い》けますかいな。心配でいかれしまへん。うちが嫁ったら、もう朝から晩までなんやかんやとお松と口喧嘩ばっかりで、うちンなか無茶苦茶でござりまするわ」

平山、笑う。

幸　子「お松もよう辛抱してくれてますわ」

平　山（笑って）「君がお嫁にいくのが心配なら、お婿さん貰ったっていいじゃないか」

幸　子「お婿さんやったら、とってもお松のようには保《も》ちまへんわ」

平山、笑って椅子から立って部屋に戻る。

平　山「だけどねえ……お母ちゃんのことはそう心配しなくったっていいんだよ。親は子供の幸せに従《つ》いてゆくべきものなんだ。子供が幸せになりゃ、親はそれでいいんだよ」

幸　子「そうどすやろか」

平　山「そうだよ。お母ちゃんのことなんか気にしないで結婚おしよ。あんなお母ちゃん、どうだっていいんだよ」

幸　子「でも小父さま、それおかしいわ」

平　山「どうして？」

幸　子「小父さま、うちに結婚なんかよせよせっておっしゃったやないの」

平　山「言ったかな」

幸　子「結婚は黄金《きん》やと思たら真鍮やったって……」

平　山「アア、そんなことも言ったね。……でもね、その真鍮を黄金にするんだよ。それが本当の夫婦なんだ。ね、結婚おしよ。もうしなきゃいけないよ」

幸　子「小父さまのお話、あんまり飛躍して、うち、まごつきますわ。する方がええのか、せん方がええのか、どっちがほんまどすの？」

平　山「そりゃ、するんだよ。する方がいいんだよ」

幸　子「それ、トリックと違いますか」

平　山「イヤァ、僕ァ君ほど巧く芝居は出来ないけどね、そりゃまァよく考えて、気に入った相手があったらするんだよ。君が幸せになりゃお母ちゃんだって幸せになるんだよ」

幸　子「……（目を伏せて考えているが）考えときますわ」

平　山「アア、そりゃ考えた方がいいよ」

幸子、さすがに真面目な顔で頷く。
そこへ初がそわそわと戻ってくる。

初「アア、もう、いそがしい、いそがしい」

平　山「なんだい、お客さんかい？」

初「お客さんならよろしおすけど、税務署どすがな。——幸子、近いうち、一ぺんいって来とおくれ」

幸子、頷く。

初「いつも来る人あるやろ、あの人と違うえ。スカッとして、髪分けて、ええ柄のネクタイして、男前でなァ、近日中にハンコ持って来て下さいって言わはってなァ」

平　山「その人どうだい、幸ちゃんのお婿さんに」

初「へえ。——ねえ、どこにどんなええ人いやはるかわかりまへんわなァ」

幸　子「もうええ、お母ちゃん。——ねえ小父さま、節子さんなァ、うちにこう言うてはりましたえ」

平　山「なんて」

幸　子「節子さんの結婚、小父さまご機嫌わるうて、最後まで一ぺんも笑い顔お見せにならなんだって……。それが節子さん何より心残りやったって……」

平　山「………」

初「そうか。そんなこと言うてはったか。へえ。可哀そうに節子さん……。（平山に）見せてあげとおくれやす、笑い顔——。わけないこッちゃ。ニコッと笑うたげたら、それでよろしいんや。どうどす、今から」

平　山「何が？」

初「なァ幸子、今から広島へ行ってもろたらどうやろ？」

幸　子「そらええ。……今までのお母ちゃんの考えのなかで一ばんええわ。大出来やお母ちゃん。――ねえ小父さま、すぐ行ってあげなさい」
平　山「広島へかい？」
幸　子「そうどすがな。そして早う安心させて上げなさい」
初「そやそや、そらええ。そう決めた」
平　山「そうはいかないよ。会社があるよ」
幸　子「会社なんかよろし。この方が大事や」
初「幸子、早う奥さんに電話おかけ。気の変らんうちや」
幸　子「そうしよ」
と立つ。
平　山「オイ、オイ、待ってくれよ、オイ」
幸　子（平山を無視して）「お母ちゃん、今日はセングリセングリええ考え出るなァ」
初（自分の頭を指さして）「違うわ、ここが」
幸　子「そうか」
と急ぎ足に出てゆく。
平　山「オイ、幸ちゃん――」
幸　子「お母ちゃん、小父さま連れて来て！」

106
廊下
幸子、そこを通りぬけて――

107
電話のある廊下
幸子、来て、ダイアルを廻す。
幸　子「ア、東京、四五の三一三六――こちら祇園の二七八四――」
そして見返ると平山が初に押されてくる。
幸　子（電話に向って）「ア、モシモシ、ア、小母さま、ご機嫌よろしゅう。幸子どす。アノ、小父さま、今から広島へ行かはりますって、節子さんとこ……。へえ……へえ……そうどす……。今、小父さまと代ります……（と受話器を平山に出して）さ、小父さま」
で、平山、受取って、出る。
平　山「ア、モシモシ、おれだ……うん、そうなんだ……アア、そういうことになっちゃったんだがね、……行くんだ、広島――」

108
平山家の電話口
清子が出ている。
清　子「そう。行って下さるの？　そう、そりゃよかった……。節子、きっと喜びますわ。……ええ……ええ……そりゃ大丈夫……。アア、よかった……そりゃよかった……節子、ほんとに喜びますわ……あたしも安心しました。……ええ……ええ……じゃ、よろしくおっしゃって……ええ……さよなら……」
と電話を切り、廊下を茶の間の方へ戻る。

109
茶の間
清子、餉台の前にすわるが、嬉し涙が滲んでくる。

110
裏庭
いい天気で洗濯物が乾してある。

111
汽車の中
ボーイがくる。
平山が呼びとめる。
平　山「ア、君、これ頼むよ」
と電報の頼信紙と紙幣を出す。
ボーイ「は――」
と受取る。
平　山「一四ジ一八フンヒロシマニツク、段落、チチ――いいね」
ボーイ「はァ……大阪でお打ちいたします」
平　山「アア、どうぞ」
ボーイ、戻ってゆく。
平　山（窓外などに目を移し、おのずから口ずさむ）「青葉茂れる桜井の、里のわたりの夕まぐれ……」
鉄橋かかる。

112 東淀川の鉄橋

平山の乗った急行「かもめ」は今や広島へ向って驀進してゆく。

――終――

お早よう

脚本

野田　高梧
小津安二郎

製作……山内 静夫
脚本……野田 高梧
　　　　小津安二郎
監督……小津安二郎
撮影……厚田 雄春
美術……浜田 辰雄
音楽……黛 敏郎
録音……妹尾芳三郎
照明……青松 明
編集……浜村 義康

林 敬太郎……笠 智衆
民子……三宅 邦子
実……設楽 幸嗣
勇……島津 雅彦
有田節子……久我 美子
原口みつ江……三好 栄子
辰造……田中 春男
きく江……杉村 春子
幸造……白田 肇
大久保善之助……竹田 法一
しげ……高橋 とよ
善一……藤木満寿夫
富沢汎……東野英治郎
とよ子……長岡 輝子
丸山明……大泉 滉
みどり……泉 京子
福井平一郎……佐田 啓二
加代子……沢村 貞子
伊藤先生……須賀不二夫
押売りの男……殿山 泰司
防犯ベルの男……佐竹 明夫
おでんやの女房……桜 むつ子

一九五九年（昭和三十四年）
松竹大船
脚本、ネガ、プリント現存
7巻、2570m（九四分）カラー
五月十二日公開

1　東京郊外　小住宅地附近の踏切（火曜日）

遮断機がおりて、ベルが鳴り、赤電燈が明滅して、電車が通り過ぎてゆく。

2　附近の土手

中学一年生の実、幸造、善一（いずれも13）それに実の弟、小学一年生の勇（7）が「有楽町で逢いましょう」カンカンなどとノド自慢の真似をしながら帰ってくる。

善　一（自分のおでこを指で押して、実に）「おい、ちょっとまた押してみな」

実、善一のおでこを指で押す。

善一、プッとおナラをする。

勇「ぼくも……」

と押すが今度は駄目。また押す、善一、またおナラをする。

善　一「どうだイ」

と得意で、今度は善一が幸造のおでこを押す。一度、二度、三度。幸造、努力するが駄目。そして途端に渋い顔をする。

善　一「ナンダイ、駄目じゃないか」

と、また歌謡曲を唄って歩き出す。

土堤の見える路地にて、相撲放送ラジオにWる。

幸造、渋い顔をしたまま動かない。

実（振返って）「オイ、どうしたんだイ、おいでよ」

善　一「どうしたんだ、来いよ」

幸造、動かず、しょんぼりする。

3　大久保家（小住宅の一軒）**の路地**

向うに土手が見える。

4　同　茶の間

細君のしげ（40）が子供のズボンを繕っている。

玄関のあく音――

とよ子の声「奥さん――」

で、しげが出てゆくと――

5　玄関

近所の富沢家の細君とよ子（48）が買物籠を下げて立っていて、

とよ子「これ――」

と、買って来たソースを出す。

し　げ「アア、すみません。――（と買物籠を覗いて）アラいいホーレン草」

とよ子「高くなったわよお野菜。これで×十円……」

し　げ「そう。滅多におしたしも食べられないわねえ」

とよ子「そうよ。――（ちょっと声をひそめて）ねえ奥さん、妙なこと聞いちゃったのよ。先月分の婦人会の会費ね、まだ納まってないんだって」

し　げ「だってもうとうに出したじゃないの」

とよ子「そうなのよ。今ね西口のマーケットで会長さんに会ったのよ、そしたらうちの組だけまだだって……」

し　げ「だってあたし確かに出したわよ」

とよ子「あたしだって出したわよ」

し　げ「じゃ、どういうの？　おかしいじゃない」

とよ子「おかしいわよ。――でも、まさかねえ」

し　げ「なアに？」

とよ子「ねえ、ホラ、お隣り、洗濯機買ったじゃない？」

し　げ「ウーム――でも、あれ月賦だっていってたわよ」

とよ子「だってさ。まだ会費届けてないっての おかしいじゃない」

し　げ「ウーム」

途端に裏口で――

きく江の声「奥さん――」

とよ子（声をひそめて）「ア、来た来た」

し　げ「はァい」

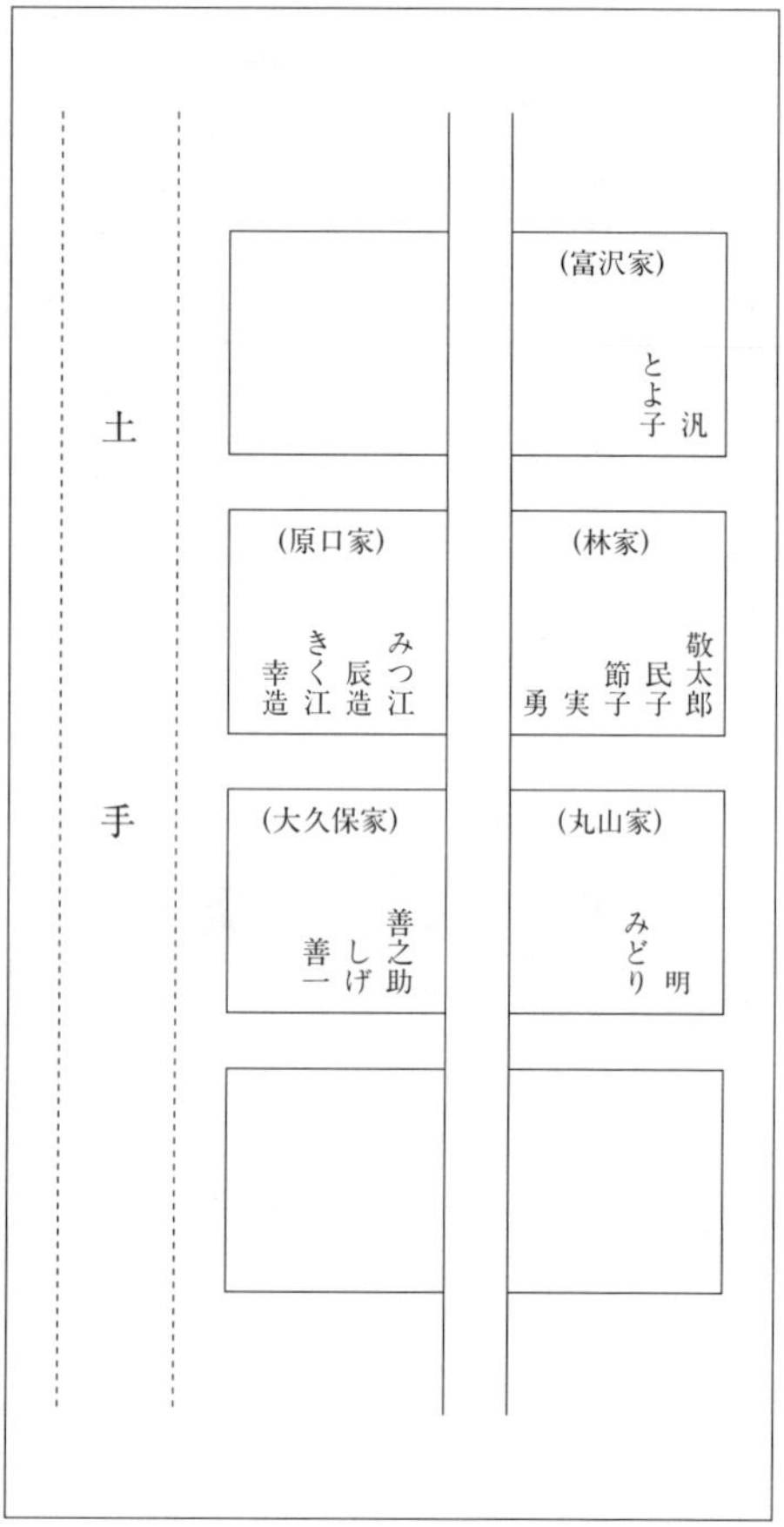

6 勝手口

原口家の細君きく江（38）が回覧を持ってきている。

きく江「婦人会の回覧、ここへおいてきますわよ」

しげ「ア、どうも」

で、きく江がそこの路地をわが家の方へ戻りかけると、向うから、善一と、少しおくれて、元気のない幸造が帰ってくる。

きく江「ア、お帰んなさい。——」

善一「只今ァ」

と大久保家の勝手口へ這入ってゆく。

きく江（向うから来る元気のない幸造を見て）「どうしたの？」

幸造（元気なく）「只今ァ……」

きく江、気にせず自宅（原口家）の勝手口へ這入ってゆく。

幸造、しょんぼりと近づいてくる。

7 大久保家　茶の間

善一、廊下の机の上にカバンを放り出してゆこうとする。

しげが玄関から振返る。

しげ（善一に）「どこいくの。またお向いなんか行っちゃ駄目よ」

善一「行きやしないよ。勉強するんだよ」

と一度机に戻るが、教科書の文句を口先だけで暗誦しながらコソコソ逃げ出しかける。

8 玄関

とよ子としげ——

しげ「ほんとに困っちゃうんですよ。テレビばっかり見たがって」

とよ子「アア、今お相撲ね」

9 路地

善一、出てくると、原口家の台所口に幸造の姿が見える。

善一「幸ちゃん、先きィ行ってるよ」

と声をかけて路地を表通りの方へ出てゆく。

10 原口家　台所

洗濯機がある。幸造がきく江にねだっている。

幸造「ねえお母さん、出しとくれよ。ねえ……」

きく江「どうしたのさ。お腹まだ悪いのかい。どうしてそうサルマタよごすのさ。毎日じゃないか。そんなつもりで洗濯機買ったんじゃないよ」
幸　造（無言、やがてまた）「お母さん、出しとくれよ、サルマタ」

11　大久保家　玄関

とよ子としげ――
しげ「そりゃお相撲見たがるのはいいわよ。でも、あすこの家ィいくと、ろくなこと覚えてこないのよ。教育上、困るのよ」
とよ子「でしょうねえ。うちはあんまりつきあいないけど……。どういうの、ご夫婦そろって昼間ッから西洋の寝巻着て――」
しげ「池袋のキャバレーにいたんだっていうから無理もないけど……」
とよ子「へえェ、そういう人？　道理で……。（と腰をあげて）じゃ、どうも……」
しげ「ア、このおソースおいくらでしたの？」
とよ子「いいわよ、あとで。――うちも立て替えて頂いてるから。一緒にしましょう」

12　表の道

同じ形の小住宅が道を隔てて並んでいる。（三四四ページの図参照）
とよ子が大久保家から出てきて、筋向いの自宅（富沢家）へ帰ってゆくと、路地から幸造が出てきて、向いの丸山家へ駈けてゆく。

13　丸山家　居間

扉あける。
テレビの放送となる。
北葉山、冨樫の取組。
日本間に洋風の家具、洋風の装飾――
善一がテレビの前にすわり、主人の明（30）がガウンを着て椅子に腰かけ、パイプを銜《くわ》えている。
玄関があいて幸造が来る。
幸　造「こんにちは」
明「アア、おあがり」
幸　造「うん」
と上ってくる。
幸　造（善一に）「実ちゃん、まだか」
善　一「うん、まだ。――今日、いいぞ若乃花」
明「幸ちゃん、どっち勝つと思う？」
幸　造「そんなこと決まってるよ。なァ善ちゃん――」
善　一「決まってるさ。上手投げ、凄げえンだもん」
明「そうか。（と笑いながら）ほら、おたべよ」
と、そこの南京豆をすすめる。
みどり（25）がこれもガウン姿で出てくる。
みどり（明に）「あんた、もう出かける時間よ。（そして子供たちに）お隣の坊やどうしたの？　来ないの？」
善　一（幸造に）「呼んでやろか」
幸　造「うん」
で、二人、窓から隣に向って呼ぶ。
善　一「オーイ、実ちゃァん――」
幸　造「来いよォ、実ちゃァん――」
その間に明は立上って出てゆく。

14　隣の林家の窓

実と勇が顔を出す。
善　一「何してンだい、早くおいでよ」
実、ゼスチュアで「行く」ことを示す。

15　林家の子供部屋

実、英語の本を持って出てゆく。勇もついてゆく。

16　茶の間

民子（37）が洗濯物にアイロンをかけている。子供たち、来て、
実「行ってまいりまァす」
勇「行ってまいります」
民　子「どこ行くの？」
実「英語習いに行くんだよ。English」

民　子「勇ちゃんも?」
勇　「そうだよ」
民　子「またテレビじゃないの?　お隣行っちゃ駄目よ」
実　「"Of course madam"」
勇　「アイ・ラヴ・ユウ」
民　子「バカねえ」
で、子供たち、出かけてゆく。
民子がアイロンをかけていると、勝手口で、
とよ子の声「奥さん——」
民　子「はい、どなた?」
と立ってゆく。

17　勝手口

とよ子が来ている。
とよ子（声をひそめて）「ねえ奥さん、あのねえ、ちょいと変なこと伺うようだけど。あなたお集めンなった婦人会の会費ね、もう組長さんとこお届けンなった?」
民　子「ええ、とうに……十日ぐらい前かしら」
とよ子「そう、やっぱりね。——それがねえ奥さん、まだ会長さんとこ届いてないんですってさ」
民　子「どうしてでしょう?」
とよ子「いいえね、大久保さんの奥さんがおっしゃるのよ、組長さんとこ洗濯機買っちゃったって」
民　子「でもまさか……」
とよ子「そりゃそう。——でも大久保さんの奥さん、たしかにあなたにお渡ししたのにって……」
民　子「ええ、そりゃたしかに頂きましたわ。じゃ、組長さんに伺ってみましょうか」
とよ子「でもねえ……もしかして……」
民　子「だって、あたくしたしかに……」
とよ子「そりゃそう。奥さん間違いッこないわよ」
民　子「じゃ、どういうんでしょう」
とよ子「ねえ」
民　子「困りますわ、あたくし……」

18　丸山家　居間

テレビ放送、若秩父、北の洋の取組になる。

実、勇、幸造、善一が相撲のテレビを見ている。みどりも何か食べながら見ている。玄関まで見通しである。

と、その玄関があいて、きく江が這入ってくる。

きく江「ごめん下さい。——（と子供たちを見て）幸造、また来てたのね!　駄目じゃないか。（とみどりに）こんにちは。（と愛想よく）いつもいつもお邪魔ばっかりして、ほんとにご迷惑ですわねえ。（と幸造に）英語どうしたの?　いかないのかい?　実ちゃんもどうしたの?　善ちゃんもお母さんにおこられるわよ、こんなとこへ来てて。（みどりに）ほんとにご厄介ですわねえ、お宅も……」

みどり「うちは構わないんです、ちっとも」

きく江（子供たちに）「さ、何してンの!　お帰り!」

幸造、しぶしぶ立つ。

きく江「さ、みんな!　みんな!」

善　一「ぼくァいいんだ、英語行かないんだもん」

きく江「何言ってンの!　言い付けるわよお母さんに!　さ、おいでおいで!」

で、子供たち、みんなしぶしぶ立って行く。

きく江（みどりに）「ごめんあそばせ」

と会釈して出てゆく。

19　玄関

実と勇がみんなについてゆくのをみどりが「ねえ」と呼びとめる。
みどり「アパートへ行ったらね、先生にお姉ちゃんがよろしくってね」
実　「お姉ちゃんて小母ちゃんかい?」

みどり「そうよ、あたいだよ」
　実、頷き、勇と共に出てゆくが、すぐ、勇だけ顔を出して、
勇　「アイ・ラヴ・ユウ」
　と言って表戸をしめる。

20　表の道

　実と勇がふと見ると、民子が自宅（林家）から出てきて、その二人に気付く。
民　子「何グズグズしてたの？　英語どうしたの？」
　子供たち、むすっとして去ってゆく。
　民子、それを見送って大久保家へ這入る。

21　大久保家　玄関

　民子、這入ってくる。
民　子「ごめん下さい。奥さん――」
しげの声「はい、どなた？」
　と、しげが出てくる。
民　子「アア、ねえ奥さん、今、富沢さんから伺いましたんですけど、今月の婦人会の会費ね、あたくし、とうに組長さんの方へお届けしてありますのよ。なんですか大へんゴタゴタしてるようで、まるであたくしの責任みたいで、あたくしとしてもほんとに……」
し　げ「アラそんなことありませんわよ奥さま。わかってますわよ、お宅じゃないこと。いやですわ、わざわざそんなことで……」
民　子「でも、あたくし……」
し　げ「いいえね、ただね、お隣り、組長さんとこで、洗濯機買ったなんて、富沢さんの奥さんがおっしゃるもんですからね、だから、つい……」
民　子「でも、それとあたくしの方とは……」
し　げ「そう。そりゃそう。そりゃ全然関係ありませんわよ。でもねえ奥さま、それがまだ会長さんンとこへ納まってないってのはどういうんでしょう。一番ご迷惑なのはあなたよ、ねえ奥さま」
民　子「じゃ、あたくし一度組長さんに伺ってみますわ。あたくしとしても責任がありますから」
し　げ「ああ、そりゃお止しになった方がいいわ。そうなったら組長さん、立場ありませんもの」
民　子「でもあたくし……」
し　げ「大丈夫よ奥さま、みんな奥さまを信用してますもの。誰が黒いか白いか、そのうちハッキリしますわよ。安心してらっしゃいよ。犯人は誰だってなものよ。ホラ、こないだ駅前の映画館でやってたじゃないの」
民　子「…………」

22　遠くのアパート

　それがこの小住宅地の一角から見える。

23　そのアパートの外景

24　そこの廊下

　一隅の洗場で福井加代子（39）が食器などを洗い、それを持って部屋へ帰ってゆく。

25　そこの一室（福井姉弟の部屋）

　実、幸造、それに勇も傍にいて、加代子の弟平一郎（29）から英語を習っている。
　平一郎、自分も飜訳の仕事をしている。
　加代子が来て、そこを通りぬけながら、
加代子（平一郎に）「あんた、頼まれた飜訳出来たの？」
平一郎「今やってンだよ」
　加代子、別室に去る。
平一郎（実に）「オイ、読んでごらん」
実　（読む）「My sister is three years younger than me」
平一郎「なんてことだい？　訳してごらん」
実　「ワタクシのイモウトは三サイで、ワタクシよりワカイ」
平一郎「そうか。――幸ちゃん、どうだい」
幸　造「…………」

平一郎「オイ、どうだい、訳してごらん、オイ」
と幸造のおデコを指で突く。幸造、途端にブッとオナラをする。
実「幸ちゃん、大丈夫か」
幸造「大丈夫だイ」
平一郎「どうしたんだい」
幸造「このごろ流行ってンだ」
平一郎「何が?」
幸造「ちょっと、ここ、もう一ぺん押してごらん」
平一郎、また幸造のおデコを押す。
幸造、またオナラをする。
幸造「おれ、毎日練習してンだ。お芋だけじゃ駄目なんだ。軽石粉《こな》にして混ぜなきゃ」
平一郎「そんなバカなこと誰に聞いたんだい」
幸造「善ちゃんちの小父さんだよ。うめエんだぜあの小父さん――」

26 夕方　大久保家　茶の間

主人の善之助(49)が勤めから帰ったばかりで、くつろいで夕刊を見ている。善一も傍で何かしている。

善之助、ブーッとオナラをする。善一、思わず父を見る。

台所から、しげが顔を出して、
しげ「あんた、呼んだ?」

善之助(見返りもせず)「呼ばないよ」

しげ「ア、そう」

と引込む。

27 同刻　林家　台所

民子が夕飯の仕度をしている。
玄関のあく音――
実「只今ァ」
勇「只今ァ」
と顔を出す。
民子「あんたたち、どうしてお母さんの言うこと聞かないの? また行ったわね、お隣り――」
実「いいじゃないか、テレビ見に行くんだもん」
民子「いけないって言ってるじゃありませんか」
実「ならテレビ買っとくれよ」
民子「何言ってンの」
勇「買っとくれよ、テレビ」
民子「駄目駄目、さァさ、もうごはんよ」
お鉢を持って茶の間へ行く。
実と勇、ついてゆく。

28 茶の間

民子、卓袱台の上を整える。

実(オカズを見て)「What is this? ナンダ、またサンマのヒモノと豚汁か」

民子「贅沢言うんじゃないの! 勇ちゃん、あんたも言いたいの?」

勇「言わないよ」

で、民子、二人にごはんをよそってやる。

玄関の戸があく。

29 玄関

主人の敬太郎(46)と民子の妹の節子(24)が一緒に勤めから帰ってくる。
民子が出迎える。
民子「お帰んなさい」
敬太郎「ああ」
節子「只今」
民子「一緒だったの?」
節子「ええ、駅でおりたら……」
三人、這入ってくる。
実(ごはんを食べながら)「お帰り」
勇「お父さん、またサンマの干ものだよ」
民子「勇ちゃん、あんた、言わないって言ったでしょ」
勇(節子に)「叔母ちゃん、豚汁おいしいよ」
節子「そう。よかったわね」
実「よかないよ、毎晩だもん」
敬太郎、上着だけぬいで、廊下の方へ出てゆく。
実「ね、叔母ちゃん、アパートの先生ね、

叔母ちゃんに頼まれた英語、明日の朝まで待ってくれッてさ」
節　子「そう。——どうした、今日、若乃花——」
実　「知らないよ、うちにテレビないんだもん。——ねえお母さん、テレビ買ってよ」
民　子「駄目よ」
節　子「ラジオでわかるじゃないの」
実　「駄目だい、テレビでなきゃ」
勇　「ラジオじゃ見えないよ」
実　「ねえお母さん、テレビ買っとくれよ、お母ァさん、ねえ」
勇　「買っとくれよ」
民　子「駄目駄目、駄目ですよ」
敬太郎がタオルで手を拭きながら出てくる。
敬太郎「誰だ、洗面所で万年筆洗ったの」
実　「僕じゃないよ」
勇　「僕でもないよ」
敬太郎「じゃ誰だ、仕様がないな」
と、敬太郎が再び洗面所の方へ消えると——
勇　「僕、知らないよ」
実　「僕も知らないよ」
で、子供たち、黙々と食事をつづける。

30　翌朝（水曜日）　土手

登校の途中の実、勇、幸造、善一の四人が道草を食いながらブラブラ歩いてゆく。
伊藤先生(35)が来る。
伊　藤「おい、お早よう」
子供たち、口々に「お早ようございます」と挨拶する。
伊　藤「オオ、道草食ってちゃ駄目だぞ」
と追越してゆく。
善　一「オイ」
と実を呼び、実が振向くと、そのおデコを押す。一度、二度。しかしオナラは出ない。
善　一「駄目じゃないか」
と今度は幸造のおデコを押す。と、みごとに出る。
善　一「うまい！　おれ、押してみな」
勇　「ボクに押さして！」
と押す。
うまく出る。
善　一「どうだい」
と得意になる。

31　大久保家　茶の間

善之助、ひとりで服を着更えながら、ブーッとオナラをする。
しげが台所から顔を出す。
し　げ「あんた、呼んだ？」
善之助「いいや」
で、しげが引込むと、善之助、またオナラをする。
しげがまた顔を出す。
し　げ「なァに？」
善之助「アア、あのねえ、今日亀戸の方へ行くけど、葛餅でも買ってくるか」
し　げ「そうねえ、買ってきてよ。——いいお天気ねえ」

32　同じ朝　アパートの遠景

33　同　廊下

出勤の途中の節子が来る。
福井の部屋のドアをノックする。

34　室内

平一郎が飜訳の仕事をつづけている。
ノックの音に「はい」と答える。
節子が這入ってくる。
平一郎「あ、お早よう。早いですね」
節　子「お早よう。飜訳出来まして？」
平一郎「アア、まだやってるんですがね。テクニカル・タームが多くて、一々字引くんで、やっと七分かな」
節　子「会社へは今朝持ってくことになってるんですけど、あと、どうなんですの？」

平一郎「そうだなァ……じゃ、これだけ持ってってくれませんか。（と二、四枚残して揃え）あと、今日中にやっときますよ」

と渡す。

節　子（受取って）「じゃ、間違いなくね」

平一郎「ええ。――（奥の部屋の方へ）アア、姉さん、節子さん――」

奥の部屋から加代子が出てくる。

加代子「あ、いらっしゃい」

節　子「お早うございます」

加代子「お早よう。もうお出かけ？」

節　子「ええ。いつもご厄介なことお願いして……」

加代子「いいえ、助かってンのよ、いいアルバイトで……」

平一郎「雑誌社がつぶれてからルンペンですからね。なんでもやりますよ」

節　子「じゃ、頂いてきます。どうも……」

と帰りかける。

加代子「ア、節子さん――。アノ、あたしたちの今度のクラス会ね、椿山荘みたいなとこでどうだろうって話あるんだけど、ちょっとお姉さんにそう言っといてよ」

節　子「ええ言っときます。――じゃ」

加代子「行ってらっしゃい」

節　子「ごめん下さい」

平一郎「さよなら」

で、節子が出てゆくと、

加代子「いい人ねえ節子さん――」

平一郎（仕事をつづけながら）「ウム……」

加代子「あんな人があんたのお嫁さんになってくれるといいんだけど……」

平一郎「冗談じゃない、僕ァ今やルンペンだよ」

加代子「そんなこと問題じゃないわよ。そういつまでもルンペンってわけじゃなし……」

平一郎「それより姉さんの方どうなんだい、セールスうまくいってンの？」

加代子「うん、今日またオースチィンが一台売れそうなのよ」

平一郎「そう、そりゃいいね」

加代子、三面鏡に向って化粧を直す。

35　同刻　原口家　台所

きく江が何か不愉快そうに口の中でブツクサ呟きながらエプロンをはずし、下駄を突っかけて出かけてゆく。

36　表の道

丸山みどりと明が仲よくシャンソンなど吟《くちずさ》みながら散歩している。

きく江、それを横目で苦々しげに見て、林家の路地へ這入ってゆく。

37　林家（と富沢家の間）の路地

きく江、林家の勝手口へ来る。

きく江「ごめん下さい。お留守ですか？　ごめん下さい――」

「はい」と返事が聞えて、民子が出てくる。

民　子「まァ奥さま、こんなとこから……。お玄関からおいで下さりゃいいのに……」

きく江「いいえ、いいんです。ちょいとお話があってね……」

民　子「まァなんでしょう？　さ、どうぞ、散らかってますけど……」

きく江「じゃ、ちょっと……」

と上る。

38　茶の間

民子、きく江を案内して来て、座布団をすすめる。

民　子「さァどうぞ」

きく江「ねえ奥さま、うち洗濯機買いましたでしょう？」

民　子「アア、そうですってねえ、うちでもほしいほしいと思いながら、まだそこまで手が廻らなくて……」

きく江「ほしけりゃお買いンなったらいいわ。

ナニモ、自分のお金で買うのに、誰に遠慮もいりゃしませんわ。そりゃ、うちなんかお宅みたいにいい暮らしはしてませんけどね、でも洗濯機の一つぐらい、人様にご迷惑かけなくったって、どうにか買えますわ、お婆ちゃんだって結構稼いでくれてますしね。ナニモ婦人会の会費なんかチョロマカさなくったって、たかが洗濯機の月賦ぐらい……。（そして呟くように）フン、ヒトをバカにしてる……」

民　子「アノ、誰かそんなこと言ってますの？」

きく江「とぼけないで頂戴よ奥さん。ご自分の胸に聞いてごらんになりゃわかるでしょ？」

民　子「なんでしょうか」

きく江「こう見えてもあたしね、生れつき潔癖なんですからね、人様のものには昔ッから指一本触れませんの。なのに、変な噂なんか立てられちゃ、もう組長なんか真ッ平。もう今度こそほんとにやめさせて貰います。懲々だわ。（そしてまた呟く）バカにしてる」

民　子「アノ……なんのお話なんでしょう？」

きく江「婦人会の会費ですよ。あなた会計じゃありませんか」

民　子「会計がどうかなりましたの？」

きく江「あなた、集めて、うちィ届けたって皆さんにおっしゃったそうね。冗談じゃないわ。それじゃまるであたしがゴマ化してるみたい。ハッキリおことわりしときますけどね、うちじゃまだ頂いてませんからね」

民　子「アラ、お届けしましたわ、たしかに」

きく江「いつ？」

民　子「先月の末、二十八日だったかしら」

きく江「届いてません」

民　子「いいえ、お届けしました」

きく江「いいえ、頂いてません」

民　子「でもたしかにお婆ちゃまに……」

きく江「だったらお婆ちゃんあたしに渡す筈じゃありませんか」

民　子「そんなことあたくし存じませんわ。お婆ちゃまにお聞きになって下さらなきゃ」

玄関の戸があいて、

男の声「ごめん下さい」

民　子「はい。——ちょっと失礼」

と立ってゆく。

39

玄関

人相のよくない四十五、六の男が立っている。

民子が出てくる。

男　「やァこんちは。奥さんですか」

と上り框に腰をおろし、持っていたカバンをパチリとあけて、

男　「いかがです、ゴム紐、歯ブラシ、鉛筆——」

民　子「アア、うちはみんなありますから……」

男　「どこのお宅でもそうおっしゃいますがね、鉛筆なんかいかがです」

と飛出しナイフをパチンと開いて、鉛筆を削りながら、

男　「ずいぶん閑静ないいお住いで……」

民　子「アノ、うちは沢山なんですけど……」

男　「まァ、そうおっしゃらずに……どうです、鉛筆買ってやって下さい。よく切れますよ」

きく江がコッソリ覗く。

男　（きく江に）「ア、そちらの奥さん、鉛筆いかがです」

40

茶の間

きく江、あわてて顔を引っこめる。

男の声「いかがです、奥さん、鉛筆、ゴム紐、歯ブラシ——」

きく江、落着かずソワソワと、逃げるように台所の方へ立ってゆく。

41

路地

きく江、ソワソワと急ぎ足で帰ってゆ

く。

42　**表の道**

きく江、そこを突っ切って――

43　**原口家の路地**

きく江、来て自宅の台所口へ這入る。

44　**原口家　台所――茶の間**

きく江、来る。

きく江「お婆ちゃん、お婆ちゃん――」

きく江の母のみつ江（62）が茶の間でコタツにあたって、帳簿を調べている。

みつ江（眼鏡ごしに見て）「何あわててんだよ」

きく江「うちぃも来た、押売り――」

みつ江「来ないよ」

きく江「じゃ、来たら出てよ。厭な奴なの」

みつ江「ナンダイ、どうしたってのさ」

玄関があく。

男の声「ごめん下さい」

きく江（声をひそめて）「ホラ、来た来た」

みつ江（落着いて）「はい、どなた?」

と眼鏡をとって出て行く。

45　**玄関**

押売りの男が上り框に腰かけている。

みつ江が出てくる。

男　（カバンをパチリとあけて）「アア、ゴム紐、歯ブラシ、鉛筆、どうです」

みつ江「いらないね」

男　（飛出しナイフをパチリと開いて鉛筆を削り）「お婆さん、よく切れるんだよ。どうだい、鉛筆――」

みつ江「いらないね」

男　「そんなこと言わないで買っとくれよ、一本――」

みつ江「じゃ、試しに削ってみてもいいかい」

男　「アア、いいよいいよ、削ってみなよ。削って折れるような芯じゃねえんだから」

とナイフを出す。

みつ江「いいよ、うちので削るから。でも悪いねえ」

と奥へ行く。

男　「ねえお婆さん、脱脂綿も持ってンだがね、お宅、産婆さんで、いらねえかね?」

みつ江、戻ってくる。

みつ江「いらないねえ。ドレ、鉛筆貸してごらん」

と鉛筆を受取り、出刃庖丁を出して削る。男、それを見て稍々たじろぐ。

みつ江「よく切れるねえ、（と庖丁で歯ブラシを突っつき）この歯ブラシいくらだい」

男　「五十円にしとくよ」

みつ江「高いねえ」

男、気味悪そうに売物を片付ける。

みつ江「どうしたの、帰ンのかい」

男、カバンを持って逃げるように帰ってゆく。

みつ江「またおいで」

と見送り、茶の間へ戻る。

46　**茶の間**

みつ江、戻ってくる。

きく江（心配そうに）「どうした?　帰った?」

みつ江「アア、鉛筆置いてっちゃったよ、ホラ」

きく江「お婆ちゃんにかかっちゃかなわないわねえ」

みつ江「あんなのがこわくて産婆が出来るかい」

きく江「アア、それからお婆ちゃん、お婆ちゃん、まさか林さんの奥さんから婦人会の会費受取ってやしないでしょうね」

みつ江「受取ってりゃお前に渡すよ」

きく江「そうよねえ」

みつ江「そうだよ」

きく江「それが林さんの奥さん、たしかにお婆ちゃんに渡したって言うのよ。十日ほど前――」

みつ江「受取りませんよ。（と言ったものの、ふと何かを思い出して）あッ!」

きく江「なに？」
みつ江「ちょいと待っとくれよ」
　と用簞笥の抽出しを探して封筒を持ってくる。
みつ江「これかい？」
きく江（受取って）「そうよ、これよ。どうしてお婆ちゃん、早くあたしにくれなかったのよ」
みつ江「だってお前――」
きく江「だって何さ！（とだんだん腹が立ってきて）お蔭であたし、方々で恥かいちゃったんだよ！　よっぽど気をつけてくれなきゃ、あたしゃこの組の組長なんだからね！　悪いこたァみんなあたしのせいになっちゃうんだからね！　厭ンなっちゃうよ、モーロクしちゃって！　お婆ちゃん、あんた、もうほんとに楢山だよ！　とっとと行っとくれ！　全く厭ンなっちゃう！　ろくなことありゃしない！　掻かなくていい赤恥掻いちゃって……ほんとに仕様がないねえ……」
　とブツブツ言いながら荒々しく出てゆく。
　みつ江、ひとり残って、これもまたひとりでブツブツ言い出す。
みつ江「――フン、何言ってンだか、ひとりで大きくなったようなこと言やがって……さんざん世話やかせやがって……ろくでもねえ亭主とくッつきやがって……フン、偉そうに……あんな餓鬼ひり出しやがって……何言ってンだか……アーア……」
　と嘆息する。

47　林家の路地

　きく江、林家の勝手口へ来る。
きく江（稍々気おくれしながら）「アノ、奥さま――奥さま、たびたび……」
　民子が出てくる。
きく江「ア、先程はどうも……どうも、ほんとに飛んでもない……いいえね、うちのお婆ちゃんたら全く厭ンなっちゃうんですよ。会費ね、とうに頂いてあるって、今ンなって言うんですの。ほんとに申訳けなくって、なんてお詫びすればいいか……ごめんなさいましね、奥さま――」
民子「いいえ、アノ、おわかりンなりゃ結構ですわ」
きく江「ほんとにごめんなさいね。あたしすっかり汗かいちゃった。穴があったら這入りたいくらい。さっきのこと、ほんとに水に流して下さいましね」
民子「ええ、もう、そんなことちっとも気にしてやしませんわ」
きく江「ほんとよ奥さま」
民子「ええ、もう……」
きく江「アア、よかった。じゃ、どうも……」
　と帰りかけて、チョコチョコと戻り、
きく江（声をひそめて）「ねえ、さッきのこと誰にもおっしゃらないでね、また近所がうるさいから――」
民子「ええ、大丈夫よ」
きく江「じゃ、ごめん下さい」
　と帰ってゆく。

48　表の道

　きく江が路地をわが家の方へ帰ろうとすると富沢家から呼ばれる。
とよ子「ちょいと奥さん、原口さんの奥さん――」
　振返ると、富沢家の玄関に紳士風の男(33)ととよ子がいる。
とよ子「ちょいとちょいと」
　と手招きする。

49　富沢家　玄関

　きく江が来ると、とよ子、妙な形のベルを見せる。
とよ子「ちょいと奥さん、これどお？」
きく江「何？」
男「アア、実は只今特許出願中の防犯ベルなんですが、盗難火災の場合などに、ここをこう押しますと、大体百五十メートルから二百メートル四方にベルが鳴り響きまして……」
きく江「アア、泥棒よけ？」
男「はア、或いは押売りなんかの場合にしましても……」
きく江「じゃ、あんた、もう少し早く来りゃよかったのに」
男「は？」
きく江（とよ子に）「お宅へ来た？　変な押売り」
とよ子（頷いて）「買わされちゃったのよ、鉛筆、そしたらゴム紐も買えっていうの……」
男「アア、そういう奴がおりますンで、警視庁方面からも大へんこれは奨励されておりまして……（と、とよ子に）いかがです奥さん」
とよ子「そうねえ、貰っとこうかしら……（きく江に）お宅、どうする？」
きく江「うちはいらない。凄いのがあるもの」
とよ子「あるの？」
きく江「お婆ちゃんよ、あれがいれば大抵のこと大丈夫よ、ハハハハハ」
と笑って帰ってゆく。

50　原口家の路地

きく江、帰って来て、隣へ「こんちは」と挨拶などしながら、自宅の勝手口へ這入ってゆく。

51　夕刻　駅前の小商店街

そこに小料理おでんの「うき世」がある。

52　同　店内

先刻の押売り（A）が一ぱいやっている。
A（コップを振って）「おい、ないよ」
女房「はい——（奥へ）酎一ぱいお代りだよ」
亭主（奥で勘定している）「あいよ」
表のガラス戸があいて、先刻の防犯ベル屋（B）が這入ってくる。
B「おお、寒い」
とAの横に腰をおろす。
A「何してたンだい」
B「ションベン出してたらな、これ（競輪予想）売ってやがったんでね」
A「アア、明日の花月園か。好きだなァおめえも——（と覗きこんで）オイ、どうだい、この三レース」
B「ドレ——アア、こりゃ来ませんよ。来ないね。絶対ないよ」
女房「ハイ、お待遠——」
B（コップを指して）「オオ、おれにもくれよ」
女房「はい——（奥へ）また酎出るよ」
亭主「あいよ」
そこへ会社帰りの林敬太郎が這入ってくる。
女房「アア、いらっしゃい」
敬太郎「やァ——この前、手袋片ッ方忘れてなかったかな」
女房「さァ……（亭主の方へ）見なかったわねえ、あんた」
亭主「ウーム」
途端に「林さん——」と呼ぶ者がある。とよ子の夫の富沢汎である。もう酔っている。
敬太郎「やァ、こりゃァ……」
汎「まァ、おかけなさい。まァいいじゃないですか」
敬太郎「やァ……」
と並んで腰をおろす。
汎「まァ一つ」
敬太郎「やァどうも……今日はどちらへ——？」
汎「イヤァ、どちらにしたってあてもありませんがね、まァ食わにゃなりませんのでね」
敬太郎（盃を乾して返し）「や、どうも」
汎「あんた、いつです」
敬太郎「は？」

汎「定年……定年ですよ。厭なもんですぞ、生殺しでねえ。会社じゃ定年になりゃァもうおまんま食わないように思ってますがね、おまんまも食やァ酒も呑みまさァ、エヘヘヘヘ。女房《かかア》は煩さく言やがるし、探しに行けども口はなし、どこまでつづくヌカルミぞでね、天《あめ》が下《した》には隠れ家もなし……儚ないもんでさァ」

敬太郎「でも富沢さん、あんたなんか退職金だって……」

汎（手を振って）「駄目……駄目……向うだって考えてますよ。そうはよこしませんや。三十年、雨の日も風の日も……ねえ……混んだ電車に揺られて……アーア、儚ない……儚ない……」

と顔を伏せてグッタリする。

敬太郎「富沢さん……富沢さん……」

と肩を叩く。

汎（顔も上げず）「ま、放っといて下さい……アーア……」

と、涙を浮べて、そのまま動かない。

53　同夜　林家　茶の間

実と勇がふくれっ面で簞笥に凭れて蹲《うずくま》っている。
食膳の仕度は既に出来ている。
民子が台所からお新香の鉢を持ってくる。
民子「何してンの？　ごはん食べないの？」
実「食べねえやイ！」
民子「じゃおよし」
と台所へ去る。
実「面白くねえやイ！」
と足をバタンと伸ばし、「ワーッ」と喚く。勇も一緒に叫ぶ。
民子（台所から顔を出して）「いい加減にしないとひどいわよ！」
実「ナンダイ、けちんぼ！」
民子「なんとでもおっしゃい。お腹すいても知らないから。――勇ちゃんもたべないの？」
勇「たべないよ」
民子「じゃ勝手になさい」
と顔を引っこめる。
実、また、「ワーッ！」と喚いて背中で簞笥をガタガタやる。
勇も見習う。
民子がヤカンを持って出てくる。
民子「バカねえ！　いつまでそんなことしてンの！　さ、勇ちゃん、いらっしゃい！」
勇、立ちかけるが、実に引張られる。
勇「いかないよ」
民子「実！　どうしてそうわかンないの！　お父さんに言ッつけるわよ！」
実「平気だイ、言ッつけたって！　こわかねえやイ！」
玄関があく。
民子「ホラ、お父さんだ！」
と玄関へ出てゆく。

54　玄関

民子、敬太郎を出迎えて、
民子「お帰ンなさい。寒かったでしょ？」
敬太郎「アア、駅前から富沢さんと一緒だった。富沢さん大分酔っててね」
民子「そう」

55　茶の間

敬太郎と民子が来る。
敬太郎（子供達を見て）「何してンだ」
子供たち、答えない。
民子「仕様がないのよ、ほんとに」
敬太郎（子供の方へ）「どうした？」
民子「あたしの言うことなんにも聞かないのよ」
敬太郎「なんだい」
民子「いけないいけないっていうのに、なんかっていうとすぐお隣りへテレビ見に行くのよ。今日だって……」
実「だから、うちでテレビ買やいいンじゃないか」
民子（敬太郎に）「今日だって英語に行って

るもンとばっかり思ってたら、またズーッとお隣りなの。行きゃしないのよ。ほんとに困っちゃう」

実「だったら買っとくれよ」

勇「買っとくれよ」

民子「駄目駄目」

実「じゃ、いいやイ、明日だって行くよ、お隣り。見たいんだから仕様がないじゃないか！」

勇「僕だって行くよ」

民子「いけないッたらわかンない子ねえ！」

実「わかンなくったっていいんだイ！　どっちがわかンないンだイ！　うちにないから見に行くンじゃないか！　いきたいからいくんだイ！　うちで買ってくれりゃ見に行きゃしないやイ！　見たいから行くンだイ！」

敬太郎（おこる）「うるさいッ！」

民子「いい加減にしてやめなさい！　お父さんにおこられるとこわいわよ！」

実「こわかねえやイ！　ヘッチャラだイ！」

敬太郎「黙ってろ、うるさいッ！」

実「うるさかねえやイ！　そんなことこッちの自由だイ！」

敬太郎「こらッ！（と襟首を摑まえて）何言うッ！」

実「何すンだイ！　放せよッ！　放しとくれよ！」

敬太郎「大体お前は口数が多い。おしゃべりだ。やめろッてッたらやめろ！」

と突き放す。

勇「ぼく、さッきからなんにも言わないよ」

敬太郎「大体お前たち、なんだ！　いつまでも一つことグヅグヅ、女の腐ったみたいに！　子供のくせに余計なこと言いすぎる！　少し黙ってみろ！」

民子「ホラ、ごらん、おこられたじゃないの」

実「余計なこッちゃねえやい！　ほしいからほしいッて言ってんだイ！」

敬太郎「それが余計だっていうんだ！」

実「だったら、大人だって余計なこといってるじゃないか。コンチハ、オハヨウ、コンバンハ、イイオテンキデスネ、アアソーデスネ……」

敬太郎「馬鹿ッ！」

実「アラ、ドチラへ、チョットソコマデ、アアソーデスカ、そんなこと、どこ行くかわかるかイ。アアナルホド、ナルホド、何がナルホドだイ！」

敬太郎「うるさいッ！　黙ってろッ！」

実、黙って父を見返す。

敬太郎「男の子はペチャクチャ余計なこと喋るんじゃない！　ちっと黙っててみろ！」

実「アア、黙ってるよ、一日でも二日でも……」

民子「アア、その方がいいわ。お母さんも助かるわ」

勇「百日でもだよ」

敬太郎「アア、アア、黙ってろ黙ってろ」

実「オイ、勇、来い！」

と勇を促して自分たちの部屋へ去る。

民子「ほんとに仕様がない……」

敬太郎、そこで初めて服をぬぎかける。

56　子供部屋

子供たち、来て、パチャンと襖をしめる。

実「勇、もう口きくな！　お父さんお母さん、何言ったって黙ってンだぞ！」

勇「うん」

実「いいか、ほんとだぞ！」

勇「うん」

実「どんなことあっても口きくな！」

勇「うん。外でもかい？」

実「うん。——ためし！」

といきなりつねる。

勇、一生懸命、顔をしかめて我慢する。

実「よし！」

勇「ぼくも」

といきなり実の手首に嚙みつく。

実、必死に我慢し、勇の頭を押して放す。

実「いいな?」

勇「うん。――兄ちゃん、(と指で丸を作って)タンマありかい」

実「あり」

で、勇、早速指で丸を作る。

実、首を振る。

で、二人、無言。

実、ふとオナラをする。

勇、タンマする。

実「オナラはいいんだイ」

勇、頷く。

57 **玄関**

節子が帰ってくる。

節子「只今――」

58 **茶の間**

敬太郎、着更えて、民子と食膳に向っている。

節子が来る。

民子「お帰り」

敬太郎「おそかったね」

節子「ええ。――アノネお姉さん、お姉さんたちの今度のクラス会、椿山荘になるかもわからないって、福井さんの小母さん、そう言ってらしった」

民子「あ、そう。寄ったの?」

節子「ええ、今も。――実ちゃん、勇ちゃんは?」

民子「お部屋――」

節子「そう」

と土産の菓子の箱を持ってゆく。

59 **子供部屋**

実と勇、机に向っている。

節子、来る。

節子「感心感心、勉強してンのね」

子供達「………」

節子「お菓子買ってきたの、食べに来ない? ホラ、こんなの」

勇、見て、タンマする。

実、首を振る。

節子「どうしたの? いらないの? 食べたくないの?」

子供達「………」

節子「じゃ、みんなで食べよう。おいしいよ」

と出てゆく。と――

勇 (タンマして)「兄ちゃん、お腹すいたねえ」

実、勇の頭を指で突く。と、やがて勇がオナラをする。

実、びっくりしたように勇を見る。

60 **翌朝(木曜日)早く　土手**

みつ江が口の中でブツブツ言いながらおてんとう様を拝んでいる。

61 **原口家の路地**

きく江が出てきて、

きく江「お婆ちゃァん、ごはんよォ!」

と呼んで勝手口へ戻る。

62 **原口家　茶の間**

亭主の辰造(42)と幸造が朝飯を食っている。

きく江、来て、食膳に向いながら、

きく江「アア、あんた、今日帰りに、この子のサルマタ買って来てよ、二、三枚。安いんでいいわ」

辰造「うん。またサルマタか」

幸造、また飯のお代りをする。

きく江「まだ食べるの?」

辰造「もうやめとき。そんなに食ったら、いつまでたっても腹癒らへんで」

きく江、よそった飯をお釜に戻して、お茶をついで渡す。

63 **同朝　林家　茶の間**

一家、食事――子供たち全然口をきかない。

民子「おかわりは?」

実　「…………」
　そして子供たち二人、黙って箸をおいて立つ。
節　子「感心感心、黙ってる方が静かでいいわ。口きいちゃ駄目よ」
民　子「いつまでつづくもんだか」

64　子供部屋

　子供たち、来て、それぞれカバンなど持って出てゆく。

65　茶の間

　子供たち、来る。
節　子「行ってまいりますは?」
　子供たち、黙って出てゆく。

66　表の道

　林家の玄関から実が出てくる。
　きく江が自宅の前を掃いている。
きく江（見て）「あ、お早よう。早いのね」
実　「…………」
きく江「幸造いま来るわ。幸ちゃん、幸ちゃん――」
　と呼ぶ。
　その間に実は黙って行ってしまう。
　きく江、おや?　と言った顔で見る。
　と、今度は林家の玄関から勇が出てくる。
きく江「あ、勇ちゃん、お早よう」
　勇も黙って行ってしまう。
　きく江は、不審そうに見送り、玄関に這入る。

67　玄関

　きく江が這入ってくると、幸造が登校仕度で出てくる。
きく江「お前、実ちゃんと喧嘩でもしたのかい?」
幸　造「そんなことしないよ。行ってまいりまァす」
　と出てゆく。
きく江（口の中で）「どうしたんだろ、変だねえ」
　と呟きながら奥へ行く。

68　茶の間

　辰造が出かける仕度をしている。
　みつ江は床の間の祭壇の前で何かブツブツ言いながら礼拝している。
きく江「ほんとにおかしな子だねえ、どうしたんだろう」
　などと口の中でブツブツ言いながら来る。
辰　造（聞き咎めて）「なんや?」
きく江「ううん、あのね、お向いの子、挨拶しても返事もしないんだよ」
辰　造「フーン、そらどうしたンやろ」
きく江「だってさ、二人ともだよ。ちゃんとあたしの顔見て、それで知らん顔して行っちゃったんだよ。（ふと思いついたように）ねえ、お向い昨日のことまだ根に持ってンだろか」
辰　造「なんや、昨日のことって」
きく江「会費のことだよ、婦人会のさ」
辰　造「そんなこと、根に持っとらへんやろ。誰にもあるこっちゃ」
きく江「大体お婆ちゃんがいけないのよ、ボケちゃってて。とうに受取っときながら、黙ってンだもん。あたしが聞いたからいいようなもんの、聞かなきゃお婆ちゃんそのままクスネちゃったかもわかりゃしない」
みつ江（礼拝しながら振返って）「そんなことしませんよ。誰だって忘れることあるよ」
　とまたブツブツと礼拝をつづける。
きく江「あたしは忘れませんよ。大事なことはね」
みつ江（振返って）「忘れるよ。知ってますよ」
きく江「何がさ。何忘れたっていうのさ」
みつ江「あたしが立替えた先月分のガス代――」
きく江「何さ、それっぽッち。だったらお婆ちゃんだって――」

辰　造「アア、もうやめとき、やめとき。——ホナラ、行てくるわ」

きく江「アア、いってらっしゃい」

と辰造を送って出てゆく。

みつ江（礼拝しながら、ブツブツ独り言）

「——何言ってンだか、てめえじゃ忘れねえようなこと言やがって……おれが払ったガス代ネコババしやがって……口ばっかり達者で……どうしてあんな奴が生れちゃったもんだか……アーア……」

そしてチーンと鉦を叩き、またブツブツと礼拝をつづける。

69　台所

きく江が来る。

路地を隔てて向うの大久保家の台所に、しげが洗い物をしているのが見える。

きく江「奥さん、お早よう」

70　大久保家　台所

し　げ「アア、お早よう。旦那さまもうお出かけ？」

71　台所

きく江「ええ。——ねえ奥さん、あのねえ……」
と下駄を突ッかけてゆく。

72　大久保家　勝手口

きく江、来て、
きく江「ねえ、変よ、お向い」
し　げ「アア、西洋の寝巻？」
きく江「アア、あれも困るけどね、林さんよ」
し　げ「なに？」
きく江「うちでね、婦人会の会費、ちょいとおくらしたらね、そのお金で、まるであたしが洗濯機買ったみたいなこと言いふらしてンのよ」
し　げ「アア、そう。そりゃ酷いじゃない」
きく江「そうなのよ。そいであたしね、文句言いに行ってやったのよ。そしたらペコペコあやまったの。そこまではいいのよ、ところが奥さん、それを根に持っちゃってね、今朝だって、あたしが挨拶しても知らん顔してンの。どういうのかしら。あたしにゃあんなこと出来ないわ」
し　げ「そお、そんな人かしら、あの奥さん」
きく江「そうよ。そうなのよ。あたしもビックリしちゃった。まさかと思ってたけどね」
し　げ「そう」
きく江「気ィゆるしちゃ駄目よ。小さいことだって根に持つンだから」
し　げ「そう。そうかも知れないわねえ。——ア、じゃ、あたしこないだ借りたビール返しとこうかしら」
きく江「借りたの、ビール」
し　げ「ホラ、お宅へ行ったら、なかったじゃないの」
きく江「アア、あの晩——そりゃ早く返さなきゃ駄目よ」
し　げ「そうねえ。アア、いいこと教えて頂いた」

73　林家（と富沢家の間）の路地

民子が勝手口からゴミを捨てに出てくる。

と、向うにきく江の姿が見える。

民　子「奥さん、お早ようございます」

きく江、ツンとして答えず、わが家の勝手口へ這入ってゆく。

民子、不審そうな顔で見送り、勝手口へ這入る。

74　台所

民子が来ると、玄関があいて——

しげの声「ごめん下さい」

民子、玄関へ出てゆく。

75　玄関

しげがビールを提げて立っている。

民子、来る。

民　子「アア、いらっしゃい」

しげ「アア、先日拝借したビール、ついウッカリしてて……」
民子「アラ、いいんですのに、そんなもの……」
しげ「いいえ、お返ししときますわ。ごめん下さい」
と帰ってゆく。

76 表の道

しげ、出てきて、ふと思い付いて富沢家へ這入ってゆく。

77 富沢家 玄関

しげ、来て――
しげ「奥さん――奥さんいらっしゃる?」
汎が外出の仕度をしながら、顔を出す。
汎「アア――(と奥へ)おい、大久保さんの奥さんだよ」
と引ッ込むと、とよ子が出てくる。
とよ子「アア、いらっしゃい。なに?」
しげ「ねえ、お宅、林さんから何か借りてるものない? あったら早く返しといた方がいいわよ」
とよ子「どうして?」
しげ「いいえね、林さんの奥さん、とっても小さいこと根に持つンだって」
とよ子「そんなことないでしょ、今日までずいぶん……」
しげ「ううん、それがあるのよ、あるんだって。あたしもおどろいちゃった。あの奥さん、インテリみたいに、あたくしなんて言ってるけど、見かけによらないらしいわよ」
とよ子「そうかしらねえ……。じゃ、こないだ、うちのミイコがお隣りのおヒモノ銜《くわ》えて来ちゃったの、やっぱり返しといた方がいいかしらねえ」
しげ「そりゃ返しとかなきゃ」
とよ子「アア、そうねえ……」

78 小学校一年生の教室

教壇の上の佐久間先生(女 32)――
佐久間「じゃ、みんなわかったわね、『しりとりあそび』。からす、すみ、みかづき、きく――その次なんでしょう」
生徒達(口々に)「ハイ、ハイ」
と手を挙げる。
佐久間「はい、厚田さん――」
厚田(立って)「はい、月光仮面」
佐久間「少し違うわね『きく』の『く』の字よ」
生徒達「ハイ、ハイ――」
佐久間「はい、あなた、清水さん――」
清水(立って)「はい、赤胴鈴之助――」
佐久間「違う違う。『く』の字よ、『く』の字」
生徒達「ハイ、ハイ」
先生、教壇から降りてくる。
佐久間(勇が手を挙げていないのを見て)「はい、林さん――」
勇(立つが)「………」
佐久間「くの附くもの何? 言ってごらんなさい。沢山あるじゃないの。何、くの字のつくもの」
勇、タンマする。
佐久間「何? どうしたの?」
勇「………」
佐久間「どうかしたの? おしっこ?」
勇、首を振り、タンマを強調する。
佐久間「何、それ? 何よ?」

79 中学校一年生の教室

実が教科書を持って立っている。受持は伊藤先生である。
伊藤「おい、読むんだよ。読んでごらん。なぜ黙ってるんだい。読めるじゃないか。みんな知ってる字じゃないか」
実「………」
伊藤「じゃ立ってろ」
と教壇へ戻る。と、放課の鐘が鳴る。
伊藤「じゃ、ここまでにしとこう。アア、明日ね、みんな給食費を持ってくる。忘れないようにね」

80 小学校一年生の教室

教壇の上で——

佐久間「じゃ、いい？　明日、給食費忘れないでね。わかったわね。いい？」

81 同夜　林家

子供部屋の窓が明るい。

82 子供部屋

実、軽石を削っている。

勇と実、それを舐める。

勇、タンマする。

実、ゆるす。

勇「兄ちゃん、給食費どうする？　お母さんに言っていいかい？」

実「駄目だイ、口きいちゃ」

勇「じゃ、どうする？」

実、答えず、軽石を削りつづける。

83 茶の間

くつろいでいる敬太郎、民子、節子——

節子「あの子たち、いつまで口きかないでいられるかしら？」

民子「放っときゃいいわよ。反抗期よ、第一とか第二とかの。——でも妙なとこお父さんに似てるわね」

敬太郎「何？」

民子「意地ッ張りで、ヘソマガリなとこ……」

敬太郎「そりゃお前に似たんだ」

民子「そんなことないわよ、ねえ」

節子「さァ、どッちかしら……」

そこへ勇が出て来て、ポツンと立つ。

民子「何？」

勇、ゼスチュアでパンを食べる形をして、お金をくれというように手を出す。

節子「何よ？」

敬太郎「何だ？」

勇、困って、そのまま駈け戻ってゆく。

民子「何だろう？」

節子「何かしら？　お兄さん、わかる」

敬太郎「…………」

と今度は実が出てくる。

節子「何？」

実、ゼスチュアを始める。

節子（面白がって解く）「アア、建築物、大きい家ね、議事堂？　——お寺？　——違うの？　学校？（実、頷く）アア、学校ね、学校がどうしたの？（実、火の燃える形をする）アア、学校、火事——（実、首を振る）火事なし。（実、物を呑む形）アア、お茶呑むの？　お茶呑んでどうするの？（実、物を食う形）アア、お茶呑んでから何か食べるの？」

実、首を振って、ゼスチュアをつづける。

節子「ウン……ウン……ウン……（実、指で丸をつくる）アアお金ね（実、頷く）アア、わかった。学校が火事で、消防さんが来て、消してくれたから、お茶を出して、お金あげたのね」

実、じれったがって去る。

節子「お姉さん、わかった？」

民子「ううん」

敬太郎「何かな」

民子「何でしょう」

敬太郎「ウーム」

何だろう、三人、考える。

84 翌々日（土曜日）夕立　土手

善之助、善一父子と幸造の三人が体操をしている。形が決まる折々に、善之助、幸造、善一がオナラをする。

幸造（善之助のオナラを聞いて）「小父さん、やっぱりうまいなァ」

善之助、笑って、体操をつづけ、またオナラをする。

善一「お父さんガス会社行ってンだもん、うまいわけだよ」

そして三人、体操をつづけながら、

幸造「実ちゃんね、オナラ上手ンなったら、口きかなくなっちゃったよ」

善一「学校でも一言も口きかないんだぜ」

85　**同刻　アパート**（福井姉弟の部屋）

実と勇が来ているが、もちろん二人とも口をきかない。実は何か書かされ、勇は隅っこで本を見ている。

平一郎（飜訳の仕事をつづけながら）「おい、どうして口きかなくなっちゃったんだい？　黙ってると不自由だろう？」

実　「………」

平一郎「どうして口きかないんだい。なんか願《がん》かけてンのか？　どうしたんだ、おい」

とおデコを突く。実、途端にオナラをする。と、勇が平一郎の傍へ行って、おデコを突けというゼスチュアをする。

平一郎が突くと、これもオナラをして、得意そうに戻ってゆく。

平一郎「バカだなァ。――黙ってろ、黙ってろ、こっちも静かでいいや」

ノックの音――

平一郎「だれ？」

ドアがあいて、みどりが来る。

みどり「こんちは」

平一郎「アア、君か。なんだい？」

みどり「アア、坊やたち来てンのね？　どうしてテレビ見に来ないの？」

実　「………」

みどり（平一郎に）「ねえ、このアパート、あいてる部屋ないかしら？」

平一郎（仕事をつづけながら）「ないだろう。下の小母さんに聞いてごらん」

みどり「そう。どこかないかな？」

平一郎「知らないね。誰が這入るんだい」

みどり「あたしよ。引越しちゃおうと思って――。とっても近所が煩《うるさ》いんだもん。ねえ、どッか心当りない？」

平一郎「ないね」

みどり「フン、冷たいのねえ。――さよならァ」

と出てゆく。

86　**廊下**

みどりが出て来て帰りかけると、勤め帰りの節子が来る。目で会釈して行きすぎる。

みどり、振返って、フンと言った顔で去る。

87　**福井の部屋**

ノックの音――

平一郎「ハイ――」

節子が這入ってくる。

平一郎「アア、あなたですか」

節　子「こんちは――（子供たちに）アア、来てたの。（平一郎に）また飜訳お願いに来たんですけど」

平一郎「この前の、あれでよかったんですか？」

節　子「ええ――（とコピーを出して）これ、またどうぞ。四、五日うちでいいんです」

平一郎「そうですか。助かるな、次々――。どうしたんです。この子たち、全然口きかないけど」

節　子（笑って）「アア、あんまり余計なこと言うんで叱られたんです。そしたら口きかなくなっちゃって……」

平一郎「へえェ、そいつアおもしろいな。（実に）おい、何言ったんだい？」

実、何か言いたくなって、勇を見る。

勇、知らん顔をして節子たちを見ている。

平一郎（節子に）「どうしたんです、一体――？」

節　子（笑いながら）「余計なこと言うなって言われたら、大人だって言うじゃないかって……オハヨウ、コンバンハ、イイオテンキデスネ……」

平一郎「アア、なるほど。アア、そりゃそうだ……だけど、そりゃ誰だって言うな」

節　子「そうですよ。誰だって言いますわ」

平一郎「でも、そんなこと、案外余計なことじゃないんじゃないかな。それ言わなかったら、世の中、味も素ッ気もなくなっちゃうんじゃないですかねえ。僕ァそう思うなァ」

節　子「そうですわ。でもこの子たちには……」

平一郎「そりゃわかりませんよ、そこまではね——でも、無駄があるからいいんじゃないかなァ、世の中——」

節　子「………」

平一郎「僕ァそう思うなァ」

節　子「………」

88　同夜　小料理おでんの「うき世」

敬太郎と辰造が鍋前にいて、辰造が敬太郎に酌をしている。辰造の方がよほど酔っている。

敬太郎「ア、もう、もう」

辰　造「ご迷惑だっか」

敬太郎「イヤイヤ、そんなこと——」

辰　造「ま、よろしがな。そらな、無駄ッちうたら、酒呑むのも煙草吸うのも無駄だっせ。でも、ええやないですか」

敬太郎「ええ、そりゃいいです」

辰　造「ねえ、うちの子が買ってくれ買ってくれ言う気持もわかりまっせ。そらようわかる。わしかて見たいですもん。けど買えまへんわ」

敬太郎「イヤァ、買える買えないは兎に角、わたしは欲しくありませんね。誰だったか、テレビなんてものは、一億総白痴化の因だなんて言ってますしね」

辰　造「ホウ、そうでッか。けど、そらなんのこッてす？」

敬太郎「イヤァ、日本人がみんな馬鹿になるって言うんですよ」

辰　造「ホウ、えらいこと言いよるなァ。なるほど、なるほど——。けど、そらどういうこっちゃろ？（ふと隣りの客に）旦那、あんた、どう思うてはりまんね」

隣の客（通さん）「なんです？」

辰　造「テレビだすがな」

通さん「アア、テレビね、一億総白痴化か——」

辰　造「あんた、知ってなはんのか」

通さん「エエ、困ったもんですねえ、テレビ——」

辰　造「やっぱりお困りだっか。フーン、そういうもんかいなァ……」

89　同夜　林家　玄関

ガラガラと玄関があいて、酔っぱらったお隣りの富沢汎が「只今ァ——」と侵入ってくる。

勇が出てくる。

汎　「オオ、坊や、来てたのか。よく来たねえ」

と上り框に腰をおろして靴をぬぎかける。

民子が出てくる。

汎　「やァ、奥さん、すみませんねえ。うちの奴、どっかへ行きましたか。お留守番、恐縮ですなァ」

民　子「アノ、お宅、お隣りなんですけど」

汎　「えッ？（とおどろいて）エッヘッヘ……やァ、恐縮恐縮——」

民　子「ア、お送りしましょう」

汎　「やア、大丈夫、大丈夫——」

と出てゆく。しまる格子戸——

90　富沢家　玄関

格子戸がガラガラあいて、汎が帰ってくる。

汎　「ヤー、只今ァ——」

と上り框にグッタリ腰をおろす。

とよ子が出てくる。

とよ子「アラまた——ちょいと、あんたァ——」

汎　「アア、いい気持だ……」

とよ子「何がいい気持なのよッ！」

汎　「イヤッ、いい気持だ……黙ってろ……いい気持だ、ウーイ、ハッハッハ……」

グッタリする。

91　翌日（日曜日）　土手の遠景
冬晴れののどかな午後――

92　丸山家の窓
暖かそうな日当り――

93　そこの一室
みどりが、いろんなものを散らかして、引越し荷物をこしらえながら、煙草を吸っている。
みどり「ねえ、あんた、出来た？」

94　茶の間（洋風の飾り）
ゴタゴタの荷物の中で、鉢巻をした明がジュウタンを巻いている。
明「今やってるよ、トラック何時に来るんだい」

95　一室
みどり「三時ころまでに来るわよ。早くやってよ」

96　茶の間
明「君、やってンのかい、何してンだい」
そしてジュウタンの始末をする。

97　林家　廊下の洗面所
節子が小物類を洗いながら、丸山家の方を見ている。
節子「ねえお姉さん、お隣り引越すらしいわよ」

98　台所
民子（洗い物をしながら）「そう。なんだかんだって隣近所が煩いからね。うちも引越したくなっちゃった」

節子（笑って）「だって、どこ行ったたって隣のない家なんかないわよ、今。よっぽど山ン中でも行かなきゃ――」

民子「そうねえ――」

と茶の間の方へ行く。

99　茶の間
敬太郎が新聞を読んでいる。
民子が来て、
民子「ねえ、鼠、軽石嚙じるかしら？　ずいぶん減るのよ」
敬太郎「さァ、鼠は軽石食わんだろう」
民子「そうねえ、こないだ捕ってから、いいあんばいにいなくなったんだもの」

100　子供の部屋
実と勇、軽石の粉を呑んでいる。
勇（タンマして）「兄ちゃん、お腹すいたねえ。ズーッとおヤツもらえないんだもん」
実「…………」
玄関のあく音――
伊藤先生の声「ごめん下さい」
実、勇と顔見合せ、隙間から覗いて、
実「おい、先生だぞ」
勇「どうする？」
実「来い」
と窓からとび出す。

101　窓の外
実、先に出て、勇をおろしてやる。

102　玄関
伊藤先生と敬太郎――
敬太郎「そうですか。イヤァ、あんまり無駄口が多いんで、ちょっと叱言を言いましたんでね」
伊藤「アア、そうですか、そうわかればよろしいんですが……。小さい方のお子さんまで口をきかんというもんですから……」
敬太郎「イヤァ、どうもご面倒かけまして……。ヤァ、子供を育てるっていうのは難しいもんですが、どうぞ学校でもビシビシスパルタ式におやり下さい。ちっとも構いませんから……」
伊藤「イヤァ、そうもいきませんが……」
格子戸があいて富沢汎が顔を出す。

富　沢「あ、お客さんですか」
伊　藤「どうぞどうぞ。わたくしはこれで失礼しますから。――じゃ、どうも」
敬太郎「イヤ、どうもわざわざ」
伊　藤「ごめん下さい」
敬太郎「やァ」
で、伊藤先生が出てゆくと――
敬太郎「さ、どうぞ、富沢さん――」
富　沢「や、どうも……」
と這入ってくる。

103　**台所**

実と勇が忍んで来て、お櫃とヤカンを持って出てゆく。

104　**茶の間**

汎と敬太郎、それに民子――
汎　「やァどうも、ゆうべは奥さん。今朝もさんざん家内にやられましてね」
民　子（笑って）「イイエ、大分いいご機嫌で……」
汎　「しかし、林さん、喜んで下さい。なんとか口が見付かりましてね」
敬太郎「ホゥ、そりゃよかった。そうですか」
汎　「イヤナニ、大した会社じゃありませんがね、東光電機ってご存じですか、黒門町の……。黒焼屋の筋向いの……。そこの販売部の外交なんですがね」
敬太郎「そりゃ結構でした」
汎　「でもこれからが大へんですわ。一軒一軒廻るんですからな。こんなもの持って――」
とカタログを渡す。
敬太郎「ドレ（と受取って）アア、なるほど、トースター、ミキサー……」
民　子（覗いて）「アア、洗濯機もありますのね」
汎　「エエ、どうです奥さん、一台……」
民　子（笑って）「とても……」
汎　「ねえ、林さん、いかがです、何か……」
敬太郎「いやァ……」
汎　「ちっと高くなりますが、月賦でも宜しいんですがね」
敬太郎「そりゃまァ、あなたの仕事始めのお祝いに、何か一つ頂かなきゃならんが……」
汎　「アア、そうして下さい。まだほかにもカタログがあるんですわ。ちょっと家ィ行って取って来ます」
と会釈してソワソワと出てゆく。
民　子（見送って）「うちもそろそろ考えとかなきゃねえ」
敬太郎「何？」
民　子「定年よ」
敬太郎「ウーム……」

105　**原ッぱ**

実と勇、焚火をしながら、お櫃から飯をよそって、手づかみで食っている。
実　「おい、お茶――」
勇、ヤカンの水を実の掌についでやる。
実、片手で飯を食い、片手で水を呑む。
勇　「兄ちゃん、オンボロだねえ」
実　「面白いなァ」
勇　「うん。ぼく、ごはん――」
実、勇の掌に飯をよそってやる。
勇　「おいしいねえ兄ちゃん――」
実　「おカズも持ってくりゃよかったなァ」
勇　「ぼく、持ってこようか」
実　「うん、持ってこい」
で、勇が行きかけると、向うに巡査の姿が見える。
勇、あわてて逃げ戻る。
巡査、ゆっくり近づいてくる。
勇　「おい、兄ちゃん！」
実、巡査を見て、あわてて逃げる。
勇、お櫃を抱えて実と一緒に逃げ出す。
巡　査「おーい――おーい」
と呼んで駈け寄り、ヤカンを拾い、火を消して「おーい」と子供たちのあとを追う。
子供たち、一生懸命逃げる。
巡査が追ってくると、道端にお櫃がおいてある。

巡査、それを拾うが、子供たちの姿は見失ってしまう。

106 **夜　町の交番**

机の上にお櫃とヤカンがおいてある。
時計――七時四十分前後。

107 **同　アパートの廊下**

節子が来る。福井の部屋をノックする。
「どなた?」
という加代子の声でドアをあけて這入る。

108 **室内**

平一郎と加代子が週刊誌か何か読みながら、食後のお茶をのんでいる。

節　子「こんばんは。――アア、うちの子供たち伺ってませんのね」
加代子「アア、いらっしゃい」
平一郎「どうかしたんですか」
節　子「昼間も来なかったでしょうか」
平一郎「イヤァ、今日は来ませんよ」
加代子「どうかしたの?」
節　子「お昼すぎまで家にいたんですけど、黙ってどッかへ出てっちゃって……」
加代子「そう。そりゃご心配ねえ」
節　子「ええ。でももう帰ってくるかも知れません。じゃ、どうも……」
加代子「じゃ、気を付けてね」
平一郎「さよなら」

節子、会釈を返して出てゆく。

加代子「でも、おかしな子供たちねえ。まだ口をきかないんだろうか」
平一郎「でも、ちょっと面白いじゃないか。子供から見りゃ、大人の挨拶なんて、無駄っていやみんな無駄みたいなもんだからね」
加代子「そうねえ、あたしなんかその無駄ばっかり言って自動車売ってンだから。――でも、言わなきゃ売れないしねえ」
平一郎「そうだよ。その無駄が世の中の潤滑油になってンだよ」
加代子「そのくせ、大事なことはなかなか言えないもんだけどね」
平一郎「そうだねえ。無駄なことは言えてもねえ」
加代子「あんただってその方よ」
平一郎「なに?」
加代子「好きなくせに好きだって言えないじゃない」
平一郎「なんだい?」
加代子「節子さんよ。いつだって飜訳のことかお天気の話ばっかりして、肝腎なこと一つも言わないで……」
平一郎「アア、そりゃ違うよ」
加代子「違わないわよ。わかってるわよ。たまには大事なことも言うもんよ」
平一郎「………」
加代子「ねえ、一度見て来てあげたらどお?」
平一郎「何?」
加代子「子供たちよ、お昼すぎ出たっきりっていうんじゃ、ずいぶん長いもの」
平一郎「ウム、じゃ行ってみてやろうか」
加代子「アア、行ってらっしゃいよ」

で、平一郎、立上って仕度する。

加代子「寒いわよ。沢山着てかないと」
平一郎「うン」

109 **同夜　林家　茶の間**

柱時計――八時半前後、敬太郎と民子、黙って心配そうな様子。玄関のあく音――

節子の声「実ちゃん勇ちゃん帰って来た?」
と言いながらお櫃とヤカンを持って這入ってくる。

民　子「まだ――」
節　子「アパートにも行ってないのよ。どうしたんでしょう」
民　子（お櫃とヤカンを見て）「それ、どうしたの?」
節　子「帰りに交番へ寄ったらこれがあったの。鉄工場の原っぱで、これ置いて逃げちゃったんだって」

民　子「どこへ行ったんだろう。（敬太郎に）ねえ、どこ行っちゃったんでしょう？」
敬太郎「ウーム」
民　子「あたし、ちょっと行って見て来ます」
敬太郎「イヤ、おれが行く」
節　子「ほんと、どこ行っちゃったんだろう」
敬太郎「イヤァ、困った奴だ」
一家、不安——
民　子「じゃ、あなた、これ着てらしって——」
と、オーバーと襟巻を出す。
敬太郎「うん」
途端に玄関のあく音——
平一郎の声「こんばんは——」
民　子「はい」
と出てゆく。

110　**玄関**

平一郎が来ている。
平一郎「こんばんは——（振返って）おい、這入れよ」
実と勇、ソーッと這入ってくる。
民　子「まァ、どこ行ってたのよ！（と奥へ）あなた、帰って来ましたわよ！」
敬太郎も節子も出てくる。
平一郎「あんまり叱らないでやって下さい。駅前でテレビ見てましたよ」
敬太郎「イヤァどうも、そりゃァすみませんでした」
節　子「バカねえあんたたち、心配しちゃったじゃないの！」
平一郎「じゃ、ごめん下さい。失礼します」
民　子「ありがとうございました、ほんとに」
敬太郎「やァ、どうもすみませんでした」
平一郎「じゃ、さよなら」
節　子「さよなら」
平一郎、帰ってゆく。
子供たち、土間に立っている。
民　子「さ、お上んなさい」
敬太郎「お上り」
節　子「いいのよ、もう。さ、お上んなさいよ」
子供たち、上る。
と、そこにテレビが置いてある。
実「わあッ、すげえ！」
勇「あ、テレビだねえ！」
実「うち、テレビ買ったの？　すげえなァ！　なァ勇！」
勇「うん。お母さん、ほんとに買ったの？」
民　子「そうよ。お父さん買って下すったのよ」
実「すげえなァ！」
民　子「富沢さんの小父さんがね、持って来て下すったの」

111　**翌朝（月曜日）　土手**

誰もいない。

112　**原口家（と大久保家の間）の路地**

登校仕度の実と勇が元気よく来る。

113　**原口家の勝手口**

きく江が洗い物をしている。
実と勇、来る。
実「お早よう」
勇「お早よう」
実「幸ちゃんもう行った？」
きく江（奥へ）「幸造！　幸造！」
子供たち、大久保家の台所へ。
実「お早よう、小母さん——」
勇「お早よう」
実「善ちゃん、もう行った？」

114　**大久保家　台所**

しげが洗い物をしている。
し　げ「アア、いま行ったわ」
実「そう。（と原口家の台所へ）幸ちゃん、おいでよ、早く」
幸造が運動靴を持って出てくる。
幸　造「行ってまいりまァす——」
実「行ってまいりまァす——」
勇「行ってまいります」
で、三人が出かけてゆく。

きく江（それを見送って、しげに）「ねえ奥さん、どういうの、今朝——」
しげ「ほんと。口きいたわね、あの子たち」
きく江「どういうんだろ。（ふと表通りの方を見て）ちょいとちょいと、富沢さんの奥さん——」
と呼ぶ。

115 路地から見た表の道

買物籠を下げて通りかかったとよ子、ふと見て、
とよ子「なァに？」
と路地を這入ってくる。

116 路地

とよ子が来ると——
きく江「ねえ奥さん、林さんとこの子、今朝とっても愛想がいいのよ。どういうんでしょ」
しげ「ほんとよ。お早ようお早ようなんて。どういうんでしょ」
とよ子「アア、そんなことあんたたちの思いすごしよ。あすこのお宅、どなたもみんないい方よ。奥さんだってよくわかってるし……」
きく江「そうかしら？」
とよ子「そうよ。思いすごしよ、あんたたちの——町ィ行くけど何か買物ない？　なけりゃまた……」
と出かけてゆく。
しげ「ちょいと、どうしたの、あの人——」
きく江「きっと何か買ってもらったのよ。電気コンロか何か——。でなきゃあんな筈ないもの」
しげ「そうよねえ、現金なもんよ」

117 土手

登校する実、勇、幸造——

実（幸造に）「おい、押してみな。上手ンなったぞ」

幸造、おデコを突く。

実、オナラをする。

勇「ぼくも——」

で、幸造が突くとこれもオナラをする。

勇「じゃ幸ちゃん——」

と突くが、これは出ない。代って実がつく。一度、二度——

やっぱり出ない。

実「駄目じゃないか。幸ちゃん下手ンなっちゃったなァ」

幸造、努力するが及ばず、やがて変な顔をし、実と勇が行きかかっても幸造だけ動かない。

実（振返って）「どうしたんだ、幸ちゃん」

幸造「おれ、一ぺん家ィ帰ってくらァ」

とヨチヨチヨチヨチ戻ってゆく。

118 駅附近の情景

119 駅のホーム

出勤姿の節子——
離れて平一郎、気がついて近づく。
平一郎「やァ、お早よう」
節子「アア、お早よう。ゆうべはどうも」
平一郎「いやァ」
節子「どちらへ」
平一郎「ちょっと西銀座まで——」
節子「アア、そう。じゃご一緒に……」
平一郎「ええ——アア、いいお天気ですねえ」
節子「ほんと。いいお天気——」
平一郎「あの雲、面白い形ですねえ」
節子「アア、ほんと。面白い形——」
平一郎「この分じゃ、お天気二、三日つづきそうですね」
節子「そうねえ、つづきそうですわねえ」

120 原口家　縁側

幸造がしょんぼり腰かけている。

121 茶の間

きく江が針仕事をしている。

きく江「バカだよ、ほんとにお前……」

と口の中で「仕様がありゃしない」とブツブツ言う。

122 **縁側**

幸造、きく江の方をチラリと見て、しょんぼりと項垂れる。

123 **庭先**

物干しに高々とサルマタが乾してある。

――終――

浮草

脚本
野田 高梧
小津安二郎

製作……永田雅一
企画……松山英夫
脚本……野田高梧
小津安二郎
監督……小津安二郎
撮影……宮川一夫
美術……下河原友雄
音楽……斎藤高順
録音……須田武雄
照明……伊藤幸夫
編集……鈴木東陽
舞台指導……上田吉二郎

嵐駒十郎(58)……中村鴈治郎
すみ子(34)……京マチ子
加代(23)……若尾文子
しげ(52)……浦辺粂子
吉之助(37)……三井弘次
仙太郎(34)……潮万太郎
扇升(65)……伊達正
正夫(6)……島津雅彦
矢太蔵(47)……田中春男
庄吉(32)……丸井太郎
杉山(25)……入江洋佑
木村(45)……星ひかる
本間お芳(45)……杉村春子
〃清(21)……川口浩
座主㊅の旦那(57)……笠智衆
小川軒のあい子(22)……野添ひとみ
梅廼家のおかつ(26)……桜むつ子
〃八重(28)……賀原夏子
客……菅原通済

一九五九年(昭和三十四年)
大映東京
脚本、ネガ、プリント現存
9巻、3259m(一一九分)カラー
十一月十七日公開

1 **漁港風景**

白い燈台と瓶。防波堤。ポンポン。
船の尾から見える燈台。真夏の日でり
——
製氷会社の横。屋根、屋根、屋根の向うの岬の上に燈台が白い。

2 **船着場　待合所の表**

そこに赤い郵便箱がある。

3 **待合所の表**

相生座の小屋番徳造が空の荷車をひいて来て、そこに榾棒をおろす。

4 **待合所**

（男女四、五人の船客、それに船客係の男——）
徳造がくる。

徳　造「オオ、暑いのゥ」
係「やァ、こんちは——」
徳　造「かなわんな、こう暑うちゃ」
そう言いながら、そこの羽目板に「嵐駒十郎一座」のポスターを貼る。
係「こんど何かかるんかのゥ、相生座」
徳　造「これや、歌舞伎や」
係「アア、チャンバラけえ。——この前かかったストリップは面白かったのゥ。桃色のサルマタヘエた大けな尻《ケツ》の女のゥ」
徳　造「今度のはおめえ、あんなもんやあらへんで。大歌舞伎や」
係「ほゥかの」
徳　造「そりゃァのゥ、伊那から天竜ずっと廻ってのう、岡崎、刈谷のゥ、そんで知多廻って、こっちへくンのやわさ」
係「ほゥかね。じゃ、またロハで見せてもらえるのゥ」
爺さんの客「わしァのゥ、昔、そうやな、もう十七、八年にもなるかのゥ、山田の新道で一ぺん、この駒十郎の芝居《シバヤ》見たことあンのやさ」
係「ほうかね」
爺さんの客「ほらァまァほんまにようやりよった。丸橋忠彌の役やったが、ここで三合、あしこで五合、拾いあつめて三升ばかりッてのゥ」
徳　造「ほゥかの」
婆さんの客（じれったそうに）「船、またおくれるのかや」
係「いやァ、今日はそんな連絡ないで、時間通り来るやろ」
客の若者「いつも時間に来たことあらへんやないけえ」
婆さん「ほんまにのゥ」
徳　造（それとは無関係に）「イヤァ、今日も暑うなるでェ……」

5 **防波堤と白い燈台**

鷗がとんでいる。
（遠く連絡船が近づいてくるのが見える。ボーッと汽笛が鳴る）

6 **海上**

進んでくる連絡船——

7 **その甲板**

暑そうに扇子を動かしている客、働いている船員たち——

8 **船室**

三、四人の男女の客のほかに、嵐駒十郎一座の男女——駒十郎（58）、すみ子（34）、加代（23）、吉之助（37）、仙太郎（34）、扇升（65）、その孫正夫（6）、矢太蔵（47）、亀之助（30）、六三郎（58）、長太郎（43）、床山の庄吉（32）、文芸部の杉山（25）、先乗りの木村（45）、下座のしげ（52）——それがみんな疲れた顔で、暑そうに、思い思いに、横になったり、雑誌を読んだりしている。

船員が一人、何かを取りに這入ってくる。

客の一人「おゥ、大分おくれたのゥ」

船　員「ナニ、もう間もなくや」

と言い捨てて出てゆく。

それをキッカケにして、すみ子が、眠っている駒十郎をおこす。

すみ子「親方ァ――あんたァ――」

駒十郎「ウ……ウム？……着くのか」

すみ子「加代ちゃん、あんた、それ持ってって」

加代がその包みを受取ろうとすると、杉山が横から手を出す。

加　代「えぇのよ」

と邪慳に取り返す。

吉之助（読んでいた本を閉じて、杉山に）「オオ、文芸部、これおめえンだったな？」

杉　山「アアそうだ」

と吉之助の投げ返す本を受止める。

そしてみんなが手廻りの荷物を纏め始める中で――

すみ子「みんな、忘れ物ないようにな。六さん、ええか？」

六三郎「へえ」

すみ子「扇升さん、ええな？」

扇　升（耳が遠いので）「アア？」

矢太蔵（耳に口をよせて）「忘れもんないか、ワ、ス、レ、モ、ン」

扇　升（頷いて）「ああ」

仙太郎（鼻唄で）「忘ゥれェちゃァいやンよう」

二三人（声を揃えて）「忘れなァいでねェ……」

ボーッと汽笛が鳴る。

船尾から見える燈台。

9　波矢の町に貼られたビラ

それに汽笛がひびく。

10　「嵐駒十郎一座」の幟

それが風にはためいて――

11　町の辻に貼られた一座のビラ

そこに町廻りの太鼓が聞えて――

12　町

一座の町廻りである。下座のしげが三味線を弾き、亀之助がクラリオネットを吹き、正夫、すみ子、加代、仙太郎がつづき、ほかに、これも扮装した吉之助と矢太蔵が、ビラを配りながら歩いている。

表、矢太蔵くる。

子供たちがついてくる。

子供たち（口々に）「おい、くれ」

「ビラくれんかい」

「くれんかい、ビラ！」

「おう、ビラよこせ、ケチンボ！」

矢太蔵「何言うてけつかる！（そして子供の一人に）お前ンとこ姉ちゃんおるか？」

子供1「おらん」

子供2「おれンとこおる！」

矢太蔵「そうか。（とビラを渡し）いくつや？」

子供2「十二や――」

矢太蔵「阿呆！」

と取返す。

表、吉之助、ビラをまいて「梅廼家」に入る。

13　小料理屋「梅廼家」の店内

町廻りの太鼓の音が通り過ぎると、表の戸がガラリとあいて、吉之助が這入ってくる。

吉之助「旦那、お願いします」

と料理場の親爺にビラを渡す。

親　爺「アア、相生座か」

吉之助「エエ、どうぞ、ごひいきに――」

と行きかける。

そこの小部屋に白首の八重がいる。

デクデク肥っているくせに妙に色ッぽく、シュミーズ姿で、首の白粉だけがいやに白い。
八　重「ちょっと兄ィさん、今晩からか？」
吉之助（一目見ただけでゲンナリして）「そうだよ」
八　重「そお」

とウインクする。

吉之助、ウインクを返して出てゆく。

14 「梅廼家」の前

吉之助が出てゆく。

と、二階の障子があいて、これも白首のおかつが顔を出す。これは着物が似合うスラリとした仇っぽい女である。

吉之助、戻る。

吉之助、振返って見上げ、ちょいと気を引かれる。

吉之助（会釈して）「こんちは――」

おかつ「見にいくよ、今晩――」

吉之助「どうぞ。待ってますよ」

と手を振る。

おかつ、手を振る。途端に、おかつと並んで田舎役人風の中年の男が現われ、黙っておかつを引き戻して、障子をしめる。

「旦那、おくさん来ましたよ」

吉之助、ボカンとして見上げ、またノコノコ店内へ這入ってゆく。

15 店

吉之助、這入って来て、
吉之助「旦那、ご繁昌で結構ですね。ちょっとマッチを一つ――」
と上り框に腰をおろして、そこの大箱のマッチを取りながら、莨《たばこ》に火をつける。
親　爺「………」
八　重「ちょっと、あんたの名、なんていうの？」
吉之助「錦之助――」
八　重「錦之助？」
吉之助「錦ちゃんだよ」
八　重「アラいやーだ、ホホホホ、いやだよ」
おかつが二階からおりてくる。

おかつ「旦那、お酒また出るよ」

親　爺「おいよ」

吉之助（おかつに）「こんにちは。――姐さん、今晩待ってますよ」

おかつ頷く。
八　重「おかつッさん、一緒にいこな」
親　爺「店、どうするんや、店――」

そして口の中でブツブツ言う。

吉之助（女たちに）「どうぞ、待ってますよ」

と立つ。

ビラ五六枚まいて、出てゆく。八重、団扇とる。
八　重「気前いいよ、あの人」
団扇にて煽ぐ。

16 町　床屋「小川軒」の前

町廻りが通ってゆく。

17 小川軒の中から表

親爺が一隅で剃刀を研ぎ、娘のあい子(22)が客の顔を剃っている。
客　（親爺の方へ）「ほうかの、大阪の役者かの」
親　爺「そらお前、この辺では大分古い顔でのぅ、以前ここへも来たことあるんやわさ。昔は道頓堀の角座にも出たことあるとかいうてのぅ」
客　「ほうかのぅ。してみると、そりゃァ……」
あい子「動かんで！　動くと斬るですよ」
客　「オオおッかね。斬らんで頂戴ね、あいちゃん」
矢太蔵がビラを持って這入ってくる。
矢太蔵「こんちァ――。お願い申します」
親　爺「やァ、ご苦労さん」
矢太蔵「暑いですなァ。かないまへんわ、ほんまに」
あい子、手拭とる。と、そこの団扇をとってパタパタ胸元をあおぎながら――
矢太蔵（あい子を見て）「お嬢はんだっか。えぇキリョウや」
あい子、チラリと見返って矢太蔵を睨む。
矢太蔵（すかさず）「こんちは――。父ちゃんのお手伝いだっか。偉いなァ。感心やなァ。（親爺に）父ちゃんも安心でンな」

親　爺「いやァ……」

矢太蔵（ふと壁間の免許証を見て）「ほゥ、小川あい子――可愛らしい名前やなァ。――なァあい子ちゃん、あんた、おひとりッ子だッか、蝶よ花よやなァ――（親父に）父ちゃんもご安心でンなァ。やっぱりご養子だっか。（そしてあい子に）なァあい子ちゃん、貰うんやったら、ええの貰うとくれやッしゃ、うちのようなンどうだす？　頼りになりまッせ」

あい子、思わず吹き出す。

矢太蔵（すかさず）「笑い顔、ええなァ。可愛らしなァ、ほんま。ほんまええわ」

18　相生座の表

古ぼけた幟が三四本。老人二人通ってゆく。

19　舞台

杉山、しげ、仙太郎、亀之助、庄吉などが序幕の道具を飾っている。

20―a　楽屋（二階）

大部屋の奥に続く小部屋が駒十郎とすみ子と加代の共同の部屋になり、その間は古いボロ幕などで仕切られるようになっている。扇升、六三郎、庄吉などがアケ荷の衣裳を片づけたり、駒十郎が化粧前を整えたりしている。

そこへ町廻りの一同が帰ってくる。

すみ子、加代、二階に上る。

駒十郎「庄吉、お茶一杯おくれいな」

庄吉、階下におりてゆく。

20―b　階下　楽屋

庄吉、手拭にて手を拭き乍ら下りてくる。

すみ子と加代が上ってくる。

「只今」「お帰んなさい」

一座の連中が「どうもご苦労さん」「ご苦労さんです」と迎える。すみ子、上框に座る。

すみ子「アア、暑い、暑い」

駒十郎「オイ、ちょっとわいの着物出して」

すみ子「どうするの？」

駒十郎「ご贔屓さんへご挨拶や」

21　舞台裏　楽屋口

楽屋口から座主の(大)《マルダイ》の旦那が風呂敷包みの一升瓶を下げて這入ってくる。

折よくそこへ仙太郎が出てくる。町廻りの一同がいる。

仙太郎「アア、いらっしゃい。どうぞ」

旦　那「アア、これを」

と、一升瓶を渡す。

仙太郎「どうも相済みません。ありがとうございます。さ、どうぞ」

杉　山「どうぞ」と案内して二階に上る。

22　楽屋

(大)の旦那が上ってくる。

六三郎（見て）「親方、相生座の旦那が見えました」

駒十郎（見迎えて）「アア、どうも先き程は――。どうぞどうぞ」

すみ子（座布団をすすめて）「さ、どうぞ――」

旦　那「やァ……」

駒十郎「なんともまァ、お久しいこって……」

旦那座る。

旦　那「やァ、暫らくやなァ」

駒十郎「へェ、またいろいろとご厄介になります」

旦　那「この前はいつやったかいな、終戦後のなんにも物のない時でのゥ」

駒十郎「へェ、あれから、もう十二年になりますわ」

旦　那「もうそないになるかや」

駒十郎「へェ、早いもんで……」

旦　那（一同を見廻して）「大分顔も変ったようやのゥ」

駒十郎「へェ、なんせこういう世の中になってしもて……。アア、これ、すみ子と申しまして……」
旦　那「やァ……」
すみ子「どうぞお引立てを……」
旦　那「やァ。――ホレ、この前ン時の、なんというたかの、蝙蝠安やりよった……」
駒十郎「アア、辰之助だッか。死にましてン、福知山で……」
旦　那「ほゥかね。なんで？」
駒十郎「脳溢血ですわ」
旦　那「フーム。ええ役者やったがなァ。わからんもんやのゥ……」
駒十郎「――アア、（と加代を見返って）これがあの折の辰之助の娘でして……」
　加代、黙ってお辞儀をする。
旦　那「ほゥかや。もうこないになったかや。あの時分は南京豆みたいな子やったがのゥ」
駒十郎「へェ……」
加　代（すみ子に）「南京豆って何」
すみ子「ピーナッツや、落花生――」
加　代「いやだ」
　そこへ先乗りの木村が上ってくる。
すみ子（見迎えて）「木村さん、なんぞ用か」
　木村座る。
木　村「へェ。――ねェ親方、今から出かけますけど、ほかに何か？」
駒十郎「アア、あんじょ頼むわ」
木　村「やっぱり雑用《ゾウヨ》向う持ちで？」
駒十郎「アア、その方がええな」
旦　那「こんどどこや？」
駒十郎「へえ、紀州の新宮で……」
旦　那「ほゥかね」
　と木村を見る。
木　村「じゃ行ってまいります。（旦那と駒十郎に）ごめん下さい、ごめん下さい」
　木村が出てゆくのと入れちがいに、仙太郎が茶碗に注ぎ分けた酒を持って上ってくる。
仙太郎「親方、(大)の旦那からお土産いただきまして……」
　と一同に配る。
駒十郎「やァ、こりゃどうも相すみません……」
「どうも有難う御座います」
　そして酒が一同にゆきわたると、「では一つお手を拝借、打ちましょ……もう一つせ……祝うて三度……」と音頭をとり、一同、シャンシャンシャンと手をしめる。
一　同「おめでとうござい。おめでとうござい」
旦　那「や、おめでとう」
駒十郎「おめでとうござい」

23　町

　駒十郎が扇子を使いながら来る。
　女が二人、それを見ている。駒十郎通る。出てゆく。
女　一「あれが今度の役者かね？」
女　二「大分爺ィさまやねえ」

24　町角

　駒十郎、チラと四辺《あたり》を振返って路地を曲る。

25　めし屋「つるや」の前

　駒十郎が来て、這入ってゆく。
　うどんや煮しめなどを売っている店である。

26　店内

　客が一人、土間の卓でうどんを食っている。
駒十郎「ごめんやす」
　女主人のお芳（45）が奥から顔を出す。
お　芳「ア、おいでやす」
駒十郎「一本つけてもらいまひょか」
お　芳「へえ」
　と去りかける。
客　（金を置いて）「ここへおいとくで」
お　芳「おおきに」
　客が出てゆくのを見送って――

お　芳（待ちかねたように）「待っとったのよ。町廻りもさッき通ったし……」
駒十郎（感慨をこめて）「しばらくやなァ……。ずっと変りなかったか」
お　芳（頷いて、奥へ招じ）「な、あっちィ這入ンなさい。あっちの方が風通しがええ」
駒十郎「そうか。じゃ、上らしてもらおか」
とお芳について奥へゆく。切れる。
（ロング）

27　奥の部屋

駒十郎、立ったまま部屋を見回している。
お　芳（座布団をすすめる）「さァさァ」
駒十郎「アア、おおきに――。ま、変りのうて、ほんまに結構やな」
お　芳「あんたも達者で……」
駒十郎「アア、お藤さんで……」
お　芳「十二年ぶりや」
とニッコリして、切れる。
駒十郎座る。
駒十郎「――えらいことやったやろなァ、一人で……長いことなァ……」
お　芳「あんた、この前五十肩や言うてやったけど、どうな、この頃――」
駒十郎「そんなこと言うとったかいな」
お　芳「言うてなはったやないか、痛い痛いって――」
駒十郎「そやったかいな。もう何ともあらへん。――アア、ええ風くるなァ」
お芳、煮しめや漬物などをお膳にのせて持ってくる。
駒十郎「世話かけてすまんな」
お　芳「生憎くなんにものうて」
駒十郎「いやァ、結構や。おおきにおおきに。――清、どないしてる？　元気か？」
お芳「へえ」と座る。
お　芳「一昨年《おととし》高校出て……」
駒十郎「そらァ手紙で知らしてもろたがな」
お　芳「アア、そうやったかいな。――今、局に勤めてますわ」
駒十郎「局――？」
お　芳「郵便局ですわ。アルバイトやら言うて……ほんまはもっと上の電気の学校へ行きたいらしいんやけど……」
駒十郎「ソラ、感心や」
お　芳「けど、行かれてしもたらわたしも一人になってしまうし……」
駒十郎「ソラそうや。ソラ困るわなァ」
お　芳「でもあの子、そのために自分で貯金までして……」
駒十郎「そうか」
お　芳「それ考えると、やらせてもやりたいし……」
駒十郎「そうやなァ……」
お芳、お燗をとりに立ってゆく。
駒十郎、袂から莨を出す。
駒十郎「なァ……清なァ、どない思うとるンやろ、わいのこと」
お　芳「…………」
駒十郎「やっぱり親父は死んでしもたと思うとるンやろか。わいを、お前のほんまの兄貴や思うとるンやろか」
お芳、目を伏せて答えず、銚子を持ってくる。
お　芳（銚子を出して）「さァ」
駒十郎「アア」（と受ける）
お　芳「なァ、あんた、淋しいことない？」
駒十郎「何が？」
お　芳「清のこと」
駒十郎「言うたかて始まらんがな。やくざな親ならない方がましや」
お　芳「けどなァ」
駒十郎「アア、もうその話やめとこ」
お　芳「でもなァ」
駒十郎「やめときィな。今まで通りでええやないか」
お芳、寂しく目を伏せる。
駒十郎「――お前には悪いけど、ま、ええわィ。（と盃をさして）どや、一つ。いこ」
お　芳「おおきに」
と受け、駒十郎が注いでやる。

駒十郎「ま、ええわい」
　表戸のあく音――
　両人、その方を見る。
お　芳（覗いてみて）「あ、清や」
　表から清が這入ってくる。
お　芳「お帰り」
　清（21）が這入ってくる。
清　「アア、来とったのか伯父さん――」
駒十郎（懐しさをこめて）「うん」
清　「そやったらもっと早う帰ってくんのやったな」
お　芳「何しとったの？」
清　「局長さんに勉強見て貰うとったんや」
　と部屋へ上る。
駒十郎（肩に手をかけて）「大きうなったなァ」
お　芳「そらあんた、昔やったら徴兵検査やもん」
駒十郎「そうか。甲種合格間違いなしやな」
　清、そのまま二階へ上ってゆく。
駒十郎（見送って）「大きうなりよった。――（そしてお芳に）お互いに年取るのも無理ないなァ……」
　お芳、明るく頷く。
　駒十郎、二階へ上ってゆく。

28　二階（清の部屋）

　組立てかけのラジオの受信器やそのための材料や道具などがある。
　駒十郎が上ってくる。清、窓辺から座る。
清　「こんど伯父さん、いつまでおるんや？」
駒十郎「お客さん次第や、半年でも一年でもな」
清　「そんなにお客さん来やへんわ」
駒十郎「ハハハハ（と笑いながら、そこのラジオに目を移して）これ、お前、造っとンのか」
清　「うん」
駒十郎「なんやこれ？」
清　「アア、触ったらあかん。――こんばん、伯父さんの芝居見にいこかな。何やるんや」
駒十郎「アア、来たらあかん。お前らの見るもんやない」
清　「じゃ、誰が見るんや？」
駒十郎「お客さんやがな」
清　「おれかてお客やないか」
駒十郎「ソラそやけど、見んでもええ。仕様もないもんや、見たらあかん」
清　「じゃ、そんな芝居、なぜやるんや。もっとええ芝居したらええやないか」
駒十郎「ソラそうもいかんのや」
清　「なんでや」
駒十郎「どんなええ芝居したかて、このごろの客にはわからへんわい。ま、やめとき。来たらあかん、――アア、この前ン時一緒に釣にいたな。いま何かかるねン？」
清　「さァ、何かなァ」
駒十郎「なんでもええ。また一緒にいこ」
清　「暑いぜェ」
駒十郎「暑うてもかめへん。いこ。な、いこ。明日どや。な、いこ」
清　「いこか」
駒十郎「うん、いこ、いこ」
　と立つ。「ええか、ほんまにいこ」と、
　駒十郎、嬉しそうにニコニコして立ってゆく。
　階段を駒十郎が下りてくる。

29　階下

　駒十郎、おりてくると、ニコニコして銚子をとる。
お　芳「ああ、さめましたやろ？」
駒十郎「イヤァ、ええ。（と注ぎながら、満足そうに）――なかなか理屈言いよるわ。やりこめよンね」
お　芳（嬉しそうに）「へえェ、何ぞ言われはった？」
駒十郎「賢うなりよった。頭、ええわィ」
　と満足そうに盃をとり、お芳を見て笑い、呑む。

30　同夜　相生座の表

見物つめかける。
開演中で、木戸番の徳造が景気よく客を迎えている。

徳　造「エーいらっしゃァい、お二人さァん――」

31　客席（平土間）

雑多な客――六七分の入りである。

32　舞台

「国定忠治、赤城山の場」の幕切れに近い。
忠治はすみ子、巌鉄は吉之助、定八は仙太郎――

忠　治「鉄ッ！」
巌　鉄「へい！」
忠　治「定八――」
定　八「何です、親分」
忠　治「赤城の山も今夜を限り、生れ故郷の国定村や、縄張りを捨て国を捨て、可愛い乾分の手前たちとも、わかれわかれになる首途《かどで》だッ」
定　八「そう言や何だか、いやに淋しい気がしますぜ」
と、雁の声、ピューッ、ピューッ……。
巌　鉄「アア、雁が鳴いて、南の空へ飛んで行かァ……」
忠　治「月も西山に傾くようだ」
定　八「俺ァ明日からどっちへいこう」
忠　治「足の向くまま心の向くまま、アテもハテシもねえ旅へ立つのだ」
定　八
巌　鉄（感極まって）「親分ッ！」
と、忠治、中腰になって刀の柄を握り、右手を高く掲げ、見得よろしく。
と、ピーと篠笛の音、
巌　鉄「円蔵兄貴が……」
忠　治「あいつも矢っ張り、故郷の空が恋しいんだろう」
と、刀（小松五郎）を抜く。
笛の音、益々高く聞える。
忠治、刀をおもむろにおろして二三歩上手の万年溜前まで進み、水につける。
この時、水音ドンドンドンドンドンドン。

33　客席

清が来ている。
白首のおかつ、床屋の娘も来ている。

34　舞台

忠治、正面に戻り、刀を左手に持替えて見得、乾分二人、切先を見る。
笛の音、尚もつづく。

忠　治「加賀の国の住人、小松五郎吉兼が鍛えた業物、万年溜の雪水に清めて……（と刀を抱き）俺にァ生涯手前という強い味方があったのだ……」
と、刀を巌鉄の前に出す。
巌鉄、懐中より紙を出して拭う。
再び雁の声、ピューピュー。
忠　治「アア、雁もゆく」
鳥の声、カアカア。
忠　治「鳥もゆくか」
と、下座のレコード、
〽カラスなぜ鳴くの
　カラスは山に
チョンと木の頭、同時に客席から、タバコ、キャラメル、包金などが舞台へ投げられる。
〽可愛い七ツの子が
　あるからよ
木を刻んで幕になる。

35　幕の中（舞台）

すみ子は楽屋へ引込むが、吉之助と仙太郎は残って舞台に散っているタバコ、キャラメル、包金などを拾い集める。
羽二重だけ着けた矢太蔵が出て来て幕の隙間から客席を覗く。

矢太蔵（二人に）「オイ、見てみィ、あれや、床屋のネエちゃん――」
で、二人も覗く。
吉之助「どれだい」
矢太蔵「あそこに手拭かぶった婆さんおるや

ろ、あのうしろの、ホレ、いま餡パン食いよった……」
仙太郎「おッ、デッケえ口しやがって……」

36　客席

床屋のあい子が親父と並んで餡パンをたべている。

37　幕の中

仙太郎と吉之助——
仙太郎（吉之助に）「オイ、おめえのめッけたの、どれだい？　来てねえのかい？」
吉之助「来てるさ、あれだよ、アノ、タバコ吸ってる竹の浴衣きた——」

38　客席

白地の浴衣を着たおかつがタバコを吸っている。

39　幕の中

仙太郎と吉之助——
仙太郎「いい女じゃねえか、めッけもんだなア。——おれのどれだィ？」
吉之助（見廻して）「おめえのは来てねえけど、もっといいんだ。おれの好みじゃねえけどな」
仙太郎「そうか、そいつァ楽しみだなァ」
その背後で次の舞台飾りが忙しい。

40　楽屋（二階）

扇升は白髪の番頭風、正夫は丁稚、六三郎は侍風など、それぞれの扮装にかかり、下座のおしげが三味線の調子を合せている。
駒十郎と加代は羽二重だけつけ、すみ子は忠治の鬘をはずして、手甲脚絆などを取っている。
駒十郎（すみ子に）「大分受けとったやないか。入り、どうや？」
すみ子「まアまア七分や。初日にしちゃようないわ」
駒十郎「ま、見ててみィ、尻上りや」
すみ子「ならええけど……」
加　代「大丈夫や。刈谷の時やて、そうやったんやもン。姐さんこのごろ時々バカに弱気やねえ」
すみ子「でもないけど」
駒十郎「心配せんかてええわィ。まかしとき、まかしとき。間違いのう尻上りや、はははは」
二丁が鳴る。
加代、急ぎ仕度にかかる。

41　翌日「梅廼家」あたりの町並

42　「梅廼家」の店

小部屋の餉台で、吉之助がひとりチビリチビリ呑んでいる。
おかつが氷水を持って来て、たべながら——
おかつ「——で、あんた、あれから国定忠治とどこいくの？」
吉之助「赤城の山くだるんじゃねえか」
おかつ「山くだってからだよ」
吉之助「わかってッじゃねえか。お前ンとこへ来るんじゃねえか」
おかつ「いやだよ、この人——」
吉之助「嫌《いや》ってことはねいだろう、嫌ってことは……あ、来やがった」
仙太郎がくる。
親　爺（料理場から）「いらっしゃい」
仙太郎「オオ」と鷹揚に答えながら小部屋に上る。
仙太郎「よう……」
おかつ「いらっしゃい」
吉之助「こっちだい」と席をゆずる。吉之助が座る。
仙太郎（受けて）「暑いなァ、見ろよ、この汗——。（と見廻して）どうしたんだい、いねえのか」
吉之助「あわてんない、いま来るよ。親方どうしてたい？」
仙太郎「さッき出かけたよ」
奥で物音がする。
おかつ（奥へ）「八重ちゃん、早う。——待ってなさるよ」

笑いながら、八重がスカートをたくしあげながら出てくる。

八　重「アーラ、いらっしゃい。(座り)こんちは」

仙太郎(小さい声で吉之助に)「これか?」

吉之助(頷いて)「好みじゃねえか」

仙太郎「冗談言うなィ!」

吉之助、杯あける。

吉之助「いけねえか」

仙太郎「ふざけンない!」

八　重「ちょっと、何話しとンの? こっち向きなさいよ」

仙太郎(チラッと見て)「いけねえや、涼しくなって来ちゃったィ」

八　重「じゃ一ぱい呑みなさいよ」

仙太郎(仕方なく受けて)「吉ちゃん、おめえッて男はずいぶん腹黒いな。見損なったよ」

吉之助「何が?」

仙太郎「何がじゃねえよ」と盃を乾すと、八重がしなだれ寄って、「ハイ」と酌をする。

仙太郎(益々くさって、吉之助に)「オイ、見てくれよ、悲しいじゃねえか」

八　重「兄さん、何悲しいの?」

仙太郎「口きかねえでくれ。国のおッ母ちゃんが死んだんだィ」

八　重「ほんと?」

仙太郎「いけねえや、寒気して来たィ」

表戸がガラッとあいて矢太蔵が顔を出す。

吉之助「それ程でもない」

親　爺「いらっしゃい」

矢太蔵(土間に立ったまま)「オオ、あんじょうやっとるか」

吉之助「オオ、上らねえか」

矢太蔵(立ったまま、おかつに)「姐ちゃん、何ちゅうねン?」

おかつ「かつ子——」

矢太蔵「ええ名前やな。——(そして仙太郎と八重を見て)オオ、仙ちゃん、ええの当てよったな。ま、あんじょうやってや。——じゃ、わいもちょっといてくるわ。さいなら」

おかつ「さよなら」

矢太蔵、出てゆく。

八　重「また来てよォ!」

吉之助(くさってる仙太郎に)「おい、仙ちゃん、仙太郎さん、どうしたい」

仙太郎、途端に盃を把《と》って、忠治の「小松五郎」の見得——

仙太郎(声色で)「おれにはおめえという強い味方があったのだ……。(そしてヤケに怒鳴る)オイ、酒くれ、酒! 酒だ! 酒だィ!」

43 床屋「小川軒」の店

矢太蔵が這入ってくる。

店にはあい子ひとり——

矢太蔵「こんちは」

あい子「いらっしゃい」

矢太蔵「今日は父ちゃんは?」

あい子「組合へ行ったです」

矢太蔵「そうだッか。えろう暑いですなァ」

と下駄をぬいで上ってくる。

あい子「お父ちゃんに何ぞご用ですか」

矢太蔵「父ちゃんはどうでもよろしいンや。あんたの顔見とうてねえ、ヘッヘッヘッ」

あい子「いやらし!」

矢太蔵「ほんまですよ、あい子ちゃん。わたしのこの胸、ちょっと触って見て頂戴。ねえ!」

とあい子の手を把る。

あい子(おどろいて助けを呼ぶ)「お母ちゃん! お母ちゃん!」

奥から母親が「何や?」と顔を出す。なんとなく怖いような母親である。

矢太蔵、さすがにたじろぐ。

母　親「何や、何ぞ用か?」

矢太蔵(慌てて)「イエ、アノ、ちょっと髭あたってもらえまへんか」

母親、出てくる。

母　親「——(と矢太蔵を理髪台に招き、そして娘に）あい子、奥へ行ってな」

あい子、奥へ這入ってゆく。

矢太蔵、そこに立ったまま恨めしげに見送る。

母親、剃刀をとり「どうぞ」

矢太蔵（弱って顎をなでながら、ブツブツ独り言）「あんまり伸びてまへんなァ……あたって貰わんでもええようですなァ……やめとこかなァ」

母　親（戻って来て）「おかけ」

矢太蔵（威圧されて）「へえ、おおきに」

と理髪台に腰をおろす。

母親、手の平で剃刀の切れ味をみる。

44　桟橋

蜜柑箱に腰かけて、駒十郎と清が釣糸を垂れている。

駒十郎、タバコを啣《くわ》えて火をつける。

清　「伯父さん、ちょっともアタリないな」

駒十郎「急《せ》いたらあかん。そのうち食うわィ。——お前、頭暑いことないか。（と手拭を出して）このテノゴイかぶれ」

清　「大丈夫や。——（話題を変えて）けど、伯父さんちィとやり過ぎやなァ」

駒十郎「何がィ」

清　「芝居だィ。あッこであんなに目剝く必要あらへんやないか」

駒十郎「何言うてけつかる！　ありゃあれでええんじゃ」

清　「けどよ、丸橋忠彌なんて全然社会性あらへんやないか」

駒十郎「社会性ッて何じゃィ」

清　「今の世の中との繋りや」

駒十郎「何言うてけつかる！　丸橋忠彌は昔の人じゃィ！」

清　「チェッ、そやから伯父さんあかんのや。古いなァ……」

駒十郎「へッ、偉そうに！　何言うてけつかる。古うてもナ、結構ナ、あれでお客はんは喜んでくれてはりますわィ」

清　「お客さんさえ喜びゃええのか」

駒十郎「もうやめとけ。もう芝居の話、すな。——（竿をあげて）ホレみい、またエサとられてしもたやないかィ」

清、ニコニコ笑っている。

駒十郎（エサをつけながら）「お前、上の学校行きたいんやてな？」

清　「うん」

駒十郎「ほらァ勉強するのは賛成やけど、お母ちゃん一人になったら可哀そやないか」

清　「ええんや」

駒十郎「ええことあらへん。お母ちゃんの身にもなってみィ。——ええお母ちゃんやぞ」

清　「もうお母さん承知しとるんや。ええんや伯父さん」

駒十郎「ええことあらへん。お母ちゃん泣かさんとき。ええお母ちゃんやぞ」

清、答えず、竿を上げてみて、また投げこむ。

45　夕方近く　相生座　楽屋風呂の外

煙突から煙が立昇り、長太郎が火口を煽いでいる。燃えが悪いらしく、濛々たる煙である。

長太郎「アア、けむいなァ。——姐さん、風呂どうでした」

46　楽屋風呂

すみ子が入っている。

すみ子「ありがと、恰度よかったわ。あたしァもう出るけど……」

47　舞台裏（流し元）

夕餉の仕度で、下座のしげがタクアンを切り、床山の庄吉が飯茶碗を拭いたりしている。

48　楽屋（二階）

扇升が古雑誌か何かを読んでいる傍で、正夫がひとりでメンコをし、六三郎と亀之助がサシで花札をひいているのを矢太蔵が観戦し、文芸部の杉山が文庫本を読みながら、向うで毛糸を編んでいる加代の方をチラリチラリと盗み見している。
そこへ上ってくる湯上りのすみ子——

すみ子「アアええお湯やった……。（そして加代に）親方、まだ？」
加　代「ええ」
すみ子「どこ行ったんやろ？」
矢太蔵「親方、魚釣りにいたンと違いますか」
すみ子（不審そうに）「魚釣り？」
矢太蔵「ヘエ、床屋で顔あたってもろてましたらナ、若い男の人と釣竿持ってナ」
すみ子「若い男って？」
矢太蔵「知ってやなかったンでッか。郵便局の人やたら言うて——。鏡に映りましてン」
すみ子「そう、あんたここどうしたん」
矢太蔵「へえ……鳥渡《ちょっと》イカレマシタンヤ……床屋で……」
すみ子「そう……（と不審そうな顔で）——じゃ加代ちゃん、あんた先ィ入ンなさい、お風呂」
加　代「そう。じゃ——」

と編物をまとめて立ってゆく。
加代、石鹸箱、手拭をもち出てゆく。
それを杉山が悩ましげな目で見送る。
加代と入れちがいに、しげが上って来て、小さな飯櫃とお盆にのせたおカズなどをすみ子等の部屋におき、一同に向って——、

しげ「さア、ごはん出来たよ。ごはん、ごはん——」
正　夫（扇升に）「じいちゃん、めしだよ、めし——」
扇　升「アア、ウン」

一同、それぞれ自分の箸を出し、中にはカンヅメやビンヅメまで持って、すみ子に「お先ィ」などと挨拶して階下へおりてゆく。
駒十郎が吉之助、仙太郎と一緒に上ってくる。
すみ子、ひとり鏡台の前に残ってクリームなどつけながら、やがて人の気配に振返る。

すみ子「お帰り——」
駒十郎「アア」
すみ子「どこ行ってなはったの？」
駒十郎「アア、みなと一緒にな」
すみ子「釣れた？」
駒十郎「何が？」
すみ子「おサカナよ」
駒十郎「アア……」

と稍々まごつく。

すみ子「吉ちゃん、どうやった？　釣れた？」
吉之助「え？——へへへ、こいつ（仙太郎）には河豚《ふぐ》がひっかかりましてね。よく膨れたデッカイ河豚でね、大漁ですよ。よかったよなァ」
仙太郎（苦笑）「冗談言うなィ」

と笑いながら、二人が箸など持って階下へおりてゆくと——

すみ子「あんた、ほんまに一緒やったの？」
駒十郎「なに……」
すみ子「あの人たちとよ」
駒十郎（虚を衝かれて）「アア……」
すみ子（問い詰めるように）「どこ行ったのよ？」
駒十郎「釣りやがな」
すみ子「そお。——だれやの、一緒に行った若い人って」
駒十郎「ウ？——アア、ご贔屓のぼんぼんや」
すみ子「郵便局の人やって？」
駒十郎「そんなこと、だれに聞いたンや」
すみ子「だれだってええやないの」
駒十郎「そらええけど……（そして呟く）だれがしゃべりよったんや」
すみ子「えろう気にしなはんのやねえ」

駒十郎、振りむく。

すみ子（探るように）「なんぞあンのとやろ？　おかしいわ」
駒十郎「何がや？」
すみ子「……トボけとんのと違うか……」
駒十郎（初めて気がついたように、わざととぼけて）「何がィ、アア、そうか、お前、妬いとンのか、アハハハハ、阿呆らし

ィ、やめとけ、やめとけ、アハハハ。お前がおるのに、そんなこと出来《デケ》るかいな。阿呆らしィ、この年して、若いころと違うがな。わかっとるやわな、わかっとるやろ……」

すみ子「ふん……うまいこと言うて」

すみ子、それに乗らず、すまして黙って他見る。それを見ている駒十郎の顔からも次第に笑いが消える。

49　町はずれの砂丘

砂丘に並ぶ石仏。

50　そこの氷屋

親爺が網を繕っている。

その店先ですみ子が扇升と二人きりで話している。

すみ子「なア、あんた知っとるンやろ？　ええやないの、ねえ、教えてくれても——なア、あんたから聞いたって言わへん。ねえ、誰にも言わへん、どうなんや、ねえ、なんぞあるんやろ？」

扇　升（正夫の方へ）「オオ、まア坊、あぶないでェ——」

51　店先

正夫が石崖の上にいる。

52　氷屋

正夫から扇升を見て、

すみ子（しつっこく）「あんた、親方とは古いつきあいやし、なあ、知っとるんやろう？　うちが知らんころにもここへ来とるんやし……言うて、言うて頂戴、ねえ」

扇　升（呟くように）「……仕様《シヨ》がないわィ……」

すみ子「何が仕様がないの？」

扇　升「…………」

すみ子「何がや？　ねえ、なんで仕様がないのや？」

扇　升（ボソリと）「……この土地ィ来たらな……（呟やくように）一世の縁や……」

すみ子「そおか……やっぱり……ね、どこの人？　どこの人や？」

扇　升「…………」

すみ子「その人どういう人？　ねえ、どういう人や？」

扇　升（ポツリと）「六三郎に聞いたらええ」

すみ子「六さん知っとんのか、そうか、六さんも知っとんのやなァ」

すみ子、じっと考え込む。

53　その夜　相生座の客席

バラバラに三四十人の客——

54　舞台

レコードの歌謡曲で、加代が踊っている。正夫も扮装してそれにからんで踊っている。

55　楽屋（二階）

吉之助、仙太郎、矢太蔵、扇升などが、いずれも次の幕の仕度にかかっている。

庄吉が髪を直している。

駒十郎が顔をつくり、すみ子が衣裳を揃えながら話合っている。

すみ子「ええのか、親方——？」

駒十郎「何がィ？」

すみ子「こんな入りで——（半ば呟くように）どうしてこんな土地ィ来たんやろねえ……」

駒十郎、ジロリと見て、黙って眉を引く。

六三郎が階下から上って来て、咳払いして、すみ子の注意を引く。

すみ子、その方を見返る。

六三郎、目顔で招じて、再び階下へおりてゆく。

すみ子、それとなく立って、つづいておりてゆく。

56　舞台裏（楽屋）

六三郎が階段をおりて来て待っている。

と、すみ子がおりてくる。

すみ子「なんや、六さん——？」

六三郎（声をひそめて）「来てますンや」

すみ子「そうか」

すみ子、六三郎のあとについてゆく。

57 下座の囃子部屋
六三郎とすみ子がくる。

六三郎（格子窓から客席を覗いて）「あれです」

すみ子「どれ？」

六三郎「向うの隅の、柱の前の……団扇の……」

と教えて戻ってゆく。

58 客席
お芳が見に来ている。

59 囃子部屋
じっと見ているすみ子。

60 客席
お芳——

61 囃子部屋
すみ子——

62 舞台
踊っている加代——

63 舞台裏（楽屋）
六三郎がポツンと一人——
すみ子が戻ってくる。
すみ子「六さん、ありがと」
六三郎「イヤァ……」
六三郎、さすがに気が咎めているらしい。
すみ子、そのまま去りかけて、ふと気がつき、
すみ子「また今度な」
六三郎「へエ……」
すみ子、そのまま二階へ上ってゆく。

64 楽屋（二階）
すみ子、上ってくる。

みんな殆んど仕度が出来上り、駒十郎も衣裳を着ている最中である。すみ子、座る。

すみ子（不機嫌に独り言）「フン、バカにして」

駒十郎（聞き咎めて）「どうしたンや？」

すみ子「どうもこうもあらへん」

駒十郎「さッきからひとりで何ボヤいとンのや、ウダウダと……なんぼ努めたかて、お客がこんもん仕様がないわィ（そして外を見て）——（そしてふと聞き耳をたて）おお、雨やないか」

仙太郎「へえ、ポツポツ落ちて来ましたよ」

駒十郎「そうか、弱り目に祟り目やな」

すみ子「アーア、天罰覿面や」

駒十郎「何がィ。ゴジャゴジャ言うてみたかて始まらんがな。ええ加減にやめとけ、わいかて頭痛いがな」

すみ子（吐き出すように）「フン、あたりまえや！　初めからわかっとるわ！」

すみ子、手荒く何かを放り出す。

駒十郎（怒鳴る）「オイ、ええ加減にせい！」

そして、ふと見ると、二人の方を見ていた一同が眼をそらす。中で、扇升が気まずそうに立上って出てゆく。

駒十郎とすみ子、多少テレ気味で無言。

すみ子、手荒く化粧をつづける。

65 楽屋の窓
雨が降っている。

66 翌日「つるや」階下の部屋
外は雨である。

67 二階（清の部屋）
清と駒十郎が将棋をさしている。

駒十郎、考えて駒をすすめる。

清、応じる。

駒十郎「ア、そらあかんわィ。ちょっと待って」

清「またか」

駒十郎「——コーッと……（と考えながら）こ

ういく……こうくる……こうやる……
ア、これや!」
と打つ。

清「ええのか?」
駒十郎「ええわィ、大丈夫や」
清（駒をすすめて）「ツミや!」
駒十郎「ア、待ち。こらあかんわィ、ちょっと待ち」
清「あかん!」
駒十郎「待ち、待ち。（と清の駒を取って）エート……こう逃げる……こう来る……アア、あかんか……こうやる……こうくる、アア、これもあかんな……こうくる……」
清「何言うとんのや、早う、早う」
駒十郎「ま、待ち、待ち。……こうくる……こうやる……こうくる」
清「早う、早う」
駒十郎「まアまア、待ちいな、これや」
駒を打つ。

68　階下（奥）

お芳が、微笑ましく二階に気を移しながら、食後の跡片付けをしている。

69　店

表戸からすみ子が這入ってくる。
お芳が奥から顔を出す。

お芳「おいでやす」
すみ子「一本つけて」
お芳「はい」
と行きかける。
すみ子「なアおかみさん」
お芳（振返って）「は?」
すみ子「うちの親方来てまへんか、駒十郎――」
お芳「アア、見えてます」
すみ子「ちょっと呼んでおくれやすな」
お芳「はい」
そして階段口へ行って呼ぼうとするが、呼び方に困って、そのまま上ってゆく。

70　二階　清の部屋

将棋をさしている駒十郎と清――
お芳が顔を出す。
お芳「ちょっと――」
駒十郎「なんや?」
お芳「お迎えや」
駒十郎「誰や――」
お芳、そのままおりてゆく。
駒十郎（清に）「待っとれよ、負かしたるでな」で立つ。
清「アア、たまには一ぺんぐらい負けたるわ」
駒十郎「阿呆――今までのはアメじゃ、いうたらあかんぞ」

とニコニコしながらおりてゆく。

71　店

すみ子が腰かけて待っている。
駒十郎、来て、さすがにハッと立ちすくむ。
駒十郎「何や? 何の用や?」
すみ子の顔に微かに冷笑が浮ぶ。
駒十郎「何しに来たんや?」
すみ子「来たらあかんのか」
駒十郎「なんやと?」
すみ子「ご贔屓の旦那って、ここのおかみさんやったのか」
と立上って奥へ行きかける。
駒十郎（止めて）「どこ行くんや」
すみ子「お礼言うとくんや、あんたの旦那に」
駒十郎「待て!」
すみ子、駒十郎の手を払って奥へ行く。

72　奥

駒十郎、すみ子を止める。
駒十郎「オイ、待たんかィ!」
すみ子「ええやないか! 何ンや!――（お芳に）おかみさん、えらいお世話かけますなア」
駒十郎「オイ! 帰れ! 帰らんかィ」
と引戻す。
すみ子（その手を邪慳に払って）「何すんのや

ッ！」
駒十郎「おい！」
　二階から清がおりてくる。
すみ子（見て）「ちょっと、あんた、ここの息子さんか——」
駒十郎「これッ、やめんかい！」
すみ子「あんたのお父ッさん、どういう人？何してる人？」
駒十郎「オイ、何言うンじゃ、こらッ！」
すみ子「何あわててンのや！（お芳に）おかみさんもええ息子さん持ってお楽しみですなァ！　なァ、おかみさん——」
駒十郎「おいッ！　阿呆！」
すみ子「何やッ！」
駒十郎「帰れ！　さっさと帰れッ！」
　と無理矢理、突き戻す。
　すみ子、駒十郎に突き戻されながら、いきり立つ。
すみ子「うち、あの母子《おやこ》に言うてやりたいことがあンのや！　放さんかい！　放せ！放せ！」
駒十郎「阿呆、何言う！　来い！」
　と無理矢理、外へ引っ張り出してゆく。

73　奥からのロング

　茫然と店の方を見守っている清、やがてその目をお芳に移す。
　お芳は上り框に腰をおろしたまま動かない。豆をむしる。

74　倉庫などのある横丁

　雨の中を、駒十郎とすみ子が見合っている。
駒十郎「この阿呆！　馬鹿ッたれ！　何が何ンじゃい！　ええ加減にさらせ！」
すみ子「何が何やッ！」
　表通りを人が通る。
駒十郎（ふと見て離れ）「おのれなんぞの出遮張る幕かィ！　すッこんどれッ！」
　すみ子、肩で息をしながら睨み返している。
駒十郎「おのれ、あの母子に何の言い分があンのやッ！　わいが伜に会いに行って何が悪い！　わが子に会うのンが何が悪いンじゃィ！　文句あるか！　文句！　あったら言うてみィ！　阿呆！」
すみ子（睨み返して）「フン、偉らそうに！　言うことだけは立派やな！」
駒十郎「何ッ、このアマ！」
すみ子「ようもそんな口がきけるなァ！　そんなことうちに言えた義理か！」
駒十郎「なんやとッ！」
すみ子「忘れたンか、岡谷でのこと！　誰のお蔭で助かったと思うとンのや！　豊川の時かてそうやないか！　ご難のたんびに頼む頼むって、うちにその頭下げよって！」
駒十郎「何ッ！」
すみ子「ふん、うちがおらなんだら、どうなっとると思うとンのや！　そのたんびにうちが旦那衆に泣きついてやったからこそ、どうにかこうにか今日までもっとったンやないか！　あんまり偉そうなこと言わんとき！」
駒十郎「何をッ！」
すみ子「舐めた真似せんとき！　なんやと思うとンのや！」
駒十郎「何をッ！　何ぬかす！　お前なんじゃい、お前！　以前のこと考えてみィ！　山中温泉のシシやないかィ！　わいに惚れよって、転がりこんで来よって、どうやら一人前にならしてもろたんは誰のお蔭じゃ、誰の！　恩を忘れたらナ、犬畜生にも劣るンやぞ！　阿呆！　馬鹿たれ！　わいはナ、お前みたいなもんのナ、世話にならんかてナ、結構やってけますのじゃ！　何ぬかしやがんね、阿呆！　ド阿呆！」
すみ子「どッちが阿呆や！　阿呆はそっちやないか！　お前さんやないか！」
駒十郎「ぬかしやがったな！」
すみ子「ぬかしたらどうやって言うんや！」
駒十郎「よゥし……お前との縁も今日ぎりじゃィ！　二度とこの敷居またいだら承知

せんぞ!」

すみ子、睨み返している。

駒十郎「わいの息子はナ、お前等とはナ、人種が違うんじゃィ、人種が! よう覚えとけ、馬鹿もん! 何ぬかしてけつかんね。糞ッたれ、阿呆、ど阿呆」

雨が樋を漏れて激しく落ちている。

75 その夜 相生座 客席

大へんな不入りで、バラバラと十四五人の客――

駒十郎 (セリフだけ)「エエ、仰々しい静かにしろ。悪に強きは善にもと、世の譬にも言うとおり、親の嘆きか不憫さに、娘の命を助けんため、肚にたくみのコンタンを、練塀小路にかくれのねえ、お数寄屋坊主の宗俊が、頭の丸いを幸いに、衣で姿を忍ケ岡……」

76 舞台裏 (楽屋)

そのセリフが流れて――

侍に扮した役者たちが床机などに腰かけて出を待っている。

矢太蔵「オイ、お客さん、さっぱり来んやないか」

吉之助「こんな入りじゃ仕様がねえよ」

仙太郎「またご難だィ」

矢太蔵「ナンマイダや……」

77 二階 (楽屋)

すみ子と加代「野崎村」のお光お染のこしらえで、鏡台に向っている。

すみ子「――なァ加代ちゃん、あんたに頼みがあンのやけどね」

加 代 (すみ子見て)「なに?」

すみ子「ここの郵便局にな、若い男の人がおるんや。清さん言うてな、ちょっとええ男――」

加 代「へえ、――それがどうした?」

すみ子「あのな……」

と千円札を出して渡す。

加 代「なに、これ?」

すみ子「取っといて」

加 代「なんやの?」

すみ子「あんた、その人に会うてな、ちょっと誘いかけてみてンか」

加 代「誘い?」

すみ子「あんたやったら屹度引ッかかってくるわ。な、頼む」

加 代 (笑い出して)「いやだァ、そんなこと」

と千円札を押し返す。

すみ子「真面目な話やで、加代ちゃん――」

加 代「だって、そんな、会うたこともない人――」

すみ子 (機嫌悪く)「なら、ええ。いやならええわ。――頼み甲斐のない人やねえ」

加 代「だって姐さん――」

すみ子「もうええ。もうええ」

ツンとしてそっぽを向く。

加 代 (それを気にして)「……うちにやれるかなァ、そんなこと……」

すみ子 (向き直って)「出来るよう。そやから頼むンや。あんたがニッコリして白い歯みせたら、海老でも章魚《たこ》でも岸ィ寄ってくるわ」

加 代「フフフ、うまいこと寄ってくるかいな? しくじっても知らんよ」

すみ子 (満足そうに)「大丈夫大丈夫――」

加 代「でも姐さん、どうして――?」

すみ子「ま、ええ。やってごらん。ちょっとあんたの腕試しや。とっとき、そのお金――」

舞台の方から幕のしまる拍子木の音――

加 代「もろとこ、おおきに」

すみ子「ほンなら、明日な」

加 代「ふん、やってみるわ」

そして二人、鏡台に向って化粧を直す。

78 翌日 町の郵便局

サルビヤの花が咲いてる。

時計――二時すぎ。

清が執務している。

表の戸があく。加代が這入ってくる。

加 代「電報用紙頂戴――」

清、「ハイ」と立つ。

加代「鉛筆も貸して」
清「そこにペンあります」
加代「あたしペンでは書けんの。貸して、鉛筆——」
清（鉛筆を渡しながら）「あなたの芝居見せてもらいました」
加代「そお。（とニッコリして）あんた、清さんいうんでしょ？」
清（意外そうに）「どうして知っとられるんです？」
加代（ニッコリして頼信紙に電文を書きこみながら）「ちゃんとわかっとンの。聞いたんやもん。——（と書き終って出し）ハイ、お願いします」
清（読む）「ソコマデキテクタサイ——」
加代「違う、クダサイや」
清「宛名は？」
加代（小さく）「あんたや」
とニッコリして出てゆく。
清、見送り、やがて立上ると、向うの交換台の電話係の同僚に、
清「両角《もろずみ》君、ちょっと頼むわ」
両角「アア」
清、表へ出てゆく。

79 郵便局の前

ポストの蔭で加代が待っている。
清が出てくる。見る。
加代（スッと歩み寄って）「今晩、芝居がハネてから小屋の表まで来て。待っとるわ」
と、ニッコリ笑って去る。
清、じっと見送り、局へ這入りかけて、もう一度振返り、じっと見る。

80 その夜 「つるや」の縁側の岐阜提燈

その遠景。
二階への階段。

81 清の部屋（二階）

机の前で考えている清——心が迷うらしい。鏡を出して、顔を写してみる。
そして決心して立上る。
階下に下りる。

82 階下（奥）

清、おりてくる。
清「お母さん、ちょっと行ってくるわ」
お芳「なんや、今時分——」
清「局に忘れ物したんや」
下駄を突っかけて出てゆく。

83 店

清が足早やに出てゆく。
客「オイ、うどん一杯おくれェな」
お芳「へい」

84 道

清がゆく。

85 相生座の表

ハネたあとで、人気もなく暗い。
清がくる。

86 木戸の内

清、そっと中を覗く。
と、向うに加代が立っていて、腮《あご》で招く。
清、下駄をぬいで上る。

87 場内 客席の廊下

ガランとして薄暗い。
加代、立っている。清、くる。清の方むく。
加代「よう出てこられたわね？ こられんかと思うとった」
清、答えず、ハニかんでいる。
加代（清の手を把って）「あんた、震えとンの？」
加代、近づく。
清「——」
加代、近づき、
加代「うちも、ホラ、こんな——」
と清の手を自分の胸にあてたかと思うと、そのまま、グッと引寄せて接吻す

る。

清、茫然——

加代、唇を離して、サッと二三歩離れ、見返って、ニッコリする。

清、それをじっと見守り、ツカツカと歩み寄って、グッと加代を抱き寄せ、激しく接吻する。

ガランとした舞台に、紙の雪が四五片ヒラヒラ落ちてくる。

88 砂丘

二日ばかり過ぎた好晴の日、空も青く海も青い。
泳ぎにでも来たらしい吉之助、仙太郎、矢太蔵の一群と、長太郎、杉山、亀之助の一群がのんびり休んでいる。
向うの方にも二三人、海に入っているのが見える。
杉　山「アーア……悲しいくらい青い空だなァ……」
長太郎「フン、何言うてけつかる。デッカイとんかつ食いたいわい」
その一方で——
吉之助「オイ、腹へったな」
仙太郎「ウン、海老の天ぷらか何かで、つめてえビールをグーッとなァ」
吉之助「ウーン、煽風機か何か廻っちゃっててよ。——ほんとに食ってる奴もいるんだぜ」
矢太蔵（ふと思い出して）「オイ、半田のオナゴな、おれンとこハガキよこしよったで、絵ハガキ——」
仙太郎「おれンとこも来たよ」
吉之助「アノ、ここンとこにホクロのある奴か、おれンとこも来たよ」
矢太蔵「ナンヤ、三人兄弟かいな、阿呆らし」
吉之助（矢太蔵に）「オイ、さっき床屋のねえちゃんがなア……」
矢太蔵「ああもう言わんとき。アレあかん。（と空を見上げて）あかんわい」
仙太郎「そう言やァ親方ものんきすぎるぜ」
吉之助「どこ行ってンだい、親方、毎日——。よくちょいちょい出かけてくじゃねえか」
仙太郎「どっか知らねえけど、姐ちゃんも気が揉めらァな」
矢太蔵「木村、どしたンやろ、先乗り——。新宮行ったまま、なんとも便りないのやろ?」
仙太郎「うん、鉄砲玉だィ」
矢太蔵「あかんなァ……」
吉之助「帰ってこねえんじゃねえかい。来るんならもうとうに来てる筈だよなァ」
仙太郎「あいつが帰って来なきゃどうなるんだい。豊川の二の舞、真ッ平だぜ」
矢太蔵も吉之助もさすがに「ウーム」と暗い顔になる。
遠く飛行機の爆音——
吉之助（空を仰いで）「あんなとこ飛んでやがらァ——もっとこっちィ来て、つめてえビールでも落していけや」
空を見上げている三人——

89 同刻　楽屋

扇升、正夫、六三郎などが昼寝をしている中で、すみ子が腹匍いになって、団扇を使いながら何か考えている。

90 同刻　海辺から見える丘

清と加代が腰かけている。
加　代「ええのかしら、うちら——こんなに毎日逢うてて……」
清　「…………」
加　代「ええの?　局の方——」
清　「ええんや、頼んで来たから……君はええのか」
加　代「うん、もう芝居ないんやもん」
清　「どうしてお客さん来なんだンやろなァ……」
加代は前の時より真面目だし、何か物悲しげにも見える。
加　代「もうじき、うちたちもおわかれやねえ……」
清　「…………」

加代「ねえ、来年の今頃どうなっとるかしら?」
清「やめェ、そんな話」
加代「きっとあんた、ええお嫁さん貰うとるわ」
清（吐き出すように）「貰わへん」
加代「どうして?」
清（思い入った顔で）「君ァどうなんや……（と情熱的に手を把って）どう思うとンのや!」
と引き寄せる。
加代「駄目、あかん」
と手を拭いて離れる。
清（歩み寄って）「どうしてや、誰も見とらへんやないか」
加代「あかんのや」
と握られた手を放す。
清「どうしてあかんのや」
加代（顔をそむけて悲しげに）「うち、そんなええ子やないの。（と振返って清を見、涙ぐんだ顔で）そんな値打ない女や」
清「何言うんや!」
加代「うち、初め、あんたを瞞すつもりでおったんや」
清「——?」
加代「あんたのことなんにも知らんのに、姐さんに頼まれて、あんたに会うて……あんじょうあんたが引っかかってくれたらええと思うとったんや」
清「そんなことどうやろとかめへん! 初めがどうあろうと、そんなことどうでもええ! なァ、どうなんや、君!」
と引き寄せる。
加代「あかん、あかん!——あかんのや、うちなんか相手にしたらあかんのや!」
と逃げ出す。清、追う。

91　舟の蔭

清、加代を抱きよせて激しく接吻する。
加代もやがて清の首に手を捲く。

92　同日夕刻　「つるや」の奥から見た店先

駒十郎が、餉台を前にして考えている。
酒が出ている。
お芳が銚子のお代りを台所でつけている。
お芳（同情した顔で）「——ほんまに先乗りさんどうしたんやろなァ。困るわなァ……」
駒十郎「ウーム……（と自分で酒を注いで）そうそうは(大)の旦那のお世話にもなっとれんしなァ……えらいこっちゃ」
お芳「ほんまになァ……」
駒十郎「ええ時はええけど、ご難食うのが一番辛いわ。ハハハ、仕様もない商売や……（ふと気を変えて）清、まだかいな?」
お芳、柱時計を見る。
駒十郎「おそいなァ……早う帰ってくりゃええのンに……」
お芳（微笑して）「きっとまた勉強見て貰うとンのや。ここンとこ二三日毎晩おそいわ」
駒十郎「なら仕様ないけど、また当分会えんしなァ……今のうちに出来《デケ》るだけ顔見ときたいおもてなァ……因果なこっちゃィ」
お芳もふっと寂しくなり、そして酌をする。
駒十郎「アア……（と受けて）また暫らくおわかれやなァ……」
お芳「こんど新宮やって?」
駒十郎「そうおもとったンやけどなァ、どないになるやら……」
お芳「わたしもいつぞ一ぺん行ってみたいと思うとンのやけど……」
駒十郎「けどお前、あこにはもう身寄りのもん、だァれもおらへんやろ」
お芳（頷いて）「——月廼家も戦争のあと代が変ってしもて、あとどうなっとるかわからんそうや」
駒十郎「ウーム、水の流れと人の身はやなァ……何《ナン》もかも変ってしまうわ……」

お　芳（ふと気を変えて）「なァ、あの人、どこの人？」
駒十郎「だれや？」
お　芳「ここへ来た、あの女の人……」
駒十郎「アア、あれかいな。あれあかんのや。堪忍《カニ》しとォくれ。堪忍や。ヒョンなこってなァ。そんな気ィなかったんやけどなァ、ついなァ、ふッとなァ」
お　芳（笑って）「あんた――」
駒十郎「なんや？」
お　芳「妬いとると思うてなはんの？　阿呆らし、この年して……馴れてますわ、あんたの手の早いの」
駒十郎（笑って）「こら痛い。そうか、ハハハ、まァ堪忍しといてや」
お　芳「それよか、どうなン？　あの人の口から清にわかるようなことないの？」
駒十郎「何が？」
お　芳「あんたが父親《テテオヤ》やっていうこと――」
駒十郎「ウーム……まァ、そら大丈夫や。もう二度とあいつにここの敷居またがせへんわい」
お　芳「けどどんなことで清に……」
駒十郎「ソラそうなったらコトやけど、そんなことないわィ、大丈夫や」
お　芳「……（考えて、つと顔を上げ）なァ……」
駒十郎「ウム？」
お　芳「じゃ、あんた、いつまでもこのまま伯父さんでおるつもり？」
駒十郎「そうやがな。あかさん方がええ。あかしたら清が可哀そうや」
お　芳「でもなァ……」
駒十郎「ま、ええがな。わいはズーッと伯父さんでええんや……」
お　芳「…………」
駒十郎もさすがに寂しくなる。そして二人、なんとなく考える。

93　夕方の道

駒十郎が帰ってくる。

94　小屋の近く

駒十郎、来かかって、ふと見て、おや？と目を据える。
向うの角で、加代と清が別れを惜しんでいる。
意外そうな顔でじっと見ている駒十郎
――清、加代と別れて帰って行く。
駒十郎、睨むような目でそれを見て、いそいで小屋の表口の方へ廻る。

95　楽屋口（外）

加代が帰ってくる。

96　楽屋口（内）

加代が這入って来て、おや？　と見る。
駒十郎がそこに立って睨みつけている。
加代、すりぬけて去ろうとする。
駒十郎「オイ、待て！」
加　代「――？」
駒十郎「お前、今までどこ行っとったんじゃ？」
加　代「…………」
駒十郎「こっち来ィ！」
駒十郎、先に立って客席の方へゆく。
加代、不安な顔でつづく。

97　人のない客席（土間）

駒十郎、待っている。加代、くる。
駒十郎「お前、今そこで誰と逢うとった？　誰や？　言えッ！　いつからあの男と知合ったンじゃ！　おい！　言えッ！　言えんのかッ！」
となぐる。
加　代（よろけて）「ええやないの、誰と逢うとっても！　ほっといて！」
駒十郎「何ッ！　お前、あの男をどうしようと思うとンのじゃッ！　金でもちょろまかそうと思うとンのか！」
加　代「そう思う、親方――」
駒十郎「何ッ、とぼけくさって！　お前等のすることはナ、どうせそんなこっちゃィ！　言い訳あるか、言い訳！　あったら言うてみィ！」

とまた殴って突飛ばす。加代、倒れる。

加　代（漸く起き直って）「無理もないわ……うちなんか、そう思われても……」

駒十郎「何ッ！」

加　代「姐さんかて、初めはお金でうちに頼んだんやもん……」

駒十郎（聞き咎めて）「何じゃと……おすみが何お前に頼んだんじゃ」

加　代「………」

駒十郎（肩を摑えて）「オイ、何頼んだんじゃ？」

加　代「……もうええ……もうええの……」

駒十郎「言え！　言わんかい！　こら！」

と腕を捻じあげる。

加　代「痛い」

駒十郎「痛けりゃ言え」

加　代（その痛さに堪えかねて）「――姐さん……うちにあの人を……誘惑してみィって言うたのよ」

駒十郎「何ッ、おすみがそんなこと言うたンか、お前に！」

加代、力なくうなずく。

駒十郎「ほんまか……？　ほんまに頼んだンやな？　ほんまやなッ？」

加代、力なくうなずく。

駒十郎「よしッ！　おすみ呼んでこい、おすみ！」

加代、たじろぐ。

駒十郎（息荒く）「早う行かんかイ！　早う呼んでこい！」

加代、力なく行く。

駒十郎、ひとりイライラして、その辺を歩き廻り、隅に積まれた座布団に腰かけて待つ。

すみ子が出てくる。

駒十郎、きッと見る。

なんとなく殺気を含んで見合う二人――

すみ子（冷たく）「何ぞ用？」

駒十郎「ちょっとこっち来い！」

すみ子「なんやね？」

と傍に寄る。駒十郎、いきなり引寄せて殴りつける。

すみ子（身を避けて）「何すンや！」

駒十郎「このアマ、わいの伜をどうしよッちゅうんじゃッ！　おのれ、どうしよッちゅうんじゃ、わいの伜をッ！」

すみ子（振放して、ふてくされ）「フン、お前さんの息子のことなんぞ知るもんかィ！　偉い息子さんや！　女役者イロに持って！」

駒十郎「畜生、ぬかしやがったな！」

すみ子「フン、親が親なら息子も息子や！」

と捨てゼリフを浴せて去りかけるのを、駒十郎、更に追いすがって引戻し、続けさまに殴る。

すみ子、必死に振払う。

駒十郎、ハヅミを食ってよろける。

すみ子（冷笑して）「口惜しいか、フン、たんと口惜しがるがええわ！」

駒十郎、肩で息をしている。

すみ子（乱れた襟など直しながら）「フン、世の中は廻り持ちや！　そっちにばっかりええこたァあらへんのや！　骨身にしみてよう覚えとくとええわ」

駒十郎「なにィ、おのれこそよう覚えとけッ！　ようもこのアマ……阿呆！　ド阿呆！　二度とお前みたいなもんのツラ見とうないわい！　どこへなと出ていけッ！　糞ッたれッ！」

身を翻して去る。

すみ子、途端に気を変えて追い縋る。

すみ子「待って、あんた！」

駒十郎「なんじゃィ！　放せ！」

すみ子「お前さん、そんなにうちが邪魔なンか？」

駒十郎「何ィ？」

すみ子「なぜうちがこんなことしたか、わかってくれんのか？　あんたやってあんな人のあること隠しとってさ。うちの身にもなってみて。なァ、これでうちとあんたとは五分五分やないか。なァ、もうええ加減に機嫌直してェな。なァ、ええやないか。仲直りしよ。芝居の方もご難やし、なァ、もう、どたん場まで来とるんやないか、ねえ」

駒十郎「やめとけッ！　ウダウダ言うなッ、今更なんじゃいッ！　泣きごと言うなッ！　泣きごと！」

と見向きもせずに去る。

すみ子「あんた！　親方ッ！」

そしてそのままそこに踞《うずくま》ってじっと考えこむ。

98　楽屋（二階）

駒十郎が上ってくる。

二つ三つ寝布団が敷いてあり、扇升と正夫が一つ布団で寝ている。

考えこんでいた加代が、顔を上げて駒十郎を見る。

駒十郎、つかつかと進み寄って、
駒十郎「馬鹿もん！」

と殴りつけ、そのまま自分の鏡台の前に行ってドカリとすわり、これもまたじっと暗く考えこむ。

盆踊の囃子が聞える。

99　「梅廼家」の店（同夜）

小座敷で、吉之助、仙太郎、矢太蔵の三人がおかつと八重を傍において餉台を囲み、焼酎を呑んでいる。
おかつ「えろう今晩しずかやねえ。どうしたのン？」
吉之助「どうもこうもねえよ」
八　重「元気出しな、元気――」
仙太郎（八重に）「オオ、もう一ぱい酎くれ」
矢太蔵「ゼニあンのンか」
仙太郎「どうにかならァ、なァ姐ちゃん」
矢太蔵「そやったらわいもや」
吉之助「おれにもくれ」
仙太郎「吉ちゃん、持ってンのか」
吉之助「なに？」
仙太郎「ゼニだよ」
吉之助「ねえこたわかってッじゃねえか、恥かかせンなィ、なァ姐ちゃん」
とおかつを見る。
おかつ「すかんよこの人、そんなとこモソモソ……手引っこめなよ」
吉之助「何が？　何にもしてやしねえじゃねえか。（と手を出して）何言ってやンでえ」
おかつ「いやだよッ！（と立上って）八重ちゃん、いこう！」
八重も立上る。
吉之助「おい、酎くれねえのか、酎――」
八　重「駄目だよ、お金がなきゃ」
とおかつと一緒に二階へ上ってゆく。

三人、黙然、やがて――

矢太蔵「なァおい、親方いつまでこんなとこにボヤボヤしとるつもりやろな」

吉之助「待ってたってもう帰って来やしねえよ、先乗り……」

仙太郎「ウム、だからおれァさッきから考げえてンだ」

矢太蔵「何をや？」

仙太郎「ウム？――まァいいよ」

矢太蔵「なんや？　言うてみィな、なァ――」

仙太郎、矢太蔵に何かヒソヒソ耳打ちする。

矢太蔵「ウム……ウム……（頷いて聞き、声をひそめ）仙ちゃん、そんなこと以前やったことあるのンか」

仙太郎（小さな声で）「アア、一度だけな、近江劇団にいた時――」

矢太蔵（またも小さく）「そうか……わいもあンのや……吉ちゃん、どや？」

吉之助（ふだんの声で）「何？」

矢太蔵（手で制し、声をひそめ）「大きな声しいな――ドロンや。今が見切り時や。親方のアノ大けな蟇口、ちょっと拝借してな。どや？」

吉之助（再びふだんの声）「おれァいやだね」

仙太郎「けどよ、酎も呑めねえようじゃ仕様がねえじゃねえか」

吉之助（またもふだんの声で）「おれァごめんだね。いやだね。やるんなら二人でやンなよ」

矢太蔵（また声をひそめて）「大きな声しいなッちゅうに」
吉之助「これァおれの地声だよ。そのかわり黙っててやらァ」
二人、吉之助を見返し、その場が白ける。
矢太蔵（声をひそめて仙太郎に）「どうする、仙ちゃん、やめとこか？」
仙太郎（これも小さく）「ウーム、やっぱりなァ……」
吉之助「あたりめえだィ。親方のこと、なんだと思ってやがんだ。さんざん世話になっときやがって！　人間てものはナ、恩を忘れたらモンの値打ちもねえもんなんだぞ。何言ってやがんでえ。あきれけえって口もきけねえや。おれァな、お前たちがそんな悪党だとは思わなかったよ、さんざん一つ釜のメシ食っときやがって、なんていう考え起しやがるんだ」
矢太蔵（頷いて）「全くや。もうわかった。吉ちゃんの言う通りや、なァ仙ちゃん――」
仙太郎「ウム、言われてみりゃアな」
吉之助「当り前だい」
矢太蔵「な、吉ちゃん。そういうわけや。すまなんだ。な、機嫌直してや、な」
吉之助「わかりゃいいけどよ、あんまり筋が通らねえ話だからな」
矢太蔵「ウム、わかった。成る程わるかった。機嫌よう呑みなおそ。――（そして料理場の方へ）なア小父さん、酎三つおくれェな。三つやで」
親爺、ジロリと見ただけで返事をしない。
仙太郎（矢太蔵に）「いいのかい、おい、大丈夫かい」
矢太蔵「まかしとき」
と胸にかけた守袋を出し、ちょっと頂いて、中から千円札を出す。
矢太蔵「イザちう時の要心にな、これだけは取っとこうと思うとったんやけど、へへへ、仕様《シア》ないわい」
仙太郎「つまンねえとこに隠してやがンなァ。まだふくれてるじゃねえか」
矢太蔵「へへへ、泥棒除けのお守も一緒に入れてあンのや」
表戸があく。
親爺「いらっしゃい」
すみ子が這入ってくる。三人には気が付かず、
すみ子「小父さん、熱いの一本つけて」
と土間の卓に着き、何か暗く考えこんでいる。
三人、顔を見合せて、
矢太蔵（声をひそめて）「ええカモ来よった。またしもとこ」
と今出した千円札を取って、また守袋にしまう。
仙太郎「姐さん、いらっしゃい」
すみ子「アア、あんたたち、来とッたんか」
仙太郎「ええ」
吉之助「先乗りからまだ音沙汰ありませんかィ」
すみ子「うん、なんとも……」
吉之助「ひょっとしたら、姐さん、あいつ、もう帰って来ませんぜ」
すみ子「………」
吉之助（仙太郎と矢太蔵をジロリと見て、あてつけがましく）「悪い野郎だよ、全くなァ……」
二人、ちょっとくさる。
矢太蔵（テレかくしに）「小父さん、酎どうしたンや、酎三つ――」
親爺「へー、只今――」
ひとり暗く考えこんでいるすみ子――

100　翌日　相生座の表

ガランとして、荷車が一台――

101　その客席

吉之助を除いた一座の人々が、それぞれの位置に屯《たむ》ろして、じっと一方を見ている。その一同の視線の集るところ、そこ

に一座の衣裳や小道具などが積まれ、古道具屋が二人、ソロバンを弾いてその値ぶみをしている。

道具屋A（仲間にソロバンを見せて囁く）「こんなもんか」

道具屋B（そのソロバン玉を一つ弾いて）「これかな」

道具屋A「ウム――（駒十郎にソロバンを見せて）〆めてこんなもんですがな」

駒十郎「ウーム、もちっとどうにかならんかい？」

道具屋二人、ソロバン玉を上げ下げして頷き合う。

道具屋A「まァせいぜい勉強して、こんなとこで……」

道具屋B「それやったら、親方、ギリギリ一杯ですわ」

駒十郎「そうか……まァよかろ、みなの足代ぐらいにはなるやろ」

道具屋A「では、これで」

駒十郎「ウム、まァええやろ」

古道具屋、懐中から紐付の財布を出す。

その一方で――

矢太蔵（一方の杉山に）「オオ、文芸部、お前、盗られたン写真機だけか」

杉　山「それとライターだよ」

し　げ（また一方で）「あたしも吉ちゃんには大分貸しがあったんだよ」

長太郎「一ばん痛いのは親方や、蟇口持っていかれて」

矢太蔵（傍にいる仙太郎に）「ひどい奴ちゃなァ、あいつ。こんど逢うたらぶっ殺したるわィ」

仙太郎「いやァ、おれァあん時から臭えと思ってたんだ。ふだんあんな筋の通ったこと言う野郎じゃねえもん」

矢太蔵「ほんまや。わいの泥棒除けのお守袋、寝とるまに鋏でチョン切りよって、なんもかも持っていきやがって……」

六三郎（またその一方で）「扇升さん、あんた、これからどうする？」

扇　升「アーン？――（そして情けなそうに呟く）えれェことになっちゃった……」

それと離れて、すみ子がひとり力なく考えこみ、加代もまたそれと離れてひとり考えこんでいる。正夫が花道に腰かけて足をブランブランさせながら梨をかじっている。

102　同　夕方　舞台裏の楽屋

一座の人々の手廻りの荷物が置いてあるだけで、誰の姿も見えない。

103　二階（楽屋）

一座の連中がしんみりと車座になって、わびしく貧しい別れの宴を催している。

その車座からひとり離れて、まだ、何か元気なく考えているすみ子――加代の顔は見えない。

駒十郎「オイ、矢太さん、ないのやないか」と焼酎の徳利を渡す。

矢太蔵「ヘエ、おおきに」と受取って注ぎ「どや？」と次へ廻す。

駒十郎（しんみりと）「まァ、わいに甲斐性がのうて、こんなことになってしもたけど、そう悪い日ばかりも続かんやろ。再起する折には知らせるよってに、身体があいとったら、どうぞまた来とおくれ」

一同、しんみりして聞いている。

駒十郎「亀さん、あんた、どこぞあてあンのか」

亀之助「へえ、妹のつれあいが浜松の在で漬物屋しとりますんで……」

駒十郎「そうか――庄吉はどないすンのや？」

庄　吉「ヘエ、もう一ぺん前の主人に頼んでみよかと思うてますが……」

駒十郎「そうか、一身田の松ノ湯やったな」

長太郎「ヘエ……そうです」

駒十郎「ま、堅気になれる人はなった方がええ。杉山君は、また学校行きたいいうとったな？」

杉　山「ええ、アルバイトでもして……」

駒十郎「まァ、みなチリヂリになるけど、たま

には一座にいた時のことも思い出して
おくれ、辛いことも多かったけど、面
白いこともちっとはあったわいな」
仙太郎「ねえ親方、おわかれなんだから、一つ
景気よくやろうじゃありませんか」
矢太蔵「アア、やろ、やろ！　おもろうやろ
……」
仙太郎（すみ子に）「アア、姐さんもこっちィ
来て、やって下さいよ。」
すみ子「…………」
矢太蔵「さ、姐さん、どうぞ来て下さいよ」
仙太郎「おわかれじゃありませんか。ねえ」
矢太蔵（席をひろく見廻して）「ア？　加代ち
ゃんどうしたんや」
亀之助（見廻して）「どうしたンやろ」
杉　山（寂しく）「……」
仙太郎「さァ、姐さん——やって下さいよ」
その間に、しげが三味線の調子を合せ、
すみ子も立ってくる。
仙太郎「ねえ親方、今日ッきりなんだから、姐
さんとも仲よくやっておくンなさい
よ」
駒十郎（すみ子をチラと見ただけで）「なァ扇
升さん、六さん、あんた等ともずいぶ
ん長いつきあいやったなァ……」
六三郎「へェ……。扇升さん、親方が……」
と扇升を突つく。扇升、頷き、耳に手を
あてて聞く。

駒十郎「良きにつけ悪しきにつけ、いつも勝手
なことばかり言わせて貰うて、ほんま
に長いつきあいやった……すまなんだ
なァ……堪忍《カニ》してや」
扇升、堪えられず、つと立って階下へお
りて行く。
その寂しげな後姿——正夫があとからつ
いてゆく。

104 **舞台裏**（楽屋）

扇升と、つづいて正夫がおりてくる。
扇升、囲炉裡の前にうずくまり涙を拭
く。
正　夫「じいちゃん……じいちゃん……どうし
たんだよう……じいちゃん……」
扇升、悲しげに鼻をすする。
二階から三味線と唄と手拍子が聞えてく
る。
正夫が、なんとなく心細くなって来て、
ワーッと泣く。持っていた梨がころが
る。

105 **夜の道**

風呂敷包みを持った駒十郎がゆく。

106 **「つるや」の店**

浮かぬ顔の駒十郎が這入ってくる。
お芳が奥から出てくる。
お　芳「アア」
駒十郎「えらいことになってしもたィ」
お　芳「どうしたん？」
駒十郎「とうとう一座解散や」
お　芳「まァ……そうか」
駒十郎「(大)の旦那にもいろいろ心配してもろた
けど、どうにもならなんだ……。あの
旦那もええお方やった……」
お　芳「なァ、まァお上り」
駒十郎「清、どないしてる？」
お　芳「あんた、一緒やなかったの？」
駒十郎「ううん、知らん」
お　芳「さっきあんたンとこの若い子が、あん
たの使いや言うて呼びに来たけど
……」
駒十郎「若い子って？」
お　芳「女の子——」
駒十郎「それで出ていきよったんか」
お　芳「へえ、一緒に」
駒十郎、不意に表へ飛出してゆく。

107 **表**

駒十郎、出て来て町の左右を見、がっか
りして、項垂れて戻ってゆく。

108 **店**

駒十郎、戻ってきて停る。
お芳、不審そうに見迎える。

お　芳「なあ、どうしたン?」
駒十郎「こらえらいことやぞ」
お　芳「何がや?」
駒十郎（暗く項垂れて）「——清の奴、仕様もない者にしてしもたぞ……」
お　芳「どうしたん?　清が何ぞしたんか……なァ」
駒十郎「アア、えらいことになりよった……」
お芳、いぶかしげに見入る。
駒十郎、グッタリ考えこんでいる。

109　奥

柱時計の振子がカチカチゆれている。

110　朝　田舎の小路

汽車が出てゆく。

111　粗末な宿屋の廊下

そこに汽車の音が聞えて——

112　その宿屋の廊下

駅前の粗末な宿屋である。
清と加代がなんとなく暗く考えこんでいる。
加　代「ねえ、何考えとンの?」
清「………」
加　代「後悔しとるの?」
清「後悔なんぞせん。僕が誘うたんやもん」
加　代「けど……」
清「けど、なんや?」
加　代「うち悪かった。来なんだらよかったわ」
清「なんでや?」
加　代「あんた、うちみたいなもん相手にする人やないわ。うちみたいなもん相手にしたらあかんのよ。親方にだってすまんし……」
清「どうしてそんなこと言うんや。伯父さんのことなんぞ問題やないやないか!」
加　代「だって、あんたもっと上の学校行って、もっと勉強したい言うてたやないの?　その方がええのよ。そうしてよ。なァ、その方が、あんた、きっとあとンなって後悔せんですむ……」
清「じゃ君は後悔しとンのか!　僕ァもう学校なんかどうでもええのや。君とのことお母さんに頼もうと思うとンのや。お母さんだって屹度ゆるしてくれる。ゆるしてくれんでも僕ァ……」
と手を摑む。
加　代「あかん、あかんのや!（と手をどけようとする）あんた、このまま帰って!　ねえ、お母さんとこ帰って!　なァ、帰ってよ!」
清「帰ってどうせいッていうんや。帰ったらどうなるんや」
加　代「——わかれるのや、このまま、ここで……」
清「じゃア、君ァどうなるんや。一座もみな解散してしもたやないか」
加　代「ええのよ。うちみたいなもん構わんといて。どうにかなるわ。どうにかやってくわ」
清「何言うんや!」
と、強く引き寄せる。
加　代「（それを押しのけて）いかん!　帰って!　ねえ、帰って!　帰って!」
そして厳しく顔を見合う二人——

113　「つるや」店

客が帰ったあとの皿小鉢をお芳が片付けて、卓を拭き、奥へ戻ってゆく。

114　奥

縁側で駒十郎が考えこんでいる。
駒十郎（嘆息して）「あいつ、どこいきよったンかいなァ……」
お芳も暗く心配顔で駒十郎を見、黙って団扇を動かす。
駒十郎「蛙の子はやっぱり蛙や……。手が早いわ……。見損なうた……」
団扇で煽ぎ、つづけて、

駒十郎「あいつばかりは、鳶が鷹生んだと思うとったけど、世の中、なかなかそう巧い具合にはいかんもんや。こんどばかりはこの駒十郎も散々じゃ。アーア、なんもかんも屁のカッパや」
お　芳「けどあんた、そう悪い方にばっかり考えんでも……」
駒十郎「けどお前、貯金までおろして女と駈落ちしよるような奴、どこに取柄があるんじゃ、どこに……。ほんま、見損うたわ」
と、密かに涙を拭く。
お　芳「でもなァ、あの子、きっと帰ってくるわ」
駒十郎「…………」
お　芳「あの子、そんな子やないんやもん。きっと帰ってくる」
駒十郎「そやろか、帰ってくるやろか」
お　芳「帰ってこなんだらどうなるんや」
そう言った途端に、これも急に胸が迫って涙を抑える。
駒十郎「そやなァ……そらそや……。けど今時の若いもんは何しよるかわからんしなァ……」
お　芳「帰ってくる……きっと帰ってくる……」
駒十郎「ウーム」
お　芳「なァ、あの子が帰って来たら、もう、あんた旅へなんぞ出んと……」
駒十郎「…………」
お　芳「なァ、清に本当《ホンマ》のこと言うてやって。清かてもうそんなことのわからん年でもないんやし……」
駒十郎「…………」
お　芳「いつぞはわかるんや。なァ、いつぞは屹度わかることなんや……」
駒十郎「ウーム……」
お　芳「――もっと早うにそうなっとりゃ、こんなことにもならなんだんや。なァ、ほんまのこと言うてやって」
駒十郎「…………」
お　芳「な、そうしてやって」
駒十郎「ウーム……。親子三人、仲よう暮そか」
お　芳「ウン。――なあ、そうして……」
駒十郎「そうしよか」
お　芳「ありがと、ありがと。清かて屹度喜ぶわ」
駒十郎「――けどあいつ、一体どこいきよったんかいなァ……」
お芳、それを聞くと、ふとまた暗く心配顔になる。
お　芳「(憂を払うように) アア一本つけよか」
駒十郎 (うなずいて)「ああ……」
お　芳「熱いのなァ」
そしてお燗をつけていると、
表の戸のあく音――
お　芳 (ふと見て)「あ、帰って来た！」
駒十郎、それを聞いて、ハッと立上る。

115　店

清が立っている。
お芳と駒十郎、慌しく出てくる。
お　芳「まァ、お前、どこ行っとったの？」
駒十郎「どこ行っとったんやお前」
清　　(思いつめた顔で)「頼みがあるンや、お母さん」
お　芳「なんや？」
清、入口へ行って腮で招く。
加代が目を伏せて這入ってくる。
駒十郎、ハッと見て、じっと睨みつける。
駒十郎 (ツカツカと加代に歩み寄り)「な、なんじゃァお前ッ！」
加代、黙って頭を下げる。
駒十郎「どの面さげて、わいの前に出て来よったッ！　阿呆！」
加　代「すンまへん、親方――」
駒十郎「謝まりゃ済むと思うとンのかッ！　阿呆ッ！」
と殴りつける。
清　　(よろける加代をかばって)「何すンのや伯父さん！」
駒十郎「何ッ！」

清「謝っとンのに殴らんでもええやないか！」

駒十郎「何ッ、お前もお前じゃッ！　母ちゃんの心配がわからんのかッ！」

と今度は清を殴る。

お芳「あんた、そんな——」

駒十郎「ほっとけ！　こいつら口でいうてもわからんのじゃッ！」

と、又も加代に進み寄って胸倉を摑む。

駒十郎「馬鹿もん！」

清（遮って）「やめんかィ伯父さん！」

駒十郎「何ッ！　なんじゃ、こいつ！」

お芳「なァ、やめてッ！」

途端に駒十郎が清を殴る。清、カッとなって駒十郎を殴り返す。

駒十郎、不意を食ってよろけ、ドカンと尻餅をつく。

お芳（鋭く清に）「何するンやお前！」

駒十郎（息荒く清を見返して）「何じゃイ！」

清（睨み返して）「なんや！」

お芳（清に）「お前、この人、だれや思うとンのや……お父さんやで！　お前の本当のお父さんやで！　なんてことするんや！」

清、さすがに吐胸を衝かれて駒十郎を見る。

清「——そうか、やっぱり……そんなことやないかと思うとったんや……」

駒十郎、なんとも言えない微苦笑で見ている。

清「なァお母さん、お父さんは新宮の役場に勤めとって、とうの昔に死んでしもたって言うてたやないか！」

お芳「………」

清「おれァそう思うとったんや……そう思うとンのや！　親父みたいなもんいらん！　今更そんなもんほしうないッ！　そんなもんいらんのや！」

駒十郎「………」

お芳「けどお前、お父さんはお前を旅廻りの役者の子にしとうなかったんや。お前にだけは片身の狭い思いをさせとうなかったんや」

清「なんでや？　何で？」

お芳「お前にだけはしっかり勉強してもろて、立派な人になってほしかったんや。だからお父さんはナ、お金が入ればいつもお前の学資にって旅先から送ってくれなはったんや」

駒十郎「もうええ、もうやめとき」

お芳「けどあんた——」

清「伯父さん！」

駒十郎とお芳、ハッと清を見る。

清「なんで今頃ンなって出て来たんや！（お芳に）お母さん、なんで今頃ンなっておれにそんなこと言うンや！　そんな勝手な親ってあるかッ！　おれァこんな親いらんのやッ！　出てってほしいわ。出てってほしいわ、出てってくれ！」

と今にも泣きそうな顔で、身を翻して二階への階段を駈け上ってゆく。

駒十郎、茫然と考える。

加代（涙を拭いて、お芳に）「すんまへん……なんにも知らなんだもんで……」

駒十郎（嘆息して）「——あいつの言うのも尤もや……尤もなこと言いよるわ……勝手な時にこれが父親でござい言うたところで、通用せんのが当り前や……」

お芳「けどあんた、あんただって何も……」

駒十郎「いやァ、わいはやっぱり旅ィ出るわ。その方がええ……その方がええのや……」

お芳「けど清かて、もう肚ン中では折れとるんやから……」

駒十郎「いやァ……なんもかんももう一ぺん初めから出直しや……今日はこの儘今迄通りの伯父さんでわかれた方がええ……」

加代、それをじっと聞いている。

駒十郎「こんどこそは清の父親《テテオヤ》やいうても、なんの不足もない立派な役者になって帰ってくるわ……。な、そうさせとくれ……。そうするわ」

お芳「でもあんた……」

駒十郎「まァその折には引幕の一つも祝うとおくれ」

と、行きかける。

加代が駈け寄る。

加代「親方ッ！　うちも一緒に連れてって！」

駒十郎「ウム？」

加代「親方のためやったら、うち生れ代って働きます！　こんなことでこのままわかれるなんて、いやや……うちいやです！　なァ親方、お願いします！　うちも連れてって……お願いです！」

駒十郎（胸を衝かれてお芳に）「オイ、聞いたか、可愛いこと言いよるやないか。――骨折りついでに、こいつの面倒も見てやっておくれ。――（そして加代に）なにかと辛うあたって済まなんだなァ、堪忍《カニ》しとくれや」

加代、堪えられず、顔を蔽う。

駒十郎（その肩に手をかけて）「清を偉い男にしてやってや。頼むで。な、頼んだで。お願いや」

と、部屋へ上り荷物を纏める。

加代（それを見て二階へ呼びかける）「清さん！　――清さん！」

そして上ってゆく。

お芳はじっと動かない。

116
二階（清の部屋）
頭を抱えて寝転び、悶々としている清――
加代が慌しく上ってくる。
加代「清さん！　親方が、なァ……親方が……」
清「――？」
加代「早う！　なあ……早う！　早う行って！　ねえ……」
清、サッと立上り、駈けおりてゆく。

117
階下
清、駈けおりてくる。つづいて加代――
お芳が店の方から戻ってくる。清、近づく。
清（気忙しく）「伯父さんは？　伯父さんどうしたんや？」
お芳「…………」
清「どうしたんや、伯父さん――」
お芳「お父さんか？」
清「――？」
お芳「お父さんならまた旅ィいきなはった……」
清、ハッとして追おうとする。
お芳「清！」
清「――？」
お芳「留めんでもええのや。このままでええんや。――お父さんはな、お前が子供の頃から、この町ィ帰ってきやはるたびに、いつもあんな気持でこの家を出ていきなはったんや」
清「…………」
お芳「このままでええんや。お前さえ偉うなればそれでええんや」
清も堪えられなくなって声を忍んで泣き、加代も涙をおさえている。

118
同夜　駅の一角
暗い電灯――

119
駅の入口
駒十郎が来る。切符売場の窓口に「暫らくお待ち下さい」と書いた札が出ているので、そのままそこのベンチに腰をおろそうとしてふと見ると――
その待合室の片隅にすみ子がしょんぼり腰かけて、じっと見ている。
駒十郎、気まずい顔で、そのまま腰をおろし、タバコを啣えるが、マッチが見付からず、探す。すみ子、黙って立って来て、マッチを擦って出す。駒十郎、変な顔で見返し、また探す。すみ子、マッチが短かくなって捨て、二本目を擦って出す。駒十郎、吸いつける。
すみ子、並んで腰かける。
すみ子「親方、どこいくの？」

駒十郎、黙ってタバコをふかしている。
すみ子（タバコを出して）「ちょっと貸して」
と、駒十郎のタバコを取る。
すみ子（吸いつけて返し）「ねえ、どこいきなはんの?」
駒十郎（正面を向いたまま）「——」
すみ子「うち、どこいこうかと思うて迷うとンのやけど……」
そのまま途絶えて——
すみ子「親方、どこぞあてあるの?」
駒十郎「ウーム……」
すみ子「どこ? ねえ、どこいきなはんの?」
駒十郎「——桑名の……吉《カネヨシ》の旦那にでも泣きついてみよか思うとンのやけど……」
すみ子「そう……。うちも一緒にいこかしらン……」
駒十郎「——」
すみ子「うち、あの旦那やったらよう知っとるし……いかん、一緒に行って?」
駒十郎「——乗るか反るかや……」
すみ子「え?」
駒十郎「——もう一旗あげてみよか……」
すみ子「そう。やりましょ。やろ、やろ」
駒十郎「——やってみるか……」
すみ子「大丈夫や、やろ、やろ、やりましょ」
切符売場の窓口があく。
すみ子、ツと立って切符を買いに行く。
すみ子「桑名二枚——」
駒十郎「お前、あこの荷物忘れたらあかんで」
すみ子、見返り、ニッコリ頷いて、切符を買う。

120 **夜汽車の中**

ねむりこけている各種各様の乗客——
駒十郎とすみ子が向い合って、一つの駅弁のおカズを二人で突っつきながら瓶詰を呑んでいる。

121 **暗い夜の線路**

驀進してゆくその列車。

——終——

秋日和

脚本　野田　高梧
　　　小津安二郎

製作……山内　静夫
原作……里見　弴
脚本……野田　高梧
　　　　小津安二郎
監督……小津安二郎
撮影……厚田　雄春
美術……浜田　辰雄
音楽……斎藤　高順
録音……妹尾芳三郎
編集……浜村　義康

三輪秋子……原　節子
　アヤ子……司　葉子
　周吉……笠　智衆
後藤庄太郎……佐田　啓二
間宮宗一……佐分利　信
　文子……沢村　貞子
　路子……桑野みゆき
　忠雄……島津　雅彦
田口秀三……中村　伸郎
　のぶ子……三宅　邦子
　洋子……田代百合子
　和男……設楽　幸嗣
平山精一郎……北　龍二
　幸一……三上真一郎
佐々木百合子……岡田茉莉子
　芳太郎……竹田　法一
　ひさ……桜　むつ子
桑田栄……南　美江
　種吉……十朱　久雄
杉山常男……渡辺　文雄
女将　とよ……高橋　とよ
高松重子……千之　赫子

一九六〇年（昭和三十五年）
松竹大船
脚本、ネガ、プリント現存
11巻、３５１８ｍ（一二八分）カラー
十一月十三日公開

1

寺の境内

東京タワーが見え、近くのアパートの窓々には洗濯物が干してある——と言ったような、都内麻布あたりの寺。

境内では近所のお婆さんが孫を乳母車からおろして遊ばせている。

2

その庫裡

三輪周造の七回忌で、未亡人の秋子(45)、遺児のアヤ子(24)、この二人だけが喪服で、あとは平服の、周造の同窓田口秀三(54)その他、親戚や会社関係の旧部下など、女もまじえて十人たらず。——いずれもくつろいで雑談している。

3

そこの廊下

これも故人と同窓の平山精一郎(53)が厠から出て来て、ツクバイで手を洗って、戻ってゆく。

4

庫裡

田口と旧部下の社員——

田口「へえェ、そうですか、そいつァうまそうだな。どこです」

平山(その隣の席に戻って)「なんだい」

田口「ビフテキだよ。うまい家《うち》なんだとさ」

社員「上野の本牧亭ごぞんじですか。あすこの横丁なんですがね。爺さんと婆さんだけでやってましてね」

田口「そうですか、そりゃ一度行ってみましょう。松坂屋の裏のとんかつ屋へはよく行くんですがね。(平山に)お前もな」

平山「アア、あの家がまだ屋台でやってたころからだな。(社員に)その時分はこっちもまだ学生でしてね。食いたいし金はないし……」

田口「今日の仏《ほとけ》なんかも、なんとかかんとか工面しちゃァ、よく一緒に行ったもんですよ」

社員「左様ですか。じゃ、三輪さんとはお若い時分からずっと——?」

田口「ええ、高等学校もおんなじ寮でしてね」

社員「それはそれは。——(と名刺を出して)わたくしも三輪さんにはいろいろお世話になりまして……。イヤァ、いい部長さんでした、おだやかな。——もう七回忌ですかなァ……」

田口「早いもんですよ。(平山にお茶を注いでやりながら)お前ンとこは何ン年になる?」

平山「何が?」

田口「細君亡くしてさ」

平山「エート……四年かな。足掛け五年だ」

田口「オイ、茶柱立ったぞ」

平山「オオ、茶柱か……。なんかいいことあるかな」

田口「お寺で茶柱が立つようじゃ、死んだ細君、迎いにくるんじゃないかい」

平山「よせよ。まだイヤだよ」

で、三人、明るく笑う。

一方で、秋子とアヤ子——

アヤ子(腕時計を見ながら)「おそいわねえ、伯父さま——」

秋子「そうね。どうなすったのかしら。——ア、いらしった」

と立つ。

亡夫周造の兄周吉(59)が本堂の方の廊下から来る。

周吉(一同に)「どうも……(そして秋子に迎えられて)おそくなっちゃって……」

一同、周吉を見迎えてすわり直す。

周吉「わたくし、三輪周造の兄でございますが、本日は皆さまお忙しいところを……。何分、田舎に居りますもので、只今もつい曲り角を間違えてしまいまして……。(と砕けて)どうも田口さん、平山さん……」

と会釈する。

田口「やァ、ご無沙汰してます。今日ご上京ですか」

周吉「イヤ、ほかにも用もございまして、昨日まいりましたんですが……」

平山「アア、いつぞやはまた伜が大へんお世話になりまして……」

周吉「いやいや、どうも行届きませんで……」

田口「どうしたの」

平山「この冬ね、うちの小僧が仲間と大勢で榛名湖へスケートに出かけてね、こちらのお宿にご厄介になったんだよ。(そして周吉に) その節はまたお土産まで頂いて……」

周吉「イヤイヤ、お口にあいましたかどうか、あれは春摘んだのを塩漬けにしておきましてね。珍しいもんじゃありませんが、まァ伊香保としては、武男と浪子さん以来のもので……」

平山「イヤァ、大へん結構でした」

田口「アア、いつかのワラビか。ありゃァうまかった。(そして周吉に) しかし、どういうんでしょうな、年取ると、だんだんああいうものがうまくなってくる……」

周吉「そうですなァ、わたくしなども……」

田口「ヒジキにニンジンね、シイタケ、キリボシ、トーフにアブラゲ——」

平山「それからビフテキ、とんかつ?」

で、一同が笑うと、そこへ本堂の方から若い坊さんが来る。

坊さん「皆さま、お揃いになりましたでしょうか」

秋子「ええ、もう……」

坊さん「では、どうぞ本堂の方へ……」

で、一同、ザワザワと立ち、譲り合いながら本堂の方へ出てゆく。

やがてガーンと鐘が鳴り、木魚の音が聞えてお経が始まる。

5 本堂

一同が控え、和尚さんがお経をあげている。

つつましく控えている秋子とアヤ子。

その他の人々——

そこへ、これも故人と同窓の間宮宗一(54)がおくれてくる。

会釈して、田口や平山の傍にすわる。

田口「おそかったじゃないか」

間宮「アア、ちょいとね」

平山「いま始まったばかりだよ」

間宮(微笑して)「じゃ早すぎたかな」

和尚さんの読経がつづく。

6 同夕 築地界隈

料亭のある横丁——暮れ残った空に附近のビルの屋上のネオンが光っている。

7 料亭の座敷(二階)

秋子とアヤ子はもう食後のクダモノを食べているが、間宮、平山、田口の三人はまだ酒やウィスキーを呑んでいる。

間宮「イヤァ、それにしても今日のお経は長かったね」

平山「お前、言うことないよ。あとから来やがって——」

秋子「ほんとに御迷惑でしたわね。お経は成るべくチョッピリ、有難いサワリのとこだけにした方がいいって、田口さんがおっしゃったんで、わたくしもそう和尚さんにお願いしといたんですけど……。(とアヤ子に) ねえ」

アヤ子(笑って頷く)「………」

田口「イヤァ、坊主の奴、サーヴィス過剰だよ。——奥さん、お布施が多かったんじゃないですか」

秋子「とんでもない。そんなに差上げませんわ」

間宮「でも今日はよかったよ、涼しくて。——お葬式の日は暑かったじゃないか」

平山「アア、あの日はひどかった。おれは冬のモーニングでね」
田口「あの時分、アヤちゃん幾つだったの？」
アヤ子「十八でした」
田口「すると今——？」
アヤ子「二十四です」
間宮「じゃもう、そろそろだな。ねえ奥さん——」
秋子「ええ、お願い致しますわ。いい方がありましたら」
間宮「そりゃある。ありますよ。アヤちゃん綺麗だもの」
田口「どんなの好き？ ——笑ってないでさ」
平山「言ってごらんよ」
田口「たとえば僕みたいなのどお？」
アヤ子「好きです」
間宮「じゃ僕は？」
アヤ子「小父さまも好き」
平山「じゃ、どんなのがいいんだかわからない。まるで型が違うもの。僕、どお？」
アヤ子「小父さまも……」
間宮「もだけか。お前落第だよ」
田口「余計なこと聞かなきゃいいんだ。——しかしね奥さん、冗談でなく、心あたりがないでもないんですがね」
秋子「お願いしますわ」
平山「お前、ほんとにあるのか」
田口「あるんだ。アヤちゃん、ほんとにお嫁に行く気あるの？」
アヤ子（笑って）「……………」
間宮「そりゃァもう嫁《い》かなきゃいけないよ。——奥さんが三輪と一緒になられたのは、たしか……」
秋子「わたくしハタチでした」
田口「だものアヤちゃんだってもう……」
平山「そうだよ、そうだとも」
田口「ねえアヤちゃん、いい奴なんだよ。たしか二十九だったと思うけどね。東大の建築出てね、大林組にいるんだよ。面白い奴なんだ」
秋子「そんないいお話——」
田口「イヤ、ほんとにいいと思うんですよ」
秋子「お願いしますわ。どうぞ……」
田口「ええ」
秋子「じゃ、アヤちゃん、そろそろ……。（そして三人に）じゃ、アノ、勝手ですけど……」
間宮「そうですか。でもまだ……」
秋子「ええ、でも、もう……。今日は却って、ご迷惑をおかけしてしまって……どうもいろいろ……」
平山「イヤ、失礼しました。勝手なことばっかり言っちゃって……」
秋子「いいえ、お蔭さまで面白うございましたわ。では、いずれまた……」
間宮「ヤァ、ごめん下さい」
秋子「では、どうぞよろしく……」
アヤ子「さよなら」
平山「アア、さよなら」
田口が立って、入口まで送る。
田口「じゃ、ここで失礼します。アヤちゃん、わかってるね」

8 廊下

秋子とアヤ子、帰ってゆく。

9 座敷

田口、戻ってきて、
田口「綺麗だな、やっぱり……」
平山「アア、おれァあのくらいの年頃の子と話してるの、大好きだな」
田口「イヤ、娘も娘だけどさ」
間宮「おふくろの方だろう」
田口「ウム、変らないねえ」
間宮「綺麗だよ」
平山「そうかなァ。しかし、あの子もいい子だよ」
間宮「いい子はいい子さ。けどね、秋子さんだってもうとうに四十越してるんだぜ」
田口「おれもどっち取るかって言やァ、やっぱりおふくろの方だな。ありゃァいいよ」
間宮「ウム。いい。ありゃァいい」
平山「それほどかなァ」
田口「それほどだよ。やっぱりナニかね、あんな綺麗な女房持つと、男も早死するもんかね」
間宮「イヤァ、三輪の奴、果報取りすぎたんだよ。ここんとこまた違った色気が出て来たじゃないか」
田口「そう。お前もそう思ったか」
間宮「出て来たよ、どことなくね」
田口（平山に）「お前、あれ感じないようじゃ、よっぽど鈍いぞ」
平山「そりゃ感じるけどさ、お前たちほどじゃないよ」
三人、明るく笑う。
そこへ女将のとよ（50）がお銚子を持って現われる。
とよ「何そんなに喜んでらっしゃるの？——ハイ」
と間宮にお酌する。
間宮「おかみさん、ご亭主、達者だろうね」
とよ「エエ、お蔭さまで」
間宮「そうだろうね」
田口「そりゃそうだよ。ご亭主、長生きしますよ」
平山「世の中何が幸せになるかわかりませんよ、ねえおかみさん」
で、三人、大きく笑う。
とよ「なんです？」
間宮「イヤ、昔ね、おれたちがまだ大学でゴロゴロしてた時分にね、本郷三丁目の青木堂の近所にクスリ屋があってね、今はクダモノ屋になってるけど、そこに綺麗な娘がいたんだよ。それをこいつ（田口）が張りゃァがってね。用もないのに膏薬買いに行くんだよ」
田口「冗談言うなイ。お前だって、風邪もひかないのにアンチピリンだの何ンだのって買いに行ってたじゃないか。アンチヘブリン丸なんてのも買ってたぜ」
平山「アア、ハカリ印のか」
間宮「その娘ってのがね、いま帰ったあの人なんだよ」
とよ「アア、あの奥さま、ご姉妹かと思ったら、お母さまなんですってね。お綺麗ですわ。——でも、それからどうなったんです？」
間宮「ところがだよ」
田口「あとがいけねえんだ」
平山「語るも涙でね」
間宮「三輪って覚えてないかい」
とよ「さァ……」
間宮「ここへも一、二度来たことあると思うんだけどね」
田口「ま、手ッ取り早く言やァそいつに持ってかれちゃったってわけさ」
とよ「おやおや。だったら風邪薬よりイモリの黒焼お買いになりゃよかったのに」
田口「そうなんだよ」
間宮「その智恵はまだなかったんだ。今の若い奴等と違って、何しろ純情だったからね」
とよ（お銚子を出して）「平山さん、いかがです？」
平山「アア」
田口「おれにタンサンくれないか、タンサン——」
とよ「はいはい、只今——」
と立って出てゆく。
間宮（見送って）「あんなの持ってりゃ、亭主は長生きするよ」
とよ（また顔を出して）「なんです？」
間宮「イヤイヤ、こっちの話だ。タンサンだ」
とよ「ハイハイ」
と去る。
田口「しかし、あんなの持っても案外早死するんじゃないかい。体格がよすぎるよ」
間宮「プロレスか」
平山「ヘッドシザースか」
田口「たまらないね。つぶされちゃいますね」

で、三人、明るく笑う。

10　同夜　田口の家の前

仄明るい門燈――世田ケ谷あたりの住宅地である。

11　庭から見た室内

明るい電燈――誰もいない。

12　その玄関

田口が帰ってくる。
細君ののぶ子（46）が出てくる。

のぶ子「お帰ンなさい」
田　口「アア、只今」
のぶ子「今日はおそいのかと思ってたわ」
田　口「どうして」
のぶ子「だって間宮さん平山さんご一緒でしょ？」
田　口「アア、秋子さんも一緒だったんだ。アヤちゃんも――」
のぶ子「そう」
話しながら茶の間の方へ――

13　茶の間

二人、来て、田口が上着をぬぎかけると、のぶ子はハンガーをとりにゆく。

田　口（ふと一隅においてあるスーツケースを見て）「おい、なんだい、これ――」
のぶ子（出て来て）「アア、洋子のよ」
田　口「また来てるのか」
のぶ子「ええ、ついさっき――」
田　口「日高、出張かい」
のぶ子「ううん、またいつものゴタゴタらしいの。お姑さんと一緒ってのは、やっぱりうまくいかないらしいわね」
田　口「お母さんと喧嘩でもしたのか」
のぶ子「ううん、お母さまとはいいらしいのよ。でもやっぱりねえ……。だから若い者は若い者だけの方がいいのよ。あたしだってよくそう思ったもの」
田　口「困ったもんだね」
のぶ子「今度は四、五日いるらしいわよ。いつもよりカバン大きいもの。――あれでうまくいくのかしら」
田　口「いかなきゃ困るよ。お前だってそうだったじゃないか」
のぶ子（微笑して）「そう言やそうね。――なんとなく諦めちゃうのね、夫婦なんて」
田　口「そうだよ。お互いにね。――洋子だって、もう少しの辛抱だよ」
のぶ子「そうねえ。――考えてみりゃ、夫婦なんてつまンないものねえ」
田　口「そうだよ。贅沢言ってりゃ切りがないよ」
のぶ子「あなたお茶漬は？」
田　口「もういい。沢山だ」
風呂上りの洋子（24）が来る。
洋　子（元気よく）「アア、パパ、お帰ンなさい」
田　口「アア。――どうしたんだい」
洋　子（朗らかに）「またやっちゃった」
田　口「やっちゃったってお前、ちょいちょいじゃないか。なんだい、原因は――」
洋　子「口じゃ簡単に言えないわ。日頃の不満の集積よ」
田　口「不満たって、お前好きで嫁《い》ったんじゃないか」
洋　子「そうよ。だから癪にさわンのよ」
田　口「何が」
洋　子「パパ口出さないでいいのよ、少し、懲らしめてやるの」
のぶ子「懲らしめるって、あんただって少し懲りなきゃ。――辛抱がたりないのよ」
洋　子「もう沢山。――パパ、お風呂――少しぬるいから瓦斯つけてくる」
と戻ってゆく。
田　口「困った奴だよ」
しかし別に困った様子もない。
田　口「アア、そうそう（と思い出して）――アノ、ホラ、なんてったっけ、あいつ――」
のぶ子「だれ？」
田　口「大林組に行ってる――弟だよ、お前の友達の――」
のぶ子「アア、繁ちゃん、井上の――」
田　口「アア、あいつ。――親父さんはたしか上諏訪でオルゴールの会社やってるんだって言ってたね」
のぶ子「ええ、そうよ。――どうして？」
田　口「いいと思うんだよ。あれ、アヤちゃんのお婿さんに――」
のぶ子「駄目よ。もう決まっちゃったわよ、あの人――」
田　口「決まったって、お嫁さんがかい」
のぶ子「そうよ。お祝、何あげようかと思ってンのよ」
田　口「そうか。そいつは惜しかったな。イヤネ、引受けちゃったんだよ」
のぶ子「何を？」
田　口「あいつ、恰度いいと思ったんだよ。弱ったな。――誰かないかね、ほかに……。あれはどうだい、池田のサブ公――」
のぶ子「あんなの駄目よ。あんな気取り屋」
田　口「落第か。――いないかねえ、誰か」
のぶ子「そんな、あなた、よそのお嬢さんのことより、うちの娘のこと心配してやってよ」
田　口「でも綺麗なんだよアヤちゃん――変な奴にやりたくないんだよ」
のぶ子「そう」
田　口「ほんとにいい子なんだ、清潔で」
のぶ子「そう。秋子さんのお若いころとどお？」
田　口「アア、そりゃアレだ、ナンダな、質《たち》が違うね、間宮の奴は秋子さんの方がいいって言ってたけどね」
のぶ子「じゃ、あなたはどっち？」
田　口「ウーム、おれか？」
のぶ子「どっちかってったら、どっち？　やっぱり秋子さんの方でしょ、知ってるわよ」
田　口「なんだい」
のぶ子「本郷三丁目、あなた昔、よくおクスリ買いにいらしったんでしょ、アンマ膏」
田　口「アンマ膏はおれじゃないよ。ありゃ間宮だよ」
のぶ子「じゃ、あなたは何よ」
田　口「おれはアンチヘブリン丸だとかさ」
のぶ子「嘘おっしゃい、あなた、アンマ膏よ。ちゃァんと覚えてるわよ」
田　口「誰に聞いたんだい」
のぶ子「あなたよ」
田　口「そんなこと言ったかな。いつ？」
のぶ子「洋子が生れて間もなくよ。あなた、酔っぱらって……」
田　口「そうかい。言ったかい。わりに正直だったんだな」
のぶ子「そう、今よりはね」
洋子の弟の和男（高校生　18）が来る。
和　男「ママ、腹へッちゃったんだ。なんかない？　パパ、お風呂、ものすごく沸いちゃったよ」
田　口「アアそうか。瓦斯消したか」
和　男「まだついてる」
田　口「ついてちゃ駄目じゃないか。消さなきゃ。――どいつもこいつも仕様がないな。困った奴等だ」
と出てゆく。

14　**廊下**

田口、浴室の方へいそいで行く。

15　**丸の内のビル**

お昼ごろの陽が明るい。

16　**間宮の会社（三和商事）の廊下**

受付の女の子が秋子を案内してくる。
常務室のドアをノックし、返事を聞いて、
女の子「どうぞ」

17　**室内**

秋子が這入ってくる。
デスクの前の間宮――
間　宮（立上って迎え）「ヤ、いらっしゃい、どうぞ――」

間宮はパイプを愛用している。

秋子「先日はいろいろありがとうございました。お忙しいとこをわざわざいらして下さいまして……」

間宮「イヤイヤ、さ、まァどうぞ」

秋子「ちょっとお礼に……」

間宮「そりゃどうもわざわざ……」

秋子「平山さんや田口さんとこへも伺ってまいりました」

間宮「そりゃどうも……。アア、田口、なんか言ってましたか、アヤちゃんの話――」

秋子「エエ、それがもうお決まりになってたんですって」

間宮「相手がですか」

秋子「ええ」

間宮（笑って）「相変らずだな、あいつ。――昔ッからあんな奴でね、三輪なんかもよく手焼いてましたよ。約束しても時間通りに来たことなくてね。――尤もこないだの年回には僕の方がおくれちゃったけど……」

秋子「でも皆さんにいらしって頂けて、三輪もどんなに……」

間宮（時計を見て）「奥さん、あなたお昼は?」

秋子「エエ、アノ、よろしいんです」

間宮「どッか、ちょいと出かけましょうか。うまいものもないけど……」

秋子「でもわたくし、二時からまた……」

間宮「なんです」

秋子「このごろ、わたくしズーッとお友達の服飾学院の方のお手伝いしてますの。フランス刺繍や何か……」

間宮「教えてるんですか」

秋子「ええ、よくは出来ませんけど……」

間宮「そりゃ大変だな。でもいいでしょう。僕の車でお送りしますよ。じゃ、出かけますか」

と立って、デスクへ戻り、呼鈴を押して、机上を片付ける。

18　街（呉服橋あたり）

そこの横丁の角に間宮の自動車が停っている。

その横丁にうなぎ屋の「竹川」がある。

19　「竹川」の店内

土間にはテーブルが並び、ほかに小座敷もある。

二、三人の客――

20　その小座敷

間宮と秋子――

間宮（ビールをさして）「どうです、もう少し……」

秋子「イエ、もう……」

間宮「そうですか、（と自分のコップに注ぎながら）気がつきませんでしたか、さっきのエレベーターのとこで僕に挨拶した奴なんですがね」

秋子「ええ、なんですか、わたくしボンヤリしてて……」

間宮「僕よりちょっと低くて、髪をちょっとこう垂らしてて……」

秋子「さァ……。わたくし、ほんとにボンヤリで……」

間宮「イヤイヤ、そんな目に付くような奴じゃないんですがね、人間はなかなかいいんです。仕事もテキパキやるし……。イヤ、実はこないだ築地でアヤちゃんの話になった時にもね、僕ァすぐそいつのこと考えたんですがね、田口の奴が一人で引受けて、あんまり自信ありそうなこと言うもんだから……」

秋子（笑って）「田口さんてほんとに面白い……」

間宮「面白すぎますよ。あいつにかかると、なんでも面白くなっちゃう」

秋子「いいですわ、でもああいう方がいらっしゃると……」

間宮「学校はどこ出たのかよく覚えてません

けどね、うちの会社へ這入って、四年かな、五年かな。見たとこそうガッチリした男でもありませんけどね、うちのバスケットのキャプテンしてて……。どうです、そんな奴――」

秋子「よさそうな方ですわね」

間宮「あなた、一度会ってみませんか。それとも一応写真とか履歴書とか……アア、その方がいいな」

そこへ小女がうなぎの重箱と吸物を運んでくる。

小女「お待遠さま――」

間宮「そのうち、まとめてお送りしますよ」

秋子「どうぞ」

間宮「アア、アヤちゃんの写真があったら一枚下さい」

秋子「ええ――（そしてふと間宮のパイプに気がついて）間宮さん、おタバコ、ずっとパイプですの？」

間宮「イヤ、両方なんですがね」

秋子「三輪もパイプが好きで、うちにもまだ二、三本ありますのよ。およろしかったら貰って頂こうかしら」

間宮「アア、そりゃほしいな。頂きたいな」

秋子「いいのかどうかわかりませんけど、三輪がイギリスへ行った時買って来たのもありますのよ」

間宮「アア、そりゃァきっといいんでしょう。あいつ、そういうものに凝ってたから」

秋子「じゃ、お届けしますわ」

間宮「アア、そりゃ是非――。（そして食事をすすめる）どうぞ奥さん……」

秋子「じゃ頂きます」

で、二人食事にかかる。

21　同夜　間宮の家　廊下

娘の路子（18）がコップの水をお盆にのせて、台所の方からくる。

22　茶の間

間宮が夕刊を読み、細君の文子（42）が食後の果物など食べ、路子の弟の忠雄（7）が寝そべって漫画の本を見ている。

路子が来る。

路子「ハイ、お父さん」

間宮「アア」

と受取って錠剤をのむ。

路子「あたし、いいと思うわ」

文子「なに？」

路子「素敵だわ、後藤さん――」

間宮「いいかい」

路子「いいわよ、絶対よ。あたしだったらすぐ嫁っちゃうな」

間宮（文子に）「あいつは学校どこ出たんだっけ」

路子「早稲田よ、政経――（と歌い出す）紺碧の空……」

間宮（文子に）「国はどこだい」

路子「伏見よ、酒屋さん、醸造家――ターラ、ラーリラ、ラーラ……」

文子「うるさいわね、少し黙ってらっしゃいよ」

間宮「あっち行ってろ」

路子「いいじゃない」

文子「いらっしゃい」

路子、立上って、また応援歌のメロディーをハミングしながら出てゆく。

文子（忠雄に）「ターちゃんもお二階いらっしゃい。行くのよ」

忠雄、むッつり立って来て、黙ってそこの果物をとり、「ワセダ、ワセダ、ワセダ、ワセダ……」と歌いながら出てゆく。

文子「ねえ、うちに来るなかじゃ、後藤さん一番いいんじゃない？」

間宮「おれもそう思うんだ。一度招《よ》ぶからね、お前からよく話して、写真と履歴書貰っといてくれ」

文子「ええ、いいわ。――でもアヤ子さんがお嫁にいらっしゃったら、秋子さん、どうなさるつもりかしら、ひとりで……」

間宮「そりゃどうにかするだろう。どうにかしなきゃ仕様がないよ」

文　子「相変らずお綺麗？　秋子さん——」
間　宮「アア、綺麗だね。しかし、おれはアヤちゃんの方が好きだね、清純で——」
文　子「そう」
間　宮「田口の奴は秋子さんの方がいいって言ってたけどね」
文　子「でも、あなただってお好きなんでしょ？」
間　宮「だれ」
文　子「秋子さんよ」
間　宮「冗談じゃない。おれじゃないよ。そりゃ田口だよ。あいつは昔ッから好きなんだ」
文　子「そう。じゃ、あなたはお好きじゃなかったの？」
間　宮「おれは別に……」
文　子「そう。おクスリ何お買いになったの？」
間　宮「何？」
文　子「おクスリよ」
間　宮「だれ」
文　子「あなたよ。アンマ膏？　アンチピリン？　どっちでしたっけ」
間　宮（苦笑して）「そんなバカなこと誰に聞いたんだ」
文　子（ニヤニヤして）「…………」
間　宮「田口の細君か」
文　子「あなたが風邪おひきにならないわけわかったわ。いまだにアンチピリンがきいてンのよ」
と立って台所の方へ出てゆく。
間宮、見送り、ひとり苦笑して、夕刊を見る。

23　同夜　郊外のアパート　廊下

秋子が帰って来て自室へ——

24　室内

秋子、這入ってくる。
秋　子「只今——」

25　隣室

そこの流しでアヤ子が食事のあとかたづけをしている。
アヤ子「お帰ンなさい」
と出てゆく。

26　前の室

アヤ子、手を拭きながら出てくる。
アヤ子「お母さん、ごはんは？」
秋　子「ご馳走になって来ちゃった、栄さんに」
アヤ子「さっきまで待ってたんだけど……」
秋　子「そう。マイアミでお菓子買って来たわ」
アヤ子「直ぐ食べる？」
秋　子「ううん、あたしはあとで——。くたぶれちゃった今日。あっちィ行ったりこっちィ行ったり。——田口さんのお話ね、駄目だった」
アヤ子（ノンキに）「そう。どうして？」
秋　子「もう決まってたんだって」
アヤ子「いやだわ。（と笑って）あの小父さまらしいわ」
秋　子「ほんと。（と笑って）——でも、また別のがあるのよ」
アヤ子「お代り？（と菓子箱のヒモをほどきながら）急に売れ出しちゃったな。こんどはどこ？」
秋　子「間宮さん——。いい方らしいのよ。あすこの会社の人で」
アヤ子「そう」
秋　子「いずれ写真や履歴書送って下さるって」
アヤ子「お湯沸してくるわ」
と立ってゆく。
秋　子（見送って）「その人ね、間宮さん大へん褒めてらっしゃるの。出来る方らしいわ。築地でもその方のことおっしゃりたかったんだって——あなたの写真もほしいっておっしゃるのよ」

27　隣室

アヤ子、ガスに火をつけながら、秋子の

方へ――

アヤ子「ねえお母さん――」

秋子が部屋の境に現われる。

秋　子「なァに?」

アヤ子「そのお話お断りしてよ」

秋　子「どうして?」

アヤ子「写真や履歴書頂いてからお断りしちゃ悪いもの。あたしの写真もあげないで。――紅茶にする?」

秋　子「そうね」

アヤ子、前の部屋に戻ってゆく。秋子もつづく。

28 **前の部屋**

アヤ子、茶箪笥から紅茶の鑵をとる。

秋　子「あなた、好きな人でもあるの?」

アヤ子「ないわよ、そんな人」

秋　子「だったら、考えてみたら?　――皆さんがあなたのこと心配して下さるなんて、ほんとに有難いと思わなきゃ」

アヤ子「そりゃわかってるわよ。でもあたしこのままでいいの」

秋　子「だって――」

アヤ子「いいのよ。あたしまだお嫁にいきたくないの」

秋　子「いきたくないって、あなた。――ま、ちょっとおすわンなさいよ」

アヤ子（すわって）「何よ」

秋　子「ほんとにどうなの?」

アヤ子「何?」

秋　子「好きな人、ほんとにいないの?」

アヤ子「あればお母さんに言ってるわよ。そんなこと隠しゃしないわよ」

秋　子「ならいいけど……」

アヤ子「あたし、まだ当分このままでいいの。兎に角そのお話お断りして」

秋　子「でもいいかしら……」

アヤ子「いいわよ、大丈夫よ。だから二人で仲よくしましょうよ。（と秋子の手を取って振り）――あ、お湯が沸いた」

と立って、一旦隣室へ去り、すぐまた顔を出す。

アヤ子「でもお母さん、ほんとに好きな人でも出来たら別よ。春は永い方がいいもの」

と笑って顔を引っこめる。

秋子もつい引込まれて微笑するが、ふと目を落して考える。アヤ子のハミングが聞える。

29 **桑田服飾学院の外景**

郊外の新開地――

30 **その廊下**

授業時間中でシーンとしている。

31 **その教室**

フランス刺繍の時間で、ボールドに解説図が描いてあり、秋子が生徒の間を見廻っている。

秋　子「あなた、ちょっと――」

と生徒の刺繍枠を取って、自分で刺して見せて、

秋　子「こんな風にね」

と渡し、次々と見廻る。

鐘（オルゴール）が鳴る。

秋　子「じゃ、ここまでにしときましょう。おわかりにならないことがあったら、いつでもお聞きになってね。じゃ――」

と会釈して出てゆく。

32 **廊下**

秋子、職員室の方へ戻ってゆく。

33 **職員室**

秋子やほかの先生たちが戻ってくる。

桑田栄（45）が帳簿など見ているが――

栄　（秋子に）「ご苦労さま、すんだの?」

秋　子「ええ」

栄　「ね、ちょいと――」

と目で呼んで、院長室の方へ立って行く。秋子、ついてゆく。

34

院長室

狭い部屋に大きなデスクをおいて、栄の夫の院長種吉（56）が控えている。ひとりでスマートがっているような男である。二人が来るのを立って迎える。

種　吉（秋子に）「やァ、ご苦労さまです。どうぞおかけンなって。どうぞ」

で、三人、テーブルを囲んで——

種　吉（栄に）「君、もうお話してくれたの？」

栄　「ううん、まだ——」

種　吉「じゃ、してよ」

栄　「あなたからなさいよ」

種　吉「そう。じゃ、そうしましょうか。あのね、秋子さん——」

と立って、カバンから写真を一枚持ってくる。

種　吉（それを秋子に見せて）「どうでしょう、この人——」

秋　子「どなたですの」

種　吉「いいえね、お宅のお嬢さんに、いかがかと思って……」

栄　（秋子に）「でも、その人、ちょいと鼻が曲ってやしない？」

種　吉「アア、そりゃ写真ですよ。光線のせいよ」

秋　子「アノ……」

種　吉「なんです？」

秋　子「折角ですけど、アヤ子、まだお嫁にいきたくないって云ってますの」

種　吉「でも……」

栄　「兎に角駄目よ、こんな人——」

種　吉「けどね、ほんとにいいのよ、家柄だって」

栄　「家柄より本人よ。ゆうべもそう言ったじゃないの」

種　吉「でも惜しいわねえ」

栄　「惜しかないわよ。そんなの初めっから落第よ。ねえ——」

秋　子「ううん、そんなことないけど、こないだもね、アヤ子、三輪のお友達の方からのお話お断りしちゃったのよ」

栄　「どうして？」

秋　子「イヤなんだって、まだ——」

栄　「そう。——けど、ほんとはあなたもまだやりたくないんじゃない？」

秋　子「そうじゃないけど……」

栄　「でも、もうやらなきゃ駄目よ。グズグズしてると変なの摑んじゃうもの。（と種吉を見て）あたしはそうじゃなかったけど」

種　吉（取って付けたように）「ハハ、ハハハハハ」

と笑って立ち、写真をしまいに行く。

ノックして女事務員が顔を出す。

事務員「アノ、三輪先生にお電話ですけど——」

種　吉「電話？　そう。こっちへ切換えて」

事務員「はい」

と引っこむ。

種　吉（受話器をはずして）「どうぞ、秋子さん……」

秋　子「おそれ入ります」

と立っていって、電話にかかる。

秋　子「モシモシ、アア、アヤちゃん？　……エエあたし……。うん……。出られる。——何ン時？　……うん、大丈夫——」

35

アヤ子の会社（東興商事）

アヤ子が電話をかけている。

アヤ子「じゃ、和光の角ね。……うん……じゃ、あたし、少し早く出て、小父さまンとこへ寄ってから行きます。……ええ……ええ……じゃ」

と切って自席に戻る。

隣席に同僚の佐々木百合子（25）がいる。

百合子「ねえ、石井さんも休暇貰えないんだって、あの人、地図まで買ってたのに」

アヤ子「どうして？」

百合子「あすこの課長、意地が悪いのよ」

アヤ子「じゃ、七人ね」

百合子「そう。——ねえ、あたしキャラバン・シューズ買いたいの。帰りにつきあってよ」
アヤ子「今日は駄目、約束しちゃったから」
百合子「へえェ、デート？　あんたもそんなことあンの？」
アヤ子「嘘よ、お母さんとよ」
百合子「なァンだ、つまンない。最低だな」
と仕事をつづける。

36 **間宮の会社　廊下**
書類を持った事務員が通る。
受付の女の子がアヤ子を案内してくる。
常務室のドアをノックし、返事を聞いて、
女の子「どうぞ——」

37 **室内**
間宮、アヤ子を見迎えて——
間　宮「やァ、よく来たね」
アヤ子「こんちは。——パイプ持ってきましたの」
間　宮「パイプ？　——ア、そうかそうか、そりゃありがとう」
アヤ子がハンドバッグからパイプを出しかけると、ドアがノックされる。
間　宮「はい」
事務員の後藤庄太郎（31）が這入ってくる。
間　宮「何？」
後　藤（書類を見せて）「これ——」
間宮「アア」と受取って、目を通し、
間　宮「アア、これでいいんだ。さっきの、もう一度見せてくれないか」
後　藤「はい」
と戻りかけるのを、
間　宮「ア、君——」
後　藤「は？」
間　宮「このお嬢さんだよ。君が断られちゃったの」
後　藤（ハッと見て苦笑し）「そうですか」
間　宮「アヤちゃん、君が振ったの、この人だよ」
アヤ子、テレて会釈する。
後　藤「後藤です。失礼します」
と出てゆく。
アヤ子「いやだわ、小父さま」
間　宮「何が？」
アヤ子「悪いわ、あんなことおっしゃって」
間　宮「だってその通りじゃないか」
アヤ子「だってエ……」
間　宮「じゃ、どうだい、改めて」
アヤ子「いやよ。——はい、パイプ」
とパイプをおいて出てゆく。
間　宮「おいおい、アヤちゃん——」

38 **廊下**
アヤ子がいそぎ足で帰りかけると、そこの事務室から後藤が出てくる。
後　藤「やァ——」
アヤ子、会釈する。
後　藤「東興商事にお勤めだそうですね」
アヤ子「はい」
後　藤「経理に杉山って奴がいるでしょう。学校一緒なんです。よろしく言って下さい」
アヤ子「はい」
後　藤「じゃ、ごめん——」
と別れ、常務室へ這入ってゆく。
アヤ子も帰ってゆく。

39 **銀座の横丁**
その夜景——そこに小綺麗なとんかつ屋「さつき」がある。

40 **その「さつき」の店内**
もう食事時を過ぎて、鍋前の客もまばらである。
一隅の卓に秋子とアヤ子——卓上にビールが一本、もう食事がすみかけている。
秋　子（食事を終って）「アア、おなか一杯——」
アヤ子「ビール残ってるじゃない？」
秋　子「アア、そうか、勿体ない、呑んじゃおか。——（とビンの分も注ぎかけて）ないか。——（とコップを一気に干し）でも、アレね、あなたがお嫁にいっちゃうと、こんなことも、そう出来なくなるわね」

アヤ子「出来るわよ。あたし、嫁かないもの当分――」

秋　子「でも、いつかは嫁っちゃうんだから……せめて今のうち、月に一度くらい、二人であっちこっち、おいしいもの食べて歩きたいわね」

アヤ子（箸をおいて）「ご馳走さま。――だからそうしましょうよ、二月《つき》に一度でも」

秋　子「そう。（と笑って）三月に一度でもね」

アヤ子「今日ここのお勘定、あたし払う」

秋　子「いいわよ。ハイキングのお金たりなくなるわよ。いろんなもの買ったのに」

アヤ子「大丈夫よ。ちゃんと計算してるから」

秋　子「でも、いいわねえ、結婚の送別会にハイキングするなんて。――お母さんの時代には思いもよらなかった」

アヤ子「二人とも山が好きなのよ。だから思いついたのよ」

秋　子「そんなこと言い出すの百合ちゃんでしょう？　――いやよ、谷へおっこったりしちゃ、さっきの映画みたいに……」

アヤ子「そんなとこじゃないのよ。とってもラクなとこ」

秋　子「ならいいけど……（気を変えて）あなた、まだ買物あるんじゃない？　そろそろ出ましょうか」

アヤ子「お母さんミシンの針買うんでしょ？」

秋　子「それから夕の字のつくもの」

アヤ子（思わず大きな声で）「アア、タラコ――？」

秋　子（軽く睨んで店の者に）「アノ、すみません、お勘定――」

「ヘイ」

アヤ子「お母さん、ほんとにあたし払う」

秋　子「いいのよ、今度の時あなた出して」

そこへ小女が勘定を貰いにくる。

41　同夜　アパート　廊下

秋子とアヤ子が買物包みを持って帰ってくる。鍵をあける。

42　室内

二人、入って来て、

アヤ子「お母さん、疲れたでしょ」

秋　子「うん。でも楽しかった」

そして卓袱台に向ってすわる。

アヤ子「ア、忘れた」

秋　子「何？」

アヤ子（包みを開きながら）「固形スープ――。いいか、誰か持ってくわね」

秋　子「さァ……。うちのはもうなかった？」

アヤ子、隣室へ立ってゆく。

43　隣室

アヤ子、炊事場の棚の鑵をあけてみて、

アヤ子「もう三つしかない」

とそのままおいて戻る。

44　前の室

アヤ子が戻ってくると――

秋　子「あなた、妙なとこお父さんに似てるわねえ」

アヤ子「何？」

秋　子「どッかへ出かけるとなると何から何までキチンと揃えたいの。お父さんもそうだった。ちょっと温泉へ行くのにも軽石まで持ってったりして」

アヤ子「アア、足の裏こする軽石でしょ、覚えてるわ。――ねえお母さん、一度温泉へも行きたいわね」

秋　子（頷いて）「あなた、覚えてる？　修善寺へ行った時のこと、宿屋の大きい池に鯉が沢山いて」

アヤ子「アア、あたしがバターピーナッツやったら、いくつでもパクパク食べちゃって――」

秋　子「あくる朝見たら、その鯉が白いお腹出して浮いてて――」

アヤ子「あの時はほんとにビックリしちゃった

わ。お父さん笑ってらしったけど……」
秋子「——でも、あれがお父さんと旅行した最後だったわねえ……。モミジの若葉が綺麗だった……」
アヤ子「ねえ、お金溜めてどこかへ旅行しない？」
秋子「どこへ？」
アヤ子「周遊切符であっちこっち廻るのよ。伊香保の伯父さまのとこへ寄ったっていいし……」
秋子「そうね。一度行きましょうか。あなたがお嫁にでもいくと、もうそんなこと出来なくなるし……」
アヤ子「お母さんすぐそんなこという。そんなにあたしをお嫁にやりたいの？」
秋子「だって、いずれはやらなきゃならないんだもの……」
アヤ子「いかない。いかないわ。このままでいいのよ。——でもお母さん、もしあたしに好きな人でも出来たら……お母さんどお？」
秋子「どおって……」
アヤ子「寂しい？」
秋子「寂しくったって、そんなこと仕様がないわよ、我慢しなきゃ。——お母さんのお母さんだって、きっと我慢してくれたのよ。そういうもんよ、親子って……」
間——
アヤ子「お母さん、そろそろ寝ましょうか」——
秋子「そうね。あしたも早いんだから。——アア、今日は楽しかった……」
しかし、二人とも立とうとしない。

45　高原の道

山稜を遥かに望んで、東興商事の若い連中、杉山常夫(31)、アヤ子、百合子、その他、服部進(32)、高松重子(25)など総勢七人、いずれもリュックを背負って元気よく歩いてゆく。
元気のいい歌声——

46　同夜　山のヒュッテ

その窓々に灯が見えて——

47　その室内

泊っている若い人々。マージャンを囲んだり、ハガキを書いたり——
百合子と服部とA、Bがマージャンを囲んでいる。
百合子（ツモって）「ハイ、リーチ——」
A「リーチ？　早ぇな」
服部「これ君、捨てたんだな」
百合子「そうよ」
服部「じゃこれだ」
百合子「はい、それ。リーチ、ゾロゾロのドラ一で、サンパアスーよ」
B「オイ、そう取るなよ、お婿さんからよう」
百合子「いいわよ。こないだお祝い上げたんだもん。ねえ」
服部「重いのに、えらいもの持って来ちゃったイ」
A（一方へ）「奥さん、旦那さま泣いてますよ」
その一方では——二段ベッドが並び、そこでアヤ子と杉山と重子がハガキを書いている。
重子（見返って）「そお。あんまり泣かせないで」
杉山（顔を上げて重子に）「オイ、言うじゃないか、奥さんらしいこと」
重子（相手にせず、アヤ子に）「サワヤカって、どんな字だっけ？」
杉山「爽やかじゃないかよ。鬱陶しいんだよ、君の旦那さん」
アヤ子「サワヤカって、アノ……」
重子「もう仮名で書いちゃった」
とハガキを書きつづける。
杉山（顔を上げて）「オイ、三輪君、君、振ったんだってな、後藤——」
アヤ子（顔を上げて）「何？」
杉山「三和商事の後藤だよ。ゆうべ新宿のトリスバアで一緒だったんだ。君に振られたって、そう言ってたぜ」
アヤ子「違うわよ、振りやしないわよ」
杉　山「いい奴なんだ。振るなよ」
アヤ子「違うって。振ったんじゃないって」
重　子「何よ、何の話?」
杉　山「いいから、君は黙って旦那さんのことでも考えてろ。——（アヤ子に）どうしてあんないい奴、断っちゃったんだい」
アヤ子「………」
杉　山「改めておれが紹介してやろか」
アヤ子「いいわよ」
杉　山「紹介してやるよ、遠慮すンなよ」
アヤ子、答えず、ハガキを書きつづける。
杉山、それを見て、自分もまた書きつづける。

48　**ビル（東興商事）の窓々**
明るい陽があたって——

49　**事務室**
仕事をしている百合子とアヤ子——
アヤ子（時計を見て、百合子に）「ねえ。そろそろよ」
百合子、頷き、仕事をやめてアヤ子と一緒に出てゆく。

50　**廊下**
二人、出て来て、足早やに屋上へ——

51　**屋上**
二人、出てくる。
百合子「汽車ンなかきっと新婚で一ぱいよ。今日は日がいいっていうから。——重子どんな顔して乗ってるだろ」
アヤ子「ふたり、向い合ってるかしら、並んでるかしら」
百合子「どっちだって好きなようにすわれ!　畜生、うまくやってやがんなァ。——ア、来た、来た!」
で、二人、手を振る。

52　**眼下の高架線**
下りの湘南電車が走り過ぎてゆく。

53　**屋上**
二人の振っている手が次第に力なくおりる。
百合子「なァンだ、重子の奴、窓から花束振るなんて言っててっ……」
アヤ子「忘れちゃったのかしら」
百合子「忘れることないわよ、あれだけ言ってて……」
アヤ子「じゃ、恥かしかったのよ」
百合子「けどさ、今日のご披露だって、あたしたち招んでくれたっていい筈よ。ウウン、断然招ぶべきよ」
アヤ子「忘れられちゃったのよ、あたしたちのこと」
百合子「でもさ、一緒に入社して、あんなに仲よくしてたのに……」
アヤ子「——みんな、だんだん離れてっちゃうのよ」
百合子「だったら、結婚なんてつまンない。——やっぱり男もそうだろうか」
アヤ子「さァ……」
百合子「あたしたちの友情ってものが結婚までのツナギだったら、とっても寂しいじゃない。つまンないよ」
アヤ子「——そうねえ……」
百合子「フン、馬鹿にしてらァ!」
と足元の何かをポーンと蹴飛ばす。

54　**数日後　夕暮れ時の銀座**
ネオンが輝きはじめている。

55　**ゴルフ用品店の中**
間宮がゴルフのクラブを振っている。
店員がボールの箱を包んだ紙包みを持ってくる。
店　員「お待遠さま——」
間　宮「アア」
店　員「この分じゃ明日の日曜、いいお天気でございましょう」
間　宮「だといいけどね。じゃ——」
店　員「ありがとうございました」
間宮、出てゆく。

56　その表

間宮、出て来て、道を突っきり、前の喫茶店に這入ってゆく。

57　喫茶店の中

間宮、一隅の席に着く。
ボーイ「いらっしゃいまし」
間　宮「ア、水だ。——それからコーヒー」
ボーイが去ると、ポケットから錠剤を出しながら、ふと見る。
向うの席でアヤ子が杉山と何か話しているのが見える。
間宮が微笑ましくそれを見ていると——アヤ子の席へ、トイレへでも行ったらしい後藤が戻ってくる。
後　藤「ヤ、お待遠——」
で、三人、立って帰りかけ、間宮と顔を合わせる。
アヤ子「アラ——」
間　宮「やァ……」
後　藤「ア——」
とお辞儀をする。
間　宮「妙なとこで逢うもんだね」
後　藤「はァ……」
間　宮（アヤ子に）「アヤちゃん、どこへ行ったの」
アヤ子「アノ、映画……」
間　宮「映画か……（後藤に）どうだい、かけないか」
後　藤「はァ、でも……」
間　宮「あの人（杉山）も一緒にさ」
後　藤「はァ、しかし……」
間　宮「まだどッかへ行くの？」
後　藤「いえ、もう帰るんです。（アヤ子に）じゃ失礼します。（間宮に）ごめん下さい」
と慌ただしくその場を去り、杉山と一緒に帰ってゆく。
間　宮「一緒に行かなくてもいいのかい」
アヤ子「ええ、いいんです」
間　宮「じゃ、まァおかけよ」
アヤ子「ええ」
そこへボーイが「お待遠さま」と水とコーヒーを運んでくる。
間　宮「何かもらうかい」
アヤ子「いいえ、もう沢山——」
で、ボーイが去ると、
間　宮（ニヤニヤしながら）「どういうことになってンだい」
アヤ子「何がです」
間　宮「イヤ……、後藤とだよ」
アヤ子「今日初めてお目にかかったんです。あの、もう一人の方の紹介で……」
間　宮「紹介は僕もしたじゃないか。僕の方が先きだよ」
アヤ子「でも……」
間　宮「でも、何？」
アヤ子「あの杉山さんて方、うちの会社の方で、後藤さんとお友達なんです。だから杉山さんが……」
間　宮「杉山さんはどうでもいいんだよ。どうなの、君——」
アヤ子「何が？」
間　宮「後藤だよ」
アヤ子「後藤さんとは今日初めて……」
間　宮「そりゃ今聞いたばっかりだ」
アヤ子「いやッ！　小父さまふざけてらっしゃる！」
間　宮「ふざけちゃいないよ。真面目だよ。どうだい、後藤っていいだろう。気に入ったろう。ねえ、どう？」
アヤ子「——わかりません」
間　宮「わからない？　ほんとかい？」
アヤ子（ハニカんで）「知らない」
間　宮「知らないか。そうか。そりゃ困ったな。——でも、たとえばだよ、後藤がいい奴だとしてだよ、君も気に入ったとすればだよ、どうだい、話は簡単じゃないか」

アヤ子「簡単って——?」
間　宮「結婚だよ」
アヤ子「イヤだ」
間　宮「イヤだ、イヤかい」
アヤ子「だって小父さま、たとえばよ、たとえばあたしに好きな人が出来たとしてもよ、いろんな事情でその人と結婚出来ない場合だってあるじゃありません?」
間　宮「そうかな、どんな場合? ——たとえば経済的なこととか……」
アヤ子「それもあるけど……」
間　宮「ほかに、なんだい?」
アヤ子「たとえばあたしの場合だったら母と一緒ですし……」
間　宮「そんなこたァ君……。そんなこと言ってたら、いつまでたってもお嫁にいけやしないじゃないか」
アヤ子「いいんです。いかなくても」
間　宮「そりゃいけないよ。女ってものはね……」
アヤ子「あたしは小父さま、好きってことと結婚ってことを別に考えたいと思ってるんです」
間　宮「ホホウ、そりゃどういうこと?」
アヤ子「どういうことって、アノ……」
間　宮「つまり浮気は構わないってことかい」
アヤ子「そんな不真面目な考えじゃありません」
間　宮「アア、そう。そりゃ失敬——」
アヤ子「そりゃァね、好きってことと結婚とが一つになれば、そんないいことないと思いますけど、ならなかったからって、そう不幸だとも思いません。それでも充分楽しいんです。世の中って、そういう場合の方が多いんじゃありません?」
間　宮「そうかね。でも寂しくないかい」
アヤ子「寂しいことなんかありません。小父さまのお若いころとは違うんです」
間　宮「そりゃまァそうだろうけど……」
アヤ子「あたしなんか、母と二人でいるだけで楽しいんです。幸せだとも思います。このままでいいんです」
間　宮「君はよっぽどお母さんが好きだねえ」
アヤ子「そうでしょうか。でもよく喧嘩もしますわ」
間　宮「それが好きな証拠だよ。よっぽど仲がよくなきゃ、親子で喧嘩なんか出来るもんじゃない」
アヤ子「そうでしょうか」
間　宮「そうだよ。そうだとも。——イヤァ、お母さんもいいお母さんだし、君もなかなかいい子だよ」

58　ゴルフ場

その明るい風景。

59　クラブ・ハウス

そこのスタンドに田口、間宮、平山の三人——

田　口「イヤァ、このごろの若い子はしっかりしてるよ。中には変なのもいるけどね」
平　山「しかし、それもわかるじゃないか」
田　口「何が?」
平　山「恋愛と結婚とを分けて考えてることさ」
間　宮「それだけ世の中がセチガラクなったんだよ」
田　口「それで何かい、アヤちゃん、その男を好きそうではあるのかい」
間　宮「ウム、おれの見たとこじゃね。しきりに初めて会ったんだって弁解してたけどね、ありゃァどうも二度目か三度目だな」
平　山「で、その杉山さんてのは何だい」
間　宮「アア、そりゃ関係ないんだ」
平　山「じゃ問題はやっぱりおッ母さんだね」
間　宮「そうなんだよ」
田　口「じゃ、わけないじゃないか」
間　宮「何が?」
田　口「まずおッ母さんを結婚させるんだよ」

間宮「再婚か?」
田口「そうだよ。それで娘をやるんだよ。二人一緒に片付けるんだ」
間宮「うまくいくかな」
田口「そりゃいく。話の持っていき方ひとつだよ」
平山「そりゃ案外名案かも知れんな」
間宮「それがうまくいきゃ、それに越したことないけどさ」
田口「いくさ、いくとも。秋子さんあんなに綺麗なんだもの誰だって貰いますよ」
間宮「じゃお前、ひとつ秋子さんに会って聞いてみろよ、再婚の意志があるかどうか……」
田口「おれがか……」
間宮「そうだよ、お前が言い出したんじゃないか」
平山「適任だよお前」
間宮「やってみろよ」
田口「じゃ、ひとつあたってみるか」
平山「みろみろ」
田口「しかし相手がいないな」
間宮「ウーム……平山でどうだい」
平山「おれか?」
田口「そうだ、そりゃ案外名案かもわからんな」
平山「冗談じゃない、そりゃ困る。そりゃイヤだよ。かりにもお前、旧友三輪の細君を……」
田口「いいじゃないか、そう固く考えなくたって……」
平山「イヤだよ、おれはイヤだ。そんな不道徳な……」
間宮「不道徳なこたァないよ。お前がヤモメで向うもヤモメだもの」
平山「理屈はそうでもおれはイヤだよ、断然イヤだ。よしてくれよ」
田口「そうか。じゃ仕様がないな」
間宮（田口に）「じゃお前、あたるだけあたってみたらどうだい」
田口「じゃ、そうするか」
平山「オイ、かりにもおれの名前出してくれるなよ。いいな」
田口「勿体ない奴だよ、それじゃ何ンのために今までヤモメになってたんだか分らないじゃないか」
間宮「イヤァ、全くだよ。代ってやりたいよ」
田口「アア、代ってやりたいね」
と笑う。そうまで言われてみると、平山も何か気持にひっかかるものが出てきたらしい。

60　同夜　平山家　玄関

平山が帰ってくる。なんとなく考えこんでいる。
家政婦の富沢（45）が出迎える。
富沢「お帰ンなさいまし」
平山「アア」
息子の幸一（21）が出てくる。
幸一「お帰り」
平山「オオ、いたのか」
と奥へ行く。

61　茶の間

三人、来る。
富沢「旦那さま、お食事は——?」
平山「アア、食って来ました。（そして幸一に）お前は」
幸一「こんな時間まで待っちゃいられないよ。もう食っちゃったイ」
平山「そうか」
富沢、去る。
幸一「どうだったの、成績——あたったかい」
平山「まァまァだ……（そして嘆息する）アア……」
幸一「どうしたんだい」
平山「何——」
幸一「元気ないじゃないか」
平山「アア……」
幸一「どうかしたのかい」
平山「イヤァ、どうもしないけどね、お前、どう思う」

幸一「何が?」
平山「お父さん断って来たんだけどね、お嫁さん貰わないかって話があるんだ」
幸一「おれのかい」
平山「イヤ、お父さんのだ」
幸一「お父さんのか」
平山「ウム」
幸一「誰だい、相手――」
平山「イヤ、相手は兎に角としてだ、お前どう思う」
幸一「どう思うって、そりゃ相手次第だよ。おれの知ってる人かい」
平山「アア」
幸一「誰だい、言ってごらんよ、匿すなよ」
平山「匿しゃしないよ」
幸一「じゃ誰さ。言いなよ」
平山「ウーム……。お前、三輪の小母さん知ってるな」
幸一「アア、あの人、凄いじゃねえか。あの人だったらいいよ」
平山「そうか、いいかい」
幸一「いいさ。それ、お父さん断ったのかい」
平山「ウム、まァね」
幸一「バカだなァ。断ることないじゃないか」
平山「そうか」
幸一「そうだよ」
平山「じゃお前は賛成か」
幸一「勿論賛成だよ。おれァねお父さん、前からね、お父さん早く後妻貰ゃいいと思ってたんだ」
平山「ホウ、どうして?」
幸一「だってさ、おれが結婚するだろう、その時お父さん一人だったら、おれンとこへ来るだろう、邪魔だよな。おれの嫁さん可哀そうだよ」
平山「バカ――」
幸一「けどさ、そんなのお父さんだってイヤだろう。だから貰っちゃいなよ、三輪の小母さん――チャンスじゃないか」
平山「チャンス?」
幸一「でもほんとに来てくれるのかい」
平山「イヤ、そりゃまだわからん」
幸一「なんだ、わかンねえのか。自信持ちなよ、自信――」
平山「ウーム、お前も賛成か……」
幸一「アア、賛成だよ、大賛成だ」
平山「そうか……」
と立上って隣室へ行き、上着を脱いで、なんとなく腕を伸ばして体操する。
幸一「お父さん、急に元気出たじゃないか」
平山「ウム?」
と振返り、「アア……」と肩を叩いて誤魔化す。

62 間宮の会社 廊下

受付の女の子が平山を案内してくる。常務室のドアをノックし、返事を聞いて、
女の子「どうぞ」

63 室内

間宮が見迎える。
間宮「よう、なんだい」
平山「イヤァ、ちょっとね――いい天気だね今日も」
間宮「アア、ここんとこつづくね」
平山「アア、よくつづく。ア、ゆうべ地震あったね」
間宮「そうか、気が付かなかったな」
平山「あったよ、小さかったけどね」
間宮「なんだい、今日。なんか用かい」
平山「アア、こないだの話ね」
間宮「何?」
平山「ホラ、ゴルフ場でさ」
間宮「アア、学生の就職のことか」
平山「イヤ、クラブハウスでさ」
間宮「なんだっけ」
平山「三輪の細君の話だよ」
間宮「アア、誰かいい人あったかい、候補者――」
平山「ウム、まァ……。おれもいろいろ考えたんだ」

間　宮「何を」
平　山「イヤね、あの時お前が言ったことナ、うちの伜も賛成なんだ」
間　宮「なんだっけ」
平　山「わかってるじゃないか」
間　宮「イヤ、一向にわからないね」
平　山「とぼけるなよ。——イヤ、真面目な話ね、田口、もう先方へ行ったかね」
間　宮「さァ……。けどお前、あん時あんまり乗り気じゃなかったじゃないか」
平　山「ウム、そうなんだ。そりゃそうなんだがね、どうも一人でいると何かにつけて不便でね」
間　宮「不便って、家政婦だっているんだろう?」
平　山「そりゃいるんだがね。なんとなく、いろんなことがね」
間　宮「つまり痒いとこに手が届かないってわけか」
平　山「ウム、まァそうなんだ」
間　宮「すると、急にどこか痒いとこが出来たってわけだね」
平　山「まァそうなんだ」
間　宮「どこが痒いか知らないけど……。で、どうしようってんだい」
平　山「だから、つまり、ソノ、お前からだな、一応だな、先方へだな——」
間　宮「そりゃ田口の方がよかないかい」
平　山「イヤァ、あいつァどうも余計なこと言いすぎていけないよ。おれァお前に頼みたいんだ」
間　宮「おれにか」
平　山「そうなんだ。ご苦労だけどな」
間　宮「そうか……」
と立って行って電話をかける。
間　宮「日東電機の田口さん呼んで——」
平　山「大丈夫かね、田口」
間　宮「大丈夫だよ、あいつが行くことになってるんだから」
平　山「でも、あいつじゃ纏まるもんでも——」
間　宮「こわれちゃうって云うのか——（電話が出たらしく）ア、モシモシ、何、田口さん出かけた?（と受話器を置いて）いないんだってさ」
と戻ってきて——
間　宮「おれからよく言っとくよ」
平　山「アア、なるべく早くな」
間　宮「そんなに痒くなったのか」
平　山「アア、こんなこたァ幾つになっても恥かしいものだ」
そして取ってつけたように「ハハハハ」と笑う。

64　夜　西銀座のバア「ルナ」

その看板——

65　その店内

間宮がひとりスタンドで呑んでいる。
女たちの「いらっしゃい」という声で見返ると、田口が来る。
田　口「平山は?」
間　宮「まだ来ない。行ってきたかい」
田　口「アア」
間　宮「どうだったい」
田　口「それが妙な話になっちゃったんだ。——オイ、おれにもウィスキー貰おうか、水わり」
女「ハイ」
間　宮「おれはこれだ、お代り」
女「ハイ」
間　宮「どういうんだい、妙な話って」
田　口「てんで駄目なんだよ、再婚するなんて気持、全然ないんだ。初めっからしまいまで、死んだ亭主の話ばっかりさ」
間　宮「で、アヤちゃんと後藤の話はしたのか」
田　口「アア、そりゃしたんだがね」
間　宮「なんてってた」
田　口「アア、そうですかって、笑ってたよ」
間　宮「そうか。——で、平山の話は?」
田　口「そんなこと云えるもんか。まるで三輪のノロケ聞かされに行ったようなもんだ。ちょいとホロリとされちゃったりしてね」

間　宮「じゃ平山の話出ずか」
田　口「アア、出ず」
「お待遠さま」と注文の酒がくる。
間　宮「しかし平山、本気なんだぜ」
田　口「けどやっぱり、平山には勿体ないよ。——綺麗だぜ、相変らず。ホロリとしたとこなんか、ちょっとお前に見せたかったよ」
間　宮「そうか」
田　口「あんなのを言うんだね、雨に悩める海棠って——。それでね、おれにリンゴむいてくれたりしてね、あの白い手で……」
間　宮「で、お前食ったのか」
田　口「アア、食った。うまかったよ。（ポケットからパイプを出して）これも貰ってきちゃった」
間　宮「お前、一体、何しにいったんだい」
田　口「何しにって……」
間　宮「平山、どうなるんだい、平山——」
田　口「まァ仕様がないやね、当分ほっとこうよ」
間　宮「でも、あいつ急いでるんだぜ」
田　口「急いだってお前、まァ、痒いとこへはメンソレータムでも塗っといて貰うんだね」
間　宮「じゃ、ま、ほっとくか当分——」
田　口「ほっとけほっとけだ」
「いらっしゃい」という女の声で——
間　宮（見て）「来た来た、来たぞ」
平山が来る。
平　山「やァ」
田　口「おゥ」
平　山「おそくなっちゃった」
と並んで腰をおろす。
二人、黙っている。
平山、ちょっと間が持てない。
間　宮（やがて）「オイ、何呑む」
平　山「アア、何でもいいよ」
間　宮「そうか」
そしてそのまま黙ってしまう。
平山、また間が持てなくなる。そして田口の前の南京豆に手をのばす。
間　宮「ここにもあるよ」
と自分の前のを渡してやる。
平　山「田口、アノ、行ってくれたかい」
田　口「アア、行ったがね……」
平　山「話してくれたかい」
田　口「アア、話したがね……」
平　山「どうだった？」
田　口（間、そして独り言のように）「——イヤァ、いそいじゃいかん……」
平　山「——？」
間　宮（これも独り言のように）「ウーム、いそいじゃいかん……」
平　山「——？」
平山、ボソリとして南京豆を食う。
間宮と田口、パイプに鼻の脂をつける。

66　日曜の午後　間宮の家　廊下

籠のローラーカナリヤが囀《さえず》っている。

67　茶の間

田口の細君のぶ子が来て、間宮の細君と話している。
文　子「そう。じゃ平山さん可哀そうじゃないの」
のぶ子「そうなのよ。あの人ダシに使って、二人で面白がっちゃってるのよ」
文　子「不良ねえ、うちもお宅も」
のぶ子「でもお宅はまだいいわよ。うちなんか、こないだ、こんなこと言うのよ。おれが死んだらお前再婚するかって。もうコリゴリだって言ったら、そうか、おれはするよって言うの。誰とって聞いたら、そりゃァ、お前、秋子さんとだって、シャアシャアしてンの」
文　子「そう。うちも屹度そうよ」
のぶ子「綺麗な人って、いつまでも得ねえ」
文　子「そうねえ。羨しくなっちゃうわ」
のぶ子「そりゃァ秋子さんにしたって、いきなり再婚の話持ち出されりゃ、ああそうですかとは言えないわよねえ。あたしだって言わないわ」

文　子「あたしだってそうよ。たとえその気があるにしてもよ」
のぶ子「そうよ、言い方ヘタなのよ」
文　子「そうよ」
　と二人で笑う。そこへ路子が外出姿で出てくる。
路　子「お母さん、行って来ます」
のぶ子「路子ちゃん、デート？」
路　子「そう。夕方からナイター。小母ちゃま話せるわ」
　と去る。
文　子「困ったもんよ、このごろの子は」
のぶ子「うちなんかひどいもんよ。まだあたしたちの時の方がよかったわよ。せいぜい少女歌劇ぐらいに憧れて――」
文　子「そうねえ、モンパリだとか菫の花の咲く頃だとか……」
のぶ子「今何よ、ロカビリーだとかプレスリーだとかって……。お花だってブリキにペンキ塗ったのがはやるわけよ」
文　子「ほんと――」
　とまた二人笑う。
　そこへ間宮が出てくる。
間　宮「いらっしゃい」
文　子「ねえあなた、今もそう言ってたんだけど、三輪さんのお嬢さんのお話ね」
間　宮「アア」
文　子「やっぱりお嬢さんの方を先きに決めた方がいいんじゃないの？」
のぶ子「何もそのために秋子さんの再婚のことまで心配なさることないと思いますわ」
間　宮「イヤ、そりゃァお宅のご主人が言い出したんですよ」
のぶ子「そうですか。でも、うちじゃ間宮さんだって言ってましたわよ」
間　宮「そりゃ違う。田口ですよ」
文　子「どっちがどっちだか……」
間　宮「そりゃ田口だよ」
のぶ子「でも秋子さん、ホロリとなすって、とてもお綺麗だったんですってね」
間　宮「あいつ、そんなことまで言いましたか、ひどい奴だな。まるでアベコベだ。じゃ、リンゴも僕が食ったことになってるんですね」
のぶ子「そう」
文　子「おいしかったんですってね」
間　宮「バカ――。じゃ兎に角アヤちゃんの方から片付けますよ、ご意見に従って」
文　子「それがあたりまえよ。（そしてのぶ子に）ねえ」
のぶ子「そうよねえ」
間　宮「イヤァ、うるさいこった……」
　と出てゆく。
　のぶ子と文子、顔を見合わせ、首をすくめて笑う。

68　うなぎや「竹川」の路地

　アヤ子が来る。
　そして「竹川」へ這入ってゆく。

69　その店内

　「いらっしゃい」と女中が迎える。
アヤ子「アノ、間宮さんて方――」
女　中「アア、お待ちになってます」

70　座敷

　ビールを呑んでいる間宮――
間　宮「アア、アヤちゃん、こっちだ」
　アヤ子が来る。
間　宮「お上り」
アヤ子「おそくなっちゃって――」
間　宮「すぐわかったかい、ここ――」
アヤ子「ええ」
間　宮（時計を見て）「昼休み、もういくらも時間がないから、すぐ本題に這入るけどね、実は君の結婚の話なんだ。どうなんだい、後藤――」
アヤ子「どうって」
間　宮「好きなのか、嫌いなのか、まァ、それを聞こうじゃないか」
アヤ子「嫌いじゃありません」
間　宮「じゃ好きなんだね、後藤もそう言ってるんだ」

アヤ子「…………」

間　宮「じゃ、いいじゃないか。話進めるよ。いいね」

アヤ子「でも小父さま――」

間　宮「何？」

アヤ子「あたしまだ結婚のことまで考えていないんです」

間　宮「アア、そりゃこないだ聞いたね」

アヤ子「ですからあたし、今すぐここでご返事……」

間　宮「でも好きなもんならいいじゃないか。一緒ンなったって」

アヤ子「でもあたしが結婚したら、母はどうなるでしょう」

間　宮「アア、お母さん……」

アヤ子「ええ」

間　宮「そのこともね、みんなで心配してるんだよ。困るようなことはさせないよ」

アヤ子「それ、どういうことなんでしょう」

間　宮「イヤァ、たとえばお母さんが再婚されるとしたら、どうなんだい」

アヤ子「再婚って、母にそんな話があるんでしょうか」

間　宮「まァ、ないこともないんだがね」

アヤ子（顔を伏せて）「…………」

間　宮「どうなんだい」

「お待遠さま――」と注文の品が来る。

その間、アヤ子はじっと項垂《うなだ》れている。

女中が去ると――

間　宮「どうしたんだい、バカに考えこんじゃったね。お上りよ」

アヤ子（顔を上げて）「そのお話、もう決まってるんでしょうか」

間　宮「何、お母さんのかい」

アヤ子「どういう方なんでしょう」

間　宮「相手かい」

アヤ子「ええ」

間　宮「君もお母さんも昔からよく知ってるし、平山なんかどうかと思って……」

アヤ子（思わず遮って）「平山さん――？」

間　宮「どうだい、いけないかい」

アヤ子「…………」

間　宮「まだハッキリ決ってるわけじゃないけどね」

アヤ子、凝然と間宮を見つめている。

間　宮「どうだい」

アヤ子、答えず、目を伏せる。

71　同夕　アパート　廊下

アヤ子が暗い顔で帰ってくる。

72　室内

秋子が卓袱台の上に夕餉の仕度を並べている。

アヤ子が這入ってくる。

秋　子「あ、お帰り――」

と何かを取りに奥へ行く。

アヤ子、不機嫌に洋服ダンスをあけ、レインコートをハンガーにかける。

秋子、何かを持って、また出てくる。

秋　子「お腹すいてる？　今日なんにもないのよ。なんか買ってこようと思ってたんだけど、お母さんおそかったもんだから……」

アヤ子「…………」

秋子、ふと顔を上げてアヤ子を見る。

秋　子「どうしたの？　何かあったの？」

アヤ子「…………」

秋　子「どうかしたの？　どうしたのよ？」

アヤ子「…………」

秋　子「今日お母さんね。珍しい人に会っちゃったのよ、電車の中で。――あなた覚えてる？　終戦後、ホラ、よく、うちへお米持って来た鴻の巣の闇屋の小母さん、あんまりキチンとしてるんで、どこの奥さんかと思っちゃった……」

アヤ子（屹とした顔で）「お母さん――」

秋　子（気にせず）「なァに？」

アヤ子「お母さん、あたしに匿してることない？」

秋　子「何を」

アヤ子「今日あたし間宮の小父さまに呼ばれて、すっかり聞いちゃったわ」

秋　子（不審そうに）「何をよ」
アヤ子「お母さん、再婚なさるの？」
秋　子（おどろいて）「えッ？　再婚？」
アヤ子「匿さなくったっていいじゃない！」
秋　子「何のことよ」
アヤ子「知ってるわよ！」
秋　子「何を知ってンのよ。何の話よ、お母さんにはさっぱり分らない――」
アヤ子「とぼけないでよ。お母さんそんなことして、お父さんにすまないと思わないの？　平山さんお父さんのお友達じゃありませんか！」
秋　子「平山さんがどうなすったのよ」
アヤ子「まだ匿すの？　どうしてそんなこと、あたしに匿すのよ！」
秋　子「何をよ」
アヤ子「もういい！　もういいわよ！　お母さんそんな人じゃないと思ってた！　あたしそんなの大嫌い！」
秋　子「何云うのよアヤちゃん――」
アヤ子「きたならしい！　そんなの大嫌い！」
と立上ってハンドバッグを取る。
秋　子「アヤちゃん！　どこいくの？　どこいくのよ！」
アヤ子「ほっといて！　そんなお母さん大嫌い！」
それを追って立つ秋子の目の前に手荒くドアがバタン！　としまる。

73　同夜　「芳ずし」の店内

三人ばかりの客――
親方の芳太郎（52）がすしを握り、おかみさんのひさ（46）が客に酒を出したり、お茶を出したりしている。
ほかに職人がひとり――
郊外の駅前附近のすし屋である。
客　一「おい、イカ――」
芳太郎「ヘイ。――そちらさんは？」
客　二（湯呑みを出して）「おれは、これだ」
芳太郎「ヘイ、上りだよ」
等々――
そこへアヤ子が来る。
職　人「エ、いらっしゃい」
ひ　さ（迎えて）「アア、いらっしゃい」
アヤ子「アノ、百合子さん……」
ひ　さ「エエ、いますよ。（二階へ）百合ちゃん！　三輪さん見えたわよ！（そしてアヤ子に）さ、どうぞどうぞ。どうぞお上り……」
百合子が二階からおりてくる。
百合子「アア、来たの。上ってよ。物凄く散らかってるわよ」
ひ　さ「さ、どうぞ――」
で、アヤ子、百合子について二階へ上ってゆく。
店では――
芳太郎（ホロ酔いの客三に）「旦那、おあとまだつけますか、ハマ――」
客　三「アア、つけてくれ」
芳太郎「旦那、ハマおすきですねえ」
客　三「アア、うまいねえハマグリ。――ハマグリはムシのドク、チュウチュウタコカイナか……」
職　人「タコおつけしますか」
客　三「タコはもう出来てンだ」
職　人「へ？」
客　三「ハマグリだよ。軟らかいとこ――ハマグリは初手か……アア、あと赤貝たのむよ」
芳太郎「ヘイ」

74　二階（百合子の部屋）

百合子とアヤ子――
百合子「で、あんた、なんてったの？」
アヤ子「だってそんなのイヤじゃないの。しかも相手はお父さんのお友達よ。不潔だわ」
百合子「フーン、それであんた飛び出してきたの？」
アヤ子「だって、そんなの、きたならしいじゃない」
百合子「フーン、そう。そういうこと――？」
アヤ子「だって、あたしでさえまだハッキリお父さんのこと覚えてるのに、お母さん、まるでもう忘れちゃったみたいに

「……。そんなこと、あたしどう考えたって許せない……」
と顔を伏せる。
百合子「ねえ――」
アヤ子「――?」
百合子「わかるけど……そりゃあんた少し勝手すぎない」
アヤ子「何が?」
百合子「お母さんの身にもなってあげなきゃ――」
アヤ子「どういうこと?」
百合子「だってさ、お母さんだって女よ。そこ考えてあげなきゃ」
アヤ子「どういう意味?」
百合子「あんた、自分には好きな人があって、お母さんだけにどうしてそう厳しくするの? そんなの勝手じゃない? あたしだったら黙って見てるな」
アヤ子「じゃこんな時、あんた平気?」
百合子「平気よ、お母さんはお母さんでいいじゃないの」
アヤ子「人のことだと思って……」
百合子「ウウン、違う! あたし今のお母さんが来た時平気だった。だからって、死んだお母さんのこと忘れてるわけじゃないわよ。今だって目をつぶれば、お母さんの顔がハッキリ浮いてくるわ。お父さんダラシない人よ、でも、そりゃそれでいいじゃない。お父さんはお父さんなんだから」
アヤ子「でも、あたしそうは思わない」
百合子「思わないったって、そういうもんよ。世の中なんて、あなたが考えてるみたいに、そんな綺麗なもんじゃないのよ。何さ、赤ン坊みたいに……」
アヤ子「………」
ひさが階段口へ顔を出して――
ひ さ「百合ちゃん、これ――」
とすしを出す。
百合子「ありがとう」
と取りにゆく。ひさ、おいてゆく。
百合子(すしを持ってきて)「どお? 食べない?」
アヤ子「あたし帰る」
百合子「帰る? 泊っていくんじゃなかったの?」
アヤ子「帰る」
百合子「じゃ、これ食べていきなさいよ」
アヤ子「沢山」
百合子「ほんとに帰るの?――じゃ、帰れ帰れ。何さ、赤ン坊!」
アヤ子、階段をおりてゆく。
百合子、見送り、苦笑して、すしをつまむ。

75 同夜 アパート 室内

既に床が二つ敷いてあり、秋子がそこにすわって考えこんでいる。
ドアのノッブの廻る音で、見ると、アヤ子が元気なく帰ってくる。
秋 子「アア……(と見迎え)どこ行ってたの?」
アヤ子「………」
秋 子「不意に出てったりして、心配しちゃったじゃないの。どこ行ってたのよ」
アヤ子、黙って奥の部屋へ行く。

76 奥の部屋

アヤ子、来て、そこに力なくすわる。
秋子が来る。
秋 子「何おこってンの。何勘違いしてるのよ」
アヤ子「………」
秋 子「間宮さんに何聞いて来たのよ」
アヤ子「………」
秋 子「お母さんがあなたに何匿してると思ってるの? 何ひとつ匿す必要ないじゃないの」
アヤ子「………」
秋 子「あなたこそお母さんに言わないでいるくせに」
アヤ子「何をよ」
秋 子「後藤さんのこと」

アヤ子「――？」
秋　子「あなたこそ匿してるじゃないの、好きな人が出来たくせに――。いつあなたが言い出すかと思ってお母さん待ってたのよ」
アヤ子「………」
秋　子「とてもいい人らしいって聞いて、お母さんひとりで喜んでたのに……どうして言ってくれなかったの？」
アヤ子、つと立って出てゆく。
秋子、黙って見送る。

77 **前の部屋**
アヤ子、来て、蒲団の上にすわって考えこむ。

78 **奥の部屋**
秋子もじいっと考えている。

79 **翌朝　東興商事　廊下**
出勤の時刻である。
杉山、百合子などが出勤してくる。
百合子「お早よう」
杉　山「アア、お早よう」
百合子、事務室へ入る。

80 **事務室**
アヤ子がデスクの上を整えている。百合子が出勤してくる。
百合子「お早よう」
アヤ子「………」
百合子「ゆうべあれからどうした？　帰って仲直りした？　お母さんと――」
アヤ子「………」
百合子「ナンダ、まだおこってンの？　フン、おこってろおこってろ。今日も明日も明後日も……」
と笑う。
アヤ子、相手にせず、仕事にかかる。

81 **屋上の俯瞰**
今日もまた湘南電車が通りすぎてゆく。

82 **屋上**（昼休みの時間）
男女の事務員たちが賑やかに遊んでいる中で――アヤ子がひとり離れて悄然とその湘南電車を見おろしている。

83 **同夕　ラーメン屋**（有楽町あたり）
殆んど満席に近い店……。
一方の席でアヤ子と後藤がラーメンを食べている。
後　藤（食べながら）「そりゃいかんな。喧嘩しちゃいけないな」
アヤ子「………」
後　藤「僕なんか早くおふくろに死なれちゃったせいか、ア、あの時あんなことで喧嘩なんかしなきゃよかったなァと思うことありますよ。時々ふっと思い出して、いやァな気がすることあるなァ」
アヤ子（箸をとめて）「………」
後　藤「僕ンとこ伏見でね、伏見には昔から泥で造った布袋《ほてい》様の人形があるんですよ。それがうちの台所の棚に並んでて……どうしたの？（とアヤ子を見）――中学三年の時だったけどね、つまンないことでバカに腹が立っちゃってね、その人形みんな一ぺんブッこわしちゃったんだ。その時のおふくろの顔、いまだにハッキリ覚えてますよ。それがつまンないことなんだ、腹へらして帰って来たらメシが出来てなかったんだ」
アヤ子（微笑して）「………」
後　藤「その年の秋、おふくろ死んじゃったんですよ」
アヤ子「そう……」
後　藤「イヤァ、喧嘩しない方がいいな。喧嘩しちゃいけないな」
アヤ子（しんみりと）「――そうねえ……」
そして二人、黙ってラーメンを食う。

84 **同夜　アパート　廊下**
百合子が来る。

ノックする。

秋　子「はい、どなた?」

85　室内

百合子が這入ってくる。

秋　子「ア、いらっしゃい」

百合子「こんばんは――。アヤは?」

秋　子「まだよ――まァお上ンなさいよ」

百合子「うん」

と上って――

百合子「小母さま、アヤどこ行ってると思う?」

秋　子「さァ、どこかしら……」

百合子「あたし、見当ついてンだ。ゆうべいろんなこと聞いちゃった」

秋　子「アア、アヤ子、ゆうべ百合ちゃんとこ行ったの?」

百合子「そうよ――小母さま、再婚なさるんですって?」

秋　子「え?　――(笑って)あなたまでそんなこと……」

百合子「だから、あたし言ってやったのよ。そんなことでおこるなんて、まるっきり赤ン坊だって。小母さまにだっていろんな事情あるわよねえ」

秋　子(笑って)「そりゃあるけど……」

百合子「アヤ、ずるいわよ。自分のこと棚に上げて、小母さまばっかり責めてンだもん。だからウンと言ってやったの。そしたら今日会社で全然口きかないの」

秋　子「そう」

百合子「だから来てみたんだけど、ほんとのこと言って、ねえ小母さま、アヤ、ちょっとズレてるわよ」

秋　子(これも笑い顔で)「どうして?」

百合子「あたしがアヤだったら、小母さまに再婚して貰った方がずっといいわ」

秋　子「そう。どうして?」

百合子「だってさ、結婚した場合、重荷にならないもの。悪いけど……」

秋　子(ふと寂しく)「そうねえ……。そうかも知れないわねえ……」

百合子「そうよ。誰だってそう思うわよ。そう思わないのアヤだけよ。ウエットよ。最低よ」

秋　子「――そうなると、あたし邪魔ねえ……」

百合子「ウウン、邪魔でもないけどさ。――でも、ちょっと邪魔かな。ごめんなさい。――小母さま、寂しい?」

秋　子(微笑して)「寂しくたって仕様がないわよ。あの子が幸せになれるんだったら、そんなこと我慢しなきゃ……」

百合子「えらい!　小母さまの方がよっぽど話せる。でも小母さま、よく決心なすったわ。それでなきゃ、アヤ、いつまでたったってお嫁にいかないもの」

秋　子「そうかしら……」

百合子「そうよ。そんなこと言ってたもの」

秋　子「そう」

百合子「小母さまの方さえ決まりゃ、アヤ、すぐいく気になるわよ」

秋　子「――困った子ねえ……」

百合子「ほんと、困った子よ。アヤ、一体、何が不満なんだろ、素敵じゃないの。ねえ、小母さま」

秋　子「何が?」

百合子「平山さん――大学の先生なら言うことないじゃない。それに亡くなった小父さまのお友達なら、尚いいじゃない、何もかもわかってて」

秋　子「けど百合ちゃん、そりゃ違うのよ」

百合子「違わない、違わない。いいのよ。それで」

秋　子「いいのって、何がよ。あなたも何か勘違いしてるんじゃない?　平山さんのお話なんてなんにも知らないわ」

百合子「嘘、嘘、小母さまテレなくたっていいわよ」

秋　子「テレるなんて……。ほんとよ。ほんとに知らないのよ」

百合子「そんなのあるかしら……。じゃ小母さま、ほんとにご存じないの?」

秋　子「ええ、そうよ。そんなこと全然聞いてないわ」

百合子「じゃ、ひどいじゃない。どういうんだろ。そんなこと言い触らしたりして……。そう。小母さまご存じなかったの?」

秋　子「そうよ」

百合子「そうなの?　バカにしてるわねえ」

ドアのノッブの廻る音——そしてアヤ子が帰ってくる。

秋　子「ア、お帰り——」

百合子「どこ行ってたの?」

アヤ子、黙って奥の部屋へ行く。

百合子「ナンダ、まだおこってンの?　わざわざ心配して見に来てやったのに」

アヤ子「余計なお世話よ。帰ってよ」

百合子「帰るわよ」

秋　子「いいじゃないの百合ちゃん、泊ってらっしゃいよ」

アヤ子「イヤよお母さん、あたしそんな人と一緒に寝るの」

秋　子「アヤちゃん——」

アヤ子「いいの、帰ってもらって」

百合子「帰るわよ。フーンだ——じゃ小母さま、おやすみなさい」

秋　子「そう、帰る?　悪いわねえ」

百合子「ウウン」

と出てゆく。秋子も立つ。

86 廊下

百合子が出てくると、秋子が顔を出して、

秋　子「ごめんなさい」

百合子「ウウン、いいの。——困った子」

と帰ってゆく。

87 間宮の会社　常務室

間宮が執務している。

ノックの音で——

間　宮「はい」

ドアがあいて女の子が顔を出す。

女の子「平山さんがお見えになりました」

平山が入ってくる。

間　宮「ヨウ、どうしたい」

平　山「アア、実は変なことになっちゃったんだよ」

間　宮「何が?」

平　山「おかしなのが来ちゃったんだ」

間　宮「なんだい」

平　山「兎に角お前、一度会ってくれよ」

間　宮「だれ?」

平　山「応接間に待たせてあるんだ。田口も来てるんだ」

間　宮「だれだい」

平山、先きに立ってゆく。間宮、ついてゆく。

88 廊下

二人、応接室の方へゆく。

89 応接室

二人が来ると、田口が椅子にかけ、向うに百合子が立っている。

間　宮（田口に）「よゥ」

田　口「やァ」

間　宮「なんだい、どうしたんだい」

田　口「ウム、まァ……」

平　山「このお嬢さんなんだがね。アヤちゃんのお友達なんだ」

百合子「佐々木百合子です」

間　宮「アア、間宮ですが……。どうぞ」

と椅子をすすめ、自分がかける。平山もかける。

百合子（立ったまま切口上で）「伺いますけど、どういうわけで、ありもしないことおっしゃったんですか」

間　宮「なんの話——」

百合子「三輪の小母さまの再婚の話です」

間　宮「アア、そのこと——」

百合子「アアじゃありません。小母さま何ンにもご存じないのに、どうしてそんなことアヤにおっしゃるんです。どうして静かな池に石ほうりこむようなことなさるんですか。そのためにアヤ、大へん苦しんでいるんです。どうしてそんな、平和な家庭を掻き廻すようなことなさるんですか。それを伺いに来たんです。お答え下さい」

男たち、顔を見合わせる。

百合子「お答えになれないんですか。一体何が面白いんです。そんなことして」

間　宮「イヤ、面白がってるわけじゃありませんよ」

百合子「じゃ、なんなんです」

間　宮（話をそらして）「あなた、百合子さんとおっしゃったかな。まァおかけなさい」

百合子「いいんです。これで」

間　宮「でも、まァまァ……」

百合子「いいんです」

平　山（間宮に）「イヤァ、お前ンとこは応接間があるからいいよ。おれァいきなりこれを大学でやられちゃったんだ」

間　宮「ところでね百合ちゃん――」

百合子「百合子とおっしゃって下さい」

間　宮「アア、こりゃ失敬――」

田　口「おれも一応は説明したんだけどね」

百合子「あなたに伺ってるんじゃありません」

田　口「アア、そう」

間　宮「しかしね百合子さん、君、三輪の小母さんの再婚に就いちゃァどうなの、不賛成ですか」

百合子「それは賛成です。けどそれとは違います」

間　宮「イヤ、違わないんだね。アヤちゃんはああいう子だ。お母さんが再婚でもしない限り、お嫁になんかいきそうもないんでね」

百合子「そんならなぜそれを先きにおっしゃらないんです。お母さま、この小父さま（平山）のことなんか、なんにもご存じないじゃありませんか」

平　山「アア、そりゃおれもさっきこのお嬢さんから聞いたんだけど、一体、どういうんだい。おれの話、まだ何ンにもしてないんだっていうじゃないか」

田　口「ま、お前はちょいと黙ってろ」

平　山「しかし――」

間　宮「ま、いいから黙ってろ。――（そして百合子に）ま、話の進め方に手違いはあったけどね、アヤちゃんを幸せに結婚させるためには、小母さんにも再婚してもらわなきゃならない。――そりゃわかってくれますね」

百合子「わかります。でも、そんならなぜ――」

間　宮「イヤ、その手違いは重々あやまる。（と頭を下げ）この通り――」

田　口「僕もこの通り――」

間　宮「ま、おかけなさい」

百合子、椅子に腰をおろす。

間　宮「ところで、問題は三輪の小母さんに再婚の意志があるかないかだけど……」

百合子「そりゃあります。あたし聞いたんです」

田　口「ありますか」

百合子「あります」

田　口（平山に）「オイ、よかったな」

平　山「イヤァ……」

間　宮「じゃ百合子さんにも、ひとつ協力して貰ってだね、まず小母さんの話を決めて、それからアヤちゃんの方を決める。どうかな？」

百合子「ええ、それだったらいいわ」

平　山「アア、それなら筋が通る」

田　口（平山に）「お前、また元気が出て来たじゃないか」

平　山「ウム？　イヤァ……」

百合子「でも、小母さまの相手、この小父さま（平山）に決まってますの？」

間　宮「イヤ、まだハッキリ決まったわけじゃないけど……」

田　口「どう、いけませんか」

百合子「いけなかないわ。いいと思うわ」

間　宮「いい？」

百合子「素敵よ」

田　口「素敵？」

間　宮「じゃ平山、祝盃あげなきゃいかんな」

平　山（テレて）「イヤァ……」

田口「イヤァって、お前が奢るんだよ」
平山「おれがか、アハ……、奢る、奢る」
と平山、ご機嫌になる。

90　同夜「芳ずし」の店

客が一人――。親方もおかみさんも留守で、職人が一人で握っている。
職人「おあとは？」
客「もういい。アア、いい気持だ」
そこへ、田口、間宮、平山が入ってくる。みんな相当に酒が廻っている。
職人「エエ、いらっしゃい」
つづいて百合子が入って来て、職人に「黙ってろ」というようにサインする。かなり酔っている。
客「じゃ頼むよ」
と出てゆく。
間宮「ずいぶん遠いんだね。ここかい、うまい家ってのは」
百合子「そうよ。（そして職人に）熱いのつけてよ」
職人「ヘイ」
田口「目黒のサンマでね、案外こんな場末のチャチな家がうまいんだ」
百合子「場末で悪かったわね。――（そして職人に）今日、親方もおかみさんもいないの？」
職人「ヘエ、ちょいとお出かけで……」
百合子「そう。お嬢さんは？」
職人「お嬢さんは、アノウ……」
百合子（三人に）「ここの娘さん、とっても綺麗なんだ。ちょっと見せたかったわ。ウーイ」
平山「百合ちゃん、君、大丈夫かい。こんなとこへ来ちゃって、帰れるかい」
百合子「帰れますって。大丈夫よ。小父さまこそシッカリしてよ」
職人「何つけます」
百合子「お酒どうしたの、お酒――」
職人「ヘイ、只今――」
百合子「そっちの小父さまたち、何たべる？」
間宮「何がうまいんだい、ここ」
百合子「何ンだっておいしいわよ。（そして職人に）何ンでもいいからジャンジャンつけてよ」
職人「ヘイ」
田口「オイ、もうそうは食えないよ」
百合子「食べられるって！　おいしいんだから。つけてつけて！」
職人（景気よく）「ヘーイッ」
百合子「ところで平山君、君、ほんとうに三輪の小母ちゃま愛せる？」
平山「アア、愛せるよ」
百合子「いつまでも、永久にだよ」
平山「アア、そうだよ」
田口「幸せな奴だよ。（間宮に）なァ」
間宮「果報者だよ。全くねえ」
職人（酒を出して）「ヘエ、お熱いの」
田口「オオ――（と受取り）しかしよかったねえ平山君――」
平山「イヤァ、ありがとう。持つべきものは友達だ」
間宮「まだハッキリ決まったわけじゃないけどね」
百合子「それ言わないの！（そして平山に）けどあんた、ほんとよ、ほんとうに小母ちゃま愛せる？」
平山「アア、ほんとうに愛せるよ」
百合子「いつまでも、永久にだよ」
平山「アア、そうだよ」
百合子「いいとこあるよ、この小父ちゃま」
平山、愉快そうに「ハハハハハ」と笑う。
田口（間宮に徳利を出して）「オイ、どうだい」
間宮「アア」
そこへ、おかみさんのひさが岡持を下げて出前から帰ってくる。
ひさ「いらっしゃいまし、いらっしゃいまし」
百合子「ア、お帰ンなさい」
ひさ「アア、おそかったのね」
百合子「うん」
ひさ、奥へ入ってゆく。

田口「百合ちゃん、大分お馴染だね」
百合子「うん」
間宮「ちょいちょい来るのかい」
百合子「うん、毎日――」
間宮「毎日？」
　ひさが奥から顔を出す。
ひさ「百合ちゃん、あんた今日会社休んだの？」
百合子「うん、お昼ッから」
ひさ「電話かかって来たわよ。杉山さんから」
百合子「何ンだって？」
ひさ「いなきゃ明日でいいって」
　そう言って、ひさが引っ込むと――
間宮「ナンダ、ここ君の家かい」
百合子（平気な顔で）「そうよ、今のがうちのお母さん、あたしがここのお嬢さん――」
田口「ひどいもんだね」
百合子（平山に）「でも小父さま、お勘定は払ってよ。いくら食べてもいいからね」
平山「アア、アア、払いますよ、払う、払う」
百合子（職人に）「ねえ、ジャンジャンつけてよ、お酒もだよ」
職人「へーイ」
田口「このごろのお嬢さんにはかないませんよ」
間宮「立派なもんです。オイ、トロ――」
田口「おれはハマだ。ハマグリ」
職人「へーイ」
　盃を乾す間宮、そして田口――

91　東興商事　屋上からの俯瞰

　昼餉時のビル街。

92　同　事務室

　昼の休みでガランとしている。

93　同　屋上

　キャッチボールなどしている若いサラリーマンたち、ハデに談笑しているBGたちなど――

94　その一隅

　杉山と百合子――
杉山「そうか、それで三輪君休暇とってんのか」
百合子「うん、周遊切符であっちこっち廻るんだって」
杉山「そうか、そりゃよかったじゃないか。仲よくなって。――後藤もそのこと気にしてたよ」
百合子「とってもいいお母さんだもん、アヤの方がちょっとコジレただけ。――ほんとのお母さんて、やっぱりいいなァと思っちゃった」
杉山「君ンとこだっていいじゃないか。いいお母さんだよ」
百合子「そりゃいいけどさ。どっか違うわよ。これでもあたしお母さんに気ィつかってんのよ」
杉山「そうかなァ」
百合子「そう見えない？　見えなきゃ、あたしが巧いんだな」
　杉山の足元にボールが転がってくる。杉山、投げ返してやる。
百合子「アヤ、今日、どこ行ってるかな。――畜生、ちょっと羨ましいな」
杉山「オオ、送別会、また山へ行くか。――後藤も誘ってさ」
百合子「うん、いこう、いこう。こんな日、山歩いてたらいい気持よ。会社なんかにいることないよ」
杉山「そうだよなァ」

95　夜　伊香保

　湯の街の描写二、三。

96　宿屋の看板

　「御宿　俵屋」

97　その廊下

　修学旅行の女学生たちが、賑やかに往き

来している。制服の者、寝巻に着更えた者など——。その間を縫って按摩が通る。

98 客室（控えの間）

奥の十畳には既に床が敷いてあり、控えの八畳に秋子とアヤ子。周吉が来ている。
女学生たちの賑やかなザワメキが聞えてくる。

周　吉「アヤちゃん、そろそろねむいんじゃないかい」
アヤ子「いいえ、まだ……」
周　吉「生憎く今日は混んどって、うるさいだろう」
秋　子「でも、どこ行っても修学旅行の人たちで、日光の宿屋なんか一ぱいでしたわ。（アヤ子に）ねえ」
アヤ子（微笑して）「すぐ誰かスリッパはいてっちゃったり、お部屋間違えて這入って来たり……」
周　吉「そうかい。じゃ、あんまり落着けなかったね」
秋　子「でも、結構たのしうございましたわ」
周　吉「そう、そりゃよかった」
　廊下で女中の声「ごめん下さいまし」
　——そして顔を出す。
女　中「アノ、旦那さま、修学旅行の先生がお帳場でお待ちですが……」
周　吉「アア、そうか、いま行く」
　女中が引っこむと——
周　吉「でもよかったよ、アヤちゃんにはいいお婿さんが決まるし、あんたもよそへいく気になってくれて……」
秋　子「…………」
周　吉「イヤァ、わたしゃ、アヤちゃんのことより、ほんとはあんたのことの方が気になっとったんだ」
秋　子「いろいろご心配おかけして……」
周　吉「イヤァ、よかった……。じゃ、ま、ゆっくりおやすみ」
秋　子「おやすみなさいまし」
アヤ子「おやすみなさい」
　で、周吉が出てゆくと——
秋　子「どお、そろそろ寝ましょうか」
　と立上って奥の間へゆく。
　アヤ子、ひとり残って、週刊誌など開いてみる。

99 奥の間

秋子、布団の上にすわって、何かじっと考えている。
いつともなく修学旅行の連中のザワメキも静かになっている。

秋　子「アヤちゃん、こっちへ来ない？」

100 控えの間

アヤ子「うん」
　と週刊誌を伏せて、立ってゆく。

101 奥の間

アヤ子、来て、これも布団の上にすわる。

アヤ子「静かになったわねえ。——修学旅行の人たち、もう寝ちゃったのかな」
秋　子「…………」
アヤ子「修学旅行って、とっても愉しいけど、最後の晩がとってもイヤ。これでもうおしまいかと思うと、なんだかガッカリしちゃって……。お母さんそんな経験ない？」
秋　子「…………」
アヤ子「どうしたの？」
秋　子「…………」
アヤ子「どうかしたの？」
秋　子「——ねえアヤちゃん、あなた、お母さんが再婚すること、きたならしいって、そう言ってたわね」
アヤ子「——？　ううん、もういいのよ、そんなこと。——ごめんなさい、つまんないこと言っちゃって」
秋　子「ううん、ほんとはお母さんもそう思うのよ」
アヤ子「——？」

秋　子「お母さんやっぱり一人でいるわ」
アヤ子「だってお母さん……」
秋　子「ううん、あたしお父さん一人で沢山。これからもずっとお父さんと二人で生きていくわ。もうこれでいいのよ。今さら、またもう一度、麓から山に登るなんて、もうこりごり」
アヤ子「だってお母さん……」
秋　子「いいのよ。あなた、お母さんのことなんかもう気にしないで、後藤さんとこへ嫁《い》ってよ。お母さん、あなたが好きな人と一緒になって幸せになってくれれば、こんな嬉しいことないのよ。それであなたがお母さんのこと忘れてしまったっていいのよ。お母さんちっとも寂しくないわ」
アヤ子「だって、お母さんひとりあんなアパートに残して、あたし……」
秋　子「ううん、いいの。あなた、いつまであんなアパートでお母さんと二人で暮してたって、どうにもなりゃしないじゃないの。お母さんと一緒じゃ先きも知れてるけど、あなた、まだ若いんだし、これからなんだし、先々どんな幸せが待ってるかわからないじゃないの。ね、後藤さんとこへ嫁ってよ。お母さんはお母さんで、どうにでもやってくわよ」
アヤ子「………」
秋　子「ね、そうしてね。あなたをお嫁にやるために、お母さんが嘘ついてたなんて思わないでね」
アヤ子、涙を拭く。
秋　子「ね、わかるわね。わかってくれたわね」
アヤ子、泣く。
秋　子「アア、今度の旅行は愉しかった……」
そう言って秋子も軽く涙を拭く。

102　**窓の外**

向うの部屋部屋も、もう電燈が消えている。

103　**翌朝　榛名湖畔**

湖の渚に秋子とアヤ子――
秋　子「あなた、戦争中、ここに疎開してた時のこと覚えてる？　お父さん日曜毎に帰ってらしって、もうなんにもない時だったけど、いつも、なんかかんかあなたにお土産持ってらしって……いいお父さんだった……」
アヤ子「………」
秋　子「もうあなたと二人きりの旅行もこれでおしまいねえ……。幸せになってよ」
アヤ子「………」
秋　子「あなたもこれから、お母さんもこれからだ……」
そして母子それぞれの感慨で湖を眺めている。
向うの湖岸を女学生たちが楽しそうに歩いて行く。

104　**結婚披露宴　会場の廊下**

「後藤家、三輪家、御席」

その受付。

105　**写真**

新郎の後藤、新婦のアヤ子――

それを撮影する写真師。秋子、周吉、間宮、田口、平山、百合子、それに後藤家の近親の人たちなどがいる。

美容師が新婦の着付けを直して戻ると――

写真師「ではまいります。ご新郎さま、もう少しこちらをごらんになって――。はい、まいります（とシャッターを切って）――そのまま、もう一枚――」

と乾板を入れ替える。

106　**同夜　築地界隈**

料亭のある路地――近所のビルの屋上のネオンが明るい。

107 **料亭の廊下**

女将のとよが向うから出て来て、通りがかりの女中に、

とよ「ア、ちょいと、あちらのお座敷お酒だよ」

女中「はい」

108 **座敷**

間宮と田口と平山——

間宮「イヤァ、今日はよかったよ。お日柄もよく、滞りなくすんで」

平山「アア、よかったな」

間宮「大分ごたごたしたけど、面白かったじゃないか」

田口「アア、面白かった。ひとつアヤちゃんのために乾盃するか」

間宮「それから、三輪と秋子さんのためにもな」

田口「じゃ、乾盃——」

そして、それぞれ今呑んでいるブランデーや日本酒で乾盃する。

平山「でも、おれァあんまり面白くもなかったよ」

間宮「でも、いいじゃないか。肝腎な目的だけは達したわけだ。アヤちゃんは幸せになったんだもの」

平山「そりゃいいけどさ、おれだけダシに使われちゃって。——お前たちァ、パイプ貰ったからいいよ」

田口「これか。——お前だって得したよ。いい夢見たじゃないか」

間宮「しかし、世の中なんて、みんなが寄ってたかって複雑にしてるんだな、案外簡単なものなのにさ」

平山「そりゃァお前たちのことだよ」

間宮「しかし、おどろいたねえ、あのすし屋の娘——」

田口「アア、あれか。でも面白かったじゃないか。ああいうのもたまにはいいよ。ウェットすぎても困るからな」

間宮「でもあんまりドライでも困るぜ。うちの奴なんかこれからだからね、親はたまりませんよ」

平山「しかし、秋子さんこれからどうするつもりかね、ひとりで」

田口「ナンダ、お前、まだ諦めてないのか」

平山「イヤ、もう諦めてはいるがね」

間宮「じゃ、もう痒いところは癒ったんだね」

平山「イヤァ、痒いところは依然として痒いよ、ハハハハハ」

間宮「しかし面白かったじゃないか。もうこれでおしまいかと思うと、ちょいと寂しいね。ほかに何かないかね」

田口「ウーム。お前ンとこのお嬢さん、どうだい、もうそろそろだろう」

間宮「イヤ、まだだ。まだだ。お前たちには絶対頼まない」

そして三人、大きく笑う。

田口「オイ、ま、いこう」

平山「アア」

と酌を受ける。

109 **同夜　アパート**

秋子の式服がかけてある。

秋子がひとり床を敷いている。なんとなく寂しげで、力がない。

ノックの音——

百合子「小母さま、もうおやすみになった？」

秋子「アア、百合ちゃん——？」

百合子が這入ってくる。

百合子「どうしてらっしゃるかと思って見にきたの。あたしたち、あれからみんなで銀座へ行ったのよ。これ——」

と手土産の紙包みを出して置く。

秋子「アア、ありがとう」

百合子「アヤ、今日、とっても綺麗だったわね。日本髪、とってもよく似合って——」

秋子「そお？　気に入らないなんて云ってたけど……」

百合子「小母さま、あたし、これからちょいちょい来ていい？」

秋子「ええ、どうぞ……どうぞ来て頂戴。ほ

んとよ」
百合子「うん。――でもよかった、小母さまお元気で……」
秋　子「そうよ、元気よ。今日はほんとに嬉しかった……。みなさんのお蔭で、……アヤ子、幸せよ」
百合子「ほんと、いいお母さま持って、アヤ幸せよ……。じゃ小母さま、帰ります」
秋　子「そお、ありがとう、わざわざ」
百合子「じゃ、おやすみなさい、さよなら」
秋　子「おやすみなさい」
と百合子を送り出して、鍵をしめる。
そして床の上に戻り、ホーッと嘆息して、着ていた羽織をぬぎ、力なくたたむ。

110　**廊下**
人影もなく寂しい。

――終――

小早川家の秋

脚本

野田高梧
小津安二郎

製　作……藤本　真澄
金子　正且
脚　本……寺本　忠弘
野田　高梧
小津安二郎
監　督……小津安二郎
撮　影……中井　朝一
美　術……下河原友雄
録　音……中川　浩一
照　明……石井長四郎
音　楽……黛　敏郎
編　集……岩下　広一

小早川万兵衛……中村鴈治郎
秋子……原　節子
久夫……小林　桂樹
文子……新珠三千代
正夫……島津　雅彦
紀子……司　葉子
中西多佳子……白川　由美
寺本忠……宝田　明
佐々木つね……浪花千栄子
百合子……団　令子
加藤しげ……杉村　春子
北川弥之助……加東　大介
照子……東郷　晴子
磯村英一郎……森繁　久彌
山口信吉……山茶花　究
丸山六太郎……藤木　悠
農夫……笠　智衆
農婦……望月　優子

一九六一年（昭和三十六年）
宝塚映画／東宝
脚本、ネガ、プリント現存
7巻、2815m（一〇三分）カラー
十月二十九日公開

1　大阪　道頓堀の夕暮れ時――

ネオン風景、それが堀の水にも映って
――

2　バア「リラ」

そこからも、レースのカーテンをかけた窓越しにネオンが見える。
コンパクトで顔を直している女給のあけみ（26）を相手に、ハイボールを手にしている磯村英一郎（48）――

磯　村「えらい念入りに叩くやないか。ちょっと貸してみィ」
あけみ「これ？」
とコンパクトを渡す。
磯　村（顔を映して）「僕のこッちの目ェ、ちょっと今日細う見えへんか」
あけみ「さァ、いつもと変りないけど……」
磯　村「そうか……ええの買うてもろたなア」
とコンパクトを返す。
と改めて目を瞠りなどしてから返す。
あけみ「自分で買ったのよ、ふん……（ふと見て）あ、来やはった。――いらっしゃいませ」
「やア」と北川弥之助（45）が近づいてくる。
弥之助「やァどうも……」
と、磯村に面して腰をおろす。
磯村、眼鏡を出す。
磯　村「君ひとりか」
弥之助「もうじき来ますやろ、七時すぎいう約束や。――（あけみに）僕も貰おかウィスキー。オン・ザ・ロックや」
あけみ「はい」と立ってゆく。
弥之助「ちょっと帝塚山のお得意さんに絵を届けてから来るいうてましたッ」
磯　村「そうか。――君なァ、君、えろう褒めてたけど、わかってるなァ、僕の好み」
弥之助「そらよウ承知してますワ。死なはった奥さんも綺麗やったし、この春、みなで有馬へ行った折にも……」
磯　村「アア、それ言うなや、君――言ワンときいなァ」
弥之助「けど、ただ一つ玉に疵と言いますのはなァ……」
磯　村「なんや、疵て……？」
弥之助「死んだ主人との間に、男の子が一人おまンねン」
磯　村「アア、そんなことかまへん。僕にもあンのやからね。それよかその死んだご主人、何してた人や？」
弥之助「先生ですわ、阪大の――」
磯　村「先生か――。造り酒屋の跡取りやなかったンか」
弥之助「家は酒屋でも、そういう商売、嫌いでしたンや」
磯　村「フーン、学者の未亡人か……。インテリやね」
と呑む。
弥之助（腕時計を見て）「もう来るころやけどなァ……」
磯　村「なァ君、僕ここにおらん方がええのやないか」
弥之助「そうですなァ……」
磯　村「そやったら、僕、ちょっと席はずして、その人が来たら、偶然来たような顔して出てくるわ」
弥之助「で、あんさん、どこへ？」
磯　村「向うや、向うへ行ってるわ。その方がええやろ……」
弥之助「ほならな磯村さん、お気に入ったらサインして下さい、サイン――」
磯　村「OK――鼻なぜるわ、鼻――」
と向うへゆく。あけみ、来る。
あけみ「お待遠さん。どこいかはりましたの？」
弥之助「うん？　いやァ……」
あけみ「なんですの、サインって？」
と、あけみ、立つ。
弥之助「いやァ、野球の話や。――（ふと見て）ア、ここですわ」

小早川秋子（37）が来る。

あけみ「いらっしゃいませ」

秋　子「おそくなりまして……」

と秋子、座る。

弥之助「いやいや、まァまァおかけ、なあ。——なんぞ貰いますか」

秋　子「いいえ、あたくし……」

弥之助「そうどっか。（あけみに）そんなら、あとで言うわ」

あけみ「どうぞごゆっくり」

と去る。

弥之助「さっきは電話で……。わざわざ済ンまへんな」

秋　子「いいえ。——ご用って、なんですの？」

弥之助「いやァ、しばらく会うてへんし、お母さんの命日も近いことやし、どういうことになってるかと思うてねえ……」

「やあ」と磯村が寄ってくる。

磯　村「やァ北川君やないか」

弥之助「イヤァ、暫らくでンなァ」

磯　村「この前、六甲のリンクで会うて以来やねえ」

弥之助「まァまァどうぞ」

磯　村「イヤイヤ……。（秋子に）失礼します。（と会釈してその正面に腰をおろし、弥之助に）どなた？」

弥之助「家内の里の小早川の……」

磯　村「アア、そうですか。お噂はかねがね……。たしか御堂筋の入ったとこの……」

秋　子「はァ、お友達の画廊のお手伝いしております」

磯　村「そうですか。——（と名刺を出して）僕、こういうもんで……。境川に小さな鉄工場持っとりまして……」

と、名刺手渡す。

弥之助「磯村さんにはいつもお世話になってンのや」

秋　子「それはどうも……」

と名刺見てハンドバッグに入れる。

名刺入れをしまいながら磯村、鼻をなぜ、弥之助に水原式サインを送りながら——

磯　村「画廊とは、しかし綺麗なお仕事ですなァ」

秋　子「はあ……でも……」

と目を伏せる。

磯　村「お宅のお店に牛の絵ありませんか」

秋　子「は？」

磯　村「牛ですワ、牛——。僕、いろいろ牛のもん集めてましてなァ……丑年で……（と何か小さなアクセサリのようなものを見せて）これも牛ですわ。——なんぞ適当な牛の絵があったら欲しいと思いましてなァ」

秋　子「アノ、日本画でしょうか、それとも……」

磯　村（弥之助に）「どっちがええ、君。——おまかせしよか」

弥之助「そうですなァ」

磯　村「あんさんにおまかせしますわ」

秋　子「ではお探ししますわ。——（弥之助に）ひょっとすると今日、うち紀子さんが来てるかも知れませんの。ちょっとお電話借りて……」

と会釈して立ってゆく。

それを見送ってヒソヒソ話になる。

弥之助「どうだす？」

磯　村「OKや、OK——」

弥之助「そらよかった」

磯　村「大OKや（と、鼻なぜる）——年頃も恰度ええし……。頼むで、君。ほんまやで。——どこぞへメシ食いにいこか。ま、一ぱい呑も。ジンフィズならええな。（と急に大きな声で）おい、ジンフィズや、三つや」（と指で示す）

女給が向うで「ハイ」と受けて、スタンドへ通す。

3

同夜　アパート　二階の廊下

秋子がケーキの包を持って帰ってくる。

ドアをあけて入る。

4 室内

義妹の紀子(24)が秋子の息子の中学生稔(13)の勉強を見てやっている。

秋　子「只今——」
紀　子「ア、お帰り——」
稔　「お帰り——」
秋　子「わるかったわね、待たせて——」

と上る。

秋　子「これでもいそいで帰って来たのよ。誘われたんだけど断わって——」

と秋子、隣室にゆく。

紀子、稔に——

紀　子「ここ違ごてエへんか。もう一ぺん考えてごらん。これがこうやろ、そうしたらこれおかしいやないの」

と立って——

紀　子「よく考えて御覧」

と隣室に入る。

5 隣室

紀子が来ると——

秋　子「なァに？　相談って——何なの……」
紀　子「うち、お見合いせえって言われてますねンけど……」
秋　子「アア、また？　売れっ子ねえ」
紀　子「ううん、この前のようなンやないの。今度のは深刻なんよ。——お姉ちゃんまでえらい勧めて……」
秋　子「へエ、どういう人なの？」
紀　子「お父さんは銀行の頭取やそうやけど、その人は吹田のビール会社に勤めてはンのやって——」
秋　子「そう。いいじゃない」
紀　子「そうアッサリ言わンといて。——うちが困ってンのに……」
秋　子「何困ってンの？」
紀　子「——うち、結婚なんてまだ考えてェへんのに……」
秋　子「そりゃあなたはそうでも、そうはいかないわよ。どうなの、お見合いだけでもしてみたら」
紀　子「けど……」
秋　子「いやだったら断わりゃいいじゃないの。いやなもの無理にいけなんて、お父さんだって文子さんだっておっしゃりゃしないわよ」
紀　子「そやろか……」
秋　子「そうよ」
紀　子「けど、このごろのお店の方もあんまりええことないらしいし……お父ちゃんはそこへうちをやりたいらしいねンわ」
秋　子「そう。そうなの」
紀　子（腕時計を見て）「あ、もう帰らな……」
秋　子「もうそんな時間？　——（とこれも時計を見て）アア、そうね。いそげば十六分のに間に合うわ」
紀　子「ほんな、また来ますわ。（と立ちかかって）お姉さん、また相談にのって」
秋　子「ええ、いつでもいらっしゃい。ア、お菓子買って来たんだけど……」
紀　子「この次ご馳走になりますわ」

と出てゆく。

6 前の部屋

二人、来て——

紀　子「稔クン、さいなら」
稔　（勉強をつづけながら）「さいならァ……」
秋　子「少しいそいだ方がいいわよ」
紀　子「うん……さよなら」
秋　子「……気をつけてね」

紀子、笑って出てゆく。

7 廊下

紀子、帰ってゆく。

8 小早川家の酒造工場

軒を並べた酒倉に、午前中の明るい陽があたって——

9 そこの事務所

若主人の小早川久夫(36)、それに事務主任の山口信吉(42)と事務員の丸山六太郎（28）、その他、男女の事務員——

山口（久夫に）「岡伝さんもとうとう桂正宗さんとの合併に踏み切りやはるらしいですなァ」

久夫「そうか。そんな噂は聞いてたけど……。君、誰に聞いたンや」

山口「金子てご存じでっか、桂正宗の——」

久夫「アア、知ってる」

山口「キンの、あの男に会いましたら、そんなこと言うてましたんでな、委しこと聞いたろと思うて、ちょっと（と盃を乾す形をして）一軒いきましてな」

電話のベルが鳴る。

丸山（受話器を取って）「はァはァ……はい、いてはります。——（久夫に）旦那さん、奥さんからです」

久夫「なんや」

と受話器を受取って——

久夫「ア、モシモシ、モシモシ僕や。何ンの用や」

10　小早川家　廊下

そこの電話を細君の文子（32）がかけている。

文子「今な、大阪の叔父ちゃんが来やはってな。……フン……手エあいてたら、ちょっと帰って来てほしいねン。……フン……ほなら待ってます」

と切って、座敷の方へ戻ってゆく。

11　座敷

文子が来る。

弥之助が主人の万兵衛（65）と対座している。

文子「すぐ帰ってくるそうです」

万兵衛「そうか。——（と弥之助に）で、先方はどういう意向なンや？」

弥之助「二、三日前に会うて貰いましたらな、えらい乗り気でんねン」

万兵衛「そうか。で、秋子はどない言うてンのや」

弥之助「それがな、秋子さんにはまだなんにも言うてありまへんのや」

万兵衛「ホウ、そんなら秋子はなんにも知らんと見合いしたンか」

弥之助「まアそうですわ」

万兵衛「そら無茶やな、ハハハ。——それで何か、秋子の方でも気に入りそうな人か」

弥之助「わたしはええと思いますねンけどな」

万兵衛（文子に）「どやろ、そんな人——」

文子「ウン、うまいことお姉さんの気に入ったらええけど……」

弥之助（文子に）「ただなァ、幸一さんと違うて学者肌やないのンでね、その点がどうやろと思うてンのやけど……。鉄工場の大将やでな」

文子「そんなこと、お姉さんどう思いはるかわからへん」

万兵衛「そらそうや、そら本人の考え一つや」

文子（ふり返って）「ア、帰って来た」

久夫が来る。

久夫「アア、おいでやす。ご無沙汰してます」

弥之助「ア、こんにちは……暫らくやなァ」

久夫「はあ」

万兵衛「弥之助さんな、秋子の縁談持って来てくれたンや」

久夫「そうですか」

弥之助「僕としては、まァええ話やと思うねンけどね」

久夫「そうですか」

万兵衛「紀子の方の話もあるしな、ここで一ぺんに両方決まってくれたら、願うたり叶うたりや」

久夫「そうですなァ」

万兵衛（文子に）「秋子の方はどんな気ィかお前から一ぺん聞いてみて」

文子「お父ちゃんは——？」

万兵衛「そらわいからもすすめてみるけど、（団扇おいて）ま、アンジョウ頼むわ」

と立上る。

文子「どこいきやはンの？」

万兵衛「うん、ちょっと思い出したンや」

弥之助「お出かけでっか。ほんならわたしも……」
万兵衛「ま、あんたはええやないか。ゆっくりしてたら――まァまァ……」
と出てゆく。
見送って――
弥之助（文子に）「お父ちゃんも何かと忙しいんやな」
文　子「なんや知らん、ここんとここよう出てかはるわ」
弥之助「そうか、けど達者で結構や。（久夫に）――で、紀子ちゃんの話、見合いの日ィ決まったンか」
久　夫「ええ、ニュー大阪でな」
弥之助「そうか、そらよかったな、めでたいな……ああ、ええ風くるなァ」

12　同日　「三和商事」の事務室

窓から大阪城が見えて――紀子が事務を執っている。
向うの電話口で――紀子の同僚の中西多佳子（24）が電話を聞いている。
多佳子「ハイ、ハイ、どこ？　……ふん……ふん……六時からやね。行くわ。うん、誘うてみる」
と切って、紀子の隣の自席に戻る。
多佳子「あんた、今日、帰り、ひまか」
紀　子（振りむき）「ふん、なんで？」
多佳子「寺本さんな、二、三日うちに急に発つことになったンやって」
紀　子（意外そうに）「札幌へか」
多佳子「うん、それで今晩みんな集るンやって」
紀　子「……そうか……とうとう決まったンか……」
多佳子「うん」
紀　子「……そうか……（正面みて）行かはんのンか……」

13　同夜　フルーツパーラーの二階　廊下

「伊吹クラブ会場」の札――
「雪山讃歌」の合唱が聞えている。

14　室内

食後ながら卓上にはまだビールや葡萄酒などが並び、寺本忠（29）を囲んで、多佳子、紀子、ほか同年輩の女二人、男二人が合唱している。終って――
男　A「アア、乾杯――」
同　B「乾杯――」
紀　子「ご機嫌よう」
多佳子「元気でね」
と乾杯する。
寺　本「アア、ありがとう……ありがとう」
と杯をほす。
男　A「けど、よゥ行く気になったなァ」
男　B「サラリー上るンやろ」
寺　本「上っても知れたもンや。大学の助手なんてビックリするくらい安いンや」
多佳子「けど今度は助教授やないの？」
寺　本「助教授かてチョボチョボや。それよかナ、みんなで一ぺんスキーに来てほしいわ」
男　A「行きたいけど、札幌まで汽車賃高いなァ」
男　B「まァ、君のこと偲んで、伊吹山で我慢しとくわ」
女　A「かくとだにや」
多佳子「えやハ伊吹のさしもぐさ」
女　B「さしもしらじな燃ゆる思いをか」
男　A「今ンなってモーションかけたかて、もうおそいぞ」
一同、笑う。合唱となる

15　廊下

その賑やかな笑い声につづいて、また合唱が始まる。

16　同夜　郊外の小駅のホーム

そこのベンチに寺本と紀子が腰をおろしている。寺本は大分酔っている。煙草に火をつけて一服。
寺　本「アア、愉快やった……。あの連中と会うてると、行きとうのうなるわ」

紀　子「ずっと長いこと行ってはりますの？」
寺　本「まァ四、五年の辛抱や言われてますねンけど、どうなることやら……。あんた、都合ついたら、一ぺん遊びに来て下さい」
紀　子「ええ……」
寺　本「ほんまですよ」
紀　子「ええ……」
寺　本「アア、愉快やった。嬉しかった。――僕も時々手紙出しますけど、あんたも下さいね」
紀　子「ええ……」
寺　本「ほんまですよ。――アア愉快やった……行きとないなァ……」
紀　子「…………」（寺本から目をそらす）
じっと見て、寂しく目を伏せる。
電車来るので振り向く。
電車が驀進してくる。

17　二、三日後　酒造工場の事務所

二時すぎの物憂い時刻――
丸山が伝票を読み、女事務員が二人ソロバンを入れている。
丸　山「――エート、二千三百六十五円也、一千七百八十円也、一千飛び八円也、五百五十円也、七百七十五円也、三千と五百三十円では――？」
事務員「三万六千三百二十円也」
丸　山「そっちは？」
事務員「同じです」
丸　山「同じってなんぼや」
事務員「三万六千三百二十円……」
丸　山「三万六千三百二十円か……」
と帳簿に記入する。そして――
丸　山（山口に）「しかし、そらァえらいこってすなァ」
山　口「けどまァ仕様がないわなァ。中小企業てもんは、もうあかんのや」
丸　山「そうでっか」
山　口「ちょっと伝票見せてみィ」
丸　山「今のでっか」
山　口「違う違う、さっきのや。（と受取って）アア、これやこれや」
そこへ万兵衛が来る。
一同、迎えて会釈する。
万兵衛「アア、ご苦労やな。――（山口に）えらい暑いなァ。久夫どうしたンや」
両　人「はァ……」
山　口「へえ、ついさッきお出かけになりました」
万兵衛「どこへ行ったンや」
山　口「桂正宗さんへ……」
万兵衛「アア、そうか。――ほな、わいもちょっと行てくるか……」
と出てゆく。
それを見送って――
丸　山「大旦那さん、このごろ、よう出かけはりますなァ」
山　口「ウーム、よう出てかはるなァ、どこ行かはるのか……。なァおい、君――」
丸　山「は？」
山　口「ちょっと……」
と立って一隅へ行く。丸山、ついてゆく。そしてそこでのヒソヒソ話（よく聞えないが、傍点のコトバだけは聞える）。
山　口「なァ大旦那さんなァ、このごろなァ、よう出てかはるやろ。ちょっと臭いンや。そンでなァ……。本宅でも心配してはンのや。――君なァ、一ぺんなァ、ご苦労やけどなァ……」
丸　山「本宅へでっか」
山　口「違う違う、あとつけるンや、あと――」
丸　山「今からでっか」
山　口「うん、そンでなァ、あとつけてなァ、どこ行きはるか……」
丸山、一つ一つ頷いて聞いている。

18　京都

東寺の塔――
東山――

19　町A

丸山が見えかくれに万兵衛のあとをつけ

てくる。
万兵衛、角を曲って消える。

20　町B

丸山が来てみると万兵衛の姿が見えないので、キョロキョロしながら行く。
と、万兵衛がそこの氷屋から出てくる。
万兵衛「六さん、おい六さん――」
丸山、振返って――
丸　山「アア、大旦那さん――」
万兵衛「どこ行くねン？　――おいで」
と氷屋へ入る。丸山、戻ってくる。

21　氷屋

万兵衛を先きに丸山が入ってくる。
万兵衛「まァおかけ」
丸　山「へえ」
万兵衛「おかけェな」
丸　山「へえ、おおきに。――かけさせて頂きます」
万兵衛「何ンや、何がええ？」
丸　山「何ンでも……」
万兵衛「白玉どや」
丸　山「へえ、結構です」
万兵衛「姐ちゃん、白玉ひとつ追加や」
女　「へえ」
万兵衛（丸山に）「何ンや、今時分……。妙なとこで会うもんやな」
丸　山「へえ、それが……ちょっと掛取りに……」
万兵衛「そうか、ご苦労はんやな」
丸　山「へえ……。なかなかお暑いこってすなァ」
万兵衛「ああ、えらい厳しいな、ことしの残暑……」
丸　山「へえ……。大旦那さん、どちらへお越しです？」
万兵衛「お前、どこや、掛取り――？」
丸　山「へえ、この辺あちこち」
万兵衛「フーン……。（改まって）お前なァ」
丸　山（稍々《やや》ドキリとして）「へえ？」
万兵衛「煙草持ってヘンか」
丸　山「へえ、ございます」
万兵衛「一本おくれ」
丸　山「どうぞ……」
万兵衛「ピースか。えらいええ煙草吸うてンのやな」
丸　山「すンまへん」
万兵衛「お前なァ……」
丸　山「へえ」
万兵衛「わいにはわかってンのやで」
丸　山「なんです？」
万兵衛「まァええ。――お前なァ」
丸　山「へえ」
万兵衛「若旦那に頼まれたンやろ？」
丸　山「いえ、そんなことあらしまへん、絶対ありまへん」
万兵衛「そうか、ほなら誰に頼まれたんや、掛取り」
丸　山「アア掛取り――。そら誰に頼まれんかて、掛取りにはまいりますわ」
万兵衛「そうか……えらい感心やな。――オイ、白玉まだかいな。この人、いそがしいンや。これからあちこち掛取りに行かはるンや。早よしてェな」
女　「へぇィ、只今――」
万兵衛「ほんまに六さん、ご苦労はんやな」
丸　山「へえ……」
と汗を拭く。
表の風鈴が風に鳴っている。

22　路地

万兵衛が扇子を使いながらイソイソと来る。

23　そこの素人旅館「佐々木」

万兵衛が土間へ入ってくる。
万兵衛「ごめんやす……。ごめんやす。……」
女主人のつね（48）が出てくる。
つ　ね「アア、おいでやす。まァまァお暑いとこ……。さァどうぞ」
万兵衛「へえ、おおきに――上らしてもらいますワ」
つ　ね「さあさあどうぞ」

土間は暖簾で仕切られて奥の勝手の方へ
つづいている。

24 茶の間

つね、万兵衛を案内してくる。座布団など出して――

つね「いつまでもお暑いこってすなァ」

万兵衛「ほんまやなァ……」

つね「お店の方、おいそがしおすのか」

万兵衛「いや一年中で今が一番ひまな時や。新米がとれな酒屋は仕事にならへんわ。今なァ、おもろいことあったンやで」

つね「なんどす?」

万兵衛「うちの番頭がわいのあとをつけて来よってな」

つね「へえ、なんでどす」

万兵衛「わいなァ、あれからこっち、ちょいちょい寄せてもろてるやろ。それをなァ、うちの奴等、心配しよってな」

つね「まァまァえらいこっちゃ」

と笑いながら勝手の方へ出てゆく。

万兵衛「そンでなァ、今もな、つけて来よった番頭、氷屋へ引っぱりこんだってな、タバコもっとったんやけどピース一本もろたったンや。ほしたらな、あわてくさって、白玉の代まで払いよンのや。阿呆な奴ちゃィ」

つね、水のコップを持って出てくる。

つね「そうどっか。そらよろしゅおしたなァ――ア、お冷、お砂糖、入れまひょか」

万兵衛「まァええ、おおきに。(と水を呑んで)けどなァ、妙なもんやなァ」

つね「何がどす」

万兵衛「あの日お前、向日町で、わいが一電車早よう乗ってたら、お前と逢えなんだンや」

つね「ほんまどすなァ、やっぱり縁があったんやわ」

万兵衛「そやなァ、不思議なもんやなァ縁ちうもんは。――十九年ぶりやで」

つね「そうどすがな。しかもあんなとこで――。変りましたなァお互いに……」

万兵衛「ウーム、競輪の帰りとはなァ……。水の流れと人の身はや……」

つね「――ほんまに、世の中、ころっと変りましたさかいなァ……」

万兵衛「仕様もない世の中や……」

つね「昔はよろしゅうおしたなァ……。ホラ、あの宇治のお茶屋……」

万兵衛「ああ花屋敷か、昔、よう行たなァ」

つね「へえ、みんなが遠出つけて頂いて……。おもしろおしたなァ」

万兵衛「ウーム、雪見に行たり、蛍狩りに行たり……覚えてるか、あの月のええ晩……」

つね「忘れますかいな、うちが初めて女にしてもろた日ィや……。ほんまに永い縁どすなァ」

万兵衛「そやなァ……」

つね「百合子も二十一になりますもんなァ」

万兵衛「早いもんやなァ。――そのうち、一ぺん宇治ィ行てみよか、二人で……」

つね「へえ、行きまひょ。つれてっとくれやす。――一本つけまひょか」

万兵衛「アア、もらおか」

つね、立って台所にゆく。

25 勝手

つね、土間へおりて酒の仕度をする。
表の戸のあく音――

26 入口

娘の百合子（21）が帰ってくる。

百合子「只今――」

つね「アア、お帰り――」

と暖簾から顔を出す。

つね「お父ちゃん見えてはるえ」

百合子「そうか」

と上って奥へ――

笑いながら来る。

27 茶の間

百合子が来る。

万兵衛「あ、お帰り」
百合子「こんにちは。――お父ちゃん、いつ来やはったン?」
万兵衛「まァおすわり」
百合子「うち、またすぐ行かんならんのや。忘れもん取りに来ましてン。お父ちゃん、ゆっくりしてって」
万兵衛「なんや、また出ていくんかいな」
百合子（頷き）「さいなら、バイバイ」
万兵衛「バイバイ……」
　百合子、出てゆくが、すぐ引返して来て、
百合子「お父ちゃん、ミンクのストール、いつ買うてくりゃはンの?」
万兵衛（肩へ掛ける恰好をして）「ああこれか。襟巻まだ暑いやないか」
百合子「けど、今の中《うち》から頼んどかんと……」
万兵衛「アア、わかってるわかってる」
　百合子、手を振って出てゆく。
万兵衛「――せわしない子やなァ……」
　と、コップの水を飲む。

28　入口

　米人のジョージが顔を出して呼ぶ。
ジョージ「ユリー！　ハリ・アップ！」
　つねが暖簾から顔を出す。
つ　ね「アア、おいでやす、こんにちは」
ジョージ「コンニチハ」
つ　ね（奥へ）「百合子、ジョージさん待ってはる、早ようおいで」
　と呼び、勝手へ引っこむ。
　百合子、出て来て靴を引っかけ、
百合子「ほなお母ちゃん、出てくるわ」
つ　ね「お早ようお帰り」
　と、茶の間にゆく。

29　茶の間

　つねがお膳とお銚子を持ってくる。
万兵衛「誰やね」
つ　ね「アメリカの人どすねン、神戸の会社の」
万兵衛「そんなもんとつきおうてンのか」
つ　ね「へえ、あの子、タイプやってますやろ、時々けったいなもん貰ろてきますねン」
万兵衛「そうか、大事ないのかいな」
つ　ね「このごろの子ォは、うちらの若いころとは違いますわ。しっかりしたもんや。――その黒い粒々したもん食べてみとくれやす」
万兵衛「なんやね、これ」
つ　ね「百合子が貰ろてきましたンや。鮫の子ォやたら言うて」
万兵衛「フーン、これ、鮫の子ォか。――鮫にしてはえらい粒々小ィさいなァ」
つ　ね「ほんまどすなァ。よろしかったらお持ちやす。うち、もう一つありますねン」
万兵衛「そうかうまいもんやなァ……。ま、一杯いこ」
つ　ね「へえ、おおきに」
　と仲よく酒を酌み交わす。
　つね、団扇で煽ぐ。

30　翌日　酒倉の外景

　明るい陽があたって――

31　その事務所

　昼休み。山口と丸山――
山　口「それで君、どうしたンや」
丸　山（弁当を食いながら）「そこは抜け目ありまへんわ。大旦那さんは僕を撒きゃはったつもりでもな、ちゃァんとあとつけて来ましてン」
山　口「どんな家《いえ》やった?」
丸　山「あれ、旅館ですかいな、門灯に佐々木と……」
山　口（聞き咎めて）「佐々木?」
丸　山「へえ。――ご存じでっか」
山　口「まァええ。――その先き言うてみィ。どんな女子《おなご》やった?」
丸　山「そうですなァ、細おもての、年のころは四十四、五……」
山　口「もうちィッといってる筈や、七、八やろ」

山口「まァええ。——そうか、戦争中のゴタゴタで、うまいこと切れたと思うてたのに……。その先き聞こうやないか」

丸山「なァ山口さん、あの人と大旦那さんの間に娘さんおまんのンか」

山口「ムスメ?」

丸山「二十一、二の、ハイカラな……」

山口「違う違う」

丸山「けどな、大旦那さんのこと、お父ちゃん言うてましたで」

山口「違う違う。そう思うてはンのは大旦那さんだけや。——それからどうしたンや」

丸山「その間、約三十分くらいやったかいな、三味線の爪弾きが聞えて来ましてなァ、大旦那さんええ気持で長唄うたやはって……」

山口「違う違う」

丸山「へ?」

山口「そら長唄やない、端唄や。(と節をつけて)とめてはみたが……。そやろ?」

丸山「アア、それだす」

山口「そやろ、わかってンのや、大旦那さん、あれ一つや」

丸山「あの女子、一体何者だす? 祇園でっか」

山口「違う違う」

丸山「南でっか」

山口「違う違う。——ウーム、焼け棒杭や……」

丸山「焼け棒杭?」

山口「ウーム、大旦那さん、昔は相当な道楽もんでなァ……あの女子のことでは先代もえろう手ェ焼かはったもんや……」

丸山「そうでっか……」

山口「——ここんとこ、ええあんばいやと思うてたら、こら、またややこしいことになるで。——かなわンなァ」

32 小早川家 廊下

文子が万兵衛のユカタを持ってくる。

33 風呂場

文子、来て、

文子「着更え、ここにおいときます」

万兵衛「アア、おおきに……」

と裸になって風呂へ入る。

34 廊下

文子が戻ってくると、久夫が帰ってくる。

文子「アア、お帰り——」

35 茶の間

文子と久夫——

文子「何ですの、今時分」

久夫「ヤマヨシさんからのハガキ……(と探しながら)アア、これやこれや。——オイ、お父さんな、やっぱりこれや、(と小指を出して)京都やそうな」

文子「どこです、京都——」

久夫「知ってるか君、佐々木いう女——」

文子「佐々木?」

久夫「佐々木つね」

文子「ああ」

と文子、久夫に近づく。

文子「それやったら昔お父ちゃんが大阪で……」

久夫「ウン、それらしいンや」

文子「そうですか。それやったら、うちまだ小ィさい時やったけど、お父ちゃん夜おそうに、ようその人に送られて帰って来たりして……お母ちゃんよゥ泣いてはったわ」

久夫「そうや、その女や。焼け棒杭らしいンや」

文子「ショがないなァお父ちゃん、ええ年してフラフラと——。お店のこと一体どう思うてンのやろ」

久夫「ウーム、これやったら競輪に凝っててもろてた方がまだよかったなァ」

文　子「アーア、次から次と、いややなァほんまに」
久　夫「けどなァ、君なァ、お父さんにあんまりきついこと言うたらあかんで」
文　子「なんで？」
久　夫「そら言わん方がええ。言うんやったら、ええ折みてな」
文　子「ウウン、言うたる！」
久　夫「あかんあかん。――なんというても年やさかいな」
文　子「ほんなら年寄りらしゅうしてたらええンや」
久　夫「けどお父さんの性格やったら、そうもいかんやろ」
文　子「性格？　性格って何です？　性格やったら何しても構めしまへンの？」
久　夫「そやないけど……。なァ君、お父さんのあの性格、今更言うたかてなおらへンで」
文　子「ほんならなおるまで言うたるわ」
久　夫「やめときやめとき、反撥されたらかなわんワ」
　二人がふりむくと――

36　廊下

　湯上りの万兵衛が来る。
万兵衛「アア、ええ風呂やった……」
　と茶の間へ入る。

37　茶の間

　久夫と文子、無言――。万兵衛、坐る。
万兵衛「あのなァ、今なァ、風呂ン中で考えたンやけどなァ、お母ちゃんの今度の命日なァ、年回は去年すんだことやし、お墓参りはチョコッとすまして、嵐山でめしでも食おか」
久　夫「アア、そうですな」
万兵衛「お母ちゃん嵐山すきやったしなァ。（と文子に）どや」
文　子「嵐山って京都でっか」
万兵衛「京都にきまってるがな」
文　子「お母ちゃんも好きやったけど、お父ちゃんもお好きですなァ、京都――」
万兵衛「何がィ」
文　子「京都に何ぞええことありますの？　このごろよゥ行かはるけど――」
万兵衛「何？」
　頭の手拭とる。
久　夫「そらなァ君……」
文　子「あんた黙ってて！」
久　夫「けどなァ……」
文　子「黙ってて！　――なァお父ちゃん、昔お母ちゃんを泣かせたようなこと、もう一ぺんやンなはる気イですか」
万兵衛「何がイ。なんのこっちゃ？」
文　子「何もかもちゃアンともうわかってます」
万兵衛「何がわかってンのや。嵐山で法事するのンが何であかんのや」
文　子「フン、どこの嵐山やらわからへん！」
　と、そっぽを向く。
万兵衛「おい！　おいコラ、こっち向け！　お前らな、わいを疑ごうてンのやろ、（久夫に）そやろ」
久　夫「いえ、そんなことあらしまへん」
万兵衛「ナンヤ、ひとのあと六太郎につけさしたりして……」
文　子「つけられて困るようなことしてはりますの？」
万兵衛「何ィ！　わいがここんとこしげしげ京都へゆくのンはな、昔の友達に会うて、店のこといろいろ相談してンのやで、何言うてけつかる！」
文　子「昔のお友達って誰です？　なんという人です？　佐々木さんですか」
万兵衛「何ッ！　違うわィ！　山田君や！　知ってるやろ！」
文　子「知りまへんなァ」
万兵衛「知らンのはお前の勝手じゃィ。わいはナ、その人にナ、店のこといろいろ頼んでンのじゃイ！　お前等にはまかせとけンさかいな！」
文　子「ほならお父ちゃん……」
久　夫「まァええやないか、君……」
文　子「ええことありません。あんた、黙ってて！　――なァお父ちゃん！」
万兵衛「何ンや！」
文　子「ほんまにお店のこと心配してはンのですか」
万兵衛「あたりまえじゃィ！」
文　子「それほど心配やったら、今日もう一ぺん行かはったらどうです」
万兵衛「何？」
文　子「さ、早う支度して！」
万兵衛「今日はもうええわィ、昨日頼んで来たばっかりじゃィ」
文　子「あきまへん！　そういうことは早い方がええ！　どうぞ今日も行って来とくれやす。さ！」
万兵衛「今日はもうええ。――風呂へも入ったことやし……」
文　子「お風呂はいつでも沸かします」
と立って行って、そこのタンスからキモノを取り、帯と足袋を投げる。
文　子「さ、どうぞ、お父ちゃん――どうぞ行ってようお願いして来ておくれやす」
万兵衛「お前ら、わいをそこまで疑うてンのか。よし、行ったるわィ！」
と立上って着物を着更えながら、
万兵衛「お前らな、そこまでわいを疑うのやったら、六にでも八にでもあとつけさせて見ィ！　何言うてけつかる！　親の言うこと信用でけんようやったら、もうおしまいじゃィ！　――おい、行くで！　つけてこいつけてこい！　どこへ行くか、よゥ見届けてくれ！　い、行くで……ついてこいついてこい！　行くで……よう見届けてくれ……阿呆だら何言うてけつかる」
と威張って出てゆく。
それを見送って――
久　夫「なァ、ええのかいな。大丈夫かいな」
文　子「大丈夫大丈夫。ガマグチ持ってはらへん。その辺フラフラ歩いて戻って来やはるわ」
久　夫「そうか。そんならええけど……」
文　子「年寄りにはええ散歩や」
と、向うむきになり団扇で煽ぐ。

38　同夕「佐々木」

つねが、入口の上り框の雑巾がけをしている。拭き終って奥へ――

39　茶の間

百合子が足を投げ出して、マニキュアをしている。つねがバケツを提げてくる。
つ　ね「邪魔やちょっと退いて――」
百合子、位置を変える。
つね、そこの廊下の拭き掃除を始める。
百合子「なァお母ちゃん、あの人、ほんまにうちのお父ちゃんか」
つ　ね「なんで？」
百合子「うち、今、ふっとそう思うたンやけど、うちが小ィさい時、もう一人お父ちゃんいたンと違うか」
つ　ね「――？」
百合子「うち、その人にもお父ちゃんお父ちゃん言うたような気がすンのや」
つ　ね「そやったかいな。――そんなことあったかも知れんな」
百合子「なァ、どっちがほんまのお父ちゃんやの？」
つ　ね「そんなことどっちでもええやないの。あんたがええように思うといたら」
百合子「お母ちゃんにもわからへんのんか。――そら、うちどっちがほんまのお父ちゃんかて構めへんけど……。うちが生れたことは事実やもんなァ。もうこない大きいなってるんやもん」
つ　ね「そやそや、その通りや。そう思うとき」
百合子「なァ――」
つ　ね「なに？」
百合子「今度のお父ちゃんなァ、お金あるンやろか」
つ　ね「そら、あるやろ。造り酒屋の旦那さんやもん」
百合子「そうか。それにしてはミンクのストール、おそいなァ」

つ　ね「アンジョウ頼んでみィ、頼み方ひとつや」
百合子「そうか、そんならミンク買うてくれるまで、お父ちゃんにしとくわ、当分──」
つ　ね「アア、そうしとき」
表があくので振返ると──

40　入口

万兵衛が入ってくる。
万兵衛「おい、来たで。また来たで！」
と上機嫌で部屋に上る。

41　室内

万兵衛が来ると──
つ　ね「アア、おいでやす」
百合子「お父ちゃん、おいでやす」
万兵衛「ナンヤ、拭き掃除か、ようぅちに居たなァ……わいがやったるわ。貸し」
と雑巾の方へ手を出す。
つ　ね「いいえ、よろしおす」
万兵衛「かまへんかまへん。内輪やないかィ」
と雑巾を取る。
百合子（笑って）「お父ちゃん、足袋ぬがな。──おいどもまくって」
万兵衛「そやな。お前、よゥ気ィ付くわ」
と足袋をぬぎながら──
万兵衛「今さっき、ガマグチ忘れて出て来てしもてな、えらいスカタンや。駅前のタバコ屋で千円貸してもろて来たンや。（と袂のバラ銭を鳴らしてみせて）まだあンのや。白玉おごったろか」
百合子「白玉どうでもいいわ、なァお父ちゃん、ミンクほんとに買うて」
万兵衛「アア、買うたる買うたる」
と元気一ぱい雑巾がけをつづける。
百合子「お父ちゃん、廊下ふき上手やなァ」
万兵衛、笑い、嬉々として廊下を拭く。
中庭の燈籠に灯がつく。

42　二、三日後　大阪　御堂筋

そこの横丁──
「千草画廊」の看板。

43　その画廊（二階）

秋子が椅子にかけて文庫本を読んでいる。
弥之助が入ってくる。
弥之助「やァこんにちは」
秋　子「あ、いらっしゃい。こないだはすっかり失礼してしまって……」
弥之助「イヤイヤ、こちらこそ。あの時の話の牛の絵、なんぞええのありましたか」
秋　子「はァ、探してますンですけど……」
弥之助「どうです、あの人、おもしろいでしょう」
秋　子「はァ……」
弥之助「おもしろい人でねえ……アノ、文子ちゃんから聞いてくれましたか」
秋　子「はあ……」
弥之助「そうですか。──どうです？」
秋　子「はァ、あんまり急なお話なんで、アノ、よく考えさせて頂いて……」
弥之助「アア、そらよゥ考えて下さい、どうぞどうぞ。──お父さんあんたのこと心配してますしなァ」
秋　子「皆さんにいろいろご心配かけて……」
弥之助「イヤイヤ。──アノ、もう一ぺんどうです。どこぞで改めて……。先方も希望してましてな。──どないです？」
秋　子「はァ……」
弥之助「こないだもな、あんた先に帰られたンで、えろう残念がってましたワ。（と笑って立つ）──ア、お母さんの命日、今度は嵐山やそうですなァ」
秋　子「はァ、そうだそうで……」
弥之助「あんた、行かれますなァ。──イヤァ、ええやろなァ、今頃の嵐山……」
壁面の絵画を見る。

44　嵐山

その風景──一、二カット。（山と灯籠。杉の木と山端）

45　料亭の広間

そこに万兵衛、久夫、文子、弥之助、その細君照子（38）、秋子、紀子の一同、食後ながら、男たちはまだビールなど飲んでいる。

弥之助「オイ、それ取って――」
　と照子からビールを受取って――
弥之助「どや、久夫君――」
久　夫「イヤ、もう結構です」
弥之助「案外いけんのやなァ、君――」
久　夫「いやァ、ビールはあきまへんわ、すぐ腹張ってしもて」
弥之助「しかしなァ兄ィさん、苔ちゅうもんは案外早う生えますなァ」
万兵衛「コケ？」
弥之助「大分お墓、苔で青うなってたやないですか」
万兵衛「ウム、そやったなァ」
久　夫「苔のむすまで言うけど、わりかた早いもんですなァ」
万兵衛「ウーム、早いもんや、幸一が死んで、秋子が後家になってからでも、もう六年や」
　と見て、
万兵衛「秋子どこいきよったんや」
　秋子と紀子の姿が見えない。
照　子「いま紀ちゃんと……出てかはった」
万兵衛「そうか」
弥之助「秋子さんのことですけどな、先方の大将、大分乗っとりますねン。その大将にも子供が二人おましてなァ……。（そして久夫に）上が女で下が男や。（と万兵衛に）連れ子があった方が、寧ろ気が楽や言うてますねン」
万兵衛「そら結構やな。（久夫に）どやお前」
久　夫「そらええやないですか。――けど問題は姉さんの気持ひとつやなァ」
弥之助「けどなァ君、気持気持とも言うてられんで。秋子さんはまだまだ先長いしなァ、若いしな。第一、君、この先、ひとりでいられるか、気の毒やないか」
久　夫「そらそうですけど……」
万兵衛「秋子もそやけど、紀子はどんな気ィでおるんやろ。見合いもすんだのに。――文子、お前、訊《たン》ねてみたか」
文　子「フン、聞いたことは聞いたけど……」
万兵衛「どない言うてンのや」
文　子「承知したようなせんような……」
久　夫「まだハッキリせんのですわ」
万兵衛「そうか」
弥之助「そら君、至急ハッキリせんとあかんな。僕は絶対ええ相手やと思うな。先方が気に入ってたら尚更や」
久　夫「僕もそう思うてますねンけど、これ（文子）がそういうことは、せいたらあかん言いまンのでなァ」
弥之助「そらせかなあかん。なァ文子ちゃん、どや？　早い方がえやないか。（万兵衛に）なァ兄さん――」
万兵衛「ウーム、まァそれに越したことはないけど……」
文　子「船頭が多うて船が山へ上るわ。もうちっと親切に紀ちゃんの気持も聞いてやらな。――お父ちゃん。折角の京都、ほかにご用あるのと違いますか」
万兵衛「なんじゃィ」
　文子、笑って立つ。
万兵衛（テレかくしにビールを取って弥之助に）「どや？」
　とすすめる。
　文子、廊下に出る。
文　子（川原を見おろして）「秋子さんと紀ちゃん、あんなとこにいるわ」

46　保津川の川原

水際に秋子と紀子がいる。
明るく語り合っている二人――川岸に踞《うずくま》る。

秋　子（ニコニコしながら）「へえェ、そう。――それでその人どうした？」
紀　子（これもニコニコして）「出てくるご馳走、片っ端しからみんな綺麗に食べてしもて、あとでバンドゆるめてますの。よう食べる人――」

秋　子「よっぽどお腹すいてたのよ」
紀　子「そうかも知れんけど、そのあと、ホテルのご飯すんでから、二人で中之島歩いてた時——」
秋　子「アア、二人っきりになったのね？」
紀　子「エエ、みんなが行てこい行てこいって……」
秋　子「そう。それで？」
紀　子「そしたら、あなた洋食おきらいですかって、うちに聞きますの。あなたはって聞き返したら、そんなに食べといて、僕、洋食はそれほど好きでもありませんワって——。おかしな人や」
秋　子「でも面白そうな人じゃない。——それからどうしたの？」
紀　子「それで、人のいないとこへ行ったら、いきなり、うちの手ェぎゅっと握って……」
秋　子「フン、で、あなたどうした？」
紀　子「うちもぎゅっと握り返したった」
秋　子「そしたら？」
紀　子「あなたの手ェ、えらい冷めたいですなアって、なかなか放してくれへんの。なま温かい手ェでなア。——そのくせ、人のいるところへ来たら、急いで放そうとすンのよ。うち、わざとそのままぎゅっと握っててやった」
秋　子「そしたら？」
紀　子「いややわお姉さん、うちにばっかり言わせといて。——お姉さんの方、どうですの？」
秋　子「なァに？」
紀　子「叔父さまからの縁談——」
秋　子「アア、あたしなんか、こんなお婆さん……」
紀　子「はい、百円——」（と手を出す）
秋　子「なァに？」
紀　子「こないだ約束したやないの。お姉さんがお婆さんて言うたら百円貰う……」
秋　子「ア、そうか。（と蟇口を出し）はい、百円——」
紀　子「おおきに——」
秋子、ふと向うを見て、
秋　子「正夫ちゃん、あぶないわよ」
向うの川原で正夫と稔が川に石を投げている。
秋　子「稔さん！　駄目よ、よく見てあげなきゃ！」
子供たち、川面に石を飛ばす。
紀　子「ねえ、どうですの、お姉さんの縁談？」
秋　子「あたしなんか——」
紀子、サッと手を出す。
秋　子（笑って）「まだなンにも言やしないじゃないの」
紀　子「手ェ出すの、ちょっと早すぎたワ」
秋　子「アア、いいお天気」
二人、明るく笑う。そして立つ。

47　夜　小早川家　廊下

一同の笑い声が聞えてくる。

48　茶の間

京都から帰って来た万兵衛、久夫、文子、秋子、紀子、稔、正夫の一同がそれぞれくつろいでいる。
万兵衛「ヤァ、今日は楽しかったな。たまにはみんなでああいうとこ行くのもええもんや」
久　夫「そうですなァ。時々やりまひょか」
万兵衛「ああ、やろやろ」
秋　子「今日はお天気もよかったし、ほんとに……」
紀　子「ほんまによかったワ。（文子に）ええ気持やったなァ姉ちゃん」
文　子「うん。——けどお父ちゃんにはちょっと気の毒やった」
万兵衛「何がィ」
文　子「折角京都まで行っといて——」
万兵衛「まだ言うてけつかる。ショのないやっちゃ、ハハハハハ」
みんなも笑う。
久　夫「お父さん、そろそろおやすみンなったら……」

万兵衛「アア、そやなァ、そうしようか。この辺が潮時や、ハハハハ」
　と立上る。
秋　子「おやすみなさい」
文　子「おやすミやす」
万兵衛「おやすミ」
文　子「紀ちゃん、見てあげて」
紀　子「うん」
　と万兵衛のあとからついてゆく。
久　夫（文子に）「君、一々あんなこと言わなええのや。折角ええご機嫌やのに……」
文　子「言うてやった方がええのよ。まだ足らンぐらいや」
秋　子「じゃ、あたしもそろそろ……」
久　夫「まだええやないですか」
秋　子「ええ、でも……さ……稔さん、もうおいとましましょう。ね、おいとまするのよ」
　と秋子、ハンドバッグをとる。
　あわただしい足音が聞え、三人が見迎えると、紀子が顔色を変えて駈けこんでくる。
紀　子「な！　お父ちゃんが……」
文　子「なんや?」
紀　子「急に倒れはって」
　一同、おどろいて、紀子と共に出てゆく。

49　万兵衛の部屋

　万兵衛が倒れて、胸を押さえて苦しがっている。呼吸が荒い。
　一同、駈けつけてくる。
文　子「お父ちゃん！　お父ちゃん！」
久　夫「お父さん！　お父さん！　――紀ちゃん！　電話！　お医者さん！」
紀　子「うん！」
　と駈け出してゆく。
秋　子「お父さん！　お父さん――」

50　廊下

　紀子、駈けて来て、いそいで電話番号を見て、ダイヤルを廻す。
紀　子「モシモシ、三〇の一〇五一……」

51　医院

　誰もいない待合室に、大きな時計の振子が静かに「時」を刻んでいる。

52　深夜　小早川家　茶の間

　誰もいない……。

53　廊下

　ここにも人影が見えない……。

54　万兵衛の部屋

　万兵衛、一応苦悩がおさまった様子で、医者と看護婦に附添われて床に就いている。
　久夫、文子、秋子の三人、そして紀子が心配そうに控えている。
　酸素吸入だけが微かな音を立てている。
久　夫「どんなあんばいでっしゃろ?」
医　者「まァ、あと発作が起らなええですがね。――何分お年ですからなァ……」
久　夫「はァ……」
一　同「………」
　医者、注射する。
　秋子と紀子、心配気に見守る。

55　勝手（土間）

　紀子と女中が氷を割っている。
　表戸のあく音――
　紀子がふと見ると、照子と弥之助が来る。
紀　子「あ！　叔母ちゃん！」
照　子「アア――」
弥之助「どうしたンや一体――」
紀　子「………」
照　子「昼間あんなに機嫌よかったのに――」
紀　子「エエ、あれから帰って来て急に……」
弥之助「で、どんな様子や」
紀　子「心筋梗塞やって……。夜明けまでに変化がなかったらええがって、お医者さん……」

照　子「そうか、あちこち、みんな知らせたンか」
紀　子「エエ、電報は打ちましたけど……」
弥之助「そうか。ま、会うてこう」
と照子を促して、上り框へ上る。
紀子、厨に戻って氷を割る。

56　夜明け　並んでいる酒倉
その屋根に朝の光がさしてくる。

57　その時刻　勝手
厨に朝の光がさす。
上り框に紀子がひとり――。急に悲しみがこみ上げて来て、声を忍んで咽び泣く。

58　茶の間
座敷に朝日がさし込んでいる。（蟬の声）

59　昼　工場の事務所
事務員たちがそれぞれ事務を執っている。
丸　山「えらい急なこってすなァ」
山　口「全くなァ、わいもびっくりしたわ、全く」
丸　山「大旦那さん、前からお悪かったンですかなァ、心臓――」
山　口「違う違う、悪いのは肝臓やったンやけどな」
丸　山「さっき来やはった旦那さん、あれどなたです？」
山　口「あれ、大旦那さんの弟さんや」
丸　山「名古屋の？」
山　口「違う違う、あのお方は東京や。名古屋のは今朝早うに来やはった女子の人や。あれが大旦那さんの妹さんや」
丸　山「すると大阪の旦那のお姉さんですか」
山　口「違う違う。君、よゥ覚えとけ。ええか。大阪の旦那の奥さんはやナ、名古屋の妹さんのやな――違う違う、こらわいの方が違《ちご》た。――ええか。大阪の旦那の奥さんはやナ、うちの大旦那の……大旦那、養子やろ……死なはった奥さんのやな、妹さんや」
丸　山「そうですか、ややこしいンですな」
山　口「そら君、小早川家はややこしいンや。――あ、君、さっきの伝票どうした？」
丸　山「あ、これですか」
山　口「ああ、これやこれや」
と事務をつづける。

60　同日　茶の間
万兵衛の実弟林清造（54）、実妹の加藤しげ（48）、弥之助、久夫夫婦――西瓜などが出してある。
紀子がお茶を淹《い》れている。
文　子「叔母ちゃん、お疲れですやろ、お床ひきましょか」
し　げ「ううん、いらんいらん。（清造に）兄さん、どお？」
清　造「おれァいい」
久　夫「けど、ちょっとでもお休みンなったらどうです？　夜汽車でお疲れでっしゃろ」
し　げ「ウウン、ええのええの。――兄ィさん、忙しいのこのごろ」
清　造「ウム、わりにな。お前は？」
し　げ「相変らずよ。いつもゴタゴタしとってね」
秋子が来る。
弥之助「どんな様子です？」
秋　子「今のところスヤスヤお休みンなってますけど……」
し　げ「そりゃええあんばいだワ。よゥなってもらわンとなァ」
清　造「うむ、しかし久夫君も大変やなァ、大事な時に……」
久　夫「はあ。……なんとかよゥなってもらわんと……」
し　げ「けど峠は越したンじゃないだろか。ええあんばいに発作も起らんし……」
清　造「ウン、だとえがね。（腕時計を見て）アア、もう三時か……」

しげ「持ち直すようだったら、わしァちょっと名古屋へ帰って来たいンだけど……用事半分で来たもんで……」
清造「そうだったら、おれも一ぺん帰って来たいんや」
久夫「お忙しいんですか」
清造「アア、生憎く総会前でなァ」
文子「叔母ちゃんも？」
しげ「うん、——そりゃおっておれンこともないけど、今ちょっと工場建増ししとるもんで……」
文子「それやったら、おってほしいわ、叔母ちゃんも叔父さんも……。いつどんなことになるか、まだわからへんし……」
弥之助「そらそうや。そらそうしてもろた方がええ。——いつ何ン時なァ……」
足音に一同、ハッと廊下の方を見る。
紀子が来る。
文子「どうしたン？　どないしたン？」
紀子、無言で廊下を振返る。
文子（立って行って）「ア、お父ちゃん！」と立つ。
一同、あっけにとられて立上る。
文子「お父ちゃん、どないしやはったんです、ええンですか」
（頭に手拭をのっけた万兵衛が現われる。つづいて照子と看護婦——）
万兵衛「アア、よウ寝たわ。——ちょっとおしっこや……」
と通りすぎてゆく。
一同、廊下まで出て見送る。

61
廊下
万兵衛、厠の戸をあけて、「ハハハ……」と手を上げて厠に入る。
見守っている一同——
清造「どうしたンだ」
しげ「ええのかいな」
照子「とめたンやけどな」
弥之助「けど、よかったワ」
文子、こみ上げて来てスッと茶の間に入る。

62
茶の間
文子、坐る。
つづいて紀子が入って来て、
紀子「よかったなァ、姉ちゃん。よかったなァ……」
感極って紀子、文子も泣く。

63
酒倉風景
晴れた日の午前。一、二カット——（傘が干してある）

64
酒倉の間の空地
万兵衛が正夫とキャッチボールをしている。
正夫「ナンヤお祖父ちゃん、ちょっともええ球ほうってくれへンやないか」
万兵衛「よゥし、見とれ、今度はええ球やるぞ！」
そのキャッチボールが遠くに見えて——

65
小早川家の縁側
秋子と紀子がニコニコしてそれを眺めている。
秋子「お父さん、すっかりお元気になって——」
紀子「ほんと……」
秋子「あんなに心配したのが嘘みたい」
紀子「今日は稔さんは？」
秋子「ハイキング——」
紀子「どこへ？」
秋子「六甲だって」
紀子「うちも行きたいわ。折角の日曜——」
秋子「あたしも誘われたンだけど、折角子供たちだけでいくのに、あたしみたいなこんな……」
紀子、サッと手を出す。
秋子「なァに？」
紀子「百円——」
秋子「まだ言わないわよ」

紀　子「こすいこすい」
　笑いながら茶の間へ。

66　茶の間

　二人来て、紀子は通り抜けて廊下へ。奥の部屋へ――

67　奥の部屋

　文子が繕ろい物をしている。
　秋子が来て――

秋　子「何かお手伝いしましょうか」
文　子「もうこれでおしまいですの。――お姉さん、それ、ちょっと取って」
秋　子「これ？（と鋏を取ってやりながら）日曜でも久夫さん忙しいのね」
文　子「エエ、なんやかやと――。やっぱり小さい会社は、自分だけの力ではもうやってけんらしいですわ。お父ちゃんは合併に反対らしいンやけど……」
秋　子「大へんねえ……」
文　子「岡伝さんもそうやったけど、いずれ、そのうちにはうちも……」
秋　子「矢張り、大きな資本は強いのねえ……」
文　子「お父ちゃんが達者な間は、なんとしてもこのままつづけてゆきたい言うてますねンけど……。どうなることやら……」
　ふと見ると――
　万兵衛が笑いながら庭づたいに来て――
万兵衛「アア、ええ気持やった。ええ運動したわ」
秋　子「ほんとに、すっかりお元気におなりンなって……」
万兵衛「アア、もうなんともない。えらい心配かけたけどな、もうこの通りや」（と腕を屈伸させる）
　縁先に腰をおろす。
文　子「なァお父ちゃん――」
万兵衛「なんや」
文　子「うち、お父ちゃんにあやまらんならんわ」
万兵衛「何を？」
文　子「うちなんやかや意地の悪いことばっかり言うて」
万兵衛「ナアンノ、かまへんかまへん。馴れてるわィ」
文　子「そう言われるとつらいけど、あのままお父ちゃんに死なれたら、うち、かなわンなァと思うてたンよ」
万兵衛「ハハハ、何言うてけつかる。あんなこって死ねるかィ。これでもいろいろ気にかかっとることあンのや、秋子のことも紀子のこともな」
秋　子「すみません、いろいろ」
万兵衛「どや、まだ決心つかンか。――（そして文子に）アア、ちょっとここ縫うてンか。ほころびよったンや」
　文子、針を持って立つ。
　正夫、駈けてくる。
正　夫「お祖父ちゃん、へバったンか」
万兵衛「へバらへんわィ」
正　夫「なんぞして遊ぼ！　かくれンぼしよ！」
万兵衛「かくれンぼか。――ま、ちょっと待っとれ」
　秋子、ニコニコして、それを見ながら立ってゆく。
正　夫「早よう早よう！」

68　廊下

　秋子、二階への階段を上ってゆく。

69　二階

　そこが紀子の部屋になっている。秋子が来ると、紀子が手紙を書いている。
秋　子「お邪魔？　何してンの？」
紀　子「ちょっと手紙――」
秋　子「だれに？」
紀　子（笑って）「言えん人……」
秋　子「わかった」
紀　子「何が……」
秋　子「手紙誰にだか」
　と坐る。

秋　子「よくご飯たべる人でしょ?」
紀　子「違う違う」
秋　子「どうなってるのその後――」
紀　子「まだそのまま。もう返事せないかんのやけど……」
秋　子「どうなの、あなた」
紀　子「ウーン。……断わる理由ひとつもないし……」
秋　子「じゃ行っちゃいなさいよ」
紀　子「お姉さん、ひとのことやと思うて……」
秋　子「どうして? だって、よさそうじゃないの、その人――」
紀　子「そら、うちが行けば、お父ちゃんもお姉ちゃんたちも、みんな安心してくれはるやろけど……そうもいかんし……」
秋　子「あなた、誰か好きな人でもあるんじゃない?」
紀　子（ニヤリと笑う）「…………」
秋　子「やっぱりそうね。そうだろうと思った」
と立つ。
秋　子「その人何処の人? どういう人?」
紀　子「この冬、うち、多佳子さんたちと伊吹山へスキーに行ったことあるでしょ?」
秋　子「アア、その時の人? ――じゃ、いつか阪急のデパートで会ったわね。あの人――?……あの人ね?」
紀　子「…………」（ニヤニヤしている）
秋　子「時々会ってンの?」
紀　子「ううん、いま札幌やもん」
秋　子「札幌? ずいぶん遠くへ行っちゃったのねえ。――じゃ手紙、その人のとこね?」
紀　子「フフフ、ただの返事や」
秋　子「どうだか」
紀　子（椅子から坐り）「ううん……ただの返事」
秋　子「――お父さんや久夫さんたち、どう思ってらっしゃるか知らないけど、どっちにしても後悔のない結婚することよね。結局あなた自身のことだもの」
紀　子「うちもそう思うてますのやけど……」
秋　子「でも、迷うわよねえ、誰だって」
紀　子「ほなお姉さんも?」
秋　子「ううん、あたしは幸せだった。後悔しなかった。今だって幸せよ。みなさん同情して下すってるけど……」
紀　子「ほんならお姉さん、このままずっと――」
秋　子「――考えてンのよ。このままひとりで暮らしていけるかどうか……」
紀　子「…………」

70　廊下

万兵衛と正夫がジャンケンをしている。
万兵衛が敗ける。
正　夫「お祖父ちゃん、鬼やぞ」
万兵衛「ナンヤ、また鬼か。もうくたぶれた。やめよか」
正　夫「こすいこすい」
万兵衛「お祖父ちゃんな、今な、ちょっと用事思いついたンや」
正　夫「あかんあかん、鬼や。早う目ェふさげ」
万兵衛「ショがないな。（と目をふさいで）もうこれぎりやぞ」
正　夫「見たらあかんで」
と駆け去るのを、万兵衛、指の間から見る。
正　夫（廊下から覗いて）「ナンヤ、見たらあかンやないか!」
万兵衛「見やへん見やへん」
正　夫「向う向いとりや」
と駆け去ってゆく。
万兵衛、やがてあたりを見廻して、こそこそと簞笥の方へゆく。
万兵衛「もうええかァ」
そう言いながら、簞笥の抽出しに手をかける。周章《あわ》ててしめる。
文子が来る。
文　子「何してはンの?」

万兵衛「あ、かくれんぼや。鬼や。へへへもう
ええかァ」

文子、不審そうに万兵衛を見ながら奥座敷の方へ去る。万兵衛、見送って、簞笥の抽出しをあけ、着物を出す。

万兵衛「もうええかァ」

文子、戻って来て廊下を通り過ぎる。

万兵衛、見送り座敷にゆく。

71　廊下

正夫の声「まァだだよ」

72　室内

遠く文子が、風呂場にゆくのが見える。

万兵衛、裸になり急いで唐紙の向うに入る。「もうええかい」

73　廊下

正夫の声「もうええよ」
文子が風呂場からバケツを提げてくる。

74　室内

誰もいない。

万兵衛の声「もうええかァ」

正夫の声「もうええよ」

万兵衛、着更えながら唐紙の向うから出てくる。文子、離れにゆく。

万兵衛、駈け出す。

75　室内　土間

万兵衛、部屋を出て上り框から土間へおりて、
万兵衛「もうええかァ……もうええよ」
と言いながら、コソコソと出てゆく。

76　廊下

正夫、出て来て、
正　夫「もうええよ」
……「もうええよ」とさがす。

77　二階

秋子と紀子――
秋　子「今の若い人たちの気持、あたしにはよくわからないけど、お酒も呑まず、煙草も吸わないなんて人だったら、却って窮屈なんじゃない？　あたしだったら……たとえばよ、その人が結婚前に少しくらい品行が悪くてもそう気にならないと思うけど、品性の悪い人だけはごめんだわ。品行はなおせても、品性はなおらないもの」
紀　子「そうねえ……」
そこへ足音がして正夫が上ってくる。
紀　子「なに？」
正　夫「お祖父ちゃんは？」
紀　子「知らん」
正　夫「来やへなんだか」
秋　子「何してンの？」
正　夫「かくれンぼや。どこ行きよったンやろ。おらへンのや」
と外を見おろして、
正　夫「あ、お祖父ちゃんや！　あんなとこ行きよるわ！」

78　酒倉の間の道（俯瞰）

万兵衛が扇子を使いながらトコトコゆくのが見える。

79　東大寺の道標

その町並み。

80　競輪場

その遠景――に、杉と寺の屋根が見える。

81　場内

既にレースが終って、紙屑が散らかり、みんなが帰ってゆく。

82　そのスタンド

上の方の席に、ポツンと、つねと万兵衛がいる。

万兵衛（予想表を見ながら）「残念やったなァ、これ。――裏目も押さえときゃよかった」

つ　ね「ほんまどすなァ。うちヒョッとしたら
　　三二やないかとも思てたンやけど
　　……」
万兵衛「まァ仕様がないわィ」
　と車券を破いてプッと吹き飛ばす。
　車券がヒラヒラと散る。
万兵衛「クヨクヨしても仕様がないわィ！　大阪行って飯でも食おか……うどんすきどや」
つ　ね「それよか、うちィ帰って、お風呂にでも入って一杯やりまひょ」
万兵衛「行こう行こう。大阪行こう！　大阪や！」
　チラチラと車券がスタンドから降る。

83　夜　大阪　道頓堀

　相変らずのネオン風景――

84　バア「リラ」

　一隅に弥之助と磯村――
　呑んでいるのはビールで、磯村は大分酔っている。
磯　村（時計を見て）「えらい遅いやないか」
弥之助「おそいですなァ」
磯　村「おそいですなッて君――」
弥之助「どないしたンやろ」
磯　村「どないしたンやろッて君、そら僕が君に聞きたいこっちゃ。どないしたンや」
弥之助「どないしたンやろなァ……。（時計見て）なるべく伺うようにしますて云うてたのになァ……」
磯　村「なるべく？　――なんで君、それ早よう言わンのや。そら君、ちいっと無責任やないか。そう思わンか」
弥之助（恐縮して）「…………」
磯　村「この話はやね、そもそもやね、君から言いだしたことやで。違うか」
弥之助「そらそうですけど」
磯　村「そやったらね君、もうちょっと責任持ったらどや、責任――。こんなことやったら、初めからあの人に会わなんだらよかったンや。なんで紹介すンのや、なんで――。男がやね君、ひと目見て、女子《おなご》に惚れるということはやね、よくよくのことやで、よくよくの、違うか」
弥之助「…………」
　で磯村を見る。
磯　村「どや。僕の言うてること無理か。間違うてるか。――おもしろない！　河岸かえよう！　どこぞいって呑みなおそう！」
弥之助（時計を見て）「けどなァ、牛の絵も見付かったって言うてましたし、もうちょっと……」
磯　村「もうちょっともうちょっとって君、もう二時間の余もここで待ってンのやで！　牛の絵みたいなもんもういらんわ！　いこういこう！」
弥之助「けどまァ……まァもう一杯……」
　とビールを励《すす》める。
磯　村「もういらん。いらんいらん。もう腹、ガボガボや、ウーイ」

85　同夜　小早川家　廊下

　縁先きに吊された岐阜提灯――

86　同　茶の間

　久夫と文子、団扇を使いながら――
久　夫「けど、まァええやないか。そのくらいの元気が出たら……」
文　子「そら結構やけど、出かけるなら出かけるで、ちょっと断ってくれたらええンや」
久　夫「そやなァ……。みんなに心配させといて、のんきなお父さんや」
文　子「今朝も自分で、地獄の一丁目まで行って来たわって言うてながら……困った人や」
　電話のベルが鳴っている。
久　夫「アア、電話やで」
　文子、立ってゆく。

87　廊下

文子、来て、電話にかかる。

文子「モシモシ、ハイ、そうです……はァ……はァ……はァ……えッ？（と緊張して）なんです？　……はァ……はァ……ハイ、すぐ伺います」

と切って、

いそいで戻ってゆく。

88　茶の間

久夫、見迎えて——

久夫「だれや、電話——？」

文子「お父ちゃんが具合わるいンやって！」

久夫「どこから？」

文子「京都の佐々木から。すぐ来てほしいって。若い女の人の声や」

久夫「どうしたンやろ」

文子「よウわからんのやけど、お父ちゃんまた倒れはったンやて！」

久夫「そらいかん！」

と立つ。

久夫「すぐ、い、行かないかん！」

紀子が入ってくる。

紀子「電話、なんやったの？」

文子「お父ちゃんまた具合わるいんや！　あんた、すぐ兄ィさんと行って来て！　早よう仕度して！」

久夫「おい、行こう！」

紀子「うん！」

と、すぐ駈け戻ってゆく。

89　廊下

紀子、二階へ駈け上ってゆく。

90　二階

紀子、来て、いそいで洋服ダンスをあけ、あわてて着更えをはじめる。

91　同夜　京都の「佐々木」　玄関

表通を芸者が行く。

92　同　茶の間

そこの中庭に面した濡れ縁で、つねと百合子が話している。

つね「おそいなァ、もう来やはりそうなもんやなァ……」

百合子「うん。——けど、うちえらい損したワ」

つね「何を？」

百合子「ミンクのストール、フイになってしもた」

つね「…………」

百合子「こんなことやったら、もっと早ように買うて貰うといたらよかった。河原町にええの出てンのや」

つね「そんなもんジョージさんに買うてもろたらええやないの」

百合子「ジョージには買えへん。せいぜい買うてくれてもハンドバッグ程度や」

表のあく音——

つね「あ、来やはった！」

93　入口

来たのは新顔の米人ハリーである。

ハリー「ハロー、ユリー！」

94　茶の間

それに答えて、

百合子「ハロー！」

つね「ナンヤ、ジョージさんか……」

百合子「ジョージと違うねン。今日のはハリーや。ほなお母ちゃん、いてくるわ」

つね「こんな時や、早ようお帰り。約束したンなら仕様がないけど」

百合子「うん、早よう帰ってくるわ」

と立ってゆく。仏をおがみ、

百合子「ほんなら行ってくるわ」

つね、ゆっくり立って廊下を奥の間の方へ行く。

95　奥の間

仏の床の裾に坐る。そこに万兵衛の亡骸が布団の上に横たえられ、顔に手拭がかけてある。いかにも小さくみじめに見える。

つ　ね（それを団扇で煽いでやりながら、淡々と、しかし、どこかしみじみと）「えらいこってしたなァ、ほんまに……。こんなことやったら、あんなとこ行かなんだらよろしおしたなァ、（自分を煽ぐ）……。あんたが思うておいやしたほどええ日やなかった……。ついてまへんわ……。それに暑おしたなァ……」

玄関の戸あく。
気配に振り向く。

96　入口

久夫と紀子が来ている。

久　夫「ごめん下さい。――ごめん下さい――」

つね、立つ。
玄関に出て、

つ　ね「おいでやす」
久　夫「ア、小早川ですけど……」
つ　ね「ア、どうぞどうぞ。どうぞお上りやして――」
久　夫「ハ、どんなあんばいでっしゃろ」
つ　ね「ハァどうぞお上りやして……」

と立って、「さあどうぞ」
廊下を通って奥へ案内する。

97　奥の間

二人、来て、万兵衛の亡骸を見ると、ハッとして、やがて崩れるように坐る。

つ　ね「えらい急なこってしてなァ……。八時二十三分どした……」

久夫と紀子、じっと万兵衛の亡骸を見つめている。

つ　ね「何ン時ごろどしたかいなァ……。旦那さんが見えて、お供して外へ出ましてなァ……旦那さんは大阪行こう言やはったんですけど、無理にお止めして帰って来ましてな、わたしがそこで手ェ洗うてましたら、旦那さんそこンとこにすわってはって、なんや気持わるそうやなと思うたら、急にこう胸おさえて……」
久　夫「そうですか……」
つ　ね「ンで、すぐお医者さんに来てもろたンどすけど……（と目を伏せて）間に合いまへなんだ……」
久　夫「そうですか……」
つ　ね「えらいお苦しみでなァ」
久　夫「そうですか……。ほんなら別に遺言みたいなことも……」
つ　ね「へえ……。アアもうこれでしまいか、もうしまいかって、二度ほどお言いやしてなァ……――ほんまにあっというまで……。儚ないもんどすなァ……」

紀子、不意に泣き崩れる。
静かに下っている風鈴――

98　畑

農家の夫（57）婦（48）が耕している。

女　房「なァあんた、えらい今日、カラス多いことないか」
男　「アア、そやなァ」
女　房「また誰ぞ死ンだんやろか」
男　「そうかも知れんなァ……。けど火葬場の煙突、けむり出とらんなァ」
女　房「アア、そやなァ……」

99　畑の向うに――

遠く火葬場が見えて――
（煙突から煙出ない）

100　火葬場

煙の出ていないその煙突――

101　その待合室

秋子、紀子、久夫、文子、弥之助、照子、山口、ほかに男女二、三人が、お骨上げを待っている。

弥之助「文子ちゃん、疲れたやろ」
文　子「ううん、それほどでもない」
弥之助「久夫君も大変やねえ、これから」
久　夫「はあ……」

弥之助「どんなことになンのや、会社——」
久　夫「そのことも考えてまンねやけど……なんやかやと頭痛いですわ」
弥之助「やっぱり合併か?」
久　夫「まアそういうことになりまっしゃろなァ……」
弥之助「えらいこっちゃなあ……」
と目を外らす。
文　子「お父ちゃんも心配してはったけど……」
久　夫「まァこうなったら、このへんで大きな会社に助けてもろて、わたしもそこで働かしてもろた方がええンやないかとも思うてますねンけど……」
弥之助「サラリーマンか」
久　夫「はァ……」
弥之助「ウーム、そやなァ……」
文　子「たよりないお父ちゃんやと思うてたけど、小早川の家がどうやら今日まで保《も》ってたのは、やっぱりお父ちゃんのお蔭やったンや」
そういう話の間に、いつの間にか、秋子と紀子の姿は見えなくなっている。

102

火葬場の裏木戸のあたり

木戸の向うは遠くつづく畑で、そこに秋子と紀子がいて、しんみり話しあっている。
秋　子「久夫さんも大へんねえ……。せめてあなたのお嫁入りまで、このままだったらいいなァと思ってたんだけど……」
紀　子「——ゆうべ、うち、一晩中考えて、そう思うたンやけど、やっぱり自分の気のすむようにするのが一番ええのやないかしらン」
秋　子「どういうこと、それ——」
紀　子「お父ちゃんに死なれてみると、みんながすすめてくれるとこへ、お嫁にいく方がええのやないかとも思うンやけど、それではうちの気がすまんし……」
秋　子「——?」
紀　子「そら、うちがいけば小早川の家にはええかも知れんけど、自分の気持に正直やなかったら、きっとあとで後悔するンやないかとも思うし、いろいろ迷うてしもて……」
秋　子「で、あなた、どうする?」
紀　子「うち、やっぱり……」
秋　子「やっぱり?」
紀　子「札幌へいこかしらン」
秋　子「そう。——あたしもほんとはそれが一番いいんじゃないかと思ってた……」
紀　子「お姉さん、ほんとにそう思うてくりゃはる?」
秋　子「うん、あなた若いんだし、出来るだけ幸せに暮すことよ」

103

待合室の上り框

山口と丸山がそこに腰かけて、話している。
山　口「そら、暦みてくれたンか」
丸　山「へえ」
山　口「ほなら、告別式明後日《あさって》に決めよ。新聞の広告の方ええな」
丸　山「そら明日の朝刊に出ます」
山　口「そうか。それはええと……。こゥっと……アア、みなさんの昼のお食事の方……」
丸　山「はァ、それも、また電話かけときました。車どうしまひょ?」
山　口「ええやないか、川向うや、車やとぐうーっと廻らんならんでなァ、近いンや、歩いて頂こや、君お供してなァ」
丸　山「八人さんでしたな」
山　口「違う違う、九人や」
と言いながら、ふと見て、
山　口「あ、名古屋の奥さんや」
しげがセカセカと来る。
山　口「アア、いらっしゃいませ」
丸山も頭を下げる。
山　口「さ、どうぞ。あちらでございます」
しげ、上って奥へ通る。

104 **待合室**

しげが来る。

文子「あ、叔母ちゃん――」

久夫「アア、どうぞどうぞ」

しげ「えらいこったったわなァ……。どうしたの？（坐る）急に又……（胸をおさえて文子に）やっぱりここか」

文子「うん……。あっけないもんや……」

しげ「けど寝込まれて長引いても困るけどなァ……」

文子「そらそうやけど……」

しげ「で、何か、そんなら、なんの遺言もなしか？」

久夫「はア……。ただ、ナンヤもうこれでしまいか、もうこれでしまいかって二度程言うて……」

しげ「フーン、それだけか」

久夫「はァ」

しげ（笑って）「のんきな人だァ……。あンだけ、さんざん好きなことしといて、もうこれでしまいかもないもんだわなァ……虫のええ話だワ。（とまた笑って）まっと何ぞしたかったンだろか、そうはいかんわなァ、兄さん欲が深いわ」

弥之助「イヤァ、わたしもその話聞きましてなァ……」

しげ「ああこんにちわ」

弥之助「や、どうも……。人間ていうもんは、死ぬ間際までなかなか悟れんもんらしいですなァ。兄さんのようにしたい放題した人でもな。――太閤さんでも、死ぬ時には、浪速のことは夢のまた夢って言やはったですもんなァ」

しげ「ほんとですなァ――。（文子に）東京の叔父さんは？」

文子「まだ見えんけど……」

しげ「そうか、屹度忙しいんだワ。――なァ、こんなことだったら、手間かけんと、こないだ、みんな集ってもろた時死んだらよかったのになァ、ハハハハ。――若い時からしたいことして……先祖代々の道具手放して……身上使うて……ほんとにダラシのない、腹の立つ人やったけど、まァ今時あんな幸せな人も滅多にありゃせんわ。――でも死んでしもたら、何もかもしまいだワ」

と急に啜り泣く。

文子、泣く。

105 **廊下**

そこにいる照子がふと空を見て「あ――」と立つ。

室内の久夫、文子、しげなど、それを見て、廊下へ立ってゆく。

そしてじいっと空を見上げる。

106 **煙突**

煙が微風に流れている。

107 **廊下**

じっと見上げている五人――

108 **裏木戸のあたり**

秋子と紀子もじいっとその煙に見入っている。

109 **煙突**

微風になびく煙――

火葬場の遠景。なびく煙。

110 **畑**

耕やしている夫婦――

女房（手を休めて）「なァあんた、やっぱり誰ぞ死んだんやわ。けむり出とるわ」

男「アア、出とるなァ……」

111 **火葬場の遠景**

煙突の煙が空に流れている。

112 **畑**

女房「――爺ィさまや婆ァさまやったら大事ないけど、若い人やったら可哀そうやなァ……」

男「ウーム……。けど、死んでも死んでも、あとからあとからせんぐりせんぐり生れてくるワ……」

女房「そやなァ……よゥ出来《でけ》とるわ……」

とまた耕しつづける。

113 橋 遠景

骨上げして火葬場から昼食の料亭へ引上げて行く一行、三々五々――

久夫がお骨を持っている。

一番あとから秋子と紀子がゆく。

秋子「あなたが行っちゃうと、寂しくなるわねえ……」

紀子「お姉さん、うちが札幌へ行ったら、ほんまに来て。時々来てほしいわ」

秋子「うん、きっと行く。――でも遠いなア……」

紀子「で、お姉さん、どうしやはンの、この先――」

秋子「あたし？ ――あたしはこれでいいのよ。このままよ。稔もだんだん大きくなってくし、あの子のためにもこのままが一番いいと思うの」

紀子「お姉さんらしいワ」

秋子「らしいかどうだか……。さ、行きましょう。あんまりおくれてもいけないわ」

と肩を並べて行く。

一行のあとを、秋子、紀子、いそぎ足で追う。

114 橋げたにとまったカラス

115 河原

カラスが三、四羽、餌をあさっている

――

116 石仏

頭にとまっているカラス。

――終――

秋刀魚の味

脚本　野田高梧
　　　小津安二郎

製作……山内　静夫
脚本……野田　高梧
小津安二郎
監督……小津安二郎
撮影……厚田　雄春
美術……浜田　辰雄
音楽……斎藤　高順
録音……妹尾芳三郎
照明……石渡　健蔵
編集……浜村　義康

平山周平……笠　智衆
路子……岩下　志麻
和夫……三上真一郎
幸一……佐田　啓二
秋子……岡田茉莉子
河合秀三……中村　伸郎
のぶ子……三宅　邦子
堀江晋……北　龍二
タマ子……環　三千世
佐久間清太郎……東野英治郎
伴子……杉村　春子
三浦豊……吉田　輝雄
坂本芳太郎……加東　大介
「かおる」のマダム……岸田今日子
「若松」の女将……高橋　とよ
菅井……菅原　通済
渡辺……織田　政雄
佐々木洋子……浅茅しのぶ
田口房子……牧　紀子
アパートの女……志賀真津子
酔客A……須賀不二男

一九六二年（昭和三十七年）
松竹大船
脚本、ネガ、プリント現存
9巻、3087m（一一三分）カラー
十一月十八日公開

1 川崎の工場地帯

その風景二、三――

2 或る工場の事務所

その外景――

3 その一室

デスクが二つ――その一つで監査役の平山周平（57）が老眼鏡をかけて書類を点検しているが、そう忙しそうでもない。

ノックの音――

平　山「はい」

女事務員の佐々木洋子（32）が入ってきて、平山のデスクに書類を置くが、平山はそのまま仕事をつづけている。

洋子、片隅でお茶の仕度を始める。

平　山「アア、あとでいいからね――（と今まで見ていた書類の一部を出して）これ常務さんとこへ持ってってといて」

洋　子「はい」

とそれを取りにくる。

平　山「すまんね」

洋　子「いいえ」

と受取って、お茶の仕度に戻る。

平　山「田口君どうしたのかね。昨日も今日もお休みだね」

洋　子「ナンですか、あの人、結婚するんだとかって――」

平　山「ホウ、じゃ、よすのかい」

洋　子「さァ……」

平　山「そりゃお目出度いね。――いくつだっけ？」

洋　子「さァ、二十三、四じゃないでしょうか」

平　山「三、四ね……。君はご主人、何してるの？」

洋　子「……わたくしまだ……」

平　山「そう、まだ……」

洋　子「はあ、父と二人だけなもんですから……」

平　山「そう、――じゃ、いずれはお聟さんだね」

洋　子（笑って）「………」

平　山「いい人があるといいね」

洋子、笑って、ヤカンを持って出てゆく。

4 廊下

洋子とすれちがいに平山の中学の同級生、大和商事の常務、河合秀三（57）が来る。

河合、ドアをノックして入る。

5 室内

平山が見迎える。

平　山「よウ、なんだい」

河　合「いやァ、ちょいと横浜まで来たもんだからね」

平　山「そう。――奥さんおこってなかったかい、こないだ」

と立上ってテーブルへ来る。

河　合「いやァ、おこってない、おこってない。面白がってたよ」

平　山「どうも酒を呑むと余計なこと言いすぎるな」

河　合「すぎる、すぎる。お互いにな」

と笑いあって――

河　合「アア、お前ンとこの路子ちゃん、いくつになったんだっけ」

平　山「ナンだい、四だよ」

河　合「いい奴があるんだけどね、やらないか」

平　山「何？」

河　合「縁談だよ。実は女房の奴が聞いてきてね、大へん乗ってるんだ。医科を出た奴でね、いまは大学に残って助手してるんだそうだ。二十九って言ってたっけかな。確か、そうだ。――どうだい」

平　山「ウーム、縁談か……」

河　合「あるのかい話、ほかに」

平山「いや、ない。そりゃァないんだがね、まだそんなこと考えてないんだ」
河合「考えてないってお前……」
平山「いや、あいつだってまだそんな気はないよ。まだ子供だよ。まるで色気がないし……」
河合「いやァ、あるよ。充分ありますよ。あるんだ」
平山「そうかなァ、あるかな」
河合「ある、ある。まァやってごらんよ、結構やりますよ」
平山「そうかね……。アア、さっき堀江から電話でね、クラス会のことで会いたいっていうんだ」
河合「いつ」
平山「今夜だよ、若松で。――お前ンとこにもかかってるぞ」
河合「あいつバカに元気になったじゃないか。若い細君貰ってから……。あの方の（薬を呑む恰好をして）でも呑んでるのかね」
平山「そうかも知れんな」
と笑いあう。
河合「じゃ、路子ちゃんの話、一度よく考えてみろよ」
平山「アア。――どうだい、今晩、いいね？」
河合「駄目だ。ナイターだよ。大洋―阪神、それ見に来たんだ。ダブルヘッダーなんだ」
平山「野球はまた今度ゆっくり見りゃいいじゃないか」
河合「いやァ、今日がヤマなんだよ。堀江なんかに附合っちゃいられませんよ」
平山「そんなこと言わないで、まァ行こうよ」
河合「イヤイヤ、今日は駄目だ」
平山「まァいいじゃないか、行けよ」
河合「駄目駄目、今日は駄目だよ」

6 同夜　川崎球場

夜空に輝くナイターの電光。
轟々たる喚声など、その風景一、二――

7 同夜　テレビ

そのナイターが映っている。

8 同夜　西銀座の小料理屋「若松」の店内

そのテレビを見ながら呑んでいる客たち
――

9 そこの小座敷

平山、河合、それに、これも中学の同窓の私大の教授堀江晋(57)の三人が呑んでいる。
テレビのワーッという喚声が聞えてくる。
河合「おッ！　はいったかな？」
と聞耳を立てる。平山と堀江は全然野球に無関心で――
平山「で、菅井の奴、どこで会ったんだい」
堀江「電車の中でね、人のおいてった新聞、ひろって読んでる妙な爺ジイがいるんだとさ、よく似た奴がいるもんだと思ったら、そいつがヒョータンなんだそうだよ」
平山「ほおゥ――ヒョータンももういい年だろ」
堀江「おれも、もうとうに死んでると思ってたんだ」
河合「いやァ、あんな奴なかなか死なないよ。死なないんだな。殺したって死にませんよ」
平山「お前、まだ恨んでるのか」
堀江「あいつの漢文じゃ、いじめられたからな」
河合「ひでえヒョータンだよ。今さら招《よ》ぶこたねえや」
平山「まァ招んでやろうや」
河合「あいつ招ぶんなら、おれ出ないよ」
堀江「そんなこと言うなよ。今度はあいつのためのクラス会じゃないか」
平山「お前が出なきゃ面白くないよ。出ろよ」

堀　江「出ろ、出ろ」
河　合（吐き出すように）「いやだ、いやだ」
　そして、ふと見ると女将がお銚子を持ってくるので――
河　合「おい、どっち勝ってる？」
女　将「まだそのまま。二対二の同点――。ハイ、お熱いの」
平　山「オオ」
　と受取る。
女　将「堀江先生、奥さま遅いじゃありません？」
河　合「ナンダ、細君来るのか」
堀　江「アア、来るんだ」
平　山「来るのか」
堀　江「アア、来るんだ。いま友達と会ってるんだ。あとから来るんだ」
女　将「ほんとにお綺麗なお若い奥さまで……」
堀　江「いやァ……」
河　合「お前、このごろどこ行くんでも細君一緒か」
堀　江「アア、まァ、大体ね」
平　山「呑んでるのか」
堀　江「何？」
平　山（薬を呑む形をして）「あの方の……」
堀　江「おれァまだそんな必要ないよ。必要ないんだ。――お女将さん、どうだい」
女　将「なんです？」
堀　江「あの方の……」
河　合「亭主に呑ませてるかって聞いてるんだよ、おクスリ――」
女　将「アラ、いやですねえ。――じゃ、おあとおつけしときますね」
　と、店の方へ戻ってゆく。
平　山「おい。どうだい」
　と堀江に酒をさす。
堀　江「オオ。（と受けて、真面目な顔で）しかしねえ、ここだけの話だけどね」
平　山「なんだい」
堀　江「イヤ、真面目な話ね」
河　合「なんだい」
堀　江「大きな声じゃ言えないけどね、いいもんだぞ」
河　合「何が？」
堀　江「若いのさ。（ツネって）結構うまくいくもんだ。アハ……」
河　合「何言やがンだイ」
堀　江「イヤ、真面目な話、ほんとなんだ」
平　山「娘さんといくつ違うんだい」
堀　江「三つだがね、関係ないんだ、そんなこと」
河　合「幸せな奴だよ、お前は」
堀　江「そうなんだ。全くたのしいよ。――（平山に）どうだい、第三の人生、お前も」
平　山「そうか、そんなにいいか」
河　合（平山に）「よせ、よせ。お前はそのままでいいよ。それより娘を嫁にやること考えろ」
堀　江「しかしな、真面目な話――」
河　合「もうわかったよ、沢山だ」
堀　江「イヤ、ここだけの話――」
　女将が来る。
女　将「いらっしゃいましたよ、堀江先生――」
堀　江「あ、そう」
　と腰を浮かす。細君のタマ子（28）が女将に「どうぞ」と促されて現われる。女将は店へ戻ってゆく。
堀　江（迎えて）「アア、おいで。――どお、会えた、お友達――」
タマ子「ええ」
堀　江「まァ、お上りよ」
河　合「や、いらっしゃい」
平　山「いらっしゃい」
タマ子「ご無沙汰してまして……」
河　合「いやァ、ご機嫌よう。いかがです？」
タマ子「はァ……」
平　山「まァ奥さん、お上ンなさい」
河　合「どうぞ。どうぞ」
タマ子「はァ……」
堀　江「君、買物もすんだの？」
タマ子「ええ」
堀　江「どお、ちょいと上らない？」

タマ子「アノ、あたくしもう……」
堀　江「そう、帰る？　アノ、薬買って来てくれた？」
タマ子「ええ」
堀　江「じゃ、ちょいと呑んでこうか」
河　合「なんの薬だい？」
堀　江「いやァ、ビタミンだ」
タマ子「うちィ帰ってお上りになったら？」
堀　江「そうね、そうしようか。じゃ失礼しようか。——（二人に）悪いけどね、帰るよ」
平　山「クラス会の話、どうするんだ？」
堀　江「まかせるよ、悪いけど……、うまくやってくれよ」
タマ子「じゃ、ごめん下さい」
二　人「やァ……」
で、タマ子が一足先きに出てゆくと——
河　合「オイ、おれァ、ナイター棒にふって来たんだぜ」
堀　江「ナイターはいいよ」
平　山「お前、メシいいのか」
堀　江「うちィ帰って食うよ。——じゃ、さようなら、失敬——」
と出てゆくが、すぐまた顔を出して、
堀　江「批評はあとで聞くよ、なんとでも言え」
と敬礼して帰ってゆく。
それを見送って——

河　合「あんなになっちゃうもんかねえ、バカな奴だよ」
平　山「ウーム」
河　合「ああはなりたくないねえ。——オーイ（と手を叩いて）お酒、お酒……」

10　**同夜　平山家の茶の間**
九時すぎ——
誰もいない。
玄関のあく音——

11　**玄関**
帰ってきた平山——
平　山「オイ、もう締めていいか」
と言いながらネジをかける。
娘の路子（24）が奥から出てくる。
路　子「お帰ンなさい」
平　山「アア、只今——」
路　子「アラ、またお酒くさい」
平　山「いやァ、今日はそう呑んどらん」
と上る。

12　**茶の間**
二人、入ってくる。
路　子「お父さん、兄さんに会わなかった？」
平　山「来たのか」
路　子「いま帰ったとこ」
平　山「なんだい」

路　子「ううん、なんだか……。これくれた、ドーナッツ、まだ一つ残ってる」
平　山「そうか」
チャブ台の上にケーキの箱がある。
そこへ次男の和夫（学生　21）が出てくる。
和　夫「お帰り——」
平　山「アア」
路　子「お父さん、ご飯は？　お茶漬あがる？」
平　山「イヤ、もういい」
和　夫「じゃ、おれ、これ食っちゃうよ」
と残ったドーナッツを食う。
路　子（平山に）「富沢さんね、明日ッから来ないのよ」
平　山「どうして？」
路　子「兄ィさんのお嫁さんが死んだんで、国へ帰るんだって」
平　山「そうかい、あと誰か頼んだかい」
路　子「会に頼んどきますって、富沢さん言ってたけど、いい人ないらしいのよ」
平　山「そうか、そりゃ困ったな」
路　子「いいわよ、みんなでやりゃ。そのかわりみんな早く起きるのよ、和ちゃんも」
和　夫「おれァゆっくりでいいよ。明日休みだもん」
平　山「お父さんも明日は昼からだ」

路　子「じゃ、早いのはあたしだけね。出たあと、二人でよく片付けといて。散らかしっぱなしは厭よ」
二人とも答えない。
路　子「お父さん、これから遅くなる時電話かけてよ。——和ちゃんもよ。でなきゃ、帰ってきたってご飯ないから」
二人、それにも答えない。
路子、おもしろくない。
和　夫「姉さん、おれのネズミのズボン、どこだい。出しといてくれよ」
路　子「二階の箪笥でしょ。自分で探しなさい」
と台所の方へ出てゆく。
平　山（独り言のように）「——幸一、何しに来たのかな」
和　夫「知らねえよ。電話かけてみたらいいじゃないか。もう帰ってるよ」
二人、そのまま、また黙ってしまう。

13　台所
ひとりで片付けものをしている路子——

14　同夜　団地住宅の二階の廊下
かれこれ十時ころである。
平山の長男幸一（サラリーマン　32）が帰ってくる。
自室のドアをあける。

15　室内
幸一、入ってきて、靴をぬぐ。
奥から細君の秋子（28）がタオルで手を拭きながら出てくる。
秋　子「おそかったわね」
幸　一「アア。親父ンとこ寄って来たんだ。君、早かったのか」
と上る。
秋　子「早くもなかったけど……、お父さん、なンて？」
幸　一「いなかったんだ」
と奥の茶の間へゆく。

16　茶の間
幸一、鞄から本を出して、
幸　一「これ、路子が返してくれって」
秋　子「アア、洋裁の……うまく出来たかしら」
幸　一「どうだか。——親父ンとこ、そのうち、もう一度いくよ」
秋　子「そうしてよ。——（と話題を変えて）山岡さんねえ……」
幸　一「だれ？」
秋　子「三階の……この上の……」
幸　一「アア、共和生命の……」
秋　子「ウン、あすこの奥さん、こないだから入院してたでしょ」
幸　一「そうかい、どうした？」
秋　子「退院してきたの。可愛い赤ちゃん、男の児……」
幸　一「アア、赤ン坊か」
秋　子「でね、幸一って付けようかって言うのよ。だったら、あんたとおんなじじゃない？　よしなさいって、そう言ってやったの」
幸　一「いいじゃないか、幸一——」
秋　子「よかないわよ、大きくなって、あんたみたいになっちゃ、折角の赤ン坊可哀そうだもん。フフン。（と立上って）幸一はあんた一人で沢山……」
とキッチンへ行く。
秋　子「葡萄食べる？　帰りに買ってきたんだけど……」
幸　一「明日食うよ。ねむいよ。——床敷けよ」
秋　子「ちょっと待っててよ。あたし食べるんだから。——自分で敷いてよ」
幸一、黙ってボンヤリしている。
秋　子（食べながら）「冷蔵庫ね、やっぱり一時払いの方が得らしいわよ、割引もあるし……」
幸一、答えず、アクビを嚙みころす。
秋子、葡萄を食べつづける。

17　丸ノ内のビル
明るい陽射し——

18 大和商事の窓

19 その廊下

書類を手にした路子が来る。

常務室のドアをノックし、返事を聞いて、入る。

20 常務室

路子、書類を常務の河合のデスクへ持ってゆき、そのまま戻りかけると——

河　合「オイ、路子ちゃん——」

路　子（振返って）「はい」

河　合「お父さんから聞いたかい」

路　子「なんでしょうか」

河　合「縁談だよ、君の——。いい話なんだけどね」

路　子「いいえ」

河　合「お父さんなんにも言わないかい。仕様がない奴だな。——どうなの、君、お嫁に行く気ないの？」

路　子（笑って）「…………」

河　合「どうなのさ。——どうなんだい」

路　子「でも、あたしがいくと家が困ります」

河　合「どうして？」

路　子「どうしてって……困るんです」

河　合「困るからってね、そんなこと言ってたら、いつまで経ったって、君、お嫁にいけやしないよ」

路　子「いいんです。いけなくたって」

河　合「よかないよ。そりゃいけないよ。そのままお婆ちゃんになっちゃったら困るじゃないか。——一度お父さんに聞いてごらんよ」

ノックの音——

河　合「はい」

事務員が書類を持って入ってくる。

路子、会釈して去りかける。

河　合「ア、君、平山君——」

路　子（振返って）「————」

河　合「お父さんね、今日クラス会いくって言ってたかい」

路　子「はい」

河　合「そう」

路子、一礼して出てゆく。

河合、事務員から書類を受取り、ざっと目を通してハンコを捺す。

21 同夜　銀座裏の小料理屋「立花」

隣の家との間からネオンの広告塔が見える。

——そう高級な家ではない。

22 同　廊下

スリッパが沢山ぬいである。

——笑声が聞えている。

23 同　座敷

クラス会の連中の席である。

綽名を「ヒョータン」という旧師の佐久間清太郎（72）を囲んで、平山、河合、堀江、菅井、渡辺、中西など、いずれも同年輩の同窓生が卓を挟んで談笑している。もう宴の半ばだが、老先生は右手に箸、左手に盃を持って、なかなか健啖だし、酒もよく呑む。

仲間はお互いに酒をすすめあったりして——

河　合「どうです、これ」

と佐久間にウィスキーを出す。

佐久間「アア、ウィスキーですか、頂こうかな」

とグラスを出して、酌を受ける。

河　合「先生、ライオンどうしました？」

佐久間「ライオン？」

堀　江「数学の……宮本先生……」

佐久間「アア、あの方は亡くなられました。いい人でしたがなァ……」

菅　井「テンノーどうしてます、ゴダイゴテンノー」

佐久間「アア、歴史の塚本先生、あの人はまだご壮健で、いま鳥取県におられてね、今以って毎年、年賀状いただいてますわ。アア、それから物理の天野先生ね」

河　合「アア、タヌキですか」
佐久間「タヌキとおっしゃったかな。あの方は息子さんがようなられて、参議院議員でね、もう今は楽隠居ですわ」
平　山「そうですか」
渡　辺「先生、お嬢さんいられましたね」
佐久間「はい、おります」
菅　井「アア、綺麗な可愛いお嬢さん……」
佐久間「いやァ、おはずかしい……」
河　合「お孫さんおいくたりです？」
佐久間「それがね、わたしは早うに家内を亡くしましてね、娘もまだ一人でおるんですわ」
河　合「そうですか、そりゃァ……」
佐久間「もうみなさん、お子さんも立派におなりだろうが……（堀江に）あなた、お孫さんは？」
堀　江「はァ、いやァ……」
平　山「こいつはね、今度また孫みたいな若い女房もらいましてね」
河　合「それがまた結構いいらしいんですよ」
佐久間「そうですか、それはおめでたい」
で、一同が笑うと――
佐久間「堀江さんは、たしか副級長をしておられましたな」
堀江「アハ……」と笑う。
河　合「こいつは今でも副級長ですよ。女房が級長でね」
みんなが笑うが、先生は少しズレてから、
佐久間「ハ……、なるほどなるほど――（と吸物を吸って、タネを箸ではさみ、隣の河合に）これは何ンですか」
河　合「ハモでしょう」
佐久間「ハム？」
河　合「いいえ、ハモ……」
佐久間「アア、ハモ――なるほど、結構なもんですなァ。ウーム、鱧か……。サカナ偏にユタカ……」
平　山（ビールを取って）「先生、いかがです」
佐久間「アア、ビールですか、こりゃァどうも……」
と、そこのコップで受ける。
渡　辺「しかし先生、お嬢さんとお二人じゃお寂しいですなァ……」
佐久間「はい――もう馴れましたわ、永いことで……。娘はどう思っとるか知りませんが……。いやァ、今日は、ほんとにみなさんのお蔭で、充分いただいて……」
平　山「まァまァ、どうぞ……」
とビールをさす。
佐久間「イヤイヤ、これは（と受けて）――いやァ、全く愉快でした。さっきもどなたか言われたように、みなさんあの中学校を出られて四十年、それぞれ立派におなられて、お忙しいお仕事がおありになるのに、そのさなか、このヒョータンのためにお集りいただいて、結構なおもてなしに与《あずか》りまして……」
河　合「まァまァ先生、どうです、もう一つ……」
佐久間「はい（と酌を受けて）や、ありがとう。――いやァ、戦後人情日々に疎き折柄ですなァ、今夕は、斯くの如きみなさんの温情に接して……アア、ヒョータンは幸せ者です……。ありがとう……ありがとうございました」
とホロリとして、何かを探す。
菅　井「なんです」
佐久間「イヤ、わたしの帽子……」
平　山「まだいいじゃありませんか」
河　合「僕の車でお送りしますよ」
佐久間「いやァ、もうおいとませんと……」
と、また帽子を探す。
中　西「先生、帽子は下ですよ」
佐久間「ア、そうか、これは、これは……」
と立上り、ふと卓上に目を移して、残っている酒を呑む。
菅　井（そこのウィスキーを取って）「先生、これお持ち下さい」
佐久間「や、そうですか。これはどうも……重ね重ね……じゃ皆さん……」
渡　辺「そうですか、お帰りですか」

佐久間「やァ、どうもありがとう、ありがとう」
平山「じゃ、おれも一緒に行くよ」
菅井「アア、じゃ、そうしてくれ」
で、佐久間につづいて河合と平山が出てゆく。菅井がついてゆく。

24 廊下

三人、菅井に見送られて階段をおりてゆく。
菅井「じゃ、頼むよ。——さよなら」
と座敷へ戻る。

25 座敷

菅井が戻ってくる。
堀江「帰ったかい」
菅井「アア、——ヒョータン、大分ご機嫌だったじゃないか」
渡辺「あいつ鱧食ったことないのかな、字だけ知ってやがって」
堀江「茶碗蒸し、河合のまで食っちゃいやがって、よく呑むし、よく食うよ」
中西「けど、あいつも年取ったよなァ、大分しなびてきたじゃないか」
菅井「しなびたヒョータンか……。でも、いい功徳だったよ」
で、一同、笑う。

26 同夜 郊外 場末の横丁

自動車が止まる。
河合と平山が手を添えて佐久間をおろす。佐久間は大分酔っている。
佐久間「アア、ここだ、ここだ、こっちですわ」
と歩き出す。
平山「大丈夫ですか、先生——」
佐久間「いやァ大丈夫、大丈夫……」
この横丁に佐久間のやっている小さな中華ソバ屋の燕来軒がある。
佐久間「あッ、ウィスキーのビン——」
河合「もうカラッポですよ」
佐久間「カラッポ？ ……フン……」
と燕来軒へ入る。

27 同 店内

誰もいない。
佐久間が平山と河合に守られて入ってきて——
佐久間「オーイ、伴子ッ——（と怒鳴り、二人に）さ、どうぞ、どうぞ……オイ、伴子ッ……」
とそこの椅子にグッタリ腰をおろす。
奥から娘の伴子(48)が出てくる。
伴子（二人に会釈し、眉をひそめて）「どうしたの、お父さん——」
佐久間「あン？ ——アア、愉快……」
河合「どうも、先生大へんご機嫌で……」
佐久間「やァ愉快……。なァ伴子、お二人に送って頂いてなァ……河合さんに平山さん……」
伴子（二人に）「ほんとに相済みませんでした。わざわざ。——いつも父はこうなんです」
佐久間「うるさい！ 何を言うか……。ウイ、愉快……。河合君——」
河合「なんです」
佐久間「あなたは偉くなられた……。昔はヤンチャだったが……いやァ、お見それした……。伴子ッ、ビール！」
平山（伴子に）「あ、もう結構です」
伴子「でも折角いらしって頂いて……」
河合「どうぞもう」
平山「もう失礼しますから……」
佐久間「まだいい……まだよろしい……オイ、平山ッ！ ——平山君……」
平山「は？」
伴子（咎めるように）「お父さん——」
佐久間「さっき貰うたアレはどうしたかな……上等のウィスキー……」
平山「あれは先生、車の中でお呑みになりましたよ」
佐久間「ウム？ 呑んだ？ ……アア、呑んだ、呑んだ、呑んでしもた……。君は昔から記憶力がよかった」

河　合（伴子に）「じゃ、どうぞ、先生お大事に……」
平　山「じゃ失礼します」
伴　子「ほんとにご迷惑おかけして……」
河　合「ごめん下さい」
平　山「ごめん下さい」
　二人、帰りかける。
佐久間「まだいい！　オイ、河合ッ！　平山ッ！　――伴子ッ、ビール！」
　伴子、二人を送り出して戻る。
佐久間（まだいい気持で呟くように）「アア……愉快……全く愉快……ウーム……。オイ、平山ッ！　河合ッ！」
　と呼んでグッタリしてしまう。
　伴子、それを見ているうちに、だんだん悲しくなってきて、顔を蔽う。――遠くから安っぽいレコードが聞えている。

28　昼の西銀座
　ビルの屋上の広告塔――

29　そこの路地
　「若松」の看板――
　店内、二、三人の客。

30　その小座敷
　昼飯を食いにきた平山と河合が半月弁当を前にしてビールを呑んでいる。
河　合「菅井の奴、ヒョータンがチャンソバ屋やってること知ってたのかね」
平　山「知ってりゃ言うだろう。――しかしおどろいたね」
　河合、ビールおく。
河　合「あの娘だってどっか変だぜ。なんとなくギスギスしててさ。冷めたくてさ。あれじゃヒョータンも寂しいよ」
平　山「ウーム、ああはなりたくないな」
河　合「お前だってなるぜ」
平　山「いやァ、おれァならんよ」
河　合「イヤ、なる。路子ちゃん早く嫁にやれよ」
平　山「そうかな」
河　合「そうだよ」
平　山「いやァ、おれァ大丈夫だよ」
　と一方を見る。
　女将が来る。
女　将「おビールお持ちしましょうか」
河　合「まァいいよ。（ふりむいて）まだこれからお勤めだからね」
女　将「今日は堀江先生は？　ご一緒じゃなかったんですか？　――ほんとにお若い、可愛らしい奥さまで……」
河　合「アア……可愛いねえ……（平山に）ねえ……」
平　山「ウーム？」
河　合「可哀そうなことしちゃったよねえ……」
平　山「ウーム……ネエ」
女　将「どうかなすったんですか？」
河　合「ゆうべお通夜だよ」
女　将「どなたの？」
河　合「どなたのって、堀江だよ」
女　将「まさか！」
河　合「今日は友引なんでね、明日が告別式なんだ」
女　将「ほんとですか」
平　山「今もお弔いの打合せなんだ。――（河合に）なァおい、花輪ご辞退しようか」
河　合「そう、ありゃ無駄だよ……やめよや」
女　将「なんで亡くなったんです？」
平　山「あいつ血圧も高かったしね」
河　合「やっぱり若い女房が祟ったんだよ」
女　将「ほんとですか」
河　合「おかみさんも気を付けなよ。ほどほどにしとくもんだよ」
　女将、ふと振返って、
女　将「いやですよ、御冗談ばっかり――。いらっしゃいましたよ」
　堀江が来る。女将は戻ってゆく。
女　将「いらっしゃいませ」
堀　江「やあ」
　と上って、
堀　江「やァ、おそくなっちゃって――」

河合「よかったな」
平山「よかったよ、達者で」
堀江「何?」
河合「まだ生きてたかい」
堀江「なに?」
平山「こっちの話だ」
堀江「いいあんばいにね、みんな大体賛成なんだ」
平山「そうかい、そりゃよかった」
堀江「こないだ来なかった久保寺と宮川と下河原も出すっていうんだ」
河合「だったら二千円ずつ集めろよ、大体二万円になるじゃないか」
堀江「そうするか」
平山「そうしようよ」
堀江(平山に)「お前、届けてくれるな?」
平山「おれがか?」
河合「お前が一番近いんじゃないか。――届けてやれよ。ヒョータン喜ぶよ」
平山「いやァ……あんなとこにヒョータンが住んでるとは思わなかったよ」
堀江「そんなもんだよ、縁ッてものはな。おれだってそうだった」
河合「何言ってやんだい」
堀江「ア、ハハハ……これ貰うよ」
と河合の前のビールを取って呑み、「うまい!」と舌鼓を打って乾す。
店内、向うから女将が茶を運んでくる。

31 夕暮れ時 郊外の町

安っぽいアパートや自動車の修理工場などのあるゴタゴタした場末風景二、三――
その横丁に燕来軒がある。

32 「燕来軒」の店内

職工風の男がラーメンを食っている。
男(食い終って)「オイ、ここへおいとくよ」
と金をおいて立つ。
伴子の声「ありがとうございます」
男が帰ってゆくと、伴子が調理場から出てきて丼を持ってゆく。平山が入ってくる。
平山「ごめん下さい」
伴子「どなた?」
と出てきて――
伴子「まァ!」
平山「どうも先夜は……」
伴子「ほんとにありがとうございました。遠いところをわざわざ送って頂きまして……」
平山「イヤイヤ、わたしはすぐそこの××におりますんで。先生は?」
伴子「は、おります。――お父さん……お父さん……」
「ああン?」と返す声が聞えて、割烹服の佐久間がシューマイの蒸籠か何かを持って奥から出てくる。
佐久間「やァ、これはこれは平山さん、さ、まァどうぞ。――さァさァ、どうぞどうぞ……」
と蒸籠を伴子に渡す。伴子、それを持って調理場へ入る。その間に――
平山「どうも先日は――」
佐久間「イヤもうたいへん結構なおもてなしを頂いて……。ついどうも好い気持になりすぎて、ご無礼なことまで申し上げたそうで、あとで娘に叱られましてな、なんとも恐縮です。どうぞ幾重にも……」
平山「イヤ、イヤ、われわれの方こそどうも……」
佐久間「なんせ四十年ぶりでしたのでなァ、愉快でした」
伴子がお茶を持ってくる。
伴子「どうぞ、お一つ……」
平山「やァ……」
佐久間(伴子に小さい声で耳打ちする)「アノナ……チュウ出せ……チュウ……」
伴子(これも小さい声で)「ビールの方がよかない?」
佐久間(平山に)「ビールの方がよろしいですか」
平山「イヤもう結構です」

佐久間「イヤ、持っといで、持っといで」
で伴子が佐久間に何か囁く。佐久間が頷く。伴子が去りかけると――
平山「イヤ、ほんとにもうどうぞ、お嬢さん、結構ですから」
伴子「はァ、なんにもおもてなし出来ませんで……」
と奥へ入る。
佐久間「それとも、わたしが何か作りますか」
平山「イヤもうほんとに結構です。どうぞお構いなく。――実はね、先生、これ……（と内ポケットから封筒を出して）こないだの連中が、これを先生に……」
佐久間「なんですか」
平山「イヤ、記念品でもと思ったんですが……」
佐久間「あッ、そりゃいかん！そりゃ頂けん！どうぞ御無用に――」
平山「それじゃ僕が困るんです。大したもんじゃないんです。どうぞ、どうぞ……」
佐久間「イヤ、そりゃ頂けんのだ。わたし如き者をああいう会に招んで頂いただけで嬉しいんだから……。（そこへ客が来るので）あ、いらっしゃい！」
客（坂本芳太郎　48）「オイ、サンマーメン！」
佐久間「ハイ。――では、ちょっと平山さん……」
平山「じゃ先生、いずれまた――」
佐久間「そうですか、申訳ないですなァ」
平山「またお目にかかります」
佐久間「や、どうも……」
平山が帰りかけると、客の坂本がハッと見て――
坂本「艦長ッ！艦長さんじゃありませんか！」
と立上る。
平山（不審そうに）「エート……あなた、どなたでしたかな」
坂本「坂本ですよ！坂本芳太郎――。『朝風』に乗っとりました……一等兵曹の……」
平山「アア、坂本さん、そうでしたか……」
坂本（佐久間に）「なァ親父、こちらはおれが乗ってた駆逐の艦長さんだよ」
佐久間「そうですか。それはそれは。――そう言えば平山さんは海兵へいかれたんでしたなァ」
平山（苦笑して）「いやァ、どうも……」
坂本「いやァ、ほんとにお久しぶりですなァ。どうです。艦長、ひとつ付合って下さい。――親父、サンマーメンもういいよ。（平山に）ここはあんまり美味くないんです。どっか行きましょう。付合って下さい」
平山「いやァ、しかし、あなたもお達者で……」
坂本「へえ、お蔭さまで……。あたしァね、すぐそこで自動車の修理屋やってるんです。うちへもちょいと寄って下さい。ね、行きましょう、ね、そうして下さい」
平山「じゃ、ちょいと寄せて頂くか……」
坂本「じゃ親父、帰るよ」
佐久間「毎度どうも……」
平山（佐久間に）「じゃ、いずれまた……」
佐久間「や、どうも……」
坂本「さァさァ、どうぞ……」
で、平山が坂本に誘われて帰ってゆくと、佐久間は何か感慨に耽りながら、その辺を片付けて、電灯のスイッチを捻る。

33　「燕来軒」の看板

それに灯が入る。

34　同夜　街の灯入れ看板二、三

そこにジャズが流れて――

35　同夜　バア「かおる」の灯入看板

ジャズに重なって軍艦マーチが聞えている。

（三軒茶屋あたりの狭い路地である）

36　同　店内（小さなトリス・バア）

レコードの軍艦マーチ……。
坂本が大分ご機嫌で、敬礼しながらレコードに合せて肩で調子をとっている。
平山がこれも少々酔いが廻って、ニコニコしながらそれを見ている。

坂本「ねえ艦長、どうして日本負けたんですかねえ」

平山「ウーム、ねえ……」

坂本「お蔭で苦労しましたよ。帰ってみると家は焼けてるし、食い物はねえし、それに物価はドンドン上りやがるしねえ……。オイ、レコードやめろ！」

女がレコードを止める。

坂本「それでね、女房の親父からゼニ借りましてね、今のポンコツ屋始めたんですわ。それがどうやら当りましてね、まァ、まァ……」

平山「あなた、子供さんはさっきの娘さんだけ——？」

坂本「いえ、あの上にもう一人いますがね、もう片付けちゃいましたよ。まもなくわたしもお祖父ちゃんですわ。ウカウカしちゃいられませんや。そこいくと艦長なんか何ンにもご苦労なかったんでしょうがね」

平山「イヤイヤ、わたしも苦労しましたよ。ま、先輩のお蔭でどうにか今の会社に入れたようなもののね」

坂本「けど艦長、これがもし日本が勝ってたら、どうなってますかねえ？」

平山「さァねえ……」

坂本（グラスを示して女に）「オイ、これ、トリス！　瓶ごと持ってこい！　瓶ごと！　——（平山に）勝ってたら、艦長、今頃はあなたもわたしもニューヨークだよ。ニューヨーク。——パチンコ屋じゃありませんよ。ほんとのニューヨーク、アメリカの」

平山（ニコニコして）「そうかねえ」

女がトリスの瓶を出す。

坂本「敗けたからこそね、今の若い奴等、向うの真似しやがって、レコードかけてケツ振って踊ってますけどね、これが勝っててごらんなさい、勝ってて。目玉の青い奴が丸髷か何か結っちゃって三味線ひいてますよ。ザマァ見ろッてンだ」

平山「けど敗けてよかったじゃないか」

坂本「そうですかね。——ウーム、そうかも知れねえな、バカ野郎が威張らなくなっただけでもねえ。——艦長、あんたのことじゃありませんよ。あんたは別だ」

平山（苦笑で）「イヤイヤ……」

坂本（トリスの瓶を取って）「ま、どうぞ……」

平山「やァ……」

と受ける。そこへこの店のマダムかおる（32）が出てくる。鉢巻をして風呂帰りの姿である。

かおる「いらっしゃい」

坂本「オオ、どこ行ってたんだい」

かおる「お風呂よ」

坂本「今時分風呂行く奴あるかい」

かおる「今日ひまだったのよ。——さ、お酌しましょう」

平山、かおるが出て来た時から、目を放さない。

坂本「アア艦長、これ、ここのマダム——」

平山（会釈する）「やァ……」

かおる「いらっしゃい」

と平山に酌をする。

平山（坂本に）「あんた、大分おなじみらしいな」

坂本「イヤイヤ、ま、ひいきにしてやって下さい。——（そしてかおるに）おれのね、海軍の時の艦長さんだよ」

かおる「どうぞよろしく……（坂本に）じゃ、あれかけましょうか、あれ……」

坂本「オオ、かけろ、かけろ！　艦長、景気よく呑みましょうや。——嬉しいねえ、全く嬉しいねえ……」
レコードの軍艦マーチが始まる。
坂　本「オイ、ソラ、来たぞッ！」
と立上って全身で調子をとり、
坂　本「チャンチャンチャンカ、チャッチャ、
チャンチャカ、チャッチャッチャッチャッ
……（と敬礼して）オイ艦長！　艦長
もやって下さい！」
平山もニコニコして敬礼する。
坂本、益々愉快になって、敬礼したまま
歩きまわる。
かおるも敬礼する。
坂本、益々いい気持になる。

37　同夜　平山家の廊下

シーンとしている中で時計が九時を打つ。

38　同　玄関

いい気持に酔った平山が帰ってくる。
路子が出迎える。
路　子「お帰ンなさい」
平　山「アア、只今——」
路　子「またお酒呑んでンのね」
平　山「いやァ、そうは呑んどらん」
路　子「兄さん来てンのよ」
平　山「そうか」
と奥へ這入る。

39　茶の間

幸一と和夫がいる。
平山と、つづいて路子が来る。
幸　一「アア、お帰ンなさい」
和　夫「お帰り」
平　山「やァ……」
幸　一「大分ご機嫌ですね」
平　山「いやァ、ハハ……。——今日は妙な男
に会ってね、変な家《うち》へ行ってきたよ」
路　子「お父さん、ご飯ないわよ。電話かけて
よこさないんだもの」
平　山「アア、食ってきた。——（そして幸一
に）そこに女がいてね……」
幸　一「どこなんです」
平　山「バアなんだがね、その女が若いころの
お母さんによく似てるんだよ」
幸　一「顔がですか」
平　山「ウム、体つきもな。——そりゃアよく
見りゃ大分ちがうよ。けど、下向いた
りすると、この辺（と頬のあたりを撫
でて）チョイと似てるんだ……」
路　子「いくつぐらいの人？」
平　山「二十八、九かな」
和　夫「じゃ、お母さんのその時分おれまだ生
れてなかったな」
平　山「変な洋服着て鉢巻してたがね」
和　夫「お母さんも洋服着て鉢巻してたのか
い？」
幸　一「いやア、お母さんはいつも着物だった
……」
路　子「でもさ、疎開してた時さ、お母さん、
つつっぽ着て、お父さんのズボン穿い
てたじゃない」
幸　一「そのバア、一ぺん行ってみたいな、ど
こです」
平　山「アア、行ってみるか……。まア、それ
ほど似てもいないがね」
和　夫「おれも見に行こうかな」
路　子「あたしは厭。そんな人、見たくない
わ」
平　山（幸一に）「なんだい、今日は？」
幸　一「エエ、ちょいと……」
平　山「そうか……。（と立上って）路子、風
呂あるのか」
路　子「今日は沸かさなかった」
平　山「そうか」
と廊下へ出てゆく。

40　廊下

向うに洗面所がある。平山が来る。
平　山（振返って）「幸一——」
幸一が来ると——
平　山「なんだい」
幸　一「ちょいと五万円ばかり……。冷蔵庫買
おうと思うんです」
平　山「アア、いいよ。けど今ないよ。いそぐ

のかい？」

幸　一「なるべく早い方がいいんですけど……」

平　山「じゃ二、三日うちに路子に届けさせるよ」

幸　一「お願いします」

と茶の間へ戻ってゆく。

平山、洗面所へ行って、シャツを脱ぐ。

平　山「路子、シャボン——。シャボンないよ」

そして水道を捻る。

41　翌日の夕方　団地

その情景二、三——

42　同　二階の廊下

エプロン姿の秋子が自室から出てきて、隣室のドアをノックして、入る。

43　その室内

主婦の小川順子（33）がお膳立をしながら見迎える。

秋　子「トマトあったら、二つばかり貸してよ」

順　子「アア、ある、ある」

と立ってゆく。

秋子が見ると、そこに電気掃除機がある。

秋　子「これどお？　掃除機、具合いい？」

順子、トマトを持って出てくる。

順　子「アア、それ？　いいわよ、音がちょいと煩さいけど……。ハイ、これ冷えてるわよ」

トマトを渡す。

秋　子「ありがとう。うちも買うことにしたの冷蔵庫——」

順　子「アア、あると便利よ。氷だって出来るし……」

秋　子「そうね、じゃ借りとく。ありがとう」

と出てゆく。

44　廊下

秋子が出てくると、向うから幸一が長い紙包を持って帰ってくる。

45　茶の間

夕食の仕度がしてある。

二人、入ってくる。

幸　一「君、早かったのか」

秋　子「ううん、ついさっき。——それなアに？」

幸　一（紙を破きながら）「これだよ」

ゴルフのクラブが三、四本——

秋　子「どうしたの？」

幸　一「路子、金持って来たかい」

秋　子「ううん、まだ——」

幸　一「そうか……」

秋　子「どうしたのよ、それ——？」

幸　一「うん？　安いんだ……」

秋　子「買ったの？」

幸　一「いやァ、金はあとでいいんだ。三浦の友達がね、新しいの買ってね、これ譲るってんだ。掘出しもんだよ。いいんだ……」

秋　子「あんた、買うの？」

と声が少し強くなる。

幸一、見返す。

秋　子「お金、どこから出すの？　駄目よ、そんなもの買っちゃ」

幸　一「いいじゃないか、路子が持ってくるよ。余計に借りたんだ」

秋　子「いくら借りたの？」

幸　一「五万円……」

秋　子「余計に借りたからって、そんなものに使えないわよ。あんた、なんだかんだって、ひとりで勝手にお小遣い使ってるじゃないの」

幸　一「そうでもないよ」

秋　子「使ってるわよ。使ってるじゃないの。あたしだってほしいものもあるのよ。それを我慢してるのに、自分だけ勝手に、何さ！　返してらっしゃいよ、そんなもの」

幸　一「今更もう返せないよ」

秋　子「返せるわよ！　返していらっしゃい
よ！」

とキチンへ去る。

幸一、憮然としてクラブをそこに置き、煙草に火をつける。

秋　子（トマトの皮をむきながら）「大体ね、あんた程度のサラリーマンがゴルフするなんて贅沢よ、生意気よ。たまに早く帰ってくると、疲れた疲れたなんて、早ァく寝ちゃってさ。ゴルフなんかよしゃいいのよ。よしちゃえ、よしちゃえ……」

幸一、答えず、ボサッとして煙草をふかし続ける。

46　夜　ゴルフ練習場

あんまり立派でなく、客も少ない。

情景二、三——

幸一が打っている。会社の後輩三浦豊(26)が見ている。

幸一のボールが飛ぶ。
三　浦「よく飛びますね」
幸　一（ドライバーを見て）「なかなかいいよ、これ」
三　浦「なんたってマックレガーですからね」
幸　一「ウーム……」
と、二人、ベンチへ戻る。
三　浦「少し傷ついてますけどね、買い物ですよ」
幸　一「そうだねえ……」
三　浦「ほんとは僕が欲しいんですけどね、金ないから」
幸　一「機械部の塩川さんに聞いてごらん。あの人ほしがるよ」
三　浦「あんた駄目ですか」
幸　一「ほしいけどね。今ちょっと纏まった金困るんだよ」
三　浦「奥さん、反対ですか」
幸　一「ウーム」
三　浦「いいけどなァ、これ——。マックレガーだからなァ……」
幸　一「いいよなァ」
三　浦「思い切ってどうです」
幸　一「まァやめとくよ」
三　浦「奥さん、そんなに怖いですか」
幸　一「怖かないけどさ、あと祟るからな。——オイ、ちょいともう一ぺん貸せよ」

と三浦からドライバーを受取って立上り、もう一度ボールを打つ。

ボールが飛ぶ。

47　日曜日の午前　団地

いい天気で、窓々に布団が乾してある。

48　二階の廊下

子供づれの夫婦が楽しそうにどこかへ出かけてゆく。

49　室内

秋子が窓辺で布団を叩いている。
幸一が面白くない顔で寝ころがっている。
どうも夫婦の間がしっくりいっていないらしい。
秋　子「あんた、時計巻いといてよ。もうじき止まるわよ」
と声をかけて別室へ去る。
幸一、返事もせず身動きもしない。
秋子、シーツを持ってきて窓に乾す。
秋　子「何ふくれてンのよ」
幸　一「………」
秋　子「行きたきゃ行ったらいいじゃないの、——ゴルフしちゃいけないって言ってやしないのよ」
幸　一「………」
秋　子「何さ、子供みたいに……。早く自分の好きなもの買えるような身分になりゃいいじゃないの」
幸　一「………」
秋　子「ノーコメントか……」
と別室へ戻りかけて——
秋　子「時計！」

と言い捨てて去る。
幸一、仕様ことなしに起上って、時計を巻く。
ノックの音――

幸　一「………」

またノック――

幸　一「ハイ」

路子が入ってくる。

路　子「こんちは――」

と上る。秋子、出てきて――

秋　子「あ、いらっしゃい」

路　子「こんちは――。（幸一に）兄さん、よくいたわね。ゴルフかと思ってた」

秋　子「ご機嫌悪いのよ、兄さん今日――」

路　子「どうして？」

秋　子（ニヤリとして）「聞いてごらんなさい」

路　子「どうしたの？　――（とハンドバッグから封筒を出して）これ持ってきたわよ」

と渡す。

秋　子（横から）「アア、それこっちィ頂戴。――ありがとう」

と受取る。

路　子（幸一に）「兄さん、ほんとにどうしたの？」

秋　子「あてがはずれたのよ、折角のお金――」

幸　一「うるさい！」

秋　子（ニヤニヤして）「兄さんね、ほしいものがあったのよ。それでお父さんから余計拝借してね……」

幸　一「うるさいッ！」

50　廊下

三浦が例のドライバーの紙包を抱えてやってくる。
幸一の部屋のドアをノックする。「はい」という秋子の返事を聞いてあける。

51　室内

三浦、入ってきて――

三　浦「こんちは――」

それを迎えて――

路　子「アア、いらっしゃい。――兄さん、三浦さんよ」

幸　一「三浦――？」

と立ってくる。

幸　一「よう、なんだい」

三　浦「これ（ドライバー）ですけどね、友達にそう言ったら……」

秋子が出てくる。

秋　子「いらっしゃい」

三　浦「こんちは」

秋　子「なァに」

三　浦「これなんですけどね、（幸一に）折角約束したんだし、（秋子に）友達としても是非っていうんです」

秋　子「アア、それ要らないの。――でも、まァお上ンなさいよ」

三　浦「はァ……」

幸　一「まァ上れよ」

三　浦「そうですか、じゃァ……」

と上る、秋子と路子は奥へ去る。

三　浦「あれから友達ンとこへ寄ったんですよ。そしたら奴もあてにしてたとこなんで、困っちゃいやがってね……」

秋　子（奥から）「三浦さん、あんた、押売りにきたの？」

三　浦「冗談じゃない、違いますよ。これ、奥さん、ほんとにいいんですよ。ほかの奴に渡したくないんだ。月賦でいいって言うんです」

幸　一「月賦――？」

秋　子「月賦だって駄目よ、駄目駄目」

三　浦「そうかなァ、駄目かなァ。――二千円で十ケ月、安いんだけどなァ……」

秋　子「駄目駄目、駄目よ」

三　浦「そうかなァ、僕だったら買うけどなァ」

秋　子「じゃ、あんたお買いなさいよ」

三　浦「いやァ、駄目なんです。金ないんです」

秋　子「じゃ変なものすすめないでよ。兎に角要らないのよ。持って帰ってよ」

と物蔭へ切れる。
三　浦「そうですか……」
と幸一に目を移して――
三　浦「悪かったですね、奥さん怒らしちゃって……」
幸　一「いやァ、いいよ。あいつ朝から機嫌わるいんだ」
三　浦「でも悪かったなァ……」
秋子、紙幣を持って出てきて――
秋　子（三浦に）「ハイ、二千円、一回分――」
と畳の上におく。
三　浦「いいんですか」
秋　子「いいのよ。この辺で買っとかないと、あと煩さいもの」
路　子（ニッコリして）「よかったわねえ、兄さん――」
幸　一「いやァ、……（とクラブを一本抜いて）いいよなァ、これ」
三　浦「いいですよ。絶対ですよ。じゃ奥さん、二千円、確かに――」
秋　子「おぼえといて、今月からってこと――。あと九回よ」
三　浦「そりゃ大丈夫ですよ。――じゃァ僕、帰ります」
幸　一「ナンダ、帰るのか」
秋　子「現金ね、あんた」
三　浦「いやァ、昼から約束があるんです。失礼します」
路　子「じゃ、あたしも……」
幸　一「ナンダ、お前も帰るのか」
秋　子「いいじゃないの、路子ちゃん、まだ……」
路　子「ううん、これからお友達ンとこいくの」
幸　一「じゃお父さんに宜しく言ってくれ」
秋　子「ありがとうございましたってね」
路　子「ええ。――じゃ、さよなら」
三　浦「じゃ失礼します」
幸　一「アア、さよなら」
秋　子「さよなら――」
で三浦と路子が帰ってゆくと――
幸　一（クラブを手にしながら）「オイ、いいのか、これ――」
秋　子「ほしいんじゃなかったの？」
幸　一「イヤ、ほしいんだ」
秋　子「その代りあたしも買うわよ」
幸　一「何？」
秋　子「白い皮のハンドバッグ――割に高いわよ」
幸　一「…………」
秋　子「買うわよッ！　ほんとに買っちゃうから！」
と言い捨てて、奥へゆく。
幸一、ひとりクラブを弄んでいる。

52　郊外の駅のホーム

情景――
そこで電車を待っている三浦と路子――
三　浦「お兄さん、奥さんにはずいぶん優しいんですねえ」
路　子「でも、あたしたちには結構威張るのよ」
三　浦「――やっぱり奥さんには優しくした方がいいのかなァ」
路　子「そうねえ。――でも、あんまり優しいのもいやねえ」
三　浦「そうですか、むずかしいな」
路　子「あ、電車来た――」
電車が進入してくる。

53　窓

そこから川崎の工場地帯の風景が見えて――

54　室内

平山が書類を見ている。
ノックの音――
平　山「はい」
BGの田口房子（24）が入ってくる。
平　山「やァ、どうしたい」
房　子「永い間いろいろお世話になりましたけど……」
平　山「そうだってね、お嫁にいくんだって？

おめでとう」
房　子（お辞儀をして）「ちょっとご挨拶に……」
平　山「そう。――君は三だったかね、四だったか……」
房　子「四でございます」
平　山「そう。そいじゃ、うちの娘とおんなじだ。ま、幸せにね。しっかりおやンなさい」
房　子「ありがとうございます」
またノックの音――
平　山「はい」
洋子が入ってくる。
洋　子「ご面会です」
と名刺を渡す。
平　山（受取って）「アア、そう。こっちへお通しして……」
洋　子「はい」
房子もお辞儀をして洋子と一緒に去りかける。
平　山「あ、田口君、君、あとでもう一度ちょいと寄ってくれないか」
房　子「はい。――失礼いたします」
と出てゆく。
平山、机上を片付けて、来客用のテーブルへゆく。
ノックの音――
平　山「はい」
洋子に案内された佐久間老先生が入ってくる。
佐久間「や、どうもお忙しいところを突然……」
平　山「イヤイヤ、さ、どうぞ……」
佐久間「ハイ。――先日はどうもわざわざお越しいただいて……。あとで気がつきましたら箸立の下に……」
平　山「イヤイヤ、ま、どうぞ……。どうぞおかけ下さい」
佐久間「ハイ、まことにどうも過分なお志を頂きまして……。（と腰をおろし）只今も皆さんのところへお礼に伺ったような次第で……」
平　山「そりゃどうもわざわざ……。河合、いましたか」
佐久間「あの方はちょっとお出かけになっておりまして……」
平　山「そうですか。――先生、これからもうお宅へお帰りですか」
佐久間「ハイ、こちらが最后になりまして……。どうも……」
平　山「じゃ、ご一緒に帰りましょう。おなじ方向だから……」
佐久間「ハイ、でもまだお仕事が……」
平　山「イヤ、もういいんです」
と立上ってデスクへ戻り、そこの電話を取って――
平　山「アア、あのね、大和商事の河合さん呼んで。――アア、常務の河合さんだ……。アア、それからね、うちの田口君、アア、もう一度、ちょいと来てもらってくれないか」
と一旦切り、紙入れを出して紙幣を包む。

55　同夜　西銀座の路地

「若松」の看板のある風景――

56　同夜　「若松」の店内

客が二、三人――

57　同　小座敷

平山と河合と佐久間、みんな酔っているが、佐久間は殆んど泥酔で、グッタリしている。
河　合「先生、どうしました、一ついきましょう」
佐久間「アーン？（と顔を上げて）や、どうも……。（と受けながら）アア、嬉しい……嬉しいもんだ……。ウーム、ご迷惑かけちゃった……ウーム……」
とまたグッタリする。
河　合（それを見て平山に）「オイ、ヒョータンもう駄目だぞ」
佐久間（ふっと顔をあげて）「アーン？」

平山（すかさず）「先生、どうです、もう一つ……」
佐久間（受けて）「や、ありがとう……。（と受けて）あんた方は幸せだ。わたしゃ寂しいよ……」
河合「何がです、何が寂しいんです?」
佐久間「いやァ、寂しいんじゃ……。悲しいよ。――結局人生は一人じゃ……。一人ぼっちですわ……」
河合と平山、顔を見合わせる。
佐久間「いやァ、わたしは失敗した……。失敗しました……。つい便利に使うてしもうてね……」
平山「何をですか」
佐久間「いやァ、娘ですよ……。娘をね、つい便利に使うてしもうて……。嫁の口もないじゃなかったが……なんせ家内がおらんのでねえ……。失敗しました……ついやりそびれて……。あ! わたしゃ失礼しよう!」
河合「お帰りですか。ま、いいじゃないですか。一ついきましょう」
佐久間「そうか、頂くか……（と受けて）イヤァ、陽のあるうちに秣は乾せか……。思う勿れ身外無窮の事、ただ尽せ生前一杯の酒か……やァ……」
と盃をおいてコロリと寝ころんでしまう。
河合と平山、顔を見合わせて、
平山「先生……先生……」
河合「ま、寝かしといてやれ、ヒョータンも寂しいんだよ」
平山「ウーム……」
河合「お前も気をつけないと、こうなるぞ」
平山「いやァ、おれァ……」
と盃を乾す。
河合「路子ちゃんがヒョータンの娘みたいになったら、どうするんだ」
平山「いやァ、あいつだって……」
河合「なるよ。早く嫁にやれ。お前がヒョータンみたいになっても困るからな」
佐久間（突然）「えッ、ヒョータン?」
と起き返って――
佐久間「ここはどこですか」
河合「ま、先生、おやすみなさい。お送りしますよ」
佐久間「あ、そう……」
と、また、寝てしまう。
河合（平山に）「ま、よく考えろよ」
平山「ウーム……」
と盃をとる。

58 同夜 平山の家 廊下

59 同 中の間（茶の間の隣）

路子が洗濯物にアイロンをかけている。
玄関のあく音――
路子「お父さん?」
平山の声「アア、只今――」
路子「締めないどいて――。和ちゃんまだなの」
平山が入ってくる。酔っている。
路子「お帰ンなさい」
平山「アア」

60 中の間――茶の間

平山、中の間を抜けて、茶の間のチャブ台の前にすわる。
平山「ねえ、オイ」
路子「なァに?」
平山「お前、お嫁にいかないか」
路子「え――?」
平山「お嫁だよ、いかないか」
路子（一笑に附して）「何言ってンの!」
平山「イヤ、ほんとだよ、ほんとだよ」
路子「お父さん酔ってンのね、また」
平山「アア、少し呑んでるけどね、本気なんだよ」
路子「少しじゃないわよ。どうしてそんなこと考えついたの?」
平山「どうしてって……いろいろね。――ま、こっちィおいで」
路子「ちょっと待って。もうすぐだから……」

平山「お父さんいろいろ考えたんだけどね……。ま、ちょいとおいでよ」
路子、アイロンを切って立ってゆく。

61 茶の間

平山と路子――
路子「でも、あたしがいったら困りゃしない？」
平山「困ってもね、もうそろそろいかないと……。お前も二十四だからね」
路子「そうよ。だからまだいいわよ」
平山「しかしね、まだいい、まだいいって言ってるうちに、いつのまにか年をとるんだ。お父さん、ついお前を便利に使って、すまんと思ってるんだよ」
路子「だから、どうしろっていうのよ。あたしねお父さん、まだまだお嫁になんかいかないつもりでいるのよ。いけやしないと思ってるのよ、お父さんだってそう思ってたんじゃない」
平山「何？」
路子「あたしがこのままでいる方がいいって……」
平山「どうして？　そんなことないさ」
路子「だってそうじゃないの。あたしがいっちゃったら、お父さんや和ちゃん、どうするのよ」
平山「そりゃァどうにかするさ」
路子「どうにかって、どうするのよ。どうにもなりゃしないわよ。お父さん一体いつからそんなこと考えたの」
平山「じゃ、お前、お嫁にいかないつもりかい」
路子「いかないなんて言ってやしないわよ。そんなつもりないわよ。お友達の中にだってお嫁にいった人ずいぶんいるのよ。赤ちゃんのある人だっているわ」
平山「そうか……。だったらお前――」
路子「いいの！　あたし、今のままでいいの！」
平山「ウーム、そりゃお父さんだってね、今が一番いい時だとは思ってるよ。でも、それじゃァいけないんだ。お父さん考えたんだよ」
路子「考えたんなら、もうそんな勝手なこと言わないでよ」
平山「勝手じゃないよ」
路子「勝手よ」
と立っていって、中の間の洗濯物を集める。
平山「おい！　……おい！」
路子、洗濯物を持って出てゆく。
平山、憮然として、ヤカンの水を茶碗についで呑む。
玄関のあく音――

62 玄関

和夫が帰ってきている。
和夫「姉さん、もう締めていいかい」
平山の声「アア、もう締めていい」
和夫「ナンダ、お父さん帰ってンのかい」
とネジを締める。

63 中の間――茶の間

和夫入ってくる。
和夫「只今――」
平山「アア、お帰り――」
和夫「姉さんは？」
平山「いるよ」
路子が黙って部屋を横切る。
和夫「オオ、姉さん、おれメシ食うよ」
路子、答えず通りすぎてゆく。
和夫（見送って）「どうしたんだい、お父さん」
平山「ウーム……」
和夫、チャブ台の前にすわって、お茶をついで呑む。
和夫「アア、ニガい」
平山「なァおい」
和夫「うむ？」
平山「姉さんね、誰か好きな人でもあるのかな」
和夫「あるだろう」
平山「あるかい」

和夫「知らないけどさ、おれだってあるもの」
平山「お前、あるのか」
和夫「あるよ。清水富子ってンだ」
平山「ほウ、どこの人だい」
和夫「どこか知らないけどさ、ちょいちょい口きいてンだ」
平山「フーム、何してる人だい」
和夫「毎日乗ってるバスの車掌さんだよ。名札で名前おぼえたんだ。可愛いんだ」
平山「フーム、そうか……」
と苦笑する。
和夫「オイ、姉さん！　メシ食わしてくれよ」
平山「アア、お前ね、台所へ行って食べといで」
和夫「どうして?」
平山「そうしろ。自分のことは自分でするんだ」
和夫、ボソリと立って台所へ出てゆく。
平山、ひとりになって、煙草に火をつけ、なんとなく考えている。

64　**一週間ほど後　夕方　団地**

窓々に灯が見えて、勤めに出た人たちが帰ってくる。
秋子もその一人である。

65　**同　廊下**

秋子が帰ってくる。

66　**室内**

秋子、入ってくる
秋子「只今――」
と上る。

67　**茶の間――キチン**

幸一がエプロンをしてキチンで玉葱を刻んでいる。秋子が来る。
秋子「おそくなっちゃった。――何出来るの?」
幸一「冷蔵庫にハムがあったんでね、ハム玉だよ」
秋子「あたしもハンバーグ買ってきた。――ご飯、つけた?」
幸一「アア、もうじき炊けるよ」
秋子（流しへ行って）「ちょっと――」
と手を洗う。幸一も手を洗う。
秋子（手を拭きながら）「今日ね、お昼休みに会社へ路子ちゃん来たの」
幸一「フーン、なんだい」
とエプロンを取って秋子に渡す。
代って秋子がそれを締める。
秋子「お父さんがね、お嫁にいけっておっしゃるんだって……」
幸一「フーン、相手誰だい。けど路子が今お嫁にいったら、親父困るんじゃないか。どうするつもりだろう」
秋子「路子ちゃんもそういうのよ」
幸一「じゃ路子はそんな気ないのか」
秋子「そりゃわかンないけど、お父さんこのごろ毎日のように、そうおっしゃるんだって。――いやンなっちゃったって、路子ちゃん言うのよ」
幸一「どんな奴だい、相手――」
秋子「河合さんからのお話でね。お父さんその人にお会いになったんだって――。悪くはないらしいのよ」
幸一「路子気に入らないのか」
秋子「そこんとこがボンヤリしてンの。――あなたお嫁に行きたくないのッて聞いたら、でもないらしいの」
幸一「どういうんだい、そりゃァ」
秋子「どういうんだろう」
幸一「じゃ、路子何しに君ンとこへ行ったんだい」
秋子「でも……なんとなくわかる気がするじゃない、路子ちゃんの気持……」
幸一「そうかなァ」
ノックの音――
幸一「はい」

68　**入口の部屋**

ドアがあいて平山が入ってくる。

幸一が迎える。

幸　一「ア、いらっしゃい」

平　山「アア、帰ってたか」

秋子が来る。

秋　子「アア、お父さん——。どうぞ……」

平　山「アア、これね、牛肉の佃煮だ」

と包みを渡す。

秋　子「すみません」

幸　一「お父さん、いまお帰りですか」

平　山「うん、ちょいと話があるんだ。出られないか」

幸　一「僕まだメシ前なんですがね」

秋　子「どうぞお父さんもご一緒に……」

平　山「アア、メシはどっかそこいらで食うとして、どうだい」

幸　一「そうですか、じゃァ……」

と奥へゆく。

秋子も平山に会釈して奥へ入る。

69　茶の間

幸一と秋子、仕度しながら——

秋　子（囁く）「きっと路子ちゃんのことよ」

幸　一「うむ」

と出てゆく。

70　入口の部屋

平山が待っている。

幸一、来て、下駄をはく。

秋子が出てくる。

秋　子「いってらっしゃい」

平　山「じゃ、ちょいと借りてゆくよ」

秋　子「どうぞ」

平山と幸一、出てゆく。

しまるドア——

71　同夜　バア「かおる」の店内

平山と幸一——。幸一はチャーハンを食べ、平山はチビリチビリ呑んでいる。

離れて、客が一人、女を相手に呑んでいる。

幸　一（食べ終って）「ご馳走さん……」

向うでお茶を淹れていたマダムのかおるがお茶を持ってきて——

かおる「よろしいんですか」

幸　一「ありがとう」

平　山（グラスを示して）「これおくれ」

かおる、ウィスキーを注ぎ、丼を持って奥へ入る。

幸　一（見送って）「似てるかなァ……。似てませんよ」

平　山「ウーム、よく見りゃ大分違うがね、どっか似てるよ」

幸　一「そうかなァ……。で、お父さん、その男どうだったんです」

平　山「岡崎の旧家の次男でね、なかなか体格のいい、しっかりした男でね、お父さんはいいと思ったんだけどね」

幸　一「——路子、ほかに好きな人でもあるんじゃないんですか」

平　山「そう思うかい、お前——？」

幸　一「ええ」

平　山「そうなんだよ。和夫の話だとね、三浦って人を好きらしいんだよ」

幸　一「三浦って？」

平　山「お前の会社の……」

幸　一「アア、あいつですか」

平　山「どんな人だい」

幸　一「あいつはいい奴ですよ。あいつだったら賛成だな。——路子はなんていうんです」

平　山「聞いてみたんだがね、ハッキリ言わないけど、なんとなく好きそうなんだ」

幸　一「あいつならわけないがな」

平　山「そうかい。じゃお前、ひとつその三浦君に、それとなく聞いてみてくれないかな」

幸　一「ええ、いいですよ。あの男ならいいです」

平　山「そうかい。——そりゃァやっぱり好きな人と一緒にさせてやった方がいいからね。その方が路子も幸せだよ」

幸　一「そうですね。じゃ早速聞いてみましょう」

平　山「アア、そうしておくれ」

かおるが出てくる。
かおる「今日はお静かねえ、こないだのアレかけましょうか」
平　山「いやァ、まァいいよ」
幸　一「なんです」
平　山「いやァ……」
幸　一「しかし、あいつが行っちゃうと、お父さん寂しくなりますねえ」
平　山「でも、もうやらないとねえ……」
とグラスを乾す。幸一も呑む。

72　翌日の夕方　食傷新道《しょくしょうじんみち》

烏森あたり——勤め帰りの人たちの往来……。

73　そこの「とんかつ屋」の店内

相当に混んでいる。

74　そこの二階への階段下

靴や女草履などがぬいである。

75　その二階の小部屋

幸一と三浦がとんかつを食いながらビールを呑んでいる。とんかつは二皿目、ビールも二本である。
三　浦（自分のコップにビールを注ぎ、幸一に）「どうです」
幸　一「アア——（と受けながら）君、強いね」
三　浦「強かないですよ。ま、ビールなら二本かな」
幸　一「君ねえ」
三　浦「なんです」
幸　一「結婚する気ないかい」
三　浦「誰かあるんですか、いいの——」
幸　一「いいか悪いか、ないこたあないんだけどね」
三　浦「そうか……ほんとですか」
幸　一「ほんとだよ。あるんだ、どうだい、貰わないか」
三　浦「——そうか。弱っちゃったな」
幸　一「何が？　弱るこたないだろう。どうだい」
三　浦「エエ……」
幸　一「もう貰ってもいいよ」
三　浦「そうですねえ……アノ……実はね、あるんですよ」
幸　一「あるのか」
三　浦「女房じゃありませんよ。でも、いるんです」
幸　一「そうかい」
三　浦「あんたも知ってる人ですよ」
幸　一「誰だい」
三　浦「庶務課の井上美代子——」
幸　一「アア、あの子……」
三　浦「いけませんか、駄目ですか」
幸　一「イヤ、いいよ。いい子だよ」
三　浦「みんなに黙ってて下さいね。まだ誰にも言ってないんだから……」
幸　一「アア、そりゃ言わないよ」
三　浦「約束しちゃったんです」
幸　一「フーン、いつだい」
三　浦「この夏みんなで伊香保へ行ったでしょう。会社で——」
幸　一「アア、あの時からか」
三　浦「あの時からかって、まだなんにもしてやしませんよ」
幸　一「嘘つけ」
三　浦「そりゃ手ぐらい握ってるけど……」
幸　一「——そうか……」
三　浦「あんたの話って誰です」
幸　一「まァいいよ」
三　浦「聞かせて下さいよ。僕だって言っちゃったんだから」
幸　一「ウーム……」
三　浦「誰です」
幸　一「……妹なんだ」
三　浦「妹って、路子さんですか」
幸　一「アア」
三　浦「路子さん知ってるんですか、その話——」
幸　一「アア……まァね」
三　浦「だったら、もっと早く言ってもらいたかったなァ……僕ァあんたにそれとなく聞いたことあるんですよ。そしたらあんた、あいつはまだ当分いかないよって言ったじゃありませんか」

幸　一「そうかなァ、そんなこと言ったかなァ」

三　浦「言いましたよ。言ったよ。路子さんもそんなことといってたし、だから僕ァもう駄目だと思ったんだ——ねえ、ビールもう一本貰いましょうか」

幸　一「アア——（と呼鈴を押して）そうか……そりゃいけなかったな……」

三　浦「惜しいことしちゃったな。もっと早く言ってくれりゃよかったんだ」

幸　一「うまくいかないもんだよなァ……」

三　浦「そうですねえ……とんかつ、もう一つ、いいですか」

幸　一「アア、いいよ」

と呼鈴を押す。

三浦はバンドをゆるめる。

76　階下

相当に客がたてこんでいる。

77　同夜　平山の家　茶の間

平山と幸一——

平　山「——そりゃァ悪かったな……もっと早くお父さんがその気になりゃよかったんだ……」

幸　一「けど、路子に言わないわけにはいかないでしょう」

平　山「ウーム……困ったね……どうだろう、お前から言ってくれないか」

幸　一「僕がですか」

平　山「アア——路子、大分三浦君を好きそうなんだよ。今朝も聞いてみたんだがね」

幸　一「そりゃァ……やっぱりお父さんから言ってやって下さい……けど、ちょっと可哀そうだな」

平　山「そうなんだよ……なんて言えばいいかねえ……」

幸　一「………」

二人の言葉がとだえると、そこへ路子が二階からおりてくる。

路　子「紅茶でも淹れましょうか。どお、兄さん——」

幸　一「アア、まァいいよ」

平　山「ねえ、路子——」

路　子「なァに？」

平　山「ちょいとおいで——おすわりよ」

路　子（すわって）「なァに？」

平　山「お父さんね、余計なことだったかも知れないけど、三浦君がお前のことどう思ってるか、兄さんから聞いてもらったんだよ」

幸　一「あいつもね、お前のこと嫌いじゃなかったらしいんだけどね。もう決っちゃったんだそうだ」

路　子「………」

平　山「いやァ、お父さんがもっと早くその気になりゃよかったんだけどね……悪かったよ」

路　子「………」

幸　一「おれにしたって、お前が三浦を好きだなんてこと、まるで気が付かなかったしな」

平　山「いやァ、お父さんがウッカリしてたことが一番いけなかったんだ……すまなかった……」

路　子（顔を上げ、微笑し）「いいのよお父さん……そんならいいの……あたし、あとで後悔したくなかっただけなの……聞いてもらってよかったわ」

平　山「——そうかい……」

幸　一「じゃ、どうだい、お父さんの方の話の人に、一度会ってみないか」

路子、微かに頷く。

平　山「会ってみるか」

路　子「ええ……」

幸　一「じゃ、いいんだね」

路　子「ええ、おまかせします」

と、微笑して立ってゆく。

それを見送って——

幸　一「よかったですね」

平山「アア、よかった……」
幸一「泣かれでもされたら困ると思ってたけどな」
平山「ウム、もっとガッカリするかと思ってたけどね」
幸一「案外平気な顔してましたね」
平山「ウム、よかったよ」
和夫が来る。
和夫「どうしたんだい、姉さん泣いてたみたいだったぜ」
平山と幸一、顔を見合わせ、平山、立ってゆく。

78 廊下

平山、二階へ上ってゆく。

79 二階

平山が来てみると、路子が奥の部屋で悄然と考えこんでいる。

平山「オイ、どうした――?」

路子、ひそかに目頭を拭いて振返る。

平山「――お父さんの方の話、無理にすすめてんじゃないんだよ。会ってみて嫌だったら、断っていいんだからね」

路子、黙って頷く。

平山「兎に角、一度会ってみておくれ――いいね」

路子、また黙って頷く。

平山、一度廊下へ出てゆくが、そこで夜空を見上げて、また部屋へ戻る。

平山「下へ来ないか。お茶でも飲もうよ」

そう言い残して、階段をおりてゆく。

路子、じっと考えつづけている。

80 日曜日　郊外の住宅地

平山が来る。

81 河合の家の前

平山、入ってゆく。

82 同　玄関内

平山、入ってきて――
平山「ごめん下さい……ごめんなさい」
「はい」と返事が聞えて、河合の細君ののぶ子(46)が出てくる。
のぶ子「アア、いらっしゃいまし。さ、どうぞ、どうぞ――堀江さんもいらしってますのよ」
平山「そうですか」
のぶ子「さ、どうぞ……」

83 座敷

河合と堀江が囲碁を打っている。
座卓の上にウィスキーやチーズなどが出ている。
河合（碁から顔を上げて）「来たのか」
のぶ子の声「ええ、お見えになった……」と平山を案内してくる。
平山「よう！」
河合「おウ、おそかったな？」
平山「アア――（堀江に）いつ来たんだ」
堀江「お前が来るっていうんでね……（と盤を見て考える）こーっと……」
のぶ子（座布団をすすめて）「どうぞ……」
平山「ヤ、どうも……」
のぶ子、出てゆく。
平山（碁盤を覗いて）「どっちもどっちだな」
堀江「そりゃおれの方がいいよ」
河合「それ（ウィスキー）勝手にやってくれ」
平山「アア……（とウィスキーをグラスに注ぎながら）あのなァ、さっき電話でちょっと言ったけど、あの話なァ……」
河合「ウム……」
平山「本人同士会わせたいと思うんだけどね」
河合（盤を見たまま）「そうだねえ……」
そして以下、河合と堀江は平山の方を見ずに盤を見たままで……。
平山「一度先方の都合聞いてみてくれないか」
堀江（河合に）「オイ、何の話だい」
河合「ウム、路子ちゃんのね……」
堀江「そりゃ困るよ。二タ股かけちゃ困る

よ。おれの返事を聞いてからにしてくれなきゃ……」

平山「何?」

堀江「お前の方がグズグズしてるもんだからね。おれも河合に頼まれて、昨日恰度土曜日だったんでね、お昼っから見合いさせたんだよ。いいのがあってね。(と河合を見て)なァ……」

河合「ウム」

堀江(河合に)「いいだろう、あの子――」

河合「ウム、いい子だね」

堀江(平山に)「おれの助手の妹なんだけど、路子ちゃんよりちょっと丈が低いかな。綺麗な子なんだ」

平山「そうか……」

河合「こっちもいそがれてたもんだからね」

平山「そうか……それでもう決っちゃったのか」

堀江「ウン、決りそうなんだ。まア決るな。両方とも気に入ったらしいんだ」

平山「そうか……」

堀江「なァ」

河合「うん」

のぶ子がニヤニヤしながら酒の肴を持ってきて――

のぶ子「悪いわよ、堀江さん――」

堀江「アハ……」

と例のバカ笑いをする。河合もニヤニヤ笑う。

平山(不審そうに)「なんだい……?」

のぶ子「嘘なんですよ。今の、みんな嘘……あなたがいらしったら担ごうって二人で相談してたんですよ」

平山「そうですか――(とホッとして)悪い奴等だ」

二人、笑って――

堀江「お前だっておれを殺したじゃないか。お互いだよ」

平山「そうか……いやァ、ちょいとあわてたよ――いやァ、嘘でよかった……」

とグラスを乾す。

のぶ子「でも平山さん、路子ちゃんがいなくなると、お寂しくなりますわねえ……」

平山「いやァ……」

河合「だからって、いつまでもやらないわけにもいくまい」

のぶ子(平山に)「路子ちゃんが気に入ってくれるといいんですけどねえ」

河合「そりゃァ気に入るよ」

平山(のぶ子に)「わたしも気に入ると思うんですがね」

堀江「そんな時ァお互いに気に入るものだ。――おれだってそうだった、アハ……」

河合「オイ、お前の番だよ」

堀江「ウム? ――そうか……エート……」

その碁盤――

84 好晴の日　郊外地

街を花嫁の一行がゆく。

85 平山の家の前

自動車が二台――そして近所のおかみさんが三、四人、物見高く集っている。

86 同　廊下

和夫が電話をかけている。

和夫「え? 何? ――だからさ、二台はもう来てるんだよ。そのほかにだよ。――わかったね。小型でいいんだ。もう一台――。ウム、そうだ、すぐだ――頼んだよ」

と切って座敷へ戻る。

87 座敷

平山と幸一――二人ともモーニング姿である。

和夫が来る。

和夫「かけたよ。すぐ来るってさ」

幸一「そうか。もう裏の方、戸締りしとけよ」

和夫「急に忙しいんでやがら」

と出てゆく。

平山は祝儀袋に百円札を入れている。

幸　一「ま、不自由でしょうけど、誰か見付かるまで、時々秋子よこしますよ」
平　山「まァいいよ、秋子もお勤めがあるんだから……お前ンとこ、まだ出来ないのかい」
幸　一「なんです?」
平　山「赤ン坊だよ」
幸　一「アア、まだです。いま生れても困るけど……」
平　山「出来ないようにしてるのか」
幸　一「エエ、まァね」
平　山「そりゃもう拵えた方がいいよ。五十になって、子供がやっと中学出るなんていうんじゃ困るからね」
幸　一「そうですねえ……僕が生れたのは、お父さんいくつの時です」
平　山「二十六だった……」
幸　一「二十六か……」
と指を折って数える。
そこへ荷物を持った美容師の助手が来る。
助　手「アノ……お仕度出来ましたけど……」
平　山「そう……」
幸一と共に立ってゆく。

88　二階

姿見の前に花嫁姿の路子——
それに付添って秋子——
美容師が衣紋など直している。
平山と幸一が来る。
平　山「やァ出来たかい——(美容師に)ご苦労さん……」
美容師(秋子に)「じゃ、わたくしお先に……」
秋　子「どうぞ……お願いします」
で美容師が出てゆくと——
幸　一「綺麗だな、路子……」
秋　子「ほんとに可愛い……」
平　山「じゃ、出かけるか」
路子、秋子に手を添えられて、立つ。
路　子(万感をこめて)「お父さん……」
平　山(路子の手を持添えて)「アア、わかってる……しっかりおやり……」
路子、黙って、頷く。
平　山「さ、いこう……」
で、幸一、平山、路子、秋子の順で出てゆく。
誰もいなくなったその室内——

89　同夜　河合家　廊下

男たちの笑い声が聞えて——

90　同　座敷

披露宴から帰ってきて、ふだん着に着替えた河合、モーニングの上着をぬいだ平山と堀江の三人が座卓を囲んでいる。
卓上には日本酒やウィスキーが並び、みんな大分ご機嫌である。
のぶ子は隣室で酒の肴の仕度をしている。
三人、酒を酌み交しながら——
堀　江(平山に)「今度はお前の番だな」
平　山「何が?」
堀　江「若いの。どうだい、若いの」
河　合(堀江に)「おクスリ呑んでか」
堀　江「アア、もらっちゃえ、もらっちゃえ」
平　山(堀江に)「おれはね堀江、このごろお前がどうも不潔に見えるんだがね」
堀　江「不潔? どうして?」
平　山「なんとなくな」
堀　江「いやァ、おれァ綺麗ずきだよ」
河　合「綺麗ずき夜は頗るにきたなずきか」
堀　江「ア、そうか。アハ……」
で、みんな笑う。
のぶ子(向うの部屋から)「平山さん、いずれは幸一さんご夫婦とご一緒にお住まいになるんでしょ?」
平　山「いやァ、和夫がいますからね、当分このままでやっていきますよ。やっぱり若いものは若いものだけの方がいい……」
河　合「そりゃそうだ。年寄りが邪魔するこたないよ」
のぶ子「いいお父さまねえ、平山さん……」
と酒の肴を持ってくる。

平山「ねえ奥さん、やっぱり子供は男の子ですなァ……」
のぶ子「そうですねえ……」
平山「いやァ……女の子はつまらん……」
河合「そりゃァ、女だって男だっておんなじだよ。みんなどっかへいっちゃうんだ」
堀江「年寄りだけが残るのか」
河合「お前、言うことないよ」
堀江「いやァ、おれだって娘、嫁にやったよ」
平山「……いやァ、育て甲斐のないもんだ……」
のぶ子「ほんとですねえ……」
河合「ヒョータンもそう言ってたじゃないか。結局人生はひとりぼっちですねって……お前、ヒョータンにならなくてよかったよ」
平山「ヒョータンか……うむ、おれ、失敬しよう」
河合「帰るのか」
平山「ウム、失敬する」
と立ちかかるが、よろける。
のぶ子「大丈夫ですか。自動車よびましょうか」
平山「イヤイヤ。——いやァ、奥さん、今日はほんとにご迷惑なことをお願いしちゃって……（河合に）オイ、すまなかったな」
河合「オイ、大丈夫か」
平山「ウム……駅までブラブラ歩いてくよ」
堀江「おれも、一緒に行こうか」
平山「イヤ、いい。お前、残ってろ」
のぶ子（モーニングを手にして）「こちら平山さんのですか」
堀江「アア、そりゃ僕ンだ」
平山「じゃァ失敬——」
と出てゆく。のぶ子、モーニングを持って、ついてゆく。
河合（酒をすすめて）「どうだい」
堀江「アア……（と受けて）どうしたんだい、あいつ——」
河合「ウーム……ひとりになりたかったんだろう……寂しいんだよ」
堀江「ウーム……」
河合「娘が嫁にいっちゃった晩なんて嫌なもんだからなぁ」
堀江「そうだね」
河合「折角育てた奴をやっちゃうんだからなぁ……」
堀江「ウーム」
河合「あっけないもんだ……」
玄関のあく音——

91　同夜　「かおる」の路地

賑やかなジャズなどが聞えて——
平山が酔歩蹣跚《まんさん》とやってくる。
そして「かおる」のドアを押す。

92　同　「かおる」の店内

三、四人の客——かおるが見迎える。
かおる「いらっしゃい……」
平山「やァ……」
とスタンドに腰をおろす。
かおる「ついさっき坂本さんお帰りになったとこ——」
平山「そうかい——一杯もらおうか」
かおる「水割りにしますか」
平山「イヤ、そのままでいい」
かおる「はい」
と棚からトリスを取る。
平山、そのかおるの姿を目で追う。
かおる「今日はどちらのお帰り——お葬式ですか」
平山「ウーム、ま、そんなもんだよ」
かおる「はい——（グラスを出して）おかけしましょうか、アレ」
平山「アア……」
とグラスを舐める。
かおる、レコードをかける。
軍艦マーチが鳴り出す。
酔客A「オオ、大本営発表か……」
酔客B「帝国海軍は今暁五時三十分、南鳥島東方海上に於て……」

酔客A「敗けました」
酔客B「そうです……敗けました……」
平山、グラスを舐めながら聞いている。
軍艦マーチがつづく。

93 「かおる」の灯入れ看板
それが明滅して――

94 同夜 平山家 中の間――茶の間
奥の部屋に布団が二つ敷いてあり、結婚式に出たままの姿の幸一夫婦と寝巻姿の和夫がチャブ台を囲んでいる。幸一は上着をぬいでいる。
和 夫「おそいなァ、親父――どこいきやがったんだろ」
幸 一「ウム、おそいな」
秋 子「まだ屹度河合さんとこよ」
幸 一「それにしてもおそいよ」
玄関のあく音――
秋 子「アア、帰ってらした」
と立ってゆく。

95 玄関
平山、上り框にグッタリしている。
秋 子「アア、お帰ンなさい」
平 山「アア……」
秋 子「ずいぶんお酔いになって――」
平 山「アア……」
と上る。
秋子、玄関を締めに土間におりる。

96 中の間――茶の間
幸一と和夫が迎える。
和 夫「どうしたんだい――お父さん――」
平 山（幸一に）「やァ、来てたのか……」
幸 一「ええ――お疲れでしょう」
平 山「アア……」
幸 一「しかし、よかったですね」
平 山「アア、よかったよ――まあ何とかやってってくれるといいがね」
幸 一「そりゃ大丈夫ですよ、やってきますよ」
秋 子「路子ちゃん、しっかりしてますもん……大丈夫ですわ」
平 山「うむ……」
とチャブ台の前にグッタリする。
秋子が戻ってくる。
幸 一（秋子に）「じゃ、そろそろ……」
秋 子「そうね――（そして和夫に）じゃ、時々来てみるけど、用があったら電話してよ」
和 夫「オーケー」
幸 一「じゃお父さん、帰ります」
平 山（顔をあげて）「ナンダ、帰るのか……」
秋 子「また時々伺いますけど……」
平 山「アア……」
と再びグッタリしてしまう。
幸 一（和夫に）「じゃ帰るよ」
和 夫「うん」
で三人、出てゆく。
玄関のあく音――
和夫の声「さよなら――」
秋子の声「じゃ、おやすみなさい」
平山、無意識に上着をぬぐ。
和夫が戻ってくる。
和 夫「オイ、お父さん、おれ、もう寝るぞ」
平 山「アア、寝ろ」
和夫、奥の部屋に入って床に入る。
和 夫（腹匍いになって）「オイ、お父さん――」
平 山「うむ――？」
和 夫「あんまり酒呑むなよ」
平 山「ウーム……」
和 夫「身体大事にしてくれよなァ……まだ死んじゃ困るぜ」
平 山「アア、大丈夫だ……いやァ、守るも攻むるもくろがねの、か……」
和 夫「オイ、もういい加減に寝ろよ」
平 山「ウーム……タータラッタ、タータラッタ、タータ、タータ……」
とグッタリしたまま、繰返して口ずさむ。
和 夫「何言ってンだイ、ほんとにもう寝ろよ」

平　山「ウーム……ひとりぼっちか……タータラッタ、タータララ、タータタ、タータタ……」

と口の中で唄う。

97　二階の廊下

暗い……。

98　二階の部屋

ここも暗く、その暗い中に姿見の鈍い光が浮んでいる。

――終――

［付録］小津安二郎が監督しなかった作品

瓦版かちかち山

脚色　小津安二郎

原作
脚色……小津安二郎
監督……燻屋　鯨平
撮影……（空欄）

与　　三（御用聞実はすり二五～八）
その妹小染（深川辰巳芸者一九～二二）
そ の 母（病篤し）
与三の手下（七八人）
菜花屋清三郎（小染の旦那）
六　　蔵（すり）
宗　　吉（すり）

昭和二年五月八日印行の小津安二郎の最初のシナリオ。

これを原作に、昭和九年、荒田正男が新たにシナリオを書き、井上金太郎が監督し、同じタイトルで映画化されている。

1

与三の家　可成りに貧しい（朝である）

与三、仏壇に煙香を上げて拝む。そして仏壇から、十手を取り出して病母に近づく。

枕頭に座って薬をすすめる。そして笑い乍ら「行って来ます――」

Ⓣ〝竹屋の渡しの三人殺しが
　未だ手がかりがないのです〟

病母、微にうなずく。「そうかい――」

Ⓣ〝御苦労だね、身体を大切にね〟

与三、蒲団の上から軽く母を叩いて慰めて立ち上る。

見送る病母。

表に出た与三、病母に挨拶をする。

隣家の人と二言三言。

物堅い捕手の様子よろしく。

病母、子供のことを思いうかべての微笑。

けれど傷々しいその顔。

Ⓣ〝老さき短い母の
　せめてもの慰めは、
　兄は
　腕利きの御用聞。
　妹は
　名うての辰巳芸者〟

2

芸者屋の居間

茶碗が四つ五つ、それに茶を注ぐ手。

美しい手が出てそれをとる――一つ残る。

その残った茶碗をすすめる手――こばむ手。

不審がる妓、「どうして呑まないの――」

茶をすすめられた小染、少し淋しげに言う。

Ⓣ〝お母さんの病気が癒る迄は断ったの〟

他の妓も二人の話を聞いて少ししんみりしたが、姦しい男の話。

妓a言う。

Ⓣ〝紅屋の甲二郎さんと菜花屋の若旦那と
　どっちがいい男だって――〟

妓b、

Ⓣ〝あたしなら菜花屋の若旦那の方が
　好きね〟

妓c「そうね――」、考えて、

Ⓣ〝あたしなら矢張菜花屋の若旦那〟

妓d、即座に、

Ⓣ〝あたしもよ〟

小染、恥しげに下を向く。

妓e、

Ⓣ〝そうね、矢張〟

妓a、言う。

Ⓣ〝小染さん、あぶないよ、
　こう皆が好きじゃ〟

小染、うれしそうに恥じらう。

他の妓も笑う。

妓d、

Ⓣ〝わたしゃお茶をよしてもいいから
　あんな男に惚れられたいよ〟

皆の妓、笑う。

妓b、少々情を込めて、

Ⓣ〝お母さんの悪いのは心配だろうけれど
　元気をお出しよ〟

妓e、

Ⓣ〝そうよ、あたし達とこうやって
　遊ぶのももう長くはないのだもの〟

妓aの羨ましそうな顔「そうよ」

妓c、

Ⓣ〝いい男と一緒にはなれるし、それに
　兄さんはしっかり者だし――〟

3

街を行く与三

物堅い御用聞きの様。移動。

(Cut Back)

他の妓、各自の茶碗を出す。妓aがお茶を注ぐ。美しい手がそれを取る。一つ残る小染の分。

(F・O)

4

街の盛り場

日当りのいい築土の塀に、沢山の見物を

集めて猿廻が居る。
焼大福屋、絵草紙屋、独楽屋、等の大道商人がいる。見物、雑沓。
二人連れの男、六蔵に宗吉、金の有りそうな人を物色する。
与三、盛り場迄来る。左右を見廻す。
一点を見つめて身構える。
男に突き当った六蔵、見事にすりを働く。

与三の緊張した顔。
六蔵の凄い笑い面。
与三、後を見てツカツカ六蔵の方に進む。
六蔵、横路にのがれ様《よう》とする。与三、その前に立ちふさがる。
六蔵の面。与三の面。
与三、軽く笑い乍ら、腰の十手を抜いて六蔵の胸に当てて、
Ⓣ〝御用〟
六蔵、懐中の匕首《あいくち》の柄を握る。
与三、その手をおさえる。匕首を取る。笑う。
六蔵、他の街の一角に目くばせをする。
与三、笑い乍ら、
Ⓣ〝従《つ》いて来い〟
人目を避けて与三の背後に迫った男、宗吉である。
懐中から匕首を抜いてジリジリ迫る。

突然驚いて後をふり向く。
（キャメラ廻転）
そこに一人の捕手、いきなり十手で宗吉の匕首を叩き落す。
六蔵の残念の面。
与三、六蔵の面を見てから、後を振り返り笑って言う。
再び、
Ⓣ〝従いて来い〟
六蔵、仕方なく後に従う。
宗吉の背後に迫った捕手も、宗吉をうながして六蔵につづく。（移動）
盛り場を過ぎる。人気なき築土の塀。
六蔵、矢庭に人なきを見て、与三の背後から、懐中から匕首を抜いて突く。
与三、よけてその利腕をつかむ。
六蔵の怨めしき面。
与三の笑い顔。
手から匕首が落ちる。与三蹴る。
笑って六蔵に言う。
Ⓣ〝手前はいいモサになるのには
未だ間があらあ。従いて来い〟
歩き出す二組のすりと捕手。（F・O）
Ⓣ〝櫓下から程近く、
烏長屋の三軒目、
いつもの西の裏二階〟

5
二階の部屋
西に向いた障子に紅々と日の光。木の影。
座敷に七八人、勝負の最中。
ならず者の部屋の有様よろしく。
一同緊張する。誰か人の来た気はい。
勝負の道具をかくす。
車座が開いて、壁に背を寄せて、懐中に手をいれる。
緊張する人々。
益々緊張、静かに匕首を各自抜いて構える。
静かに襖が開く。
緊張したならず者の二三。
襖の間から見える十手。
驚いたならず者の二三。
静かに入って来る与三。
皆緊張した儘である。
与三、手前の一人の匕首の持ち方を直す。
十手を皆の前にほうり出す。
皆緊張がなくなる——。笑い面になる。
与三、笑い一同を見廻す。
笑い面の一同。与三、
Ⓣ〝仲間を二人拾って来た〟
一同。
襖開いて、其処に座っている二人、
何がなんだか判らない様子。
一同の中の一人R、二人を見て隣の男に言う。

Ⓣ〝何処かで見たことのある面だぜ〟
他の一人Q、
Ⓣ〝奴等は浜十三丁の虻屋の身内だ〟
隣の男R、驚く。
一同を見廻す六蔵と宗吉。
Q、言う。
Ⓣ〝悪智恵のたけてとんだ野郎だ〟
与三、茶を呑む。
六蔵と宗吉、見合って笑う。冷笑。
Qの隣りのS、Qに言う。
Ⓣ〝兄貴はとんだ奴を拾って来たぜ〟
Q、頷く。
Q、R、Sの話には全く関係のない与三。
二人を見守るQ、R、S。
宗吉、六蔵の太い笑い、冷笑。（F・O）

6

芸者屋の居間

二三人の妓が草双紙を見たり煙草を吸ったりしている。真昼時。
其処に小染が用から帰って来る。
他の妓が小染を見て、「今菜花屋の旦那が来ていて帰った所よ」と言う。
小染言う。「およしなさいよ、冗談は」
他の妓、「本当よ」。小染笑う。
他の妓、一人に向って、
Ⓣ〝今菜花屋の若旦那が帰った所ね〟
と言う。頷く。「それ御覧なさい」と小染に言う。
小染、自分の鏡の前に久しく座る。
小染、他の妓の方を見て微笑。鏡の蓋を取る。
鏡。鏡におしろいで、
Ⓣ〝今宵いつもの二階で
　会いましょう　清〟
小染、拭おうとしてためらう。笑う。拭う。
風呂行の道具を持って出て行く。
他の妓と二三言笑い話をして。

7

人通りのある町の塀に三人

与三と仲間と兼二である。
三人、身体をくっつけて、懐手のからくりにすり。
少し離れて六蔵に宗吉。
煙管を喫んでの世間話。時々目を光らして金目のものを見る。
三人のからくり。
鮮やかにして面白味あり。
物色している与三、驚く。
妹の姿を見たのである。行く。
二人、急に一人が行ったのでしくじる。
宗吉と六蔵、話をやめて与三を目で送る。
宗吉、「いい女だなあ」と言う気持。
路で話する兄と妹の小染。
小染のよろこび。
与三の懐中からのぞく女物の贓品《ぞうひん》。
妹小染、不審に思って手に取る。
与三、当惑の表情。
兼二と一人、心配そうに見ている。
妹がたずねる。
「これはどうしたのです」
与三、当惑。
其処に女が来て、
Ⓣ〝これは私の財布です〟
与三、当惑。女、
Ⓣ〝これは今私がすられたんです〟
妹小染の同情に似た面。
六蔵と宗吉のうす笑い。嘲り。
兼二と一人の心配。
妹、兄をうたがう、かすかな疑念。
与三、心を落ちつける。昂然と、
Ⓣ〝今其処ですりを捕えましてね〟
女の不審の表情。
与三、懐中から十手を出して見せて、
Ⓣ〝あなたのならお返しします〟
女、この男を捕手と思って、お礼を言って帰る。
それをきっかけに、兄妹は二言三言話して別れる。
与三に別れた小染、来る。
兼二と他の一人が物かげにかくれる。
小染、行きすぎる。

六蔵が出て来て小染に行き当る。
物かげから覗《うかが》う兼二。
六蔵、小染の所持品をする。笄《こうがい》。
兼二、おどろく。
小染、気づかずに行く。
六蔵の会心の微笑。
そこへ出て来る兼二。
「手前は馬鹿だなあ」
懐中から笄を取らんとする。
六蔵少しく争う。
宗吉も来る。他の一人も来る。
兼二、笄を六蔵から取って、
Ⓣ〃ありゃ手前、兄貴の妹御じゃねいか〃
六蔵、負けていない。
Ⓣ〃妹だからいけねいって言うのか〃
六蔵、Ⓣの言い終りに横顔を一つ。
兼二、「当り前だ、馬鹿」
六蔵の頬を殴ぐる。
口より手が早い。
そして小染を追う。
兼二、白ばくれて小染を呼び止める。
小染、ふり返る。
兼二「よく似ていると思ったら矢張り小染さんでしたか」
小染「まあ」
二人、かねてから知り合いの仲よろしく。
兼二、笄を出し、
Ⓣ〃これを落しましたよ〃
小染、頭に手をやって礼を言って受取る。
六蔵と宗吉。
小染と別れる兼二。
六蔵と宗吉、稍々《やや》怒りの「馬鹿にしやがった、覚えていろ」と言う表情よろしく。
(F・O)

8　平清の二階の一室

宗吉と六蔵、すった財布から金を集めて一つの財布に纏めている。
廊下を歩く足音。驚く二人。
隣りの室に入る女、小染である。
二人、酒を呑み乍ら悪策にふける。

9　二人のいる隣室

菜花屋の清三郎と小染。(love scene)
ラブシーンと二人との程よき [Cut Back]
二人、宗吉と六蔵、障子の方に近づく。
あなを開けて見る。
清三郎と小染。
小染――二人、面を見合す。
六蔵、宗吉に、
Ⓣ〃与三の妹じゃねいか〃
宗吉、頷く。又覗く。
清三郎と小染。清三郎、言う。
Ⓣ〃色々苦労をかけて済まなかったね〃
小染、下を向いた儘微笑。
覗く二人。清三郎、
Ⓣ〃だけどもう安心だ。後、四日だ〃
小染のうれしき様。
Ⓣ〃十三日の晩に此処で会おう。その時に持って来よう〃
二人、舌打をする。小さな声で、
Ⓣ〃身受け話だ〃
又覗く。
小染、「そんなに心配していただいては――」と言う。
清三郎「何でもないよ」
六蔵、悪策を巡らす面。宗吉も同様。
Ⓣ〃金の事なんか心配しないでおくれ。十三日の晩には間違いないから〃
六蔵、宗吉、凄い笑い面。
小染、清三郎、手を取り合っている。
宗吉、再び覗く。妹の顔。
二人、元の席に戻って各自考える。
六蔵、思い当って宗吉に耳打をする。
宗吉、
Ⓣ〃お前も仲々悪党だな〃
(F・O)
Ⓣ〃菜花屋、清三郎に小染の身受金の才覚が出来ると言う十三日の宵のこと〃

10

河にそった倉に二人の影

六蔵と宗吉である。
宗吉、懐中から匕首を出して鼻緒を切る。(何時でも鼻緒の切れる用意にである)
二人示し合せる。六蔵は倉の影に、宗吉は渡し場に。
いそいそと清三郎が来る。
渡し舟の来るのを待っている。
清三郎、宗吉に近づく。
宗吉の鼻緒が切れて、宗吉、清三郎にぶっつかる。わびる。
渡し舟にのって行く清三郎。
倉の影から覗いて笑を漏す六蔵。
下駄の鼻緒を弄びながら、渡し場を去る宗吉。
舟の中。清三郎、乗り合せた中の芸者と男との仲のよいラブシーンを見て慈しむ心持。
宗吉と六蔵、顔見合せて北叟笑《ほくそえ》む。
宗吉の手から六蔵の手に渡る。
唐草の帛紗に包まれた財布。　(F・O)

11

鳥長屋の二階

仲間一同集まっての贓品の山分け最中。
表の格子の開いた様子。
兼二、立ち上る。
格子を閉めて二人、六蔵に宗吉。
階段、二階の口にて兼二、二人なので安心。
六蔵、宗吉、すった財布を出して微笑み合う。
六蔵、懐中にしまう。
不審に思う兼二。
二人、二階に行こうとする。
兼二、階段を下りる。
すれ違う。軽い挨拶。二人、二階に上る。
仲間の居る部屋を通って、次の部屋に行く二人。
にっこり見合って懐中をさがす六蔵、宗吉の無念の顔。
二人、次の座敷に耳をかたむける。
一同の部屋。
兼二、贓品の上に唐草帛紗の財布を投げ出す。
一同、眼を見張る。
次の部屋の六蔵、宗吉、唐紙を開ける。
にらみつける兼二。不審に思う一同。
二人、稍《やや》てれる。
兼二、
Ⓣ〃なあ、おい、
　一つ棟に住んで一つ竈の飯を喰ってのおつき合いだ。
　一人でいいことはよしにしようぜ〃
驚く二人。笑ってごまかす。
憤慨する仲間。
六蔵、笑を辛じて浮べて、
Ⓣ〃冗談言っちゃいけねい。
　今出そうと思っていたんだ〃
とは言うものの、しまったと思う顔。
与三、二人を見較べて帛紗を手に取る。
中を見る。
仕方なく笑顔を作って、
Ⓣ〃なあ、兄貴。
　いい鴨を見つけたもんだろう〃
と六蔵。宗吉も得意。与三笑って、
Ⓣ〃どうせ何処かのあぶく銭だろう〃
宗吉、「違いねい」と凄い笑い。
他のすり仲間、食指動く様。
唐草の帛紗を開いて、小判を手にとる与三。
囲りに集る仲間。
与三、分配する。
宗吉、仲間、六蔵、与三、Cut Back宜しく。
各自の前に一枚一枚とおかれる小判。
六蔵、
Ⓣ〃兄貴、すまねいな、こんなに貰って〃
宗吉も相づちを打つ。
Ⓣ〃そうよ、血の出る様な
　金かも知れねいぜ〃
与三の瞬間の緊張した面。
六蔵の凄い笑い。

分配が済んだので仲間は分け前を持って立ち上る。「兄貴、行って来るぜ」

兄貴は答える。

酒を買いにやる者、酒宴の用意をするもの。

六蔵、宗吉、立ち上って、「どれ俺達も濡れに行こうか」と座敷を去る。

仲間と陽気に笑う与三。　（F・O）

12　平清の二階

清三郎に小染。

小染は泣いている。清三郎も元気がない。

13　隣の室

六蔵と宗吉、酒を飲んでいる。

宗吉、言う。

Ⓣ〝おい、なんだか、
　あんまりいい気持じゃねいな〟

六蔵、

Ⓣ〝手前悪党らしくもねい〟

二人、思う壺にはまったらしく呑む。

小染、涙に濡れた顔を上げる。

清三郎の途方に暮れた顔。

小染、泣き乍ら段々微笑む。

Ⓣ〝あたしの兄さんに頼んで見ましょう〟

清三郎。小染、

Ⓣ〝あたしの兄さんは町でも
　腕利きの御用聞です〟

六蔵、宗吉、鼻で笑う。

Ⓣ〝違いねい、腕利きだ、
　すりにかけてはなあ〟

清三郎、頷く。小染、

Ⓣ〝あたしの兄さんだったら、
　屹度捜してくれるでしょう〟

清三郎も同意して、両人手を握る。

六蔵、宗吉、呑む。六蔵言う。

Ⓣ〝今晩は皆御神酒が上って、
　生きてる甲斐があるだろう〟

14　Cut Back にて鳥長屋

皆、酔っている。与三と三四人居る。

おかし味の様よろしく。

与三、言う。酔っている。

Ⓣ〝おふくろだって、妹だって皆、
　俺を立派な御用聞の与三さんだ
　と思っているんだ〟

一人が他の者に盃を投げる。

くさる一人拾いながら、

Ⓣ〝くさっても鯛だ〟

笑う。一同は陽気。与三、

Ⓣ〝それだけに俺がなんだか
　悪い様な気がする〟

少ししんみりする。

一人が言う。

Ⓣ〝よせよ兄貴、
　つまらない娑婆気は出すなよ〟

与三、淋しく笑う。

15　Cut Back にて平清の表

しょんぼりと清三郎と小染、出て来る。

門にて別れる。

その後に六蔵に宗吉、出て来る。小染の後をつける。

六蔵、小染を呼びとめる。

Ⓣ〝お前さんもお気の毒だ。
　実は話は平清の隣りの部屋で
　聞いたんだ〟

小染、不審の顔。

宗吉、

Ⓣ〝だけどいい兄さんが
　おありで仕合せ、
　兄さんならきっと見つけますぜ〟

小染、頼もしいと思う。六蔵、

Ⓣ〝兄さんにお会いなせえ、
　御案内しましょう〟

小染、気味悪く思う。こばむ。六蔵、「嘘もなんにも言いませんや、会いたかったら従《つ》いていらっしゃい」と言い、歩き出す。小染、気味悪く思いながら従ってゆく。

宗吉、小染、六蔵。

16

烏長屋の路

三人来る。小染、四辺を眺めて不審そうに怒って「こんな烏長屋なんか兄さんがいるもんですか」と怒る。

六蔵、

Ⓣ〝居なけりゃ連れて来ませんやね。
　こんな所に居るから
　不思議じゃありませんか〟

どんどん歩き続ける。三軒目、がらりと戸を開けて、お這入りなさいとすすめる。

17

同じく二階

一人、下の人の気はいを覗う兼二。

宗吉、「この二階に居るんでさあ」と小染をすすめる。

階段の中程に来た兼二、驚く。二階に上って与三の傍にゆく。

Ⓣ〝兄貴大変だ。小染さんが来た〟

他の一同驚く。酒肴を片づける。おかしみの様よろしくあり。

与三、驚いて身なりを直す。少しく酔って居る。

唐草の帛紗、懐中からのぞいている。

兼二、酔った奴を隣室に運ぶ。兼二と共に酔った奴を隣室に運ぶ男、頬に傷あり。兼二言う。

Ⓣ〝手前、面がいけねえ〟

頷いて隣室に去る。兼二、与三の懐中の帛紗を見えなく装う。

小染、六蔵、宗吉、階上に来る。

小染、与三を見てその前に進む。与三に言う。

Ⓣ〝兄さんはなぜ烏長屋になんか
　いるのです〟

与三困惑。

Ⓣ〝病気のお母さんを家に一人置いて、
　この夜更け迄……〟

兼二、他の者。小染続けて言う。

Ⓣ〝兄さんが何故烏長屋になんか
　用があるのです〟

与三の困惑の顔。小染の怨めしい顔。

Cut Backにて六蔵と宗吉。

兼二、言う。

Ⓣ〝小染さん、与三さんは
　竹屋の渡しの三人殺しの
　手懸りがついたので
　その相談に来たのさ〟

与三の救われた顔。

小染の目から涙——。

六蔵、言う。

Ⓣ〝小染さんが御用聞の兄さんに
　お願いしたい事があるんだってさ〟

与三、小染に何だと聞く。

隣の室から酔った奴が顔を出す。兼二との間におかしみ若干あり。

小染、涙の面を上げて語る。聞く与三。

六蔵、宗吉の人の悪い笑い。小染、与三のCut Back。

小染、言う。与三、鸚鵡返しに、

Ⓣ〝唐草の帛紗に包んだ財布で
　中に二百両〟

与三の驚愕の表情。紛らわして慰める。

六蔵の薄笑い。兼二、他の者の沈黙。小染の歔欷《きょき》。

六蔵「心配しなさんな」

Ⓣ〝お前さんの兄さんは
　腕利きの御用聞きだ。
　もう目星はついただろうよ〟

与三、驚く。兼二も驚く。

小染、兄与三に頼む。

宗吉、鼻で笑って、

Ⓣ〝然し何だぜ、
　こいつばっかりは一寸判るまいって〟

小染、頭を上げて兄貴に頼む。兄貴、慰めてやる。

兼二と他の者、沈黙の如し。

六蔵言う、皮肉たっぷり。

Ⓣ〝唐草の帛紗に包んだ財布が
　誰の懐中の中に今頃納っているか、
　腕利きの兄さんだ、
　ちゃんと判っているだろうよ〟

与三、困惑の内に辛じて言い切る。

Ⓣ〝お前に心配はかけない。

十五日の晩迄に家に
　間違いなく届け様〃
小染喜ぶ。
Ⓣ〃十五日の晩迄に〃
与三の傍に進んで、しっかりその手を取って、
Ⓣ〃十五日の晩迄に判るでしょうか〃
与三頷く。宗吉、再び言う。
Ⓣ〃然し何だぜ、
　こいつばかりは少し判るまいよ〃
六蔵の薄笑い。
小染、「大丈夫だろうか」と与三に念を押す。与三、大きく「大丈夫だ、俺が捜してみせる」。与三の決心した悲壮の顔にて。
(F・O)

18　其の晩

皆寝ている。枕頭に煙草を吸って与三は考えている。
寝ている六蔵と宗吉、お互いに見合って、笑って寝る。
考えつづける与三――

19　烏長屋

何時もの様に、一同が贓品の山分けの最中。与三に元気をつけながら――与三は無言にて独り淋し相に眺めている。
贓品を出すすり仲間。
老いたすり、懐中からさんご玉の笄を出す。
傍の男、
Ⓣ〃とっつぁんは荒い仕事は
　控えた方がいいぜ〃
老すり「何、大丈夫だ」淋しく笑う。
熟視する与三、唾を呑む。眼をそらす。
一人のすり、女持ちの財布を出す。中に三味の糸、それを聞き、そして小判で七十両ばかり。仲間の光る目、一人が言う。
Ⓣ〃芸者持ちだ〃
与三の気持。
Ⓣ〃毎晩いい鴨がひっかからあ〃
笑う一人。
与三、真面目の顔。
分け様とする小判。
与三、それを手にて制して何か言おうとする。
仲間の者、与三を見る。
与三、声がつかえる。
どきどきしながら、
Ⓣ〃それを落して困っている人が
　あるだろうな〃
老すり、目に泪――
笑う仲間――
Ⓣ〃兄貴ほんとうに
　今晩はどうかしているぜ〃
老すり、味な顔。仲間の山分け。
Ⓣ〃そうかも知れぬッて〃
と与三、考え込む。
与三、立ち上り隣室に行く。
隣室の行燈が暗い。
兼二と一人、与三を見送り隣室に行く。
三人、無言にて対坐。暗い行燈。
兼二の目から泪。
Ⓣ〃兄貴〃
与三、顔を上げる。
Ⓣ〃お前にも色々と厄介になったなあ〃
与三、泪ぐみ、
Ⓣ〃俺は明日から悪事をふっつりやめて
　堅気になろうと思うんだ〃
与三、微かに笑って言う。
兼二「なあ兄貴――」
悲しみがこみ上げて、
Ⓣ〃兄貴、
　気質の判らねい俺じゃねいんだ、
　今更隠しだてしねいでくれ〃
与三、はっとする。
他の一人、
Ⓣ〃兄貴の為なら骨身も惜まねい俺達だ。
　一緒に働かしてくれ〃
兼二、言う。
Ⓣ〃今迄苦労を一緒にしてきて
　今更兄貴一人に心配させたく
　ねいんだ。

役にも立つまいけれど
一緒に働かさしてくれ〃
与三、涙の面を上げて両人を熟視する。
「済まない」と口の中。
両人、与三の手を握る。
与三、しっかりと握り返す。与三の涙の笑顔。

20

塀の外

Ⓣ〃妹との約束の日、
十五日の黄昏どき〃
与三と兼二と一人、塀の所に来て立ち止り、三人塀を乗り越す。
角の塀から宗吉と六蔵、乗り越えたのを見て、引き返す。

21

塀の内

倉の前に近寄る三人。
同表番に礫《つぶて》にて投訴人。
御用聞、見る。
御用聞の訴文を見たのを影に見とどけた宗吉と六蔵。
六蔵、
Ⓣ〃これで奴等も鳧《けり》がついた〃

22

倉の中

三人、金を盗んで出る。

23

倉の外

庭を伝って塀を飛び越す。
手が廻っている。捕手、「御用だ」
逃げる三人。
その前方に捕手又捕手。
三人、匕首を抜いて戦う。
破る。一人が与三と兼二に言う。
Ⓣ〃此処は俺が引き受けたから
先に逃げてくれ〃
兼二、与三を促して逃げる。
捕手、後を追おうとするけれど路を要して捕手を行かさない。

24

町

町を駆ける二人。
乱闘又乱闘。
一人、危地に陥る。捕手後を追う。
路をかける二人。
後を追う捕手。
路の角に来て兼二、与三に言う。
Ⓣ〃後は俺が引受けた。
早く帰って小染さんを喜ばせて
あげてくれ〃
与三、拒む。兼二、与三を無理に行かせる。与三行く。
兼二を取まく捕手。

25

家の前

吾が家の前に辿りついた与三は、身装を直す。着物に血がついている。

かくしためらって、自分の手を切って手拭を巻く。

兼二と捕手、乱闘又乱闘。

26

家の中

与三、吾が家に入る。息を静めて水を呑む。

母の枕頭に妹。二人喜ぶ。

与三、極めて平静を深く保とうとする。

妹が着物の血を見つける。与三、手を出して見せて「何でもないのだよ」と笑って見せる。そして唐紙を閉める。

27

路

兼二、危地に陥る。

捕手、第二の関門を破って進む。

28

家の中

つとめて笑顔を見せて与三、唐草の帛紗を出そうとする。

表を通る捕手。

驚く与三。

驚く母と妹、「なんだろう」

与三、故意に笑って帛紗を出して妹に渡す。喜ぶ二人。

Ⓣ〝兄さんが目星をつけると
　屹度手に入れて見せるよ〟
母の悦びの顔。
妹の感謝の泪。
与三、言う。
Ⓣ〝お前はこれで幸福になっておくれ〟
帛紗の包を妹小染に握ませる。
表を通る捕手。
母の心配の顔。
妹の驚きの顔。
Ⓣ〝捕物かしら〟
与三、驚きの裡に微に笑って強いて笑顔
を作りながら、
Ⓣ〝あれは私達の仲間だよ〟
母と小染の安心の面持。
与三、
Ⓣ〝竹屋の三人殺しの手がかりが
　ついたので……
　私も今から行かなければならない〟
名残惜しそうに母子。
小染、礼を言う。
与三、元気に母をいたわり、妹を励し立
上る。
見送る二人。
見送る与三。
母をいたわり、感謝の泪にむせぶ小染。
与三の頬も泪が伝わる。
表に出ようとする。

物影にかくれていた捕手、「御用」、十手
をつきつける。
与三、捕手一同を手にて制す。家の内驚
く。
与三、捕手頭に、
Ⓣ〝旦那、露地を出てから
　お縄に懸りましょう〟
捕手頭、頷く。
与三、家の戸を開けて母と小染に再び
「行って来ます」と言う。
そして笑顔を作って懐中から自分の十手
を出して振って見せる。
喜んで安心する母と妹。
与三、静かに戸を閉めて捕手に引かれて
行く。
捕手に引かれて行く与三の後姿にて。

（F・O）

――完――

（昭和二年五月八日印行）

ビルマ作戦
遙かなり父母の国

脚本　斎藤　良輔
小津安二郎
秋山　耕作

脚本……………………斎藤　良輔
　　　　　　　　　　小津安二郎
　　　　　　　　　　秋山　耕作
演出……………………小津安二郎
撮影……………………厚田　雄治
美術……………………浜田　辰雄
録音……………………妹尾芳三郎
音楽……………………彩木　暁一
製作担当………………磯野利七郎

前田隊長…………………（空　欄）
宮本中尉…………………西村　青児
足立軍曹…………………笠　智衆
相原伍長…………………佐野　周二
渡辺上等兵………………坂本　武
黒川上等兵………………長尾　寛
池内上等兵………………油井　宗信
間宮一等兵………………志村　久
山口一等兵………………小藤田正一
長島一等兵………………藤松正太郎

昭和十七年六月、陸軍報道部によって企画され、書かれたシナリオ。昭和十八年六月に製作中止となった。

泰緬国境を、破竹の勢をもって突破した皇軍の精鋭は、ビルマ防衛に当っていた英印軍及び重慶軍に対する進撃の手を断々乎としてゆるめず、ラングーンへ、ラングーンへと、怒濤の如く殺到する。

1 河

歩兵部隊が裸になって徒渉している。

2 後から戦車隊が来る

戦車は裸の渡河を追い抜いて行く。

3 空に爆音がして――

友軍の編隊機が、渡河する戦車や歩兵の頭上に雁行の影を落して行く。

4 道

戦車隊が歩兵部隊を追い抜いて行く。

「左へ寄れ、左へ寄れ」

戦車の残す濛々たる砂塵を浴び、汗に塗れ、歩兵部隊は歩いて行く。

5 河

数十頭の象が荷物を積んで渉ってゆく。

6 道

歩兵部隊の前進――ただ黙々と、しかし将兵の心はラングーンへ、ラングーンへと、一つの燃える闘魂と化している。

7 道傍の叢で――

小休止している一団がある。

この中隊は〇〇司令官麾下に属する精鋭前田隊である。

残り少くなった水筒の水に喉を潤す班長の足立軍曹。

吸い残しの短い煙草を大事そうに啣《くわ》える中隊長付連絡下士官相原伍長、放心したように放尿している渡辺上等兵、小便は血の様に赤い。

酷い靴ずれに悩む間宮一等兵。

小隊長の宮本中尉「間宮、大丈夫か?」

間宮一等兵「は、大丈夫であります」

宮本中尉「頑張れよ、もう一息だ」

間宮一等兵「は、大丈夫です」

池内上等兵が汗を拭いている。

池内上等兵「もうあとどの位だい、ラングーンまで?」

山口一等兵「さア……どの位です、班長殿」

足立軍曹「近い方がいいのか、遠い方がいいのか」

山口一等兵「近い方がいいですよ」

足立軍曹「じゃ、もうあと一里だ」

8 道

歩兵部隊の前進。

砲も前進する。

輓馬《ばんば》も前進する。

やがて「大休止」の伝令が伝って来る。

輓馬は止る。

更に「昼食」の伝令が来る。

兵は急いで、水嚢を取り、路傍の河から水を汲んで来る。

馬に飲ませる。

9 叢

前田隊の大休止。

渡辺上等兵は裸になって飯盒の飯を食っている。

渡辺上等兵「まだかい、ラングーン?」

聞かれた池内上等兵は黙っている。

渡辺上等兵「まだかよ、ラングーン?」

池内上等兵「まだまだ(と、不機嫌に)道に聞いてみろよ」

10 道

蜿蜒と続く行軍――

11 叢

足立軍曹「山口、もうあとどの位だい、ラングーンまで……聞かねえのか?」

山口一等兵「もう聞きませんよ、班長殿は遠い方がいいんですか、近い方がいいんですか?」
足立軍曹「俺はなる可く遠い方がいいね」
山口一等兵「じゃ、あと三十里だ」
相原伍長「おい、喜ばすなよ」
この時「出発」の伝令。続いて出発――

12 **道**
前進する部隊――

13 **道**
猶も前進する部隊――
砲声、機関銃の音が遠くに聞える。

14 **遠く木の間にパゴダが見える**
砲声、激しい。

15 **パゴダが近づいて見える**

16 **更に近く、パゴダ**
軍靴の響――

17 **ラングーンの街**
皇軍の入城。
亡き戦友の遺骨を胸に抱いて入城する勇士の列――

18 **パゴダに飜える日章旗**

19 **ひっそりした街**
軍靴の音のみ高い――

20 **街**
ビルマ人が三四人集まって皇軍の布告を見ている。

21 **街**
ビルマ人が七八人、布告を見ている。

22 **街**
ビルマ人が十五六人、布告を見ている。

23 **戦車隊の宿営**
兵隊たち、戦車の手入れをしている。

24 **車輌部隊の宿営**
兵隊たち、車輌の手入れをしている。

25 **輜重隊《しちょうたい》の宿営**
数十頭の象が繋がれている。

26 **同**
兵隊たち、輓馬の手入れをしている。

27 **宿営地の空地**
洗濯物が乾してある。

28 **前田隊の宿営**
宿舎の前に飜える日の丸の旗。
廊下にある銃架。
兵隊の合唱。
赤い血潮で日の丸染めてよ
世界統一して見たいよ
染めてやりたや世界の地図を
昇る旭の紅によ
俺が死んだら三途の川原でよ
鬼を集めて相撲とるよ

29 **宿舎の一室**
兵隊たち、壁に釘を打ったり、寝台を直したり、設営に忙しい。
池内上等兵「おい、到々来ちゃったな、ラングーンへ」
渡辺上等兵「あれだけ歩いたんだから、大概のとこへ来るよ」
池内上等兵「ここはラングーンのどの辺かな?」
渡辺上等兵「そうだな、下谷あたりかな、東京なら……」
池内上等兵「下谷か……じゃ広小路近いな……明日は西郷さんの銅像見てびっくりぜ

んざい食って来るかな」
渡辺上等兵「お前広小路へ行くんなら、序でに松坂屋で俺のサルマタ買って来てくれ」
池内上等兵「うん」
渡辺上等兵「それから縮のシャツ買って来てくれよ、涼しいの」
池内上等兵「よしゃ銭《かね》よこせ」
渡辺上等兵「ほら百円札だぞ、落すなよ、おっり持って来いよ」

無邪気な冗談である。

30　地図を拡げた一組――

相原伍長「ビルマへ入って五十日になるけど、まだ一寸しか歩いてないや」
兵隊甲「あれだけ歩いてまだ一寸か……あんな広いところよくこんな小さな地図に書けるもんだな」
兵隊乙「米粒に南無妙法蓮華経書く位、わけねえな、これ書いたこと思やな」
兵隊甲「シャン山脈……カヴァカレイ――モールメン、おい、モールメンここだい」
兵隊丙「どらどら……」
兵隊甲「こいつあご出しやがって。あの時の恰好もう一遍してみろよ」
兵隊丙「…………」
兵隊丁「故郷《くに》の母ちゃんに見せてやりたかったな」
兵隊乙「芳江さんにか」
兵隊甲「写真うつして置いて送ってやるんだったな」
兵隊丙「うるせえ……おい、見ろよ、マルタバン」
兵隊甲「酷かったな、ここは……」
兵隊乙「あん時は員数飛ばすかと思ったい……弾丸《たま》はどんどん飛んで来るし、処置なしなんだ、諦めたね、その時煙草が三本あるんだ。俺は二本一遍に吸っちゃったい」
兵隊丙「勿体ない事しやがるな、こんどそんな時は俺によこせ」
兵隊甲「見ろ、雲南までまだ五寸あるぞ」
兵隊丙「鯨でたっぷり五寸あらァ」
長島一等兵「雲南まで行くのけ?」
兵隊甲「そうよ、馬鹿、ここからが戦争じゃないか。マンダレー行って、ここから雲南へ行くビルマ・ルート遮断するんだ。場合によっちゃ重慶まで行くんだ。それでビルマが独立しちゃってさ、一巻の終りだい」
長島一等兵「マンダレーまであと何寸け?」
兵隊丙「二寸だな」
兵隊乙「おい、ラングーンでどの位滞在かな」
兵隊丙「三日、四日居たいな、ここに……」
兵隊乙「戦争にでも来なきゃこんな家に住めないよ」
兵隊丙「うん、風呂もいいな」
兵隊甲「そうか」
兵隊丙「お前まだ見ねえのか、白い瀬戸物で出来てて寝て入る奴だぞ」
兵隊甲「そうか」
兵隊乙「街には見物するとこ、うんとあるんだろうな」
渡辺上等兵「こいつ明日びっくりぜんざい食いに行くんだぞ」
兵隊乙「びっくりぜんざい?」
池内上等兵「西郷隆盛の銅像見に行くんだ」
兵隊乙「おい本当か?　……山田長政のじゃねえのか?」
兵隊甲「馬鹿、山田長政は泰《タイ》だい」

兵隊戊が手を拭きながら入って来る。

兵隊戊「おい、風呂が沸いたぞ」
兵隊丙「沸いたか」
兵隊戊「班長殿、風呂沸きました」

足立軍曹は何か書きものをしている。

足立軍曹「そうか、済まんな、入れて貰うかな」

週番下士が入って来る。

週番下士「おい、第三小隊、命令受領者集合……」

31　風呂場

明るく、湯気が濛々と立っている。

32　隊長室

命令受領者が集合している。

週番士官「第一小隊……二小隊……三小隊……給与係」
給与係「はい」
週番士官「弾薬係」
弾薬係「はい」
週番士官「看護長」
看護長「はい」

週番士官は隣室へ行く。

33　隣室

週番士官「全部集合終りました」

前田隊長は安置した部下の遺骨を拝んでいる。

前田隊長「どうだ、兵隊、みんな元気かな?」
週番士官「は、元気であります」
前田隊長「病人は居らんかな?」
週番士官「は、各班にマラリヤ、デング病の患者が多少ありますが……」
前田隊長「そうか、重い奴は置いてけ。後から来させろ……御苦労だがもう少し歩いて貰うんだ」

34　もとの室

週番士官「敬礼」

命令受領者一同、隊長に敬礼。

前田隊長「休め……命令を達す……部隊は明日トングーへ向って前進する。各小隊は八時迄に道路上に集合……行軍距離が長びくから足拵えを充分にせよ……途中水の補給がつかんから水を充分入れて置け……給与係」
給与係「はい」
前田隊長「飯は二食分炊爨《さん》して携行させよ。なる可く梅干を貰っておけ」
給与係「はい」
前田隊長「弾薬係」
弾薬係「はい」
前田隊長「小銃弾二百発携行、今夜中に分配しておけ」
弾薬係「はい」
前田隊長「看護長」
看護長「はい」
前田隊長「行軍が長引くから気つけ薬、重曹等用意しておけ」
看護長「はい」

35　道

前田隊の前進——

36　道標

ラングーンへ○○粁《キロ》、マンダレーへ○○粁。

37　ある部落

前田隊が来る——「小休止」

四五人の逃げ残ったビルマ人が瓶に水を入れて持って来る。

水を貰う兵隊もある。

38　休んでいる一団

相原伍長、汗を拭いている。

傍で、山口一等兵が上衣の前をはだけて、仰向けに寝ている。荒い息使い——

相原伍長「暑いか?」
山口一等兵「ええ」
相原伍長「もう少しだ、頑張れよ。銃は俺が持ってやるぞ」
山口一等兵「ええ、大丈夫です」

39　ビルマ人の家

入口が開いている。

荒らされた理髪店である。

前田隊長が宮本中尉と共に入る。

40　家の内部

前田隊長「何処へ行ってもビルマ人がよくやってくれるんで助かるな」
宮本中尉「はア」

家の中は乱雑に取り散らかされている。

前田隊長「これは相当敵に荒らされてるな」

壁に「抗戦到底」と書いてある。

前田隊長「ビルマ・ルートがあるばっかりにビルマ人も大変迷惑だな」
宮本中尉「はア」
　前田隊長、ふと床の上から、靴で踏まれた子供の靴下を拾い上げる、……傍の椅子に腰を下して地図を見る。
前田隊長「あともう四粁だ……今度は宿営になるぞ」
宮本中尉「はア」
前田隊長「日の暮れんうちに着きたいな」
宮本中尉「はア」
　と時計を見る。

41　表

　偵察の足立軍曹以下四五名の兵隊がビルマ人五六人を連れて来る。
足立軍曹「隊長殿は?」
兵　隊「あ、向うの家に居られます」
足立軍曹「待っててくれ」
　と兵隊たちを置いて家の中へ入る。

42　家の内部

　足立軍曹、入って来て捧げ銃——
足立軍曹「偵察に行って参りました」
前田隊長「よう、ご苦労」
足立軍曹「前方の橋はやはり敵が爆破して居りまして、今ビルマ人が舟を集めてくれると言って居ります」
前田隊長「そうか、そりゃ有難いな……(宮本中尉に)じゃ、出発にするか」
宮本中尉「はア」
　立ち上り出て行く。
　荒らされた室内——
　「出発」

43　表の道

　出発する部隊——
　部落を通り抜けて行く。

44　河

　ビルマ人が舟をあやつって部隊を渡してくれる。

45　風景

46　ある部落

　ここに前田隊は駐屯になる。

47　洗濯物が乾してある

48　附近の河原

　洗濯している兵隊。

49　宿舎の前の広場

　靴を磨いている兵隊——
　千人針の虱を捕っている兵隊——
　黒川上等兵が池内上等兵の頭を刈っている。
池内上等兵「な、おい、こんなとこに駐屯になるとは思わなかったな」
黒川上等兵「うん、もう一晩ラングーンに泊りたかったな」
池内上等兵「一晩きりじゃな……俺はびっくりぜんざい食いそこなっちゃったい……痛え痛え」
黒川上等兵「ごめんごめん」
池内上等兵「せめてあの風呂へ入りたかったな」
黒川上等兵「うん、惜しかったな、あれは具合いいぜ……おい」
　と言われ、池内上等兵は見る。
池内上等兵「あ、行くな」

50　道

　他部隊の前進である。

51　宿舎

　炊事場で——
　芋の皮を剝いていた四五人も他部隊の前進を見ている。
兵隊甲「始ったな」
兵隊乙「攻撃開始だ」
兵隊甲「俺達も、もうここに長くないな」
兵隊丙「そろそろ前進かな」

と戻って、また芋の皮をむく。
兵隊乙「早く行った方がいいよ」
兵隊丙「こりゃおた幸かな」
兵隊乙「こんなおた幸あるかい」
兵隊甲「金時だい、国を出る時こんなの一貫目
十五六銭してたぜ」
兵隊丁「マンダレー迄あとどの位あるんだ
い？」
兵隊乙「ラングーンから二分歩いたとして、後
もう一寸八分だ」
兵隊丁「一寸八分か……浅草の観音さまだな」
兵隊甲「ビルマの観音さまなら表で捕ってら
ァ」

52　広場

虱を捕えている兵隊たち——
「おい、こら……南無阿弥陀仏、南無阿
弥陀仏」と捕えて潰す。
宮本中尉が来る。
「敬礼！」
一同は敬礼する。

53　宿舎

宮本中尉、入って来る。
「敬礼！」
兵隊たち、敬礼する。
一隅に山口一等兵が寝ている。
宮本中尉「山口、どうだマラリヤ？」
と額に手をやってみる。
山口一等兵「はア」
宮本中尉「薬、飲んでるか？」
山口一等兵「はア」
宮本中尉「大事にしろよ、戦争はまだまだこれ
からだぞ……皆、気を付けてやれよ」
一　同「はア」
宮本中尉「お前肥ったな」
と渡辺上等兵の腹を叩く。
渡辺上等兵「はア」
宮本中尉は笑いながら出て行く。
一同——敬礼。

54　炊事場

宮本中尉が来る。
「敬礼！」
宮本中尉が去ると、
一同はまた芋の皮を剝き続ける。
長島一等兵が小隊長の長靴を持って入っ
て来る。
長島一等兵「ご苦労さんだと思います……今晩
また芋食うのけ？」
兵隊甲「贅沢言うない」
兵隊乙「お前も手伝って行け」
長島一等兵「ああ、後で気が向いたらまた来る
よ」
と行きかける。
兵隊乙「この野郎……」
兵隊甲「こら、いいのかそれで！」
と気合をかける。
長島一等兵「はア」
兵隊乙「官姓名だ！」
長島一等兵「陸軍一等兵長島正太郎、只今から
バイオリン弾いて参ります」
兵隊乙「よし」
長島一等兵、ニコニコしながら行く。

55　隣の部屋

長島一等兵、隅の方へ来て長靴を磨き出
す。
バイオリンを弾く恰好である。
兵隊たち、思い思いに本を読むもの——
日記をつけるもの——
兵隊戊、日記をつけながら、
兵隊戊「おい、ヂンバリスト、確っかりバイオ
リン弾けよ」
長島一等兵「ヂンバリストって何け？」
兵隊戊「ヂンバリストはバイオリン弾きよ」
長島一等兵「その人靴磨くの上手いのけ？」
兵隊戊「バイオリン弾くの上手いんだい、お前
みたいに」
長島一等兵「そんなに靴磨くの上手いのけ？」
兵隊戊「靴じゃないよ、バイオリンだよ」
長島一等兵「どっちのバイオリンけ？　あの本
当の方のバイオリンけ？」
兵隊戊「………」

長島一等兵「靴じゃない方のバイオリンけ?」
兵隊戊「そうだよ、判らない野郎だな」
長島一等兵「何言やがるんだい、お前の方が余ッ程判らないや」
と靴を磨く。

56 一隅では——

渡辺上等兵が子供の写真を見ている。
相原伍長の子供である。
渡辺上等兵「男ですか……」
相原伍長「ああ」
渡辺上等兵「こりゃ、又兵隊さんだな」
相原伍長「うん」
渡辺上等兵「何時生れたんです?」
相原伍長「去年の二月だ」
渡辺上等兵「じゃ、もうそろそろ歩くなァ……」
相原伍長「そうかな、もう歩くかな」
渡辺上等兵「よちよちよち、どすんで尻餅だな」
相原伍長「もう、そんなかな」
傍から年寄りの兵隊己が、
兵隊己「何んだい? (と、見て) 相原伍長の子供か?」
相原伍長「どうだい、いい子だろう」
兵隊己「うん、いい子だなァ、何って名前です?」
相原伍長「明《あきら》ってんだ、日書いて月書く……」
渡辺上等兵、書いてみて、
「冒険の冒の字かな?」
相原伍長「違うよ、明治の明の字だ」
渡辺上等兵「ああ、縦じゃなく横に並べるのか」
兵隊己「まだ、これ一人ですか?」
相原伍長「そうだよ」
兵隊己「遅いな、お内儀《かみ》さん何時貰ったんです?」
相原伍長「もういい、もういい。(と、写真を取り返し) よしよし、虫を起す」
と、あやして、物入れにしまう。
若い兵隊庚が傍に来る。
渡辺上等兵「俺ンとこのは虫起すんで、毎年三河の萬才に封じて貰うんだ」
兵隊庚「おとッつぁん、何人だい子供?」
渡辺上等兵「三人だい」
兵隊庚「一番上幾つだい?」
渡辺上等兵「高等一年」
兵隊己「男かい?」
渡辺上等兵「いやァ、女なんだ」
兵隊己「そうかい…… (庚に) お前も帰ったら、早くかみさん貰うんだな。誰か適当なのあるのか?」
兵隊庚「まだないよ」
渡辺上等兵「ないのか……じゃ、これどうだい? 俺の妹だけど……」
と写真を出す。
兵隊庚は受取って見入る。
渡辺上等兵「どうだい? 気に入らないか?」
兵隊庚「これ、おとッあんの妹か?」
写真は女優のブロマイドである。
渡辺上等兵「そうだよ」
兵隊庚「本当かい?」
渡辺上等兵「本当だよ」
兵隊庚「何んて名前だい」
渡辺上等兵「静江ってんだ」
兵隊庚「今、何してるんだい?」
渡辺上等兵「毎日、お針習いに行ってるよ」
兵隊己「これはいいや、俺が一人ものなら貰うがね、優しそうな、いい姉ちゃんじゃないか、貰って置け、貰って置け」
兵隊庚「うん……」
兵隊己「考えることないよ、これなら天好《てんぽ》の甲だよ」
兵隊庚「うん……いや、でも何処かで見た事のある顔だぞ、これは……映画だったかな……?」

57 本を読んでいる兵隊辛が——

兵隊辛「おい、セミコロンって何だい?」
兵隊壬「セミコロン?」
兵隊辛「うん、セミコロンのような南京虫の痕って書いてあるぜ」
兵隊壬「セミコロンって、英語の;ってしるしです」

と、書いてみせる。
兵隊辛「そうか、何んだい……セミコロンのようなか弱い乙女があったなんて言や、知らない奴はいい女の事だと思うからな……覚えて置かないとな、セミコロン、セミコロン……」
池内上等兵が入って来る。
池内上等兵「頭刈って参りました」
兵隊辛「いや、御苦労……お前セミコロンって何んだか知ってるかい？」
池内上等兵「いや」
兵隊辛「いい女の事だぞ、覚えて置け」
兵隊癸が入って来る。
兵隊癸「第三小隊、入物持って酒取りに来い」
兵隊の一人「お酒、出るのか」
別の兵隊「よし、俺行って来てやる」
また別の兵隊「俺も行く」
と、三人ばかり駈け出す。

58 その夜

宿舎。
飯盒の酒、お燗がついている。
兵隊の合唱。
ヒマラヤ雫のガンジス河でよ
大和男子が鰐を釣るよ
萬里の長城で小便すればよ
ゴビの沙漠に虹が立つよ
霧の晴れたるロンドン街でよ
高く揚った鯉幟よ
ギャング絶えたるシカゴの街よ
孫の詣でる忠魂碑よ
兵隊たちは酒を飲んで歌っている。

59 隣の部屋

マラリヤの山口一等兵が寝ている。
傍で、相原伍長が巻脚絆を巻いている。
山口一等兵「今晩、馬鹿に賑やかですね」
相原伍長「あ、喧しいかい？」
山口一等兵「いいえ、賑やかでいいです」
相原伍長「今日はラングーン陥落のお祝いの酒が出たんだ」
山口一等兵「そうですか」
相原伍長「可哀想にお前、飲みそこなったな」
山口一等兵「いいえ……ね、伍長殿、どうも済みません」
相原伍長「何んだ？」
山口一等兵「自分が寝てるんで、勤務につけなくて皆に御迷惑かけて……」
相原伍長「馬鹿！　そんなこと心配いらんぞ、体の悪い時はお互いさまだ」
山口一等兵「はア……ね、伍長殿、もう部隊は直き出発になるんでしょうか？」
相原伍長「どうして？」
山口一等兵「でも、何んだか……」
相原伍長「そんな心配するな、早くよくなれよ」
山口一等兵「はア」
相原伍長「俺は衛兵に行くが、お前小便どうだ？」
山口一等兵「いいえ、いいんです」
相原伍長「遠慮するな、するんならおぶってってやるぞ」
山口一等兵「いいえ、まだいいんです」
相原伍長「いいのか。（と、枕元へ行き、洗面器で手拭を絞り顔を拭いてやる）髯伸ばしやがって、色男台なしだな。（襟頸なども拭いてやり襦袢を見て）これ明日一ぺん脱げや、俺、洗ってやるよ」
山口一等兵「はア、済みません」
そこへ、足立軍曹が帰って来る。
足立軍曹「只今帰って来ました」
相原伍長「御苦労さんでありました」
足立軍曹「お腹空《へ》ったい、佐々木隊のトラックでラングーンに糧秣《りょうまつ》受領に行って来たよ」
相原伍長「そうだってね」
足立軍曹「お、ラングーンで山下中尉殿に会ったぞ、俺たち初年兵の時の教官の……」
相原伍長「あ、教官殿もこっちへ来ておられるのか」

足立軍曹「うん、よろしく言っておられたぞ、もう少佐殿だった」
相原伍長「ほう……」
足立軍曹「ラングーンよくなったぞ、もう難民どんどん帰って来てるぞ」
相原伍長「そうかな……」
足立軍曹「ビルマ人の可愛いい子供が居てな、教官殿に、一緒に写真うつして貰って来たい」
相原伍長「ほう……」
足立軍曹は装具を解きながら、
足立軍曹「お前、衛兵か？」
相原伍長「ええ」
足立軍曹「三小隊から他に誰か出るのか？」
相原伍長「いや、自分だけ」
足立軍曹「歩哨掛りは？」
相原伍長「二小隊から」
足立軍曹「そうか……御苦労さん」
相原伍長は銃架から銃を取り、
相原伍長「衛兵に行って参ります」
足立軍曹「御苦労さんであります」
相原伍長は出て行く。
足立軍曹「どうだい、具合は？」
山口一等兵「はア、今夜は馬鹿に気持がいいんです」
足立軍曹「そうか、それはいいな。（額に手をやり）まだあるな……飯食ったか？」
山口一等兵「いいえ、食いたくないんです」
足立軍曹「そりゃいかんなァ、何も食わないと参っちゃうぞ、葛湯拵えてやろう、ラングーンで頼んで一ツ貰って来たんだ」
山口一等兵「済みません」
足立軍曹は葛湯を作る支度をする。
山口一等兵「班長殿、食事して来て下さい、お腹が空いてるんでしょう？」
足立軍曹「病人は他人のこと心配しなくてもいいんだよ」
山口一等兵「いや、どうぞ自分に構わず食事して来て下さい、ね、班長殿、どうぞ……」
足立軍曹「病人は黙っていろよ……世話のやける野郎だな、お前は……道歩かせりゃラングーンに来るまでに首の抜ける程顎出しやがるし、ラングーンへ来りゃ来たで、直ぐマラリヤで寝やがるし、偶《たま》に俺が親切に葛湯拵えてやろうと思えば飯食え、飯食えって、小煩さく言やがるし、お前の面《つら》見てると故郷《くに》の姑を思い出すよ、姑を……」
山口一等兵「済みません」
足立軍曹「ほら、出来たぞ、砂糖がないから不味いかな。（と味をみて）故郷でかあちゃんに拵えて貰うような訳にはいかないぞ、まア我慢して食ってくれ」
山口一等兵「はア」
足立軍曹「よしよし」
と起してやる。
山口一等兵「頂きます」
足立軍曹「……余計な心配しないで、早くよくなるんだ。お前がヒョロツカヒョロツカしてたんじゃ、かあちゃんの夢見だってよくないぜ、早く好くなれよ」
山口一等兵「はア」
足立軍曹「どうだ、美味《うま》いか？」
山口一等兵「とてもおいしいです」
足立軍曹「とてもおいしい？　とてもおいしいってのはこんなもんじゃないよ……どら飯食ってくるかな、お前の酒、俺が飲んどいてやるぞ」
山口一等兵「どうぞ……済みません」
足立軍曹は隣りの部屋へ行く。

60 隣の部屋

足立軍曹「只今帰りました」

兵隊たちは迎えて、

「御苦労でありました」

「班長さん、こっちです」

「班長さんここです」

そして、更に口々に、

「ラングーンへ行って来たんですか？」

足立軍曹「おお」

兵隊甲「甘味品貰って来ましたか？」

足立軍曹「おお、貰って来たぞ」

兵隊乙「煙草は?」
足立軍曹「貰って来たぞ」
兵隊乙「凄い凄い、天好々」
兵隊丙「御苦労さんでありました」
　そして、足立軍曹に酒を注ぐ。
　足立軍曹、大きい器をグッと飲み乾す。
兵隊甲「班長さん、待ってました」
足立軍曹「何?」
兵隊乙「一つやって下さい」
足立軍曹「よし、やるぞ」
　と飯盒の蓋を叩き出せば、
　兵隊たちも叩く。
　足立軍曹は歌う。

三府の一つの東京で
　波に漂ふ武夫《ますらを》が
はかなき恋にさ迷ひし
　父は陸軍中将で
片岡子爵の長女にて
　桜の花の開きかけ
人も羨む器量よし
　その名エ片岡浪子嬢

「敬礼!」
　一同立つ。
　宮本中尉が飯盒の酒を持ってくる。
宮本中尉「いいぞいいぞ、やってくれ、俺も一緒に聞きに来たんだ」
足立軍曹「はア」
　宮本中尉、座りかける。
　皆席を譲る。
兵隊甲「どうぞ」(とお酌する)
宮本中尉「おい、班長さん、やってくれ」
　と飯盒の蓋を叩き出す。
　一同これに和す。
足立軍曹「やります」
　と続ける。

海軍少尉男爵の
　川島武夫の妻となる
新婚旅行を致されて
　伊香保の山の蕨狩り
遊びつかれて諸共に
　吾家指してぞ帰らるゝ
武夫は軍籍ある故に
　やがて行くべき秋は来ぬ
逗子を指してぞ急がるゝ
　浜辺の波はおだやかで
武夫がボートに移るとき
　浪子は白のハンカチを
打ち振りながらねエ貴方
　早く帰つて頂戴と
仰げば松にかゝりたる
　片割れ月の影淋し
実に哀れな不如帰
　…………

61　隊長室

　前田隊長の前に、相原伍長と木本軍曹が立っている。
木本軍曹「敬礼!」
　二人は敬礼する。
木本軍曹「下番衛兵司令木本軍曹は上番衛兵司令相原伍長に衛兵司令に関する件異状なく申送りました」
相原伍長「上番衛兵司令相原伍長は下番衛兵司令木本軍曹より衛兵司令に関する件異状なく申受けました……敬礼」
前田隊長「や、御苦労」
両　名「帰ります」
　と出て行く。
　前田隊長は上衣をとり、再び晩酌を始める。
　ノックの音。
前田隊長「はい」
　当番が飯盒に酒を持って入って来る。
当　番「当番、酒持って参りました」
前田隊長「お……いいのか、こんなに貰って?」
当　番「はア」
前田隊長「あるのか、兵隊の方は?」
当　番「はア、あります」
　前田隊長は湯呑みに一杯注いで後を、
「俺はもういいぞ、これ持って行って兵隊にやれ」

当　番「はア、向うも沢山渡ったのであります」
前田隊長「まア、いい」
当　番「はア」
と酒を持って行きかける。
前田隊長「おい」
当　番「はア」
前田隊長「沢山渡ったんならそれ置いて行け」
当　番「はア」
前田隊長「よし。(と、取り)お前も飲んだか?」
当　番「はア、頂きました」
前田隊長「今度はマンダレーへ入るまで酒は飲めんぞ」
当　番「そうでありますか」
と、寝台へ行き、襦袢を取り出して、
当　番「隊長殿、明日襦袢取り換えて頂きます」
前田隊長「これはまだ洗わんでいいぞ、洗うんなら貴様自分のを洗え、自分のを」
当　番「はア」
前田隊長「貴様の襦袢、大分水飲みたがっているぞ」
当　番「はア、洗います」
前田隊長「おお、尺八あったな」
当　番「はア」
前田隊長「後で出しといてくれ」
当　番「はア」

62　灯の消えた炊事場

63　窓から見える月

——千鳥の曲——が聞えて来る。

64　銃架

65　宿舎

兵隊たちは寝ている。
池内上等兵が、
池内上等兵「久し振りだな、隊長殿の尺八……」
黒川上等兵「うん、この前はシャン山脈の山の中だったな」
渡辺上等兵「うん、その前は東支那海の船の中だった」
池内上等兵「あの時もいい月だったぜ」
渡辺上等兵「うん、あの時は舟木の奴もまだ居たぜ」
黒川上等兵「あいつは面白い奴だったな」
渡辺上等兵「靴の油でトンカツ揚げて食っちゃがって——」
黒川上等兵「でかい図体して注射器みると青くなって慄えやがって……」
渡辺上等兵「うん、あんな呑気な野郎が何時の間にあんな遺書書いてたかな」
黒川上等兵「うん」
千鳥の曲は続いている。

66　寝静まっている宿舎

67　遺骨安置所

立ちのぼる香煙——
千鳥の曲がふと、途切れる。

68　隊長室の扉

69　隊長室

前田隊長は尺八を手に、本部隊からの命令を見ている。
傍に日直将校が立っている。
前田隊長「伝令、もう帰ったか?」
日直将校「はア、帰りました」
ややあって——
前田隊長「明日《あす》朝出発だ」
日直将校「はア、そうでありますか」
前田隊長「すぐ命令受領者集めてくれ」
日直将校「はア」

70　道

前田隊の前進——

71　道標

ラングーンへ○○粁、マンダレーへ○○粁。

72　**道**

前田隊の前進——

突然、銃声がする。続いて激しい機銃の音——

73　**部隊は散開する**

散開したまま前進——

74　**別の道**

他部隊も前進している。

75　**旅団司令部**

76　**その一室**

地図を拡げて——

師団参謀が各部隊長に説明をしている。

師団参謀「この前方の重慶軍は約九箇師十万余の、謂わば蔣介石が最後の予備隊として西南の根拠地に残して置いた中央直系軍で、支那大陸に於ては友軍と従来殆んど顔を合せて居りません。装備も却々《なかなか》優秀で、これがラングーン・マンダレー間並びにその東方地区に配置されて居ります……これに約三四万の英軍が主としてイラワヂ河に沿う地区に配備されて居るのが概略であります。軍の行動としましては、今敵が最も注目しているラングーン・マンダレー間の地区に強圧を加え敵の兵力をこの正面に充分牽制して、その間右翼に於てはシャン州を経て遠くサルウィン河の上流に進出して、重慶軍の退路を遮断し、一方左翼に於ては、イラワヂ河に沿う地区を突破して、これは長駆印度に至る英軍の退路を遮断します。そしてその間に於て敵を完全に捕捉し包囲殲滅する作戦であります。それが為に一方報道班はラジオ或は飛行機によるパンフレットの投下により日本軍は大なる兵力をもって、直路マンダレーを衝くぞ、と言う宣伝を盛んに実施しています……」

77　**前田隊　隊長室**

地図を拡げて——

前田隊長が各小隊長に説明している。

前田隊長「前面の敵は蔣介石直系の二〇〇師だ。装備も却々優秀で、これは蔣介石秘蔵の軍隊なんだ。何故この秘蔵の虎の子を遥々ここまで繰り出して来たか、それ程ビルマ・ルートは今の重慶にとって大切なのだ。先ずこのトングー・プロムの線で大体包囲の態勢を整える。敵を充分この正面にひっぱっておいて、左右から抱き込んで一挙に押すんだ。ひきつけてたぐり込んでその出鼻をうんと叩くんだ。これは相当手耐えがあるぞ。骨も折れるぞ、多少の犠牲も覚悟せんきゃならん。戦争だ。だがここで叩けば面白い戦さになるぞ。後はマンダレーまで一気に押せるぞ」

各小隊長「はア」

78　**兵隊の宿舎**

兵隊たちも地図を見ながら、

長島一等兵「おい、マンダレーまであと何寸け?」

兵隊甲「あと一寸五分だい」

兵隊乙「ラングーンからまだ五分しか来ないんだな」

長島一等兵「重慶まで後何寸あるけ?」

兵隊甲「まだ六寸あるなァ」

長島一等兵「昆明までなんぼけ?」

兵隊甲「四寸五分だ」

長島一等兵「カルカッタまでなんぼけ?」

兵隊乙「煩いなァ」

兵隊丙が蚊を叩いて、

兵隊丙「こいつだい、マラリヤの蚊……山口の奴、どうしたかな、マラリヤ……」

兵隊甲「もう癒ったかな、置いてかれて心細い面《つら》してたぜ」

兵隊乙「奴、何処で追付いて来るかな」

兵隊甲「まだ却々来ないだろう、テコポコ顎出してやって来るんだからな」
日直上等兵が入って来る。
日直上等兵「おい、三小隊、郵便物達す……間宮」(と呼ぶ)
兵隊丁「おい間宮、内地から面会人だぞ」
間宮一等兵来て、手紙を貰う。
日直上等兵「林上等兵……角田上等兵……」
それぞれ集って来て郵便物を貰う。
日直上等兵は去る。
兵隊戊「おい、それだけか、何だい、もうないのか」
林上等兵、封書の差出人を見て、
林上等兵「何んだ、こいつまだ生きてたのか」
日直上等兵、戻って来て、無言で一通の手紙を傍の兵隊己に渡して去る。
兵隊庚「誰だい？」
と覗き込む。
兵隊庚黙って、一画の下士官の居るところへ持ってゆく。
兵隊庚「班長さん」
足立軍曹、受取り見る。
相原伍長「誰だい」
足立軍曹「舟木のだ……(裏返して差出人を見て)舟木のかあちゃんからだ」
相原伍長「内地何日出したんだい、消印……？」
足立軍曹「一月の三日だ」
相原伍長「じゃ、舟木まだ生きてたなァ」
足立軍曹「うん……」
相原伍長、手紙を受取って見る。
相原伍長「……茨城県名賀郡豊浦町字川尻……」
日直下士が入って来る。
日直下士「相原伍長」
相原伍長「おい」
日直下士「隊長殿がお呼びだぞ」
相原伍長「お」
と、立って行く。

79　隊長室

前田隊長は何か書きものをしている。
ノックの音。
前田隊長「おい」
扉を開けて、
相原伍長「相原参りました」
前田隊長「おお」
と、応じたまま書きものを続ける。
一くぎりついて、
前田隊長「おお、こっちへ来い」
相原伍長「はア」
前田隊長「まア、掛けろ」
と、椅子をすすめる。
相原伍長「はア」
と掛ける。
前田隊長「煙草あるぞ」
相原伍長「はア」
前田隊長「どうだ……」
と、すすめる。
相原伍長「はア、一本頂きます」
前田隊長はマッチをすってやり、共に吸う。
前田隊長「どうだ、お前この頃家から手紙来るか？」
相原伍長「はア」
前田隊長「この前、何日《いつ》来た？」
相原伍長「もう二月程になります」
前田隊長「何か変ったこと書いてあったか？」
相原伍長「いいえ、別に……」
前田隊長「相原伍長、子供何人いるんだ？」
相原伍長「はア、一人であります」
前田隊長「男か？」
相原伍長「はア」
前田隊長「幾つだ？」
相原伍長「去年の二月生れました」
前田隊長「ほう、お誕生が済んだばかりだな」
相原伍長「はア」
前田隊長「可愛いいとこだなァ」
と、一服——ややあって、
前田隊長「今日お前の奥さんから手紙が来たんだ……驚いちゃいかんぞ、子供が亡くなられた」
相原伍長「はア」
と流石《さすが》に愕く。
前田隊長「一月十二日に亡くなられている……

ジフテリヤで亡くなられた」
相原伍長「………」
前田隊長「俺にも子供が居て、よく判るが……我慢するんだ。戦争だ、そりゃいろんな事があるぞ」
相原伍長「はア」
前田隊長「気を落しちゃいかんぞ、いろんな事に打ち克つんだ。それで立派な人間が出来るんだ」
相原伍長「はア」
前田隊長「お前の留守に大事な子供さんを亡くされて、奥さんも大変済まんと詫びておられる……奥さんがどうしてお前のとこへ知らせないで、俺のとこへ言って来られたか……俺にはよく判るんだ……もう済んだことだ、忘れるんだ」
相原伍長「はア」
前田隊長「元気を出せ」
相原伍長「はア」
前田隊長「判ったな……？」
相原伍長「はア」
前田隊長「おい、拝んでやれ」
相原伍長、一方を見ると、手紙の前に、湯呑みに線香が立ててある。
前田隊長「お線香を上げてやれ」
相原伍長「はア」
ささやかな霊前である。

80 兵隊の宿舎

兵隊たち、手紙を書いている。
相原伍長、帰って来る。座る。
足立軍曹「おい、明日輜重が後方へ行くんで手紙出せるぞ」
相原伍長は、呆《ぼ》んやり座っている。
渡辺上等兵「おい、人間が息するだろう、息って字どう書くんだい？」
池内上等兵「ノ書いて目書いて心だい」
と、書いてみせる。
渡辺上等兵「何んだい、息子って字か……あ、そうじゃないか」
相原伍長は、呆んやりしている。
足立軍曹「お前書かないのか？」
相原伍長「………」
足立軍曹「どうしたんだい？」
相原伍長「………」
足立軍曹「隊長殿、何んだった？」
相原伍長、黙ってうしろに寝転ぶ。
足立軍曹、手紙を書きつづけるが、
足立軍曹「おい、お前書かないのか、かあちゃんのとこへ？　……おい」
と、寝転んでいる相原伍長の足をゆすぶる。
「おい……」
相原伍長、無言。
足立軍曹、振り返って見る。
相原伍長の淋しい横顔。
足立軍曹「どうしたんだい？」
相原伍長「うん」
と、起き直り、何気なく、
相原伍長「子供が死んじゃったい」
足立軍曹「何日《いつ》？」
相原伍長「一月十二日」
足立軍曹「何んで……？」
相原伍長「ジフテリヤ」
沈黙が続いて——
足立軍曹「そうかい……可哀想に……気の毒だったな」
相原伍長は物入れから子供の写真を出して見る。
足立軍曹「まア、諦めろや」
相原伍長「うん、また拵えらァ」
と、無雑作に写真を物入れにしまい、立ち上って図嚢《ずのう》を取り、便箋を出す。
相原伍長「手紙でも書くか……」
と手紙を書き出す。
足立軍曹も書く。
足立軍曹「俺達は死ぬ気で出て来てるからいいけど、子供にいかれちゃ処置ないな」
相原伍長「うん、処置ないな……」
足立軍曹「お前があんまり自慢してみんなに子供の写真見せびらかすから、それで虫起したんだい」
相原伍長「うん、取り返しのつかない、でっかい虫起しやがったい」

足立軍曹「まア、力落すなよ」
相原伍長「うん……」
足立軍曹「まだ、これから出来るぜ」
相原伍長「うん」
足立軍曹「拵えろや、こん度はぶン殴っても死なないような奴……」
相原伍長「うん」
兵隊甲、手紙書き終って、
兵隊甲「おい、水汲みに行かないか」
兵隊乙「行くのか……行こうか」
兵隊甲「おい、お前も行けよ」
と他の兵隊に。
相原伍長、手紙書くのをやめて、便箋を片付ける。
足立軍曹「行くのか、お前……?」
相原伍長「あ、一寸行って気を替えて来らァ」
と、朗かそうに笑いながら皆と一緒に水汲みに出て行く。
見送る兵隊「御苦労さんであります」
出て行く兵隊「行って参ります」
見送る兵隊「何か美味《うま》いものあったら取って来てくれ」
出て行く兵隊「よしゃ」
兵隊たちはまた手紙を書き続ける。

81　夜になって——

兵隊たちの夕餐。
飯盒の肉をつつきながら、
兵隊甲「そりゃお前何だって食えるさ、加藤清正をみろ、蔚山の時、壁土食ったじゃないか、食いつけりゃ何だって食えるんだよ」
兵隊丁「そうだな……初めて海鼠《なまこ》食った奴なんか偉いぞ」
兵隊乙「うん、これは美味いけど、随分堅いな」
黒川上等兵「そりゃ野育ちの奴は堅いよ」
兵隊丙「相原伍長は犬捕えるの上手いですね」
足立軍曹「お前捕えたのか、これ?」
相原伍長「いや、今日は流石におとなしく見てた」
足立軍曹「そうだろうな」
兵隊乙「この前のモールメンの犬はすっちゃったな」
兵隊甲「うん、うんと肥らして食ってやろうと思って、残飯やったらすっかり馴付いて尻尾ふりやがる」
兵隊丙「尻尾振っちゃっちゃ、いけないや、武士の情だ、食えないよ」
黒川上等兵「お前はどっちにしても食べちゃいけないの、坊さんだから」
兵隊丙「そう、だから葱食べてるの」
兵隊甲「葱にしちゃ堅いだろう」
兵隊丙「そう、野育ちの葱は堅いの」
兵隊乙「この野郎……」
長島一等兵「こりゃ赤犬け?」
兵隊丁「赤犬は美味いってな」
黒川上等兵「おんなじこったい、赤だって、白だって、ブチだって」
兵隊丁「これ、この間お前食った猫とどうだい?」
黒川上等兵「そりゃ、お前話にならないよ」
兵隊丁「猫の方が美味いか?」
黒川上等兵「そりゃ、犬の方が美味いさ」
兵隊乙「猫はケバ臭いってな」
黒川上等兵「うん、だけど、葱入れて味噌で煮れば消えちまわァ」
兵隊乙「そうかなァ」
雑誌を見ていた兵隊戊が、
「この犬、どうだい?」
兵隊乙「どら……」
と、見ると、ワイヤ、ヘヤーの写真である。
黒川上等兵も見て、
黒川上等兵「こりゃ美味かない、こんなのお前、布団の綿食ってるようだぞ」
兵隊戊「そうだろうなァ」
兵隊甲「おい、おとっつぁん、黙って食ってないで、何んとか言えよ」
渡辺上等兵「ワンワンワンワン」
と、犬の泣き声をする。
で、一同は笑う——
ふと、遠くに砲声がする。続けて又砲声。

82　隊長室

遠くの砲声――
宮本中尉、前田隊長の前に立っている。
前田隊長は地図を見ながら、

前田隊長「貴官は部下五名を指揮して、今夜現在地を出発。この方向の敵状地形を偵察すべし。報告は明日中に成可く届けよ」

宮本中尉「はア……復誦、宮本中尉は部下五名を率い、今夜現在地を出発、この方向の敵状地形を偵察致します、報告は明日中に致します、終り」

83　炊事場

黒川上等兵が水筒を五つ並べて、水を入れている。
兵隊己が通りかかる。

兵隊己「将校斥候行くんだってなァ」

黒川上等兵「ああ」

兵隊己「危ないぞ、気を付けて行け」

黒川上等兵「大丈夫だい」

兵隊己「俺の千人針貸してやろうか」

黒川上等兵「要らないよ、観音さまのモソモソしてるお前の千人針なんか」

兵隊己「この野郎……気をつけて行って来いな」

黒川上等兵「ああ」

84　隣の部屋

池内上等兵が巻脚絆を巻いている。
傍に僧侶の兵隊丙がいる。

池内上等兵「おい、坊さん、戦死したら上手くお経上げてくれよな」

兵隊丙「よしゃ……お前どっちへ行きたい？　地獄か極楽か？」

池内上等兵「そりゃ極楽の方がいいな」

兵隊丙「無理言うなァ……極楽か？　まァ、煙草一本くれ」

と貰って煙草をつける。

兵隊丙「しかし、お前極楽へ行くと友達居らんぞ」

池内上等兵「誰かいるだろう、お前は来るだろう？」

兵隊丙「そう、儂は極楽へ行くの」

85　一方では――

足立軍曹と相原伍長、二人とも巻脚絆を巻いている。

足立軍曹「おい、お前よせよ、俺に代らせろ」

相原伍長「嫌だよ」

足立軍曹「まだ、小隊長殿御存じないんだな、止せよ、今日は……子供にお線香でも上げてやってろ」

相原伍長「いいよ、俺が行くよ」

足立軍曹「いやよせよ、俺にやらせろ」

相原伍長は足立軍曹の巻脚絆を取って転がす。脚絆は解ける。

足立軍曹「頑固な奴だなァ」

相原伍長「そっちの方が余程頑固だい」

足立軍曹「じゃ、気をつけて行って来いよ」

相原伍長「うん」

足立軍曹「無茶するなよ」

相原伍長「うん」

足立軍曹「お前のかあちゃんが隊長殿に手紙を出したのも、お前の無茶を心配してるんだ、するなよ、無茶」

相原伍長「………」

足立軍曹「本当にな、頼むぞ」

相原伍長「………」

足立軍曹「するなよ、無茶」

相原伍長「くどいなァ」

足立軍曹「くどいよ」

相原伍長「判ったよ」

そして……

相原伍長「忘れようと思ってるのに、つまらない事言うない」

足立軍曹「……おい、悪かったい、憤《おこ》るなよ」

相原伍長「うん、憤りゃしないよ」

86　山野

将校斥候が駆け足で行く。
隠蔽地へ来て並足になる。
開豁《かいかつ》地に出て再び駆け足になる。
隠蔽地――開豁地――やがてある地点へ

達し、姿勢を低くして稜線へ辿り着く。

伏せて前方を偵察する。

87 前方

英国兵部隊の移動が遥かに見える。

88 将校斥候は見え隠れについて行く

89 ある隠蔽地

宮本中尉は通信紙を取出し、略図と説明を記し、
宮本中尉「おい、相原伍長、これお前報告してくれ」
相原伍長「はア」
宮本中尉「間宮、お前も一緒に行け」
間宮一等兵「はア」
相原伍長「復誦、相原伍長は間宮一等兵と報告に行きます」
宮本中尉「うん、お前たち、もう帰って来んでもいいぞ」
相原伍長「はア」
宮本中尉「俺達はもう少し偵察して帰る」
相原伍長「はア、行って参ります」
宮本中尉「気を付けて行ってくれ、頼むぞ」
相原伍長「はア」
相原伍長と間宮一等兵は走り出す。

90 道

相原伍長と間宮一等兵が身をひそめて行く——また走る。

いきなり機銃の音——

二人、伏せる——機銃の音、止む。

二人は様子を見て、また走り出す。

再び機銃の音——伏せる。

相原伍長、そっと顔を出し、様子をさぐる。と同時に砂煙を上げて機銃の掃射を浴びる、発見されたのだ。

相原伍長「おい、落ちつけ……」

間宮一等兵「はア」

相原伍長「走るぞ、いいか」

二人、走り出す——烈しく機銃の掃射。

二人は物蔭にへばりつく。匍匐《ほふく》して前進。又走る——機銃の音。

二人は遮蔽物による。

相原伍長がふり返って見る。

91 六七名の英国兵が二人を追跡して来る

92 二人逃げる

逃げては隠れ、隠れては逃げる。

93 英国兵は執拗に追って来る

94 二人は必死になって逃れる——

河に近い地点に達して、
相原伍長「おい、お前先に河を渡れ」
と、通信文を出す。
間宮一等兵「はア」
と、通信文を受取り河岸へ走り下りる。
相原伍長は援護射撃の位置につく。

95 追って来る英国兵

96 相原伍長、照準、発砲

97 追って来る英国兵の一人が倒れる

他の英国兵伏せる。

98 相原伍長は薬莢を払い、又身構えると、機銃の掃射を浴びる——

伏せる。

やがて頭を上げ照準、発砲。

99 追って来る英国兵、また一人倒れる

伏せる。

100 相原伍長、薬莢を払うと、小銃弾が飛んで来る

伏せる、河の方を見る。

101 河

間宮一等兵が徒渉して行く。

102　相原伍長、また英国兵の方を見る

機銃の音に伏せる。

音が途絶えたので再び河を見る。

103　河

間宮一等兵がよろめき倒れる。起き上り、よろめき渉って行く。

104　相原伍長、英国兵の方をふり返る

機銃の音——河の方へ駈け出す。

105　河

相原伍長、徒渉する。

飛沫を上げて機銃の掃射を受ける。

渡り切って岸に伏せる。

間宮一等兵を見て、

相原伍長「おい、どうした?」

間宮一等兵「やられました」

相原伍長「大丈夫か」

と、敵の様子を見て、間宮一等兵の傍へ走り寄る。

相原伍長「おい、確《しっか》りしろ!」

間宮一等兵「………」(通信文を返す)

相原伍長は受取り三角巾を出して、間宮一等兵の大腿部をしばってやる。

相原伍長「頑張れよ」

と言い、ふと見てしばるのをやめて銃を執る。

106　河

英国兵が渉って来る。

107　河岸

相原伍長、照準、発砲。

108　河

英国兵の一人、手を射抜かれ銃を放す——

それを見て、英国兵は踵を返して逃れて行く。

109　河岸

相原伍長、再び間宮一等兵の大腿部をしばってやる。

間宮一等兵「班長殿、自分にかまわず、早く報告して下さい」

相原伍長(それにかまわず)「おい歩けるか、我慢して歩いてくれ、この先に小哨が出てるんだ」

間宮一等兵「はア」

相原伍長「いいか、頑張れよ」

相原伍長は間宮一等兵の銃を持ってやり、抱え起して歩き出す。

110　隊長室

地図を見ながら、

前田隊長が、小隊長に説明している。

前田隊長「将校斥候の報告によると、敵は逐次この線に沿って、この方向に移動してるらしい。これは予定の行動だ。思う壺だぞ、この正面に引きよせて集ったとこを、がつんと喰わすんだ。愈々《いよいよ》戦争だぞ、退路は右翼と左翼で遮断している、袋の鼠だ」

ノックがある。

前田隊長「はい……窮鼠却って猫を嚙むぞ、余程褌を緊めてかからんといかんぞ」

と言って、振り向くと軍医が立っている。

軍　医「塩田軍医、参りました」

前田隊長「おお、どうだ間宮?」

軍　医「はア、左大腿部貫通銃創であります」

前田隊長「元気か?」

軍　医「はア、元気で居りますが、何分出血が酷いので……」

前田隊長「いかんなァ、骨はどうだ?」

軍　医「はア、骨はよけたようであります」

前田隊長「早く、後送した方がいいぞ」

軍　医「はア」

前田隊長「今夜のうちに出来んのか?」

軍　医「はア、車の都合がつきませんので……」

前田隊長「早くやってやってくれ、殺したくないぞ、彼奴はいい男だぞ」

軍　医「はア」

111　**医務室**

間宮一等兵が寝ている。
傍に、相原伍長と看護兵、団扇であおいでやっている兵隊。

相原伍長「おい、頑張れよ」
間宮一等兵「はア……済みません、大した事も出来なくて御迷惑かけて……」
相原伍長「馬鹿！　そんな事ないぞ」
間宮一等兵「伍長殿、はっきり聞かせて下さい、自分はあれでもお役に立ったでしょうか……心配なんです」
相原伍長「任務は果したンだ……そんな心配しなくてもいいんだ」
間宮一等兵「そうでしょうか……ねえ伍長殿、昨日故郷《くに》から手紙が来て自分の事を心配して……」
と、襦袢の物入れを探る。
相原伍長、探してやる。
手紙を取り出し、
相原伍長「これか？」
間宮一等兵「え……読んで下さい」
相原伍長は手紙を読む。
「日々元気でおはげみの事うれしく思います。こちら皆々無事安心して下され。この間のしゃしん前よりは大分ふとって見えます、ぼうしが曲ってますぞ。またしかられます、用心々々。おとなりの桶七さまいろいろ御しんせつにして下され、お前さまの事もよくたずねてくれます、手紙出しなさい。お前さまは小さい時からよわい子ゆえ、心ぱいでなりませぬ。からだに気をつけて、人様におくれをとらぬようくれぐれもおたのみしますぞ。生水などのまぬこと。からだのぐあいあしく大事なときお役に立たぬようではこまりますぞ。新道のうなぎやのむすこ大へん手がらを立てた由、ひょうばんです、お前さまもまけぬようしっかりしっかり。この手紙ひとりで書きました。字も大方わすれてしまい、二ばんがかりで書きました。読みづらい事と思います。わたしも来年は六十七になります。でもお前さまのおかえりまでは元気でまっています。うちのこと心ぱいなくなにごとも根かぎりおつとめのこと、人様におくれをとっては申わけありませぬぞ。
母、　幸三どの」
終って、
相原伍長「いいおっ母さんだ、お前はいいおっ母さんを持って幸せだぞ」
間宮一等兵「自分は、もっとやりたかったんです……新道のうなぎやの息子だって……」
相原伍長「いや、お前のやった事は立派だぞ。おっ母さんもきっと喜んでくれてるぞ」
間宮一等兵「そうでしょうか」
相原伍長「隊長殿も、お前を大変褒めて下すったんだぞ」
間宮一等兵「そうですか」
相原伍長「立派な働きだ。ちっとも恥かしくないぞ、安心しろッ」
間宮一等兵「それなら、もういいんです」
相原伍長「心配するな」
間宮一等兵「はア」
と、苦痛で顔をしかめる。
相原伍長「痛むか？」
間宮一等兵「はア」
相原伍長「しっかりしろよ。少しは痛いぞ、我慢するんだ。おッ母さんに笑われるぞ」
間宮一等兵「はア……」
相原伍長は、額の油汗を拭いてやる。

112　**翌日――**

宿舎の前。
赤十字のマークのついた自動車が停っている。

113　**中庭**

足立軍曹、相原伍長、兵隊たちが待っている。

114　**医務室**

前田隊長が来ている。
間宮一等兵は担架に乗せられている。

前田隊長「いいか、病院へ行って早くよくなるんだ……向うへ行ったら軍医殿の言われる事を、よく聞くんだぞ。無理をしちゃいかんぞ」
間宮一等兵「はア」
前田隊長「何、大した傷じゃないぞ、直ぐ良くなるぞ」
間宮一等兵「はア、早くよくなって帰って参ります」
前田隊長「うん、帰って来い、待っているぞ」
間宮一等兵「はア……隊長殿、いろいろお世話さまになりました」
前田隊長「なァに……大事にしろよ」
間宮一等兵「はア」
前田隊長「帰って来るんだぞ。待っているぞ、いいか」
間宮一等兵「はア」

担架は運び出される。

115　**中庭**

担架は運ばれて行く。
前田隊長、将校たち出て来る。
足立軍曹、相原伍長たちは担架について送って行く。
前田隊長は凝《じ》っと見送り、改めて敬礼をする――
そして隊長室へ、将校も続いて行く。

116　**隊長室**

前田隊長は入って来て、力なく椅子に腰をかける。

前田隊長「彼奴はもう帰って来まい……」
将　校「はア」

117　**兵隊の宿舎**

足立軍曹と相原伍長の二人。

足立軍曹「又一人減ったな」
相原伍長「うん……淋しくなったな」
足立軍曹「うん」
相原伍長（指を折って）「……一昨日《おととい》からいろんな事があって、まだ三日にしかならないけど、もう一月も経ったような気がするよ」
足立軍曹「うん……お前疲れたろう」
相原伍長「いや」
足立軍曹「少し寝たらどうだ……？」
相原伍長「いや、いいよ」
足立軍曹「寝て置けよ、もうそろそろ前進だぞ」
相原伍長「うん……」
足立軍曹「今のうちに寝て置けよ」
相原伍長「ううん、大丈夫だ」

砲声が聞えて来る。

足立軍曹「また撃ち出しやがった」

この時、近くで激しく炸裂する砲声。

足立軍曹「近いぞ」
相原伍長「………」

更に一発、炸裂する。
兵隊たちは立ち上る。

118　**宿舎の附近**

砲弾の炸裂――

119　**旅団司令部**

旅団長と幕僚が砲声を聞いている。

旅団長「大分射程を伸したな」
幕　僚「はア」

又、地図を見る。
本部附の中尉が入って来る。

中　尉「三好少佐殿、只今前線から印度軍の投降者を連れて参りました」
幕　僚「何名だ？」
中　尉「百六名居ります」
旅団長「ほう、段々増えるな」
幕　僚「はア……所属は？」
中　尉「印度軍第十七師団であります」
幕　僚「聞いたか、何処からか？」
中　尉「はア、アキャブ方面から移動したと言って居ります」
幕　僚「うむ……」
中　尉「彼等も英軍の手先になって戦争する事

が馬鹿らしくなったと言って居ります」

他の本部附の中尉が入って来て、

「命令受領者集合終りました」

幕僚、前の中尉に、

「後で調べる」

120 **表**

投降の印度兵百六名二列になって、兵隊に煙草を貰っている。

121 **一室**

命令受領者が集っている。

旅団長、続いて幕僚が入って来る。

「敬礼！」

命令受領者の敬礼——

幕僚「休め、命令を達す」

受領者、筆記をする。

幕僚「ふみ作命第百十六号。

命令、三月二十五日十三時二十分、トングー南方六粁ノ地点ニ於イテ
一、旅団当面及ビ川上支隊方面ノ敵状並ビニ我第一線ノ状況昨日ト大差ナシ
二、旅団ハ明二十六日早朝一斉ニ行動ヲ起シ、随所ニ敵ヲ撃破シ、トングー附近ヲ経テ直路マンダレーニ向ヒ前進セントス……」
受領者は筆記をしている。

幕僚は猶も、

「三、…………………」

122 **道**

進撃する部隊——

123 **ビルマ義勇軍が参加している**

124 **ビルマ人も資材運搬に協力している**

125 **空に爆撃機の編隊が行く**

126 **戦車隊の進撃**

127 **殷々たる砲声**

128 **道**

駈足前進する部隊——

殷々たる砲声。

銃声間近かに炸裂する砲弾。

129 **山野**

戦車隊の猛進撃。

間近かに炸裂する砲弾。

130 **砲弾の炸裂**

131 **砲弾の炸裂**

132 **砲弾の炸裂**

133 **遮蔽地に待機する前田隊**

相原伍長、渡辺上等兵、黒川上等兵、池内上等兵、足立軍曹——

足立軍曹、一方を見る。

134 **平原**

炸裂する砲弾。

炸裂する砲弾。

炸裂する砲弾。

135 **相原伍長も見ている**

136 **平原**

再び炸裂する砲弾。

炸裂する砲弾。

炸裂する砲弾。

137 **足立軍曹**

「あんなところで、もぐら殺してやがる。（……池内上等兵をかえり見て）お前ちょいと行って、もっとこっちだって言って来いよ」

池内上等兵「いや……」（と笑う、急に伏せる）

138 **近くに炸裂する砲弾**

139 **足立軍曹、静かに頭を持上げ莞爾として**

足立軍曹「いけないいけない、聞えたかな」

宮本中尉「前へ！」（と命令）

　一同、駈足前進――散開する。

　間近かに砲弾が炸裂する。

140 **炸裂する砲弾**

141 **炸裂する砲弾**

142 **火線構成する前田隊**

　相原伍長、渡辺上等兵、池内上等兵、足立軍曹等射撃――

足立軍曹「おい池内！　右肱下るぞ」

　池内上等兵、薬莢を払い、姿勢を直し射撃を続ける。

　相原伍長、射撃をしているが、

相原伍長「あ、来た来た、敵の戦車が来たぞ」

渡辺上等兵「あ、精米《せいまい》来たぞ」

143 **丘の上**

　観測手が砲隊鏡を覗いている。

　中隊長の号令、

　「目標前面ニ現ハレタル敵戦車……二十左へ……一四〇〇……」

144 **放列**

通信兵「信管三ツ下ゲ……高低角五ツ滅《ひ》ケ……連続各個ニ撃テ」

　砲手弾をこめて撃つ――続けて撃つ。

145 **平原**

　驀進して来る敵の戦車。

　近くに炸裂する砲弾。砲弾。

146 **放列**

　砲撃。砲撃。

147 **丘の上**

中隊長「命中……命中」

148 **平原**

　散開駈足前進する前田隊――止る。伏せる。火線構成。

　相原伍長、足立軍曹等懸命な射撃――

宮本中尉「前へ！」

　足立軍曹、薬莢を払い、真先に前進――

　一同続く。

　間近に砲弾が炸裂する。

　一同、よける。

　足立軍曹倒れる。起き上って行こうとするも、よろめき倒れる。

　黒川上等兵と池内上等兵の二人が傍へ走り寄る。

黒川上等兵「班長さん、大丈夫か」

池内上等兵「班長さん、大丈夫ですか」

足立軍曹「大丈夫だ、大丈夫だ！」

　と立ち上る、が、よろめく。

池内上等兵「班長さん！」

足立軍曹「俺にかまわず行け！」

　池内上等兵、前進する。

　足立軍曹立ち上る。よろめく。よろめきながら前進。

　深傷に歯を食いしばりながら散兵線まで辿りつき射撃に参加する。

　池内上等兵射撃しながら、

池内上等兵「班長さん！　大丈夫ですか」

　足立軍曹も射撃しながら、

足立軍曹「俺の心配するな、よくねらって撃てよ……おい、また下るぞ右肱」

149 **炸裂する砲弾**

150 **炸裂する砲弾**

151 **炸裂する砲弾**

152 **道**

　前進する部隊――

153 **車輛部隊の前進**

154 **輓馬輜重隊の前進**

砲声遠ざかる。

155 **遠くパゴダ**

156 **近くパゴダ**

歓声が涌く。

157 **パゴダ**

日章旗が揚り、歓声高し。

158 **マンダレーの街**

入城する部隊――
ビルマ人が熱狂して迎える――その歓びの顔、顔、顔。
威武堂々、入城する皇軍。

159 **パゴダ**

日章旗、歓声遠ざかる。

160 **パゴダ**

161 **パゴダ**

遠く「よいしょ、よいしょ」のかけ声が聞える。

162 **パゴダ**

「よいしょ、よいしょ」
近く元気な掛声が聞える。

163 **広場**

兵隊の体操――
「よいしょ、よいしょ」

164 **炊事場**

竈の前で兵隊、甲、乙、丙の三人。

兵隊甲「マンダレー、マンダレーって、もっと立派なとこかと思ったら、あらかた焼かれちゃってるな」
兵隊乙「うん、酷い事しやがるよ、重慶の奴等……」
兵隊丙「ラングーンからマンダレーまで、東京から岡山まであるんだってな」
兵隊乙「そうかい、それを歩いちゃったのか」
兵隊丙「テコポコ顎出して七十五糎も馬鹿にならないな」
兵隊甲「戦争っていうのは歩く事だよ」
兵隊丙「うん……おい、お前の方の班長さん具合どうだい？」
と、傍の竈の前で悄《しょ》んぼりしている三小隊の兵隊丁に声をかける。
兵隊丁「うん……」
兵隊丙「輸血したそうだけど、足りなきゃ遠慮なく俺の方の班にも言ってくれよ」
兵隊丁「あ、有難う、昨日手術したんだ」
兵隊甲「切ったのか？」
と、脚を切断する手つきで聞く。
兵隊丁「うん……」
兵隊丙「そうかい……やっぱり、いけなかったかなァ」
兵隊丁「………」
兵隊丙「俺の方の班からも、今日お見舞に行くって言ってたけど、大事にしてくれよ、なあ」
兵隊丁「あ、有難う……」

165 **宿舎**

相原伍長、渡辺上等兵、池内上等兵が巻脚絆をとって巻いている。衛兵下番である。

渡辺上等兵「気の毒だったな……」
相原伍長「うん」
渡辺上等兵「やっぱり、切らなきゃいけなかったかなァ……」
相原伍長「うん、軍医殿は瓦斯壊疽《えそ》を起すといけないって言われるんだ……砲の破片が三つも入っていたよ」
渡辺上等兵「ほう」
相原伍長「ピンセットで抜けなくて、軍医殿がペンチで抜かれた……」
渡辺上等兵「で……どうなの、結果は？」
相原伍長「本人は元気なんだけど……」
渡辺上等兵「いいんですかい？」
相原伍長「いや……思わしくないんだ」

渡辺上等兵「そうですかい」
相原伍長「なァ、おとッつあん、聞いてくれないか、班長から遺言」
渡辺上等兵「………」
相原伍長「実は隊長殿に呼ばれて、今のうちに遺言聞いて置くように言われたんだけど……」
渡辺上等兵「そんなに悪いんですか、班長さん？」
相原伍長「悪いんだよ……なァ、お前済まないけど聞いてくれないか？」
渡辺上等兵「儂がか？」
相原伍長「うん、聞いてみてくれないか？　俺と班長とは初年兵の時から同じ中隊であの男の気心はよく判ってるんだ。昔っから負けん気の強い奴で、俺には泣き面見せたくないんだよ」
渡辺上等兵「………」
相原伍長「よしんば、言いたい事があっても、俺には素直に言う男じゃないんだよ」
渡辺上等兵「………」
相原伍長「なァ、おとッつあんは年嵩だし、お前に聞いて貰えれば班長だって素直に言えると思うんだけど……なァ、どうだろう」
渡辺上等兵「いや、それは矢張り相原伍長、あんたが聞いてやれよ。班長さんだってその方がいいんだよ、怒るにしたって、あんたには遠慮なく言えるんだよ」
相原伍長「……そうかなァ」
日直が来て、
「三小隊、小包が来たぞ」
池内上等兵「おお、御苦労さん」
渡辺上等兵も立って行き受取り、
「これだけか？」
日直は去る。
渡辺上等兵は小包を、それぞれの寝台に配る。
渡辺上等兵「班長さんのとこへ来た……かあちゃんのとこからだ」
相原伍長はそれを受取り見る。
相原伍長「おとッつあんが聞いてくれると助かるんだけど……」
渡辺上等兵「いや……」
相原伍長「なァ、聞いてくれないか……？」
渡辺上等兵「いや、それは矢ッ張りあんたの方がいいよ」
相原伍長「そうかなァ……」

166　赤十字のマーク

167　兵站病院

病室内。
足立軍曹が寝ている。
枕許に付添いの兵隊がいる。
扉が開いて、相原伍長、渡辺上等兵、池内上等兵が足音静かに入って来る。
相原伍長「どうだい、班長さん、具合？」
付添いの兵隊「さっきから、ウトウトしている様です」
池内上等兵「おッ、飯持って来たぞ」
と飯盒を出す。
付添いの兵隊「有難う」
池内上等兵「交替するから少し休めよ」
渡辺上等兵「行って来いよ」
で、付添いの兵隊は出て行く。
三人は枕許へ近づく。
足立軍曹はふと目醒める。
足立軍曹「おお、来てくれたか」
相原伍長「ああ、どうだい、気分は？」
足立軍曹「うん、今日は馬鹿にさっぱりしてる」
相原伍長「そりゃアいいな……昨夜《ゆうべ》来たかったんだけど、衛兵で来られなかった」
三人はそれぞれ腰をかける。
足立軍曹「そうか、それァ御苦労さん」
相原伍長「どうなんだい、具合？」
足立軍曹「妙なもんだなァ、もう切って無い事が判っているのに、無い方の足の先が痛むんだ」
相原伍長「………」
足立軍曹「昨夜は一晩眠れなかった」
相原伍長（目を落す）「……ああ、家から小包が来てたよ」
足立軍曹「そうかい」
相原伍長「開けようか?」
足立軍曹「ああ……」

相原伍長は持って来た小包を開けにかかる。

足立軍曹は、渡辺上等兵を見る。

足立軍曹「おとッつあん、済まないなァ」
渡辺上等兵「いやァ……」
足立軍曹「おとッつあんも衛兵だったのか?」
渡辺上等兵「ああ……」
足立軍曹「それは御苦労さん……(ふと思い出して、相原伍長に)ああ、お目出度う、お前軍曹になったそうで……」
相原伍長「いやァ……」
足立軍曹「俺が軍曹になった時、お前、俺を祝ってくれて、晩《おそ》くまで広東の街で酒、呑んだなァ……」
相原伍長「ああ、そうだったなァ」
足立軍曹「俺がこんなで、お前の軍曹のお祝がしてやれなくて……悪く思ってくれるなよ」
相原伍長「いやァ……(と、小包から品物を出して並べながら)塵紙……サルマタ……下駄」
足立軍曹「下駄か……下駄にはもう用がないなァ」
相原伍長「石鹸……お多福豆」
足立軍曹「お多福豆か……」
相原伍長「食べるかい……開けようか?」
足立軍曹「うん、食いたいけど止めとこう……軍医殿に叱られらァ」
相原伍長「じゃア、楽しみに取っとこうか」
足立軍曹「なァ、よかったら、それみんなで分けないか、俺にはもういらないんだ」
相原伍長「………」
足立軍曹「俺の雑嚢の中にも、まだ新しい褌が二三本あるぜ」
相原伍長「………」
足立軍曹「背嚢の中に鉛筆も少しあったかなァ」
相原伍長「詰まらないこと言うなよ、余計な心配しないで、早く良くなるんだ。いつもの元気で頑張ってくれよ……なァ、良くなって貰わないと困るんだ」
渡辺上等兵「屹度、良くなってくれるんだぞ、班長さん」
相原伍長「皆が班長の良くなるのを待ってるんだぞ」
足立軍曹「……おい、お前今の内に何か俺に言っておきたい事ないのか?」
相原伍長「どうして……?」
足立軍曹「いや、お前の顔に書いてあるよ……あるんなら聞くぜ」
相原伍長「いや、何もない……早く良くなってくれって言うだけだ」
足立軍曹「そうか……有難う」
相原伍長「ねえ班長、今度はこっちの聞く番だが……班長、俺に何か言っておきたい事ないのか……」
足立軍曹「………」
相原伍長「あるんなら聞いておくよ」
足立軍曹「上手《うま》い事言いやがる……お前がモヂモヂしてるんで、俺から先に聞いてやったんだ」
相原伍長「なァ班長、あるんなら言っておくれよ、聞いておくぜ……」
足立軍曹「何もないよ」
相原伍長「ないのか、何も? ……なァ言いたい事言っておくれよ、しっかり聞いとくぜ……故郷の言づけなら、手紙書くよ……遠慮なく何んでも言って欲しいんだ……なァ班長」
足立軍曹「……無いもんだよ、いざとなると何もないもんだよ。昨夜も一晩考えたんだが……長い間いろいろ皆に面倒かけて、大したお役にも立たなくって悪かったけど、自分としてはやれるだけの事はやった心算だよ……言う事はもうないよ。さっぱりしたいい気持だ……(言い終って、渡辺上等兵の方を見て)……おとッつあん、長い間済まなかったなァ……もう一度おとッつあんと一緒に犬食って見たいよ……おとッつあんのちょんがれも、もう聞かれなくなっちゃったい……おい、池内、（と、池内上等兵の方を見て）気をつけろよ、お前は慌てもんだからなァ」

池内上等兵は淋しく頷く。

足立軍曹「弾丸《たま》が飛んで来ても、落着けよ。弾丸の来る方へ飛んで行くなよ」

池内上等兵、頷く。

足立軍曹「おい、おとッつあん、そんな塩っぱい顔するない……（今度は相原伍長に呼びかける）おい相原……俺とお前とは昔からよく頑張り合ったな、お前が中隊で三番の時は、俺が二番だった、お前が頑張って二番になりゃ、俺が一番だった……今度も俺の方が一足早かったなあ……おい、相原、帰ったら皆になァ……おい、隊長殿始め皆になァ……（相原伍長の返事がない、振り向いて）泣く奴はないぞ」

相原伍長は泣いている。

足立軍曹「お前、子供が死んでも泣かなかったぞ。平気な面して普段と少しも変らなかったぞ。却々《なかなか》出来ないことだぞ。お前は随分偉い奴だと思ったぞ、泣く奴があるかい。そんなことでどうするんだい……おい、相原、泣くことないぞ、死んでゆく俺が笑っているんじゃないか」

相原伍長「…………」

足立軍曹「見ろ、綺麗な空じゃないか……まるで日本の空のようだ」

168 **窓からはパゴダに、日章旗が飜っているのが見える**

空は青い。

169 **足立軍曹を始め一同、それを見ている**

170 **パゴダにはためく、日章旗**

空は悲しい程に青い。

171 **隊長室**

その夜、前田隊長が小隊長を集めて地図を拡げて説明している。

前田隊長「ビルマ・ルートはマンダレーを起点として重慶に通じているんだ。ミイトキーナから保山を通って行くやつ、このバーモから騰越を通って行くやつ、それからラシオから龍陵を通って行くやつの三本だ。どっちにしてもマンダレーを落された事は重慶にとって大変な痛手だぞ。ここで押えた援蒋物資の山だけだって大したものだぞ……」

ノックの音。

前田隊長「はい」

入って来たのは、軍曹に進級した相原伍長である。

相原軍曹「申告に参りました」

前田隊長は立って、服装を整す。

相原軍曹「陸軍伍長相原修二は、昭和十七年五月一日付を以て陸軍軍曹に任ぜられました。謹んで御申告申上げます」

前田隊長「いや、お目出度う、確っかりやってくれ」

相原軍曹「はァ」

前田隊長「今日病院へ行ってくれたか？」

相原軍曹「はァ、参りました」

前田隊長「どうだった、具合は……？」

相原軍曹「はァ、元気で居りました」

前田隊長「そうか……聞いてくれたか、班長の遺言？」

相原軍曹「はァ」

前田隊長「何んって言ってた？」

相原軍曹「何も言う事はないと申して居りました」

前田隊長「それだけか？」

相原軍曹「隊長殿始め、皆さんによろしくと申して居りました」

前田隊長「…………」

前田隊長は、沈痛の面持で部屋の中を静かに歩き出す。

前田隊長「足立軍曹は危いんだぞ。（と、停って）今夜が峠だ、明日の明け方までもてばいいと軍医殿は言って居られた」

相原軍曹「…………」
前田隊長「殺したくないぞ……いい班長だぞ」
相原軍曹「はア」
前田隊長「何んとかして助からんものかなァ」
相原軍曹「…………」
前田隊長「助けたいぞ、あんないい奴は滅多にないぞ……惜しい男だぞ」
相原軍曹「はア……（堪らなくなって）帰ります」
と部屋を出て行く。
前田隊長は静かに見送り、やがて窓辺による。
夜空を見上げる——深い溜息。
前田隊長「明日もいい天気だ……暑いぞ……」

172 **黎明——**
旭が昇る。

173 **パゴダ——**
旭に映える。

174 **宿舎の前**
兵隊の整列——

「宮城遥拝……最敬礼……直レ」

終って、五ケ条の奉誦である。
一、軍人は忠節を盡すを本分とすへし。
一、軍人は礼儀を正しくすへし。
一、軍人は武勇を尚ふへし。
一、軍人は信義を重んすへし。
一、軍人は質素を旨とすへし。

175 **兵站病院**
病室。

相原軍曹、黒川上等兵、池内上等兵の三人が、項垂れて悲しく座っている。

遠く、五ケ条の奉誦が聞える。

英霊足立軍曹には、日の丸の旗が掛けてある。

176 **旭に輝くパゴダ**

177 **隊長室**
前田隊長が沈痛な面持で、窓から外を見ている。陽は高く上っている。

ノックの音。

前田隊長（振向きもせず……）「はい」

宮本中尉が入って来る。

宮本中尉「宮本中尉、参りました」

前田隊長「おお……（と、傍へ来て）なァ、遠からず部隊も前進するが、今のうちに遺骨を一先ずラングーンの兵站に届けようと思うんだが……」

宮本中尉「はア……」

前田隊長「いま、足立軍曹の家に手紙を書いたんだが……」

宮本中尉「はア……」

前田隊長は、その手紙を取り上げ、途中から読み上げる。

手紙。

「……此度御子息喜三郎殿、マンダレー攻略戦に参加、名誉の御負傷なされ、昨四日マンダレー兵站病院に於て戦傷死せり。哀惜の念に堪えず、謹而悼詞申述候。顧れば喜三郎殿、小官の部下として大東亜戦争の勃発するや、ビルマを遥かなる墳墓の地と卜《ぼく》し、泰緬国境を突破、サルウィン、シッタンを渡河し、ラングーンを屠り、休む暇なく長駆直路マンダレーに向ひ前進仕候。

御稜威彌遠く南圏を圧し、連戦連捷、朝に一城を陥し、夕に一砦を抜き、戦友の屍を踏み越え、踏み越え、マンダレーを指呼の間に望み、将兵の意気正に軒昂たり。

時、四月二十九日。恰も天長の佳節なり。マンダレー南方十八粁の地点に於て交戦中、釣籠打ちの敵弾折悪しく間近に炸裂、喜三郎殿、右大腿部に盲貫、砲弾破片創を受けらる。鮮血淋漓たるも剛毅果敢、部下を励し、訓ふるに攻撃遅滞なきを以てせり。

五月一日夕刻。遂にマンダレーに日の御旗翩翻と飜り、明けて翌二日、マンダレーに入城仕候。

同日、直ちに入院、手厚き看護を受け候も、創殊の外深く、よくかかる傷手にも怯むことなく、従容として自若、よく己に克ち、よく己を持したり。小官改めて痛く感佩仕候。

　昭和十七年五月四日四時十八分、天なる哉、護国の英霊となる。痛恨何ぞ譬へん。同日曹長に進級さる。

　足立曹長の人となるや、寡慾恬淡、真摯敢闘、その烈々たる気魄と必勝の信念は、常に諸兵の模範として、洵、武人の亀鑑たるべく、これ偏へに、御両親様日頃の御薫育の賜に外ならず、今忠魂永へに靖国の社に招かる。

　武勲彌高く、御一門の御栄、誉これに過ぐるもの無之、小官よき部下を失ひ、悲憤やる方なしと雖も、故人日頃の念願たるマンダレーの空高く、日の御旗はためくを目のあたり見しこと、せめてもの満足ならんと存居候。

　今や幽明境を異にし、復た共に語る可らざるを悲しむ。小官、喜三郎殿と相知る既に久し、温容尚眼前に在り、想うて切々哀悼の情に堪えず、一筆蕪辞を連ね、謹みて故人の御冥福を祈上候。

　希くば、在天の霊、安らけくあれ。

……」

178　兵隊の部屋

足立班長の遺品の形見分けである。

相原軍曹は風呂敷包みを開けて遺品を並べる。

相原軍曹「班長はこれ、みんなで分けてくれって言っていた……欲しいものがあったら、そう言ってくれよ」

一同「………」

相原軍曹（遺品の中の煙草を見て）「班長は心掛けのいい男だった。自分じゃ煙草も飲まないくせに、困った時に皆に分けてくれようと思って、ちゃんと、とっといてくれたんだよ」

一同「………」

相原軍曹「班長はものを粗末にしない男だった。……皆大事に使って欲しいんだ」

と、遺品を分けかける。

黒川上等兵が隣に居る。

黒川上等兵「班長さん、何か遺言書いてなかったんですか」

相原軍曹「何も書いてなかった……」

と、足立班長の手帳をとる。

畳んだ紙片がその間から落ちる。

相原軍曹、拾って開けて見る。

179　紙片

半紙に子供の手型が押してある。

――オトウサン　バンザイ　ヨシコ

と、書き添えてある。

180　黒川上等兵が覗き込む

黒川上等兵「班長さん、子供居たんですか」

相原軍曹「うん、六つになる女の子が居たんだ」

黒川上等兵、紙片を受取る。

黒川上等兵「班長さんが子供のこと言ったの聞いた事なかったな……」（と前に居る渡辺上等兵に渡す）

渡辺上等兵（受取り）「聞かなかったな、子供の事は……」

相原軍曹、もう一枚の紙片を抜げて見ながら、

相原軍曹「時々、仮名の手紙を、こっそり書いていたよ……覗き込むと、柄にもなくかくしていた」

と、紙片を黒川上等兵に渡す。

黒川上等兵は更に、渡辺上等兵に渡す。

渡辺上等兵、紙片を見る。

181　紙片

半紙に子供の足型が押してある。

――コノアシデ　オトウサンノトコニ

イキタイナ　ヨシコ

と、書き添えてある。

182　渡辺上等兵
渡辺上等兵「この足が可愛いい下駄履いて、靖国神社へ行くんだぜ……」
と、紙片を一同に廻す。
相原軍曹、再び遺品を分ける。
渡辺上等兵（感慨深く）「班長さんは利かん気の男だったい。強情でなァ、一旦言い出したらまるで餓鬼のようだったい」
黒川上等兵「うん、強気な人だったけど、酒も強かったい。なきゃァ一合でも結構、上機嫌だったし、ありゃァペロリと一升飲んで平気な顔して風呂へ入っていたい」
渡辺上等兵「うん、人づかいも荒かったい。何でも、とことんまでやらなきゃ承知しない人だったい」
相原軍曹「うん、無茶な男だったよ。乱暴な男だったよ。でも、あんないい男はなかったよ」
渡辺上等兵「うん……」
尚も形見分けが続く――

183　驀進する列車

184　無蓋貨車に乗り込んだ兵隊
相原軍曹と、渡辺上等兵が胸に遺骨を抱いて乗っている。

185　流れる風景
ビルマ人が働いている。

186　無蓋貨車の上
相原軍曹と、渡辺上等兵が眺めている。

187　流れる風景
ビルマ人が働いている。
其処、彼処に、日の丸の旗が立っている。
警備隊の一団が体操している。
平和な風景――

188　無蓋貨車の上
相原軍曹「なァおい、ビルマに来て班長始め、多くの戦友とも別れたけど、誰も死んでやしないぞ……見ろよ、どこにも、ここにも日の丸が立っているぞ」
渡辺上等兵「うん……」
相原軍曹「見ろよ、ビルマ人も朗かに働いているぞ」
渡辺上等兵「うん……」

189　流れる風景
ビルマ人が働いている。
日の丸の旗が立っている。
遠くに鯉幟も見える。

190　無蓋貨車の上
相原軍曹「お、五月だなァ……」
渡辺上等兵「うん、内地じゃもうそろそろ田植えだなァ……」
相原軍曹「うん……帰ったらまた前進だぞ」
渡辺上等兵「うん……」
相原軍曹「頑張ろうぜ、やれるだけやろうぜ。班長は屹度、どっかで俺達を見ているぜ」
渡辺上等兵「うん……」

191　ビルマの大平原を驀進する列車
太陽は真上にある。

――終り――

月は上りぬ

脚本
斎藤良輔
小津安二郎

企画……………………………監督協会
製作…………………………児井　英生
脚　本…………………………斎藤　良輔
　　　　　　　　　　　　　小津安二郎
監督…………………………田中　絹代
撮影…………………………峰　　重義
美術…………………………木村　威夫
音楽…………………………斎藤　高順

浅井茂吉（六二、三歳）……笠　　智衆
千鶴（三〇―二歳）……山根　寿子
綾子（二五、六歳）……杉　　葉子
節子（二〇歳）…………北原　三枝
安井昌二（三〇―二歳）……安井　昌二
雨宮　渉（四〇―二歳）……三島　耕
高須俊介（四〇―二歳）……佐野　周二
田中　豊（三〇―二歳）……増田　順二
浅井家女中文や（二一、二歳）
　　　　　　　　　……小田切みき
禅寺の住持慈海（五七、八歳）
　　　　　　　　　……汐見　洋

一九五五年（昭和三十年）
日活
11巻、2805m（一〇二分）白黒
一月八日公開

小津が自らの「脚本」を他の監督に提供した、唯一の映画である。

台本には「久保光三製作、小津安二郎監督、厚田雄春撮影、松竹作品」と表書きがなされ、「月は上りぬ」の下に（仮題）と付されている。

1

奈良の山々

三笠、御蓋、春日、高円——

2

禅寺の長い塀

秋の陽ざし。

3

その寺の庭のたたずまい

4

寺の一室

住持慈海、浅井家の当主茂吉、長女の千鶴（未亡人）、次女綾子、三女節子、安井昌二（千鶴の亡夫、安井浩一の弟）、其他五六名が座禅を組んでいる。

5

長い廊下

女中の文やが来て、一室へ入る。

6

一室

文やが静かに入って来て安井に囁く。

文　や「東京の雨宮様がお見えになりました」

安　井「ああ……」

安井、立って行く。

7

庫裡

土間に友人の雨宮が立っている。

安井、来て、

安　井「やあ暫く」

雨　宮「御機嫌よう」

安　井「早かったな」

雨　宮「葉書着いたかい」

安　井「ああ貰った、まあ上れよ」

雨宮、上り框に腰をかけて靴を脱ぎにかかる。

雨　宮「今向うの浅井さんのお宅の方に伺ったんだよ」

安　井「そうかい、この頃この部屋借りているんだよ……上れよ」

8

廊下

両人、安井の部屋の方へ行く。

9

安井の部屋

安井、雨宮、入って来る。

安　井「随分暫くだったな」

雨　宮「ああ」

安　井「大阪にはいつ来たんだい」

雨　宮「三日程前だ……阪大の医学会で久米先生の発表があったんで、お伴で来たんだよ」

安　井「今度は当分いいのかい」

雨　宮「ああ、先生から一週間程休暇頂いて来たんだ」

安　井「じゃゆっくりしてけるな」

雨　宮「うん……（鞄から、土産物を出して）これ、東京の佃煮」

安　井「ああ……有難う」

雨　宮「米、少し持って来たよ」

安　井「そうかい……重かったろう」

雨　宮「毎日何してるんだい」

安　井「ブラブラしてるよ」

雨　宮「前の会社もう駄目なのかい」

安　井「うん……小遣稼ぎにこの頃翻訳やってるよ」

雨　宮「のんきでいいなあ」

安　井「只見れば何の苦もなき水鳥のさ……のんきなものかい」

雨宮、鞄を片づけながら部屋を見て、

雨　宮「仲々いいとこじゃないか」

安　井「ああ」

雨　宮「静かでいいな」

安　井「まあゆっくり昼寝でもしてけよ……つき合うよ」

そこへ、浅井の三女節子が入って来る。

雨宮を見て座り、

節　子「今日は」

安　井「終ったのかい、座禅」

節　子「ええ」

安　井「浅井の娘節子だよ……雨宮さんだ、中学の時からの友達で大学の久米内科にいるんだ」
節子「はじめまして、節子です」
雨宮「雨宮です……この方は一番下のお嬢さんかい」
安井「そうだよ」
雨宮「そうですか、大きくなられましたね」
節子「まあ……」
安井「雨宮、今日から泊るよ」
節子「はい」
安井「今晩、雨宮とめし喰うよ」
節子「何になさるの」
安井「すき焼がいいなあ、玉葱あるんだ、文やにそう言って肉届けさしておくれよ」
節子「はい……ではごゆっくり」
雨宮「いろいろすみません」
節子「いいえ……」
　節子帰りかける。
安井「あ、醬油ないんだ」
節子「はい、お砂糖あるの」
安井「あ、お砂糖もないや、あ、炭もないや」
節子「それじゃみんなないね」
安井「いや玉葱あるんだ」
節子「あ、そう……」
安井「あ、それから鍋も頼むよ」
節子「まあ……」
　節子、帰って行く。
　雨宮、笑って見送り、
雨宮「節子さん大きくなったな、いくつだい」
安井「二十だよ」
雨宮「もうそんなになったかい……浅井の皆さんお変りないかい」
安井「ああみんな元気だよ」
雨宮「お前の亡くなった兄さんのお嫁さんとあの人の間にもう一人居たじゃないか」
安井「ああいるよ、綾子かい」
雨宮「綾子さんって言ったかなあ……もうお嫁さんに行ったのかい」
安井「いやまだ居るよ」
雨宮「そうかい、その人、覚えてるなあ」

10 **浅井家**

　二階の一室。
　綾子、鏡台の前に座っている。
　千鶴が話かける。
千鶴「雨宮さん、あんた知らないかしら」
綾子「ええ」
千鶴「いらしったことあるじゃないの、昔鵠沼の別荘に……」
綾子「そう……いつ頃」
千鶴「まだ昌二さんが浦和の頃、一夏高等学校のお友達大勢連れて来てとても賑やかだったこと覚えてない」
綾子「ああ私が女学校に入った年の夏」
千鶴「朝からゴロゴロみんな裸で雲助の宿屋だってお母様逃げ出して麴町にお帰りになったじゃないの」
綾子「あの時いらしったの、あの中に」
千鶴「うん、覚えてない」
綾子「どの方だったかしら」
千鶴「お家が高輪で、ほら一人だけ何時もシャツ着てた方」
綾子「ああ、あの方……」
千鶴「ええ」
　そこへ節子がお寺から帰って来る。
節子「只今、お姉様、高須先生いらしったわよ」
千鶴「あ、そう」
　と立つ。
節子「帰りに路でお会いしたの、お兄様にお線香上げにいらしったんですって……」
千鶴「あ、そう」
　と行く。

11 **階下**

　座敷――高須が居る。
　千鶴、入って来て、
千鶴「まあいらっしゃいませ」
高須「今日は……いや、どうも御無沙汰しています」

千鶴「こちらこそ、御機嫌よろしう」
高須「先日は浩一君の三回忌に御案内頂きまして、どうも失礼しました。生憎一寸東京へ行っておりまして……」
千鶴「いいえ、その節はまた御丁寧に御供物を頂戴致しまして」
高須「いや、ほんのおしるしで……一寸学生と今日奈良に来たもんですから……仏さまにお線香上げにお寄りしました」
千鶴「それはどうも御丁寧に……」
そこへ、節子、茶を運んでくる。
千鶴、仏間の方へ立つ。
節子、茶を出して、
節子「どうぞ……」
高須「いや有難う」
節子「今日ごゆっくりでいいんでしょう」
高須「いや一寸お寄りしたんだ」
節子「雨宮さんって先生御存知」
高須「雨宮……」
節子「昌二さんのお友達」
高須「ああ知ってるよ」
そこへ千鶴が来て、
千鶴「どうぞ」
高須（節子に）「お医者さんだろう」
と立つ。
節子「ええ、来てらっしゃるのよ、その方」
高須「そうかい」
と高須、仏間の方へ行く。

12
仏間
高須来て、千鶴に、
高須「いつ来たんです、雨宮」
千鶴「今朝大阪からお出になって……」
高須「そうですか、暫く会わないなあ」
高須、お線香を上げて拝む。
高須「早いものですね……あれからもう二年ですかね」
千鶴「ええ」
高須「いつまでも暑い年でしたね」
千鶴「まだついこの間のような気がしますわ」
高須「…………」

13
寺
読経の声。

14
庫裡
読経の声。

15
安井の部屋
誰も居ない、読経の声。

16
三笠山
中腹に安井と雨宮が腰を下している。
雨宮「昔、中学の修学旅行で来た時ここで弁当を食べたなあ」
安井「うん」
雨宮「あれからもう何年になるだろう」
安井「かれこれもう十四五年だろう」
雨宮「もうそんなになるかな、ちっとも変らないなあ……奈良は」
安井「うん」
雨宮「あの時は五月だったよ、藤の花が綺麗だった」

17
三笠山の麓
節子が急いで来る。中腹の二人を見て手をふる、が二人気がつかないので、また走り行き手を振る。

18
中腹
やっと雨宮、節子を見つけ、安井に知らせる。
二人立つ。

19
節子、手を振って二人の方へ
二人も手を振って下りて来る。
節子「お迎いに来たのよ、お姉様がお家へいらっしゃいって……高須先生来てらっしゃるのよ……皆さん御一緒にお食事しましょうって……」
三人、帰って行く。

20
浅井家
一室——その晩。

食事の後を千鶴と綾子が片付けている。

綾子「お姉様、私思い違いしてた、雨宮さん」

千鶴「そう」

綾子「あの方だったら、よくピアノ弾いてらしったじゃないの」

千鶴「そうよ」

綾子「ショパンのノクターン」

千鶴「そうだったかしら」

綾子「私、あの波乗りのお上手な方かと思ってた」

千鶴「あの方繁野さんよ……真黒な方」

千鶴、片付けて運盆を持って台所へ行く。

21　台所

お座敷から文やが来て、千鶴に、

文や「あの、お紅茶だそうです」

千鶴「あ、そう……文や、お湯沸いてる」

文や「はい」

千鶴「お茶碗出して」

文や「はい」

22　一室（座敷）

茂吉、高須、安井、雨宮、節子が前からの続きの雑談で、

雨宮「そうかなあ」

安井「そりゃ偶に来るからいいんだよ」

茂吉「それは毎日ブラブラしてりゃ何処だって退屈だよ」

高須「どうもそれは奈良のせいじゃなさそうだな」（と、笑う）

安井「いや」

節子「でも奈良はお能のテンポよ、どうしたって薪《たきぎ》能よ、東京はアレグロよ」

茂吉「そうかい」

節子「お父様、それは何てったって東京よ、あたしいつも思い出すのよ……半蔵門からお濠端通って銀座へ行く時の感じ……素敵だわ」

茂吉「それはお前昔の事だよ、お前の思ってるような東京、もうありゃしないよ」

節子「でも行って見たいのよ、どんなになってるか……麹町」

茂吉「そりゃ草がはえてるよ」

節子「そうかしら」

雨宮「こっちに疎開なすってまだ一度も東京へいらっしゃらないんですか」

茂吉「いかないんだよ……乗り物が大変で……」

節子「乗り物って、お父様一日よ」

茂吉「その一日が大変だよ」

節子「平気よ、一日位」

そこへ千鶴が紅茶を運んで来る。皆に配る。

高須（雨宮に）「君明日はどうするんだい」

雨宮「いや別に……昼寝すすめられてるんです」

高須「よせよせ、法隆寺へ行かないか」

雨宮「高須さん、行くんですか」

高須「ああ、こっちは学生と一緒だけど行かないか」

雨宮「お供しましょうか」

高須「昌ちゃんも行けよ」

安井「行きましょうか」

高須「皆さん如何です」

節子「あたしも行き度いわ」

茂吉「連れてって頂けよ、見ておいでよ、それはとても東京にはないよ」

高須「お父さんも如何です」

茂吉「私はいいよ……（千鶴に）お前どうだい」

千鶴「さあ……私も……綾さんどうかしら」

節子「お姉さま……お姉さま」と隣室の次女を呼ぶ。

綾子、入って来る。

節子「明日皆さん法隆寺へいらっしゃるのよ……いらっしゃらない」

綾子「そうね」

千鶴「いってらっしゃいよ」

節子「ね、行きましょうよ」

綾子「そうね……私もお供しようかしら」

23 **法隆寺への道**

翌日。

高須と学生達、その後に少し遅れて、安井、雨宮、節子の三人がついて行く。

遥かに法隆寺が見える。

24 **法隆寺**

高須等来る。法隆寺の情景。

25 **大黒屋**（夢殿前の旅館）

26 **部屋**

夜——安井は手紙を書いている。

雨宮は読書。

節子はトランプの一人占い。

節　子「ね……お姉様もいらっしゃればよかったのに」

安　井「うん」

雨　宮「お姉さんどうして来なかったんです」

節　子「今朝東京の叔母様がいらしったのよ……京都からお電話があって、お姉様お出かけになったの」

雨　宮「そうですか」

安　井「叔母さん何だい……急に」

節　子「さあ……何かしら」

一寸間があって、

雨　宮「お姉さん西瓜まだお嫌いですか」

節　子「ええ……まあどうしてそんなこと知ってらっしゃるの」

雨　宮「昔、鵠沼の別荘にお邪魔した事あるんですよ」

節　子「まあそうですか」

雨　宮「毎日泳いでからよくみんなで西瓜食べたんですよ、その時お姉さん、いつもぼんやり海見てましたよ」

節　子「そうですか」

雨　宮「お姉さんその時分、よく朝顔の浴衣着て黄色い兵子帯してましたよ」

節　子「まあ、何時頃かしら」

安　井「お前まだ小学生で、洟たらしてたよ」

節　子「嘘、嘘、意地悪る……それじゃ屹度まだお母様いらしった頃よ」

雨　宮「あなたまだ小さくていつもお母さんと御一緒でした……覚えてますか、あの時分のこと……」

節　子「いいえ……でも夕方お庭に月見草が一杯咲いてた事覚えてますわ」

雨　宮「そうでしたね」

ややあって、

節　子「ね、お兄様何かしない」

安　井「何かって何だい」

節　子「何か面白いこと……ね、なんか」

安　井「……うん」（気のない返事）

節　子「お姉様いらっしゃればよかったのに……そうしたら麻雀出来たのに」

27 **浅井家**

翌日。玄関。

盛装の綾子が京都から帰って来る。

文やが迎えて、

文　や「お帰り遊ばせ……」

綾　子「只今」

二階の部屋へ行く。

28 **二階**

綾子来て、鏡台の前に座る。

千鶴が来て、

千　鶴「お帰りなさい」

綾　子「ただ今」

千　鶴「叔母様お元気だった」

綾　子「ええ」

千　鶴「お話何だったの」

綾　子「いつかのこと」

千　鶴「あ、そう」

綾　子「叔母様ってどうしてああなのかしら……木屋町の宿屋へ伺ったら直ぐ南座へ行こうと仰有るのよ、変だとは思ったんだけど行ったの……そしたら向うの方も来てらっしゃるのよ」

千　鶴「それじゃお見合いだったのね」

綾　子「そうなの、驚いちゃった」

千　鶴「どんな方」

綾　子「どんなって……見なかったわ、だって嫌ですもの、いきなりでしょ、知らん顔して音羽屋ばかり見ててやった。叔母様ったら一人で決めていらっしゃるんですもの」
千　鶴「今でもその方、宮津の銀行に出てらっしゃるの」
綾　子「そうらしいわ……天の橋立が自慢なのよ、叔母様も一緒になってお褒めになるの。いくら景色がいいからって、お嫁に行って毎日天の橋立見てられやしないわ」
千　鶴「そりゃそうね」
綾　子「ああこれ、叔母様からお姉様に」
ハンドバッグから手紙を出して渡す。
千　鶴「あ、そう……」
千鶴、披いて読む。
そこへ節子が法隆寺から帰って来る。
節　子（千鶴に）「只今」
千　鶴「お帰りなさい」
節　子（綾子に）「只今……お姉様何時お帰りになって」
千鶴、手紙を読み乍ら階下へ行く。
綾　子「たった今」
節　子「そう、お姉様いらっしゃればよかったのに……よかったわよ……法隆寺……百済観音」
綾　子「………」
節　子「雨宮さんって昔、鵠沼の別荘にいらしった事あるんですってね」
綾　子「そう……」
節　子「お姉様の事よく覚えてらしったわ」
綾　子「そう……」
節　子「お姉様がまだ女学生の頃で、夜、海で宵待草お唄いになったんですって」
綾　子「そう。知らないわ、そんなこと」
節　子「よく朝顔の浴衣着て黄色い兵子帯してらしったんですって」
綾　子「そうだったかしら」
節　子「お姉様が西瓜お嫌いな事まで覚えてらっしゃるのよ」
綾　子「そんなこと覚えてらっしゃるの」
節　子「うん、ある日お姉様お悪くて、夜、昌二さんと、氷買いにいらしったんですって、それが花火の晩だったんですって」
綾　子「あ、そう、それ覚えてるわ。私熱出したのよ。二階の八畳でねていると、お庭の松の上にとても花火が綺麗だったわ」
節　子「……お姉様もいらっしゃればよかったのよ……いい方よ、雨宮さん……素敵よ、あの方……」
綾　子「……どうしてそんなつまらないこと覚えてらっしゃるのかしら……」
節　子「………」

29　寺　安井の部屋

田中が訪ねて来ている。貧しい、職のない、安井の大学からの友人である。
田　中「そうかい、雨宮元気かい」
安　井「ああ、元気だ」
田　中「彼奴にも暫く会わないなあ、当分居るのかい」
安　井「まだ四五日は居るよ」
田　中「じゃ、また会えるな……そろそろ帰るよ」
安　井「まだいいじゃないか……ゆっくりしてけよ」
田　中「そうもしてられないんだ、今から帰って晩めしの支度しなけりゃ……この頃おふくろ、目が悪いんだ」
安　井「そりゃいけないなあ、大事にしろよ……ああ、これ持ってけよ」
と、四、五冊の本を出す。
田　中「いいかい、貰ってって」
安　井「ああ、いいよ、いくらにもなるまいけど」
田　中「何時も済まないなあ」
安　井「いや」
田　中（本を包みながら）「飽きたよ、毎日ブラブラしてるの」
安　井「そのうちあるさ」
田　中「遊んでちゃ煙草もろくに喫えないよ」
安　井「うん……本、停車場の右側の方が高く買うぜ」

田中「ああ、何時もあすこだよ……雨宮帰って来たら宜しくな」

安井「ああ、おふくろさんに宜しく」

田中「有難う」

　田中、帰りかけると節子が入ってくる。

節子「今日は」

田中「今日は」

節子「もうお帰りですの」

田中「ええ、今から帰って飯炊きですよ」

節子「まあ」

田中「左様なら」

節子「左様なら」

　田中、帰って行く。見送って、

節子「田中さん、少しお痩せになったわね」

安井「うん」

節子「まだお仕事見つからないの」

安井「うん……また玉葱貰っちゃったよ」

　田中の手土産、玉葱がある。

節子「そう、じゃまたすき焼」

安井「いいね」

節子「お肉あるの」

安井「ない」

節子「お醤油ある、お砂糖ある、お鍋ある」

安井「ない……茶碗と箸ある」

節子「駄目よ、そんな……ね、雨宮さんは……」

安井「昼から博物館に出かけたよ」

節子「そう……あの日、京都でね、お姉様お見合いだったんですって」

安井「へえ……誰と」

節子「銀行の頭取の息子さんですって……宮津の……」

安井「ふうん」

節子「お姉様お可哀そうよ」

安井「どうして」

節子「だってその方……私、写真見たのよ……とても肥ってるの……この辺なんかこんなよ」（と、胸の辺りへ手をやる）

安井「いいじゃないか、肥ってるの」

節子「だって、今時、肥ってるなんて、何んだか嫌でしょう……闇屋さんみたい……それにとても薄いのよ……頭の毛……すけて見えるのよ」

安井「年寄りかい」

節子「ううん……それで若いの」

安井「ふーん」

節子「お姉様お可哀そうだわ」

安井「そんならよせばいいじゃないか」

節子「そうよ、叔母様一人で決めてらっしゃるのよ、あんな方にお姉様物体ないわ……私、嫌だわ、あんな方、私のお兄様になったら……断然反対よ」

安井「そうかい」

節子「そうよ……ね、雨宮さんどうかしら、お姉様に……そうしたらとても素敵ないい御夫婦が出来ると思うんだけど……雨宮さん、お姉様お好きでしょう」

安井「どうして……そんなこと分るもんか」

節子「ううん、確《たしか》よ、お姉様の昔の事あんなによく覚えてらっしゃるんですもの……きっと昔からお好きなのよ」

安井「そうかな」

節子「そうよ、西瓜お嫌いだなんて、そんなこと何でもなくて何時までも覚えていられる……ね……聞いてみてよ、雨宮さんに」

安井「何んて……」

節子「お姉様をどう思っていらっしゃるかって……きっと素敵よ……とてもお似合いのいい御夫婦が出来ると思うんだけど……ね、聞いてみてよ」

安井「俺がか」

節子「ええ」

安井「雨宮にかい」

節子「ええ……とても素敵だわ」

30
大仏殿前

　安井と雨宮、歩いて来る。燈籠を眺める。

　雨宮は黒眼鏡をかけている。

安井「おい、お前お嫁さん何時貰うんだい」

雨　宮「……」（安井を見る）

安　井「もう決ってるのかい……誰か」

雨　宮「いや、まだだよ」

安　井「まだなら貰わないか……いるんだがなあ……一人……」

雨　宮「誰だい」

安　井「浅井の娘、綾子だよ」

雨　宮「綾子さんか……」（と、何気ない風）

安　井「お前、綾子好きなんだろう」

雨　宮「いや」

安　井「好きだって言うじゃないか……綾子」

雨　宮「俺が」

安　井「うん」

雨　宮「そんなこと誰が言ったい……そんなこと考えた事もないよ」

安　井「そうかい」

雨　宮「まだ早いよ……そんな話」

　と、大仏殿の方へ行く。

　安井は後からのこのこついて行く。

31　浅井家

　翌日。安井と節子が話している。

節　子「へえ……で、雨宮さん何んと仰有って」

安　井「そんなこと考えた事もないって」

節　子「そんな事ない、絶対にお好きよ。あんなつまらない事まで覚えてらっしゃるのに……」

安　井「だからそれも言ってやったんだよ」

節　子「そしたら」

安　井「それは記憶力のいい事で愛情の問題とは別だって……」

節　子「……ふん」

安　井「そんな話、まだ早いよ、全然興味がないねって、言ってたぜ」

節　子「嘘、嘘、……そんなこと、絶対にお好きよ、口じゃ何んとでも言えるものよ。お兄様、その時、雨宮さんの目見てらしった……」

安　井「いや」

節　子「それじゃ駄目よ、そういうお話の時は目を見てなくっちゃ……違うのよ、目の色」

安　井「それが眼鏡かけてたんだよ……黒眼鏡」

節　子「まあ……ずるいわね……考えた事もないなんて、そんなこと絶対にないと思うけど……ね、もう一度どう」

安　井「また訊くのかい」

節　子「うん」

安　井「嫌だよ……もう、今度はお前聞けよ」

節　子「あたし……うむ、じゃ、こうしましょうか、あのね……」

　節子は安井の耳に何か囁く。

節　子「ね……どう」

安　井「うん、面白いなあ」

節　子「一度文や呼んでやらしてみましょうか」

安　井「ああ」

節　子「文や……文や。（と、呼んで）ね、何処にしましょう、場所」

安　井「何処がいい」

節　子「二月堂、どう」

安　井「いいなあ」

　文やが入って来る。

文　や「お呼びでございますか」

節　子「ね、文や、お願いがあるの」

文　や「何んで御座いましょうか」

節　子「あのね、内証の事よ、いい」

文　や「はい」

節　子「明日の朝九時、雨宮さんにお電話するの」

文　や「はい」

節　子「こちら浅井の綾子でございますが……（と、辺りを見廻して）内証よ」

文　や「はい……」

節　子「一寸お目にかかって折り入ってお話致し度い事がございますので、まことに恐れ入りますが、どうかお一人で三時に二月堂までお出下さいませって言うの……お前がお姉様になるのよ」

文　や「まあ……でも」

節　子「いいの、お姉様お可哀そうなのよ、いい事なのよ……そうしてね……分った」
文　や「はい」
節　子「じゃ、一度やってごらん」
文　や「はい」
節　子「やるのよ、電話かける通り……あ、もしもし」
文　や「あ、もしもし」
節　子「はい、出ました向うが……」
文　や「あ、もしもし」
節　子「もう、もしもし言わなくてもいいの」
文　や「はい……あの雨宮さんでいらっしゃいますか」
節　子「そうです、僕、雨宮です」
文　や「私、浅井の文やで……」
節　子「文やじゃないの、……綾子」
文　や「はい……私、浅井の綾子でございますが……」
節　子「もっとお姉様の声で……」
文　や「はい……私、浅井の綾子でございますが、一寸お目にかかって折り入ってお話致し度い事がございますので……」
節　子「もっと恥かしそうに……」
文　や「はい……あの誠に恐れ入りますが、どうかお一人で三時に二月堂まで、お出下さいませんでしょうか」
節　子「そう……どう」
安　井「いいね、うまいよ、文や」
文　や「まあ」
節　子「じゃ頼むわよ……お願いするわよ」
文　や「はい」
節　子「忘れちゃ駄目よ、二月堂、三時よ」
文　や「はい」

32　二月堂

翌日、午後三時の陽ざし。

33　その附近

安井と節子が待っている。
安　井「おい、もう来ないよ」（と、時計を見る）
節　子「そうかしら……いま、何時」
安　井「もう三時、十分過ぎたよ」
節　子「そう……来ない筈ないんだけどなあ……その時計進んでやしない」
安　井「合ってるよ……もう来やしないよ」
節　子「そうかしら……来ない筈ないと思うんだけど……」
二人は帰りかける。
一方を見て、
「来た、来た、来た……」と、慌てて身をひそめる。
雨宮が来る。雨宮は気付かずに二人の前を通り過ぎる。
節　子「来たじゃないの」
安　井「うん……来たなあ」
節　子「ほれ、御覧なさい」
二人、物蔭から顔を出して見る。
雨宮が二月堂の石段を上って行く。立ち止って、キョロキョロ辺りを見廻す。
二人、思わず、隠れる……が、又そっと顔を出して見る。
雨宮、キョロキョロ探してまた石段を上って行く。
節　子「ね違うでしょう、目の色」
安　井「うん……本当だ」
節　子「でもお気の毒ね、お姉様いらっしゃらないのに」
安　井「うん」
節　子「ね、いつまで待ってらっしゃるかしら」
安　井「あの調子じゃ相当待つぜ」
節　子「悪いわ……ね、どうしましょう」
安　井「いいよ、待たしとけよ」
節　子「悪いわ……ね、文やにそう言うわ」
と、駈け出す。
節子は走って家へ帰って行く。

34　浅井家　階下（廊下）

節子、帰って来る。
安　井「文や、文や」（と、呼ぶ）
文　や「はい」
と文やも出てくる。
節　子「ね、文や、困っちゃったのよ、来ちゃったのよ、雨宮さん」

文や「はい」

節子「ね、どうしましょう」

文や「はい」(と、困る)

節子（辺りを見廻して）「ね、文や、お前済まないけど行って、雨宮さんに綾子様急に御用が御出来になって、いらっしゃれなくなりましたって、そう言ってよ」

文や「はい」

節子「丁寧にお詫びするのよ、分った」

文や「はい」

節子「早くよ、急いでよ、駈けてって！」

文や、急ぎ出て行く。

そこへ綾子入って来る。

綾子「文や」

と、呼ぶが、返事がないので、節子に、
綾子「文や、知らない」

節子「ええ……」(と、頭を振る)

綾子「文や」(と呼ぶ)

節子も一緒になって、
節子「文や、文や」

綾子、去る。

節子、ほっとする。

35 二月堂への路

文や、駈けて行く。

36 寺の一室

翌日。節子が安井と話している。
節子「ね、どう、雨宮さんいらしったじゃないの」
安井「うん」
節子「来ない筈ないと思ってた……矢張りお姉様がお好きなのよ」
安井「うん」
節子「とてもお似合いでいい御夫婦だわ、お二人ともお綺麗で……ね、お話どんどん進めてよ」
安井「どんどんって、どうするんだい」
節子「雨宮さんが結婚申込むのよ、お姉様に」
安井「申込むのかい、雨宮から」
節子「そうよ」
安井「大丈夫かい」
節子「大丈夫よ、絶対よ、雨宮さん」
安井「いや雨宮はいいとして綾子の方だよ」
節子「お姉様は大丈夫よ、絶対お好きよ、雨宮さん」
安井「どうして」
節子「だって……雨宮さんいらしってから、お姉様、変よ少し」
安井「何が……」
節子「昨日ね、ブラウスお作りになったのよ、そしたらお袖左と右と間違えておつけになったの……今朝もそうなの、お父様の召上る半熟、茹《ゆ》でおしまいになったの」
安井「ふうん」
節子「この間の晩だってそうなの、高須先生と御一緒に家でお食事なすったでしょう」
安井「ああ」
節子「あの時お姉様、雨宮さんのお隣にお座りになったでしょう」
安井「ああ」
節子「お姉様ったら、すき焼が一番お好きなくせに、ごはん一つしか召上らないの……それも軽くよ、何時もなら三つは平気で召上るのよ」
安井「ふうん」
節子「あんまり不思議だから、どこかお加減が悪いのってお聞きしたら、雨宮さんの方をちらっと見て『いいえ』って仰有るの……分るでしょう、その気持」
安井「うん、仲々観察細《こま》かいなあ」
節子「そしたら皆さんお帰りになった後で、お姉様ったら林檎三つも召上るのよ、いつもは一つやっとなのに……」
安井「ふうん」
節子「分るでしょう、その気持」
安井「林檎の気持はよく分る」
節子「まあ……でも確《たしか》でしょう、お姉様お好きなこと」

安　井「うん」
　雨宮が外出から帰って来る。
安　井「よう」
節　子「まあ、お帰りなさい」
雨　宮「やあ、いらっしゃい」
安　井「何処へ行って来たんだい」
雨　宮「西大寺へ行って田中に会って来たよ」
安　井「そうか」
雨　宮「彼奴がブラブラしてるんで、おふくろさんも心配してたよ」
安　井「おふくろさん目が悪いって、どうしたい」
雨　宮「いや大した事はないらしいよ……あ、おい、俺、明後日東京へ帰るよ」
安　井「そうかい」
節　子（驚き）「あの、もうお帰りになるんですの」
雨　宮「ええ、どうもいろいろお世話になりました」
節　子「いいえ……あの、もっとごゆっくり出来ませんの」
雨　宮「ええ、もう帰らないと……また出て来ますよ」
節　子「今度は何時いらっしゃるんですの」
雨　宮「来年の秋にはまた来たいと思うんですけど」
節　子「まあ、来年ですか」
雨　宮「ええ、いろいろどうも、大変愉快でした」
節　子「はあ……あの、お兄様一寸」（と、立って行く）
安　井「うん」
　と、節子について立って行く。

37　廊下

　節子、安井を引っ張って来て、
節　子「ね、どうしましょう、雨宮さん、お帰りよ、もう今晩と明日の晩いらっしゃるきりよ……ね、どうしましょう」
安　井「うん」
　節子は雨宮の方を気にして、更に庫裡の方に引っ張って行き、
節　子「嫌だわ、このままお帰りになっちゃ……」
安　井「会わせたらどうだい、二人」
節　子「お姉様と雨宮さんと」
安　井「うん……どっちも好きなら会わせてみるんだよ、二人だけで……」
節　子「そうね」
安　井「案外、その方が話が早いかも知れないよ」
節　子「そうね。じゃどう、明日の晩。明日の晩丁度十五夜よ、お二人きりでいいお月さまで……いいじゃないの、とても素敵だわ」

38　浅井家

　お月見の芒《すすき》、御団子、柿、栗が供えてある。

39　階段

　文やが忍び足で上って行く。

40　二階　綾子の部屋

　文や、のぞく。

　綾子、座って小説を読んでいる。

　文や、そっと引返して行く。

41　階段

　文や、下りて行くと、廊下に節子が立っている。
節　子（小声で）「お姉様どうしていらしった」
文　や「あの、御本を読んでいらっしゃいました」
節　子「お出かけの御様子なかった」
文　や「はい」
　節子、不審顔で一室に入る。

42　一室

　節子に続いて、文やも入る。

　安井が来ている。

節　子「そんな筈ないと思うんだけど……一体文や何んて申し上げたの、お姉様に……」

文や「あの……雨宮様からお電話で、お目にかかって折り入ってお話致したい事がございますので、どうかお一人で今晩月の出に公園までお出下さいませって……」
節子「そしたらお姉様何んて」
文や「ああそう、って仰有いました」
安井「にっこりしたかい」
文や「いいえ、別に……」
節子「おかしいわね……お忘れになったんじゃないかしら……文や、もう一度申上げてご覧なさい」
文や「はい」
節子「もうそろそろお出かけのお時間ですけど、お履物はどれに致しましょうかって……」
文や「はい」
節子「うまく言うのよ」
文や「はい」
　と、出て行く。
節子「まだ大丈夫、お月様」
安井「うん」
　節子、窓から覗いて
節子「大分三笠山の空明るくなって来たんじゃない」
安井「うん」
節子「ね、若しお姉様お出かけにならなかったらどうしましょう」
安井「そしたら、仕方がないさ」
節子「つまんないわ、そんなの。折角一生懸命になってるのに……」
安井「まあ、お嫁さんに行って毎日天の橋立見て貰うんだね」
節子「嫌よ……そんなの」
　文やが戻って来る。
節子「ね、どうだった」
文や「申上げました」
節子「お出かけになりそう」
文や「黙って御本を読んでいらっしゃいました」
節子「まあ……お月さま出て来たんじゃない……（と、覗いて）あ、一寸出て来ちゃったわ。ね、どうしましょう。一寸、引込まないかしら」
安井「そんな無理言うなよ」
節子「仕様がないわ……私、一寸行って来るわ……」
　と、出て行く。

43　二階　綾子の部屋

　節子、来る。
　綾子、小説を読んでいる。
節子「お姉さま……」
綾子「何」
節子「あの、雨宮さん明日もうお帰りになるんですってね」
綾子「そう」
　と、気を引いてみる。
　綾子は本に目を落したまま、
節子「ね、もう少しごゆっくりしてらっしゃればいいのにね」
綾子「そうね」（と、本を読んだ儘）
節子「ね、どうしてお帰りになるのかしら、つまらないわ」
綾子（知らん顔で）「………」
節子「ね、お姉様、雨宮さんお帰りになったらもう当分いらっしゃらないんですって」
綾子「そう」（と、本をみたまま）
節子「来年の秋までよ……それまでもうお会い出来ないのよ……」
綾子「………」
節子「ひょいとしたら雨宮さん東京へお帰りになってお嫁さんお貰いになるんじゃないかしら」
綾子「………」
節子「ね、お姉様……なんだかそんな気がするの……お姉様、なさらない」
綾子「………」
節子「ね、お姉様、雨宮さんね……」
綾子「うるさいわね、何言ってるの」
節子「………」
綾子「下へ行ってらっしゃい」
節子「はい」

節子、叱られて、渋々降りて行く。

44
階下の一室
節子、戻って来る。
安井「どうだった」
節子「怒られちゃった」
安井「そうかい」
節子「駄目かも知れないわ」
安井「どうして」
節子「だって全然興味なさそうよ」
安井「そうかい」
節子「うん、そんな筈ないと思ったんだけど……（窓から見て）あああ、もうあんなにお月様上っちゃった」
安井「いい月だな」
節子は落胆《がっか》りして座る。
節子「……とてもいい御夫婦が出来ると思って楽しみにしてたのに……」（と、溜息）
文やが急いで来る。
文や「お嬢さま……」
節子「何」
文や「あの、只今綾子様、裏からお出ましになりました」
節子「そう……お出かけになった」
文や「はい、大変お急ぎになって……」
節子「まあ、そう……よかったわね。（と、喜んで）頼もしいわ」

45
月光の公園
綾子、急ぎ足で行く。停って見る。向うに雨宮が来ている。綾子の方へ来る。
両人、次第に近づく。近づいて無言で会釈、更に近づく。
両人、見合わすが、なんとなくまずい。
両人、黙ったまま歩き出す。
三四歩行って、
雨宮「いい月ですね」
綾子「ほんとにいいお月様」
また、三四歩行って、綾子、停り、
綾子「あの、何でしょうか、お話……」
雨宮、停り、驚いて綾子をみる。
雨宮「…………」
綾子「私に何かお話があるとか……」
雨宮「僕がですか……僕はあなたから電話頂いたんで来たんですけど……」
綾子「まあ……私もあなたからお電話頂いたので……」
雨宮「僕、掛けませんよ」
綾子「私もお掛けしませんけど……」
雨宮「そうですか……それはどうも……」
綾子「いいえ、私こそ」
二人、もぢもぢしている。何となく、
雨宮「いい月ですね」
綾子「ほんとにいいお月様」
二人何となく歩き出す。
二、三歩行って、
綾子「あの、明日お帰りになるそうで……」

雨宮「ええ……」

また無言で、二人、歩いて行く。

暫くして立停り、月を見る。

雨宮「昔、矢張りこんな事がありましたね、鵠沼の別荘で……覚えてますか……江の島の帰りに……」

綾子「ああ、途中で日が暮れて、海から大きなお月様が出ましたわ」

雨宮（頷き）「あの時も矢張り、僕が東京へ帰る前の晩でしたよ、夏休みが終って……」

綾子「まあ……そうでしたかしら」（と、懐しい）

月光の公園を二人寄添って、歩き出す。

46
寺の一室
月光が流れ込んでいる。
節子「いいお月様ね」
安井「うん」
節子「大丈夫かしら、お姉様たち」
安井「大丈夫だよ……心配するなよ……うまくいってるよ」
節子「そうかしら……何話してらっしゃるかしら」
安井「もう手位握ってるよ」
節子「そうかしら」

安　井「モウパッサンの小説にもあるよ、Moon-lightっていうのが……月の光りで、それ程好きでもない同士が急に惚れちゃうんだよ」
節　子「そう」
安　井「どっちも好きなら尚の事だよ……もうきっと握ってるよ」
節　子「そうかしら」
安　井「もっといってるかな……やったかな」
節　子「何に」
安　井「接吻」
節　子「お兄様の悪趣味……でも、そんな事なさるかしら、お姉様」
安　井「そりゃするよ……サマセット・モームの小説にもあるよ……お互に好きな同士が月夜の晩にね……」
節　子「いや、いや、もうそんなお話」
安　井「そうかい」
安井、笑って煙草を喫んでいる。
暫くして、
節　子「ねえ……どうしてはっきり仰有らないのかしら」
安　井「何が」
節　子「お姉様も雨宮さんもお互に結構お好きなのに……」
安　井「うん」
節　子「お互に好きでいながら言い出せなくて、お互に何にも知らず別れてしまったら、つまんないと思うんだけど……そんな人、昔から随分いると思うんだけど……」
安　井「そりゃいるよ」
節　子「そんな人、可哀そうだわ、みすみす自分から幸福を逃しているのよ、お姉様達も危いとこよ、あたし達のお蔭よ」
安　井「そうだよ……うんとおごらしてやってもいいんだよ……俺なら始めからはっきり言うな」
節　子「私だってはっきり言うわ……ああお月様、あんなに上っちゃった」
安　井「うん」

47　**浅井家**

茂吉と千鶴が電気を消して、月を見て話している。
茂　吉「そうかい、雨宮さんもう明日お帰りかい」
千　鶴「ええ、お仕事がお忙しいんだそうで……」
茂　吉「ふん、昌二も何かないものかね……あしてちゃ可哀そうだよ」
千　鶴「そうですわね」
綾子が帰って来る。
綾　子「只今」
千　鶴「お帰りなさい」
茂　吉「こっちへ来て月でも見ないか」
綾　子「今まで見て参りましたの」
茂　吉「そうかい」
綾子、「文や、文や」と呼んで、二階へ行く。

48　**二階**

綾子、鏡台の前に座る。
文や、来る。
文　や「あの、お呼びでございますか」
綾　子「ここへいらっしゃい！」
文　や「……」（もぢもぢしている）
綾　子「来るの……ここへ！」
文や、恐る恐る前へ出る。
綾　子「雨宮さんからお電話あったの」
文　や「………」
綾　子「文や、誰に頼まれてあんなこと言ったの」
文　や「……はい」
綾　子「言ってごらんなさい」
文　や「………」
綾　子「誰なの、言えないの」
文　や「……はい、節子様で……」
綾　子「節ちゃんがそんなこと言えって、文やに言ったの」
文　や「……はい、どうも相すみません」
綾　子「そんならいいの」
文　や「……はい」
綾　子「もういいの」

文や「はい」
文や、お叩頭をして、しおれて降りて行く。

49 階下（廊下）

文や、二階から下りて来ると、節子が帰って来る。
文や「お帰りなさいませ」
節子「只今……お姉様、お帰りになった」
文や「只今お帰りになりました」
節子「お姉様、どう」
文や「大変おこってらっしゃいます」
節子「そう」
文や「只今お電話の事で……」
節子「叱られた」
文や「はい」
節子「そう……おこる筈ないんだけど……一寸様子見てこよう」
節子、二階へ上って行く。

50 二階

節子、忍び足で来て、部屋の様子を窺う。
綾子、嬉しさを隠し切れず鼻唄をうたって朗である。
節子、それをみてにっこりして引返す。

51 階下

節子、下りて来る。
文や、心配そうに待っている。
節子「文や嘘よ、お姉様、喜んでらっしゃるわよ」
文や「まあ、さよですか」
節子「とてもご機嫌いいわよ」
文や「まあ……でもさき程は大変……」
節子「嘘よ、それは口だけよ、そんな時、目見てなきゃ駄目よ」
文や「まあ、さよですか」
節子「そうよ……でも、お可哀そうよ、雨宮さん、明日もう東京へお帰りになっちゃうのよ」
文や「まあ……さよですか……」

52 浅井家の近くの畑

三笠山が見える。
父茂吉と昌二が百姓をしている。のどかな風景。

53 浅井家の庭先

節子が洗濯物を乾している。

54 一室

千鶴が父の靴下を繕っている。
綾子が一通の電報を持って入って来る。
綾子「ね、お姉様、こんな電報が来たの、何でしょう」
千鶴「なあに」
千鶴、それを受取り、見る。
千鶴「三七五五……何のこと」
綾子「分らないのよ」
千鶴「いつ来たの」
綾子「今……」
千鶴「何方《どなた》から……」
綾子「分らないの」
千鶴「三七五五、何でしょうね、三千七百五十五ね……誰かの間違いじゃないの」
綾子「でも、宛名、あたくしよ」
千鶴「そうね……何でしょう……三七五五」
節子、庭先から手を拭きながら、入って来る。
節子「お姉様、何かない、お腹すいちゃった」
千鶴「ね、節ちゃん、何でしょう、これ……」
節子「何に……電報。（と、電報を受取り、見て）三七五五、何でしょう」
三人、不審そうに考える。
節子「三七五五……ね、これ、何かの暗号じゃない……何かの番号じゃないかしら……」
綾子、ふと、何かを思い出して、
綾子「ああ、そう」
と、改めて電報を覗き込み、微笑する。

節　子「お分りになった」
綾　子「ううん」
　綾子、電報から目を上げ、微笑みながら二階へ上って行く。
　姉妹、不審そうに見送る。
節　子「お姉様、何でしょう」
千　鶴「何かしら」
節　子「東京よ……何方《どなた》からでしょう」
千　鶴「そうね」
節　子「三千七百五十五……ミナイイ」
千　鶴「そうも読めるわね」
節　子「何がいいのかしら、ミナイイって……三千七百四十六ならミナヨムって、郵便局の通りの本屋さんの電話番号なんだけど……」
千　鶴「まあ、そう……（と、笑って）猿沢の池の傍の耳鼻咽喉の大原さんね、三千三百八十七で、ミミハナって言うのよ」
節　子「あら、そう……」
　そこへ文やが来て、
文　や「あの、節子さま」
節　子「何に」
文　や「あの……一寸」
　節子、立って廊下に出て行く。

55　廊下

　文や、節子に、何か小声で囁く。
節　子「……あ、……そう」
　節子、頷いて、座敷へ引返す。

56　一室

　節子、来て、
節　子「お姉様、電報、雨宮さんからよ」
千　鶴「そう……」
節　子「今、文やが郵便局へ行くの、お姉様も雨宮さんに電報お打ちになるのよ」
千　鶴「何て」
節　子「矢張、数字なの、六百六十六よ、六六六」
千　鶴「そう」
節　子「ね、何でしょう……ムムムよ、六六六」
千　鶴「六百六十六」
節　子「……何かしら」
千　鶴「そうね」

57　寺の一室

　その夜。
　住職と安井が考え込んでいる。
住　職「うむ……男から女へ来たのが三七五五かい」
安　井「そうなんです」
住　職「女から男へやったのが六六六と……六六六……うむ……これはラヂオの話の泉にでも出してみるんだね」
安　井「分りますかね」
住　職「うむ……鳴りそうだね……鐘が……」

58　浅井家　台所

　節子と文やが考えている。文やが呆《ぼ》んやりしているので、
節　子「文や、あんた考えてるの」
文　や「はい」
節　子「考えなさい、あんたが電報打ちに行ったんじゃないの……」
文　や「はい」（と考える）
　節子、立って行く。

59　座敷

　ここでも、茂吉と千鶴が考えている。
　節子が入って来る。
節　子「お父様、お分りになって……」
茂　吉「うむ……綾子は言わないのかい」
節　子「ええ、笑ってて何とも仰有らないの」
茂　吉「うむ」
千　鶴「ミナイイは分るとして、ムムムって何の事でしょう」
茂　吉「うむ、ムムムね……」
　そこへ、綾子が入って来る。
　三人が思案の態なので、
綾　子「なあに……何してらっしゃるの……」
茂　吉「いや……別に」
綾　子「ね、お父様、お願いがありますの」

茂　吉「何だい」
綾　子「私、東京へ行って来たいと思うんですけど……やって頂けません」
茂　吉「何だい……東京」
綾　子「あの、叔母様のお話、はっきりお断りして来ようと思うんですけど……」
茂　吉「そうかい、手紙じゃいけないの」
綾　子「ええ、矢張りお目にかかって……ね、いけません」
茂　吉「それは行ってもいいけど……一人でかい」
綾　子「ええ」
茂　吉「いつ行くんだい」
綾　子「出来れば明後日の朝の急行で……」
茂　吉「そうかい……また急なんだね」
綾　子「ええ……（千鶴に）お姉様、宜しい」
千　鶴「ええ、いいわよ」
綾　子「じゃ、お父様、やらせて頂きます」
茂　吉「ああ、行っといで……」
綾　子「有難うございました」

綾子、立って行く。

三人、見送っていたが、

千　鶴「節ちゃん、よく黙ってたわね」
茂　吉「うん……よく一緒に行こうって言わなかったなあ」
節　子「それはお父様、節子、行きたいのよ、東京、見たいのよ、東京。でも、ムムムでしょう、今度はお姉様お一人でいらっしゃりたいのよ。行けばあたし、屹度お邪魔なのよ」
茂　吉「そうかい」
千　鶴「節ちゃんに分るの……そんなこと」
節　子「うん……何となく」
茂　吉「偉いもんだね」
節　子「それはお父様、節子もう大人よ、二十よ」
茂　吉「そうかい……じゃ、お前の番だね……今度は」
節　子「何に」
茂　吉「…………」
節　子「何よお父さま」
茂　吉「ムムムだよ」
節　子「まあ、厭なお父様……そんなこと……」

60　京都の町　情景

61　高瀬川の柳

62　簾のかかった窓

63　高須の下宿

千鶴と節子が来ている。

千　鶴「ね、お分りになる」
高　須「うむ……三七五五ですね」
千　鶴「ええ」
高　須「片方が六六六か……六百六十六」
節　子「どう」
高　須「いや分らないなあ」
節　子「教えてあげましょうか」
高　須「うん」
節　子「それは万葉集の歌の番号だったの。三七五五の方は、
うるはしと吾《あ》が思《も》ふ妹《いも》を山川を
中に隔りて安けくもなし
って言うの……遠く離れて気にかかるって言う歌なのよ」
高　須「うむ……」
節　子「六六六の方は、
相見ぬは幾《いくば》く久《ひさ》もあらなくに
幾許吾《ここだくあれ》は恋ひつつもあるか
って言うの」
高　須「それは坂上郎女《いらつめ》だね」
節　子「そうなの」
高　須「別れて間もないのに、もう大変恋しいって言うんだね」
節　子「そうなのよ、猛烈なラブ・レター。電報でやりとりしてらしったのよ」
高　須「それは考えたなあ……しかし、よく分ったね、それが」
節　子「ええ、それはもうちゃんと……（と得意に）私の発見よ。お姉様が東京へお立ちになった後、お机の上に万葉集があったの……開けて見たら、その番号

に赤鉛筆で印がついてたのよ」

高　須「ほう」

節　子（腕時計を見て）「あ、あたしもう帰ろ……お姉様、あたしお先に失礼するわ」

高　須「何だい、節ちゃん、まだいいじゃないか」

節　子「ええ、でも」

千　鶴「昌二さんが待ってらっしゃるのよ」

高　須「昌ちゃんも来てるの」

節　子「ええ」

千　鶴「今日就職が決るんですって」

高　須「そう」

千　鶴「お友達からお電話がありましたの」

高　須「それで節ちゃん、今日はにこにこしてるんだなあ」

節　子「……」（笑っている）

高　須「決りゃ、もういいんだろう」

節　子「何が」

高　須「何がって……そうだろう……決ってるんじゃないの」

節　子「いやァ……もう帰る……お姉様、お先に……先生、さよなら」（と、さっさと帰って行く）

高　須「ああ、さよなら」（と、微笑で見送る）

二人になると、

高　須「節ちゃんも綾さんも一番愉しい時なんでしょうね……今が」

千　鶴「そうですわ」

千鶴、高須の茶碗にお茶を注ぐ。

高　須「有難う……しかし、万葉の相聞《もん》を電報でやるとは考えましたね」

千　鶴「ええ、大変古風なのか……それとも大変モダンなのか」

高　須「うむ……それはどちらにも通じるんですよ……（呟くように）

相見ぬは幾く久もあらなくに

幾許吾は恋ひつつもあるか」

64　三笠山

雲が白い。

65　寺

軟い陽ざしの午後、雁来紅。

66　安井の部屋

安井が寝転んでいる。廊下の足音にふり返る。

節子、来る。

節　子「もう帰って来てらしったの」

安　井「ああ……早かったなあ」

節　子「お部屋お掃除して上げようと思って、早く帰って来たの……お姉様、高須先生のところに置いて来ちゃった」

安　井「そうかい」

節　子「お土産……林檎買って来たの……剝いて上げましょうか」

安　井「ああ」

節子、林檎を剝く。剝きながら、

節　子「どうだったの……お仕事の話」

安　井「ああ」

節　子「どんなお仕事でしたの」

安　井「東京の商事会社だったよ」

節　子「まあ……東京でしたの」

安　井「うむ……でも譲っちゃったよ、田中に」

節　子「まあ……お気に入らなかったの、そのお仕事」

安　井「いや、割にいい仕事だったよ」

節　子「じゃ、どうしてお譲りになったの」

安　井「田中が困ってたもんだから……その内またあるさ」

節子、黙って林檎を剝いていたが、

節　子「ね、東京でお兄様の気に入るお仕事なんて、そんないい具合にまたあるかしら……それはお譲りになる事なかったんじゃない……」

安　井「……………」

節　子「田中さんが困ってらっしゃる事は、私にもよく分るの、早くお仕事が見付かればいいなあと思ってたの。だけど、お兄様だって随分探していらしったんじゃないの。毎日ブラブラお気の毒だと思ってたのよ、それが漸く見付かったのに……」

安　井「うん……田中は困ってたんだよ。いま田中と俺とどっちが苦しいか、それはまだしも俺の方が楽なんだよ。田中には年とったお袋さんがいるんだ、田中ばかりが頼りなんだ。その田中がブラブラしてたんじゃ、お袋さんもお気の毒なんだ。田中に譲ってやるのが当然だと思ったんだよ」

節　子「……そうかしら……お兄様が田中さんの事を思って、普段からよくして上げてらっしゃる事は、私だって知ってるわ。御本お上げになったり、洋服差上げたり、仲々出来ない事よ。男のお友達っていいものだなあと思ってたの、そんなお友達、羨しいと思ってたの……だけど、お仕事までお譲りになる事はないと思うの。それはお兄様にお仕事があって、その上での事よ。それまでしてあげる事はなかったと思うわ」

安　井「うむ……そうかも知れないけど……まあ、いいよ、もう譲っちゃったんだ。田中だって大変喜んでくれたんだ」

節　子「それはそうよ、当り前だわ、喜ぶの」

安　井「当り前、何が……」（と、向き直る）

節　子「田中さんも虫がよすぎるわ、お兄様のこと、よく知ってらっしゃるくせに」

安　井「それは田中が譲ってくれって言った訳じゃないんだ、俺が譲ったんだよ」

節　子「じゃ、お兄様はどうなさるの……お兄様だって、毎日随分当にしてらしったんじゃないの……何もしないでブラブラしてらしったけど、心の中ではとてもいらいらしてらしったこと、私にはよく分ってたの……毎日毎日、また今日もこの儘過ぎて行くんだと思うと、とてもお兄様がお気の毒で堪らなかったの」

安　井「…………」

節　子「長い間戦争へ行ってらしって、やっと帰ったと思ったら、今度はお仕事がないなんて……」

安　井「いいんだよ、俺の事なら放って置いてくれよ、余計な心配して貰いたくないんだ……俺はいい事をしたと思ってるんだ、俺は今、いい気持でいるんだよ」

節　子「でも……折角東京のお仕事が決ったのに……そうすりゃ、東京へも行かれたのよ」

安　井「お前はそんな事考えていたのか、そんなつもりで言ってたのか」

節　子「…………」

安　井「俺は何もお前が東京へ行く為に、仕事を探してたんじゃないんだ。お前の考えてることは自分だけのことなんだ。行きたきゃ、お前が勝手に東京へ行きゃいいんだ。何も俺の就職を当てにする事はなかったんだ」

節　子「…………」

安　井「自分さえよけりゃ、他人《ひと》はどうでもいいって根性は、俺は厭なんだ。自分さえよけりゃ、他人はどうなっても構わないって根性は、俺は嫌いなんだ。俺には俺の考えがあるんだ。お前はお前の好きなようにしろよ。行きたきゃ勝手に何処へでも行ってくれよ」

節　子「…………」

安　井「自分のことしか考えられない奴は、俺は嫌いなんだ。そんな奴とは話するのも嫌なんだ……帰れよ……帰ってくれよ」

節子、黙って聞いていたが、悲しくなって、林檎を置くと、泣きながら立って出て行く。

安井、凝《じ》っと考え込む。

67　路

節子、泣きながら駈けてくる。やがて、並足になり、考えに沈みながら、帰って行く。

68 寺の一室

安井、寝転んで考え込んでいる。

69 浅井家

節子、帰って来る。悄然として、二階へ上る。

70 二階

節子来て、机の前に座る。

そこへ千鶴が京都から帰って来る。

千鶴「まあ、節ちゃん、早かったわね、もう帰って来たの」

節子「……」(返事がない)

千鶴「昌二さん、どうだった、お仕事……決ったの」

返事がないので、

千鶴「ね、どうしたの……ね。(と傍へ寄り、覗き込み)まあ、泣いてるの、どうしたの……喧嘩したのね、昌二さんと……」

節子「……」(微かに頷く)

千鶴「何で喧嘩なんかしたの……ね……つまんないじゃないの……」

節子、両手で顔を蔽う。

千鶴「ね……泣いてちゃ分らないわ……ね、どうしたの、昌二さん、何か仰有ったの……ね」

節子「もう知らない」(机に伏せる)

千鶴「まあ……ね、気にする事ないのよ……若い人の喧嘩はすぐ仲よくなるものよ、お馬鹿さんね」

千鶴、節子の肩に手をかけて起す。

千鶴「……あれあれ、いいおべべ濡らしちゃって……あれあれ仕様がないわね」

千鶴、膝の上の涙をハンカチで拭いてやる。

顔の涙を拭いてやろうとすると、

節子「いいの、放っといて、あたしもう勝手にするの」

節子、立って、素早く下へ降りて行く。

71 階下の一室

節子、来て座り込み、考え込む。

72 寺の白い塀

73 庭のたたずまい

秋色が濃い。

74 寺の一室

住職、茂吉、千鶴、節子、其他二三名が座禅を組んでいる。

節子の閉じた眼から涙が流れている。

遠くに木鐸が鳴る。

75 誰も居ない庫裡

76 長い廊下

77 寺の一室(安井の部屋)

安井、目をとじて寝転んでいる。

そこへ住職が入って来る。

住職「どうしたね……今日は座禅お休みだったね」

安井「ええ……どうぞ」

と、座蒲団をすすめる。

住職「いや……喧嘩したそうじゃないか……娘さんと……」

安井「いや」(と、苦笑)

住職「たまには喧嘩もいいもんだよ、まあ何でも出来るうちにやっとくもんだよ」

安井「いや……」

住職「どうだね、煙草」(と、刻み煙草を出す)

安井「ええ……」

安井も煙管を出してつめる。

住職「あんた勤め口、友達に譲ったそうだが」

安井「ええ」

住職「えらかったな」

安井「いや、そんな事ありませんよ」

住職「いや、仲々出来んこったよ、今時に珍らしい大変気持のいい話だったよ」

安　井「いや……」
住　職「だがどうするんだね、あんた、ブラブラもしておれまい」
安　井「ええ、そうなんです」
住　職「贅沢を言わんけりゃあるんだが……どうだろう……やってみんかな」
安　井「どんな仕事なんです」
住　職「いや、東京の坊主の学校の英語の先生なんだが、わしの昔の友達がそこの校長をしておってなあ……頼まれとるんだがどうだろう」
安　井「そうですね」
住　職「果報は寝て待ってちゃいかんよ、何でもやってみるんだよ、そのうちいい仕事があったらそれからでもいいじゃないか」
安　井「そうですか……しかし僕に坊さんの学校の先生出来ますかね」
住　職「何でさ」
安　井「僕は何にも知りませんよ、お経の事は」
住　職「お経は他に教える人がいるんだよ」
安　井「そうですか……僕はあの、刺身好きなんですが」
住　職「うん」
安　井「豚かつも食いますよ」
住　職「いいんだよ、酒も少しはかまわんよ」
安　井「そうですか、じゃやってみましょうか」
住　職「そうかね、引受けてくれるかね」
安　井「ええ、やってみましょう」

78　浅井家

その夜。
安井が茂吉に挨拶に来ている。
千鶴が傍で聞いている。

茂　吉「ほう、坊さんの学校の先生かい」
安　井「ええ」
茂　吉「それでいつ行くの」
安　井「和尚さんは早い方がいいって言ってるんです。別に支度もありませんから明日にでも発とうかと思ってるんです」
茂　吉「そうかい、それはまた馬鹿に急なんだね」
安　井「ええ」
茂　吉「うむ……気が変ってそれもいいかも知れないよ」
安　井「ええ。（千鶴に）姉さん、お借りしたものその儘にして行きますよ」
千　鶴「ええどうぞ」（階段の方を気にする）
茂　吉「そうかい、お別れに一度ゆっくりめしでも食い度いけど、もうその暇はないね」
安　井「ええ」

千鶴、待っても節子が来そうにもないので、二階へ急いで上って行く。

79　二階

節子が机の前に座って考え込んでいる。
千鶴、来る。

千　鶴「節ちゃん何してるの、早くいらっしゃい、もう昌二さんお帰りよ。明日もう東京へお発ちになるのよ、早く仲直りしなけりゃ駄目じゃないの」
節　子「……」（動かず）
千　鶴「ね、節ちゃん、あんた昌二さん好きなんでしょう、お腹の中で思ってる事はっきり言えばいいじゃないの。こんな事で気まずく別れてどうするの……昌二さん東京にいらしったら今度はもう何時仲直り出来るか分らないじゃないの。ね、さあ早くいらっしゃい、早くよ……」

と、千鶴は節子を急がせて降りて行く。
節子、凝っとして動かない。

80　京都

鴨川の流。

81　高瀬川の流

82　簾のかかった窓

83　高須の下宿

安井が上京の旅装で来ている。高須と話

している。

高須「しかしまた随分急なんだね」
安井「ええ、兎に角行ってみようと思うんです」
高須「そりゃブラブラしてるよりは余程いいよ……また何ならその上で考えたっていいじゃないか」
安井「ええ、和尚さんもそう言ってくれてるんです」
高須「で、いつ発つんだい」
安井「今夜の急行に乗ろうと思うんです」
高須「一人でかい」
安井「ええ」
高須「節ちゃんどうしたんだい、一緒に行かないのかい」
安井「ええ」
高須「どうして」
安井「………」
高須「それは連れてってやれよ、あの娘東京へ行くの楽しみにしてたじゃないか」
安井「いや……」
高須「どうしたんだい……喧嘩でもしたのかい」
安井「いや」
高須「連れてってやれよ」
安井「いや、いいんですよ、彼奴は彼奴で勝手に行きますよ」
高須「そんな事ないよ、君と一緒に行くの楽しみにしてたよ」
安井「いや、いいんですよ、もう……」
高須「しかし一人じゃ向うへ行って何かと不自由だぞ」
安井「いや、それはもう慣れてますよ」
高須「それは連れてきゃいいのになあ……で、切符はもう買ったのかい」
安井「ええ、もう買ったんです」
高須「何時だい、汽車……」
安井「七時二十一分です」
高須「そうかい……もう今夜発つのかい」
安井「ええ」

84 浅井家

節子、考え込んでいる。

西陽に木の葉が散る。

遠くで電話が鳴る。節子、立って行く。

85 電話口

節子、来て出る。
節子「もしもし……京都……ああ高須先生……今日は」

86 下宿の電話口

高須がかけている。
高須「ああ節ちゃんかい……何だって喧嘩なんかしたんだい……どうして一緒に東京へ連れてって貰わないんだい……え、それは喧嘩なんかするからさ……昌さんもう東京へ行っちゃったぞ……いいのかい」

87 浅井家の電話口

節子「……もしもし、え、あのお姉様……一寸待って下さい」
節子、電話口を離れて、
節子「文や、お姉様にお電話……」
と、言って二階へ上る。

88 二階

節子、来て机の前に力無く座る。

窓から見える樹々——盛んに木の葉をふるい落している。

千鶴が上って来る。

千鶴「まだ考えてるの……そんな事いつ迄もくよくよしてるんじゃないのよ、そんなら喧嘩なんかしなけりゃいいのよ」

節子「………」

千鶴「ね、すまないけどあんたお寺までお使いに行って来てくれない、ね、昌二さんにお貸した習字のお手本とって来て欲しいの……ね、行って来て頂戴」

節子、立つ。

千鶴、髪など直してやりながら、
千鶴「お馬鹿さんね、喧嘩なんかして……もう忘れちゃうのよ、お嫁入り前の娘は何時も笑ってるものよ……ね、行ってらっしゃい」

節子、出て行く。

見送って千鶴も稍《やや》遅れて出て行く。

89 寺

90 静かな庭

91 静かな庫裡

92 長い廊下

節子行く。

93 寺の一室

節子、来ると、安井が呆《ぼんや》り胡座をかいている。

節子、驚く。

安井、節子を見て、

安　井「おい、お出で」

節子、安井の方へ静かに寄る。

安　井「お座り」

節子、安井の前に座る。

安　井「お前まだ怒ってるのか」

節　子「……」（見ている）

安　井「迎えに来たんだけど、俺と一緒に東京へ行かないか」

節　子「…………」

安　井「どうだい、どうする……行くなあ……黙っていても目の色で分る」

節　子「……」（目を伏せる）

安　井「俺と一緒に東京へ行くんだ……当分贅沢は言えないぞ……めしも焚くんだぞ……洗濯もするんだ、何から何まで一人でやるんだぞ、いいな」

節　子「……」（頷く）

安　井「真黒になってよく働くんだ……その代り俺がうんと可愛がってやる」

節　子「…………」

安　井「まあ当分は今までと違って何かと不自由だぞ、金にも困るぞ、腹もへるぞ、そんな時はいつもニコニコ笑ってるんだ……その代り俺がうんと可愛がってやる」

節　子「…………」

安　井「これからは二人で二人の新しい生活を拵えて行くんだ。お前ももう二十《はたち》でもう大人だ、いいなあ」

節　子「……」（頷く）

安　井「わかるなあ」

節　子「……」（頷く）

安　井「わかるだろう」

節　子「……」（頷く）

節子、堪え切れなくなって泣き出す。

安　井「何だい、泣く奴があるか。いつも笑ってろって今言ったばかりじゃないか」

節　子「ええ……でもお兄様お悪いのよ、泣かすんですもの」

安　井「もう泣くな。（と、優しく肩に手をかけ）おい、喧嘩はもうよそうな」

節　子「ええ。（涙を拭き）ご免なさい……あたし達も危いとこだったわ、あの儘お兄様東京へいらしったらあれっきりになったかも知れないわ」

安　井「うん」

節　子「お姉様たち随分歯痒かったけど、自分の事になると矢張り言えないものね」

安　井「うん」

節　子「私、思ってる事はっきりお兄様に言えなかったの」

安　井「うん、俺も言えなかったよ」

節　子「ね、私、これからはっきり言うわ」

安　井「うん、だけどお前、もう言わなくていいんだよ」

節　子「まあ、どうして……」

安　井「こんな事は一生に一ぺん言えばいいんだよ」

節　子「まあ……」（と、明るい微笑）

94 部屋にさし込む月光

95 庫裡の壁にさし上る月光

96 廊下にさし込む月光

97　窓から見える上りかけの月

98　月光の公園

月の中を安井と節子が歩いて行く。

節　子「いいお月さまね」
安　井「うん」
節　子「お姉様達、このお月様御覧になってあれからもう一月よ」
安　井「うん」
節　子「お月様って不思議なもんね……昔から幾人仲よくこのお月様見たかしら」
安　井「うん」
節　子「ね、これから先、きっと思い出すわよ、奈良のお月夜……三笠山の月」
安　井「うん、坊主の二十だ」
節　子「何……何のこと」
安　井「そのうち教えてやるよ、トランプより面白いぞ」
節　子「そう……」
安　井「いい月だなあ」
節　子「ほんとにいいお月さま……」

月光を浴びて二人歩いて行く。

99　浅井家

それから二日ばかり経ったある朝。
茶室で茂吉と千鶴が話をしている。

千　鶴「節ちゃん達、もう東京へ着いたでしょうか」
茂　吉「ああ、もう着いてるなあ……今頃綾子と会ってるだろう」
千　鶴「みんないなくなってお父様もお淋しいでしょう」
茂　吉「仕様がないさ……みんな大きくなったんだもの……若い者には矢張り東京がいいのかね……ごたごたしたあんな埃っぽいとこが……」
千　鶴「ええ、そこが若い人にはきっと魅力なんでしょう」
茂　吉「そうかな」
千　鶴「奈良は余り閑かすぎますもの」
茂　吉「そうかな……お前も奈良は嫌かい」
千　鶴「……」（顔をあげて父を見る）
茂　吉「お前もまだ若いんだし、この儘奈良で暮しちゃ可哀そうだよ。いいところがあったらお嫁に行くか」
千　鶴「まあ、お父さま……」
茂　吉「いや、未亡人だからって何もそう堅苦しく考える事はない。お前には先々まだいろんな楽しみがあるんだ。今度はお前の番だよ。よかったら行ったらどうだい」
千　鶴「私、もう結婚には懲りました」（微笑）
茂　吉「そうでもないだろう、こんどは死なないような頑丈なの貰うんだな」
千　鶴「まあ」
茂　吉「高須君どうだい……あれなら頑丈で長持ちするぞ……好きなんだろう、お前……」
千　鶴「まあ」
茂　吉「他人《ひと》の事は言えるが自分の事は言えないか……矢張り恥かしいか……」
千　鶴「………」
茂　吉「まあよく考えて決めた方がいい、早い方がいいぞ」
千　鶴「ええ……まあ、いいお天気」
茂　吉「うん……当分秋晴れが続くぞ、これからの奈良はいいぞ」
千　鶴「ええ」

100　奈良の山々

三笠、御蓋、春日、高円——
秋はもうかなり深い。

——終——

青春放課後

脚色
里見弴
小津安二郎

制作企画……山内　大輔
原作・脚色……里見　弴
小津安二郎
演　出……畑中　庸生
小中陽太郎
久米　昭二
山本　一次
装　置……小川　和夫
効　果……富田　純孝

山口信吉……宮口　精二
〃ふみ……三宅　邦子
緒方省三……北　龍二
〃あや子……杉村　春子
長谷川一郎……佐田　啓二
佐々木せい……西口紀代子
〃　千鶴……小林千登勢
長谷川の女（京子）……稲野　和子
金子……高橋　幸治
妻三枝子（千鶴の友人）……環　三千世
バー・マダム……南　美江
バーテン……菅野　忠彦
宿の女中（箱根）……宮内　順子
〃　（京都）……堀江　璋子
風呂番（箱根）……奥野　匡
男　衆（〃）……有沢　陽司
料亭のおかみ（はつ）……藤代　佳子
ローガン……マイク・ダニーン
「竹川」の女中……栗栖　京子
緒方家の女中……悠木　千帆

一九六三年（昭和三十八年）一月十九日に里見弴とストーリーを練りはじめ、三月十三日午前三時に、小津が仕上げた台本である。八日後の三月二十一日、NHKテレビで放映。

第一景（山口、せい、千鶴）

京都東山界隈の情景、三カット程。

「小笹」とある行灯。

小料理屋、小笹の内部、半端な時刻で一人も客なし。表の格子戸をあけて、

山口「こんちは……御免なさい、御免なさい」

調理場との境の縄のれんを分けて出て、

せい「いやア、山口先生！　まァま永いこと。いつおいでやしたの？」

山口「うん、学会でね、一昨日《おととい》の朝来たんだけど、さっき、やっとすんだもんだから……」

せい「そうどすか、いつも先生御機嫌さんで……」

山口「や、どうも……」

せい「さア、どうぞまアこッちゃへ……」

ト、小座敷の方へ招く。

山口「いやア、ここでいいよ」

ト、鍋前の椅子を引き寄せ、かける。

せい「なんですの？　ゆっくりして貰えまへんの？」

山口「うん、今夜のヨドで帰るんだがね、ちょっとお墓参りをさせて貰おうかと思って……」

せい「うちのどっか？　そらまア、大きに、えらすまんことで」

山口「どうだい、一緒に……」

せい「へえ、えらすんまへんけど、もうぽつぽつ晩のお支度せんなりまへんさかい……」

山口「そうかい」

せい「すんまへん」

山口「なアに、一人だって、お墓はわかってるんだから……」

せい「緒方さん、お元気どすか？」

山口「ああ、元気だよ。ひと月ばかり、アメリカからヨーロッパを廻って、ついこの間帰って来てね……」

せい「へ、そうどすか、ちょっとも存じませんで……」

山口「ここの帰りに、箱根であいつと会うことになってるんだ」

せい「そうどすか、お会いしたらよろしゅう、どうぞ……」

山口「ああ」

せい「おあついの一本つけまひょうか？」

山口「いやア、貰うんならビールの方がいいな」

せい（残念そうに）「そうどっか？　今日は、先生のお好きな若狭鰈《かれい》のええのんがおますのに……」

（このうち、コップを出したりビールの栓を抜いたりして）

せい「へ、どうぞ」

山口（注がせながら）「あんたも一杯どうです」

せい「お預けしときまひょう。しんどなったら、なんにもでけしめへん」

山口「飲むと、やっぱりいけないの？」

せい「好きなせいかお酒はそんなにもおへんのやけど、少し食べすごすと、あと、この辺どきどきして」

山口「そう、それァちっと気をつけた方がいいな」

せい「あ、お墓参り、今ちょっとお使いにいってますけど千鶴をつれてっておくれやす」

山口（ああいいとも、という風に頷いて）「千鶴ちゃん、相変らずかい？」

せい「へえ、相変らずやったらよろしやけど、もううちの言うことなんにも聞かしまへん、あきまへんなア、子供も大きうなったら、あ、帰って来ました」

表の格子戸があいて、

千鶴「ただいま」

せい「お帰り、山口先生、みえてはるえ」

千鶴「いやア……おいでやす」（ト、小腰をかがめただけで、せいの方へ）「お母ちゃん、これここに置いと

くわ」（ト、角ばった風呂敷包みを、小屋敷に押し込み、肩掛けをかなぐり捨てて）

山　口「やア、さっきから君の帰って来るの待ってたんだよ」
「小父様、ようこそ……」

千　鶴「そうどすか。今度はいつまでおいでですの」

山　口「いやあ今晩帰るんだがね」

千　鶴「そんなに早う……もう一晩お泊りやす。明日は日曜でっしゃろ、うちも東京へゆく用あるねん」

山　口「そうかい、それなら今晩一緒に行こうよ」

千　鶴「……」（笑い）

せ　い「先生、お墓参りしてくれはるんやて……あんた、お伴してね……」

千　鶴「ふん、丁度ええわ。うち、たんと小父様に聞いて貰わならんことおすねん」

山　口「なんだい、君の縁談か」

千　鶴「縁談やない、縁談や」

せ　い「あ、そや、こないだの梅垣さんのお話、また電話かかって来たえ」

千　鶴「そうか」

せ　い「どないする？」

千　鶴「ふん」

山　口「なんだい、いい話か」

千　鶴「違う違う、うち、小父様に聞いて欲しいのは、もっと重大なことや……」

せ　い「へえ？　えらそうに、なんやねん」

山　口「やかましやの、（ト、せいの方へ顔を向けて）お母ちゃんの悪口じゃァないのかい？」

千　鶴「ま、そんなことどす」

せ　い「よういわんわ、ほどほどにしときいな」

一同の笑い。

山口、ビールをのむ。

千　鶴「へえどうぞ」

山　口「ああ」

千鶴つぐ。山口ニコニコしてうける。

第二景（山口、千鶴）

高台寺への風景。山門をくぐり、石段をおりて、更に下の人通りの少ない往来へかかるまで、ゆっくり歩きながら、

山　口「いいねえ、いつ来ても京都は」

千　鶴「そうどすか？」

山　口「空はきれいだし、山は紫だし……」

千　鶴「うちは、東京の方がよっぽど好きや」

山　口「そうかね」

千　鶴「こんなのんびりしたとこ……」

山　口「いいじゃないか、のんびりしてて」

千　鶴「そりゃ小父様みたいなお年よりにはな……けど、うちらまだ若いんやもん……」

山　口「お父さんがなくなった時、君はいくつだったい？」

千　鶴「三つどす」

山　口「そうかい。じゃ、なんにも憶えてないね」

千　鶴「へえ……、お母ちゃんも慌てんぼうやけど、お父ちゃんも、慌てて死なはったわ、早すぎますわ」

山　口（軽い笑、折から、さしかかったT字路に足をとめて）「ええと、どうするかな」

千　鶴「もう一度、うちィ寄っておくれやすのと違うの」

山　口「いや、もうまっすぐ宿へ帰ろう。君も一しょにおいでよ、いいだろう。別に、お母さんに断わらなくたって……」

千　鶴「へえ……そりゃ、かましまへん」

山　口「宿屋から電話かけりゃいいよ」

千　鶴「へえ」

山　口「ああ、いいお天気だ……」

腕組み、両人、歩いてゆく。

第三景　京都の宿（山口、せい、千鶴、女中）

○情景

暮れなずむ東山。

麩屋町あたりの情景。

茨木屋の表。

○茨木屋の客室

貸どてらの山口、水割りのウイスキーや、摘みものの戴っている卓に向い、時々飲む。

千鶴は、片隅の机から本や書類を、鏡台からは洗面道具などを取って来ては、大きい目のボストンバッグに詰めながら、

千　鶴「これノート、ここに入れときます」

山　口「ああ」

千鶴、卓子にもどり、

千　鶴「これ、もうよろしいのか」

と机の上なる万年筆を持ち上げてみる。

山　口「ああ、そこに鉛筆やなんか入っていた筆入れがあるだろう？　……ああ、それそれ、それに入れて、もうしまっちゃっていいや」

千鶴、言われたようにしてから、今度は、鏡台の方へ行ってカミソリを取り、

千　鶴「これ、先生、ケースは」

山　口「ケースはないんだよ、そのままでいいんだよ」

千鶴、しまう。

山　口「強情な奴だな、一しょに行けばいいのに」

千　鶴「まだ言うてはるの」

山　口「だってさ、どうせ行くんなら一しょに行きゃいいじゃないか。いきなり君と二人で入っていって、緒方の奴に目を白黒させてやりゃあ、面白いじゃあないか」

千　鶴「——箱根にはいくんちくらいおいでですの？」

山　口「なあに、たったひと晩だよ。明日、緒方と落ち合って、ゴルフをヤッてね、月曜日の朝、東京に帰ることにしてるんだ」

千　鶴「これも（と、やや大きなふくさ包みをみせて）入れてしもうてもよろしいの？」

山　口「こわれものなんだけどね、河原町の古道具屋で買って来た茶碗だよ」

千　鶴「そやったら、一番上に入れときましょ」

山　口「千鶴ちゃん、存外いい世話女房になれそうだな」

千　鶴「そうどすか——。あんたの取柄は、お掃除とあと片づけくらいなもんやって、いつもお母ちゃんにいわれてますの」

千鶴、このうち詰め終った鞄を片寄せ、卓の横手に来て坐る。

山　口「さっきお母さん、なんとか言ってたね、梅垣さんとか……」

千　鶴「…………」

山　口「電話かかって来たとか——あれ、君の縁談じゃアないのかい？」

千　鶴「ほんまにうるさいこってすわ——それがとてもおかしおすの。発作がおきると、いまにも死にそうな騒ぎして、あのお話にきめようやないか、どうやどうやって……」

山　口（軽い笑）「そうだろうな、目に見えるようだよ」

千　鶴「そのうち、発作がおさまるともう、けろっとしてしもて……」

山　口「ふーん……君の今度の東京行きも、なんか縁談に関係があるのかい？」

千　鶴「あらしまへん、そんなもん……」

山　口「君としちゃどうなんだい。例えばそろそろお嫁に行きたいとか、もう少しこのままでいたいとか、それとも、誰かいい人でもあるのかい」

千　鶴「そんな人があったら、誰にも遠慮なんかせしまへん。とうの昔に結婚してますわ。けどなァ、お母ちゃんの持って来るお話、見たこともない西陣の織元のぼんぼんやとか、箪笥屋の若旦那やとか」

山　口「君って人は、どっちみち見合結婚じゃだめらしいな」

千　鶴「ほんまに頼りないお母ちゃん……。うち、しみじみ先生や緒方の小父さまみたいなお父ちゃんがあったら、と思いますわ」

山口「そうかね――おそいじゃないか、お母ちゃん」
千鶴「もう来まっしゃろ――うち、もう少し頂こう」
と瓶を引きよせ、自分で水割りをつくる。
山口「ああ、うっかりしてた、君、なかなか強いんだね。どっちが好きなんだい、日本酒と洋酒と」
千鶴「一番好きなんはブランディーですわ」
山口「ほう、生意気だね」
「ごめんなさい」の声といっしょに女中、続いて、せいが入って来る。だいぶ、御機嫌である。
せい「先生――（と、すぐ近くにぺったり坐り）はよおしたやろ？」
山口「おそいよ。お客さんなんぞほっぽり出して、さっさと来ちまやァいいのに」
せい「そうはいきまへんね、大事なお商売や。うちもこれいただこう、わてにもこしらえて」
千鶴「やめとき――あとでまた咳いても知らんえ」
と言いながら、コップに注ぎだし、シングルの程度でやめようとすると、
せい「もっと、もっと入れて、ダブルにしてほしいわ。なあ、先生、いただいてもよろしやろ」
山口「ああ、いいとも……ね、さっきから千鶴ちゃんに、行くんなら一緒に東京に行こうって勧めてるんだがね」
せい「なんでえな、つれてって頂いたらえやないの。どうせあんたも、二三日うちには行くんやろ……」
千鶴「そやかて、仕度もあるし、お墓参りの帰りからそのまんま東京へ行かれますかいな」
せい「そうか……」（と飲む）
千鶴「先生、まだよろしの、お時間」
山口、時計を見て、
山口「ああ、まだまだ大丈夫だ」
せい、飲んで、
せい「ね、先生、昔はよろしうおしたなァ」
山口「あ、よかったね、（千鶴に）われわれ学生が祇園のお茶屋で舞伎さん呼んで遊べたんだからなあ」
せい「ほんまになァ……ほら、おうからみんなして、夜桜みて、丸山のお茶漬屋さんに行ったりして……」
山口「ああ、そんなこともあったねえ」
千鶴「そら先生、明治は遠くなりにけりや」
山口「うん……大正まで、もうとうの昔になっちゃったよ」
せい「ほんまどすなあ……乾杯や」
三人、コップを合す。

第四景（山口、千鶴、緒方、女中、長谷川、男衆）
○情景
箱根宮ノ下あたりの宿屋。

室内には既に電灯のともっている夕方。

縁側の肘かけ椅子により、景色を眺めている緒方と山口。

ウイスキーの水割りをのみながら……。

二人とも宿の貸どてら。

山口「そうかい、すごい競争だってことは聞いてたけど――」

緒方「競争なんて、そんな生易しいもんじゃァないんだ。スパイを使って、新製品の企画だろうと、製作過程だろうと、なんでもかでも片っぱしから盗もうとする、それがお互い様なんだから」

山口「じゃあ、昔の伊賀流、甲賀流なんて忍びの術でもおぼえていったら、さぞいい金になるだろう」（笑）

緒方「自動車の試運転場なんぞ、ヘリコプターで来て、空から写真をとって行くそうだ。だから、ごまかしに、わざと古い型のものをまぜて走らせるなんて手も使ったりしてね」

山口「フーン……じゃ、そのうち工場の周りに高射砲を備えつけて新車の秘密を守ろうって時代がくるか」（笑）

緒方「それより試運転場を地下へもってっち

まうだろう。（笑）冷えてきたな、入ろうか」

山口「うん」

両人立って座敷に入り、卓を囲む。

緒方は、床前を避けてあぐらを組み、卓上の夕刊をとって見出しだけに視線を走らせる。

山口「おそいなア、めし」

緒方「うん、腹へったな」

と「御免下さいまし」の声と共に、女中が料理や酒などを運びこんで来る。

女中「お待たせしまして……」

緒方「あ、来た来た」

両人、卓上を片づけ、女中を手伝い手早く皿小鉢を並べ始める。

山口「八番のバンカーで、あんなに叩かなけりゃ、今日は俺の頂きだったんだがなあ、惜しいことをしたよ」（笑）

緒方「俺とペアでやるにゃあ、まだまだ一年やそこらかかるね」

山口「なーにそんなにかかるもんか」

女中、徳利をとりあげて、

女中「どうも大へんお待たせいたしまして」

盃を出し、注がせ乍ら、

山口「今度ッから、お酒は二本ずつ一遍にもって来たまえ、こっちのは……（と顎で緒方をさして）うんと熱いのと、僕にはそんなにあつくないのと……」

女中「はい、畏まりました」

山口、杯をとり、

山口「やあ」

緒方「やあやあ……」

二人乾杯。

女中、緒方に酌をしようとする。

緒方「二人とも手酌の方が好きなんだから、ほっておいて貰った方がいいんだよ」

女中「さよですか、ではすみませんがどうぞ……」

と、徳利を押しやり、出て行く。

二人、適時に手酌でのみ、且つ食いながら、

山口「なんにしてもまア、技術提携の話がまとまってよかったなア……まあお目出度う」

緒方「ああ……よかった」

乾杯する。

緒方「まだ正式の契約にはなってないんだけどね、アメリカ人の弁護士にたのんである書類も、二三日うちには出来てくる筈だ」

山口、卓上の小丼から酒の肴を箸の先でつまんでなめ、

山口「これ、うまいね……何だい」

緒方「なんだろう……うまいなア……で、おせいさんどうなんだい、持病の方は……」

山口「なんだかんだ、大げさにいってたけど、大したことはないらしい……」

緒方「おれは去年の暮に会ったけど、あの女、いつまでもわりに年をとらないね」

山口「うん、とらない。まだどっか雛菊時分の面影が残っててね」

緒方「この辺になあ……」（と頬のあたりをなぜる）

山口「そう……それに酔うと今でも、仲々色っぽいよ。そりゃ昔から見りゃ、婆さんになったけどね……」

緒方「でも……あれならお前、まだまだ……」

山口「まだまだなんだい、できるか技術提携」

緒方「出来る、出来る。正式の契約はちょっと無理だがね……」

両人、笑う。

緒方「で、千鶴ちゃんは、いつ来るんだって……」

山口「はっきり何時とも言ってなかったけれど、まあ来たらおれんとこへ泊めてやるよ。清子が嫁に行ったあと、彼奴の部屋があいてるんだ」

緒方「そりゃ、おれんとこへ泊めたっていいけどね……まだないのかい、縁談は……」

山口「話はちょいちょいあるようだけどね……おせいさんとしても、やりたいような、やりたくないような……」
緒方「ふん……娘は娘で行きたいような、行きたくないようなか」
山口「まあ、そんなとこだ」
緒方「両方で、もじもじお尻で、のの字書いてちゃ、きりがないや……でも、もうやらなきゃいけないよ……」
長谷川、来る。
長谷川「失礼します」
声と共に、長谷川、きちんとした背広姿で入って来て、両人に対し、丁寧にお辞儀をする。
緒方「あ、君、もう飯くったのか?」
長谷川「は、お先にいただきました。山口先生、今日はいかがでした?」
山口「あ、八番のバンカーで、また叩いちゃってね」
長谷川「そうですか」
緒方「今から帰ったんじゃア……」
と、はずして卓上においてあった腕時計をみて、
緒方「かれこれ十時になるな」
長谷川「はい、あのうローガンさんの方への連絡は……」
緒方「うん、明日の朝でいいじゃないか。昼から……そうだなあ、二時ごろに会社へ来てもらえるかどうか、むこうの都合をきいてみて、ちょっと電話くれないか」
長谷川「承知いたしました。明日お迎いの車は?……」
「ごめんくださいまし」と、声と共に襖口から、
女中「佐々木さまがおみえなさいました」
緒方「佐々木? 誰だい?」
山口「お前のとこだろう?」
緒方「……? 佐々木? ……どんな人だい」(と女中に)。
女中「お嬢さまでいらっしゃいます」
途端に千鶴が入って来る。
緒方「なァんだ、千鶴ちゃんか」
千鶴「今日は……」
山口「来たのか……」
緒方「よくきた、よくきたね、おいでよ」
男衆が千鶴の鞄など持ちこんで去る。千鶴の脱いだ外套を女中が仕末。
千鶴「へえ……小父様たち、びっくりさしてあげよ思て、わざと電報うたずに来ましたのよ」
山口「いきなり佐々木って、言われたって、わからないよ」
緒方「飯まだだろう?」
千鶴「へえ……うちおなかペコペコ」
緒方「そう……もう一人ふやしておくれ」(と女中に)
女中、承知して去るまで、アドリブよろしくあって、
山口「どうだい風呂、はいるんなら(と縁側の一方を指さし)そこの突き当りだ」
千鶴「へえ、おおきに。あとでいただきます」
緒方「ああ、この人、長谷川君って会社で僕の秘書してもらってるんだ」
長谷川「……(黙ったまま頭をさげる。名刺を出す)長谷川です」
千鶴「はじめまして」(名刺をうけとる)
と、これを会釈を返すのにかぶせて、
緒方「この人はね、昔、京都の学生時分一緒の仲間だったお嬢さんでね……」
千鶴「いやどすわ、お嬢さんやなんて……(長谷川に)佐々木千鶴と申します。佐々木だけやと通じやしまへんけど……ふふふ……」(と笑う)
山口(笑)「俺たちはいつだって、君のおやじを佐々木なんて呼んだことなかったからな……」
千鶴「へえ、そやったら何んてお呼びやしたの?」
山口「コッテだよ」
千鶴「へえ、コッテ牛ですか」
緒方「君のおやじ、もそっとしててスローモーだったからね」

千　鶴「ひゃ、それやったら、うちベコや。コッテ牛の子ですわ」
一同、笑う。
長谷川、誘われた笑い顔を腕時計に伏せると、
長谷川「それでは、私……」
緒　方「うん。他にまだなんか頼んどくことなかったかな」
長谷川「明日のお迎えの車は……?」
緒　方「ああ、皆と一緒に汽車で帰るよ。まだ、東京駅に着く時間はわからないけどね」
長谷川「じゃ、明朝お電話いたしますときに伺います」
緒　方「ああ、そうして貰おう。じゃア、ローガンさんの方、よろしく頼むよ」
長谷川「承知いたしました。では、お先に失礼いたします」
緒　方「御苦労さん」
山　口「さようなら」
長谷川、各人別々に頭をさげてから出て行く。
緒　方「ま、千鶴ちゃん、一杯いこう」
と、千鶴に盃をさす。
千　鶴「へえ、おおきに……」
と、受ける。
緒　方「今も話してたんだけどね、君ンとこのおっ母さんが、まだ祇園で、雛菊って、可愛いい舞妓さんの時分には、俺達みんなのりの岡惚れでね」
千　鶴「何どす?　……のりって」
緒　方「のりはのりだよ。君なんぞ知らなくったっていいんだ。こいつとね、不可侵条約ってのを結んでね」
山　口「結んだことは結んだが、こいつがしげしげ通いやがって」
緒　方「冗談言うない、お前の方が通ったじゃないか」
山　口「お前だって、宇治川の先陣争いだなんて、宇治の花屋敷に連れていったり」
緒　方「お前の方が先だったよ」
山　口「ところがね、いつの間にやらコッテの野郎が密かに条約破りやがってね……」
千　鶴「へえースローモーがどすか」
緒　方「あ、そういう方はスローモーじゃなかったんだ。ひどい奴だよ、それで千鶴ちゃんが生れちゃったって訳なんだ」
千　鶴「そうどすか」
山　口「こんなこと言っちゃ残酷だけど、おせいさんもその頃は、色っぽくて、綺麗でね、浮気でね」
緒　方「魚心ありゃ、水心でなあ」
千　鶴「そうどすか。そりゃうちのお母ちゃん、今でも浮気どすね。あの人どやおむこさんに、あの人にきめとこ、というたかと思うたら、次の日はこの人どやこの人ええやないかって……。そんな人どすねうちのお母ちゃん……」
山口、緒方、笑う。
山　口「だけど、君のお母さんがおせいさんであることに間違いはないがね。なあ、おい」
緒　方「そう、もう……お母っさんは間違いなく、おせいさんだよ。なあ」
千　鶴「じゃうちのお父さん誰ですの」
山　口「誰って……千鶴ちゃんはどう思う?」
千　鶴「ふーん……えらい深刻な話になってきてしもた。どない思たらよろしんやろ……うち矢張りベコだすわ……コッテ牛の子にしときますわ。そうしとかんと、ややこしうなる。小父様たら、家庭不和や……」
山　口「そうかい……」
緒　方「千鶴ちゃん、なかなか話せるね。いい子だよ……まあ一杯いこ」
千　鶴「へえ……おおきに」
と、受け、一杯のみ、
千　鶴「ああ、ええ気持になって来た」

第五景　箱根の宿（山口、緒方、千鶴、風呂番）
翌朝、朝の情景。
山々、木立、青い空、そこに歌が流れる。

緒方と山口が風呂に入っている。
山口が歌っている。
千鶴は化粧している。
〽雲はれて　雲はれて
　縁島山　潮満る
　東の国に　この国ぞ〱
　高光る　かんなめす
緒方、一足先に風呂から出て来る。
緒　方「ああ、いい風呂だった」
千　鶴「小父様、なかなかお上手ね。うち大好き、あの歌……」
緒　方「ああ、縁島山か、いい歌だね」
緒方、籐椅子に座って、耳などタオルでふき乍ら、
緒　方「ゆうべすまなかったな、わるい事言っちゃって」
千　鶴「うちなんにも気にしてやしめへん。うちのお父ちゃん、小父様やろが、先生やろが、そんなこと関係ないわ、うちもう生まれて来てしもうたんやもん」
緒　方「うん、そりゃそうだ関係ないよ。千鶴ちゃんが俺の子だってちっともかまやァしないよ」
千　鶴「そうどすか。うち、なろうかな、小父様の子に……」
緒　方「おお、なっとくれよ」
千　鶴「でも、そんなこと言うたら、小母さまうるさいわ」
緒　方「いや……嬉しがるさ、子供がないんだもの」
そこに山口、入って来る。
山　口「ああ、いい気持だった……。千鶴ちゃんどう決心ついたかい？」
千　鶴「なんどす？」
山　口「縁談だよ、君の」
千　鶴「………」
緒　方「おっかさん、うるさいんだって」
千　鶴「へえ、そのことの御相談もあって来ましたんや、うち困ってますの」
山　口「なんにも困ることないじゃないか」
千　鶴「お母ちゃん、なんやかんやと無理ばっかり言いますの。あれどや、これどやて、自分ひとりできめて……」
山　口「それで、君、どうなんだい」
千　鶴「もうかないまへんわ、助けておくれやす……お母ちゃん無理言わんように、言うてほしいわ」
緒　方「言ってもいいけどね、あんまり君の肩もって、おっ母さんに恨まれるのいやだよ」
山　口「ああ、それァ、おれだっていやだね」
千　鶴「そんなこと言わんとお願いしやす……。そんでうち、小父さまたちに会いに来ましたんえ」
緒　方「ご免だね」
山　口「そりゃおれもご免だね」
千　鶴「いけずやなァ、小父さま達……」
緒　方「それより、どうだい東京でいいの見つけたら」
山　口「ああそれが一番いいじゃないか」
緒　方「そうしろよ、それでお母さんびっくりさせるんだよ」
風呂番が入って来る。
風呂番「ごめん下さいまし」
緒　方「はい」
風呂番「これ、ございました。おさがしになっていらっしゃいましたもの」（と、翡翠の珠簪を差出す）
緒　方「どこにあった」
風呂番「売店の喫茶室に」
緒　方「やあ、そりゃどうも有難う、じゃあとでなにするよ」
風呂番「いえもう。では、ご免こうむります」
緒　方「や、どうも」
風呂番、小腰をかがめて去る。
すぐ立ちあがろうとする緒方に、
山　口「何だい？」
緒　方「ああ……」
千　鶴「どなたの？」
緒　方「うん？　……小母さんのだよ」
千　鶴「小母様、来てはりましたの？」
緒　方「ああ、来てたよ」
と、ごまかして鞄に笄《こうがい》を入れに行き、立ったついでに縁側に出て、

緒　方「ああ、いい天気だなあ」
両　人「うむ……」
　緒方、なんとなく腕を伸す。

第六景　山口家

○情景
本郷森川町あたりの屋敷町。
ピアノの練習曲が流れて……。

○山口家の茶の間
食後の山口が、卓前で週刊誌でも見ている。

○同、座敷つづきの台所
ふみと千鶴、食後の片づけをしている。
千　鶴「小母さま、これは……」
ふ　み「ああ、それ、そこの棚の上においといて……」
千　鶴（それを棚の上において来て）「小母さま、あと、うちやりますわ」
ふ　み「いいわよ……あたし毎日こんなことしてんのよ。あなた、お嫁に行ってごらんなさい。朝から晩までお皿洗ってると、日が暮れる……」
千　鶴（少し笑って）「で……清子さん、たまには来やはりますの」
ふ　み「こないだ来て、二晩泊ったけど……でも、めったに来ないわよ。仙台だもの……」
千　鶴「そうですか。小母さんもお淋しいわね……」
ふ　み「だから、あなた、来てくれて喜んでるのよ」
千　鶴（笑って）「小父さま、お紅茶？」
ふ　み「ええ……」
千　鶴「うち入れますから……小母さま、小父さまのとこに行っててちょうだい」
ふ　み「そう……じゃ、千鶴ちゃんあと頼みます」
と、手を拭き乍ら山口のいる茶の間に行きかける。
千　鶴「お紅茶なに、レモン？　ミルク？」
ふ　み「そこにママレードがあるでしょう。それ入れるのよ。誰から教わったのか知らないけど、お紅茶にジャム入れるんだって」
千　鶴「へえ、そんなこと、うち初めて聞いた」
ふみ、山口のいる茶の間にもどる。

○同、茶の間
山口、新聞を読んでいる。
ふみ、戻って来る。
ふ　み「助かるわ」
山　口「うん？……」（新聞から目を離さず）
ふ　み「千鶴ちゃん、ほんとによくやってくれて……」
山口、新聞から顔をあげて、
山　口「ああよくやってくれるね。よく気がつくよ。そこへ行くとうちの清子なんか、まるでだめだった」
ふ　み「そうですね……」
山　口「苦労が足りないっていうのか……人間は生れつきだよ。ほがらかな子はいいよ」
ふ　み「あたしだって、ほがらかだったのよ、若い時は……でも、あなたと一緒になって、こんなになっちゃった……苦労が足りすぎちゃった」
山　口「ふふ」（鼻で笑う）
ふ　み「でもあなた、清子より千鶴ちゃんの方がお好きね……」
山　口「どうして……」
ふ　み「だって、見ていて、そんな気がするもの……」
山　口「…………」
ふ　み「……あたし、あなたから聞いたことあるわ……」
山　口「うん？」
ふ　み「昔、京都の大学の時分、よくいらしったんですってね、祇園に……」
山　口「うん、行ったよ」
ふ　み「おせいさんが、まだ雛菊と仰言ってた時分……」

山口「………」
ふみ「そんな顔してもだめよ。おぼえてるわよ、あたし」
山口「………」
ふみ「ふん……千鶴ちゃんが可愛いいわけよ」
と立つ。台所にゆく。
山口「おいおい」
千鶴、入れちがいに紅茶を持って来る。
千鶴「お待ちどうさま」
山口「あ、有難う。すまないね」
千鶴、山口のそばに坐る。紅茶適当にすすめて、
山口「どうするんだい、千鶴ちゃん、今日は」
千鶴「どうしようかな……小父さまは？」
山口「お昼から学校だよ」
千鶴「学校？」
山口「そうだよ……そうそうは遊んじゃいられない」
電話のベル。
山口、受話器をとる。
山口「ああ、もしもし。ああ、俺だ。こないだは失敬。ああ面白かったなあ。ああ、ああ、(笑)ああ、いるよ。うん、仲々元気だ。よく働いてくれるんでね、ああ、助かってるよ。ああいる。今だす。おい、千鶴ちゃん、緒方だ」
千鶴（「小父さまから」と受話器をとり）「もしもし、ああ小父さま……先日はどうも……」
○緒方の事務室
緒方「ああ、千鶴ちゃんかい……うん、うん、そうかい。そりゃよかったね。うん……。その話したら、うちの小母さんもね、うちへも泊りに来てほしいって言うんだよ。うんうん、来ておくれよ。うん、うん、(ドア、ノック、その方へ)はい。(また受話器に)今日からどうだい……うん、うん」
その間、書類を持って、長谷川入って来る。
緒方の前に書類を出す。
緒方(長谷川に)「ああ、これ、ペンディングになってた奴だね」
長谷川「はあ――」
緒方「いいや、そこに判《ハンコ》があるから押しといてくれ」
長谷川「はい」
緒方(受話器に)「いやいや、こっちの話だ。おいでよ、今夜から。うん、山口どうしてる……」
○山口家、茶の間
千鶴「小父さま？ 今日はお昼から大学ですって……ええ、え、一寸まって、(山口に)小父さま、何時頃におすみんなるかって……」
山口「そうだなア、五時頃にはすむだろう」
千鶴「小父さま、五時頃にはおすみになるって……え、え？ どこ、リラ？ どこ？ ええ、ええ、小父さまに出ていただきましょうか。え、ええ、じゃ、そう言っておきます。はい、はい、さいなら」
電話を切る。
山口「五時頃すんだら、それから西銀座のリラってバアへ来いって言うんだろう……」
千鶴「ええ、そう……。(よくわかると感心した表情)緒方の小父さま、今日からうちに泊りに来いって仰言るのよ。泊る支度をして、六時に小父さまと一緒にリラへ来いって……」
山口(笑って)「あいつは、いつもそんな風な命令形の口をきくんだよ……重役になったら段々日本語の妙味を忘れて来たようだ」
山口、タバコをくわえる。
千鶴、マッチをつける。
山口「ああ……」
と火をつける。

第七景　バー、リラ（山口、マダム、千鶴、バーテン、緒方、客など、長谷川）

○銀座界隈の夜景

○バー、リラの看板

○同内部

スタンドで、山口と千鶴、ハイボールを飲んでいる。

山　口「千鶴ちゃん、どうだいおかわり」

千　鶴「へえ」（と笑）

山　口「これもう二つ」

マダム「はい……こちら、なかなかお強いんですね」

山　口「俺と緒方とのお仕込みだもの」

千　鶴「よろしいなあ、バアって……。うち好きや」

山　口「何が……」

千　鶴「ええ感じや。よろしいな……。小父さまがちょこちょこ来やはる気持、ようわかりますわ……。（笑）男は得や」

山　口「どうして……」

千　鶴「小母様は、なんにも知らんと朝から晩までお皿洗ろうて、小父さまのお帰り待ってはんのに、小父さまは、こんなとこへ来て（一口のみ）一人で感じ出しとんのやもの」

山　口「ハハ……それだけじゃ男が得だってことにはならないよ」

千　鶴「どうしてどす」

山　口「女だってバアへ来たっていいんだよ！……女がバアへ来ちゃいけないって、そんな法律はないんだ」

千　鶴「そうどすか。そんなら、うちもちょくちょく来たるわ」

そこへ笑いながらマダム、ハイボールのお変りを持ってくる。

マダム「ええどうぞいらしって下さい。お待ちしてますわ」

千　鶴「へえ、おおきに……」

山　口「どうだい、東京」

千　鶴「よろしなあ、すきやとてもすきや……」

山　口「東京に出て来て悪いことばかり覚えたって、あとでおせいさんに恨まれるかな」

千　鶴「ふふん、恨まれてもえやないの、うちは恩に来ます……」

山口、コップをとり乾杯の形。

山　口「おい……」

千　鶴「何ですの……」

山　口「今晩から緒方のとこへ行くんだろう……」

千　鶴　へえ、しばしのお別れや……」

と、一口のむ。淋しそう……。

山　口「どうしたい……」

千　鶴「ふふん（笑い）うち緒方の小母様、なんや知らん少しこわいわ」（笑い顔で）

山　口「どうして……」

千　鶴「なんとなくや、（首をすくめて）うち苦手ですねん」

山　口「そうかなあ、こわくないよ……いやなら、このままた内に帰るか、（一方を見て）ああ、来た来た」

緒方と長谷川、はいって来る。

千　鶴（山口にすがりつくようにして小声で）「小父さま、今のこと、緒方の小父さまに言うたらあかんえ、内証内証」

緒方「やアやア」と手を振り乍ら近づいて来て、山口に、

緒　方「待ったかい……」

山　口「いや、そうでもない……」

緒　方「悪いけどね、急な用が出来ちゃってね、これからすぐ行かなきゃならないんだ」

山　口「なあんだ、どこへ行くんだい」

緒　方「いやァ、それァ言えない……。商売上の秘密保持でね」

山　口「ヘリコプターで、忍術使いをさし向けても駄目か？」

緒　方「駄目駄目。（笑い、千鶴の方へ）千鶴ちゃん、すまないね……」

千　鶴「いいえ」

山　口「いやァ、そりゃ却ってよかったよ……

(と千鶴に)ね」
千　鶴「……」(首をふる)
緒　方「何だい……」
山　口「いや、千鶴ちゃんがね、お前さんとこの小母さんなァ……」(と千鶴の顔をのぞく)
千　鶴(慌てて手を振り)「あかん、あかん」
山　口(笑い乍ら)「かまやしないよ、平気だよ」
千　鶴「あかんあかん、言うたらあかん」
緒　方「なんだい!」
山　口「お前んとこの小母さんが、こわいんだってさ」
千　鶴「ひゃッ!　ひどいわ!　言うたらあかんて言うてるのに!」
緒　方「そうかい……(と大笑)うちの小母さん、こわいかい」
山　口(笑って)「とてもこわいよなァ……」
千　鶴「知らん!」(と横向く)
緒　方(笑)「そうかい、こわいか。(笑)そりゃこわいよ。永年つき合っている俺だって、いまだにこわいもの。それを聞いて安心したよ。(笑)こわいのは俺だけかと思っていたよ。俺も小母さんがこわくてね。時々、赤坂の宿屋に泊るんだけどね、そこでもいいけどね……。でも、行ってやってくれよな」
千　鶴「でも、小父様、お留守なんでしょう?」
緒　方「ああ、小父さんはいないけど、小母さんは、千鶴ちゃん来るつもりで支度して待ってるんだ。たのむよなあ、行ってくれるな」
千　鶴「はい……」
山　口「……」(笑っている)
千　鶴「いやな先生」
山　口「……」(笑)
緒　方「行ってくれるね……」
千　鶴「はい……」
緒　方「長谷川君が送ってくよ」
千　鶴(長谷川に)「すみません」
長谷川「いいえ」
緒　方「じゃ、行くよ」
山　口「そうかい、じゃア、俺も帰ろうかなァ」
緒　方「まだいいじゃないか、お前は」
山　口「いや、俺もちょぃと調べものがあるんだ」
緒　方「そうかい」
山　口「千鶴ちゃんはゆっくりしていきぁいいさ。このバアが気に入ったらしいんだ。(緒方に)もっと、どんどんのんで緒方さんにつけとくんだ」
千　鶴「……」(笑)
緒　方「ああ、いいともいいとも。じゃ、長谷川君頼んだよ……」
長谷川「はい、承知しました」
緒方・山口「じゃア……」
千　鶴「さいなら」
山　口「ああ、さよなら」
緒方と山口が出て行く。
長谷川、見送って千鶴の方へ。
千　鶴「すみません……」
長谷川「いいえ……」
と、長谷川、並んで、スタンドに坐る。
長谷川「僕にも水割り、いつもの……」
長谷川、手持無沙汰に手近にあったダイスを取り、なんとなく一人でやりながら、
長谷川「あなた、京都ですってね……」
千　鶴「へえ、そうどす」
長谷川「京都どこです?」
千　鶴「今は高台寺の近くにすんでます」
長谷川「そうですか。僕も京都なんだけど」
千　鶴「へーえ、そうどすか」
そこに、長谷川のハイボールがくる。
長谷川「ああ」(と受けて)
千　鶴「そうどすか。ちょっともそうは見えまへんな」
長谷川「そうですか。大学からずっと、もうこっちでしたから……」
千　鶴「京都、どちらです」

長谷川「二條堀川です」
千　鶴「二條堀川？　……」
長谷川「ええ……」（のむ）
千　鶴「ひゃッ！　……乾杯しましょ！」
二人、乾杯。
千　鶴「うち、あそこの高校へ行ってましたんや……その頃まだ、うち、西陣に住んでまして……」
長谷川「そうですか……僕のうち、あの女学校のすぐ近くですよ。二階からだと、あすこの運動場がまる見えだった」
千　鶴「ひゃ、そうどすか……（と急に懐しさを感じて）やりましょうか、ダイス……」
長谷川「ええ、やりましょう……どうぞ」
長谷川、手に持ってたダイスを千鶴に渡す。
千鶴、受取ってふる。
以下、ダイスをやり乍ら会話をつづける。
千　鶴「そうどすか……そんなら御存知ですか……番寿軒いうお菓屋さん……」
長谷川「ああ知ってますよ。電車通りの……」
千　鶴「あすこの娘さん、うちと同級でしたんや」（とダイスを振る）
長谷川「そうですか」（とダイスを取って）
千　鶴「御存知ありません、三枝子さんって……」
長谷川「ああ、よく知ってます。その時分、まだこの位だったけど（と手で身丈を示し）あの人の兄さん、僕と一高で同級でした」
千　鶴「ひゃ……。光三さんと……いや、世の中広いようでせまおすなあ……」
長谷川「そうですね……」（と振る）
千　鶴（それを見て）「あんたの負けよ、それのみなはれ……」
長谷川「いや……」（とのむ）
千　鶴「もっとや」
長谷川「……」（とのむ）
千　鶴「三枝子さんね、今、東京にお嫁に来てはります」
長谷川「そうですか」
千　鶴「……明日おたずねしてみようとおもてますの……」（とダイスを振る）
長谷川「そうですか……（とダイスを集め乍ら）そりゃ、よろしく言って下さい。もう、向うは小さかったから、おぼえてないかも知れないけど（とダイスを振る）……今度は、あなたの負けだ」
千　鶴「ひゃ……（と一口のんで）ああ、ええ気持や……（首振り乍ら）感じ出て来たわ……」
今度は、千鶴がダイスを集めて、
長谷川「いいんですか、そろそろ帰らなくて……」
千　鶴「まだええのよ……まだ早い。はい（と振る）ファイブ、シックス」
今度は長谷川がダイスを集めて、
千　鶴「これ、お変り二つ」
バーテン「はい……」
千　鶴「ダブルにして、お勘定は緒方の小父さまにつけといて」（千鶴いささか酔っている）
バーテン「はい」
長谷川（ダイスを振って）「はい、オール、シックス」
千　鶴「ひゃ……また負けや……」（とまたのむ）
千鶴、ダイスを集め、手を合せ、神に念じてダイスをとりあげる。
千　鶴「たのみまっせ……。（とダイスをふりながら）ほれみなはれ、うち勝った。東京はええな、うち好きや」（と振る）
長谷川「そうですか……。（集めて振る）あ、又うちまけや」（一口のむ）
千　鶴「ね、長谷川さん。六本木ってどんなとこ……」
長谷川「さあ、僕はよく知りませんけど……」
千　鶴「六本木で……（と最近流行の歌の名、それを適当に歌って）ってうち行ってみたいわ」
長谷川「そりゃ知らないな。せいぜい僕が知ってるのは、チャンソバ屋位のもんですよ」

千　鶴「そこでもええ、行ってみたいわ。連れてって……」

長谷川「いや、もう真直ぐお帰んなさい。お送りしますよ……。僕には専務さんのお宅までお送りする責任があるんだから……」

千　鶴「まだええ……」

長谷川「いや、もう帰りましょうよ!」

千　鶴（笑）「何んやらうち、おなかすいてきた……。六本木に行って、そのおそば食べましょ！　……なあ行きましょうよ」（と立つ）

長谷川「千鶴子さん」

千　鶴「いこ、いこ」

長谷川「千鶴子さん、千鶴子さん」（と呼ぶ）

千　鶴「いこいこ……ええ気持や。つけといて緒方の小父様に」

　と言い乍ら、ふらふらと出てゆく。

長谷川「じゃ頼むよ」

　とバーテンに言って、長谷川、慌ててそのあとを追う。

第八景　チャンソバ屋（千鶴、外に、客、長谷川、店の人）

○情景　六本木辺の夜景

○およそ六本木辺にあるような支那料理店とは違った、きたなく、小さな店構え。

○同、その内部

長谷川と千鶴が来ている。

他に客など。

長谷川、支那そばを食っている。

大分酔っている千鶴は、そばを前においたまま、まだ盃を手にしている。

長谷川、食べながら、そんな千鶴を気にしながら、

長谷川「千鶴子さん、千鶴さん。大丈夫ですか」

千　鶴「大丈夫、大丈夫……」

　長谷川、仕方なくまたそばを食う。

千　鶴「ここ六本木なの?」

長谷川「そうですよ」

千　鶴「へえ……うち、六本木ってもっといいとこかと思ってた……」

長谷川「そりゃもっといい所もあります」

千　鶴「緒方の小父さま、何処へ行きはったの」

長谷川「さあ、専務どこですか」

千　鶴「あんたも知らんの……」

長谷川「ええ、そりゃわかりませんよ、僕にだって。急に飛行機で大阪に行かれることだってあるし」

長谷川「さあ、あなたお腹すいてるんでしょう。これさめないうちに、おあがりなさい」（と、どんぶりを押しやる）

千　鶴「うち、もうええ。おなか一杯や……」

長谷川「じゃ、もう帰りましょう。もうおそいんですよ」

千　鶴「まだ、ええ……ウイ……うれしいなあ……」

　長谷川、この辺でそばをよして、

長谷川「さあ、帰りましょう」

千　鶴「まだ、ええ……」

長谷川「いいことありませんよ。僕はあんたを専務のお宅まで、送ってく責任があるんだから……」

千　鶴「そうか……あんたコンテナか……」

長谷川（少々、むっとして）「ああそうですよ。僕はコンテナですよ。コンテナだって、アンテナだって何だっていいんだ。さあもういい加減に帰るんだ、帰ろう、帰るんだ……」

千　鶴「ふん……えらそうに……そんな大きな声出しても、うち、ちっともこわないわ……」

　長谷川、いささか閉口して、今度は下手にやさしく、

長谷川「ねえ……帰りましょう。……もうおそいんだからね。千鶴子さん……ね、千鶴子さん」

と長谷川、やさしく千鶴の肩を叩く。

千　鶴「今度は又、えろうやさしく出て来よった……忍び術つこうても、ちゃんとうちわかってるわ……うい、うちまだここにいよ」

千鶴、そう言いながらも、卓の上にうつ伏《ぶせ》になって、今にも眠るような気配……。

長谷川、くさる。

第九景　緒方家（あや子、長谷川、千鶴）

○緒方家の廊下

玄関のブザーが鳴っている。

ややあって、あや子が玄関に出て行く。

寝巻にはんてんの姿。

○同、玄関

あや子、玄関の上框に来て、

あや子「どなた、どなた」

長谷川「はあ、私、長谷川です。どうも大変おそくなりまして、千鶴子さん、おつれしました」

あや子、土間に下りて戸を開ける。

長谷川だけが見える。

長谷川「ああ、奥さんですか。なんとも申訳ありません。大変おそくなりまして……」

と、頭を下げる。

あや子「随分ごゆっくりね。おそいじゃないの……」

その時、千鶴ふらふらと入って来る。

あや子「千鶴ちゃん！　あんたまあ……」

千　鶴「今晩は……おばさま」

あや子「……あんた酔ってんのね……」

千　鶴「へえ……すみません……。ああ、ええ気持や。おばさま、おひや一杯ほしいわ」

あや子「……」（あきれる）

長谷川「すみません、奥さん。僕が一緒になってつい飲んだりしたもんですから……なんとも申訳ありません」

あや子「何よ……あんたもたのまれ甲斐のない人ね」

長谷川「はあ、どうもすみません」

千　鶴「小母さま、長谷川さんが悪いんじゃないの……うちが悪いんや。長谷川さんしからんといて……ウイ……おひや一杯、早うほしいわ」

あや子「あんた、あきれた子ね……」

千　鶴「すみません……ほんまや……」

千鶴、ふらふらと玄関の上框に腰を下す。

あや子「あ、千鶴ちゃん！　千鶴ちゃん、そんなとこへ座りこんじゃ駄目だよ。あんたのお床、二階にとってあるから、さっさと行っておやすみなさい」

千　鶴「そうどすか、おこごとはまた明日ゆっくり伺いますわ……」

千鶴、ふらふら立って上ってゆく。

長谷川、その様子を見て、

長谷川「じゃア、奥さん、僕これで……」

あや子「そうォ……」

長谷川「ほんとにすみませんでした。おそくなりまして……」

長谷川、二つ程お辞儀をする。間をおいて、また一つお辞儀をして、

長谷川「では、失礼させていただきます」

あや子「どうもお世話さん……」

長谷川「いいえいいえ、どうも相すみませんでした」

と、長谷川また一つペコリとお辞儀をすると、逃げ出す感じで消える。

あや子、戸締して玄関から上る。

時計一時を打つ。

第十景　緒方家

○情景——緒方家の庭先

ピアノの練習曲が流れて……。

○緒方家の座敷

あや子とふみ子。

卓の上に茶菓子など……。

ふ　み「まあ、そうなの」

あ　や「それで、おひやもってったのよ……そ

したらゴクゴクとのんで、小母さん、すんまへんもう一杯おかわりや……」

ふみ「……」（笑う）

あや「そのまた酔いっぷりが板についてるの。うちの人とそっくり……」

ふみ「でも……いいわねえ、お酒がのめる女の人って……」

あや「でも、ほどほどよ。お嫁入り前の子に、あんなによっぱらわれちゃかなわないわ」

ふみ「でも、あたし、時々お酒がのめて酔っぱらえたらいいなァと思うことある」

あや「そりゃ、あたしだってあるわよ……クサクサしてるときなんか、つくづくそう思うわ。あんた酔っぱらったらどうする」

ふみ「その辺のお皿、みんなぶっこわしてやる……」

あや「そう、ほんとに亭主が、お皿に見えてくるわね……」

ふみ「更年期障害よ……」

あや「そう、ふふ……」

両人、笑う。

あや「あ、あなたのとこへ来た？　おせいさんから」

ふみ「ああ、お茶漬うなぎ……今朝届いたわ」

あや「よく気のつく人ね……荷物になるから後から送りましたって、大がいの人なら相手のことなんか考えないわよ。やるものならどんどんやって持たしちゃう……その方が送料がいらないもの」

ふみ「そうね……まだ綺麗なんですってね」

あや「おせいさん？　……そうなんだって……よくうちの人から聞かされたわ……京都の大学時分の話」

ふみ「あたしも……話っていうよりおのろけかな」

あや「実績もないくせに……」（笑）

ふみ「でも……あなたのとこは、実績があるようなこと言ってたわ」

あや「そう、うちのは、あなたのとこは、あるんだって言ってんのよ」

両人笑い。

ふみ「お互いにやいてるのよ……。昔、おもいがとげられなかったんで、今になって千鶴子ちゃん、あんなに可愛がるのよ……」

あや「そうね……じゃ、こっちはこっちで、千鶴ちゃん、いじめてやろうか」

ふみ「そう……昨夜のこともあるし……」

あや「そう……でも、あの子にあっちゃ、のれんに腕押しよ。あ、起きてきたらしい」（笑）

千鶴、すでに身じまいをすませ、大変淑やかに入って来る。

千鶴「おはようございます。あら小母さまもいらしってたの？　……お早ようございます」

ふみ「あんまり早くもないわよ」

あや「お昼、もうすぎたのよ……」

千鶴「へえ……小母さま、昨晩はすみません……。あ、それより、まだ御挨拶もいたしませんで……」

あや「ご挨拶なんて、どうでもいいわよ。あんた、御飯たべた？……」

千鶴「いいえ……」

あや「さっさとお上んなさいよ」

千鶴「ほしくないんです」

ふみ「宿酔ね。あんた、昨夜はたいへんだったんだって……」

千鶴「どうもすみません……。うち、よく覚えてませんの……」

あや「じゃア、おさらいしてあげましょか」

千鶴「もうええ、かんにんや」

二人、笑う。

千鶴「小母さま、今日はお友達のとこへ行って来ます」

あや「だあれ、お友だちって……」

千鶴「うちの高校時分の……結婚して、目白におりますの」

あや「あんた……うまく逃げるのね」

千鶴（笑って）「へえ、おさらいされるの、かないませんわ……」（笑）

あや（笑）「いってらっしゃい……でも、早く帰ってらっしゃいよ。ゆうべのようにおそいのだめよ」
千鶴「でも、お友だちのところに泊るかもわかりません……。
あや「あんた、売れっ子ね。（笑）泊るなら泊るでいいけど、こっちにも責任があるんだから……駄目よ、昨夜《ゆうべ》のような処」
千鶴「へえ、もうこりました」
ふみ「どうだか」
あや「明日は帰ってくるんでしょうね」
千鶴「はい、帰って参ります……。じゃア、行って参ります」
あや
ふみ｝「いってらっしゃい……」
千鶴「行って参ります……」
両人、笑い。

第十一景　三枝のアパート

○情景
団地アパート群の全景。
その一つの建物の階段口。

○アパートの一室
金子三枝の部屋。
千鶴、雑誌をパラパラやっている。
三枝、居間続きの台所で何かしている。

三枝「千鶴ちゃん、その茶簞笥の上のタイム・スイッチとって……」
千鶴「これ」
と言って、スイッチを取り、三枝のほうへ持って行き渡す。
千鶴「何が出来るの……」
三枝「ふふん……ええものや」
と、台所へ引っ込み、手を拭きながら戻ってきて、千鶴と対座する。
三枝「それで、大勢集った……」
千鶴「皆で十二、三人だった……。小型のバス一台借り切って、叡《エイ》山へ登って近江舞子まで行って帰って来たの……」
三枝「重野さん来た……」
千鶴「ううん、重野さん来なかった……。みんなあんなに仲よかったのに……。学校出ちゃうと駄目ね……」
三枝「それに、結婚すると、みんなうちのことがいそがしくなるのよ」
千鶴「そうね……まだお嫁に行かないの、小林さんとうちだけやった……」
三枝「そう……小林さんもまだ結婚しないの……」
千鶴「うん……小林さん、うちに言うの。あんた淋しいことないかって……。あんたはって聞いたら、このごろちょっと淋しいみたいな気がするわって……。子供のころ、授業が終って運動場で遊んでいたら、いつの間にか夕方になって、気がついたら、皆なもう帰ってしまって、がらんとした運動場に自分だけ一人のこってた……そんな気持やって……」
三枝「あたしも小学校の頃、そんな覚えあるわ……。何だか急にこわくなって急いでかけてうちへ帰った……。あんたもなることある、そんな気持に……」
千鶴（笑）「それは表現が少しオーバーやけど、あるわ……ときどき」
三枝「あんたも、もう行っちゃいなさい」
千鶴「何処へ……」
三枝「お嫁さんにさ……」
千鶴「そりゃ、ええ人があったらいくわよ……」
三枝「ええ人、ええ人って……ええやないの……誰やって」
千鶴「そんな無責任なこと、いわんといて……金子さん、いつもは何時頃なの？」
三枝「帰ってくるの……」
千鶴「うん」
三枝「会社は五時にひけるんだけど……何だかわかりゃしないわ……昨夜《ゆうべ》はとうとう帰って来なかった」
千鶴「そう……お仕事、忙しいのね？」
三枝「ううん、仕事なもんか。これよ。（と、パイを並べる手つき）マージャンよ、きっとそうよ……うちの勘はよう当るんや」

千　鶴「そう……」

三　枝「あたしなんか、皆んなに恋愛結婚だなんて言われてるけど、恋愛なんて、結婚するまでよ。……結婚したらもう何だっておんなじよ。いい加減なもんよ」

千　鶴「そうかしら……でも、この前の手紙随分仲のええこと書いてあったやないの……おのろけ」

三　枝「いつの……」

千　鶴「先月だったかな……」

三　枝「そうだったかしら」

千　鶴「そうよ……あ、そう……あんた知ってる、長谷川さん……」

三　枝「長谷川さんって」

千　鶴「二條堀川の」

三　枝「ああ知ってる。光三兄さんのお友だちの……スマートな……」

千　鶴「うん……」

三　枝「あ、わかった。あんた、今度出てきたの、あの人との縁談やないの？」

千　鶴「え、何が……。ちがうちがう」

三　枝「うちの勘はよう当るんや」

千　鶴「違う違う、うちが泊ってる緒方さんっていううちね、あそこの小父様の会社で秘書してはるのよ」

三　枝「そんなら、尚いいじゃないの……あの人素敵よ。考えることない、結婚しちゃいなさいよ」

千　鶴「違う違う」

三　枝「違わない違わない、顔色でわかる……。ほら赤くなった、赤くなった」

千　鶴「違う違う」

金子が帰ってくる足音。

三　枝「あ、帰って来た。今日は、ばかに早いのよ」

三枝、いそいそと出迎えるくせに、ツンとした顔つきで。

金子、入って来る。

金　子「ただ今、やァ、いらっしゃい」

千　鶴「お邪魔してます」

金　子「よくいらっしゃいました」

と、隣の部屋にゆく。

三枝も後につづく。

三　枝「あんた、昨夜《ゆうべ》はどうしたのよ！」

金　子「ああ、麻雀だった」

三　枝（千鶴に）「ね、それ御覧なさい、よく当るでしょう、あたしの勘」

千　鶴「……」

金　子「これお土産だよ」

と、洋菓子の包みを差し出すが、三枝受取ろうともせずに、

三　枝「どうしてかけて来ないの電話」

金　子「うん……会社の仲間がどうしても一人足りないからって……誘われてね……」

三　枝「電話よ。……どうしてかけないの、一晩中ひと起こしといて」

金　子「ごめんごめん、そばに電話なかったんだ」

三　枝「奥さんのない人なら、幾晩徹夜したっていいけど、何もあんたがいつもそんな連中とおつき合いしてることないわよ」

金　子「うん……。そのお菓子、あけて御覧よ」

三　枝「なあに……」

金　子「イクレヤだよ。柏屋の……」

三　枝「わざわざ寄って買って来たの」

金　子「そうだよ……」

金子、上衣か何か掛けるため唐紙の蔭になる。

三枝もつづく……千鶴からは二人とも蔭になって見えない。

金　子「……あ、いてて……、痛いよ、よせよ……」

唐紙の蔭から出て来た。

金　子「……晩のごはん何だい」

三　枝「あんた、牛肉買って来たでしょう……」

金　子「ああ買って来た……鞄の中に入って

る」

三　枝（千鶴に）「ね、よく当るでしょう、あたしの勘……あたし、ちゃんとねぎとしらたき買っといた」

金　子「そうかい……。卵うちにあるのかい」

三　枝「あ、……なかった」

金　子「卵も少し買って来たよ」

三　枝「そうあんたの勘も仲々いいわ」

千　鶴「……」（くさる）

金　子「お酒は……」

三　枝「うん、とっといた、早く着更《がえ》しちまいなさいよ」

三枝、千鶴のいる部屋に戻って来て台所の方へ。

千鶴、よって行き、

千　鶴「あたし帰る……」

三　枝「どうして……あんた泊ってくんじゃなかったの……」

千　鶴「ううん、あたし帰る」

三　枝「どうして……」

千　鶴（金子に）「どうも御邪魔いたしました。」

金子、唐紙の陰から顔を出して、

金　子「お帰りですか」

千　鶴「はあ……」

金　子「いいじゃないですか、ゆっくりしていただいて……」

千　鶴「はあ……失礼いたします」

金　子「そうですか」

三　枝「本当に帰るの」

千　鶴「うん、帰る……さよなら」

三　枝「なんだ、帰るの……」

千鶴、出てゆく。

金子、兵児帯を捲きつけながら出て来て、

金　子「千鶴子さん。どうしたんだい君、喧嘩したのか？」

三　枝「何だか……ヒスよ、ほっときゃアいいのよ。だから早く結婚すりゃいいのよ」

金　子「ふーん、そうだね」

両人、よろしくあって……

○同、アパートの階段

千鶴、階段を下りて来る。

下りたところに赤電話がある。

千鶴、ハンドバッグから名刺を取出し、ダイヤルを廻す。

第十二景　長谷川のアパート

○アパートの一室

長谷川の部屋。

電話が鳴る。

京子、出て来て受話器をとる。

京　子「はい、はい、さようで御座います……はい、居ります。少々お待ち下さいませ。（と、受話器を手で押えて）あんた電話よ」

次の間で、本を読んでる長谷川。

長谷川「誰……」

京　子「佐々木さんって女のひと……」

長谷川、立ち上り電話に出る。

長谷川「あ、もしもし、あ、千鶴子さんですか……いやいや、え、何です、ええ……え……え、リラへ……そうですか、そりゃ行ってもいいですがね、昨夜の様におそくなるのは閉口だな。そうですか、ええ、ええ、じゃ、とにかく行きます」

長谷川、電話をきる。

京　子「出かけるの……」

長谷川「ああ、ちょいと、行ってくる」

京　子「誰なの今の人」

長谷川「専務のところへ泊ってる京都の娘さんだよ」

京　子「昨夜《ゆうべ》おそかったの、その人と一緒だったのね」

長谷川「そうだよ。やくな、やくな」

京　子（笑って）「やいてなんかいないわよ。あんたって、いつも自信満々ね」

長谷川「ああ、自信はないよりあった方がいいんだ……」

京　子「……なるべく早く帰って来て……おそいと先にねちゃうから……」

長谷川「おどかすない……ぱっちり目あいて起きててくれよ。……頼むよ……おい、靴下」
京　子「はい」
京子、とりに行く。
長谷川、身仕度にかかる。

第十三景　バー、リラ

○情景

○同、内部

スタンドに二人、千鶴と長谷川、腰かけている。
コップ二ツ、ハイボール。

千　鶴「すみません、わざわざ来ていただいて、お疲れのとこ……」
長谷川「いや……何です、用って……」
千　鶴「へえ……長谷川さん、ご存じありません」
長谷川「何です」
千　鶴「小母さまがこわいと小父さまが時々行って泊る赤坂の宿屋」
長谷川「ああ、知ってますよ」
千　鶴「そこ……どんなうちどす……」
長谷川「うちの会社の偉方がよく行く、行きつけのうちですよ」
千　鶴「そう、そのうち教えて……」
長谷川「どうするんです。泊るんですか」
千　鶴「へえ……小母さまがこわいから、うちも今晩そこで泊りますわ……それに昨夜《ゆうべ》のこともあるし、小母さまのとこ、しきいが高いわ」
長谷川（笑）「そりゃ帰った方がいいなあ、それで奥さんのお説教聞いた方がいいや……」
千　鶴「そんな、殺生な……。頼みます、その宿屋教えて……」
長谷川「何だ、また今晩も僕はコンテナか」
千　鶴「どうもすみません、度々。お願いします」
長谷川（笑）「だけど、どうして帰って来たんです。三枝子さんのところへ泊めてもらやあよかったのに。あなたが結婚してからのいい参考になったんだ」
千　鶴「あんなの、ちっともええ参考になりませんわ」
長谷川「どうして」
千　鶴「結婚なんてつまんない、コリゴリやって、さんざん旦那さんの悪口言ったかと思たら、旦那さん帰って来やはったら、今度は急にベタベタ手のひら返すようや」
長谷川（笑）「そんなこと、何処だって同じだ。そう変りありませんよ」
千　鶴「そうやろか、でも、あんなのいや」
長谷川「そりゃ、結婚してみなけりゃわからないなあ……」
千　鶴「えらそうに……。長谷川さんにはわかりますの」
長谷川「そりゃ、わかりますよ」
千　鶴「長谷川さん、結婚してはりますの」
長谷川「いや、結婚はしてませんよ」
千　鶴「でも、おくさんらしいものはありますのね。さっきの電話に出た方やね」
長谷川「いや……」
千　鶴「そんなら、結婚したのと同じことや」
長谷川「同じかなあ……」
千　鶴「同じや……もう証文は書いてしもて、まだ収入印紙が貼ってないだけのことや……」
長谷川（笑）「まあ、そんなとこかな……とにかく、僕にはもう青春なんてものは、どうでもよくなっちゃった」
千　鶴「どういうことそれ……もう青春は卒業してしもたってこと……」
長谷川「いや、卒業じゃないな……もうすっかり授業がすんじゃったあとの……」
千　鶴「ああ……みんな帰ってしもて、ガランとした運動場」
長谷川「うまいこと言うなあ……」
千　鶴「……うちもそうや……」
長谷川「いや……あなたはまだですよ」
千　鶴「ううん……そう」
長谷川「みんな帰っちゃったあとのガランとし

た運動場か……確かに感じがあります
よ。青春放課後だなあ……」
千　鶴「……うちも、そうや……」
両人しばし感傷。
やがて気をかえて千鶴、ダイスを握る。
長谷川見て、
長谷川「いい目が出ますね……。昨夜《ゆうべ》の仇討《かたきうち》
どうです……」
千　鶴「やめとこ……今日はついてませんわ」
両人微笑。コップのハイボールをのむ。

第十四景　赤坂の宿

○情景
赤坂田町あたりの夜景。

○割烹旅館「竹川」の看板

○同、竹川の内部
長谷川と千鶴が、玄関をあけて入ってくる。
長谷川「今晩は……」
女中、出て来て、
女　中「いらっしゃいませ……」
遠くに、女将出て来て、
女　将「あ、長谷川さん、いらっしゃい」
長谷川「今晩は……」
女　将「どうぞどうぞ」
長谷川（千鶴に）「じゃ、部屋をきめてから、
僕帰ります」
千　鶴「ええ」（と頷く）
両人上る。
女将、はなれた部屋の前で、
女　将「長谷川さん、こちらです……専務さん
……」
長谷川「専務さんみえてるの……」
女　将「ええ……どうぞ」
女将一室に導く。
両人つづく。
千鶴、その時、ちらりと女将の髪に差してある簪を見る。

○同、座敷
長谷川と千鶴、入ってくる。

一方を見て驚く。

長谷川、座ってお辞儀する。

床を背にして、卓の前に坐って、ハイボールを飲んでいる緒方、両人を見てにやにやして、
緒　方「よう、何だい」

長谷川「専務、こちらにおいででしたか」

緒　方「ああ、何だい……よう、千鶴ちゃん、
どうしたんだい」

千　鶴「今晩は……」

緒　方「妙なところで会うもんだね。何しに来
たんだい。（と両人を見較べて）うっ
かり目が離せないね」

長谷川、しどろもどろ……。

緒方は仕事がすんだ上機嫌で二人をからかう。

長谷川「いやあ……あの違うんです。千鶴子さ
んをここへお連れしたんです」

緒　方「何しに……。悪いことは出来ないね」

長谷川「いや……違うんです」

緒　方「何が違うんだい……」

千　鶴「小父さま違うの……長谷川さんにお願
いして、ここへ連れて来ていただいた
の……」

緒　方「そりゃ、どっちがどっちだっていいが
ね、アベックとは……驚いたね……」

千　鶴「よう言わんわ……」

緒　方「よう言わんのはこっちだよ」

千　鶴「いやな小父さま」

緒方、笑う。

千　鶴「今日は小母さまに、お友達のとこに泊
るって出て来ましたの。そしたら帰る
ことになって、うち困ってしもて、こ
こに泊めていただこうと思て……」

緒　方「まあ、いいわけはどうでもいいがね。

まあ、こっちへお出よ」

千　鶴「へえ――」

緒　方（長谷川に）「おい……こいよ」

長谷川「はあ……」

二人卓の方による。

女将、入ってくる

女　将「あの……お帰りです」
　入口からローガン入って来て、立ったまま、
ローガン（緒方に）「では、お先に帰ります」
緒　方「ああ、どうも有難う」
ローガン「おお、ハセガワさん」
長谷川「ああ、今晩は……」
ローガン「あした……（以下英語で）契約書は正確なものが出来たと思うけど、もう一度念のためよく検討して、明日午後、会社の方に持って行きます」
緒　方（英語で）「そりゃ、大変すみません。是非そう願います。有難う」
ローガン（日本語で）「じゃ、さようなら、お大事に……ハセガワさん、さよなら」
長谷川「さようなら、あの、僕も失礼いたします」
緒　方「まだ、いいじゃないか」
長谷川「いえ、ローガンさんを、お送りして一しょに帰ります……。じゃ御免下さい」
　千鶴子に頭を下げ、長谷川、蹌踉《そうろう》と出てゆく。
千　鶴「小父さま、ここでしたの」
緒　方「昨夜からここだよ」
千　鶴「大阪かと思ってたら……赤坂やった」
緒　方「ああ、会社の用でね、さっきのローガンさんと、急に大事な話があってね」
千　鶴「いい訳はどうでもよろし……小父さま、わるいことは出来ませんなあ」
緒　方「何だ、君のことじゃないのかい」
千　鶴「ううん、小父さまのこと……小父さま、不潔だわ」
緒　方「……なにが不潔なんだい」
千　鶴「うち、なにもかもちゃんとわかってますわ！」
緒　方「なにがわかってんだよ、まあ、ひとつおのみよ」
千　鶴「もうよろし……」
　そこへ、女将入って来る。
女　将「まだウイスキー御座いますか」
緒　方「ああ、あるある、ああ、これ、ここの女将さんだ」
千　鶴「始めまして」
女　将「よくいらっしゃいました……」
千　鶴「まあ、ええ簪してはるな……すんません、ちょいと見せて……」
女　将「これですか……」
　と、女将、簪をぬいて千鶴に見せる。
　千鶴、受けて見て緒方に、
千　鶴「ええ簪……小父さま……うちこの簪、どこやらでみた覚えあるわ……何処やったやろ……」
緒　方「………」
千　鶴「ええ翡翠のいろ。（とひねりまわし）へえおおきに……」
女　将「どういたしまして……。
　女将、酒の肴、皿など、運盆を持って去る。
　千鶴、見送り、
千　鶴「小父さま、あの簪、うちの小母さまのかと思てたら、よその小母さまのや……」
緒　方「ああ……」
　と、恐縮する。
千　鶴「まだ、他にもたくさん小母さまありますの……」
緒　方「いや、もうそうはいないよ」
千　鶴「小父さま、不潔や、小母さまに言うたろ」
緒　方「おいおい、つまらないこと言うんじゃないよ」
千　鶴「ううん、言うたるわ」
緒　方「おどかしちゃいけないよ。ね、それよりもう、そろそろ帰ろうか」
千　鶴「小父さま、お帰りになるの……」
緒　方「ああ、もう用はすんだんだ、一緒に帰ろうよ……」
千　鶴「そう……帰るの……。いややなあ、小父さまのとこ、しきい高いわ……」
緒　方「そりゃ、俺だって高いよ……」
千　鶴「うち、帰ったら小母さまにきっと叱られるわ。叱られたら、小父さま助けて……そやなかったら、叱られついで

や、簪のこと小母さまに言うたるわ」

緒　方「おいおい、おどかすなよ。そりゃ助けるよ」

千　鶴「ほんとに助けて……」

緒　方「ああ、ほんとだよ」

千　鶴「そんなら、乾杯や……共同戦線や」

緒　方「ああ、いいとも。するんじゃないよ簪の話……」（と笑って）

千鶴頷き、二人、笑って乾杯する。

○情景

緒方家の廊下。

玄関の開く音。

○同、玄関

緒方と、千鶴が帰ってくる。

女中出てくる。

女　中「お帰り遊ばせ」

緒　方「ああ、もう締めていい」

千鶴、神妙に、後につづいて上る。

○同、座敷

緒方と千鶴入ると、あや子が出てくる。

あや子の御機嫌はいささか悪い。

あ　や「お帰んなさい」

緒　方「あ……」

千　鶴「只今……」

あ　や「一緒にお帰りになったの……」

緒　方「うん……」

あ　や「どこでお会いになったの」

緒　方「いい塩梅に、そこで会ってね」

あ　や「そう、千鶴ちゃん、あんたどこへ行ってたの……」

千　鶴「お友達のとこ……」

あ　や「とまってくるようなこと、言ってたじゃないの……」

千　鶴「へえ……でも、帰って来ました……。小母さまのおうちの方が、よほど寝ごこちがええ……」

あ　や「あんた、昨夜みたいに、ちゃんと蒲団がひいてあるのに、そのまま廊下の籐椅子で朝まで寝てて、それでもうちの方が寝心地がいいの……」

千　鶴「…………」

頭下げる。

あ　や「あんた、またお酒のんでんのね……」

千　鶴「いいえ……」

あ　や「いいえって、のんでるじゃないの……」

千　鶴「ほんの少し……」

あ　や「ほんのすこしかどうか知らないけど、またのんでるじゃないの、うちのおひやがおいしいんで、帰って来たんじゃないの……」

千　鶴「…………」

千鶴　神妙。

緒方、助舟を出さず知らん顔している。

あ　や「持って来てあげましょうか、おひや……バケツで……」

千　鶴「いいえ、もう結構です」

あや子、卓の前に坐っている緒方に、

あ　や「あなた、千鶴ちゃんは、昨夜《ゆうべ》とても酔っぱらって十二時すぎに帰って来たんですよ」

緒　方「そうかい……」

あや、緒方から千鶴の方に向き直り、

あ　や「お嫁入り前の娘《こ》が、自分で真直ぐあるけないくらい、お酒を呑んでどうするの。うちに泊っている間は、うちに責任があるのよ……いいこと……あたし、あんたが好きだからこそ小言言うのよ。あんたのためを思えばこそ嫌なこと言ってんのよ、わかる」

千　鶴「よくわかります……すみません……」

あ　や「ね、あなたからも、よく言ってやって下さい」

緒　方「うん……今のおばさんの言ってることは、本当だよ。君のためを思えばこそ嫌なことを言うんだ。わかるね」

あ　や「そうよ……もうおそいのよ、サッサッと、自分で二階に蒲団敷いて寝ちゃいなさい」

千　鶴「はい……すみません」

あ　や「昨夜もおそかった、あたしもう先にねますよ」
緒　方「ああ、お休み……」
千　鶴「おやすみなさい……」
　あや子、出てゆく。
　千鶴、卓の前に坐って、
千　鶴「小父さま、ずるいわ……あたし叱られてるのに、知らん顔して……」
緒　方「うん……でもあんなとこでなまじ助舟出したら小母さん益々調子にのっちゃうよ」
千　鶴「あら、あんなこと……御自分一人いい子になって……小母さまに簪のこと言うてこう」(と立つ)
緒　方(慌てて)「おいおい、千鶴ちゃん、お待ちよ」
千　鶴「言うてくる」
緒　方「まあ、お待ちったら、まあここへ来てお座りよ」
千　鶴「………」
　千鶴、卓の前に戻る。
緒　方「でも、あの位ですめばいい方だよ」
千　鶴「小母さま、うまい表現よ。あんたが好きだからこそお小言言うんだって……」
緒　方「よくおこられるとこみると、小母さんも結構、小父さんが好きらしいよ」
　両人笑う。
千　鶴「小父さま……うち、明日の晩あたり京都に帰りますわ」
緒　方「どうして、まだいいじゃないか、ゆっくりしてって……」
千　鶴「へえ……いろいろ御迷惑かけて……」
緒　方「ちっとも迷惑のことないさ。面白かったよ」
千　鶴「そうどすか。そう思てもろたら助かります。(指を折って) 先生のとこへ二晩、小父さまのとこへ二晩、東京に来て四晩やけど、えらい長いこといたような気がしますわ。東京はセカセカしとって、やっぱり京都の方がよろしいわ……」
緒　方「そうかい……帰るかい」
千　鶴「へえ……」
緒　方「東京じゃ、いいお聟さん見つからなかったかい……」
千　鶴「………」
緒　方「いなかったかい、気に入ったの……」
千　鶴「へえ……」
緒　方「長谷川はどうだい……気に入らなかったか」
千　鶴「いいえ……」
緒　方「気に入ったかい……」
千　鶴「好きです……」
緒　方「好きかい……」
千　鶴「うち大好きや……でも」
緒　方「でも……なんだい」
千　鶴(微笑して)「うちはいつもタイミングがずれますわ」
緒　方「ずれるって……」
千　鶴「あの人、奥さんになる人、もういやはりますのよ」
緒　方「そうかい……いるのか」
千　鶴「へえ、(と淋しく微笑して) 東京へ出て来るのが昨年の今頃やったらよかったんやけど……」
緒　方「そうか……もういるのかい……」
千　鶴「ね、小父さま、うちがもう中途半端になってしもたのか、うちがええと思う人は、みんなもうお嫁さんもろてますし、うちをもろてくれるって人は、うちが好かんし、うまくいかんもんですわ。むずかしいもんや、タイミングって……」
緒　方「そりゃ惜しかったなあ」
千　鶴(淋しく笑い)「もう、今更あわててもしようもない……。また、京都に帰って、のんびりさがしますわ」
緒　方「うむ……そうかい……。」
千　鶴「そのうちには、どんなええ人と巡り合わんとも限らんし……」
緒　方「そうだとも……」
千　鶴「そのかわり、お母ちゃんが無理言うたら、助けておくれやすえ」
緒　方「おお、いいとも」

千　鶴「ほんまですせ……」
緒　方「ああ、ほんまだとも」
千　鶴「嘘ついたら、今度こそ、ほんまに簪のこと、小母さまに言いますせ」
緒　方「ああ、いいとも」
千　鶴「そんなら、げんまんや……」
　千鶴、手を出す。
　緒方、それを受けて指切りする。
千　鶴「ぎり、ぎっちょんぼ……」

○情景
　リラの看板。

○スタンドに腰かけた緒方と山口
　ハイボールのんでいる。両人御機嫌である。
緒　方「でも、面白かったじゃないか」
山　口「ああ、面白かった」
緒　方「千鶴ちゃんっていい子だよ」
山　口「ああ……とてもいい子だ……お前の子にしちゃ出来すぎだよ」
緒　方「いや、俺はお前の子にしちゃ出来すぎだと思ってるんだ」
　両人笑う。
山　口「それじゃ矢張りコッテの子か」
緒　方「それが一番無難だね……そうしとこうや……」
山　口「仲よくか……」
　両人笑う。
緒　方「しかし、うまいこと言うじゃないか……」
山　口「何が……」
緒　方「青春放課後だってさ」
山　口「うん」
緒　方「誰もいないガランとした運動場……」
山　口「しかし、俺たちはもう青春老化後だよ。ガランとした運動場は、もうとっくに夜になって、月が出てるよ」
　両人笑う。
　そこに表から長谷川が入ってくる。
　二人に、
長谷川「行って参りました」
緒　方「ああ御苦労さん……どうだったい」
長谷川「いい具合にすいてまして、千鶴子さん楽に腰かけられました」
　緒方、腕時計を見て、
緒　方「そう……もう横浜まで行ってるよ」
山　口「そうかい」
　長谷川もスタンドに腰かける。
　緒方、長谷川に、
緒　方「おい君、かくすなよ」
長谷川「はあ……何をですか」
緒　方「何をって、いつ貼るんだい収入印紙」
　長谷川、恐縮する。
長谷川「いや……どうも」
緒　方「貼る時は、こいつに仲人してもらえよ」
長谷川（と、恐縮して山口に向い）「その折はよろしくお願いします」
山　口「ああ、いいとも、いいとも」
　三人の間に明るい笑い。
緒　方「じゃ、どうだい……ガランとした運動場のためにひとつ乾杯するか」
長谷川「はあ」
山　口「ああ、やろうやろう」
　階前の枯葉すでに秋声だよ。
緒　方「ああ、そうだよ」
　笑って三人それぞれ杯を上げる。
　音楽がかぶって。

——終——

大根と人参

遺筆ノート　小津安二郎

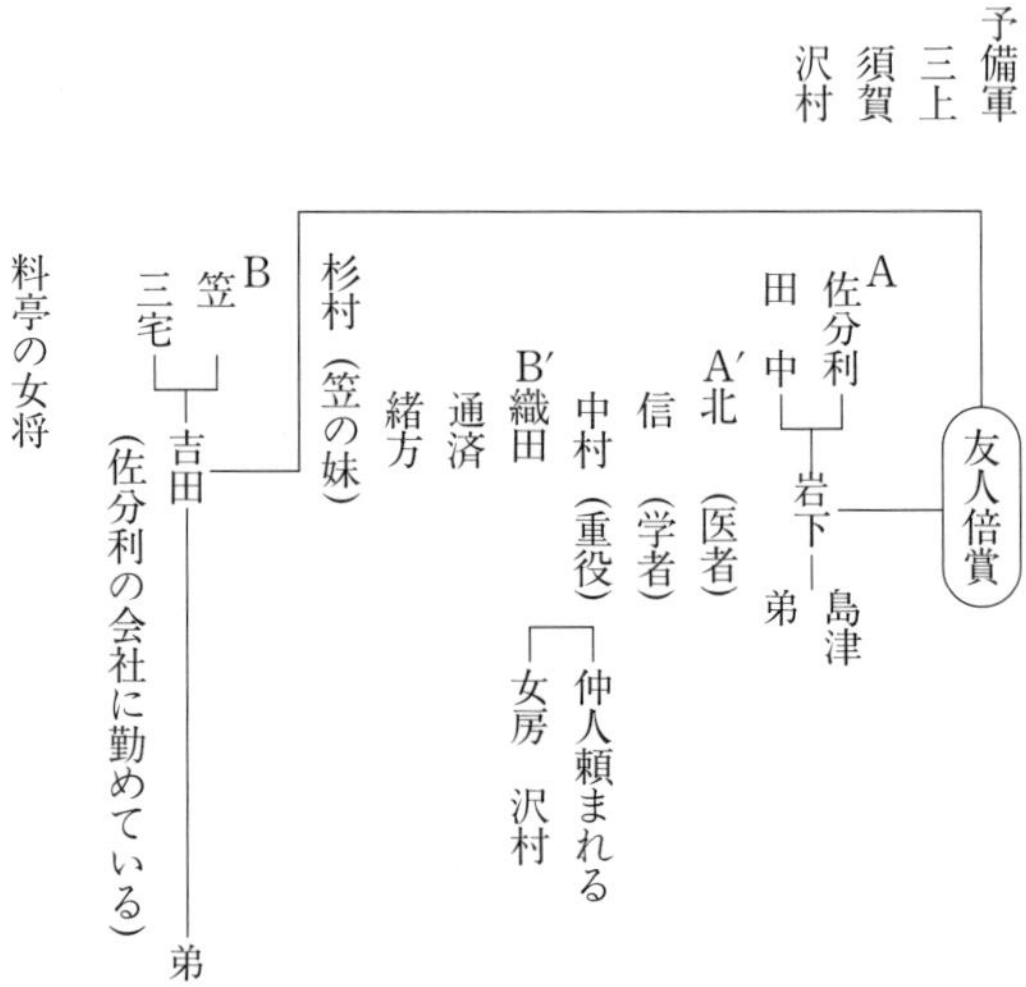

小津安二郎が最後に遺した、『秋刀魚の味』の次作として予定していた企画『大根と人参』の覚え書きを収録する（一九六三年／昭和三十八年三月十五日前後の執筆）。

右に掲げたのは、小津がノートに書き残した人物相関図である。停年を迎え、最後の講義を終えようとする大学教授笠智衆と三宅邦子夫妻の息子吉田輝雄と、笠の六高時代の同窓生佐分利信と田中絹代夫妻の娘岩下志麻との縁談に、岩下の友人である倍賞千恵子が絡むという展開らしい。冒頭には、笠の友人である学者の信欣三に胃ガンの告知をするかしないかの問題も描かれる予定だったようだ（渋谷実が一九六五年に松竹の正月映画として、このノートを膨らませ、タイトルは同じ『大根と人参』のまま、笠智衆主演で映画化している）。

◎驚いたね、口癖。

◎喧嘩の場
徳利を麦酒瓶にもちかえる。

◎ガンじゃないよ、カモだよ、アヒルだよ。

◎中村、仲人を頼まれる。
笠、佐分利、喧嘩の間にどんどん話すすめる。

◎信、ガン——胃潰瘍。
言った方がいい。

言わない方がいい。

誠心誠意、心配はする。

ゲーテ曰く
「何がいやしいかと言って人の不幸を喜ぶ程、人間としていやしいことはない」

◎なまけもの。
だから余命いくばくもないと知ったら、いい仕事する。

◎六高時代、寝業が得意。

◎戦時中、敦賀から舟にのって魚雷に会い、海の中にほうり出されて、一晩中泳いで宮津についた奴だ。

◎笠、大学教授。
停年。最後の講義。

◎笠、家でのParty

◎佐分利、清濁のむ。
笠〈岡潔〉、濁はのまない。

◎大根と人参
子供同志恋仲。

子供同志、親爺の悪口を言う。

◎信のお通夜。

◎同窓会
佐分利、笠、皆行きつけのお茶屋、此処で喧嘩となる。

棚の達磨動く。

徳利をビール瓶にもちかえる。

帽子叩きつけて帰る。

あんな馬鹿じゃないと思った。

◎ラスト
お互いに腹の中で諒解しながら猶も喧嘩している。

◎笠の悴、吉田は佐分利の会社に入社している。
よせよせあんな会社。

悴、入れてもらったんじゃない。

入社試験受けて入ったんだ。

◎佐分利
小父さんの処に嫁くんじゃないのよ。

あんな吉田よせ、吉田はいいけどあんな頑固な親爺が居たんでは不幸せだ。よせよせ。

◎田中、岩下の嫁入り道具買ってくる。
佐分利見て、何だと言う。

あんな奴の息子に娘をやるもんかと言う。

◎岩下、佐分利、喧嘩する。
家を出て、友人、倍賞の処にゆく。

◎倍賞、下町の庶民の生活。

◎佐分利、笠はケンカ。
その妻君同志は亭主にかくれて会い、結婚式の打合せをしている。

◎料亭の喧嘩の翌日
両人共に身体のどこかが痛い。

ゴルフ、バンカーで打った数をごまかす。
酒場、その帰りに勘定の時、便所に行く。
小便ぐらいさせろ。

◎眼中にない。

◎角がとれる。

◎殴り合いのケンカする。
妻君はそれを知って言う。
亭主、ごまかす。

◎そんなこと迄未だに覚えてやがったか。
根にもってないけど記憶力がいい。
根にもってるから覚えてやがったんだ。

◎笠、碁。

◎ケンカ。
殴り合い。
仲人入って止める。
とめることない、殴り合いさせりゃよかったんだ。
お前、つまらないことでとめやがったな。
そうか、じゃ俺、今度から知らん顔する。
この友達たち相互を煽って、殴り合いにもってく。

◎ハイキング。
電報くる。先に吉田帰る。
笠、悪いんじゃないかと心配して帰る。帰宅してみると何ともない。
朝令暮改。

◎笠友人、笠を認めて稀少価値という。
今時珍らしい。ヘンクツだよ、いやヘンクツじゃないよ。
佐分利、清濁（貧すりゃ鈍するってことだ。）を常識と言う。
常識がないからそんなこと言うんだ。

◎三つ子の魂百まで。
いつまでたってもガキだよ。

◎中村、両方の気持分るんだ。

◎織田のかくし芸、ＮＨＫ相撲の放送。
大鵬と柏戸。

◎年をとってみると、物事に好奇心を失い、言わば貧すりゃ鈍するといった惰性的な道をいつの間にかいくようだ。いつのまにか鈍する道をうかうかと行きながら、次第に円熟して行くと思い込む。そんなことにもなりかねない。

——小林秀雄

作品解題

長屋紳士録　一九四七年（昭和二十二年）

敗戦後、シンガポールで捕虜生活を経験した小津安二郎が、会社からの要請で、池田忠雄とともにわずか十二日間で仕上げた脚本。一面の焼け野原の東京の、焼け残りの長屋が舞台の人情劇である。ロケ地は上野と茅ヶ崎。すでに東宝へ移籍していた小津作品常連の飯田蝶子、吉川満子に、自ら交渉して出演を依頼した。撮影中は、千葉（野田）から通うわけにもゆかず、撮影所内の監督室に寝泊まりした。

五月二十日、『父ありき』以来、五年の空白を経てこの戦後第一作は封切られた。時代の急変にもかかわらず、小津映画のあまりの変わらなさに周囲は皆おどろいたというが、ラスト・シーンの浮浪児たちのショットには明確な問題提起があるように思われる。この年のキネマ旬報ベスト・テン第四位。

＊

松竹大船

［スタッフ］脚本＝小津安二郎、池田忠雄／撮影＝厚田雄春／製作担当＝久保光三／録音＝妹尾芳三郎／照明＝磯野春雄／美術＝浜田辰雄／編集＝杉原よ志／現像＝林竜次／焼付＝小林四郎／音楽＝斎藤一郎／装置＝台松太郎／装飾＝橋本庄太郎、小巻基胤／衣裳＝斎藤耐三／結髪＝増淵いよの／擬音＝斎藤六三郎／経理担当＝土屋健樹／進行担当＝渡辺大／監督部（助監督）＝本郷武雄、塚本粧吉、山本浩三、田代幸蔵、武田義晴／撮影部（撮影助手）＝中村喜代治、川又昂、井上晴二、老川元薫／録音部＝高県義人、日向国雄、金子盈、石原一雄／照明部＝須藤清治／美術部＝梅田千代夫／装置部＝山本金太郎、石原仁六／記録部＝岡田敬造

［キャスト］おたね＝飯田蝶子／幸平＝青木放屁（富宏）／父親＝小沢栄太郎／きく女＝吉川満子／為吉＝河村黎吉／ゆき子＝三村秀子／田代＝笠智衆／喜八＝坂本武／とめ＝高松栄子／しげ子＝長船フジヨ／平ちゃん＝河賀祐一／おかみさん（茅ヶ崎）＝谷よしの／写真師＝殿山泰司／柏屋＝西村青児

脚本、ネガ、プリント現存

7巻、1973m（七二分）　白黒

五月二十日公開

風の中の牝雞《めんどり》　一九四八年（昭和二十三年）

どうやら牝雞は、風の中どころか今尚、賛否の嵐の中にいるようだ。別巻でも言及したように、毀誉褒貶相半ばしている。小津安二郎自身が失敗作だといい、次回作の『晩春』以降コンビを復活させた野田高梧も「好きになれない作品」と斥けるのに対し、これが少年兵から帰還して初めて接した小津作品だったという佐藤忠男は『小津安二郎の芸術』の中で、「この映画は、当時の荒廃した風俗を、つくりものの廃墟のセットなどでモノモノしく再現したどんな作品より深く、敗戦ということの問題点を掘り下げた作品だったと思う。そこには敗戦によって日本人が失ったものは何か、という問題が出されている。敗戦直後のこの時期に、小津がその問題をあえて取り上げたところに、強い意味を感じる。失われたものとして見つめられているのは、単に一人の主婦の肉体的な貞操だけでなく、すべての日本人の精神的な純潔性そのものなのではあるまいか」と言っている。

確かに小津が畏敬した志賀直哉の『暗夜行路』を下敷きにした部分があるだけに、修一（佐野周二）の呻吟は執拗でオクターブが高い。それが時子（田中絹代）を階段から突き落す激しさにもつながってゆくのだろうが、ダイアローグの音程を確かめ、リズムの調整をはかる小津演出にしては、珍しく荒々しい。恐らく帰国後の世相を見るにつけ、戦争に参加したという小津自身の罪の意識というか責任意識が、昂ぶりをかき立てているのだと思われる。ただ、弁当持ちの売春婦房子との出会いや、時子への暴力沙汰の後、修一が突然変異のように物判りがよくなって、あの痛恨の極みを忘れようとなるのは如何にも結論の急ぎ過ぎで、はぐらかされたような気持になることも事実だ。

しかし、ラストカットは見事だ。本文では、**S94　瓦斯タンクの見える風景**となっている

が、正面奥に聳えるガスタンクの塀沿いを、上手から薬売りのおかみさんが二人、黒い風呂敷に包んだ薬箱を背負って来、下手奥へ遠ざかって行くと、入れ違いに野良犬が一匹、全くの逆コースをヒタヒタと小走りに来て、上手手前へ切れてゆく。何でもない情景のように見えて、実はいさかいの後の虚脱感が漂っている。印象的なカットである。ベスト・テン第七位。

＊

松竹大船

［スタッフ］脚本＝斎藤良輔、小津安二郎／撮影＝厚田雄春／製作＝久保光三／調音＝妹尾芳三郎／録音＝宇佐美駿／照明＝磯野春雄／美術＝浜田辰雄／音楽＝伊藤宣二／装置＝斎藤竹次郎／編集＝浜村義康／現像＝林龍次／進行＝渡辺大／経理＝土屋建樹／監督助手＝山本浩三、塚本粧吉、田代幸蔵、中川義信／撮影助手＝井上晴二、赤松隆司、川又昂、老川元薫、舎川芳次／調音助手＝堀義臣、岸本真一、末松光次郎、石原一雄、佐藤廣文／美術助手＝熊谷正雄／照明助手＝鈴木茂男、青松明／装置助手＝久保田清蔵／衣裳＝斎藤耐三／装飾＝小巻基胤、石井勇／結髪＝佐久間とく／擬音＝斎藤六三郎／工作＝三井定義／記録＝磯崎和之助／編集助手＝羽太みきよ／焼付＝関口良郎／撮影事務＝田尻丈夫

［キャスト］雨宮修一＝佐野周二／時子＝田中絹代／井田秋子＝村田知英子（知栄子）／佐竹和一郎＝笠智衆／酒井彦三＝坂本武／つね＝高松栄子／野間織江＝水上令子／小野田房子＝文谷千代子／医師＝長尾敏之助／巡査＝中川健三／女将＝岡村文子／古川＝清水一郎／男Ａ＝三井弘次／Ｂ＝千代木国男／看護婦Ａ＝谷よしの／Ｂ＝泉啓子／Ｃ＝中山さかえ／時子の息子浩＝中川秀人／彦三の娘あや子＝長船フジヨ／正一＝青木放屁

脚本、ネガ、プリント現存

10巻、2296ｍ（八三分）白黒

九月二十日 国際劇場公開

晩春 一九四九年（昭和二十四年）

あまりにも有名な作品であるし、戦後の小津が『長屋紳士録』『風の中の牝雞』を経て、一転して現実の世界を放棄するに至るキッカケの作品とも言える。

野田高梧とのコンビの復活は、一つには『風の中の牝雞』の不評にあるといわれるが、小津は意外に外部からの批判に敏感な所があって、「豆腐屋は豆腐しかつくれない」などとうそぶくのも、『早春』『東京暮色』の不評の後である。この頃小津の過敏な針は、ローポジションをはじめ自らの様式ではこの猥雑な戦後の混乱を描き切れないというジレンマで、超俗と凡俗の間を激しく揺れていたように思えてならない。だから、野田とのコンビの復活は、相当悩んだ末の結果であろうと思う。

『晩春』の出来上がりについては、人口に膾炙しているので、私が屋上屋を重ねる必要はない。ただ、この『晩春』で原節子と杉村春子をキャストしたことは、笠智衆と共に以後の『麦秋』『東京物語』への作品活動への原点として、野田高梧とのコンビ復活同様、実に運命的な出会いであったと思われる。

それともう一つ、ラストシーンで笠智衆がリンゴの皮をむく件り、長く垂れ下った皮がポロッと落ち、笠がガクンとうなだれるアクションを居眠りと誤解している評論もあるようだが、笠智衆自身がはっきりと、「あれは居眠りなんかじゃありません。先生からは、あそこで、泣け！と言われたぐらいだ」と述懐している。現に薄目ながら、瞼は開いて睫はピクピクと痙攣している。居眠りも老いの一種には違いないが、次のラストカット、鎌倉の夜の海の渚に崩れる波につづく為にも、孤独に耐える老父の姿を見極めて欲しい。ベスト・テン第一位。

＊

松竹大船

［スタッフ］原作＝広津和郎「父と娘」より／脚本＝野田高梧、小津安二郎／撮影＝厚田雄春／製作＝山本武／美術＝浜田辰雄／調音＝妹尾芳三郎／録音＝佐々木秀孝／照明＝磯野春雄／編集＝浜村義康／音楽＝伊藤宣二／装置＝山本金太郎／装飾＝小牧基胤／衣裳＝鈴木文次

郎／現像＝林龍次／焼付＝中村興一／進行担当＝渡辺大／監督助手＝山本浩三、塚本粧吉、田代幸蔵、斎藤武市／撮影助手＝井上晴二、川又昂、老川元薫、含川芳次、松田武生／美術助手＝熊谷正男／録音助手＝堀義臣、末松光次郎、佐藤広文、大藤亮／照明助手＝鈴木茂男、青松明／装置＝佐須角三／結髪＝佐久間とく
［キャスト］曾宮周吉＝笠智衆／紀子＝原節子／北川アヤ＝月丘夢路／田口まさ＝杉村春子／勝義＝青木放屁／服部昌一＝宇佐美淳／三輪秋子＝三宅邦子／小野寺譲＝三島雅夫／きく＝坪内美子／美佐子＝桂木洋子／「多喜川」の亭主＝清水一郎／林清造＝谷崎純／しげ＝高橋豊子／茶湯の先生＝紅沢葉子
観世流「杜若」恋の舞／シテ＝梅若万三郎／ワキ＝野島信／笛＝島田巳久馬／小鼓＝北村一郎／太鼓＝安福春雄、金春惣一／後見＝青木只一、吉田長弘／地謡＝観世清寿、梅若新太郎、観世静夫、戸田清二、福田光蔵、高山新一郎、石田清之助、青木豊、長谷川欽造、長谷川雅山
脚本、ネガ、プリント現存
12巻、2964m（一〇八分）白黒
九月十九日　国際劇場公開

宗方姉妹《きょうだい》　一九五〇年（昭和二十五年）

　前年に日米親善大使として渡米した田中絹代が一月十九日帰国、紙吹雪の街をパレードしたが、サングラスに投げキッスで大きく話題となった。これは彼女の帰朝第一回作品として、小津が初めて他社（新東宝）で撮った作品である。スタッフも連れていった助監督二人（山本浩三と塚本芳夫）以外は初めてのメンバーだったが、撮影の小原譲治も高峰秀子（六歳の子役スターのころに岡田時彦の娘役で『東京の合唱』に出演）も蒲田以来の知己であって、問題はなかった。新東宝も全盛の頃で、小津は「他社で撮るのは勉強になった」と語っている。

　しかし、松竹、新東宝間のトラブルから田中絹代が独立。これに連座したことで、小津と野田高梧は、松竹から準専属制を解かれてしまう。そのためかどうか、この作品の仕事中、小津と田中絹代の間はしっくりしなかったと言われる。作品そのものは大ヒット、この年の興行配収第一位となる。奈良の薬師寺観光もブームとなった。ベスト・テン第七位。

＊

新東宝
［スタッフ］原作＝大佛次郎／脚本＝野田高梧、小津安二郎／撮影＝小原譲治／照明＝藤林甲／録音＝神谷正和／音楽＝斎藤一郎／美術＝下河原友雄／巧芸品考撰＝沢村陶哉／西洋美術品＝彭新田／助監督＝内川清一郎／編集＝後藤敏男／製作主任＝加島誠哉／製作＝児井英生・肥後博
［キャスト］宗方節子＝田中絹代／満里子＝高峰秀子／田代宏＝上原謙／真下頼子＝高杉早苗／宗方忠親＝笠智衆／節子の夫三村亮助＝山村聰／前島五郎七＝堀雄二／教授内田譲＝斎藤達雄／「三銀」の亭主＝藤原釜足／藤代美恵子＝坪内美子／箱根の宿女中＝一の宮あつ子／「三銀」の女中＝堀越節子／東京の宿女中＝千石規子／「三銀」の客＝河村黎吉
脚本、ネガ、プリント現存
12巻、3080m（一一二分）白黒
八月二十五日公開

麦秋《ばくしゅう》　一九五一年（昭和二十六年）

　脚本構成の妙というか、上手さというべきか、『東京物語』と並んで双璧だと思う。謂わば二十八歳の稍々《やや》売れ残りのOLの結婚ばなしを、サラッと描いているにすぎないといった何気ない展開だからだ。
　名場面と言われる**S113　夜　矢部の家**などは、仕組んだふりも見せず、特別の大芝居でもないのに、脚本か、演出か、杉村春子ゆえか、何回観ても感動する。紀子（原節子）の「あたしでよかったら……」で、たみ（杉村春子）が、思わず「ほんと？」と声を大きくしてから、「ほんとね？」「ほんとよ！」「ほんとにするわよ！」「あぁ嬉しい！　ほんとね？　ああ、よかった、よかった！　ありがとう、ありがとう、ものは言ってみるもんねえ」「よかったよ、

あたしおしゃべりで……。よかったよかった。あたしもうすっかり安心しちゃった。――紀子さん、パン食べない？　アンパン」とたたみ込んでいって、アンパンとくるから、お客さんは何時でもドッとくる。心憎いまでの上手さだ。杉村・原も、よくわきまえて好演しているから、何時までたっても見飽きない。

かつて『生きてはみたけれど――小津安二郎伝』（一九八三年、松竹）をつくった時、今村昌平がインタビューの中で面白いことを言った。今村昌平は一九五一年に早稲田大学を卒業、松竹に入社して初めてついた映画が『麦秋』であり、以後『お茶漬の味』『東京物語』と三本の小津映画に関わった（クレジットには記載されていない）わけだが、

「小津さんのことを、真面目に考えるというか、ああ、こうだったのかって分ったのは、だいぶ後年なんですね、日活へ行きまして、監督になりまして『赤い殺意』って映画をつくった。これは、人妻が、かさねがさね、強盗に犯されるというような話なんですけどね、犯された晩に、いや明け方にその強盗が帰った後で、死のうと思ったけど死ねない、で、姑の所に行っている小さい子供に会ってから死のうと、まあ、言い訳するわけですね、ひとりで。……そして台所へ上る、すると、鈍く光ってるものがある、それ、鍋なんです、アルミニウムの……その中に昨日の味噌汁が残ってる、フタを開けてちょいと覗いてみるといい匂いがするんで、フト一口すする、という所があるんです。で、思わず、バクバク食ってしまうってことになる。それ撮りながら、『麦秋』で、原節子さんが、夜おそく鎌倉の家へ帰って来て、台所で一人で茶漬を食う、……キュウリのお新香を僕が用意した覚えがありますが……で、サラサラ食べる、大変、おいしそうに食べる、僕はその時に、ん、そうだ、あの時に非常に性的なものを感じたなってふうに思ったんですね、『赤い殺意』に到って、漸く……。で、僕の春川ますみと、小津さんに於ける原節子と、なんか僕はとっても意地汚い演出をしてるんじゃないかっていう感じを持ったことがあるんですよ」

何とも今村監督らしいユニークな発言だが、お茶漬を食べる原節子に性的なものを感じたというのも、まさに一つの真実を物語っているし、卓抜な見方だ。原節子の場合も春川ますみの場合も、単純に腹が空いたから食べるわけではないからだ。いや、食慾なんかどうでもいい、食べることが、食べるという行為そのものが、体の一部の、何処か、敢えて心とか胸とかではない、腿とか腹とか、要するに感情を持てない肉体の一部にポカッと出来た空洞を埋める為に、そうせざるを得なくなって無意識のうちに始めた行為だからだ。何物か、うずく部分を、食べることによって満たすと言った方がいいかもしれない。どちらの場合も実に見事に、女がそこにいる。しかも、どちらの女もドデンと、何と自信に満ちていることか。

原節子はこの『麦秋』を最後に、娘役から足を洗って、『東京物語』以後は、未亡人や人妻の役柄に転じている。だからというわけではないが、この『麦秋』では文字どおり明眸皓歯、容姿秀麗、そのくせ取り澄ました風もなく、体全体から発散する香気は「美しさがこぼれる」としかいい様がない。まさに触れなば落ちん大輪の花といった時期であった。今村昌平ならずとも、原節子の一挙手一投足に性的なものを感じたとしても不思議ではない。若い男の眼は、みんなギンギラで原節子のあのホリの深い、大きな瞳に吸いよせられていた。

ましてこのシーンでは、原節子の紀子が、家族中が願っていた商事会社の常務との縁談を振って、自らの意志で身近な子連れの四十男を選んだという自負、そして同級生の築地の料亭の娘アヤ（淡島千景）にそそのかされて、その振ったお婿さん候補の男を垣間見るという悪戯のゆとりが、お茶漬をかき込むという行為の中で、「女」の自信となって急速に彼女の体一杯に拡がってゆくからなのだろう。女が度胸を決めた時、女の匂いが一気に発散する。実に「健康な女」を描いていると言える。それにしても、アンパンといい、お茶漬といい、野田も小津も見事なものだ。

蛇足ながら、**S135　海岸**の中で、紀子のセリ

フ——「あたし、四十になってまだ一人でブラブラしているような男の人って、あんまり信用出来ないの」という所、リハーサルの最中に、その後へ間髪を入れず、「でも小津さんは別よ」と、小津自身がチャチャを入れたので、スタッフ一同、大爆笑になった由、相手の史子役の三宅邦子から聞いたことがある。戯れ言の中に、ひょいと真実がひそんでいたかもしれない。ベスト・テン第一位。

＊

松竹大船

［スタッフ］脚本＝野田高梧、小津安二郎／製作＝山本武／撮影＝厚田雄春／美術＝浜田辰雄／録音＝妹尾芳三郎／照明＝高下逸男／現像＝林龍次／編集＝浜村義康／音楽＝伊藤宣二／録音技術＝宇佐美駿／装置＝山本金太郎／装飾＝橋本庄太郎／衣裳＝斎藤耐三／巧芸品考撰＝沢村陶哉／助監督＝山本浩三／撮影助手＝川又昂／録音助手＝堀義臣／照明助手＝八鍬武／進行＝清水富二

［キャスト］間宮紀子＝原節子／康一＝笠智衆／田村アヤ＝淡島千景／間宮史子＝三宅邦子／周吉＝菅井一郎／志げ＝東山千栄子／矢部たみ＝杉村春子／謙吉＝二本柳寛／安田高子＝井川邦子／田村のぶ＝高橋豊子／間宮茂吉＝高堂国典／西脇宏三＝宮口精二／高梨マリ＝志賀真津子／間宮実＝村瀬禅／勇＝城沢勇夫／矢部光子＝伊藤和代／西脇富子＝山本多美／〝多喜川〟の女中＝谷よしの／看護婦＝寺田佳代子／病院の助手＝長谷部朋香／会社事務員＝山田英子／〝田むら〟の女中＝田代芳子／写真屋＝谷崎純／佐竹宗太郎＝佐野周二

脚本、ネガ、プリント現存

13巻、3410m（一二四分）白黒

十月三日公開

お茶漬の味　一九五二年（昭和二十七年）

日中戦争さなかの一九三九年十二月二十三日に池田忠雄と脚本を執筆した『彼氏南京へ行く』という作品があった。翌四〇年一月、『お茶漬の味』と改題して準備にかかり、シナリオは「映画之友」同年三月号に掲載された（五月号には、北川冬彦が「小津安二郎への手紙」、内田岐三雄、飯島正、飯田心美の各氏が「シナリオ『お茶漬の味』の読後感」を書いている）。二月一日にはスタッフ、キャストも決定する（撮影＝厚田雄春／美術＝浜田辰雄／音楽＝伊藤宣二／出演＝吉川満子、桑野通子、三宅邦子、水戸光子、佐分利信、斎藤達雄、三桝豊、出雲八重子、春日英子）。しかし二月十日、映画法による内務省の事前検閲にひっかかり製作中止となってしまった。南京への出征前夜、夫婦がしみじみとお茶漬を食べるくだりが、「赤飯で祝うべきところなのに不真面目」とされ、「時節柄にもかかわらず全体に有閑士女の態度なり」と非難された。当時の批評には、この製作中止について「健全に銃後の男を描かうとした『お茶漬の味』が検閲に触れたといふことは、小津の不幸といふよりも日本映画の不幸である」と嘆いたものもある。

しかし一九五二年二月二十九日に小津は、戦後版の『お茶漬の味』の脚本を茅ヶ崎館で書きはじめる。戦前版は廃棄するに惜しく、変更を加える（「夫に召集令状が来て戦場に行く」という部分を「南米出張」とするなど）格好となって四月一日に脱稿、六月七日撮影開始。

この年は三月に『羅生門』がアカデミー外国映画賞、五月『源氏物語』がカンヌ映画祭撮影賞（杉山公平）、九月『西鶴一代女』がヴェネツィア映画祭で監督賞（溝口健二）受賞と、日本映画は受賞ラッシュの年であった。そして十月一日『お茶漬の味』は封切られる。「女の眼から見た男の良し悪しというもののほかに、男には男の良さというものがあるのだ」ということを描きたかったというが、やはり戦中の緊張感が戦後には出ず、「お茶漬」が効かなかった模様。小津自身も出来のいい作品ではないと認めている。キネマ旬報でも十二位であった。

十月二十日には、『お茶漬の味』『麦秋』『晩春』の三本のシナリオを収めた『お茶漬の味・他』が青山書院より上梓されている。

なお冒頭にある「PX」（Post Exchange）とは服部時計店ビル、現和光のこと。この映画

が公開された一九五二年まで、進駐軍専用の一種のデパートであった。

＊

松竹大船

［スタッフ］脚本＝野田高梧、小津安二郎／製作＝山本武／撮影＝厚田雄春／美術＝浜田辰雄／録音＝妹尾芳三郎／照明＝高下逸男／現像＝林龍次／編集＝浜村義康／音楽＝斎藤一郎／装置＝山本金太郎／装飾＝守谷節太郎／衣裳＝斎藤耐三／巧芸品考証＝沢村陶哉／監督助手＝山本浩三／撮影助手＝川又昂／録音助手＝堀義臣／照明助手＝八鍬武／録音技術＝鵜沢克巳／進行＝清水富二

［キャスト］佐竹茂吉＝佐分利信／好子＝木暮実千代／岡田登＝鶴田浩二／平山定郎＝笠智衆／雨宮アヤ＝淡島千景／山内節子＝津島恵子／山内千鶴＝三宅邦子／山内直亮＝柳永二郎／雨宮東一郎＝十朱久雄／平山しげ＝望月優子／山内幸二＝設楽幸嗣／女中ふみ＝小園蓉子／西銀座の女＝志賀直津子／大川社長＝石川欣一／黒田高子＝上原葉子／女店員＝美山悦子、日夏紀子／女給＝北原三枝／女中よね＝山本多美／給仕＝山田英子／爺や＝谷崎純／見合いの相手＝長谷部朋香／事務員＝藤丘昇一／社長秘書＝長尾敏之助

脚本、ネガ、プリント現存

12巻、3156m（一一五分）白黒

十月一日公開

東京物語　一九五三年（昭和二十八年）

親の期待を一身に担って、東京へ出て行った子、やがて老いた親はその出世ぶりをこの眼で確かめようと上京してみれば、東京とは名のみ、東京の場末も場末で、細ぼそとしかし精一杯生きている――夢も希望もはぐらかされた失意の親は諦めて故郷へ帰ってゆく。骨組みは『一人息子』と同じである。ただ、息子は一人ではなく子供達が複数になって、長男・長女が一家を持って東京に、三男は大阪に、次女は両親と一緒に尾道におり、次男は戦死したが、その未亡人がやはり東京にいることにして、構成的に広がりを持たせた。別に邪慳にするわけではないが、連れ合いを持ち、子が出来一家を形成している子供達にとっては、老いた親は所詮お荷物になるという辺り、『明日は来らず』（一九三七年、レオ・マッケリー監督）に触発されたと野田高梧自身が言うが、自分が育てた子供より、言わば他人の紀子（次男の嫁、原節子）の方が、親身になってくれるという設定は独自のものである。また、『麦秋』につづいて原節子が好演しているので、笠・東山の老夫婦、山村・三宅の長男一家、杉村・中村の長女一家の好演と相俟って、脚本も演出も実に巧緻な技術を駆使しながら、素朴な味わいのある結城木綿のような感触を持った作品になった。小津作品の代表作として、海外でも評価が高いのもむべなるかなである。

特に、出だしの子供たち、実（十四歳）、勇（六歳）の扱いの上手さ――「僕どこで勉強するんだい！」「どこだって出来るじゃないの」「ね、どこで勉強すんのさァ！」「うるさいわねえ！　いつも勉強なんかしないくせに！」「じゃ、しなくていいんだね、勉強しなくていいんだね。ああラクチンだ。アラのんきだね」とか、**S92ウララ美容院**の、熱海から帰って来た老父母を客から見咎められて、「どなた？」「ええ、ちょいと知合いの者――田舎から出て来まして……」など、巧まざるユーモアを秘めた秀逸なセリフが多い。

中でも、終り近く、**S164部屋**での周吉と紀子の別れは、感動的だ。「あたくし猾いんです。――そういつもいつも昌二さんのことばっかり考えてるわけじゃありません」――「一日一日が何事もなく過ぎてゆくのがとても寂しいんです。どこか心の隅で何かを待ってるんです――猾いんです」という紀子の告白に対し、「あんたはええ人じゃよ、正直で……」と老妻の時計を形見に貰うてやっておくれと渡す件り、取り立ててドラマチカルに仕組まれているわけではないのに、感動を呼び起す。だから、「妙なもんじゃ……自分が育てた子供より、言わば他人のあんたの方が、よっぽどわしらにようしてくれた……いやァ、ありがとう」のテーマが生き

てくる。

　笠智衆は、『生きてはみたけれど――小津安二郎伝』の撮影の日、「小津先生と野田先生は、どうして何時もあんないいセリフを考えられるんでしょうかねえ……何気ないセリフにみえて……どうしてどうして……好きですねえ……」と、**S149 街と海を見下す崖上の空地**のセリフを特に好きだと、ふと口ずさんだ。

　「……ああ、綺麗な夜明けじゃった――今日も暑うなるぞ」、妻（東山千栄子）の死に耐えて海をみつめる画面と寸分違わぬ口調だった。もう一つ、ラストシーンのセリフも忘れられないという。「気のきかん奴でしたが、こんなことなら、生きとるうちにもっと優しうしといてやりゃよかったと思いますよ……一人になると急に日が永うなりますわい……」。尾道の訛りをまじえた独特の言い廻しを聞いていると、俄かに映像が蘇ってくる。背を丸めて、海を眺めている周吉（笠智衆）の横顔には、荒寥とした寂寞感が漂っていて、入江に広がってゆくポンポン蒸気の音が、「無」の境地に誘い込む。「老い」――「死」をみつめてまさに小津作品の真髄をなしている。

　世界映画のオールタイム・ベスト・テンの常連の作品で、キネマ旬報でも日本映画のオールタイム・ベストワンに輝いているが、この年のベスト・テンでは二位であった（一位は今井正監督の『にごりえ』である）。

＊

松竹大船
［スタッフ］脚本＝野田高梧、小津安二郎／製作＝山本武／撮影＝厚田雄春／美術＝浜田辰雄／録音＝妹尾芳三郎／照明＝高下逸男／音楽＝斎藤高順／編集＝浜村義康／録音技術＝金子盈／装置＝高村利男／装飾＝守谷節太郎／衣裳＝斎藤耐二／現像＝林龍次／監督助手＝山本浩三／撮影助手＝川又昂／録音助手＝堀義臣／照明助手＝八鍬武／進行＝清水富二
［キャスト］平山周吉＝笠智衆／とみ＝東山千栄子／紀子＝原節子／金子志げ＝杉村春子／平山幸一＝山村聰／文子＝三宅邦子／京子＝香川京子／沼田三平＝東野英治郎／金子庫造＝中村伸郎／平山敬三＝大坂志郎／服部修＝十朱久雄／よね＝長岡輝子／おでん屋の女加代＝桜むつ子／隣家の細君＝高橋豊子／敬三の先輩（鉄道職員）＝安部徹／アパートの女＝三谷幸子／平山実＝村瀬禅／勇＝毛利充宏／美容院の助手キヨ＝阿南純子／美容院の客＝水木涼子、戸川美子／下宿の青年＝糸川和広／患者の男＝遠山文雄／巡査＝諸角啓二郎／会社の課長＝新島勉／事務員＝鈴木彰三／旅館の女中＝田代芳子、秩父晴子／艶歌師＝三木隆／尾道の医師＝長尾敏之助
脚本、ネガ（複写）、プリント現存
14巻、３７０２m（一三五分）白黒
十一月三日公開

早春《そうしゅん》　一九五六年（昭和三十一年）

　鎌倉在住の小津と野田は、昭和三十年頃、二人を囲む須賀線会（朝のラッシュでもみ苦茶になりながら、横須賀線で新橋・東京へ通勤する横須賀・逗子・鎌倉の若いサラリーマングループ）の連中と、休日になると、建長寺を抜けて瑞泉寺へ行ったり天園へ行ったり、また鎌倉街道を西へ野猿峠まで足を延ばしてヤキ鳥を喰うハイキングを楽しんだ。

　『早春』には、彼等をモデルにしたラヴ・アフェアや、サラリーマン社会の派閥争いやらが含まれている。昭和三十年三月三十日より脚本執筆を始めて、六月二十四日脱稿、八月十日より撮影開始。

　この作品より以後、松竹での作品の製作は、里見弴の四男・山内静夫が担当することになる。『君の名は』で一躍スターとなった岸恵子を主役のひとりに起用したのが目をひく。なお、この年の日本映画界は前年の二〇パーセント増収、劇映画年間製作本数が四百二十本となり、これは当時、世界新記録であった。

　会社員生活のイヤな所も知らないで、病に倒れた三浦（増田順二）が、「時々無闇に会社が恋しくなるんだよ。おれが丸ビルを見たのは、修学旅行で初めて東京へ出て来た時だった……もう夕方で、どの窓にも灯が点いていて、秋田

県の田舎の中学生の目には、まるで外国のようだったよ。……それ以来、丸ビルはおれの憧れだった」と病床で述懐するシーンや、リストラ・停年など退職を目の前にした男の、そのくせ〈会社が命〉のサラリーマンの本音に迫るエピソードは沢山あるが、少々スケッチ風なきらいがある。それが又逆に、難点でもある。

　一九五六年一月二十九日に封切られたこの映画は四千メートル弱（二時間二十四分）と戦後一番の長尺で、ベスト・テン六位に入ったものの、若い世代と現実社会の把握がなっていないと指摘する声もあった。たしかに「無気力な男が妻に励まされて出直しを決意するという運びは戦前の『一人息子』と共通している」（佐藤忠男）。一月には松竹と年一本の再契約を結び、以後一年ごとに契約を更新するようになった。

　なお、金魚やノンちゃんやノッポなど、おばあさんやおじいさんになったけれど皆健在で、二〇〇二年十一月の野田高梧夫人の通夜には、揃って参列していた。

＊

松竹大船

［スタッフ］脚本＝野田高梧、小津安二郎／製作＝山内静夫／撮影＝厚田雄春／美術＝浜田辰雄／録音＝妹尾芳三郎／照明＝加藤政雄／音楽＝斎藤高順／装置＝山本金太郎／装飾＝守谷節太郎／衣裳＝長島勇治／現像＝林龍次／編集＝浜村義康／監督助手＝田代幸三／撮影助手＝川又昂／録音助手＝堀義臣／照明助手＝中田達治／録音技師＝堀川修造／進行＝清水富二

［キャスト］杉山昌子＝淡島千景／正二＝池部良／青木大造＝高橋貞二／金子千代＝岸恵子／小野寺喜一＝笠智衆／河合豊＝山村聰／青木テルミ＝藤乃高子／北川幸一＝田浦正巳／田村たま子＝杉村春子／北川しげ＝浦辺粂子／河合雪子＝三宅邦子／服部東吉＝東野英治郎／平山＝三井弘次／坂本＝加東大介／田辺＝須賀不二夫／野村＝田中春雄／富永栄＝中北千枝子／荒川総務部長＝中村伸郎／田村精一郎＝宮口精二／三浦勇三＝増田順二／母さと＝長岡輝子／菅井のツーさん＝菅原通済／本田久子＝山本和子／岡崎＝永井達郎／辻＝諸角啓二郎／村瀬禅、杉田弘子、山田好一、川口のぶ、竹田法一、島村俊雄、谷崎純、長谷部朋香、末永功、南郷佑児・佐々木恒子、千村洋子、佐原康、稲川善一、鬼笑介、今井健太郎、松野日出夫、峰久子、鈴木康之、叶多賀子、井上正彦、千葉晃、山本多美、太田千恵子、中山淳二

脚本、ネガ、プリント現存

16巻、3956m（一四四分）白黒

一月二十九日公開

東京暮《ぼ》色《しょく》　一九五七年（昭和三十二年）

　野田と小津の不協和音が、可成り目立つ作品である。小津自身は、「自作を語る」（キネマ旬報　一九六〇年十二月増刊）の中で、「若い女の子の無軌道ぶりを描いた作品だと言われるが、ぼくとしては寧ろ笠さんの人生――妻に逃げられた夫が、どう暮して行くかという、古い世代の方に中心を置いてつくったんです。若い世代は、いわばその引き立て役なのだが、どうも一般の人々はその飾りものの方に目が移ってしまったようです」と言っているが、どうも小津の負けず嫌いの強弁にしか聞えない。致命的なことは、中心に据えた筈の古い世代（笠・山田・中村）も、飾りものという若い世代（有馬・原・田浦）も、実に中途半端な描き方しか出来なかったことだ。

　当時、私も監督になりかかっていた頃で、仲間の助監督やライターたちと、痛烈な小津批判を繰り展げていたことを思い出す。その最たるものは、「小津さんや野田さんには、もう、若い人を描けない。ローポジでキャメラを据える頃には、どんなノロマだってフレームの中でウロウロしてない。だから、残ってるのは麻雀をやってる連中だけだ。あと逃げないのはキンギョ、お好み焼屋か温泉マーク（『早春』）。所詮、若者のヴィヴィッドな動きはフィックスのローポジでは掴めない。キャメラは対象を追うものだ、待っていてフレームの中に入る筈がない。入るのは年寄りだけだ。フレームからはみ出してゆくものを、押さえつけて無理矢理はめ込んじゃうから借りて来た猫になっちまう。ネコち

ゃん（有馬稲子）のズベ公はムリ。今の若い女の子にとって、中絶なんか非行でも無軌道でもない、日常茶飯事だ」等々、『東京物語』から反転して『早春』『東京暮色』をつくった両巨匠に、遠吠えをくり返した。

話は飛ぶが、翌五八年、私が『野を駈ける少女』を撮った時、「お前、よく郵便ポストから覗いたような画（シネスコサイズのこと）で、映画が撮れるな」と小津からシッペ返しされた。小津は、スタンダードのタテ・ヨコの比率は、映画のフレームとして万古不易、映像の美学は総てここから始まるとして、ワイド画面には一切見向きもしなかった。

さて本題に戻るが、小津が周吉（笠智衆）を描くつもりだったとすると、では京城へ出張中に部下と懇ろになり、のちに失踪した妻（山田五十鈴）を周吉はどう思っているのか。ストレートな対決はないとしても、夫との間がぎくしゃくして出戻っている姉娘（原節子）や、優柔不断なやさ男（田浦正巳）にトチ狂う妹娘が自分の出生を疑って会いに行って詰問している訳だから、それが何等の形で反映して来ないと、黙々と侘しい姿を銀行の監査役でまぎらせるだけでは飽きたらない。小津はよく、芝居を押し切らないで余白を残すと言ったが、この場合は余白ではなく、明らかに芝居が不足なのだ。

とくに、**S57**から**S60**にかけて、警察に拘引された明子を孝子が連れ帰るシークエンスと、**S88**から**S89**にかけて姉から母の失踪の真相を聞いた明子が、自分の出生に疑いを持って周吉に突っかかるシーンについては、周吉のリアクションが必要であり、その何れも中途半端な形で、周吉の反応を追うことを避けている。さらに明子の死の前後や、喜久子（山田）が弔問する**S119**など、周吉がどんな思いに耐えているのか、皆目不明である。だから**S132**の孝子の別居の解決など安易に過ぎてしまう。

ラスト近く、上野駅を発つ喜久子と相島（中村伸郎）のうらぶれた都落ちの姿と、〝白雲なびく駿河台〟の明治大学の校歌を歌う学生団との対照が、流石小津演出の片鱗を見せるが、どう喜久子が曇る窓ガラスを拭こうと、窓を開けて待ちわびようと、孝子が見送りに来るという必然性が足りないから、空廻りに終っている。やはり、**S114**の**「寿荘」**や**S119**の**杉山家　玄関**で、孝子と喜久子の対立だけでなく、何等かの形で周吉を登場させるべきではなかったのか。

思うに、この脚本執筆の直前、野田高梧が自動車事故で入院したり、小津安二郎が肥厚性鼻炎の手術で入院したりで、二人の体調が万全でなかったことも、響いているのかもしれない。暮色は憂色となって、作品全体を覆っているとしか、言い様がない。キネマ旬報の順位も低く、十九位に終った。小津はこの「十九位」を余程屈辱的に捉えたらしく、『東京暮色』の話題が出るたびに、「何しろ十九位だからな」を繰り返したが、小津の自作に対するプライドと批評に対するナーバスな一面を物語っている。

＊

松竹大船

［スタッフ］脚本＝野田高梧、小津安二郎／企画＝山内静夫／撮影＝厚田雄春／美術＝浜田辰雄／録音＝妹尾芳三郎／照明＝青松明／音楽＝斎藤高順／装置＝高橋利男／装飾＝守谷節太郎／衣裳＝長島勇治／現像＝林龍次／編集＝浜村義康／監督助手＝山本浩三／撮影助手＝川又昂／録音助手＝岸本真一／照明助手＝佐藤勇／編集助手＝鵜沢克巳／進行＝清水富二

［キャスト］沼田孝子＝原節子／杉山明子＝有馬稲子／杉山周吉＝笠智衆／相島喜久子＝山田五十鈴／川口登＝高橋貞二／木村憲二＝田浦正巳／竹内重子＝杉村春子／関口積＝山村聰／沼田康雄＝信欣三／下村義平＝藤原釜足／相島栄＝中村伸郎／刑事和田＝宮口精二／富田三郎＝須賀不二夫／「小松」の女主人＝浦辺粂子／女医笠原＝三好栄子／「小松」の客＝田中春男／前川泰子＝山本和子／家政婦富沢＝長岡輝子／バアの女給＝桜むつ子／バアの客＝増田順二／警官＝山田好二／松下昌太郎＝長谷部朋香／「お多福」のおやじ＝島村俊雄／掘田道子＝森教子／菅井の店の店員＝石川克二／菅井の旦那＝菅原通済／銀行の重役＝山吉鴻作／給仕＝川口のぶ、空伸子／うなぎ屋の少女＝伊久美愛子／麻雀屋の客＝城谷皓二、井上正彦、末永

功／義平の細君＝秩父晴子／深夜喫茶の客＝石山龍嗣、佐原康、篠山正子、高木信夫、中村はるえ、寺岡孝二／取調べを受ける中老の男＝谷崎純／受付の警官＝今井健太郎／笠原医院の女患者＝宮幸子／バアの客＝新島勉、朝海日出男、鬼笑介／町の医院の看護婦＝千村洋子
脚本、ネガ、プリント現存
15巻、3841m（一四〇分）　白黒
四月三十日公開

彼岸花　一九五八年（昭和三十三年）

原作は、小津による映画化を予定して書かれた里見弴の小説。一九五八年一月の『大根役者』延期を経て、野田高梧と湯河原で脚色を始めている。大映より山本富士子を三十五日間契約で借り、五月十七日の京都ロケより撮影開始。

山本富士子を使うならカラーで、という会社の注文に応じ、小津は初のカラー作品に挑んだ。小津の好きな、どぎつくない「赤」再現のため、厚田雄春のすすめによりアグファ・カラーを使用する（以後も同じである）。山本富士子の演技、杉村春子の代わりの浪花千栄子の絶妙のコメディエンヌぶりが光っていた。そして山本だけでなく、佐田啓二も、この作品が小津映画初出演である。

この年のキネマ旬報ベスト・テン第三位、芸術祭文部大臣賞、都民映画コンクール金賞を受賞、また、松竹作品の配収第一位となるが、このとき併映されたのが私のデビュー監督作『野を駈ける少女』であった。なお、この年十月十四日、ロンドン映画祭で『東京物語』がリンゼイ・アンダーソンの称賛を受け、第一回サザーランド杯を受賞する。以後ようやく、海外での小津作品の評価も高まってゆく。

＊

松竹大船

［スタッフ］原作＝里見弴／脚本＝野田高梧、小津安二郎／製作＝山内静夫／撮影＝厚田雄春／美術＝浜田辰雄／録音＝妹尾芳三郎／音楽＝斎藤高順／照明＝青松明／編集＝浜村義康／色彩技術＝老川元薫／美粧＝中島由子／装置＝高橋利男／装飾＝守谷節太郎／衣裳＝長島勇治、森英恵／録音技術＝金子盈／助監督＝山本浩三／撮影助手＝川又昂／録音助手＝伊藤亮行／照明助手＝石井民雄／美術助手＝萩原重史／進行＝清水富二／衣裳考撰＝浦野繊維染織研究部／アグファカラー

［キャスト］平山渉＝佐分利信／清子＝田中絹代／平山節子＝有馬稲子／三上文子＝久我美子／谷口正彦＝佐田啓二／近藤庄太郎＝高橋貞二／平山久子＝桑野みゆき／三上周吉＝笠智衆／佐々木初＝浪花千栄子／長沼一郎＝渡辺文雄／河合利彦＝中村伸郎／堀江平之助＝北龍二／「若松」の女将＝高橋とよ／女給アケミ＝桜むつ子／派出婦富沢＝長岡輝子／曽我良造＝十朱久雄／列車給仕＝須賀不二夫／同窓生中西＝江川宇礼雄／同菅井＝菅原通済／同林＝竹田法一／同A＝小林十九二／駅員A＝今井健太郎／B＝井上正彦／花婿＝川金正直／花嫁＝清川晶子／女事務員＝空伸子／看護婦＝千村洋子／バーテン＝末永功／女給A＝峰久子／社員A＝鬼笑介／店屋の女中＝伊久美愛子、佐々木恒子／「佐々木」の女中＝橘一枝／披露宴の司会者＝川村耿平／披露宴来賓客＝長谷川雅山／佐々木幸子＝山本富士子
脚本、ネガ、プリント現存
12巻、3225m（一一八分）　カラー
九月七日公開

お早よう　一九五九年（昭和三十四年）

『東京暮色』の不評から、一転して派手な『彼岸花』を撮った小津は、興行的な面も考えて、なるべく明るく笑って貰える映画を考えたという。偶々、この年の二月に芸術院賞を受賞したので、「芸術院賞を貰ったからマジメな映画を作ったと言われるのもシャクだから……」と、敢えて気楽に笑える喜劇を作ったと言っている。キネマ旬報では十二位であった。

小津の子役の扱いには定評がある。『東京の合唱』『生れてはみたけれど』『出来ごころ』『浮草物語』『東京の宿』『一人息子』など戦前

の作品群で、突貫小僧はじめ、高峰秀子、菅原秀雄、飯島善太郎、葉山正雄などを、それこそ自在に遊ばせて卓抜な腕を見せているが、その後も戦中の『父ありき』の津田晴彦、戦後の『麦秋』の村瀬禅、『東京物語』の村瀬と毛利充宏、そしてこの『お早よう』の設楽幸嗣と島津雅彦と、名子役をつくり上げている。

かつての名子役、突貫小僧（青木富夫）に聞いたことがあるが、

「小津先生は恐くないんですよ、清水宏先生の方が威張っていてこわかったなあ。『浮草物語』の駅のロケーションの時ね、撮影の合間にしつっこく『お前、学校行かなきゃ駄目だぞ』って言われましたがね、当時小学校三、四年かなあ、ホントに蒲田時代ってえのは、ひっきりなしに何処かの組の撮影に引っぱり出されていましたからね、小学校なんかだって結局、いい加減で行かずじまいですよ。終戦後、先生ったら、『行ってりゃ総理大臣になられたかも判んないのにな、惜しいことしたな、でも強盗やるよりましか』なんてね、からかってんだか何だか、昔からあの調子ですよ。だから、こっちも難しいこと考える必要なんかなしで、言われた通り素直にやってるだけでしたよ。厚田さん（キャメラマン）には、セットで悪戯するたびに、ゲンコツで追っかけ廻されましたけどね……」

と語っている。子役達に妙なおべんちゃらを使うわけでもなく、ごく自然に子供たちの心を捉えていたことが、絶妙の演出につながっていたのかもしれない。

また、冒頭から出てくる郊外建売住宅群と見切りの土手のオープンセットは、『母を恋はずや』（一九三四年）以後の松竹での小津作品全部の美術監督を担当した浜田辰雄の苦心の傑作で、フレームの上部中央に僅かに残した空間が、見事な映像美を造り上げている。黛敏郎の音楽と共に、実に印象的である。

＊

松竹大船

［スタッフ］脚本＝野田高梧、小津安二郎／製作＝山内静夫／撮影＝厚田雄春／美術＝浜田辰雄／音楽＝黛敏郎／録音＝妹尾芳三郎／照明＝青松明／編集＝浜村義康／色彩技術＝老川元薫／装置＝山本金太郎／装飾＝守谷節太郎／美粧＝杉山和子／衣裳＝吉田幸七／録音技術＝金子盈／現像所＝東京現像所／監督助手＝田代幸三／撮影助手＝舎川芳次／録音助手＝伊藤亮行／照明助手＝本橋昭一／美術助手＝荻原重夫／進行＝清水富二／アグファ松竹カラー

［キャスト］福井平一郎＝佐田啓二／有田節子＝久我美子／林敬太郎＝笠智衆／民子＝三宅邦子／原口きく江＝杉村春子／林実＝設楽幸嗣／勇＝島津雅彦／丸山みどり＝泉京子／大久保しげ＝高橋とよ／福井加代子＝沢村貞子／富沢汎＝東野英治郎／とよ子＝長岡輝子／原口みつ江＝三好栄子／辰造＝田中春男／丸山明＝大泉滉／伊藤先生＝須賀不二夫／押売りの男＝殿山泰司／防犯ベルの男＝佐竹明夫／巡査＝諸角啓二郎／おでんやの女房＝桜むつ子／大久保善之助＝竹田法一／佐久間先生＝千村洋子／原口幸造＝白田肇／大久保善一＝藤木満寿夫／おでんやの亭主＝島村俊雄／客通さん＝菅原通済

脚本、ネガ、プリント現存

7巻、2570m（九四分）カラー

五月十二日公開

浮草《うきくさ》 一九五九年（昭和三十四年）

一九五七年十月二十三日より、戦前のサイレント時代につくった『浮草物語』を北陸の雪の中でつくりなおして『大根役者』という映画にするべく、蓼科で野田高梧と共に脚本の執筆を開始し、十一月二十六日に脱稿した（なお、川喜多記念映画文化財団にはこのシナリオも保管されている。しかし、最終台本を収録する本全集の編集方針により、『東京よいとこ』『お茶漬の味』と同じく、ここには採っていない）。翌年一月、佐渡、高田などへ『大根役者』のロケ・ハンを敢行するも、積雪少なく延期となってしまう。

そして、『彼岸花』『お早よう』を経た一九五九年五月二十一日、大映の松山英夫常務より『大根役者』の映画化申し込みを受ける。じつ

は大映で撮る話は、溝口健二存命中から（一九五六年八月二十四日死去）依頼されていたものであった。三十日、大映本社にて『大根役者』を『浮草』と改題のうえ製作することが決定される。松竹以外でつくる二本目の作品である。

六月二十日より七月十日にかけて、蓼科にて脚本訂正（冬の北陸はやめ、季節と土地を変えて書き直し）をおこなった。七月二十二日より二十六日、猛暑の中、伊勢志摩波切をロケ・ハン。八月十二日、撮影開始。美術の下河原友雄以外は、すべて初めてのスタッフとなった。

溝口健二の名カメラマンとして有名な宮川一夫が、小津の希望によってこの映画ではじめて起用された。相互に大いに学ぶものがあったと聞く。宮川の起用によってか、名優中村鴈治郎が主演だからか、珍しく昂揚した劇的な場面が多く見られ、小津歌舞伎とも評されている。

また、小津はこの『浮草』は（ということは上巻所収の戦前作『浮草物語』も）、一九二八年に日本公開されたジョージ・フィッツモーリス監督作品『煩悩』（同年のキネマ旬報のベスト・テン七位）からアイデアをいただいた、とのちに語っている。佐藤忠男によれば、「アイデアをいただいた、などという程度のものではなく、ストーリーに関していえば、ほとんど翻案と言うべきもの」だそうである。なお、この年のキネマ旬報では十五位となっている。『浮草物語』はベスト・ワンだったが……。

＊

大映東京

［スタッフ］脚本＝野田高梧、小津安二郎／製作＝永田雅一／企画＝松山英夫／撮影＝宮川一夫／美術＝下河原友雄／音楽＝斎藤高順／録音＝須田武雄／照明＝伊藤幸夫／色彩技術＝田中省三／装置＝原島徳次郎／装飾＝岩見岩男／メークアップ＝牧野隆／舞踊振付＝花柳寿恵幸／舞台指導＝上田吉二郎／助監督＝中村倍也／編集＝鈴木東陽／製作主任＝松本賢夫／アグファカラー

［キャスト］嵐駒十郎＝中村鴈治郎／すみ子＝京マチ子／加代＝若尾文子／本間清＝川口浩／母お芳＝杉村春子／「小川軒」のあい子＝野添ひとみ／「相生座」㊅の旦那＝笠智衆／吉之助＝三井弘次／矢太蔵＝田中春男／杉山＝入江洋佑／木村＝星ひかる／仙太郎＝潮万太郎／しげ＝浦辺粂子／あい子の母＝高橋とよ／「梅廼家」おかつ＝桜むつ子／八重＝賀原夏子／扇升＝伊達正／その孫正夫＝島津雅彦／客＝菅原通済／庄吉＝丸井太郎／花布辰男、中田勉、三角八郎、酒井三郎、杉田康、南方伸夫、志保京助、佐々木正時、ジョー・オハラ、宮島健一、飛田喜佐夫、丸山修、竹内吾郎、山口健、杉森麟、藤村善秋、松村若代、竹里光子、新宮信子

脚本、ネガ、プリント現存

9巻、3259m（一一九分）カラー

十一月十七日公開

秋日和　一九六〇年（昭和三十五年）

小津安二郎は、「自作を語る」の中で、

「世の中は、ごく簡単なことでも、みんなが寄ってたかって複雑にしている。複雑に見えても、人生の本質は案外何でもないことかもしれない。これを狙ったのがこの作品です。これは前々から考え、少しずつやっていたことだが、一つのドラマを感情で現わすのはやさしい。泣いたり笑ったり、そうすれば悲しい気持、うれしい気持を観客に伝えることができる。しかし、これでは単に説明であって、いくら感情に訴えても、その人の性格や風格は現わせないのではないか。劇的なものを全部取り去り、泣かさないで、悲しみの風格を出す、劇的な起伏を描かないで、人生を感じさせる、こういう演出を全面的にやってみた。『戸田家の兄妹』の頃から考えていたんです。しかし、難しい方法でね、今度もまあまあの出来ですが、完全にはいってませんね」

と語っているが、寄ってたかる間宮（佐分利信）、田口（中村伸郎）、平山（北龍二）三人の会話がオトナで軽妙だから、狂言廻しがちっとも苦にならず、むしろ愉しく受けとめられる。〃ハマグリは初手〃などと、末摘花もくり出して、川柳・柳樽の境地である。本郷三丁目の青木堂近くのクスリ屋でアンマ膏やアンチヘブリ

ン丸、アンチピリンを買うとか、痒いところが出来ちゃったとかの遊びが可笑しい。平山が、「おれだけダシに使われちゃって——お前たちア、パイプ貰ったからいいよ」に、田口が「お前だった得したよ、いい夢見たじゃないか」や、——間宮「もう痒いところは癒ったんだね」、平山「イャア、痒いところは依然として痒いよ」など、思わず吹き出してしまう。

母娘の秋子（原節子）とアヤ子（司葉子）の女同士の会話や微妙な心のアヤまで、神経が行き届いている職人芸だ。ベスト・テン第五位。

＊

松竹大船

「スタッフ」原作＝里見弴（「文藝春秋」所載、角川書店刊）／脚本＝野田高梧、小津安二郎／製作＝山内静夫／撮影＝厚田雄春／美術＝浜田辰雄／音楽＝斎藤高順／録音＝妹尾芳三郎／照明＝石渡健蔵／編集＝浜村義康／助監督＝田代幸三／現像所＝東京現像所／色彩技術＝老川元薫／録音技術＝金子盈／装置＝高橋利男／装飾＝石井勇／衣裳＝杉山利和、森英恵／美粧＝杉山和子／美術助手＝萩原重夫／撮影助手＝黒沢文夫／照明助手＝本橋昭一／進行＝清水富二／美術工芸品考撰＝貴多川・岡村多聞堂／衣裳考撰＝浦賀染織研究所／アグファ松竹カラー

「キャスト」三輪秋子＝原節子／娘アヤ子＝司葉子／佐々木百合子＝岡田茉莉子／後藤庄太郎＝佐田啓二／間宮宗一＝佐分利信／妻文子＝沢村貞子／娘路子＝桑野みゆき／息子忠雄＝島津雅彦／三輪周吉＝笠智衆／平山精一郎＝北龍二／息子幸一＝三上真一郎／田口秀三＝中村伸郎／妻のぶ子＝三宅邦子／娘洋子＝田代百合子／息子和男＝設楽幸嗣／杉山常男＝渡辺文雄／高松重子＝千之赫子／「若松」の女将＝高橋とよ／佐々木ひさ＝桜むつ子／夫芳太郎＝竹田法一／桑田種吉＝十朱久雄／妻栄＝南美江／旧部下の社員＝須賀不二男／受付係＝岩下志麻／すし屋の客＝菅原通済

脚本、ネガ、プリント現存

11巻、3518m（一二八分）カラー

十一月十三日公開

小《こ》早川《はやがわ》家の秋　一九六一年（昭和三十六年）

ストーリーのヒントは、心筋梗塞で倒れた父親を案じて息子や娘が緊張して集まったところ、一夜でケロリと癒って一同呆気にとられた、という身近にあった話だという。

焼け棒杭に火が点く大旦那の闊達ぶりを周囲がやきもきするが、突然心筋梗塞で倒れ大騒ぎになって皆が集まると癒るというのは実話どおりの展開。地獄の一丁目から舞い戻った大旦那、小早川万兵衛（鴈治郎）は、孫とかくれんぼの最中に脱け出して競輪場へ行き、京都の焼け棒杭の女佐々木つね（浪花千栄子）の家で、今度はあっという間に逝ってしまう。

小津にとって初めての東宝での仕事で、宝塚撮影所での撮影は人知れず気苦労が多かったようである。つき合いの良さから酒量もぐんと上った。しかし、廻りの心配をよそに飄々と気ままに振る舞う万兵衛を描く冴えは素晴らしい。特に**S70**から**S78**までの、かくれんぼからの蒸発など、フィックス（固定したフレーム）のキャメラを逆手にとって、呼吸・間合い・人物の出し入れ（鴈治郎・新珠三千代）など、一コマのゆるぎもないコンティニュティは見事だ。

京都の「佐々木」の中庭のセットは、美術監督下河原友雄のユニークなデザインだが、祇園の「藤田」をロケハンして参考にしたものだ。**S95**のその「佐々木」の**奥の間**の浪花千栄子も見ごたえがある。横たわる万兵衛の亡骸の裾に坐って、それを団扇であおいでやりながら、いつしか近所から聞えてくる三味線と調子が合って、「えらいこってしたなァ……こんなことやったら、あんなとこ行かなんだらよろしおしたなァ」で、こんどは自分に風を送って、「あんたが思うておいやしたほどええ日やなかった……。ついてまへんわ……。それに暑おしたなァ……」と語りかける。淡々と涙の涸れたしみじみさと邦楽が、絶妙のコントラストをなす。

「アアもうこれでしまいか、もうしまいかって、二度ほどお言いやしてなァ……ほんまにあっという間で……儚ないもんどすなァ……」

老いの蔭にしのび寄る死の影を、小津・野田

のコンビは、遂に表に出した。

火葬場の煙突と待合室の縁者たち、やがて微風になびく煙——その煙を遠景に見ながら川原で洗いものをする百姓夫婦（笠智衆と望月優子）のさりげない会話が、永劫回帰の輪廻観へつながってゆく。

「やっぱり誰ぞ死んだんやわ。けむり出とるわ」「アア、出とるなァ……」「爺ィさまや婆ァさまやったら大事ないけど、若い人やったら可哀そうやなァ……」「ウーム……。けど、死んでも死んでも、あとからあとからせんぐりせんぐり生れてくるワ……」「そやなァ……よぅ出《で》来《け》とるわ……」

そして葬列、カラスの群れ、川原の石仏とカラス、そこはもう淡々たる無の世界である。ベスト・テン第十一位。

＊

宝塚映画／東宝（配給）
［スタッフ］脚本＝野田高梧、小津安二郎／製作＝藤本真澄、金子正且、寺本忠弘／撮影＝中井朝一／美術＝下河原友雄／照明＝石井長四郎／音楽＝黛敏郎／録音＝中川浩一／整音＝下永尚／助監督＝竹藤重吉／編集＝岩下広一／現像所＝東京現像所／製作担当者＝安恵重喜／美術品考撰＝岡村多聞堂／工芸品考撰＝貴多川／衣裳考撰＝浦賀染織研究所／アグファカラー
［キャスト］小早川万兵衛＝中村鴈治郎／長男の嫁秋子＝原節子／次女紀子＝司葉子／長女文子＝新珠三千代／その夫久夫＝小林桂樹／息子正夫＝島津雅彦／磯村英一郎＝森繁久弥／佐々木つね＝浪花千栄子／娘百合子＝団令子／加藤しげ＝杉村春子／北川弥之助＝加東大介／妻照子＝東郷晴子／中西多佳子＝白川由美／店員山口信吉＝山茶花究／店員丸山六太郎＝藤木悠／農夫＝笠智衆／その妻＝望月優子／ホステス＝環三千世／万兵衛の弟＝遠藤辰雄／医者＝内田朝雄
脚本、ネガ、プリント現存
7巻、2815m（一〇三分）カラー
十月二十九日公開

秋刀魚《さんま》の味　一九六二年（昭和三十七年）

蓼科日記、一九六一年（昭和三十六年）十一月十二日の頁に、小津は、「次回作〈秋刀魚の味〉なれば、早朝秋刀魚を食い、武運長久を祈りたり」と書き遺しているが、年が明けた翌六二年は、生憎くと不運の幕開けとなった。一月に高橋貞二の未亡人みどりが自殺、その告別を済ませて、蓼科で野田高梧と打合せを始めた直後、二月四日、母堂の死の報せを受け、葬儀の為、北鎌倉へ帰った。「ばばあ」「ばばあ」と人前ではやむを得ず飼育しているような乱暴な口調だったが、小津にとっては最愛の人であり、少年時代から甘え放題甘ったれた母でもあった。埋葬を済ませ、再び蓼科で仕事にかかった三月、今度は自分自身が五十肩の痛みに呻吟する。今にして思えば、六三年十二月十二日、癌で死去するに至る最初の症状だった。しかし、そんなことは知る由もない小津は、五十肩と歯痛で医者通いを繰り返しながら、脚本の完成を急いだ。だが、シナリオの作業は難渋をきわめている。四月九日の蓼科日記に、

「外山の霞たたずもあらなん、もう世界は、
らんまんのはる、りょうらんのさくら、
此処にいて、さんまんのぼくは『さんまの味』に思い患う。
さくらは　ぼろの如く憂鬱にして、
さけはせんぶりの如く　はらわたに苦い。
春は憂し、酒のむは憂し
心にもなきことをほざいての惜春の情、
うたた也」

とある。

六月末になって漸く脱稿するわけだが、婚期を遅らせまいと娘を嫁にやる父の心境は『晩春』に近く、その父娘に介在する周囲の人物配置は『秋日和』の延長上にある。ただ、明らかに前二作と違うのは、「老い」を「老醜」として捉え、容赦なく描いていることだろう。

S23　小料理屋の**座敷**のクラス会から、**S27**　場末の燕来軒の**店内**まで、旧師の「ヒョータン」こと佐久間先生（七十二歳、東野英治郎）と、その綺麗な可愛いお嬢さんの成れの果、伴子（四十八歳、杉村春子）の扱い方など、凄絶

ですらある。吸物のタネのハモを知らず、「ハム？……アア、ハモ……なるほど結構なものですなァ、ウーム鱧か、サカナ扁にユタカ……」と感心するヒョータン先生が帰った後、「あいつ鱧食ったことないのかな、字だけ知ってやがって」「茶碗蒸し、河合のまで食っちゃやがって、よく呑むし、よく食うよ」「けど、あいつも年取ったよなァ、大分しなびて来たじゃないか」「しなびたヒョータンか……でも、いい功徳だったよ」などと笑い合う。一方、そのヒョータン先生を送っていった教え子の平山（五十七歳、笠智衆）と河合（五十七歳、中村伸郎）は、老先生が婚期を逸して無惨に老けた伴子と二人で、場末のラーメン屋をやっているのを知って愕然とする。さらに**S57 若松**では、泥酔したヒョータンが「結局人生は一人じゃ、一人ぼっちですわ」と嘆いて、「陽のあるうちに秣は乾せか……」と、居眠る姿を「お前も気をつけないと、こうなるぞ」と見守る河合と平山のさめた顔がある。実はその平山さえ、娘（岩下志麻）を嫁がせた晩、モーニング姿のまま、死んだ女房の面影を求めて、つい寂しさにスナック「かおる」のドアを押す（**S92**）。

「今日はどちらのお帰り――お葬式ですか」で、若い観客は、必ずドッと笑う。円熟の野田・小津コンビのセリフである。笑わせときながら、ドキンとくる。もはや、平山のモーニングは、かおるの眼には、不祝儀の喪服としか写らない。平山の年格好に祝儀などあり得ないと、極く自然に思い込んでいるのだ。そしてラストシーン、軍艦マーチを口ずさみながら「ひとりぼっちか……」とつぶやく平山の姿には、しのび寄る老残は避けようもなく、やがて、死の影が寄り添うように近附いてくるからだ。なお、プリントではこの直前にある和夫（二十一歳、三上真一郎）が呟くセリフ、「明日は俺がメシ炊いてやるから」はここに収録した撮影台本にはない。

野田さんは、「これがオッちゃんの遺作では可哀そうだ」と言ったが、脚本の製作過程での難渋、作品の製作スケールの地味さ、小津自身の体調の不備など、悪条件が重なっていることを指したものと思われる。裏返せば、まだまだこんな所より先へゆくんだというコンビの自負でもある。しかし、ムダ肉をそぎ落して、「老い」をみつめる眼には、老境の凄ささえひそんでいる。軍艦マーチの使い方の上手さや、俳優たちを遊ばせている円熟味など、随所にちりばめられていて、やっぱり『秋刀魚の味』も佳品であり、立派な遺作であると思う。ベスト・テン八位。

＊

松竹大船

［スタッフ］脚本＝野田高梧、小津安二郎／製作＝山内静夫／撮影＝厚田雄春／美術＝浜田辰雄／美術助手＝荻原重夫／音楽＝斎藤高順／録音＝妹尾芳三郎／照明＝石渡健蔵／編集＝浜村義康／録音技術＝石井一郎／色彩技術＝渡辺且／助監督＝田代幸三／撮影助手＝老川元薫／現像所＝東京現像所／装置＝高橋利男／装飾＝石井勇／衣裳＝長島勇治、森英恵／録音助手＝堀義臣／照明助手＝本橋昭一／進行＝金勝實／字幕意匠装飾＝橋本明治／美術工芸品、考撰＝岡村多聞堂・貴多川／衣裳考撰＝浦賀染織研究所／アグファ松竹カラー

［キャスト］平山路子＝岩下志麻／父周平＝笠智衆／兄幸一＝佐田啓二／その妻秋子＝岡田茉莉子／弟和夫＝三上真一郎／三浦豊＝吉田輝雄／田口房子＝牧紀子／河合秀三＝中村伸郎／妻のぶ子＝三宅邦子／佐久間清太郎＝東野英治郎／娘伴子＝杉村春子／坂本芳太郎＝加東大介／堀江晋＝北龍二／後妻タマ子＝環三千世／「かおる」のマダム＝岸田今日子／「若松」の女将＝高橋とよ／秘書佐々木洋子＝浅茅しのぶ／酔客A＝須賀不二男／同窓生渡辺＝織田政雄／同菅井＝菅原通済／同緒方＝緒方安雄

脚本、ネガ、プリント現存

9巻、3087m（一一三分）カラー

十一月十八日公開

［付録］

小津安二郎が監督しなかった作品

瓦版かちかち山　一九二七年（昭和二年）

この全集に『瓦版かちかち山』を載せるのは異例のことだ。のちに小津がジェームス・槙を名乗った原作者として封切られたもの（井上金太郎監督作品）だが、実際には第一回監督作品の時代劇『懺悔の刃』を撮る前に書き、第一回作品とすべく会社に提出した脚本である。この全集では、ジェームス・槙原作、荒田正男脚色による撮影台本ではなく、小津自身によるオリジナルシナリオを収録した。なお、スタッフ・リストにある監督名「燻屋鯨平《いぶしやげいべい》」は戯作者を気取った小津のペンネームのひとつである。上巻の作品解題七一三ページを参照のこと。

後年、井上金太郎や山中貞雄など京都の時代劇の監督との交流の中でこの脚本（原作）は陽の目を見たわけだが、二十四歳の新人監督小津安二郎がどんな映画を撮りたかったのか、どんなことを考えていたかを知る上で、欠かせない作品である。又、『懺悔の刃』は脚本もプリントも現存しないので、小津の時代劇を知る上でも、唯一の手懸りになると思われ、貴重だ。

小津は大正十二年、二十歳で松竹キネマ蒲田撮影所に撮影部助手として入社早々、関東大震災にあい、間もなく徴兵検査に甲種合格、現役入隊で松竹を休職。一年後除隊して再び撮影助手に戻り、大正十五年に念願の監督助手に転籍して、大久保忠素監督の助監督になる。そして翌年、この脚本を書くわけだから、密かに温めて来た題材なのだろう。

話は変るが、サイレント映画にあっては、スポークン・タイトル（字幕）の出し方は、演出の重要な要素の一つだ。

日本での本格的なトーキー作品第一号は一九三一年の五所平之助監督の『マダムと女房』ということになっているが、パート・トーキーは三〇年には試みられており（溝口健二監督、藤原義江主演『ふるさと』など）、同年の十二月には松竹も土橋《つちはし》式トーキー・システムの採用を決め、日本の映画界はトーキーへ向って胎動するようになる。しかし小津は何故か三六年の『一人息子』まで、発声作品（トーキー）を作らなかった。飯田蝶子に云わせれば、コンビのキャメラマンだった茂原英雄（彼女の夫）が、茂原式トーキー・システムを研究中だったので、律義にその完成を待って呉れたということだが、その間、約五年間の小津作品のスポークン・タイトルの出し方は、トーキーの手法をとり入れて、刻々と変化している。

サイレント映画の、極く普通のスポークン・タイトルの出し方は、俳優が喋り始めてから、観客が耳をそば立てる頃合いを見計らって、スパッと字幕が出る仕組みだ。字幕が終ると、再び俳優に戻って喋り終りになり、つづいて、対話する相手の喋る画になり、相手の字幕が出て来るという寸法だ。従って、字幕が出るまでの俳優の演技は、どうしてもオーバァな表現にならざるを得ない。

これが、世の中がトーキー時代になって来ると、字幕の後はすぐ相手方の画になり、字幕のセリフが聞いている相手方に直かにズレ込む印象を強くして行ったわけである。フィルムは現存しないが、小津映画では最後のサイレント作品『大学よいとこ』の脚本にはその傾向が明瞭である。

この『瓦版かちかち山』も、その域には達しないものの、すでにして字幕の扱い方が見事である。

また、冒頭に述べた井上金太郎監督作品の荒田正男によるシナリオは、私が編集を担当した『小津安二郎作品集・第一巻』（立風書房、一九八三年）の五九～九二頁に掲載されている。これについては、「キネマ旬報臨時増刊／小津と語る」（植草信和編、一九九四年）の中で牧野守氏が、小津のオリジナルと荒田正男の撮影台本を比較して、

「双方を比較すると明らかなことだが、中篇ものが、八巻（二二四八メートル）の長篇ものに衣替えされたことに止らず、人物設定も筋書きも大きく変更されることになった。つまり、ストーリー展開からいうと原作に忠実なのだが、小津の狙った意図が生かされていないのである。単に与三が与吉に変ったという表面的なことでなく、主人公に憎からぬ気持のお美代の登場、そして妹の染吉には手代の新助という想う男があって金づくで落籍される境遇といった筋立ての展開になり、結末は大捕り物の見せ場が設定されている。『作品集』の井上和男氏は、多分最終的に映画化される段階では、このような結末での盛り上りの設定も検討したのではないかと推定された」

と指摘している。氏のサジェッションを有難く受け止め「小津の四十年の映画人生の原点となったオリジナル」を本全集では載せることにした。

一九三四年（昭和九年）に映画化された『瓦版かちかち山』のスタッフ、キャストを記しておく。白黒・無声映画である。

［スタッフ］監督＝井上金太郎／原作＝ジェームス・槇／脚本＝荒田正男／撮影＝伊藤武夫

［キャスト］緋房の典吉＝高田浩吉／手代新吉＝板東橘之助／芸者染吉＝飯塚敏子／典吉の母おしも＝二葉かほる／お美代＝光川京子／りゃんこの清六＝山口勇／弥太五郎爺さん＝高松錦之助／白足袋の長兵衛＝小林重四郎／あかんの兵太＝沢井三郎／美濃屋平兵衛＝関操／妻お勝＝柳さく子／新内流し＝千曲里子、冬木京三

また、小津が生前、この井上監督の『瓦版かちかち山』のように原案のみ提供して映画化された作品がもう一本存在する。一九三七年（昭和十二年）十一月三日に封切られた、日活多摩川撮影所作品『限りなき前進』（上映時間九九分）である。小杉勇の熱演と当時二十歳のアイドル轟夕起子の可憐な演技が評判となったが、今では内田吐夢監督の初期の傑作として名高い。この年のベスト・ワンに輝いている。

小津はこの年一月二十日（『淑女は何を忘れたか』クランク・イン一週間後）、五歳年上の内田から、五月封切の映画『裸の町』の八木保太郎脚本について相談を受けている。それをきっかけに、四月十五日から二十一日まで内田・八木らと同宿、そのさい『限りなき前進』の構想を練ったものと思われる。そのとき小津のつけた題名は『愉しき哉保吉君』というものだった。六月十日に原作となる脚本を脱稿、すぐに内田・八木コンビを呼んでいる。

なお、八木がこの小津の原作をもとに書いたシナリオは、雑誌「新潮」一九三七年八月号に掲載された（文藝別冊「小津安二郎・永遠の映画」の一五六～一八七頁に転載されている）。

以下、『限りなき前進』のおもなスタッフとキャストを記す。白黒・トーキーである。

［スタッフ］監督＝内田吐夢／原作＝小津安二郎／脚本＝八木保太郎／撮影＝碧川道夫／音楽＝山田栄一

［キャスト］野々宮保吉君＝小杉勇／妻まきさん＝滝花久子／娘敏ちゃん＝轟夕起子／息子良ちゃん＝片山明彦／北君＝江川宇礼雄

戦後、小津は『限りなき前進』とは異なる自分の『愉しき哉保吉君』を映画化しようとするが、松竹の同意なく、ついに断念した。

＊

［スタッフ］監督＝燻屋鯨平／原作・脚色＝小津安二郎

［キャスト］与三／その妹小染／その母／与三の手下／菜花屋清三郎／六蔵／宗吉＝役名の下はいずれも空欄

脚本現存、製作せず

ビルマ作戦　遥かなり父母の国　一九四二年（昭和十七年）

小津が日中戦争出征中の体験を元に書いた作品である。

当時、内閣情報局により、劇映画の製作が松

竹、東宝、そして新たに合併設立された大映の三社に限定されたため、製作本数は激減していた。そして昭和十七年六月五日（この日はミッドウェイ海戦で大敗北した日）、大本営陸軍報道部企画の「大東亜映画」（三社に一作ずつ戦記映画を要請）のうち、小津は松竹担当の〝ビルマ戦線〟に材をとった映画の監督に決定される。そして書かれたのが、この全集に収録された作品『ビルマ作戦　遙かなり父母の国』である。

　シナリオ冒頭の「製作意図」にはこうある。

「ビルマ作戦に従軍挺身した、戦う単位たる一中隊の内部にキャメラを持ち込み、中隊長を父とし、班長を母として、恰も一家の如く、上下相信恃し、前述の如き皇軍の精強無比なる所以を究明し以て、国民的感激に訴えんとするものである」

　このような勇ましい製作意図に可能な限り添いながらも、実際は戦場という舞台に持ちこんだ「ホームドラマ」、あるいは戦場における「喜八もの」とでも言おうか、出征を運命として受け入れざるを得ない平凡な人間たちの、戦場におけるホンモノの人間の営みを描こうとした脚本である。しかし、それは軍官の要求する、いわゆる勇ましい軍国調映画ではなかった。難色を示された小津は、そういうものを撮る気はない。かくして昭和十八年六月、準備していた『ビルマ作戦　遙かなり父母の国』は中止となった。

　そして次に小津は、インド独立をテーマとした記録映画をつくろうとする。それを占領地のインド人やアジア人に見せたいと思ったのである。タイトルは『デリーへ、デリーへ』。軍報道部映画班員として南方へ従軍（斎藤良輔と秋山耕作が同行、遅れて出発した厚田雄春も現地で合流）、主としてシンガポールに滞在する。後には小津組スタッフとして三十名以上が派遣された。マレー半島北部のペナンまで車を飛ばし、チャンドラ・ボースと会見したりもした。厚田雄春は一部インサート用のシーンの撮影を始めるが、更に戦況悪化し『デリーへ、デリーへ』も中止。当時の台本も、少しは撮ったフィルムも、やがて来る敗戦時の処理のため焼却され、今は何も残っていない――かくて、軍人の出てくる映画は、小津作品のリストには皆無となる。小津の「兵隊」を見せてもらいたかったと人々は残念がったという。

＊

［スタッフ］脚本＝斎藤良輔、小津安二郎、秋山耕作／演出＝小津安二郎／撮影＝厚田雄治／美術＝浜田辰雄／録音＝妹尾芳三郎／音楽＝彩木暁一／製作担当＝磯野利七郎

［キャスト］前田隊長＝（空欄）／宮本中尉＝西村青児／足立軍曹＝笠智衆／相原伍長＝佐野周二／渡辺上等兵＝坂本武／黒川上等兵＝長尾寛／池内上等兵＝油井宗信／間宮一等兵＝志村久／山口一等兵＝小藤田正一／長島一等兵＝藤松正太郎

脚本現存、製作せず

月は上りぬ　一九五五年（昭和三十年）

　本来、『長屋紳士録』の次回作とするべく一九四八年に書かれた斎藤良輔と小津の脚本を、田中絹代（脚本には登場しないが、〈下働き米や〉役で出演もしている）が監督した。この年の一月八日封切。一九五三年に自主製作を再開し、スタッフの引き抜きをめぐって松竹、大映をはじめとする「五社」と激しく対立した、日活の製作である。

　三人姉妹がそれぞれに世話を焼きあって、自らの恋を成就させていく物語。最初にめでたく成就するカップルの男性、雨宮（三島耕）は仕事に没頭、気になる女性がいても興味のないふりをする。彼の気持ちに気づくのは恋愛に敏感な年頃の三女節子（久我美子の代役で、松竹から日活に移籍した北原三枝）で、この雨宮と次女の綾子（杉葉子）を結びつけるのに躍起となる節子の相手が安井昌二（高橋貞二の代役で、日活の新人の四方正夫だが、以後この映画の役名を芸名とした）。長女千鶴（山根寿子）の亡き夫の弟である彼は、節子の暴走に悪ノリする快活さを持っている一方で、困っている友人を見捨てておけず、その優しさを歯がゆがる節子

とも喧嘩する。そして長女の千鶴が頼りにしている大阪の先生が高須（佐野周二）である。

　なお雨宮と綾子が数字の暗号電報を打ち合って互いの恋心を伝えあうが、これは当初企画を監督協会に持ちかけたのが電電公社だったからである。

　この姉妹たちを温かく見つめる父が、浅井茂吉（笠智衆）。娘たちに去られるのは寂しいに違いないが、いつもにこやかに笑っている。最後のシーンでは、千鶴の心をズバリと言い当ててこう言う。「高須君どうだい……あれなら頑丈で長持ちするぞ」。

　なお、小津が自らの脚本を他の監督に提供したのは、この作品が唯一のものである。小津としては『宗方姉妹』でのしこりを解き、監督への転身を本気で考えている田中を応援してやろうという気持ちがあったと思われる。そしてこの映画の製作実現をめぐって積極的に動いた小津は、「五社」に与することを拒み、フリーとなったため自作はこの時期頓挫した。また、これ以後、田中絹代と溝口健二、また溝口と小津の関係は甚だ微妙なものとなった。

＊

日活
［スタッフ］企画＝監督協会／製作＝児井英生／脚本＝斎藤良輔、小津安二郎／監督＝田中絹代／撮影＝峰重義／美術＝木村威夫／音楽＝斎藤高順
［キャスト］浅井茂吉＝笠智衆／浅井千鶴＝山根寿子／浅井綾子＝杉葉子／浅井節子＝北原三枝／安井昌二＝安井昌二／雨宮渉＝三島耕／高須俊介＝佐野周二／田中豊＝増田順二／浅井家の女中文や＝小田切みき／禅寺の住持慈海＝汐見洋／下働き米や＝田中絹代
脚本、ネガ、プリント現存
11巻、２８０５ｍ（一〇二分）白黒
一月八日公開

青春放課後　一九六三年（昭和三十八年）

　ここに収録したのは、NHKテレビで放送されたテレビ・ドラマの台本である。『淑女は何を忘れたか』に、里見弴原作の『彼岸花』『秋日和』を融合させたようなストーリーだ。
　二年後の一九六五年（昭和四十年）に里見弴・小津のコンビによるこの台本を原作にし、中村登の脚色、監督によって『暖春』という映画がつくられている（十二月三十一日公開、カラー・ワイド、九三分）。婚期を迎えた娘が、母親との葛藤に悩みながらも、最後には和解し母親の望む相手との結婚を決意するまでを描いていた。スタッフとキャストを記す。
［スタッフ］製作＝佐々木孟／原作＝里見弴、小津安二郎／脚本・監督＝中村登／撮影＝成島東一郎／音楽＝山本直純
［キャスト］岩下志麻／森光子／乙羽信子／川崎敬三／有島一郎／倍賞千恵子

＊

NHKテレビ
［スタッフ］製作企画＝山内大輔／原作・脚本＝里見弴、小津安二郎／演出＝畑中庸生、小中陽太郎、久米昭二、山本一次／装置＝小川和夫／効果＝富田純孝／TD、SW＝中藤宗二／AC＝団野隆之／LD＝恩田和治／MIX＝二宮正二
［キャスト］山口信吉＝宮口精二／山口ふみ＝三宅邦子／緒方省三＝北龍二／緒方あや子＝杉村春子／長谷川一郎＝佐田啓二／佐々木せい＝西口紀代子／佐々木千鶴＝小林千登勢／長谷川の女京子＝稲野和子／千鶴の友人三枝子＝環三千世／その夫金子＝高橋幸治／バーのマダム＝南美江／バーテン＝菅野忠彦／宿の女中（箱根）＝宮内順子／宿の女中（京都）＝堀江璋子／風呂番（箱根）＝奥野匡／男衆（箱根）＝有沢陽司／料亭のおかみ（はつ）＝藤代佳子／ローガン＝マイク・ダニーン／「竹川」の女中＝栗栖京子／緒方家の女中＝悠木千帆
テレビ用台本現存
三月二十一日放映

大根と人参　一九六三年（昭和三十八年）

　これは小津が『秋刀魚の味』の次作として予定していた企画で、収録してあるのは、小津に

よる大学ノートに書かれた覚え書きの数々である。母親を亡くした小津が、癌に冒される前に走り書きしたメモをまとめたもの。

この映画では、いつもの野田高梧とのコンビに、戦前よく組んだ池田忠雄を加える予定だった。名コンビも行き詰まりを感じていたのかも知れない。野田自身は、「分別ざかりの初老の男ふたりの喧嘩を中心にストーリィを進めた」と記している。初老の男の一人は笠智衆、もう一人は佐分利信。それぞれ妻は三宅邦子に田中絹代、子供は吉田輝雄に岩下志麻、笠の妹に杉村春子。まさにレギュラー・メンバーである。

笠と佐分利は旧制高校（金沢の四高）以来の親友で、両家族は親戚以上のつきあいである。同窓生中村伸郎が中に入り、吉田と岩下との間に縁談が進んでいる。「佐分利　清濁のむ／笠〈岡潔〉濁のまない」とある。岡潔は多変数解析関数論をつくりあげた数学者で、一九六〇年に文化勲章を得ている。京都大学を辞して故郷に帰り、念仏三昧の日々を送るなど、その奇嬌な言動が有名で、笠のイメージをその孤高に重ね合わせているのだろう。

二人の友人が信欣三。彼へのガンの告知の是非をめぐって喧嘩になり、吉田と岩下の縁談にも影響する。

「仲間は仲間で、笠のことを『全く融通のきかない頑固な奴だ』といったり、『しかし、近頃は融通のききすぎる奴が多すぎるから、あれも一つの稀少価値だ』と言ったりして、そこにもまた小さな揉めごとが起こったりする」

しかし、それも最後には、「ラスト　お互いに腹の中で諒解しながら猶も喧嘩している」。

このノートを、小津を尊敬していた同じ松竹の渋谷実がタイトルは同じまま、内容を変えて映画化している。一九六五年一月三日封切、カラー・ワイドの正月映画である。主要スタッフ、キャストとストーリーを以下に記す。

［スタッフ］製作＝城戸四郎／原案＝野田高梧、小津安二郎／脚本＝白坂依志夫、渋谷実／監督＝渋谷実／音楽＝黛敏郎／撮影＝長岡博之

［キャスト］笠智衆／岩下志麻／岡田茉莉子／司葉子／有馬稲子／桑野みゆき／加賀まり子／乙羽信子／池部良／加東大介／森光子／長岡輝子

総務部長の山樹（笠智衆）は、妻と末娘の三人暮らし。長女、次女、三女はすでに嫁ぎ、末娘も旧友の息子との縁談が決まって安堵していた。ある日、山樹は同窓会の席上で級友と激論し、あげくの果てに縁組をご破算にしてしまう。そして、山樹の弟は会社の金を使い込んでしまい、彼は窮地に立たされる。山樹は株券を売って金を都合するが、なぜかそのまま謎の家出をする……。新幹線の振動で窓ガラスが割れ、そこから覗いた青空が行方をくらます契機になったのである。小津作品にはないコミカルな演技の笠智衆がこの映画には見られる。ローアングルの構図を模倣し、小津ゆかりの俳優も勢揃いしているが、役者のテンションの高い演技や風俗描写など、渋谷実のオリジナルといっていい作品だ。

渋谷は題名の『大根と人参』を、家出した父親を探す家族会議の次のセリフに結びつけた。長女「ごく平凡な大根と人参みたいに、その辺に転がっているおじいちゃんで、そんな突飛なことをするようには思えなかったけどね」。山樹の弟「バカにすんなよ。大根と人参だって大事なんだから」。

＊

［スタッフ］原案＝野田高梧、小津安二郎

［キャスト］笠智衆／佐分利信／田中絹代／三宅邦子／杉村春子／岩下志麻／吉田輝雄／倍賞千恵子／北龍二／信欣三／中村伸郎／沢村貞子／須賀不二夫／三上真一郎／織田政雄／菅原通済／緒方安雄

直筆ノート現存

小津安二郎年譜

一九〇三年／明治三十六年
十二月十二日、東京市深川区亀住町四番地（現・江東区深川二丁目）に、父寅之助、母あさゑの次男として生まれる。生家は肥料問屋「湯浅屋」の分家。屋号は、小津家の出身地、三重県有田川沿岸の紀州湯浅にちなむ。この年、五代目菊五郎（二月）、九代目団十郎（九月）没。吉沢商店を経営者として、東京浅草に電気館が日本最初の映画常設館として開場（十月）。

一九〇五年／明治三十八年（二歳）
東京市深川区亀住町七番地へ転居。この年五月、横田商会が京都神泉苑に撮影所を持つ。

一九〇九年／明治四十二年（六歳）
東京市深川区立明治小学校附属明治幼稚園入園。当時、子弟を幼稚園に入れる家庭は稀であったという。六月には日本最初の映画雑誌「活動写真界」が創刊される。十二月に横田商会製作、牧野省三監督で尾上松之助、第一回主役（『碁盤忠信源氏礎』）。

一九一〇年／明治四十三年（七歳）
四月一日、東京市深川区立明治尋常小学校（現・江東区立明治小学校）入学。絵を描くことが大好きな子どもだった。同じ四月には「白樺」が創刊されている。十一月、『ジゴマ（前篇・ポーリン探偵の巻）』が輸入公開され、空前の映画人気を呼ぶ。なお、一八九五年（明治二十八年）京都に誕生した松竹合名会社がこの年、東京進出を果たしている。

一九一三年／大正二年（十歳）
三月、一家は小津家の郷里、三重県松阪町（当時は神戸村）垣鼻七八五番地に転居するが、父寅之助は仕事の関係で、主に東京で過ごす。四月、松阪町平生町の松阪町立第二尋常小学校四年に転入。やがて、自宅近くの愛宕町の「神楽座」で尾上松之助の作品を見たのがきっかけで、映画に病みつきとなる。八月、松竹が歌舞伎座を買収。十月、前年九月に東京の吉沢商店、京都の横田商会らが合併して創立された日活が、東京向島に撮影所落成。

一九一六年／大正五年（十三歳）
三月、松阪町立第二尋常小学校卒業。四月八日、三重県立第四中学校（在学中に宇治山田中学校と改称、現宇治山田高校）に入学。寄宿舎に入る。柔道部員であった。十月、日活の京都撮影所が大将軍に落成。チャップリンの短編喜劇が続々輸入上映され、大人気となる。

一九一七年／大正六年（十四歳）
この年に封切られた米映画の大作『平和？戦争？（シヴィリゼーション）』（トーマス・H・インスほか監督）を見て、映画監督の存在を認識、美術監督を志向。この年から警視庁がフィルム検閲を開始、客席も男女分離した。

一九一八年／大正七年（十五歳）
一月に弟・信三誕生。兄妹弟の五人きょうだいとなる。不良少年の行為として禁止されていた活動写真だが、小津はピクニックと偽って名古屋までも見に行っている。パール・ホワイトのファンであった。映画界ではこの年、天活の帰山教正が純映画劇運動を提唱し、女優を採用した（翌年九月に国活製作、女優の花柳はるみを主演に『生の輝き』を発表）。

一九二〇年／大正九年（十七歳）
中学五年一学期の終わり頃、美少年の下級生に手紙を書いた（「稚児事件」）とされて停学処分を受け、寄宿舎からも追い出される。以後、自宅から汽車で通学するが、結果として映画見物には好都合となった。この年二月、松竹は映画界に進出を決定、六月に蒲田に撮影所を完成、十一月に第一回作品『島の女』（ヘンリー小谷監督）を発表。この年、谷崎潤一郎自らが原作脚色した『アマチュア倶楽部』（トーマス栗原監督）も公開された。

一九二一年／大正十年（十八歳）
三月、宇治山田中学校卒業。両親の命令で、兄の通っていた神戸高等商業学校（現神戸大学経済学部）を受験するが前年の停学処分が尾を引いたのか、失敗。名古屋高商（現名古屋大学経済学部）受験に失敗。一年間の浪人生活をする。この年四月、松竹は名作『路上の霊魂』（小山内薫総指揮、村田実監督）を封切。

一九二二年／大正十一年（十九歳）
三重師範学校（現三重大学教育学部）を受験、再び不合格。三月三十一日、松阪より南西へほぼ三十キロの山の中、三重県飯南郡の宮前尋常小学校に代用教員として赴任する。小津の受け持ちは、四十八名の五年男子の組で、生徒が授業にあきると映画の話を語って聞かせ、時にはそれが二時間にも及んだ。

一九二三年／大正十二年（二十歳）
一月、安二郎と女学校へ通う妹登貴《とき》を残して、一家は上京、東京市深川区和倉町に住む。三月、妹登貴が女学校卒業。これを機に代用教員を辞職し、妹と共に上京。深川区和倉町の家に一家が揃って生活をする。八月一日、叔父の助力を得て松竹キネマ蒲田撮影所に、撮影部助手として入社（月給三〇円。大卒初任給七五円の時代だから薄給）。九月一日、撮影所で関東大震災にあう。和倉町の家は焼失するが、家族は無事。蒲田には島津保次郎監督、碧川道夫撮影技師らが残るのみで、他は京都下加茂へ避難した。小津は蒲田へ残り、以後、碧川技師の助手につく。十二月、一家は中野の野方で一時期、借家住まいをする。

一九二四年／大正十三年（二十一歳）
本家が肥料問屋を廃業して小津地所部の事務所兼住宅として深川に建てた家に入り、本家の土地や家作の管理を引き受けることになった。三月、蒲田撮影所再開。撮影所では、酒井宏撮影技師の助手を数本つとめる。十二月一日、東京青山の近衛歩兵第四聯隊に、一年志願兵として入営。入営中も、休暇のとれる日には必ず碧川道夫を訪ねた。この年、「キネマ旬報」が後のベスト・テンとなる優秀映画選奨を開始。芸術映画一位が『巴里の女性』（チャールズ・チャップリン監督）、娯楽映画一位は『幌馬車』（ジエームズ・クルーズ監督）。

一九二五年／大正十四年（二十二歳）
四月、一等兵に進級。この月には治安維持法も公布された。七月にＪＯＡＫ（東京放送局）ラジオ放送開始。十一月三十日、伍長で除隊、撮影所に復帰する。このころの日本映画は、時代劇映画の製作がさかん。

一九二六年／大正十五年・昭和元年（二十三歳）
斎藤寅次郎に、監督部への移籍の運動工作を依頼する。九月五日、撮影所内に一種のプロダクション制が実施され、小津は時代劇松班の助監督となる。松班の監督は、大久保忠素と斎藤寅次郎の二人。この頃、斎藤寅次郎、助監督部の清水宏、佐々木啓祐、撮影部の浜村義康の四人と共に、撮影所近くの家を借りて共同生活をする。また、成瀬巳喜男、茂原英雄、映画評論家の内田岐三雄らと親交を結ぶ。ボクシングにも凝る。九月十一日、尾上松之助死去。十二月二十五日に大正天皇崩御、昭和と改元された。この年公開の映画は『狂った一頁』（衣笠貞之助監督）、『足にさわった女』（阿部豊監督）など。

一九二七年／昭和二年（二十四歳）
撮影所の満員の食堂でカレーを注文したところ、自分より後から注文した監督の牛原虚彦へボーイが先にカレーを運んだので、小津は激昂、大騒動となる。が、この件で撮影所長の城戸四郎に呼ばれ、それが契機で**『瓦版かちかち山』**の脚本を執筆することになる。八月、城戸にこの脚本が気に入られ（後に井上金太郎監督がこれを原作に荒田正男の台本で映画化）、時代劇部の監督に昇進。第一回作品**『懺悔の刃』**の撮影に入るが、予備役の演習召集を受け、撮り残しのファーストシーンを斎藤寅次郎に依頼して、九月二十五日、三重県津市の歩兵第三十三聯隊第七中隊に入隊。十月、除隊。十月十四日、浅草電気館で自作を観る。十一月、時代劇部は京都撮影所に合併されるが、小津は蒲田に残り、以後現代劇の監督ができるようになる。

この年、伊藤大輔監督の『忠次旅日記・三部作』が公開された。

一九二八年／昭和三年（二十五歳）

早く監督になりたいという気持ちはなかったために、会社からの企画を六、七本断る。四月、第二作**『若人の夢』**（四月二十九日封切）に着手。この作品より撮影技師・茂原英雄とのコンビがはじまり、厚田雄春がその助手につく。俳優・笠智衆の出演もこの作品から。中篇コメディを立て続けに撮る。**『女房紛失』**（六月十五日封切）、**『カボチャ』**（八月三十一日封切）、**『引越し夫婦』**（九月二十八日封切）。**『肉体美』**（十二月一日封切）で初めてローポジション。この年公開の映画はマキノ正博『浪人街・第一部』、伊藤大輔『血煙高田馬場』、衣笠貞之助『十字路』、牛原虚彦『彼と東京』など。

一九二九年／昭和四年（二十六歳）

一月、月給八十円となる。この年も中篇喜劇を多作。**『宝の山』**（二月二十二日封切）、**『若き日』**（四月十三日封切）、**『和製喧嘩友達』**（七月五日封切）、**『大学は出たけれど』**（九月六日封切）、**『会社員生活』**（十月二十五日封切）で青木富夫デビュー。そしてドイツからの輸入ビール飲みたさに、野田高梧、池田忠雄、大久保忠素と小津とで、「野津忠二」なる原作者をデッチあげ、撮影中にも眠ってしまう子役の青木を使って**『突貫小僧』**（十一月二十三日封切）を作る（以後、青木は突貫小僧を芸名とするようになる）。世界恐慌のあおりで、この年の東京帝大新卒者の就職率は三〇パーセント。七月に牧野省三死去。八月にはトーキーに押され楽士争議。この頃小津はスキーに凝っていた。

一九三〇年／昭和五年（二十七歳）

一月、月給百十円となる。**『結婚学入門』**（一月五日封切）で、前年に制定された大幹部のひとり、栗島すみ子の正月作品を任される。**『朗かに歩め』**（三月一日封切）、**『落第はしたけれど』**（四月十一日封切）。七月六日封切の**『その夜の妻』**は、城戸所長にほめられ、保養の温泉旅行を与えられる。が、その温泉地でお盆の添え物映画を一本撮ってくることも命じられ、**『エロ神の怨霊』**（七月二十七日封切）を撮り、そのさい主演の伊達里子と噂になる。**『足に触った幸運』**（十月三日封切）。十二月十二日封切の**『お嬢さん』**で、伏見晁、池田忠雄、北村小松、小津との共同ペンネーム「ジェームズ・槇」をギャグマンとして使用する（実際には他の誰も使用せず、小津専用のペンネームとなる）。この作品でキネマ旬報ベスト・テンに初めて選ばれ、日本現代映画部門で第三位。

一九三一年／昭和六年（二十八歳）

『淑女と髯』（二月七日封切）。清水宏監督『銀河』（二月十四日封切）のスキー場面を応援監督。二月十一日公開のスタンバーグ監督『モロッコ』で洋画トーキーに初めて字幕スーパーがついた。五月二十九日封切の**『美人哀愁』**で、それまでのナンセンス喜劇からの方向転換を図り、リアルで甘い恋愛もの、しかも全十五巻という長尺に挑戦するが、失敗。行き詰まりを感じはじめる。松竹は八月一日封切の『マダムと女房』（五所平之助監督）で国産初のトーキー長篇（前年十二月に採用した土橋《つちはし》式トーキー）に挑んでいる（小津は土橋式ではなく茂原英雄が自ら研究しているトーキーを使うと約束、それまでサイレントで通した）。八月十五日封切の次作**『東京の合唱《こーらす》』**は、迷いから抜け出せずに苦しんだものの、キネマ旬報ベスト・テンの日本映画部門で再び三位。九月にスター岡田時彦、高田稔、鈴木伝明らが松竹の監督システムの方針に反旗を翻して脱退、不二映画創立。十一月一日、小津の月給が百六十円となる。

一九三二年／昭和七年（二十九歳）

『春は御婦人から』（一月二十九日封切）。六月三日封切の**『生れてはみたけれど』**から、意識的にフェイド・イン、フェイド・アウトの使用をやめる。会社は、暗い内容と判断しこの作品の封切を二ヵ月間控えたが、キネマ旬報で初めてベスト・ワンに輝く。しかし客の入りは悪かった。**『青春の夢いまいづこ』**（十月三日封切）。

十一月二十四日封切の『**また逢ふ日まで**』では、初めてサウンド版に挑む。ベスト・テンの七位。そのほか伊丹万作『国士無双』、山中貞雄『抱寝の長脇差』、島津保次郎『嵐の中の処女』なども公開された。

一九三三年／昭和八年（三十歳）

信濃の温泉地で、ひとり正月を迎える。一月九日、池田忠雄と『非常線の女』の脚本相談のため、湯河原の中西旅館へ行く。この頃より、脚本の相談に、しばしば中西旅館を利用する。二月九日封切の『**東京の女**』は、会社からの依頼で台本が未完成のまま撮影開始、わずか九日間で撮り上げた。『**非常線の女**』（四月二十七日封切）。「映画評論」六月号〈野田高梧特集号〉に原稿を寄せる。六月、会津若松、飯坂、福島方面へ旅行。九月七日封切、「喜八もの」の発足となった『**出来ごころ**』で、再度キネマ旬報ベスト・ワンを得る。九月十六日、演習召集で、三重県津市歩兵第三十三聯隊に入隊。十月一日、除隊。松阪で中学の学友と旧交をあたため、さらに京都へ足をのばして、下加茂の大久保忠素や、日活の山中貞雄らと会う。十月十日に本籍を深川に移す。十一月、PCLの映画製作部門が旗揚げ。この年の映画は溝口健二『滝の白糸』、山中貞雄『盤嶽の一生』、伊藤大輔『丹下左膳・第一篇』、五所平之助『伊豆の踊り子』（サウンド版）。

一九三四年／昭和九年（三十一歳）

一月八日、六歳年少の山中貞雄上京。十八日までの滞在期間中、親交を深める。一月十四日～十九日の帝国劇場で『世界大洪水』（F・E・フェイストJr.監督、三三年、米）と『狂乱のモンテカルロ』（ハンス・シュワルツ監督、三一年、独）に併演される、蒲田俳優による実演『春は朗かに』（野田高梧作）を演出。演出料百円。この期間中に岡田時彦死去。一月二十一日、監督への道を開いたシナリオ『瓦版かちかち山』を井上金太郎に譲る。二月九日、眼の血管が破れ、眼科医より禁酒を命ぜられる。四月二日、父寅之助、狭心症のため死去、享年六十九。五月十一日、『**母を恋はずや**』封切。この作品より浜田辰雄が美術を担当。六月、成瀬巳喜男がPCLへ。八月、永田雅一が日活を脱退、第一映画社創立。溝口健二、伊藤大輔、山田五十鈴、鈴木伝明らが参加。九月三十日、山中貞雄上京。大久保忠素と共に小津の家に泊まる。この頃、鎌倉への転居を考える。十一月二十三日封切の「喜八もの」の『**浮草物語**』で、三年連続のキネマ旬報ベスト・ワンとなる。この年、しばしば六代目尾上菊五郎を楽屋に訪ね、芸談を聞く。トーキーの秀作に島津保次郎『隣の八重ちゃん』、五所平之助『生きとし生けるもの』など。

一九三五年／昭和十年（三十二歳）

一月九日、『箱入娘』が検閲にひっかかり出頭。同日、JOAKより映画劇『箱入娘』放送。二十五日、六代目の新宅を訪ね、芸談を聞く。この芸談は、小津を通して語られることで「小津の芸談」にもなる。『**箱入娘**』（一月二十日封切）。二月二十七日、小田原のある芸者を知る。三月十六日『東京よいとこ』の脚本が完成するも、二十一日、大日方伝が松竹を脱退し、息子役が日守新一に変更となる。四月、飯田蝶子が胆石で入院、急遽別の脚本を、とのことで五月末から『東京の宿』脚本に着手する。六月十三日、城戸所長より六代目の「鏡獅子」の実写の話があり、二十五日、舞台終演の後、徹夜で撮影（楽屋部分は翌年五月撮影）。小津作品中、唯一の記録映画であると同時に、小津のトーキー第一作でもある。『**菊五郎の鏡獅子**』は二十八日に丸の内松竹で試写。七月一日、前夜、高熱を出して欠勤。「監督になって以来はじめての欠席也」（日記）。七月十日、演習召集のため、東京青山の近衛歩兵第四聯隊入隊。七月三十一日、除隊。八月十二日、井上金太郎、清水宏と鬼怒川行き。山中貞雄、滝沢英輔らと合流する。九月五日、十月五日の両日、撮影所で脚本研究生に講義をする。十月七日、歌舞伎座で六代目に会う。十一月二十一日「喜八もの」のサイレント『**東京の宿**』封切、ベスト・テン九位。十一月三十日、日大芸術科の映画座談会に出席。この頃の主要作品はほとんどトーキー。成瀬巳喜男『妻よ薔薇のやうに』、島津保次郎『お琴と佐助』、衣笠貞之助『雪之丞変化』など。

一九三六年／昭和十一年（三十三歳）

一月十五日、松竹の撮影所、蒲田より大船へ移転。二月四日、母、弟と芝区高輪南町二八の借家に転居。この家は戦後、偶然にも三宅邦子が借りて住むことになる。二月二十一日、美濃部達吉が右翼により負傷。二十六日には重臣が殺害され、帝都戒厳令（二・二六事件）。**『大学よいとこ』**（三月十九日封切）。三月、日本映画監督協会結成に参加、協会マークをデザイン。また、溝口健二、内田吐夢、田坂具隆と親しくなる。小津は茂原英雄のトーキーシステム完成にともない、前年四月にクランク・インしたものの飯田蝶子の入院で中断していた『東京よいとこ』をトーキー用に書き直したうえで、カラッポになった蒲田撮影所で制作。電車の騒音のため、撮影は深夜の十二時から明け方五時頃まで、毎晩約五カットというペースで仕上げられた。この小津にとっての劇映画トーキー第一作**『一人息子』**（九月十五日封切）は、キネマ旬報ベスト・テンの第四位となった。この年は名作揃いで、溝口健二『祇園の姉妹』『浪華悲歌』、内田吐夢『人生劇場』、山中貞雄『河内山宗俊』、島津保次郎『家族会議』、清水宏『有りがたうさん』、伊丹万作『赤西蛎太』、木村荘十二『兄いもうと』など。また、国策映画の一つで、満鉄製作の記録映画（文化映画と称した）『秘境熱河』（芥川光蔵監督）がキネ旬ベスト・テン入りを果たしている。

一九三七年／昭和十二年（三十四歳）

一月、山中貞雄より上京してPCLに入社するとの便りを受ける。二月一日、松竹キネマが松竹興業と合併、社名を松竹と改める。二月十三日、栗島すみ子の引退記念作品『淑女は何を忘れたか』撮影開始。途中、茂原英雄の母死去により、厚田雄春が替わって撮影。**『淑女は何を忘れたか』**（三月三日封切）、ベスト・テン八位。四月『愉しき哉、保吉君』の企画、会社に採用されず、内田吐夢の求めに応じて脚本を譲る（吐夢はこれを原作に八木保太郎の台本で『限りなき前進』として映画化）。六月二十六日、村田実死去し、山中貞雄、滝沢英輔らと弔問。八月三日、会社より、時節柄ネガ・フィルム二割高のため節約を命ぜられる。五日、池田忠雄、柳井隆雄と『父ありき』脚本を書き出す。二十六日、山中貞雄が滝沢英輔と岸松雄をともない召集令状が来たことを告げに来るが、この日は彼の最終作『人情紙風船』封切日でもあった。九月十日、小津自身も応召、東京竹橋の近衛歩兵第二聯隊に入隊、同月二十四日大阪出航、二十七日上海上陸。上海派遣松井本部隊森田部隊（毒ガス部隊）に所属し、以後各地を転戦。

一九三八年／昭和十三年（三十五歳）

一月十二日、上海へ戦友の遺骨を届けるための出張の帰路、南京郊外の句容に山中貞雄を訪ねる。再び各地を転戦。六月一日、軍曹に進級。六月末より南京へ向けて移動。八月、南京で佐野周二伍長と会う。九月十七日、山中貞雄戦病死。知らせを聞いた小津は数日間、無言だったという。十二月二十八日、漢口で佐野周二と再会する。

一九三九年／昭和十四年（三十六歳）

一月、「今月銀座で元気のニウスを見て此上なう嬉しく存じました」との母よりの便りが戦地に届く（戦地での活動がニュース映画に撮影されていた）。一月三十日、漢口の佐野周二を訪ね、佐野と雨中を呑み歩く。連日の前線への物資の運搬、雨中の渡河、行軍。五月、『暗夜行路』後篇を読み、感動。六月二十六日、帰還命令。七月四日、九江を出発、十三日に神戸港へ上陸する。十六日、召集解除。高輪の家に戻る。八月八日、京都の大雄寺へ行き、山中貞雄の墓に参る。十二月二十三日、『彼氏南京へ行く』（後『お茶漬の味』と改題）の脚本を執筆する。

一九四〇年／昭和十五年（三十七歳）
一月より『お茶漬の味』準備。二月一日にスタッフ、キャストも決定する（撮影・厚田雄春、美術・浜田辰雄、音楽・伊藤宣二、出演・吉川満子、桑野通子、三宅邦子、水戸光子、佐分利信、斎藤達雄、三桝豊、出雲八重子、春日英子）が、二月十日、内務省の事前検閲で全面改訂を申し渡され、製作中止。二月二十日発行の『山中貞雄シナリオ集・上巻』の装幀をする（下巻は九月二十日刊）。次作『戸田家の兄弟』の準備にかかる。脚本脱稿後、九月になって『兄弟』を『兄妹』と変更する。十月二日、撮影開始。十月十八日、山中貞雄追悼会に出席。岸松雄、清水宏、溝口健二、内田吐夢、三村伸太郎らと故人を偲ぶ。豊田四郎『小島の春』、吉村公三郎『西住戦車長伝』など。

一九四一年／昭和十六年（三十八歳）
三月一日、**『戸田家の兄妹』**封切。小津作品はヒットせずというジンクスを破り、大入りとなる。また、キネマ旬報ほか、各映画雑誌のベスト・テンを統合した、この年度の日本映画雑誌協会映画賞のベスト・ワンに選ばれる。この作品より撮影・厚田雄春とのコンビはじまる。大日本映画協会より八月十日発行の「映画演技読本」に「映画演技の性格」筆。九月十七日、「山中貞雄碑」建立。碑は田中三郎（キネマ旬報社社長）の撰文、小津の揮毫による。十一月二日、昭和十二年の出征直前に企画をスタートさせていた『父ありき』、ようやく撮影開始。十二月八日、真珠湾攻撃。太平洋戦争突入と共に米英映画上映禁止。日本映画への統制も一層激しさを増してゆく。山本嘉次郎『馬』、清水宏『みかへりの塔』、島耕二『次郎物語』、春原政久『愛の一家』など。

一九四二年／昭和十七年（三十九歳）
一月一～五日、大阪劇場での佐野周二、高峰三枝子等大船俳優実演『健児生まる』（伏見晁作）を演出する。三月二十七日、『父ありき』の笠智衆、及び厚田雄春に撮影所長賞授与される。四月一日、**『父ありき』**封切。笠智衆が小津作品で初めて主役を演ずる。この四月から、内閣情報局により、劇映画の製作が松竹、東宝、そして新たに合併設立された大映の三社に限定されたため、製作本数が激減。五月、監督協会解散。六月五日、陸軍報道部企画の「大東亜映画」のうち、『ビルマ戦記』（**『ビルマ作戦　遥かなり父母の国』**）の担当に決定される。この日はまたミッドウェイ海戦で大敗北した日。十二月十一日、『父ありき』が雑誌「日本映画」選出の第一回日本映画賞受賞。ベスト・テン二位。他の映画には戦時色が色濃い。山本嘉次郎『ハワイ・マレー沖海戦』、田口哲『将軍と参謀と兵』、マキノ正博『男の花道』。

一九四三年／昭和十八年（四十歳）
三月十日、池田忠雄との共著という形で、『父ありき』『戸田家の兄妹』のシナリオを収めた脚本集『戸田家の兄妹・他』を上梓、自ら装幀もする。六月、準備していた『遥かなり父母の国』は中止となったが、インド独立をテーマとした映画『デリーへ、デリーへ』のため、軍報道部映画班員として南方へ従軍。斎藤良輔と秋山耕作が同行、遅れて出発した厚田雄春も現地で合流。主としてシンガポールに滞在する。稲垣浩『無法松の一生』、黒澤明『姿三四郎』、木下恵介『花咲く港』、今井正『望楼の決死隊』。この年の輸入外国映画は三本のみで、いずれもドイツの戦意昂揚映画。

一九四四年／昭和十九年（四十一歳）
チャンドラ・ボースと会見。厚田雄春は一部インサート用のシーンの撮影を始めるが、更に戦況悪化し『デリーへ、デリーへ』も中止。そのため、本土で待機中のスタッフの出発をとりやめるよう、厚田、秋山に手配させるが、行き違いとなりスタッフは出航。航海の危険を心配する小津は、この手違いに激怒。しかし、日本からの最後の船団として、スタッフは無事に着き、完成見込みのないまま撮影再開（この映画のフィルムと脚本は敗戦とともに焼却）。この頃、報道部の検閲映写室で、連夜、接収したアメリカ映画百本余を観る。やがて非常召集がかかり、スタッフ全員は現地の軍に入営させられる。昭和十九年の映画は、山本嘉次郎『加藤隼戦闘隊』、木下恵介『陸軍』、黒澤明『一番美しく』、溝口健二『団十郎三代』。この年の輸入外国映画は七本でいずれもドイツ映画。

一九四五年／昭和二十年（四十二歳）
シンガポールで八月十五日の終戦を迎える。映画班はイギリス軍監視下、ジュロンの民間人抑留所に入る。ゴム林での労働や所内新聞の編集に従事。それまで、戦争に負けたら切腹、と言っていた軍人やお偉方の、変わり身の鮮やかさに驚く。十二月、帰還のクジに当たるが、「俺はあとでいいよ」と妻子のあるスタッフに譲り、小津は残留する。本土もまた、急激に変化していた。戦中、映画報国団副団長の野田高梧は、十一月九日に結成された大船撮影所従業員組合委員長に任命された。ひと足先に帰国した厚田雄春は、やはり報国団副団長だった溝口健二が、デモ隊の先頭を歩いているのを見てびっくりしている。十月十一日に松竹大船撮影所の映画『そよかぜ』（佐々木康監督）が封切られ、主題歌「リンゴの唄」が大ヒットした。

一九四六年／昭和二十一年（四十三歳）
一月一日、天皇の人間宣言。二月、映画班の最後に帰還。十二日、広島の大竹に上陸。高輪の家は焼け残ったが、妹登久《とく》の肝いりで千葉県野田に疎開していた母の許に還り、やがて、野田町清水一六三に借家を見つけて住むようになった。この年は木下恵介『大曽根家の朝』、黒澤明『わが青春に悔なし』、衣笠貞之助『或る夜の殿様』、今井正『民衆の敵』など。

一九四七年／昭和二十二年（四十四歳）
三月、新東宝創立。五月二十日、『父ありき』以来、五年の空白を経て**『長屋紳士録』**封切。会社からの要請で、わずかに十二日間で脚本を仕上げた。また、すでに松竹から東宝へ移籍していた、小津作品初期からの常連、飯田蝶子、吉川満子に、自ら交渉して出演を依頼した。撮影中は、千葉から通うわけにもゆかず、撮影所内の監督室に寝泊まりする。撮影所前の食堂「月ヶ瀬」主人の姪、杉戸益子が私設秘書的存在となる。時代の急変にもかかわらず、小津映画のあまりの変わらなさに、周囲は皆おどろく。この年のベスト・テン四位。一ヵ月ほど京都に滞在、清水宏、溝口健二らと旧交を温める。次作に予定の『月は上りぬ』の脚本を執筆するが、企画実現せず。この頃より、脚本執筆に茅ヶ崎館を使うようになる。十一月、映画界戦犯追放者が発表され、十二月三日、公職追放により松竹は城戸副社長をはじめ五名の重役が退陣。吉村公三郎『安城家の舞踏会』、黒澤明『素晴しき日曜日』、谷口千吉『銀嶺の果て』など。

一九四八年／昭和二十三年（四十五歳）
四月、東宝争議。公職追放の波と、従業員組合のストライキの嵐の中、小津は、九月二十日**『風の中の牝雞』**を発表。田中絹代が階段を落ちるシーンに、小津組としては初めてスタンド・インを使う。暗い題材のためかスタッフのノリも悪く、小津自身も後に、失敗作と認めるが、ベスト・テン七位。同作への野田高梧の批判を受け容れる。十月、『月は上りぬ』の配役、スタッフ交渉に入るが再び延期となる。黒澤明『酔いどれ天使』、吉村公三郎『わが生涯のかがやける日』、伊藤大輔『王将』、溝口健二『夜の女たち』など。

一九四九年／昭和二十四年（四十六歳）
五月、監督協会再発足、事業製作委員長に。七月、六代目尾上菊五郎死去。昭和十年の『箱入娘』以来、久しぶりに野田高梧とのコンビが復活。広津和郎の短篇を原作とした**『晩春』**（九月十九日封切）にとりかかる。原節子、杉村春子といった新たな女優陣を起用するが、世間はまだ電力事情も悪く、ロケの本番中にキャメラの回転数が落ちるなど、苦労を強いられる。また里見弴に脚本を送り、意見を求めたりした。結果は、原節子にとっても飛躍の転機となる出来で、この年度のキネマ旬報ベスト・テン第一位、毎日映画コンクールの作品賞、監督賞、脚本賞などの賞を得る。この作品以後の脚本はすべて小津と野田高梧のコンビとなる。その他、今井正『青い山脈』、黒澤明『野良犬』『静かなる決闘』、木下恵介『お嬢さん乾杯』など。

一九五〇年／昭和二十五年（四十七歳）
前年に日米親善大使として渡米した田中絹代の帰朝第一回作品として初めて他社の新東宝で『**宗方姉妹**《きょうだい》』（八月二十五日封切）を撮る。が、松竹、新東宝間のトラブルから田中絹代が独立。これに連座したことで、小津と野田高梧は、松竹から準専属制を解かれる。そのためかどうか、この作品の仕事中、小津と田中絹代の間はしっくりしなかった。作品そのものは大ヒット、興行配収第一位となる。ベスト・テン七位。九月二十日より、次作『麦秋』の準備に入る。この年の夏から各社でレッド・パージ、逆に映画戦犯の追放が十月に解除された。今井正『また逢う日まで』、黒澤明『醜聞《スキャンダル》』『羅生門』、谷口千吉『暁の脱走』。

一九五一年／昭和二十六年（四十八歳）
三月、木下恵介が初の国産色彩フィルムによる長篇『カルメン故郷に帰る』を完成。六月、『**麦秋**』の撮影開始。小津の全作品を通じて唯一クレーンによる撮影も行われる。九月、『羅生門』がヴェネツィア映画祭でグランプリ受賞。『麦秋』は十月三日に封切られ、芸術祭文部大臣賞、キネマ旬報ベスト・テン第一位、毎日映画コンクール日本映画賞、ブルー・リボン賞監督賞、東京都民映画コンクール第一位などを受賞。一方で『晩春』に続いて起用した原節子との結婚説が噂される。成瀬巳喜男『めし』、吉村公三郎『偽れる盛装』『源氏物語』、新藤兼人『愛妻物語』、黒澤明『白痴』など。

一九五二年／昭和二十七年（四十九歳）
一月十六日未明、大船撮影所内の、小津の監督室のあった事務所本館全焼。二月二十九日、『お茶漬の味』の脚本、茅ヶ崎館で執筆をはじめる（一九四〇年に検閲で中止になったものの廃棄するに惜しく、大幅に加筆）。三月『羅生門』がアカデミー外国映画賞。五月二日に北鎌倉山内一四四五へ転居、母と住む。鎌倉在住の里見弴ら、文人との交流がはじまる。この月、『源氏物語』がカンヌ映画祭撮影賞（杉山公平）。九月、ヴェネツィア映画祭で『西鶴一代女』監督賞（溝口健二）受賞。十月一日『**お茶漬の味**』封切。二十日、『お茶漬の味』『麦秋』『晩春』の三本のシナリオを収めた『お茶漬の味・他』を青山書院より上梓（野田高梧と共著）。十一月十日より二十一日にかけて、溝口健二、清水宏と京都、奈良薬師寺などへ旅行。十二月十八日より、湯河原の中西で野田高梧、山本武と次回作の相談に入る。黒澤明『生きる』、成瀬巳喜男『稲妻』『おかあさん』、渋谷実『本日休診』『現代人』、木下恵介『カルメン純情す』、新藤兼人『原爆の子』など。

一九五三年／昭和二十八年（五十歳）
二月一日、NHKテレビ放送開始。二月十四日より野田高梧と共に、茅ヶ崎館にて『東京物語』の構想を練りはじめ、四月八日より脚本執筆。『戸田家の兄妹』『父ありき』以来、シンガポールも一緒だったセカンド助監督・塚本芳夫（雨粧亭）死去。当時、大船助監督室は幹事制のため、幹事の井上和男が葬儀一式を担当。五月二十八日『東京物語』脚本脱稿。七月二十五日の東京ロケより撮影開始。撮影中の一日、「一献差し上げたい」と月ヶ瀬で小津が井上和男の労をねぎらう。九月『雨月物語』（溝口健二監督）がヴェネツィア映画祭で銀賞。十日、映画製作各社間によるスター引抜き防止策としての五社協定が調印され、小津は、渋谷実、木下恵介、大庭秀雄らと共に松竹の専属契約となる。十月、田中絹代初監督作品『恋文』に応援出演。十一月三日封切の『**東京物語**』は芸術祭文部大臣賞、およびキネマ旬報ベスト・テン第二位。カメラマンの厚田雄春にとっても会心の出来と自他共に認めた『東京物語』だが、この作品のネガが、プリントに出した横浜の現像所の火事で焼失。あわてた松竹はすでに納入されていたプリントからネガをおこして公開にはどうにか間にあわせた。十一月八日、山中貞雄の十七回忌。ゆかりの人々と京都「なるせ」に集う。今井正『にごりえ』『ひめゆりの塔』、衣笠貞之助『地獄門』、五所平之助『煙突の見える場所』、豊田四郎『雁』、家城巳代治『雲ながる果てに』、山村聰『蟹工船』。大庭秀雄『君の名は』が大ヒット。

一九五四年／昭和二十九年（五十一歳）

一月、井上金太郎死去。四月、『地獄門』カンヌ映画祭グランプリ。『カルメン故郷に帰る』に続く日本映画監督協会企画の第二回作品を『月は上りぬ』と決定。これ以後、一九四七年に斎藤良輔と共同で執筆した脚本の改訂、スポンサーの電電公社との交渉を精力的にすすめる。しかし、監督の田中絹代、主演の久我美子の五社協定との衝突から製作は難航。監督協会製作事業委員長の立場から、小津はこの作品を制作する日活と連日の交渉に奔走。七月、プラハ映画祭で『原爆の子』に国際平和賞、『蟹工船』の山村聰監督に特別賞。八月末日での松竹との契約切れを機に、九月八日、フリーとなる。この月、『七人の侍』（黒澤明）と『山椒太夫』（溝口健二監督）がヴェネツィア映画祭で銀獅子賞。十月三十日、城戸四郎が取締役会で副社長から社長に選任される。十一月二十四日より、里見弴、野田高梧と共に、鳥羽、大阪、京都を旅行。十二月九日、『月は上りぬ』完成試写。十二月十四日より二十四日まで、茅ヶ崎館滞在。この月、『二十四の瞳』（木下恵介監督）に芸術祭文部大臣賞、『ホワイト・クリスマス』（マイケル・カーティス監督）が初のヴィスタ・ヴィジョンで公開。この年の日本映画界にはとくに名作が多い。木下恵介『女の園』、五所平之助『大阪の宿』、溝口健二『近松物語』、成瀬巳喜男『山の音』『晩菊』、吉村公三郎『足摺岬』、稲垣浩『宮本武蔵』など。

一九五五年／昭和三十年（五十二歳）

一月八日、**『月は上りぬ』**封切。三月より、次作『早春』の脚本執筆はじまる。三月十八日、初代の溝口健二にかわり、日本映画監督協会理事長に就任。六月二十四日、『早春』脚本脱稿、八月十日より撮影開始。この作品より以後、松竹での作品の製作は、里見弴の四男・山内静夫が担当する。『君の名は』で一躍スターとなった岸恵子を主役のひとりに起用。この年は神武景気で、日本映画界は前年の二〇パーセント増収。劇映画年間製作本数が四百二十本となり、これは当時の世界新記録。成瀬巳喜男『浮雲』、豊田四郎『夫婦善哉』、木下恵介『野菊の如き君なりき』、黒澤明『生きものの記録』、今井正『ここに泉あり』、久松静児『警察日記』、田坂具隆『女中ッ子』など。

一九五六年／昭和三十一年（五十三歳）

『早春』（一月二十九日封切）、戦後一番の長尺で、ベスト・テン六位。二月、松竹と年一本の再契約を結ぶ。以後、一年ごとに契約を更新する。三月、『宮本武蔵』（稲垣浩監督）がアカデミー外国映画賞。三月十一日より二十二日にかけて、里見弴、野田高梧、笠智衆らと九州旅行。四月二十九日、野田高梧が自動車事故で入院。六月より八月初旬、蓼科にある野田高梧の別荘・雲呼荘に滞在。七月、『白夫人の妖恋』（豊田四郎監督）がベルリン映画祭色彩撮影特別賞。『カラコルム』に記録映画銀熊賞。八月九日、肥厚性鼻炎手術のため、鎌倉の渡部医院へ入院。八月二十一日、京都府立病院に骨髄性白血病で入院中の溝口健二を見舞う。三日後の二十四日、溝口健二歿。九月六日より再び蓼科滞在。七日、次作の題名を『東京暮色』とすることを野田高梧と決め、脚本執筆をはじめる。この頃、小津も雲呼荘近くの片倉製糸の別荘を借り、「無芸荘」と名づける。この月、『ビルマの竪琴』（市川崑監督）がヴェネツィア映画祭サン・ジョルジュ賞。十月一日、城戸四郎『日本映画傳』の出版記念会に出席。十一月二十九日、蓼科で『東京暮色』脚本脱稿。吉村公三郎『夜の河』、成瀬巳喜男『流れる』、小林正樹『あなた買います』、溝口健二『赤線地帯』、中平康『狂った果実』、イヴ・シャンピ『忘れ得ぬ慕情』（日仏合作）など。

一九五七年／昭和三十二年（五十四歳）

一月二十二日、**『東京暮色』**撮影開始、四月三

十日封切。キネマ旬報で十九位。二月二十八日、佐田啓二と杉戸益子の結婚の媒酌を、木下恵介と二人でつとめる。四月、日本初のシネスコ『鳳城の花嫁』（松田定次監督）公開。六月十六日、京都での日本映画監督協会定時総会に出席、そのまま月末まで逗留。級友の京都駅駅長奥山正次郎の世話になる。七月十九日、後楽園球場で開催された里見弴古稀、大佛次郎還暦の祝賀野球大会に出場。「美姿颯爽たりしも、武運つたなくアキレス腱あへなくも切断す」（蓼科日記）。二十一日、長谷の片山医院で手術。針金で腱を引っ張り合わすという見るからに痛そうな手術に、付き添いの井上和男が貧血を起こして倒れる。鎌倉の香風園で一ヵ月の静養の後、八月二十六日、蓼科へ戻る。同じ八月、モスクワ映画祭で『真昼の暗黒』に金メダル、『マナスルに立つ』が特別名誉賞。十月二十三日より、蓼科で野田高梧と共に『浮草物語』を改稿した『大根役者』の脚本執筆、十一月二十六日に脱稿。この年の映画、今井正『米』『純愛物語』、木下恵介『喜びも悲しみも幾歳月』、川島雄三『幕末太陽伝』、黒澤明『蜘蛛巣城』『どん底』など。『明治天皇と日露大戦争』（渡辺邦男監督）が空前の大ヒット。

一九五八年／昭和三十三年（五十五歳）

一月、佐渡、高田などへ『大根役者』のロケ・ハン。積雪少なく延期となる。小津による映画化を予定して書かれた里見弴の小説『彼岸花』の脚色をはじめる。大映より山本富士子を借り、五月より撮影開始。山本富士子を使うならカラー作品で、という会社の注文に応じる。小津の好きな「赤」再現のため、厚田雄春のすすめによりアグファ・カラーを使用する。佐田啓二も初出演。七月、ベルリン映画祭で『純愛物語』が監督賞（今井正）、カルロヴィ・ヴァリ映画祭で『異母兄弟』（家城巳代治監督）がグランプリ。九月七日、**『彼岸花』**公開。この年度のキネマ旬報ベスト・テン第三位、芸術祭文部大臣賞、都民映画コンクール金賞を受賞、また、松竹作品の配収第一位となる。併映作品『野を駈ける少女』（井上和男第一回監督作品）。九月、『無法松の一生』（稲垣浩監督）がヴェネツィア映画祭グランプリ。そして小津安二郎も十月十四日、ロンドン映画祭で『東京物語』が第一回サザーランド杯受賞。以後、海外での小津作品の評価高まる。二十六日、日本映画監督協会再建十周年記念祝賀会出席。十一月五日、次作『お早よう』、蓼科で脚本執筆開始。十五日、衣笠貞之助と共に紫綬褒章受章。二十三日、『お早よう』脱稿。この年の映画、木下恵介『楢山節考』、黒澤明『隠し砦の三悪人』、市川崑『炎上』、田坂具隆『陽のあたる坂道』、増村保造『巨人と玩具』『氷壁』、野村芳太郎『張り込み』、堀川弘通『裸の大将』、藪下泰司『白蛇伝』（国産初の長編カラーアニメーション）など。

一九五九年／昭和三十四年（五十六歳）

一月二日、鎌倉の自宅でNHKのために田中絹代と対談。十日より『お早よう』ロケ・ハン開始、引き続いて撮影に入る。二月二十五日、映画関係者では初めての芸術院賞授賞決定。二十七日、俳優高橋貞二の帝国ホテルでの結婚式に出席。四月五日、菅原通済宅で、五月二日、日活ファミリー・クラブで、それぞれ芸術院賞受賞祝賀会。十二日**『お早よう』**封切。キネマ旬報で十二位。二十一日、大映の松山英夫常務より『大根役者』の映画化申し込みを受ける。二十六日、上野の芸術院での芸術院賞授賞式に出席。三十日、大映本社にて『大根役者』を『浮草』と改題のうえ、製作することを決定。この五月のカンヌ映画祭で『白鷺』（衣笠貞之助監督）が審査員特別賞。六月二十日より七月十日にかけて、蓼科にて脚本訂正。七月二十二日より二十六日、猛暑の中、伊勢志摩波切ロケ・ハン。この月のベルリン映画祭で『隠し砦の三悪人』に監督賞（黒澤明）と国際映画批評家賞。八月十二日、『浮草』撮影開始。美術の下河原友雄以外は、すべて初めてのスタッフ。撮影の宮川一夫は小津の希望による起用。十一月三日、高橋貞二、横浜で自動車事故死。六日、青山斎場での葬儀に参列。十七日、**『浮草』**封切。キネマ旬報で十五位。二十六日、第四回映画の日で、この回よりはじまる特別功労者のひとりとして表彰されることに決定。十二月一日、日活ファミリー・クラブで表彰。この年の映画、今井正『キクとイサム』、市川崑『野火』『鍵』、今村昌平『にあんちゃん』、山本薩夫『荷車の歌』、小林正樹『人間の条件』、内田吐夢『浪花の恋の物語』など。

一九六〇年／昭和三十五年（五十七歳）
一月十四日、次作相談のため里見弴、野田高梧と共に湯河原の中西に行く。十六日より熱海の梅園ホテルへ移る。三十日、第三回溝口健二賞受賞。二月四日より十二日まで、野田高梧と鶴巻の陣屋へ、更に二十二日より蓼科へ移る。三月八日付で、八ヶ岳の見える別荘地五百坪を、向こう十年間借用する契約をする。二十四日、次作の題名を『秋日和』と決定し、四月七日より蓼科にて脚本執筆開始。十二日、皇居園遊会参加。三十日付で城戸四郎が、業績悪化を理由に社長を辞任、一方で、大島渚らのいわゆる松竹ヌーヴェル・ヴァーグの監督が登場。世間では安保阻止のデモ、国会突入で騒然とする中、小津は淡々と『秋日和』の準備をすすめる。五月、『鍵』カンヌ映画祭審査員特別賞。六月二日、『秋日和』脱稿。七月十二日、セットより撮影開始。八月六日、司葉子を東宝から借りる代わりに、東宝で一本監督する約束をする。九月、『人間の条件』がヴェネツィア映画祭サン・ジョルジュ賞。カラーテレビ放送開始。十一月十三日、**『秋日和』**封切。この年の松竹作品のうちの配収第一位、一億四千五百万円。ベスト・テン五位。蓼科で越年。この年から年末・年始は野田夫妻と過ごすようになる。この年の映画、市川崑『おとうと』、黒澤明『悪い奴ほどよく眠る』、木下恵介『笛吹川』、新藤兼人『裸の島』、今村昌平『豚と軍艦』、大島渚『日本の夜と霧』『青春残酷物語』など。

一九六一年／昭和三十六年（五十八歳）
一月八日、次作の題名を『小早川家の秋』と決定。十一日まで蓼科滞在。二月八日より蓼科で脚本執筆。三月七日より十一日まで、フィリピンのマニラで開催された第八回アジア映画祭で『秋日和』により、小津が監督賞、厚田雄春が色彩映画撮影賞、中村伸郎が助演男優賞。三月八日、文部省の芸術選奨に野田高梧と共に選ばれる。四月八日、芸術選奨授与式出席。二十一日、『小早川家の秋』脱稿、六月二十五日撮影開始。スタッフに大船からの参加はなく全て東宝系の人たち。撮影途中の八月九日、松竹からの催促により次々作の題名を『秋刀魚の味』と決定。九月二十五日、撮影終了。十月四日、砧の東宝撮影所でラッシュを見ての帰り、車中で軽い脳貧血を起こす。二十日、スカラ座での**『小早川家《こはやがわ》の秋』**（十月二十九日封切）有料試写会に志賀直哉、翌日の東宝本社試写には、東山魁夷、山口蓬春、橋本明治ら、交流のあった画家たちが来る。キネマ旬報で十一位。十一月十一日より蓼科滞在。この年も蓼科で越年。黒澤明『用心棒』、羽仁進『不良少年』、大島渚『飼育』など。

一九六二年／昭和三十七年（五十九歳）
一月二十六日、高橋貞二未亡人みどり自殺の報、佐田啓二ほかより受ける。二十九日、恵比寿・聖徒教会での告別式に参列。三十一日より蓼科で次回作準備。二月四日、山内静夫より母あさゑ死去の連絡。車を頼み鎌倉へ向かう。七日、鎌倉の浄智寺で告別式。二月二十三日、NHKより『戸田家の兄妹』のテレビ化申し込みを受ける。三月五日より八日まで、野田高梧らと湯河原の中西へ次作の相談に行く。三月十二日より、しばしば蓼科滞在。五月十七日、蓼科で次作のストーリーほぼ決定。六月十九日、山内久夫人玲子（野田高梧長女、脚本家立原りゅう）に脚本の清書を頼む。二十一日、井上和男夫妻車で来蓼。七月二十五日、次作『秋刀魚の味』脚本完成。八月三十日、「小料理屋・若松」のセットより撮影開始。十一月十八日、**『秋刀魚の味』**封切。遺作となるこの五十四作目はベスト・テン第八位、第十七回毎日新聞映画コンクールで厚田雄春が撮影賞受賞。二十七日、昭和三十七年度芸術院会員に選ばれる。十二月二日、亡母の分骨を納めるため、弟妹らと高野山へ旅行。この年も蓼科で越年。黒澤明『椿三十郎』、浦山桐郎『キューポラのある街』、吉田喜重『秋津温泉』、小林正樹『切腹』など。

一九六三年／昭和三十八年（六十歳）

一月十日、鎌倉へ帰宅。二十七日、高輪プリンスホテルでの日本映画俳優協会第一回年次総会でスピーチ。二月十三日、ホテル・オークラでの芸術院新会員祝賀会に出席。二十日、次作の題名を**『大根と人参』**に決定。二十一日、里見弴邸、二十二日より湯河原の中西にて里見弴と共に、NHKより依頼のテレビドラマ『青春放課後』シナリオ相談。徹夜続きの後、三月十三日午前三時、『青春放課後』脱稿。翌十四日より二十七日にかけて野田夫妻、池田忠雄と蓼科滞在。十六日山荘にテレビを購入し**『青春放課後』**（二十一日放送）を見る。この頃、右頸に腫物ができる。二十六日、医者の診察を電話にて佐田啓二に頼む。二十七日、蓼科を下山。三十一日、『秋刀魚の味』にも特別出演した緒方富雄博士を、佐田啓二と共に山王病院に訪ねる。緒方博士に紹介された前田外科に行き、そこで築地の国立がんセンターでの手術をすすめられる。がんセンターの院長は、偶然にも小津の中学の同窓生。四月十日、国立がんセンター入院。十七日、手術。激痛にあばれる。六月、ベルリン映画祭で六作品上映。七月一日、退院。五日より湯河原の中西へ湯治に行くが、右手痛み帰宅。八月から九月にかけて自宅で寝たきりの生活。この夏、パリ・シネマテークで十作品上映。九月五日、佐田啓二ら、国立がんセンターより、小津が「癌」であることを知らされる。十月十二日、東京医科歯科大学附属病院八階十七号室に入院。非常な苦痛に呻吟するも、見舞客にはユーモアをもって応対。十一月二十二日、呼吸困難におちいり、気管支を切開手術。ゴム管をはめたので発声不能となる。二十八日、壁にイロハを書いた紙を貼り、文字を指して意思疎通をはかる。十二月二日、還暦の紋付羽織を中井益子が送る。「いいね」と反応。十二日、満六十歳の誕生日、還暦を迎えたその日、十二時四十分に腮源性癌腫のため死去。解剖の後、鎌倉に帰る。十三日、通夜。十五日、午後一時出棺、荼毘に付される。戒名、曇華院達道常安居士。十二月十六日、築地本願寺にて、松竹と日本映画監督協会による合同葬。葬儀委員長は城戸四郎。監督協会からは理事・井上和男が葬儀委員として加わる。

歿後、一九六三年度NHK映画賞特別賞、東京映画記者会によるブルー・リボン賞日本映画文化賞が贈られ、また、勲四等に叙せられる。本人の希望により、墓は北鎌倉の円覚寺につくられ、母と眠る。墓碑銘は「無」。

編著略歴

井上和男（いのうえ・かずお）

映画監督。小津安二郎の最後の弟子。一九二四年小田原生まれ。四八年早大卒。松竹大船脚本研究生を経て、同年松竹助監督。監督デビューは『野を駈ける少女』（一九五八年）。主な作品に『ハイ・ティーン』（五九年）、『予科練物語　紺碧の空遠く』（六〇年）、『水溜り』『熱愛者』（六一年）、『無宿人別帳』（六三年）、『喜劇・各駅停車』（六五年、東宝）など。『復讐するは我にあり』（今村昌平監督・七九年）をプロデュース。八三年には小津の生涯を追ったドキュメンタリー『生きてはみたけれど／小津安二郎伝』を監督。編著書に『小津安二郎・人と仕事』『小津安二郎作品集』『陽のあたる家――小津安二郎とともに』などがある。二〇一一年没。

小津安二郎全集［下］

二〇〇三年四月十日　第一刷発行
二〇一六年一月五日　第三刷

編　者　井上和男
発行者　三浦和郎
発　行　株式会社　新書館
（編集）〒一一三−〇〇二四　東京都文京区西片二−一九−一八
電話　〇三−三八一一−二九六六
（営業）〒一七四−〇〇四三　東京都板橋区坂下一−二二−一四
電話　〇三−五九七〇−三八四〇　ＦＡＸ　〇三−五九七〇−三八四七

印刷・製本　図書印刷株式会社

Printed in Japan ISBN978-4-403-15001-2